O Meio-Irmão

OBJETIVA

Lars Saabye Christensen

O Meio-Irmão

Tradução
Francis Henrik Aubert

OBJETIVA

Publicado originalmente por J.W. Cappelens Forlag, Oslo, Noruega

Esta tradução recebeu o apoio financeiro do Norwegian Literature Abroad — Norla Fiction.

Título original
HALVBROREN

EDITORA OBJETIVA LTDA. Rua Cosme Velho, 103
Rio de Janeiro – RJ – CEP: 22241-090
Tel.: (21) 2556-7824 – Fax: (21) 2556-3322
www.objetiva.com.br

Capa
Raul Fernandes

Revisão
Taís Monteiro
Ana Kronemberger

Editoração Eletrônica
Abreu's System Ltda.

C554m

Christensen, Lars Saabye
O meio-irmão / Lars Saabye Christensen. Tradução de Francis Henrik Aubert. – Rio de Janeiro : Objetiva, 2005

579 p. ISBN 85-7302-651-0

Tradução de : *Halvbroren*
1. Literatura norueguesa – Romance. I. Título
CDD 839.8

SUMÁRIO

Prólogo

"Muito obrigado!"

Pus-me na ponta dos pés, estendi o braço tanto quanto conseguia e recebi o troco da Esther, 25 centavos contra uma coroa. Ela curvou-se pelo guichê apertado, passou a mão enrugada nos meus cachos dourados e a deixou pousada na minha cabeça por alguns instantes, não que eu gostasse muito, mas também não era a primeira vez, então já estava começando a ficar acostumado. Fred há muito havia virado as costas, enfiado o saquinho de balas no bolso, e eu percebia pelo jeito dele andar que ele estava com raiva por alguma coisa. Fred estava com raiva e nada me deixava mais desassossegado. Ele arrastava os sapatos contra a calçada, como que abrindo caminho, a cabeça baixa entre os ombros altos e pontiagudos, como se caminhasse contra um vento forte e precisasse de todas as suas forças, mas era apenas uma tarde tranqüila do mês de maio, ainda por cima um sábado, e o céu sobre Marienlyst estava claro e azul, girando como uma imensa roda em direção aos bosques por trás da cidade. "O Fred já voltou a falar?", sussurrou Esther. Balancei a cabeça. "E o que foi que ele disse?" "Nada." Esther riu baixinho. "Corra logo atrás de seu irmão. Se não, ele vai comer tudo."

Ela retirou a mão dos meus cabelos, e, por um instante, cheirou a mão, enquanto eu corria para alcançar o Fred, e é disso que me recordo, este é o músculo da memória, não os dedos amarelados da velha senhora nos meus cachos, mas que estou correndo atrás do Fred, meu meio-irmão, e é quase impossível alcançá-lo. Eu sou o irmãozinho, e fico me perguntando por que é que ele está com tanta raiva, sinto a pontada do coração no peito e um gosto quente e cru na boca, talvez eu tenha mordido a língua quando corri para a rua. Fecho o punho sobre o troco, a moeda quente, e corro atrás do Fred, aquela figura magra e sombria no meio de toda a luz circundante. O relógio da Radiodifusão Norueguesa marca 3h08, e o Fred já está acomodado no banco junto aos arbustos. Corro tudo que posso para atravessar a Kirkeveien, quase não tem trânsito, porque é sábado, só um carro funerário passa e, de repente, o motor falha no meio do cruzamento e o motorista, em um terno todo cinza, sai e bate repetidas vezes na carroceria e xinga, e, dentro do carro, no bagageiro estendido atrás dos assentos há um caixão branco, mas certamente está vazio, pois ninguém deve ser enterrado num sábado de tarde, os coveiros com certeza estão de folga, e se tiver alguém ali também não faz muita diferença, porque os mortos devem ter tempo de sobra, assim fico pensando, penso assim para pensar em alguma outra coisa, e o motorista cinzento, com luvas pretas, finalmente consegue dar partida no carro e desaparece na direção de Majorstuen. Inspiro, bem fundo, o cheiro pesado de escapamento, de gasolina, e corro sobre o gramado, passando as pequenas passagens para pedestres, faróis e calçadas que foram montadas lá dentro, como uma cidadezinha para anões, e uma vez por ano somos levados até lá para aprender as regras do trânsito, tendo por instrutores policiais bem altos, com seus uniformes e seus cintos largos e apertados. Foi ali, na cidade em miniatura, que parei de crescer. Fred está sentado no banco e olha em outra direção. Sento-me do seu lado, e, neste momento, só estamos nós dois aqui, nesta tarde de sábado no mês de maio.

Fred enfia um pedaço de bala na boca e dá uma longa chupada, sua boca borbulha, posso ver o cuspe marrom que começa a escorrer de seus lábios. Seus olhos são escuros, quase negros, e tremem, seus olhos tremem. Já vi isso antes. Ele permanece quieto. Os pombos vagueiam silenciosos pela grama úmida. Eu espero. E acabo não agüentando. "O que foi?", pergunto. Fred engole e seu pescoço magro treme. "Não se fala com comida na boca." Fred enfia mais bala entre os dentes e esmaga bem devagar. "Mas por que você está com raiva?", sussurro. Fred termina de comer todas as balas, amassa o saquinho e joga-o na calçada. Uma gaivota mergulha, espanta os pombos, passa rasante sobre o asfalto com um grito, e alça vôo até um poste. Fred puxa o topete para trás, mas ele cai de novo sobre a testa e ele deixa ficar assim. Por fim, diz: "O que foi que você disse para a velha?" "Para a Esther?" "Quem mais? Já se tratam agora pelo nome de batismo?" Estou com fome e enjoado. Fico com vontade de me deitar na grama e de dormir entre os pombos. "Acho que não me lembro o que eu disse." "Lembra, sim. É só fazer um pequeno esforço." "Juro, Fred, não me lembro." "Então, por que é que eu me lembro? Se você não se lembra?" "Não sei, Fred. É por isso que você está com raiva?" De repente, ele põe a mão na minha cabeça. Eu me afundo. Sua mão está fechada. "Você é burro?", pergunta. "Não. Eu só não sei, Fred. Dá pra não ficar tão zangado? Por favor." Ele deixa o punho apoiado sobre os cachos. "Por favor? Isso vai de mau a pior, baixinho." "Não fale assim, vai. Por favor." Ele deixa os dedos escorregarem por meu rosto, têm um cheiro adocicado, como se ele estivesse me esfregando com cola. "Quer que lhe diga exatamente o que você disse?" "Quero sim. Faça isso. Diga." Fred curva-se sobre mim. Não consigo fitá-lo nos olhos. "Você disse muito obrigado."

Para dizer a verdade, fiquei aliviado. Estava achando que eu tivesse dito algo que poderia ser muito pior, algo que eu nunca deveria ter dito, que tivesse escapulido de mim, palavras que eu nem conhecia. Tossi. "Muito obrigado? Foi isso que eu disse?" "Sim. Você disse *muito obrigado*, droga!" E agora fiquei com um medo ainda maior. Eu tinha que ir logo ao banheiro. Prendi a respiração. Eu queria tanto dizer as coisas certas, mas não sabia o que responder, porque eu não entendia o que ele queria dizer. *Muito obrigado*. E também não era hora de começar a choramingar. Senão, o Fred ficaria ainda mais zangado, ou talvez risse de mim, o que talvez fosse o pior de tudo, que ele risse de mim. Curvei-me sobre meus joelhos. "E daí?", sussurrei. Fred deu um suspiro de impaciência. "E daí? Acho que você é burro mesmo." "Não sou burro, Fred." "E como é que você sabe disso, hein?" Tive que pensar um pouco. "É mamãe quem diz. Que não sou burro." Fred permaneceu em silêncio por um instante. Não tinha coragem de fitá-lo. "E o que a mamãe fala de mim, hein?" "A mesma coisa", respondi depressa. Senti o seu braço sobre os meus ombros. "Você não está mentindo para o seu irmão?", perguntou Fred, baixinho. "Mesmo sendo apenas o seu meio-irmão?" Olhei para cima. A luz ao redor me cegava. E era como se o sol estivesse repleto de som, um som alto, penetrante, vindo de todos os cantos. "É por isso que você está com raiva de mim, Fred?" "Como assim?" "Porque sou apenas o seu meio-irmão?" Fred apontou para a minha mão, em que eu ainda segurava o troco, uma moeda de 25 centavos, estava quente e grudenta, como uma pastilha achatada que eu tivesse chupado por muito tempo e tivesse tirado da boca. "De quem é essa moeda?", perguntou Fred. "É nossa, é claro." Fred balançou a cabeça várias vezes e fiquei radiante de alegria. "Mas pode ficar com ela", disse depressa. Eu quis dar-lhe a moeda. Fred ficou sentado, olhando-me. Fiquei desassossegado de novo. "Por que você diz muito obrigado, então? Quando você recebe de volta um dinheiro que é nosso?" Segurei a respiração. "Eu só falei." "Pense melhor da próxima vez, está bem?" "Sim", sussurrei. "Porque não quero ter um irmão que diz merda. Mesmo você sendo só o meu meio-irmão." "Não", sussurrei. "Vou pensar melhor." "Muito obrigado é merda. Nunca diga muito obrigado. Entendeu?" Fred levantou-se, lançou um cuspe marrom e espesso descrevendo um imenso arco, que aterrissou com um estalo no gramado bem em nossa frente. Vi um grupo de formigas que começou a deslocar-se na direção do cuspe. "Estou com sede", disse Fred. "Bala me deixa com uma sede danada."

Voltamos até o quiosque da Esther, na portinhola logo acima da igreja de Majorstuen, aquela igreja branca cujo padre não quis batizar o Fred, e que depois se negou a me batizar também, mas daí foi só por conta do meu nome. Postei-me diante do guichê, na ponta dos pés, Fred encostou-se na calha, ergueu a mão e deu um sinal com a cabeça, como se tivéssemos combinado algo de muito importante. Esther apareceu, sorriu quando me viu e teve que passar a mão de novo nos meus cachos. Fred mostrou a língua, quase empurrando-a para fora da boca, e fez menção de cuspir. "E o que vai ser desta vez, meus pequenos senhores?", perguntou Esther. Sacudi a cabeça para afastar os seus dedos. "Suco de caixinha. Vermelho." Ela me olhou com um certo espanto. "Está bem. Suco de caixinha, vermelho, será. Pois não!" Ela trouxe a minha encomenda. Fred estava lá, na sombra, mas quase cegado ele também, do brilho forte do muro caiado de branco da igreja do outro lado da rua. Fred apenas me fitava. Não me deixava escapar de sua vista. Ele via tudo. Ele ouvia tudo. Pus a moeda rapidamente na mão de Esther e ela me devolveu cinco centavos. "Aqui está", disse Esther. Olhei-a nos olhos. Fiquei na ponta dos pés e olhei-a nos olhos, engoli em seco várias vezes e sobre nós ainda rodava o céu, devagar, como uma imensa roda azul, na direção dos bosques. Apontei a moeda de cinco centavos. "Ela é nossa", disse, bem alto. "Só para você saber!" Esther quase caiu do guichê apertado. "Minha nossa! Que bicho te mordeu?" "Não tem o que agradecer", disse eu. E Fred pegou-me no braço e arrastou-me pela Kirkeveien acima. Dei-lhe a caixinha com suco. Eu não estava com vontade de suco de caixinha. Ele furou a caixinha e esguichou o suco desenhando uma trilha atrás de nós. "Nada mau", disse. "Você está melhorando." Fiquei tão feliz. Quis dar-lhe a moeda de cinco centavos. "Fique com ela", disse. Apertei os dedos em volta da moeda marrom. Eu poderia brincar de jogar no pino, se alguém quisesse jogar no pino comigo.

"Muito obrigado", disse eu.

Fred deu um profundo suspiro e fiquei com medo que ele se zangasse de novo. Eu deveria ter cortado a língua com os dentes e a engolido. Mas, em vez disso, ele me abraçou, enquanto espremia a última gota do suco no meio-fio. "Você se lembra o que lhe perguntei ontem?", disse. Faço que não rapidamente, e não ouso quase respirar. "Não", sussurro. "Não? Você não se lembra?" Na verdade, eu me lembro. Mas não quero me lembrar. E não consigo me esquecer. Era melhor que o Fred não tivesse voltado a falar. "Não, Fred." "Quer que eu pergunte de novo?" "Sim", murmuro. E Fred sorri. Ele não está zangado, não quando sorri assim.

"Quer que eu mate o seu pai para você, Barnum?", pergunta.

Meu nome é Barnum.

O ÚLTIMO MANUSCRITO

O Festival

Treze horas em Berlim e já estou um caco. Era o telefone tocando. Eu o ouvia. Ele me acordou. Mas eu estava em outro lugar. Estava próximo. Estava desligado. Não estava aterrado. Eu não tinha som de discar, apenas um coração que batia pesadamente e fora do ritmo. O telefone continuou a tocar. Abri os olhos, saindo de uma escuridão plana, sem imagens. Agora conseguia ver a minha mão. Não era propriamente uma visão muito bela. A mão aproximou-se. Tocou-me o rosto, tentativamente, como se tivesse acordado com um estranho na cama, acoplada ao braço de outro homem. Os dedos curtos de repente me deram enjôo. Permaneci deitado. Não parava de tocar. Ouvia algumas vozes baixas, entrecortadas por suspiros, será que alguém já havia atendido o telefone por mim? Então por que ainda tocava? Por que havia alguém no meu apartamento? Eu não tinha vindo deitar sozinho, então? Virei-me. Vi que os sons saíam da televisão. Dois homens em cima de uma mulher. Ela não parecia feliz, dava a impressão de estar indiferente. Ela tinha uma tatuagem em uma das nádegas, uma borboleta, muito mal colocada. As coxas estavam cobertas de hematomas. Os homens eram gordos e pálidos, quase sem ereção, mas não desistiam, suspiravam enquanto a tomavam por todos os cantos. Tudo muito morno e lúgubre. Por um instante, a indiferença da mulher foi substituída por dor, uma careta, quando um dos homens colocou-lhe o pênis amolecido sobre a boca e bateu nela. A mão desapareceu de meu rosto. Logo depois, a imagem sumiu. Se eu discasse o número de meu apartamento, poderia ter mais 12 horas de TV por assinatura. Não quis ver mais. Não lembrava o número do meu apartamento. Estava deitado atravessado na cama, com o paletó retirado pela metade, provavelmente uma tentativa de dormir de forma correta, desnudo e normal, mas não tinha conseguido ir além antes de a luz se apagar no compartimento mais remoto do lado esquerdo da minha cabeça. Ah, sim, havia um sapato no peitoril da janela. Será que eu mesmo havia ficado lá, admirando a paisagem, ou pensando em alguma coisa completamente diferente? Possível. Impossível. Não fazia a menor idéia. Estava com dor em um dos joelhos. Achei de novo a mão. Era a minha mão. Empurrei-a na direção da mesa-de-cabeceira e, enquanto ficou lá, pendente, como um pássaro doente e desengonçado sobre um rato branco que piscava com um olho vermelho, ameaçador, o telefone parou de tocar. A mão veio voando de volta para casa. O silêncio vinha por trás e puxou o zíper apertado no meu pescoço e lambeu a espinha com uma língua de ferro. Fiquei sem me mexer por muito tempo. Precisava entrar na água. A bolha de ar esverdeada tinha que sossegar logo na carne inclinada, na cavidade da alma. Não me lembrava de nada. O borrachão havia passado por mim, como em tantas outras ocasiões. Não são poucas as borrachas que gastei. Só me lembro de meu nome, pois quem pode esquecer um nome desses: Barnum, Barnum! Quem esses pais pensam que são, que sentenciam seus filhos e suas filhas a uma prisão perpétua atrás das grades das letras? Não é só mudar de nome?, perguntavam alguns, que não sabiam do que estavam falando. Mas não adianta. O nome te persegue com dupla vergonha caso você tente se livrar dele. Barnum! Durante uma meia vida eu havia vivido com esse nome. Dentro em breve, passaria a gostar dele. Isso era o pior de tudo. Então percebi que estava segurando algo na outra mão, o cartão da porta, um retângulo neutro de plástico com um certo número de orifícios em um determinado padrão, para ser enfiado no caixa automático da porta para esvaziar a conta do apartamento, se já não tivesse sido sacado além do limite pelo hóspede anterior, que havia deixado atrás apenas lascas mordidas de unha debaixo da cama e um colchão afundado após sonhos pesados. Eu poderia estar em qualquer lugar. Um apartamento em Oslo, um quarto em Røst, um dormitório sem rosto. A mala estava no chão, a mala velha e silenciosa, que ainda não havia sido aberta, de toda forma estava vazia, sem aplausos, apenas um manuscrito, algumas folhas ligeiras. Eu tinha vindo e saído. Sou eu. Vim e saí e me arrastei de volta. Mas ainda conseguia ler. Sobre a cadeira junto à janela estava dependurado o roupão branco do hotel. E nele conseguia ler o nome do hotel. Kempinski. Kempinski. Então ouvi a cidade. Ouvi Berlim. Ouvi as escavadeiras do leste e os campanários do oeste. Me levantei, lentamente. Este dia estava em andamento. Havia começado sem mim. Agora me lembro de alguma coisa também. Eu tinha um compromisso. O olho vermelho do telefone continuava a piscar. Havia algum recado para mim. Mandei pros diabos. Peder bem que podia esperar. Quem mais poderia ser além de Peder, telefonando e deixando recados a essa hora? É claro que era o Peder. Ele podia esperar. Peder era bom de esperar. Fui eu quem o ensinou. Ninguém em sã consciência marca uma reunião antes do almoço na primeira manhã em Berlim, só o Peder, meu amigo, meu sócio, meu agente, ele tinha compromissos antes do café da manhã, pois o Peder havia assumido as rédeas. O relógio indicava 12h28. Os dígitos brilhavam em uma escrita verde, angular, debaixo da tela apagada da TV, e passaram para exatamente meio-dia e meia entre duas batidas irregulares do coração. Tirei a roupa, abri o frigobar e bebi dois Jägermeisters. As garrafinhas ficaram lá. Tomei mais um, e fui até o banheiro cuspir, por via das dúvidas. Não me recordava quando havia comido pela última vez. A cobertura do papel higiênico estava intacta. Não havia nem ido ao banheiro. Então escovei os dentes, enfiei o roupão, enfiei os pés nos chinelos brancos do hotel e, antes de sair, vi que o olho vermelho do telefone ainda me fitava, mas o Peder podia esperar, era esse o trabalho dele. Peder podia ficar jogando conversa fora até que o recinto em que se encontrasse pegasse fogo.

Tomei o elevador e desci até a piscina, peguei emprestado um calção, tomei uma cerveja e mais um Jägermeister, e consegui nadar três voltas antes de me sentir cansado. Fiquei boiando na água. Música clássica fluía de alto-falantes que eu não conseguia divisar, Bach, naturalmente, versões sintéticas, intocadas pela mão humana. Algumas senhoras estavam flutuando de costas, imóveis. Flutuavam à americana, com os braços como borboletas, e usavam óculos de sol, que a todo momento tinham de empurrar até a testa, para ver melhor, para captar o olhar de alguém, pois talvez Robert Downey Jr. viesse caminhando em ziguezague pela beirada, Al Pacino em calçado plataforma, ou meu velho amigo Sean Connery, eu teria lhe pago uma bebida de gente e agradecido por tudo. Mas ninguém daquele círculo do paraíso estava visível, e eu não era algo que atraísse o olhar. As senhoras puseram os óculos de volta para o lugar e mantiveram-se boiando, com braços lentos, azulados, eram como anjos no cloro, com barriguinhas estufadas. Tudo isso me fez de repente me sentir tão calmo, tão exausto e calmo, e quase feliz. Fiquei boiando também. Boiei à norueguesa, com as mãos estendidas ao lado do tronco, usando os dedos como pás para manter o equilíbrio e puxar a água para trás, para manter-me flutuando. Agora eu estava efetivamente n'água. Então sobreveio a angústia, ela vinha sempre sem avisar, embora soubesse que viria, como a neve. A angústia beliscou a minha calma. A angústia esvaziou a minha calma. Teria acontecido alguma coisa essa noite? Havia alguém para quem eu deveria ter comprado flores, pedido desculpas, rogado perdão, trabalhado de graça, lambido as costas? Não fazia a menor idéia. Qualquer coisa poderia ter acontecido. Eu estava entregue às suspeitas. Virei-me e fiz ondas debaixo das americanas, subi os degraus enrugados, como um deus do amor corcunda e hermafrodita, ouvi as risadas abafadas sobre a água, e, naquele mesmo instante, o Cliff Richard saiu do vestuário, era ele mesmo, no roupão e nos chinelos do hotel. O cabelo estava assentado como um planalto sobre a cabeça, o rosto jovem e esticado. Parecia uma múmia que tivesse fugido de uma pirâmide dos anos 60. Em outros termos, mantinha-se em forma e as senhoras fizeram um pequeno estardalhaço lá na piscina, respiravam como baleias do bem, ainda que Cliff talvez não fosse o primeiro na lista de seus preferidos. Mas, para mim, era mais do que suficiente. Afinal, ele me fez esquecer por um instante a angústia, ele me deu um momento de pausa apenas com sua presença, tal como já fizera daquela vez, na vida que é a nossa história, minha e de Fred, e que eu apenas chamo *aquela vez,* quando eu estava sentado no nosso quarto, aquela vez, no apartamento em Kirkeveien, com o ouvido colado na vitrola, e ouvia "Livin' lovin' doll", enquanto Fred permanecia mudo na cama, com os olhos bem abertos; ele não havia falado nos últimos 22 meses, tanto quanto a gestação de uma elefanta, nem uma única palavra havia pronunciado desde a morte da Velha, e todos haviam desistido de fazê-lo falar, a mamãe, a Boletta, o orientador pedagógico, o dentista escolar, a Esther no quiosque, Deus e todo mundo, ninguém extraía dele uma única palavra, e muito menos eu. Mas quando levantei a agulha para tocar "Livin' lovin' doll" pela vigésima vez, Fred levantou-se da cama, arrancou o braço da vitrola, desceu até o pátio, atirou a vitrola inteira na caixa do lixo e começou a falar. Precisava ser um Cliff. E por isso queria agradecer-lhe. Mas *Sir* Cliff Richard apenas passou por mim, descrevendo um largo arco, e montou na bicicleta ergométrica entre espelhos no canto, e pedalou com vontade na direção de sua própria imagem, sem alcançá-la, como uma múmia com cotovelo de tenista. E minha mão escorregou pelo balcão do bar e levantou a primeira coisa que consegui agarrar, um gim-tônica, puro néctar. Quatro relógios indicavam a hora certa em Nova York, Buenos Aires, Jacarta e Berlim. Bastava-me Berlim. Quinze para as duas. Peder já estava tendo suadouros. Peder conversava, se desculpava, buscava cerveja, café, sanduíches, telefonava para o hotel, deixava recados e cumprimentava todos que conhecia e curvava-se para todos que não conhecia e entregava seu cartão de visitas para todos que não o reconheciam. Era como se pudesse ouvi-lo dizendo: *Barnum vem logo, deve ter tomado um desvio, vocês sabem como é, não é mesmo, as melhores idéias costumam vir às cabeças mais distraídas, eu sou apenas a fantasia prática que as torna visíveis, saúde para Barnum!* Sim, Peder estava certamente em pleno suadouro, e era o melhor que tinha a fazer. Ri, ri alto no canto da piscina do Hotel Kempinski, enquanto Cliff Richard pedalava diante de três espelhos e das vistas das americanas gordas, e, com o mesmo movimento súbito da angústia e do riso, uma sombra me envolveu. O que era que me afligia? Em que êxtase ao avesso eu havia mergulhado, que humor negro me possuía? Teria sido a última risada antes de sua vinda, a vinda daquilo que eu desconhecia, mas que, ainda assim, temia acima de tudo? Gelei. Por um momento, balancei, sobre os ladrilhos de mármore verde. Suguei toda a risada para dentro de mim. Chamei-a de volta. Não era a calmaria antes da tempestade. Era aquela calmaria que faz os gatos ficarem sobressaltados muito antes de a chuva começar a cair.

Tomei uma ducha e fiquei em dúvida se iria ou não me deitar no solário. Um toque de bronzeado e uma melhorada na cara antes da reunião teriam vindo a calhar. Mas eu estava naquela fase abatida e indiferente. Em vez disso, fui buscar uma cerveja. O garçom deu um leve sorriso enquanto buscava a garrafa. Dei-me conta, de repente, que ele era muito jovem. Usava o uniforme do hotel com uma dignidade altiva, quase desafiadora, como uma criança que tivesse roubado o terno escuro do pai. Supus que ele teria vindo da antiga Alemanha Oriental, havia algo naquele desafio que me fazia acreditar nisso. Ele havia iniciado o longo caminho de sua ascensão na piscina do Kempinski. "*Mr.* Barnum", indagou em voz baixa. Era evidente que imaginava tratar-se de meu sobrenome. Não era o único. Estava perdoado. "Sim? Sou eu." "Tem um recado para o senhor." Ele me entregou um grande envelope com o logotipo do hotel. Peder havia me encontrado ainda assim. Ainda que me escondesse atrás dos galpões de pescado em Røst, ele me encontraria. Se eu passasse a noite na cela dos bêbados, seria provavelmente Peder quem me acordaria. Despertasse eu no albergue Cochs, em Bogstadveien, seria Peder a bater na porta. Inclinei-me contra o balcão. "Como é o seu nome?" "Kurt, senhor." Fiz um meneio de cabeça na direção dos espelhos no canto. "Está vendo aquele sujeito lá, Kurt, aquele que não pára de pedalar?" "Sim, senhor." "Mas você sabe quem ele é?" "Infelizmente, não, senhor." E entendi, devagarinho mas com certeza crescente, que eu também havia envelhecido. "Não faz mal, Kurt. Leve uma Coca para ele. Light. E ponha na conta do meu apartamento."

Dobrei o envelope quatro vezes e enfiei no bolso do roupão. Se Peder quisesse que eu também suasse, teria o seu desejo realizado. Levei a cerveja até a sauna e ajeitei-me na fileira superior. Havia algumas outras pessoas que haviam chegado antes, e que não me eram estranhas mas não conseguia identificar com precisão, por isso cumprimentei sem fixar o olhar, só com um pequeno meneio da cabeça, minha especialidade, meu gesto pessoal ao mundo. Mas os outros fitaram-me diretamente, sem pudor. Fiquei torcendo para que não tivesse qualquer compatriota ali, dramaturgos do Instituto Norueguês de Cinema, jornalistas das colunas sociais, fofoqueiros das revistas semanais e outros diretores. Arrependi-me rapidamente da manobra, desse desvio aquecido, pois aqui todos tinham de ficar nus, e havia tanto mulheres quanto homens. E aquele que tivesse uma toalha comum em torno da cintura era um intruso que incutia nos outros uma sensação de vergonha. Eu era o vestido que, de súbito, tornava a nudez dos outros tão visível e tão intolerável, todas as varizes, as dobras de pele, as manchas que talvez fossem malignas. Tive que remover a toalha. Não havia outra coisa a fazer. Não podia sair, porque teria revelado minha covardia e me carimbado como suspeito, um *voyeur*, e o festival ainda ia durar mais três dias. Contra a vontade, dobrei a toalha e a pus de lado, mostrando aos outros que eu também conseguia ser natural debaixo de todas as minhas fantasias, que minha nudez ainda estava intacta. Assim sentei, com as pernas cruzadas, desnudo na sauna alemã comum, e me espantei que neste país legalista e desprovido de humor as pessoas fossem praticamente obrigadas a sentar juntas, homens e mulheres, se queriam suar um pouco. Na Noruega, tão natural, onde mal e mal nos havíamos livrado das geleiras, teria havido crise no governo e cartas iradas dos leitores aos jornais. Mas aqui, como era obrigatório, acabava tendo uma certa lógica. Havia apenas uma sauna no hotel, e essa era para uso de mulheres e de homens, nus e ao mesmo tempo. Se fosse voluntário, seria imoral. Deve ter algo a ver com a guerra. Tudo tinha algo a ver com a guerra aqui, e fiquei pensando nos campos de concentração, a última chuveirada, onde homens e mulheres eram separados, de uma vez por todas, pelos genocidas burocráticos, havia até mesmo campos de concentração específicos para mulheres, Ravensbruck, e, por um momento, quase animado, achei que isso poderia ser usado para alguma coisa, esse pulo, esse salto do pensamento, do extermínio até este encontro fortuito na sauna do Hotel Kempinski, durante o festival de cinema da nova Berlim. Mas, como estava virando comum nos últimos tempos, acabou escapando. O pensamento cedeu, a centelha era muito fraca, e, enquanto se esvaía, afundei-me ainda mais na dúvida. O que eu tinha realmente a mostrar? Que histórias eu tinha capacidade de escrever? Quanto se pode roubar antes de ser pego? Quanto é necessário mentir até que acreditem? Não fui sempre um questionador, um questionador barato? Sim, eu duvidava de quase tudo, para não falar de mim mesmo, tinha mesmo dúvidas se existia algo que pudesse ser chamado "eu", em momentos mais sombrios via-me como uma quantidade determinada de carne montada de acordo com um certo esquema e que atendia pelo nome de Barnum. Eu já havia duvidado de tudo, exceto do Fred, porque o Fred era indubitável, estava acima de qualquer dúvida. Lembro-me do que papai costumava dizer: *O importante não é o que você vê, é o que você acredita que vê.* Esvaziei a garrafa e agora reconheci uma das pessoas que estavam lá. Era o que eu temia, uma conhecida crítica de cinema, uma velha conhecida, não vou mencionar-lhe o nome, nós a apelidamos de Alce, porque ela sempre nos lembrava do pôr do sol. Em certa ocasião, ela escreveu que eu era "um fusca entre Rolls-Royces", mas eu nunca li o artigo, na época eu estava fora de circulação. Peder planejou um processo por injúria, felizmente não deu em nada, mas se ela quisesse duelar com metáforas havia abordado o homem errado. Ela olhou em minha direção e ensaiou um sorriso, e embora parecesse muito menos pomposa aqui na sauna do que nas colunas do jornal, como se tivesse se transformado em uma frutinha mole que fora raspada com um cortador de queijo, eu preferia evitar ter que retribuir o sorriso. Além disso, poderia acontecer de eu dizer algo que jamais deveria ter dito. Ela era meu mau agouro. O que ela agourava desta vez? Não tive coragem de pensar. Sorri para ela. "O diabo os carregue!", disse eu. Curvei-me para frente, sobre os joelhos e tossi forte. Não podia ser. A minha língua ficou travada de novo. Era uma armadilha. *Sua língua é um escorregador*, costumava dizer o Fred. Fui o único que ouviu. O diabo os carregue! Alce olhou espantada, tossi tudo que podia, faltava pouco para que eu vomitasse e, mais uma vez, foi Cliff Richard quem me salvou. Pois, nesse momento, ele entrou na sauna, com uma Coca numa das mãos, e a lembrança da capa de "Livin' lovin' doll", ficou, por alguns segundos, estacionária junto à ampulheta onde a areia caía e subia, como se o tempo não fosse algo que a gente pusesse atrás de si, mas do lado. Cliff sentou-se na fileira de cima, a mesma em que eu estava. Estava apertado. Logo ia ficar quente demais. O medidor indicava 32ºC. Para a Alce, foi suficiente. Ela enfiou-se atrás de sua toalha, com um último olhar sobre os ombros. Estaria rindo? Rindo de mim? Teria uma história a contar junto ao balcão do bar esta noite? Alguém derramou água sobre as pedras, chiou. E a umidade tornou-se visível como uma névoa fervente. Virei-me para Cliff. Ele não suava. O cabelo estava bem penteado. Tinha um belo bronzeado. Finalmente, eu podia dizê-lo. "Obrigado", disse ele, de repente. "Pela Coca." "Imagine, sou em quem deve agradecer", disse eu. "Obrigado." Cliff levantou a garrafa, sorriu. "Agradecer pelo quê?" "Sua canção fez meu irmão voltar a falar", disse eu. Ele ficou incomodado por um instante. "Não foi minha canção, foi o poder de Deus", sussurrou Cliff.

Ficou quente demais. Puxei a toalha e cambaleei para fora, tonto e com sede, tomei outra ducha e vi de longe Kurt atendendo no bar. Ele me cumprimentou discretamente e piscou. Era meu camarada, agora. Tomei o elevador até o quarto. O telefone ainda reluzia no botão vermelho. Levantei o gancho e baixei de novo, atirei o roupão na cama, vesti o terno e enfiei uma garrafa do frigobar em cada bolso. O terno tinha muitos bolsos. Estava armado com aguardente. Então bebi o último Jägermeister, que permaneceu estendido como uma coluna de fogo, do estômago até o palato, engoli uma colher de pasta de dente e enfiei as palmilhas nos meus sapatos italianos novos. Estava pronto para a reunião.

E o que é que eu poderia saber sobre tudo o que acontecia onde eu não estava, sobre os movimentos que estavam fora do meu alcance? Eu não sabia. Estava ainda na ignorância, prisioneiro da suspeita, e não queria saber, lá onde eu estava, no elevador lento, com espelhos em todas as paredes, até no forro tinha espelho. Nesse instante, eu só queria *estar*, um homem contemporâneo, vivendo cada segundo de uma vez, fechado dentro do menor de todos os intervalos de tempo, onde só havia lugar para mim. Percebi de relance meu rosto refletido nos espelhos e pensei em uma criança que cai, levanta-se de novo e só começa a gritar quando vê as pessoas assustadas e preocupadas que a cercam, como que sentindo uma dor atrasada, o eco de um choque. Tive tempo de engolir uma vodca. Um porteiro de cabelos brancos abriu a porta e quis acompanhar-me com um guarda-chuva. Dei-lhe cinco marcos para que parasse. Olhou desapontado para a nota antes que ela repentinamente desaparecesse entre os dedos escorregadios, cinzentos, e era impossível saber se o havia ofendido por lhe dar de mais ou de menos. Ele parecia um serviçal do tempo das colônias. Era ele que puxava os cordões no Hotel Kempinski. Era ele que dobrava os rolos de papel higiênico. Saí e caminhei sobre o tapete vermelho que já estava gasto nas bordas. Quatro limusines pretas com vidros escurecidos estavam estacionadas junto à calçada. Nenhuma delas era para mim. Há um velho ditado no ramo: *Sem limusine nada feito*. Mandei pro inferno. A vodca ardia atrás da língua. Acendi um cigarro. Duas equipes de televisão, CNN e NDR, esperavam que algo acontecesse. Uma camada fina de chuva cobria Berlim. Cheiro de cinzas. O barulho infernal dos canteiros de obras. Os guindastes rodopiavam lentamente, quase invisíveis sob as nuvens baixas. Parecia que Deus estava brincando com um conjunto mecânico. Mais uma limusine, uma longa locomotiva branca, com bandeirolas americanas, parou bem em frente ao hotel, e dela saiu uma mulher com as costas mais retilíneas que já vi. Dezenove guarda-chuvas vieram atendê-la. Ela riu, um riso ensopado de uísque, encorpado de alcatrão e limpo com lixa grossa. Ela continuou a rir e começou a caminhar sobre o tapete vermelho, enquanto acenava com uma mão magra que se esgueirava, com a elegância de um batedor de carteiras, entre as gotas fora do alcance dos guarda-chuvas pretos. E ninguém caminhava sobre um tapete vermelho como ela. Era Lauren Bacall. Era ninguém menos que Lauren Bacall. Era ela mesma, de corpo presente, presente em cada grama. Preenchia-os até a ponta dos dedos, até os lóbulos das orelhas, até as sobrancelhas. Os guarda-chuvas se retorciam sobre ela quando ela lançava o queixo para frente. Ela acabara de invadir a Alemanha. E eu fiquei parado, parafusado a esta visão elétrica: Lauren Bacall que caminhava lenta e soberanamente por mim e eu fiquei como que no vórtice que ela deixava atrás de si, e é como um aviso ao contrário, um *déjà vu* invertido. O que vejo é o Cine Rosenborg, fileira 14, poltronas 18, 19 e 20, *À Beira do Abismo*, Vivian sentada no meio, tudo fica muito próximo e claro, consigo até sentir o suéter novo, de gola alta, que coça na nuca, ouço Lauren Bacall que sussurra a Humphrey Bogart, com aquela voz que nos dá coceira na boca e um frio na espinha, *Muito depende do cavaleiro*. E Peder e eu pomos cada um o braço ao redor de Vivian, de um jeito igual, minha mão encosta nos dedos de Peder, nenhum de nós diz uma palavra, mas Vivian sorri, sorri consigo mesma, e encosta-se em nossos braços. Mas, quando me viro para ela, vejo que está chorando.

E agora eu estava na chuva em Berlim, junto ao tapete vermelho, do lado de fora do Hotel Kempinski. Algo havia acontecido. Alguém ainda gritava e eu não ouvia um único ruído. As luzes estavam apagadas, as câmeras desligadas, as limusines tinham ido para outros lugares. O mesmo porteiro pegou-me, com cuidado, no braço. "Está tudo bem, senhor?" "O quê?" Seu rosto aproximou-se. Todos têm que se curvar para fitar-me no rosto. "Senhor, está tudo bem?" Meneei a cabeça. Olhei ao redor. Os guindastes estavam parados. Deus estava cansado de brincar com o jogo de mecânica, ou talvez fossem apenas as nuvens que agora corriam sobre o céu na direção oposta e davam essa impressão. "Tem certeza, senhor?" O cigarro boiava no meio-fio. Alguém havia perdido uma câmera. Estava largada lá, rebobinando. "Pode me providenciar um táxi?" "Com certeza, senhor." Ele soprou um apito que trazia pronto na mão. Arrumei uma nota, quis dar-lhe, ele fizera por merecer. Mas ele balançou a cabeça e olhou para o outro lado. "Fique com isso, senhor." Enfiei o dinheiro rapidamente de volta no bolso. "Muito obrigado", disse eu.

O táxi veio, o porteiro abriu a porta. O carro cheirava a tempero ou a incenso. Um tapete de orações estava enrolado no banco da frente. "Zoo Palatz", disse eu. O taxista virou-se e sorriu. Um dente de ouro brilhava no meio da boca escura. "Devo parar no zoológico?" Também tive de sorrir. "Não, junto ao Centro do Festival do Cinema. Lá os bichos são mais interessantes."

Levou uma meia hora para chegar lá. Teria levado cinco minutos a pé. Esvaziei um conhaque e dormi. No sono, vi uma imagem: Fred, arrastando um caixão sobre a neve, no pátio. O taxista teve que me acordar. Estávamos lá. Ele riu. Agora eu o ouvi. Era o riso misericordioso. O dente de ouro me ofusca. Pago muito mais do que seria necessário e ele talvez tenha achado que foi um mal-entendido, que eu era um turista que não sabia contar ou um cineasta bêbado em um terno excessivamente caro. Quis me dar o troco, aquele muçulmano honesto em Berlim, mas eu já estava na calçada, entre ruínas e catedrais, entre macacos e estrelas. Alguns queriam me vender um casaco de pele. Afastei-os. Parou de chover. Os guindastes continuavam a desenhar seus lentos círculos e o céu sobre Berlim estava de repente limpo e quase transparente. Um sol frio bateu-me direto nos olhos enquanto um grupo de pombos levantou vôo e despedaçou a luz.

Entrei no Centro do Festival. Dois guardas armados verificaram meu cartão de credenciamento com a foto minúscula tirada na noite anterior, *Barnum Nilsen, roteirista,* fitaram-me o rosto por um tempo longo demais, e deixaram-me passar pela zona de segurança, o portal sagrado que separava os participantes dos não-participantes. Agora eu estava participando. Pessoas corriam de um lado para outro, como loucas, as mãos cheias de cerveja, folhetos, cassetes, celulares, cartazes e cartões de visita. As mulheres eram altas e magras, com o cabelo armado, óculos com cordão em volta do pescoço, e saias justas, cinza, como se todas tivessem saído da mesma loja. Os homens eram, em sua maioria, gordos, baixos, de minha faixa etária, e a taquicardia fazia-se visível em seus olhos vermelhos, éramos todos muito parecidos e pelo menos um de nós iria morrer antes de o dia acabar. Uma grande tela mostrava o *trailer* de um filme de gângsteres japoneses.

A violência estética estava se popularizando. Matar devagarinho era permitido. Alguém deu-me um copo de saquê. Bebi. Encheram o copo de novo. Despejei um arrasa-quarteirão sobre meu fígado. Bille August estava sendo entrevistado pela televisão australiana. Sua camisa continuava branca. Ninguém tinha uma camisa tão branca quanto Bille August. Era isso que lhe deveriam ter perguntado: Quantas camisas brancas o senhor tem? *Quantas vezes o senhor troca de camisa?* Em outro lugar, Spike Lee gesticulava diante de uma câmera. E no meio disso tudo veio Peder, como um vendaval, o nó da gravata pendurado no meio da barriga, a boca não parava de se mexer, parecia que estava se hiperventilando ou que estava tentando atingir um novo recorde de fumo passivo. Não era impossível que fosse Peder quem viria a morrer esta noite. Parou bem em minha frente e puxou o fôlego. "Muito bem", disse. "Você emborcou." "Nunca estive encharcado." "Quão bêbado você está?" "Cinco e meio." Peder aproximou-se ainda mais. "Cinco e meio? Parece mais do que isso, Barnum." "De jeito nenhum. Está sob controle." Ri. Gostava quando Peder lembrava de nossas velhas piadas. Mas Peder não riu. "Onde diabos você se meteu?" "Na sauna." "Na sauna? Você tem idéia de quanto tempo estamos sentados lá dentro esperando por você? Você *tem idéia*?" Peder sacudiu-me o braço. Estava sem equilíbrio. "Eu falei tão bem de você por tanto tempo que estou a ponto de vomitar!" Ele começou a arrastar-me na direção do setor escandinavo. "Relaxa", disse eu. "Estou aqui." "Você não poderia arrumar um celular, porra, como todo mundo?" "Não quero ter um tumor no cérebro, Peder." "Então arrume um bip! Eu mesmo vou-lhe comprar uma porra de um bip!" "Você acha que eles funcionam numa sauna?" "Funcionam na lua!" "Você sempre me acha, Peder." Ele parou repentinamente e ficou me fitando por um longo instante. "Sabe o que mais? Você se parece cada vez mais com aquele maluco do seu meio-irmão!" E, ao ouvir Peder dizer essas palavras, o instante explodiu, meu *bunker* foi pelos ares, e o tempo veio para cima de mim de todos os lados. Segurei-o pelo paletó e o encostei na parede. "Nunca mais diga isso! Nunca!" Peder me olhou espantado, o saquê derramou nas suas calças. "Droga, Barnum, não foi isso que eu quis dizer." Acho que estão olhando para nós. Havia uma fúria dentro de mim que eu mal reconhecia. Quase me fazia bem. Era algo que dava um ponto de referência. "Não quero saber de sua opinião! Mas nunca me compare com o Fred! Entendeu?" Peder tentou sorrir. "Entendi! Agora me largue, Barnum." Tive que esperar um pouco. Depois, soltei o Peder. Ele ficou quieto, apoiado na parede, espantado e incomodado. A raiva foi se esvaindo, deixando em seu lugar apenas angústia e vergonha. "Eu só não quero me lembrar dele", disse, baixinho. "Desculpe", sussurrou Peder. "Foi bobagem minha." "Tudo bem. Vamos esquecer." Tirei o lenço e tentei retirar o álcool japonês da calça dele. Peder não se mexia. "Vamos logo para a reunião?", disse. "Quem são?" Peder suspirou. "Dois dinamarqueses e um inglês." "Engraçado. Parece uma piada. Dois dinamarqueses e um inglês." "Eles têm escritórios em Londres e em Copenhague. Parece que tiveram uma participação importante em *Conduzindo Miss Daisy.* Eu lhe contei isso ontem, Barnum." Eu havia derramado saquê nos sapatos dele também. Fiquei de joelhos e tentei limpá-los. Peder começou a chutar. "Controle-se!", sibilou. Levantou-me. "O que é que eles querem de verdade?" "O que querem? O que você acha? Conhecer você, é claro. Eles *amaram O Viking.*" "Muito obrigado, Peder. Você agora virou puxa-saco?" "Não. Vamos, Barnum."

Fomos em frente. Os corredores iam ficando menos apinhados. Era a situação típica — o estande norueguês era o mais distante, num canto, ainda não havíamos superado *Os Perigos da Vida de Pescador,* a pedra fundamental da melancolia norueguesa que nos empurrava para a periferia da Europa e do festival. Exigia toda uma expedição desbravadora vir até a Noruega. Peder ficou me lançando um olhar de poucos amigos. "Só de você andar ouve-se o som de um frigobar inteiro." "Está quase vazio." Abri uma garrafinha de uísque e bebi." Peder segurou-me no braço. "Nós precisamos disso, Barnum. É sério." "*Miss Daisy?* Não era na verdade um filmezinho de merda?" "Filmezinho de merda? Sabe quantas indicações recebeu? Esses são gente da pesada. Mais da pesada do que nós." "Então por que se deram ao trabalho de esperar três horas?" "Eu já lhe disse, Barnum. Eles amaram *O Viking.*"

Estavam a uma mesa, em um nicho dentro do bar. Tinham trinta e poucos anos, ternos de alfaiate, óculos escuros no bolso do paletó, rabo-de-cavalo, brinco na orelha, grandes barrigas e pequenos olhares. Eram homens contemporâneos. Eu já havia começado a desgostar deles. Peder tomou fôlego e empurrou o nó da gravata para cima. "E você está legal, cortês e sóbrio, Barnum?" "E alegre." Dei um tapinha nas costas de Peder. Ele estava encharcado. E entramos. Peder bateu palmas. "Aqui temos nosso tão esperado amigo! Perdeu-se no meio do zoológico. Não viu nenhuma diferença." Levantaram-se. Acenderam os sorrisos. Peder havia se rebaixado até a mais profunda das banalidades, e não eram nem três horas da tarde ainda. Um dos dinamarqueses, Torben, curvou-se sobre o cinzeiro, onde dois charutos jaziam, moribundos. "Barnum é um pseudônimo ou seu nome verdadeiro?", perguntou. "É meu nome verdadeiro. Mas uso como pseudônimo." Essa réplica provocou um pouco de riso, e Peder tentou levantar os copos, mas o dinamarquês não desistia tão fácil. "É seu nome ou seu sobrenome?" "Ambos. Depende de quem é meu interlocutor." Torben sorriu. "Barnum não era um vigarista americano? *Nasce um otário por minuto.*" "Errado", disse eu. "Foi um banqueiro que disse isso, David Hannum. Mas foi Barnum quem disse: *Vamos logo com isso.*" Peder finalmente conseguiu introduzir um tintim. Bebemos, e então foi a vez do outro dinamarquês, Preben, curvar-se sobre a mesa. "Nós simplesmente adoramos *O Viking*! Um roteiro maravilhoso." "Muito obrigado", comentei, e esvaziei o copo de *schnapps.* "Pena que nunca virou filme." Peder tomou a palavra. "Não vamos nos prender a detalhes." "Como não?" Peder deu-me um chute por baixo da mesa. "A hora é de olhar para frente", disse ele. "Novos projetos. Novas idéias." Eu estava a ponto de me levantar, não consegui. "Mas se vocês acham o roteiro maravilhoso, por que não fazem o filme?" Peder baixou o olhar, e Torben contorceu-se por um breve instante na cadeira, como se estivesse sentado sobre uma tachinha gigante. "Se tivéssemos conseguido o Mel Gibson para o papel principal, talvez tivesse dado." O outro dinamarquês, Preben, inclinou-se na minha direção. "Depois, filme de ação é *out.* Ação é antiquado." "Mas e os *vikings* extraterrestres", perguntei. Um dos celulares tocou. Cada um sacou o seu, como pistoleiros um pouco cansados. Tim, o inglês, venceu. Era uma conversa sobre cifras elevadas e dois nomes igualmente elevados foram mencionados de passagem, Harvey Keitel, Jessica Lange. Não havia outra coisa a fazer senão sorrir um para o outro e terminar a bebida. Consegui levantar-me e fui ao banheiro. Esvaziei um gim, encostei a testa contra a parede e procurei lembrar-me do que deveria dizer. Eu não queria abrir o jogo. Eu era o manuscrito em branco pelo qual eles haviam esperado três horas. A imagem do espelho do elevador de repente voltou com toda a sua nitidez. Não era uma visão agradável. O supercílio machucado escorregava para baixo, pesado. Procurei encontrar um momento dentro do qual pudesse me esconder. Não o encontrei. Quando voltei à mesa, Peder havia trocado o meu *schnapps* por um café. Pedi um *schnapps* duplo. Tim estava a postos com uma agenda, mais grossa do que a Bíblia do Hotel Kempinski. "Como você sabe, Barnum, você é um dos principais roteiristas com os quais queremos muito colaborar." Peder abriu um sorriso de uma orelha à outra. "Vocês têm algum projeto concreto?", perguntei. "Queremos muito saber o que você tem aí consigo." "Vocês primeiro", disse eu. "Assim fico conhecendo melhor o terreno." Tim voltou-se lentamente para os dinamarqueses. Peder voltou a suar intensamente. "Barnum gosta de jogar bola", disse ele rapidamente. Parecia tão sem sentido que não pude deixar de rir. Ri alto. Barnum gosta de jogar bola. Peder deu-me uma nova canelada. Éramos como um velho casal. O *schnapps* surgiu de repente diante de mim. Torben assumiu. "Tudo bem, Barnum. Também queremos jogar. Queremos fazer *O Pato Selvagem*. Filme de ação, como já dissemos, saiu de moda. O público está interessado em coisas mais intimistas, não é mesmo? A família, por exemplo. Por isso, *O Pato Selvagem*." Peder não tirava os olhos de mim. Era muito enervante. "Isso é algo para você, Barnum", disse Peder, por fim. "Você pega a peça e transforma em filme em no máximo dois meses, não é mesmo, Barnum?" Mas ninguém estava prestando atenção a Peder. "Vai ser uma produção norueguesa?", perguntei. "Ou escandinava?" "Maior", disse Torben, sorrindo. "Americana. Keitel. Lange. Robbins. E nada contra incluir Max ou Gitta. Mas o diálogo rola em inglês. Se não, não dá dinheiro." "E vamos ter que atualizar um pouco", interrompeu Preben. "Passamos a ação para o nosso tempo. *O Pato Selvagem* nos anos 90." "E para que isso?", perguntei. "É claro que transpomos a ação para a atualidade", disse Peder. "Não estamos interessados em um filme de época, não é mesmo?" Fez-se um breve silêncio. Achei mais um *schnapps*. Tim cochichou algo a Preben, que se virou para mim. "Pensamos em algo do tipo *Rainman* encontra a *Sonata de Outono*", disse. Tive que me inclinar um pouco mais. "Como é que é? Quem encontra o quê?" "Só queremos mostrar a genialidade de Ibsen", disse Torben. "Sua perenidade." "Perenidade? *Miss Daisy* encontra *A Morte de um Caixeiro-Viajante*, é isso?" Torben arregalou os olhos. Os outros deram uma breve risada. Peder não se agüentava mais. Ele procurou encontrar o tom certo. "Alguém quer algo para comer?", perguntou. Ninguém respondeu. Peder acendeu um cigarro. Havia parado há oito anos. Torben cruzou as mãos e ficou me fitando sobre elas. "E qual a bola que você quer jogar, Barnum?" "Sexo explícito", respondi. "Sexo explícito?" "Eu estava no meu quarto no hotel esta manhã assistindo TV a cabo. E fiquei impressionado de como esses filmes de sexo explícito são desprovidos de talento e de imaginação. Não têm dramaturgia. Personagens impossíveis. Um *casting* horroroso. Diálogos estupidamente ruins. Cenografia repulsiva." Torben ficou impaciente. "Você quer dizer filme *erótico*, não é mesmo?" "De jeito nenhum, quero dizer sexo explícito mesmo, pornografia. *Hardcore*. Com uma boa história, personagens interessantes e dramaturgia de primeira. Construção aristotélica, até atingir o orgasmo. Pornografia para o público moderno. Para mulheres tanto quanto para homens e todos nós. Onde *Nora* encontra *Garganta Profunda*. Perene."

O inglês levantou-se primeiro. Os dinamarqueses vieram atrás. Deram as mãos a Peder. Trocaram cartões de visita. "Manteremos contato", disse Peder. "Barnum pode ter um esboço pronto dentro de dois meses no máximo." "Lembre a ele que se trata de Ibsen", disse Torben. "Não de TV a cabo." Peder riu alto. "Não tem perigo! Tenho Barnum sob controle."

Os figurões se foram. Ficamos sentados. Peder estava taciturno. Peder é o único a quem atribuo esse adjetivo. Quando ele decidia ficar em silêncio, ficava sempre taciturno. Agora estava taciturno como nunca antes o fora. Aprendi a conviver com isso. Se há algo que sei é fazer companhia a pessoas taciturnas. É só ficar de boca fechada também, e esperar para ver quem fala primeiro. Peder perdeu. "Até que deu muito certo", disse, fitando-me. "Você chegou com três horas de atraso e, quando finalmente chegou, foi grosseiro, evasivo e não tinha nada a mostrar. Absolutamente nada. É inacreditável. Tintim, Barnum." Bebemos mais um pouco, e era a minha vez de dizer alguma coisa. "Você acha que Meryl Streep aceita o papel do pato?", perguntei. Peder desviou o olhar. "Agora você está virando um caso limítrofe, Barnum. Deus do céu! Pornografia aristotélica!" "O que você quer dizer com *limítrofe*?" "Você sabe muito bem." "Não, não sei nada bem." Peder voltou-se bruscamente na minha direção. "Já vi isso antes, Barnum. Já vi você emborcar! E não tenho mais paciência de te acompanhar." Levantei-me. Fiquei de repente inquieto. Era o rosto espelhado do elevador que retornou, uma colméia inteira de rostos que foram pisando em mim, um a um. "Droga, Peder. Odeio o jeito deles falarem. *Rainman* encontra a *Sonata de Outono*. Toda essa merda que conseguem se fazer dizer. Eu odeio isso." "Sim, sim, eu também odeio. Mas fico me pavoneando por conta disso? É assim mesmo que eles falam, todos falam assim. *A Primeira Noite de um Homem* encontra *Esqueceram de Mim* e *Waterfront* encontra *Uma Linda Mulher*. Nós também vamos acabar falando assim." Peder afastou o copo de *schnapps*, descansou a cabeça entre as mãos e ficou novamente taciturno. "Encontrei Lauren Bacall", disse-lhe. Peder levantou a cabeça, devagar. "O que é que você está dizendo?" Sentei-me novamente. Eu tinha que sentar para contar isso. "Eu vi Lauren Bacall. E quase encostei nela." Peder aproximou a cadeira e ensaiou um sorriso. "*Nossa* Lauren Bacall?" "Meu caro Peder, existe alguma outra que não seja a nossa Lauren Bacall?" "É claro que não. Desculpe. Não estou bom da cabeça. Acabo de ver três sacos de dinheiro saindo deste recinto." Segurei-lhe a mão, estava quente e trêmula. "Como ela parecia?", sussurrou. Dei-me bastante tempo. "Como uma esfinge", acabei respondendo. "Como uma esfinge azul que tivesse se soltado da base iluminada." "Muito bom, Barnum." "Chovia, e ela não se molhava, Peder." "Consigo imaginar a cena, Barnum." Acho que Peder também perdeu-se por um instante no devaneio. Nesse momento, ele ficou com a cara de criança, e dava para ver a pele arrepiada entre o colarinho e a orelha, como se o arrepio tivesse se fixado ali, naquela noite no Cine Rosenborg, fileira 14, quando pusemos cada um o braço em torno de Vivian, no momento em que Lauren Bacall dizia, com sua voz rouca e irritada: *Nada que você não possa consertar.*

E foi então que ele pareceu retornar e havia subitamente envelhecido. Uma ruga profunda que eu ainda não havia notado descia na diagonal a partir da sua orelha esquerda, no meio de um leque de rugas menores que havia acumulado antes, criando um desequilíbrio no rosto que parecia entortar-lhe a cabeça. Peder e eu estávamos começando a ficar parecidos. "Por sinal, a Vivian telefonou", disse ele. "Acho que ela está preocupada com o Thomas." "Vivian sempre foi uma mãe preocupada." Peder balançou a cabeça, tristonho. "Acho que deveríamos comprar algo bem bacana para o Thomas", disse ele. Tentei sorrir. Dei-me mal. "É claro que sim", ri. "Você se lembra do que os figurões disseram? Agora é a família que conta." Peder perdeu-se dentro de um copo e permaneceu taciturno por um momento. "Todos acham você um bosta", sussurrou por fim. "Todos?", perguntei. Peder estava agora com os olhos voltados para mim. "Assim de momento, não me lembro de ninguém que não ache isso", disse ele. "Thomas também?" Peder virou-se para o outro lado. "Thomas é um menino quieto, Barnum. Não sei o que ele entende." Acendi um cigarro. Estava com a boca sensível. Coloquei a mão sobre os dedos de Peder. "Quem sabe a gente compra algo para ele em conjunto? Algo bem legal, que tal?" "Claro que sim", disse Peder.

Depois, fomos até o bar do festival. Era lá que o pessoal do ramo se acomodava. Peder era de opinião que tínhamos de nos tornar visíveis. Foi assim que ele disse. Tínhamos de estar no circuito, no centro das coisas, no lugar certo e na hora certa. Comemos algumas salsichas bem gordurosas para manter o equilíbrio. Bebemos fluido de raio X com gelo. Ficamos visíveis. Voltava-se a falar de Sigrid Undset e até que ponto algum diretor homem teria qualquer possibilidade de fazer o filme de Kristin Lavransdatter. Essa era a elite. Não me misturei. Só misturava bebidas, enquanto pensava em Thomas. Eu era um monte de bosta. Eu ia comprar um presente bem grande para ele, uma parede inteira em que pudesse escrever e um guindaste berlinense. Eu levaria na mala o conjunto mecânico de Deus, para que Thomas, o filho de Vivian, pudesse parafusar o céu de novo. As vozes vinham agora de todos os cantos. Bebi até afundar. Se fechasse os olhos, todos os sons sumiam, como se o nervo óptico estivesse acoplado ao labirinto do ouvido, mas já fazia muito tempo que deixei de acreditar que o mundo também sumia, sem mais, desde que eu fechasse os olhos bem fechados. De preferência, ambos deveriam sumir, os sons *e* o mundo no qual os sons surgem. Quando abri os olhos, vinha na nossa direção a crítica da sauna, aquela que era o meu mau agouro. Já estava com o olhar de festival, uma ciclope com taxa alcoólica. Naturalmente, alisou as costas de Peder. "Vocês têm alguma coisa a escrever para o pessoal lá de casa, rapazes? Fora o fato de Barnum pagar uma Coca para o Cliff na sauna?" Peder mexeu a cabeça horizontalmente, como se o teto estivesse muito rebaixado. "É cedo para se dizer", disse ele. "Mas a coisa está ficando quente. Pode escrever que Miil & Barnum estão no circuito." Alce encostou o vestido inteiro nele. Eu estava a ponto de encomendar uma máscara de mergulho. "Vocês estão com cabine reservada no trem da Kristin? É o Barnum que vai traduzir o roteiro do sueco?" Peder afastou a mão dela. "Se Kristin Lavransdatter virar champanhe", disse ele, "faremos a água pesada". Alce riu e curvou-se para trás para engolir tudo o que havia no fundo do largo cálice de conhaque. "Contem algo mais, rapazes. Já estamos fartos das metáforas gastas." "Pense *O Alce* encontra *O Pôr do Sol*", disse eu. Ela virou-se lentamente para mim e fingiu que só agora percebera que eu estava ali. O que não era o caso. Ela tinha me visto desde o início. Compôs uma lenta careta. "Nós te avisamos quando for a hora", interrompeu Peder. "Com exclusividade." Mas ela continuou me fitando. "Está combinado, então. Dê lembranças para o Cliff, Barnum." De repente, Alce aproximou-se do meu ouvido. "O diabo que os carregue", sussurrou.

E sumiu na névoa espessa, na direção do banheiro. Peder começou a puxar-me no paletó. "Ela disse Cliff na sauna? Cliff e Barnum na sauna?" "Na Alemanha, a sauna é unissex, Peder. Será que tem algo a ver com a guerra?" "Do que é que você está falando? Você estava na sauna com Cliff?" "Alce chegou primeiro. É a primeira vez que a vejo nua." "Prefiro não ouvir os detalhes, Barnum." "Ela parece uma pêra mole." "O que foi que ela cochichou para você?" "A minha velha palavra de ordem. O diabo os carregue." Peder ergueu os olhos e baixou-os de novo. "Não a irrite a ponto de escrever outras bobagens sobre você, Barnum. É a última coisa de que você precisa."

Nas raras ocasiões em que Peder ficava bêbado, tudo nele pendia para baixo, o cabelo, as rugas, a boca, os dedos, os ombros. O álcool pesava como chumbo em todo o seu corpo. O Peder todo pendia na direção dos sapatos. Eu poderia ter-lhe dito que estávamos quase velhos, que éramos dois companheiros muito estranhos, que haviam compartilhado tudo nesta vida, e que agora só nos restava a metade de quase tudo. E poderia, com um sorriso, ter passado um dedo ao longo de sua ruga mais profunda no rosto.

"A última coisa de que preciso", disse eu, "é que você diga qual é a última coisa de que preciso."

"A última coisa de que precisamos é uma bebida", disse Peder.

Ele ergueu o braço, mas o braço também caiu e ficou estendido entre cinzeiros, guardanapos molhados e garrafas. Alguém cantava em norueguês na mesa vizinha, onde felizmente não havia lugar para mais ninguém. Estávamos chegando aos créditos finais. Chegaram as últimas bebidas de que precisávamos. Peder ergueu o copo com ambas as mãos. "Saúde, Barnum. Depois disso, não temos muito mais o que fazer aqui em Berlim. Afora comprar o presente de Thomas. Ou você já se esqueceu disso também?" Olhei para o chão e, de repente, lembrei-me do que eu tinha na mala no quarto do hotel. "Eu tenho comigo um manuscrito", disse. Peder depositou o copo sobre a mesa, lentamente. "E é só agora que você me diz? Que você trouxe uma porra de um manuscrito?" "Não ficou feliz, Peder?" "Feliz? Puta que pariu, dê-me alguma coisa, Barnum! Uma dicazinha de nada. Um título!" "*O Homem da Noite*", disse eu. "*O Homem da Noite*", disse Peder, sorrindo. "Você precisa dizer tudo duas vezes?" "Do que se trata? *Pitch me*, Barnum!" Foi minha vez de sorrir. Era assim que a gente falava agora. *Pitch me*. Me conte. Me dê alguma coisa. "A família", disse eu. "O que mais?" Peder agarrou a cabeça com as duas mãos, e sacudiu-a. "Por que você não disse nada durante a reunião?" "Porque você me acordou, Peder." Ele soltou a cabeça, que se inclinou na direção dos ombros. "Eu te acordei?" "Sim, Peder. Você telefona, me acorda, desliga, deixa recados para mim em todos os cantos. Quase não consigo sossego nem na sauna. Peder. Detesto isso. E você sabe muito bem." "Sei muito bem, Barnum." "Odeio que fiquem me amolando. Fui tiranizado e amolado a vida inteira. Todos me tiranizam. Estou simplesmente de saco cheio, Peder." Seus olhos estavam completamente esvaziados. "Acabou, Barnum?" "Não me amole", disse eu. Peder aproximou-se e procurou endireitar-se. Quase me pega na mão. "Não fui eu quem telefonou", sussurrou. "Nem deixei qualquer recado para você."

E no mesmo momento em que ele disse essas palavras fiquei sóbrio e gelado, e tudo a meu redor tremia, horrendo e próximo. Eu sabia. Tudo o que eu havia adiado estava acontecendo agora. Saí. Peder tentou me deter. Não conseguiu. Saí na noite berlinense. Nevava, um lampejo entre as luzes e a escuridão. Ouvi os animais urrando no zoológico. Passei pelas ruínas e pelo restaurante que nunca fechava, até o Hotel Kempinski, onde as mesmas limusines estavam enfileiradas, como carros funerários adaptados, em um engarrafamento impossível, e o velho porteiro de cabelos brancos abriu a porta pesada e saudou com a mão no quepe e sorriu condescendente; peguei o elevador até o quarto, tranquei a porta e reparei que a arrumadeira havia posto tudo em ordem, trocado as toalhas, os chinelos e o roupão, e o telefone ainda reluzia vermelho, arranquei o gancho, mas obtive apenas um ruído de discar esquisito, então vi o envelope, aquele que eu havia dobrado e colocado no bolso do outro roupão, estava agora na escrivaninha, do lado de uma fruteira e de uma garrafa de vinho tinto com a marca do festival. Soltei o gancho e fui até a escrivaninha. Abri o envelope e tirei uma folha. Sentei-me na cama. Era um fax, e, no canto de cima, dava para ver de onde havia sido transmitido: Hospital de Gaustad, departamento psiquiátrico, na mesma manhã, às 7h41. Era a caligrafia da mamãe, apenas duas linhas em diagonal, com letras tremidas: *Barnum, querido. Você nem vai acreditar. Fred voltou. Venha assim que puder. Mamãe.*

Li as duas linhas de novo e me levantei devagar, quase calmo; as minhas mãos, que seguravam a folha de papel, estavam perfeitamente firmes, sim, perfeitamente firmes, e lancei um olhar sobre o ombro, depressa, como costumo fazer, como se imaginasse que havia alguém ali, na sombra junto da porta, me vigiando.

AS MULHERES

O Sótão

É terça-feira, 8 de maio de 1945, e Vera, a nossa mãe, está lá no fundo do sótão, no quarto de secar roupas, no nosso prédio da Kirkeveien, e retira dos varais a roupa, que ficara seca e macia durante a noite lá em cima. São três pares de meias de lã, que já podem ser guardadas, dois maiôs verdes com fecho de botão e alça para o pescoço, que ainda não haviam sido usados, três sutiãs, um lenço branco e, em especial, os três vestidos finos com a parte superior de cor clara, em *rayon*, que haviam ficado guardados no armário do quarto por tanto tempo que quase descoloriram no escuro. Vera não quis pendurar a roupa no pátio, muitos imprevistos aconteceram nesses últimos dias, nesses últimos anos, vai que alguém, logo agora, bem no fim, quisesse roubar-lhes as roupas. E ela se apressa, está impaciente, quer se apressar ainda mais, pois ela vai sair e festejar a paz, a vitória; tudo ela vai festejar, a vida, a primavera, junto com Boletta e com a Velha, e talvez Rakel tenha voltado para casa, agora que a paz retornou, agora que tudo acabou. E ela ri baixinho enquanto estica o braço para pegar nas cordas ásperas que picam os dedos quando não se toma cuidado. É Vera, nossa mãe, que está assim, sozinha no sótão, ela ri e solta os pregadores no bolso largo do avental, e põe uma peça sobre a outra, bem dobrada, no cesto de vime a seu lado. Ela está com calor, sem pensamentos, está apenas cheia até a borda de uma imensa e estranha alegria, que não se parece com nada que já tenha sentido. Ela se sente nova. Durante cinco anos houve guerra, ela completa vinte anos nesse verão, e é agora, justamente agora, que a vida dela vai começar, é só juntar essas roupas; e ela se pergunta se deve deixar as meias de lã ficarem mais um dia, mas muda logo de idéia, não pode ficar roupa pendurada para secar em um dia como esse, nem mesmo no sótão mais alto. Vera precisa descansar um pouco, curva as costas para trás, em um arco, e inala o cheiro da roupa limpa, dos três vestidos. Ri mais uma vez. Afasta o cabelo da testa. No canto, debaixo do duto de carvão, está um pombo cinzento, arrulhando. Ela mal consegue ouvir gritos, cantoria e música das ruas. Vera estende-se na direção do varal e está para tirar o último vestido, seu vestido azul, que ainda não teve ocasião de usar, e é nesse momento, quando acaba de soltar um dos pregadores e segura o vestido para não cair no chão poeirento, que ela ouve um passo atrás de si, que se aproxima lentamente, e, por um instante, Vera imagina que possa ser Rakel que voltou e que acaba de correr por entre todos aqueles corredores para encontrá-la, mas é certamente Boletta que ficou impaciente e vem ajudá-la a terminar o serviço, pois não tem tempo para esperar, a paz chegou, a guerra acabou, e Vera está para dizer para a mãe: *Tudo bem, só falta esse vestido, veja como está bonito*, ou talvez apenas está a ponto de rir, rir de pura alegria, e depois podem levar juntas o cesto com as roupas escadaria abaixo. Mas percebe, então, que não pode ser a mãe nem a Rakel, pois esses passos têm outro ritmo, outro peso, as tábuas do assoalho cedem um pouco, o pombo pára de repente de arrulhar, são os passos da guerra que continuam a caminhar, e, antes que Vera consiga se virar, alguém a agarra, a segura de tal modo que ela não possa se mover, uma mão seca tapa-lhe o rosto e ela não consegue nem gritar. Ela sente o cheiro forte de pele não lavada, o fedor bruto da boca de um homem desconhecido, uma língua que lhe raspa a nuca. Ela tenta mordê-lo, os dentes afundam naquela pele áspera, mas ele não a solta. Ela perde a respiração. Ele a ergue, ela chuta tudo o que pode, um dos sapatos cai e ele a força a ajoelhar-se e a.curva para frente. Ela percebe que o vestido está pendurado torto no varal, preso por um único prendedor, e ela o arrasta consigo na queda. Ele tira a mão de sua boca, e ela respira, mas, agora que pode gritar, não o faz. Ela vê as mãos dele que lhe rasgam a saia, e é só isso que ela vê dele, as mãos, e uma das mãos tem um dedo a menos e ela crava as unhas naquela mão, mas o homem não solta um único ruído, nove dedos, é só isso o que ele é. Ele força a cabeça dela contra o chão, a face rala contra a superfície áspera das tábuas, a luz vem de lado, o cesto de roupas tomba, o pombo agita as penas. Ela sente as mãos dele nas coxas, nove dedos raspando-lhe a pele, e ele a rasga toda, ele a abre, ela não o escuta, ela enfia o vestido na boca, mastigando incessantemente o tecido fino, o sol na clarabóia muda subitamente de posição, ele a atravessa e, no mesmo instante, os sinos das igrejas começam a tocar, todos os sinos da cidade tocam em uníssono, e o pombo levanta-se de repente do canto junto ao duto de carvão e voa, sem rumo, ao redor deles, ela sente asas que batem nela, e agora é tarde demais, ela ainda não completou vinte anos e é ele quem por fim solta um grito.

Depois, fica tudo em silêncio. Ele a larga. Ela pode levantar-se, mas fica deitada. Ele apóia a mão na nuca dela. Ele cheira a urina e vômito. Então, sai correndo. Ela percebe sua saída, um ronco silencioso contra seu rosto, sua face. Ele havia chegado de fininho, agora sai correndo pelos longos corredores do sótão em Kirkeveien, dia 8 de maio de 1945. O pombo empoleira-se no peitoril da clarabóia. E Vera, nossa mãe, fica deitada ali, com o rosto contra o chão, o vestido na boca e a mão cheia de sangue, enquanto um raio do sol passa, lentamente, sobre ela.

O Apartamento

Boletta, a mãe de Vera, não era exatamente uma mulher religiosa; antes ao contrário, já estava enjoada de milagres; mas nessa ocasião abriu a porta que dava para a pequena sacada sobre a rua Görbitz, postou-se lá e apreciou o momento intensamente: os campanários que tocavam em uníssono em toda a cidade, Majorstuen, Aker e Fagerborg, dava até para ouvir os sinos de Sagene e de Uranienborg, aquele tom suave e ao mesmo tempo selvagem que parecia levantado pela luz e pelo vento, erguendo-se como um único e grande tom que, de uma vez por todas, encobriria o eco branco e agudo do alarme antiaéreo. "Dá para fechar a porta?! Está encanando o vento!" Boletta voltou-se para a sala, quase ofuscada. A escuridão lá dentro ficara ainda mais profunda. Os móveis marrons pareciam nuvens pesadas que não se deixavam mover, atarraxados pelo tiquetaque duro do relógio na entrada. Teve que proteger os olhos por alguns segundos. "Está querendo pegar um resfriado logo hoje? Nós que não ficamos doentes a guerra toda!" "Não precisa gritar comigo, mãe."

Boletta fechou a porta da sacada e notou que a Velha estava junto da estante. Estava lá em sua anágua que descia até os calcanhares, e em seus chinelos de tafetá vermelho, arrancando livros que jogava na lareira, enquanto falava rápida e incisivamente consigo mesma. O som dos campanários reduziu-se a um único badalar. Boletta aproximou-se, devagarinho. "O que está fazendo, mãe?"

Mas a Velha não respondeu, ou não ouvia, e era por isso que não respondia. A Velha era surda de um dos ouvidos, e o outro também não funcionava do jeito que devia. O estrago havia acontecido quando Filipstad foi pelos ares em dezembro de 1943. Na ocasião, a Velha estava sentada na sala de jantar, girando o sintonizador do rádio, que ela havia se recusado a entregar, alegando que era cidadã dinamarquesa e só pretendia ouvir os programas de Copenhague. Ela jurara que as explosões vieram através do alto-falante, com força redobrada, acompanhadas de uma banda americana de *jazz* e, assim, a bigorna de seu ouvido esquerdo fora esmagada, enquanto o estribo do outro fora deslocado. Boletta tinha lá consigo certeza de que os ouvidos da mãe estavam na mais perfeita ordem, mas que ela preferia se reservar o direito de ouvir apenas o que queria. E agora percebeu que eram os romances de Knut Hamsun que a Velha arrancava da estante e enfiava na lareira verde. "O que é que você está fazendo!", gritou Boletta, mais uma vez, e segurou o braço da mãe. "Estou acabando com o Hamsun!" "Hamsun? Logo você que ama Hamsun?" "Não leio Hamsun faz cinco anos!" A Velha voltou-se para a filha. Sacudiu *Os Frutos da Terra* diante do seu rosto. "E especialmente depois daquilo que ele escreveu no jornal!" "O que foi que ele escreveu?"

A Velha depositou *Os Frutos da Terra* na lareira e foi buscar a edição vespertina do *Aftenposten* do dia anterior. Bateu com o indicador na primeira página, e quase fura o papel. "Agora vou lhe dizer, palavra por palavra, o que ele escreveu! *Nós, seus seguidores próximos, curvamos nossas cabeças diante de sua morte.*" A Velha tirou os olhos do jornal. "Dá para imaginar um pior momento para se escrever o obituário de Hitler? De resto, ele nunca deveria ter tido um obituário! Deveríamos é dançar sobre o seu túmulo!"

Ela largou o jornal na lareira, e voltou a atacar a estante, com uma raiva intensa. Seus longos cabelos grisalhos erguiam-se como um leque ao redor da cabeça, xingava com força a cada livro das obras completas de Hamsun que jogava fora, e eu bem que gostaria de ter presenciado a cena: a Velha, nossa bisavó, que em 8 de maio de 1945 apagou os traços do laureado do Prêmio Nobel na nossa sala em Kirkeveien. Mas, de repente, parou, na hora em que ia jogar fora o último tomo da trilogia de August, *A Vida Continua*, e ficou parada com essa primeira edição na mão enquanto se curvava, silenciosamente, na direção da estante e tirou outra coisa que estava escondida atrás dos romances do traidor, uma garrafa intocada de vinho Málaga, safra de 1936. A Velha ergueu a garrafa com cuidado, e, por um instante, esqueceu-se de Hamsun e de tudo que ele representava. Boletta aproximou-se para ver o que era. "E eu que a procurei em cada canto", suspirou a Velha. "No cesto de roupa suja. Na caixa de fusíveis. Na cisterna. E não é que estava aqui, bem atrás da lombada curva de August." Ela deu um beijinho na garrafa e voltou-se novamente para a estante. "Obrigada pela companhia, Knut. Aqui os nossos caminhos se separam!"

Por via das dúvidas, espiou atrás de Herman Bang e de Johannes V. Jensen, para ver se havia mais alguma garrafa, mas não havia, nem mesmo atrás das obras completas de Ibsen. A Velha já estava a caminho da cozinha, Boletta segurou-a novamente. "Foi você que escondeu a garrafa na estante?", perguntou. A Velha fitou-a, com os olhos bem abertos. "Eu? Se tivesse sido eu, teria encontrado há muito tempo e teria tomado antes que Hitler invadisse a Polônia! Deve ter sido você que escondeu a garrafa aí." Boletta aproximou a boca do seu ouvido menos danificado. "Você por acaso não escondeu mais nada por aí?"

Mas a Velha não ouviu a pergunta, e começou a torcer a rolha com seus dedos recurvados e enrugados, e Boletta teve que segurar a garrafa enquanto a Velha torcia e puxava, e assim ficaram um bom tempo, fazendo força. De repente, porém, a Velha soltou a rolha e olhou espantada para si, como se só agora tivesse percebido que não estava vestida. Tirou a garrafa de Boletta, e estava quase ofendida consigo mesma. "Não se bebe um Málaga de 1936 de roupa de baixo! Que fim levou a Vera? Quero o meu vestido já!"

Boletta virou-se de súbito para o relógio oval que ficava sobre a mesinha na entrada, o relógio mágico da companhia de seguros Bien, dentro do qual sempre no primeiro sábado do mês nós colocávamos o valor do prêmio do seguro, e, por isso, durante muito tempo eu acreditei que era o dinheiro que fazia o tempo passar. Boletta aproximou-se. Não podia ser tão tarde assim. Não batia. Vera deveria ter voltado com a roupa há muito tempo. O relógio estava adiantado, talvez não tivesse agüentado as tensões do último dia e tivesse pulado algumas horas, quando os prisioneiros em Grini foram soltos e o general Rediess fechou as portas atrás de si em Skaugum, enfiou a pistola até o fundo da boca e disparou. Boletta mal conseguia ouvir o ronco da roda dentada dos segundos e das moedas que tilintavam na gaveta abaixo do mostrador.

Olhou rapidamente para o seu próprio relógio. A hora estava certa. "Vou ver o que ela está fazendo." "Faça isso. Enquanto isso, vou aquecer alguns cálices." Boletta parou e olhou intensamente para a mãe. "Você não mexa na garrafa até descermos!" A Velha sorriu. "Quero muito rever o rei Haakon. Quando será que ele volta?" Boletta curvou-se na direção da outra orelha. "Você não ouse mexer na garrafa! Não antes de eu voltar com a Vera!" A Velha beijou a filha no rosto e tremeu. "Acho que vou acender a lareira. A guerra deixou as paredes geladas."

Boletta suspirou, atirou um xale sobre os ombros, saiu apressada do apartamento e começou a subir a escada íngreme.

O Pombo

A porta que dá para o sótão está aberta. Tudo muito silencioso. Boletta não escuta as vozes, a música que vem da cidade, das ruas, nem o vento que sempre faz as paredes balançarem, como se todo o prédio se movesse um pouco cada vez que sopra. "Vera?", chama. Mas ninguém responde. Ela segue pelo corredor, passa por todas as despensas, cobre-se melhor com o xale. Há uma corrente de ar, mas o vento é silencioso. Uma poeira clara cai das vigas altas debaixo do telhado. "Vera?", chama de novo.

Por que será que ela não responde? Quem sabe ela deu uma fugida até Majorstuen? Impossível. Boletta ri. Como se a Vera fosse de fugir. Foi só mais uma fantasia. E hoje é um dia em que é permitido fantasiar, e amanhã poderiam lembrar exatamente o que quisessem. Hoje podem fazer tudo. De repente, sente um frio intenso. Depara-se com um carrinho de bebê tombado à sua frente, cheio de lenha.

Ela pára. "Vera?" Nem os pombos estão arrulhando. O silêncio vem em dobro. A porta para o nosso quarto de secar ainda vibra nas dobradiças. E, então, ouve alguma coisa: um som constante de rangido, parece um zumbido, como uma revoada de insetos se aproximando cada vez mais, mas invisível. Esse é um som de que jamais se esquecerá. Boletta empurra o carrinho de bebê para o lado, corre o último trecho e pára, sem fôlego, na abertura da porta. É assim que encontra a filha. Vera está sentada, de cócoras, junto ao cesto de roupas. No colo, segura o vestido recém-lavado e o acaricia, repetidamente, enquanto cantarola baixinho, como se um tom distorcido estivesse preso no seu peito. Boletta aproxima-se, devagar. Vera não ergue os olhos. Fita suas mãos que alisam o tecido fino, cada vez mais depressa. "O que você tem, Vera?"

Vera desvia o rosto, esfrega os dedos contra o vestido azul. Boletta ajoelha-se diante da filha, e põe a mão em seu colo para fazê-la parar. Ela fica quase irritada, quer sacudi-la, mas esse não é um dia propício para irritações e reprimendas. Ela ensaia um riso. "A Velha encontrou uma garrafa de Málaga atrás do Hamsun. E ela não quer beber antes de pôr o vestido. Você vem?" Vera voltá-se lentamente na direção da mãe e sorri. O rosto, os lábios estão retorcidos, a face esquerda inchada. Ela tem uma ferida nas têmporas, debaixo do cabelo. Mas o pior de tudo são os olhos. Estão translúcidos, grandes, e não olham para nada.

Boletta está a ponto de gritar. "Filhinha, o que é que aconteceu?" Vera apenas cantarola. Ela põe a cabeça de lado e continua cantarolando. "Você caiu?

Caiu na escada? Vera, minha filha, diga alguma coisa!" Vera fecha os olhos e sorri. "Não se esqueça de soltar a pomba", diz ela.

Então, Boletta percebe que o vestido novo está úmido e pegajoso. Ela puxa a mão para si. Os dedos estão escuros de sangue. "A pomba? Que pomba?"

Mas Vera não fala. Vera, a nossa mãe, tomou para si o silêncio, e não disse mais nem uma palavra durante os próximos oito meses e 13 dias. *Não se esqueça de soltar a pomba*, foi a última coisa que disse. E Boletta levanta os olhos, enquanto o sangue pinga de sua mão. O sol da clarabóia já se foi faz tempo. A sombra cai como uma coluna de poeira preta, em diagonal, atravessando o recinto. E, empoleirada no varal, bem em cima delas, está a ave cinzenta, imóvel.

Boletta sacode a mão. "Meu Deus! O que é que você fez com todo esse sangue!" Vera encosta-se na mãe, que levanta a filha devagar, e a carrega pelo corredor, e descem as escadas, o medo fez de Boletta, essa alma tão miúda, uma mulher forte e tresloucada. Uma delas chora, talvez ambas, e Vera não quer largar o vestido ensangüentado. Os pregadores caem do bolso do avental a cada degrau que a mãe desce, e ficam espalhados feito um rastro atrás delas. Boletta não se importa com isso, pode pegá-los depois, quando for buscar o cesto de roupas que ficou no sótão. E lembro-me do pássaro que encontramos bem no fundo do sótão uma noite, Fred e eu achamos o pássaro, uma pomba rija e seca, como uma múmia plumada, daquela vez que Fred tinha comprado um caixão e ia treinar para morrer, mas isso ainda vai acontecer muitos anos depois.

O Anel

A Velha estava na copa, do lado do aparador, e serviu o mesmo tanto da bebida em três cálices largos, porque Vera já tinha idade para beber Málaga, todos que tivessem sobrevivido a uma guerra mundial mereciam pelo menos um cálice de Málaga, e o odor dessa flor escura e líquida de 1936 fê-la sonhar com os portos de Copenhague: o convés, o velame, os cabos de amarra e os paralelepípedos, como se apenas o perfume da bebida pudesse reacender cada imagem de suas lembranças enevoadas. A Velha bateu na mesa e chorou um pouco de alegria. Era uma alegria triste! Com ou sem roupa de baixo, tomou logo três tragos, um em homenagem àquele que sumiu no gelo, um para que jamais se esquecesse dele, e, por fim, um por essa paz e pelo sol que brilhava sobre ela. Sim, era uma alegria triste! Mas a tristeza raramente era alegria. A vida não era apenas chapéus imensos e uma valsa lenta. A vida era também ficar esperando por aqueles que nunca retornavam. E, pela alegria triste, esvaziou o cálice, encheu-o de novo na mesma medida, e finalmente ouviu barulhos na cozinha. Enfiou a rolha na garrafa e viu Boletta chegar carregando Vera, como se ela tivesse dormido em seus braços, uma criança pequena e luminosa. Assim podia parecer, à primeira vista. "Ferva água!", gritou Boletta. "Arrume vinagre e gaze." A Velha levantou o cálice, mas depositou-o novamente no aparador. "O que foi que aconteceu?" Ela está sangrando. Ela não diz nada!

Boletta carregou a filha até o quarto e deitou-a na cama de casal. A Velha foi logo pondo no fogão o bule grande com água e veio atrás delas. Vera estava deitada, com os olhos fechados e os braços segurando firme o vestido ensangüentado. O rosto estava ainda mais retorcido. Uma sombra azulada cobria uma das suas faces. Boletta estava sentada na beirada da cama e não sabia o que fazer com as mãos. "Encontrei-a assim", sussurrou. "E ela não quer falar! Nem uma palavra!" "Ela não disse nada?" "A única coisa que disse é que eu deveria soltar a pomba!" "Que pomba?" "A pomba no varal. Tinha uma pomba lá. O que ela quis dizer com isso?" "Vai ver que ela quis dizer só isso, que era para soltá-la. A pomba."

A Velha acomodou-se do outro lado da cama. Passou a mão devagar sobre a testa de Vera, e percebeu que estava quente e seca. Então encostou dois dedos contra o pescoço fino e pálido, e pôde contar, mal e mal, as batidas do coração, eram regulares e pausadas. E o mesmo som vinha do fundo de sua boca, uma melodia baixa, sombria, que fazia os lábios tremerem. Boletta não agüentou mais. Tapou os ouvidos. "Ela está cantarolando assim desde que a encontrei!" "Ela não está cantarolando. Ela está arrulhando. Deus do Céu!" A Velha tentou tirar o vestido das mãos de Vera, mas não conseguiu. Seus dedos estavam lívidos, três das unhas quebradas. "Vamos telefonar para o médico?", cochichou Boletta. "O médico está certamente em outro lugar hoje. Será que é a lua dela?" "Tanto sangue assim não existe!" A Velha deu-lhe um rápido olhar. "Hum, não tenha tanta certeza. Sangue é o que não nos falta."

Ouviram a água fervendo na cozinha, e, enquanto Boletta foi buscar a chaleira, a Velha juntou vinagre, cânfora, panos, iodo e toalhas. Fizeram Vera sentar-se na cama, com cuidado, soltaram o nó do avental nas costas e deitaram-na de novo, tiraram os sapatos e as meias, desabotoaram a blusa, mas, quando novamente tentaram tirar o vestido que ela segurava, não conseguiram. Tiveram que fazer força, dobrar dedo por dedo, e ainda assim não conseguiram. Por fim, a Velha pegou a tesoura e foi cortando e soltando todas as roupas, a partir da bainha, atravessando todo o vestido ensangüentado, até o forro do pescoço, e descendo por ambas as mangas. De vez em quando, Vera abria os olhos, como se quisesse entender onde estava, ou o que estavam fazendo a seu redor. Durava apenas um instante, para afundar imediatamente de volta à sua sombra azulada, arrulhando. Afastaram as roupas, e viram que a *lingerie* também estava ensangüentada. Deixaram-na nua, e agora Vera já não resistia. Boletta chorou ainda mais ao ver a filha assim, na imensa cama, estava quase transparente, no reflexo do lustre acima delas, e suas mãos procuravam agarrar alguma coisa, os dedos dobravam-se formando punhos duros, como se ainda estivessem segurando um vestido azul que ela nunca pôde vestir.

Depois lavaram Vera com esponja, pedra-pomes e escova, com os sabonetes mais suaves, secaram-na com as toalhas mais macias, trocaram a roupa de cama, puseram um emplastro com banha sobre o rosto, um pano molhado em vinagre sobre o peito, e, por via das dúvidas, três camadas de gaze. Deram-lhe chá quente, e vestiram-na com a camisola chinesa da Velha. Vera já não cantarolava. Dormia silenciosa e mesmo as mãos se soltaram, acomodando-se, tranqüilas, sobre a seda.

Então a Velha foi buscar a garrafa de Málaga, dois cálices, e acomodou-se junto de Boletta. "Vamos festejar a paz dentro de casa, mesmo", cochichou. "Dá no mesmo." Beberam em silêncio, junto à cama de Vera. Ainda podiam ouvir os festejos, de Majorstuen até Jessenløkken, de Tørtberg até Bislet, Sankthanshaugen e Blåsen. De vez em quando, alguém dava um tiro ou quebrava uma vidraça. Mas Vera não acordava do seu sono.

A Velha serviu mais uma rodada. Boletta esvaziou o cálice de um só gole. "Eu nunca deveria tê-la deixado subir sozinha", resmungou consigo. "O que você quer dizer com isso?" "Eu deveria ter ido junto." A Velha aproximou-se e o cabelo grisalho cobriu-lhe o rosto. Ela afastou o cabelo com um movimento lento. "Não me diga que havia mais alguém? Junto com ela?" Boletta meneou a cabeça. "Junto com ela? O que você quer dizer com isso?" "Você sabe muito bem o que eu quero dizer com isso!" Boletta estava a ponto de gritar, mas controlou-se. "Ela estava sozinha", disse, em voz baixa. "Mas alguém poderia ter estado lá antes de você chegar?" Boletta deu uma olhada rápida para a mãe. "Amanhã vamos à cabeleireira", disse, subitamente. "Todas as três." A Velha protestou. "Fale por vocês. Podem ir à cabeleireira, se quiserem. Eu não." Boletta suspirou. "Seu cabelo está muito comprido. Mas se você quer parecer uma pedinte, que seja." A Velha irritou-se. "Eu não vou me embonecar por conta da paz." "Além disso, você solta cabelo como se fosse um gato!" "Vera pode arrumar meu cabelo. Quando o rei Haakon voltar para casa!"

Um tilintar na vidraça sobressaltou-as. Estavam com os nervos à flor da pele. Alguém lá fora lançava pedrinhas contra a sua janela. A Velha colocou o cálice no criado-mudo, foi até a janela e a entreabriu. Eram apenas os meninos do prédio. Tinham flores na lapela e bandeiras norueguesas na mão. Eram destemidos, valentes e invulneráveis. Chamaram pela Vera. Mas a Velha já havia levantado a mão, em advertência. "Vera não está passando muito bem", disse. "E vocês estão atirando na vidraça errada. Se é que não é comigo que vocês querem sair."

Os garotos lá embaixo riram, e saíram em disparada, para as outras janelas, em busca de outras garotas. Em vários pontos entre os prédios do outro lado da rua havia fogueiras, fogueiras de cortinas de blecaute, o pessoal as trazia às braçadas para atirá-las às chamas, a fumaça preta erguia-se pelo ar fresco, como colunas enfileiradas, e o cheiro, enjoativo, quase como um fedor doce, misturava-se ao odor pesado dos lilases, que estavam a ponto de florir. O sol do entardecer iluminava em brasa o asfalto, como se a cidade inteira tivesse sido feita de cobre macio. Descendo a Kirkeveien, vinha marchando um batalhão de jovens, em roupa esportiva, cada um com um rifle no ombro, cantando. De onde vêm todas essas pessoas?, perguntava-se a Velha. E ela pensou: Guerra é silêncio. Paz é barulho.

Ela fechou a janela e voltou a se sentar à beira da cama. "Essa foi a minha Segunda Guerra Mundial", suspirou. "E que seja a última." A Velha bateu três vezes na coluna da cama. Boletta trocou o pano sobre o peito de Vera e levantou com cuidado a camisola para ver se havia aparecido mais sangue, mas a toalha ainda estava branca e seca. "Não entendo como ela pode ter-se machucado assim", sussurrou a Velha. "Ela deve ter caído", disse Boletta. "É. Deve ser isso mesmo. Ela caiu." Boletta aproximou-se, quase sem voz. "Você acha que alguém pode ter estado lá com ela?" A Velha cheirou longamente a garrafa e desviou o olhar. "Não, quem haveria de ser? Você mesma disse que ela estava sozinha."

Assim conversavam, em voz baixa, nervosas, num ir-e-vir, nossa bisavó e nossa avó, cada uma com seu cálice de Málaga, e tenho a impressão que nunca conseguiram ventilar totalmente o odor desse vinho escuro, doce, e, muitos anos depois, quando pude dormir lá, porque eu tinha tido um pesadelo ou apenas porque fingi estar doente, sempre inalava o mais fundo que podia e logo ficava tonto, o Málaga era uma lembrança que escorria para dentro do meu sangue, e sonhava sonhos ébrios e gostava dos sonhos que jorravam dentro de mim no meu sono entorpecido. Mas agora era Vera, nossa mãe, que estava deitada lá, envolta em seda e vinagre, e a paz continuava lá fora. E algumas vezes me pego pensando sobre o que teria acontecido se ela tivesse falado, se ela tivesse contado o que havia acontecido no sótão, o estupro? Nossa história teria sido bem diferente. Talvez nem sequer teria começado; teria continuado por outros caminhos, sobre os quais nunca e nada saberemos. O silêncio de Vera é o começo da nossa história; toda história tem que começar com um silêncio.

Boletta umedece-lhe os lábios com água. "Verinha", sussurrou. "Alguém te fez mal?" Mas Vera não responde, apenas vira-se para o outro lado, e Boletta fita a Velha. "Não entendo de onde vem todo esse sangue", cochicha. "Ela nunca sangrou desse jeito. Com esse corpinho!" A Velha estava sentada curvada, com ambas as mãos segurando o cálice vazio. "Quando fiquei sabendo que Wilhelm ia viajar para a Groenlândia, sangrei durante dois dias sem parar." Boletta deu um suspiro. "Eu sei, mãe." A Velha sorriu, como se tivesse se lembrado de alguma coisa que por um momento esquecera. "E então ele veio me ver na noite anterior e estancou o sangue. Ele era bruxo, Boletta."

Vera virou-se lentamente, no sono, e tiraram o emplastro sobre a sua face. Viram que o inchaço havia diminuído. Estava quase parecida consigo mesma. A Velha penteou-a com cuidado. "Você está certa", disse Boletta. "Foi demais para ela. Tudo o que aconteceu. Ela não agüentou." "E a pequena Rakel que sumiu", sussurrou a Velha. "Penso o quanto a Vera sente falta dela." "Ela ainda pode voltar", disse Boletta. "Não. Não acredite nisso. Não diga isso. Não vamos arrumar outras esperas inúteis aqui em casa."

E ainda não falei da Rakel, pois sua história começa antes desta, e já terminou: a melhor amiga da mamãe, a morena Rakel, está morta, enterrada em uma vala comum em Ravensbrück, e ninguém jamais a encontrará ou a reconhecerá, ela está no incógnito da morte, exterminada pelos carrascos sistemáticos como burocratas eficientes que eram, os assassinos ordeiros que beijam a mulher e os filhos toda manhã antes de irem para a repartição do extermínio. A pequena Rakel, 15 anos de idade, do apartamento da esquina com a rua Jonas Rein, uma ameaça para o Terceiro Reich. Vieram buscá-la e os pais em outubro de 1942, mas foram caridosos e deixaram que ela atravessasse o pátio interno, debaixo de chuva, para dizer adeus à mamãe. "Volto logo", disse Rakel. "Não tenha medo, Vera. Volto logo." Duas meninas. Duas grandes amigas, no meio de uma guerra, uma delas é a nossa mãe, a outra sua melhor amiga, que vai viajar. Quanto é que elas sabem? Quanto é que ela sabe? Uma gota de chuva escorre pelo nariz de Rakel, Vera enxuga a gota, e ambas riem, por um instante é como uma despedida qualquer. Rakel está vestida com uma capa marrom que a mãe dela usava antes e que é muito grande e nas mãos tem luvas cinza que não teve tempo de tirar. Ela está com pressa. Estão esperando por ela, seus pais e a polícia. Ela vai viajar para muito longe. O navio chama-se *Donau*. Se abraçam, e Vera pensa, enquanto diz as palavras dentro de si: Ela volta logo, ela disse que voltaria, não tenha medo. "Tome cuidado", sussurrou Rakel. "E dê lembranças a Boletta e à Velha." "Saíram à procura de batatas", sorri Vera, e ambas voltam a rir. Mas, de repente, Rakel se solta, tira a luva da mão direita e o anel que traz no dedo médio, e o entrega a Vera. "Te empresto este anel até eu voltar." "Posso?" Mas Rakel muda de idéia. "Não. Fique com ele!" "Não quero o seu anel", diz Vera, rapidamente. "Quer sim, é seu!" "Não", diz Vera, teimosa e quase zangada. "Não quero o seu anel." Rakel pega na mão dela e coloca o anel no lugar. "Mas você pode pelo menos cuidar dele para mim!" Então Rakel lhe dá um beijo no rosto e sai correndo, está com pressa, ela vai fazer uma longa viagem e não pode chegar atrasada. E Vera fica parada, na cozinha, e gostaria tanto que Rakel não tivesse dado o anel para ela. Ouve os passos apressados descendo a escada, os pequenos sapatos marrons sobre os degraus, e Rakel nunca retornará. Lembro-me de algo que mamãe dizia e repetia com freqüência: *Esses são passos que ainda ouço saindo da minha vida.* Fiz dessas palavras minhas. E, por vezes, gosto de imaginar que Rakel está na periferia desta história, ou lá no fundo do que era o silêncio da mamãe, e nos contempla, triste e condescendente.

A Velha enfia a rolha na garrafa. "Então você acha que pareço uma pedinte, não é mesmo", disse ela. Boletta embrulhava as roupas estragadas num papel, passando um barbante e banindo tudo para o fundo do armário. "Eu só digo que podemos ir à cabeleireira todas as três", suspirou. "Você disse que eu parecia uma pedinte. Uma pedinte!" "Vera e eu podemos ir. Se você não quiser." "Isso mesmo, podem ir à cabeleireira e se embonecarem por conta da paz."

A noite estava caindo, e a Velha não havia conseguido trocar de roupa. Ficou sentada na beirada da cama, em sua camisola desbotada e chinelos vermelhos, e bem que eu gostaria de saber no que estaria pensando. Será que pensava que era mais uma desgraça que as havia atingido? Boletta postou-se atrás dela e levantou-lhe o longo cabelo grisalho com ambas as mãos. "Você não se parece com uma pedinte. Você se parece com uma bruxa zangada." A Velha riu baixinho. "E amanhã a Vera vai estar boa. Quem sabe ela quer dar um passeio com a bruxa?"

E procuraram se acalmar com essa idéia, foi a menstruação da Vera que, com uma força incomum, havia jorrado através dela nesse dia incomum, 8 de maio de 1945, e a havia derrubado lá no sótão. "Vou telefonar para o médico mesmo assim", sussurrou Boletta. "Ele deve ter mais o que fazer", repetiu a Velha, também em voz baixa. Ela fez o sinal-da-cruz, três vezes. Boletta soltou o cabelo sobre as costas recurvadas da mãe, deu a volta e ficou na frente dela. "O que foi que você fez agora?" "O que foi que eu fiz? Como assim?" "Você sabe muito bem o que quero dizer. Não se faça de desentendida." "Estou cansada", disse a Velha, e quis sair. Boletta reteve-a. "Você se benzeu. Eu bem que vi." A Velha puxou o braço de volta. "Sim, sim. Me benzi! Uma bruxa velha que se benze. Isso faz alguma diferença?" "Eu achei que você estava de mal com Deus e não queria mais conversar com Ele. Hein?" A Velha benzeu-se de novo. "Faz muito tempo que Deus e eu estamos de relações cortadas. Mas de vez em quando mando um sinal para Ele. Para que Ele não se sinta muito só. E agora estou cansada!"

A Velha foi até a sala de jantar e adormeceu no sofá, enquanto Boletta deitava-se ao lado de Vera, com o braço ao redor da filha, como tantas vezes haviam deitado juntas nesses cinco anos, algumas vezes todas as três, quando voltavam do porão, após os alarmes antiaéreos e as explosões. E, nessas horas, acontecia de a Velha ler em voz alta a carta de Wilhelm, quando estavam deitadas assim esperando a noite, esperando o sono, esperando a paz, e Vera sempre chorava quando a Velha se aproximava do fim, da última frase bonita que Wilhelm, o pai de Boletta, escreveu antes de desaparecer na terra encravada entre o gelo e a neve.

Boletta ficou deitada por muito tempo sem conciliar o sono. Pensou na Velha, que havia se benzido, que hoje houvera por bem conversar com Deus com a linguagem dos sinais. Boletta tremia, tremia tanto que teve de levantar os dois braços para não acordar Vera. Será que Boletta ficou tão inquieta com a súbita devoção da Velha quanto Vera ficou, quando Rakel lhe deu o anel? Ai! quando pensamos tudo o que fazemos e que dá errado, nossas ações invertidas, o consolo que se torna dor, as recompensas que se tornam punições, a prece que se torna uma maldição! Ainda se ouviam os risos e os gritos das ruas. Era a paz. Terboven havia arrastado o corpo de Rediess até o *bunker* em Skaugum e pedido ao chefe dos vigias que acendesse a mecha no tonel cheio de explosivos. Dizem que Terboven se arrependeu por um momento, não de seus atos, mas de sua última escolha; a mecha que queimava ao longo do chão de pedras. Ele tentou apagar a brasa, mas não conseguiu, estava muito bêbado, e ninguém prestou atenção na enorme explosão que fez os pássaros subitamente levantarem vôo nas florestas próximas. A guerra tinha terminado. Pela primeira vez, Boletta ficou com medo.

Ela deve ter dormido mesmo assim, mas não conseguia se lembrar. Quando acordou, num repente e exausta, Vera não estava lá. Estava claro no quarto. Ela sentou-se na cama. Mas Vera não estava lá. Havia um vazio ao lado dela na cama. Já passava das sete horas da manhã, e Boletta tinha que ir trabalhar. Era apenas uma quarta-feira, uma quarta-feira de maio. Alguém conversava na sala de jantar. Ela apressou-se até lá. A Velha havia dormido com o rádio ligado. *Esta é a Radiodifusão Norueguesa. A verdadeira radiodifusão norueguesa.* Boletta desligou o rádio, e no silêncio que se seguiu, ouviu outra coisa, o mesmo cantarolar, o mesmo arrulhar, só que ainda mais profundo, quase como um gargarejo. Vinha do banheiro, e o som penetrava-lhe os ossos e a medula. Acordou a Velha e arrastou-a até o corredor. A porta do banheiro estava trancada. Vera estava lá dentro.

Boletta bateu na porta. "Vera? Você poderia abrir, Vera?" O cantarolar cessou, quase como um suspiro. Fez-se um silêncio profundo. Mas, de vez em quando, ouviam água que escorria e algo que rangia, como Boletta ouvira no sótão, só que mais duro, como um sapato sobre um capacho. "Você vem logo, Vera? O que você está fazendo?" A Velha abaixou-se e espiou pelo buraco da fechadura. Sentiu o sopro de um vento fraco, uma corrente de ar contra o olho. "Não vejo nada, a chave está na fechadura." Boletta agarrou de repente a maçaneta e gritou. "Vera! Abra já! Pare com essa bobagem! Você está me ouvindo? Abra já!" A Velha teve que intervir e segurá-la. "Controle-se, e pare de derrubar o prédio!" Boletta soltou a maçaneta, colocou a mão sobre a boca e sussurrou, por trás dos dedos. "O que é que vamos fazer?" "Para início de conversa, não grite. É o pior que existe." Boletta riu um riso curto. "Ah, sei. Você ouve tão bem que o grito te incomoda?" "Isso não é da sua conta." "Será que a paz limpou os seus dois ouvidos, hein?" Mas para isso a Velha não tinha resposta. Em vez disso, pegou um grampo de cabelo e enfiou na fechadura, cutucou e girou até ouvirem a chave cair no chão do lado de dentro. Boletta tentou novamente abrir a porta, mas estava tão trancada quanto antes. A Velha voltou a espiar pelo buraco da fechadura. "E agora, está vendo alguma coisa?", sussurrou Boletta. "Acho que ela está sentada na banheira. Vejo um braço." Agora Boletta também precisava espiar. Sentiu o vento frio batendo-lhe no olho, e, tanto quanto me lembro, depois sempre viria a culpar esse vento quando o seu olho de repente ficava vermelho e inchado, e começava a escorrer, como se o olho estivesse sozinho no rosto, chorando.

Boletta também viu o braço de Vera, o braço nu de Vera sobre a beirada da banheira, a mão, os dedos magros e o anel pesado da Rakel. "Vamos chamar o zelador! Ele pode arrombar a porta!" Boletta estava a caminho da cozinha, mas a Velha segurou a filha, com firmeza. "O zelador deve estar ocupado com outras coisas agora", disse. "Mas alguém tem que abrir essa porta!" "E você quer que aquele idiota intrometido vá vê-la assim lá dentro? Pelada!" Boletta chorou. "Mas o que é que eu vou fazer?" "Fale com ela. Fale com a sua filha!" Boletta inspirou fundo e voltou para a porta. "Vera? Você está pronta?" Mas ela não respondia. Esperaram. Ouviam apenas o som langoroso da água derramando. E, de repente, Boletta viu o relógio na entrada, a batida dos segundos, era como se a sombra dos mostradores girasse sobre ela. "Eu tenho que ir trabalhar, Vera! Preciso me aprontar já, para não chegar atrasada!" A Velha segurou-lhe o braço. "Trabalhar? Num dia como hoje?" "E você acha que as pessoas não se telefonam, só porque chegou a paz?" "Não, não creio que tenham tempo nem cabeça para tanto!" Boletta empurrou a Velha para o lado. "Vera, meu amor. Sabe o que estou querendo fazer hoje de manhã? Quando eu tiver folga? Podemos ir à cabeleireira em Adamstuen." Agora foi a Velha que afastou Boletta. "A cabeleireira em Adamstuen! Onde já se viu!" "Psiu!" "Você acha que a cabeleireira está com tempo para abrir o salão? De jeito nenhum." "Só falei por falar!" "Só falou por falar! Ontem você não falava de outra coisa senão de cabeleireiras!" "Não é verdade." "Você disse que meu cabelo parecia o de uma pedinte. Não me esqueci, viu?" "Eu disse que você parecia uma bruxa velha!"

Foi então que Vera começou a cantarolar de novo lá dentro, tão baixinho e tão devagar que mal dava para ouvir. Boletta encolheu-se e teve que se apoiar na mãe. "Estou com tanto medo", sussurrou. "Tomara que ela não se machuque." "Se machuque? O que você quer dizer com isso?" "Já não sei o que estou dizendo." "É, acho que logo logo nenhuma de nós saberá mais." A Velha voltou-se para a porta e bateu forte, três vezes. "Agora é a minha vez, Vera. E se você não abrir logo, vamos ter uma desgraça!" Mas Vera não respondia nem abria a porta. Só cantarolava. Por três vezes a Velha bateu com força na porta. "Você não vai querer que a droga da sua avó vá sentar na pia, não é?" Ficaram prestando atenção, as duas, com os rostos quase colados, e, de repente, fez-se novo silêncio lá dentro. Vera não cantarolava mais, e mesmo a água não mais se ouvia. E foi então que a Velha acelerou. Não havia muita aceleração a fazer, mas correu na direção da porta, com o ombro à frente. Não adiantou, e ela voltou a tentar forçar a porta, dobrava o pescoço, levantava os ombros, afundava a cabeça, parecia um touro, a Velha metamorfoseou-se, havia como que uma força impiedosa que crescia dentro dela, eram os músculos da tristeza, e ela atirou-se contra a porta, que desta vez se abriu num estrondo, ela estava a ponto de cair ao chão, mas Boletta segurou-a, e ficaram lá, na soleira, e o que viram as deixou paralisadas de susto, paralisadas e ao mesmo tempo aliviadas, porque Vera está viva.

Ela está sentada na banheira, um dos braços pendentes sobre a beirada curva, e na água, na água escura, bóia uma escova, é a escova de esfregar o chão da cozinha, e Vera não se apercebe dela, ou não quer se aperceber dela, ela olha para algum outro lugar, tal como fizera no sótão, os olhos são grandes demais para ela, lúcidos e quase negros, e a pele, nos seios, nos ombros, no pescoço, no rosto, está listada, como se tivesse tentado arrancá-la com a escova, raspar a pele toda. O seu corpo magro treme.

Boletta ajoelhou-se junto da banheira. "Vera, meu amorzinho, o que é que você fez?" A água mal escorria sobre a borda, cinzenta e morna. Vera não respondia. "Já passou, Vera. Já passou. Não tem mais nada a temer." A Velha sentou-se no cesto de roupa suja no canto, esfregou o ombro e soltou um suspiro. Boletta passou a mão lentamente sobre o braço da filha. "Rakel deve voltar logo para casa. Você não vai querer ficar doente para quando ela voltar, não é mesmo? Você vai acabar pegando uma pneumonia se ficar aqui assim." A Velha deu outro suspiro, mais profundo. "Tire a tampa", disse apenas. "Chega de conversa fiada." Vera puxou o braço de volta, Boletta tentou segurá-lo, mas era muito magro e escorregou-lhe entre os dedos. "Então diga alguma coisa!", gritou Boletta. "Fale comigo!"

Mas Vera permaneceu em seu silêncio, e a única coisa que conseguia fazer era cantarolar. Seus lábios estavam quase azulados, tremiam; ela arrulhava. A Velha levantou-se, ergueu as mãos na direção do teto e cruzou-as, como um punho sobre a cabeça. "Puxe logo essa porcaria de tampa, pelo amor de Deus! Ou será que sou eu quem vai ter que fazê-lo?" Boletta enfiou a mão na água. E, então, Vera bateu nela. Bateu na mãe no meio do rosto com a escova de chão, e Boletta gritou tanto que Vera teve que tapar os ouvidos. E os passantes pela Kirkeveien e pela rua Jacob Aal, que já viveram tanto tempo que ainda se lembram desses dias, contam que nunca se esquecerão desse grito, que foi assunto por longos anos, que fez a caiação se desprender, os candelabros tremerem e as telhas caírem, que por pouco não fazia crer que a guerra havia recomeçado. Não que o golpe doesse tanto, Boletta gritou principalmente porque ficou com medo, porque estava certa de que todas haviam enlouquecido, que a guerra havia tirado delas o pouco de juízo que sobrara, agora Vera batia na própria mãe, sentada com uma escova de chão na banheira e batia no rosto da mãe com a escova. A Velha teve que acalmar Boletta à força, e, quando finalmente conseguiu, quando ambas ficaram ajoelhadas sobre o piso frio do banheiro, retomando o fôlego, Vera começou a esfregar-se na nuca, com a escova dura e rija, com se houvesse uma mancha justamente na nuca, e que não havia conseguido tirar. "Não agüento mais", chorou Boletta.

No mesmo instante, soou a campainha da porta da cozinha. Por um momento, apenas por um breve momento, Vera parou de se esfregar, quem sabe achava que era a Rakel, que Rakel finalmente tinha voltado para casa e que estava agora tocando a campainha porque queria sair com ela, talvez acreditasse nisso, no espaço entre dois segundos, mas depois voltou a se esfregar, com mais força, curvava a cabeça e as vértebras da nuca erguiam-se como um arco retesado de bolas incandescentes. "Quem será?", sussurrou Boletta. A Velha inclinou-se contra a beirada da banheira e deixou a mão boiando na água, cinco dedos enrugados e tortos na água escura, cuidadosamente ao redor do corpo de Vera. Ela tremia ainda mais. "Calma, menina, calma. Você já está bem limpinha." A campainha tocou de novo. A Velha tirou a mão da água. "Que droga! Não se pode ter um pouco de paz! Não é mesmo, Vera?" E Vera voltou-se para elas, parecia como se ela estivesse a ponto de se entregar, de se entregar a Boletta, à Velha, mas permaneceu, teimosa, em seu silêncio. A Velha enfiou a mão novamente na água, e soltou a tampa. "E agora vou jogar alguém escada abaixo", disse ela.

A água começou a escorrer pelo longo do corpo de Vera. Boletta colocou uma toalha sobre seus ombros, e ela não reagiu. A Velha arrastou-se até a cozinha e abriu a porta. Como era de se esperar, era Bang, o zelador do prédio, que tinha seu próprio apartamento funcional no canto do térreo, junto às lixeiras, o próprio Bang, o protetor das flores, o vigilante da lavanderia, o inimigo dos gatos vadios e o general do regimento interno. Tinha 42 anos de idade, era solteiro, ex-campeão de salto triplo e incapacitado para o combate. Estava lá, no seu melhor terno, um paletó largo e preto espalhado sobre a sua figura desengonçada, as calças muito curtas, e havia cuspe nos joelhos gastos. Da lapela, balançava uma fita nas cores norueguesas, tão grande que quase despencava. Bang estava com o rosto brilhando de suor, como se tivesse subido todas as escadas correndo até o sótão e de volta e por todo o pátio interno e depois retornado, ou talvez tivesse esfregado cuspe também na testa. De ambos os olhos escorria curiosidade e sorria com todos os dentes, enquanto levantava o chapéu mole e cumprimentava. "Ora, ora, se não é o zelador", disse a Velha. "Aconteceu alguma coisa aqui?", perguntou ele. Atrás dele, nas escadas, estavam os vizinhos, as gentis senhoras da escadaria de serviço. Curvavam-se para frente, para ver melhor: a Velha de camisola, e o relógio já marcando 8h15, 9 de maio, apenas de camisola; estava lá, com seu cabelo como uma avalanche cinzenta sobre os ombros recurvados, essa estrangeira da Dinamarca, que fala quase do jeito que parece e que nunca haviam conseguido entender direito, embora fosse ela quem morasse há mais tempo no prédio, no apartamento na esquina da Kirkeveien com a rua Gørbitz, onde até esta data jamais havia entrado um homem. "Se aconteceu alguma coisa?", replicou a Velha. "E o que poderia ter acontecido?" O zelador Bang encostou-se no batente. "Eu bem que ouvi um grito. Todos aqui ouviram um grito." As vizinhas menearam a cabeça e se aproximaram um degrau, sim, também tinham ouvido, um grito medonho. A Velha sorriu. "Fui eu que me queimei no fogão." E quis fechar a porta, mas Bang ficou postado lá, com um dos sapatos segurando a porta. Ele fitou o braço molhado dela. "Tem certeza que está tudo em ordem?" "Tenho certeza absoluta, e muito obrigada pela consideração." Bang não queria desistir tão fácil. "E como está a Vera? Alguns dos garotos contaram que ela está doente." "O que foi que disse?" O zelador voltou a sorrir. "Disseram que foi você quem disse. Que a Vera estava doente." A Velha fitou o sapato dele, estava torto e o cordão não alcançava todos os furos. "Se você não tirar o pé daí, você vai ser o próximo a gritar aqui no prédio." Bang deu um passo rápido para trás, enquanto não desgrudava o olhar dela. "Só quis perguntar, minha senhora. São tantos os acontecimentos desses últimos dias." "Sei bem. Mas as revistas nas residências acabaram, não é mesmo?"

A Velha tentou fechar a porta mais uma vez, mas o zelador Bang curvou-se para dentro do apartamento, e não sorria mais. "Acho que vocês deixaram cair alguma coisa na escada." Enfiou a mão no bolso do terno e, por fim, entregou-lhe um punhado de pregadores. "Tomem cuidado com isso. Alguém pode tropeçar e cair. Estimo melhoras. Da sua mão. E também da Vera."

Bang voltou-se para as vizinhas, que fecharam um círculo em torno dele. A Velha trancou a porta, colocou os pregadores numa gaveta e voltou depressa para o banheiro. Vera estava sentada na banheira vazia, com a toalha sobre os ombros, segurando-se, apoiava a cabeça contra os joelhos pontiagudos. Boletta acariciou-a cuidadosamente nas costas, e Vera não a impediu. Juntas carregaram Vera de volta ao quarto. Lá, deitaram-na entre cobertores e acolchoados, entre seda e pomada, e ela caiu logo no sono, na luz quente. "Vi as gazes no cesto de roupa suja", sussurrou Boletta. "Ela não está mais sangrando." "Muito bom. Então não precisamos chamar o médico." Voltaram para a sala de jantar para não acordarem a Vera. O pó cobria, silencioso, os móveis e as paredes, os abajures e os quadros. As vidraças estavam rajadas de fuligem e sujeira. Logo teriam que iniciar a faxina de primavera. "Quem foi que tocou?", perguntou Boletta. "Aquele idiota do zelador." "Não o chame assim, mãe. Ele tem nome. Bang. Zelador Bang." A Velha espiou pela janela. "O que foi que você disse?" "Ele se chama Bang!" A Velha deu uma risada curta e baixa. "O zelador tinha uma bandeira inteira na lapela. E o que é que ele fez durante a guerra? Arrumou o sótão, tirando as coisas dos judeus." "Psiu!", exclamou Boletta. "Não me venha com psiu! Eu falo o que eu quero." "O que é que ele queria?" "Devolver os pregadores. Que você deixou cair na escada." "Ele disse alguma coisa?" "Se ele disse alguma coisa? E o que seria?" "Talvez tivesse visto algo?" "Aquele homem é muito metido para ver alguma coisa." A Velha sentou-se no sofá e suspirou. "São apenas nove horas da manhã e o dia já foi longo. Agora estou cansada." "Você não poderia se deitar no quarto da Vera?" "Vou cuidar dela. Vá trabalhar. E, se encontrar uma garrafa de Málaga no caminho, traga-a para casa."

A Velha virou as costas e já estava dormindo. Boletta foi ao banheiro para se arrumar. Não havia mais água quente, mas ela passou o perfume que havia economizado por tanto tempo. Pelo menos ela não estaria malcheirosa ao chegar tarde ao Telégrafo, no primeiro dia depois do fim da guerra.

Espiou no quarto para ver a filha. Vera dormia e agora, com aquela iluminação, parecia a criança que um dia havia sido, não fazia tanto tempo assim.

E a Velha ouviu a porta se fechar e os passos rápidos descendo a escada. Então dobrou as mãos sobre o peito e fez uma reza curta, quase envergonhada, pois, ainda que Ele estivesse entre nós, ou em nós, na força dos pensamentos e das palavras, não teria Deus coisas mais importantes a endireitar? *Olhe por Vera*, sussurrou. *E olhe por Boletta. Comigo, você não precisa se preocupar.* E então dormiu de novo, sem fechar os olhos, como tantas vezes havia deitado de noite depois que Wilhelm nunca mais voltou do frio, da terra encravada entre o gelo e a neve. É o sono mais elevado das pessoas que ainda esperam.

O Telégrafo

Dezoito mulheres estão sentadas uma ao lado da outra diante da central telefônica, no segundo andar do edifício Telégrafo, e, às 9h46, a décima-nona ainda não havia chegado. A cadeira de número oito a partir da direita está vazia, e Boletta apressa-se, atravessando a sala baixa e arqueada, e mal consegue pendurar a capa junto à mesa da supervisora antes de tomar o seu lugar, pois lá está a Srta. Stang. A supervisora, a que está no setor há mais tempo, e, por isso mesmo, tem a nuca mais dura e a cefaléia mais persistente, faz o registro no diário, enquanto observa Boletta conectando, colocando os fones de ouvido e ajeitando o microfone. As outras mulheres observam e sorriem, resignadas. De todo modo, a confusão está instalada. Hoje, a rede está estourada. Hoje, não há nada a fazer senão o melhor possível, e são essas 19 mulheres e a supervisora que agora dirigem a Noruega. Mandam sinais pelas vias energizadas por sobre as montanhas, nos cabos debaixo das cidades, entram nas casas e apartamentos até o aparelho correto, que, de repente, toca e alguém pode tirar o telefone do gancho e ouvir uma voz que talvez lhes tenha feito falta, a voz de alguém que talvez amem e que tem algo de necessário e bonito a dizer. E elas juntam todas essas vozes para que se tornem diálogos, amarram o país inteiro em fios de palavras, em uma enxurrada de ondas sonoras, abrem linhas em um entusiasmo elétrico, dirigem a língua e decidem quem vai poder passar. Um pescador de Nyksund quer falar com a filha que é doméstica na rua Gabel. Uma mulher de Tønsberg exige ser hospedada no 204 do Hotel Bristol. Uma moça de Hamar procura por seu noivo e, em lágrimas, pede o número das sedes da Gestapo no Terraço Victoria e na rua Møller, 19, e de todos os hospitais da cidade. Tem até aquele que quer telefonar para o campo de concentração em Grini, e um professor de Drammen que procura um colega em Vadsø, mas a província de Finmark está fechada, Finmark ainda está sem contato, e isso não é o fim de tudo, tem fila nas ligações vindas de Estocolmo, Copenhague, Londres, as linhas estão incandescentes, os relés em chamas, e por vezes as linhas se cruzam e várias conversas juntam-se no mesmo número. Mas isso não tem importância, hoje é o dia do caos, um caos real, tangível, a paz começou e essas 19 mulheres, incluindo Boletta como a de número oito a partir da direita, constituem o governo paralelo da Noruega, eu as vi uma vez, e lembro-me disso de uma forma especialmente nítida e profunda, porque foi o dia em que a Velha e o rei Haakon morreram. Eu tinha sete anos de idade e mamãe foi me buscar na escola e me levou até o Telégrafo, para avisar Boletta que a Velha tinha morrido em um acidente de trânsito e que Fred estava internado no Hospital Universitário de Ullevål, sem ferimentos mas em estado de choque e sem poder falar. Entramos primeiro no enorme saguão público e vi o quadro que cobre quase toda a parede interna, e subimos até o primeiro andar, até a central, e mamãe ficou parada no vão da porta, ela segurava-me a mão, e não vimos Boletta entre as mulheres que estavam sentadas lá, todas vestidas de preto e todas magras, e achei que já estavam sabendo que a Velha tinha morrido, e que por isso estavam tão escuras e magras, mas não podiam saber, era só a mamãe e eu que sabíamos que a Velha tinha sido atropelada junto do Parque Real, quando foi lá com Fred para ver as faixas de luto que pendiam da sacada, no dia da morte do rei Haakon, 21 de setembro de 1957. Mas então pensei que aqui sabiam de tudo, porque ouviam tudo o que era dito, e que agora passavam a informação adiante, que a Velha tinha morrido, falavam sem parar em pequenos microfones e tinham pesadas orelheiras que crepitavam, e quando estávamos lá, procurando por Boletta, uma mulher ainda mais velha veio até nós, ela também estava vestida de preto, e com o pescoço totalmente torto, como se a cabeça tivesse sido aparafusada na diagonal, impossível de soltar, e perguntou, numa voz não muito amistosa, o que queríamos, e mamãe disse que estávamos procurando por Jebsen, era tão estranho quando ela falava o nome inteiro, Boletta Jebsen, será que era a hora de folga dela? A mulher sorriu, com um sorriso tão torto quanto a cabeça, e informou que Boletta Jebsen não trabalhava mais lá, na própria central, ela havia sido transferida para o porão, fazia muitos anos, mamãe não sabia? Mamãe ficou enrubescida e de cara estranha, e voltamos ao saguão público e mamãe pediu-me para esperar enquanto ela ia buscar Boletta. Fiquei parado no saguão com o seu imenso pé-direito, observando o afresco de Alf Rolfsen. Só tinha homens no quadro, homens que abriam largos caminhos entre as florestas, homens que arrastavam cabos sobre as montanhas e debaixo das cidades, homens levantando postes, era o balé preciso do trabalho pesado, e pareciam atos sagrados, tal como relembro, como erguer cruzes, e, depois, as mulheres abençoaram esse trabalho completando-o, acoplando os sinais elétricos nos relés e mandando as vozes viajar. E talvez seja apenas eu que esteja acrescentando minha própria lembrança, acoplando minha escrita à rememoração, mas digo assim mesmo: eu tinha sete anos e achei que estava em uma igreja. O edifício do Telégrafo na rua Tolbu tornou-se uma catedral, naquele dia em que a Velha e o rei Haakon faleceram e Fred ficou mudo, e as mulheres magras de preto eram almas de luto que clamavam por Deus por meio de seus aparelhos e sua fiação. Lembro-me que mamãe demorou muito. Finalmente, voltou, sozinha, ainda não havia encontrado Boletta. "Ela deve estar lanchando", disse a mamãe. E descemos até a cantina. Mamãe segurava-me a mão com tanta força que quase me machucava. Boletta estava na cantina, mas não estava comendo. Ela estava atrás do balcão, servindo café. E, no táxi a caminho do Hospital de Ullevål, Boletta comentou que a coincidência não conhece limites, a Velha chegou à Noruega junto com o rei Haakon, em 1905, e agora deixavam a vida no mesmo dia. "Deus deve estar na sua fase piadista", disse Boletta, e acendeu um cigarro. Mamãe ficou zangada, e fez psiu, mas tudo isso ainda demora para acontecer, eu deveria entender isso também, que não se deve interromper uma narrativa, quantas vezes os dramaturgos não apagam um *flashback*, sem sequer se darem ao trabalho de lê-lo, porque o *flashback* significa dor de cabeça, ou pior, um *flashback* é o lixo da sala de recortes, e agora que cuidadosamente invoquei minhas revisões poéticas e minhas lembranças prospectivas, ouso dizer que o que você não consegue contar no presente simples, em moeda forte, é basicamente conversa mole e ambição literária que posso levar para casa e transformar num curta-metragem.

E dou um corte para retornar a Boletta, sentada como a telefonista de número oito a partir da direita, no primeiro dia depois da guerra, dirigindo os sinais elétricos ao longo de todo o país enquanto ela pensa em Vera. Mas agora não há tempo de pensar em outra coisa senão nas conversas a serem acopladas, pois a nação inteira está falando ao mesmo tempo e Boletta está no presente, Boletta é contemporânea, e ela sente a dor de cabeça assumindo o seu posto, vem subindo pela nuca e se espalha para frente, em direção à testa, como um vento magnético, chamam essa dor de *Morse*, que, cedo ou tarde, acaba pegando as telefonistas, e que torna muitas delas insones e neurastênicas; e, quando finalmente o relógio indica que são 13 horas, Boletta pode ir à sala de repouso junto com metade do turno, e as conversas continuam lá dentro, as conversas acústicas; mas Boletta está muda, ela pensa em Vera, no sangue de Vera, e as outras mulheres nem notam o seu silêncio, porque estão acostumadas com o silêncio de Boletta, ela nunca foi uma delas, essas mulheres, as telefonistas, que se parecem independentemente da idade, que vêm dos amplos apartamentos da rua Thomas Heftye, da alameda Bigdgøy e da Parkveien, são talvez as mais novas de um grupo de muitos irmãos e, de repente, ficam sobrando. Já passaram pelo menos um verão na França e, se ousaram ir até a praia, em Nice ou em Biarritz, usavam sombrinha, e as mais velhas têm a pele ainda mais pálida depois de todo o vinagre com que se esfregaram. Se parecem. São solteiras, sem filhos, dificilmente algum homem já lhes pôs a mão, e falam duas línguas com a boca tensa. Boletta também é solteira, mas tem uma filha, e isso não é apenas incomum, é inaudito, e esse é um escândalo que jamais conseguiram destrinchar até o fundo, e há muito tempo já desistiram de saber mais do que já sabem, que é quase nada. Sabem apenas que Boletta Jebsen mora com sua mãe dinamarquesa, que dizem ter sido estrela do cinema mudo na juventude, e com a filha, Vera, nascida em 1925; e, embora essas mulheres magras do Telégrafo freqüentem a missa do domingo, leiam a sua Bíblia e, de resto, sejam tementes a Deus até nos mínimos detalhes, não botam muita fé na partenogênese e outros milagres. Agora falam animadas todas ao mesmo tempo, sobre pais corajosos que foram soltos de Grini, do irmão que acreditavam morto mas que de repente surgiu de esconderijos no fundo dos bosques de Nordmarka, pois hoje todas têm um herói na família, e todas têm pelo menos uma história a contar; mas, de repente, ficam em silêncio, como se alguém as tivesse desconectado, e Boletta percebe que todas estão olhando na direção da porta, ela se volta e lá está Stang. A supervisora, que não é adepta da conversa fiada da hora do repouso, bem que gostaria de ter imposto o silêncio obrigatório. Ela acena com a cabeça na direção de Boletta, com a cabeça torta. "O gerente Egede quer falar com a senhora. Já." A Srta. Stang retorna à sua mesa antes que Boletta consiga perguntar do que se trata, e, de início, nenhuma das outras telefonistas diz uma palavra, e talvez pensem, não sem um certo triunfo e prazer, que agora o gerente vai dar um basta, agora o andar de cima vai bater na mesa, agora Boletta Jebsen chegou atrasada pela última vez, e tem muitas moças de comportamento imaculado que gostariam de um emprego no Telégrafo. Talvez pensassem assim, em seu íntimo, mas jamais lhes passaria pela cabeça dizer alguma coisa, tanto que, diante de Egede, o homem atrás da porta no andar de cima, formam uma tropa cerrada, ajudam Boletta a ajeitar o cabelo, emprestam pó-de-arroz e espelho de bolsa, e Boletta fica comovida com toda essa atenção, recebe uma palavra de consolo para acompanhá-la no longo caminho até a sala de Egede e, quando por fim bate na porta, ela também se faz o mesmo pensamento, só que sem qualquer triunfo: Hoje cheguei atrasada pela última vez, e logo vamos estar na rua da amargura. Ela ouve Egede dizer *entre* e mal se lembra que abriu a porta e a fechou atrás de si. Egede está sentado em sua poltrona de couro, atrás da enorme escrivaninha, e Boletta aproxima-se, lentamente, e se põe a fazer reverências, como uma aluna na sala do diretor, ela fica furiosa consigo, e a fúria lhe faz bem.

O gerente Egede sorri e aponta para uma cadeira. Boletta permanece em pé, fitando-o. Ele já cresceu a ponto de ultrapassar o próprio rosto, nem mesmo uma guerra mundial conseguiu fazer qualquer impressão sobre o seu queixo duplo, que se desdobra sobre o colarinho como ondas de banha clara e que são pesadas demais para serem carregadas, de vez em quando a cabeça aparece. Ele acende um cachimbo e toma seu tempo. Boletta espera. Segura as mãos atrás das costas e agora pode encarar quem quer que seja. "Pois é", diz Egede, finalmente. "Que bom que terminou." Boletta não responde. Mas surpreende-a que ele faça tantos rodeios. Não estava gostando disso. A boa fúria dela estava fraquejando. "Sim, graças a Deus", acaba dizendo, baixinho. "Graças a Deus." Egede põe o cachimbo no cinzeiro e enxuga os cantos dos lábios. É agora, pensa Boletta, e cerra o punho atrás das costas. É agora que ele diz que já basta. "E vai tudo bem com sua família?", pergunta. Boletta não sabe o que responder. Ela só faz que sim com a cabeça. Egede ergue os olhos para ela. "Sua mãe é atriz, não é mesmo?" Boletta fica mais confusa. "Sim", diz ela. "Mas isso faz muito tempo." "Deve ser do tempo do cinema mudo. Para dizer a verdade, sinto saudades do cinema mudo." O gerente Egede levanta-se, e leva tempo para abandonar a poltrona profunda. "E a senhora também tem uma filha, não é mesmo?" "Sim. Tenho uma filha." Boletta começa a sentir a fúria retornando. Se ele tentar ofendê-la e humilhá-la antes de despedi-la, ele que se cuide. Ela não tem do que se envergonhar. Ela poderia limpar o cachimbo bem no meio da cara dele. "Com quantos anos ela está agora?" "Ela faz vinte no meio do ano." Egede balança a cabeça e suspira. "É triste perder a juventude com uma guerra. E ela já concluiu os estudos?" Boletta está cada vez mais confusa. Ela não entende aonde ele quer chegar, e isso é o pior de tudo. Ela decide responder com polidez, mas dizendo apenas o estritamente necessário. "Ela concluiu o ginásio." "Muito bem." Egede vai até a janela. Pára, de costas para ela, e fica espiando a cidade. "E o que a sua filha pensa em fazer agora?" "Ela pensa em trabalhar com fotografia." Egede vira-se para Boletta e solta uma risada. "Fotografia? A moça pensa em tornar-se fotógrafa?" Boletta engole em seco, ela precisa engolir para poder responder, e ela amaldiçoa esse monte de banha recoberto pelo terno, que se dá o direito de rir na cara dela, mas tão logo começa a falar, ouve sua voz saindo fraca e cortês, como se estivesse o tempo todo com a boca cheia e devesse se envergonhar. "Na verdade, ela quer arrumar uma colocação numa loja de fotos." Egede balançou a mão, impaciente, como se estivesse de repente cansado de ouvir tudo isso, embora fosse ele quem tivesse perguntado. Senta-se, pesadamente, e Boletta silencia, silencia com todas as suas forças e gostaria de não dizer mais nada. "A senhora está aqui há muitos anos", diz ele, novamente amistoso, quase bajulando. Boletta solta a respiração e não faz a menor idéia de onde tudo isso vai acabar. Egede volta a acender o cachimbo, o tabaco não cheira muito fresco. Boletta tem vontade de sair, mas fica parada, no mesmo lugar. Agora vem, pensa. Agora que ele já a ergueu até o topo, vai soltá-la, com estardalhaço, para o fundo do poço. "Isso não vai acontecer de novo", diz, depressa. Egede olha em sua direção, o cachimbo torto, pendurado dos grossos lábios. "Acontecer de novo? O que não vai acontecer de novo?" "Eu chegar atrasada. Mas hoje todos os relógios ficaram desajustados." Egede continua fitando-a, e começa de novo a rir. Põe o cachimbo de lado, desta vez definitivamente, e o riso transforma-se em tosse, e quando recupera o uso da voz, pergunta: "Você gostaria de subir dois andares?" Boletta não acredita no que ouve, e precisa curvar-se para frente por um instante. Ela sente que está ficando com uma expressão suave e idiota no rosto. "Até o quarto andar?", sussurra. "A senhora não precisa ficar tão assustada." Boletta dá um passo para trás e procura parecer sensata. "O senhor quer dizer para a expedição de telegramas?" "É exatamente isso que quero dizer. Precisamos de mais operadoras lá. E precisamos de mulheres experientes. O que a senhora já é. Muito experiente." Egede vira o rosto de repente para o lado, como se tivesse se pilhado dizendo algo inconveniente. Boletta gosta de vê-lo assim. Isso lhe dá um certo domínio da situação. Ela se recupera. Ela devia estar feliz, agradecida. Ela poderá ir para um lugar onde não existe dor de cabeça. Ela sorri. "Eu só tenho experiência com a central telefônica", diz. Egede dá ligeiramente de ombros. "Temos cursos. É fácil aprender. Para alguém como a senhora." Egede bate o cachimbo, para remover as cinzas. Boletta percebe que o bocal está quase arrebentado. Esse homem também tem com que se preocupar, uma consciência. De repente, sente pena dele. Ele tem um risco preto debaixo da unha do dedo médio, com o qual ele enche o cachimbo. Um pó branco, como uma auréola, em torno do cabelo esparso e seco, ergue-se quando, vez por outra, ele faz um movimento brusco. É o que faz agora. Levanta-se rapidamente, como se tivesse percebido uma mudança no olhar de Boletta, e quer retomar o domínio da situação. "O que a senhora tem a dizer da minha proposta?" Boletta sabe o que dizer, mas ela espera, quer curtir a situação pelo tempo que for possível, e quando Egede percebe que ela está hesitando, senta-se pesadamente e apóia os cotovelos sobre a mesa. "Tudo bem, a senhora tem um prazo para se decidir. Não tem pressa, é claro. Mas todos os postos têm que estar preenchidos até o outono."

Egede volta os olhos para a mesa e começa a folhear alguns papéis, e Boletta cumprimenta com a cabeça, agora não faz nenhuma reverência, e move-se para trás, na direção da porta. Mas assim que põe a mão na maçaneta dourada da sala do gerente, onde, na boca do povo, ficava o Palácio do Telégrafo, mas que eu, no silêncio da minha mente, batizei de Catedral do Telégrafo, Egede levantou o braço e voltou a fitar Boletta. Ela solta a maçaneta e fica parada, silenciosa, enquanto outra inquietação parece crescer dentro dela, como se tudo tivesse sido bom demais para ser verdade, e os triunfos duram menos do que as decepções. "Não há tantas vagas assim em lojas de fotografias, não é mesmo?", pergunta. "Não", diz Boletta. Egede levanta-se novamente e se aproxima dela. "Caso a senhora aceite a minha generosa oferta, vai abrir uma vaga na central telefônica, não é?" "Sim", responde Boletta. "É verdade." "E então seria muito bom se a sua filha ficasse com a vaga. A senhora pode ir ensinando o serviço para ela." Boletta olha direto para ele e sorri. "É muita gentileza sua. Mas não vai ser possível." Algo de escuro e perplexo perpassa a vista de Egede. "Não vai ser possível? O que quer dizer?" "Como disse, minha filha tem outros planos. Mas obrigada do mesmo jeito."

Boletta segura a maçaneta de novo e, no mesmo instante, sente a mão dele sobre o ombro. Ela se volta lentamente e vê os dedos pendurados, como um grande inseto que por engano havia rastejado sobre ela. Agora ela sabe. Era aqui que ele queria chegar. Bem aqui. "Dou-lhe uma resposta amanhã", disse. "Ora, não tem essa pressa toda. Use o tempo que necessitar." Egede deixa a mão cair ao longo do braço dela, e a unha preta roça o tecido do vestido, fazendo um som baixo e crepitante. "Posso ir, agora?" Egede tira o relógio de bolso, abre e fita longamente os mostradores. Olha para Boletta, a expressão sombria já passou, os olhos estão cinzentos e indiferentes. "Que pena", diz. "Sua filha certamente teria se dado muito bem aqui. Pois ela não está pensando em se casar já?" Boletta ri. Ri e segura o riso. Ela não entende o que ele está dizendo. "Não está, não é? Pode muito bem acontecer." Agora Egede também está rindo, os queixos ondulando debaixo do rosto, mas, de repente, fica em silêncio e a cabeça está a ponto de curvar-se para frente, como se estivesse muito cansado de tudo isso. "Quem vai querer uma bastarda como esposa?", sussurra. "O que é que o senhor está dizendo?" "A senhora pode ir agora." Boletta cerra o punho. "Minha filha é tão legítima como qualquer outra!"

Então Boletta ouve a porta se fechando atrás dela. Ela caminha sobre o piso azulejado e ouve seus próprios passos, quase atrasados, como se todos os seus sentidos estivessem atrás dela. Três homens saem da sala da diretoria e não reparam nela. Ela tem que se segurar no corrimão quando começa a descer a escada. Entra de fininho no toalete que fica entre os andares, lava as mãos, têm cheiro de tabaco e de cinzas, e quando se olha no espelho fica quase espantada ao ver que é o seu próprio rosto. Fica com vontade de vomitar, em vez disso bebe um pouco de água fria, espera até a respiração voltar ao normal, ajeita o cabelo, o vestido, e caminha o último trecho até a central, senta-se em sua cadeira, conecta, enquanto todas ficam olhando para ela, quase se arrebentando de curiosidade, o que será que ela andou fazendo tanto tempo na sala de Egede? Por pouco a própria supervisora não vem lhe perguntar, mas Boletta fica plantada em seu lugar, com o pescoço duro, não olha para lugar algum nem cruza o olhar com ninguém, e nunca contará a quem quer que seja a sua conversa com Egede. Em vez disso, faz algo que é proibido fazer, mas ela não tem mais nada a perder — assim pensa, que não tem mais nada a perder —, ela liga para o seu próprio número, ela fura a fila, ela entra na engenhosa rede, e, nos quartos silenciosos do apartamento da Kirkeveien, o telefone preto começa a tocar.

O Botão

E Vera escutou o telefone tocar, bem longe, do outro lado do sono e da guerra; ouviu o telefone tocar, e ninguém atendia. Ela levantou-se devagar, perplexa, e saiu até a entrada e, de repente, viu-se lá, não se lembrava do trajeto percorrido, dos segundos transcorridos da cama até aqui, como se tivesse sido transportada diretamente de um cômodo a outro. O telefone continuava a tocar e na sala de jantar viu a Velha, deitada de costas para o sofá, e o cabelo era um imenso emaranhado grisalho sobre os ombros. Será que Vera tinha a esperança que fosse Rakel, sua amiga judia, que telefonava? Se Rakel já estava em casa, ela não telefonaria, viria correndo, atravessando o pátio interno, e subiria a escada de serviço e se atiraria no seu pescoço, e para Rakel a Vera contaria tudo. Mas talvez estivesse machucada, talvez tivesse quebrado a perna, ou alguma outra coisa lhe tivesse acontecido, e por isso ela telefonava, e Vera tirou o telefone do gancho do aparelho preto, que tinha os números invertidos, de tal modo que quando se enfiava o dedo no número nove, girando o disco inteiro, e depois soltava, para que a mola mandasse o disco de volta para o seu lugar e interrompesse a corrente, a corrente era interrompida uma única vez, não nove, e, assim, apenas um impulso era transmitido até a central, nove era igual a um, oito a dois, sete a três, era o telefone invertido de Oslo, e, logo que Vera segurou o telefone na mão, foi como se o alinhavo do tempo tivesse rompido, e ela escutou apenas o som de discar, o zumbido da rede, como o vento em uma floresta elétrica, ela estava fora, fora da conversa, e colocou o telefone no gancho, tão rápido quanto o havia tirado. O silêncio passava de um cômodo a outro e deixava rastros na luz. A Velha continuava deitada no sofá. Por que estava deitada lá agora? Por que a Vera estava vestida com a camisola chinesa da Velha? O relógio de Bien bateu a meia hora. Vera voltou-se subitamente e tudo lhe veio à mente e abriu-lhe a memória como uma ferida. Ela correu até o banheiro, abaixou-se diante da pia e bebeu a água da torneira. Não teve coragem de olhar-se no espelho. Apalpou-se, com cuidado, debaixo da camisola, as gazes estavam secas, ela estava seca. Já não doía. Isso a surpreendia. Devia doer. Preferia ter uma dor que a fizesse esquecer. Sentia apenas sede. Na banheira via-se uma faixa larga de sujeira, como se a água se tivesse transformado em pó nas beiradas. Ela abriu o armário em cima da pia e sentiu o cheiro do perfume forte de Boletta. Estava a ponto de vomitar. Talvez Rakel tivesse telefonado do exterior, de um lugar muito longe, a ligação caiu, e ela certamente telefonaria de novo, quando encontrasse outro telefone mais próximo, na Dinamarca ou na Suécia, onde as conexões eram melhores. Por um instante, esse pensamento a deixou feliz. Ela pegou o pente que estava na prateleira da Velha, fechou o armário e acabou olhando o espelho. O rosto no espelho. Uma sombra na face, um machucado na testa. Com um pouquinho de pó-de-arroz, não seria possível perceber. O que era possível perceber? Alguma coisa nos olhos? Algo na boca, quando a abrisse? Na língua? Será que ele tinha ido lá também, na boca? Vera não se lembrava. Lembrava-se apenas de um dedo que faltava e de um pássaro no varal. Voltou até a Velha, sentou-se no sofá, levantou com cuidado os seus cabelos grisalhos e pôs-se a pentear. O relógio da entrada bateu. Os cabelos da Velha tinham um cheiro adocicado, terra, folhagem. "Você pensou que eu estava dormindo?", sussurrou. Mas Vera não respondeu. Apenas continuou a pentear. Os lábios estavam fechados ao redor da boca. "Nunca durmo por inteiro, sabe. Quando durmo, é só um jeito diferente de esperar." A Velha suspirou e ergueu a cabeça ligeiramente. "Gosto quando você me penteia, Vera. Me faz lembrar o mar. As praias. Me traz de volta boas lembranças. Depois, eu ajeito o seu cabelo. Não precisamos ir a uma cabeleireira, não é mesmo?" A Velha aguçou o ouvido, mas só ouvia os dedos de Vera. "Você pode falar comigo, meu bem. Eu não escuto mesmo o que você diz. Meu ouvido ficou inutilizado, como você sabe. Quando deu aquele estrondo em 1943. Nem lembro direito qual foi o ouvido, mas estou surda também do outro ouvido, então dá na mesma. Então fale comigo se você tem algo a contar, Verinha. Eu não ouço nada."

Mas Vera manteve o silêncio. A Velha ficou esperando. O relógio soou de novo no *hall*. As horas haviam virado. "Tudo bem. Se você não quer falar comigo, eu posso falar com você. Pois você ouve bem ainda que esteja muda. Você pelo menos ouviu o telefone tocar." A Velha percebeu um puxão, o pente ficou preso em um emaranhado, e Vera puxou, rapidamente, o pente. "Não vá me deixar completamente careca, meu bem. Aliás, quem você acha que era? Quem telefonou? A Boletta? Ela não tem permissão de telefonar lá do Telégrafo. Mas tenho certeza de que era ela mesmo assim. E então cortaram a ligação. Não suporto telefones. Sempre se diz alguma coisa errada quando se fala ao telefone e não se olha o outro nos olhos. Porque são os olhos que contam, não as palavras. E eu sei do que estou falando, não é mesmo, Vera? Eu também já fui muda, mas era no cinema. Na tela, eu era muda, e meus olhos falavam por mim. A gente pintava os cílios de verde, para que pudessem brilhar. Eu poderia ter sido uma grande atriz, Vera. Maior do que Greta, maior do que Sarah. Eu bem que poderia! Mas um dia os meus olhos deixaram de brilhar, embora estivessem com tanta pintura que quase fiquei cega."

A Velha silenciou. Sentiu as mãos de Vera paradas atrás dela. "Tudo bem, minha cabeleireirinha. Já estou bela ou você simplesmente cansou da minha conversa antiga? Porque eu me cansei. Tudo o que eu digo já ouvi antes. Muitas vezes antes. Não consigo pensar em algo de novo. Mas me faça um favor, pegue a garrafa de Málaga para mim. Agora ela está atrás do Johannes V. Jensen."

Vera soltou o cabelo dela e foi até a estante, na sala. A Velha sentou-se. Estava um pouco mais recurvada do que de costume; desse jeito, logo assumiria a forma de um círculo. Havia deitado com os chinelos vermelhos e os pés continuavam adormecidos, na verdade os pés eram a única parte dela que conseguiam dormir. Ela tentou massageá-los, mas não conseguia alcançá-los, por mais recurvada que estivesse. Desistiu, ficou simplesmente sentada, esperando que os dedos resolvessem acordar. Era assim a velhice, esperar que os dedos acordassem. O pente havia ficado junto da almofada, cheio de longos cabelos grisalhos, parecia um bicho morto. Ela limpou o pente rapidamente e escondeu os cabelos atrás do sofá. Sentia frio e enrolou-se no cobertor. Escutou Vera retirando *A Terra Perdida* e *A Geleira*, e, por fim, voltou com a garrafa e um cálice, que ela serviu devagar e entregou para a avó. E a Velha segurou o cálice contra a luz, para ver o sol irrompendo no meio do vinho marrom e tombar ao fundo como pó de mogno. Depois de contemplar o efeito, esvaziou lentamente o cálice, e as costas afrouxaram como uma palha, seus pequenos pés retorcidos acordaram e por pouco não saíram andando por conta própria. "Sente-se um pouco comigo", disse a Velha. "Temos todo o tempo à disposição hoje. Quem sabe podemos bater uma foto de todas nós juntas? Quando a Boletta voltar?" Vera sentou-se no sofá e a Velha começou a penteá-la. O cabelo era fino e macio e caía bem entre os seus dedos. "Você vai gostar de voltar a ir ao cinema, não é mesmo, Vera? Quem sabe você me leva ao Cine Palácio? Ou ao Coliseu. Não vou ao cinema desde que ele passou a ser falado. Já pensou? O último filme que vi foi *Victoria*. Com Louise Ulrich no papel principal. Era boa atriz, mas, infelizmente, alemã. Não, foi muito chato quando começaram a falar na tela. Os olhos sumiram. Os olhos e a dança sumiram, e a boca tomou-lhes o lugar. Sabe para que usaram o Cine Palácio todos esses anos? Como depósito de batatas! Mas você deve ter outras pessoas com quem prefira ir ao cinema mais do que com uma velha dorminhoca como eu. E, aliás, os meus pés certamente vão acabar dormindo."

A Velha segurou a respiração e pôs a mão sobre o braço de Vera. "Falando nisso, os seus cavalheiros passaram por aqui ontem à sua procura. Você pode escolhê-los bem devagar, um após o outro, Vera. E não se apresse. Por Deus do céu, não se apresse. Homens são em geral notas falsas que não valem o papel em que colocam seu retrato. Fora o Wilhelm. Mas às vezes é mais divertido dizer não do que sim. Pode acreditar."

Uma avalanche atravessou o corpo de Vera, e a Velha teve que segurá-la, firme. Ela encostou o rosto no ombro pontiagudo de Vera, acariciou-lhe as costas com a mão e alisou as dobras da seda. "Essa camisola ganhei de Wilhelm logo depois que o conheci. Já pensou! Dar-me uma camisola antes de nos casarmos! Não é à toa que eu trancava a porta toda noite e enfiava a lua inteira no buraco da fechadura para que ninguém entrasse no meu quarto. Não é mesmo! Vamos ler a carta hoje de noite, Vera? Podemos começar com o trecho em que estão todos presos no gelo."

Vera curvou a cabeça, e o cabelo repartiu-se de tal modo que seu pescoço fino formava um arco branco. A Velha tomou mais um cálice de Málaga e se perguntou de onde a neta ia buscar todo esse silêncio. E o que mais a assustava era que ela reconhecia tudo isso, como se esse silêncio tivesse sido herdado e agora chegava a Vera, com força redobrada. O silêncio gritava nela. "Você achou que era a Rakel que queria falar com você agora há pouco?", sussurrou a Velha. Vera fechou os olhos. "Não acredite nisso, Vera. Esperar em vão é só adiar a vida. Eu sei disso. Esperei por tanto tempo que é tarde demais para voltar atrás. Eu espero ainda, Vera. Saquei muitos adiantamentos sobre a morte. Os tolos e os sentimentais me admiram. Mas eu sei a verdade. A esperança é uma senhora cansada e adoentada."

A Velha voltou a fitar Vera, e foi então que reparou que havia uma marca no seu pescoço, um corte na pele com pequenos hematomas em volta. E no mesmo momento em que viu e ia erguer a mão, tocou a campainha da porta da cozinha. Vera aprumou-se. O cabelo assentou-se. A Velha socou o sofá com o punho. "Se for o zelador de novo, vou apertar-lhe a gravata de uma vez por todas! Não se espante se ouvir um grito, Vera!"

A Velha saiu descalça até a cozinha e abriu a porta. E lá estava o zelador Bang, como antes, a enorme fita ainda dependurada na lapela, mas ele mesmo estava desaprumado debaixo do chapéu e sua respiração fazia a tinta da parede desprender-se em grandes flocos. Inclinou-se para frente, tentando fazer parecer um cumprimento. A Velha cerrou os olhos e espantou-o com a mão, como se ele fosse uma mosca. "E o que é que você quer agora? Está faltando uma pedra no cascalho? A paz lhe trouxe dor de cabeça?"

Bang ergueu o tronco, mas seu olhar estava fixado em algum lugar junto aos pés descalços da Velha. "Só queria avisar a senhora que vocês esqueceram o cesto de roupas no sótão." "E daí?" "Quero também avisar que posso buscá-lo para vocês, e não me importo de carregá-lo até aqui." "Mas eu me importo, meu jovem. Passe bem."

A Velha fechou a porta bem na cara dele, e esperou até ouvi-lo mancando escada abaixo, falando alto consigo mesmo. E quando Bang se punha a falar em voz alta consigo mesmo, costumava ser sobre saltos triplos e recordes que teria conquistado se não fosse pelos machucados, pela inveja e outras fatalidades, e ele ficava bastante alterado quando falava assim. Então a Velha voltou apressada para junto de Vera e sentou-se com ela, passou o pente pelo cabelo seco e levantou-o de modo a mostrar a nuca, tão fina que a Velha quase chorou. Ela tentou rir. "Os homens usam sempre o mesmo terno. Não importa se é casamento ou enterro, guerra ou paz, usam sempre o mesmo terno gasto. Fora o Wilhelm. Ele nunca usava terno. Já lhe contei a última noite que ele esteve comigo? Devo ter contado sim, mas conto de novo, do mesmo jeito. Eu deixei ele entrar, embora já tivesse trancado a porta com três chaves e uma lua cheia. Ele ia partir na manhã seguinte, no *SS Antarctic*. Eu tinha a sua idade, Vera, e aconteceu que eu sangrava tanto que achava que acabaria morrendo, que não ia mais ter sangue no coração. Então ele veio até mim, Vera, passando por tudo que eu havia trancado, ou talvez eu tivesse esquecido de dar a volta na última chave, quem sabe? E ele deitou-se tão quieto comigo e estancou o sangue. Foi a primeira e a última vez entre mim e o Wilhelm. A primeira e a última vez."

A Velha calou-se e soltou o cabelo de Vera. Não era um arranhão que ela tinha na nuca. Parecia mais uma mordida, um golpe azul na pele, marcado de dentes. Sentiu um frio súbito na cabeça. "O que foi que aconteceu lá no sótão, filhinha?", sussurrou a Velha. "Alguém fez mal para você?" Vera afundou no colo dela e chorou quieta, foi sua única resposta, uma onda que passou pelo corpo até não sobrar mais choro. E a Velha sentiu uma raiva crescendo dentro dela, uma raiva que era o reverso da tristeza, uma tristeza de que tinha mais do que lhe bastava, e era a tristeza que lhe dava vida, que lhe dava forças, era a tristeza que movia seu coração. Agora veio em acréscimo a raiva. Acariciou Vera na face e pensou que, se alguém havia abusado dela, ela o perseguiria até a morte. "Tudo bem", ninou. "Tudo bem. Isso passa. Quase tudo passa. Até uma guerra mundial. Acho que vou até o sótão buscar a nossa roupa."

Vera segurou-a com força no braço. "Não tem perigo, meu bem", disse a Velha. "Não tenho mais medo do escuro. E assim a gente evita ter que atender o zelador de novo." A mão de Vera escorregou até o colo. "Você quer ir comigo? Você agüenta?" Vera ficou sentada, sem olhar para nada, os olhos inquietos, trêmulos. "Tudo bem. Vou sozinha. Depois, você pega emprestado o vestido da Boletta. E não se esqueça da fotografia que vamos tirar."

A Velha calçou os chinelos vermelhos, vestiu sobre a camisola um longo *peignoir*, pôs um chapéu de abas largas, porque sempre tinha muita corrente de ar no sótão, mesmo sendo maio e meio-dia. E quando Vera a viu fantasiada assim começou a rir, pôs a mão rapidamente sobre a boca, e a Velha riu também, isso mesmo, pensou, ria mesmo, minha filha, ria de mim e encha esses cômodos com o seu riso. A camisola estendia-se para além do *peignoir* e o chapéu estava posto de lado, mas não havia tempo para alfinetes e pontos agora. "Você acha que devo levar a bengala comigo? Pois é isso que vou fazer. Bengala! Onde está você?"

E ela pegou também a chave do banheiro, por medida de segurança, e subiu, com esforço, a escada íngreme. Viu que as portas estavam entreabertas em cada um dos andares, e certamente havia alguém espiando-a, mas a Velha não se importou com isso, não era alguém que fosse pela sombra, em vez disso batia forte com a bengala no corrimão para que todos soubessem que ela vinha, e as portas fechavam-se silenciosamente à medida que ela passava.

Ouviu o vento tão logo entrou no sótão, como se todo o prédio estivesse assobiando baixinho. Foi até o corredor, ao longo das despensas. O carrinho de bebê tombado, a lenha espalhada, uma latinha de cera para esquis nas cores norueguesas, uma garrafa marrom, vazia, que rolava. Parou junto ao cômodo de secar roupa. O cesto estava no meio do assoalho, debaixo do varal frouxo, onde ainda estava pendurada uma meia de lã cinza. Um pombo estava empoleirado no topo da viga, no canto. A Velha abriu a clarabóia com o cabo que estava lá para esse fim, e bateu forte no chão três vezes, mas o pombo não se mexeu. Balançou o cabo na direção do pombo, não adiantou, o pombo permaneceu imóvel, podia estar morto. A Velha tremeu de frio, soltou a meia de lã, levantou o cesto de roupas, mas o depositou no chão imediatamente. Porque na poeira fina sobre as tábuas largas viu várias marcas de passos, e eram maiores do que os pés pequenos de Vera. E daí reparou em outra coisa. Entre as roupas no cesto havia um botão, um botão dourado, que não lhes pertencia. Alguém o havia perdido lá. Alguém havia estado aqui e um botão fora arrancado de um paletó. A Velha colocou o botão no bolso do *peignoir*, enganchou a bengala no braço, carregou o cesto de volta ao apartamento e telefonou imediatamente para o Dr. Schulz, de Bislet, ele havia estado na casa delas antes, várias vezes antes, quando Vera tinha suas doenças de criança e quando gritou um dia inteiro sem parar, então veio o Dr. Schulz de Bislet e disse que, como regra geral, era preciso aplicar uma boa dose de *ar fresco*, o ar fresco era seu melhor remédio, a ponto de chamar os bosques de Nordmarka como a grande farmácia, lá se podia caminhar, no verão e no inverno, e inalar todo o ar fresco que se quisesse, e de graça.

Foi, por isso, com muita má vontade que a Velha agora telefonou para ele, mas não havia outro médico a quem pudesse recorrer, e, quando Schulz finalmente pegou o telefone, sua voz parecia pastosa e impaciente. No limite, prometeu dar uma passada à noite, se não fosse convocado para algum outro lugar da cidade, os embates ainda não haviam cessado, todos deveriam ter um mínimo de consciência a esse respeito, alemães desesperados e outros traidores poderiam contra-atacar a qualquer momento, já tinham ocorrido incidentes e perdas de vidas humanas, eram os estertores da guerra, os vencidos que se contorciam pela última vez debaixo do *rigor mortis* da derrota. E Dr. Schulz de Bislet não poderia faltar nesse derradeiro instante, tinha de estar preparado para intervir e ajudar os patriotas feridos, ele tinha de permanecer em seu posto. A Velha suspirou e desligou, escondeu o botão que havia encontrado em seu porta-jóias no quarto e foi procurar a Vera. Ela estava sentada no sofá, não havia se mexido. A Velha pensou que ela parecia o pássaro na viga do telhado, e, por via das dúvidas, deu três pancadas no batente. "Agora vamos arrumar os vestidos", disse a Velha. "E depois vamos jogar paciência e tomar Málaga."

Vera seguiu-a, lentamente, até a cozinha, onde passaram os vestidos, e Vera vestiu o verde, o vestido de Boletta. Era muito grande, mas a Velha apertou a cintura com um alfinete de segurança de cada lado, e puseram-se diante do espelho grande no corredor. Vera olhava para baixo. Vera desviava o olhar. Ela não queria encontrar seu próprio olhar. A Velha pôs o braço ao redor dela. "Veja só", disse. "Você me alcançou. Eu comecei a crescer para baixo. Logo logo vou estar com a cara no chão." E assim estavam, nos vestidos de festa em frente ao espelho, quando Boletta voltou, pálida e transtornada. Parou na porta e ficou olhando espantada para elas, por um momento quase aliviada. "Você está ótima, Vera", sussurrou. E Vera levantou a aba da saia e saiu correndo para a sala de jantar. Boletta seguiu-a com o olhar. "Ela disse alguma coisa?" "Precisamos limpar os vidros", disse a Velha. "O sol quase não consegue mais passar." Boletta segurou a mãe pelo braço. "Ela falou? Ela disse alguma coisa?" A Velha olhou na direção do espelho. "Meu tempo passou", lamentou-se. "Sozinha, pareço um carnaval inteiro." Boletta não se agüentava mais. "Mas quer parar de falar como um carnaval!" A Velha suspirou. "Você já está com a dor de cabeça. Você deveria ir se deitar em vez de gritar." Boletta fechou os olhos e inspirou fundo. "Você quer fazer o favor de responder à minha pergunta?" "Você trouxe algo gostoso? Estou com vontade de chocolate ao leite com manteiga!" Boletta teve que se apoiar na parede. "O que foi que ela disse? Será que eu vou ter que arrancar de você?" A Velha deu outro suspiro, ainda mais fundo. "Ela não disse uma só palavra, Boletta. Mas ela arrumou o meu cabelo, como, ao que parece, você nem reparou. Além disso, acho que deveríamos colocar uma bandeira na sacada. Parece que só nós não colocamos uma bandeira hoje."

Boletta quis ir atrás da Vera. Mas a Velha deteve-a. "Deixe a Vera ficar sossegada." Boletta parou e passou a mão sobre a testa. "Tem certeza que não devemos chamar o médico?" "Psiu!", fez a Velha. "Já liguei para aquele idiota."

E o Dr. Schulz chegou quando estavam tomando café. E quando o Dr. Schulz de Bislet caminhava, logo se fazia notar. Carregava sua pasta preta no braço estendido, o chapéu era mole, de abas largas, usava galochas pretas e lustrosas, de 1º de setembro até o 17 de maio, qualquer que fosse o tempo, o rosto era magro e avermelhado, o nariz como um ponto de exclamação entre a testa e a boca, e debaixo desse nariz visível ficava pendurada a famosa gota, que havia por assim dizer se cristalizado ali, para sempre, desde aquela vez que ele saiu de Mylla para um passeio de esqui, no inverno de 1939, e essa fora a última vez que o Dr. Schulz tomou ar fresco. Agora preferia ficar em casa em Bislet, tentando desmanchar a gota. E esta noite ele teve que fazer uso de toda a extensão da calçada e de um pouco da própria rua para chegar. Cambaleava feito um caranguejo preto, e os meninos mais novos de Jessenløkken seguiram-no ao longo de toda a Ullevålsveien, vinham com gritos de incentivo e tocavam a campainha das bicicletas sempre que ele punha um pé no meio-fio, e de vez em quando um deles tinha de se aproximar o suficiente para reaprumá-lo, porque acontecia de ele mudar de direção e começar a caminhar no sentido de Nordmarka, como se houvesse um imenso ímã lá nas colinas, puxando-o. Em outras palavras, não era mais segredo para ninguém quando o Dr. Schulz parou na esquina, junto ao número 127, e tocou a nossa campainha. E muitas vezes me ocorreu a idéia que se o Dr. Schulz não tivesse esvaziado o quinto uísque com soda daquele dia, para não falar do sexto, se suas mãos estivessem mais firmes, a cabeça fria e a visão nítida, talvez ele tivesse visto algo que teria alterado toda a nossa história, e talvez interrompido a nossa história. Como sempre digo: Fred vivia perigosamente mesmo antes de nascer. São esses pensamentos que ainda me fazem perder o sono e me dão medo, pois estamos todos pendurados em um fio muito fino, um fio tecido pela sombra das coincidências. E consigo entrevê-lo, o patético médico de Bislet, que não sei se devo amar ou desprezar, quando se encosta contra a porta e, quando Boletta abre, encontra-se a ponto de cair na entrada; e cochicha-se de um canto para outro, de uma escadaria para outra, agora o bêbado do Dr. Schulz está visitando as mulheres sozinhas da rua Görbitz, as mulheres malucas que ninguém entende, faz-se todo um zumbido na grande central do prédio e junto da lixeira, o zelador Bang conecta os boatos para formar longas histórias, com as quais também irei me deparar quando chegar a minha vez.

Boletta consegue acomodar o Dr. Schulz em uma cadeira e, enquanto ele se recupera, ajudam-no a tirar o chapéu, as galochas e o sobretudo. "O que é que a paciente tem?", pergunta. A Velha resmunga. "É isso o que gostaríamos de saber. É por isso que o senhor está aqui, se ainda não percebeu." Boletta lhe oferece uma xícara de café. "Teve um sangramento muito forte", diz, rapidamente. "Encontrei-a no sótão. Ela pode ter caído." O Dr. Schulz tem um tremor tão forte nas mãos que tem de tomar o café do pires, e sua voz é igualmente trêmula. "Tudo bem. Ela só precisa de um pouco de ar fresco. Depois de todos esses anos trancafiados." A Velha está a ponto de avançar sobre ele e Boletta tem de intervir. "Vera está deitada no quarto", diz. "Acho que ela pode ter sofrido um choque." O Dr. Schulz se levanta devagar e esfrega os dedos. "Tudo bem. Mas o que ela diz?" Boletta desvia o olhar. "Ela não diz nada. Ela não falou mais nada desde quando a encontrei ontem." "Não fala? Ora, ora. Vamos dar uma olhada nela. E, se as senhoras me derem licença, prefiro ficar a sós com a paciente."

O Dr. Schulz pega a maleta preta, vai ao quarto de Vera e fecha a porta atrás de si. Fica lá 19 minutos. A Velha e Boletta esperam do lado de fora e não ouvem um único ruído. Mas quando o Dr. Schulz sai do quarto parece mais sóbrio do que há muito tempo. Senta-se na mesma cadeira e também está mudo.

A Velha não agüenta mais esperar. "O senhor poderia por gentileza nos dizer alguma coisa? O que é que ela tem?" Dr. Schulz responde, olhando para Boletta. "A senhora tem razão. Está em choque. Ou se poderia dizer psicose." Boletta também precisa sentar-se. "Psicose?" "Ou, se quiser, chame de *estado*. Se a senhora acha que soa melhor." A Velha aproxima-se, com o punho em riste. "O senhor quer fazer o favor de dizer logo o que ela tem, em vez de ficar brincando com as palavras! E o senhor não ouse falar de ar fresco mais uma vez!" O Dr. Schulz passa o lenço sobre a testa alta. A gota abaixo do nariz balança. "Ela perdeu muito sangue e está muito fraca. Provavelmente caiu e teve uma contusão cerebral. Precisa de todo o descanso que for possível. Dei-lhe um calmante." "Mas ela nunca sangrou desse jeito", diz Boletta, baixinho. "Mas também estamos vivendo um tempo fora do comum", diz o Dr. Schulz.

O médico se levanta, e elas o acompanham até a entrada. E enquanto Boletta procura por duas cédulas na gaveta no aparador, a Velha chama o médico de lado. "O que o senhor acha da marca na nuca da Vera?" O Dr. Schulz fica pensativo. "A marca na nuca? Deve ser uma picada de inseto que ela coçou." Põe o sobretudo sobre os ombros e está impaciente. Mas a Velha não desiste. "O senhor examinou a sua feminilidade?", pergunta a meia-voz. O Dr. Schulz fecha a maleta abruptamente. "Como disse?" "O senhor sabe muito bem o que quero dizer! Ela está intacta?" Nesse momento, chega Boletta com o dinheiro. Ele enfia as notas rapidamente no bolso e, com a mesma rapidez, passa o dedo debaixo do nariz, mas a gota continua lá, pendurada. "Não vejo outro problema afora esse sangramento forte e isso naturalmente a deixou fraca e nervosa. Dê-lhe um comprimido de ferro de manhã e de noite." Boletta lhe segura o braço. "Mas por que é que ela não fala?", pergunta.

O Dr. Schulz procura as palavras. "O centro da capacidade da fala foi provisoriamente incapacitado. Pode ser devido a uma hemorragia. Quero dizer, uma contusão cerebral. Quando a pressão diminuir, ela voltará a falar normalmente." A Velha fica impaciente. "E quando a pressão vai diminuir?" "Pode ser que amanhã, pode demorar um pouco mais. Dêem tempo ao tempo."

Boletta abre a porta e o Dr. Schulz sai. Dá uma meia-volta no chapéu sobre a cabeça. "Tudo bem. Me dêem um retorno. Se ela não voltar a falar até o fim do verão." Segura-se bem no corrimão e arrasta-se escadaria abaixo, espanta os moleques que ainda estão lá com a bengala e caminha, lenta e tortuosamente, de volta ao apartamento em Bislet, onde ninguém telefonou para pedir que ajudasse com primeiros socorros na última hora extra da guerra. A Velha bate a porta, tranca e volta-se para Boletta. "O que foi que eu disse? Ele continua o mesmo idiota de sempre. Antes, era ar fresco. Agora é o tempo que vai ajudar!"

Retornam ao quarto de Vera. Ela dorme, e deixam-na dormir. Depois, pegam a bandeirinha que costumam usar todo 17 de maio e no aniversário do rei Haakon, e colocam-na na jardineira vazia, na sacada. Ainda não escureceu. O céu curva-se, alto e rijo, sobre a cidade. Ainda se vêem as chamas de uma fogueira de cortinas de blecaute e, no meio da Kirkeveien, uma cartola que a brisa que vem do fiorde empurra sobre o asfalto. E, de repente, Vera está na sala. Voltam-se para ela e gritam, num misto de susto e alegria, acham que talvez ela vá dizer alguma coisa, que ela finalmente voltou a si, mas, no mesmo instante, ela pega a câmera e tira uma foto delas, lá na sacada estreita, diante da bandeirinha norueguesa, Boletta no *tailleur* marrom, as ancas largas dela, a boca aberta e a mão a caminho do rosto, como se quisesse se esconder, e a Velha, em seu vestido longo amarelo e o cabelo grisalho que se irradia para todo lado a partir da cabeça, a mão direita fechada, mas com o polegar e o mínimo formando um chifre, recurvada e corcunda, mas ainda assim olha direto para mim, que procuro colorir a fotografia com minhas palavras desajeitadas, pois fui eu quem revelou a foto, encontrei o filme certa vez em que estava arrumando as coisas da mamãe, estava esquecido lá, e imagino-me capaz de vê-la também, na foto, ela que tirou a foto, nossa mãe, como se no entardecer difuso de maio, atrás das duas mulheres na sacada, houvesse um espelho em que a sombra de Vera aparece como uma tristeza sombria, uma dor que nunca vi antes, naquilo que chamo o lento obturador da memória.

A Primavera

No dia em que o rei Haakon iria voltar para a Noruega, a Velha levantou-se cedo, colocou a bandeira dinamarquesa ao lado da norueguesa na jardineira, correu até a cidade antes das sete, para garantir um bom lugar na primeira fila ao longo da avenida Karl Johan, e ai de quem quisesse encobrir-lhe a visão quando o monarca *dela* passasse de carro. Boletta fazia o turno noturno no Telégrafo e ainda não havia voltado para casa. Por isso, Vera estava sozinha no apartamento quando acordou na cama de casal. Vestiu rapidamente uma roupa qualquer e nem se importou em se olhar no espelho. Não se importou em arrumar o cabelo. Tanto fazia. Tomou emprestados os chinelos da Velha, desceu a escadaria de serviço e atravessou o pátio interno. Tudo estava tão silencioso. As janelas estavam abertas. Ela parou em frente da escada que dava para o apartamento da Rakel. Um gato branco esgueirou-se entre as flores e o cascalho junto das lixeiras. Ela subiu devagar até o terceiro andar. Ficou escutando junto da porta. E sentiu de repente uma alegria forte, como um golpe no coração, porque ouviu vozes lá dentro. Tocou a campainha, mas ninguém veio atender. Percebeu, então, que a porta estava destrancada. Empurrou a porta e entrou. A cozinha estava vazia. Os armários estavam vazios. Nem um copo, nem uma xícara, nem um pires. Tudo tinha sido removido. Mal conseguia reconhecer os odores dos pratos estranhos que a mãe de Rakel fazia, especialmente aos domingos, com baunilha e especiarias, os odores também haviam sumido, os odores onde Rakel morava tinham desaparecido quase por completo. Agora, Vera não ouvia mais ninguém. Talvez tivesse se enganado? Continuou adentrando o apartamento. Abriu a porta do quarto de Rakel. As cortinas tinham sido removidas. A cama e a escrivaninha não estavam mais lá. Havia um cabide esquecido no chão. Na sala, um vaso vazio no peitoril da janela. E era só. As paredes estavam nuas. Ela conseguia perceber as sombras claras sobre o papel de parede, nos lugares onde antes havia quadros pendurados. Então ouviu alguma coisa. Alguém estava entrando. Ficou feliz de novo, feliz e com medo ao mesmo tempo, mas mais feliz. Correu atravessando a sala e parou bruscamente na entrada. Dois homens, de macacão, carregavam um piano preto escada acima, o suor escorria deles e blasfemavam em voz alta a cada degrau, e aquele que vinha atrás viu Vera. “Saia da frente, garota!”, gritou. E Vera espremeu-se contra o batente, enquanto arrastavam o piano para dentro da sala e colocaram-no do lado da lareira. Os dois funcionários da transportadora jogaram as cordas sobre os ombros e cada um acendeu o seu cigarro. De vez em quando, espiavam Vera e sorriam. O menor pôs o boné de trás para frente e coçou o topete ruivo. "É você que vai ser a empregada dos grãfinos aqui?", perguntou. O outro acendeu um cigarro e tirou a corda que ainda trazia em torno do pescoço. "Então precisa se arrumar, garota, você parece que tem um ninho na cabeça." Retomaram o riso. "Se quiser, pode pegar emprestado o meu pente", disse o ruivo.

Vera desceu as escadas correndo. Os homens olharam espantados na direção dela. Do lado de fora, havia um caminhão estacionado, com a caçamba lotada de móveis. O zelador Bang estava lá, em seu terno escuro, conversando com uma senhora que trazia uma pena verde no chapéu e vestia luvas claras. Vera nunca a tinha visto antes. Devia ter bem mais de trinta anos e estava grávida, o casaco lhe apertava a barriga e ela apoiava as mãos nas costas quase como se quisesse empurrar a barriga para frente, para que a rua toda visse o quanto ela estava grávida. Vera ficou olhando para ela. Por fim, a mulher ficou nervosa, apontou para a Vera, e Bang voltou-se e a viu na escada. Balançou a cabeça, enquanto sorria, e caminhou na sua direção. Os homens da mudança saíram. Vera correu, correu dobrando a esquina, e, enquanto corria, ficou pensando que Rakel devia ter-se mudado para outro lugar, para outro apartamento, que era menor, que depois de tudo o que aconteceu talvez não pudessem pagar por tantos cômodos e mais um quarto só para ela. Assim foi pensando e repensando, ela fixou-se nesse pensamento. Para chegar ao pátio interno, tinha que passar pelo porão e, novamente, pela escada de serviço, tudo vai ficar como antes, pensava, tudo vai ficar como antes, as palavras estavam dentro de Vera, ela ouvia as palavras, claras e pesadas, mas não conseguia pronunciá-las, não conseguia nem falar em voz alta consigo mesma, como se fosse o silêncio que a tivesse tomado para si. Subiu até o apartamento. Ninguém havia voltado para casa. Foi até o banheiro, tirou a roupa, achou a tesoura no armário e enfiou-a na boca. Segurou a tesoura com ambas as mãos e pressionou-a contra a língua, fechou os olhos, e a dor era um outro idioma que ela não precisava pronunciar, só um grito que afundou nela. Ela sentiu a ponta deslizando para dentro da carne mole da língua, e o sangue esguichava da boca. Pegou uma toalha limpa e encheu-a de sangue e depositou-a no cesto de roupa suja, limpou o sangue do chão e da pia, colocou uma nova toalha entre as pernas, entrou no quarto e deitou-se. Vera sorriu. A boca já não lhe era estranha no rosto. Tinha tornado a boca sua. A língua enchia a boca toda. Agora tenho sangue suficiente, pensou. Agora tenho sangue suficiente para todos os meses. Ouviu Boletta voltando para casa. Bateu a porta atrás de si e pisou forte atravessando o apartamento até a sacada. Logo depois, entrou no quarto de Vera. Ela fingiu que dormia. Mas via a mãe do mesmo jeito, como se as suas pálpebras fossem transparentes. Ela segurava uma bandeira dinamarquesa na mão, parecia pálida e macerada. Deu uma volta na cama, em silêncio, e pegou o *Manual do Serviço Telegráfico*, que estava na sua mesa-de-cabeceira. E Vera ouvia a mãe lendo. Boletta estava sentada na sala lendo em voz alta sobre tarifas e normas para a expedição de telegramas, lia em voz alta como se tivesse que ouvir as suas próprias palavras para entendê-las perfeitamente. Tinha o som de queixa e de maldições. Parecia uma prece e queixa. *Cálculo do número de palavras. Conta-se como uma palavra, em linguagem clara, palavras de até 15 letras, em código e em telegramas cifrados palavras ou grupos de até cinco letras ou algarismos. É vedado o uso de aglutinações contrárias à norma gramatical. Nomes de localidades, lugares, logradouros e de embarcações podem ser escritos em uma única palavra e serão computados como uma só palavra, desde que o total de letras não ultrapasse 15.* Vera escutava cada palavra, e Boletta lia e relia cada trecho. Havia algo de ameaçador nessa linguagem, nesses nomes, parecia a guerra. *Telegramas em código, telegramas urgentes, radiotelegramas.* O único termo que soava bem era *telegrama de felicitações. Envia-se a estações norueguesas, suecas, dinamarquesas e islandesas, bem como à Grã-Bretanha e Irlanda do Norte, contra uma tarifa de 50 centavos, expedida em formulários especiais de felicitações.* Vera sonhava que um mensageiro, de uniforme, talvez um uniforme azul, sim, tinha que ser azul, com botões dourados, estaria na porta com um telegrama desses para elas, e deveriam ser boas notícias, senão ele não teria vindo, e esse telegrama, esse formulário especial a 50 centavos faria com que tudo de ruim se transformasse em bom. Podia ser uma mensagem de Rakel, escrevendo, em frases curtas, senão ficaria muito caro, que ela logo retornaria para casa. Ou alguém teria achado Wilhelm, lá no fundo do gelo e do frio, e a Velha finalmente teria um túmulo a visitar. Ou talvez dissesse apenas: tudo o que aconteceu foi um sonho. Mas não foi o mensageiro quem veio, foi a Velha, e ela também bateu a porta. "Onde está a minha bandeira?", gritou. "Onde está a minha bandeira dinamarquesa?" Vera ouviu Boletta fechando o livro devagarinho e levantando-se. "Eu tirei a bandeira, mãe. Você nos faz passar vergonha em toda a cidade." A Velha bateu com força no assoalho. "Que bobagem! O rei Haakon é dinamarquês." Agora é a vez de Boletta gritar. Vera cobriu o rosto com o acolchoado e estava a ponto de rir. "O rei Haakon é norueguês. Não admito que diga outra coisa!" "Ele pode ser o rei da Noruega. Mas é o meu príncipe dinamarquês! Que história é essa que eu não posso ter uma bandeira dinamarquesa na minha jardineira?" "Eu me recuso a escutar quando você fica assim." A Velha fungou. "É a porcaria desse livro que enquadrou você. Você está ficando telegráfica na cabeça!" Agora é a vez de Boletta bater o pé com força no assoalho, ou talvez ambas batessem ao mesmo tempo, os pés e as bocas. "E você que deixa a Vera ficar sozinha em casa! Você perdeu o juízo, sua bruxa velha!"

Depois disso, fez-se um longo silêncio na sala. Então Boletta foi ao banheiro, arrastando os pés, como se não agüentasse erguê-los. Mas voltou correndo. "Vera teve as regras!", gritou. A Velha ficou ouvindo. "O que disse?" "Você ouviu muito bem! Vera sangrou!" Boletta mostrou a toalha com o sangue. A Velha dobrou as mãos e teve de se sentar.

"Graças a Deus", sussurrou. "O rei está a postos e a Vera menstruou. Agora o cotidiano pode recomeçar."

O Relógio

E sinto que alguém está fungando na minha nuca, alguém está fungando na minha nuca porque esta ainda não é a minha história, ainda não estou presente nela, no percurso, no calor, e quando eu chegar aqui, na história, no decorrer do percurso, certamente acabarei sendo atraído pelos ímãs dos detalhes, como o estabanado que já sou: um cordão de sapato que se rompe a caminho da escola de dança, o padre a quem mostro a língua bem no portão da igreja de Majorstuen, uma garrafa de refrigerante para a qual tenho que pagar depósito no quiosque da Esther, essas coisas, tudo aquilo que alguns acreditam ser sem importância, desvios, descarrilamentos, mas que podem muito bem ser o misterioso ângulo morto que se faz necessário em toda narrativa, ou seja, o silêncio que acompanha a narrativa. É lá que ficarei sentado e ouvindo todos vocês outros, enquanto vocês não podem me ver. E é nesse silêncio que ouço a Velha dizer e repetir: *Agora o cotidiano pode recomeçar.* Porque acreditam que tudo está como deve ser. Acreditam que a Vera também voltou ao seu lugar. Sangrou o seu sangue normal, e tudo será como antes. Os chinelos vermelhos estão postos junto do sofá. A bandeira foi içada no palácio. A lua está pendurada em seu gancho sobre Aker, e o dia voltou a ter exatamente 24 horas. Porque, durante cinco anos, a guerra neutralizou o tempo. A guerra tomou o tempo como prisioneiro e o esfacelou em pedacinhos, segundo por segundo, minuto por minuto. Guerra é presente. Guerra é de hora em hora. Guerra é momento e migalhas. Agora podem juntar de novo o tempo, dar-lhe corda, fazê-lo andar. A Velha compra mais vinho Málaga na filial do Monopólio dos Vinhos, em Majorstuen. Boletta continua a ler o *Manual do Serviço Telegráfico*, até a dor de cabeça atravessá-la como um espeto. E, no edifício do Telégrafo, ela evita o Sr. Egede, ela não ousa subir a escadaria até o seu andar, pois ela ainda não lhe disse se aceita o novo posto. Vera fica deitada toda manhã. Depois se levanta, sem alegria. Move-se lentamente pelo apartamento. Veste-se em largas malhas e amplos casacos, embora o tempo vá esquentando a cada dia. Alguns comentam que esse será o verão mais quente do século, e há um sentido nisso tudo, é o verão que o povo mereceu ter. Quase não se alimenta, quer sentir sua própria leveza, prefere crescer para dentro e aproximar-se de sua própria sombra. Da cozinha vê que foram instaladas novas cortinas no apartamento de Rakel, são vermelho-escuras, mas ainda não viu ninguém lá dentro. No pátio interno, os varais estão cheios de roupas de inverno e de lençóis, o zelador Bang caminha pelo cascalho e tira o mato. O gato que ninguém conhece está deitado em seu canto de sol, como um círculo de pêlo, até que Bang o percebe e o espanta com um rastelo. Mas o gato apenas se espreguiça, lentamente, empina a cauda e urina em um vaso de flores antes de sair tranqüilamente pelo portão que dá para a rua Jonas Reins. Os garotos do prédio limpam suas bicicletas e consertam pneus e, de vez em quando, espiam a janela dela, mas daí já não tem ninguém lá. Vera vê tudo isso e, com tudo que vê, preenche seu silêncio, esse silêncio que começa a dar nos nervos de Boletta, que, por vezes, fica próxima de querer chacoalhar algumas palavras da filha, mas, nessas horas, a Velha lhe sussurra: *Quem não fala não mente.* Mais uma noite, Vera morde a cicatriz da língua e sente a boca encher-se de sangue, sua mentira inútil, sua esperança, tão desesperançada quanto a espera por Rakel. O tempo fora feito prisioneiro. Agora, o tempo foi posto em liberdade. Vera posta-se junto à janela e vê que os garotos estão usando roupa de chuva e que cresceram durante o verão, estão quase irreconhecíveis, e saem pedalando pelo portão, sem olhar para trás.

Uma manhã, logo antes de Boletta sair para o Telégrafo para se encontrar com o gerente Egede e finalmente dar-lhe uma resposta, tocou a campainha. Vera ouviu lá do quarto e logo despertou. Alguém tocava a campainha delas, bem cedo em uma manhã de setembro de 1945. Por um instante, teve certeza, certeza absoluta, que tinha de ser a Rakel, Rakel havia finalmente retornado. Vera levantou-se, quase assustada de alegria, e espiou pelo corredor. Boletta abriu a porta. Não era a Rakel. Era um homem careca, e Vera mal e mal recordava-se dele, como uma lembrança vaga e imprecisa, de outro tempo. Vestia um longo guarda-pó, a chuva ainda pingava de seus ombros estreitos, e ele trazia uma pasta pequena, quadrada, com dois fechos reluzentes de cada lado, e na outra mão segurava um chapéu cinza. E quando Vera viu a mala, teve certeza, sabia quem era e, por algum motivo, sentiu um arrepio, sempre tinha arrepios quando esse homem chegava.

Ele ergueu a pasta, como se soubesse que era a primeira coisa que reconheceriam. "Espero que esteja me reconhecendo também", disse. "Pois eu a reconheço como se tivesse estado aqui ainda ontem!" Abriu um sorriso por todo o rosto e fez uma mesura. Boletta deixou-o entrar. "É claro que o reconheço. Afora o cabelo." O homem passou a mão rapidamente sobre a cabeça calva, mas o sorriso evadiu-se para dentro da boca, que se transmutou em uma fenda apertada e torta. "Eu estava internado no campo de concentração em Grini", disse apenas.

Apoiou a pasta no assoalho. Boletta corou e pendurou-lhe o guarda-pó. Ele olhou rapidamente em volta, os olhos percorriam ligeiro cada parede, cada porta, como se anotasse tudo com a vista. Vera retraiu-se. "E aqui tudo continua no mesmo lugar?", perguntou o homem. Boletta acompanhou-o pela entrada. "Sim, tudo está no mesmo lugar." "É bom ouvir isso. Atualmente, tem gente demais fazendo mudanças. Renovam o mobiliário. E para quê?" Mais uma vez, deixou o olhar dar uma volta, mais devagar, até parar diante do relógio oval sobre o aparador. Mostrava 10h12. "Não sei bem se tem dinheiro suficiente", sussurrou Boletta. "Perdemos um pouco a conta." "E quem não perdeu? Vai levar o resto do outono antes de as coisas voltarem ao curso normal." O homem virou-se para Boletta. "Eu uso creme de leite no café. A senhora se recorda?" Boletta juntou as mãos. "Sim, é claro que me lembro. Creme de leite no café. Posso oferecer um pouco de açúcar também?" "Se houver açúcar em casa, tudo bem. Mas só três colheres, por favor."

De repente, a Velha apareceu na porta que dá para a sala de jantar, em sua camisola e chinelos vermelhos. Fez sombra para os olhos, como se o apartamento estivesse inundado de sol. "Está falando de novo sozinha, Boletta? Ou está tentando fazer a Vera responder?" Boletta veio rapidamente na direção dela. "É o Arnesen que está aqui, mãe. Você se lembra do Arnesen, não é mesmo?"

Pois era o Arnesen, o corretor da previdência privada Bien, que havia vindo essa manhã. Era com ele que havíamos segurado nossas vidas. Quase todos no prédio tinham feito o mesmo. Ele costumava aparecer duas vezes ao ano, uma no outono e outra na primavera, exatamente na mesma data, desde que não caísse num domingo, se caísse vinha na segunda-feira seguinte. Agora fazia muito tempo desde sua última visita, desde setembro de 1941. E eu também me recordo daquele relógio oval, que sempre dava a hora certa. Todo último sábado de cada mês, Boletta ou a mamãe colocavam dinheiro na gaveta que havia abaixo do mostrador, exatamente como uma caixinha de poupança, e era quase uma solenidade. Fred e eu ficávamos olhando, com as mãos nas costas, acompanhando tudo, as moedas que eram postas na pequena fenda, e o tilintar duro quando caíam, mais ou menos forte dependendo de quanto dinheiro já estivesse lá dentro, ou as silenciosas cédulas que eram dobradas, sob grande concentração, para ficarem suficientemente estreitas. Gostava mais da nota de cinco coroas, a cor que era azul como o céu consegue ser em uma manhã de verão de céu claro e sem preocupações, e gostava também do retrato de Nansen na nota. Até cem eu ainda não conseguia contar, e as notas de cem eram muito grandes, quase impossíveis de serem enfiadas na gaveta. Então vinha o Arnesen, para buscar o que chamava de prêmio. Eu achava que era algo que poderíamos ganhar, que o dinheiro seria transformado em um prêmio, um presente. Mas Arnesen nunca trazia nada consigo, ao contrário, apenas pegava o prêmio e ia embora. Acabou que ele começou a pegar demais e a colocar o prêmio em seu próprio bolso escuro, e terminou perdendo tudo do mesmo jeito. E por muito tempo também acreditei que era o dinheiro que púnhamos na gaveta que fazia o relógio andar. E se puséssemos a mais, ele iria andar mais depressa, ou se nos esquecêssemos de pôr o dinheiro o tempo iria começar a atrasar e, por fim, pararia por completo. Ah, se pudesse ser assim! Uma véspera de Natal, fiz o teste. Coloquei duas moedas a mais de cinco centavos, que soaram como uma avalanche no fundo do relógio. Não adiantou. Lembro-me de outra vez em que Fred esvaziou a gaveta com um grampo de cabelo. Mas o tempo não parou. A Velha deu um passo adiante. "Arnesen? É o Arnesen em pessoa? Então o cotidiano havia realmente recomeçado." Ele fez uma profunda mesura. "Tornamos o vosso cotidiano e também os dias festivos mais seguros. Até a vida após esta está na nossa agenda." A Velha soltou um sopro pelo canto da boca. "Esta parte acho melhor você deixar com Deus, meu bom homem. A eternidade não cabe na sua pasta." Arnesen segurou a respiração e puxou um lenço com o monograma da empresa, como se estivesse entregando os pontos e pedindo paz. Mas a Velha apenas aproximou-se ainda mais e tripudiou. "Diga-me uma coisa, você não tem mais nada do seu cabelo na cabeça?" "Ele esteve internado em Grini", disse Boletta, depressa. "Sossega, mãe!"

Então Arnesen pegou a chave em forma de cano que apenas ele tinha e virou as costas, como um mágico que não quer revelar os seus segredos. Espiou sobre o ombro e seu olhar cruzou com o de Vera, na sombra da porta. Ele sorriu. Então, todos ouviram um rangido, Arnesen abriu a gaveta debaixo do mostrador, o dinheiro deslizou, e ninguém conseguia contar dinheiro mais rápido do que Arnesen, da Seguradora Bien. Ele não precisava nem usar os dedos, contava com os olhos, o olho era seu músculo mais rápido e, por fim, colocou o montante em uma pochete de couro, com zíper, parecia um estojo, e acomodou tudo na pasta, que travou dos dois lados fazendo grande segredo, era como um espetáculo a ser assistido.

Boletta foi até a cozinha para passar o café. Arnesen aprumou-se. "Vai levar algum tempo até as contas baterem", disse. "A guerra pôs quase tudo de ponta-cabeça." A Velha encolheu-se, sorrindo. "Pois é, quanto mais barata a vida humana, mais caro o prêmio. Não é mesmo?" Arnesen não devolveu o sorriso. "É mais certo dizer que é algo de tão valioso que não pode ser medido em coroas e centavos, Sra. Jebsen." A Velha ergueu o corpo. "Bobagem!", disse. "Conte o seu dinheiro. É nisso que você é bom."

Arnesen ia fazer mais um comentário, mas resolveu deixar para lá. Em vez disso, pegou a pasta, que nunca deixava sair do seu campo de visão, e levou-a consigo até a sala. Arnesen era alimentado aonde quer que fosse, como se as pessoas tivessem um peso na consciência por algum motivo, ou porque queriam lhe causar boa impressão. Achavam, talvez, que suas vidas estivessem nas mãos dele. Passou lentamente pela estante, e passou os dedos sobre as lombadas de couro, enquanto olhava em volta, o sofá da sala de jantar estava ajeitado como se fosse uma cama, a mesa com o cálice de vinho Málaga, o jogo de paciência. Seu dedo parou em um vão maior entre os livros, onde o pó se acumulava. Então Arnesen voltou a sorrir. "Ele deveria ter sido fuzilado", disse ele. Arnesen acomodou-se na cadeira macia, com o encosto dando para a sacada. A Velha curvou-se sobre a mesa. "Quem deveria ter sido fuzilado?" "Hamsun. O traidor." "Você quer dizer o escritor?" "O escritor e traidor." A Velha encostou-se no sofá. "Prefiro ler Johannes V. Jensen", disse ela.

Boletta veio com a bandeja de café e um tablete de chocolate ao leite. Arnesen partiu um pedaço, enfiou-o na boca, e colocou quatro colheres de açúcar na xícara. A Velha estava a ponto de sair da sala, mas Boletta a deteve. "E como era a vida em Grini?", perguntou. Arnesen fechou os olhos e engoliu o chocolate. "Foi pior para a minha mulher. Que teve de ficar esperando, angustiada e sem notícias." Arnesen abriu os olhos e limpou o pigarro com mais chocolate. "Mas ela agüentou bem. As mulheres podem ser mais fortes do que a gente imagina. Isso a guerra nos mostrou."

Ele lançou um rápido olhar sobre a xícara. Boletta serviu mais café e a Velha soltou um suspiro ainda mais profundo. "Esperar é um privilégio a que renunciamos com prazer." Mas Arnesen não estava mais acompanhando. Deixou o olhar fazer um longo passeio em torno do cômodo e, de repente, disse: "Aqui é menor, não é?" Boletta colocou o bule sobre a mesa. "Menor do que o quê?" "Do que o apartamento do outro lado do prédio." A Velha pegou o último pedaço de chocolate, antes que Arnesen pudesse alcançá-lo. "Pode ser que sejam maiores", disse. "Mas tem mais sol aqui em cima." "Não tenho tanta certeza. Nós temos uma sacada na face sul." Agora tanto Boletta quanto a Velha curvaram-se para frente. "Nós?" Arnesen abriu um sorriso largo e ergueu o braço como um regente de orquestra. "Eu comprei o apartamento na esquina com a rua Jonas Rein. Onde morava aquela família de judeus, coitados."

A Velha levantou-se. O cabelo caía-lhe sobre os ombros. "O Sr. Arnesen está nos dizendo que agora somos vizinhos?" Ele levantou a xícara com dois dedos e procurou por mais açúcar. "A intenção era mudarmos antes do verão. Mas minha mulher queria que tudo estivesse no lugar antes da mudança. Vocês sabem como é." Arnesen achou o açucareiro, pôs mais duas colheres no café, fez beiço com os lábios e bebeu lentamente. A Velha permaneceu em pé. Ela tremia. "Não", disse ela. "Não sabemos como é. Como é que é?" Ele pôs a xícara no pires sem fazer um único som e baixou a voz. "Piano, colheres de sobremesa, tábua de passar. E berço. Estas coisas é que fazem um lar. Minha mulher está esperando nosso primeiro filho. Depois de todos esses anos." "Quer que vá buscar mais açúcar?", perguntou a Velha. Arnesen olhou na sua direção. "Não, obrigado. Estou bem servido."

Boletta teve de apoiar-se na mesa. "É certo que eles não vão voltar?", sussurrou. "Quem?" "A família Steiner. A Rakel, a filha deles." Um solavanco perpassou o corpo de Arnesen, como se a colher de café lhe tivesse dado um choque. Deixou-a cair no pires. Encostou-se no sofá, e parecia quase ofendido. "Naturalmente. Morreram lá. Todo mundo sabe disso. Não temos sequer a quem pagar o valor do seguro. Infelizmente."

A Velha desviou o olhar de Arnesen, afundando na cadeira com um sorriso triste, e percebeu a presença de Vera. Vera estava na soleira da porta que dá para o quarto e fitava as pessoas na sala, e assim que a Velha a viu, Vera escondeu o rosto nas mãos, entre seus dedos escorria sangue, e ela veio ao chão, e então Boletta e Arnesen também viraram-se para a porta, viram a Vera e o sangue que escorria da boca de Vera. Arnesen derrubou a xícara e o açucareiro, Boletta correu como um raio até a filha e, pela segunda vez desde a paz, a Velha teve que telefonar para o Dr. Schulz, de Bislet. Arnesen ficou parado junto à cadeira, e não conseguia desviar os olhos de Vera, da camisola, da pele quase transparente, do sangue que saía em golfadas da sua boca, agora ele tinha um segredo a guardar de sua ronda de hoje, mas, se alguém insistisse, bem que poderia deixar escapar uma ou outra palavra, de que a Vera estava largada no chão, se contorcendo, enquanto balbuciava com a boca cheia de sangue. E aqueles que ouvissem o que ele tinha a contar, talvez o zelador Bang, imediatamente se aproximariam para perguntar: *Mas o que foi que ela disse? Ela disse algum nome?* Então Arnesen poderia fazer-se de rogado com suas mentiras, e ficar mudo até que nem ele nem seus interlocutores agüentassem mais. Eu ouvi isso uma vez, muitos anos depois, um dia que voltei mais cedo da escola e peguei o atalho que passa pela lavanderia, no porão. Bang estava junto dos rolos de enxaguar e contava histórias para as mulheres do prédio, pois ele tinha assumido as histórias como suas, havia trocado as mentiras por moeda nova. "O sangue era como uma imensa espuma em volta da boca dela", sussurrou, "uma espuma vermelha, e ela se debatia, com os punhos cerrados, como um animal selvagem!" "Mas o que ela disse?", queriam saber. "Ela disse algum nome?" Nem o zelador sabia responder.

A Velha pôs o telefone no gancho. "O Dr. Schulz já vem", disse. Boletta chorava e Vera ficou deitada, quieta, em seus braços. "Deve estar com úlceras de comer tão pouco! Não é de hoje que estou avisando. Que ela precisa comer direito!" A Velha voltou-se para Arnesen. "Então estamos acertados por essa vez. Dê lembranças à sua senhora." Mas o Arnesen queria ficar. Arnesen não queria perder a cena. Ele juntou o açúcar que havia derramado, colocou a xícara de volta ao lugar e limpou a toalha de mesa com seu lenço. Demorou-se em cada gesto. Quis até mesmo ajudar a levar Vera até o quarto. "Fiz curso de primeiros socorros no serviço militar", disse. Então a Velha apontou, decidida, na direção da porta. "Vejo que seu sobretudo ainda está lá. Não deixe de vesti-lo quando sair."

Mas primeiro Arnesen teve que recontar o dinheiro. Teve que abrir a mala para controlar o valor, moeda por moeda, nota por nota. E quando a Velha saiu do quarto e a Vera já estava deitada na cama, enquanto Boletta continuava a chorar e já há muito estava atrasada para o trabalho, Arnesen ainda permanecia na entrada, com o sobretudo sobre o braço, girando o chapéu entre os dedos. "A pobre da menina já melhorou?", perguntou sussurrando. "Está dormindo. Passar bem." Arnesen olhou por sobre a Velha. "Ela costuma ter esses acessos?" "A Vera esteve com pneumonia, por várias semanas. Eu disse passar bem." Arnesen esboçou um sorriso. "Pneumonia? Pode ser que a empresa queira um atestado de saúde antes de definir o valor do prêmio do seguro." A Velha escancarou a porta. "Nós já telefonamos para o médico. Pela terceira vez, até logo e passar bem."

Arnesen fez uma reverência, levantou a mala e saiu devagar até a escadaria, onde ficou parado, abotoando o guarda-pó. A Velha estava para fechar a porta, mas mudou de idéia e pegou-lhe, de repente, no braço. "Como é que você pode ter tanta certeza de que os Steiner jamais voltarão?" "Porque estão mortos! Foi o que eu disse. Vocês não lêem os jornais? E não tem sentido o apartamento ficar vazio, tem?" A Velha soltou Arnesen, que começou a procurar por algo nos bolsos. Era um recorte, uma fotografia. "Veja aqui", disse. "Foi publicado no *Veckojournalen*, na Suécia. Essas são a Sra. Steiner e a filha Rakel, não é mesmo?"

A Velha tirou a foto das mãos dele e aproximou-a dos olhos. Eram elas. Sentiu-se tomada por uma grande tristeza e uma grande raiva. Era mesmo a Rakel e sua mãe. A mãe está moribunda, talvez já morta, pele e osso, coberta por trapos, a pele distendida sobre o crânio, os olhos grandes demais fitando a câmara, ou Deus, ou o carrasco, e Rakel que segura a mão da mãe, quase nua, os ombros pontiagudos como asas feitas de ossos, segura-se firme e chora, grita, a boca é uma ferida atravessando o rosto, o rosto da menina que já é velha, sem idade, para além do tempo, também próxima da morte, uma criança mutilada, assim é essa foto: os moribundos que se agarram aos mortos. E debaixo está escrito, em sueco: *O temível campo de concentração de Ravensbrück. Com o tempo, os campos foram ficando superlotados, e não havia mais uniformes para distribuir aos prisioneiros.* E é só. A Velha segura-se na parede. "E é com isso que você anda no bolso", disse, em voz baixa. "Você deveria envergonhar-se." "É que eu vi que eram elas", murmurou. "E foi por isso que recortei. Pode me devolver, agora?" "Não", disse a Velha. "Essa foto vai ficar comigo. Enquanto vocês morarem no apartamento deles." Arnesen pôs o chapéu na cabeça e procurou safar-se. A Velha deixou-o passar. "Espero que um dia possamos todos voltar a dormir em paz", disse ela.

Foi então que ouviram o Dr. Schulz na parte de baixo da escadaria, os passos pesados, a mão no corrimão. Arnesen olhou rápido para a Velha. "Obrigado, mas eu durmo muito bem. Exceto quando minha mulher tem insônia." Então desceu as escadas rápido, e, ao passar pelo Dr. Schultz, mais magro do que nunca e, por uma vez, sóbrio, Arnesen entregou-lhe o seu cartão de visitas. Dr. Schulz hesitou por um instante, leu e balançou a cabeça. Arnesen havia parado no degrau abaixo, com o chapéu na mão, e sorriu. "Telefone quando lhe convier, doutor!" "Mas não me convém. Felizmente, não tenho nada que queira segurar." O Dr. Schulz enfiou o cartão de visitas no bolso e subiu os últimos degraus até a Velha, que esperava, impaciente. Ela o arrastou para a entrada e empurrou a porta atrás deles. "Ela está deitada no quarto. Venha já! E não precisa tirar as galochas!"

Novamente, o Dr. Schultz exigiu ficar sozinho com a Vera enquanto a examinava. A Velha e Boletta ficaram esperando na sala. Não trocaram uma única palavra. Escutavam. Tudo estava tão quieto, como se o silêncio de Vera tivesse impregnado os próprios móveis, as paredes, os quebra-luzes, os tapetes, os quadros, e tivesse dado a tudo um tom mais escuro e um odor mais profundo. Havia uma corrente de ar debaixo da porta que dava para a sacada, um tremor frio ao redor dos pés. O vento balançava as árvores que margeavam a Kirkeveien, arrancando-lhes as folhas. O primeiro verão da paz havia há muito terminado nas folhas caídas. A Dinamarca havia batido a seleção da Noruega por 2 a 1, em Copenhague. As bombas haviam caído sobre Hiroshima e Nagasaki, e a sombra do homem havia sido soldada à terra para sempre. Dr. Schulz não terminava os seus exames.

A Velha levantou-se, impaciente. "Estou congelando! Não importa o que você disser, estou congelando!" Boletta ficou sentada, com as mãos cruzadas. "Eu não disse nada", replicou. "Ainda assim, estou morta de frio! Será que o médico caiu no sono lá no quarto? Vou lá ver!" Boletta a reteve. "Deixe-o trabalhar em paz." "Então vou acender a lareira. Hoje de noite quero um Málaga quente, e a Vera vai tomar também! Com canela em pau!" Boletta soltou-a. "Faça isso, mãe. Acenda a lareira."

A Velha acendeu um fósforo, enfiou-o pela abertura e abriu a ventoinha. Logo sentiram o calor que subia, e ela encostou as mãos sobre a chapa verde, enrugada. "Não quero mais fazer seguro com o Arnesen", disse ela. "Isso está decidido." "Não fale bobagem", disse Boletta. "Então ele leva embora o relógio." "Paciência. Não consigo gostar dele!" Agora foi a vez de Boletta suspirar. "Você virou uma chata. É isso que você virou. Uma chata!" A Velha bateu com os pés. "Não virei nada. Eu só digo que não suporto o Arnesen!" "E você também não suporta o Dr. Schulz. Você é malcriada com todo mundo." A Velha sussurrou sobre os ombros. "Mas o que é que aquele idiota está fazendo? Estava sóbrio quando entrou?" Boletta estava irritada, e não queria desviar do assunto. "E você também não suporta o zelador Bang!" A Velha riu alto junto da lareira. "Qual era o esporte que ele praticava quando moço? Salto triplo! Aquela figura ridícula! Nada disso, você é que está de novo com dor de cabeça e deveria deixar a boca quieta." "Você não gosta de mais ninguém!", gritou Boletta. "Não é verdade." "Então me diga uma pessoa de quem você goste! Se é que você ainda se lembra do nome!" "Com prazer. Gosto de Johannes V. Jensen!"

A Velha interrompeu-se com um grito, puxou as mãos para o peito, como se tivesse queimado os dedos na lareira. Boletta levantou-se de um pulo. "O que foi, mãe?" A Velha apontou para a ventoinha da lareira, coberta de fuligem, onde se via o fogo, alto e amarelo. "Agora queimamos o Hamsun", sussurrou. "Aí está o Hamsun, ardendo em brasa."

E, no mesmo instante, o Dr. Schulz saiu do quarto e veio em silêncio. Fechou a porta atrás de si, entrou na sala onde estavam as duas mulheres e colocou a maleta, com cuidado, sobre o assoalho. Ficou parado, fitando as galochas. Uma delas não estava engraxada, ou talvez tivesse pisado em alguma coisa a caminho, uma poça de lama.

Por fim, o Dr. Schulz levantou o olhar. Falou em voz baixa, pausadamente. "A Vera perdeu muito sangue de novo." A Velha deu um passo na direção dele, respirando pesadamente. "Isso nós já sabemos. Mas desta vez ela sangrou da boca!" O Dr. Schulz meneou a cabeça. "Sim, ela deu uma mordida feia na língua, ao que parece." Boletta afundou-se no sofá, com um sorriso. "Mordeu a própria língua? Não é uma úlcera, então?" "Não, não. Nada de úlcera. Desculpe, mas não está fazendo muito calor aqui?" A testa do Dr. Schulz estava gotejando, ele enfiou um dedo no colarinho enrugado, para ventilar. A Velha aproximou-se ainda mais.

"Sim", disse ela. "Está calor. Estamos queimando as obras completas de Hamsun." "O que disse?" "E o que você pode nos dizer sobre o estado de Vera?"

O Dr. Schulz dirigiu o olhar para Boletta. "A Vera não tem nada", disse. "Exceto... Quero dizer..." Silenciou de novo e olhou para o chão, para as suas ridículas galochas. A Velha estava na ponta dos pés. "Exceto o quê, meu jovem? Diga logo, pelo amor de Deus!"

O Dr. Schulz, o jovem de quase sessenta anos de idade, endireitou-se o tanto que podia. "Como é que vou dizer?", começou devagar, hesitante. A Velha estava quase em cima dele. "Eu vou te dizer como! Diga diretamente, sem rodeios, sem ficar aí gaguejando como um recruta acanhado!" O Dr. Schulz passou a mão debaixo do nariz, onde a gota continuava pendurada e não se deixava mover. "As senhoras não sabem de nada?"

E nesse momento a Velha fez algo de que se falou durante muito tempo na Kirkeveien, talvez ainda haja alguém que conte a história, quando também se lembram do grito de Boletta que fez reboco, telha e castiçais se soltarem, de Fagerborg até Adamstuen. Não me surpreenderia. Mas o que me surpreende é que alguém tivesse ficado sabendo, pois não consigo imaginar que o Dr. Schulz tenha contado a alguém, ao contrário, ele teria ficado mudo ou mentido. E certamente não foi nenhum de nós. Além disso, o Dr. Schulz morreu logo depois. Quando a primeira neve caiu em novembro, ele resolveu refazer seu tradicional passeio de inverno, saindo de Mylla, e nunca retornou. Na primavera seguinte, foi encontrado por alguns praticantes de caminhada, longe de todas as trilhas, entre Sandungen e Kikut. Ainda segurava os bastões de esqui, mas a gota debaixo do nariz finalmente havia-se soltado, e foi encontrada como uma pérola fosca no canto de sua boca em decomposição, e nos bolsos não trazia nem um porta-moedas ou raspador de esqui, apenas um cartão de visitas de alguém que vendia apólices de seguro de vida, e, por isso, no início a polícia achou tratar-se do corpo de Gotfred Arnesen, corretor da Seguradora Bien, que estava lá, deitado, após ter dado seu último empuxo de esqui. Disso resultou algum barulho, quando dois policiais procuraram a mulher e informaram que infelizmente o seu marido havia sido encontrado morto no bosque de Nordmarka. Foi ela que quase morreu disso, mesmo depois do mal-entendido ter sido desfeito, quando Gotfred Arnesen voltou do trabalho no horário de sempre, impaciente para ver o seu filhinho de três meses, e desde então ela nunca se recuperou totalmente, o recado falso deixou uma cicatriz em sua mente, ela não ousava abrir a porta quando tocavam a campainha, andava sempre vestida de preto e por fim não deixou mais que seu marido, Gotfred Arnesen, saísse do apartamento.

Mas não é sobre isso que vou contar agora, estou me antecipando, tomado por meus próprios *flashforwards*. Pois o que aconteceu agora foi o seguinte: a Velha simplesmente avançou sobre o Dr. Schulz e, com a mão espalmada, deu-lhe um tapa bem forte no rosto. "Quer agora me dizer o que se passa!" O Dr. Schulz curvou-se e passou o dedo sobre a galocha suja. Então, endireitou o corpo, a gota era um pêndulo debaixo do nariz, e sua face ardia. "Talvez eu também tenha salvado uma vida", sussurrou. "Hoje Hipócrates está orgulhoso de mim." "O que é que você está dizendo?", gritou a Velha.

O Dr. Schulz engoliu em seco e pigarreou.

"A Vera está grávida", disse.

Boletta já estava a caminho do quarto, mas a Velha segurou-a e voltou a dirigir-se, da forma mais suave possível, ao Dr. Schulz. "Meu bom Dr. Schulz. Conte-nos algo de novo. Sabemos que a Vera está grávida. O que queremos saber é se está tudo bem com ela e com a criança." O médico suspirou. "Tudo parece estar perfeitamente bem." Boletta quase não tinha mais voz para falar. "Ela disse alguma coisa?" O Dr. Schulz balançou a cabeça. "Ainda não. Mas dê-lhe mais algum tempo. A propósito, posso fazer uma pergunta?" A Velha fez que sim e teve de apoiar Boletta. "Quem é o pai felizardo?" "Ele morreu nos dias de maio", disse a Velha, depressa. "Era quando iam se casar."

O Dr. Schulz desviou o olhar e passou o dedo pela face. "Desculpem a minha indiscrição. Sou médico, não um padre. Hipócrates está desgostoso comigo. A senhora pode bater de novo, se quiser."

Então a Velha apoiou a mão suavemente sobre a dele e deu-lhe um leve aperto. A seguir, ele pegou sua maleta preta e as deixou. Nunca mais o viram. Só ouviram os garotos mais novos que tilintavam as campainhas das suas bicicletas e riram quando ele saiu para a rua.

Boletta ficou fitando a Velha, que ainda a segurava pelo braço, e não sabia se devia gritar ou berrar. "Você sabia?", sussurrou. "Sabia que ela estava grávida?" A Velha soltou-a. "E você acha que deveríamos deixar o Dr. Schulz pensar que não sabíamos de nada? A mentira é mais ágil do que a verdade."

E foram, então, ao quarto de Vera. Ela estava deitada na cama, fitando o teto, o cristal trabalhado do lustre, com os olhos fechados. Boletta ajoelhou-se do lado da filha. "Conte-nos", pediu. "O que aconteceu no sótão."

Mas Vera nada disse. Segurou-se em seu silêncio. A Velha foi buscar a garrafa de Málaga e teve que usar ambas as mãos ao servir a última dose. "Dessa criança temos que cuidar bem", disse.

Na mesma tarde, a Velha vai até a delegacia de polícia em Majorstuen. Ela tem de esperar por três quartos de hora antes de ser atendida por um jovem policial, sentado diante de uma máquina de escrever. "Quero registrar um estupro", diz. O policial levanta os olhos, e mal consegue disfarçar um sorriso debaixo de seu bigode fino e loiro. "Estupro? A senhora foi estuprada?" A Velha inclina o corpo sobre o rapaz. "Minha neta foi estuprada, meu jovem! Por acaso o seu uniforme lhe dá o direito de fazer troça de mim?"

O policial corou e enfiou uma folha de papel na máquina. "De forma alguma, minha senhora. E quando foi que aconteceu? O estupro, quero dizer." "No dia 8 de maio", responde a Velha. O policial tira ambas as mãos do teclado e volta a fitá-la. "Oito de maio? Já faz quase quatro meses." "O senhor não precisa me dizer", diz a Velha. "O senhor pode dar início às investigações?"

E o policial escreve, lentamente, o nome, o endereço, a data e a natureza do crime, e coloca a folha na parte de baixo de uma pilha de ocorrências que se acumulou. A Velha compra uma garrafa de Málaga no Monopólio Estatal, e pede canela em pau na farmácia, porque cozinhando o vinho com a canela dá uma bebida que ajuda contra a tristeza, a ressaca e a espera. Nunca a Kirkeveien foi tão íngreme debaixo de seus pés. Fica parada um tempo no pátio. Vê os meninos jogando pino junto da escada. Seus rostos são suaves e incompletos, agacham-se junto do pote, há risos, punhos rápidos e moedas de cinco centavos tilintando. Então, percebem a presença dela, como se o olhar da Velha fosse pesado demais para os ombros estreitos dos meninos, e se levantam, silenciosos e sérios, e se voltam para ela. Não, pensa ela, eles são inocentes, ainda não têm idade para tanta maldade, são ainda crianças em busca de seus rostos. A Velha sorri e procura por uma moeda, a atira para os meninos, e a seriedade deles se dissolve em alegria e risos, enquanto estendem os braços e se empurram amigavelmente. "Dê lembranças para a Vera!", gritam.

Então aparece o zelador Bang na saída da escadaria, com uma caixa de ferramentas na mão. Ele pega a moeda que cai no degrau bem à frente dele. Os meninos ficam silenciosos e amuados. "O que está acontecendo aqui? É terminantemente proibido brincar no pátio!" Não, pensa a Velha, ele também não, o Bang é todo-poderoso em sua ingenuidade, e seu pé manco teria revelado o malfeito de imediato. "Devolva-lhes o dinheiro!", diz.

E nessa noite a Velha não consegue conciliar o sono. Ela entra para acordar Boletta, que também está deitada acordada, velando Vera. Vera é a única que dorme. "Havia muita gente diferente por aqui naqueles dias", sussurra a Velha. Boletta senta-se na cama. "O que você quer dizer?" "No sótão. Tudo quanto é tipo de gente se escondia por lá no começo de maio." Boletta cobre o rosto com as mãos. "Vamos torcer para que tenha sido um soldado", diz a Velha, com a voz ainda mais baixa. "Um soldado norueguês que não conseguiu controlar a guerra dentro de si." "Deus do céu!", suspira Boletta. "E nós que a deixamos ir lá sozinha! Deus do céu." A Velha senta-se na beirada da cama. "Deus ainda não nos foi de grande valia", diz.

Blåsen

Uma tarde de janeiro, no novo ano de 1946, a Velha está sentada em Blåsen, a parte mais elevada do Stensparken, e observa a cidade silenciosa. Dá-lhe uma paz interior sentar lá. É o lugar dela. De onde está, vê o fiorde, cinzento e pesado sob o nevoeiro frio que passa pelas colinas de Ekeberg. As árvores de Natal estão nas sacadas, com sobras de enfeites penduradas dos galhos escurecidos, secos. A Velha está triste e com medo. Vera ainda não falou, e carrega uma criança que já não consegue esconder. Há uma loucura que as arrasta todas para o delírio silencioso. Boletta deita-se em noites insones, emagrece e não consegue se perdoar por ter deixado Vera ir ao sótão sozinha. E Vera põe-se todos os dias diante do espelho com a cabeça baixa e não agüenta fitar os próprios olhos. Logo vai precisar de dois espelhos. Quem foi que a tomou, no dia da alegria? A Velha não sabe. Só sabe que aquele que fez aquilo, aquele que é o pai da criança, pegou a vontade dela, rasgou-a e estragou-a, derramou a escuridão sobre Vera e não merece outra coisa que não uma dor maior e uma escuridão ainda mais profunda. Mas repete, lá no fundo de si: *Dessa criança temos que cuidar bem.* Porque a Velha conhece tudo sobre tristeza. A tristeza é a força da Velha. É da tristeza que ela vive, é sua tempestade, que a leva para frente. Ela precisa ensinar isso a Vera, a carregar a tristeza como um triunfo e a dor como um buquê que floresce toda noite. Nesse momento, ouve passos na neve e não precisa voltar-se, pois já sabe quem é. Pensa: *Não estou triste e não estou com medo.* Sou sábia e velha, pois quem mais o seria, sábia e velha e corajosa, senão ela? A Velha sorri quando Vera senta-se a seu lado e espera bastante tempo até dizer alguma coisa, ambas permanecem mudas e uma apóia o silêncio da outra.

"Você não veio aqui para conversar", diz a Velha, por fim. "Mas pode vir até mim mesmo assim." Vera encosta a cabeça no ombro dela. A Velha tem um tremor momentâneo. Recorda-se que, uma vez, havia filmado durante três dias inteiros, 18 cenas haviam sido gravadas, o título era *A Ama e o Convidado Estrangeiro.* Tinham até mesmo erguido um estúdio, em uma campina nos arredores de Copenhague, e seus olhos ardiam depois daquelas horas todas debaixo dos holofotes, mas ela estava feliz, porque o filme seria certamente um sucesso, uma sensação, todos o sabiam, todos, do contra-regra ao produtor, do pianista ao protagonista. Foi quando ouviram um grito do fotógrafo, que começou a chorar. Ele tinha esquecido de colocar o filme na câmera. Impossível! Não podia ser! Mas era. Tudo havia sido em vão. Cada olhar, cada movimento foram esquecidos, haviam desaparecido, como se nunca tivessem acontecido, como se tudo que não estivesse registrado em um rolo de filme fosse falso, irreal, um nada. O diretor levantou-se e ficou parado onde estava, sentou-se novamente e escondeu a cabeça entre as mãos. Ninguém tinha coragem de dizer uma palavra. E a Velha, que naquele tempo era moça, era a Nova, bela e cobiçada, foi a única que ousou levantar. "Vamos fazer tudo de novo", disse. Mas não deu certo. Não dava para fazer de novo. Tinham que inventar outra coisa, um novo título, uma nova história. E o que quer que fizessem comparavam sempre com o que nunca havia sido filmado e nunca ficaram satisfeitos. Nunca ficava melhor do que aquilo que não existia. Esse foi o fim, pensou a Velha, e teve outro tremor. O melhor filme não era apenas mudo, era invisível. Ela sente vontade de contar o episódio a Vera, mas, em vez disso, diz outra coisa, porque talvez já tenha contado essa história antes, e é na verdade uma história triste. "Sei o que você está pensando, mesmo que você não diga nada, Vera. É o que dá ter ouvido mouco. Só ouço pensamentos, e sonhos, e corações que batem."

A Velha solta um suspiro; levanta o braço que abraçava Vera e tira-lhe a neve do cabelo. "Alguém lhe fez mal, Verinha. O maior mal que é possível nos fazer. Mas perdoe-me e perdoe a Boletta, por não termos entendido o seu silêncio."

E permanecem assim, sentadas, Vera e a Velha, e se abraçam, no alto do Stensparken, com vista sobre a cidade, a mesma cidade na qual eu também irei me perder, embora seja apertada e espremida entre as colinas e com um céu que é menor que a tampa de uma caixa de sapatos. "Já te falei do Homem da Noite? Era assim que o chamavam. O Homem da Noite. Ele veio aqui com os cavalos mortos e os enterrou aqui. Estamos sentadas sobre uma montanha de cavalos mortos, Vera. Mas de dia ninguém sabia o que ele fazia. Alguns diziam que ele dormia junto dos cavalos mortos. E, por fim, ele sumiu por completo."

Agora é a Velha que tem de encostar a cabeça no ombro da Vera. "Tem homens da noite demais na nossa família", sussurra.

Voltam para casa antes de o frio ficar mais intenso, e Vera usa o xale da Velha. E quando cruzam o Pilestredet, logo abaixo do Bayern, onde ainda se erguem os galpões deixados pelos alemães e que agora são usados como jardim-de-infância, encontram Arnesen e sua esposa, que está com tantos meses quanto Vera, ela veste um amplo casaco de pele, e fita Vera com um sorriso quieto, enquanto Arnesen levanta o chapéu. "Vejo que seu feliz estado não se deixa mais esconder", diz. A Velha o fita direto nos olhos. "Meu bom homem! Não temos nada a esconder! Adeus!"

E ela toma o braço de Vera e a arrasta consigo. Arnesen volta o chapéu à cabeça. "Logo venho esvaziar o relógio", grita atrás delas. "E lembrem-se de que o prêmio vai ter que aumentar. Se vocês forem ficar com a criança."

Mas a Velha anda de costas retas e segura firme em Vera. "Não se volte", sussurra. "Esta alegria não vamos dar ao Arnesen e à sua igualmente insuportável mulher."

Ela percebe que Vera ficou pálida ao redor da boca, os lábios tremem e, já na escada, ela fica pesada e tonta, a respiração lhe pesa, e, na entrada, vai ao chão com um grito. Boletta aparece imediatamente. "Deus do céu", sussurra. "Pegou alguma friagem?" A Velha ajoelha-se ao lado de Vera. "Não", diz calmamente. "Vera está dando à luz."

E como posso descrever a dor, a fúria e o amor do nascimento, eu, o estéril, que estou fora de tudo isso? Contento-me com o seguinte: começam as contrações bruscas nos fortes músculos do útero. A parte inferior do colo do útero se abre, como um túnel, para o feto, que ficou deitado no espaço quente, envolto em lençóis de água, durante 38 semanas; em outras palavras, é um feto impaciente e sem escrúpulos, que abre caminho pela pélvis, e as dores aumentam, ralam as paredes do ventre e do diafragma, a hora chegou, a criança está abrindo caminho, e Boletta arruma um táxi e junto com a Velha carregam Vera até a rua e a colocam no banco de trás, e o motorista, um jovem de uniforme e boné escovado, olha assustado para elas e a Velha grita:

"Para o Hospital de Ullevål, meu senhor! Para a maternidade. Agora!"

E ele sai em disparada, infringindo o limite de velocidade, subindo a Kirkeveien, enquanto Vera rala e geme, e o suor lhe escorre pelo rosto em grandes ondas. De repente, todos os sons em seu interior silenciam e ela afunda no banco. Boletta ergue devagar o vestido, e vê a cabeça surgindo, uma cabeça amarrotada e coberta de muco que já puxa o ar para os pulmões num grito, e o resto do corpo vem atrás, é um menino, junto com a placenta e uma mistura de sangue, membranas e muco, o motorista freia com tudo, a criança fica deitada berrando no banco entre as coxas de Vera, viva, furiosa, e foi assim que meu irmão, meu meio-irmão, nasceu num táxi, no cruzamento de Kirkeveien e Ullevålsveien.

E esta é a primeira coisa que Vera diz, sentada de olhos fechados e diz essas palavras estranhas: "Quantos dedos ele tem?" Boletta olha na direção da Velha, que se curva sobre a criança e conta os dedos de cada mão. "Ele tem dez dedos", sussurra, tranqüila.

Vera abre os olhos e sorri. O motorista encosta o corpo contra a direção e não pensa no banco de couro que está sujo de sangue e tripa e muco, não é hora de pensar nessas coisas quando uma pessoa vem ao mundo no seu carro, não, ele fica contando os meses e as semanas, e faz cálculos de cabeça e chega a maio, maio de 1945. "Vocês só podem chamá-lo de Fred*", diz, por fim.

Fred costumava contar a história assim: *Fui batizado por um motorista de praça num cruzamento. Fui batizado por um porra de um motorista numa porra de um cruzamento.* E acho que ele gostava de contar a história deste jeito, porque sempre sorria depois, de leve, dava uma risada rápida e passava a mão pelo rosto, como se estivesse enrubecendo, embora só estivesse eu ali quando contava a história.

* "Fred", além de apelido de Frederik (Frederico), como substantivo comum significa "paz". (N. do T.)

O Nome

Vera acordou. A Velha e Boletta estão no quarto com ela. Há um biombo atrás delas. Ela vê sombras que se movem lentamente do outro lado. Ouve vozes que falam baixo e, de repente, choro de criança. "Onde é que ele está?", pergunta Vera. A Velha enxuga com cuidado a sua testa molhada. "Estão cuidando dele", diz. Vera senta-se na cama. "Tem alguma coisa de errado? Tem alguma coisa de errado, não é mesmo? Diga!" A Velha a empurra lentamente de volta ao travesseiro. "Não há nada de errado, Verinha. Ele é forte, saudável, e grita mais do que todos os outros. Você se lembra do nome que o motorista do táxi lhe deu?" Vera olha para a Velha e logo sorri. "Fred", sussurra. "E o Fred fez você voltar a falar", diz a Velha, e volta-se para Boletta, que até então havia ficado em silêncio, mas que agora se curva e segura a mão da filha. "Tem uma coisa que eles precisam saber, Vera." "Eu quero vê-lo, mãe." "Sim, sim, você já vai poder segurá-lo. Mas primeiro eles vêm lhe perguntar uma coisa. Quem é o pai." Vera fecha os olhos. Seu rosto se contorce. "Eu não sei", diz. "Você não o viu?" A Velha põe o dedo sobre os lábios. Precisam falar mais baixo. Há ouvidos demais. As sombras pararam junto ao biombo. Vera chora. "Ele veio por trás", sussurra. "Só vi as mãos dele." Boletta se aproxima. "Havia muitos tipos diferentes que se escondiam no sótão naqueles dias. Ele falou alguma coisa?" Vera balançou a cabeça. "Ele não disse nada. Tinha um dedo a menos." Vera começa a rir. "Mas tinha um dedo a menos", repete. "Tinha um dedo a menos!" As sombras hesitam, tremem por um instante, antes de se afastarem do biombo. Boletta tem que pôr a mão sobre a boca da filha, e a Velha curva o pescoço. "Perdoe-nos, Vera. Perdoe-nos."

E Fred está deitado junto com os outros recém-nascidos, enfileirados, os filhos da paz, a bela e dourada geração que nunca vivenciará a guerra, serão criados em um bem-estar que por fim será demais para eles, lhes afetará o juízo, por um momento irão dar as costas à abundância e, em seu lugar, buscarão a natureza e a pobreza intencional, para, por fim, recuperar o tempo perdido com uma voracidade ainda maior, no bufê permanente da vida privada. O sono de Fred é agitado, como se já tivesse pesadelos aos dois dias de idade, e, quando está acordado, grita mais do que os outros, cerra os pequenos punhos como bolas vermelhas, mas ainda não foi levado ao peito da mãe, recebe leite amornado em uma mamadeira. Quando grita tanto que as outras crianças tentam acompanhá-lo, levam-no até outro cômodo, onde ele fica sozinho, e, então, Fred fica subitamente quieto, silencioso, não fecha os olhos, fica fitando como se já nesse instante começasse a perscrutar a solidão da qual não escapa e que por fim será a sua opção.

Da próxima vez que afastam o biombo, são três homens que se aproximam do leito de Vera. Dois são médicos, mas o último veste um terno escuro e traz um fichário debaixo do braço. Ficam em pé, ao redor dela. "Quero ver o meu filho", sussurra Vera. "Por favor." Um dos médicos puxa uma cadeira até a cama e acomoda-se. "Sua mãe conta que você foi estuprada." Vera vira o rosto, mas, para onde quer que se volte, alguém a vê. "Você não sabe quem é o pai da criança", diz o outro médico. *Ele pode ser norueguês. Ou alemão. Mas você não sabe. A criança não tem pai.* Falam pausadamente, com simpatia. O homem de terno escuro tira da pasta uma folha de papel. "O caso foi arquivado. Por falta de provas. A ocorrência só foi registrada quatro meses depois do alegado crime." Os dois médicos permanecem um instante em silêncio. O que está sentado toma a mão de Vera. "Como você se sente agora?", pergunta. "Eu quero o Fred", sussurra. "Você não poderia ir buscá-lo?" O médico sorri. "Você já deu nome a seu filho?" Vera faz que sim. "Quero falar com o Dr. Schulz", diz ela. "O Dr. Schulz não está disponível. Está desaparecido depois de um passeio de esqui." O médico solta a mão dela e levanta o olhar. "Ela passou por uma psicose profunda e não falou durante nove meses." Uma enfermeira afasta o biombo e, por um breve instante, Vera vê a Sra. Arnesen, sentada na cama junto à janela, apoiada em um grande travesseiro, seu filho está junto do peito e o Sr. Arnesen parou de repente, ele traz um ramalhete na mão e segura o chapéu na outra, olham na direção de Vera, tudo sem som ou movimento, antes de o biombo ser colocado de volta e as sombras se desfazerem na luz, apagando-se. "Por que não posso segurar o Fred?", chora Vera. O homem de terno escuro também já se sentou. "Você deve entender que tudo o que fazemos é para o seu próprio bem. O que significa para o bem da criança. Pois a criança vem em primeiro lugar, não é mesmo?" Vera meneia a cabeça. Ele coloca uma folha de papel do lado do copo d'água, na mesa-de-cabeceira. "Há muitos lares excelentes, aqui na cidade e no interior. Talvez seja melhor assim." "O que você quer dizer?", sussurra Vera. "Que o menino seja mandado para outra cidade. É o melhor."

Nesse momento, o biombo é afastado de novo, e com tanta força que cai ao chão. É a Velha que está lá. Está irritada, e com a voz rouca. "Somos três mulheres, somando 131 anos, lá em casa, e cuidaremos bem do filho de Vera! Estamos entendidos!?" Ela dá a volta na cama, pega o formulário da mesa-de-cabeceira, e o pica em pedacinhos, até não sobrar uma única letra legível. "E agora! A criança vai poder se encontrar com sua mãe?"

Na mesma noite, trazem o menino. Ele fica deitado, quieto, junto ao peito de Vera. Ele espera. É possível falar assim? Posso dizer que Fred espera, que está quente e aconchegante lá onde ele está deitado, no círculo do coração, e que ele espera? Sim, é assim que devo dizer. Fred espera. *Ele não gosta de mim*, pensa Vera, de repente. E Vera ouve o silêncio que se move de um leito para outro quando ela o leva para fora da maternidade dois dias depois, e percebe os olhares que a acompanham pelo corredor, o boato silencioso se espalha, portas que se abrem lentamente e voltam a se fechar. Neva, e tudo está em silêncio. Ela fica de cama por três semanas, até terminar de sangrar. Fred espera. A Velha e Boletta espantam-se que ele tenha parado de gritar. De noite, o seu silêncio não as deixa dormir. Toda manhã, ouvem o piano tocando do outro lado do prédio, parece Mozart. E, uma manhã, quando a neve está derretendo e escorrendo em riachos ao longo das ruas e pingando das calhas, Vera está fora passeando com Fred no carrinho de bebê. Ele fita-a, com aquela calma soturna com que ela já está se acostumando. Quando o sol brilha no rosto do menino, ele vira a cabeça e fecha os olhos, e só os abre de novo na próxima sombra. Então Vera vê a Sra. Arnesen dobrando a esquina com seu carrinho de bebê. De repente, estão inseguras. Param mesmo assim. Estão orgulhosas e não falam muito. Olham para frente. Olham para baixo. Vera procura ser gentil. "Você toca tão bem o piano", diz. A Sra. Arnesen sorri e ajeita o acolchoado sobre o seu menino. "Ele sempre dorme antes de eu terminar." Riem. São duas mães, sem medo, estão juntas, antes de serem arrancadas dessa amizade frágil, desse breve encontro. "Atrapalho?", pergunta a Sra. Arnesen, de repente. Vera volta-se. O zelador Bang está junto do portão, olhando na direção delas. Ele segura um gato morto na mão. Ele joga o gato longe e volta para o prédio. "O que disse?", pergunta Vera. A Sra. Arnesen hesita. "Será que atrapalha quando toco o piano?" Vera ergue a vista. "Não, eu acho que o Fred também gosta. Ele não grita mais." Agora a Sra. Arnesen volta a sorrir. "Você já escolheu o nome dele", diz ela. "É, parece que sim. E o seu filho, como vai se chamar?" "O mesmo que o pai do meu marido. Vamos batizá-lo no sábado que vem."

No dia seguinte, Vera está na sacristia, na igreja de Majorstuen, conversando com o padre. Seu nome é Sunde, e tem cerca de cinqüenta anos de idade. Sua testa assemelha-se a um escudo. Ele coloca os óculos e folheia um documento, demoradamente. O crucifixo atrás dele está pendurado torto. A grande Bíblia de capa preta parece que suga para si toda a luz, juntando-a como um ponto escuro e ardente no meio da mesa. Por fim, fixa os olhos nela. "Não é bom ouvir?", pergunta. Vera escuta, mas não ouve nada. "O quê?", pergunta, em voz baixa. "Você não está ouvindo?" Vera presta atenção de novo, mas não consegue entender o que ele quer dizer, e prefere não dizer nada. O padre inclina-se em sua direção. "Os sinos", diz. "Não é lindo ouvir sinos de verdade, depois desses cinco anos de perdição?" "É mesmo", sussurra Vera, mas não ouve nada, o silêncio é total. O padre espera um pouco. Fica sentado, olhando para ela. "Você precisa ouvir dentro de você", diz por fim. "Dentro de você, Vera. Ou aí dentro também está silencioso?" Vera olha para o chão e o padre volta a folhear o documento. É bom saber que um dia terei a oportunidade de mostrar-lhe a língua e chamá-lo de padre dos infernos. Vera escuta as batidas do próprio coração, um ribombar surdo e pesado que faz os dedos repuxarem. "Quem é o pai?', pergunta o padre, de repente. "Está nos papéis o que aconteceu", diz Vera. "Você não precisa me contar o que está aqui. Isso eu consigo ler sozinho." O padre levanta-se e dá a volta à mesa. Ele pára atrás dela. "Deixe-me fazer-lhe uma pergunta, Vera. Você fez alguma coisa de que se arrependeu?" Ela balança a cabeça. "Você não teve em nenhum momento relação com os homens do inimigo?" Vera prende a respiração. Então ela se levanta. "Sim, eu fiz algo de que me arrependo", sussurra. O padre espera. Espera o resto, espera a sua confissão, e ele espera com um sorriso. "Eu me arrependo de ter vindo aqui", diz Vera, e dirige-se à porta. O padre vai atrás dela, pálido e furioso. "Ouço dizer que o menino já tem um nome. Mas sabe o que Fred realmente quer dizer?" Vera interrompe por um instante o seu andar. "Significa o nome do meu filho", responde. O padre esboça um novo sorriso. "Quer dizer *poderoso*", sussurra. "Você não acha um pouco fora de propósito?"

Vera está na calçada da Kirkeveien. Não se recorda de como chegou lá. Esther acena do seu quiosque. Ela se esquece de devolver o aceno. Caminha de volta para casa. Pára no pátio. Tem algo que cheira a podre. É o gato morto. Ainda está lá, na lixeira. Vera apressa o passo. Ela vê a Sra. Arnesen estendendo a roupa no varal, toalhas de mesa para o batizado, um vestido, uma camisa branca. O carrinho de bebê está na sombra da grande bétula. Tudo está verde e silencioso. Dois homens entram pelo portão. Um está de uniforme, o outro veste um sobretudo longo, escuro, apesar do calor. Dirigem-se primeiro a Vera, e por um instante ela acredita serem da delegacia de Majorstuen e que encontraram o culpado, aquele que a violou, e tal pensamento assusta Vera tanto quanto a espanta, sem saber, nesse momento que ela acredita seja o momento da verdade, se está aliviada ou com ainda mais medo, porque agora a sombra má que veio por trás dela, a sombra com apenas nove dedos, vai ganhar um nome, e, de repente, não sabe se quer assim, ouvir o nome dessa sombra e ver o seu rosto. Mas não é com a Vera que querem falar, estão procurando a Sra. Arnesen, não havia ninguém em casa e pensaram que talvez ela estivesse no pátio. Estão sérios, quase ríspidos, e Vera percebe logo que são portadores de más notícias, de alguma mensagem trágica, e ela se volta na direção da Sra. Arnesen, que está debaixo dos varais e ainda não sabe o que logo vai acontecer. Vera aponta. "É ela", diz. Os dois homens agradecem com um gesto e dirigem-se para a Sra. Arnesen. Vera vê que a cumprimentam, a Sra. Arnesen demonstra primeiro espanto, quase esperança, então ri, um riso alto, súbito, que mais lembra um grito, e logo depois seu rosto fica totalmente quieto, pálido e frágil como uma folha seca, e esse mistério, essa coisa incompreensível e impossível, que o seu marido, o corretor de seguros Gotfred Arnesen, foi encontrado estranhamente morto no bosque de Nordmarka, longe de toda e qualquer trilha, entre Mylla e Kikut, com apenas um cartão de visitas no bolso da jaqueta, que ficou muito melhor preservado do que o pobre corpo que a mesma jaqueta veste, agora que a primavera e as noites temperadas derreteram a neve que durante vários meses manteve a forma humana da carne, esse mistério lança uma escuridão tão maciça sobre a Sra. Arnesen que desde então apenas ocasionalmente ela volta a ver a luz, e, ainda assim, como uma vaga sombra, como réstia de lembranças de outro tempo, e nem mesmo quando o Sr. Arnesen, seu marido, o pai de seu filho, volta vivo do trabalho, como se nada tivesse acontecido, e, assim, por sua simples presença, esclarece o gritante mal-entendido, mais próximo da comédia do que da tragédia, ela consegue se recuperar. A escuridão não se deixa mais espantar. As horas de viuvez temporária gravaram essa escuridão em sua mente. Ela não tem mais conserto, não há luz que possa penetrar. Era o esqueleto do Dr. Schulz que estava lá deitado, na jaqueta azul e nas calças largas, ele tinha esquiado para a morte com o cartão de visitas de outra pessoa no bolso. E, tarde da noite, todos no prédio ouvem a Sra. Arnesen sentar-se ao piano, mas ela toca sem alegria e sem variação, ela toca a mesma melodia, sempre a mesma melodia, em um círculo infindável e monótono, e Fred começa a gritar mais alto do que nunca. Depois ficou-se sabendo que o Dr. Schulz havia em testamento deixado pequenas coisas a seus pacientes. Nós recebemos o *Guia Médico para a Família Norueguesa*, organizado por M. S. Greve, diretor do Hospital Central, no qual, por exemplo, no verbete *cinismo,* lê-se: *desleixo em tudo que diz respeito à saúde (higiene pessoal) é perigoso. Gera seu próprio castigo, não raro em grande escala.*

UMA MALA CHEIA DE APLAUSOS

O Vento

O sol é verde e rola a colina escarpada abaixo até as mulheres que esperam na maré baixa e colocam tudo no barco. Vem mais. Vem uma avalanche de sol verde e gordo, e Arnold está lá no alto, com a foice; tem perto de 12 anos de idade e a foice é muito grande para ele, quase o dobro do seu tamanho, e ele percebe que o capim apenas se curva diante da lâmina estreita, ele não acerta o ângulo de corte, por mais que tente e não é por falta de tentar. Ele só consegue alisar o capim, que se levanta de novo tão logo a foice passa, ele penteia a cabeleira da cabeça íngreme dessa ilhota que se ergue da superfície do mar para espiar os limites desse mundo de vento. Arnold raspa a lâmina no solo, solta faíscas quando atinge uma pedra, está a ponto de chorar, mas não chora. Em vez disso, ri, e dirige o olhar para o céu aberto e ouve o zumbido ágil das outras foices e o sol verde que passa por ele, ouve os estalidos das gaivotas, confusas, que circulam sobre os pescadores que hoje não estão ali para arrastar as redes, e se fizeram ceifeiros tontos, e ceifam o capim que cresce espesso e alto no solo fértil de guano aqui no meio das ilhotas estéreis que o gelo e o mar digeriram e depois deixaram para trás, como sobras pulverizadas da criação do mundo. Arnold apóia-se na foice e não precisa se esticar para ver; daqui ele vê tudo, apesar de ser tão baixinho, vê o mundo e o mundo é ainda maior do que ele consegue imaginar, o mundo vai para muito além do que a vista alcança, porque o horizonte pende à frente dele, tão ao longe que ninguém conseguiria remar até lá; e atrás dele ficam as montanhas, envoltas em um nevoeiro azulado, e por trás dessas montanhas há cidades onde moram mais do que mil pessoas e lá tem torres de igrejas que são mais altas do que o mastro da lancha do correio, e tem luz elétrica. Arnold senta-se, porque mesmo sentado consegue ver tudo muito bem. Não chora, ri, e ouve também o riso das mulheres lá embaixo, na maré baixa; Aurora, sua mãe, acena para ele, antes de pegar mais um sol verde empacotado como se fosse um presente caro, enquanto o pai está mais adiante, sua foice passa chispando pelo capim e o corta rente e rápido. Ele dá uma espiada na direção do filho, que já se sentou. Agora o pai larga a foice no chão e caminha na direção de Arnold.

Os outros também fazem uma pausa. As mulheres enxáguam as mãos na água, e Arnold tem a impressão que o mar ficou verde de repente. Apenas Aurora permanece de pé e Arnold acena para ela. Então o pai lhe tapa a vista. Ele tira a foice de Arnold. "É melhor você usar o ancinho", diz. E Arnold vai buscar um ancinho junto aos outros meninos: são mais novos do que ele e maiores de estatura, alguns não têm mais que nove anos e ele não alcança nem no ombro deles, e este ancinho é tão pesado entre as mãos que ele precisa segurá-lo no meio do cabo, mas daí arranca a terra junto, a lâmina fica presa no couro cabeludo macio da ilhota. Ele solta o ancinho, põe-se de joelhos e usa as mãos no lugar da ferramenta. Rastela o capim com os dedos, e o capim é macio e úmido. Os outros meninos param por um instante, entreolham-se e riem. "O que você vai ser quando crescer, Arnold?", perguntam, com um riso entremeando cada palavra. Arnold pensa um pouco e responde: "Vou vender vento!" Ele grita de novo, porque gostou do som da frase: "Vou vender vento!" Os pais, que estão de costas em uma fileira abrupta e balançam as foices em um mesmo ritmo, como se fossem uma grande orquestra, também se viram e o pai retorna a ele, agora com a expressão mais sombria. "Você pode amarrar", diz, e a voz é curta e áspera, quase imperceptível por entre os lábios. E Arnold retorna ao grupo de meninos e começa a passar os velhos pedaços de barbante em volta do capim, mas o capim se solta, ele não consegue segurá-lo no lugar, é como se quisesse empacotar a luz; e ele sente o choro pulsando na garganta, e por isso começa a rir, ri bem alto enquanto o capim cai ao redor dele. E Arnold senta-se no ponto mais íngreme, onde apenas as aves e os cachorros conseguem manter o equilíbrio. Ele se encolhe como se fosse um feixe, fecha os olhos e se deixa cair. E ninguém o vê antes de ser tarde demais: Arnold, único filho de Evert e Aurora Nilsen, gira como uma roda solta ladeira abaixo, cada vez mais rápido, as mulheres soltam o capim e gritam, e Aurora grita mais alto do que todas, Evert atira longe a foice e corre atrás de Arnold mas não consegue alcançá-lo, a escarpa é íngreme demais e a roda Arnold é muito rápida. Ele fica plantado lá no alto, com os braços levantados como se quisesse segurar-se na luz cadente. E se faz um silêncio profundo nessa ilha verde na extremidade da Noruega, plantada à beira do pôr do sol, quando Arnold atinge uma pedra chata na praia, é lançado ao ar e mergulha na pequena enseada verde, de cabeça, e assim desaparece diante de nossos olhos.

E desde então Arnold sempre diria que foi quando acordou lá embaixo no fundo e se ergueu da areia macia e pesada, com o mar da Noruega sobre seus ombros estreitos, que ele tomou a decisão de fugir. Ele tinha que ir embora, e isso o mais depressa que pudesse. "Não conseguia ceifar capim", costumava dizer.

Quando ia recolher ovos, deixava-os ficar, porque tinha dó dos pássaros. No mar, sempre ficava enjoado. E quando estripava um peixe, acabava cortando os próprios dedos! Nesse ponto, sempre tirava a luva sob medida da mão direita e mostrava o toco encolhido de carne que mal conseguia mexer, e eu ficava arrepiado e precisava olhar mais de perto, precisava tocar a pele áspera, e Arnold enxugava uma lágrima e cantarolava. "Nasci no lugar errado", dizia. "Nem a cor dos meus olhos confere!"

E nos fitava com aquele olhar castanho que tantas vezes o havia salvado de enrascadas, enquanto lentamente recolocava a luva, que ele havia enchido com cinco pedaços de madeira, para que os dedos que lhe faltavam não dessem na vista.

Mas nesse entardecer de julho, quando Arnold acaba de se fazer uma roda viva em saltos descontrolados ladeira abaixo e agora está no fundo e elabora os seus planos escusos debaixo d'água, sente os punhos do pai agarrando os seus ombros e içando-o a bordo, um monstro encharcado e coberto de hematomas arrancado do fundo do mar, um ser inumano e baixinho vindo das profundezas, e Aurora o segura junto ao peito e chora enquanto as demais mulheres atiram o capim de volta à terra para aliviar o peso do barco. E o pai empunha os remos, e nunca ninguém conseguiu remar aquele trecho com tanta velocidade, a água escorre dos remos como riscos, ele está aliviado e furioso, melancólico e, apesar disso, feliz, se louva e se amaldiçoa; em suma, Evert Nilsen é um homem que está profundamente confuso, porque não sabe o que fazer com Arnold, como dar um jeito nesse filho e torná-lo um homem de valor, e Arnold é o único filho com quem ele e Aurora foram abençoados. E Evert Nilsen não consegue tirar o pensamento da cabeça: *Eu só tenho um meio-filho.*

Secam Arnold e o enrolam em cobertas de lã e de peles. Dão-lhe uma xícara de aguardente, Arnold suspira e sorri, e tomam isso como um bom sinal. Até mesmo acendem o fogão a lenha, para que a noite de julho não lhes pregue uma peça e venha com seu meio-frio por baixo da porta. Fica deitado tendo a seu lado Tuss, o perdigueiro que todos dizem que é com quem Arnold se parece, e o cachorro rosna baixinho, espantado, e lambe o rosto de Arnold. Evert e Aurora velam o seu sono, cochicham entre si palavras que ninguém escuta e, de repente, Evert quer tê-la, ela o empurra, mas ele não desiste, e, por fim, ela o deixa fazer, ele está fora de si e silencioso, e não precisa mais do que alguns segundos, ele a segura com tanta força contra a parede que ela quase perde o fôlego, e ela pensa apenas: *Meu Deus, não deixe que Arnold acorde agora, deixe que ele continue em seus sonhos, onde nada vê nem escuta.* Mas depois não é ela quem chora, é ele, Evert Nilsen, o homem pesado, taciturno, que de repente se tornou um estranho, ele se afunda em uma cadeira e esconde o rosto entre as mãos, uma onda risca suas costas recurvadas, e é Aurora quem tem que consolá-lo, ela ajeita a roupa, volta-se devagar para ele e pousa a mão, suavemente, sobre seu ombro. Ela sente que ele está tremendo. Ele olha para o lado, não tem coragem de fitá-la nos olhos. "É tarde demais", sussurra Aurora. "Temos que nos contentar com Arnold."

Na manhã seguinte, Arnold está duro como um pedaço de pau, não consegue dobrar nem um dedo, e parece ainda menor ali deitado, na cama estreita, como se tivesse encolhido no mar ou tivesse perdido preciosos centímetros na queda. O cachorro saiu, ouvem-no latindo feito um louco junto do cemitério. E quando se curvam sobre o filho, seu olhar os atravessa, com olhos de vidro marrom. Mandam chamar o médico. Dois dias depois, ele chega. Doutor Paulsen, de Bodø, desembarca nessa ilha que não foi pensada para seres humanos e sim para aves e cachorros estúpidos, uma ilhota para náufragos que deveriam, na primeira oportunidade, partir em estado de júbilo e de profundo agradecimento, mas que, em vez disso, se agarram firmes no lugar, presos pelos dedos no graveto mais fino da geografia. Chove, e um homem magro e taciturno abre logo um guarda-chuva rasgado sobre ele, mas o Dr. Paulsen já está molhado nos ombros e sabe que outras doenças e outros males aparecerão tão logo esses infelizes habitantes da ilha percebam sua presença, os pacientes formarão fila e ele será obrigado a fazer-se de insensível, pois ele não pode curar o incurável, o irreparável é assunto de Deus; e lá vai ele, nessa terra perdida no mar, debaixo de um meio guarda-chuva, e sonha com o horário comercial na capital, restaurantes com mesa reservada e salas de cirurgia aquecidas. "Espero sinceramente que seja algo de sério para eu ter me abalado até aqui", diz o médico, carrancudo. Evert Nilsen caminha do seu lado, na chuva, e segura o velho guarda-chuva. "Não conseguimos fazer nosso filho se mexer", murmura. "Nem sabemos se ele está vivo ou morto." "E não é tudo a mesma coisa nesse fim de mundo?", diz o Dr. Paulsen, e entra na sala estreita, sacode a água da capa, exige silêncio antes que alguém tenha dito uma única palavra, vira-se para Arnold que continua deitado, imóvel, no fundo da sala, debaixo dos cobertores de lã, quase invisível. O médico aproxima-se um pouco mais e cerra os olhos. "Tire ele dessas cobertas, pelo amor de Deus! Não vim até aqui para limpar poeira de cobertores imundos!" Aurora curva a cabeça de vergonha e retira Arnold das cobertas, até ele ficar deitado nu diante da vista de todos. Evert se afasta, olha pela porta afora, a chuva que muda de direção, o mar que forma um colarinho branco em torno do farol, o cachorro que corre na praia. A mãe chora ao ver o filho, o menino pequeno, quase azulado, deitado na cama, tão quieto como um vivente pode ficar. Dr. Paulsen fica por um instante incomodado e humano. "Tudo bem", diz ele, "vamos ver, vamos ver." Então abre sua pasta de couro, tira os seus remédios, senta-se na cadeira que já está posta para ele e começa a examinar detalhadamente o corpo de Arnold. Rostos passam pelas vidraças, espiam lá dentro e desaparecem de novo. Elendius, o vizinho que sempre tem uma má notícia a contar e que se compraz em contá-la, fica por mais tempo, até ser corrido dali por Evert. O Dr. Paulsen mede a temperatura do sangue. Aperta cuidadosamente o olho direito de Arnold. Amarra um fio apertado em torno do indicador esquerdo de Arnold. Por fim, endireita o corpo e vira-se para Evert. "Tem aguardente nesta cabana?", pergunta. E Evert oferece-lhe um copo, mas o médico não toma logo a bebida. Em vez disso, põe o copo primeiro sobre o tórax de Arnold, curva-se e observa cuidadosamente a aguardente. Então, esvazia o copo e pede mais. Evert, contrariado, serve mais um copo, dessa vez pela metade. Novamente, o médico apóia o copo sobre o corpo de Arnold, põe os óculos para enxergar melhor, seja lá o que esteja procurando. Por fim, levanta o copo e o esvazia de um só trago. "Catalepsia!", diz. "O menino está simplesmente cataléptico!" Aurora ajoelha-se ao lado da cama e lamenta-se: "É perigoso?" "Sim e não", responde o Dr. Paulsen. "Não recomendaria a ninguém que ficasse cataléptico, assim sem mais. Mas o menino está mais próximo da vida do que da morte e, por isso, muito longe de estar morto." "Obrigada, bom Deus", sussurra Aurora. "Obrigada!" O médico solta um suspiro "Mas vocês não viram que a aguardente se mexia? Como um mar represado. Como uma onde sobre seu peito! Posso mostrar de novo, se quiserem. Se ainda tiver algum na garrafa." Evert permanece silencioso. A garrafa tem que durar até o Natal e o Ano-Novo. O médico percebe sua má vontade e franze o cenho. "Talvez eu devesse espetar uma agulha no menino para ver se os movimentos do músculo do coração são visíveis na agulha?" Pela terceira vez, Evert serve aguardente no copo e o médico põe o copo sobre Arnold e todos se curvam para ver se a aguardente fica parada, e então percebem uma onda que se levanta no líquido transparente, do fundo de Arnold, um pulso rápido, e quando viram o que havia a ver, o Dr. Paulsen toma essa gota no oceano. "Seu coraçãozinho está batendo", diz, e se levanta. Mas fica olhando para Arnold. "Quantos anos ele tem?" "Dez", responde Evert, rapidamente, e quando Aurora está para dizer algo mais, reitera, em voz alta: "Ele completou dez anos por esses dias!" O Dr. Paulsen esboça um sorriso e deixa o olhar vagando sobre o corpo de Arnold. "É, esse seu filho é pequeno mesmo. Mas, em compensação, está muito bem equipado." O médico volta-se para Evert, que faz que sim com a cabeça, e Aurora cobre Arnold, cuidadosamente, com o cobertor, enquanto dispersa o olhar, corando.

E Arnold ouve tudo o que dizem. Está lá deitado em sua catalepsia, e ouve tudo, o inaudito e o misterioso. Ouve o pai mentindo sobre sua idade, fazendo-o mais novo, e a voz desconhecida do médico que responde tão misteriosamente: muito bem equipado. Ele está cataléptico e muito bem equipado. E agora o médico passa uma pomada na testa do menino e diz: "Seu filho está no plano mais baixo da consciência, devido ao tempo que passou embaixo d'água. Ele precisa de calma, higiene e um intestino bem regulado. Assim ele acaba despertando por si." Aurora torna-se brusca na voz. "Aqui está sempre limpo! E não há de quê!" Com essas palavras, sai e bate a porta atrás de si, e o pai fica sozinho com o médico, porque Arnold, o cataléptico, não conta. "O doutor acha que a Aurora e eu podemos ser abençoados com outros filhos?", pergunta Evert, as mãos irrequietas. "Pelo menos, ela tem o temperamento necessário", responde o médico, e acrescenta: "Quantos anos ela tem?" Evert precisa calcular de cabeça. "Estamos casados há 16 anos." Agora é a vez do médico ficar pensando, e demora-se no pensar. "Não tenha muitas esperanças", diz por fim. E quando o Dr. Paulsen é conduzido de volta ao continente na mesma noite, depois de deixar quinino e sulfato de sódio, Arnold ainda sente a pressão do polegar do médico contra o seu olho, o copo pesado sobre o seu peito, o cheiro de aguardente que o inundava, o nó apertado em volta do dedo, e nunca se esqueceu do seu próprio rosto refletido no espelho de bolso do médico. "Cataléptico", sussurra Arnold. "Eu sou cataléptico e muito bem equipado!"

Muitos anos depois, Arnold Nilsen diria que nunca esteve tão bem. "Eu era um príncipe lá na cama, deitado. Não, era um rei. Fui promovido a rei. Mais perto de Deus não dá para chegar sem abandonar este mundo para sempre. Foram as melhores semanas da minha infância. Pode acreditar! Recomendo a catalepsia para todos aqueles que desejam a paz. É maravilhosa. É como morar num hotel!"

E por isso Arnold ficou simplesmente deitado em seu lugar, e ele ainda está cataléptico quando o Prof. Holst, o licenciado corpulento, que está sempre otimista em setembro e constitui um grave risco para si mesmo em junho, chega para semear conhecimento e formação nas crianças irrequietas de Røst durante uma quinzena. Então retorna, exausto, ao continente, sabendo muito bem que suas palavras e suas equações serão esquecidas tão logo ele suma de vista, e os entrega à escola da vida, como alguns a chamam, onde as matérias são o mar, os rochedos cobertos de aves marinhas e o capim. Depois de duas semanas, ele retorna, mais pálido e mais enjoado, pois esse é o ritmo, entre os livros e o trabalho, entre o ponteiro e a linha, e os dias vão ficando mais curtos, inclusive na cabeça do Prof. Holst, e ele fita, irritado, a carteira de Arnold, ainda vazia.

Pois Arnold continua deitado em casa, feliz e doente, e Aurora cuida dele, cada vez mais preocupada, mal consegue fazer passar pela boca do filho um pouco de purê de batata e de caldo morno de peixe. Evert fica na sombra da porta e fita o coitado de seu filho, e ele percebe que Aurora não mudou nada, continua tão magra na cintura como antes, e pensa em sua mente quieta mas revoltada: *Por quanto tempo alguém pode permanecer cataléptico?* Corrói a paciência de Evert ter um filho cataléptico. Quer como morto quanto como vivo, Arnold será sempre uma tristeza a carregar, uma cruz, mas como cataléptico já não dá quase mais para agüentar. Além do mais, já começou o fuxico. Aonde quer que ele vá, topa com os boatos sobre o seu filho. E é o Prof. Holst que leva os boatos adiante, de barco a remo, uma vez a cada quinzena.

Aurora limpa cuidadosamente os lábios de Arnold, beija-lhe a testa e sussurra: "Vou sempre cuidar de você." Não olha para Evert quando passa por ele com a bacia, os panos, a roupa de baixo e as sobras de comida. E é nessa noite de outubro que Evert toma uma decisão. Ele manda chamar o padre.

E é nessa mesma noite que Arnold começa a se aborrecer. Não foi apenas promovido a um rei cataléptico, foi promovido à maior de todas as solidões: ele pode ouvir, mas não pode falar. E havia algo nas palavras amorosas da mãe que o assustavam, como se espalhassem nele uma inquietação, uma inquietação que não dava para suportar. Ele ouve a mãe chorando na alcova, o cachorro ganindo junto à porta e o pai que bate na mesa. E na mesma manhã Arnold também ouve remadas pesadas no estreito, gritos ritmados dos remadores, e o salmo que atravessa o mau tempo e se sobrepõe à ressaca: *Deus é Deus ainda que toda a Terra feneça.*

Arnold não consegue evitar. Ele se levanta. Ele se levanta da catalepsia e olha através da vidraça escura. Ele vê a canoa de cinco remadores que se aproxima do atracadouro, os homens que remam em um círculo de mar branco e, na popa, uma figura imponente, o padre em pessoa, com os braços abertos, ele parece um imenso cormorão, uma imensa vela, e é ele que canta *Deus é Deus ainda que toda Terra feneça.* Arnold sente um frio na espinha e grita: "Lá vem o gordo! Lá vem o gordo!" Então o pai dá um passo para dentro da porta, gira o corpo de Arnold e lhe dá um tapa no rosto, um bofetão que arde com a mesma intensidade na palma da mão de Evert quanto na bochecha de Arnold, pois Evert bateu com uma alegria amarga, com um espanto grandioso, como se uma outra força dirigisse seu braço nesse momento, e ele olha com suavidade, quase envergonhado, o filho todo vermelho na cama. "Não é o gordo! É o padre, seu pilantra!" E o pai arrasta consigo Aurora, assustada, e corre até o atracadouro para receber o padre e para mandá-lo de volta de onde veio com toda a presteza, porque Arnold já acordou, já voltou a falar e não precisa de padre. "O menino levantou-se!", grita Evert a todos. "Volte enquanto é tempo!" Mas o padre já está postado no atracadouro, e põe as duas mãos sobre os ombros trêmulos de Evert. "Tudo bem, meu bom homem", diz ele. "Se o seu menino despertou, quero falar pessoalmente com o milagre."

E ninguém pode dizer não quando o padre se convida. Logo a ilha inteira está caminhando na direção da casa de Evert e Aurora. Os homens põem as ferramentas de lado, as mulheres deixam a roupa na tina, e as crianças preferem chegar atrasadas para a primeira aula do Prof. Holst, e o próprio Prof. Holst é o último que, quase sem fôlego, se junta a essa procissão comprida e esperançosa, que espontaneamente decretou feriado em uma manhã qualquer de outubro.

Arnold os vê da janela. Arnold vê todos os rostos que se aproximam, o queixo vermelho do padre emoldurado em sua barba preta, as mãos nervosas dos pais, o sorriso rápido de Elendius, o cabelo ralo do Prof. Holst debaixo do chapéu molhado, e todas as efígies se caminham recurvadas, como se alguém os empurrasse pelas costas, e Arnold percebe, então, que o pegaram de novo, que ele foi resgatado, havia sido perdido mas nesse momento foi encontrado, e que agora começa a segunda vida de Arnold Nilsen.

Ele se deita, fecha os olhos e escuta o padre cochichando na soleira, e é como um consolo que incute medo e uma ameaça amigável: "Quero falar sozinho com o menino." E quando Arnold volta a abrir os olhos, o padre se inclina em sua direção, com toda a sua magnitude, e diz: "Diga-me. Diga-me, como foi ficar cataléptico?" Arnold não sabe o que responder e por isso mantém-se calado. O largo rosto aguarda acima dele, e Arnold procura um sinal, um sinal no rosto, uma pista a seguir que lhe possa indicar o que é certo dizer ou silenciar. Então, uma pesada gota cai do nariz lustroso do padre e a gota atinge a testa de Arnold. E o padre ergue uma ponta da batina e enxuga a gota pesada. "Foi bom no começo", diz Arnold. "Mas, no fim, ficou um pouco triste." O padre meneou a cabeça, devagar. "Sim, posso imaginar. Jesus só agüentou três dias." Arnold senta-se na cama e o padre põe a mão sobre sua cabeça e Arnold dobra a nuca. "Olhe nos meus olhos", diz o padre. Arnold ergue a vista o tanto quanto pode e fita os olhos do padre. "Você deve respeitar sua mãe e seu pai", diz o padre. "Sim", sussurra Arnold. " Você deve respeitar o mar que é a morada do peixe e o céu que é o lar das aves." "Sim", sussurra Arnold. "E você deve respeitar a verdade!" "Isso também", diz Arnold. O padre se aproxima ainda mais, conversam quase boca-a-boca. "Sim, isso também!", brada o padre, e Arnold dobra-se para trás, mas não adianta, o padre o acompanha. "E o que é a verdade?", pergunta. Arnold fica pensativo. Não tem a menor idéia. Fica devendo uma resposta.

Em vez disso, diz: "Não sei se devo rir ou chorar." Um tremor passa pela vista do padre, e ele sorri. Inspira, passa a mão sobre os olhos e sorri, e o sorriso do padre é como um arco entre o riso e o choro. "Não", diz ele. "É isso o que nós, pobres seres humanos, não sabemos. Se devemos chorar ou rir." O padre se levanta e fica no meio do cômodo, de costas. A batina é como uma coluna preta ao seu redor. Do lado de fora, ouvem-se vozes inquietas. Alguém bate na porta. De resto, está tudo em silêncio. Então o padre volta-se novamente na direção de Arnold e quer dizer algo mais, mas Arnold se adianta, porque tem algo que precisa dizer: "Eu queria ir embora", diz. "Essa é que é a verdade." O padre ouve e sorri novamente. "Você viajou para muito longe, Arnold. Mas tomou o caminho errado, meu filho." "Obrigado", sussurra Arnold. E, mais uma vez, o padre põe a mão na sua cabeça. "E agora chegou a hora de voltar para os homens", diz o padre. "Para onde é a nossa casa."

No dia seguinte Arnold está na soleira da sala que serve de escola e todos se voltam na direção dele e alguns, das fileiras do fundo, gritam: "Aí vem o gordo!" O riso transborda dos rostos e Arnold também ri, ele ri e percebe que todos sabem a maior parte, não tudo, não sua vontade mais profunda, essa apenas o padre conhece, mas a maior parte eles sabem, e isso é mais do que suficiente, porque tudo o que ele diz e tudo o que já disse e tudo o que vier a dizer escorre de uma pessoa a outra, as palavras que ele queria manter para si são como um cardume que se enrosca na rede dos outros. Arnold pensa enquanto ri: *Aqui é pequeno demais. Aqui é fechado demais.* E Arnold ri mais alto do que todos. Então o Prof. Holst bate com o ponteiro na sua mesa e faz uma mesura a Arnold no silêncio súbito que se segue: "Bem-vindo de volta, Arnold Nilsen. Sente-se, para que não pensemos que você vai nos abandonar de novo." Arnold anda entre as fileiras e encontra o seu lugar. A carteira está do mesmo tamanho que no ano passado. Talvez tenha ficado maior. Ele não alcança o assoalho com os pés. Os pés ficam pendentes no ar, pesados como o chumbo. O Prof. Holst aproxima-se dele. Ele está com as mãos nas costas. Ele sorri. Ele sorri talvez porque vai voltar a Lofoten nessa mesma noite e descansar durante 14 excelentes dias. Ele pára bem em frente de Arnold. "Então você vai vender vento", diz o Prof. Holst. E o riso se ergue de novo. O riso também estivera apenas suspenso, cataléptico, e agora havia despertado para a vida. O Prof. Holst deixa o riso seguir o seu curso, até lhe parecer que basta. Então, pisa forte no assoalho e o riso amaina. "Mas, me diga, Arnold Nilsen. Você está pensando em vender o vento por quilo ou por litro?" Arnold não tem tempo de responder, porque o Prof. Holst está se divertindo e ninguém consegue pará-lo. "Eu sei", diz. "Você vai vender vento em tonéis. Você muito simplesmente enche os tonéis de vento e manda para o sul e quando houver calmaria no fiorde de Oslo, como quase sempre acontece, e os veleiros não conseguem sair do lugar, é só abrir um tonel fornecido por Arnold Nilsen e despejar o vento nas velas!" A classe ri. Dobram-se sobre as carteiras, rindo. O Prof. Holst fita Arnold, e encosta a régua debaixo de seu queixo e o obriga a dirigir o olhar para cima, e Arnold sente a ponta pressionando contra a garganta, contra o pomo-de-adão, enquanto o riso continua a cercá-lo. "Mas como é que você vai conseguir tampar os tonéis antes de o vento escapar de novo, meu pequeno Arnold?" Agora é a vez de Arnold rir, e ri mais do que todos os outros juntos. "É só eu colocar a sua bunda gorda em cima primeiro", diz ele. Faz-se um silêncio completo. O Prof. Holst deixa cair a régua. Ele mal consegue curvar-se e erguê-la do chão, bem devagar, e sua respiração é como um chiado curto. "O que foi que você disse, Arnold Nilsen?" "Que é só eu colocar a sua imensa bunda de baleia sobre o tonel primeiro!" Arnold ri e, no mesmo instante, a régua lhe dá uma lambada sobre o nariz. Arnold olha surpreso para o Prof. Holst que já está a caminho do estrado e se senta, enquanto abre o grosso diário de classe e enfia a pena no tinteiro. Só então Arnold sente a dor, como se viesse atrasada, muito tarde, mas é uma dor ruim, o sangue se desprende de algum lugar atrás da testa e escorre até a boca, pinga no chão em borbotões, e Arnold escorrega da cadeira, levanta-se, tonto, e deixa a sala de aula, atrás dele o silêncio é maior do que antes, e o Prof. Holst deixa-o ir, pois está mais do que ocupado em relatar o episódio nas colunas do diário de classe, para que a posteridade não se engane, e conheça, com mais nitidez do que a tinta preta com que escreve o seu relato, nas colunas compridas ao lado das notas sofríveis, as condições bárbaras nas quais tinha de exercer o seu ofício de mestre-escola, aqui, no portal do mar.

Arnold pára junto à soleira. Entrevê o pai lá embaixo, perto do atracadouro. Vai até lá e o pai se volta para ele. "Caiu de novo?", pergunta. Arnold balança devagar a cabeça, e vem mais sangue, ele tem de inclinar-se para trás e fitar o céu pesado, cinzento. "Não", sussurra. "Eu não caí." O pai se aproxima, impaciente. "O que aconteceu, filho?" "O Prof. Holst me acertou com a régua." O pai curvou-se. "Ele te bateu, você quer dizer?" Arnold meneia a cabeça, bem devagar, como se tudo estivesse solto no seu rosto e pudesse despencar a qualquer momento. O pai tira um trapo do bolso, molha rapidamente na água e passa para o filho. Arnold limpa o sangue e começa a chorar, embora tivesse decidido que não choraria; mas arde, arde até o fundo, e alguma coisa nele quebrou. "Acho que seu nariz ficou torto", diz o pai, tira o trapo sujo de sangue do Arnold, cospe no trapo e retira as manchas do seu queixo, e Arnold se espanta com o fato de que mãos tão grandes podem ser tão leves. "Você não está mais chorando?", pergunta o pai. "Não", diz Arnold, e engole em seco. "Não estou mais chorando." "Muito bem. Ninguém morre de nariz torto. Ele te bateu mesmo com a régua?" "Sim. Com a régua toda." O pai quedou-se um instante, pensativo. Então começa a afastar-se do atracadouro. "Aonde você vai, pai?", grita Arnold. "Não vá." O pai não se volta. "Vou trocar umas palavras com o Prof. Holst", diz.

E Arnold corre atrás do pai, com a mão segurando o nariz dolorido, solto. O pai não pára antes de chegar até a porta da escola, e vê o Prof. Holst lá dentro, fechando o diário de classe. "Eu sou o pai de Arnold Nilsen", diz, com a voz alta e clara. O Prof. Holst levanta o olhar e fica inseguro, os olhos se perturbam antes de lançar um olhar de volta ao diário de classe, quando então sorri. "Evert Nilsen, claro. Conheço bem os pais de meus prezados alunos." O Prof. Holst levanta-se da cadeira. "E seu filho recebeu uma reprimenda necessária. De minha parte, considero o incidente encerrado, e prefiro não levá-lo adiante, quer aqui ou nas ante-salas dos meus superiores." Evert Nilsen fica parado, silencioso, sombrio, como se tivesse se esquecido por que está ali. Sua figura larga espalha uma sombra comprida e cinzenta dentro da sala. Arnold espera atrás dele, escondido. Ele puxa a jaqueta do pai com força, porque ele sabe que o pai não agüenta tantas palavras de uma só vez, elas o exaurem e confundem. "E agora, vamos voltar à nossa matéria", diz o Prof. Holst, e se levanta e dirige o olhar para além de Evert Nilsen. "Arnold, quer fazer o favor de retomar o seu lugar?" Mas o pai retém o filho. Agora é ele que vai até o estrado, entre os alunos imóveis, que já pressentem que algo de que jamais se esquecerão está para acontecer. Evert Nilsen não diz nada. Tudo que poderia ser dito já foi dito. O Prof. Holst olha espantado para ele. E Evert Nilsen pega a régua e golpeia o Prof. Holst na testa, a pancada talvez não tenha sido muito forte, mas ele afunda no chão, mais de surpresa do que de dor, com um uivo, e cobre o rosto; e Arnold raciocina que primeiro o pai bateu nele, depois o Prof. Holst também bateu nele, e agora é o pai que bateu no Prof. Holst, como se uma coisa levasse à outra, e há alguma justiça nisso tudo que Arnold não consegue entender por inteiro. Event Nilsen quebra a régua ao meio e deixa os dois pedaços caírem sobre o Prof. Holst, ainda ajoelhado na frente da classe, sai da sala e leva Arnold consigo para fora, no grande vento onde tem lugar para todo mundo. "Aí você não volta nunca mais", diz o pai.

No dia seguinte, Arnold acompanha o pai ao mar. De início, Aurora recusa, mas o pai fica na dele. O menino precisa ser robustecido. O menino tem de sobreviver. Não existem outros pensamentos. É simples, evidente e belo. É disso que tudo se trata. E agora Arnold está sentado no banco do barco, o nariz azulado envolto em uma bandagem improvisada, e ele tem que respirar. Está sentado lá, de boca aberta, e o pai rema em remadas fortes, impiedosas, que os afastam da terra. Está calmo, muito calmo para ser outubro, o mar se estende escuro e cheio de sombras, como um espelho preto e sinuoso. Mas, tão logo ultrapassam o quebra-mar e conseguem ver o farol erguido como um largo pescoço circundado por colarinho de espuma, as ondas vêm ao seu encontro e levantam o barco em um ritmo constante e insuportável. O pai sorri e observa o filho, rema e não tira os olhos do filho, as ondas passam debaixo deles, nada mais está calmo, não existe um único ponto em que se prender, nem mesmo o pai, que sorri, rema, rema, mais ao longe ainda, até que logo apenas divisam a ilha como um planalto no fundo do nevoeiro. Arnold fecha a boca e quase não consegue ar. Está fechado dentro de si. As ondas o enchem de um enjôo morno. Ele arranca a bandagem, morde o grito para que não saia, atira o pedaço de pano sujo no mar, e inala em inspirações curtas e abençoadas. O pai o observa, sorri, rema, ainda não chegaram ao ponto certo. Arnold apalpa o nariz com cuidado, está sensível, mole e pende sobre o rosto. "Agora você parece um boxeador", diz o pai, de repente. Arnold olha para o pai, com espanto. "Boxeador? Pareço mesmo?" "Aquele da foto no jornal. Você não se lembra?" "Não. Quem era, pai?" "Aquele que já lutou até na América. Otto von Parat." Arnold se esquece por um instante do enjôo e, em seu lugar, sente uma felicidade estranha. O pai falou com ele. O pai disse que ele se parece com um boxeador. Arnold dá um golpe no ar e ri. Dói lá em cima na testa. Ele está feliz e dói. Mas no momento que a dor boa passa, o enjôo se avoluma de novo nele, e ele vê que o pai rema agora para frente, como se quisesse amarrar o barco nas ondas. Então descansa um dos remos sobre a coxa e aponta para trás de Arnold. "Observe bem agora", diz. "Quando o mastro cruza o pilar de pedras e o farol está na mesma linha do quebra-mar, então você está no lugar certo." Arnold se volta e observa, enquanto o pai continua a falar, e faz muito tempo que Evert Nilsen não fala tanto, porque talvez ele também esteja feliz por esse momento com seu filho. "Esses são os nossos marcos, Arnold. O mastro, o pilar, o farol e o quebra-mar. São como uma constelação. Quando tudo é caos e redemoinhos, esses marcos permanecem firmes no lugar. Não se esqueça disso, Arnold." E Arnold cerra os olhos e vê, vê os marcos que formam esse padrão estranho, esse quadro que é rompido quando se deslocam de um único golpe de remo que seja para um lado ou para outro. E quanto mais Arnold concentra-se nos marcos, mais enjoado fica, pois lhe parece que de tudo que há no mundo ele é o único que não consegue ficar parado. "O que foi que você disse ao Prof. Holst?", pergunta o pai de repente. Arnold faz um esforço para se lembrar. "Eu só disse que a bunda dele era maior do que a de uma baleia." O pai ri alto. "Maior do que a de uma baleia! Foi isso que você disse àquela fuinha inchada!" "Sim!", exclamou Arnold. "Duas vezes! Eu falei duas vezes!" Arnold fita o pai. Estão fora do alcance do bom comportamento. São só eles. Estão livres, não fosse pelas ondas e pelo enjôo. O pai retoma o seu silêncio e Arnold permanece sentado, tão imóvel quanto possível, porque não quer estragar esse momento. Então o pai lhe pergunta: "Mas o que foi que o padre te disse?" Novamente, Arnold tem de fazer um esforço para se lembrar. "Ele disse que eu deveria honrar minha mãe e meu pai." "Disse isso mesmo, o padre?" "Sim. Que eu deveria honrar você e Aurora." E no momento que acaba de dizer isso, Arnold vomita, direto no colo do pai, o pai xinga e ergue o braço, como se fosse bater, e Arnold vomita de novo, ele chora e vomita e, entre uma película de neblina, vê os marcos desaparecerem. Tudo se desfaz. Ele está fora do ritmo. Ele se deita no fundo do barco e fecha os olhos. "Agora não pareço nem um pouco com um boxeador", sussurra.

O pai conduz o barco de volta à ilha. Permanece em silêncio o resto do dia. Aurora põe a mesa. Arnold não agüenta comer. Deita-se cedo. Tudo ainda balança. Ele trouxe as ondas consigo para casa. A cama é um barco. O barco leva Arnold. Leva Arnold para os marcos do sonho.

O pai o acorda bem cedo na manhã seguinte. "Encontre os marcos", diz o pai. Tomam novamente o barco a remo. Quando passam o quebra-mar, o pai troca de lugar com Arnold e lhe passa os remos. Arnold rema. As ondas empurram, opondo-se. Arnold rema e observa. O pai não tira o olhar dele. Os remos passam sobre a superfície da água, como imensas colheres lisas. Arnold volta-se, e dirige o olhar para a terra. Mas os marcos não estão onde deveriam. Saíram do lugar. O pilar está na frente do mastro, o farol afundou no mar, as ondas demolem o quebra-mar, pedra por pedra. A constelação foi dispersada para todos os lados. Arnold pensa: *Meu marco está em todo lugar! Todos os lugares são o meu marco! Meu nariz torto pode mostrar-me a direção!* O pai o agarra pelos ombros. "Mais ao largo!", diz. E Arnold rema, distanciando-se ainda mais da terra. Ele se decide. Agora vai dar conta. É ele o barqueiro, Arnold barqueiro! E Arnold rema diretamente contra as ondas. Ele rema através das ondas. Ele rema tempestade adentro. Os remos não são colheres, são árvores! E a copa da árvore é a lâmina do remo, que empurra o céu para trás. Mas ele não encontra os marcos. Os marcos não existem. Nada fica no lugar, afinal. O vento corrói as montanhas e logo só há poeira na superfície do mar, como meleca de mosca no parapeito da janela. O pai grita alguma coisa, mas é impossível ouvir. O pai aponta, mas não há nada que se possa ver. Arnold rema na chuva e na espuma. Ele rema de boca aberta, sorve o mar e vomita o mar, o mar no fundo do qual ele estivera formulando seus planos mais íntimos. O pai o arranca do banco, toma os remos e dirige o barco de volta. Arnold cai no meio das imensas botas do pai. Ele molha as calças. Ele chora. O pai o chuta longe. "Você está completamente doido, rapaz!", grita. "Está querendo arrebentar com o meu barco!" Arnold não consegue dizer nada. O pai rema em movimentos largos. O pai xinga e rema. Arnold levanta-se e, para seu espanto, o mar está calmo. Aurora está à espera, na ponta do quebra-mar. Ela é uma sombra negra, paciente. E Arnold desce a terra para sempre. Ele acompanha a mãe até a casa, enquanto ouve o riso dos meninos junto da escola. "Não ligue", cochicha a mãe. "Não ligo mesmo", diz Arnold, e range os dentes. "Fraquejou de novo?", pergunta a mãe. Arnold não responde. Ele é o marinheiro de água doce cercado de mar por todos os lados. Ele é o que tem enjôo, nascido numa ilha. "Meu pai", diz Aurora, "também ficava enjoado no mar. Todo dia ele ficava enjoado e vomitava." Ela ri, um riso estranho, e segura a mão do filho. Arnold fica em silêncio, pois não sabe se é um consolo ou uma ameaça. Não, não é uma ameaça, mas é um consolo pobre.

E um dia Arnold está sentado no atracadouro estripando peixes. O pai está no mar. Arnold ergue a faca. A faca lhe pesa na mão. O tempo anda devagar e de má vontade. Os mais velhos estão de olho nele. Riem entre os dentes do menino desajeitado. Contam as histórias que sempre contaram. Logo vão contar a história de Arnold. Porque quando olham para outro lado, apenas por um instante, talvez porque o gozador Elendius está se aproximando para alegrá-los com alguma má notícia, Arnold deixa escapar a faca, e a faca escorrega para dentro do dedo, até o osso, e seu dedo fica pendurado por um fio, um fiapo de carne, mas Arnold não grita, está completamente mudo e apenas fita, espantado, a sua mão, o indicador de onde o sangue escorre aos borbotões, espesso, e ele ouve a faca cair no chão e os outros que se levantam e é Elendius quem grita tão alto que a ilha inteira pode ouvi-lo: "A Roda cortou o dedo! A Roda cortou o dedo!"

E é disso que Arnold se lembra, quando acorda com nove dedos: que o haviam chamado de a Roda. Arnold é a Roda, e não terá outro nome. Tudo que anda depressa pelo mundo tem roda: os carros, os trens, os ônibus, até mesmo os navios têm rodas, e o próprio mar não é também uma única grande roda, que gira de costa a costa, não é o próprio mundo uma roda azul e brilhante, que gira no escuro do universo? Porque ninguém podia esquecer que Arnold havia girado como uma roda humana descendo a escarpa mais íngreme, e Arnold também não esquecia a promessa que havia feito a si mesmo, enquanto estava lá no fundo do mar, com as ondas sobre os ombros, que ele iria embora dessa ilha, iria embora, custasse o que custasse. Ele não sabe para onde vai, só sabe uma coisa: ir embora. Ele é uma roda e não pode ficar. Seu lar é o caminho. É assim que ele foi feito. E uma noite ele se esgueira para fora de casa. Deixa uma carta para a mãe. O pai está pescando, no interior do fiorde. As noites começam a ficar mais claras. Há muitas semanas que ele vem escrevendo essa carta, procurando encontrar as palavras certas e colocá-las na ordem certa. Acabou sendo uma carta curta, pois a natureza de Arnold Nilsen não é da escrita. Eis o que a mãe pôde ler, quando, cedo na manhã seguinte, ela se levanta e, por um instante, espanta-se com o intenso silêncio de sua casinha. Então percebe a folha de papel sobre a mesa da cozinha: *Querida mãe. Fui embora. Voltarei quando for a hora, ou nunca mais. Vocês encontrarão o barco do outro lado. Dê lembranças a meu pai. Com afeto, Arnold.*

E Arnold sai de fininho para a noite que vai clareando. Anda depressa na direção do atracadouro. Tuss o segue, confuso e alegre. Ele afaga o cachorro e o espanta de volta para a casa. Ele traz consigo um pão, algumas moedas que vinha economizando havia dois anos e um pouco da aguardente do pai. Olha em volta. Observa tudo o que vai deixar para trás. Solta a amarra e a noite é calma e seu coração trepida. Ele chora, de alegria e de tristeza. Está dominado por si mesmo. Ele é maior do que ele mesmo. Já não cabe quase em si. E, enquanto rema e navega, com nove dedos, até a terra firme, canta para não ouvir o seu próprio choro: *Deus é Deus, ainda que todo homem pereça, Deus é Deus, ainda que toda a Terra feneça.* E ainda hoje correm boatos sobre essa travessia, sobre as correntezas mais fortes e mais perigosas, isso era obra de homem, um milagre, Arnold deveria ter o todo-poderoso nos remos aquela noite, o que talvez tenha aplacado a raiva e a tristeza do pai, seu meio-filho havia enfrentado o mar como um homem e assim se tornou uma reputação.

No entardecer do terceiro dia, Arnold encontra-se diante da igreja em Svolvær e tudo é muito maior do que poderia ter imaginado. As pessoas moram umas em cima das outras, em casas de pedra. Os postes de luz formam uma verdadeira floresta, e nas vitrines há luz elétrica. Mas o que mais espanta Arnold é que tudo esteja tão quieto, que uma cidade possa ser tão silenciosa. Talvez já estejam dormindo nas cidades nessa hora, pensa Arnold, para que possam estar descansados para a noite, porque nas cidades é tudo ao contrário, o sol se põe quando as pessoas acordam. Mas então ouve pessoas se aproximando, e são muitas, porque a colina trepida debaixo dele. Arnold se volta e vê toda uma procissão de pessoas, caminhando pela calçada oposta, são adultos e crianças, pescadores e proprietários, mulheres e homens, cães e gatos e tudo quanto é gente, e, como se não bastasse, vem vindo o próprio padre, saindo da igreja, o portão pesado se fecha atrás dele e ele segura a batina para não tropeçar nela, ele corre como uma mulher e se junta a essa estranha assembléia que dobra a rua principal na direção do porto. Arnold esconde-se atrás de um poste e o padre não o vê. Então Arnold acompanha a multidão. Estão indo na direção do outro lado do porto. E lá, no terreno coberto de cascalho entre a fábrica e o silo, estão barracas e carrosséis, lâmpadas acesas nas mais diversas cores, cavalos mecânicos galopam em círculos e uma grande tenda ergue-se no meio; e, fixado em um gancho no céu que é a lua e sobre um portal dourado, Arnold lê: CIRCO MUNDUS. Ele vê que todos têm de pagar o ingresso a um senhor de uniforme, com bigode rijo debaixo do nariz, e então entram, um após o outro, gritam, brigam, se empurram e se atropelam para chegar primeiro e conseguir o melhor lugar. Arnold fica para trás, do lado de fora, junto à lama na beirada do velho campo de futebol. Logo ouve a orquestra tocar, os cavalos que relincham, o bramir dos elefantes, tiros de espingarda, risos e o som de chicotes. Arnold se aproxima. Não tem ninguém tomando conta. O homem de uniforme foi embora. Arnold fica parado por um instante debaixo do portal e dá uma última olhada em volta. Há um cartaz pendurado em um poste do lado. Aqui tem o famoso homem-serpente, *Der Rote Teufel*, o Diabo Vermelho. Aqui tem engolidores de sabre e domadores de leões, abortos da natureza e rainhas da beleza, e, em especial, o homem mais alto do mundo, o famoso islandês Paturson. Arnold prende a respiração e entra. Esgueira-se entre as barracas e as tendas. Os cavalos cavalgam sozinhos, em círculos, no carrossel reluzente. Não foi com tudo isso que ele sonhou e por que ansiou? Não é justamente aqui que queria vir, o ir embora não era exatamente aqui? Pois ele chegou. Parou diante da tenda onde havia uma placa com a inscrição: *Mundus vult decipi.* Lê devagar: *Mundus vult decipi.* São sons estranhos. Essa é uma língua para cantarilhos e peixes, a mil metros de profundidade. Afasta o cortinado, mas, antes que Arnold consiga ver alguma coisa, uma mão o arrasta para fora e lhe gira o corpo. O homem do uniforme e do bigode fita-o. "E aonde é que você pensa que vai?" O homem fala norueguês. Ele se aproxima, abaixando o tronco. "Estou procurando os meus pais", diz Arnold rapidamente. "Ora, veja. Você se perdeu dos seus pais?" Arnold sorri. Não está mais com medo. É muito fácil mentir. As palavras são postas na sua boca e se fazem verdadeiras. "Sim", sussurra Arnold. "Eu me perdi dos meus pais." Mas essas palavras, que tanto são verdade quanto mentira, dependendo de como se quer entendê-las, têm conseqüências diferentes daquelas com que Arnold havia sonhado. O homem de uniforme levanta Arnold por inteiro. "Meu nome é Mundus", diz o homem. "E na casa de Mundus ninguém perde seus entes queridos!" E então carrega Arnold direto para dentro da grande tenda. Der Rote Teufel está nesse momento enfiando a cabeça entre as pernas, enquanto permanece pendurado de um trapézio debaixo da cúpula, e todos os olhares estão dirigidos para ele. Ele se dobra ao meio e espia por entre as coxas, e agora ele se segura com uma mão só e o público emite um suspiro de espanto e mal tem coragem de olhar. O baterista sustenta um rufo que parece não terminar nunca. Então, de repente, ouve-se um estalo lá de cima e nota-se um tremor no trapézio. É o *fuseau* bordado a ouro do Diabo Vermelho que rasgou no lugar menos propício. Por um instante, a maioria acha que faz parte do número, mas logo entende que se trata de um escândalo de primeira, e que Der Rote Teufel não ganhou o codinome por acaso, pois um cheiro inconfundível enche a tenda e o pobre do homem-serpente é rapidamente baixado com os grandes glúteos brancos expostos, como uma lua envergonhada sobre seu rosto preso e avermelhado. Irrompe uma imensa vaia, nas fileiras mais ao fundo os homens se levantam e atiram bolinhas de papel e torrões de terra na direção do Diabo, e é nesse momento que Arnold Nilsen debuta, pois Mundus percebe que a função está saindo do controle e por isso carrega Arnold até o centro do picadeiro e o levanta; faz-se um silêncio no perímetro da arena e os pescadores alvoroçados e fanfarrões vão se sentando e Mundus toma a palavra: "Minhas senhoras e meus senhores!", troveja. "Este senhorzinho que carrego nos braços procura por seus pais! Sua mãe e seu pai façam o favor de se identificarem e de se juntarem a ele para que todos testemunhem o reencontro antes que o homem mais alto do mundo se erga diante dos senhores!"

Faz-se um silêncio completo. Arnold observa os rostos que o cercam de quase todos os lados. Fitam, boquiabertos. Os mais próximos se curvam para frente e estão a ponto de tocá-lo. O padre dá sinais de que vai se levantar, mas acaba permanecendo sentado, melancólico e em dúvida. E talvez haja alguém que por um instante acredite que este também é um número, antes de começarem a rir e o riso se espalha e logo a tenda está cheia deste riso, as pessoas batem palmas e batem ritmo com os pés. Apenas o padre permanece calmo, ainda fitando Arnold, sem saber se deve chorar ou rir. Mundus faz uma reverência profunda, dá uma volta no picadeiro enquanto as pessoas continuam a aplaudir, e por fim carrega Arnold para os bastidores, o coloca no chão e volta rápido para a arena. Está quase escuro. Apenas uma lâmpada fraca pendurada sobre um espelho dá um pouco de luz. Arnold não se mexe. Ouve fanfarras e rufar de tambores no picadeiro. Então ouve outra coisa. Ouve passos pesados, o chão treme e a cadeira em que está sentado balança. Não é um elefante que está vindo. É um ser humano, e Arnold tem de se segurar, porque percebe que o que está vendo agora é ninguém menos do que o homem mais alto do mundo. E o homem mais alto do mundo anda com o pescoço curvado para poder passar. Seu rosto é comprido e melancólico. O nariz faz sombra sobre tudo. Veste um terno preto e sua gravata é mais comprida do que a luz do luar no mar. Ele vem acompanhado de uma moça com uma saia curta esticada para fora e com um gorro branco reluzente sobre a cabeça. Ela é certamente normal, mas alcança apenas a fivela do cinto dele, e olhe lá. Ele pára junto ao cortinado dourado. Abaixa ainda mais a cabeça, e a moça solta sua mão imensa. A música silencia. Tudo silencia, permanece apenas o rápido rufar do tambor e a voz grave de Mundus: "Minhas senhoras e meus senhores! Recebam com uma salva de palmas o homem que foi declarado a pessoa mais alta do mundo no congresso de medicina em Copenhague, o islandês Paturson, de Akureyri! Ele tem dois metros e 73 centímetros, mas isso quando está descalço!" Paturson apruma-se e sai para o picadeiro. Alguns gritam, outros riem, alguns suspiram de pura admiração, mas a maioria permanece em silêncio, pois um tamanho desses nunca haviam visto. Então a moça com o chapéu esquisito repara em Arnold. "Quem é você?" "Arnold", responde Arnold. Ela sorri e põe a cabeça de lado, aproximando-se. "E o que você faz aqui, Arnold?" "Estou esperando o Mundus", responde Arnold. A moça espia pela fresta do cortinado e acena para que Arnold se junte rápido a ela. Ele pula da cadeira e posta-se ao lado dela. Arnold percebe que a moça coloca alguma coisa na sua mão. É um bombom. Ele põe o bombom na boca antes que alguém o tire dele, chupa demoradamente o bombom e dentro dele tem alguma coisa ainda mais macia que se derrete em volta da língua e quase o estonteia. Ganha mais um bombom. "Sou a Moça dos Chocolates", sussurra, e lhe tasca um beijo rápido na bochecha. "Veja agora, Arnold." E Arnold vê que Paturson está lá no picadeiro, de costas para ele. Mundus mede-o com uma fita métrica prateada, e tem que subir em uma escada para medir os últimos centímetros. Então, mostra a fita métrica para a primeira fileira, para que possam ver, com seus próprios olhos, a estatura exata de Paturson: 2,73! Todos aplaudem e Mundus coloca-se novamente ao lado de Paturson, pega-lhe a mão direita e retira um anel que tem no indicador. "Ele é casado?", pergunta Arnold. A Moça dos Chocolates apenas balança a cabeça e ri. "Psiu", diz ela. Mundus já tirou o anel e o mostra ao público. Então, tira do bolso uma moeda de prata de duas coroas e passa a moeda por dentro do anel, e todos podem perceber que o anel é largo o suficiente para deixar passar a moeda. É quase inacreditável, e o público demonstra seu entusiasmo. Mas Mundus guardou o melhor para o fim. Ele tira duas meninas da primeira fileira, que, enrubescendo, acompanham-no até o picadeiro. Primeiro, deixa que toquem Paturson para que ninguém pense que ele não seja de carne e osso. Então, cada uma se acomoda em um dos braços do islandês, como se estivessem sentadas nos galhos de uma árvore imensa, e agora não são mais as meninas que estão corando, é o próprio Paturson, suas faces estão em brasa e, tímido, meneia a cabeça enquanto as meninas balançam, riem e acenam para os pais. Dois dos pescadores da última fileira querem se levantar para desafiar o gigante tímido para uma queda de braço, mas nesse ponto Mundus impõe o limite. Alguém poderia sair muito machucado. Em vez disso, chama uma mesa com rodinhas, coberta com uma toalha bordada. Ele ergue a toalha como um mágico e apresenta o jantar de Paturson, que inclui 12 ovos moles, 14 pãezinhos, um lombo assado, três quilos de batatas, 18 ameixas e dois litros de leite. Tudo isso ele ingere diante dos olhos arregalados do público. E, enquanto Paturson come, Mundus aproxima-se do público e cruza os braços. "Minhas senhoras e meus senhores! Nosso amigo islandês vem de uma família de pescadores pobres de Akureyri e, como vocês entendem, enfrenta grandes dificuldades devido a seu tamanho. Ele gostaria muito de voltar para casa e trabalhar na pesca com sua família. Mas nem roupas nem equipamentos de pesca normais servem para ele. Até os cadarços que ele usa são encomendados do exterior. Por isso, mandamos fazer alguns cartões que ele vai agora vender para vocês. Quanto mais cartões vocês comprarem, maiores serão as redes e os cadarços que ele poderá comprar. Recebam-no bem!" E o homem mais alto do mundo limpa a boca com um lençol e caminha silencioso entre as fileiras com seus cartões coloridos, mas são poucos os que se dispõem a comprar, porque já pagaram cinqüenta centavos pelo ingresso, é apenas o padre quem coloca duas moedas na mão de Paturson. A sessão chegou ao fim. A orquestra toca. Paturson se recolhe e é recebido pela Moça dos Chocolates. Mundus retorna aos bastidores, furioso. "Onde está o maldito Teufel!", grita. "Vou lhe dar o diabo!" Mundus sai em disparada, mas volta logo e fita Arnold com um olhar sombrio. "Você ainda está aí?" Arnold faz que sim, não há como negar. Tem medo que Mundus o ponha para fora, mas, em vez disso, suspira fundo e amargurado, acende um charuto e senta-se, cansado. "Esse é um circo muito mambembe", diz. "Os acrobatas peidam e rasgam o *fuseau*, e ninguém quer comprar os cartões que mandei imprimir." "O padre comprou", sussurra Arnold. "Pois é. O padre comprou e fiquei com 348 cartões! Todos uns mãos-de-vaca, uns desalmados!" Mundus solta fumaça debaixo do bigode e afasta-a com a mão. Arnold reflete. "Talvez não seja uma boa idéia dar toda aquela comida para ele antes", diz, receoso. Mundus volta o olhar para Arnold. "O que você quer dizer com isso?" "Eles não sentem pena dele depois de vê-lo comer tanto", resmunga Arnold. Mundus levanta-se. Atira o charuto pela porta e sorri. "Como é que você se chama, garoto?" "Arnold." E, no mesmo instante, entra a Moça dos Chocolates, com o charuto incandescente na mão. Ela olha para Mundus, surpresa, que aponta para Arnold. "Arnold está certo!", grita. "Por que cargas d'água ninguém avisou que Paturson não pode comer um banquete na frente de um público faminto antes de vender os cartões!"

Ele se volta para a Moça dos Chocolates. "Você conseguiu pô-lo na cama?" A Moça dos Chocolates faz que sim e bate o charuto. Mundus arranca o charuto das mãos dela e o atira mais uma vez pela entrada. "Procure arranjar um canto para o Arnold dormir", diz.

A Moça dos Chocolates toma Arnold pela mão e o acompanha para fora da tenda, e seguem pelo caminho barrento entre as barracas. "Acho que você achou o pêlo do elefante", sussurra ela. Arnold não entende direito. "O elefante tem pêlo?" "Sim", responde a Moça dos Chocolates. "Mas apenas na cauda." Ela lhe dá um beijo rápido na boca, e Arnold sente novamente uma tontura. "É melhor você dormir com o Paturson. Mas eu moro no vagão do lado. Para o caso de precisar."

Ela pára diante de um vagão, abre a porta com cuidado e deixa Arnold entrar. É lá que dorme o Paturson. Ele dorme pesado. Duas camas foram juntadas para que ele tivesse lugar. Arnold vai dormir no chão, do lado. A Moça dos Chocolates dá-lhe um cobertor. "Moro no vagão do lado", sussurra. "Para o caso de precisar." Ela se apressa para sair. Arnold fica em pé na luz fraca, observando o homem mais alto do mundo. O rosto é grande e solitário no travesseiro branco. Ele usa três edredons, mas ainda assim não são suficientes. Suas meias estão rasgadas, com os dedos à mostra. São maiores do que a coxa de Arnold, e parecem um ramalhete de carne coroado com unhas tortas e amareladas. Então Arnold percebe o paletó de Paturson, pendurado em um prego atrás da cama. Ele tira o paletó do prego e o experimenta. Os botões chegam até os seus sapatos e os braços são tão compridos que ele quase não acha as suas mãos. Dá para fazer um longo passeio dentro do paletó. Paturson vira-se na cama. Arnold prende a respiração. Leva algum tempo até que o homem mais alto do mundo termine de se virar. É quase como se o globo terrestre saísse do prumo por um instante. Arnold sai de dentro do paletó, pendura-o de volta no lugar e sente que tem algo em um dos bolsos. É a fita métrica prateada. Ele se volta na direção da cama. Paturson continua dormindo, sem emitir um único ruído. E Arnold começa com o dedo mais comprido e estica a fita brilhante até o fio de cabelo mais alto de Paturson. Arnold olha a fita. Ele deve ter medido errado, e repete a operação, agora na outra direção, da cabeça em direção aos pés, para ter certeza. Mas chega à mesma medida. Paturson não tem 2,73m, e sim 2,04m. Arnold volta a fita métrica ao bolso do paletó. Está surpreso mas não propriamente desapontado. Tem alguma coisa que ele está começando a compreender, algo que ainda não está completamente claro, mas que consegue intuir, é uma sombra na cabeça, a mentira.

Arnold dirige-se, silencioso, até o vagão onde dorme a Moça dos Chocolates. Ela a acorda. "Preciso dizer uma coisa." Ela se senta na cama e sorri. "O que foi, Arnold?", pergunta. "Paturson não tem 2m73." A Moça dos Chocolates não sorri mais. "O que foi que você disse, Arnold?" "Ele só tem 2m04. Eu o medi!" A Moça dos Chocolates segura Arnold pelo braço e põe um dedo com força sobre a boca dele. "Paturson tem 2m04 quando está deitado", diz ela. "E quando fica de pé tem 2m73! É Mundus quem decide a estatura de Paturson. Entendeu?" Mas os pensamentos estão mais lentos na cabeça de Arnold agora, e ele não chega a atinar. "Quantos anos você tem?", pergunta a Moça dos Chocolates. E só agora Arnold percebe que ela está quase nua. "Dezesseis", responde rapidamente. Ela ri. "Dezesseis? E quantos anos você tem quando está deitado?" A Moça dos Chocolates puxa Arnold para baixo ao lado dela, e o envolve, Arnold cresce em seus braços e ela lhe explica praticamente tudo que vale a pena explicar.

Agora ele sabe o que o pêlo do elefante quer dizer.

Na manhã seguinte, Arnold está no vagão do próprio Mundus, o maior de todo o circo, que tem uma escada própria, cortinas e chaminé, e Mundus está sentado em uma cama de dossel tomando seu café da manhã. Veste um roupão cor de vinho, e o bigode está pendurado em um estojo de pele abaixo do nariz. Limpa um pouco de gema de ovo do canto da boca com a ponta de um guardanapo branco. "De onde você vem?", pergunta Mundus. "De nenhum lugar", responde Arnold. Mundus fita-o. "De nenhum lugar? Todos têm um lugar de onde vêm, Arnold." "Eu não." "Então quem sabe você é um anjinho que aterrissou aqui entre nós?" Arnold não responde. Pode muito bem ser, pensou. Ele bem que poderia ser um anjo. Mundus suspira, afasta a bandeja do café da manhã e pega um charuto. "Não queremos a polícia atrás de nós, não é mesmo?" "O padre sabe quem eu sou", diz Arnold. "Contei tudo para ele."

Então ele ouve os passos pesados do lado de fora. Ele se volta na direção da janela e vê Paturson passando, caminha junto com a Moça dos Chocolates, que coloca uma grande lona sobre ele quando se aproximam do portal. Mundus levanta-se da cama e posta-se ao lado de Arnold. "Não queremos que alguém da cidade possa vê-lo de graça", diz, e acende o charuto com um fósforo de palito longo. Arnold vê o homem mais alto do mundo passeando debaixo de uma lona, e essa visão mexe com ele. "Você já ouviu falar de Barnum?", pergunta Mundus, de repente. Arnold balança a cabeça e quase não o enxerga no meio da fumaça. "Barnum era o rei da América, Arnold. Era maior do que Alexandre o Grande e Napoleão, juntos!" Arnold aproxima-se. "Maior que o Paturson também?" Mundus ri e tosse. "Sim, maior do que Paturson também! Porque Barnum fez o mundo ser o seu circo! O mundo todo era seu picadeiro, e o céu era a lona que estendia sobre nós!" Mundus comove-se com sua própria fala. "Barnum queria fazer as pessoas felizes", sussurra. "Ele queria que rissem, ficassem arrepiadas, de queixo caído, que dançassem! E existe alguma meta mais nobre para uma pessoa?" A Moça dos Chocolates acompanha Paturson em seu retorno. Ela acena para Arnold. Mundus põe a mão sobre o seu ombro. "Sabe o que significa *Mundus vult decipi*?", pergunta. Arnold sorri. Ele já sabe quase tudo. "O mundo quer ser enganado", responde. Mundus surpreende-se. "Mas pode-me dizer o que quer dizer *Ergo Decipiatur* em norueguês?" "Por isso, engane-o", diz Arnold. Mundus põe de lado o charuto. "Mas, por fim, pode-me dizer o que é maior do que o islandês Paturson?" Arnold fica pensativo. "Deus?", sugere. Mundus balança a cabeça. "Não, não. Deus tem quatro centímetros a menos do que Paturson." "Barnum", arrisca Arnold. Mundus curva-se até fitá-lo nos olhos. "A fantasia, Arnold! A fantasia é a maior de todas as coisas! Porque não é o que você vê que é o mais importante. O mais importante é o que você *pensa* que vê! Lembre-se sempre disso." Mundus senta-se na cama, mas sem tirar os olhos de Arnold. "Vire-se", diz. Arnold gira o corpo e fica de costas. "Uma volta completa!", exclama Mundus. Arnold completa a volta, e Mundus coloca os óculos. "Muito bem, meu jovem. Conte-me agora o que você sabe fazer!" "Posso ser uma roda", diz Arnold, rola pelo chão e levanta-se. Mundus não está satisfeito. "Rodas já temos muitas, Arnold." "Tenho só nove dedos", diz Arnold, e mostra as duas mãos espalmadas. Mundus dá de ombros e não está interessado. "Temos monstruosidades melhores a mostrar." "Posso ficar cataléptico", diz Arnold. "A catalepsia é um número muito gasto. O público não quer mais ver isso." "Sou bem equipado", sussurra Arnold, por fim. Mundus ergue o sobrolho. "Bem equipado? E quem diz isso?" Arnold abaixa o olhar. "Foi o médico que falou. E a Moça dos Chocolates", acrescenta. Mundus o despede com um gesto. "Deixe-me em paz", diz. "Mundus precisa pensar."

Arnold sai, obediente. Olha ao redor. Ainda é de manhã e ele nota que todos têm o seu lugar. Vê que cada um executa o seu trabalho, e o fazem juntos. Os domadores, os marceneiros, os músicos, os palhaços, os cozinheiros e os acrobatas trabalham, treinam, cantam, preparam-se para a função desta noite. E Arnold sabe que ele também tem que encontrar o seu lugar, um lugar entre as pessoas, no esforço e na cantoria.

Mas então percebe outra coisa. É a Moça dos Chocolates. Ela está de costas para ele, e se estica para alcançar o varal estendido entre dois vagões. Ela pendura o *fuseau* bordado de ouro de Der Rote Teufel, que pisca e brilha no sol. Arnold quer ir até ela, quando aparece o próprio Diabo Vermelho. Ele a segura pela cintura e lhe beija a nuca. Ela faz um pouco de oposição, sem se esforçar muito, e começa a rir. E Der Rote Teufel a beija ainda mais e a arrasta para as sombras mais escuras junto da tenda. Arnold ouve o riso sumindo no riso. Arnold se encolhe. Arnold fica ainda menor. Os elefantes são carecas. Não lhe resta muita felicidade. E lhe ocorre que os caminhos do riso são inescrutáveis, o riso é sempre diferente e nunca se parece. E ele decide fazer uma lista do riso. No topo da lista ele vai começar com a mãe, o riso cuidadoso da mãe quando ficava do lado de fora da casa, no vento, como se o vento salgado lhe fizesse cócegas. Mas quem será o segundo da lista ele não sabe dizer, pois, de súbito, lhe ocorre que nunca ouviu o seu pai rir.

E Arnold esgueira-se até o varal. O *fuseau* do Diabo Vermelho foi consertado, com um grande remendo de couro no traseiro. Arnold prende a respiração. Ergue o braço rapidamente, solta um fio e retira-o do alinhavo.

Na mesma noite, Mundus está no meio do picadeiro, ao lado de uma cortina larga, preta, e o silêncio na tenda é completo, pois todos sabem que agora ele vai abrir o seu famoso panóptico. Ele fala baixo, mas todos o ouvem. "Peço por gentileza a todas as crianças e todas as demais almas sensíveis, grávidas, hipocondríacos e pessoas com medo do escuro que saiam imediatamente da tenda e refaçam as energias junto da bela e generosa Moça dos Chocolates, na Roda da Fortuna!" Perpassa uma inquietação pelo público, mães seguram as crianças e pais seguram as mães e mesmo os pescadores mais destemidos, da última fileira, sentem-se tomados pela gravidade do momento. Mas todos ficam em seus lugares, apenas um pouco mais apinhados, e passa um suspiro profundo pelas fileiras à medida que a luz se reduz até restar apenas uma penumbra azulada, enquanto a orquestra extrai silêncio dos instrumentos. Arnold está do lado de trás do picadeiro e observa tudo. E depois retira e acrescenta, exagera e suprime, é clarividente e confunde tudo, e tudo se torna uma coisa só, Mundus, o Diabo Vermelho, Arnardo, os anões, o homem mais alto do mundo, a Moça dos Chocolates, o céu e a serragem, pois este é o primeiro picadeiro de Arnold Nilsen e é aqui que começam as suas lorotas. Mas isso é verdade, o que agora acontece: Mundus põe a mão sobre a cortina de seda lá fora e diz, com uma voz sombria e firme: "Minhas senhoras e meus senhores! Vou agora mostrar-lhes os erros de Deus. E se ainda houver alguém aqui dentro que não agüenta contemplar os escombros da criação, posso ajudar com sais de cheiro e outros bons preparados." Mundus mostra uma garrafa marrom, retira a tampa e deixa o público da primeira fileira sentir o cheiro acre. Então retorna a garrafa ao bolso e espera mais alguns segundos, em silêncio, como se lhe passasse pela mente poupar os espectadores da visão aterradora que está para lhes descortinar. O vento bate na lona da tenda, e a pesada cortina de seda do picadeiro treme. Uma mulher grita, mas é atendida por seus familiares. Mundus faz uma reverência e por fim afasta a cortina com um único gesto. Uma múmia egípcia escancara a boca na direção do público, com dentes de cinco mil anos. O esqueleto de um *viking* sanguinário ergue-se de seu túmulo e balança uma espada enferrujada, lentamente. A fileira da frente prende a respiração e se espreme para trás, enquanto a segunda fileira resiste. Mundus pede calma. Pois esse é apenas o começo. Ele levanta ambas as mãos. "A história nos fala com melancolia por meio dessas testemunhas mortas", sussurra. "Nas suas preces desta noite, não se esqueçam deles." Ele silencia, e deixa que os cadáveres falem por si por mais um instante. Então se aproxima do público, pois pressente uma certa impaciência, alguns talvez já tenham visto esses mortos antes. "Agora vocês vão ver", diz ele, com voz ainda mais baixa, "agora vocês vão ver a criação rejeitada por Deus, o segredo abandonado dos anjos ou a piada macabra do Diabo. Minhas senhoras e meus senhores, recebam com afeto Adrian Jefficheff, do Cáucaso, nosso parente assustador e silencioso, o monstro que se situa entre o macaco e o homem, o elo perdido! Não o irrite!" Abre-se um novo gabinete e o público grita. E eis que aparece Adrian Jefficheff, do Cáucaso, imóvel, atado, que fita com um olhar vazio o público que continua a gritar, pois seu rosto está coberto de um pêlo espesso e grosso, um pêlo escuro que mal abre uma fenda para os olhos e a boca. As mãos são igualmente peludas, as unhas compridas e negras, e quando Mundus lhe abre a camisa, todos podem ver que Jefficheff é coberto de pêlo do pescoço até a cintura. "É parente do padre velho?", grita alguém da última fileira. "Ele também tinha muito pêlo no peito." A tenda enche-se de riso, um riso libertador, um trovão, um respiradouro para o pavor. Mundus xinga, baixinho, empacota Adrian Jefficheff do Cáucaso, e tira da penumbra uma cadeira, e tem alguém sentado na cadeira, escondido debaixo de um cobertor vermelho, mal dá para perceber uma coxa nua. Os pescadores ébrios ficam em silêncio, e as mães põem as mãos sobre os olhos arregalados dos filhos. "Tenho a honra de apresentar", diz Mundus, "tenho a honra de apresentar a Srta. Cabeça de Mula, nascida em Nova Orleans, batizada, acreditem se quiser, como Graça, e coroada a mulher mais feia do mundo em Connecticut em 1911! Quando vocês a virem, irão agradecer ao bom Deus toda manhã, e toda noite e provavelmente toda tarde também que vocês não têm um rosto como esse para carregar pela vida afora!" Mundus arranca o cobertor e agora os pescadores ébrios não ficam apenas em silêncio, readquirem a sobriedade, pois uma mulher mais feia do que essa nunca viram em lugar algum, ela é mais feia do que o interior da goela de um peixe-gato. As mulheres na platéia gritam de pavor e se atiram nos braços de seus maridos, que tentam, sem conseguir, desviar o olhar da Srta. Cabeça de Mula, batizada Graça, de Nova Orleans. O rosto lembra carne crua. As bochechas são como duas imensas sacolas, que pressionam para baixo o imenso nariz poroso, que lhe cobre a boca toda. Parece que ela está comendo o próprio nariz, e os olhos são como dois poços na cabeça, entre camadas de pele vermelho-escura. A tensão é insuportável. Arnold sente a tensão, lá de onde está espiando o picadeiro, é como uma corda que é apertada, e apertada novamente, e todos estão amarrados à mesma corda, mas Mundus não desiste, não, ele continua, ele vai adiante, ele aperta a corda mais um pouco, e une os espectadores em um sofrimento alvoroçado. Ele tira do bolso um bisturi, e ergue o instrumento enquanto a luz aumenta, e diz com a voz mais grave que tem. "Vamos examinar o couro cabeludo ou vamos revelar o mais íntimo da alma e da anatomia desta pobre mulher?" Ele não espera por uma resposta. A resposta é ele mesmo quem a dá. Ele faz um corte com o bisturi, do ventre até os seios, afasta a pele, enfia a mão dentro do corpo e retira um feto com duas cabeças, quatro braços, quatro pés e dois pescoços, formando um nó enrugado de carne, e agora cinco mulheres e um cavalheiro desmaiam, e Arnold também tem que olhar para o lado, é exatamente como no mar, tudo balança dentro dele, ele está na crista de uma onda, ele é a própria onda que o deixa enjoado, e tem a sensação de que está ouvindo o passo pesado de Paturson que se aproxima, é talvez por isso que tudo balança. Arnold tenta se segurar, mas solta a mão e afunda no chão imundo e vomita tudo o que pode, vomita o chocolate que comeu de noite, mas, de repente, alguém o levanta, é a costureira, ela diz alguma coisa, mas ele não entende, ela está com a boca cheia de alfinetes e parece um ouriço-do-mar, ela lhe lava o rosto e a boca com mãos duras, e tira as suas roupas e põe outra roupa nele, e faz alguma coisa com os seus lábios, enquanto retiram do picadeiro o panóptico, e Arnold finalmente ouve o que ela diz. "Agora é a sua vez, Arnold." "Minha vez?", sussurra. A costureira coloca um espelho com uma grande rachadura na sua frente, e Arnold vê que ela o vestiu de menina, com saia, meia três-quartos, sapatos brancos, e nos lábios tem alguma coisa vermelha, escura e pastosa, e na cabeça lhe puseram uma peruca dura que dá coceira na testa. Arnold não se reconhece. Um pensamento estranho percorre o rapaz. Mais longe eu não chego, pensa. Mais longe não posso chegar. E logo atrás do espelho quebrado está Der Rote Teufel que ri, jogando para trás o topete vermelho e fazendo beiço. Mas Arnold não tem tempo de ver mais nada, porque agora todos ficam apressados e o empurram na direção do cortinado e para dentro do picadeiro, onde Mundus imediatamente o puxa até si; um suspiro silencioso percorre a tenda. "Não diga uma palavra", sussurra Mundus. "Nesse momento, você é a filha islandesa muda de Paturson!" Então Mundus se põe ereto, cruza os braços e contempla seu público. "Minhas senhoras e meus senhores! Aconteceu um milagre. A filha deficiente de Paturson viajou pelo mar para reencontrar o seu pai! Ela só tem nove dedos, e de sua boca não sai voz alguma, mas tanto maior é o coração que bate em seu peito!" Só agora Arnold percebe Paturson bem do lado dele, e o homem mais alto do mundo turva a vista e parece faminto e confuso. Mundus pega Paturson pela mão e lhe cochicha alguma coisa, e quando Paturson se curva em toda a sua extensão e abraça Arnold, o suspiro se transforma em choro. Paturson diz alguma coisa que somente Arnold consegue ouvir e que ele não entende, são apenas sons pesados no ouvido de Arnold, mas ainda assim ele não vai esquecer, nunca viria a esquecer essas palavras que Paturson lhe diz e das quais não entende coisa alguma. *Espano o pó da narrativa e deixo-a florir em todas as bocas como ramalhetes da mais bela mentira.* Em vez disso, Arnold faz uma reverência, como uma filha agradecida e deficiente, e mostra o dedo que lhe falta, e o choro se transforma em soluço enquanto Mundus também enxuga uma lágrima de seu sorriso. "Venda cartões e fique quieto!", sussurra. E Arnold recebe a pilha toda e vai de cadeira em cadeira, de colo em colo, e todos compram, pois Arnold parece tão doentinho e tão sofredor que nunca sentiram tanta pena de alguém. Ele vende todos os cartões com um retrato de Paturson, colorido a mão, e uma assinatura torta do congresso de medicina de Copenhague debaixo da estatura de Paturson, certificado em centímetros, polegadas, pés e jardas. Arnold sente o peso das moedas que traz de volta para Mundus, que enxuga mais uma lágrima, Paturson volta a abraçar Arnold, ainda confuso e faminto, enquanto o público bate palmas para o pai e para a filha e para si mesmo por sua generosidade e pela graça de Deus. E a orquestra toca uma fanfarra só para Arnold, que faz uma reverência, tal como uma filha deve fazer, e esta é a primeira máscara de Arnold, como filha do homem mais alto do mundo, e faz nova reverência, em triunfo e espanto.

E por fim é a vez do Diabo Vermelho. Ele sobe até o trapézio e se atira em um balanço estonteante, pois ele vai se vingar, de uma vez por todas vai incluir o fiasco de ontem no livro do esquecimento do tempo, superando a si mesmo. Ele terá a sua revanche, e a ousadia é a sua vingança. Der Rote Teufel, que na verdade se chama Halvorsen, natural de Halden, decidiu que nesta noite será um verdadeiro pássaro. Halvorsen é uma águia que bóia na luz. Mas quando se dobra e espia por entre as pernas, lá no alto, não são corações pulsantes que ele ouve nem o silêncio ensurdecedor, é o riso que ele ouve. O público ri. Halvorsen não entende. Eles riem, e, por um instante, acha que ouviu mal. Mas ele ouviu muito bem. Ele ouve o riso. Até Mundus se surpreende. Tem alguma coisa que não está batendo. Pois esse não é o número do riso. Essa é uma acrobacia de alto risco, que deve provocar medo, admiração e, por fim, o suspiro aliviado que nos leva a todos a um momento imperceptível de imortalidade. Halvorsen é um pássaro que despreza e desafia a morte, que brinca com a morte. Ele vai combater a própria morte esta noite, e criar a vida eterna. Mas o público ri. E, em um repente, Arnold entende do que estão rindo. Eles estão esperando que o *fuseau* de Halvorsen rasgue de novo. É essa a expectativa do público. Porque o boato sobre o traseiro rasgado do Diabo Vermelho chegou aos ouvidos de todos. É por isso que riem. Riem de algo que ainda não aconteceu, mas que esperam que aconteça. E, no fundo de si mesmo, Arnold pede: *Me perdoe, bom Deus, me perdoe*, e ele sente o fio do *fuseau* bordado de ouro entre os dedos. Halvorsen cruza os pés sobre a cabeça e fica pendurado como uma pessoa duplicada, à beira do impossível, e o público só ri. E é esse riso que confunde Halvorsen e, por um breve instante, lhe tira a atenção. É o suficiente. É mais do que suficiente. Pois na companhia da morte não existe hora extra. Der Rote Teufel solta a mão e cai e, no mesmo momento, o riso desaparece, mas já é tarde demais. Ele despenca na direção do picadeiro como uma ave ferida e cai de costas. Agora não ajuda ter um pêlo da cauda do elefante. Nem mesmo um elefante é capaz de reavivar o Halvorsen. Ele foi eliminado do cartaz. Seu número foi cancelado definitivamente. Ele está morto. E Arnold se esconde atrás de Paturson, o homem mais alto do mundo. "Não foi culpa minha", diz. Mas Paturson não entende o que ele diz. "Não foi culpa minha", repete Arnold. "Ele caiu antes de o *fuseau* descosturar."

Na mesma noite, começam a desmontar o circo. Não podem mais ficar aqui. Uma desgraça sempre traz outras desgraças. É o destino. É como uma peste, e estão empesteados. Têm de ir embora. Precisam pegar o caminho e deixar a desgraça para trás. Tudo dentro da tenda é removido. Os eletricistas desmontam a iluminação. Os marceneiros juntam os bancos e removem a cortina. A Moça dos Chocolates chora e tira o veludo que recobre a pista. E, por fim, a própria lona é desmontada, e o sol, ausente por um breve instante, já retorna acima do fiorde azulado. Mundus passou a noite mastigando microdina para manter-se acordado, e seus olhos estão vermelhos e transparentes, como contas de vidro colorido. Uma morte é publicidade ruim para um circo. Já falou com o delegado e com o médico, e já passou um telegrama para a família de Halvorsen em Halden. Agora ele se aproxima de Arnold, que há muito tempo tirou a roupa de menina. "Ajude os homens com a lona", diz, impaciente e irrequieto. Arnold põe-se do lado do mestre da lona. Os trabalhadores formam um círculo e abaixam a imensa lona que afunda como um balão, e cada um tem sua tarefa e seu lugar específicos. Gritam um para o outro em intervalos regulares, parece quase um jogral. "O que devo fazer?", pergunta Arnold. O mestre da lona abaixa o olhar até Arnold. "Você pode ir buscar o sapato de Halvorsen", diz, apontando. E Arnold vê um dos sapatos, que mais parece um chinelo fino, abandonado do lado de fora. Está para correr até lá, mas o mestre da lona o detém. "Leve isso aqui." Arnold recebe uma faca, e segura-a pelo cabo enquanto se apressa para pegar o sapato de acrobacia de Halvorsen, e não entende direito para que precisa da faca para isso, mas ele vê que todos os outros também têm uma faca, e por isso não pergunta, isso ao menos ele já aprendeu, nunca perguntar se não for necessário. Em vez disso, pensa: *Ali está tudo o que sobrou do Diabo Vermelho, um mísero sapato.* Mas, quando se abaixa para pegá-lo, acontece outra coisa. Ele ouve os homens gritando, e é como uma rajada de tempestade que o derruba e o aperta contra o chão. Pois já aconteceu uma desgraça, e uma desgraça nunca vem sozinha. Duas cordas romperam, e Arnold recebe a lona toda em cima dele. E aqueles que estão em volta, do lado de fora, nessa madrugada, percebem que a lona se move, uma bola pequena, nervosa, e talvez alguém pense que algum gato se perdeu lá dentro, mas é Arnold Nilsen. Ele se arrasta no meio de uma escuridão estranha, transparente, não consegue escapar da escuridão, debaixo da lona pesada, úmida, como se o próprio vento tivesse se solidificado como um verniz sobre ele. As vozes lá fora se inflamam, o mestre da lona dá ordens, Mundus o chama pelo nome, mas não podem ajudá-lo agora. E Arnold sabe o que fazer com a faca, ele a segura com ambas as mãos e golpeia com toda a força o chão, o cascalho atinge os seus olhos e ele entende que está deitado do lado errado; gira o corpo e levanta a faca contra as sombras que flutuam sobre ele, quase não consegue mais respirar, e corta a lona com a lâmina. Ele corta caminho para a liberdade, se levanta e enfia a cabeça pelo corte, se levanta na luz, no sol, e os homens recebem Arnold e o erguem até este mundo a que pertence.

No mesmo dia, tomam o expresso costeiro, cruzando o fiorde do Oeste até Bodø. Arnold está no convés, junto dos botes salva-vidas, e observa as montanhas afundando no vento azul. Lá ao longe, onde o céu e o mar se confundem, consegue divisar as ilhas de onde ele veio e que agora abandona, deitadas como pontos de pedra no meio das ondas. Arnold sorri. Ele não sente enjôo. Ele se sente forte. Ele ergue a mão com os quatro dedos e acena. Então volta para a companhia dos outros no refeitório. Ninguém diz uma palavra. Cada um está ocupado consigo. O corpo de Halvorsen foi posto na câmara refrigerada, abaixo de todas as cabines, mas ele nunca vai conseguir voltar a Halden, o tempo está esquentando, os blocos de gelo estão derretendo e logo ele vai começar a apodrecer.

Arnold senta-se à mesa do lado de Mundus. No colo, tem uma mala preta amarrada com barbante. "O que tem aí dentro?", pergunta Arnold. Mundus volta-se para ele e o observa com um olhar avermelhado. "Você bem que gostaria de saber, não é, Arnold?" Arnold se arrepende de ter perguntado. Mas Mundus coloca a mão sobre o fecho e se curva na direção de Arnold. "Nessa mala", diz, "nessa mala eu guardei todos os aplausos. Se quiser, pode tomar conta dela para mim."

O circo desce em Bodø. Enterram Der Rode Teufel no cemitério junto ao mar, na estreita faixa de terra entre o portão e o muro de pedras. O túmulo é tão apertado que ele tem de se dobrar todo nesse seu último e mais longo salto. Arnold nunca mais encontrará a Moça dos Chocolates. E mais uma vez ele desaparece diante de nossos olhos. Ele esteve no fundo do mar. Ele esteve cataléptico. Ele ficou deitado sob a lona do circo. Agora ele finalmente chegou à sua terra firme sombria. Ele carrega uma mala cheia de aplausos e some por lá, na curva.

O Riso

Por sinal, achei algo que meu pai havia escrito quando tivemos que arrumar as coisas dele, depois daquilo que chamávamos de acidente. Um disco de atletismo atingira-o bem no meio da cabeça e ele morreu. Naquela ocasião, não entendi direito o que significava o que ele havia anotado, em uma folha que deve ter arrancado de alguma Bíblia, em uma noite de insônia em um hotel barato em um lugar qualquer do mundo. A folha estava no bolso de seu terno de linho claro, que há muito havia ficado por demais apertado para ele. Guardei a folha. Ainda a tenho comigo. Sua caligrafia é infantil, em letra de forma, e imagino que ele deve ter escrito muito devagar, no mesmo ritmo em que os pensamentos se formavam nele e escorriam para a tinta azul, ou talvez sua caligrafia tivesse ficado assim porque lhe faltava um dedo e ele não conseguia segurar direito a caneta. Era uma espécie de lista, uma lista do riso: *Riso da Aurora: tímido. Riso do papai: silencioso. Riso do Prof. Holst: mau. Riso do padre: triste. Riso do Dr. Paulsen: ébrio. Riso do Mundus: negro. Riso do público: malicioso.* Esta última palavra, malicioso, havia sido rasurada, como se tivesse se arrependido na hora, e, no lugar, escreveu: *impotente.* E, bem no canto inferior da folha, acrescentou alguma coisa — talvez muito depois tenha encontrado a folha, de que há muito se havia esquecido, no fundo do bolso, em um dia de verão em que estava sentado em um banco no parque de uma cidade que não conhecia, quando então lhe sobrevém um novo pensamento, uma pergunta para a qual não tem resposta, mas que lhe é necessário registrar no papel, e agora a caligrafia parece ainda mais hesitante, e por isso creio que deve ter sido escrito depois de ele ter mutilado o resto da mão, e agora tinha que segurar a caneta com apenas meio polegar — e as letras desajeitadas tremem no papel fino e poroso: *Será que existe o riso misericordioso?*

Mamãe costumava dizer-nos: *fiquei com ele porque ele me fez rir.*

E a próxima vez que Arnold Nilsen surge em nossa história, vindo de sua terra firme sombria, ele chega dirigindo seu carro pela Kirkeveien, um Buick Roadmaster Cabriolet todo encerado. É a primavera de 1949, o mês de maio se aproxima, o sol brilha do famoso firmamento acima de Marienlyst, mal se vê uma sombra aqui e acolá, e todos que estão na rua nesta manhã param, exceto Vera, para admirar o carro, que passa lentamente por eles com a capota abaixada e assentos de couro vermelho, porque nunca ninguém havia visto um tal veículo por esses cantos; a Sra. Arnesen está no meio do cruzamento, enquanto seu filho mimado lhe puxa a manga e quer correr atrás, o padre hesita por um instante na escadaria da igreja diante dessa visão, o zelador Bang varre a calçada por conta do dia da libertação e deixa cair a vassoura de puro espanto; e mesmo a Esther inclina-se para fora do guichê com sua vista cerrada por conta da luz intensa e pode ver o homenzinho atrás do volante, que tem de se sentar sobre uma almofada grossa para chegar à altura certa, o cabelo preto disposto como um capacete lustroso ao redor de sua cabeça, o nariz em diagonal sobre a cara larga, veste um terno listrado e usa luvas brancas, suas luvas de verão, ele se parece com um estrangeiro que perdeu o caminho. Mas Vera, nossa mãe, não se deixa perturbar. Ela carrega sacolas pesadas em ambas as mãos, esteve na mercearia Smør-Petersen fazendo compras e é preciso mais do que um conversível americano para tirá-la do sério. Ela caminha com passos firmes e olha para baixo, fita a poeira de seu próprio calçado; é um vício que adquiriu, não encara o olhar de ninguém porque os olhares se tornam maldosos e superiores quando ela se aproxima, ou se afastam e a deixam passar, no súbito silêncio que se manifesta entre os sorrisos. Ela sabe o que estão pensando. Eles todos, assim como o padre, pensam que ela se deitou com o inimigo, já que não podia explicar quem era o pai de seu bastardinho. Havia aqueles que afirmavam tê-la visto no metrô e até mesmo nos bosques de Bygdøy durante a guerra, em companhia de alemães, praticando atos inomináveis. Então, quando ouve esse tipo de conversa, a Velha apruma o corpo e, com o coração gélido, diz a quem de direito: "O senhor está redondamente enganado. Mas, pelo que entendo, o senhor esteve em ambos os lugares!" E não é verdade que o tempo cura todas as feridas. O tempo congela as feridas em cicatrizes abertas. Não demora e apenas Esther ainda a cumprimenta. "Que pavão!", diz ela, e sacode a cabeça. "Posso jurar que ele está sentado em uma almofada só para ficar mais visível!" Vera põe as sacolas no chão. "Quem?" "Quem! Você não viu o carro?" Esther aponta e Vera percebe o Buick conversível, que acaba de estacionar na esquina da rua Suhm, e a cabeça escura, lustrosa, que mal aparece acima do encosto do banco; é quase cômico. Esther puxa Vera para perto de si. "Ele está certamente dirigindo sem carteira", sussurra. "Se é que não é um caixeiro-viajante." "E agora ele deve estar sem gasolina", diz Vera, igualmente baixinho. "Bem feito para ele!", constata Esther. "Como se pudesse chegar até Fagerborg e nos amaciar com pomadas e um carro! Se bem que, se ele vende meias de náilon, pode muito bem ficar!" As duas riem, e Esther dobra um saquinho de balas que entrega a Vera. "E como vai o Fred?", pergunta. Vera suspira. "Pelo menos parou de gritar."

E Arnold Nilsen vê pelo espelho retrovisor que a moça enfia um saquinho de papel marrom no bolso da capa, segura as sacolas de compras e sobe lentamente pela calçada na direção do cruzamento onde ele estacionou. Ela olha para baixo, observa. Ela dirige o olhar para seus sapatos gastos e suas meias grossas. Sua nuca curvada é branca e magra. Ele sente um calafrio e logo enxuga o suor da testa, enrola um cacho do cabelo e se curva sobre o assento do passageiro quando ela passa. "A senhorita permite que a ajude com seu fardo por demais pesado?", pergunta Arnold Nilsen. Mas Vera não responde. Ela segue seu caminho, passa o cruzamento e o zelador Bang, que a acompanha com o olhar sem nada dizer. E Arnold Nilsen não está sem gasolina. Ele conduz o veículo ao longo da calçada e volta a alcançá-la. "A senhorita poderia pelo menos olhar para mim", diz. Mas Vera é persistente, ela não cede, ela olha para baixo, ela anda para frente, ela logo estará em casa. Então Arnold Nilsen encosta o corpo todo na buzina, que ressoa como misto de fanfarra e um apito alerta de um navio no meio do nevoeiro, Vera se sobressalta e deixa cair uma das sacolas, e Arnold Nilsen sai do carro antes que ela consiga se abaixar para pegá-la do chão. Ele segura a sacola e faz uma profunda reverência. "Eu reparei na senhorita em Majorstuen. E não consegui desgrudar a vista da senhorita. Posso lhe oferecer uma carona?" Vera está confusa e irritada, mais confusa do que irritada, ela nunca ouviu esse tipo de conversa, e ela sabe que todos em Kirkeveien estão olhando, e aqueles que não estão vendo agora vão ficar sabendo pelo zelador Bang, que se apóia na vassoura e sorri, pois logo poderá acrescentar alguns capítulos novos a seu livro de boatos. "Eu moro aqui", diz Vera rapidamente. "Então cheguei em cima da hora", ri Arnold Nilsen, tira-lhe a outra sacola e a acompanha dobrando a esquina. Vera pára junto à porta de entrada. "Muito obrigada", diz, e quer as sacolas de volta, mas Arnold Nilsen não as entrega. Faz nova e profunda reverência e a acompanha até o segundo andar e, quando chegam lá, Vera posta-se diante da porta do apartamento. "Muito obrigada", diz, novamente, espantada consigo mesma, e o homenzinho de cabelo preto e brilhante põe as sacolas cheias no capacho, retira a luva da mão esquerda, mas estende a mão direita, ainda com a luva. "Um ferimento de guerra me impede de mostrar à senhorita o meu braço inteiro", sussurra. "Meu nome é Arnold Nilsen." Vera toma a sua mão, a luva é lisa e fina, e sente que dentro da luva tem algo rijo, que não se deixa curvar, dedos retangulares, ela sente um calafrio. "Peço desculpas por minha insistência", continua, "mas a senhorita é bela demais para que eu simplesmente passasse adiante." Vera enrubesce e solta a mão sem vida. Ela ouve alguém subindo a escadaria. São Boletta e Fred. Param no patamar imediatamente abaixo e na hora que Fred põe os olhos em Arnold Nilsen, o menino grita, grita pior do que nunca, há tantos sons dentro do menino magro que ninguém entende de onde ele os traz; mas aqueles que se recordam jamais esquecem aquela vez que Vera deu o seu grito, e pode bem ser que a criança que carregava tenha ouvido e tenha decidido imitar a mãe. Fred grita e, por fim, Boletta vê-se obrigada a pôr a mão sobre sua boca. Então ele a morde, e é a vez de Boletta xingar e, de repente, faz-se silêncio. Boletta esconde o braço nas costas, e Fred está lá parado, com a escuridão nos olhos e os lábios cerrados e escorre uma gota de sangue por seu queixo. A porta atrás de Vera se abre por inteiro e a Velha enfia pela porta sua cabeleira desgrenhada. "Em nome de tudo quanto é sagrado, o que é que está acontecendo?" Vera volta-se para Arnold Nilsen. "É a minha avó", diz. "E aí embaixo é meu filho, Fred, com a avó dele." Arnold Nilsen faz uma reverência para todos os lados e tem que pensar rápido, ele tem de organizar os pensamentos, ganhar tempo, enquanto põe a luva e olha nos olhos de Vera. "É um grande prazer poder cumprimentar a sua família. Se não estou enganado, temos pelo menos três mães, duas avós, uma bisavó e um filho que estão aqui e são parentes entre si!" O olhar de Vera cruza o de Arnold, e ela também precisa organizar seus pensamentos. Então ela ri, e Boletta e a Velha se entreolham, igualmente espantadas, pois mal se recordam da última vez que Vera riu, e Arnold Nilsen beija a sua mão e desce a escada. Pára diante de Fred, que continua sombrio, com cara de poucos amigos. Boletta puxa o menino para si. Fred resiste. "Você viu o carro lá fora?", pergunta Arnold Nilsen. Fred mantém-se em silêncio. "A partida é tão rápida quanto a de um avião, e veio vindo para cá lá da América." Fred passa a mão sobre o queixo e enxuga o sangue. "Você pode vir passear no carro comigo, se a sua mãe deixar", diz Arnold Nilsen, e continua a descer a escada. Ouvem a porta do prédio fechando e o carro dando partida. Então Boletta corre os últimos degraus para juntar-se a Vera. "Quem era?", sussurra. E a Velha faz a mesma pergunta. "Quem, em nome de Deus, era essa criatura?" "Ele só me ajudou a carregar as compras", diz Vera. "Ele se chama Arnold Nilsen." Ela se volta para Fred, que continuava na escada. "Posso, mãe?", pergunta Fred.

Arnold Nilsen retorna dois dias depois. Ele traz flores, que coloca do lado de fora da porta. Ele não toca a campainha. Apenas deixa o ramalhete lá, as flores dando o seu próprio recado. É a Velha quem encontra o ramalhete, quando retorna do Monopólio, com Málaga suficiente para celebrar condignamente quatro anos inteiros de liberdade. Ela levanta o ramalhete, conta 21 anêmonas brancas e leva as flores para dentro de casa. "Para quem seriam?", pergunta. Vera cora de novo, ela ainda é capaz de corar, e quer tirar-lhe as flores, mas a Velha afasta a neta. "Não tem nenhum cartão. Podem muito bem ser para mim. Ou talvez sejam para Boletta." "Não fale bobagem", diz Vera, e se faz de zangada. "Me dê!" Mas a Velha não deixa escapar essa rara ocasião de um divertimento inesperado. "Boletta!", chama. "Você tem algum admirador secreto que deixa anêmonas no capacho?" Boletta balança a cabeça e Vera corre ao redor da Velha para pegar o ramalhete e, por fim, arranca o maço de flores da avó com uma súbita fúria, que mais uma vez impõe o silêncio repentino a todas. Vera coloca as flores em um vaso azul, põe o vaso no peitoril da janela, e fica plantada lá, olhando para fora. Boletta sente a dor de cabeça chegando e vai se deitar. A Velha experimenta o vinho Málaga, para verificar se vale a pena bebê-lo. Confirma a boa safra e leva um cálice para Vera. "Agora é a sua vez de esperar?", sussurra. "Não espero ninguém", responde Vera, com convicção. "É melhor assim." A Velha lhe beija o rosto. "As flores estão um pouco judiadas", diz. "Ele mesmo deve ter colhido as anêmonas."

Uma vez perguntei a Esther, depois que eu e a mamãe assumimos o seu pequeno quiosque no portal em frente à igreja e ela havia obtido um quarto na Casa de Repouso Prins Augusts Minne, em Storgata, o que havia realmente acontecido naquele dia em que Arnold Nilsen veio subindo a Kirkeveien de carro, saindo de Majorstuen. "O que aconteceu?", disse Esther. "Aconteceu alguma coisa?" "Sim, pode-se dizer que sim. Ele encontrou a mamãe." E Esther olhou na minha direção, em um momento repentino de lucidez. "O amor é um acaso, não é mesmo", disse. Eu sorri. "Será que é?" Ela deu de ombros e percebi que ela afundava de novo na escuridão. "Seu pai não era um bom homem", sussurrou. "Mesmo tendo trazido aquelas malditas meias de náilon."

Porque no aparecimento seguinte de Arnold Nilsen em Kirkeveien, no próprio dia da libertação, ele traz consigo um pacote achatado no bolso do terno e não o deixa do lado de fora da porta, ele toca a campainha com firmeza e espera que aquelas flores singelas lhe tenham aberto os caminhos. É a Velha quem abre. "Ora veja", diz ela, e o deixa entrar. Arnold Nilsen a cumprimenta. "É talvez pedir muito fazer-me presente neste momento. Mas ouso mesmo assim perguntar se a neta da senhora está em casa." "Aqui estamos todos em casa", responde a Velha. E Arnold Nilsen percorre o apartamento com a vista, as portas estão abertas entre os cômodos e, no canto da sala de jantar, percebe Boletta e Vera e Fred sentados à mesa posta, de onde as chamas das velas mal se deixam notar no sol que cai pelas janelas altas e quase fazem as vidraças vibrarem. Olham para Arnold Nilsen, e algo como um choque elétrico lhe perpassa o corpo, diante da cena com Vera, seu filho, sua mãe, as anêmonas brancas que ele mesmo colheu, ele tem de proteger a vista com a mão, ele chora, ou talvez esteja ofuscado com o sol e a toalha de mesa branca, brilhante. Então Arnold Nilsen acompanha a Velha até a sala de jantar e acomoda-se à mesa.

Faz-se um instante de silêncio. Fred derruba o copo e está a ponto de voltar a gritar. Boletta põe seu guardanapo sobre a mancha, e Vera precisa buscar um pano na cozinha. Então a Velha pergunta: "O que o traz aqui?" Arnold Nilsen se atrapalha por um momento, sem palavras e sem jeito. "Estou aqui porque vocês me deixaram entrar", acaba respondendo. A Velha franze o cenho, espantada com a resposta. Boletta olha em sua direção. "Por que o senhor não tira as luvas?" Arnold Nilsen suspira. "Porque não quero que as senhoras percam o apetite. Minha mão direita explodiu como uma estrela por conta de uma mina terrestre alemã em Finnmark." "Deixa ver", diz Fred. Mas, nesse instante, Vera retorna, passa o pano no assoalho onde o suco havia escorrido, e a Velha perde a paciência. "Isso não é hora de fazer faxina! Temos visitas!" Por fim, Vera consegue se acomodar de novo e suspira tão forte que quase apaga as velas. "Muito obrigada pelas flores", diz. "Estavam lá sem fazer nada e resolvi colhê-las", diz Arnold Nilsen. A Velha volta-se para Boletta. "Ele fala igualzinho a um romance que uma vez jogamos na lareira", sussurra, mas alto o suficiente para que todos ouçam. Vera abaixa a cabeça e está a ponto de derrubar seu próprio copo, mas Arnold Nilsen solta uma gargalhada. "É a mais absoluta verdade", diz. "Falo três línguas inteiras fluentemente. Norueguês, americano e røstense." Elas olham para ele, surpresas. "Røstense?", indaga Vera. Arnold Nilsen não se apressa. "Se você traduzir o vento para a linguagem humana e adicionar música e cor, estará tão próxima quanto é possível chegar de minha língua materna." Arnold Nilsen fica pensativo e melancólico. "Eu nasci em um lugar muito longínquo, no meio do mar, chamado Røst", diz baixinho, sem música nas palavras. Então Arnold Nilsen lembra-se que traz umas coisas consigo. Ele tira o pacote do bolso e coloca-o na toalha, diante de Vera. "Um presente para as senhoras da família", diz, e percorre a mesa com o olhar. Vera tira o papel de embrulho devagar, e mesmo a Velha se aproxima e ficam silenciosas e humildes quando vêem o que é. "O que é?", pergunta Fred. "São três pares de meias de náilon, da Dinamarca." Vera mostra as meias, são macias e boas de se passar a ponta do dedo. "Muito obrigada", sussurra, e é tudo o que consegue dizer. Ela olha na direção de Arnold Nilsen, que se banha na gratidão coletiva, imensa e infantil. Boletta também quer sentir, enquanto a Velha serve um cálice de Málaga e passa ao convidado. "Mas o que o senhor faz?", pergunta. "O senhor não vive apenas de anêmonas e meias de náilon, imagino?" "Eu vivo da vida", retruca Arnold Nilsen. Mais uma vez, a Velha não está inteiramente satisfeita com sua resposta. "O senhor vive da vida?", repete. "E dá muito lucro?" Arnold Nilsen fita o cálice cheio à sua frente. "Obrigado, mas hoje também vou dirigir." Deixa o cálice onde está e volta-se na direção de Fred, que não grita, mas enfrenta seu olhar com uma teimosia soturna. "Por sinal, você já pediu licença para sua mãe?"

Fred faz que sim. Arnold Nilsen coloca a mão inutilizada no ombro do menino. "E ela deixou?"

Vão seguindo na direção de Frognerseter, Arnold Nilsen sentado em sua almofada e observando atentamente os indicadores no painel, porque ninguém pode se deslocar mais de 25 quilômetros de sua residência e hoje sua residência fica na Kirkeveien, Oslo, e ele quer ser um homem cumpridor da lei. Mas 25 quilômetros é uma viagem suficientemente longa para o dia de hoje, é uma aventura, uma circunavegação, e Vera e Fred estão sentados no banco de trás, a capota foi abaixada e estão no meio do vento, da luz, da velocidade. Arnold Nilsen pára o carro no famoso belvedere, apressa-se solícito para dar a volta ao carro e abrir a porta para Vera, e sentam-se em um dos bancos que tem lá, enquanto Fred continua postado no assento de trás. Passa um longo instante sem que digam uma palavra. Preferem contemplar a cidade abaixo deles, como que imersa em uma névoa de sol. As bandeiras estão içadas de todas as casas. Faz quatro anos que a guerra terminou. "Os tempos vão ser melhores agora", afirma Arnold Nilsen, e se move para mais perto dela. De início, Vera se afasta, mas ele vem atrás, ela deixa que se aproxime e, por fim, estão sentados colados, e ele se arrepende de não ter se sentado do lado oposto, porque então poderia ter tirado a luva da mão sadia e talvez passado os dedos em seu cabelo. "Obrigado", diz Arnold Nilsen. Porque já quase não havia mais espaço no banco para se moverem. E Vera ri, ela se entrega, e gosto de acreditar que essa risada era um tipo de paixão, ou alívio, o riso a uniu a esse homenzinho que veio de um ponto no meio do mar, o riso sobrepunha-se a todo o resto, apagou o escuro que havia nela, ela podia rir, e talvez fosse esse o riso que Arnold Nilsen havia buscado todos esses anos, o riso misericordioso.

Então Fred aparece na frente deles. "Quero ver a sua mão", diz. Arnold Nilsen afasta-se um pouco de Vera e observa o menino magro e obstinado. Então, com muito cuidado e bem devagar retira a luva. Os dedos da luva estão preenchidos com pedaços de madeira, dá a impressão de que ele soltou a mão toda e a pôs no colo, e na ponta do braço não resta senão um flange ondulado e cinzento de carne, costurada com pontos grosseiros, e um meio polegar sem unha, uma saliência sem qualquer serventia. Vera precisa tapar a vista. Fred aproxima-se ainda mais e quer tocar a mão danificada, mas antes de chegar a esse ponto Vera já se levantou, impaciente, e o arrasta com firmeza de volta ao carro. Arnold Nilsen repõe rapidamente a luva e os segue. "Lamento profundamente minha inadvertência", sussurra, e curva a cabeça. "Não quero que ele tenha pesadelos", diz Vera depressa. "Foi culpa minha." "De jeito nenhum", protesta Arnold Nilsen. "Fui eu quem mostrou os lamentáveis remanescentes de meu aperto de mão. Como posso fazer para reparar isso?" Vera não responde. Em vez disso, olha para ele e sorri. E este sorriso lhe dá a coragem de fazer uma pergunta, enquanto Fred se acomoda no banco da frente. "Não vi nenhum homem na sua casa", diz Arnold Nilsen. "Então você viu direito", diz Vera. "O menino não tem um pai?" Agora Vera se afasta. Fred segura o volante e faz ruídos que lembram mais um bicho do que um motor. "Peço novamente perdão", suplica Arnold Nilsen.

Tomam o caminho que desce para a cidade. Começa a nublar. As sombras passam velozes. Vera sente frio. Fred está sentado no banco da frente e olha o velocímetro. E então se encontram com outro carro, um Chevrolet Fleetline Deluxe, preto, passam um pelo outro devagar e freiam. Arnold Nilsen sai, o outro motorista, um jovem alto, de cabelos loiros e um lenço ao redor do pescoço, também aparece, cumprimentam-se, dão uma volta ao redor dos carros e expressam uma admiração mútua, alisam as carrocerias, abrem os capôs e não precisam dizer mais nada, apenas meneiam as cabeças, está tudo subentendido, fazem parte da irmandade dos cavalos-força norte-americanos; e Arnold Nilsen sente, de repente, uma grande e profunda integração, não se recorda de ter sentido nada igual, desde que entrou na tenda de Mundus. Ele repara que há uma moça muito bonita no Chevrolet, ela sorri para ele, cansada e feliz, pela janela entreaberta, está grávida e mal consegue acomodar-se no assento. Então, cada qual segue seu caminho e nunca mais se encontrarão, mas continuarão a residir na mesma cidade, cada um vai viver lá sua vida, suas vidas desconjuntadas e arruinadas, pois cada um sofrerá um grave acidente. O casal jovem do Chevrolet se deparará com o seu logo na próxima curva, enquanto que Arnold Nilsen terá de esperar muitos anos até ser alcançado, como se diz, por aquilo que alguns chamam de destino, mas que poderia igualmente bem se chamar matemática, ou, como mais tarde eu vim a dizer a Peder, quando propus minha metáfora daquilo que eu percebia como constituindo a dramaturgia completa: "Não é nada mais do que a simetria do salto triplo."

Assim que Arnold Nilsen se acomoda novamente atrás do volante, começa a chover. A chuva vem a calhar. Agora tem um excelente pretexto para revelar mais um milagre. Ele faz um gesto com a luva rija, para chamar a atenção, e com a outra mão aperta um botão no painel. A capota vai se fechando lentamente sobre eles. Fred retém a respiração. Vera bate palmas. Arnold Nilsen está contente com o espetáculo e com o seu público. "Agora podemos chegar secos em casa", diz, e muda de marcha. Vera vira-se rapidamente e vê os faróis vermelhos de freio do outro carro brilhando no asfalto molhado, que desaparecem na chuva atrás deles. "Vá devagar", sussurra. "As pistas estão escorregadias."

E Arnold Nilsen dirige o carro lentamente até em casa. A Velha e Boletta estão na janela quando ele estaciona na esquina. Percebem Fred saindo do banco da frente e fechando a porta atrás de si, enquanto os outros dois permanecem sentados no carro. "Agora ele está perguntando se vão se encontrar de novo amanhã", diz a Velha. Boletta volta-se para a mãe. "Você acha que é para valer?" A Velha suspira. "Ela já não pode mais fazer sua escolha na prateleira de cima. E nem ele." "Psiu!", diz Boletta. E Arnold Nilsen acende um cigarro com o acendedor elétrico. "Espero não tê-la assustado demais com minha meia-mão", diz baixinho. Vera balança a cabeça. Arnold Nilsen espera terminar o cigarro antes de voltar a falar. O tabaco é seco e arde na garganta. "Por mim, faria outro passeio amanhã", diz. "Eu também", diz Vera, sem hesitar. "Infelizmente, não posso convidá-la para passar em casa. No momento, resido em um albergue miserável." Vera se curva para a frente, entre os bancos. "Albergue?" Arnold Nilsen olha para fora. Fred encosta o nariz na vidraça. A chuva cai sem parar. "O Albergue Coch. Até achar uma casa para mim. Mas casas disponíveis não dão em árvores nos tempos que correm." Arnold Nilsen suspira. "Já procurei por toda a cidade e respondi a cada anúncio desde que voltei da América. Nem os hotéis têm lugar para mim. Mas em Nova York residi no Astória! Já ouviu falar do Astória?" "Não", diz Vera. "Lá eles carregam a sua mala até a porta e os apartamentos têm quatro cômodos, um atrás do outro!" Bate com o punho bom no volante. "No Albergue Coch moramos três homens no mesmo quarto! Um deles bebe a noite toda e não nos deixa dormir." Cala-se e olha envergonhado para sua mão. Vera permanece sentada, pensando. "Vou falar com a mamãe", diz, por fim. Arnold Nilsen volta o olhar para ela. "O que disse?" "Vou falar com a Velha também", acrescenta. Ele sorri. Seu rosto se abre em um grande sorriso, ele se distrai e sem querer põe a mão errada no braço dela. "Que bom que sou baixinho", diz. "Posso acomodarme numa almofada qualquer, junto ao peitoril."

Em junho, Arnold Nilsen muda-se para Kirkeveien. Provoca um diz-que-diz: um Buick estacionado na esquina e um homem no apartamento das mulheres. De início, dorme em um colchão estreito na entrada. Levanta-se às sete, toma seu café, desce até o carro e volta para casa às cinco e meia da tarde. Não sabem ao certo o que faz e ele não diz nada para elas. "Agora ele vai sair e viver da vida", repete a Velha e balança a cabeça, mas lá no fundo não consegue deixar de gostar dele. Ele nunca incomoda. É limpo e ordeiro. Dorme sem fazer barulho. Coloca dinheiro na caixa das despesas toda semana. Carrega o lixo até o pátio. E, aos domingos, leva todos para passear de carro, até Nesodden e o fiorde, ou, na outra direção, até os bosques e os lagos, Fred ocupa o banco da frente e tem amplo espaço para as mulheres no banco de trás. Levam café e bolinhos, e, aonde quer que cheguem, as pessoas param para ver o vistoso Buick e Arnold Nilsen acena para todos. E, de noite, faz a Vera rir. Boletta empreendeu suas investigações sigilosas a seu respeito no Telégrafo. Ele não contou nenhuma mentira. Ele vem de Røst, em Lofoten, seu pai era pescador e nunca tiveram telefone. Em julho, é promovido para a sala de jantar, onde passa a dormir no sofá. A Velha e Boletta brigam no quarto de solteira, enquanto Fred dorme com a mãe. Uma noite, Arnold Nilsen acorda com o garoto parado à sua frente, fitando-o. Deve ter estado assim por muito tempo. A sombra magra no escuro é reta e decidida. Não diz nada, o que é o pior. Arnold Nilsen senta-se. "O que quer?", pergunta. Fred não responde. Arnold Nilsen fica inquieto. "Não precisa ter medo", sussurra. Mas logo entende que o que o menino tem não é medo. Se não, não teria permanecido postado assim, no escuro, diante do sofá. Está mais para zangado, ameaçador. Arnold Nilsen procura pelas palavras, ele que consegue enrolar quase todo mundo, procura em todo o seu repertório pela frase certa a dizer a um menino que nem tem cinco anos completos. Fala ainda mais baixo. "Não vou tirar sua mãe de você, Fred." Ele estende o braço maneta. Fred não se mexe. Continua parado fitando, em silêncio, pertinaz, depois, sem fazer qualquer barulho, retorna ao quarto da mãe.

Arnold Nilsen não dorme mais aquela noite. E, quando o despertador toca, não se levanta, continua deitado. Ouve alguém do lado de fora da porta, pressente uma inquietação, falam baixinho e depressa, como se não conseguissem se decidir, e, por fim, Vera espia pela porta. "Você está doente?", pergunta. E Arnold Nilsen tem que se virar para a parede para que ela não veja que está a ponto de chorar, porque alguém se preocupa com ele, alguém quer saber como ele está, e este cuidado por pouco não o faz perder o juízo. "Vou tirar folga hoje", cochicha.

Vera fecha a porta de novo, silenciosamente, e leva o recado adiante. Arnold Nilsen está bem de saúde. Só quer tirar um dia de folga. Não sabem ao certo do que ele está tirando folga. Mas ele fica lá deitado no sofá, tirando folga. A Velha e Vera lavam toalhas de mesa. "Se ele vive da vida, é da vida que está tirando folga", diz a Velha. Vera faz psiu para a avó. "Não me venha com seu psiu! Só estou usando as palavras dele mesmo. Ele contou alguma coisa para você?" A Velha puxa a toalha com tanta força que Vera perde o equilíbrio e tem que apoiar-se na avó. "Se contou alguma coisa?" "Sim, o que é que ele faz. O que já fez. O que pensa fazer! Não há de ser só poesia que ele cochicha no teu ouvido!" Vera se senta na beirada da banheira. "Eu não pergunto nada para ele. E ele não me pergunta nada." A Velha suspira e põe a toalha de mesa no colo. "Esperemos que não seja apenas mais um homem da noite."

Quando Arnold Nilsen entra na cozinha, o café da manhã está pronto, à sua espera. Faz silêncio no apartamento. Está sozinho. É a primeira vez que ele se encontra ali a sós. Novamente, fica inquieto. Leva a xícara com café até a janela e observa o pátio. Vera e a Velha estão pendurando a roupa no varal, toalhas de mesa grandes, brancas, que esticam e passam sobre as cordas e prendem com prendedores que trazem em uma bolsa amarrada na cintura. Arnold Nilsen observa. É uma manhã qualquer, do verão de 1950, o sol logo preenche todo o pátio, alguns meninos estão consertando uma bicicleta junto ao portão, o zelador manco está de costas enchendo um balde com água, e atrás de tudo ouve-se alguém que toca uma melodia simples no piano, repetidamente. Vera e a Velha riem quando uma lufada de vento se perde no meio do pátio, levanta a toalha que estão esticando e quase sai voando com as duas. Arnold Nilsen observa tudo isso. É uma testemunha dessa manhã. É testemunha dessa humanidade, um balde a ser enchido, uma bicicleta a ser consertada, toalhas secando ao sol. A primeira inquietude já passou. Em seu lugar, sobrevém uma estranheza, que é outro tipo de inquietação, estranha-se com tudo isso que está a ponto de se tornar seu. Ele é um homem no final de sua juventude, a mocidade já está para terminar, aproxima-se dos trinta anos, e o mundo se torna cada vez menor ao seu redor. Este é o seu mundo e ele é a testemunha desse mundo. Ele tem de se esquecer de tudo que passou e começar a lembrar de novo. Então repara em Fred sentado no único canto onde ainda há um pouco de sombra. Vera chama o filho. Fred não se mexe. Ela chama de novo. Mas Fred permanece sentado, em seu canto escuro, e quando esse canto começa lentamente a encher-se de luz, protege a vista com a mão.

Nesse momento, toca a campainha. Arnold Nilsen deposita a xícara e hesita. Ele não mora aqui. Seu nome ainda não está na porta. Toca de novo. Ele dirige o olhar para o pátio, onde a Velha está sentada de cócoras na frente de Fred e o abraça. Arnold Nilsen vai até a entrada e abre a porta. É Arnesen. Ele se finge de surpreso. "Nenhuma das senhoras está em casa?", pergunta. "Estão lá embaixo pendurando roupa. Posso chamá-las." Mas Arnesen apenas faz um meneio com a mão enquanto passa por ele. "Conheço o caminho." Ele deposita a pasta no chão diante do relógio, tira a chave e se volta para Arnold Nilsen. "É o senhor o dono do carro novo, dizem." Arnold Nilsen faz que sim. Arnesen sorri. "Quantos cavalos pode ter um motor desses?" "Cento e cinqüenta." "Minha nossa, 150? Então pode correr mais do que a lei permite." Arnold Nilsen ri. "Um carro rápido também consegue ir devagar", diz. "É verdade. Desde que a gente não caia em tentação. E isso pode acontecer a qualquer um. Quando ninguém está vendo, quero dizer." Arnold Nilsen não replica. Agora é Arnesen quem ri. "Ora vejam, estou aqui conversando no horário de trabalho sem me apresentar. Corretor de seguros Arnesen, a seu dispor." Ele estende a mão, aperta a luva rija e solta rapidamente, passa um tremor por seu corpo. "Acidente?", pergunta. "A guerra", responde Arnold Nilsen. Arnesen sorri, dá as costas, puxa para fora a gaveta debaixo do relógio, junta o dinheiro em uma pochete de couro e coloca tudo na pasta. Arnold Nilsen percebe que os dedos são rápidos e flexíveis, ele já viu isso antes, mas sabe que ninguém é suficientemente rápido, sempre tem alguém que poderá desmascará-lo, cedo ou tarde você comete um erro e perde tudo no chão, você tem o mais leve tremor que seja e o braço vai pelos ares. "É a sua esposa que toca piano?", pergunta. Arnesen repõe a gaveta no lugar e fita seu interlocutor. Já não sorri. "Incomoda o senhor?" "De forma alguma." "Mas o senhor talvez ache que ela deveria exercitar outra melodia?" "Não pensei nisso." "Se o senhor ficar morando aqui por muito tempo, vai certamente pensar nisso." Arnold Nilsen tira uma cédula do bolso do paletó e deixa cair na pasta. "Assim eu também fico coberto pelo seguro", diz. Arnesen fecha a pasta. "Sim, o senhor pode vir a precisar."

Arnesen retira-se com um cumprimento, mas não estende a mão, já sentiu os dedos falsos. Arnold Nilsen permanece junto ao relógio oval, são nove e seis da manhã. Então ouve as outras na cozinha. Ele vai ao encontro delas. "Arnesen veio buscar o prêmio do seguro", diz. A Velha olha em torno. "Bem que eu senti que havia entrado um frio aqui", sussurra.

Fred corre até a entrada, sobe em uma cadeira e chacoalha o relógio. Não vem nenhum som, apenas se ouve Fred rindo, quase gritando, enquanto chacoalha o relógio, e a Velha por fim tem que arrancar o relógio dele e voltar os mostradores para seu lugar. Arnold Nilsen vai buscar uma cédula nova e dá para Fred. "Pode ficar com essa nota para colocar na gaveta." Fred olha o papel azul, amassado. "Quero dinheiro", diz. Arnold Nilsen ri e substitui a cédula por uma moeda, na qual dá uma mordida forte antes de entregá-la a Fred. "Agora você vai ouvir quando cair no fundo!" Fred esfrega a moeda de uma coroa longamente na calça e põe no bolso. "É para pôr no relógio", diz Vera. "Para que não nos aconteça nada." Fred balança a cabeça e quer sair. Vera o detém. "Você pode pelo menos dizer 'obrigado'. Diga muito obrigado, Fred!" "Não tem por quê", assegura Arnold Nilsen. Mas Vera cisma que Fred tem que agradecer. "Diga 'muito obrigado'!", grita. "Senão você vai ter que devolver o dinheiro!" Fred cerra os lábios, enfia o punho bem fundo na calça e procura escapar. "Diga 'muito obrigado!'", grita Vera, sem soltá-lo. Então a Velha intercede. "Deixe o menino em paz", diz ela, e coloca dinheiro no relógio para todos.

No fim de tarde, Boletta e Vera vão buscar a roupa seca. O sol está baixo, brilhando do outro canto, e recolheu sua luz do pátio. Levam o cesto de roupas até os rolos que ficam no porão, enfiam a primeira toalha entre os cilindros e juntas acionam o rolo. Quando a toalha seguinte já foi passada e alisada, Boletta pergunta: "Aconteceu alguma coisa com Fred?" Vera se apóia na manivela. "Não consigo falar com ele. Ele não me ouve mais." Boletta dobra a toalha e a estende no cesto. "Ele só está um pouco confuso", diz. "E daí é fácil ficar zangado." Vera está a ponto de chorar. Ela tapa a boca com a mão. "Talvez seja melhor o Arnold se mudar", sussurra. Boletta sorri. "Não era bem isso que eu estava pensando." Ela abraça a filha. "Fred não está acostumado a ouvir você rir."

Então percebem alguém vindo pelo corredor e logo reconhecem quem é, um dos sapatos fica sempre um pouco atrás de cada passo, fora do ritmo, arrastando-se pelo chão de pedra. Ele pára na porta. É o zelador Bang. Ele deixa a vista repousar sobre a pilha de toalhas de mesa. "Toalhas de mesa nunca tem de sobra", diz, e mais não diz de início. Boletta dá as costas e respinga água na última toalha que vão passar pelos rolos. O zelador Bang desloca o olhar para Vera. "Quer que ajude a girar?" Vera balança a cabeça. "Não, obrigada." Ele sorri e se aproxima. "Agora tem mais gente para servir." Vera põe toda a força que tem na manivela e a toalha desaparece no meio dos cilindros. "Deve ser tranqüilizador ter enfim um homem em casa", continua o zelador Bang, pausadamente. Boletta volta-se com um movimento súbito e está quase com o rosto colado no dele. "Vê se você carrega esse seu pé para fora e desaparece!", diz. E o zelador Bang claudica de marcha a ré, mudo e ofendido, e se apressa porão adentro. Boletta e Vera olham uma para a outra, prendem a respiração o quanto podem e por fim explodem em riso. "Foi exatamente como ouvir a Velha!", ri Vera. Boletta precisa apoiar-se na filha e quase não encontra a voz. "Ai, ai", soluça. "Quer dizer que começo a parecer com a minha mãe!?"

Quando retornam com as toalhas de mesa, a Velha já havia ido deitar. Ela diz que se sente deprimida e tonta, ela quer ver o Dr. Sand, sucessor do Dr. Schulz e seu oposto, um abstêmio convicto que usa máscara e fichário. Dói-lhe a testa. Sente enjôo até no braço. "Você me contaminou com sua dor de cabeça e seus cotovelos azulados!", diz a Boletta, e quer ficar em paz. Deixam a doente onde está e, na manhã seguinte, a Velha levanta-se antes dos outros, encomenda um táxi e não se deixa reter por Boletta e Vera, que escutam sua conversa ao telefone e querem acudi-la, ela não quer a companhia de ninguém e muito menos ser levada no carro de Arnold Nilsen. Não, ela vai caminhar o último trecho do seu caminho sozinha, tal como os elefantes que, com dignidade, dão um passo para o lado e se deitam para morrer sem incomodar o restante da manada.

"Você só está fazendo cena", resmunga Boletta. "Você não tem é nada!" Mas a Velha fita a filha com raiva, desce até o táxi e acomoda-se no banco de trás. Ela pede ao motorista para dobrar a esquina da rua Jacob Aal e parar. "São cem metros", diz. E teria sido muito interessante se tivesse sido o mesmo motorista que conduzira o táxi em que Fred nasceu, mas não era, essas coisas nunca acontecem, e, se tivesse sido assim, talvez a história tivesse tomado outra direção, ou quem escutasse teria achado que era uma mentira, uma invenção, e daí tivesse duvidado do restante da nossa história e provavelmente a poria de lado para sempre e procurado outras narrativas, mais verossímeis. Ainda assim, eu teria gostado que fosse assim, que fosse o mesmo motorista, porque teria sido muito interessante ouvir uma conversa entre ele e a Velha; talvez ela o tivesse convidado a passar em casa mais tarde, para tomar um café ou um chá, poderiam ter contado um ao outro como tinham passado desde a última vez, quando estavam parados no cruzamento das avenidas Kirkeveien e Ullevålsveien, e uma criança coberta de sangue veio ao mundo no seu banco de trás; e depois ele poderia ter cumprimentado Fred, o menino que havia batizado, porque, afinal, não haviam mantido o primeiro nome que fora pronunciado naquele sagrado táxi? Sim, esse é Fred. Mas esse motorista é outro, um senhor de idade que a toda hora passa o dedo pelo bigode desgrenhado e não muito limpo. "Estamos esperando alguém?", pergunta. "Por enquanto, não se incomode com isso", diz a Velha. Ela mantém sob sua vista o Buick estacionado na outra esquina. Arnold Nilsen ainda não apareceu. Por um instante, fica inquieta. Talvez ele tenha tirado folga hoje também? O taxímetro segue adiante com seu tiquetaque. Por fim ele chega, senta-se atrás do volante e entra na avenida Kirkeveien. "Agora o senhor me faça o favor de seguir aquele carro", diz a Velha, e afunda-se no banco tanto quanto pode para não ser vista de jeito nenhum.

Arnold Nilsen passa Majorstuen e desce a Bogstadveien. Cai uma chuva fina, e a capota está levantada. Algumas pessoas estão esperando na frente do Monopólio, com as mãos nos bolsos das calças e nucas curvadas. As pombas da praça das Valquírias levantam-se em bando antes de cada uma voar até seu pombal. O padeiro carrega pão até o caminhão de entregas e a casca crocante exala calor. A cidade está acordada e insone no meio da chuva leve. E Arnold Nilsen, sem se aperceber de nada, vai conduzindo seu carro por mais uma manhã. Ele estaciona em um pátio na rua Grønne e caminha o último trecho até o Albergue Coch. A Velha faz o táxi parar junto à Parkveien, de onde ela pode observar que ele toca a campainha e logo é admitido. Ela espera. Ela tem tempo. O taxímetro alcança uma cifra nunca vista. Ela tem dinheiro suficiente. O motorista passa o dedo debaixo do nariz. Mas a Velha não tem paciência suficiente. Ela paga e atravessa apressada a rua até o portão lúgubre. Esta é a saída de emergência e porta dos fundos de Arnold Nilsen, pensa ela; é sua camuflagem. Ou então ele tem outra com quem se entretém, aquele toco de gente, e, seja como for, ele vai pagar. A Velha toca a campainha do Albergue Coch. A porta por fim se abre, numa fresta, e uma mulher gorda, com as pálpebras pesadas, espia para fora. "Quero falar com Arnold Nilsen", diz a Velha. A mulher mostra-se incomodada. "Não conheço." Ela está para fechar a porta, mas a Velha não tem qualquer plano de deixar o albergue antes de completar o que veio fazer. Enfia o calçado na fresta, agarra a orelha da mulher e torce com força. "Você não deveria mentir para senhoras de idade", sibila. "Mostre-me o quarto de Nilsen!" A Velha entra. Sobem uma escadaria estreita até algo que se parece com uma recepção, um balcão com cinzeiros e um jornal velho em cima, e um quadro de onde estão penduradas duas chaves. Cheira a fumo e colchões mofados. Três homens estão sentados em um cômodo sem janelas, jogam baralho e bebem cerveja. Olham na direção da Velha, por um instante inseguros, antes de se curvarem de novo sobre as garrafas, em silêncio. "Você o encontrará no 502", diz a mulher gorda, e esfrega a orelha. "E por que não disse logo?", pergunta a Velha, com suavidade. "Porque nossos hóspedes desejam discrição ilimitada", responde, erguendo as pálpebras. Os três homens no quarto dos fundos resmungam. "Pois é bem isso que imaginava", diz a Velha. "Mas já não será mais tão ilimitada para Arnold Nilsen!" Então segue o seu caminho até o quinto andar, e entra por um longo e estreito corredor com janelas altas enfileiradas de um lado e portas do outro. Do lado de fora de uma das portas, um par de sapatos. A Velha caminha lentamente até o fim do corredor e encontra o número 502. Ela pára, presta atenção e ouve uns sopros estranhos vindos do quarto, que aumentam e diminuem de volume. Espia pela fechadura, e vê sombras passando. Então ela se apruma e bate forte na porta. "Não quero ser perturbado!", grita Arnold Nilsen. "Quantas vezes vou ter que dizer a mesma coisa?" "Mais uma vez!", grita a Velha. Faz-se silêncio no quarto 502, um silêncio completo. Então Arnold Nilsen abre a porta e olha para ela, pálido e desalinhado. "Tudo bem, pode entrar." A Velha passa por ele e pára. A cama está arrumada. Espalhado pelo chão, todo tipo de ferramenta. Desenhos e diagramas estão estendidos na mesa junto da janela, onde as cortinas foram afastadas. A cúpula foi retirada do abajur e a lâmpada brilha impiedosamente em todos os cantos. Não há mais ninguém ali. Mas, no meio do quarto, há uma armação alta com uma hélice que lembra uma estrela torta, e uma escada leva até a hélice. Arnold Nilsen fecha a porta. "Você está vendo o meu moinho de vento", sussurra. A Velha volta-se para ele. "Moinho de vento? Você mantém um moinho de vento escondido no Albergue Coch?" Ele repõe a cúpula e posta-se junto à janela. "Demora a ficar pronto", diz. "Com uma só mão." A Velha dá uma volta no moinho de vento e não sabe dizer se está desapontada ou aliviada. Está confusa, e, por fim, senta-se na cama. "Você está fazendo tudo sozinho?", pergunta. Arnold Nilsen logo lhe mostra os desenhos, mas ela nada entende dessa geometria e o afasta. "Vocês aqui do sul não entendem de vento", diz ele. "Porque vocês não sabem o que é o vento! Vocês acham que tem vento quando sopra um pouco no parque de Frogner. Que nada!" Ele galga alguns degraus da escada, põe a hélice em movimento, e ouve-se, de novo, o mesmo som, os sopros, e a Velha tem que se inclinar para trás para não ser atingida na cabeça. Arnold Nilsen ri. "O vento é como uma mina, uma mina aberta debaixo do céu! E daqui se pode retirar o ouro líquido mais puro que existe." De repente, fica sério e desce. "Você não está doente", sussurra. "Você me seguiu." "Claro que segui!", diz a Velha. "Queria ver que espécie de homem você realmente é!" "Você achava que eu tinha outra além da Vera, não é mesmo?" A Velha não responde. Arnold Nilsen senta-se do lado dela. "E aí, em vez disso, você me encontra aqui com um moinho de vento! Que tipo de homem você acha agora que eu sou?" A Velha se levanta e vai até a janela. "Você já ouviu falar dos elefantes das montanhas do Decã?", pergunta ela. Arnold Nilsen balança a cabeça. "Fica bem no norte da Índia. O trem passa lá por entre as fronteiras, e tem que cruzar um grande planalto onde vivem as manadas de elefantes. Uma vez a locomotiva atropelou um elefante recém-nascido. Está me ouvindo, Arnold Nilsen?" Ele faz que sim, e o suor brota de sua testa. "Sim, estou ouvindo tudo o que você diz e mais alguma coisa." "Muito bem! Porque quando o trem ia voltar, a mamãe elefanta estava no mesmo lugar, esperando. E quando o trem chegou, a elefanta foi para cima da locomotiva. Ela atacou uma locomotiva e 25 vagões. Porque queria vingar a morte de seu filhote. Ela queria derrubar o trem todo." A Velha volta a sentar-se do lado dele. "Quem você acha que levou a melhor, Arnold Nilsen?" Ele não responde de imediato. E, quando responde, sua resposta é para outra pergunta. "Talvez seja por isso que um pêlo da cauda do elefante é um amuleto da sorte", sussurra. A Velha permanece em silêncio por um bom tempo. "Eu não sei que tipo de homem você é, Arnold Nilsen. Eu só sei que você deve ter muito cuidado com a Vera e o Fred. Eles podem facilmente se quebrar, os dois. Está entendido?"

Em agosto, Arnold Nilsen muda-se para o quarto de Vera, com todos os seus ternos, que ficam pendurados no armário atrás de todos os vestidos. Ele deita-se em silêncio do lado dela na cama de casal. Ele fita o teto. Ele sorri. Talvez esteja pensando que o sol verde finalmente levantou-se o suficiente no firmamento e agora brilha sobre ele. Ele inspira longamente, comovido e espantado, e sente um gosto doce e pesado na boca. "Me parece que tem gosto de Málaga aqui dentro", sussurra. E Arnold Nilsen volta-se para Vera, que o deixa chegar.

Casaram-se em setembro, na igreja de Majorstuen. Vera teria preferido casar-se em outro lugar, porque o mesmo padre ainda oficiava lá. Ao que Arnold Nilsen respondeu, com calma: "Se aquele infeliz não quis batizar o Fred, não pode nos negar o direito de irmos ao altar. Se tentar, denuncio o padre e toda a paróquia ao rei e ao governo e ao que pior for!" Chovia muito naquele sábado. Estavam lá a Velha, Boletta, Fred, Esther, o zelador Bang, Arnesen e três homens cansados do Albergue Coch. O padre leu o texto rápido e carrancudo, enquanto olhava com desgosto para o vestido branco de Vera. E Vera encarou o padre, desafiadora, sorridente, mas, quando Arnold Nilsen colocou o anel que ela havia prometido guardar para a Rakel no dedo dela, ela baixou a cabeça, para a grande satisfação do padre, e chorou, e sabia que não existe algo que se possa chamar uma alegria pura, e que é talvez por isso que a gente ri.

Nasci em março. Vim ao mundo com as pernas primeiro e causei muita dor à minha mãe.

BARNUM

O Batismo

"Barnum?" O padre largou a caneta e fitou mamãe, sentada do outro lado da escrivaninha comigo no colo. "Barnum?", repetiu. Mamãe não respondeu. Apenas virou-se para o papai, que rodava o chapéu, lentamente, entre os dedos. "Sim", disse papai. "O senhor ouviu direito. Essa é a nossa decisão. O menino vai se chamar Barnum." Pode ser que eu tenha gritado um pouco nesse momento. E mamãe teve que me consolar. Mamãe cantarolava na sacristia. O padre retomou a caneta, impaciente, e escreveu alguma coisa numa folha de papel. "E Barnum vem a ser nome próprio?", indagou. Papai suspirou, com suavidade, diante de tanta ignorância. "Barnum é um nome tão bom quanto qualquer outro", disse. O padre sorriu. "O senhor vem da região Norte, Arnold Nilsen?" Papai assentiu. "De Røst, Sr. Sunde. Onde a Noruega põe um ponto final." Eu já não chorava e mamãe parou de cantar. O padre levantou-se. "Vocês talvez sejam mais livres no uso de nomes lá no Norte. Mas aqui no Sul temos nossos limites." Papai riu. "Barnum não é uma invenção de lá do Norte, prezado padre. Vem dos Estados Unidos." O padre tirou um livro da prateleira atrás de si. Folheou até encontrar alguma coisa. Mamãe deu um chute na canela do papai e indicou a porta com um meneio da cabeça. Papai balançou a cabeça. O padre sentou-se e pousou o livro em cima da mesa. Leu em voz alta. "É vedado escolher nomes que possam representar um ônus a seu portador." Comecei a chorar. Mamãe me balançava e ninava. O padre fechou o livro e levantou o olhar, com o maxilar cerrado. "A Lei dos Nomes e Patronímicos, de 9 de fevereiro de 1923." O chapéu já não girava entre os dedos de papai. "Mas não é verdade que um nome não é vergonha para ninguém?", perguntou. A essa questão o padre não tinha resposta. Em vez disso, disse: "Peço-lhes que encontrem outro nome para esse pobre menino." Mamãe já havia se levantado e dirigia-se à porta. "Ele não é um pobre menino!", disse. "E agora vamos!" Papai permaneceu sentado por mais um instante. "Essa é a segunda vez que o padre mostra má vontade contra meus filhos", sussurra. O padre sorri. "Seus filhos? O senhor é pai de ambos?" Papai colocou o chapéu na cabeça. Sua respiração lhe pesava no peito e amaldiçoou o nariz torto. “Há outros padres”, disse, em voz baixa. “Mas apenas um Deus e uma lei”, retrucou o padre. Papai bateu a porta com força atrás de si ao sair, mas, já no corredor, mamãe perdeu a coragem. “Não podíamos simplesmente chamá-lo de outra coisa?”, chorou. Papai não quis nem ouvir. “Ele vai se chamar Barnum, por todos os diabos!” Agora gritei de novo. E papai abriu a porta da sacristia com um pontapé e inclinou o chapéu e a cabeça para dentro. “Nós tínhamos um vizinho em casa que se chamava Elendius!”, gritou. “Esse seria um nome adequado para você!”

Papai não dormiu aquela noite. Ficou acordado, pensando. Andava de um lado para outro na sala, e nos manteve a todos acordados. De tempos em tempos, batia na mesa com o punho cerrado e falava em voz alta consigo mesmo. Depois, fez-se um longo silêncio. E quando o café da manhã estava pronto, entrou na cozinha, exausto mas decidido, e também não quis se sentar. “Quando saí de casa, deixei um recado para os meus pais”, disse. “Que eu voltaria quando fosse a hora. Ou nunca. E agora chegou a hora.” Mamãe parou o movimento com a colher que tentava enfiar na minha boca. Levantou os olhos. Boletta pôs de lado a xícara de chá e a Velha teve que segurar o Fred para que parasse sentado na cadeira. “O que você quer dizer com isso?”, perguntou a mamãe. Papai deu um longo suspiro. “O menino vai ser batizado em Røst!”, disse.

Papai passou dois dias fora de casa. Havia algo que tinha que resolver primeiro. Na terceira manhã, voltou para casa, em um terno preto sob medida, sobretudo claro, sapatos engraxados e o cabelo cortado com uma curva descendo-lhe pela testa. Beijou a mamãe e acenou com um maço de passagens. “Arrume a mala e se prepare! Viajamos na mesma noite, no trem noturno para Trondheim.” Boletta, a Velha e Fred nos acompanharam até a estação do Leste. Mamãe chorou na sala de embarque. Fred ganhou do papai uma barra de chocolate ao leite, e a primeira coisa que fez foi jogá-la nos trilhos. Ai, por que é que não me chamaram de Arne, de Arnold Jr., de Guilherme Segundo! Mas não, meu nome tinha que ser Barnum, e tivemos que viajar até Røst para registrar-me nos livros da paróquia. Um carregador levou a mala até o vagão-leito. Então a locomotiva deu um tranco e mamãe pôs a cabeça fora da janela e acenou, enquanto papai me segurava nos braços. E ainda sinto aquele odor, que agora separo em seus componentes, um por um, como um químico no laboratório da recordação; água-de-cheiro misturada com o perfume doce de loção, o cheiro acre de tabaco das luvas e o suor suave do colarinho apertado, tudo isso que se funde em uma unidade maior, na fórmula amarga da plataforma: despedida. Eu dormia e não podia saber de nada. Ainda estava fora das recordações. Dormi com mamãe na cama de baixo, e papai ficou sentado na beirada e tirava a rolha de uma garrafa de bolso e despejava aguardente no copo. Ofereceu para a mamãe, que mal agüentou cheirar a bebida. Papai tomou o trago inteiro sozinho e deu um suspiro. "Agora o menino vai ganhar o seu verdadeiro nome", disse. "E eu vou juntar os fios soltos da minha meada." Encheu o copo de novo e tomou mais um gole. "Saúde, querida. Que seja essa também a nossa viagem atrasada de lua-de-mel." Mamãe segurou a mão estragada dele e sussurrou, porque eu ainda dormia e não podia ser acordado. "Eles sabem que estamos indo?" Papai de repente sentiu a dor nos dedos que não mais existiam. "Eles?" "Seus pais, Arnold." "Nem sei se estão vivos", sussurrou. E papai afundou-se no chão e ficou assim, de joelhos, encostado no peito da mamãe. "Tenho medo, Vera. Muito medo."

Chove em Trondheim. Mamãe sai comigo do trem. Um carregador traz o carrinho de criança e sou posto nele. Papai deixou o medo para trás. Ele dá uma cédula ao carregador, com um tapinha nas costas. "Posso levar a mala junto com a outra mercadoria, se o senhor quiser", diz o carregador, e enfia o dinheiro rapidamente no gorro. "Tudo bem." Papai vai caminhando pela plataforma e logo troca a garrafa de bolso vazia por um guarda-chuva, com um homem que espera pela abertura do café. "Que tipo de mercadoria?", pergunta a mamãe. "Não é nada, é só um presentinho", diz papai, rindo, e abre o guarda-chuva preto sobre nós, e assim me levam pelas ruas largas até o cais. Lá está o navio que vamos tomar. Mamãe empalidece. Agora é ela que está com medo. "Não é nessa bacia que vamos viajar, não é?", sussurra. Mas papai não tem tempo de responder, porque uma caixa de madeira, de pelo menos 4 x 4 metros, amarrada com um cordame forte, está sendo içada a bordo, balança no vento e está a ponto de soltar-se das amarras. "Cuidado, diabos!", urra. E a caixa acaba sendo baixada em segurança no convés, o navio balança um pouco mais, os passageiros, na amurada, batem palmas, e papai faz uma profunda reverência, como se tivesse sido ele quem havia levantado essa carga preciosa com sua mão e meia.

É o próprio comandante que nos mostra a nossa cabine. É apertado, baixo, e as ondas passam muito perto da escotilha. Papai o puxa de lado. "Quanto tempo vamos ficar atracados em Svolvær?", pergunta. "Uma hora", responde o capitão. "Excelente", diz papai. E o capitão convida a família Nilsen para jantar em sua mesa às seis da tarde. Mas mamãe está enjoada em todo o corpo antes de termos saído do fiorde de Trondheim e termos dobrado Fosenlandet, com a proa finalmente voltada para o norte. Papai está no convés, protegido pela grande caixa de madeira na qual seu nome está escrito em tinta vermelha. O medo que ele havia deixado para trás o alcança de novo. Ele pode descer a terra no próximo cais e desaparecer. Já desapareceu antes. Não, agora é tarde demais. Ele já teve sua noite de inverno. Ele sabe. Agora ele está visível. Agora é o mês de junho. Tomam a direção do sol. Navegam para fora da chuva e para dentro do sol. Repentinamente, ele começa a rir, e atira o guarda-chuva sobre a amurada, o guarda-chuva voa como um cormorão roto, e some atrás das ondas, porque se alguém alguma vez voltou para casa em Røst com um guarda-chuva masculino na mão, deve ter sido um palhaço ou um fantasma que não sabia que o único guarda-chuva que já resistiu ao vento em Røst tinha filetes de osso de linguado e era coberto com a pele de quatro peixes-gatos. Papai encosta o ouvido na caixa e ouve, e lhe parece que escuta um zunido fraco lá dentro. Então desce até a cabine. Mamãe está deitada na cama estreita. O suor escorre-lhe pelo corpo todo. "Vamos jantar à mesa do capitão às seis horas", diz papai. Mamãe vomita. E quando mamãe vomita faço o mesmo, como se não tivesse ainda saído de dentro dela. Vomitamos juntos, e papai fica ocupado. Ele chama uma arrumadeira que troca o lençol, lava o chão e coloca dois baldes junto à cama. Mamãe está exausta e vazia. Mal consegue me segurar. "Venha comigo lá para cima", diz papai. "São essas paredes que te dão enjôo." "Psiu!", sussurra mamãe. Papai enxuga o rosto dela com seu lenço. "Você precisa ver as ondas para agüentá-las." Mamãe geme. "Por que não fomos de carro?" Papai fica inquieto, e enxuga o suor de seu próprio rosto. "Porque não há gasolina que chegue e o carro está na oficina. E, de resto, ainda não passaram o asfalto sobre a corrente de Moskenes." Mamãe ensaia um sorriso. "Você me deu três respostas, Arnold. E por isso sei que você está vindo com lorotas." Papai ri. "E então você também sabe que logo vai ficar boa!" Ele se levanta e olha para a mamãe e para mim. Talvez papai já perceba que vou ficar parecido com ele, exceto por meus olhos, que são azuis. E é um momento de alegria e inquietação, triunfo e tristeza. "Vou pedir para o capitão mandar a comida para cá", sussurra. "Não, vá você até lá", diz mamãe. "Por favor." E papai faz a sua vontade. Arnold Nilsen senta-se à mesa com o capitão. Come postas de linguado em molho de manteiga e toma uma garrafa de cerveja. Fala alto e em americano com alguns turistas e brinda a todos. "Qual a razão de sua viagem aqui para o norte?", pergunta o capitão. "Vou batizar o meu filho", responde papai. O comandante acende um cigarro e observa as luvas do papai. "Então é uma igreja que você traz dentro daquela caixa?" Papai sorri. "É, pode ser." Mais ele não diz. Não tem a menor intenção de recompensar a curiosidade alheia com mais respostas. Uma verdade por dia basta. O segredo dá-lhe prazer, um mistério bem vestido que fala vários idiomas. Ele fica quieto. Servem o café. A mesa balança. Os cinzeiros deslizam até os cantos. Uma garrafa tomba. O capitão está insatisfeito com a conversa. "Sua senhora não quis jantar conosco?", pergunta. "Infelizmente, ela não lida bem com as ondas", responde papai. Lá se foi mais uma verdade, pensa. E duas verdades freqüentemente são demais, quando vêm uma após a outra, com um intervalo tão curto. Ele deveria ter contado uma mentira, ter sido indelicado ou se calado. Porque o capitão fica todo solícito. "Há um médico a bordo que talvez possa dar uma olhada na jovem mãe", diz. "Não é necessário", diz papai. Mas o capitão já bate palmas. "Doutor Paulsen!", chama. E um homem velho, magro, com o colarinho puído, com o vidro de uma das lentes dos óculos trincado e só dois botões no colete, volta-se lentamente junto à mesa lá no canto, enquanto afasta a cadeira, e é como se ele se levantasse de outro lugar no tempo e olha através dos anos e das horas que permanecem envoltas na escuridão. Sua boca treme. "Quem?", resmunga. O capitão chama. "Venha cá, doutor!" Papai curva-se sobre a xícara de café. Ele não sabe por quê, e se amaldiçoa por isso, mas o medo o domina de novo, não consegue afastá-lo, é mais rápido do que ele. É isso que ele vinha temendo. É por isso que ele vinha almejando: o reconhecimento. Mas não é para ser assim, não desse jeito, tão pequeno e tão pobre. Ele quer triunfo e admiração sem fim. E o Dr. Paulsen aproxima-se, inseguro no assoalho que balança. Ele pára. O capitão o puxa para mais perto. "Temos uma mulher com enjôo e uma criancinha a bordo, meu caro Paulsen. Qual é a sua recomendação nesse caso?" O velho médico começa de repente a rir. É totalmente fora de lugar. É o riso ébrio, aquele que nunca sabe do que ri e que, por fim, ri de si mesmo. Arnold Nilsen ousa levantar os olhos. "O senhor acha divertido que minha esposa esteja enjoada?" O médico tosse e seca a boca molhada com a manga do paletó. "Ninguém jamais morreu de enjôo do mar, meus senhores. O enjôo é apenas um átimo do sofrimento humano. Antes de a gente se acostumar aos movimentos do navio." Arnold Nilsen assume uma atitude de soberba. "Uma agulha no coração talvez ajude", diz. Dr. Paulsen fica perplexo, tira os óculos, fita Arnold, repõe os óculos. "Prefiro recomendar pão seco e duro e meio cálice de vinho." Ele cumprimenta e volta à sua mesa. Arnold Nilsen, meu pai, ri, ele passou pela prova, ainda não foi reconhecido. "É o médico de bordo que nos atendeu?", pergunta. O capitão balança a cabeça. "Não, o próprio Dr. Paulsen está doente", sussurra. "Ele esteve fazendo exames em Trondheim. Infelizmente, está no fim." E Dr. Paulsen pára entre as mesas, volta-se novamente e lança um novo olhar na direção de Arnold Nilsen, como se ele também conseguisse vislumbrar alguma coisa através da lente dos óculos trincada, uma sombra, um nó de tempo que se desprende. "Sua esposa ficará bem", diz. "Mas, por medida de segurança, acho melhor dar uma olhada na criança." Papai põe a xícara com força sobre a mesa. "O menino está ótimo! Ele não precisa de médico!" O capitão dá a volta à mesa. "É melhor o senhor fazer como o médico diz. O mar vai ficar mais agitado." E descem juntos até a cabine. Mamãe senta-se imediatamente na cama, espantada e furiosa, ao ver o homem estranho. Papai traz consigo fatias de pão seco e um pouco de vinho tinto. Ele se apressa até junto da esposa. "O próprio médico de bordo veio ver se Barnum ficou afetado pelas ondas", diz. Mamãe passa a mão pelo cabelo duro e desgrenhado e cobre os ombros. "Ele não tem nada", sussurra. Mas o Dr. Paulsen já se curva sobre o carrinho onde estou deitado. Ele afasta a coberta. Aperta o dedo na minha barriga, solta e fica me olhando assim, demoradamente, em silêncio. Mamãe fica inquieta. Papai está a ponto de dizer algo. De repente, o Dr. Paulsen começa a chorar. Está curvado sobre o carrinho, soluçando. E papai segura o velho senhor pelo ombro e o põe para fora da cabine e quando volta encontra mamãe sentada na beirada da cama, pálida. "Por que ele chorou?", sussurra. "O médico estava bêbado", diz papai. "Pediu mil desculpas." "Você o conhecia?" Papai molha o pão duro no vinho e dá para ela. "Não", diz. E mamãe mastiga e mastiga até ter que vomitar de novo. Depois, papai a segura nos braços. "Estive enjoado todos os dias da minha infância", diz. "Isso temperou o meu estômago e me tornou uma pessoa humilde." Papai deixa cair uma lágrima do canto do olho. "Aliás, o médico disse que é difícil ver uma criança mais saudável." Mamãe se cala. As ondas batem contra o casco. O navio singra uma noite mais ao norte e a noite se esvai e cede lugar à luz. Dormimos muito pouco. "O círculo polar é uma divisa dentro da cabeça", sussurra papai. "Você sentiu quando nós o cruzamos?" Mas mamãe não sente nada, apenas um grande cansaço, uma profunda ausência, o cérebro está exangue, e eu estou fora da medição das latitudes, eu sou minha própria régua curta, ainda sem nome e viajando para o meu batismo. Papai sobe de novo ao convés quando o navio zarpa de Bodø. O Dr. Paulsen está no cais, recurvado e trêmulo. Ele levanta a mão. Então volta-se pela última vez e some na luz debaixo da cidade. É de manhã cedo, sol. O fiorde do Oeste está claro, respira, uma onda larga e lenta que se move. Ele vê as montanhas se erguendo do outro lado, em uma névoa azulada, como se perdessem a ancoragem e esvoaçassem em algum lugar entre o mar e o céu. Ele vira a mesma coisa da outra vez, quando viajou na direção contrária. Ele tem de se segurar. Está a ponto de se soltar, de cair. É tarde demais para voltar. O alívio que por um momento sentiu transforma-se em indiferença, parece uma espécie de bebederia. O capitão o chama da ponte. "Como estão a sua senhora e a criança?" "Estão aprimorando a têmpera!", grita papai. O capitão ri e retorna à sala do timoneiro. A muralha do Lofoten se aproxima. As gaivotas planam como uma nuvem de gritos ao redor do navio. E em Svolvær papai apressa-se a ir a terra. Passada uma hora, ele ainda não retornou. O sino do navio bate pela terceira vez. O capitão fica intranqüilo. O cais está apinhado de gente, e todos se espantam com o atraso. Já estão com uma demora de 15 minutos. Dois garotos bons de corrida são incumbidos de procurar Arnold Nilsen, o homem baixinho com o cabelo preto, liso, com uma mecha na testa, sobretudo claro e luvas. Não o encontram, nem nos bares, no hotel ou no mercado de peixes. O atraso já monta a meia hora. O capitão ordena que o escaler seja recolhido e que as amarras sejam soltas. Ele blasfema. Será que ele deve deixar-se incomodar com uma esposa abandonada e enjoada e seu recém-nascido para o resto da viagem ou deve também mandá-los a terra? Ele blasfema de novo, quando percebe um reboliço junto das barracas. O povo abre alas. As vozes ficam mais baixas. Os gritos silenciam. Chapéus e gorros se levantam. É Arnold Nilsen que finalmente está chegando. E não chega sozinho. Arnold Nilsen traz consigo o padre velho. Ele não parece mais uma vela negra no meio da tempestade. É apenas um magro estandarte ao sol e mal consegue acompanhar Arnold Nilsen, que tem de parar para arrastá-lo adiante. O escaler é novamente abaixado e o próprio comandante ajuda o padre velho a subir a bordo e o acomoda na cadeira mais próxima. Ele se volta para Arnold Nilsen. "Sua mulher ficou tão mal assim?", pergunta, e sorri. Arnold também sorri e responde misteriosamente. "Se trago comigo uma igreja, preciso também de um padre", diz. Então desce até a cabine para buscar a mamãe, que me traz no braço até a luz. "Cumprimente meu velho amigo", diz. "Ele é o melhor padre da região e de todo o país!" Mamãe observa timidamente aquele homem magro, que se levanta da cadeira e lentamente estende a mão e toca a minha cabeça. Eu juro, senti um choque, um choque que também atinge mamãe, e ela faz uma reverência, me segura firme, e faz uma reverência a esse ancião, quase sem voz, mas com olhos claros e ativos e um crucifixo ao redor do pescoço. "Eu cantei demais", sussurra. "Eu tentei silenciar a tempestade." "O senhor conseguiu?", pergunta mamãe. "Não", diz o padre velho. E este é o arco, o arco entre o choro e o riso, retesado no sorriso do velho, quando diz: "Será uma alegria para mim batizar o seu filho."

Depois permanecem no convés, enquanto o navio singra ao longo do paredão escarpado. Mamãe está forte agora, e eu durmo, exausto do vento e da eletricidade. Nem mesmo quando a proa adentra a corrente de Moskeness mamãe titubeia. Sua têmpera foi concluída com êxito. Agora é a vez do papai amolecer. Ele vê o farol. Ele vê as ilhotas. Ele ensina à mamãe os muitos nomes das aves, para se esquecer de seu próprio pavor nesse momento. Ele observa os rochedos brancos que são a marca dos cormorões. Ele se aproxima. Esteve fora por

18 anos. Não sabe o que o espera lá fora. Mas lá fora esperam por ele. Quando o navio atraca junto ao cais da ilha plana que as tempestades e o sal aplainaram no ponto extremo do mar, quase não há espaço no cais estreito. Os boatos chegaram mais rápido do que o navio. A arrebentação trouxe as suas mensagens. O vento transmitiu seus telegramas. Arnold Nilsen puxa a mamãe para junto de si. "Que cheiro é esse?", sussurra ela. E papai fica feliz com sua pergunta, porque lhe dá tempo, tempo de se aprumar, tempo de se reconhecer. "Peixe seco, querida. O perfume das redes." Mamãe observa o peixe pendurado nas armações, para todo canto, como um imenso e estranho jardim em que uma fruta estranha seca em suas árvores disformes. Mas agora as pessoas que aguardam lá embaixo começam a ficar impacientes. Arnold Nilsen não vai descer a terra? Veio aqui apenas para mostrar a sua cara, dar meia-volta e fazê-los de bobos? E é então que, de repente, alguém grita: "A Roda voltou para casa! A Roda voltou para casa!" E agora todos gritam. Gritam pela Roda. Percebem que ele não progrediu muito em termos de estatura, mas na largura recuperou quase todo o terreno perdido. Arnold Nilsen cerra os olhos, engole, engole a luz ardente, o vento acre, pega na mão da mamãe e descem juntos o escaler. Acordo. Sinto o mesmo cheiro. Depois disso, nunca consegui comer peixe. Eu choro. Mamãe me consola. Papai cumprimenta, aperta a mão de alguns, os rostos passam, os seus olhos se concentram na jovem senhora da cidade, com os sapatos finos e com a criancinha que chora. Papai pára, olha em volta. "Aurora e Evert", sussurra. "Onde estão Evert e Aurora?" Mas ninguém tem tempo de responder, porque agora a caixa imensa está sendo descarregada e posta no cais, Arnold Nilsen não trouxe apenas a mulher e o filho, trouxe também uma caixa, que é pelo menos do tamanho de um galpão. "Não vai abrir?", perguntam os mais curiosos, que são a imensa maioria. Arnold Nilsen ri. "Ainda não é véspera de Natal", diz. E ele leva mamãe consigo, quer ir até a casa, ele vem adiando esse momento há 18 anos, ele quer ir para casa, quer ver os seus pais, Aurora e Evert, isso tem que ser feito e superado. Então vê um homem velho, sorridente, à sua frente, barrando o caminho, e Arnold sabe quem é, é o vizinho, é aquele que chamavam de Elendius, porque era sempre ele que trazia as más notícias, sobre naufrágios, sobre máquinas quebradas, doenças, carneiros que despencaram da encosta, correio atrasado e furacões. Ele não envelheceu nada, pensa Arnold, sempre foi velho. "Você não está sabendo?", pergunta Elendius, e tira o gorro. Arnold Nilsen sabe o que Elendius quer dizer, mas balança a cabeça, ele ainda não sabe. "Aurora e Evert faleceram."

Então papai, o meio-filho, sente que tem primeiro de ir até o cemitério, para que possa realmente chegar em casa. Ele caminha entre mamãe e o padre velho, ele empurra à sua frente o carrinho, no qual estou deitado, ao longo do caminho estreito de cascalho que atravessa a ilha toda, passando o farol dos navegantes e dos redimidos. Atrás de nós seguem todos aqueles que não querem perder Arnold Nilsen de vista, e Elendius é o primeiro entre os últimos. O sacristão vem correndo do velório e mostra o túmulo certo, que quase não pode ser considerado um túmulo, apenas uma cruz de madeira, pintada de branco, torta, enfiada na terra seca no meio do mato junto à cerca de pedra. Dois nomes estão registrados na tábua: Evert e Aurora Nilsen. Papai ajoelha-se, retira as luvas e dobra as mãos. O padre velho também se ajoelha e até ele, que já viu de tudo em sua missão, se espanta ao notar a mão disforme de Arnold. "A morte e o batismo", sussurra o padre. "Você veio na alegria e na tristeza." Papai não escuta. Ele fita intensamente os dois nomes, escritos com a mesma letra. Ele se levanta. "Morreram juntos?", pergunta. Elendius se põe imediatamente ao lado dele. "Aurora se foi no fim do inverno de 1946", diz. "Evert a seguiu na altura do Pentecostes. Quando a terra estava fofa o suficiente para enterrá-los." Arnold Nilsen meneia a cabeça. "Pois é, acompanhamos sempre aqueles que amamos", diz, e começa a chorar. Elendius observa todos os dedos que faltam na mão do papai. "Ninguém conseguiu te achar para dar o recado", diz Elendius. Papai volta-se para o sacristão e o reconhece, é um dos meninos com os quais ceifava capim, talvez fosse aquele que ria mais alto, quando a foice ficou grande demais e a escarpa íngreme demais. "Quero um monumento bem visível para meus pais", diz em voz alta, para que todos possam ouvir, enquanto veste a luva com os dedos falsos. "Quero um sarcófago que não pode ser menor do que as maiores pedras daqui, e que seja enchido com areia da praia e seus nomes vão estar inscritos em mármore!" O sacristão meneia a cabeça. Todos meneiam as suas cabeças, porque é assim que tem de ser. A Roda vai finalmente honrar seu pai e sua mãe. O vento passa em lufadas entre as cruzes. Flores são arrancadas e pendem, como ramalhetes inquietos, sobre os túmulos. "Vai ficar caro, um mausoléu desses", diz o sacristão. "Pois que fique ainda mais caro!", exclama papai. "E pode mandar a conta para Arnold Nilsen, Oslo!" E as pessoas começam a ir embora do cemitério, devagar, com passos pesados, porque querem logo ficar sabendo onde Arnold Nilsen vai se hospedar, quem sabe ele não se estabelece no Lar dos Pescadores junto com o padre velho e consegue sua absolvição, ou será que é um *trailer*, com janelas e cortinas, que ele trouxe naquela caixa misteriosa que ficou no cais? Seria a primeira ocasião para Elendius vir com uma boa notícia. "Vocês são muito bem-vindos para morarem comigo!", diz, com a voz mais alta que consegue. E os outros não querem ficar atrás. Arnold Nilsen e sua família podem ficar morando com todos eles. Arnold Nilsen toma a mão da mamãe, comovido, ao mesmo tempo triste e reconfortado. "Não, caros amigos. Vamos morar na nossa casa!" Faz-se silêncio ao redor de Arnold Nilsen, as pessoas olham para o chão, meneiam um pouco a cabeça e cada um vai para os seus afazeres.

É sábado. Logo será noite, uma noite sem escuridão e cheia de vento. Amanhã serei batizado, na nova igreja, pelo padre velho. Vou me chamar Barnum. Papai mostra o caminho de volta, ele já percorreu o mesmo caminho tantas vezes no passado, pode fazê-lo dormindo, embora tenham instalado postes entre os quais poderia se perder, é só seguir os cheiros, os cheiros do peixe magro e seco que deverá ser retirado das armações para mandar para o sul antes que sejam acesas as fogueiras de São João, mas os cheiros permanecerão no ar, como a dor dos dedos decepados que não passa. Junto à cooperativa, tomam o caminho ao longo da enseada. Arnold Nilsen sente um peso no peito. Poucos trilharam esse caminho desde a última vez. Abandonam o carrinho junto da cancela torta, e mamãe me carrega nos braços o resto do caminho. Ela perde o salto do sapato direito e não diz nada. Não há abrigo contra o vento em lugar algum. Papai arrasta a mala atrás de si. "Deviam fabricar malas com rodas", diz. Mamãe não ouve. Ouve apenas o vento e as aves rápidas que mergulham em sua direção e se desviam tão perto que ela sente a ponta das asas roçando-lhe o rosto. Pisa em um buraco e perde o outro salto. Sente vontade de chorar, dar meia-volta, mas não faz nem uma coisa nem outra. Pois para onde mais iria em uma ilha como essa? Ela vai acompanhar Arnold Nilsen até em casa. E agora ele pára. Adiante, junto do aterro, está uma casa. Não, são as sobras de uma casa e talvez nem isso, são as lembranças de uma casa. Aproximam-se. O capim cresceu para todo lado. As vidraças estão quebradas. A porta bate a cada lufada de vento. Uma coleira junto à porta. Arnold Nilsen deposita a mala e hesita por um instante. O cachorro, pensa. Tuss. Entram. Mamãe tem que abaixar a cabeça. Ela olha em volta. O bule de café está em cima do fogão. Um relógio caiu da parede. Arnold coloca o relógio em seu lugar, no gancho que seu pai havia enfiado em madeira flutuante que encontravam ao longo da praia. Os mostradores se soltam e pendem em perpendicular atrás do vidro fosco onde também tem uma mosca debaixo do número seis. Ele endireita uma cadeira. Ele tira do chão alguns cacos de vidro que não sabe onde colocar. Nos cantos, bosta de carneiro. "Não vamos poder dormir aqui, não é?", sussurra mamãe. "Vai ficar bem", diz papai. "Vai ficar bem." Então ele sai, encontra a foice atrás da casa, amola a lâmina e começa a ceifar o capim. Mamãe fica na porta, comigo nos braços, e observa esse homem, Arnold Nilsen, que ceifa o capim, que ceifa como se sua vida dependesse disso, de terno escuro e luvas de couro, ceifa como um possuído e a foice continua grande e desajeitada em sua mão, mas ele não desiste, e mamãe o deixa continuar, embora esteja estragando a roupa que vai usar na igreja; e é bem possível que mamãe esteja pensando que não o conhece, que não sabe nada a seu respeito, mas que não é ele o estranho nessa noite, é ela. E Arnold Nilsen golpeia o capim com a lâmina enferrujada, respira com dificuldade, chora e ri, e quando o pedacinho de terra está plano e limpo, vai buscar os restos de barbante no barraco, amarra o capim seco, e o sol verde torna-se amarelo.

Já é noite quando entra. Traz consigo um balde de água tirada do tonel, mas essa água também é salgada. A chuva daqui é salgada. O vento é salgado. Durmo no banco duro. Tenho um bom sono. Eles se deitam na cama dos pais. O espaço é apertado. Mamãe está acordada. Ela aponta para uma porta que lhe causou estranheza, uma porta alta na parede externa, ao abrigo do vento, junto à soleira. "Para que vocês usam?", pergunta. Papai sorri. "É a porta do morto, Vera. Por ela podem levar os caixões diretamente para fora, sem desonrar os mortos virando-os de lado." Permanecem um tempo em silêncio. Talvez estejam me ouvindo. "Gostaria de ter conhecido a Aurora e o Evert", cochicha mamãe. Papai segura-lhe a mão. "Certamente se perguntariam como foi que consegui você." Mamãe também sorri. "Eu teria respondido simplesmente que você me fez rir", diz. Papai suspira fundo, aperta a mão dela com seus dedos falsos, tão forte que dói, e ela grita, mas ele não percebe. Ele geme. "Tem uma coisa que preciso lhe dizer, Vera." Ele quase grita a frase e solta a mão de Vera no mesmo instante. Mas não diz mais nada. "O que é, Arnold?" Mamãe espera. Ele mantém-se em silêncio. Ela acha que ele está se fazendo de difícil. Ela se volta para ele, risonha, e vê que ele está deitado ali, ao seu lado, paralisado, o suor escorre de seu rosto, em filetes negros do cabelo para baixo, tem saliva em torno da boca, espuma, e os olhos são duas contas castanhas trituradas no fundo. Mamãe grita de novo. "O que foi, Arnold?" E é como se ele acordasse de repente, a respiração volta, a sombra cai dele, ele consegue ver, consegue vê-la, chocada. "Nada", sussurra ele. "Não é nada, não." Ele não sabe por quanto tempo esteve ausente, talvez apenas por um segundo. Ele se levanta, tem que sair, sozinho, precisa de ar. Senta-se na soleira, levanta a coleira do cachorro, cinzenta e lisa, cheira, joga fora. Depois de um tempo, mamãe também se levanta. Ela pára atrás dele. Ele espera. Talvez ele tenha falado enquanto dormia, falado mais do que devia, contado tudo. Ele espera e sabe que nesse instante pode estar perdido. "O que você queria me dizer?", pergunta ela, por fim. Ele suspira. Isso é tudo, um suspiro de alívio. "Você tem que estar descansada para o dia de amanhã", sussurra. Ela esconde o rosto nas mãos. Tudo brilha ao redor deles, de todos os cantos, o mar. "Não dá para dormir numa noite dessas", diz ela. "É só fechar os olhos, Vera." Ela não tira as mãos do rosto. "Não adianta. A luz é muito forte." Mas ela acaba entrando, talvez porque ouve que eu também estou acordando. Arnold Nilsen permanece sentado na soleira. Ele observa o vento. Nunca é o mesmo vento. O vento é um rio largo que corre através do seu mundo. O barco a remo deles está lá embaixo, junto do galpão, escuro, virado de lado, como um animal morto, em decomposição. Ele treme ainda, um eco em seu corpo. Logo passa. Tem que haver uma garrafa na casa, um gole de aguardente que tenha sobrado do Natal. Arnold Nilsen levanta-se. Pára diante da porta dos mortos. Não por aí, pensa. Não, não por aí, ao menos por enquanto. Ele dá a volta e esgueira-se para dentro da cozinha. Puxa uma gaveta, encontra talheres, pratos, xícaras e ferramentas, tudo misturado, o Evert não conseguia manter ordem na casa depois que a Aurora morreu. E agora está tudo coberto de poeira e de sal, que corrói as cores, tal como a ilha vai sendo corroída até que o mar um dia passará por cima. Então Arnold Nilsen encontra algo que não procurava. Debaixo dos lençóis na gaveta de baixo, junto com o recado que ele uma vez escreveu para a mãe em uma folha arrancada do caderno de aritmética, está um cartão. Ele pega o cartão. É a foto de Paturson, o homem mais alto do mundo, colorida a mão. E, no verso, ele escreveu uma saudação a Arnold, o seu bom amigo, em maio de 1945. Ele escreve que a Moça dos Chocolates morreu. Uma nova avalanche se desprende dentro de Arnold. O cartão foi postado em Akureyri, Islândia, e passou por vários endereços, na Noruega e no exterior, até por fim chegar aqui, na casa de seus pais, em Røst. Arnold Nilsen esconde o cartão na velha mala preta, em um rasgo do forro, e esse cartão é a única coisa que ele leva consigo quando viajamos de volta.

Já é de manhã. Não se percebe. O dia e a noite se entrelaçam, sem interrupção. O tempo não tem bordas. Mamãe acabou dormindo, ele a deixa dormir, comigo ao lado. Ele sai. Nota que estão vindo barcos das outras ilhas ao redor, parece uma esquadra inteira, sim, até mesmo as famílias e os operários de Skomvær trilharam as águas até aqui nesse domingo. Arnold Nilsen sorri. Ele está por cima de novo. Suas mãos não tremem mais. Ninguém quer ficar em casa no dia em que a Roda e a elegante senhora da cidade vão batizar o seu filho na igreja nova. Os barcos enfrentam o vento. A rebentação forma uma linha branca ao redor do farol e bate no quebra-mar. Arnold Nilsen ri. O vento vem a calhar e tem mais do que suficiente. Então ele lava o rosto na água de chuva salgada, faz a barba e acorda a mamãe e a mim com um beijo. "Os bancos da nossa igreja são duros. É melhor você levar uma almofada."

E não há lugar vago nos bancos. As pessoas estão também postadas ao longo das paredes, impacientes, em suas melhores roupas, todas escovadas, e nesse domingo não há hinários suficientes para todos, e quando vão cantar *Deus é Deus, ainda que toda a Terra feneça* cantam mais rápido do que nunca, a organista tenta acompanhar o ritmo mas desiste no meio da segunda estrofe, querem terminar o mais depressa possível e chegar ao que interessa, ou seja, como o garotinho da Roda vai se chamar, e não pode ser qualquer coisa, já que ele voltou depois de todos esses anos de exílio, circo e silêncio para fazê-lo batizar aqui por um padre aposentado. Mas mais do que tudo querem despachar logo o sermão, os óleos santos e a coleta, para que possam saber o que contém a caixa de Arnold Nilsen, que ainda permanece no cais, como um mistério. Por fim mamãe me leva para frente, papai se apressa a postar-se logo atrás dela e sou o único a ser batizado hoje. Alguns dos que estão no banco do fundo se levantam, para ver melhor. Um hinário cai ao chão. O sacristão despeja água na fonte batismal. Logo faz-se um profundo silêncio. E o padre velho quase se parece de novo como uma vela preta, na sua batina e no seu colarinho, mas é uma vela sem vento, amarrada ao redor do mastro. Porque sua voz continua baixa quando coloca a ponta dos dedos na água, que também é salgada, e pinga a água sobre minha cabeça e lê meu nome correto tão baixinho que nem a mamãe consegue ouvir. A congregação fica inquieta. Resmungos. Sapatos que se arrastam no piso. E, por fim, quando o padre velho seca a minha cabeça com uma toalha áspera, tudo isso foi-me relatado, tem alguém que brada, é o Elendius: "Como diabos ele está dizendo que o menino vai se chamar?" Arnold Nilsen volta-se para a congregação, são os mesmos rostos, os homens com o cabelo penteado para trás, a partir de suas testas brancas, os rostos de domingo, os mesmos rostos que ele viu de cada picadeiro em que esteve, e ele sabe que se não puder amar esses rostos, não poderá amar mais ninguém, ele próprio menos que todos. Arnold Nilsen ergue os braços para cima. "O nome do menino é Barnum!", grita. "E agora convido todos para a festa!" Estou registrado. Faço parte. O campanário toca, e assim começa a minha vida como Barnum e a festa continua no térreo do Lar dos Pescadores. Arnold Nilsen encomendou um sarcófago para o túmulo dos pais. Agora não quer ser menos generoso para com os vivos e distribui bebida e sanduíches a todos os ilhéus, que não se fazem de rogados. E no relatório médico de Røst, 1950, redigido pela pena do médico distrital Emil Moe, pode-se ler que a sobriedade foi no geral muito boa na ilha nesse ano, o que se deve muito simplesmente ao fato de que ninguém tem dinheiro para comprar aguardente, exceto em um domingo do mês de junho, quando uma festa de batizado degenerou em uma libação demorada, mas felizmente sem outros acidentes que não um braço distendido, alguns arranhões e duas dentaduras esmagadas, ainda assim pode-se medir a extensão da ingestão de álcool pelas freqüentes visitas na semana seguinte ao posto de saúde para retirar as últimas rações de suco de laranja americano. E as mulheres se acercam de Vera, as moças mais novas querem me segurar e Vera permite, enquanto o papai fica junto aos homens, que soltam os colarinhos duros que dão coceira no calor e ficam de olho nas garrafas que entram no salão, e Elendius posta-se bem no meio, para que possa ouvir tudo o que dizem nos dois grupos sem perder nada. Enchem os copos e os homens bebem. "Você se deu bem, Arnold Nilsen", diz o faroleiro. E Arnold Nilsen olha para o chão e tenta ser modesto. "Não posso reclamar", sussurra, e serve nova rodada, porque os copos são absurdamente pequenos quando empunhados por mãos tão grandes. "Mas o que é que você ficou fazendo?", pergunta o sacristão. Arnold Nilsen sorri: "Fiz tantas coisas que o tempo mal dá para contar a metade", diz. Os homens apreciam a aguardente mas ficam insatisfeitos com a resposta. "Temos bastante tempo", diz o dono do ferro-velho. Arnold Nilsen os conhece ainda melhor agora, das ilhotas onde ceifavam capim, da sala de aula, recorda os nomes deles e o seu riso. "Logo vocês verão uma das coisas que andei fazendo", diz suavemente. Os homens se dão por satisfeitos com isso, quem sabe finalmente saberão o que está naquela caixa no cais. Bebem novamente à saúde. Arnold Nilsen volta-se para Elendius e nota, aborrecido, que ele está cada vez mais perto do grupo das mulheres. "Você não dá mais conta da aguardente?", pergunta Arnold Nilsen. Elendius volta furtivamente pelo assoalho e Arnold Nilsen dá ao velho enxerido um copo disponível. "Vou encher só até a metade, já que você está tremendo tanto nas mãos", diz. Elendius sorri. "É você quem está balançando, Arnold. Já que você perdeu ainda mais dedos desde a última vez." Elendius esvazia o copo e o estende de novo. Arnold Nilsen deposita a garrafa em uma mesa. "Não me faça lembrar de meus acidentes em um dia como esse", diz, em voz baixa. Elendius fica no aguardo com o copo vazio. "Pelo que me recordo, o primeiro dedo que você perdeu não foi um acidente." "Perdi o resto da minha mão durante a guerra", sussurra Arnold, e enche o copo de Elendius até a borda, para fazê-lo calar. Mas a aguardente o torna ainda mais falante. "Pois é, a guerra foi um acidente para todos nós", suspira. "Aliás, por que você não trouxe o seu outro filho?" Arnold Nilsen cerra os olhos. Aqui todos sabem de quase tudo. Ele ouve o vento. Fica intranqüilo. Estaria amainando? Não, ele ouve que bate nas bandeiras, tem vento de sobra e ele vai-lhes mostrar. Coloca o braço amistosamente em volta de Elendius. "Ele é o primeiro filho da minha esposa", diz Arnold. "E minha querida sogra está cuidando muito bem dele." "Sua esposa já foi casada antes?", Elendius quis saber. Arnold Nilsen balança a cabeça. "Mas vou lhe contar, Elendius, que minha sogra não é uma mulher qualquer. Ela é gerente do Telégrafo lá em Oslo, e é ela que garante que vocês possam telefonar a longa distância e bater papo." Ele ri de suas frases e os homens já tiraram os paletós e começam a mover-se na direção das mulheres. Vera se levanta e me coloca no carrinho. Estou cansado das moças que não conseguem parar de enfiar os dedos nos meus cachos, que já vêm se formando como uma fina auréola de uma orelha a outra. "Não sabia que senhoras distintas trabalham na cidade", diz Elendius. Arnold Nilsen fica quase com pena dele. "Para você ver que você não sabe grande coisa, Elendius." Mas Elendius não desiste. A aguardente pôs mais ardor na sua curiosidade, sua cabeça já está como uma enciclopédia de fofocas. "Então seu sogro tem um cargo ainda mais importante?", pergunta. Vera se volta para eles e Arnold Nilsen não tem tempo de responder. Ela se adianta a ele, com sua honestidade. "Não tenho pai", diz Vera, em voz alta, para que todos possam ouvir. Faz-se um breve silêncio. Os copos já estão novamente vazios. Arnold Nilsen enche-os e quebra o silêncio. "Sou o único homem da casa", diz, rindo. Elendius curva-se sobre o copo. "Pois é, Arnold, você é um homem de sorte", diz. E nesse momento deve ter ficado tudo preto para o papai. Ele desfere um golpe de punho cerrado que resvala pela testa de Elendius, ouve-se um estalo, mas não é a pobre cabeça de Elendius que rachou, são os dedos artificiais do papai dentro da luva, e antes que Elendius afunde no chão Arnold Nilsen o segura firme, como se o golpe jamais tivesse sido desferido, como se o braço tivesse anulado o golpe, e as mulheres nem têm tempo de gritar. "E a avó de Vera é uma famosa atriz dinamarquesa", diz Arnold Nilsen, e segura a luva mais firme. "Mas talvez ninguém aqui a conheça." Ninguém responde, todos estão em silêncio, espantados. Arnold Nilsen dá um longo suspiro. "Não, nem era de se esperar outra coisa. Era uma estrela internacional no tempo do cinema mudo, insuperável na tela, e seu rosto falava todas as línguas!" Ele enche de novo o copo de Elendius, põe o braço sobre seus ombros e olha em volta. "Ela foi casada com o famoso explorador dinamarquês Wilhelm Jebsen. Esse, pelo menos, vocês conhecem?" Os homens se entreolham e meneiam a cabeça, por via das dúvidas. Depois de um tempo, o sacristão pigarreia e diz: "Por sinal, o que foi mesmo que ele descobriu?" Arnold Nilsen solta Elendius. "Não vou dizer que ele descobriu a Groenlândia por si só, mas ele foi mandado para lá, no meio do gelo, para encontrar o André. Mas ele próprio teve que dar a sua vida nessa busca e nunca mais retornou do silêncio das geleiras." Arnold Nilsen abraça mamãe e lhe dá um longo beijo. Então sai e vai descansar um pouco junto do mastro, e conserta os dedos. Pouco depois, o padre velho também necessita de ar fresco e senta-se do lado dele. "O retorno nem sempre é muito fácil", diz, com voz pausada. "Não é mesmo", diz Arnold. "Ou se chega cedo demais ou tarde demais." O padre velho meneia a cabeça. "Mas é melhor do que nunca chegar", sussurra. Permanecem por um momento em silêncio. A festa continua lá dentro. Estão tocando música e ouve-se a troca de passos. Duas mulheres foram buscar cada uma o seu bolo. Os meninos correm atrás delas e pedem um pedacinho, para dividir. De repente, as bandeiras estão pendentes, na perpendicular. Mas logo depois o vento as levanta de novo. "Você foi uma boa pessoa, para mim e para os outros", diz Arnold Nilsen. "Não fui nem melhor nem pior do que ninguém", balbucia o padre velho. "Pois asseguro que você foi dos melhores. Você comprou um cartão do Paturson e não me impediu quando eu quis ir embora daqui. E batizou o meu filho." O padre velho fita o chão. "Não é sempre que o bem gera algo de bom", resmunga. Arnold Nilsen não quer pensar sobre isso, e diz: "E agora quero lhe pedir mais um favor." O padre velho meneia a cabeça e espera. Arnold Nilsen fecha os olhos. "Eu quero que você me dê o perdão", sussurra. "Do quê?" Arnold Nilsen vira o corpo de lado e não responde. O padre velho suspira. "Você está pensando no momento em que abandonou os seus pais?", pergunta. Arnold Nilsen balança a cabeça. "Peço apenas o perdão. Por todos os meus malfeitos." O padre velho aproxima-se de Arnold. "Preciso saber de que malfeitos Deus vai lhe perdoar. Ele mantém uma contabilidade muito rigorosa." Arnold Nilsen fica irritado, quase furioso sobre esse detalhe. Grita: "Então lhe pergunto se Deus pode perdoar tudo?" O padre velho toma a mão de Arnold na sua e sente os dedos que estão soltos na luva e sente um breve calafrio. "Sim", sussurra. "Deus pode perdoar tudo." Arnold Nilsen retrai a mão. "Obrigado. Era tudo o que eu precisava saber." No mesmo instante, Vera aparece na escada com o carrinho e espia na direção deles. E atrás dela vem Elendius, carrancudo. Arnold acena e começa a descer até eles. Então o padre velho o retém. "Mas Deus prefere que peçamos primeiro perdão aos homens", cochicha. Então Arnold caminha o último trecho até a mamãe, que o aguarda. Ele pára na frente dela, ébrio do vento, da aguardente, do meu nome e de tudo o que o padre velho lhe disse. "O que foi?", pergunta mamãe, e lhe estende a mão. Papai hesita, ele sente os dedos dela que lhe alisam a camisa, ele hesita, toma ar e volta-se na direção de Elendius. "Me perdoe por ter-lhe batido", diz papai. "Minha mão não sabia o que estava fazendo." Elendius olha para o outro lado e esfrega a testa. "Que bom que seus dedos são de serragem, senão você teria uma vida na sua consciência", sussurra. Arnold Nilsen solta uma gargalhada. "Vá buscar os homens mais fortes que você puder encontrar", exige. "Quero a caixa transportada até a ilha Vedd!" Elendius esquece que quase foi morto, corre para dentro e encontra a equipagem ideal, e logo estão todos no cais e observam a mesma caixa sendo colocada a bordo da lancha postal e transportada sobre o estreito até a colina escarpada e verde que se levanta no meio da rebentação. E os ilhéus seguem atrás, nunca houve tamanho tráfego sobre essas águas desde a pesca de inverno de 1915. Mas Arnold Nilsen fica intranqüilo em seu posto na proa. O vento está amainando. O vento diminui. Consegue acender um cigarro sem que a chama se apague. Por fim descem em terra e cinco homens carregam a caixa até o platô mais elevado e somente abaixam a caixa quando o sol já se encontra suspenso em uma teia de nuvens e de luz sobre o horizonte. O capim está macio e pesado. As aves levantam vôo das falésias, com gritos brancos. As mulheres ficam na maré baixa, junto do padre velho, e olham com preocupação para os seus homens desequilibrados. Mas a mamãe me carrega até o topo, mamãe sobe comigo nos braços, e mesmo Elendius contempla a senhora da cidade, acostumada a calçadas e a corrimões, com outros olhos, e Arnold Nilsen se enche de um orgulho diferente, apaixonado, sente vontade de chorar de alegria, mas não chora, em vez disso ri alto. O vento está do lado dele de novo. O vento quis só brincar com ele um pouco, brinca com aquele que uma vez, há muito tempo, estava lá em cima e jurou que iria vender o vento que agora lhe sopra diretamente no rosto. Chegaram. Os homens brindam. A hora é essa. Arnold Nilsen vai até a caixa, aprecia esses segundos, quando vê as mulheres na maré baixa lhe acenando, as mesmas mulheres, exceto a Aurora, como se todos aqueles anos de intervalo mergulhassem em um momento suave e pacificador, antes de ele romper um dos lados e retirar da caixa uma construção que ninguém nunca viu igual. Parece um andaime com asas, um espantalho com uma roda em cima. Os homens se aproximam. Estão em silêncio. Fitam. Arnold Nilsen volta-se na direção deles. Ninguém diz uma palavra. Mamãe está sentada mais ao fundo, no capim, e não se importa se o vestido vai ficar estragado. Ela também está muda e me embala nos braços, estou acordado e tonto, tudo aqui é grande demais para os meus olhos, e muitas vezes vim a me perguntar se essa visão do meu pai, na beirada do platô verde, ao lado de seu segredo quebradiço, deitou sua sombra sobre a película da memória, tal como posteriormente consegui restabelecer, pois é assim que sempre o vejo, o papai, no topo da ilha de Vedd, onde está plantado esperando um júbilo que não vem. Em vez disso, é Elendius quem toma a palavra. "Que lixo é esse que você trouxe até aqui?", pergunta. Papai fita a todos, um por um. "É um moinho de vento", diz. Mas, quando olha em torno de novo, na direção do horizonte e do sol que lançou uma coluna até o fundo, não é uma ilusão, não é uma miragem que ele vê, nem é a aguardente que lhe embaralha as idéias. O mar está calmo. Até os pássaros tombam, espantados. Pela primeira vez na memória de todos eles, faz calmaria em Røst. Arnold Nilsen espera. O tempo tem que virar. Mas não vira. A hélice no moinho torto de Arnold Nilsen continua parada. Por fim, os homens descem. Apenas mamãe permanece lá em cima, mamãe e eu. Ela senta-se do lado do papai, nesse canto da ilha de Vedd, diante do moinho de vento silencioso. Eles vêem os barcos que se afastam e os homens que remam suas mulheres para casa, na noite vazia e luminosa. Ficam sentados, sem dizer mais nada. Esperam o vento. O vento não vem. Mamãe encosta a cabeça no ombro de Arnold e fico com a impressão que nesse momento ela é feliz, ela está em outro mundo e eu sonho no colo dela.

O Nome do Silêncio

Vou contar sobre um dia estranho. Acordei com o choro da Velha. Fiquei deitado por um tempo, ouvindo. Ela chorava baixinho e devagar, e o que mais me assustava era que eu nunca havia ouvido ela chorar antes. Levantei. Arrumei o estojo. Havia começado a freqüentar a escola. Agora a mamãe também estava chorando. Ouvi-as na sala. Choravam juntas e tentavam consolar uma à outra. O estojo era quase novo e cheio de fichas de horário que eu tinha ganhado dos livreiros na rua Bogstad. Só precisava de uma, mas era legal ter muitas. Assim, eu podia fazer o meu próprio horário e, no primeiro horário, eu iria escrever *sonho*, para que eu pudesse dormir até mais tarde. Será que o Fred tinha feito algo de errado e era por isso que estavam chorando? Fui até o banheiro. Lá estava ele, de frente para o espelho, penteando o cabelo. Ele lançou um olhar para o meu estojo. "Está pensando em ir para a escola, Barnum?" Fiz que sim. Ele enfiou o pente no bolso de trás. "Ninguém precisa ir para a escola quando o rei está morto", disse Fred. "O rei morreu?" Fred suspirou. "Ele morreu às 4h35 esta madrugada." Sorri. Por pouco não ri, porque fiquei tão aliviado, era só o rei que havia morrido e era por isso que estavam chorando. Quis correr até a sala, mas Fred me deteve. "Não acho muito esperto sair por aí rindo hoje, Barnum." Fiquei pensando sobre isso enquanto seguia o longo trajeto do banheiro até a sala, que foi muita ruindade minha começar a rir quando o rei morreu e que eu devia ser uma pessoa má, e fui tão devagar quanto possível, para que meu rosto se livrasse do sorriso, só que o sorriso parecia grudado na boca, os lábios estavam travados e tinha que pensar em alguma outra coisa, que era o papai que tinha morrido, que ele havia tido um acidente numa curva ou havia sido atropelado por um trem e esmagado debaixo de 18 rodas, e que era eu quem tinha que contar tudo para a mamãe, que ainda não sabia, que o papai estava morto, mas que ele havia conseguido balbuciar o nome dela, e metade do meu nome, antes de ficar completamente morto. Estava no ponto de chorar quando parei no vão da porta. A Velha estava sentada no sofá junto da mamãe e soluçava atrás de um lenço. Boletta estava na sacada, seu vestido era preto e ela estava pálida. Ela tomava café com as duas mãos. O *Aftenposten* estava sobre a mesa, com uma única manchete: "O Rei está Morto". Não consegui dizer nada. Escorriam lágrimas por minhas bochechas. Mamãe levantou-se, sorriu a despeito de tudo e abraçou-me. "Não fique assim, filhinho. Não fique assim." Encostei a cabeça contra a sua barriga e chorei lá. "Você não precisa ir para a escola hoje", disse.

"Porque quando morre o rei, todos estão liberados." "Eu não", ouvi Boletta dizendo. E agora foi a vez de a Velha falar. "Venha cá", sussurrou. Mamãe me soltou e fui até o sofá. A Velha enxugou meu rosto com o lenço e tinha um gosto adocicado, como se tivesse sido mergulhado em açúcar, talvez fosse assim que lágrimas verdadeiras deveriam ser, como suco, e não amargas e duras como as minhas. No colo dela havia uma foto do rei Haakon, que ela já havia mostrado tantas vezes que eu conhecia de cor, de quando ele voltou para casa depois da guerra e passou em carro aberto pela cidade, exatamente à 1h17, em frente à Perfumaria Lotus, em Torggaten, debaixo de um arco ondulante de bandeiras, em que a Velha aparece no meio do povo, à esquerda, feliz, acenando para o seu rei, e manchas escuras haviam pingado sobre a foto que lentamente apagavam essa alegria. "Agora é você o meu reizinho", disse a Velha, e beijou-me a testa.

Acabei indo para a escola mesmo assim. Desci na companhia de Boletta até Majorstuen. O outono mal havia começado. O zelador Bang estava varrendo as folhas da calçada, em seu terno escuro. Chovia sobre a pequena cidade. As bandeiras estavam hasteadas a meio-pau. Esther havia amarrado uma fita preta em volta do guichê do seu quiosque e chorava no meio das revistas. Os carros passavam lentamente, e os bondes esperavam por todos. Boletta segurou-me na mão até termos de nos separar. "Hoje não vai ter muitas pessoas telefonando", disse eu. Boletta enxugou uma lágrima, uma lágrima autêntica, não como as minhas, que eu só havia fabricado. "O mundo nem sempre é do jeito que queremos", sussurrou.

Na escola, os adultos também choravam. As tias e os professores choravam. Tentavam se segurar, mas não conseguiam e, por fim, desistiram. Foi um espetáculo e tanto. Pensei comigo que nada poderia ser como antes, depois que os vimos chorar. Algumas das meninas estavam em uma roda junto do bebedouro e se seguravam. Fiquei com inveja delas, que podiam chorar. Eram boas. Eu não era. Eu era mau. Nunca tinha ouvido tanto silêncio no pátio da escola. Ninguém ria. Ninguém jogava castanhas em mim. Ninguém chamava por meu nome. Foi uma bela manhã. Deveria ser assim todos os dias. Era bem assim que eu queria que o mundo fosse, lento, de voz baixa e sem arestas. Preferia ouvir choro do que riso. Nem tocaram o sinal. Fomos apenas conduzidos até o ginásio, onde estava cheio de cadeiras no chão e as paredes com as barras estavam enfeitadas com galhos e flores. *E se fosse sempre assim quando tivéssemos aula de educação física*, pensei. *E se o rei pudesse morrer toda noite.* Primeiro, a sétima série, turma A, cantou "Entre montes e colinas", e quando finalmente nos sentamos vi que eu havia me afastado da minha classe e estava sentado do lado de uma menina que não conhecia. Ela tinha uma pinta no rosto que brilhava. Não consegui tirar os olhos dela. Ela passou para um assento vago bem à frente e cochichou alguma coisa para outra menina, que se voltou e ficou me fitando. Senti que tinha de ir ao banheiro. Então o orientador fez um longo discurso do qual não lembro grandes coisas, apenas a primeira frase *escrevemos o nome de Haakon sétimo na neve durante a ocupação*, porque eu havia notado que Aslak, Preben e Hamster estavam sentados logo atrás de mim, eles freqüentavam a mesma série de Fred. Não podiam me fazer nada agora. O rei estava morto. Mas quando o orientador pediu que todos se levantassem para um minuto de silêncio, Preben cochichou: "Seu meio-irmão não está aqui?" Não respondi. Hamster curvou-se para a frente. "Ele não teve coragem de aparecer aqui hoje?" Continuei em silêncio. Não havia passado nem um minuto, Aslak chegou bem perto do meu ouvido. "O rei não é rei para todos", disse. Quando o minuto de silêncio acabou, o orientador chamou Aslak até o púlpito. Achei que ele ia ser repreendido. Em vez disso, ele leu um poema. Aslak fora o melhor aluno do ano anterior, venceu a exposição de trabalhos manuais e foi o segundo lugar na copa de atletismo, logo atrás de Preben. O aluno do ano não foi repreendido. O aluno do ano lê Nordahl Grieg com a voz forte. *As rugas pesadas e cansadas do esforço que lhe cobrem o rosto são suas. A dor que exprimem são dos outros. Assim há de ser o rosto da paz.* Aslak fez uma profunda mesura e depois de cantarmos o Hino da Pátria fomos até as nossas salas. Lá, a professora Ossatura nos mandou abrir os cadernos e desenharmos o rei. Ela mesma ficou atrás da mesa no estrado e seu rosto parecia emoldurado pelo quadro-negro. Mas não consegui esquecer o que Aslak havia cochichado no meu ouvido, embora fosse a pinta no rosto da menina que mudou de lugar que eu não deveria esquecer jamais. Levantei o braço. Todos olharam na minha direção. Ossatura meneou a cabeça. "O rei era rei para todos?", perguntei. O sorriso de Ossatura fez-se triste ao responder. "Sim, ele era rei para todos, Barnum. O rei Haakon era rei dos grandes e dos pequenos, dos de cima e dos de baixo." Não era isso que eu queria saber. Eu queria saber se ele era rei das metades e dos inteiros também. Mas agora todos levantaram o braço, especialmente o Rato, na última fileira, que tinha levantado os dois braços, o mais animado na foto da classe. Ossatura apontou para ele. "Vai ter jogo da seleção contra a Suécia mesmo o rei tendo morrido?", perguntou Rato. Ossatura levantou-se, caminhou entre as carteiras, parou diante de Rato e torceu-lhe a orelha três vezes. "Quando o rei está morto não se pensa em futebol", disse Ossatura. "Nossos pensamentos têm que ser puros e nobres." Ela soltou a mão e a orelha de Rato voltou ao lugar, girando como uma hélice, e por pouco ele não levantou vôo. Depois disso, ninguém teve coragem de fazer outras perguntas. Ossatura escreveu em letras grandes no quadro-negro: *Tudo pela Noruega.* Curvei-me sobre o caderno e desenhei um homem alto de capa e coroa. Debaixo do desenho escrevi *Rei Barnum*. Nesse instante, abriu-se a porta. Era o orientador. Permanecemos de pé junto às nossas carteiras. O orientador cochichou alguma coisa para Ossatura, e ambos voltaram-se para mim. Achava Ossatura um excelente nome. Fiquei pensando se homens também poderiam chamar-se Ossatura. Ela veio até a minha carteira e tive que acompanhá-los. O orientador ia à frente. E, no fim do corredor, entre os cabides, estava mamãe esperando. Estava magra como papel preto. Estava totalmente imóvel. Comecei a correr. Eu era o único que corria hoje. Por fim consegui parar à frente dela e mamãe pôs-se de cócoras, segurou as minhas mãos e fitou-me nos olhos. Mamãe havia chorado. A pele de seu rosto formava estrias. Havia cheiro de perfume nela, forte e duro, como se tivesse tentado enfeitar as lágrimas. "Aconteceu uma desgraça", sussurrou a mamãe. Fechei os olhos. Mamãe encostou a face contra a minha. "A Velha morreu, Barnum." Ossatura pendurou a mochila nas minhas costas. Acompanhei mamãe até o pátio. Estava vazio. Éramos os únicos. O bebedouro estava fechado. E, nesse instante, ribombaram os canhões de Akershus, 21 salvas, e todos os campanários que havia no país inteiro começaram a soar. A Velha havia morrido.

Descemos até o Telégrafo para contar a Boletta o que havia acontecido. Mamãe manteve-se em silêncio durante todo o trajeto. Ela precisava de tempo. E eu não tinha coragem de perguntar mais nada. Talvez fosse melhor não saber. Eu sabia que a Velha tinha morrido. Era o que bastava. A culpa era minha. Se eu não tivesse pensado todos aqueles pensamentos errados, que o papai estava morto, a Velha teria vivido. Agora também não conseguia chorar. Era como se as lágrimas estivessem congeladas dentro de mim e não conseguissem se desprender. Quando finalmente entramos no grande saguão em Tolbugaten, eu segurava a mão da mamãe. Todos falavam baixo. "Psiu", disse a mamãe. Mas eu não havia dito nada. Subimos uma escadaria larga. Dentro de outra sala, havia uma fileira de senhoras com aparelhos nos ouvidos que enfiavam plugues em quadros cheios de fios. Não vimos Boletta lá. Alguém olhou na nossa direção e voltou-se rapidamente para o trabalho. Fiquei com dor de cabeça. As lágrimas eram como blocos de gelo boiando dentro do crânio. Mamãe conversou com uma senhora sentada atrás de uma escrivaninha e que folheava um livro grosso. Ao retornar, estava perplexa. "Parece que Boletta está almoçando", sussurrou. Tivemos que descer a mesma escadaria. Por fim, encontramos Boletta na cantina, no porão. Estava atrás do balcão, onde servia café. Usava um avental branco. E quando Boletta nos viu, olhou para o outro lado e, no começo, parecia envergonhada, como se tivesse sido pega em flagrante roubando dinheiro da gaveta de baixo do relógio, mas logo mostrou-se brava e pensei que ela já devia estar sabendo da morte da Velha, porque aqui ouvia-se tudo, e talvez estivesse zangada porque a Velha havia morrido. "O que você está fazendo aqui?", perguntou a mamãe, em voz baixa. Boletta ficou brusca na voz e nos gestos. "O que estou fazendo aqui?" "O que é que vocês estão fazendo aqui?" Agora era a hora de mamãe dizer o que havíamos vindo dizer, mas ela não desistiu. "Por que você não está lá em cima, na central telefônica?" "Porque estou aqui embaixo", disse Boletta de atravessado, e derramou café. Mamãe estava confusa e fora de si. "Mas você é contratada como telefonista, não como copeira." Boletta pegou no braço da mamãe. "Eu não podia continuar trabalhando na central! Comecei a perder a audição do ouvido direito! Está satisfeita?" Mas mamãe não estava nem um pouco satisfeita. Ela ficou irritada, e era como se estivesse falando no sono. "E então te mandaram aqui para baixo?" Boletta suspirou. "Sim, agora estou aqui embaixo. No ponto mais baixo do prédio." Mamãe balançou a cabeça. "Há quanto tempo você está aqui?" "Faz 12 anos." "Doze anos!", exclamou a mamãe. Boletta voltou o olhar para o chão. "Sim. Desde o fim da guerra estou aqui." Eu não entendia como podiam falar desse jeito, em um dia como esse, falar sobre tudo menos sobre o que havia acontecido. "E você não nos disse uma palavra", sussurrou a mamãe. Boletta acomodou várias xícaras no balcão. "Mantive a minha queda para mim mesma", disse. Segurei a mão da mamãe. "Você não vai contar?", perguntei. Boletta voltou-se. "Contar o quê?" "A Velha morreu", disse eu. Boletta pôs a mão na minha cabeça. "Foi o rei que morreu, Barnum." Mamãe tomou fôlego. "A Velha também morreu, Boletta." Boletta não começou a chorar. Apenas deixou as xícaras caírem no chão. Quebraram-se, uma após a outra. Então ela arrancou o avental e atirou-o sobre o balcão. Depois, tomamos um táxi até o Hospital de Ullevål. Passamos por diversos corredores de cheiro ruim até encontrarmos o Fred. Ele estava sentado em um leito em um quarto sem janelas. Ele fitou-nos, mas seus olhos eram completamente opacos, como duas colheres. Mamãe correu até ele. Fred afastou-se. Boletta me deteve. Ficamos na soleira da porta e víamos a mamãe que tentava abraçar o Fred, mas ele não queria, ele a afastava sempre. Logo veio um médico que cochichou alguma coisa para a mamãe, exatamente como o orientador havia feito com Ossatura. E eu tive que ficar esperando com o Fred enquanto mamãe e Boletta acompanhavam o médico. Lembro-me que Boletta disse algo como que agora a Velha também havia sido transferida para o porão, e que mamãe lhe fez um psiu muito irritado. Sentei-me do lado de Fred na cama. Ficamos assim um bom tempo. A cama era dura e muito alta e devia ser ruim deitar nela. Havia uma mancha de sangue no casaco de Fred, perto do punho de uma das mangas. O Fred também estava machucado? "Você está sangrando?", perguntei. Fred não respondeu. Do lado de fora, uma ambulância se aproximava. Uma enfermeira passou correndo. Havia um quadro pendurado na parede cinza. Alguém tirando uma rede do mar. "Por que a Velha está morta?", perguntei. Mas Fred continuou sem falar. Fred havia iniciado o seu longo silêncio. Seus olhos eram o dorso de colheres, e ele apenas olhava para frente, para a porta ou lugar algum. Quis segurar na mão de Fred. Ele cerrou o punho e o enfiou no bolso. Eu não quis continuar sentado lá. Pulei da cama. Fred não me impediu. Saí novamente para o corredor, e tentei encontrar a mamãe e Boletta. Lembravam os corredores da escola, mas aqui não havia ganchos para pendurar a roupa. Primeiro subi correndo uma escada. Ouvi sons saindo de um quarto. Espiei pelo vão da porta e vi um homem chorando atrás de um buquê. Continuei, na ponta dos pés, e cheguei até outra escada, e desci. Ficou mais frio. Estava congelando. Queria que Fred tivesse me impedido. Aqui devia ser o porão, porque a escada não continuava. Não era possível continuar descendo. Segui pelo corredor. A iluminação vinha de cilindros compridos no teto. Um velho, usando um guarda-pó branco, empurrava uma cama na outra direção. Ele hesitou por um momento, mas deixou-me passar. A cama estava coberta com um lençol branco, e havia alguém debaixo do lençol. Um pé aparecia, descoberto. Cheguei até uma esquina. Havia algumas letras escritas na parede que eu não entendia. Talvez fosse outra língua. Eu também conhecia outra língua, mas apenas os sons. Papai havia me ensinado: *Mundus vult decipi.* Agora eu estava perdido. Talvez nunca achasse o caminho de volta, até os andares acima do solo. Eu quis chorar, de verdade, o gelo derreteu na testa e escorreu na direção dos olhos. Foi então que senti outro cheiro, um momento doce, era o perfurme da mamãe. Corri na direção do perfume da mamãe, do cheiro da mamãe, que ficava cada vez mais forte, como se ela estivesse me conduzindo pelo último trecho e, por fim, parei em frente a uma porta larga que não estava fechada. Espiei. Lá estavam mamãe e Boletta, cada qual em um canto de uma mesa com bordas polidas e rodinhas, e o médico inclinava-se na direção de um armário bem debaixo de uma lâmpada que projetava uma sombra nítida e escura sobre ambos os meus sapatos. Mamãe levantou o olhar e me viu. Entrei. A Velha estava completamente nua. Só tive coragem de fitar o seu rosto. Havia uma pancada funda na testa. Levantei o braço e coloquei um dedo sobre os seus lábios, e os lábios estavam frios e moles, afundando na boca.

Havia acontecido na rua Wergeland, na esquina do parque. A Velha quis ir até o palácio para ver a guarda real içar o pavilhão real a meio mastro, envolto em uma tarja de luto. Ela queria despedir-se de seu príncipe dinamarquês, seu companheiro de viagem. O motorista do caminhão, que se dirigia até o armazém do cais com sua carga, declarou em seu depoimento que a Velha de repente saiu da calçada para a pista, e que não teve tempo de frear. Testemunhas do acidente, o jornaleiro e vários clientes que estavam lá para ler as últimas notícias confirmaram o relato do motorista, acrescentando que foi por puro milagre que o motorista conseguiu evitar o menino, que também correu para o meio da rua. A Velha foi atirada sobre o capô e lançada vários metros pelo ar. Mas não havia ninguém que soubesse dizer exatamente o que havia acontecido no momento em que a Velha soltou a mão de Fred e foi para o meio da rua, se havia tropeçado, se havia sido golpeada na cabeça ou se simplesmente andava perdida em seus próprios pensamentos pesados nessa manhã negra. Sempre volto o meu pensamento para esse momento, tentando imaginar o que teria acontecido nos segundos precedentes ao acidente, antes de a Velha perder o equilíbrio na esquina do Parque Real e acabar na frente do caminhão. O motorista foi inocentado, pois o inquérito policial concluiu que a pedestre havia agido com "negligência grave". Quando a ambulância chegou, a Velha já estava morta, e Fred sentado no meio-fio com o pente na mão; e ninguém arrancou uma só palavra dele pelos próximos 22 meses.

Os campanários das igrejas tocaram todos os dias, entre o meio-dia e a uma hora da tarde, até o enterro da Velha; no rádio, só tocavam músicas lentas, as bandeiras permaneciam hasteadas a meio-pau, e mesmo a seleção nacional jogou com uma faixa de luto no braço e conseguiu um empate de 2 a 2 contra a Suécia, após receber a bênção do bispo. Mamãe e Boletta não tiveram mais tempo para chorar. Havia tantas coisas a serem organizadas, anúncio, coroas, hinos, sanduíches, bolos e documentos. Eu entendi que era cansativo morrer, pelo menos para quem ficava para trás. E tentaram encontrar o papai, que estava de viagem, mas ninguém conseguiu localizá-lo e ele não deu sinal de vida. Nem perceberam que Fred continuava sem falar. Eu percebi. Porque toda noite, depois que a gente havia ido para a cama, ele ficava lá, mudo, com o mesmo olhar congelado, passando a noite inteira de olhos abertos.

Papai chegou bem no meio da cerimônia fúnebre. Depois de o padre de Majorstuen ter falado em línguas e nós que estávamos lá (eram os que sempre vinham nos nossos enterros, e não eram muitos) tínhamos cantado tão bem quanto podíamos, a porta de trás abriu-se com um estrondo, todos se voltaram e lá estava ele, o chapéu em uma das mãos e flores brancas na outra. "A rainha morreu!", exclamou o papai. "Vida longa à rainha." Então ele caminhou pela nave, colocou o buquê sobre o caixão, fez uma profunda mesura, sentou-se do lado da mamãe, que corou até o pescoço, beijou-a e apontou para o padre. "Agora o senhor pode continuar", disse papai. Voltei-me para Fred. Fred fitava os seus sapatos. Boletta escondia-se atrás de um lenço. O padre desceu até o papai e tomou-o na luva. "Você pelo visto é um homem que sempre chega atrasado, meu caro Nilsen", sussurrou. Papai fitou-o com ódio, enquanto sorria. "E aquele que chega atrasado não deve esconder o fato!" O padre soltou a mão do papai e apressou-se até o caixão, sobre o qual atirou um punhado de terra. Eu fiquei com raiva. Queria que o Fred tivesse impedido. Fred não fez nada. Ele não se moveu. Suas mãos estava pousadas, como um novelo branco, sobre a Bíblia no colo. Eu estava para me levantar, queria dar uma canelada no padre e arrancar a pá dele, mas o papai apoiou o braço sobre os meus ombros e depois fomos com o Buick até Majorstuen. Mamãe estava fora de si. "Por onde você andou?", gritava. Papai ajeitou a almofada que sempre tinha no banco, espiou sobre o volante e recebeu a luz do sol, já baixo no horizonte, bem nos olhos. "Por onde andei? Por acaso não estive trabalhando?" "Durante duas semanas!" Cheguei a ver a fumaça cinza que se erguia da chaminé alta do crematório e pensei comigo que é assim que a Velha vai para o céu. Papai riu. "Levou um pouco mais de tempo do que eu pensei", disse. "O limite de velocidade é reduzido quando há luto oficial." "Você poderia pelo menos ter telefonado!" "Vim tão rápido quanto possível", sussurrou papai. "Assim que vi o anúncio no necrológico voltei para cá!" Agora mamãe também riu, mas do jeito dolorido. "E entra no meio do enterro como um palhaço!" Papai respirou fundo e as mãos deslizaram sobre o volante nas luvas apertadas. "Ora, acho que a Velha estava acostumada a esperar. Ou você está hoje tomando o partido do padre?" "Chega!", gritou Boletta, tapando os ouvidos. "Estou com dor de cabeça!" Mamãe voltou-se para nós, pois Boletta estava sentada no banco de trás entre mim e o Fred. "Dor de cabeça, você? Você que desde que a guerra terminou só serve café?" Então Boletta começou a chorar e mamãe também não agüentou mais, ela soluçava, e papai encostou o carro junto da calçada e parou. "Vamos, vamos", disse. "Hoje todos devem esvaziar todo o choro, para dar um bom espaço para o riso. Mas alguém pode me dizer para onde vamos?" Tínhamos reservado a sobreloja do restaurante Larsen. E me recordo que Fred e eu ficamos cada qual em uma cadeira junto da parede em uma sala marrom, em um dos cantos da sala havia um piano preto com duas velas em cima, e os adultos bebiam em copos pequenos e comiam pequenas fatias de pão. Estavam lá Arnesen e sua mulher, o zelador Bang também não deixou escapar a oportunidade e a Esther do quiosque havia trazido bombons para todos. Mais não havia, e muitas cadeiras sobraram. Foi o meu primeiro enterro e, pela primeira vez, pus-me a pensar se a Velha havia sido solitária quando viva. "Por que falam tão baixo?", sussurrei. Fred não respondeu. Então papai levantou-se e fez-se silêncio a seu redor. "Estou feliz por ter chegado a tempo para o enterro da Velha", disse. "Ela escolheu um momento glorioso para morrer. Todo o país veste preto, as casas reais européias estão de luto, e, em toda a cidade, ouve-se o ribombar dos canhões de Akershus. E é merecido. A Velha era amada. Ouso até dizer que, por vezes, era temida. Nosso amor, porém, era muito maior. Ela já nos marca com a saudade!" Papai tomou um gole do cálice e ficou parado junto à cadeira. Fred trocou os pés, arrastando-os pelo assoalho. Papai sorriu, encheu o cálice e não se sentou, fez questão de esticar a pausa, até que ninguém mais sabia o que ia acontecer, o silêncio se tornou insuportável e Boletta estava a ponto de arrancar a toalha da mesa. Então papai tomou de novo a palavra. "Mas isso deve ser dito, foi uma vergonha que a Velha tenha se deixado atropelar por um simples caminhão! Ela deveria pelo menos ter atravessado o caminho de um Chevrolet ou de um Mercedes! Saúde!" O silêncio durou mais um segundo, então todos nós desatamos a rir, todos, menos o Fred, porque o papai tinha esse dom, de fazer as pessoas rirem, a tristeza não pegava nele, escorria como água de um espelho, e talvez fosse por isso que ninguém conseguia deixar de gostar dele, Arnold Nilsen, com os dedos artificiais dentro da luva. Mamãe abraçou-o com ambos os braços, e riram e se beijaram, eu me senti forte e feliz no coração ao ver isso, e agora ninguém mais sussurrava. "Papai dá um jeito", disse eu em voz alta para o Fred. Mas Fred ficou fitando os sapatos e demorou-se a amarrar os cadarços. Mamãe soltou o papai e ele veio até nós com duas meias fatias de pão cheias de ovo. Eu estava com fome. Fred não quis nada. Papai olhou para ele. "Como é que pôde acontecer uma coisa dessas?", perguntou. Fred permaneceu sentado, silencioso, sua nuca recurvada vibrava. "O quê?", perguntei, com a boca cheia de ovo. Papai suspirou. "Que a velha fosse atropelada, Barnum." Papai comeu a outra fatia. "Você não cuidou direito dela, Fred?" Fred levantou os olhos, de súbito, e achei que ele ia dizer alguma coisa, porque ele abriu a boca, um filete de cuspe entre os lábios, mas, no mesmo instante, a Sra. Arnesen começou a tocar o piano no outro canto da sala, a única melodia que ela sabia e que havia tocado todos os dias durante todos esses anos desde que, por um engano e um acaso maroto, havia sido viúva durante duas horas e 15 minutos. Gotfred Arnesen, o corretor que voltou para casa e encontrou sua mulher como viúva, baixou a cabeça incomodado e com vergonha, e quis fazê-la parar, mas papai voltou-se e segurou-o. "Bem, chegou a hora de acertar as contas", disse o papai. Arnesen ficou inquieto. "O que você quer dizer com isso?" Papai sorriu. "O dinheiro que poupamos debaixo do relógio, Arnesen. O seguro de vida." O corretor afastou a mão do papai. "Esse não é o momento certo para cuidar de negócios", sussurrou. Papai abriu um sorriso ainda mais largo. "Momento certo? De fato, podemos esperar até que a sua senhora tenha terminado de tocar." Levou algum tempo, e o piano da sobreloja do Larsen não era dos mais musicais. Ficamos sentados, com as cabeças baixas. E, quando ela finalmente tocou o último acorde nas tangentes, o fez com tanta força que apagou as velas que estavam uma de cada lado do piano, e fez-se novamente um silêncio, ninguém sabia o que dizer ou fazer, e a Sra. Arnesen permaneceu sentada à frente do piano, como se tivesse sido colada no lugar, entre a fumaça dos pavios negros, até que papai levantou os braços. "Bravo!", exclamou. "Bravo! Tenho inveja de todos os seus dez dedos afinados!" Agora pudemos todos bater palmas, exceto o Fred, enquanto Arnesen agradecia a todos e levava sua esposa para fora. Depois caí no sono e papai carregou-me até em casa. Acho que sonhei que a Velha estava na sacada do palácio acenando, chovia, ela estava quase sem roupa, e era como se as cores escorressem dela. Quando acordei, os campanários já não tocavam mais, papai foi buscar o Buick que havia permanecido estacionado diante do restaurante Larsen, e Fred dormia de olhos abertos. Esgueirei-me até a sua cama, cruzando a linha branca, e o acordei. "O que foi que você sonhou?", sussurrei. Mas Fred não respondeu, ainda não, ia demorar muito até ele responder, e, quando ele finalmente respondeu eu já não me lembrava o que eu lhe havia perguntado. Em vez disso, fui até a mamãe e a Boletta. Queria ver se o mundo havia mudado, agora que a Velha havia morrido, e esperava que sim, pois não era razoável que alguém morresse e tudo continuasse como era antes, como se ninguém tivesse reparado no morto. Parei diante dos quartos. Mamãe e Boletta estavam arrumando as coisas da Velha. Fiquei quase aliviado. O mundo havia mesmo mudado e nunca poderia voltar a ser o mesmo, pelo menos não no nosso apartamento na Kirkeveien. "Agora vai ter mais lugar", disse eu. Mamãe voltou-se ríspida, taciturna, mas Boletta largou o que tinha nas mãos, um vestido longo e fino com uma flor no meio, segurou-me pela cintura e sorriu entre as rugas. "Você está certo, Barnum. É por isso que as pessoas morrem. Para dar lugar." "É por isso?" Boletta sentou-se na cama. "Sim, é por isso mesmo", disse ela. "Porque se não fosse assim, no fim não haveria lugar para mais ninguém, e como é que a gente ia fazer então?" Boletta ficou em silêncio, com o rosto pesado, por alguns instantes. Fiquei desapontado, a morte tinha que ser algo mais do que isso, mais do que uma faxina e uma dança de cadeiras, era então assim que nos despejavam do mundo quando começava a ficar apertado, a morte era então apenas um zelador zangado que nos enxotava do pátio da escola? Boletta levantou-se novamente. "E agora estou mais à frente na fila", disse. "Da próxima vez, serei eu." Mamãe bateu com o pé no assoalho. "Eu a proíbo de falar desse jeito!", sussurrou irritada. Boletta riu. "Eu falo do jeito que quero, falo o que eu penso!" Ela pegou o vestido que havia largado no chão, o vestido fino, longo, com uma flor, segurou-o diante de si e deu alguns passos de dança sobre o assoalho enquanto ninava uma melodia que eu não conhecia, e então a mamãe voltou-se, sorriu e cantou junto com Boletta, essa melodia lenta que parecia tão estranha e tão triste, mas mesmo assim conhecida, e logo eu também aprendi a assobiá-la, e percebi o cheiro doce de Málaga que havia em todo o quarto, inspirei e assobiei, tonto e confuso e alegre, no dia depois do enterro da Velha. De repente, a mamãe parou de cantar. Boletta também ficou em silêncio. Apenas eu continuava a assobiar. "Fred?", disse mamãe. Eu me virei. Era como se minha boca murchasse. Era o Fred. Ele estava com a mesma roupa que usara ontem, o terno preto muito largo e a camisa branca. Achei que ele finalmente fosse dizer alguma coisa. Mas ele apenas deu meia-volta e foi embora. Mamãe correu atrás dele. Boletta me reteve. Logo ouvimos bater a porta. Mamãe voltou e continuou com a arrumação, com as mãos ineptas, nas gavetas, caixas, porta-jóias, em todos os lugares onde a Velha guardava as suas coisas. "Ele falou?", perguntou Boletta. Mamãe apenas balançou a cabeça, sem olhar para ela. Boletta suspirou e abriu outro armário. O som de cabides batendo um contra o outro, eu não agüentei mais, eu tinha que tapar os ouvidos, não sei por quê, mas eu não suportava o barulho dos cabides enquanto Boletta perpassava os vestidos finos, e desde então nunca mais suportei esse som, prefiro colocar minha roupa sobre uma cadeira, atirá-la ao chão, depositá-la na cama, quando chego a um quarto de hotel, porque tão logo ouço o barulho dos cabides em um armário apertado, ainda sinto a pressão dos lábios frios e moles da Velha contra os meus dedos. Corri até a janela. Fred sumiu entre os prédios do outro lado da rua, sem voltar-se uma única vez. Havia chovido de noite. As calçadas estavam limpas. As folhas estavam espalhadas nas sarjetas. A luz vaga pendurada como um véu no ar, vibrando. Onde estava eu na fila? Eu devia estar atrás do Fred na longa fila e, à frente dele, estavam a mamãe, o papai, a Boletta e nunca ficávamos parados, estávamos sempre nos aproximando, e alguns talvez fossem arrancados da fila antes de sua vez, e, por trás, empurravam todos os que achavam que o importante era chegar lá o mais depressa possível, eu não agüentava pensar mais. "Quer que eu ajude?", perguntei. Mamãe encostou-se na cabeceira da cama e fez que sim. Deixaram-me arrumar o criado-mudo. Não gostei da dentadura que estava em um copo com água, como se fosse tudo o que havia restado da Velha, seus dentes, a parte de dentro de uma boca, um sorriso. O penico, felizmente, estava vazio. Mas, quando levantei a Bíblia que também ficava lá no criado-mudo, por via das dúvidas, caiu algo de dentro da Bíblia, uma foto, com certeza recortada de uma revista ou de um jornal, pois o papel era fino e amassado. Li devagar o que estava escrito debaixo da foto: *O temível campo de concentração Ravensbrück. Com o tempo, os campos foram ficando superlotados, e não havia mais uniformes para distribuir aos prisioneiros.* Uma menina, magra, quase transparente, uma sombra, sentada do lado de uma mulher, que deve estar morta. "O que foi, Barnum?" Mamãe aproximou-se. E, quando lhe dei a foto, ela afundou-se na cama, suas mãos tremiam. Boletta também teve que espiar e escondeu o rosto entre as mãos. "Por que ela nunca me mostrou?", sussurrou a mamãe. Boletta sentou-se do lado dela. "Tem muitos jeitos de mostrar consideração pelo outro", disse ela, também em voz baixa. Mamãe curvou a cabeça e chorou. "Eu sempre soube. Mas só tive certeza mesmo agora." Boletta pôs o braço ao redor dela. Mamãe soltou a foto e peguei-a do chão. Eu vi a morta nos braços da moribunda, os rostos esvaziados, maltratados, e os olhos muito grandes que me fitavam, a menina morena que não desviava o olhar, talvez alguns poucos segundos antes de sua própria morte, talvez aquele que tirou a foto fosse o seu carrasco, talvez ele segurasse uma espada, ou uma pistola, em uma das mãos, e a câmera na outra. Eu sabia que muitas noites se passariam até que eu conseguisse voltar a dormir. Um pensamento aterrador tomou conta de mim, que eu nunca mais conseguiria dormir direito, enquanto esses rostos ficassem me fitando de todos os cantos no escuro, e que se eu fechasse os olhos, continuariam ali, os rostos, porque eu os havia visto. "Quem é ela?", perguntei, e quase não ouvi minha própria voz. Boletta segurou-me a mão. "Era a melhor amiga da sua mãe", disse. Soava tão estranho. "A mamãe já teve uma melhor amiga?" "É claro que sim, Barnum. Seu nome era Rakel. Era muito bonita e morava no lance de escadas do lado." Olhei de novo para o recorte. Eu não queria, mas não conseguia deixar de olhar. Era como se eu fosse arrastado para a foto fria, a morta nos braços da moribunda, uma menina comum do lance de escadas ao lado, uma melhor amiga, que fitava o seu carrasco. "Por que fizeram isso com ela?", sussurrei. Boletta demorou-se, a refletir. Mamãe continuou a arrumar as coisas da Velha, os chinelos, os frascos, as jóias, os óculos, e fazia tudo muito lentamente, como se estivesse dormindo e estivesse arrumando em um sonho que nunca conseguiria pôr em ordem. "Porque as pessoas também são más", disse Boletta. Não entendi, mas não perguntei mais nada. *São esses os passos que ouço saindo de minha vida.* É a canção da mamãe. Agora ela se voltou subitamente, quase sorrindo, e mostrava algo que havia encontrado no porta-jóias. É esse o ritmo dos pensamentos da mamãe. Era um botão, um botão polido, do qual ainda pendia um fio preto. "De onde vem esse botão?", sussurrou a mamãe. Ela entregou o botão à Boletta, mas ela também não sabia. Ficaram sentadas um tempo, em silêncio, contemplando esse botão, que era maior do que a tampinha de uma garrafa de refrigerante. "Posso ficar com ele?", perguntei. Mamãe levantou a cabeça. Ela estava pálida, as bochechas pendiam do seu rosto, e, por um instante, achei que ela parecia a menina da foto, sua melhor amiga, a Rakel. Desviei o olhar. Não queria ver mais nada. "Claro que pode, meu anjo", disse Boletta. "Já que você ajudou tanto nessa arrumação." Ela entregou-me o botão. Era pesado de se segurar e frio entre os dedos. "Obrigado", sussurrei. Voltei para o nosso quarto. Coloquei o botão no estojo. Tentei fazer algumas lições. O desenho do rei ainda não estava pronto. Mas não conseguia concentrar-me. A única coisa que consegui fazer foi riscar o que havia escrito debaixo da figura magra e desengonçada: Rei Barnum. Então eram essas as coisas deixadas pela Velha: uma foto da falecida amiga da mamãe e um botão lustroso com um fio preto. Comecei a chorar. Não conseguia evitar. Chorei até papai voltar para casa, na hora do jantar. A cadeira de Fred estava vazia. Mamãe permaneceu em silêncio e quase não tocou na comida. Bolinhos de peixe no molho branco. Papai amassou as batatas com o garfo e, por muito tempo, ficou tão silencioso quanto a mamãe. Boletta tomou cerveja. Foi uma refeição triste. Por fim, papai disse: "Falei com o Arnesen." Ninguém comentou nada. Papai ficou impaciente e sujou a toalha. "Vocês não querem saber o que conversei com o Arnesen?" Boletta inclinou-se sobre a mesa. "O que você conversou com o Arnesen?", perguntou ela. Papai limpou a boca com o guardanapo. "O seguro de vida", disse. "Dificilmente receberemos mais do que umas duas mil coroas." Boletta afastou a travessa com os bolinhos de peixe. "Você já começou a calcular qual o rendimento da Velha, Arnold Nilsen?" Papai levantou-se e, por pouco, não derruba a cadeira. "E você agora ficou toda sensível, Boletta?" "Só acho que a Velha valia muito mais do que algumas velhas notas de mil coroas." "Sente-se", disse mamãe, de repente. Papai sentou-se. Fez-se novo silêncio. Dava para ouvir o suspiro dos bolinhos de peixe, enquanto escorriam no molho sobre os pratos rasos. "Pagamos um prêmio muito baixo", sussurrou o papai. "Sempre pagamos o que nos mandaram pagar", disse a mamãe. Papai balançou a cabeça e voltou-se para mim. "Talvez alguém deixou-se tentar a retirar o dinheiro do relógio", disse. Olhei para baixo. Eu também havia sujado a toalha. "Eu não", sussurrei. "Não, mas por acaso você reparou se o Fred andou brincando com a gaveta?" Boletta esmurrou a mesa, com tanta força que os copos tombaram. Mamãe gritou e papai ficou mais branco no rosto do que o guardanapo. E eu fiquei aliviado, porque agora não precisava mais responder. "Você não pode ficar sempre culpando o Fred", disse Boletta. Papai contorceu-se na cadeira. "Não estou culpando ninguém. Só quero saber o que aconteceu." Boletta sorriu. "Talvez tenha sido o Arnesen que nos enganou o tempo todo?", indagou. Papai quedou-se pensativo, por vários minutos. Pousou a mão sobre os dedos finos de

Boletta. "E bem que precisamos do dinheiro", disse. "Agora que você parou de trabalhar na Central Telefônica." "Eu recebo minha aposentadoria", disse Boletta. "E posso lhe emprestar algum dinheiro, se você estiver com necessidade." Papai levantou-se lentamente e saiu da mesa, sem dizer uma única palavra. Mamãe suspirou. "Não precisava falar assim", sussurrou. Boletta apoiou a cabeça entre as mãos. "Arnold Nilsen é um caixeiro-viajante da cabeça aos pés. Não suporto essa conversa toda sobre dinheiro!" Agora mamãe também saiu da mesa. Eu fiquei sentado. Os bolinhos de peixe estavam frios. O molho branco endurecia ao redor do garfo. "Não preste atenção em tudo o que nós dizemos", disse Boletta. "Tudo bem." Boletta deu uma risadinha. "Mas preste atenção no que digo quando digo que não é para prestar atenção em tudo o que dizemos." Boletta havia tomado dois copos de cerveja. Talvez fosse por isso que falava assim. "Tudo bem", disse eu. Boletta aproximou a cadeira. "O Fred disse alguma coisa para você?" "Não. Sobre o quê?" "Queria tanto saber sobre o que eles conversavam antes da Velha morrer, Barnum." "Ele não disse nada", sussurrei. Ajudei a tirar a mesa. Depois enxuguei a louça que a Boletta lavou, e depois fiquei esperando o Fred. Ele voltou quando eu já havia caído no sono. De repente, ele estava sentado na sua cama. Mal consegui percebê-lo no escuro. Eram os olhos dele que eu percebia melhor. Não tive coragem de acender a luz. "Sobre o que você e a Velha estavam conversando?", perguntei. Os olhos de Fred sumiram. Ele não respondeu. Peguei o estojo da mochila e coloquei o botão pesado na mão dele, com cuidado. Seus olhos voltaram a parecer. "É o botão da Velha", sussurrei. Fred acendeu a luz. Ele fitou o botão e fechou a mão. "Pode ficar com ele", disse. Achei que ele fosse dizer alguma coisa, mas ele apenas soltou o botão no chão. Tive que me arrastar debaixo da cama para encontrá-lo, e Fred apagou a luz. Ele continuou com seu silêncio prolongado. No começo, ninguém reparou muito no fato, afora eu, porque o Fred nunca havia sido muito conversador ou tagarela, antes ao contrário, era de poucas palavras e de fala pausada. Ele não tinha na palavra uma aliada. Ficavam enfileiradas dentro dele, fora do prumo, e as letras muitas vezes saíam na ordem errada. Fred escrevia as redações mais curtas que existem, isso quando escrevia. Tinha sempre a menção *sofrível* em norueguês, e uma vez chegou a levar um *insuficiente*. No recreio, ficava junto do muro, de costas. Ninguém se aproximava de Fred, mas até eu percebia que as meninas olhavam disfarçadamente para ele e passavam perto dele, de braços dados, com um sorriso de provocação. Eu queria muito orgulhar-me do Fred. Um dia alguém havia escrito filho-da-puta na parede do alpendre. O zelador levou quase duas horas para limpar o muro, e fez-se um certo barulho, mas ninguém foi pego. Na segunda-feira seguinte, Aslak foi para a escola com óculos de sol, e chovia. Um dos seus olhos estava azulado, e inchado como uma bola debaixo da testa. Aslak contou que tinha tropeçado na porta e enfiado o olho na maçaneta. Quase ninguém acreditou na história, fora os professores. Fred continuou em silêncio junto do muro. Fui até ele. Fred não se voltou. Aslak, Hamster e Preben ficaram sentados no corrimão junto do ponto de bonde e acompanhavam com o olhar. "Vamos voltar para casa juntos?", perguntei. Voltamos juntos para casa. Eu seguia por uma das calçadas, o Fred pela outra. Ao passarmos pelo quiosque, a Esther dobrou-se para fora e colocou uma bala embrulhada em papel vegetal dentro do meu bolso. "Divida com seu irmão", disse ela, e passou a mão por meus cachos. Mas Fred já ia longe, ele nunca esperava, havia sumido na dobra da esquina ou atrás da igreja, não saberia dizer, ele tinha essa capacidade de sumir assim, de repente, antes que eu me atinasse, e fiquei sozinho. Era como se tivesse sobrado dele uma sombra estreita sobre a calçada, que o zelador Bang viria depois varrer com sua imensa vassoura e levar até a lixeira. Fred não costumava voltar para casa antes de eu me deitar. Às vezes, Boletta voltava ainda mais tarde. Ela gastava um monte de passos para encontrar o banheiro e a cama, e, no dia seguinte, tinha dor de cabeça e ficava deitada com uma toalha sobre o rosto, e a mamãe ficava irritada e vigilante. "Então você foi de novo ao Pólo Norte", sussurrava, a boca rija como uma régua. Era assim que ela dizia, *então você foi de novo ao Pólo Norte*, e eu ficava sempre assustado, eu imaginava a Boletta enfrentando o gelo, o vento e o frio, e talvez ela não agüentasse e também não conseguia entender o que ela ia fazer lá no Pólo Norte, será que ela procurava por alguém? "Por que a Boletta vai ao Pólo Norte?", perguntei ao Fred naquela noite. Mas Fred nada respondeu. Começou a nevar em meados de novembro, uma sexta-feira. Fiquei deitado, ouvindo o silêncio que crescia. Então, o silêncio foi repentinamente rompido. A Sra. Arnesen tocava o piano, mas era uma melodia nova, e, não bastasse, tocou várias peças, era como se fosse todo um concerto, e depois todas as janelas do prédio se abriram e, de cada janela, alguém batia palmas para a Sra. Arnesen, que estava lá, entre as cortinas do terceiro andar, cumprimentando a todos, até o zelador Bang endireitou a coluna, apoiou-se na pá de neve e bateu palmas. E no domingo seguinte, vimos Gotfred Arnesen passeando Kirkeveien abaixo com sua mulher, iam à missa, e ela vestia um enorme casaco de pele que atraía a atenção de todos, e, em especial, as mulheres de Fagerborg balançavam a cabeça, admirando, suspeitando, invejando, e muito se falou à boca pequena sobre este casaco de pele nos dias que se seguiram, e muitos foram os maridos que tiveram de calcular o quanto um casaco desses custaria, se fosse comprado a prazo, em 24 prestações. "O que você quer para o Natal?", perguntou o papai. "Casaco de pele", respondeu a mamãe.

Papai levantou-se e foi até a porta, enquanto procurava cerrar o punho da mão destroçada. "Acho que nosso bom amigo Arnesen deve estar com muita necessidade de perdão, indo para a igreja a oito graus abaixo de zero!" Mamãe não quis dar-lhe ouvidos. "É por isso que a mulher dele estava usando o casaco de pele", disse. "Porque estava frio!" "Mas na igreja é bem quentinho!", exclamou o papai. Mamãe suspirou. "Você está é com inveja." Papai riu, muito alto. "E você acha que eu ia querer me vestir de bicho com botões?" Agora foi a vez da mamãe rir. "Você tem inveja do Arnesen, que pode comprar presentes para a mulher!" Papai esmurrou a porta com a mão sem dedos. "Mas os seguros de vida dele andam mal!" Saiu, e ausentou-se por dois dias. Mamãe voltou-se para Fred. Ele estava sentado junto à lareira, com as mãos no colo. "E você, o que deseja para o Natal, meu filho?", perguntou ela. Mas Fred não respondeu. Mamãe voltou a perguntar. E Fred reiterou o seu silêncio. "Se você não deseja nada, também não vai ganhar nada", disse a mamãe. "Deixe o menino em paz", sussurrou Boletta, e saiu para ir ao Pólo Norte. Mamãe escondeu o rosto entre as mãos e chorou. Doía no estômago. Ardia na garganta. "Não podíamos ler a carta?", perguntei, com cuidado. Mamãe fez que sim. "Faça isso, Barnum." Fui pegar a carta no aparador e sentei-me debaixo do abajur, no sofá. Li, devagar e com cuidado, porque as palavras eram pesadas, ainda que soubesse quase tudo de cor. E, enquanto eu lia, Fred ficou me fitando, e havia algo no olhar dele, o jeito dele olhar, a escuridão que se erguia em seus olhos, o sorriso, era como se ele se transformasse durante essas frases, e eu quase perdia o fio da meada da carta que o nosso bisavô havia mandado da Groenlândia. *Fora-nos ordenado trazer um boi mascado e, no mesmo dia em que ancoramos divisamos uma manada que pastava POLARPIL, praticamente a única vegetação que existe, o Capitão e eu e cinco tripulantes descemos em terra para tentarmos capturar um bezerro. Havia efetivamente um bezerro na manada, mas não era fácil nos aproximarmos dele, os primeiros bois nos viram, e uns 15 ou 16 deles formaram um círculo, com o bezerro no meio, e todos se puseram a bufar e a cavoucar o solo gelado, como um único touro selvagem. Tivemos de retornar a bordo de mãos vazias, e ouvir a troça dos que haviam permanecido a bordo, posteriormente foram capturados dois bezereos dos quais um já morreu, mas a custo de termos de matar outros 22 bois, pois foi necessário passar fogo em duas manadas para capturar os bezerros.* Subitamente, Fred deu uma risada, e foi esse o único som que havia produzido desde a morte da Velha. Mas foi só quando o orientador telefonou depois do Natal que a mamãe se deu conta de que o Fred não estava apenas emburrado e ensimesmado, mas que havia efetivamente deixado de falar. "Rogo-lhe o obséquio de comparecer à reunião dos pais na próxima quarta-feira", disse o orientador. Mamãe teve de sentar-se. "Ele fez alguma coisa de errado?", sussurrou. Fez-se um instante de silêncio na outra ponta da linha. "A senhora não reparou em nada?", acabou perguntando o orientador. "Reparar no quê?" "Seu filho não diz uma única palavra há três meses e meio." Mamãe colocou o telefone no gancho e foi imediatamente até o quarto de Fred. "Que bobagem é essa!", disse. Fred estava deitado na cama. Ele não se mexeu. Eu estava fazendo a lição de casa. Ou, pelo menos, tentava fazê-la. Eu tinha ganhado no Natal uma régua que media centímetros de um dos lados e polegadas do outro. Não tinha o mesmo comprimento quando eu virava. Com esta régua, eu desenhava linhas que deviam representar ruas e cruzamentos, porque logo receberíamos a visita de um guarda na escola, que nos ensinaria sobre a segurança no trânsito. "Agora você vai falar comigo, Fred!", mamãe gritou. Mamãe urrou. Ainda assim, Fred não disse nada. Fez-se um silêncio total. Mamãe sentou-se na cama. Fred ficou fitando o teto. "Você pode falar comigo, Fred", sussurrou ela. Não adiantou. Mamãe começou a chorar, sacudiu-o, com uma raiva que fez o Fred levantar-se. Mas ele fez algo surpreendente. Abraçou a mamãe e deu-lhe um beijo na testa. Então saiu. Mamãe ficou sentada, espantada, enquanto passava os dedos no lugar em que Fred a havia beijado, no meio da testa. Era como se quisesse remover uma mancha. Voltou-se lentamente para mim. "Ele disse alguma coisa para você, Barnum?" Balancei a cabeça. "Você não está mentindo, Barnum?" "Não, mãe. Não estou mentindo." Ela me abraçou e senti-a pesada. "Você não consegue mentir, Barnum", disse ela. "Agora você disse Barnum três vezes seguidas", disse eu. Mamãe riu um pouco, um pouquinho só. No dia seguinte, foi a vez do papai. Ele estava na sala, esperando o Fred. "Venha cá", disse o papai. Fred foi direto ao nosso quarto. E eu fiquei me perguntando se ele havia escutado, talvez fosse esse o problema, que seus ouvidos não estavam mais funcionando. Depois de um tempo, papai veio até a porta do quarto. "Falaram-me que você perdeu a voz", disse. Fred nem se dignou a se virar. Continuou fitando o teto. Papai aproximou-se. "É melhor você achar logo a sua voz, antes que ela suma de vez", disse. E afigurei-me que a voz de Fred estava em algum lugar, numa sarjeta, talvez tivesse caído em uma boca de lobo e estava chamando por ele de lá. Mas papai não desistiu. "Se você está se fazendo de cataléptico, está fingindo muito mal", disse. Depois dessas palavras, fez-se um silêncio de pelo menos três minutos, até que o papai explodiu. "Fale comigo!", gritou, e bateu com o pé no assoalho com tanta força que as pautas do meu caderno se romperam e ficaram tortas. "Deixe o menino em paz", disse Boletta. Mas ninguém deixava o Fred em paz. Todos queriam fazê-lo falar. Não conseguiram. O silêncio de Fred só crescia, se expandia, nos contaminava, tal como o silêncio da mamãe levou Boletta e a Velha às raias da loucura, quando ela estava grávida do Fred. Agora ele havia herdado o silêncio. O silêncio agora era dele. Por fim, ele superou a mamãe. E, quando já estava para chegar a Páscoa, e Fred ainda não havia dito uma única palavra, nem um som havia saído de sua boca, nem na escola, em casa ou dormindo, foi mandado para um especialista em silêncio, no Hospital Central. Lá, colocaram fios na cabeça dele e mediram a pressão craniana. O especialista em silêncio concluiu que Fred devia ter sofrido uma pancada na cabeça quando a Velha foi atropelada, talvez tivesse caído, ou também tivesse sido atingido pelo veículo, o que poderia ter produzido uma hemorragia que fazia pressão sobre o centro da fala e, assim, lhe tivesse tirado a linguagem. Mas todos os relatórios do acidente mostravam que o Fred não estava nem perto do caminhão quando aconteceu o acidente, e era isso que era tão estranho, que a Velha estava de repente no meio da rua, enquanto que Fred ainda estava na calçada, gritando. O especialista mediu novamente o cérebro dele e usou mais fios e eletrodos. Fred estava deitado em uma maca, e parecia um marciano. Boletta fazia pouco caso da ciência. "Fred ficou tão apavorado quando a Velha morreu que ele perdeu a voz", disse. "É simples assim. Mais cedo ou mais tarde, ele volta a falar." Mas o silêncio de Fred pelo menos ganhou um nome. O especialista disse que se tratava de uma *afasia*. E, no mesmo dia em que Fred está no Hospital Central e recebe impulsos elétricos na cabeça, vem um guarda uniformizado visitar a nossa classe, para nos ensinar as normas do trânsito. Para deixá-lo contente, escrevemos na lousa, em letras bem coloridas, *Siga sempre as sendas da segurança.* O guarda traz consigo um sinal de trânsito, e explica o que significa, porque se não soubermos estamos perdidos. Aprendemos também como ele dirige o trânsito num cruzamento, e que uma bicicleta tem que ter dois freios, campainha e farol, isso é obrigatório, mas que embreagem, caixa de ferramentas e bagageira também são coisas úteis. Na aula seguinte, vamos até Marienlyst, na cidade em miniatura que tem lá, com ruas, calçadas, faixas de pedestres e faróis de trânsito, exatamente como numa cidade de verdade, só que tudo bem menor, como se tivesse ficado muito tempo na chuva e tivesse encolhido. Lá fazemos o lanche, e a Esther no quiosque acena para nós e, por um instante, o restante da classe me inveja, porque conheço uma senhora que tem um quiosque cheio de bala, sorvete e revistas. Mas logo a coisa fica séria. Agora é hora de mostrarmos o que aprendemos na aula passada. Fazemos uma longa fila, e o guarda vai de um para outro e, por fim, pára diante de mim, sorri, e põe a mão sobre o meu ombro. E tenho que acompanhá-lo até o pequeno cruzamento. Talvez ele saiba do acidente com a Velha e é por isso que ele me escolheu. Eu sei que a gente tem que olhar para a direita e para a esquerda duas vezes quando se vai atravessar uma rua. Foi isso que a Velha esqueceu de fazer. O farol vermelho significa perigo, o amarelo avisa que vai mudar, e o verde significa que a passagem está liberada. Nenhum de nós pode estar tão atarefado que não possa esperar o farol verde. O guarda pode me perguntar o que quiser hoje. Em vez disso, ele diz: "Aqui você poderia ter morado." O guarda ri e me dá uma palmada nas costas. Então se faz um silêncio completo. Ergo o olhar para ele. Não quero morar aqui. "Por quê?", pergunto. O guarda se curva. "Por quê?" "Sim, por quê?" Ele endireita as costas. Metacarpo está parada na faixa de pedestres, impaciente. O restante da classe dá um passo à frente. "Porque aqui tudo é tão pequeno que é bem do seu tamanho", diz o guarda. Ele diz assim, que aqui tudo é bem do meu tamanho, e ri. Todos riem. Eu fico parado no meio da risada, e o guarda acaricia os meus cachos. "Mas você sabe responder o que é importante lembrar quando se vai atravessar uma rua?" Eu não respondo. Eu vejo o jeito dos outros da classe me olharem. E sei que daqui para frente nada será como antes. De agora em diante eu sou baixinho. Sou o único habitante da cidade em miniatura. Minha insuficiência, minha falta de estatura de repente ficaram visíveis. O guarda me destacou. Eu sinto o peso de tudo o que não tenho. "Responda ao guarda, Barnum!", grita Metacarpo. Em vez disso, atravesso o gramado e me afasto do guarda, de Metacarpo e da classe, me afasto da cidadezinha, e ninguém me faz parar. E isso é talvez o pior de tudo. Deixam que eu vá. Eu não me volto. Não tem ninguém no apartamento quando chego. Meço minha altura no batente da porta e traço um risco com o lápis lá onde termino. Subo num banco e me vejo no espelho. Não preciso de muito espelho. Um espelho de bolso basta. E é essa talvez a primeira vez que eu me vejo. Não quero ver mais. Volto para o quarto, cerro as cortinas, apago a luz, me enfio debaixo da coberta e fecho os olhos. E não é mesmo assim que tudo se liga, isso que é a própria vida, acontecimentos que não têm nada a ver um com o outro, mas que mesmo assim se ligam entre si, numa estranha seqüência, movida por acasos, morte e golpes de sorte, como se o caminhão que atropelou a Velha tivesse provocado uma reação em cadeia pelo tempo, que começou com o silêncio de Fred, a foto da melhor amiga da mamãe no campo de concentração, o botão lustroso, as palavras fatídicas do guarda, e que depois continuou com o Buick que o papai perdeu, a dieta de engorda no campo, o gramofone e Cliff Richard, acontecimentos dos quais ainda nada sei, mas que logo vão acontecer e não há nada que eu possa fazer com isso, pois nada sei. E tudo começou de verdade com a morte do Rei Haakon VII. Este é o meu filme. E não existem quadros vivos. São apenas pontos, entrelaçados, como um calendário que você folheia e vê a chuva se transformando em neve. É aqui que mudo e rolo: Fred volta do Hospital Central com afasia, mas ainda que o seu silêncio tenha ganhado nome e endereço, nem por isso ele volta a falar. Ele apenas dá meia-volta na porta e sai de novo, ninguém sabe para onde ele vai, mas acho que ele vai até o Cemitério do Oeste, até o túmulo da Velha. Já de noite, mamãe está do lado da minha cama. "Onde está o botão?", pergunta. Mas não respondo. Não quero ser pior do que Fred. Eu também quero ter a minha afasia. Mamãe curva-se sobre mim. "Barnum?" Eu cerro os dentes. Machuca a boca. "Você está dormindo?", sussurra ela. Deixo-a pensar que sim. Ela esgueira-se para fora. Fico em silêncio o restante da noite. Na manhã seguinte, também não falo nada. Na escola, permaneço mudo. Na primeira aula, Metacarpo me diz para mudar de carteira. Ela aponta a que fica mais perto do estrado. "Os menores têm de sentar à frente, Barnum." Para que eu possa te ver. Eu arrumo a mochila e caminho o longo trecho entre as fileiras. Já sou aquele que serei, o menor. Ouço os meus novos nomes, cochichados bem baixinho, mas suficientemente alto, mosquito, pigmeu, anão, não é a última vez, e ainda vou ganhar outros nomes, como se já não tivesse mais do que suficiente com o meu nome próprio. Sento-me na nova carteira. A Srta. Metacarpo sorri. Ela está tão perto que posso até cheirá-la. Não cheira bem. Aqui vou ficar sentado, em silêncio, o resto da minha vida, enquanto todos atrás de mim crescem, cada vez mais altos, e projetam suas sombras sobre mim. "Agora você está bem, Barnum." Eu não digo nada. Volto em silêncio para casa. Arde nos dentes. Janto sem dizer uma palavra. Estou a ponto de chorar. E, quando por fim vou me deitar, mais mudo do que nunca, e apagam a luz, abro a boca com um profundo suspiro e inspiro, como se tivesse ficado debaixo d'água desde ontem. Mas uma suspeita me assombra. Ninguém repara que parei de falar. Meu silêncio passa despercebido. Minha afasia não produz efeito, nem de um jeito nem de outro. Eu poderia estar morto. Agüento durante dois dias. Fico sentado na sala. Mamãe está na porta da sacada, fumando um cigarro. "No estojo", digo. Ela se volta devagar na minha direção e assopra um anel de fumaça que passo no dedo antes de desfazer-se no ar. "O que foi que você disse?" "O botão está no meu estojo", cochicho e enfio o dedo na boca. Mamãe vai até a sacada e acena. Eu a sigo. Lá embaixo, na rua, está o papai, polindo o Buick. Logo vai poder usar a calota como espelho. O céu reflete na carroceria. É primavera, mês de maio, é um tempo muito bom, é o tempo do herbário, dos mapas e de outros planos. Mamãe apaga o cigarro na floreira e me abraça. "Você não gostaria de fazer uma viagem de carro esse verão?", diz ela. "Para onde?" "Sei lá. Você decide, se quiser, Barnum. Prefiro não decidir sozinha." "Eu e Fred podemos decidir", respondo. Mamãe sorri. "Ótimo. Você e Fred decidem." Penso um pouco. "Groenlândia." Mamãe me solta e acende mais um cigarro. "Não tem estrada até a Groenlândia, Barnum. Pense em outro lugar." "E que tal a Dinamarca?" Agora é a vez de mamãe pensar um pouco. E o papai está encostado no carro polido lá embaixo e chama: "Você vem, Barnum!" Na mesma hora, Fred atravessa a rua e olho para a mamãe. "Vá depressa", diz. E vejo que ela está de cara alegre, a primeira vez em muito tempo, desde que a Velha faleceu. Corro para baixo e Fred já se acomodou no banco de trás. Sento na frente, ao lado do papai, que esfrega as luvas ao redor do volante e espia pelo espelho. "Aonde você gostaria de ir, Fred?" Fred não responde. Fica sentado no canto do banco, com os braços cruzados. Papai espera, mas não adianta. Então, volta-se para mim e logo começa a rir. Então sai do carro, abre o porta-malas e volta com uma imensa almofada, ainda maior do que aquela que ele usa. "Toma, Barnum." "Você vai querer poder ver alguma coisa também, não é? Ele enfia a almofada debaixo de mim, mas não fico maior, eu fico menor, não me ergo, afundo, para dentro do assento de couro vermelho, e papai me dá uma palmadinha na cabeça. "Está enxergando bem agora, Barnum?" Eu faço que sim. A única coisa que vejo é o canto do painel de instrumentos e o céu, e o céu é azul, rajado de faixas brancas. Papai dá partida e desce até Majorstuen, e vira para a direita, abaixa a capota, segura o chapéu e segue em frente na direção de Holmenkollen e os bosques. As pessoas nas calçadas se voltam para nos observar, e papai sente-se realizado a cada vez. O vento é quente e forte no rosto. Tenho que fechar os olhos. Vejo quase tudo agora. O sol se derrama para todos os cantos. Um inseto esbarra no pára-brisas e fica grudado. Papai passa o limpador. Mas ficam ainda os restos de uma das asas. Um carro vem vindo atrás. É um táxi. Papai muda de marcha e, na curva seguinte, o táxi desaparece de vista. "Pronto", diz papai, contente consigo mesmo. O caminho torna-se mais íngreme. Estamos sozinhos. Logo podemos divisar o trampolim e o lago azul lá embaixo. Papai freia e se volta para o banco de trás. "Aqui você já veio, Fred. Você se lembra?" Fred não responde. Papai suspira, mas é um suspiro bom. "Foi um bom passeio, embora tivesse começado a chover." Ele faz uma pausa. "Foi então que a mamãe ficou apaixonada por mim, Barnum." "Mesmo com a chuva?", perguntei. Papai ri. "Foi só levantar a capota, e continuar o passeio dentro. Não foi mesmo, Fred?" Mas Fred continua em silêncio. Todo o som foi desligado dele. O táxi volta a aparecer lá embaixo, vindo devagar. "Acho que tem alguém nos seguindo", sussurro. "Agora você está fantasiando para valer, Barnum", diz o papai, dá uma rápida espiada pelo retrovisor e segue em frente, e agora não pára até chegarmos à última curva, leva o carro até o canto, e é como se tivéssemos estacionado em uma nuvem, e debaixo de nós o fiorde, a cidade, os bosques. Papai sai do carro e esfrega o pára-brisas com o lenço para tirar a mancha, e volta para o seu assento. "Abra o porta-luvas", diz. Abro o porta-luvas. Lá tem uma garrafa de Coca-

Cola. Tiro a garrafa, devagar. Papai tem também um abridor, tira a tampinha, bebe um primeiro gole, bem demorado, e passa a garrafa para o Fred. Mas Fred não quer. Ele continua sentado no canto do banco, com os braços cruzados, e o cabelo formando uma onda para trás, devido ao vento. Papai me passa a garrafa, eu tomo um gole, e depois ficamos por bastante tempo em silêncio, e o céu, azul e liso, vai passando, empurrado por uma brisa, que também faz balançar as copas das árvores, como se fossem fachos verdes. Papai acende um cigarro e se recosta contra o encosto do banco. "Agora estamos curtindo de verdade, não é mesmo, rapazes?" Só eu respondo. "Sim", digo. Papai apóia a luva no meu ombro. "É bom quando os homens podem ficar um pouco sozinhos, Barnum. As mulheres, nós nunca conseguimos entendê-las por completo." "Quanto, então?" "Quanto o quê, Barnum?" "Quanto podemos entendê-las, papai?" Ele bebe devagar da garrafa e me devolve. "Dois por cento", diz. "No máximo." Fred passa por sobre a porta e vai até uma árvore, para mijar. Papai continua a fumar. "Ele não falou nada para você?", sussurrou. "Não, papai." Eu inalo a fumaça azulada, forte, e fico um pouco tonto. É gostoso. Papai fica em silêncio por um instante. Enfia o cigarro no cinzeiro que fica entre nós. Quando ele volta o olhar para Fred, que continua mijando atrás da árvore, pego a bituca. "Como vai indo na escola?", pergunta o papai. "Sou o mais baixinho da turma." "E o que é que tem?" "Eu gostaria de ser um pouco maior", digo. Papai ri. "Eu também era o mais baixinho, Barnum. E veja o que me tornei!" Não sabia muito bem o que responder, se era um consolo ou uma ameaça. "É mesmo", sussurro. Continuamos cada um em sua almofada. A barriga do papai mal cabe atrás do volante. Sua coxa é mole e encosta no meu joelho. "Uma vez conheci o homem mais alto do mundo", diz. "E nem por isso ele era feliz, Barnum. Ao contrário." "Quanto ele tinha de altura?" Papai sorri. "Esta é uma questão muito debatida. Mas era tão alto que não alcançava os próprios sapatos, Barnum." Dou uma risada. Teria sido ótimo não poder alcançar os próprios sapatos. Uma sombra passa pelo rosto do papai. Ele fecha os olhos e põe os óculos de sol. Então diz uma coisa que viria a repetir muitas vezes durante os poucos anos que o separam da morte. "Não é o que você vê o que é importante, Barnum", diz o papai, "mas o que você pensa que vê". Fred finalmente termina de mijar, e senta-se no canto do banco de trás. É como se um frio o acompanhasse, como se o seu silêncio desse um frio nos dentes. "Estamos aqui conversando sobre a vida", diz o papai. "O que você tem a dizer sobre isso?" Mas não vem resposta alguma. E nem vale a pena esperar por ela. Fred está desligado. Papai dá novo suspiro, e desta vez bem fundo. "Afasia", diz. "Dói ou você nem percebe?" E papai solta uma risada. Fred não ri. Ele continua sem som algum, e papai desiste. Em vez disso, diz: "Uma vez, cruzei a corrente de Moskenes sozinho. E é o redemoinho mais forte que existe em qualquer mar. É como remar no olho do diabo." Agora também estou quieto. Fico ouvindo. Papai passa as luvas lentamente sobre o volante. "Mas consegui chegar, rapazes. É isso que conta. Chegar." "Onde?", pergunto, hesitante. Papai solta o volante. "Por exemplo, aqui", diz. "Junto de vocês tenho o meu porto." É então que dois homens se aproximam. Saem do bosque. Param por um instante, olham em torno, ou um para o outro, e então seguem adiante, na nossa direção. Vestem roupas escuras, e andam no mesmo ritmo. Chego a perceber o papai tentando dar a partida, mas é tarde demais, ele solta a chave, retira a almofada de baixo de mim e a coloca em seu assento, apruma as costas e se volta na direção dos dois homens, uma almofada mais alto do que de costume. "Bela paisagem", diz, em voz alta. "Arnold Nilsen?", pergunta um dos homens. Papai parece surpreso por ouvir seu próprio nome. "Arnold Nilsen? Sim, é um nome familiar." O outro homem abre a porta. "Queremos ter uma conversinha com você", diz. Papai permanece sentado. É como se estivesse se segurando no volante. Seu rosto se esvai. Então, ele os acompanha e desaparecem entre as árvores. Não sei o que está acontecendo. Só sei que não é nada de bom, pois vi a cara do papai. Tenho medo, sem saber bem por quê. Agora o Fred tem que dizer alguma coisa. "Diga alguma coisa", cochicho. Ele não diz nada. Será que ele está com tanto medo quanto eu? Eu me volto. Não vejo nenhuma diferença, apenas um leve sorriso. Os lábios se enrolam ao redor da boca. Fico com ainda mais medo. Eu não posso fazer nas calças nem começar a chorar. Se eu soltar o freio de mão entre os assentos o carro vai deslizar pela encosta e talvez só pare quando as rodas da frente estiverem enfiadas no Fiorde de Oslo. Eu seguro a alavanca, é quente, e sinto que ela trepida nos dedos. Agora posso infringir todas as normas do trânsito. Fico arrepiado em ambos os braços. De repente, Fred me segura pela nuca. Fico tão feliz. Solto a mão e fico com vontade de agradecer a ele. Não dá tempo. Papai volta junto com os outros dois. Ele pára junto da porta aberta e olha para nós. Suas calças estão sujas. Está sem o chapéu. O cabelo está ajeitado na direção errada. Ele tenta rir, mas fica só na tentativa. "Acho que vocês vão ter que sair do carro, rapazes", diz o papai. Eu me posto do lado dele. Fred continua sentado no banco de trás. "Saia do carro", repete o papai. Será que é agora que o Fred vai voltar a falar? Será que é agora que ele vai dizer alguma coisa que fará com que os estranhos fujam e com que nós possamos rir e tudo ficar como antes? É o que espero. É esse o momento libertador que sempre aguardo. O momento nunca vem. Fred continua igualmente mudo. Ele só faz hora. Papai curva-se sobre a porta. "Por favor", sussurra. Fred dá de ombros, como se a situação começasse a aborrecê-lo, e, por fim, sai. Os dois homens empurram papai para longe e se acomodam no carro. Um deles, o que não está no volante, atira as almofadas sobre a porta e dá uma forte risada. A seguir, dão partida e vão embora. Vão embora com o Buick do papai e desaparecem na curva. Ficamos parados. Não dá para entender. É esse cheiro de gasolina e de sol, que arde. Papai volta para o bosque para buscar o seu chapéu. Está todo amassado. "As almofadas", sussurra. Eu pego as almofadas. Começamos a descer, caminhando para a cidade. Nenhum de nós diz uma palavra. Papai segue à frente, com a respiração pesada, a nuca molhada, é como um quadrado preto na luz quente. Eu sigo no meio. Carrego as almofadas comigo. E é enquanto vou caminhando, com uma almofada pesada em cada uma das mãos, que eu decido parar de comer. Já que o Fred parou de falar, eu posso pelo menos parar de comer. Não tem outro jeito. Por que não pensei nisso antes. É tão simples. Se eu não comer, fico mais alto. Em vez de crescer na horizontal, como o papai deve ter feito todos esses anos, apertado contra o solo por seu próprio peso, vou crescer na vertical, vou me esticar, magro e imponderável, a fome vai me levantar. Papai entra num lugar chamado Bakkekro. Ele compra uma cerveja. Mas, antes de tomá-la, vai ao banheiro. Fred e eu ficamos sentados, numa mesa junto da janela. Em cima da toalha, um vasinho com flores murchas. Sento-me nas almofadas. Logo não vou mais precisar delas. Quando papai volta, já arrumou o cabelo, acertou o chapéu, poliu os sapatos e limpou as calças. Já se parece de novo consigo, mas não por inteiro, há uma sombra entre seus olhos que ele não conseguiu remover. "Querem um sanduíche?", pergunta. "Não, obrigado", respondo. Já comecei a deixar de comer. Parece-me que já estou me sentindo crescer. Papai toma a cerveja escura de um só gole, e põe o copo devagar sobre a mesa, como se o menor ruído pudesse estragar tudo, ou o pouco que ainda resta, que ainda não foi totalmente estragado. Papai olha para mim. "Não vamos contar nada do que aconteceu para a mamãe", sussurra. Balanço a cabeça repetidamente. Papai volta-se para Fred. "E se você começar a falar logo agora, você escolheu o momento errado! Continue com sua afasia!" Então, voltamos para casa. Mamãe nos espera. "Como vocês demoraram", diz. Papai tira as almofadas de mim, vai direto para a sala e deita-se no sofá. Mamãe olha para ele, espantada. Fred troca de sapatos e sai novamente. Sou eu quem fica. "Gostou do passeio, filho?", pergunta a mamãe. "Sim, mamãe." Tenho que pensar depressa para não dizer algo errado, algo que não deveria dizer. Não posso dar com a língua nos dentes. "Por onde vocês andaram?" "Até o lugar onde você se apaixonou pelo papai." Ela se surpreende, e também precisa pensar um pouco. Então, ela se aproxima. "O botão não estava no seu estojo, Barnum", diz ela. "Não?" "Não." Mamãe volta-se para o papai, ele está deitado no sofá com as almofadas debaixo da cabeça e o jornal sobre o rosto, o papel balança. "O que você quer com o botão?", pergunto. "Vá lavar as mãos", diz a mamãe. Ela vai rapidamente até a cozinha, há um cheiro de queimado. Entro no nosso quarto e encontro meu estojo. Mamãe estava certa. O botão não está lá. Posso ter perdido na escola ou então sei quem pegou. E vamos colocar muito tempo e longos anos atrás de nós antes de o mesmo botão voltar a aparecer, como uma rodinha que correu atravessando nossas vidas. "A comida está esfriando!", chama a mamãe. Papai faz hora na sala. Eu faço hora no quarto. Coloco-me junto do batente e ponho a mão espalmada na cabeça, mas não há diferença mensurável, mesmo contando os cachos. Mas também só agora comecei a passar fome, e ninguém cresce muito apenas por recusar um simples sanduíche no Bakkekro. É preciso recusar muito mais comida. Mamãe fica impaciente e chama ainda mais alto. Sentamo-nos à mesa, na cozinha. Hoje também tem bolinho de peixe. As cadeiras de Boletta e de Fred estão vazias. Mamãe serve água nos copos. "Onde você estacionou o carro?", pergunta. Papai mastiga lentamente, não, ele apenas esmaga o bolinho entre os dentes. "A Boletta voltou ao Pólo Norte?", pergunta. Mamãe não responde. Papai enche a boca com vários bolinhos de peixe. "Você não acha que ela vai muito lá, para alguém da idade dela?" Mamãe cerra o cenho. "Eu te perguntei onde você estacionou o carro", repete. E noto que nenhum deles responde às perguntas, apenas retrucam com uma pergunta sobre outra coisa. Nunca vi o papai assim antes. Ele não consegue nem desviar do assunto com um gracejo. Seus olhos hesitam. "Está na oficina", resmunga. Mamãe inclina-se sobre a mesa. "O que disse?" "Está na oficina, diabos!" Agora papai não resmunga mais. Ele grita. Mamãe se retrai. "Oficina? Deu parada no motor?" Papai me dá uma olhadela rápida, como se estivesse paralisado. "O freio de mão estava rangendo", digo. Mamãe dá de ombros e passa as panelas. Eu passo adiante. "Você não vai comer, Barnum?" "Comemos sanduíches no Bakkekro", diz o papai. "Bem perto da oficina." Ficamos um tempo em silêncio. É como se a calma descesse sobre nós. Mas não dura muito tempo. "O freio de mão estava rangendo?", pergunta ela. Papai não agüenta mais. "E desde quando você entende de carros?", diz, atravessado. "Eu não disse que entendo de carro." "Então vê se cala a boca!" Mamãe apóia o garfo e a faca no prato, e fica olhando para o papai. A nuca dele forma uma curva, da qual a cabeça pende. "Eu não deveria ter falado assim", sussurra ele. "Não devia mesmo", retruca a mamãe, sai da mesa e vai até o quarto, onde se tranca. Só abre a porta na manhã seguinte. Papai passou a noite toda pensando no que dizer. "Eu vendi o carro", diz. Mamãe fita o papai. Papai me fita. Boletta levanta-se do sofá. Fred sai do banheiro. "Vendeu o carro?", sussurra a mamãe. Papai faz que sim. Mamãe não entende. "Eu achei que íamos fazer uma viagem de carro nas férias de verão", diz. Papai desvia o olhar. "Talvez no ano que vem, querida." Mamãe bate a porta de novo, e abre logo em seguida. "No ano que vem? E eu que prometi ao Barnum que faríamos uma viagem de carro nessas férias!" Papai volta-se para mim. "Não faz mal", sussurro. Papai sorri, com os lábios pesados. "Viu? Não faz mal." "Mas por que você vendeu o carro?", pergunta Boletta. Papai toma fôlego. "Porque a gente precisava do dinheiro", diz. Mamãe bate o pé e fica ainda mais zangada. "Você está mentindo!", grita. Você está mentido na minha cara!" Papai não sabe para que lado olhar nem o que dizer. Faz-se de profundamente ofendido e mamãe fica ainda mais furiosa. Ponho-me no meio dos dois. "Não é o que você vê que é o mais importante", digo. "E sim o que você pensa que vê." Papai coloca sua mão dura e lisa sobre meu ombro, em agradecimento, enquanto a mamãe apenas balança a cabeça, continua com raiva por mais um mês, e vai até a cozinha, batendo o pé, preparar o meu lanche, que atiro na primeira lixeira tão logo ninguém me veja. Na realidade, ninguém prestou muita atenção ao fato de que havia deixado de comer, assim como o meu silêncio também não havia deixado marcas. Mas persisti por muito tempo. Passo fome em silêncio. Agora eu já tinha a minha própria afasia, a afasia do estômago e das tripas. E, nessa tarefa, arregacei as mangas. Se a Esther me dava um pedaço de bala, eu escondia o saco debaixo de uma pedra atrás da Radiodifusão Norueguesa. Na cantina da escola, fingia comer a cenoura e o pão sueco com ovas de peixe, mas ia logo depois ao banheiro e vomitava tudo. Em casa, só passava as panelas e as travessas adiante, e ninguém reparava. Eu era invisível. A fome me fez ficar mais transparente e oco. Toda noite, eu media minha estatura no batente, mas ainda não percebia qualquer diferença. Minha marca continuava a mesma. Minha insuficiência cacheada permanecia inamovível. Eu tinha que ter paciência. Crescer é um acontecimento lento. E, felizmente, todos tinham mais com que se ocupar. Mamãe ainda estava brava por conta do carro e papai fazia o possível para fazê-la voltar a sorrir, comprava flores, vinha para casa toda noite, limpava as vidraças e dizia que ela nunca esteve tão bonita, mas não adiantava, a raiva da mamãe não podia ser interrompida, tinha que seguir o seu curso, até não sobrar mais raiva alguma. Boletta tomava cerveja no Pólo Norte, e o Fred estava muito ocupado com seu silêncio. Uma noite, porém, achei que ele estava me observando, com novos olhos, e que talvez viesse a dizer alguma coisa, que eu havia mudado, que eu não era mais o mesmo, mas nada aconteceu. Eu já havia perdido vários quilos. Eu queria trocá-los por centímetros. Fiquei na espera. No começo, ficava mole. Mal agüentava levantar de manhã. O importante era não comer. A fome era meu único pensamento. Também tinha que ir muitas vezes ao banheiro. Mas isso logo passou. Não havia nada a sair. Era como uma conta de aritmética. Dava certo. Fora que eu ainda não havia crescido nada. Mas não desisti. Nunca fiquei tanto tempo sem comer. Tornei-me uma magra sombra no sol de primavera. Ninguém queria ver a minha fome, até que um dia desmaiei nos braços de Metacarpo na aula de religião, na última sexta-feira antes das férias de verão, e fui carregado até o médico do serviço escolar. Acordei em cima de um colchão. A fome era uma canção estranha na cabeça. Eu estava nu. O médico observava meu corpo magro e obtuso, com olhos grandes e preocupados. "Há quanto tempo você não come?", perguntou. "Faz muito tempo", sussurrei. O médico balançou a cabeça. "Mas por que você não come?" Eu não podia responder. Eu não podia contar a verdade. Ele não iria acreditar em mim. "Não sei", respondi, baixinho. O médico colocou um dedo no meu pulso e contou em voz alta. "Não lhe dão comida em casa?", perguntou, quando terminou de contar. Foi nesse instante que dei a resposta errada. Eu percebi, na hora que pronunciei as palavras. A mentira foi posta na minha boca e essa mentira ia ter conseqüências. "Não muito", respondi. O médico olhou para a enfermeira, que estava junto da porta, com os braços cruzados. Ela telefonou imediatamente para a mamãe. Fui pesado e vestido. Mamãe chegou depois de uma hora. Primeiro, teve que ter uma longa conversa com o médico e com o orientador. Eu fiquei esperando, deitado no colchão. A enfermeira ficou lá, me observando. Será que ela pensava que eu poderia querer fugir? Não, ela não tinha por que se preocupar. Eu estava sem forças. Mal conseguia levantar a mão para me coçar debaixo do nariz. "Então não te dão comida em casa", disse. Eu queria dizer alguma coisa, dizer que não era verdade, que não faltava comida à nossa mesa, que a nossa casa era farta, bolinhos de peixe, costelas de porco, picadinho, creme de couve-flor e pepinos em conserva, mas foi então que mamãe saiu do escritório, de cabeça baixa, corando, curvada de vergonha. Não apenas tinha um filho afásico, ela tinha um outro filho, que era baixinho e desnutrido. De repente, aprumou-se, soprou o cabelo da testa e seus olhos estavam límpidos e fortes. "O que tivemos para o jantar ontem, Barnum?" "Sobras", respondi. Então ela me pegou pela mão e me puxou para fora. Mas, no parque, não agüentou mais, sentou-se num banco e começou a chorar. "Como é que você pôde dizer uma coisa dessas? Que não lhe dão comida?" "Não foi por querer", sussurrei. Mamãe contorcia as mãos. "O que foi que fiz de errado?", soluçou. Aproximei-me. "Você não fez nada de errado, mamãe." Mamãe levantou a vista e foi como se só agora me visse e percebesse o quanto eu estava magro. Ela me abraçou, sentiu as costelas como uma armação debaixo da camisa, e chorou mais ainda. "O que é que vamos fazer com você, Barnum?" Essa resposta não tardou. Chegou uma carta do médico do serviço escolar para os meus pais. Eu deveria ser enviado para uma fazenda, onde eu ficaria durante 12 dias para engordar.

Agora foi a vez de papai ficar furioso. Esmurrou a mesa, disse que eu não iria, de jeito nenhum, mas não tinham escolha. Por hora, não digo mais nada, digo apenas a Cura Weir Mitchel e que mamãe me acompanhou no trem, eu levava comigo uma mochila com roupas, escova de dentes e uma régua. O próprio fazendeiro veio me buscar na estação de Dal, e segui com ele de caminhão até a fazenda que ficava junto a um lago chamado Hurdal. De noite, podia ver o lago da janela do meu quarto. Era um peixe saltando à luz do luar. O fazendeiro tinha uma mulher de mãos grandes. Havia outros dois meninos lá. Eu era mais magro do que eles. Quando voltei para casa, parecia um tonel. Mas, antes do início do ano letivo, voltei a ser eu mesmo, nem mais alto nem mais baixo, nem maior nem menor, eu era definitivamente Barnum, como se nada tivesse acontecido, como se a Cura Weir Mitchel em Hurdal tivesse sido apenas um sonho. Fui chamado pelo médico do serviço escolar, e ele examinou tudo, da bunda até a boca, e constatou que eu estava recuperado, que a cura havia funcionado, a gordura bem distribuída pelo corpo e um metabolismo intestinal de primeira. "Foi divertido lá na fazenda?", perguntou o médico. Não consegui responder. Só fiz que sim com a cabeça. Mamãe e papai podiam sentir-se aliviados, Esther podia voltar a passar a mão nos meus cachos, e o resto da classe podia rir de mim, porque as meninas também haviam crescido durante as férias de verão, tinham crescido loucamente, passando-me de longe, eu estava sozinho lá na planície, no frio cruel, quieto, eu tinha que erguer a vista para ver todo mundo e não tinha ninguém para quem pudesse baixar a vista. Eu queria muito contar ao Fred tudo o que havia acontecido na fazenda. Eu poderia ter-lhe dito que não foi nada divertido. Mas também não consegui. Ele estava ainda mais silencioso. Seu silêncio arrasava quarteirões, cidades inteiras. Talvez houvesse uma cura dessas também para os mudos? Era um pensamento que me agradava. Podia antever, uma fazenda no interior, ou no meio de um parque, onde os mudos ficavam à sombra das árvores e tinham que falar uns com os outros, no primeiro dia uma palavra, no dia seguinte quatro palavras, e, quando chegasse o décimo segundo e último dia, seriam capazes de dizer uma frase inteira. Batizei-a de Cura de Barnum. Mas não havia cura para o Fred. Em setembro, começou a chover. Papai havia ficado fora o fim de semana inteiro. Voltou para casa na segunda-feira. Nem teve tempo de tirar o sobretudo e os sapatos úmidos. Foi direto para a sala e colocou sobre a mesa uma imensa caixa de papelão. Ele ia devolver a alegria à mamãe de uma vez por todas. "Vejam aqui!", exclamou. Reunimo-nos ao redor da caixa de papelão. Papai deu-se bastante tempo. Secou ambas as luvas cuidadosamente com o lenço, ajeitou o cabelo, colocou um cigarro entre os lábios, e procurou um fósforo. "Agora vocês devem estar bem ansiosos, não é mesmo?", disse. Mas papai não conseguiu a resposta que queria. Não pisoteamos o chão de expectativa, enlouquecidos com o adiamento. Não nos atiramos sobre a caixa de papelão para abri-la de todos os cantos. Éramos um público fraco e ingrato. Talvez estivéssemos muito cansados de tudo o que havia acontecido desde que o rei Haakon e a Velha tinham morrido, com poucas horas de intervalo, quase tudo tinha sido excessivo, já não agüentávamos mais, o espetáculo tinha durado tempo demais, e nossa sensibilidade estava desgastada nas nossas mentes, havíamos raspado o fundo do tacho. Por um instante, papai ficou perplexo, tirou o cigarro da boca e colocou-o de volta na cigarreira, como se quisesse voltar o tempo e reiniciar o número desde o começo. Também não adiantou, e papai estava muito insatisfeito conosco, ficou ofendido e teve que improvisar. Ele simplesmente carregou a caixa para fora. Talvez quisesse fazer uma nova entrada, entrar de outro jeito, sem sobretudo e sapatos úmidos, e havia quase como que um consolo nisso tudo, talvez fosse possível refazer as nossas ações, de uma forma melhor. "Aonde você vai?", perguntou a mamãe. Papai parou, voltou-se lentamente, e fez-se de surpreso. "Ora, não sabia que vocês estavam aí." Mamãe sorriu. "Estamos aqui, Arnold." Estávamos todos lá, Boletta, eu, a mamãe, até o Fred estava lá. Papai olhou de um para outro e fez como se estivesse nos vendo pela primeira vez. "Só queria descer com o lixo", disse, emburrado. Mamãe teve que ajeitar as coisas. "Não fale bobagem. Deixe ver o que você tem aí." Papai ainda hesitou por um instante, antes de voltar com a caixa de papelão. Já tinha retomado o controle da situação, e sabia disso, finalmente nos tinha na palma da mão. "Tudo bem", suspirou. "Se meus modestos presentes forem de algum interesse para vocês." A seguir, rompeu o barbante, afastou a tampa, inspirou fundo e nossos olhos se arregalaram quando tirou da caixa um gramofone, um gramofone de verdade, da marca Radionette, com duas velocidades, 45 e 33, e braço automático. Nos aproximamos. Pusemos os dedos na maravilha. Papai tirou o cigarro, acendeu, e parecia satisfeito com o espetáculo. "Mas infelizmente não temos discos para tocar", disse Boletta. Como se o papai não tivesse pensado nisso. Era o momento pelo qual esperava. Sorriu torto, e soprou fumaça por um dos cantos da boca. "Por isso trago a essa casa a nova estrela que brilha com tanto fulgor sobre o firmamento da música." Papai mostrou um compacto simples amarelo entre as luvas, e não consegui perceber de onde ele o havia retirado. Agora fomos nós que suspiramos, exceto o Fred. Papai sussurrou: "E seu nome é Cliff Richard." Papai colocou o disco com cuidado no gramofone, apertou um botão, o braço automático posicionou-se sozinho, a agulha pousou sobre os sulcos, zumbiu, crepitou, e primeiro vieram alguns sons escuros, persistentes, e uma voz começou a cantar tão baixo e tão devagar que parecia o enterro do Rei Haakon de trás para diante. Papai ficou todo perturbado, enfiou o cigarro na boca de Boletta e girou um botão três vezes. A velocidade aumentou, a agulha saltou dois sulcos, mas, por fim, conseguimos ouvir, tão claro, tão límpido e tão próximo, como se ele estivesse na nossa sala: Cliff Richard cantava *Livin' Lovin' Doll*. E ele continuou a cantar. Assim que o disco acabou, a agulha levantou-se e retornou ao começo. Quando fomos deitar, ainda estava tocando. Mamãe e papai dançavam na sala e Cliff Richard cantava. Depois, já no quarto de casal, falavam em voz alta. O mesmo repetiu-se na noite seguinte. Cliff Richard cantou *Livin' Lovin' Doll*, e papai e mamãe dançaram, e, na cama, passaram a noite falando alto. Fred ficou fora de casa até que desistissem. Boletta refugiou-se no Pólo Norte. Era só eu que dormia em casa, com o travesseiro sobre o rosto, e ouvia esses longos concertos, toda noite, Cliff Richard, *Livin' Lovin' Doll*, e a estranha bagunça que sempre se seguia. Mamãe e papai haviam se reencontrado, e ambos haviam encontrado Cliff Richard. E assim continuou outono adentro. Eu deveria ter ficado feliz. Não consegui. A Velha estava morta. Fred continuava mudo e eu não crescia mais. O batente continuava no mesmo lugar. E por isso durante muito tempo senti esse vazio no coração, um gosto de tristeza, que rapidamente se convertia em vergonha e em pânico, sempre que ouvia Cliff Richard, por acaso, em um rádio, em um elevador ou num balcão de bar, sua voz seca e mesmo assim suave, uma voz sem ruptura, bela e invisível, até que o vi com meus próprios olhos junto da piscina no Hotel Kempinski, em Berlim, quando esta maldição se desfez, o vazio no coração preencheu-se diante da visão de Cliff, a tristeza tornou-se riso, tal como o Fred por fim quebrou seu longo silêncio. Porque certa noite não havia um único som na sala, e nem depois. Fiquei muito tempo acordado, e não ouvia nada. O gramofone estava parado. Fiquei ouvindo, em vão. E, na manhã seguinte, mamãe entrou no quarto. Trazia consigo o gramofone. "É para você", disse. Eu quis perguntar o que havia acontecido, mas fiquei quieto. Ela apenas deixou o gramofone sobre a mesa e saiu. Papai ficou fora de casa por vários dias. Boletta estava com dor de cabeça. Fred voltou para casa, sempre em silêncio. Começou a nevar. Vivíamos em um filme mudo. Nem sequer havia texto entre as cenas. A neve continuou a cair. A boca ficava cheia de neve. E, por fim, não agüentei mais. Era uma noite como outra qualquer. A primavera havia chegado. Ouvia as campainhas das bicicletas que apostavam corrida descendo a Kirkeveien. O quarto estava cheio de silêncio e de sol. Postei-me junto do batente e medi minha estatura. Eu não havia avançado nada. Eu precisava de som. Eu precisava ouvir alguma coisa. Apertei o botão do gramofone. O braço levantou-se e baixou na direção dos sulcos. Soprei o pó acumulado na agulha. Nunca havia feito tanto silêncio na minha cabeça. E, na mesma fração de segundo, ou logo depois, no canto do segundo, Cliff Richard começou a cantar, mais uma vez, e pela derradeira vez em nossa casa, seu *Livin' Lovin' Doll.* Então Fred levantou-se, quebrou o braço da vitrola, atirou o disco contra a parede e ficou me olhando, intensamente. O silêncio dobrou de intensidade. "Quer que eu mate o seu pai para você?", perguntou. Fred havia falado. Foi a primeira coisa que ele disse. Eu fiquei tão feliz. "O que foi que você disse?", perguntei. Fred aproximou-se. "Quer que eu mate o seu pai para você, Barnum?" Parei de rir. Fred pegou o gramofone, desceu até o pátio, e jogou-o na lixeira. Acho que o zelador Bang tomou conta do gramofone, porque ele sempre remexia os latões antes de serem esvaziados. Mas ele nunca voltou a funcionar. Corri para a sala. Mamãe estava sentada junto da porta aberta da sacada, e cochilava. "Fred falou", sussurrei. Ela acordou lentamente, levantou a cabeça, e esfregou o sono dos olhos. "O que foi que você disse, Barnum?" "O Fred falou!" Mamãe levantou-se num único movimento. "Falou mesmo?" "Sim, mamãe. Fred falou." "Mas o que foi que ele disse?", perguntou a mamãe. Fiquei quieto. Mamãe me pegou no braço e me sacudiu. "O que foi que ele disse, Barnum?" Olhei para o chão. "Que ele não gosta de Cliff Richard", disse.

O Necrológio

Uma manhã, mamãe gritou. Estávamos na cozinha, tomando o café da manhã. Fazia muito tempo que o Fred havia voltado a falar, mas ele não disse nada. Agora era o papai o mais taciturno. Ele tinha saudade do gramofone. E, principalmente, sentia falta do Buick. E nós também não éramos dados a falar muito. Sentíamos falta da Velha. Por vezes, ocorria-me: Talvez fosse melhor se todos perdêssemos a voz, de forma igual, contaminados por afasia, pois tem tanta coisa sobre a qual não podemos mesmo falar. Foi então que a mamãe gritou. Ela havia saído para buscar o jornal. E, no mesmo instante, veio correndo até nós, com o cabelo esvoaçando ao redor da cabeça e a camisola desengonçada, e na mão segurava a edição matinal do *Aftenposten* como uma bandeira. "Falam de nós no jornal!", gritou. "Falam de nós no jornal!" Nunca a havia visto tão fora de si, e nunca mais a vi assim. Ela afastou o queijo e os frios de um golpe de mão e atirou o jornal sobre a mesa. Aí pudemos ver com os nossos próprios olhos. Falava da Velha. Era o necrológio dela, dois anos atrasado. Mamãe sentou-se entre nós e já chorava. Boletta, que não conseguia firmar a vista antes da chegada da edição vespertina, curvou-se sobre a mesa, pálida e trêmula. "Leia", sussurrou. E a mãe levantou o jornal e leu em voz alta, no sotaque da sua avó, e é assim que me recordo destas palavras macias na boca da mamãe.

A ESTRELA INVISÍVEL

> A bela Ellen Jebsen encerrou o seu papel de ser humano e deixou para trás os bastidores mambembes de nosso tempo. Nós que a conhecemos sentimos uma tristeza profunda em nossos corações, que somente poderá conhecer alívio quando a seguirmos na escuridão. Ela nasceu em Køge, em 1880. Seu pai era um seleiro e tapeceiro muito respeitado, mas ela puxou a mãe, de quem cedo aprendeu a amar a arte da narrativa, quando, no lusco-fusco do entardecer, ouvia suas histórias, enquanto o cheiro das maçãs assadas no fogão a lenha enchia a sala com o odor que se abre à fantasia.
>
> Mas foi somente quando ela conheceu o seu Wilhelm, o jovem e talentoso marujo, que sua vida tomou a primeira curva fechada, das quais estavam por vir tantas outras. Encontram-se quando a família Jebsen havia ido fazer um passeio em Copenhague, na pista de patinação junto do Pavilhão Marítimo, e ele não quis perder a bela moça. Não há motivo para ocultar,

mesmo neste contexto, além da morte, que seus pais não viam com bons olhos tal aliança e fizeram de tudo para impedi-la. Não menciono o fato para semear dúvidas sobre sua fama, ao contrário, refiro-me a ele apenas para demonstrar a força que havia moldado o amor desses jovens. Mas como já disse o grande poeta: É o verdadeiro amor que conduz às maiores tragédias. Nunca conseguiram se casar. Em junho de 1900, Wilhelm foi convocado para viajar no vapor *Antarctic*, que zarpou de Copenhague para a Groenlândia, para buscar um boi almiscarado para o zoológico. E ele não retornou da viagem. Wilhelm desapareceu lá no meio do gelo. Não voltou ao navio depois de uma caçada, quando ele e o subcanhoeiro foram procurar bois almiscareiros do outro lado do fiorde. Seus passos conduziam até uma fissura na geleira, e ele nunca foi encontrado. Que a paz também esteja com sua memória. Mas, em Køge, ficou aquela que o esperava. Ela esperou em vão. E, no mesmo ano, ela deu à luz a filha de seu amor, que foi batizada Boletta. Não vou demorar-me sobre esse evento, naquele tempo impensável, mas apenas rapidamente constatar que ela rompeu com sua família e estabeleceu-se em Copenhague, onde, depois de algum tempo, poderia ser vista no guichê da bilheteria do primeiro cinema da Dinamarca, em Vimmelskaft, naquele tempo, o tempo pioneiro das imagens vivas, em que os filmes se chamavam *Susanna no Banho* e *As Desventuras de um Emigrante ou a Carteira Desaparecida*, e muitos eram os senhores e os rapazes que preferiam fixar o olhar em Ellen Jebsen do que nas mulheres misteriosas da grande tela. E um dos que não conseguiam tirar os olhos dela era o legendário Ole Olsen, o saltimbanco e diretor de cinema. Ele descobriu Ellen Jebsen na bilheteria em Vimmelskaft, e ele percebeu que seu rosto era como que destinado ao filme mudo; depois que seu amado, pai de sua filha, havia desaparecido na imensidão gelada, a beleza dela havia tomado uma forma mais profunda, a própria tragédia estava escrita no rosto de Ellen Jebsen, e a lei do amor em seu olhar. Ela lhe falava sem dizer palavra. E Ole Olsen não demorou em oferecer-lhe uma vaga no que chamava sua estrebaria de artistas, e no mesmo verão ela e a pequena Boletta seguiram até o distrito de Visby, onde as instalações resumiam-se em um galpão precário que posteriormente se tornaria Nordisk Film. Seguiu-se um tempo maravilhoso! Aqui seguíamos adiante com comédias e filmes de suspense, e pouco sabíamos sobre o futuro que estávamos criando, naquele tempo Visby era maior do que Hollywood. Foi aqui que Storm-P, em início de carreira, desabrochou, aqui havia chineses autênticos, leões selvagens, árvores com folhas de palmeira pintadas, assassinatos e romantismo. E, no meio dessa anarquia artística, estava Ellen Jebsen, como uma coluna de beleza melancólica. Ela poderia ter se tornado uma

Asta Nilsen, poderia ter se tornado até mesmo uma Garbo. Por isso foi uma tragédia e uma pena ainda maior que a posteridade não poderá vê-la. Os rolos de filme daquela época foram perdidos, e ela mesma foi depois removida. O momento de Ellen Jebsen no teatro elétrico foi apagado. Ela foi a precursora, que foi relegada à sombra por seus herdeiros.

E logo ela viria a nos deixar. Dois acontecimentos e uma saudade profunda a conduziram para o norte, para a Noruega, em 1905. O príncipe dinamarquês, Carlos, ia assumir o trono da Noruega. E ela havia recebido uma proposta de atuar no primeiro filme dramático norueguês, *Os Perigos da Vida do Pescador*. Assim, ela viria para mais perto de seu amor, por quem sempre esperava, pois assim era o seu coração: fiel até o fim, e desafiando sempre as limitações e mediocridades do bom senso. Mas, quando a vida toma uma curva fechada, nunca se sabe ao certo o que vai acontecer depois de dobrada a esquina. O papel de Ellen Jebsen em *Os Perigos da Vida do Pescador* foi cancelado, por razões de economia ou por razões artísticas sem fundamento. A história tinha apenas três personagens, os pais e seu filho, que, durante a ação, morre afogado na piscina de Frognerkile, que representaria o mar revolto e perigoso. Que fique desde já registrado que esse cancelamento não foi apenas uma decepção para Ellen Jebsen, foi uma tragédia para a indústria cinematográfica norueguesa como um todo, que mal conseguiu se manter em pé depois desse início tão precário. Com ela no papel principal, como a namorada do filho morto, o filme teria tido outra repercussão, pois ela como ninguém sabia tocar o seu público. Pois não é esse o objetivo principal do cinema, o de tocar os sentimentos do público, levá-lo ao riso e ao choro, ao desespero e ao alívio? Depois dessa decepção, Ellen Jebsen deixou para trás sua carreira, e obteve um emprego na Central Telefônica, onde sua filha, Boletta, também viria a trabalhar. Ellen Jebsen ficou morando em Oslo, até sua morte, no mesmo dia em que o rei Haakon, seu príncipe, também se foi. Havia uma coerência na sua vida que supera a arte e desafia o acaso.

Escrevo estas linhas dois anos após sua morte, que só hoje me foi dado conhecer, na certeza de que nunca é tarde demais rememorar e honrar uma pessoa extraordinária. Perdemos Ellen Jebsen. Meu desejo é que estas palavras simples, escritas com tristeza e com gratidão, a retenham e a ergam até o firmamento que por direito é seu.

Atenciosamente,
Fleming Brant,
Bellagio, Itália

Quando a mamãe terminou a leitura e voltou o jornal para cima da mesa, nós também choramos. As palavras impressas cresciam dentro de nós, as palavras que vêm quando tudo já foi, tal como a carta da Groenlândia que chegou somente muito depois de o remetente ter desaparecido, morto no gelo. Por fim, mamãe suspirou. "É pena que a Velha não pôde ler isso." Papai levantou-se bruscamente. "Quem diabos é Fleming Brant?" Mamãe virou-se para Boletta, que apenas balançou a cabeça, ainda mais pálida, e baixou a vista para um lugar em que não dava para vermos os seus olhos. "Não faço a menor idéia", sussurrou. Fred abriu a boca. "Onde fica Bellagio?", perguntou, baixinho. "Itália", respondi rapidamente. Fred estendeu-se sobre a mesa e esfregou-me a testa. "Você acha que não sei ler, é, baixinho?" Mamãe nos interrompeu antes que eu começasse a choramingar. "Vamos parar com essa briga, meninos." Ela foi buscar uma tesoura na gaveta da cozinha e recortou com cuidado o necrológico, e lembro-me claramente, como se nunca tivesse saído da mesa naquela manhã, mas ainda estivesse sentado lá, o som da tesoura cega que corta o papel, mamãe que tem de cortar duas vezes, forte, para rasgar o papel, e o restante dos anúncios fúnebres que foram jogados no cesto de lixo, estalando como chamas, colunas negras com nomes, como os textos de um filme a que ninguém assistiu. Não vamos à escola nesse dia. Mamãe escreve uma justificativa. Parece que estamos os dois com dor de barriga. Rio alto e mamãe me pede para calar. Vamos até o cemitério. Todos que encontramos descendo a Kirkeveien cumprimentam de um jeito diferente, acenam e nos acompanham com a vista depois que passamos. Também leram o *Aftenposten* e sabem a estrela de quem descendemos. Esteve escrito, preto no branco, do lado dos anúncios fúnebres, e não pode ser contestado. Esther abre a portinhola de seu quiosque, acena com suas luvas sem dedos. "Parabéns!", grita. Mamãe retribui o aceno. "Muito obrigada!" Mas, quando paramos diante do túmulo da Velha, Fred não está mais lá. Ele evadiu-se no meio das árvores atrás do parque de Frogner. Eu só vi suas costas. Mamãe chama por ele. Fred não nos ouve. A lápide, com o nome famoso, *Ellen Jebsen 1880-1957,* está inclinada. Papai tenta endireitá-la, encosta o ombro sobre a pedra negra e empurra, e eu fico atrás do papai fazendo força, mas não conseguimos. É o solo congelado que afetou a lápide. A água congelou o solo. Os mortos congelam em seus leitos de gelo. Papai não quer desistir. Está de mal com a lápide. Ele vai pô-la no lugar de qualquer jeito. Mamãe quer fazê-lo parar, mas agora o gelo entrou também na mente do papai, sua teimosia congelou. Ele se deita por inteiro sobre o pilar relutante, inclinado e blasfemo, ele xinga, mamãe tapa os ouvidos, Boletta segura a minha mão, mas a pedra é mais forte, é a pedra que empurra o papai para trás, ela o empurra e faz cair, o domina, pois, de repente, papai fica com o rosto todo azulado e fica deitado, estrebuchando sobre o túmulo da Velha. Mamãe se ajoelha e o chama pelo nome. Papai enfia os dedos na grama. Depois, fica deitado, completamente inerte, com o rosto contra o solo frio, como se tivesse caído no sono, ao pé da lápide inclinada. Boletta corre até a capela, para pedir ajuda. Eu sinto os pés congelados. Ouço o som de um órgão. Mamãe sacode o papai. Então ele se levanta, devagar, olha na minha direção, espantado, tira a terra do sobretudo e volta-se para a mamãe. "Não fique com raiva", diz. Mamãe o abraça e chora. "Não estou com raiva. Por que ficaria com raiva?" Em vez disso, ri. Papai cerra os olhos novamente e descansa nos braços dela. E ficam assim sentados, sobre o túmulo da Velha, até Boletta retornar, correndo. "O capelão vai telefonar para a ambulância!", grita. Papai afasta a mamãe e encara Boletta, que parou, sem fôlego, no meio de uma nuvem de gelo. "Ambulância?", pergunta. "Você está doente, Boletta?" Mamãe acaricia o rosto dele. "Você teve um mal-estar, Arnold. É melhor passar no hospital." Papai tenta se levantar, mas as pernas cedem. Ele tomba, e xinga mais do que antes. "Não vou para o hospital, pelos diabos!", grita. "Me ajude." E, por fim, conseguimos colocá-lo de pé. Ele mal se agüenta. Ele treme. Ouvimos a sirene que se aproxima. Papai enfia o chapéu na cabeça. "Adeus", diz. Mamãe segura o seu sobretudo. Mas não consegue retê-lo. Ele se afasta lentamente, como se cada passo exigisse uma profunda reflexão. A ambulância entra de ré pelo portão, e dois homens de capa branca se apressam na nossa direção. Mamãe aponta para o papai, que cambaleia entre os túmulos. Correm atrás dele. Mas papai não tem a menor intenção de se internar. Ele afasta o médico e, por um momento, parece que vão prendê-lo. Então desistem e deixam o papai em paz, enquanto a mamãe fica toda envergonhada, pedindo desculpas. Boletta diz que a Velha não aceitava ser empurrada. A lápide deveria ficar como estava, uma irregularidade no meio da calma e da ordem do cemitério do Oeste, uma lembrança torta de sua grandeza. Mas, na primavera seguinte, quando o sol fazia o solo escorrer debaixo de nossos pés, a lápide havia retornado à sua posição ereta, uma régua de pedra negra, como se a Velha tivesse se levantado no sono, pela derradeira vez, e virado o travesseiro.

Mas não consegui conciliar o sono aquela noite. Mamãe ficou na sala, esperando o papai, andava, inquieta, de um lado para outro, parava junto à janela, sentava-se no sofá e não conseguia se acalmar. Boletta guardou o necrológico na mesma gaveta da carta da Groenlândia. Por um momento, achei que o alarme falso da mamãe poderia se tornar verdadeiro. Minha barriga começou a ficar revirada, enjoada, a ponto de passar mal. Mas, de repente, alguma coisa atingiu-me a testa. Era uma bola dura de papel-alumínio. Foi Fred quem a atirou. Quando o Fred atirava alguma coisa, costumava acertar. Ele cheirava a tabaco, podia sentir o cheiro da cama onde eu estava deitado. "Ele estava morrendo?", perguntou Fred. "Parecia que sim", sussurrei. "Como parecia?" "Ele ficou com a cara toda azulada", disse eu, em voz baixa. "Como assim?" Fred atirou mais uma bolinha de papel-alumínio na minha direção. "Ele estava azul-escuro ou azul-claro?" Tive que pensar um pouco. "Estava azul-escuro, Fred." Fred cantarolou no escuro. "Ele disse alguma coisa?" "Sim", sussurrei. Fred parou de cantarolar e ficou impaciente. "Tenho de arrancar tudo de você, Barnum?" "Não fique com raiva", disse eu. Fred suspirou. "Não estou com raiva. Só me diga o que ele disse." "Mas foi isso mesmo que ele disse, Fred. Não fique com raiva." Fred ficou bastante tempo deitado, sem dizer nada. "E o que foi que a mamãe disse?", perguntou, por fim. "Que ela não estava com raiva", disse eu. "Puta merda", sussurrou Fred. E, no mesmo instante, papai voltou para casa. Não vinha pela sombra. Veio em tamanho natural e não se fez menor do que já era. Era esse o seu jeito, derrubado num momento, de pé no momento seguinte, os golpes que o atingiam não pegavam nele, já esquecido que havia se estendido com grandes dores sobre o túmulo da Velha, com a cara azulada, em vez disso o triunfo e a voz alta. Corri até a sala. Lá estava o papai de joelhos, abrindo um imenso mapa sobre o assoalho. Fiquei entre mamãe e Boletta. Era a Europa, e a Europa era quase do tamanho do nosso tapete. Papai desferiu um golpe com o punho cerrado sobre o mapa. "Aqui!", exclamou. "Aqui fica Bellagio!" Aproximamo-nos. Bellagio ficava bem no alto da Itália, junto a um lago estreito, azul, chamado Como. "Fica bem longe", sussurrei. Papai olhou na minha direção. "Longe? Não é mais longe do que até Røst, meu rapaz." Papai balançou a cabeça e colocou a outra mão sobre Røst. "A Europa nem é tão grande assim, posso até assoar o nariz com este mapa!" "Pare de falar bobagem", disse a mamãe, rindo. Papai não parou. Estava apenas esquentando. Já irradiava autoconfiança. "Mas se você acrescentar a América, aí sim podemos falar de distâncias." "E onde fica a Groenlândia?" Viramo-nos na direção de Fred. Estava encostado na parede, com a cara emburrada. Papai sorriu. "Essa é uma boa pergunta, Fred. Porque a Groenlândia fica fora deste mapa. Mas, se você espiar debaixo do sofá, talvez encontre a Groenlândia lá." Fred não se mexeu. "Achei que você tinha morrido", disse. Fez-se um grande silêncio. E Fred voltou a se deitar antes que alguém conseguisse dizer alguma coisa. Papai riu, mas um pouco tarde, como se o rosto e a risada não combinassem. Arrastei-me para baixo do sofá para procurar a Groenlândia, mas só achei uma velha pastilha coberta de pó e uma rolha de garrafa de vinho com um cheiro adocicado e pesado. Papai teve que me puxar para fora de novo. "Veja", disse. "Com este carro você pode atravessar a Europa!" Ele me deu uma caixa de fósforos. Fiquei olhando para a caixa, sem entender. "Isso aqui não é um carro", sussurrei. "É sim, Barnum. É um carro." "É uma caixa de fósforos", disse eu. Papai suspirou. "Nada disso", disse ele, com a voz um pouco mais áspera. "Se você olhar direito, vai ver que é um carro. Mais precisamente, é um Buick Roadmaster Cabriolet." Não desgrudei o olhar. "Agora estou vendo", disse eu. Papai pôs a mão sobre o meu ombro. "Mas, se você preferir ir por mar, nada impede que seja também um barco." Ele tirou um fósforo e enfiou na tampa. "Está vendo? Agora você pode navegar pelo litoral até chegar a Røst." "Prefiro andar de carro, papai." "Tudo bem, Barnum. Só não se esqueça de dirigir pela esquerda na Suécia." Papai acendeu um cigarro com o mastro e a caixa de fósforos voltou a ser um carro, um Buick, com espaço para todos nós. Deitei-me sobre o mapa e comecei a viagem para o sul, saindo de Oslo. Mas antes de chegar a Svinesund, fico enjoado e me afundo no estreito de Skagerak. Não me lembro da mamãe me carregar até minha cama. Já faço muito segurando a vontade de vomitar. As curvas ficaram muito bruscas. A velocidade, muito alta. A lua atrás da vidraça é um volante amarelo. Eu estaciono. A noite é uma garagem. Fred tem um sono agitado. E cada vez que se fecham os olhos, dá-se um salto. Cada piscada é um corte no filme de sua fita. No sono, junto os fotogramas, reparto o tempo, não numa dissolução lenta, mas em um corte brusco. Eu sou o pequeno deus que joga fora tudo o que não está no roteiro. E quando o papai nos acorda, o quarto está cheio de luz, é verão, e hoje é o aniversário da mamãe.

A Divina Comédia

E entramos, pé ante pé, no quarto da mamãe. Papai vai primeiro, ele acendeu uma vela, mas a chama é quase invisível no sol que enche os nossos cômodos. Boletta fez pão doce, pelo menos é o que diz, mas acho que ela comprou em Majorstuen e só deu uma aquecida no forno e colocou mais uma uva-passa. Fred e eu temos, cada um, um presente que vamos dar para a mamãe. Paramos na soleira e cantamos parabéns. A voz do papai sobrepõe-se a todas. O cinto do seu roupão solta-se. Cantamos mais uma estrofe. Mas a mamãe continua deitada na cama, em silêncio, com as costas viradas para nós, e não se volta. Ficamos em silêncio. Papai está impaciente. "Vera?", chama, baixinho. "Parabéns!" Não adianta. É como se a mamãe estivesse dormindo ou não quisesse nos escutar. Boletta fica preocupada. "Acho que devemos deixá-la ficar sozinha", diz. Papai protesta. "Sozinha? É o aniversário dela!" O sopro de sua voz apaga a vela e, no mesmo instante, mamãe se volta. Seu rosto está magro, cinzento, e quase não a reconheço. Seu cabelo, solto, está espalhado, como se nunca tivesse ido a uma cabeleireira em toda a sua vida. Ela nos fita com olhos arregalados, secos. Talvez não nos esteja reconhecendo? Será que pensa que somos um grupo de estranhos que invadiu o apartamento? Nunca senti tanto medo. Tenho vontade de chorar, mas não tenho coragem, só sai um soluço e Fred me aplica uma canelada. Papai aproxima-se da cama. Boletta segura o seu braço mas papai se desvencilha. Ele não entende. Está confuso e ofendido. "Você está doente, Vera?" E mamãe levanta-se do travesseiro. "Quantos anos faço hoje?", pergunta. Papai pára. Ele tenta rir. "Ora, ora, vai me dizer que esqueceu?" "Quantos anos faço hoje?", repete a mamãe. Estou para dizer, mas o Fred aplica-me outra canelada ainda mais forte. É o papai que acaba dizendo. "Hoje você tem nada mais nada menos do que 35 anos, querida." Mamãe volta a se deitar, e é apenas uma sombra sobre a cama. "E o que a vida me deu?", pergunta. E ela mesma responde: "Nada!", e esmurra o colchão. "Nada!" Não quero que ela fale assim. O que vai ser de nós se a mamãe está infeliz e largar mão de tudo? É de nós que tem raiva? O que foi que fizemos? Cerro os dentes com tanta força que machuco as gengivas. Boletta deposita a travessa com o café e o pão doce. "Ora, ora", sussurra. Papai está paralisado junto da cama e tenta sorrir. "Nada? Pois eis um pequeno exagero." Mamãe o fita e há uma raiva no seu olhar que nunca vi antes. "Então me diga, Arnold Nilsen! O que foi que a vida me deu?" Papai reflete. "Em primeiro lugar, dois belos meninos", diz. Mamãe começa a chorar. Então o Fred se aproxima dela e deposita o presente no edredom. "Parabéns, mamãe", diz, em voz alta. Mamãe hesita e abre o presente com mãos lentas. É uma tábua de cortar pão, feita pelo próprio Fred na aula de trabalhos manuais. Bem em cima, pirografou PARA MAMÃE, DE FRED, com letras tortas, marrons, ainda cheira a queimado, e nem uma das letras está na ordem errada. Mamãe mal olha o presente. "Obrigada", diz, com a voz baixa. O desapontamento estampa-se no rosto de Fred, como um selo, ele engole em seco e tenta disfarçar, mas não consegue. Papai lhe dá uma palmadinha no ombro. Fred emburra e se afasta. Agora é a minha vez. Entrego o meu presente à mamãe. Ela o abre, com a mesma lentidão, como se cada gesto lhe pesasse. É um porta-guardanapo. "Obrigada", murmura, sem olhar para mim. E ela coloca a tábua de cortar pão e o porta-guardanapo na gaveta do criado-mudo e volta a enfiar-se debaixo das cobertas. Papai fica intranqüilo. "Agora só lhe faltam o pão e o guardanapo", diz, rindo alto. Ele é o único que ri. Mamãe o fita com o olhar mais cerrado do bairro de Fagerborg. "Se você não tem outra coisa a me dar que não seja a sua risada falsa, pode ir embora!" Papai fica parado. Ele está magoado. Profundamente magoado. Mas ele permanece em seu lugar. Ele ajeita o cinto em volta do roupão. Boletta foi buscar o vinho Málaga, enche um cálice, mas nem isso a mamãe quer. Boletta toma o vinho sozinha e inalo o odor quente e doce que, por um breve segundo de embriaguez, me faz esquecer, esquecer que é o aniversário da mamãe, que a mamãe está infeliz e não gosta dos presentes que fizemos para ela. "Não é minha risada que eu lhe dou", diz o papai, com a voz vibrante. "O que é, então?", pergunta a mamãe, sem olhar para o marido. Boletta enche de novo o cálice. Mas mamãe continua não querendo tomar nada. Volto-me para o Fred. Ele cerra o punho. Papai aproxima-se da cama. "Não é minha risada que eu lhe dou", repete. "É a sua própria risada. Eu faço você rir." "Não mais", sussurra a mamãe. Papai balança a cabeça. "Será que alguém que carregou uma mala cheia de aplauso por toda a Europa não é capaz de fazer com que Vera Nilsen ria na Kirkeveien?" Mamãe suspira e o afasta com um gesto da mão magra, em que seus dedos pendem perpendicularmente para baixo. Agora sei. Ela está cansada de nós. Ela quer se livrar de nós. Me dói até o estômago. Me dá uma ardência logo debaixo do coração. E é agora que o papai faz o que sabe melhor fazer. Ele deve ter esperado por esse momento, e aposta tudo em uma única ficha. Ele vai até a porta, a nuca recurvada, em silêncio. Mas, de repente, pára e volta-se para nós. Ele endireita o corpo, e estala os dedos, como se naquele instante tivesse se lembrado de algo que havia se esquecido de contar. Ele vira a situação a seu favor. Ele toma nas mãos a situação negativa e faz com que o público se ponha de seu lado. Ele espreme o riso do desânimo. Por que o papai não disse logo! "Se não posso mais te fazer rir, será que você gostaria de me acompanhar em uma viagem até a Itália?", diz ele. Faz-se um profundo silêncio no quarto. Fitamos papai. Ele anda de um lado para outro nos seus chinelos puídos, e encontra um meio charuto no bolso do roupão e o enfia na boca. Até mamãe fica inquieta na cama, e, por fim, não consegue deixar de se virar. "Do que é que você está falando?", pergunta Boletta. "Eu falo da famosa Itália", diz papai. Boletta resmunga alto e toma mais uma dose de Málaga. Mas a mamãe se levanta, devagarinho. "Itália?", sussurra. E este é o triunfo do papai. Ele devolveu a cor à face da mamãe. Ele soprou vida em seus cabelos. Ele a conquistou mais uma vez. Ele lança um olhar rápido sobre os ombros e olha para mim, como se tivéssemos conseguido vencer o desafio juntos, o desafio de conquistar a mamãe com uma tábua de pão, um porta-guardanapo e um sonho sobre a Itália, nessa manhã em que ela completa 35 anos de idade, agosto de 1960. Papai põe o charuto de volta no bolso e senta-se na beirada da cama. Agora, ele está perfeitamente calmo. Ele nos tem na palma de sua mão. Estamos presos na mesma corda, e ele estica a corda, até quase o ponto de ruptura, até que a mamãe levanta a mão para tirar-lhe o resto da história. Mas ele se adianta a ela, no último instante. "Certa vez você me acompanhou para o norte, na ilha mais distante, para batizarmos o Barnum", diz o papai. "E agora quero levá-la para o sul." Mamãe silencia. Ela é um ponto de interrogação em ambos os olhos. É a vez de papai suspirar, não um suspiro pesado, mas o suspiro bem-humorado, superior. "Não seria uma boa idéia visitar o Fleming Brant, o amigo necrófilo da Velha em Bellagio?", diz. Boletta bate o pé. "Ele escreveu o necrológio dela, Arnold Nilsen! E isto deve bastar!" Papai ri. "Seja como for! O que você diz, mamãe? Você me acompanha?" "Não temos esse dinheiro todo", sussurra ela. Papai apenas dá de ombros e se diverte com a situação. "Mas para isso se tem sempre um jeito", diz. E retira um embrulho de dentro do roupão, é como um mágico, e agora abre o embrulho de papel pardo e vemos todos que contém dinheiro, maços de notas, e nos aproximamos e retemos a respiração. Eu seguro a mão de Fred e ele não me solta. "Liras italianas", diz papai. Boletta resmunga alto. "Não valem mais do que um centavo cada uma dessas notas!" Papai não lhe dá ouvidos. Ele se volta para a mamãe, que levanta uma das notas finas e deixa-a cair, desconfiada, quase que voltando a si. "De onde vem esse dinheiro?", pergunta. E papai percebe que está a ponto de perder o controle, ele tem que ir adiante, tem que anular essa preocupação, essa desconfiança. Ele responde sem rodeios. "É o pagamento final pelo Buick, querida." Ele beija a face da mamãe. Ela o deixa beijar. Boletta quase se interpõe. "E como é que você pensa que vamos viajar até a Itália? A pé?" Papai volta-se para ela, e sua face transparece paciência. Porque é agora que vai coroar a sua obra. Ele vai se superar. Hoje, ele conversa de igual para igual com Deus. "Pensei que seria melhor comprarmos um carro", diz. E ele aponta na direção da janela. Corremos até lá e afastamos as cortinas. E, lá embaixo, junto da esquina, está o único carro da rua. Não é exatamente um Buick Roadmaster Cabriolet. É uma caixa preta com rodas. É um Volvo Duett. E papai comprou para si luvas novas de dirigir, de couro preto. Ele abraça a mamãe. "Parabéns, minha querida", diz ele.

Na mesma noite, mamãe pergunta, baixinho: "Como foi que você conseguiu esse carro?" Fico deitado na cama, ouvindo a conversa. Ouço o papai pigarrear e dar uma volta pela sala. "Vou resumir uma longa história", diz ele. "Isso mesmo!" Agora é Boletta quem fala alto. "Psiu", cochicha a mamãe. "Um amigo estava me devendo um favor", sussurra papai. "Que amigo?", pergunta a mamãe. E o riso do papai ecoa pelo apartamento. "Eu tenho muitos amigos", diz.

Não consigo conciliar o sono essa noite. A alegria me dá insônia. Vamos viajar nas férias de verão. Vamos para o exterior. Ganhei uma moeda italiana do papai, para praticar. Eu digo com meus botões: Lira. Lira. É tão leve na mão, e vale menos do que um centavo. E essa moeda imponderável me faz lembrar da tristeza sombria da mamãe essa manhã, e é a falha na minha alegria dessa noite. O que posso comprar com uma moeda dessas? E que vou fazer com ela? Perco a moeda no chão e não a ouço cair. "Por que a mamãe estava tão chateada?", pergunto, com cuidado. Mas o Fred não está lá e ninguém me responde.

Viajamos dois dias depois. Papai dirigia, mamãe controlava o trajeto pelo mapa, e Fred e eu sentamos no banco de trás com Boletta no meio e ela estava difícil e queria para si tanto espaço que tínhamos de ficar com a bochecha colada no vidro. O relógio não marca mais do que quatro horas quando descemos a rua Jacob Aall e saímos da cidade silenciosa, abandonada, onde nem os entregadores de jornal haviam acordado, todos dentro daquela caixa preta, cheia de malas, pastas, garrafas térmicas, galões de gasolina, sacos de dormir e creme protetor, passando o fiorde, que parecia um linóleo encerado, porque a mamãe conseguiu ao menos achar a estrada de Moss. Mas logo antes de chegarmos a Moss ela ficou com enjôo, papai teve que parar no acostamento, e mamãe ajoelhou-se e vomitou longamente. Talvez fosse porque o Volvo Duett tivesse menos suspensão do que um trenó. Mas papai achava que ela estava é com dor de cabeça por ter ficado acompanhando o mapa a sessenta quilômetros horários. "E para que serve tudo isso!", reclamou Boletta, sempre de má vontade. "Para que serve?", perguntou papai. Esperamos do lado de fora do carro. Era uma linda manhã, fora a mamãe. Ela ainda estava de cócoras. Boletta apontou para ela. "Você não vê que a gente fica doente de viajar desse jeito?" Papai acendeu um cigarro. "Bem, leva um tempo para se acostumar a viajar quando se viveu uma vida muito pacata", diz. Boletta se aproxima. "Cale a boca!", grita. Papai ri. "Lembro-me bem que ela ficou com enjôo de mar também em terra." Mas Boletta não desistiu. "É um grande pecado perturbar os mortos", sussurrou. Papai espantou-se. "Morto? Por acaso o Fleming Brant está morto?" Boletta estava muito irritada. "Disso nada sei, Arnold Nilsen! Mas a Velha está morta e não devemos incomodá-la!" Mamãe levantou-se do acostamento e retomou o fôlego. "Vamos seguir viagem", disse. Papai bateu palmas, hesitou por um instante e, por fim, apontou para mim "Daqui para frente, você é quem vai acompanhar no mapa, Barnum."

Troquei de lugar com a mamãe. O mapa era meu. Sentei-me do lado do papai. Ele tinha que colocar três almofadas no assento para ficar mais alto do que o volante. Peguei o saco de dormir de Fred para sentar. Eu tinha uma bela vista. Coloquei o mapa da Europa no colo e acompanhei os traços vermelhos com o dedo. Saímos. Por um instante, pensei que pudéssemos ir na banguela até a Itália, era sempre para baixo, era só passar Majorstuen no farol verde, e pronto. Agora já sabia melhor. A estrada sobe e desce e não tem outro jeito. É o que o leitor de mapas tem de saber. "Qual a distância até Helsingborg?", perguntou papai. "De Oslo até Helsingborg são 565 quilômetros", respondi. Mas já havíamos feito 60 quilômetros. "Então dá para alcançar a balsa antes da hora do jantar", disse papai, satisfeito. "E a balsa até Helsingør leva 25 minutos na travessia", informei. "Muito bem, Barnum!" Papai deu-me uma palmada na coxa. "E qual a distância até a Lua, seu burro?", perguntou Fred. Até a Boletta deu risada. Abaixamos os vidros e comemos pão doce amanhecido. Estávamos sozinhos na estrada. Um trem passou ao longe, no meio de uma campina. Alguns acenaram do vagão traseiro. Acenamos de volta. O sol levantava-se no céu preguiçoso e despejava sua luz para todo canto, e a ar estava límpido e suave. Se Deus nos espiasse agora, acharia que o carro era apenas uma caixa de fósforos que corria pelo planeta que ele havia desfraldado no espaço sideral.

Enchemos o tanque em Svinesund, e compramos água com gás e bolacha de chocolate no quiosque. Mamãe e Boletta entraram na fila do banheiro, e o papai teve que apresentar uma pilha de papéis para os guardas. Então nos deixaram passar a fronteira. Estávamos no exterior. Não percebi muita diferença, exceto que tínhamos de seguir pela pista da esquerda. Não havia nem uma valeta lá onde a Noruega virava a Suécia, e o céu era exatamente o mesmo. "Qual a distância até Helsingborg, meu *poike*", disse o papai. Talvez fosse isso o que queria dizer ir para o exterior. A gente começava a falar sueco. E quando fôssemos cruzar a fronteira da Itália, iríamos de repente falar italiano? Calculei tudo o que pude no mapa. "São 425 quilômetros, papai." Tanto quanto dava para perceber, eu ainda estava falando norueguês. "Mas quanto falta até Gotemburgo?", quis saber agora. Calculei e recalculei os números miúdos escritos ao longo das estradas desenhadas no mapa. Quase não conseguia mais enxergar. Estava ficando com a vista enjoada e não deveria ter comido aquele chocolate. "Cento e dez quilômetros", sussurrei. "Então vamos poder jantar em Gotemburgo, não é mesmo?" Minha barriga era um tambor. Eu engolia e voltava a engolir. As fronteiras, as estradas, as cidades e os lagos se misturaram, formando uma terra cujo nome eu não conhecia. Talvez eu não agüentasse a mão trocada de direção? Papai deu-me uma olhadela rápida. "Como está se sentindo, Barnum?", perguntou. "Desculpe", disse eu, estranhando meu sotaque. Agora eu também estava falando sueco. E, então, botei tudo para fora. Vomitei sobre o mapa e sobre o painel e sobre o volante e sobre o pára-brisa. Papai freou bruscamente, mamãe gritou, Fred riu. Boletta continuou dormindo e um ônibus passou, buzinando. Encostei-me no barranco e vomitei o resto. Escorria da boca, do nariz, dos olhos. Todos os orifícios estavam em uso. E desde então fico enjoado só de lembrar um número ou de olhar para mapa. Fui reprovado em geografia e nunca consegui tirar a carteira de habilitação. Meu tempo de leitor de mapas havia passado, lá no barranco, três quilômetros depois da fronteira sueca. Mamãe estendeu o mapa para secar. Boletta tirou da mala roupas limpas para mim. Papai lavou o carro e Fred subiu numa árvore e não queria mais descer. Mas, quando finalmente acordei, Fred estava no banco da frente junto ao papai e eu estava deitado, todo enrolado, entre mamãe e Boletta. Cheirava a mar. Sentei-me. Dava para ver a Dinamarca. Ficamos durante uma hora na fila. Então subimos com o carro na balsa. Corremos até o convés mais alto, porque não se fica enjoado quando se pode ver o horizonte. No meio do estreito de Øre, papai começou a falar dinamarquês. "Quer uma Bayer, Boletta?", perguntou. Mas Boletta não respondeu. Apenas deu as costas e entrou no salão. À medida que íamos mais ao sul, ela ficava cada vez mais difícil. Não queria visitar Køge e conhecer a casa onde a Velha tinha nascido, e não queria conhecer o zoológico para ver os bois almiscareiros que descendiam diretamente do animal que finalmente levaram para casa com o vapor *Antarctic* em dezembro de 1900. "É um grande pecado perturbar os mortos", disse ela.

Já era tarde de noite quando descemos a terra, em Helsingør. A escuridão estendia-se sobre a Dinamarca. Fred teve que usar a lanterna para ver o mapa. Comemos peixe frito numa hospedaria à beira da estrada. Finalmente, papai pôde tomar uma Bayer. Mamãe perguntou se havia algum quarto vago, não havia, mas se tivéssemos uma barraca poderíamos montá-la no quintal. Não tínhamos barraca e preferimos dormir no carro. Depois de amarrarmos nossas malas no bagageiro em cima do carro, baixamos os bancos, e havia espaço para quase todo mundo. Fred preferiu dormir fora do carro. Boletta falava no sono. Eu não entendia o que ela dizia. Talvez fosse a língua noturna dela, que só ela entendia? Mamãe fazia psiu para ela, baixinho. Papai respirava pesadamente pelo nariz, era todo um instrumento de sopro. Eu abri a porta e me arrastei até Fred. Ele também estava acordado. Sentei-me do lado dele. O céu aqui era maior do que na Noruega, provavelmente porque a Dinamarca é tão plana. Um inseto dinamarquês passou zumbindo e fez o silêncio ficar ainda mais profundo. "Por que a Boletta é tão esquisita?", sussurrei. "Boletta não é esquisita", disse Fred. "O que é, então?" "Ela é velha, Barnum." Eu gostava quando o Fred falava assim comigo. Encostei a cabeça no ombro dele. "Você está animado?", perguntei. "Com o quê?" "Com a Itália, ora." Fred fez um momento de silêncio "Preferia ter viajado até a Groenlândia", disse. Então ouvimos um som estranho, um sopro no escuro, uma onda que batia em nós sem nos molhar. Fred levantou-se e começou a se afastar do carro. Segui-o. Nos aproximamos. Entramos na onda e paramos. Uma imensa roda rolava noite adentro, sem sair do lugar, ou poderia ser uma ave que não conseguia levantar vôo. Era um moinho de vento. E uma lembrança manifestou-se em mim, enquanto esperávamos na profundeza da sombra dinamarquesa, uma lembrança pesada e invisível, fora de minha consciência e acima do meu entendimento, e por isso não estava fixada em minha curta lembrança, era mais como uma cicatriz, uma impressão, enquadrada no sono, e que somente consegui entender quando retornei a Røst, muitos anos mais tarde, como um refugiado, e encontrei os tristes restos da invenção do papai, no topo da ilhota de Vedd.

Chegamos a Flensburg na manhã seguinte e passamos a fronteira sem sermos impedidos pelos dois guardas em uniformes apertados. Era Boletta quem agora acompanhava o trajeto no mapa e ela há muito havia dobrado a Europa inteira, guardando-a no porta-luvas. Acho que ela torcia para que o papai tomasse o caminho errado. Havia esperado que o papai começasse a falar alemão conosco, mas ele estava taciturno e introvertido. Ele queria ir adiante e pegou a rodovia expressa que levava até Hamburgo. Era lá que iríamos passar a noite. Eu não via nada, apenas o ponteiro do velocímetro que encostava nos cem. O Volvo Duett chacoalhava todo. Tínhamos que nos segurar. Mesmo assim, éramos ultrapassados sempre. Carros esporte, rentes ao asfalto, passavam por nós a toda, e era como se estivéssemos parados. Éramos os mais lentos. Papai forçou a velocidade até 110. Não adiantou. As novas luvas escorregavam pelo volante. Ele suava. Os outros iam sempre mais rápidos. Eu me sentia infeliz. Por que éramos os últimos se nunca havíamos andado com tanta velocidade? E papai falou sobre os que são cegos para a velocidade, que pensam que estão parados e saem do carro, quando estão a pelo menos sessenta por hora, e desde então sempre achei que o Fred não tinha dislexia e sim disvelocidade, ele saía da fala cedo demais. Mesmo assim, todos tiveram que frear, porque um pouco adiante piscava uma luz azul e alguma coisa havia acontecido, um acidente, talvez um motorista disléxico que tinha lido errado uma placa. Cheguei a entrever um destroço e pedaços de gente, um braço, sangue no asfalto, roupa, uma mulher ajoelhada, um caixão, um cachorro morto e um carrinho de criança arrebentado antes de mamãe colocar a mão sobre os meus olhos e me segurar até chegarmos a Hamburgo e nos perdermos numa rotatória, e foi só então que o papai começou a falar e ele falava em norueguês. Porque um homem correu para o meio da rua bem na nossa frente e balançava os braços e apontava para alguma coisa e pensamos que ele tivesse furado o pneu e que era isso que procurava nos dizer. Papai jogou o carro para cima da calçada e abaixou o vidro. O estranho curvou-se e espiou-nos, sorrindo. Ele tinha uma cicatriz no canto da boca, que parecia uma continuação do sorriso. "Noruega?", perguntou, com sotaque carregado. Papai fez que sim. "Noruega?", repetiu o estranho. "Sim", disse o papai. "Somos da Noruega. O que o senhor quer?" Agora o alemão enfiou o braço todo no carro e quis cumprimentar a todos. "Estive na Noruega durante a guerra", disse. "Um belo país!" Papai fitou-o, incrédulo. Boletta afastou a mão, como se fosse sujo e infeccioso. Mamãe ficou abraçando a mim e ao Fred. O alemão sorridente, com a cicatriz no rosto, ficou comovido. Ele enxugou uma lágrima. "Espero poder um dia voltar para a Noruega", sussurrou. Foi então que o papai saiu do sério. Ele arrancou a luva e mostrou o punho dilacerado, sim, era como se ele cerrasse o punho com todos os seus dedos faltantes e encostou-o logo abaixo do queixo do alemão. Mas, no último instante, papai mudou de idéia. Talvez tivesse se lembrado que havíamos nos perdido numa rotatória em Hamburgo e que era tarde e que ainda não havíamos encontrado um lugar para passar a noite, porque ninguém tinha vontade de passar mais uma noite no porta-malas de um Volvo Duett. O punho dilacerado ficou amistoso e o homem segurou esse toco de carne em ambas as mãos e chorou. "Somos dois soldados feridos, nós dois", sussurrou. Papai sentiu-se incomodado. "O senhor poderia recomendar algum hotel aqui perto?", perguntou e recolheu o braço rapidamente. "Só o melhor é bom o suficiente para vocês", disse o alemão e apontou na outra direção. "À direita do lago inferior fica o Vier Jahrzeiten." Papai levantou o vidro de um golpe e arrancou da calçada. Eu voltei-me e vi o alemão, o vencido cortês, que ficou na rotatória e levantou o chapéu, numa saudação. "Pois é, nessa guerra você levou a melhor, Arnold Nilsen", disse Boletta. "Você não poderia tê-lo simplesmente atropelado?" Papai não respondeu. Ele se encostou no volante, pálido e mudo, e voltou a luva com os dedos artificiais para o seu lugar. Alguém buzinou atrás de nós. Havia carros para todo lado. Apenas seguimos o fluxo do trânsito descendo para Hamburgo, como um rio com rodas, e lá, junto a um pequeno lago, circundado de uma fileira de árvores raquíticas, estava o hotel, Vier Jahrzeiten. Papai parou na frente da escadaria. Havia um carregador a postos no tapete vermelho. "Parece caro", sussurrou mamãe. Papai apenas sorriu, ajeitou o cabelo, limpou os sapatos com o lenço, acendeu um cigarro e subiu a escadaria, enquanto dava uma gorjeta ao carregador, e lá em cima outro serviçal abriu uma porta dourada. Esperamos. Levou algum tempo. "Não podemos simplesmente virar e voltar para casa?", sussurrou Boletta. Mamãe ficou irritada e inclinou-se entre os assentos. "Você não vai agora estragar essas minhas férias!" Boletta virou-se e disse pela última vez. "Não se deve perturbar os mortos." E no mesmo instante o carregador encostou o rosto no pára-brisas e ficou nos espiando. Parecia um palhaço, com seus lábios brilhantes e sua bochecha branca. Boletta ergueu o punho e ele se afastou, cumprimentando, voltando ao seu lugar sobre o tapete vermelho. "Quem sabe tem um chuveiro no quarto", suspirou mamãe. E continuamos sentados, em silêncio. No *foyer*, dava para ver os hóspedes que iam lentamente de um lado para outro, com copos e cigarros nas mãos, e com jóias que brilhavam. Por fim, papai voltou. Ele afastou o carregador, atirou-se no assento atrás do volante e deu partida. Estava zangado por algum motivo. Suas mãos tremiam tanto que mal conseguia dirigir. "Não havia mais vagas", resmungou. Mamãe tentou sorrir. "Nenhuma vaga?" Papai soltou a respiração presa. "E dê graças a Deus!", exclamou. "Essa miserável hospedaria não tinha mais do que cinco estrelas!" Boletta encarou-o. "Cinco estrelas! E não é muito?" Agora papai riu. "Já me hospedei em hotéis com dez estrelas e isso dá o dobro de cinco!" Boletta resmungou. "Talvez não fôssemos o padrão do Vier Jahrzeiten", disse ela. Papai ficou quieto e teve que parar numa esquina. Estava novamente de péssimo humor. Mamãe enxugou o suor da testa dele e dava para torcer o lenço depois. "O que fazemos agora?", perguntou ela, com cuidado. Papai tirou um mapa de Hamburgo que trazia no bolso. No meio da folha amarrotada estava desenhado um "x". "Recomendaram, por muito favor, um hotel em Grosse Freiheit", disse. "Grosse Freiheit?", repetiu mamãe. "É uma rua bem conhecida aqui, querida." Era só procurar um elefante. E seguimos adiante, não para baixo, mas para dentro de Hamburgo, para dentro dos sons e da luz, que logo nos cercavam por completo, até chegarmos aos recantos mais internos do coração pagão da cidade, um coração que batia de forma selvagem e sem ritmo, uma sístole imensa que fazia o carro tremer na lataria e, por fim, ficamos parados diante de um coágulo em uma rua estreita onde as janelas eram vermelhas. Espiei lá fora. Vi mulheres com coxas nuas, marinheiros bebendo cerveja, sombras que pareciam cachorros em umbrais escuros, homens de salto alto e porteiros que convidavam para entrar. Mamãe voltou a cobrir os meus olhos com as mãos, com tanta força que quase não consegui respirar. "Elefante?", sussurrou. Papai apontou. "Lá!", exclamou. Mamãe soltou a minha cabeça e, num recesso, vimos uma placa com um elefante. A tromba pendia em um círculo que piscava em várias cores. Papai seguiu adiante o último trecho e estacionou na porta de entrada. O local chamava-se Indra Club. Aqui não havia tapete vermelho, nem carregadores, nem estrelas. "Você nos trouxe até o circo?", perguntou Boletta. Papai não respondeu. Permaneceu por um instante pensativo. Então decidiu-se. Quis que todos o seguíssemos, trazendo já as malas. O Fred e eu arrastamos cada qual uma mala pela porta do Indra Club. Chegamos até um vestíbulo. Atrás do balcão havia um homem careca que nos olhou espantado. E, por fim, o papai falou em alemão. Falou longamente e com fluência, e não faço idéia do que disse, mas o careca ouviu com atenção, apontou para o forro e disse algo que lembrava um número. Papai voltou-se satisfeito para nós. "Acabo de negociar um quarto no segundo andar." Fomos acompanhados através de um local esfumaçado onde alguns hóspedes estavam sentados junto a mesas redondas e tomavam cerveja em copos largos com asa. Seguiram-nos com os olhos e balançaram as cabeças, sorrindo, enquanto a espuma lhes escorria da boca. Num palco no fundo, junto da parede, havia uma bateria e três amplificadores. Uma guitarra elétrica, preta, estava largada no chão. Então subimos uma escada íngreme e inclinada e chegamos ao que seria nosso quarto para a noite. Mamãe ficou só olhando. Não havia sequer uma pia. A cama de casal inclinava-se para o centro do quarto e devia fazer já algum tempo desde que haviam trocado os lençóis pela última vez. No peitoril da janela uma lâmpada com uma cúpula vermelha, cheia de moscas. No travesseiro, meio rolo de papel higiênico. Até papai reteve a respiração. "É melhor a gente se dar por satisfeito", disse. Boletta sentou-se na única cadeira. "Mas não com o que há de melhor", sussurrou ela. Fred abriu os sacos de dormir. Mamãe foi até o corredor, à procura de um chuveiro. Ela voltou depressa e estava ainda mais pálida. "O que foi?", perguntou o papai. Mamãe já havia começado a arrumar as malas. "Você quer que a gente se hospede num prostíbulo?", gritou. "Tem mulheres nos quartos!" Papai tentou abraçá-la, mas não deu, nem o riso ajudava agora. "Não fico aqui nem mais um segundo!", sibilou. E, assim, abandonamos o quarto, a conta e o Indra Club apressados e em silêncio. Mamãe segurou-me pela nuca e sussurrava, sem parar. "Olhe sempre em frente, Barnum. Olhe sempre em frente!" Descemos as escadas e encontramos uma porta de saída no térreo. E na hora que passamos pela porta, vi cinco rapazes em calças apertadas e paletós roxos que pularam sobre o palco, pegaram as guitarras e levantaram as varetas. Fiquei parado por um instante. Queria ouvir o som. O mais alto dos rapazes inclinou-se para o microfone, entortou a boca, contou em inglês, *one, two, one two three four*, e ia começar a cantar. Vi os seus lábios formando um grito. Vi as mãos agarrando as guitarras, as varetas batendo forte nos tambores, os sapatos pretos, pontiagudos, que logo iriam começar a bater o ritmo. E, nesse instante, antes de começar, antes de os cinco rapazes entrarem em ação, num silêncio estranho, pesado, como os segundos que passam entre o raio e o trovão, a mamãe me empurrou e a porta bateu atrás de nós. Corremos até a frente, enfiamos as malas e os sacos de dormir no porta-malas, sentamo-nos no carro e o papai saiu em disparada entre as luzes néon e as estrelas. E a última coisa que vi de Hamburgo foi o cartaz chamativo num muro: *The Beatles. Inglaterra. Liverpool.*

Atingimos Bellagio no fim de tarde do dia seguinte e paramos numa curva fechada logo antes da cidade. Lá saímos do carro. Apenas Boletta permaneceu sentada, os braços cruzados. O sol descia por trás dos morros verdes e todos os telhados brilhavam como espelhos escuros e inclinados. Era como se o lago também descesse, do azul para o preto. O ar estava pleno de um vento parado e quente. Uma fileira de árvores esguias e pontiagudas pendiam como facas escuras ao longo de uma colina acima de um cemitério, lanceando o céu. Papai, que havia cantado ópera desde a Áustria para não dormir ao volante e mal conseguia manter-se em pé, puxou-nos para junto de si. Assim ficamos, no escurecer rumorejante da Lombardia. Havíamos chegado. "O que fazemos agora?", sussurrou a mamãe.

Primeiro, fomos procurar a delegacia de polícia. Ficava junto da praça do mercado. Estacionamos. Três policiais vieram logo e espiaram, curiosos, a placa do carro. Papai baixou o vidro e cumprimentou. Papai falava em italiano. Não dava para entender como cabiam tantos idiomas em uma só boca. Conversaram longamente. Mamãe acompanhava, orgulhosa, e a toda hora punha o dedo sobre a boca, como se temesse que fôssemos atrapalhar o papai. Mas ficamos mudos de admiração. Até mesmo Boletta teve que erguer o sobrolho. E tenho para mim que esse foi o grande momento do papai, o ápice de sua carreira oculta, quando pôde conversar em italiano com os policiais na praça do mercado em Bellagio. Todo um povo já havia se juntado ao redor do carro. Talvez nunca tivessem visto um Volvo Duett na Itália. Papai levantou o vidro, havia terminado a conversa. "Sabiam muito bem quem era Fleming Brant", disse ele, e, por um instante, fez suspense. Boletta cerrou os olhos e mamãe teve que cutucá-lo. "Fale logo", pediu. Papai sorriu. "Eles o chamam de Pele Vermelha." "Pele Vermelha? Por quê?" "Não me pergunte", disse papai. "Mas parece que ele é funcionário da Villa Serbelloni."

Um grupo de meninos magros, dourados, correu na nossa frente, mostrando o caminho. Villa Serbelloni era um hotel. Ficava na ponta de um promontório que avançava para dentro do lago de Como e parecia um castelo com seus arcos, pilares e terraços. Aqui certamente só hóspedes de sangue-azul poderiam entrar. Os meninos não tiveram coragem de nos acompanhar para dentro e sumiram nas sombras debaixo das palmeiras. Papai freou lentamente e parou o carro em frente da quadra de tênis, abandonado na luz dos holofotes que fazia o saibro vermelho arder. Saímos do carro, de olhos arregalados. Nunca havíamos visto nada parecido. Um homem de fraque se aproximou de nós rapidamente. Papai perguntou por Fleming Brant. E, no mesmo momento em que papai pronunciou esse nome, Fleming Brant, fomos recebidos como reis e rainhas, príncipes e princesas. Um exército de carregadores pegou as nossas malas. Um motorista de uniforme cinza estacionou o Volvo na garagem do outro lado do hotel e por pouco não nos carregaram pela larga escadaria. "Eu disse que somos parentes dele", sussurrou papai. O pé-direito na recepção era tão alto que fiquei tonto e tive que me apoiar no Fred. Papai colocou um maço de notas sobre o balcão. A recepcionista sorriu e tirou do quadro uma chave descomunal. Então surgiu um mordomo. Ele nos cumprimentou e nos fez entrar na sala de jantar. Os hóspedes nos seguiram com os olhos. Os garçons trouxeram carrinhos cheios de bolos e de frutas estranhas. Havia um homem sentado sozinho, no canto do fundo. Era um trajeto longo até lá. Boletta quis voltar, mas a mamãe não largou dela. O homem era muito idoso. Ele usava luvas brancas e óculos escuros. Lia um livro enquanto bebia café de uma xícara pequena. A pele do rosto era irregular e avermelhada, como se tivesse tomado muito sol, e o cabelo era branco e ralo. Era Fleming Brant. Ele não se apercebeu de nós até estarmos junto de sua mesa. Ele pousou o livro sobre a toalha, *A Divina Comédia,* de Dante, e levantou-se, espantado, cambaleante, antes de nos reconhecer, ou, melhor, antes de reconhecer a Velha em nós. E não consegui perceber tudo o que esse breve encontro encerrava, sabia apenas que esse momento era maior do que ele mesmo, aqui o tempo se fundia. Mas percebi a calma melancólica de Fleming Brant, uma alegria sombria, quando lentamente tirou os olhos e baixou a vista sofrida. Foi a mamãe quem lhe estendeu a mão. "Viemos agradecer-lhe", disse. "Agradecer-me?" Mas Fleming Brant não olhou na direção da mamãe. Ficou fitando

Boletta. "Pelas belas palavras que escreveu sobre a minha mãe, Ellen Jebsen." Fleming Brant ficou parado e mudo diante de Boletta, e a própria Boletta havia perdido a voz. Então ele voltou-se lentamente na direção da mamãe. "Sentem-se", sussurrou. Ele falava devagar. Os garçons já estavam a postos com várias cadeiras. O carrinho com os frutos e bolos aproximou-se, e trouxeram garrafas de vinho e cálices à mesa. Sentamo-nos. Achei que Fleming Brant era o dono do hotel, talvez fosse também o dono do lago e de toda a cidade. Ele levantou o livro que estava lendo. "Era meu sonho que Ellen Jebsen um dia faria o papel de Beatriz na *Comédia* de Dante", disse. "É divertido?", perguntei. Fleming Brant permaneceu pensativo por um instante. "Sim, é divertido. Como você se chama?" "Barnum", respondi. Fleming Brant voltou a pôr os óculos de sol. "Estou muito comovido", disse, baixinho. Papai estendeu-lhe a mão. "E eu sou Arnold Nilsen!" Cumprimentaram-se, uma luva preta e outra branca, Fleming Brant soltou a mão primeiro e desculpou-se. "Tenho esse eczema", disse. "Peguei nas filmagens." "Pois é, eles o chamaram de Pele Vermelha", riu o papai. Fizeram-se alguns segundos de silêncio. Fleming Brant baixou os olhos. "Não resisti às luzes e aos produtos químicos. Estou me desfazendo devagarinho." Mamãe olhou para ele. "O senhor também era ator?", perguntou. Fleming Brant balançou a cabeça e sorriu, mas era um sorriso triste. "Eu fazia edição", disse.

Mais tarde, fomos até o quarto. Era maior do que o apartamento na Kirkeveien. Havia cama de casal com dossel, banheira, chuveiro e varanda. Mamãe ficou tanto tempo no banheiro que por fim tivemos que entrar para ver se estava tudo bem. Ela estava deitada em uma nuvem de espuma, rindo. Papai sentou-se na beirada da banheira. Mamãe segurou-o com o braço nu, molhado. Havíamos chegado. Havíamos encontrado Fleming Brant. Logo iríamos tomar o caminho de volta. Então Fred disse, e ele não havia falado nada até então: "Onde está a Boletta?" Mamãe ficou quieta. Papai enrolou a manga da camisa, tirou a luva da mão sã e enfiou-a na espuma. "Aqui não está", disse. Mas a mamãe não riu. Ela se levantou subitamente e olhei para o lado. Fred estava junto da janela. Fui até ele. E, lá embaixo, no terraço, estava ela, sentada ao lado de Fleming Brant, eram os únicos, as outras mesas estavam vazias, e os lampiões ao longo do balaústre projetavam sombras azuladas na direção deles. Um garçom veio com uma manta, e Fleming Brant colocou-a sobre os ombros de Boletta. Pensei, sem saber, que ela afinal havia perturbado os mortos. "Só posso entender que ele deve ser um homem muito rico", disse papai.

Vejo Fleming Brant na manhã seguinte. Eu havia saído no terraço antes de os outros acordarem. Ele está lá embaixo, junto da praia. Seu rosto vai murchando. Sua pele descama. Ele se apóia em um rastelo. Assim permanece, parado, apoiado no rastelo. Logo chegam os primeiros hóspedes, mulheres e homens, que se dão as mãos. Entram silenciosamente na água e põem-se a nadar. E Fleming Brant passa o rastelo para apagar as suas pegadas sobre a areia, cuidadosamente, da escada até a borda do lago onde vêm bater as ondas minúsculas. E quando os hóspedes saem da água e se apressam na direção do terraço e do café da manhã, Fleming Brant volta a apagar as pegadas com o rastelo, para que a areia continue lisa e uniforme até virem os próximos hóspedes.

E essa é a minha recordação, os moinhos de vento na noite, a banda que não cheguei a ouvir tocar, e o montador que com o rastelo apaga as pegadas da areia, com tanto cuidado que não deixa marca alguma, e daqui a pouco, quando eu for até a mesma praia, o montador também vai me acompanhar e apagar minhas pegadas, na areia leve e fresca que cai entre os meus pés.

A Régua de Barnum

Não vou dizer minha estatura. Está inscrita no diário do médico da escola. Está medida no batente da porta de nosso quarto. Está registrada no meu passaporte. Mas os meus olhos são azuis, não castanhos. Do papai, só herdei a estatura. Não cresci mais. Até o dia em que o guarda me amaldiçoou na cidadezinha, na presença da classe toda, eu não era muito diferente dos outros, exceto pelos cachos, que as senhoras de idade no bonde e nos quiosques queriam sempre acariciar, mas, depois disso, fui ficando para trás, entrei em ponto morto, enquanto os outros em minha volta cresciam, cresciam, cresciam como uma floresta desenfreada, enquanto que eu continuei lá embaixo, entre o musgo e os gravetos, preso para todo o sempre em meus míseros centímetros. E considerando que o crescimento é maior nos primeiros anos de vida e, com o tempo, vai reduzindo o ritmo, até que a gente só cresce menos do que uma fração de centímetro quando a gente se aproxima dos trinta e depois começa a encolher, minhas perspectivas eram pouco animadoras. Não chegava a ser um consolo saber que o coração continua a crescer até o derradeiro instante. Nem adiantava muito saber que eu havia superado a estatura mínima para ingressar no exército romano por volta de 200 a.C.: 1,51m. Até as meninas me ultrapassaram e, com suas pernas compridas e seus pescoços retos, eu mal merecia uma olhadela. Quando, por exceção, olhavam para mim, olhavam para baixo, na vertical, e acho que gostavam disso, olhar para mim desse jeito, porque então eu tinha que erguer a vista para elas. Se não, para que iam usar sua altura brusca? Já fui chamado de pulga, anão, pigmeu, luva, polegar, retardado, varredor de cachimbo e parêntese, como se meu próprio nome já não fosse um fardo suficiente. Lembro-me de outra ocasião. Estava voltando da escola, para casa. Era o mês de outubro. Chovia, é claro que chovia. Felizmente não precisei usar as botas de cano alto, que me chegavam até a virilha. Eu me recusava a usar guarda-chuva. Eu tinha apenas uma capa de chuva curta, amarela, e, obviamente, fiquei ensopado. Não fazia mal. Sentia que os cachos, esses cachos que eu odiava mas dos quais não conseguia me livrar, achatavam-se e se estendiam ao longo da cabeça, como todo cabelo devia estender-se. Eu gostava da chuva. Sempre gostei de chuva. O sol é uma amolação. O sol te persegue. Na chuva, é possível descansar entre uma gota e outra. Fui descendo pelo parque de Urra. Eu costumava parar junto da igreja, encostar-me sobre o parapeito e ficar olhando o bonde quando passava. Acontecia que alguém que estava na plataforma traseira acenava para mim. Então eu também acenava. Era muito bom olhar para baixo, olhar para alguém lá embaixo e acenar. Hoje não havia um único passageiro do lado de fora. Acenei mesmo assim e pensei em tudo que se faz sem que ninguém veja. E quando se fecham os olhos, como era possível ter certeza absoluta que tudo não desaparecia de imediato, só voltando quando a gente abria os olhos de novo. Será que foi assim que Deus criou o mundo, com duas piscadelas? E se Deus ficasse cansado, fechasse os olhos de novo, de uma vez por todas, ou se Ele começasse a se aborrecer e caísse no sono? Assim fiquei, encostado no parapeito, na chuva, imerso em meus próprios pensamentos. Se Deus já tivesse decidido tudo, do que adiantava? Aí nada adiantava, não importa o que se fizesse, aí as coisas seriam como tinham que ser. Fred, por sinal, havia começado a freqüentar uma escola lá no centro da cidade. Talvez Deus tivesse mexido os pauzinhos nisso também. Os professores disseram que Fred era atrasado e por isso tinha que freqüentar uma turma especial na escola para meninos em Stenersgata, na linha F, sim, na linha F, que era apropriada para esses meninos que por um motivo ou outro haviam ficado para trás no primário, e alguns diziam que os meninos lá daquela escola eram tão tapados que não conseguiam nem encontrar o caminho até a escola de meninas em Osterhaugsgata, nem dando bússola, mapa e ainda os acompanhando metade do caminho. Podia se dizer muito sobre o Fred, mas tapado ele não era, e isso Deus, pelo menos, deveria saber. Mas havia alguma coisa com as letras que ele não conseguia. É claro que falava perfeitamente, mas, no papel, virava bagunça. Conseguia fazer o nome dele virar Ferd e, no início, todos riam muito disso. Uma vez, ele escreveu Branum no presente que me deu. Achei que ficou bom. Para Branum. Não tinha nada contra chamar-me assim. Fred podia me chamar de Branum o quanto quisesse. E foi o melhor presente que já recebi, uma máquina de escrever, de verdade. Mas logo o riso silenciou-se, e ninguém riu mais, fora eu, e quando Fred continuou a escrever Ferd e lia Peer Gnyt de Ibsen levou do professor um tapa no ouvido que dava para ouvir até o outro lado do pátio, e todos que estavam por perto puseram a mão no rosto, como se quisessem amortecer uma dor que estava fora deles. A escola decidiu que Fred era atrasado o suficiente, e por isso ele estava agora na favela de Stenersgata junto com os idiotas da cidade que traziam o carimbo de atrasados, desenganados e impossíveis. Lancei um escarro sobre os paralelepípedos e foi então que ouvi alguém se aproximando entre as gotas, muito antes de o cuspe chegar lá embaixo. Abri os olhos e virei-me. Eu sabia. Era a gangue da sétima série, Aslak, Preben e Hamster. Deram um sorriso de arrepiar, seus sorrisos eram cheios de dentes, e não pude evitar pensar que se eu não tivesse cerrado os olhos, nada disso teria acontecido.

O som foi ligado, o zunido do bonde na curva fechada atrás da escola, as árvores que farfalhavam na chuva, os pneus sobre o asfalto molhado, como longos suspiros por toda a cidade, e o escarro que caiu com um estalo em Holtegata. "Onde é que você vai, hein?" "Para casa", sussurrei. "Para casa? Tem certeza?" Fiz que sim. "Certeza mesmo?" Fiz que sim, mais uma vez. "Quem sabe a gente acompanha você até em casa, então?"

Os sinos da igreja começaram de repente a tocar, por algum motivo. Talvez alguém tivesse se esquecido do próprio enterro na chuva. Os pássaros levantaram vôo dos telhados. Sentia-me gelado como uma tulipa. Aslak, Preben e Hamster se aproximaram e curvaram-se na minha direção, me olhando de cima, cheiraram meu rosto como se fossem cachorros loucos, tive que cerrar os olhos de novo, só esperando que fossem morder, morder como cachorros loucos, ou que o mundo fosse acabar de repente e sumir. Teria sido o melhor. "Foi o que eu disse. Ele tem cara de pum." Abri os olhos, lentamente. Os sinos já não tocavam mais. Taparam o nariz e recuaram. "Pum velho na cara. É por isso que ele fede. Puta que pariu." Aslak curvou-se rapidamente de novo na minha direção, estava a ponto de trombar, e afastou-se de novo. "Tem certeza que não é cara de pinto? Acho que ele tem cara de pum e de pinto." "Deve ser isso mesmo. Ele tem cara de pum e de pinto."

Ficaram parados me olhando. O parapeito doía nas costas. Depois de um tempo, entreolharam-se e sussurraram alguma coisa. Ficou pior. Agora é que não iam mesmo desistir logo. Aslak riu. "O que é que você traz na mochila hoje, hein, bundão? Limpador de cachimbo ou calcinha para a sua cara?" Não ia adiantar responder. Tiraram a mochila, abriram, esvaziaram tudo sobre o parapeito: o estojo, o caderno de geografia, a borracha, um meio lanche com salsicha, o livro do programa de saúde e a régua, tudo ficou boiando na chuva e acabou atracando nos paralelepípedos em Holtegata, entre os trilhos polidos da linha de bonde. Então voltaram a colocar a mochila nas minhas costas e cada um me deu um tapinha na cabeça. "Você não ia para casa, hein, seu cabide!" Comecei a andar. Cabide eu nunca tinha ouvido antes. Vinham atrás de mim. Não diziam uma palavra. Isso é que era o pior. Apenas me acompanhavam, e não me restava nada senão continuar a andar, seguindo pela rua Bogstad, passando pelo Cine Rosenborg, onde estavam tirando o cartaz do filme anterior, *Vício Maldito*, e o cartaz novo ainda não estava no lugar, era no meio de duas sessões, era assim que era, o vendedor de bilhetes levava uma pilha de fotografias gastas de Jack Lemmon e Lee Remick para dentro do guichê, era o intervalo, eu andava numa sombra, com Aslak, Preben e Hamster no meu calcanhar, e uma gota escorreu dentro da camisa e grudou como um selo na extremidade inferior das costas.

Não fosse eu lembrar! Não fosse eu lembrar quantos passos se têm que dar da igreja de Uranienborg até o Stensparken, numa tarde de outubro, quando chove, e alguém te segue e seu irmão começou em uma outra escola, do lado errado da cidade? São 634 passos. Sentia falta de Fred. Nada disso teria acontecido se ele não tivesse bagunçado as letras e escrito o seu próprio nome errado. E então ele veio mesmo assim. Ele saiu do banheiro público que ficava na parte de baixo da colina. Segurava um cigarro em uma das mãos e com a outra fechava a braguilha, magro e molhado ele estava lá, na sua vistosa jaqueta de pelica, que havia ficado escura na chuva. Percebi que os passos atrás de mim cessaram. Fred enfiou o cigarro na boca e deu uma longa tragada, a brasa estava chegando perto dos lábios dele, então cuspiu longe a bituca, que continuava ardendo na chuva. Não disse uma palavra. Eu fiquei no meio. Então ele ergueu o olhar, olhou em volta e fitou por sobre os meus ombros, para além de mim, durou talvez um segundo, não mais do que um segundo, mas o tempo como que se expandiu nesse segundo, como uma gota que pende de uma torneira enferrujada, tudo podia acontecer agora e eu fiquei parado, entre o Fred e a gangue da sétima série, e então ouvi que se viraram, e foram embora, porque ninguém suportava o olhar de Fred por muito tempo, havia uma calma negra nos seus olhos que ninguém agüentava, e Aslak, Preben e Hamster saíram de fininho ao longo dos muros do outro lado da rua, cachorros que eles eram, Aslak voltou-se quando haviam caminhado um tanto, cerrou o punho e disse alguma coisa, mas ficou por isso mesmo. "Cachorros!", gritei atrás deles. Mas é gozado, quando veio o tempo que comecei a ler os anúncios fúnebres, pois era neles que eu poderia ficar sabendo como as coisas iam com os velhos conhecidos, senti uma profunda melancolia na manhã em que vi o nome por extenso do Preben entre os anúncios. Ele não tinha mais de 41 anos, e senti aquele empuxo, aquela melancolia pesada, embora ele só tivesse sido uma praga. Aslak havia escrito o necrológio. Ele louvou o senso de justiça de Preben, sua lealdade e seu humor que desarmava os espíritos. Ele havia feito sucesso na indústria do turismo com suas viagens temáticas e morreu estupidamente ao saltar de um rochedo para dar um mergulho, na parte interna do fiorde de Oslo. A solidariedade de todos voltava-se para sua esposa Pernille e para sua filha. Aslak era diretor jurídico da mesma firma, que faliu depois da morte de Preben, mas Hamster havia partido para sua própria viagem temática, cabeça adentro, e lá se perdeu. Ele nunca se recuperou totalmente depois do último disparo. Acontecia de vê-lo pela cidade. Mendigava dinheiro para comprar comida. Normalmente, eu mudava de calçada. "Cachorros!", gritei novamente. "Se vocês soubessem!"

Fred pisou na brasa, no meio da grama molhada, e aproximou-se. "Tudo bem, Barnum?" "Tudo. Você sabia que eles estavam me seguindo, Fred?" "Só fui mijar. Sorte a sua, baixinho." Engoli em seco. Me apertava a garganta. "Esvaziaram a minha mochila", sussurrei. "Podia ser pior", disse Fred, e dava sinais que estava ficando aborrecido. Tomei-o pelo braço. "Disseram que eu tinha cara de pum." "Cara de pum? Nada que valha a pena chorar, não é mesmo? Certo?" Fiz que sim. "Você não está chorando, Barnum?" Balancei a cabeça. "Porque se chorar não fico mais aqui com você." "Não estou chorando, Fred." "Muito bem, Barnum." Ele soltou o braço. "O que você teria feito se eles me batessem?", perguntei. "Isso eu não vou contar, Barnum. Se não, você não dorme essa noite." Ri alto, e Fred virou-se e acendeu mais um cigarro. Achei que ele ficou chateado porque eu ri e quis consertar, dizer algo que ele talvez gostasse de ouvir. "Então eles é que ficariam com cara de bunda", disse eu. "Depois que você tivesse terminado com eles. Se você tivesse terminado com eles, quero dizer." Fred deu de ombros. Vai ver que ele não estava chateado, só havia virado o corpo por causa do vento, para poder acender o fósforo. "Onde foi que esvaziaram a mochila?" "Junto da igreja", respondi. Fred fitou-me de novo. "E tire esse sorriso besta antes que eu o faça. Você parece uma besta quadrada." Coloquei o dorso da mão rapidamente sobre a boca. Fred soprou fumaça na minha cara e arquejou. Agora estava a ponto de explodir, dava para ver nos olhos dele, e agora eu tinha que dizer alguma coisa que eu sabia que o deixaria contente. "Vamos ler a carta essa noite?", perguntei, com cuidado. Fred olhou em outra direção. "Posso ler em voz alta", disse eu, ainda mais baixinho. Então ele pousou a mão sobre o meu ombro, e foi tão surpreendente que quase gemi de alegria, mas acho que ele não ouviu, porque ele me acompanhou de volta até Holtegata e lá recolhemos as míseras sobras da minha mochila. O caderno de geografia estava desfeito, folha atrás de folha flutuavam na enxurrada, a Turquia, o Japão, a América e as regiões polares, os continentes seguiam cada qual numa direção, achei as folhas com o teste sobre a Groenlândia e no qual havia tirado um dez. A escrita estava quase completamente apagada, mas eu me lembrava o que havia escrito. *As montanhas de gelo podem atingir várias centenas de metros de altura. Mas a parte que fica abaixo da superfície da água é nove vezes maior.* A sobra do lanche já tinha virado motivo de disputa entre as pegas. O bonde havia passado pelo menos três vezes sobre o estojo, e o caderno do programa de saúde estava perdido, eu ia ter que copiar tudo de novo. "Acho que eu também vou esvaziar a minha mochila um dia desses", disse Fred, e começou a caminhar de volta para casa, enquanto eu corria atrás. Fred estava sempre um pouco à minha frente, e eu tinha que correr, sobre os meus pés chatos, só para não perdê-lo de vista. Fred caminhava e eu corria do lado dele. "Como é que é a escola nova?", perguntei. "Muito legal. Todos os tapados num só lugar." "Mas você não é um deles, Fred." "Um de quem?" "Dos tapados, Fred. Você não é um deles." Ele parou bem em frente do Cine Rosenborg, junto das vitrines vazias, onde novas fotos de artistas logo seriam colocadas. Ele ficou me fitando. Mas não disse nada. Fique de novo com medo. "Que filme você acha que vai vir, Fred?" "Um que você não vai poder entrar para ver", disse Fred. O vendedor de bilhetes estava no *foyer*, espiando pelas portas. Talvez quisesse ver se ainda estava chovendo, porque de repente ele abriu um guarda-chuva e a pilha com fotos que trazia debaixo do braço caiu no chão. "De quem sou um?", perguntou Fred. "O que foi que disse?" Fred aproximou-se até quase se encostar em meu rosto. "De quem sou um?" Eu não sabia o que dizer. Ele estava assim de novo com os olhos sombrios. "Eu vou te ajudar com as letras", sussurrei. Fred empurrou-me contra as vitrines, fazendo a vidraça tremer. De repente, gritou. "Não sou um de ninguém! Entendeu!? Hein!?" Passou um dedo sobre minha testa e desceu até a face. "Sua cara tá com um puta cheiro de bunda." Então saiu andando pela calçada, na diagonal, como se quisesse driblar a chuva, e, no mesmo instante, o vendedor de bilhetes saiu. "Mas o que é isso", disse. "Estão pensando em arrebentar com o meu cinema?" "Não, senhor", sussurrei. Eu queria ir embora, mas o vendedor de bilhetes me reteve. "Tudo bem com você?", perguntou. "Sim, obrigado." Ele curvou-se. "Quer uma fatia de pão?" "Não, obrigado." Mas ele era tão bonzinho que me empurrou para dentro do *foyer*, onde o linóleo era tão brilhante e liso que quase caí na escada, e ele segurou o meu braço e me levou adiante, até que entramos num cômodo estreito atrás da sala do cinema, e lá havia uma imensa máquina com uma das pontas atravessando uma abertura na parede e o chão estava cheio de latas redondas com títulos em inglês. *Vício Maldito.* Fazia calor, e o cheiro não era dos melhores. Então descobri que ele não apenas vendia bilhetes, era ele que passava o filme, sem ele a tela teria permanecido escura, como uma cortina pesada e larga vedando uma janela no fundo da noite. "É aqui que eu moro", disse. Ele abriu sua lancheira. "O que você quer? Queijo prato ou salame?" Eu não estava com fome. Senhoras de idade sempre queriam pegar nos meus cachos. Velhos senhores sempre queriam me dar algo para comer. Acabava cansando. "Salame", disse eu. Ganhei uma fatia. Tive que comer. Comemos. "Ele te bateu?", perguntou o maquinista. Balancei a cabeça. Continuamos a comer. De repente o cinema me parecia um navio, um transatlântico que cruzava o mar, e o maquinista ficava na sala de máquinas e era ele que fazia a hélice girar e as estrelas brilharem, e enquanto pensava nisso sobreveio outro pensamento, e não conseguia entender que era meu, era como se alguém tivesse pensado o pensamento antes e eu agora apenas assumia o pensamento, imaginei os filmes mudos como navios à vela no mesmo mar, e o vento era a sala de máquinas sem qualquer pessoa lá dentro. "São muitos os que te perseguem?", perguntou. Não entendi direito. "Como foi?" Ele repetiu a pergunta. "São muitos os que te perseguem por você ser tão baixinho?" Eu não respondi. A intenção era boa. Eu sabia disso. É o que sempre digo. A maioria tem boa intenção e esses são em geral os piores. Eu poderia ter respondido: "Sim, e principalmente você." Eu não disse nada. Só fiquei fitando o chão. Ele colocou a mão no meu joelho. "Antigamente, os operadores de cinema não podiam ter mais do que cinco pés de altura", disse. "Senão, não cabiam na máquina. Isso teria sido algo para você, não é mesmo?" "Sim", sussurrei. Ele me acompanhou até a rua. Corri atrás do Fred, mas ele havia sumido há muito tempo. Em Norabakken, tentei juntar cinco pés, se fossem meus pés que contavam não era grande coisa, e fiquei em dúvida se um pé tinha que ser contado com ou sem sapato, e daí quem calçasse 44 chegaria a um resultado bem diferente. Parei junto da Kirkeveien. As árvores estavam negras e paradas. Esther prendia as revistas com pregadores em um barbante no guichê, como se fossem ficar lá para secar. Ela acenou para mim e mostrou alguma coisa que parecia um pedaço de bala, que talvez eu ganhasse se deixasse que ela passasse aquela mão retorcida nos meus cachos. Mas a chuva tinha levado embora os meus cachos, tal como os continentes no caderno de geografia, e fiquei parado onde estava, e fingi que não a via. Ela pendeu a cabeça para um lado e fez uma cara triste, é o que costumava fazer depois que parei de dizer muito obrigado, enquanto enfiava todo o pedaço de bala na boca, e o som de seus dentes esmagando o açúcar marrom-escuro, cristalizado, me fez tremer. Tapei os ouvidos. Onde estava o Fred? Um carro funerário passou devagar, descendo a rua na outra pista, e apenas um fusca com uma cruz cinza no teto o acompanhava, com a mesma lentidão, e fui tomado de uma sensação estranha mas muito nítida, de que havia visto essa cena antes, que alguma coisa se repetia, não exatamente do jeito que eu lembrava, mas como uma espécie de variação, o carro funerário, o motorista, o caixão branco atrás e as cortininhas rendadas cobrindo as vidraças do carro, e a sensação foi tão forte que tive que me encostar na árvore negra junto da qual estava parado, porque no mesmo instante pensei que talvez não tivesse visto isso antes, mas que a cena vinha lembrar-me de algo que logo viria a ver de novo. Dentro do fusca havia um homem sentado, rindo. Ele curvava-se sobre o volante e ria. Talvez eu estivesse enganado. Talvez chorasse. Talvez o riso se assemelhe ao choro quando não se ouve. Então, sumiram de vista. Apertei a mão contra o rosto e cheirei os dedos. *Cara de bunda?*

Mamãe havia feito um mexidinho de carne e batata, mas eu não estava com muita fome nem a mamãe. Boletta não havia voltado desde que saíra na noite passada, com luvas pretas e véu. Nessas horas, sabíamos todos aonde a Boletta ia. Ela ia até o Pólo Norte para esfriar o seu coração com cerveja. Ela precisava, quando ficava tomada. Era assim que mamãe costumava dizer. *Agora ela ficou tomada de novo.* Fred também não havia voltado para casa e o papai estava fora, viajando. Não sabíamos ao certo o que significava o fato de o papai estar fora, viajando. Era difícil ele contar alguma coisa. Só sabíamos que ele vendia coisas e às vezes voltava para casa com dinheiro sobrando. Não costumava durar muito. Eu lambisquei a comida. Mamãe lambiscou a comida. Estávamos sentados na cozinha, cada um com seu prato, em silêncio, lambiscando. Já havia escurecido lá fora. A hera balançava na frente das janelas. O relógio fazia tiquetaque na entrada. O silêncio era o talento da mamãe. Ela poderia ter se tornado campeã mundial em silêncio feminino, se houvesse essa especialidade, e o Fred poderia ter vencido na modalidade masculina. Acho que era esse silêncio, que muitas vezes durava várias semanas a fio, que tornava o papai ainda mais desassossegado. Ele havia feito a mamãe rir, mas era tudo. E, de repente, ela pegou um punhado do picadinho e atirou tudo na parede. O som era como quando um caminhão atropela um porco-espinho. Depois, ficou sentada, fitando o ar, não a mim, nem os pedaços de carne que escorriam para o chão e formavam um desenho que lembrava uma fotografia que eu havia visto de um oficial russo que fora detonado em uma esquina de Budapeste, só que dessa vez era em cores. Eu havia pensado em fazer uma pergunta à mamãe, sobre algo que me intrigava há muito tempo, mas acabei ficando quieto. Mamãe estava cheia e deixei-a sentada na cozinha, fitando o espaço com um olhar mais negro do que um guarda-chuva masculino. Fui até o banheiro e lavei o rosto. Passei sabão, passei saponáceo e enxagüei com iodo, e quando me vi no espelho parecia a parte de trás de uma laranja vermelha que alguém tivesse tentado descascar usando luvas de lã. Fui, na ponta dos pés, até o meu quarto e enfiei-me debaixo das cobertas. Cara de bunda. O tiquetaque do relógio. O asfalto molhado da Kirkeveien. Mamãe que andava de um lado para outro no apartamento, parava junto do telefone, continuava até a sala, retornava até o telefone, tirava do gancho e punha de volta. Eu fiquei só ouvindo. Eu era o ouvinte baixinho, com cara de bunda. Ninguém telefonou. Por quem ela esperava mais, Fred, papai ou Boletta? Ou era alguma outra pessoa que ela estava esperando? Será que ainda tinha a esperança de que a Rakel voltaria? Não sei. Fiquei na escuta. Os passos da mamãe que ficavam cada vez mais pesados. O silêncio da mamãe que ela logo não agüentaria carregar sozinha. Ela abriu a porta subitamente e espiou para dentro do quarto. "Você já foi deitar?" Levantei-me. Agora eu podia perguntar, mas quando abri a boca acabei perguntando alguma coisa bem diferente. "Em que tipo de carro o Fred nasceu, mamãe?" Ela suspirou e encostou-se no batente. "Num táxi, Barnum." "Sim, mas de que tipo?" Mamãe esboçou um sorriso. "Oh, disso não me lembro. Eu estava muito ocupada com outras coisas." Mamãe silenciou de novo. Era exatamente como se tivesse costurado a boca, como se tivesse secretamente beijado a máquina Singer. Seu ombro alcançava a última marca da minha estatura. Havia permanecido lá por muito tempo. A marca do Fred era bem mais alta. "Por que não fico mais alto?", perguntei. Mamãe soltou os pontos nos lábios. "Você não acha que já parou de crescer, não é, Barnum?" Olhei para baixo. "Acho que já parei, sim."

Mamãe fechou a porta sem fazer barulho, e abri a mochila e tirei a régua quebrada. Tentei colá-la. Mas, embora os pedaços se encaixassem, havia alguma coisa que estava faltando, lá onde as partes quebradas se juntavam, alguns milímetros de pó e a fração do pó. A régua havia ficado menor do que ela mesma, não completava os seus vinte centímetros. E fiquei pensando no metro guardado em Paris, em um cofre de chumbo, o metro dos metros, a mãe de todos os metros, que não era maior nem menor, mas que preenchia o seu comprimento com a precisão do grande marceneiro. Estiquei o corpo na cama, tanto quanto pude, e decidi que dali para frente eu ia fazer minha própria medida, a régua de Barnum. Gostava do cheiro adocicado da cola.

Alguém voltou para casa. Não era a Boletta. Eu a via diante dos meus olhos. Boletta sentada junto às mesas cor de madeira no Pólo Norte, bebendo cerveja em grandes canecos com homens durões que contam histórias que a fazem esquecer, enquanto a cerveja põe um carimbo na cabeça e veda a lembrança que se congelou nela quando viu a filha, Vera, nossa mãe, no sótão, naquele dia de maio de 1945. Eu vi essa cena. Eu a vi pelas janelas amareladas do Pólo Norte, quando um dos homens tira as luvas pretas, devagarinho, das mãos de Boletta.

Foi o Fred que voltou. Ele ria. Mamãe gritou com ele. Fred continuou rindo. Então ela chorou e alguma coisa caiu no chão e se quebrou. Não quis ouvir. Dormi. Dormi na minha régua. Logo o Fred também veio se deitar. Sem fôlego, ofegante. Mamãe chorava num canto, no quarto dos fundos. Os estilhaços na pá. Até onde se pode entrar no sono antes de ser tarde demais para retornar? "Boletta está dançando", sussurrou o Fred. "Agora Boletta está dançando no Pólo Norte." Acordei. "Temos que ir buscá-la?" Fred não respondeu. E, de repente, não me lembrei do que havia perguntado. *Quem pode levantar o véu da vovó?* Foi isso que eu havia perguntado? *Quem é o pai de Fred?* Eu ouvi a mamãe vestindo a capa, depois os seus passos descendo as escadas, rápidos. Havia saído para buscar a Boletta. Já era noite. Espiei para o lado de Fred. Ele não havia tirado os sapatos, como se quisesse estar pronto para sair a qualquer momento. "Agora eu sei", sussurrei. "O quê?" "Você é um de nós." "Cale a boca!" Calei a boca. Havia cheiro de cola-tudo no quarto, nos meus dedos. Fiquei tonto. Tive vontade de ir até o peitoril da janela. Os sapatos de Fred brilhavam no escuro. Se começasse um incêndio, era só ele sair correndo. "Vamos ler a carta?", perguntei. Fred não respondeu. Acho que ele virou as costas. Eu não precisava acender o abajur. Sabia a carta de cor. Tomei fôlego. *Um abraço afetuoso lhes envio a todos aí em casa, daqui da terra do sol da meia-noite, juntamente com um breve relato do transcurso da expedição até aqui, pois me ocorre que vocês poderão ter interesse em ouvir como nos ocupamos aqui, entre o gelo e a neve.*

Entre o gelo e a neve. Não havia como evitar. Cada vez, gelava-me a espinha, minha garganta se apertava e sentia o impulso suave do choro bom, da tristeza que acalenta. "Está ouvindo, Fred?", sussurrei. Não vinha um único som da cama dele. Fechei os olhos e vi diante de mim o navio, entre o gelo e a neve. "*Primeiramente, nossa embarcação. É um navio de madeira, solidamente construído e recoberto com uma capa protetora contra o gelo.*" "Cale a boca", disse Fred. "*Foi construído como baleeiro e originariamente chamava-se* Cabo Norte." "Cale a boca, seu beato!" "Estou lendo devagar porque está em dinamarquês", sussurrei. Alguma coisa estourou na parede logo acima da minha cabeça. Era um sapato. A sombra de Fred fuçava ao longo da parede. Mais um sapato estava a ponto de me atingir. "Sabe por que chamaram você de cara de bunda?" "Não, Fred." "Quer que eu diga por quê?" "Não, Fred." "Porque você só chega na altura do rabo das meninas. Você é bobo ou o quê?"

A sombra de Fred acalmou-se. Eu pus os sapatos dele no chão. Não consegui mais conciliar o sono aquela noite. Em vez disso, sonhei com Tom Thumb, o anão americano que nunca passou dos 89 centímetros e pesava 24 quilos quando estava gordo e que foi mostrado em todos os Estados Unidos no século XIX e depois veio até a Europa e encontrou a rainha Vitória e se perdeu no meio de todas as suas anáguas. Quando ele almoçava, nunca havia uma jarra com água sobre a mesa, havia o receio de que ele pudesse se afogar nela. Dizia-se de Tom Thumb que Deus vetou o seu futuro quando ele tinha apenas dois anos de idade e que por isso parou de crescer. Assim sonhei. Talvez Deus estivesse de saco cheio ou tinha se cansado de tudo. Uma vez, na Idade Média, os rabinos tentaram comprovar que a estatura média das pessoas, quando o mundo foi criado, era de aproximadamente 50 metros, e que desde então só fez diminuir. Em 1718, o francês Henrion retomou o fio da meada e montou uma tabela matemática mostrando como os seres humanos haviam encolhido ao longo do tempo. De acordo com as suas medições, Adão devia ter pelo menos 40 metros, enquanto Eva tinha 38. Mas a queda já havia se iniciado. Noé tinha apenas 33,5 metros. Abraão não passou dos nove, Moisés chegou a uma estatura de 4,22 metros, Hércules a três, Alexandre o Grande não passou de 1,92m. Foi então que Deus começou a ficar nervoso e teve que mandar Jesus até a terra para pôr um fim nisso tudo, e o próprio Jesus não passou de 1,62m, como se pôde perceber das marcas na cruz.

Sonho que Deus me esqueceu.

E acordei, sem ter dormido. Os sapatos do Fred não estavam mais lá. Levantei-me e fui até a soleira da porta. Queria ver se havia crescido durante a noite, mas eu havia parado, parado de vez, e desde então venho me concentrando em manter a minha estatura, e não encolher, como Boletta, quando ela voltou do Pólo Norte, as costas recurvadas como a lua sobre a igreja de Majorstuen em outubro. Comecei a cuidar bem dos meus cachos, eles me levantavam, me erguiam pelos cabelos, e fui o primeiro em Fagerborg que adotou o penteado afro, ainda que louro, caía naturalmente para mim, eu parecia um *poodle* branco, mas não durou muito. No inverno, usava sempre um imenso gorro de pele de urso, como os russos no exílio, encontrei o gorro entre as coisas da Velha. Já havia até tentado me forçar a crescer passando fome, e não recusei saltos de cortiça e solados duplos. Quando a pobreza virou moda, passei a usar botas grossas de borracha o ano todo, para não falar dos sapatos plataforma, foi talvez o meu melhor momento, não que eu queira adiantar os eventos, virão a seu tempo, mas só para recortar e compor minha vida em um quadro impossível e necessário: bunda e sapatos de plataforma. E o engraçado é que eu me senti mesmo mais alto durante esses anos solitários, na época da elefantíase, mesmo porque quase todos os outros também usavam sapato plataforma. Eu continuava tendo exatamente o mesmo número de centímetros a menos do que eles. Mas era como se eu tivesse ultrapassado o limite mínimo. Eu estava com a cabeça fora da água e andava quase sempre sozinho, pois aqueles que eu conhecia e amava haviam saído do país, eu seguia por caminhos alternativos e por ruelas, sobre meus sapatos instáveis e brilhantes. Maior ainda foi a queda quando os sapatos plataforma foram atirados ao monturo da risada, enfiados no escuro mais recôndito dos armários, esquecidos até o carnaval e as coletas de donativos. Fui o último a usar sapatos plataforma em Oslo, e se me recordo bem, foi esse o meu verdadeiro ápice, aquele momento arrastado entre duas modas, quando a confusão se instala, foi então que assumi o poder e permaneci erguido sobre meus saltos altos, enquanto os demais estavam descendo de volta a suas velhas sandálias. Mas não podia durar para sempre. Abdiquei. Caí. O rei dos sapatos plataforma foi destituído e sonhei que Deus acordaria uma manhã e encontraria 60 centímetros que havia esquecido de dar à humanidade e que Deus diria: *Trinta desses centímetros pertencem à régua de Barnum.* Papai deu-me uma vez uma palmada nas costas, um dia que estava nessa inspiração, e disse que não era a estatura que contava quando a pessoa era bem equipada pela natureza como nós, porque o próprio médico do continente havia constatado isso durante seu exame detalhado do corpo de Nielsen. *É só perguntar para a mamãe,* disse o papai. Não perguntei nada. Mas houve um tempo que fiquei me perguntando se seria possível inserir um pouco de esqueleto suplementar, por via cirúrgica. Eu havia lido na revista *Allers* que era possível fazer isso nos Estados Unidos. Tinham aumentado a estatura de um americano de ascendência norueguesa, que morava em Fargo, bem uns seis centímetros, aparafusando um novo segmento entre os discos do joelho e as coxas. Mas ele nunca ficou bom de caminhada depois disso e tinha que ficar quase sempre sentado, e daí, o que adiantava? Ele acabou morrendo de infarto, ele havia se curvado para amarrar os sapatos e morreu na hora, a informação foi dada na edição seguinte. E como o Fred também ria de mim, quando estava de veneta! Uma vez ele me carregou nas costas descendo todo a Kirkeveien e até Majorstuen, junto do Cine Coliseu. E deixei que o fizesse. Mas, de repente, ele poderia pôr-me no chão e dizer: "Vamos trocar, Barnum?" Eu ficava com medo, porque não sabia direito o que ele queria trocar e, antes que pudesse perguntar, ele havia ido embora. Se alguém queria ser muito engraçado, diziam que eu mal alcançava minha própria cabeça. Daí riam até chegar em casa. Ou então diziam que eu tinha cara de bunda. Eu quase não ria. Uma vez, aliás, encontrei o James Bond, mas nem ele pôde me ajudar. Eu vi Sean Connery, seu verdadeiro nome, na tabacaria na avenida Frogner, aonde eu ia para comprar a revista de sacanagem *Cocktail*, que todos sabiam ficava embaixo do balcão, junto com *WeekendSex* e *Pin-up*, e não era algo que eu pudesse comprar em Fagerborg, tinha que ser bem longe de lá. Esperei quase uma hora na calçada antes de juntar coragem para entrar. Achei que estava sozinho, mas lá estava o James Bond, e ele também parecia meio desmazelado. Ele tinha um cabelo ralo, cor de cenoura, que não devia ser penteado havia pelo menos três meses. Acabara de comprar um charuto que tentava acender. Eu estava para sair de novo, porque achei que estava tendo alucinações, e senti um medo em toda a cabeça. Mas era ele mesmo, Sean Connery, na loja na avenida Frogner, Oslo, Noruega, Europa, mundo, universo. E a vendedora atrás do balcão, que certamente não o havia reconhecido, curvou-se sobre os chocolates e perguntou o que eu queria. Não conseguia tirar os olhos de James Bond. Ele finalmente havia acendido o charuto. Ele sorriu para mim. Ele tinha a dentição ruim. A vendedora repetiu a pergunta. Eu não consegui abrir a boca. Só me lembro de ter ficado tão desapontado, ao ver que o James Bond podia ser tão desmazelado. Ele estava a ponto de pôr a mão nos meus cachos. Então saí correndo até chegar em casa. De noite, depois que nos deitamos, contei para Fred. "Eu vi o James Bond hoje", sussurrei. Fred virou-se. "Foi no cinema?" "Não, eu o vi na avenida Frogner." Fred ficou com a voz irritada. "Você viu James Bond na avenida Frogner?" Eu fiz que sim. "Ele tinha o cabelo ralo, e a dentição ruim", disse. Fred ficou em silêncio por um longo instante. "Você não viu James Bond na avenida Frogner", disse, por fim. "Vi sim! Na tabacaria!" "E o que você foi fazer lá?" Eu desviei o olhar. "Eu ia comprar *Cocktail*", sussurrei. Fred deu uma risada e voltou a deitar-se. "Boa-noite, Barnum. Não faça barulho." "É verdade", eu disse. "O que é verdade?" "Que James Bond estava lá. Quer dizer, o Sean Connery!" Fred levantou-se e agora estava furioso. "Agora você cale a boca, seu anão!" "Eu o vi!", gritei. "Eu vi James Bond!" Fred deu um passo na minha direção e me desferiu um soco na cara. Caí sobre o travesseiro e fiquei deitado. Fiquei pensando, enquanto o sangue escorria do nariz em borbotões, que ninguém acredita em mim quando digo a verdade, mas todos acreditam em mim quando minto. E já que estou inspirado, vou listando Humphrey Bogart, Toulouse Lautrec, James Cagney e Edvard Grieg, que era tão baixinho que tinha de sentar em cima das partituras completas de Beethoven para tocar piano. E Mickey Rooney, em especial o Mickey Rooney, aquele mosquitinho, que mesmo assim se casou cinco vezes com as mulheres mais lindas do mundo, somos todos parentes, grito, nós somos os baixinhos e estamos mais próximos da sarjeta! Então Peder põe a mão sobre o meu ombro e me acalma, enquanto as mulheres se entreolham, em silêncio, e os homens vão até a varanda. "Da próxima vez, não inclua o Grieg na lista", sussurra Peder. E acontece, quando por acaso me encosto em um batente esperando por alguém, quando estou aborrecido ou nervoso, encosto a mão espalmada sobre a cabeça e me volto rapidamente para ver se cresci. Mas este batente não tem marcas, e acabo fechando a porta e voltando. Quanto tempo leva um sonho? Quem sabe dizer o alfabeto de trás para frente no sono. Eu corto a minha vida, a nossa vida, em pedacinhos. Invadi a sala de montagem com uma tesoura de prata e depois colo os pedaços, com minhas mãos pequenas, em outra seqüência. E me desculpe se tenho que mentir, porque a mentira é só aquilo que a gente acrescenta para fazer com que os pontos de corte se encaixem na régua da narrativa. E vejo que o que relato sempre fica mais curto do que aquilo que vivenciamos. E assim retorno àquela manhã, quando eu estava na abertura da porta, ainda dolorido no rosto, para ver se a noite havia dado frutos. Os sapatos de Fred não estavam mais lá. Fazia silêncio em todo lugar. As primeiras palavras da carta do nosso bisavô permaneciam, sem som, na minha boca. *Um abraço afetuoso lhes envio.* E isso não é *flashback.* É só você que está num cômodo que mal reconhece. Você ouve, mal e mal, alguém que chora atrás de você, e quando você se volta percebe que é uma criança, e que essa criança é você.

Espiei a sala. Boletta dormia no sofá, e as cortinas estavam cerradas. Vinha um som fino de sua boca cada vez que inspirava. As luvas pretas estavam caídas, no chão. Eu não quis acordá-la. Eu me aproximei devagarinho, levantei o véu com todo o cuidado e dei-lhe um beijo na testa. Quando ia voltar para o quarto, mamãe estava lá. "Foi muito bonito o que você fez, Barnum", disse. Mamãe estava com um avental azul, amarrado firme em volta da cintura, e vi o quanto ela estava magra. Segurava na mão um pano de chão, cheirava a azedo e estava cheio de restos de picadinho e outras sobras. De repente, senti náuseas. Lembro-me de um domingo que o papai reclamou do bife, parece que estava frito além do ponto, e foi então que ela jogou um pano desses na frigideira e o serviu depois, com molho e tudo. Mas o pior foi que papai comeu o pano frito, não sei direito como foi que ele conseguiu, mas sei que cortou em pedacinhos, comeu, e ninguém nunca mais viu aquele pano de chão. *Mamãe é como Røst,* papai costumava dizer. *Não há um único meteorologista em todo o mundo que consiga prever qual o tempo que ela vai fazer amanhã.* "Ela está dormindo", disse eu, baixinho. Mamãe sorriu um sorriso cansado. "Ela não há de acordar antes que passe." Era assim que era. Aquilo que *tomava* a Boletta também passava. Eu queria muito saber o que era que a tomava. "Já está quase no tempo de começar a escola de dança", disse a mamãe, de repente. "Ah, não!" "Ah, não? É claro que você vai. Você nunca vai se arrepender disso!" Ela soltou o pano fétido no chão e abraçou o meu pijama e me conduziu em torno da sala, passando o sofá, fez um rodopio súbito junto da lareira, quase derrubou um abajur e riu, cheirava a detergente e perfume, e eu sentia os ossos pontiagudos dela debaixo do avental, tentei soltar-me, mas então ela me fitou o rosto, ainda mais de perto, e tive que pensar em outra coisa. "O que foi que te aconteceu?", perguntou. "Aconteceu? Nada." "Você está todo vermelho e inchado." "Tenho que ir para a escola", sussurrei. "Com essa cara?" Ela passou um dedo sobre o meu rosto, para sentir. "Você não está com caxumba? Não, caxumba você já teve. Graças a Deus. Deixe-me ver se você está com alergia, Barnum." Eu me contorci e me soltei. "Não estou doente. Só me lavei." Mamãe riu de novo. "É, está na cara. Uma verdadeira faxina. Você usou cloro?" "Não. Sabão, saponáceo e iodo. Minha cara estava com cheiro de bunda." Mamãe soltou meu pijama e sua boca tremia, como se tivesse sido atingida por um golpe inesperado. "O que foi que você disse, Barnum?"

E, no mesmo instante, papai voltou para casa. Eu o vi atrás da mamãe, ele entrou pela porta da frente, fechou a porta atrás de si com o cotovelo, e, nesse momento, nesse segundo, quando pensava que ninguém o via, uma manhã de sexta-feira no mês de outubro, enquanto punha a mala lustrosa no chão, pendurava o chapéu no gancho e enfiava o guarda-chuva no suporte, saiu de dentro da capa de chuva, tirou os sapatos com um suspiro, soltou o prendedor de meia e coçou-se na canela branca e se encostou contra a parede, tudo numa única seqüência, sem cortes, pude ver que sua nuca estava recurvada, as costas redondas e o paletó apertado, quase a ponto de estourar, o lenço no bolso da lapela, com suas iniciais, A.N., as gotas de suor na testa, a mão que lentamente tira o lenço, já não completamente limpo, e passa sobre a testa larga, recurvada, mas o suor parece grudado, como um musgo, ele esfrega e esfrega de novo, desesperado, furioso, bate com o punho na testa, como se fosse ajudar, e agora a mamãe também se volta, mas ela não viu nada disso que eu vi, a volta para casa do papai, e eu tusso, papai se apruma de imediato, com o lenço na mão, e sorri, no mesmo segundo ele sorri, abre os braços e vai entrando na nossa direção, como se o momento anterior, quando estava encostado na parede e batia com o punho na testa, fosse apenas uma mentira, uma ilusão. "Achei que você só vinha amanhã", disse a mamãe. "Eu também. Foi por isso que voltei agora!" Papai dobrou o lenço e fê-lo desaparecer sem que eu conseguisse descobrir para onde, riu e beijou a mamãe nas duas faces. Papai estava ainda mais gordo. Ele ficava mais gordo a cada viagem. A pele pendia para fora do colarinho, como *chantilly* em uma xícara cheia até a borda. Ele havia deixado de lado o cinto e só usava suspensório. Até os joelhos dele eram gordos. Ele logo estaria com o mesmo tanto de largura que tinha de altura. Por fim, soltou a mamãe, olhou-me e espantou-se. "O que foi que aconteceu com o seu rosto, Barnum? O Fred tentou soletrá-lo?" Papai riu de novo, um riso descontrolado. Um tremor perpassou o corpo da mamãe. "Ele só está resfriado", disse, depressa. "É por isso que não foi para a escola."

Mas papai já tinha notado Boletta. Ela estava deitada no sofá, toda encolhida, e continuava tomada. "Vejam só", resmungou o papai. "*Lit de parade.*" Mamãe tomou-o pelo braço. "Psiu. Não fale assim." "O que quer dizer?", perguntei. Papai teve que passar o lenço pela testa de novo. "*Lit de parade?* É simplesmente francês, e quer dizer ressaca. Que tal colocarmos um copo com aguardente no peito dela para ver se ela ainda está viva?" Mamãe deu-lhe um puxão no paletó, estava todo amarrotado nas costas e o último botão estava para cair. "Por que você voltou mais cedo?", perguntou a mamãe novamente. Papai tomou fôlego. Ergueu a mão esfacelada. Tentou sorrir. "Quer que eu vá embora de novo?", disse. Mamãe suspirou. "Só quis saber, Arnold." De repente, papai perdeu o controle. Ele não agüentava mais. "Quer saber por que voltei um dia antes?", disse, quase aos berros. Mamãe quis fazê-lo falar mais baixo. Mas era tarde. "Porque o carro não andava mais! Não agüentou a viagem até a Itália!" Papai sentou-se. "Está quebrado?", perguntou a mamãe, com cuidado. "Foi para o ferro-velho, em Kløfta! Me pagaram duas coroas e cinqüenta centavos pela carcaça!" Papai se levantou de novo. "Pode-se dizer que aquela viagem desgraçada só deu prejuízo", sussurrou. "Porque não havia muito a tirar do Fleming Brant!" Mamãe estreitou o olhar. "Então foi por isso que você quis ir até lá. Para ver se ele tinha dinheiro?" Papai sabia que tinha falado demais, mas agora não dava mais para parar. "Sim, c'os diabos! Ele podia ser o rei de Bellagio! Mas era só um simples zelador que rastelava a areia!" Fez-se um silêncio completo. Papai segurava o lenço, como uma bandeira branca, desbotada, na mão. Ele tinha que dizer algo mais. Secou a nuca, e lá dentro, no meio de toda a gordura e de todo o suor, havia um sorriso, alguns dizem até que herdei o sorriso do papai e que eu devia agradecer por isso. E embora fosse cada vez mais difícil achar o sorriso do papai, vi que ainda era um sorriso que funcionava, nos deixava na expectativa, amansava a mamãe, e o fazia belo e irresistível, como se o sorriso o erguesse para fora do peso do corpo e para além dos limites banais do cotidiano. Nesse momento, ele se tornava o menino que queria vender vento. "Adivinhe o que pensei enquanto voltava de trem e estava sozinho naquele compartimento triste", disse o papai. Era impossível adivinharmos, pois os pensamentos do papai seguiam por tantos desvios que raramente chegavam ao ponto final, costumavam perder-se no caminho, em más companhias. Ele cruzou os braços. Mal conseguia lugar para eles. Ficou esperando. Ele ficou esperando o rufar de tambores e as fanfarras. Ele ficou esperando por si mesmo. "Diga logo, papai! Diga o que você pensou!" "Calma, Barnum. Muita calma. Tudo a seu tempo." Ele ficou parado no mesmo lugar por mais um instante. Mamãe pegou-me na mão. Por fim, saiu até a entrada e foi buscar a pequena mala. Colocou-a com cuidado sobre a mesa da sala e ficamos cada um de um lado dele para ver.

Papai esfregou as luvas uma na outra. "Fora que eu fiquei pensando em vocês, o tempo inteiro, naturalmente, pensei na Olimpíada. Senti-me olímpico e pensei na Olimpíada de Tóquio e então pensei: Está na hora de ficar em forma! E logo me decidi a começar uma vida nova. Por isso parei junto do estádio de Bislet e fiz um pequeno escambo com o administrador. Ele ganhou um disco assinado de Jens Book-Jensen. E eu, minhas senhoras e meus senhores, ganhei nada mais nada menos do que isso."

Papai abriu a mala, mas ficou curvado sobre a mala, e a gente não conseguia ver o que havia dentro. Então ele levantou uma rodela que era um pouco mais alta no meio, e parecia uma bosta de vaca que ele poderia muito bem ter pego num pasto em Østfold. Segurou a rodela diante de nós. Não dissemos uma palavra. Mamãe desviou o olhar. O olhar do papai parecia perdido. "Digam alguma coisa!", gritou. "O que é isso?", perguntou mamãe, baixinho. E agora o papai riu alto, pela terceira vez desde que voltou para casa essa manhã. "Minha querida, ignorante e amada esposa! O que você faria sem mim para trazer o conhecimento e o amor a essa casa. Conte para a sua mãe o que estou segurando entre as mãos, Barnum!" "Um disco", sussurrei. "Muito bem, Barnum! Não é nada menos do que um disco!" Mamãe soltou a respiração. "Disco? É só isso que você traz para casa?" Fez-se uma ruga na testa larga do papai, uma ruga em diagonal, como uma valeta por onde o suor pudesse escorrer. Mas o sorriso ainda estava lá, estava preso, tudo no papai levava tempo, o corpo era mais lento do que o pensamento, por isso acontecia de ele ainda estar sorrindo quando ficava furioso, ou o contrário, de ele dar um tapa no ouvido quando estava de bom humor. Ficou fitando a mamãe, longamente. "Só isso?", riu. "O disco é a medalha do homem civilizado! Foi a primeira coisa que o homem atirou sem querer atingir ou matar ninguém!" Então soltou-se do paletó, colocou o disco na sua mão destroçada, dobrou os joelhos e começou a rodopiar em cima do tapete. "Tamara Press!", arfou o papai. "Tamara Press!" Mamãe cobriu o rosto com as mãos e gritou lá dentro e tive que me sentar, não estava em condições de permanecer de pé. Ri sem parar, e papai parecia um elefante louco apoiado numa perna só, que estava procurando sua tromba, e foi então que a Boletta acordou. Levantou-se do sofá, afastou o véu com o sopro e apontou para o papai. "O que é que esse sujeito está fazendo?" "Papai está jogando disco!", gritei. "Ninguém vai jogar coisa alguma na minha casa! Estão ouvindo!?" Papai foi freando, freando, e, por fim, ficou parado, balançando enquanto o suor escorria dos lóbulos das orelhas, como se tivesse um vazamento na cabeça. "Você tem razão, minha pequena Boletta. Disco é um esporte externo. É melhor esperarmos até a primavera." Ele colocou o disco na gaveta do aparador. Então abraçou-nos, até mesmo a Boletta ele conseguiu levantar e trazer para perto de si. "É bom voltar para casa", disse o papai. "Meu Deus, como é bom voltar para vocês!"

E assim ficamos, bem juntinhos, uma família, uma sexta-feira do mês de outubro. Foi então que papai me cochichou, e só eu ouvi: "Espalhe boatos e semeie dúvidas, Barnum." "Por quê?", perguntei. "Porque ninguém acredita em você, mesmo", disse o papai. Ele riu. "Além disso, a verdade é muito aborrecida, Barnum." E, no mesmo instante, vi, na sombra entre a porta e o aparador, o olhar de Fred, os olhos de Fred. Há quanto tempo ele estava lá? Não sei. Talvez estivesse lá o tempo todo. Agora Fred sorriu. Ele sorriu, e fiquei com vontade de estender a mão até ele. Mas ele apenas balançou a cabeça, fechou os olhos e recostou-se no escuro. E pensei: *Agora deixamos de existir. Agora nós também sumimos.*

A Pinta

Fiquei brincando com o pensamento. Era com que eu mais brincava. Não tinha mais ninguém com quem brincar. Eu brincava de pensar em catástrofes, acidentes, doenças, morte e outros danos irreparáveis. Era aí que eu me deleitava. Era um consolo, que tudo podia ser pior, muito pior. Se o nosso apartamento fosse destruído num incêndio, por exemplo, na véspera de Natal, a árvore podia pegar fogo e tombar sobre os presentes, e eu fui o único que sobreviveu e fui encontrado entre os restos carbonizados da mamãe, do Fred e da Boletta e tinha que ficar pelo menos três meses entubado a um respirador enquanto 18 médicos lutavam por minha vida e aquilo que tinha sobrado de mim, então a dança seria outra. Seria mesmo. Aí a maioria dos que tinham me perseguido ficaria com tanta dor na consciência que viria se arrastando para pedir perdão, e eu, na grandeza da minha alma em dor, lhes daria o perdão, e os jornais estariam cheios de artigos sobre o meu destino, escreveriam livros sobre mim, fariam filmes, pintariam quadros e montariam óperas, e, no final das contas, era esse o meu único sonho: que tudo fosse diferente, diferente do que era. Eu me via andando por aí com o rosto queimado coberto por gaze, solitário e altaneiro. Assim eu sonhava. Pois o pensamento com que brincava se transformava em sonhos e eu só sonhava quando estava acordado, nunca de noite, não tinha coragem, mas podia andar por horas a fio na minha própria companhia sonhando, até que eu tinha que sentar numa pedra, talvez na parte de cima do Stensparken, e chorar, porque esses sonhos eram tão avassaladores que me arrastavam até uma loucura fascinante. Eu chorava, eu soluçava, tomado pela dramaturgia violenta de meus sonhos diurnos. Eu estava entregue a mim mesmo. Eu estava no ponto mais profundo dos sonhos. Sonhava que ficava doente, que a morte se aproximava e que essa doença era incurável, dolorosa e muito lenta. Então era a mim que vinham, todos os que queriam pedir desculpas, que queriam ser meus amigos, mas logo seria tarde demais, pois eu estava moribundo e a última coisa que fiz foi erguer a mão, como uma bênção a todos que estavam do meu lado. Mas não conseguia ir adiante no sonho, no pensamento. Isso me irritava. Pois não conseguia ver-me como morto, quer dizer, até conseguia, mas não me dava nenhuma alegria, nem um pouco. O sonho comigo morto, num caixão modesto no crematório do Oeste ou na igreja de Majorstuen, era sempre curto demais, não conseguia pegar nele, ele terminava por assim dizer por si mesmo, escorria e se perdia na areia antes de virar alguma coisa. O sonho sobre minha própria morte era sempre um fracasso.

Era como se não conseguisse acreditar plenamente nele. Então era melhor sonhar com sofrimentos e acidentes em que sobrevivi, com um grito, e fazia com que todos se reunissem em torno de mim, com admiração e piedade. Eu sonhava que era eu que estava sentado na calçada, e não Fred, quando a Velha foi atropelada e morreu, mas não fiquei lá sem ferimentos, eu havia justamente tentado salvar a Velha, em vão, pondo a própria vida em perigo, e o fato de ela morrer só tornava meu destino pior, porque havia tentado, tanto quanto alguém pode tentar, mas ela morreu mesmo assim, e eu desmaio na sarjeta, uma das minhas pernas foi esmagada e o sangue escorria de um corte profundo na testa, onde a parte anterior do cérebro parecia com uma panqueca fina. Sonho que é de mim que sentem pena e recebo as honrarias, sim, as honrarias, porque eu havia arriscado a minha própria vida por outra vida e por isso era uma pessoa nobre, uma pessoa verdadeira. Eu pensava: Um pensamento pode ser mau? Mesmo que permaneça dentro da cabeça? Pode um sonho também ser igualmente mau? Se permanece no fundo dos pensamentos, na sala da quietude, imóvel e nunca posto no mundo? Assim pensava eu. E, um dia, comecei a sonhar por premonição. Eu ia levantar os pensamentos do fundo escuro. Eu ia arrastar o sonho para fora, para o meio daquela realidade que era muito pequena, até para mim.

Ela freqüentava outra turma da mesma série. Eu havia ficado de olho nela havia muito tempo. Ela ficava junto do barracão, sempre de costas e sempre sozinha. Eu cismei que ela era solitária, tão solitária quanto eu. Eu ficava rodeando-a, mas ela não se aproximava. O que era que eu estava pensando? Que Barnum poderia ter uma namorada? Sim. Era impensável, mas era o que eu cismava, que eu iria ter uma namorada, e tinha que ser ela que ficava sozinha junto do barracão, de costas. Ela tinha um cabelo claro, curto, e uma pinta na bochecha esquerda, logo abaixo do olho. E eu gostava especialmente dessa pinta, porque fazia com que ela fosse imperfeita e atingível, dava-me esperança e coragem, sim, foi a pinta que por fim me atraiu até ela, a pinta era a sua marca, tal como minha estatura era a minha, meus centímetros insuficientes, tão visíveis para todos.

Comecei a segui-la para casa depois da escola. Mantive-me a uma certa distância. Ela não me viu. Eu corria de uma esquina a outra. Ela ia sozinha. Sua mochila parecia excessivamente pesada. De vez em quando, ela tinha que parar, para descansar. Eu queria muito ajudá-la, poderia ter carregado a sua mochila, seria o de menos. Mas nunca fazia. Ficava apenas parado, olhando para ela, da sombra de uma entrada de prédio que ela não conhecia e onde o cheiro do jantar que estava sendo preparado escorria pelos vãos das portas e pelos buracos das fechaduras e derramava-se escada abaixo e me enchia de um enjôo pesado, cinzento, que me fazia vomitar debaixo das caixas de correio lotadas de cartões-postais atrasados com fotos coloridas de navios e de praias. Foi em setembro. Quando me levantei, ela havia sumido. Ela se chamava Tale. Eu já sabia onde ela morava. Corri até lá, na rua Nobel, e vi as cortinas sendo fechadas no quarto do terceiro andar.

Fiquei muito tempo parado, olhando. Mas nada aconteceu. Ela não saiu mais. Então caminhei para casa, lentamente, e sonhei que havia caído com um avião no centro da África e era o único sobrevivente. Lá fui acudido por uma tribo totalmente desconhecida e fiquei morando com eles durante três anos. Havia um probleminha com esse sonho. O que eu estava fazendo em um avião sobrevoando a África? Eu precisava saber, senão o meu sonho não ia valer. Por fim, descobri. Eu havia ganho um concurso de redação na escola e ia viajar para Madagáscar, onde alunos de todo o mundo iam se reunir para escrever novas redações. Mas, a caminho, o avião caiu, eu sobrevivi miraculosamente e fui acudido por essa tribo selvagem que nunca havia visto um homem branco antes e tive que ficar morando com eles durante três anos. Em casa, na Noruega, quando todas as esperanças se foram, rezam uma missa *in memoriam* para mim na igreja de Majorstuen e a igreja está tão lotada que fazem fila até o monopólio. Todos estão lá, minha turma, os professores, a escola toda, a Esther do quiosque, quem sabe alguém da família real também veio até a igreja de Majorstuen, porque eu ia representar a Noruega no campeonato de redação em Madagáscar quando o avião caiu. O padre está acabrunhado de tristeza e de dor na consciência e declara que daqui em diante todos que se chamam Barnum podem carregar o seu nome com orgulho, e Barnum torna-se o nome mais popular nos anos que se seguem. Fred faz o discurso de despedida, que ele mesmo compôs, e nem uma única letra saiu errada, porque ele sente tanta saudade de mim que não é mais disléxico, ele enxerga tudo muito claro, ele me lembra como seu fiel e solitário meio-irmão, mas a seus olhos eu era inteiro, sim, um irmão mais por inteiro não existe neste mundo e, sentada ao lado da mamãe, do papai e da Boletta está Tale, ela chora amargamente, porque não há sequer um caixão sobre o qual se pode colocar flores ou junto ao qual é possível ajoelhar. Mas bem feito para eles, sim, bem feito para todos eles, enquanto permaneço deitado em uma choupana no interior da África e vejo o xamã, que deve ter mais ou menos cem anos de idade, que se curva sobre mim com uma flecha curta atravessada no nariz. Ele só chacoalha a cabeça e diz alguma coisa numa língua que só ele entende. Assim fico deitado, por semanas e meses, bebo água da chuva e como rim de macaco cozido, mas um dia experimento uma sopa que o xamã cozinhou de plantas que crescem debaixo da terra e por isso são raras e muito difíceis de serem encontradas. E essa sopa, que é grossa, azulada e tem cheiro de xixi morno de gato, faz milagres comigo, as feridas cicatrizam, a memória retorna, e não só isso, eu volto a crescer, dá para sentir lá onde estou deitado, porque meus pés ficam cada vez mais distantes, logo não consigo enxergá-los, e, quando finalmente me levanto, sou o mais alto de todos, mas não posso ter certeza, talvez seja só porque os nativos são muito menores, pode ser só uma ilusão de ótica. Então sou encontrado por um missionário que traz uma mala cheia de Bíblias que ele distribui de graça na tribo selvagem e um quadro verde de feltro sobre o qual ele fixa figuras representando Jesus e sua história. Eu pergunto qual a estatura dele. Deus quis que eu tivesse 1,74, responde o missionário. Então sei que é verdade, porque sou mais alto que ele, ele só chega até o meu ombro, o coitado do missionário. Devo ter no mínimo 1,80. E quando ele embrulha o flanelógrafo e todas as figuras, acompanho-o no meio da selva, e, no dia que aterrisso no aeroporto de Fornebu, três meses mais tarde, há milhares de pessoas na sala de desembarque, tem gente até na pista, com bandeiras e imensos cartazes onde está escrito: *Bem-vindo a casa, Barnum!* E na frente de todo mundo está Tale, com sua pinta, mas passo direto por ela, e a multidão suspira fundo quando me vê, 1,80 de altura, quase irreconhecível, mas no meu coração sou o mesmo Barnum de antes, o bom e velho Barnum, porque tenho um coração de ouro. Os fotógrafos brigam para tirar minha foto, e passo direto por Tale, que tenta me segurar, mas eu me solto e corro até Fred e ele se atira no meu pescoço, porque ele andava inconsolável e ainda mais disléxico depois que fez o discurso de despedida e ele soluça sobre o meu ombro.

Tive que descansar junto da fonte na rua Gyldenløve. Estava exausto. A água estava desligada, e só havia folhas e castanhas boiando no fundo do tanque. Mas eu era a minha própria fonte. Agora era a minha vez de soluçar. Soluçava sobre o meu próprio ombro. E o sonho desfez-se em lágrimas que caíam tão pesadas sobre o asfalto entre as minhocas que se arrastavam em busca de abrigo. Não consegui ir adiante, o sonho acabou no instante em que Fred se atirou a meu pescoço. Nem me preocupei com a continuação. Era lento e aborrecido. Não me dei ao trabalho de sonhá-lo. E a melhor parte do sonho tinha sido a missa *in memoriam*, quando estou deitado em uma esteira, no centro da África, e o resto do mundo concentra-se na igreja de Majorstuen, no enterro sem caixão. Chorei mais um pouquinho. Então alguém curvou-se e se aproximou do meu rosto. "Então você está aí, chateado", disse uma voz. E alguém seca as minhas lágrimas com um lenço com cheiro de bolinhos de peixe e xarope para tosse. "Por que um menino tão bem-posto está tão triste?" Abri os olhos e deparei-me com uma boca muito velha. O batom havia manchado os dentes da frente, que pareciam conchas vermelho-claras, e a língua era enrugada como uma lesma. Curvei-me para trás. Ela enfiou o lenço na bolsa e curvou-se atrás de mim. "Você caiu e se machucou, talvez?" Balancei a cabeça. Ela estava tão próxima que achei que ia me lamber com sua lesma e não dava mais para inclinar o corpo, senão ia cair no tanque. "Meu irmão morreu", disse. Ela parou, e seus olhos como que incharam. "Seu irmão morreu?" "Sim", solucei e passei o dorso da mão sobre a bochecha. Ela pôs o braço sobre minha cabeça e ficou toda macia na voz, a velha língua transbordava. "Faz tempo que ele morreu?" "Foi ontem." "Seu irmão morreu ontem?" "Sim, ontem. Ele vai ser enterrado depois de amanhã." E senti que fiquei emocionado, mais forte do que no sonho sobre a África, quando disse que Fred estava morto, quando eu disse em voz alta e não apenas pensei, e ela que me ouvia acreditou que era verdade. Era como se tivesse realmente acontecido, eu mesmo acreditei que tinha acontecido, e fiquei ouvindo, com atenção, minhas próprias palavras, pronunciadas por minha própria boca. "Ele se afogou", disse eu. "No riacho de Gaustad. Tentei salvá-lo, mas..." Comecei a chorar de verdade. Não conseguia mais falar. A senhora também chorou e voltou a enxugar-me o rosto. "Você é um bom menino", sussurrou. E então ela me deu uma nota de cinco, passou a mão por meus cachos, colocou o lenço na bolsa e saiu andando sobre as folhas amareladas. Foi então que aconteceu uma coisa estranha. Quando fui dizer obrigado, muito obrigado, saíram outras palavras da minha boca. "Sua bunda de lesma!", gritei. A senhora parou, virou-se, e seu rosto se decompôs debaixo das árvores negras. Corri tudo que pude até o posto dos bombeiros, e não teria sido nada mau se tivesse irrompido um incêndio logo agora. A cidade inteira podia incendiar-se, primeiro o palácio real, com o rei em chamas na sacada. Mas os carros estavam parados na garagem, nenhum som se fez ouvir, e os capacetes estavam pendurados nos ganchos. As sirenes estavam em outro lugar. Era só a minha cabeça que estava incendiada, uma fogueira na garganta, e esse fogo não havia bombeiro no mundo todo que pudesse apagar. Corri. Corri contra mim mesmo e só parei quando cheguei à rua Bøgstad. Estava diante da perfumaria, na esquina onde os trilhos do bonde fazem a curva, e via o meu rosto refletido no espelho atrás da vitrine. Não saía fumaça das minhas orelhas nem meus cachos estavam chamuscados. Eu estava mais ou menos como antes, apenas um pouco enrubescido nas faces e os olhos um pouco maiores do que o normal, como se já tivessem visto mais do que suficiente. Mas eu tinha uma nota de cinco na mão. Entrei na loja. Havia mulheres para todo lado e se voltaram ao mesmo tempo e os sorrisos se abriram nos rostos duros, como se ao me verem tivessem acordado de um sonho pesado lá no fundo do sono dos cheiros, os cheiros eram como a folhagem úmida que se acumulava debaixo das árvores e, não sei bem por quê, de repente via na minha imaginação porcos-espinhos que dormiam bem embaixo de uma pilha de folhas mortas. Agora alguém vai passar a mão na minha cabeça, pensei, e não tinha nem terminado de pensar o pensamento quando a balconista do vestido azul-claro passou os dedos no meu cabelo, enroscou-os nos meus cachos e riu. "Bunda de lesma", disse eu, e mordi minha língua. Mas então ela se curvou e sorriu ainda mais, e as senhoras na perfumaria riram em uníssono. "Já viram um menino tão polido assim!?" E é provável que não, porque todas queriam passar a mão no meu cabelo, uma atrás da outra e, quando finalmente acabou, a balconista perguntou o que eu queria, talvez uma colônia para a minha mãe, ou quem sabe um pente de aço? "Eu queria um anel", sussurrei. "Com letra." Então ela deu um sorriso maroto e me empurrou para o interior da loja, onde pegou uma gaveta estreita cheia de anéis. "Qual a letra que você queria?" Eu bem que queria comprar o alfabeto inteiro, por medida de segurança, mas para tanto o meu dinheiro não dava, se eu começasse com a letra A não chegaria além do E, e eu não conhecia ninguém com essas letras que merecesse um anel meu, fora a Esther no quiosque. "T", disse eu, rapidamente. Ela retirou do mostruário um anel com a letra T. "E como chama a sua namorada? Turid?" Balancei a cabeça. "Tone, então", disse ela. "Não", disse eu. Agora ela estava quase de joelhos diante de mim. "Ela se chama Trine!" E então eu disse algo que me deixou muito satisfeito. "Taciturna", disse eu. "T de Taciturna." A balconista enfiou a mão no meu cabelo mais uma vez e levantou-se. "Você é um menino muito esperto." *Bunda de lesma*, pensei, enquanto o crânio gemia, mas nem um som saiu dos meus pensamentos. T de Taciturna. Nunca mais iria me esquecer.

O anel foi embrulhado em algodão e papel prateado, coloquei a nota de cinco no balcão e recebi o troco de três coroas e sessenta. Se tudo saísse conforme devia, poderia convidar a Tale para sair com esse dinheiro, poderíamos ir até a sorveteria Studenten e pedir um *milk-shake* de framboesa, ou até a Esther e comprar balas e alcaçuz que poderíamos levar até o Stensparken e comer sossegados, não, podíamos ir até o riacho de Gaustad e nos sentarmos num cobertor junto à margem, porque ali ninguém nos encontraria. Dessa vez, eu não disse muito obrigado. Apenas pensei, *muito obrigado*, pensei e carreguei o presente comigo para casa. Mamãe e Boletta já haviam jantado e a mamãe perguntou onde eu havia estado. "Lugar nenhum", disse. "E não estou com fome." Entrei no quarto e coloquei o pacotinho com o anel no estojo, debaixo da borracha, do apontador e da régua. De repente, o Fred estava atrás de mim. "O que está fazendo?", perguntou. Dobrei-me sobre o estojo. "Nada", disse eu. "Nada?" Fred riu. Queria que não tivesse rido. "É verdade", disse eu. Fred pôs as mãos sobre os meus ombros. "Nada não existe. Por isso, você está mentindo." "Por favor", supliquei. "Não estou mentindo." Mas Fred não se fez de acanhado.

Curvou-se, arrancou o estojo das minhas mãos e abriu o zíper, como se tivesse sabido o tempo todo que o anel estava lá. Ele segurou nas mãos o embrulho prateado e o abriu. Eu estava a ponto de choramingar. Mas não choraminguei. Se ele soubesse o que eu tinha sonhado, que ele teria de fazer o discurso de despedida junto a um túmulo vazio quando eu tivesse desaparecido. "T", disse Fred. "Quem é?" "Uma menina da outra turma." "E é para ela que você vai dar o anel?" Fiz que sim. Fred ficou em silêncio por um instante. Eu também nada disse. Fiquei me indagando o que ele viria a fazer agora, jogar o anel na privada, engolir o anel ou, quem sabe, quebrar a letra. Mas ele não fez nenhuma dessas coisas. Em vez disso, embrulhou de novo o anel, do jeito que estava antes, e me devolveu. "Muito bem, Barnum", disse. Eu ainda não tinha juntado coragem para dizer nada. Enfiei o pacote de volta no estojo, com cuidado. Fred ficou postado junto da janela, de costas. Já estava escuro lá fora. Ouvia-se como um sopro longo e molhado quando o ônibus passava, e os sinais pendiam inquietos no vento. "Você gosta muito dela?", perguntou Fred, baixinho. "Sim", sussurrei. "O que você mais gosta nela?" "Ela tem uma pinta no rosto", disse eu. Fred voltou-se na minha direção. "Quer que te dê um conselho, Barnum?" "Sim", disse eu. "Sim." Ele se aproximou. "Não diga para ela que o que você mais gosta nela é a pinta." Fred passou a mão nos meus cachos, e acho que foi a primeira vez que ele fez isso. Então saiu, sem dizer mais nada.

Aquela noite sonhei um sonho novo, mesmo dormindo: eu havia viajado para longe. Tinha viajado para dentro do frio e do escuro, para encontrar Wilhelm, meu bisavô, e eu viajava sozinho. Andei por dias a fio, talvez fossem meses, porque aqui o tempo não se deixava medir em horas, sem que achasse nada. Então encontrei uma caixa, estava junto de uma pedra, e tive que usar uma picareta para soltá-la. Lembro-me nitidamente da caixa. Era preta, e tinha dois fechos enferrujados, um de cada lado da tampa arredondada. Consegui abri-la, e dentro estava uma garrafa empoeirada de vinho Málaga, três latas de sardinha e quatro quilos de graxa para sapatos. Sentei-me do lado da pedra, tomei o vinho, comi as sardinhas, brindei o rei e engraxei meus sapatos. Então dormi e quando acordei do sono do sonho, no mesmo frio, estava cercado por ursos polares. Matei dois deles com um rifle que de repente tinha entre as mãos, e os outros então sumiram. Segui em frente, mas não vi outros sinais de vida. Os sapatos eram pesados e grudavam na neve. Logo morri. Foi estranho. Eu morri, mas o sonho continuava mesmo assim. Afundei no gelo e fiquei deitado lá, no fundo do frio, num caixão de gelo sem som. E, quando haviam passado o mesmo tanto de anos que faz desde que Wilhelm sumiu entre o gelo e a neve na Groenlândia, ou talvez fosse apenas uma semana, pois não dava para confiar no tempo, alguém me encontrou. Recortaram o bloco de gelo onde eu estava deitado e me transportaram de volta para a Noruega. Lá fui aberto à visitação pública no coreto em Karl Johan, Barnum congelado em um pedaço de gelo, bem conservado no meu caixão transparente de frio. Mas, então, irrompe o sol, o gelo começa a derreter, pinga e escorre, o público aplaude e apodreço no momento em que acordo e seguro o pequeno estojo com o anel.

Chovia a cada intervalo de aula e ela estava sozinha no barracão. Eu esperei junto do bebedouro. Ela não me viu. A pinta parecia uma gota escura que havia parado na bochecha dela. A última aula era educação física. Eu fiquei no vestiário e ouvia os outros correndo em círculos dentro da quadra interna. Então fez-se silêncio e Bukken apareceu na porta. Lembrou-me do sonho, porque era como se o Bukken também tivesse derretido e estivesse a ponto de apodrecer. Os imensos músculos dele escorriam corpo abaixo como ondas de gordura clara. Quando tomava banho conosco usava três bocais ao mesmo tempo e ainda assim não molhava os pés. "Você não vai se trocar?", perguntou. "Não estou me sentindo muito bem", sussurrei. "E o que você tem hoje?" "Resfriado", respondi, ainda mais baixinho. "Esqueci de fechar a janela essa noite, e a cama ficou cheia de chuva." Bukken deu um longo suspiro. "Tudo bem. Mas não saia antes de dar o sinal." Ele retornou até os outros meninos e apitou. Ouvi os risos. Ouvi as cordas sendo soltas. Ouvi os aparelhos arrastados sobre o chão e alguém que atirava aros de uma parede a outra. Eu fiquei sentado no banco, entre as capas de chuva. Vestiários são locais solitários. Todos os vestiários são parecidos. O mesmo cheiro. A mesma história. Um vestiário é um lugar onde a tristeza e a dor ficam penduradas, como peças de roupa esquecidas que ninguém se dá ao trabalho de vir buscar. As vitórias você leva consigo para fora do pátio da escola, para as ruas. As derrotas ficam para trás. Pingava de um dos chuveiros. Se eu contasse quinhentas gotas, ia tocar o sinal. Contei 430. Então, não deu mais para esperar. Tinha acabado de ter uma idéia e estava com pouco tempo. Corri até Plesner em Grensen, onde mamãe costumava comprar palmilhas e saltos de cortiça para mim. Era a única loja na cidade que tinha esqueletos na vitrine, especialmente pés e cotovelos. Entrei e a balconista, que mais parecia uma enfermeira em sua capa branca e seus tamancos, logo me reconheceu, mas desta vez eu não queria nada para consertar minha falha vertical. Pedi uma tipóia. "Tipóia?", repetiu. "Sim", disse eu. "Meu irmão contundiu o braço." "Sei, sei. E como foi que ele fez isso?" "Ele estava plantando bananeira na sala e ficou muito apertado." Ela ficou me olhando por um instante. Então foi até uma sala dos fundos e voltou com um cabide cheio de tipóias. Devia ter tipóias com letras, com um grande B, B de Batido, B de Barnum, mas isso já era querer demais. Eu estava de excelente humor. Agora é que eu ia levantar o sonho até a luz, o pensamento ia se transformar em ação, eu ia me tornar realidade. Escolhi uma tipóia verde. Assim o machucado ia parecer ainda mais grave. Mas, quase imediatamente, mudei de idéia, porque a cor verde não dava contraste com a malha que eu estava vestindo, por isso escolhi a tipóia branca, branco é sinal de doença, branco era sofrimento como neve e gelo, branco era o visível, que todos podiam ver. Paguei três coroas e dez, e ainda tinha cinqüenta centavos. Não era muito, dava no máximo para duas caixinhas de suco congelado, e setembro não era um bom mês para suco congelado, mas poderíamos ficar no quarto dela e eu poderia abraçá-la com o meu braço são. A balconista de Plesner quis embrulhar a tipóia, mas peguei na mão e apressei-me a sair. Entrei debaixo da primeira marquise e tentei amarrar a tipóia do jeito certo. Mas primeiro tinha que descobrir qual o braço que estava quebrado. Não havia pensado nisso. Tive que rir de mim mesmo. Eu tinha planejado tudo, nos mínimos detalhes, mas havia esquecido o braço em si. Escolhi o braço direito. Era pior. Depois de muito esforço, consegui dar um nó, pendurar a tipóia em volta do pescoço e deixar o braço esquerdo solto. Agora estava quebrado, da forma mais dramática. Dei um suspiro fundo. Desci até Karl Johan. Andei devagar, e muitas vezes tive que descansar, de tanto que doía. As pessoas andavam de um lado para outro, recurvadas na chuva debaixo dos guarda-chuvas negros. Não me viam. Fiquei chateado. Podiam muito bem ter-me visto e sentido pena de mim, e talvez perguntado se eu queria ajuda para atravessar a rua ou para carregar a mochila. Eu teria respondido que não, mas teria sido muito bom se alguém perguntasse. Os bancos da alameda dos Estudantes estavam sendo içados em um caminhão para serem levados embora. Era apenas o outono. As árvores desvencilhavam-se de suas folhas. Tomei um desvio, porque precisava treinar a andar com tipóia. Parei na praça da Câmara Municipal. O trem vinha da estação do Oeste e a locomotiva arrastava os vagões de carga atrás de si, tinha pelo menos 23 vagões, e, quando o último vagão passou, dava para ver até o estaleiro Aker, e, no mesmo instante, um imenso navio zarpou do cais, um casco alto, preto, singrava silencioso no meio da chuva e da água escura, e era tudo tão lindo, porque era assim também nos meus sonhos, eu ia lançá-los ao mar, eu ia navegar.

Caminhei até a rua Nobel. As cortinas no terceiro andar estavam fechadas. Eram três e vinte da tarde. Ela devia ter voltado da escola. Tirei o anel do estojo, coloquei no bolso, escondi o estojo debaixo da escada, subi os três andares e toquei a campainha. Levou algum tempo. Então a mãe veio e abriu a porta. Ela baixou a vista para me olhar. "Boa-tarde", disse. "A Tale está em casa?", perguntei. "Está sim", disse a mãe, e continuou postada diante da porta. Não sabia mais o que dizer. Em vez disso, encostei-me no batente, fechei os olhos e dei um pequeno suspiro. "Como é que você se chama?" "Barnum", respondi. "Barnum?" "Sim. A senhora pode cumprimentar a Tale da parte de Barnum?" A mãe inclinou-se um pouco mais. "O que foi que você fez com o seu braço, Barnum?" Abri os olhos. "Quebrei", disse eu, arfando. A mãe deixou-me passar e pediu que eu esperasse no *hall* de entrada. Ela tinha um rosto preocupado. As rugas juntavam-se em um nó bem no meio. Ela entrou no apartamento. Fiquei esperando. Cheirava a sabonete e água boricada, mais ou menos como na sala de espera do médico escolar. Vi um piano na sala, mas com a tampa abaixada. Não havia flores. Um par de óculos em cima de uma cômoda fitava a parede. Achei que a mãe voltaria para me buscar. Mas, em vez disso, foi a Tale que veio até a entrada. Ela me fitava, com olhar de espanto. A pinta brilhava debaixo do olho. Tive que me apoiar numa cadeira. Um soluço escapou-me da boca. Eu estava a ponto de cair. "Barnum", disse ela, simplesmente. Eu nunca tinha ouvido a voz dela antes. A voz era seca e baixa. Aprumei-me. A mãe estava em um canto da sala. Então, ela sumiu. "Sim", sussurrei. E ocorreu-me que Tale talvez não soubesse quem eu era, ela nunca tinha me visto, era só eu que tinha visto ela. E se sabia quem eu era, seria porque havia ouvido os boatos sobre aquele baixinho impossível na outra turma, os boatos sobre o anão da escola, do menino mais baixo da cidade, que só alcançava a bunda das meninas, e o riso que o acompanhava aonde quer que fosse. Comecei a perder a coragem. "Eu freqüento a outra turma", disse. "Eu sei. Mas o que você está fazendo aqui?" Ela parecia mais impaciente do que espantada. Havia uma poça ao redor dos meus sapatos. O braço doía. "Quebrei o braço", disse eu. Isso não a impressionou muito. Ela não colocou a mão devagar na tipóia para perguntar o quanto doía. Ela não me beijou no rosto para me consolar e acalmar a dor. "Como você sabe onde eu moro?", perguntou. "Você ficou me seguindo, não foi?" Fiz que sim. "Sim", disse eu. Fez-se um momento de silêncio. E um sorriso começou a fazer-se visível na boca dela, mal e mal, era como se os seus lábios fossem pequenos demais para um sorriso inteiro, mas já me bastava, o breve sorriso era mais do que suficiente. "Como foi que você quebrou o braço?", perguntou. Tive que fechar os olhos de novo. "Na aula de educação física", disse e me arrependi na hora, essa era uma mentira que poderia ser investigada, e então eu seria desmascarado, mas agora era tarde para mudar de idéia. "Pulei o cavalo-de-pau e caí de mau jeito", continuei. "Os ossos saltaram do cotovelo." Alguém estava do lado de fora, tentando enfiar a chave na fechadura, e Tale voltou-se na direção da porta que logo depois se abriu e o pai dela entrou. "Não enxergo direito", disse. "Esqueci os óculos. Onde estão?" A mãe veio imediatamente e entregou-lhe os óculos que estavam na mesinha da entrada, fitando a parede, e ele colocou-os no rosto. Respirou aliviado, abraçou Tale e deu-lhe um beijo na testa. "Como está, minha filha?", sussurrou e ela curvou-se para fora de seus braços. "Esse aqui é Barnum", disse a mãe depressa, e ele voltou-se na minha direção, franzindo o cenho. "Barnum? Boa-tarde, Barnum. Machucou o braço?" Mas não tive tempo de responder. "Ele quebrou o braço quando pulou o cavalo-de-pau", disse Tale. "Que coisa. Deixe-me ver." "Não!", gritei. O pai riu. "Fique sossegado, meu rapaz. Eu sou médico." Ele começou a tirar a tipóia. "Mas por que não puseram gesso?", perguntou. Voltei-me para Tale. "Gosto da sua pinta", disse em voz alta. O pai dela soltou o meu braço. Tale tentou manter o sorriso, mas os lábios não conseguiram, e a boca desmanchou-se como barro e, de repente, ela parecia muito feia, ela e a pinta. "Acho que está na hora de você ir embora", disse a mãe. Só me lembro que, de repente, eu estava na rua, a mochila nas costas e o anel no bolso. Tudo tinha sido em vão. Não tive coragem de olhar para a janela no terceiro andar. Eu estava acabado. A história de Barnum havia terminado. Era só ir embora e me deitar. Ainda chovia. Atravessei o parque Frogner. Arranquei a tipóia e dei para um morador de rua sentado debaixo de um arbusto e tremendo. Era melhor as pessoas sentirem pena dele. Quando voltei para casa, fui, como disse, direto para o quarto me deitar. Logo a mamãe apareceu na porta. "Estou doente", sussurrei. "Vá embora." "Doente? Como assim, Barnum?" "Só doente. É contagioso. Não posso ir para a escola amanhã." Mamãe suspirou. "Mas não precisa ir mesmo. Amanhã começam as férias de outono." Mamãe deu mais um suspiro enquanto fechava a porta, e logo entendi que Boletta estava no Pólo Norte de novo, tomando cerveja.

Fiquei deitado. O tempo dos sonhos havia passado. Eu havia sonhado o meu último sonho. Cobri-me com o edredom e chorei. Eu havia sido lançado ao mar e afundado na água escura. O casco não agüentou. As juntas de ferro se soltaram e fui direto para o fundo. Por que fui falar da pinta? Por que fui fingir que o braço estava quebrado? Por que não fingi que era mudo? Aí era só entregar-lhe o anel sem dizer uma palavra e o anel com a única letra teria falado sua linguagem clara! Agora não tinha mais como entregar-lhe o anel, era tarde demais.

Mamãe veio com a ceia. Não toquei na comida. Ela tirou minha temperatura e saiu. Mais tarde, o Fred chegou. Deitou-se e ficou um tempo só ouvindo. Eu não disse nada. Cheirava a tabaco e cerveja. "Não quer dizer nada para o seu irmão?", perguntou. "Ou você é apenas um meio-irmão?" "Dizer o quê, Fred?" Ele suspirou. "Como é que foi com o anel, é claro." Tive que organizar os meus pensamentos. "Não consegui dar-lhe o anel", disse, baixinho. Fred sentou-se na cama. "Você não teve coragem, quer dizer? Você mijou pra trás, feito um banana?" "Não!", repliquei, quase gritando. "Eu estive na casa dela!" Fred voltou a recostar-se no travesseiro e ficou longamente fitando o teto. "Você falou da pinta dela, não é verdade?" Eu me enfiei debaixo do edredom o máximo que pude. "Sim", sussurrei. Ouvi alguém cantando na rua. Era Boletta. Ela cantava sucessos que ninguém agüentava mais ouvir. Mamãe ficou preocupada e desceu correndo para buscá-la antes de alguém reclamar e o zelador Bang acordar. Então a noite ficou mais calma, exceto o meu coração. "Eu disse que não era para falar da pinta", sussurrou Fred. "Você não presta mais atenção no que digo?" "Presto sim, Fred." "Pense em tudo sobre o que você poderia ter falado, Barnum! Os olhos. A boca. O cabelo. As orelhas. São essas coisas que as meninas gostam de ouvir." "O nariz também?", perguntei, com cuidado. "Sim, o nariz também. E a nuca, as mãos, os pés. Mas espere para falar da bunda e dos peitos, Barnum, até o caminho ficar aberto." "Eu espero", sussurrei. Percebi que Fred balançava a cabeça no escuro. "É bonita?", perguntou. "Sim", disse eu. "A mais bonita que já vi." "E lá vai você e fala da pinta. Você precisa consertar isso, Barnum. Se não, você vai ter cagado com tudo."

Acho que o Fred dormiu. Foi a melhor conversa que havíamos tido. Fiquei com vontade de ir até a cama dele e me deitar ao seu lado. Felizmente, não fui. Fiquei deitado pensando sobre tudo o que eu poderia consertar. Era um pensamento que consolava. E via diante de mim o navio zarpando do cais junto do estaleiro Aker e afundando na água escura. Mas não era tarde demais. O navio poderia ser içado do fundo e ser lançado novamente. Foi assim que pensei. A cama era o meu cais. E lá fiquei o resto das férias de outono, enquanto os outros da turma iam colher batatas nos sítios de parentes distantes em Nittedal, ou rastelavam as folhas secas nas chácaras ao longo do fiorde. Fiquei pensando no que a Tale estaria fazendo e, quando pensava nisso, o termômetro da mamãe subia ameaçadoramente, tanto que ela estava a ponto de chamar um táxi para irmos ao pronto-socorro. Mas resisti. E, quando chegou a segunda-feira, declarei-me sarado, levantei e fui para a escola com o anel no bolso.

Não a vi no primeiro intervalo. Mas vi outra coisa. As meninas da sala dela estavam no galpão, chorando. Não consegui acompanhar a aula seguinte. Havia algo de errado. Ossatura estava ainda mais pálida do que o seu normal e perguntou o que eu, por exemplo, havia feito nas férias da colheita. O riso espalhou-se, e o Ratinho só conseguiu dizer que Barnum foi confundido com uma batata-doce, quando recebeu o ponteiro como um chicote na nuca e engoliu metade da língua enquanto nevava giz sobre o silêncio súbito. Ela também não estava lá na hora do recreio. O galpão estava vazio. Nem as outras meninas estavam lá. Preben ficou junto do bebedouro com Hamster e Aslak, me fitando. O zelador havia desligado a água. Dei uma grande volta passando pelas salas da primeira série e voltei a entrar pelo portão de trás, passando o refeitório e subindo até a quarta série. Estava tudo em silêncio. Era o recreio. Alguém havia deixado cair uma fatia de pão com salsicha. Os ganchos na parede estavam vazios, como uma fileira de pontos de interrogação. O anel estava no bolso. Alguma coisa estava muito errada. Fui descendo devagarinho pelo corredor. A porta da sala dela estava aberta. Parei na frente da porta e espiei, com cuidado. As meninas estavam em silêncio, as cabeças recurvadas, em um círculo em volta de uma carteira onde alguém havia colocado uma vela branca acesa. Alguém chorava silenciosamente. No quadro-negro, estava escrito, em letras bem grandes: *Sentimos sua falta, Tale.* Retirei-me. Saí de fininho debaixo dos ganchos. Foi então que Ossatura apareceu, na virada do corredor, e bati de frente com ela. Ela pôs a mão pesada sobre o meu ombro. "E o que você está fazendo aqui dentro?", perguntou. Mas, por algum motivo, não parecia muito zangada. "Eu ia dar uma coisa para a Tale", sussurrei. Ela levantou a mão e acariciou o meu rosto. Os dedos estavam frios. Sentou-se de cócoras. "Tale não está mais aqui", disse, baixinho. "Ela mudou de escola?", perguntei. Ossatura esfregou as mãos, até ranger as unhas, e era como diziam, ela cheirava a remédio velho, como se o seu rosto fosse uma farmácia falida. "Tale está morta", sussurrou. *Tale está morta,* disse eu, dentro de mim. *Está morta. Morta.* "Não pode ser", disse. Ossatura esboçou um breve sorriso e segurou a minha mão. Eu queria muito que ela soltasse. "Tale morreu durante as férias de outono, Barnum." Puxei o meu braço de volta. "Como assim?" "Ela tinha uma doença terrível. Câncer." Ossatura aproximou-se ainda mais, sussurrando. "A pinta. Era maligna." "Tenho que ir", disse eu. "Logo vai dar o sinal." Andei pelo corredor. Passei o dedo pelos ganchos. E pensei: *Agora a Tale não vai poder me dedurar. Estou salvo. Agora ela não vai poder dizer que fui visitá-la com o braço na tipóia, mentindo.* E pensei que essa foi a pior coisa que já havia pensado. "O que foi que você queria dar para ela?", perguntou Ossatura. Parei e me virei. Ela estava do lado de fora da sala de aula, e algumas das meninas estavam espiando, rostos pálidos e silenciosos. Eu peguei a fatia de pão que estava aos meus pés e comi, devagarinho. E o que eu disse agora era, na verdade, ainda pior do que tudo que havia pensado. "Nada", disse. E corri escada abaixo, até os banheiros, caí de joelhos e vomitei até me esvaziar por completo, vomitei tudo o que me queimava por dentro. Depois, joguei o anel na privada e puxei a descarga. Mas, no mesmo instante, me arrependi. Felizmente, o vaso estava bastante entupido e isso havia muito tempo. Enfiei a mão tudo que pude na água marrom, tateei com os dedos no meio do papel higiênico e da massa pastosa, e acabei achando. Enxuguei o anel tanto quanto pude na jaqueta e coloquei-o de volta no bolso. T de Tale. T de Taciturna.

Deu o sinal. Voltei para casa. Não havia ninguém. Fui buscar a chave do sótão e subi. Eu era uma pessoa má. Eu sabia disso. Eu era uma pessoa má, era a única grandeza que eu tinha, minha maldade. Eu estava no sótão, debaixo dos varais. Pingava da clarabóia. O vento fazia tremer a poça d'água no chão. Meus pensamentos formavam um círculo negro fechado atrás dos olhos. Como ela podia morrer se o pai era médico? E a única coisa que consegui ver foi a pinta dela, que se espalhava por todo o seu rosto, crescia até cobrir todo o corpo. Então fiquei mais calmo. Então fiquei frio e vazio. Fui até o poço de carvão e escondi o anel lá, atrás da tampa enferrujada. E foi então que achei outra coisa. Debaixo de um saco de estopa, havia uma garrafa. Na etiqueta, estava escrito *Eau de Vie* e estava cheia pela metade. Tirei a rolha e bebi. Ardia nos dentes. Mas, logo depois, uma risada se instalou na minha cabeça. Era uma risada gostosa. Tomei outros goles e coloquei a garrafa de volta debaixo do saco. Minha cabeça estava cheia de boas risadas. Subi a escada até a clarabóia, abri o máximo que pude, mal conseguia segurá-la, e espiei a vista da cidade. A cidade se movia. Não queria ficar parada. Os cata-ventos levantavam vôo e formavam uma revoada errática sobre o fiorde. Mas, quando dirigi a vista até o cemitério a oeste, as árvores escuras estavam em seu lugar, como espadas debaixo do céu cinzento, e uma fileira de pessoas vestidas de preto carregavam um caixão branco entre as lápides e pararam num ponto onde a terra havia sido aberta, como uma ferida recente. Arranquei a jaqueta, enfiei o braço direito sobre a beirada, deixei-o apoiado lá, tomei fôlego e soltei a clarabóia. Deu para ouvir a clarabóia se arrebentando e, no mesmo instante, o riso parou dentro da minha cabeça. Perdi o apoio do pé, mas fiquei dependurado no caixilho, antes de arrastar comigo vidro e ripas, e caí da escada, me enrolei na corda dos varais e tombei no chão, com o cotovelo primeiro.

Com meio olho, vi a Boletta. Ela estava de cócoras junto do poço de carvão e procurava alguma coisa debaixo do saco de estopa. Pegou a garrafa que estava lá. Ela bebeu. Eu não estava sonhando. Era de verdade. Eu tinha ficado desacordado por um instante. Não sei por quanto tempo. Mas a clarabóia arrebentada já trazia a escuridão entre os cacos de vidro. O sangue escorria do braço, que estava esticado e retorcido junto do corpo. A pele estava aberta numa longa fileira e alguma coisa branca brilhava no meio da carne da ferida. Eu tive mais um pequeno desmaio. Foi então que Boletta se virou. Ela gritou e ouvi a garrafa que caiu das mãos dela e o grito que se aproximava. Então Boletta carregou-me escada abaixo, e o tempo todo ela falava consigo, com todos, com Deus. "Vou atear fogo no sótão. Vou sim. Vou queimar o sótão até não sobrar mais nada!"

Acordei numa cama no pronto-socorro. Mamãe estava sentada do meu lado e passava a mão no meu cabelo. Acho que ela havia chorado. O meu braço direito estava todo costurado. Depois disso, fui levado até outra sala e lá puseram gesso. Tentei levantar o braço, mas era pesado demais. "Como foi que chegamos até aqui?", perguntei. Mamãe sorriu e beijou-me a testa. "Tomamos um táxi, Barnum. Você não se lembra?" Balancei a cabeça. "Não, droga", disse eu. Mas pude voltar de táxi para casa na manhã seguinte, com o braço numa tipóia, uma tipóia branca. E, lentamente, as lembranças foram voltando. Tudo o que eu queria esquecer estava diante de mim, claro como nunca. Agora eu não precisava fingir. Eu havia me tornado quem eu era. Mamãe e Boletta tiveram que me apoiar na subida da escada. Tomei chocolate quente, engoli um comprimido redondo, ri um pouquinho e dormi. Quando acordei, Fred estava junto da janela, com as mãos nos bolsos. "Oi, baixinho", disse ele. "Se machucou, foi?" Foi então que a mamãe entrou, e estava na hora de ir para a escola. Tentei dizer que não. Não adiantava mais. Mamãe me ajudou a colocar a tipóia e fixou-a com um alfinete de segurança no ombro, e Boletta havia preparado um lanche com sanduíches de ovo e arenque, mas eu estava vazio e sem apetite. E assim fui andando, no que vou chamar minha segunda vida, a vida depois de Tale, seguindo o sol baixo, quase branco, de outono, descendo a Kirkeveien. Esther estendeu o corpo para fora de seu quiosque e entregou-me um saquinho com balas. Não precisei pagar passagem no bonde. Uma senhora levantou-se e me deixou sentar. O cobrador ajudou-me a descer. Era do jeito que eu queria, era com isso que eu havia sonhado, mas agora não me dava nenhuma alegria, e nenhuma tristeza que pudesse me animar, apenas um vazio ainda maior.

Eu era o único no pátio da escola. Já havia dado o sinal. Subi devagarinho a escada. Eu ouvia o eco dos meus passos, muito depois de dados, e, algumas vezes, era como se ouvisse o eco antes de pôr o pé no degrau. Então parei em frente da sala de aula. Estava tudo em silêncio. Era de dar medo. O braço estava pesado na tipóia. Bati. Fez-se mais um instante de silêncio. Então ouvi a voz de Ossatura. "Entre!" Abri a porta. Todos os meninos estavam de pé, do lado de suas carteiras, me fitando, e no quadro-negro estava escrito, em letras imensas: *Sentimos sua falta, Barnum!* Quis voltar para trás, mas Ossatura conduziu-me até o estrado e lá havia uma rosca que as meninas da outra turma haviam assado na cozinha da escola, e tive que comer a primeira fatia, coberta de um glacê espesso, cinzento, com passas duras, enquanto Ossatura me tirava a mochila e me ajudava a sentar. *Sentimos sua falta, Barnum!* Mastiguei, mastiguei e não conseguia fazer a rosca descer, e quando não havia mais rosca na travessa, Ossatura pendurou uma prancha com desenhos coloridos representando a parte interna de um braço e apontou na minha direção. "Agora nos conte o que aconteceu, Barnum." Mas eu não tinha nada a contar. Minha boca estava cheia de rosca e de mentiras.

Ossatura apenas sorriu e apontou para a prancha. "Tudo bem, Barnum", disse ela. "Mas os braços são a ferramenta mais importante que nós temos. Em posição ereta, a ponta do dedo médio chega na metade da coxa. Mas o braço direito é normalmente meio centímetro mais comprido do que o braço esquerdo, porque é o que nós usamos mais." De repente, ela mesma se interrompeu. "E do que vocês estão rindo agora", perguntou, com a voz bem alta, porque todos na classe, exceto eu, estavam dobrados sobre as carteiras, com os rostos vermelhos, rindo, e fiquei quase feliz, porque agora estava como costumava ser antes. Ossatura desceu do estrado, o ponteiro erguido. Engoli o último pedaço da rosca, e Ossatura voltou-se bruscamente para mim e abaixou o ponteiro. "Você disse alguma coisa, Barnum?" Eu não havia dito nada, nada que eu tivesse ouvido, e fiquei com medo que palavras que eu não tivesse escutado tivessem escapado da minha boca, *bunda de Ossatura,* e agora todos olharam na minha direção e tive que dizer uma coisa, e fiz uma pergunta, porque uma pergunta não pode ser uma mentira, não é mesmo? "Não quer escrever no meu gesso?", perguntei. Ossatura hesitou por um instante, como se estivesse muito confusa. Então foi buscar a caneta-tinteiro, veio até mim e escreveu o seu nome, lentamente, no gesso, com letras pequenas e tremidas, *Professora K. Haraldsen,* e foi quando deu o sinal.

E no recreio a classe toda fez fila para escrever no meu braço. As meninas da turma paralela também vieram, logo quase toda a escola havia assinado o gesso e por fim foi a vez de Preben, e no canto os outros meninos formaram um círculo e murmuravam entre si, porque no pátio da escola todos ficam sabendo de tudo, tudo o que se diz é contado adiante, aqui não existem segredos, aqui se espalham os boatos. Logo não há mais espaço para outros nomes. "Sabe por que o braço direito é mais comprido?", perguntou Preben. E ele mesmo respondeu: "Porque é com ele que você bate punheta." Ele assinou do lado de Ossatura. "Agora o seu braço esquerdo vai ficar do mesmo comprimento", disse ele, e voltou a juntar-se aos outros, num círculo de risadas. Eu também comecei a rir. "Isso se você não bater a punheta para mim", disse eu. Fez-se um silêncio total. Fecharam a cara. Aproximaram-se. Todos na escola ficaram olhando. Mas não podiam me surrar agora. Sabiam disso. Eu sabia disso. Eu havia encomendado uma sova sem data certa.

Quando voltei para casa, o Fred ainda estava junto da janela, com as mãos nos bolsos. Sentei-me na cama. "Papai ainda não voltou?", perguntei. Fred virou-se. "Quem?" "O papai", disse eu. "Ele foi viajar?" "De quem você está falando, Barnum?" A escuridão havia voltado aos seus olhos, aquela escuridão que vibrava no fundo dos olhos dele. "Arnold", sussurrei. "Arnold Nilsen, você quer dizer? Aquele gordo besta de cabelo liso? Aquele que dá uma passada aqui e come a nossa comida e depois come a mamãe?" Afastei-me, enquanto fazia que sim. Fred voltou a olhar pela janela. Ele deu de ombros, a sua cabeça afundou. "Não faço idéia." Achei o saquinho com balas e pus em cima da mesa. Fred continuou onde estava. "Sirva-se", disse eu, com cuidado. Passou um tempo. Então, ele disse: "Obrigado." Não sabia se era um bom momento para rir, tive vontade de rir, mas Fred nem tocou na bala, por isso deixei para lá, não ri. "Muito obrigado", repetiu. "Sirva-se", disse eu, novamente. O saquinho pardo ficou onde estava. "Você me ajuda se alguém quiser me bater, Fred?" Ele deu de ombros de novo. "Não se você fez por merecer. Apanhar. A propósito, agora ele está vindo." "Quem?" "O gordo besta que come a nossa comida e depois come a mamãe." Eu estava a ponto de chorar. "Não fale assim, Fred." "Ganhou bala de graça da Esther, hein?" Mas antes que eu pudesse responder, papai entrou no quarto, todo desengonçado, e me levantou e estava a ponto de quebrar o gesso. "Seu menino maluco!", gritou. "Ficou brincando de circo lá em cima, logo debaixo do céu?" Ele me soltou e se virou bruscamente na direção de Fred. "Foi você quem levou Barnum até o sótão?" Fred continuou imóvel, olhando pela janela. "Olhe para mim quando falo com você", disse papai, e colocou a mão sã sobre o ombro dele. Passou um tremor pelo corpo de Fred. "Tira esses dedos daí", sussurrou. "Agora." Papai hesitou por um instante, depois deixou a mão cair e voltou-se novamente para mim. "Eu só quis olhar a cidade", disse. "Lá da clarabóia. Então, eu caí. Fred não estava lá." Papai sorriu, enxugou o rosto com o lenço e passou os dedos sobre todos os nomes no meu gesso. "Vejam só. Você tem muitos amigos, Barnum! Mais do que eu jamais tive!" Fred riu baixinho junto da janela. Papai tirou cinco canetas-tinteiros do paletó e escolheu, por fim, a mais grossa, tirou a tampa e escreveu em volta do cotovelo. *Sare logo. Lembranças, papai.* "Onde você esteve?", perguntei. Papai tampou de novo a caneta e colocou no bolso interno. "Onde estive? Estive trabalhando, Barnum. Se não, como é que iríamos pôr comida na mesa?" Fred riu novamente. Papai cerrou o punho, mas logo soltou os dedos de novo. "Bem, vou surpreender a mamãe também!", disse, juntou as mãos e foi na direção da porta. "Você não trouxe nada?", perguntei. Papai parou de repente e a cara grande e lisa dele como que desmoronou, até que conseguiu fazê-la voltar ao lugar com um sorriso. "Se trouxe alguma coisa? Tive que jogar fora tudo que tinha nas mãos para voltar para casa e te ver, Barnum!" Então ele saiu e deixou para trás um fedor adocicado, de perfume, pomada e pastilhas. Ficamos em silêncio um bom tempo. "Vai ver ele ficou o tempo todo no Valka bebendo cerveja", disse Fred, por fim. "Ele estava mais gordo na cara." Fred sentou-se na sua cama, e parecia cansado. "Você não quer também escrever no gesso?", perguntei. "E por quê?" "Porque todos os outros escreveram." "Todos? Deixe-me ver." Ele sentou-se junto de mim e começou a ler os nomes. Levou tempo. Fiquei esperando. "Não estou vendo o nome de Cliff Richard aqui", disse ele. Ele ergueu os olhos. Eu não sabia se devia rir ou chorar. Eu nunca sabia, quando o Fred me olhava desse jeito. "Não", sussurrei. "E o rei Olavo? Ele escreveu alguma coisa aqui?" "É claro que não", sussurrei. "Mas você não disse que todos tinham escrito?" "Eu quis dizer todos da escola, Fred." Ele voltou a curvar-se sobre o gesso, e dessa vez levou ainda mais tempo. Então ele soltou o meu braço. "T não escreveu aqui", disse. Eu não sabia que podia doer tanto. Doeu tanto que fiquei quase feliz. Fred ergueu os olhos e deve ter percebido uma mudança no meu rosto, porque a escuridão do fundo dos olhos como que se esvaiu, como um óleo. "Ela morreu", sussurrei. Fred ficou pensativo. "Se alguém quiser te bater, é só rebater com o gesso na cara dele. Certo? Certo, Barnum?" Eu fiz que sim. Eu estava quase calmo. Agora eu tive coragem de insistir. "Escreve, vai. Por favor." E Fred foi buscar a caneta. Era tão estranho vê-lo com a caneta na mão, era como se a caneta não coubesse entre os seus dedos. Ele podia segurar quase qualquer coisa sem hesitar, faca, saca-rolhas, martelo, serrote, bola de tênis, pedra, pente, lança, o que fosse, mas agora a mão dele tremia. Ele sentou-se novamente do meu lado, curvou as costas e começou a escrever no último espaço vago no gesso. Foi muito devagar. Coloquei a mão devagarinho sobre a nuca dele. Estava quente e inquieto. Eu ouvia a respiração e o coração que batia atrás da camisa fina. Então ele se soltou de mim. E a escuridão escorreu de volta para os olhos dele. Ele havia escrito *Ferd.* "Não faz mal", disse eu, em voz baixa. "Vá pro inferno", disse Fred. "Não faz mal", repeti. Ele passou a caneta sobre as letras tortas até a ponta se quebrar sobre o gesso e a tinta escorreu por todo o braço e cobriu os nomes com manchas azuis que cresciam como sombras formando um desenho furioso. Fred levantou-se e atirou a caneta estragada na parede. "Aposto que você fez de propósito!", gritou. "O quê?", sussurrei. "Quebrou o braço. Você fez isso de propósito para que todo mundo sinta pena de você. Puta que pariu. Você é um merda!" "Sim", disse eu. Fred silenciou de repente. Olhou para mim, quase surpreso. "O que foi que você disse?" "Sim", repeti. "Fiz de propósito." Fred fez que ia me dar um tapa. Caí para trás, em cima da cama. Então ele deixou a mão parada e suave sobre a minha bochecha. "Como é que vou cuidar de você, se você faz uma coisa dessas, Barnum?" Ele enfiou a mão rapidamente no bolso e estava para dizer mais alguma coisa, mas não conseguiu. Em vez disso, pegou o saquinho com balas, abriu a porta com estardalhaço, onde a mamãe estava entre papai e Boletta com uma rosca imensa numa travessa, afastou-os, e não o vimos de novo antes da segunda-feira, e estávamos na sexta-feira.

Muito tempo depois, porém, quando já fazia tempo que o gesso havia sido retirado e o braço estava todo fino, acinzentado e costurado com um fio azul, e eu havia começado a freqüentar a escola de dança e conhecido Peder e Vivian, o Fred quis que eu o acompanhasse até o cemitério do Oeste. Eu não estava muito a fim, cemitérios não me atraem, cemitérios me dão insônia e me fazem emagrecer, mas Fred já havia arrancado duas tulipas do canteiro do zelador Bang, e agora ele queria de qualquer maneira que eu o acompanhasse, porque tinha uma coisa que ele ia me contar, e eu não tive escolha. Ele até me emprestou sua jaqueta de pelica, e eu gostaria que alguém me tivesse visto na jaqueta, a Vivian, por exemplo. Não encontramos ninguém. No começo, achei que íamos visitar o túmulo da Velha, mas, quando chegamos lá, naquele cemitério ao mesmo tempo belo e horrendo, estávamos no mês de maio e as árvores transbordavam de verde, ele foi até a outra extremidade, no canto malcuidado da rua sem saída dos mortos. Lá ele colocou as flores junto a uma fina cruz de madeira, que estava enfiada torta na terra. Até eu tive que me curvar para ler o nome. *K. Schulz 1885-1945.* "Quem é?", perguntei. "O meu médico", disse Fred. Olhei de novo para o túmulo. Não estava à vontade. Queria voltar para casa. "Sente-se", disse Fred. Sentamo-nos na grama rala e amarelada. Fred olhou em volta. Era um lugar triste e solitário. "Os mais elegantes apodrecem mais rapidamente", disse. Permaneci sentado, sem me mover. "Como?" "Os mais elegantes apodrecem mais rapidamente", repetiu Fred, e quase sorriu. Reclinou-se para trás e fiz o mesmo. Fitamos o céu que se movia lentamente na luz. "K salvou a minha vida", disse Fred. Eu quase não ousava respirar. "Como assim?", sussurrei. "Não era para eu ter nascido", disse Fred. Fiquei deitado, imóvel, ao lado do Fred, na grama áspera do cemitério do Oeste. O vento passava pelas copas. O sol boiava. Uma formiga passou ao longo de uma palha, um avião saiu do céu. Tentei imaginar que o Fred não existia, que eu era sozinho, que era só eu, filho único. Mas não consegui. Meus sonhos estavam secos, como se tivessem sido engessados, e agora pendiam tão finos e tão imprestáveis do cadáver agitado do sono. O mundo sem o Fred era impossível de se imaginar, embora tivesse desejado tantas vezes me livrar dele para sempre. "O quê?", perguntei. "Não era para eu ter nascido", repetiu Fred. Fiquei aguardando a continuação, mas, ao mesmo tempo, torcia para que ficasse quieto. "Eu fui forçado para dentro da mamãe", disse baixinho. "Eu devia ter sido retirado. Escavado e liquidado. Mas a mamãe não disse nada antes de ser tarde demais, e o Dr. Schulz estava tão bêbado que não me percebeu ali." "E como é que você sabe disso?", sussurrei. Fred sorriu. "Fiquei na escuta. Escutei o prédio. Escutei o sótão. Tem histórias em todo lugar, Barnum. Mas ninguém sabe dizer quem é o meu pai. Aquele que agarrou a mamãe. Aquele que arrombou a mamãe e a estragou." Fred falava de um jeito tão estranho. Nunca o tinha ouvido falar assim. Era como se ele tivesse aprendido um novo idioma, ou o tivesse inventado. Arrancou uma palha, enfiou na boca e voltou-se para mim. "O melhor seria se ele estivesse morto, não é mesmo? Não é mesmo, Barnum?"

Ficamos ali deitados por mais um tempinho, sem dizer nada. Eu estava com frio. Queria que o Fred não tivesse me contado nada disso. Havia tantas coisas que eu não queria ter ouvido. Então ele se levantou, limpou a terra e a grama da camisa, ficou parado um instante olhando as duas tulipas e o mísero túmulo que ninguém visitava e que logo seria tomado pela grama, apagado, esquecido de vez, e lembro-me de pensar: Uma pessoa pode sumir sem deixar rastros? "Logo não vai ter lugar para mais ninguém", disse eu. "Lugar para quem?" "Para os mortos." Fred deu de ombros. "Pelo menos para mais um", disse apenas, acendeu um cigarro e começou a andar mais depressa. Tentei acompanhá-lo, mas não consegui. Ele me abandonou no cemitério do Oeste, sua silhueta escura e magra sumiu atrás das árvores junto ao parque Frogner, e fiquei para trás, sem fôlego, entre altas lápides de mármore e flores em profusão. E pensei mais um pensamento, embora logo não fosse ter mais espaço na minha cabeça: Entre os mortos também tem diferença. Foi então que o vi. O túmulo de Tale. Seu nome estava inscrito na pedra negra, a data de nascimento e a data em que morreu. *Nossa imperdível*, estava escrito, imperdível e já perdida. E entendi, de repente, que foi para cá que o Fred havia me conduzido, até o túmulo de Tale, ele tinha apenas seguido por alguns desvios. E fiquei tão agradecido, naquele momento eu o amava, sem limites e sem restrições, e chorei de verdade, por sua causa, meu meio-irmão. Voltei até o Dr. K. Schulz, peguei uma das tulipas e a coloquei junto à lápide de Tale. Fiquei pensando se devia ir buscar o anel, mas acabei desistindo. Podia ficar onde estava. E, mais tarde, esqueci o próprio anel, esqueci até de mim mesmo, porque fiquei com tantas outras coisas para lembrar. Mas, quando Vivian estava esperando o Thomas e havia se mudado para o sótão na Kirkeveien, que foi reformado para virar apartamentos, quando o dinheiro começou a inundar esta cidade, estava eu um fim de tarde debaixo da janela inclinada bebendo, sem alegria, mas com determinação e teimosia, para apressar o esquecimento, e foi quando me lembrei de uma coisa, do anel, que provavelmente ainda estava em algum lugar da parede, emparedado, e foi uma certa alegria me lembrar do anel, um anel com a letra T, a primeira letra do nome de uma menina que nunca recebeu o anel que havia sido comprado para ela. A neve caía sobre a janela. E eu pensei, enquanto esvaziava o copo e enchia a cabeça: Deixamos rastros sim. Deixamos uma esteira atrás de nós que nunca se fecha por completo, uma dobra no tempo que tão sistematicamente vamos deixando para trás.

O Pólo Norte

Fred me acordou. "Nós vamos até o Pólo Norte", sussurrou. Acordei no mesmo instante. "Agora?" Fred fez que sim. "A Boletta está dançando, Barnum. Corra." Fred já havia vestido malha, jaqueta, sapato forrado, duas calças, gorro, luvas de lã e cachecol. Eu me vesti do mesmo jeito, mas calcei botas em vez de sapatos forrados. Nós íamos até o Pólo Norte. Eu não podia arriscar. Eram altas horas da noite. Fred já havia enchido a mochila com bolacha de aveia, cigarros, lanterna, café, garrafa térmica e fósforos. Deixamos a mamãe dormir. Ela dormia atrás do papai, que respirava pesado pelo nariz e emitia um som trêmulo, sombrio, que fazia a cortina ondular e o quarto tremer, ele parecia uma baleia que havia emergido do fundo branco dos lençóis para uma última lufada de ar. Descemos em silêncio até o pátio. O trenó já estava lá, pronto. Fred amarrou a mochila no trenó com um barbante. Então empurramos o trenó para fora do portão e iniciamos a subida íngreme da Kirkeveien.

Tudo estava calmo. Do céu não vinham som nem vento. A neve brilhava por si, ou talvez fosse a lua que fazia com que a neve empilhada junto ao meio-fio brilhasse, de lá onde pendia sobre a cidade, como um relógio brilhante e congelado. No começo, nem fazia frio. Fiquei surpreso. Será que tinha posto agasalho em excesso? Cueca comprida com *collant* em cima podia ficar quente demais, o que também não era bom. Mas, quando chegamos à esquina onde o Fred havia nascido em um táxi, minha boca ficou cheia de um frio que se espalhava como um ventilador de ferro pelo rosto e amarrava a pele em um nó apertado entre os olhos. Fred ia à frente, puxando. Eu vinha atrás, empurrando. Seguimos o caminho ao longo da cerca do hospital, onde lâmpadas azuis estavam acesas nas janelas do térreo. Agora eu já não ouvia o silêncio. Só ouvia os trilhos do trenó que se arrastavam sobre a neve dura e as botas de borracha que rangiam a cada passo, e logo não consegui mais mexer um só dedo do pé. Fred virou-se para me ver. "Tudo bem", gritei. Fomos em frente, fazendo força, e por pouco não pegamos o caminho errado junto às hortas escolares, onde uma maçã estava pendurada como uma gota vermelha na extremidade de um galho negro, estávamos quase indo para leste, e daí teríamos acabado nos gelos movediços perto de Torshov e talvez jamais tivéssemos voltado com vida para casa. Fred mudou de direção. Estávamos com a lua pelas costas. Passamos pelo cemitério do Norte, muitos haviam passado por aqui antes de nós e tiveram que pagar com a vida. As lápides projetavam longas sombras na noite. *Não desistam*, sussurravam de todos os túmulos. *Não desistam!* Eu empurrava. Fred puxava. Ele voltou-se novamente. "Agora suas botas estão rangendo demais", disse. "É para espantar os ursos polares", sussurrei. "Lorota", disse Fred. Tivemos que passar por um cruzamento aberto, o vento agulhava de todos os lados, as palavras se soltavam da neve empilhada e saíam ondulando pelo ar, estávamos a ponto de cair nas águas impuras perto da praça Alexander Kielland, e, quando finalmente chegamos ao outro lado, havia neve em todas as aberturas. Tivemos que encontrar um abrigo para descansar. Encontramos na escadaria atrás da igreja. Lá dava para sentar ao abrigo do vento. Estávamos em Sagene. Ainda era longe até o Pólo Norte. E entre Sagene e o Pólo Norte havia escarpas íngremes, precipícios profundos e rios que rasgavam facilmente o gelo com suas correntezas zangadas e suas corredeiras altas. Meus olhos sangravam lágrimas. Eu não disse nada. Fred acendeu um cigarro e também dei uma tragada. Uma nuvem passou em frente à lua. A escuridão ficou maior. Estávamos sozinhos em Sagene, bem junto do Círculo Polar. "Você se lembra do André sobre quem o bisavô escrevia?", perguntou Fred. "Sim, aquele que saíram para procurar?" Fred deu-me uma bolacha. "Sabe o que ele levava na caminhada?" Eu não sabia. Eu só sabia que ele tinha com ele um balão e que o balão caiu pelo caminho. "Vinte quilos de graxa de sapato", disse Fred. "Vinte quilos?" "Pois é o que estou lhe dizendo, Barnum." "Mas por que estava levando vinte quilos de graxa de sapato?" Fred suspirou. Eu não devia ter perguntado. Eu devia ter entendido por mim mesmo. Talvez ele quisesse engraxar os ursos polares. Talvez quisesse traçar um rastro de graxa preta para que pudesse encontrar o caminho de volta. Fred apontou para as minhas botas duras. "O André levava vinte quilos de graxa de sapato para não ficar com dor nos pés", disse. "Muito esperto", sussurrei. "Toda noite e toda manhã ele engraxava as botas, Barnum. Não adianta ter o melhor equipamento do mundo se o calçado não agüentar." "Mas não adiantou mesmo assim", sussurrei. "Vinte quilos de graxa de sapato." Fred ficou por um tempo em silêncio. A lua furou um buraco na nuvem e, por um instante, foi como se o sol brilhasse sobre nós, ficamos cegados pela lua, nessa noite em Sagene, antes de a escuridão acomodar-se de novo nas nossas vistas. "Pois é, não ajudou", diz Fred. "Não importa o tanto de graxa de sapato que você leva consigo, nunca se pode ter certeza." Comi mais uma bolacha e tomei um gole de café da garrafa térmica. "E alguém achou ele?", perguntei. Fred fez que sim e começou a juntar as coisas de volta na mochila. "Quarenta anos depois, Barnum. Num monte de pedras, numa ilha. Só haviam sobrado dois ou três ossos. Foi comido pelos animais selvagens." Eu congelava. Queria mais é voltar, seguir o mesmo caminho de volta, se ainda estivesse lá, o mesmo caminho, porque talvez tivesse sido apagado pelo vento, talvez os nossos traços tivessem sumido e não dava nem para seguir a lua, porque ela agora estava em outro ponto, brilhando com seu disco vazio, e não dava para confiar nela. Fiquei sentado. A escadaria estava muito fria. "Você acha que nosso bisavô também foi comido?", perguntei, tão baixinho que quase não escutava minha própria voz. Fred fitou-me. "O bisavô sumiu no gelo. E está lá ainda. Inteiro." "Inteiro?" Fred amarrou a mochila no trenó. "A geleira é como uma imensa geladeira, Barnum. Tudo fica conservado lá." Eu via a cena diante de mim e tive que cerrar os olhos. O nosso bisavô bem fundo no gelo, onde o tempo não o alcança, com a mesma idade que tinha quando desapareceu e morreu. Talvez esteja com uma das mãos estendidas, que também ficou congelada e que ninguém conseguiu segurar. "Mas e se o gelo derreter, Fred?" "Agora você cale a boca, Barnum." Fred começou a puxar o trenó na direção do norte. Eu corri atrás dele. As minhas botas de borracha rangiam. Tivemos que passar pelo rio, onde os blocos de gelo seguiam em movimentos bruscos e impiedosos. Foi quando o barbante que segurava a mochila se rompeu. Podíamos perder nossos suprimentos ali, perdidos entre Sagene e o Pólo Norte, não fosse pelo Fred, que se deitou e segurou numa das alças, antes que tudo sumisse de vez nos redemoinhos negros próximos de Møllene. Subimos sobre uma duna de neve e encontramos um banco na parte de baixo da última e decisiva colina. Fred xingou e colocou a mochila nas costas. "O que eles faziam quando tinham que ir ao banheiro?", perguntei. Fred ficou com o olhar sombrio. "Você não vai cagar logo agora, vai, Barnum?" Eu balancei a cabeça, bem depressa. "Eu só queria saber", disse. Fred enfiou o gorro mais fundo sobre a testa. "Cagavam lá onde estavam", disse. "Só isso?" "E o que você pensava? Que levavam uma privada com eles?" Não sei bem o que eu havia pensado, mas era uma coisa que sempre me fazia pensar, sobre como astronautas, alpinistas, mergulhadores, faquires e viajantes polares faziam suas necessidades. "O Nansen também?", perguntei. "Nansen? O que tem o Nansen?" "Ele também cagava onde estava?" Fred ficou um pouco cansado debaixo do gorro. Eu não devia ter perguntado. Eu devia ter poupado minhas forças. A força do vento aumentava. A noite era um círculo branco, furioso. "Nansen cagava onde estava", disse Fred. "Roald Amundsen também. E a merda congelava e virava gelo antes de chegar ao chão, por isso precisavam ser rápidos, Barnum. Muito rápidos." "Precisavam?" "Precisam. Se não, toda a merda ia congelar no rego e ficar grudada lá." "Puta que pariu", disse eu. "Pode repetir. E é por isso que se barbeavam na bunda também." "Nansen?", sussurrei. "Você não tem pêlo na bunda, Barnum?" Não respondi. Eu não havia tentado perceber. Só estava feliz porque não precisava ir ao banheiro. Fazia tempo que o Fred e eu não tínhamos uma conversa tão boa, e fazia mais tempo ainda que ele não dizia tantas coisas de uma só vez. E agora ele disse algo mais, ao levantar-se e virar a cabeça contra o vento. "Acharam outra coisa do André além dos ossos", disse. Eu me levantei também e tive que me segurar no Fred para não cair. "O quê?" "Um relógio. Daquele tipo antigo de relógio, com tampa. E dentro do relógio tinha uma fotografia da namorada dele e um cacho do cabelo dela." "O relógio funcionava?", perguntei. "Funcionava? Você é tonto, Barnum. Quem iria dar corda nele?" Fred colocou a mochila no lugar e seguimos em frente, a última colina, no meio da neve e do gelo, eu empurrando, o Fred puxando, e lá, no topo, no meio do planalto sem fim, brilhava uma luz amarela entre altas janelas e por trás das janelas dava para perceber pessoas que erguiam os braços, como se estivessem o tempo todo acenando umas para as outras. Então esse era o Pólo Norte. Alguém havia chegado antes de nós. "Alguém chegou antes de nós", gritei. "Perdemos!" "Agora vê se cala a boca de vez, Barnum." Fred puxou o trenó para perto de si. Corri atrás dele. "Por que é que chamam de Pólo Norte?", perguntei. Fred não respondeu. Ele ficou parado na calçada junto da rotatória, e ficamos em pé na sombra entre a lua e o poste de luz. Ficamos olhando para as janelas amarelas. Eu via os rostos lá dentro, que riam e falavam, mas não ouvia nada, era tudo mudo, e os rostos pareciam lâmpadas vermelhas que brilhavam forte e silenciosas. Eram, na maioria, homens, com os pés pesados, mal conseguiam levantar-se, e as poucas mulheres vestiam aventais brancos e saias pretas e andavam de um lado para outro com bandejas cheias de copos marrons com espuma em cima e voltavam com o mesmo tanto de copos vazios. E foi então que vimos Boletta. Ela vinha andando entre as mesas. Os homens tentavam agarrá-la, mas não conseguiam. Os homens queriam fazê-la sentar-se, mas ela os empurrava. Boletta riu. Boletta subiu em cima de uma mesa e talvez estivessem tocando alguma música, porque Boletta dançou em cima da mesa, enquanto os homens batiam palmas, e quanto mais rápido ela dançava, mais lentamente tudo passava nos meus olhos. "Parece que Boletta está se divertindo", sussurrei. Fred nada disse. E Boletta continuou a dançar até que não agüentou mais e deixou-se cair nos braços que estavam estendidos para pegá-la, uma cama ondulante de mãos dispostas, e ela foi acomodada numa cadeira, diante de um copo. De repente, não quis ver mais. "Vamos embora?", disse eu. Mas Fred me segurou. E teria de todo modo sido tarde demais. Já tinham nos visto. Os rostos lá dentro voltaram-se para nós. A lua tinha se movido e estávamos banhados na luz fria do luar, visíveis para todos que ainda conseguiam enxergar. E nunca mais me esqueci dessa cena que foi representada lá dentro, muda e rápida, como se a janela fosse uma tela, e eu e Fred estivéssemos lá fora, no frio, vendo um filme, e talvez houvesse um fio de meada na vida de Boletta que estava preso aqui. Um fio fino que vibrava quando ela dançou na mesa, e que foi cortado, que se rompeu, no dia em que o Pólo Norte fechou as portas de vez. Mas agora apareceu na porta um homem de paletó branco. Ele apontou para nós. "O que vocês estão fazendo aqui?", perguntou. "Estamos esperando a Boletta", disse Fred. "Porque vamos acompanhá-la até em casa", disse eu. O paletó branco voltou rapidamente para dentro e Boletta logo saiu, apoiada por dois homens que também estavam precisando de apoio. Um deles vestia uma espécie de uniforme. Ele parecia o maestro de uma orquestra que tivesse perdido todos os seus instrumentos. O suor logo congelou e formou placas finas sobre os rostos deles. "Nunca podemos acompanhar Boletta até em casa!", gritou o maestro cambaleante, e riu. O outro não quis ser menos do que o primeiro e riu ainda mais alto. "Boletta é a última virgem do Pólo Norte! Nenhum homem chegou mais perto dela do que o Papai Noel chegou na velha!" Fred deu um passo na direção deles e estava com o seu olhar negro. "Solte a minha avó", disse. O suor rachou. Os homens ficaram mansos e sóbrios. "Quer que a gente chame um táxi?", perguntou o primeiro. "Temos o trenó", disse Fred. Soltaram Boletta. Ela afundou-se em nossos braços e a carregamos até o trenó. Ela estava sonolenta e pesada. Fred agasalhou-a com sua jaqueta e ela ficou sentada em cima do meu cachecol. Os dois homens também quiseram ajudá-la a manter-se aquecida e começaram a tirar os sobretudos. Fred só ficou olhando para eles. "Já basta", disse. Os homens voltaram a se vestir. E do lado de dentro da janela os outros convivas e as garçonetes ficaram nos observando, agora era aqui na calçada que as coisas estavam acontecendo, exatamente como nos primeiros cinemas, quando a tela era pendurada no meio da sala e espargida com óleo, para ficar transparente e as pessoas poderem ver o filme dos dois lados. O outro homem, aquele do uniforme, aproximou-se e colocou a mão sobre o ombro de Fred. Fred afastou-o. "Boletta é o nosso anjo", sussurrou o homem. "Cuidem bem dela." Foi o que fizemos. Amarramos Boletta no trenó com uma corda e a arrastamos de volta para casa. Fred e eu puxamos juntos, e Boletta ficou sentada no trenó, dormindo. Passamos bem no meio da tempestade. Encontramos o caminho. Foi uma noite e tanto. Devia ter havido fanfarras e bandeirolas, rei e fogos, palanques e tochas! Alguém deveria ter-nos visto, com Boletta amarrada no trenó, voltando do Pólo Norte. E teve mesmo. Porque quando Fred conduziu Boletta, que andava como sonâmbula, ao longo do corrimão, e eu fui abrir a porta tão silenciosamente quanto possível com meus dedos enregelados que mal conseguiam segurar a chave na horizontal, lá estava a mamãe, pálida e sem fôlego, e atrás dela, na entrada, papai virou-se, com o telefone na mão e o roupão no avesso, e as boas-vindas não duraram mais do que o tempo que papai levou para socar o telefone de volta no gancho. Mamãe puxou-me para dentro do seu *peignoir*. "Por onde você andou?", sussurrou. "Só fui até o Pólo Norte", disse eu. E foi só então que ela percebeu o Fred empurrando a Boletta pelos últimos degraus, papai assobiou alto e mamãe carregou-a para o apartamento e quase bate a porta na cara do Fred, mas ele conseguiu esgueirar-se para dentro no último instante, e a neve virou água que escorria das roupas e do cabelo. Papai finalmente largou o telefone e parou de assobiar. "Bem, então não preciso telefonar para a polícia", disse ele. "Fique quieto", disse a mamãe. Ela aproximou-se de Boletta. Boletta havia acordado. Ela estava lá, de pé, derretendo. "Você não tem vergonha?", sussurrou mamãe. Boletta não disse nada. Mamãe não se deu por vencida. "Na sua idade! Você não tem vergonha?" Boletta baixou a cabeça, mas acho que era mais porque a cabeça estava muito pesada para se segurar por muito tempo. "Ora, ora", disse o papai. "Assim vamos acabar acordando todos os habitantes da Kirkeveien." Ele abraçou mamãe, e de certa forma ela perdeu o fôlego. Essa era a vida com que ela tinha de se conformar. Foi assim que a vida ficou. O nariz do papai estava mais torto do que o normal, apontava para fora do rosto dele. "Acho que agora vamos mandar os nossos viajantes polares para cama, antes que haja uma inundação aqui", sussurrou ele. Então Boletta levantou de novo a cabeça e olhou em volta, espantada, como se só tivesse nos percebido agora. "A Groenlândia não é um bom país para caminhadas", disse ela. E rimos? Rimos. Papai riu pelo nariz, como um clarinete entupido no meio da noite. Tivemos que tapar os ouvidos. Rimos e tapamos os ouvidos. Até a mamãe riu. Não conseguia resistir, e que mais poderia fazer, chorar? Mamãe preferiu rir. E o Fred, até o Fred, riu, ele se encostou à parede e se entregou ao riso, e me ocorreu, enquanto via seu rosto magro e molhado rachando de rir, que não me lembrava de jamais tê-lo visto rir antes, e isso me assustava tanto quanto me alegrava. E pensei que poderia fazer minha própria lista do riso, tal como o papai, que ria mais alto do que todos, uma vez havia feito, e essa lista ficaria mais ou menos assim: *Risada da mamãe: albatroz; risada do papai: cuco; risada da Boletta: pombo; risada do Fred: cormorão; risada do Barnum: mergulhão.* "Mas do que é que estamos rindo?", perguntou Boletta, de repente. E fez-se um silêncio tão estranho quando ela fez a pergunta.

Fiquei resfriado durante duas semanas. Fred teve princípio de congelamento em ambos os lóbulos da orelha. E Boletta ficou de ressaca durante sete dias. Mas, no dia seguinte, bem cedo, ela entrou no nosso quarto, bateu a porta e atirou um chinelo em cada um de nós. "Onde está a carta?", sussurrou. Fred afastou o chinelo da testa e sentou-se na cama. "Na minha mochila", resmungou. E a mochila gasta da escola, com o zíper solto, estava debaixo da cadeira. Boletta agarrou a mochila, abriu-a e despejou o seu conteúdo no chão. Havia bastante coisa lá dentro, quatro pedras, uma faca, três lanches, um lápis quebrado, um saca-rolhas, um distintivo da Mercedes, uma garrafa vazia de Coca-cola, fósforos, um maço de cigarros, papel de embrulho, uma corrente de bicicleta, duas tampas de pia, um caderno de redação e, por fim, apareceu o envelope, e Boletta abriu e tirou a carta para ter certeza de que ela estava lá. Estava. Virou-se para o Fred, que estava sentado na cama, de cabeça baixa e as orelhas em brasa. "Por que você levou a carta para a escola?" "Era para escrever uma redação", disse ele baixinho. "Desculpe, vovó." Fred pediu desculpas e acho até que corou. Fred corou e disse *desculpe, vovó.* Boletta aproximou-se. "Diga, Fred. Vamos ao ponto! Estou com dor de cabeça!" Fred procurava pelas palavras. Eram difíceis de se encontrar. Estavam atravessadas na garganta, caíam pela goela, ficavam presas na laringe. "Eu copiei da carta", sussurrou, por fim. Boletta hesitou. Parecia que estava pensando. "Qual era o tema?", perguntou. "Conte a história de um herói." Fred falava com a voz cada vez mais baixa. Mas Boletta sorriu e deu-lhe um tapinha no rosto. Fred afastou-se. Suas orelhas estavam em chamas. "Mas qual a nota que você tirou na redação?", perguntou. "Muito Bom", disse Fred, rapidamente. "Muito Bom? Bem, nem poderia ser de outro modo!" Boletta foi até a porta. Lá, ficou parada. "Nunca tire esta carta daqui de casa, Fred! E você também não, Barnum! Entenderam? Nunca!" "Sim", disse eu. "Sim", disse Fred. Boletta continuou parada e então disse uma coisa que não entendemos, mas que também jamais esquecemos. "Porque esta carta contém toda a nossa origem", disse ela, e abanou com o envelope. Depois ficamos deitados um bom tempo, em silêncio. Eu suava. Fred ardia. "Você tirou Muito Bom?", perguntei. "Tirei Insuficiente", disse Fred. "Insuficiente? Foi isso que você tirou?" Insuficiente era menos do que Sofrível. Insuficiente era do outro lado da linha. Insuficiente não era nota, era sentença de morte. Fred ficou fitando o forro. Parecia que o travesseiro dele ia pegar fogo. "Não consegui nem copiar", sussurrou. Ele virou as costas e ficou fitando a parede. Eu nunca tirei um Insuficiente. Insuficiente era praticamente a única coisa que eu nunca tinha tirado. Acho que eu estava com febre. "Se você quiser, posso escrever as redações para você." "Besteira", disse Fred. De repente, sentou-se de novo na cama e começou a vestir a camisa. "Eu escrevo suas redações se você cuidar de mim", sussurrei. Fred olhou-me pelo colarinho. "Não posso cuidar de você enquanto freqüentar aquela escola de lerdos!" Eu também me levantei. "E por que você freqüenta lá?" Fred aproximou-se de mim enquanto ajeitava a camisa. "Você não sabe ou só está fingindo?" "Sim", sussurrei. Ele me agarrou pelo ombro e me empurrou para trás. "Então diga logo, seu lerdo!" "Diga você", sussurrei. "Porque eu nasci num bosta dum táxi!" E Fred corou de novo, enfiou o resto da roupa de qualquer jeito e saiu pela porta. "Não quero mais falar com você", disse. Fred saiu. Acho que era domingo. Quase tudo estava em silêncio e eu estava com o nariz entupido. Lá fora, os nossos passos já tinham sido cobertos de neve havia muito tempo. Um pássaro fez a neve cair do fio de alta tensão. Arrumei as coisas do Fred. Voltei tudo para a mochila dele. Mas dei uma espiada rápida no caderno de redação. Não havia nada escrito nele. As páginas estavam todas em branco. Fechei os olhos. Então fui pé ante pé até a Boletta. Ela estava deitada no sofá, com um cubo de gelo na testa, e quando o gelo derretia a água escorria como riachos pelas rugas que se espalhavam por seu rosto. A carta, que contém toda a nossa origem, estava debaixo das mãos dela. Tirei-a, com cuidado. E li. *Íamos atravessar uma península para mapear um fiorde do outro lado que estava recoberto de gelo, de tal modo que não podíamos adentrá-lo com o navio. Era um trajeto de cinco a seis milhas dinamarquesas em uma direção, e outro tanto no retorno, mas a Groenlândia não é um bom país para caminhadas.* Boletta abriu os olhos. Parecia que ela estava chorando. As rugas eram estreitas demais e a água escorria por suas faces. "Por que chamam de Groenlândia se lá só tem gelo?", perguntei. "Porque os primeiros que chegaram lá viram uma linda flor chamada lírio-de-maio, Barnum." Coloquei a carta de volta na mão dela. "Mas por que chamam de Pólo Norte?" Boletta sorriu. "Porque a cerveja de lá é muito gelada", disse ela.

A Escola de Dança

Aliás, foi a Boletta quem me matriculou na escola de dança. Ela entrou no nosso quarto, era o começo de setembro, era até mesmo uma quarta-feira e as sobras do verão estavam dependuradas das árvores na Kirkeveien, cada vez mais magras, logo não haveria mais nada a aquecer, apenas galhos vazios, quando o outono fechasse o forno e passasse o seu imenso pente de aço pela cidade toda. Eu estava fazendo o dever da aula de nutrição e fazia com grande dedicação, escrevia tão devagar no caderno que até o Fred poderia ler, se quisesse. *Onde começa a digestão? Na boca.* Fred, por sinal, não estava em casa, estava fora, vagando por aí, como mamãe costumava dizer, num suspiro. *Fred vagava essa noite também*, disse ela, e eu via a imagem da sombra de Fred, inquieta e magra, andando de lado pelas ruas e parques, passando pelos portões e sobre as pontes. Boletta sentou-se na beirada da cama e colocou os dedos no meu joelho. "Amanhã você começa no Svae, na Drammensveien, Barnum." Deixei cair o que tinha nas mãos, o lápis, a caneta esferográfica, a borracha, a régua, o lápis de cor, a bola de gude e o mata-borrão, e me virei para ela. "Svae?", sussurrei. "A escola de dança?" Boletta riu e aproximou-se. "Não há nada com que se assustar", disse ela. "Não é o serviço militar." Mas eu havia ouvido histórias da Drammensveien, do andar de cima do prédio do Comércio, sobre Svae, que tinha quase dois metros de altura, era magra como um violino, e obrigava os meninos a dançar com ela, e não é só isso, para ensiná-los a manter as costas retas de uma vez por todas, colocava um LP com Eddie Calvert entre ela e o pobre garoto, e ai de quem fosse tão mole que o disco caísse no chão. Não era isso que me assustava. Estava acostumado a lidar com mulheres de idade. Era das meninas que eu tinha medo, das meninas bonitas e dos outros meninos. "Preciso mesmo, vovó?" Boletta balançou a cabeça, como se não acreditasse no que estava ouvindo. "Você não está querendo passar o resto da vida sem saber dançar? Hein? Rumba. Chachachá. Tango! Pense no tango, Barnum! Pense no que você poderia perder!" Fiquei pensando por muito tempo, mas não em tango, chachachá e rumba. Pensei em tudo o que queria perder e que a gente perde mesmo a maior parte das coisas na vida, o que era um fraco consolo, mas ainda assim um consolo. "E por que o Fred nunca foi para a escola de dança?", perguntei. Boletta ergueu os olhos até o teto e suspirou. A pele do pescoço estava solta, pendurada como uma panqueca fina e retorcida entre o queixo e o peito, que era completamente liso debaixo do vestido de verão, florido, que ainda estava usando. Mas logo o outono ia tirar o vestido dela e empacotar o verão de uma vez por todas. "Com o Fred é diferente", disse, apenas. "Como assim?" "Fred não nasceu para dançar. Amanhã, às seis da tarde, Barnum." Boletta já estava de saída, mas retive-a, e o seu braço era fino e duro de se pegar. "O que foi, Barnum?" O sol enchia a janela toda com uma luz quase vermelha, e esse era talvez o melhor horário no nosso quarto, o quarto meu e do Fred, quando o último sopro de luz se esgueira sobre as colinas, passa pelos prédios e vem direto para cá. Não durava muito, apenas alguns segundos, mas valia a pena observar. Então as sombras escorregaram para seus lugares ao nosso redor. "Não é difícil aprender os passos?", perguntei. "Os passos?" Boletta riu de novo e recebi o hálito dela direto no rosto. Era assim o cheiro de ficar velho, como abrir uma porta de um cômodo há muito tempo fechado? Certamente já devia ter muita poeira nos recantos de Boletta. Dei um passo para trás, como se já tivesse começado a dançar, acho que ela não percebeu nada. "A questão não é o passo. É saber *conduzir*." "Conduzir?" "Sim, *conduzir*, Barnum! Simplesmente segurar a mulher, de forma simpática e decidida, e conduzi-la. As mulheres adoram os homens que sabem conduzir direito. Mas, de vez em quando, é preciso afrouxar um pouco, para que elas acreditem que são elas que conduzem. Isso você vai perceber com o tempo." "Vou mesmo?" "Sim, Barnum, sem dúvida. Quando se acostumar. E suas mãos têm que ser secas e firmes. Pode usar um pouco do meu talco. Pode imaginar uma mão mole e suada nas costas e sobre as coxas e sei lá mais onde?" Eu me arrepiei todo e desviei o olhar. "Você acha que alguém vai querer dançar comigo, vovó?" Ela colocou um dedo debaixo do meu queixo e levantou a minha cabeça, lentamente. "E por que não iam querer, Barnum? Por que as mulheres não iam fazer fila para dançar com você?" Eu abaixei o rosto, mas Boletta segurou-o firme. Vinha um odor fino e adocicado dos seus olhos, ou do cabelo, tinha que ser do cabelo, que estava preso em um nó grisalho na nuca, e era o único cheiro que eu gostava nela, era como uma sobremesa. "Porque sou mais baixo do que elas", sussurrei. Ela me soltou e olhei pela janela. Os postes de luz projetavam sombras esguias. Eu ainda sentia os dedos dela, como uma cavidade na pele. "Que conversa mais fiada! Você acha que as mulheres se importam com isso? Alguns centímetros de estatura? É só segurá-las firme, Barnum, e *conduzi-las* para onde você quiser. E tem mais uma coisa que eu queria te dizer", disse ela. Havia começado a ventar, eu não via, apenas ouvia o farfalhar das árvores e dos bosques que se soltava sobre a cidade e liberava a sua escuridão. "O quê?", sussurrei. Boletta voltou a levantar o meu rosto. "Nunca olhe para baixo. Fite-as nos olhos, Barnum. Se não, você não chega a lugar nenhum com elas." E fitei-a nos olhos, ela sorriu e deu-me um beijo rápido na testa. "Amanhã, às seis da tarde, na escola de Svae! Não se esqueça. E limpe as unhas antes de sair!"

Boletta deu alguns passos oblíquos pelo chão, rodopiou e sumiu de vista com uma risada, como se a risada a tivesse tirado para a contradança. Talvez fosse assim que se saía pela porta no Pólo Norte, mas certamente não era assim na escola de dança de Svae. Se alguém me tirasse para dançar, seria a Tristeza, a Tristeza iria se curvar sobre o meu rosto e me cobrir com seus cabelos eriçados. Juntei o livro e o caderno de nutrição. Tinha terminado por hoje. *Quantas vezes deve-se mastigar a comida? 26 vezes. Deve-se mastigar a comida 26 vezes, para não ficar com catarro estomacal, constipação, infecção intestinal, gengivas inchadas, dentição fraca, hérnia ou corcunda.* Pulei o jantar e fui deitar-me antes das dez, embora ainda não estivesse muito cansado e odiasse esse instante frouxo, antes de cair no sono, quando a gente fica só deitado, e o tempo se expande como um elástico, um parênteses, incha como um balão azul até que estoura, um estampido preguiçoso atrás da testa, o faiscar dos olhos, como uma lâmpada que vai se queimando e acaba esmagada pela escuridão. Eu estava com excesso de corrente na cabeça. Meus pensamentos foram pensando adiante, muito tempo depois que a luz se apagou. *Fite-as nos olhos*, a Boletta havia dito. Então eu teria que usar pernas de pau ou me curvar para trás até quebrar o pescoço. Quem iria querer dançar com um toco de gente como eu? Senti a minha mão. Estava grudenta, quase amolecida, quem iria querer uma esponja dessas segurando suas costas, eu ia pelo menos ter que pendurá-la no varal para secar, cortá-la e pendurar a mão inteira com um pregador no varal, no meio de cuecas, cadarços e meias pretas. E, enquanto estava lá, deitado na cama estreita e pensando o pior, e desejando que eu estivesse vagando por aí, exatamente como o Fred, porque aquele que fica vagueando não poderia ter tempo de pensar muito, aquele que vagueia está ocupado com seu vaguear, ouvi a máquina de costura zumbindo na sala, a velha Singer da mamãe, e já era alguma coisa. Eu gostava do som, fiquei quase calmo; costurava os retalhos no escuro e cerzia as pálpebras, silenciosa e suavemente, nas bochechas, e perseguia a costura da noite e assim dormi enquanto sonhava que passava pelo mundo carregando uma máquina de costura, foi um dos melhores sonhos, era eu quem consertava o mundo, eu dormi, ponto por ponto, sobre uma mesa comprida e azul, e acordei subitamente quando o Fred voltou para casa, ou foi ele que me acordou, de propósito, de todo modo que eu estava acordado. Fred sentou-se na sua cama e tirou os sapatos sem soltar os cadarços, ele costumava fazer assim, e a lâmpada no teto estava acesa. "A mamãe está encurtando as minhas calças", disse. Eu puxei o edredom para me cobrir melhor. "Está?" "*Yes*, Barnum. Minhas calças cinzentas do ano retrasado. Ela está encurtando pelo menos meio metro." Eu não me mexi. Fiquei ouvindo. Não consegui escutar a máquina de costura. Só ouvia a tesoura na cabeça, aquela que solta as costuras, que rasga o mundo. Fred riu e deitou-se na cama, sem tirar a roupa. "A maior bainha que já vi, Barnum. Deve ser um recorde mundial. Recorde mundial de bainha."

Fiquei pensando nas lições para amanhã. Onde começa a digestão. Na boca. Na língua. Nos dedos, que levantam o garfo do prato, na mão, que traz a comida para casa. Pensei em Tale, aquela com quem não pude dançar, aquela que talvez não chegou a dançar com ninguém. "Você está dormindo, Barnum?" "Não", sussurrei. "Então diga alguma coisa." Fiquei um bom tempo deitado, em silêncio. Por fim, disse: "Por onde você andou?" "Lugar nenhum." Fred também ficou em silêncio por algum tempo. Acho que estava deitado rindo. Eu não tive coragem de espiar. Não tive coragem de apagar a luz. "Você vai começar a freqüentar a escola de dança, Barnum?" "Não sei", sussurrei. "Talvez." "Você não sabe? Não seja besta, pô." "Boletta me matriculou." Fred riu ainda mais. Era uma risada que ia para dentro. Retirava todo o ar do quarto. "Você poderia usar o meu calção, Barnum. Não ia ser legal? Sapato cromado e calção. Leve uns paus também." "Não fale assim, Fred." "E se as meninas quiserem gozar da sua cara, é só dizer que é o meu calção. São as calças do meu mano, é o que você deve dizer. Não é mesmo?" "Por favor, Fred." Ele ficou em silêncio por um instante. "Você está chorando, Barnum?" "Não estou, não." "Está sim. Eu ouvi. Você está chorando, Barnum." "Não choro não", disse eu. Fred sentou-se na cama. "Você chora por tudo. Você é um bocó, Barnum." "Eu não estou chorando!", gritei. "Eu não estou chorando!" Fred prendeu a respiração. Fred levantou-se. "Quer me responder uma coisa, Barnum? Se você não tem vontade de começar na escola de dança, por que você não diz que não quer?" Não respondi. Fred foi até a porta e apagou a luz, mas, na hora que estava com o dedo sobre o interruptor, ele voltou-se para mim e balançou lentamente a cabeça, parecia quase chateado, não zangado, apenas chateado. "Não entendo por que eu coleciono você." Ele disse assim mesmo. Foram essas as suas palavras: *coleciono você,* como se eu fosse um selo, um autógrafo, um distintivo de carro ou uma tampinha de refrigerante. Ele se deitou novamente e logo ouvi que dormia. Mas fiquei deitado pensando. Pensei nas calças e imaginei as calças de Fred com a maior bainha do mundo, e o *blazer* que era muito comprido para mim e eu mesmo dentro dessas roupas com os sapatos de cromo embaixo e os cachos loiros em cima, o próprio Barnum de Fagerborg, uma imagem nítida, que cegava a cabeça, e as meninas também estariam lá, as meninas de Skillebekk e Skarpsno e Bygdøy, as meninas que certamente iriam franzir o cenho muito intensamente, de preferência com a boca bem aberta. Antes elas ficariam bem-educadas e malvadas, e aprenderiam a ocultar o riso, o riso de desprezo e os sorrisos, atrás de mãos estreitas cheias de anéis, e juntariam as cabeças e falariam baixinho, mas o suficiente para que eu ouvisse, *olhe ali aquele toco de gente, não é algo a colecionar, a gente tem que ficar de joelhos para falar com ele*, é assim que certamente conversariam entre si e depois dariam as costas como se eu fosse transparente, uma lufada de ar com a qual não valia a pena misturar o seu perfume, e provavelmente eu teria que dançar com Svae, com um LP na barriga, e, enquanto dançávamos os pontos da bainha se soltariam e ela cairia sobre os sapatos e se estenderia pelo assoalho, e todos os pares parariam no meio de uma valsa e ficariam olhando para mim enquanto eu sairia de fininho na direção da porta, arrastando a bainha da calça e gritando que as calças não eram minhas e sim do Fred, do meu meio-irmão, o lerdo que não sabe escrever, as calças são dele, a culpa é dele, e, quando pensei nisso tudo, tudo no mesmo momento, numa única imagem furiosa que passava pelos olhos entre duas molduras pretas, veio de novo a pontada na barriga, acontecia de vez em quando, submergi e não consegui segurar. *Explique como o alimento é empurrado adiante. Os intestinos dispõem de músculos que fazem com que se contraiam e se expandam. Desse modo a comida é empurrada adiante.* Minha bunda fazia a lição de casa. Vazava de mim. Fechei os olhos no escuro. Escorria. Se pudesse ter escolhido, preferia estar morto agora. O pijama grudou na coxa. Era quente e mole. Era impossível. Fred acordou. Ouvi os olhos dele abrindo. Fiquei deitado, tão imóvel quanto possível. Quanto tempo dava para ficar assim? Quantas máquinas de costura existiam no mundo? E será que havia o mesmo número de tesouras? A sombra de Fred ficou inquieta. "O que foi que você fez agora, Barnum?" "Nada." "Nada. Você fez nada?" "Juro, Fred. Você não vai dormir?" Se eu pudesse ficar deitado por mais algum tempo, tudo isso ia passar, era uma questão de tempo, aquele que agüenta mais ganha ou morre de tédio, e era quase um consolo, eu podia ficar deitado assim e deixar o tempo passar, os segundos trabalhariam a meu favor, tal como o velho relógio, se eu ficasse assim até morrer poderia tirar uma gaveta cheia de papel higiênico e os minutos limpariam tudo. Estava decidido. Eu nunca mais iria me levantar. Era aqui que eu ficaria deitado e a cama seria meu túmulo. Fred acendeu a luz e me fitou. "Não é verdade", disse. "O quê, Fred?" "Não é verdade", repetiu ele. Escorria também para o chão, ralo e marrom, eu era um esgoto, uma sarjeta, eu era uma privada que alguém tinha deixado sem dar descarga, eu me entreguei porque onde mais iria me entregar? "Me ajude", sussurrei. "Me ajude, Fred." Fred ficou parado um instante, tapando o nariz com as duas mãos. Então abriu a janela e aproximou-se da minha cama. Ficou um bom tempo me olhando. "O que é que vamos fazer com isso aí, Barnum?" Eu balancei a cabeça, de leve, porque tudo estava solto em mim. "Não sei. Me ajude, Fred." E ele ficou mais um bom tempo, pensando. Nem o ar frio da escuridão externa conseguia disfarçar o meu fedor. "Quer que chame a mamãe?" "Melhor não", sussurrei. "Quer que chame o seu pai?" Fred riu antes que eu pudesse responder. "Não, droga, ele não está em casa. Onde está o seu pai, Barnum? Aquele com o topete?" "Não sei", disse eu, sempre baixinho. "Trabalhando, quem sabe." "É claro. Ele está trabalhando. Mas onde está o meu pai, hein? Quer que chame o meu pai também?" "Não sei", disse eu. "Não sabe o quê?" "Onde seu pai está." Fred sorriu. "Errado, Barnum. Você não sabe quem é meu pai. Então como é que posso chamá-lo?" Eu não respondi. Fred curvou-se sobre mim. "Vamos ter que arrumar isso tudo", disse por fim. "Arrumar como?", perguntei, hesitante. Fred suspirou fundo e afastou-se, na direção da janela. "Jogar fora a merda e trocar a roupa de cama. Talvez eu jogue fora você também." "Você não acha que a mamãe vai descobrir?" "Se eu te jogar fora? Ela vai me agradecer, Barnum." "Não fale assim, Fred." "Você é tão pequeno que ninguém vai perceber. Se eu te jogar fora. É só eu dizer que você caiu no ralo e sumiu." Acho que voltei a chorar. Fred aproximou-se. "Tem alguma idéia melhor?", perguntou. Mas eu não tinha uma idéia melhor. Levantei-me, devagar, todo duro. Escorria uma água marrom do meu pijama. Fred ficou me fitando. Essa cena ele não iria esquecer. Então ele saiu. Fechou a porta sem fazer barulho. Ninguém conseguia ser tão silencioso quanto o Fred. Eu fiquei de pé, parado, ao lado da cama. Talvez ele nunca voltasse. Era bem capaz de me deixar assim, na minha própria merda. Senti frio. Não chorei. Ele voltou. Trazia roupa de cama limpa e um pedaço imenso de papel de embrulho. Eu havia parado de perguntar. Eu não queria saber mais nada. Ele podia fazer como bem entendesse. Ele tirou a capa do edredom e o lençol, dobrou-os e colocou tudo no papel de embrulho. Então voltou-se para mim. "Tire o pijama." Tirei o pijama. Estava nu. Sentia frio. Fred mediu-me com os olhos e sorriu. "Posso te perguntar uma coisa, Barnum?" Eu fiz que sim. "Como é que é ser tão pequeno assim?" Eu olhei para o chão. A pele estava toda arrepiada. Onde escorria, coçava e ardia. E então respondi alguma coisa que jamais tinha pensado em dizer. "É um pouco solitário", disse eu. Fred ergueu a vista e olhou-me nos olhos, durou pouco, apenas um segundo, menos do que um segundo, até, mas ele me viu nos olhos, de repente, como se estivesse tão espantado quanto eu, e talvez reconhecesse alguma coisa, dele mesmo, talvez ele tivesse percebido a sombra do negrume também na minha vista, que nós éramos irmãos, afinal. "Vamos dançar, Barnum?" Fred colocou a mão sobre o meu ombro. Encolhi-me. Ele riu baixinho, quase sem som, bem junto do meu rosto, soltou-me rapidamente, passou um barbante em volta do embrulho, colocou o embrulho debaixo do braço e saiu. Achei ouvir os seus passos rápidos descendo a escada de serviço. Esgueirei-me até o banheiro e tomei uma ducha, fazendo o mínimo de barulho possível. A água marrom subia junto do ralo, fiquei enjoado, com medo, tentei pisotear a água marrom, e finalmente ela começou a descer, escorreu pela tubulação, pelo esgoto debaixo da escuridão da cidade até o fiorde, na altura do cais Fred Olsen, onde as enguias ficam gordas e lustrosas no lodo fétido do fundo. Agucei o ouvido. Tudo dormia. Não havia um único som, fora a água que terminava de escorrer. Tirei o talco do armário em cima da pia. Passei talco pelo corpo todo, uma tempestade de neve seca, e esguichei um pouco de colônia na barriga, nas coxas e no pescoço. Ninguém havia ouvido nada. Eu estava acordado no meio de um sono grande e profundo. Eu poderia fazer o que bem entendesse, no meio do sono dos outros. Talvez eu fosse apenas com quem os que dormiam sonhavam. Voltei-me para o espelho e vi meu rosto, pálido como uma sombra, os cachos pendurados como espirais perfurados ao redor da cabeça. Eu era de verdade, porque um sonho não tem reflexo, isso ninguém havia ainda conseguido. Não encontrei um pijama limpo, mas nas gavetas do lado estavam as calcinhas da mamãe. Peguei uma. Era grande demais, embora a mamãe fosse bastante magra, dava para puxar a calcinha até a metade do peito, e era tão macio que era quase como se não estivesse usando nada. Assim voltei para o nosso quarto, na calcinha da mamãe, cheio de talco e de colônia. Lá troquei a cama e me deitei novamente. Talvez eu conseguisse ficar doente até o dia seguinte. Faltavam apenas algumas horas. Já começava a clarear. Eu poderia decepar um dedo com a faca do Fred, por exemplo. Estava no sangue. Papai só tinha cinco dedos ao todo, porque o que havia sobrado do polegar da mão esquerda mal merecia o nome de dedo, era apenas um toco de carne enrugada. Eu poderia decepar o mindinho. Não me servia de grande coisa mesmo. Pensando bem, era totalmente supérfluo, não consegui me lembrar de nada que não pudesse fazer sem o mindinho. Onde estaria o Fred? Levantei-me de novo e fui até a janela aberta. Fiquei parado lá, na calcinha da mamãe, e me senti esquisito, estranho, como se tivesse trocado de corpo, e senti um puxão na barriga, mas esse era um puxão diferente, trêmulo e escuro. Tive que me encostar no peitoril. Será que o Fred estava na lavanderia, no porão do prédio, com o lençol e a capa do edredom? Se eu ficasse ali por algum tempo, poderia ficar resfriado. Com um pouco de sorte, pegaria uma pneumonia também. Fiquei pensando com o que as pessoas sonham. Será que alguém sonhava comigo? Fred deve ter ido até a lixeira para jogar toda a merda lá. Fechei a janela, vesti o roupão do Fred, tinha cheiro de traça e de suor, e arrastava pelo chão. Eu parecia um boxeador que tinha caído na categoria errada. Eu era um mosca no roupão de um peso-pesado. E, depois, esgueirei-me até a sala. Tentei esgueirar-me como o Fred, porque o Fred vagueava e se esgueirava. A máquina de costura da mamãe estava em cima da mesa. As calças velhas do Fred estavam dobradas sobre o encosto da cadeira. A bainha estava feita. Pareciam *shorts*, *shorts* cinza com vinco. Coloquei o mindinho debaixo da agulha. Se eu ligasse a máquina, poderia arrebentar com o dedo. Foi quando percebi a mamãe. Não a havia escutado entrar. Escondi a mão atrás das costas. Mamãe sorriu e segurava a camisola junto ao corpo. "Você está ansioso?", perguntou.

Desviei o olhar. "Você não consegue dormir?" "Tive que ir ao banheiro." "Não tem por que ter medo, Barnum." "Não estou com medo. Só um pouco ansioso." "É claro que está ansioso. Quer experimentar as calças agora?"

Balancei a cabeça. Achei perceber a sombra de Fred atrás da mamãe, no fundo do corredor. Alguém deu descarga no andar de baixo, era bem capaz de a gente acordar o prédio todo, pensei, talvez meu coração, que tremia no peito, quisesse acordar a cidade inteira e o resto deste mundo. "Amanhã vamos comprar sapatos novos", disse a mamãe. "Você não pode começar na escola de dança sem sapatos novos, não é mesmo?" "Não dá para pegar os sapatos do Fred?" "São um pouco grandes para você. Mesmo calçando mais uma meia." Mamãe deu um passo em minha direção e cerrou os olhos. "Você usou perfume de novo, Barnum?" Segurei o roupão. "Um pouco", sussurrei. Ela deu um longo suspiro. "Quantas vezes tenho que dizer a mesma coisa? Não é para você usar perfume. O que você acha que as meninas vão dizer se você ficar cheirando a perfume?" Isso não soube responder, não dava para pensar tão longe assim. Não conseguia nem imaginar que elas sequer se importassem em chegar tão perto que pudessem perceber o meu cheiro, e se chegassem tão perto assim ainda teriam de se curvar, não, era impossível, era quase tão difícil quanto pensar no espaço sideral, o pensamento sumia no meio de um vento imenso, azulado, e quando o pensamento chega tão longe que pára de pensar, ele se solta e despenca, devagar, na direção do fundo da cabeça, sem jamais aterrissar. "Papai usa perfume", sussurrei. "Ele usa loção pós-barba", disse a mamãe, depressa. "E o Fred não gosta que você pegue emprestado o roupão dele." "Desculpe", disse eu. "Está com frio?" "Não muito." Mamãe passou a mão no meio dos meus cachos. Eu me soltei e ela limitou-se a rir. "Vá se deitar, Barnum. Mas primeiro lave o rosto." Corri até o banheiro, enfiei o rosto debaixo da torneira e voltei para cama, mas primeiro pendurei o roupão do Fred no seu lugar no armário. Ouvi a mamãe passando de quarto em quarto, como se estivesse procurando alguma coisa que há muito tempo se esquecera de onde havia posto, ou talvez estivesse apenas aliviando a inquietação que lhe dava insônia e irritação, e que nenhuma máquina de costura deste mundo poderia remendar. Então os passos da mamãe cessaram, e foi nessa hora que ouvi outra coisa, ouvi a risada de Fred, ele já estava na cama e ria baixinho, eu não havia percebido que ele estava lá, e não sei do que eu gostava menos, dos passos da mamãe ou do riso do Fred, quando ele ria desse jeito. "O que foi?", sussurrei. "Nada." "O que você fez com o pijama e a roupa de cama?" "Não se preocupe com isso, Barnum. Dei um jeito." Fred parou de repente de rir e sentou-se na cama. "Está me ouvindo?" "Sim, Fred. Estou ouvindo." "Você diz que aceita começar na escola de dança, mas, de verdade, não está a fim. É isso mesmo?" "Sim", sussurrei. "Então só tem uma coisa a fazer, Barnum." Sentei-me também. "E o que é, Fred? Diga, vai." "Faça com que te expulsem de lá. O mais rápido possível." "E como é que se faz isso? Ser expulso, quero dizer." Fred descansou o rosto entre as mãos por um instante, quase como se estivesse chorando ou com alguma dor, uma dor de cabeça do tipo que a Boletta tinha quando trovejava e ela havia tomado cerveja no Pólo Norte na noite anterior. Eu não queria que o Fred ficasse perigoso de novo. Tentei pensar em outra coisa, nas lições de casa. *Quantas vezes deve-se esvaziar o intestino? Pelo menos uma vez ao dia. O que devemos fazer para evitar o intestino preguiçoso? Ginástica, comer pão integral, frutas, verduras, ser alegre e limpo.* "Mas como é que a gente faz para ser expulso?", perguntei mais uma vez. Fred ergueu os olhos. "Primeiro descubra o que todos os outros estão fazendo. E daí você vai e faz exatamente o contrário. Bastante simples, na verdade." Fred havia dito o suficiente, deitou-se na cama e ficou de costas. Ouvi o jornaleiro subindo a rua, seu imenso chaveiro, as rodas zumbindo no carrinho azul que devia estar cheio de más notícias. *Bastante simples, na verdade.* Se os outros dessem um passo à frente, era só dar um passo para trás, ou talvez dois, para ter certeza. Quando os meninos fossem cumprimentar, era só flexionar o joelho. Fiquei quase feliz só de pensar, era como uma alegria na escuridão, como um fardo subitamente tirado dos meus ombros e o peso de todo um espaço sideral soltou-se na minha cabeça. Era como se tivesse sido libertado. Eu podia fazer o que bem entendesse. O Fred era esperto. Quando todos estivessem trocando de sapatos no vestiário, era só eu ir direto para o salão de baile, pisando no assoalho encerado com minhas botas compridas, tão pesadas de barro, minhocas, folhas úmidas e cocô de cachorro que a agulha do toca-discos iria pular os riscos até o ponto em que o trompete de Eddie Calvert estava gravado na memória preta com um furo no meio. Mas, quando pensei nos sapatos, comecei a ficar estranho na barriga de novo, e me encolhi todo dentro da calcinha da mamãe, e fiz tudo que pude para esvaziar minha cabeça de qualquer pensamento. Era possível ficar sem pensamentos, apagar um a um cada pensamento que brilha no corpo, assim como as luzes se apagam numa cidade de noite, até sobrar uma calma profunda e um silêncio lento? O jornaleiro subiu as escadas correndo. Não o ouvi descer. O Fred roncava, longe, e, quando acordei com a chuva batendo na vidraça, ele já tinha saído. Via diante de mim um grande dia, talvez um dos maiores de minha vida. Mamãe abriu uma fresta na porta. "Vamos logo, Barnum. Desse jeito, você vai chegar atrasado."

Ri baixinho. Chegar atrasado. Era bem isso que eu ia fazer. Isso era o de menos. Eu ia chegar atrasado na escola de dança. Não havia limites para o que se poderia inventar, e, enquanto pensava, já que não era mesmo possível ficar sem pensamentos, cheguei à conclusão de que há pelo menos o mesmo número de coisas erradas que se pode fazer no mundo quanto há de coisas certas, talvez houvesse até mais, porque quando se começava a refletir sobre todas as coisas erradas que se podia fazer, a gente ia ficando mais inventivo, as possibilidades se expandiam, e eu estava tão disposto aquela manhã que consegui fazer um cálculo sem ter que vomitar, ou seja, se a gente multiplicar todas as coisas certas que se pode fazer por mais ou menos três, a gente chega ao número de coisas erradas que se pode escolher fazer. Escrevi esse cálculo na capa de trás do livro do programa de saúde, para que não esquecesse, e chamei-o de *equação de Barnum,* e foi então que a porta se abriu e mamãe olhou para dentro de novo. Escondi-me atrás da mochila. "O que é que você está fazendo?" "Recapitulando as lições, o que mais podia ser?" "Muito bem. Mas agora se apresse. E não se esqueça de pôr meias limpas."

Mamãe sumiu de novo e a fiação na barriga começou a embaralhar-se, formando um imenso nó. Tive que pensar em algo completamente diferente para não pensar em saliva, mucosas e sucos gástricos, em vez disso concentrei-me, com todas as minhas forças, na minha cabeça, em todos os cabos na cabeça que acoplam os pensamentos, exatamente como na Central Telefônica onde a Boletta trabalhava antes, o cérebro, pensei, o cerebelo, o tronco cerebral, a medula espinhal e, por fim, pensei no que gostava mais do que tudo, a medula estendida, talvez pudesse ser estendida ainda mais, até que um dia, ou uma noite, sim, de preferência uma noite, a medula estendida iria crescer pelas costas abaixo e desse modo levantar-me, mas então fiquei tonto e tive que me sentar por um instante na cama, pois é cansativo pensar sobre os próprios pensamentos, devia ser mais ou menos como se todos lá da Central Telefônica telefonassem para seus próprios números e, por fim, obtivessem o maior sinal de ocupado de todo o mundo, ou talvez só ouvissem a própria voz chamando em círculos, e de tudo isso veio à tona uma imagem, repentinamente invocada na membrana do rodopio do pensamento, como se fosse isso que eu estivesse pensando o tempo todo: o americano Walther, que deu seis voltas na Terra e aterrissou, com dois minutos de atraso, depois de uma viagem de 256 mil quilômetros, num suspiro a oeste das ilhas Midway, e talvez pensasse, enquanto ficava boiando lá na sua cápsula estreita, e via o planeta sumindo como uma moeda azul em um poço negro, que agora ele era a única pessoa no mundo que não estava em casa.

Mas, quando a mamãe bateu na porta pela terceira vez e estava já entrando no quarto, pus o pé no chão e me decidi. Eu ia começar a treinar já, treinar em fazer o contrário. Por isso não coloquei meias limpas, calcei as velhas, fui até o banheiro e lavei o rosto e debaixo dos braços mas não escovei os dentes. Eu já estava em ação. Agora o Fred devia ter me visto. Agora iam tocar outra música. "Agora vão tocar outra música", disse eu, e fiquei na ponta dos pés em frente ao espelho, vendo os cachos espalhando-se para todo lado como penas macias, como se eu me erguesse pelos cabelos. Pois então!

Mamãe estava esperando na cozinha, o olhar impaciente, mas os lábios sorriam, como numa colisão sobre seu rosto, a pele estava cheia de marcas de frio. Sentei-me junto à mesinha ao longo da parede. Boletta lia o *Aftenposten*, ela aparecia cada vez que virava uma folha. Não sei se perceberam alguma diferença. Também, dava no mesmo, porque eu sentia a diferença dentro de mim, mesmo que quase tudo estivesse igual do lado de fora. Eu não era o mesmo de ontem. As palavras de Fred haviam me feito outro. Eu era o convertido. "Não, muito obrigado", disse, quando a mamãe empurrou a geléia doce e escura de cassis na minha direção, mas mais surpresa ficou quando cortei uma fatia do queijo dinamarquês que havia durado mais ou menos desde a morte da Velha e fedia tanto que precisava de uma geladeira só para ele, e Fred disse, uma vez que estava de bom humor, que eu deveria levar o queijo da Velha para passear no Stensparken, mas que deveria mantê-lo na corrente, para que não fugisse. Ri durante muitos dias depois que ele disse isso. E agora peguei uma fatia bem grande, o tronco cerebral tremia, e as tripas estavam a ponto de entrar em curto-circuito. Mas não desisti. Porque depois disso eu ia com certeza feder tanto que nem iriam me deixar entrar no prédio do Comércio na Drammensveien, talvez eu fosse até mesmo expulso da cidade e do país. Teria sido uma alegria para mim. Mastiguei e mastiguei, e era como se todo o queijo da Dinamarca tivesse se acumulado na minha boca, e a campainha ficava pendurada como um pêndulo de chouriço e recoberto de saliva. Minha boca foi ficando cada vez mais pesada, tudo ficou mole e lento, o olhar da mamãe, os dedos de Boletta virando as páginas do jornal, a chuva na vidraça, e tentei lembrar-me das lições enquanto minha boca continuava em câmera lenta, e fiquei me perguntando quando ela começaria a andar para trás. *Por que não devemos beber enquanto temos comida na boca? Porque a comida não se mistura com a quantidade de saliva necessária. Por que não devemos rir ou falar com comida na boca? Porque a comida vai subir pelo nariz ou descer pela laringe.* Eu não tinha nada do que rir e nada o que dizer. Fui silenciado pelo queijo. Boletta largou o jornal e olhou para a mamãe. "Será que o Barnum está virando um velho?" Balancei a cabeça repetidas vezes, embora ela estivesse falando com a mamãe, e no rosto da mamãe ainda havia uma colisão, seu olhar não acreditava em mim, enquanto os lábios ainda sorriam. Boletta voltou-se para mim. "As meninas gostam de um homem com cheiro forte. Cheiro forte e olhar firme. Mas não exagere, Barnum." Mamãe riu. "E se ele não se apressar, vou ter que mandar um bilhete para a Profª Haraldsen dizendo que ele se atrasou por conta de um queijo dinamarquês!" "Ela se chama Ossatura", disse eu.

Mas a mamãe não precisou escrever o bilhete. Não tinha nada no livro de nutrição dizendo que não se podia andar com comida na boca, ou mesmo correr. Peguei a mochila e estava no meio da Kirkeveien antes que alguém tivesse tempo de chegar à janela e atirar a capa de chuva atrás de mim. Esther estava abrindo o quiosque com as mãos cheias de revistas, mas ela acenou assim mesmo, e todos acenavam para a Esther, por isso eu não acenei, só enfiei as mãos bem no fundo dos bolsos e fui em frente, com as costas recurvadas e a boca cheia de queijo, na direção de Majorstuen, eu era um pelicano invertido com comida no bico que me bastaria até o fim do ano, e pensei que se continuasse assim, podia acontecer de eu ser expulso do mundo também, não apenas da escola de dança e do país, mas do resto do mundo também, e assim praticamente todos os problemas seriam resolvidos de uma só vez, mas antes de conseguir levar esse pensamento até o fim fui cegado pela parede branca da igreja, tive que tapar a vista, cegado no meio das gotas de chuva, e parei junto da igreja, pus para fora todo o queijo em uma lixeira, e pus a língua para fora o mais que pude para que a chuva pudesse enxaguá-la. Foi então que alguém passou a me observar, um homem na escadaria que levava até o largo portão estava lá debaixo do seu guarda-chuva e me fitava. Seu rosto, por trás da chuva, era branco, seus dedos também, ele sorria com todos os dentes, e, em volta do pescoço, usava um colarinho, um colarinho branco de padre, que quase se fundia com o papo mole, e ocorreu-me, de repente, que tudo nessa pessoa, no terceiro degrau da escadaria da igreja de Majorstuen, era branco ou preto, o rosto, o guarda-chuva, as mãos, o colarinho, os dentes, era o padre que não quis batizar nem ao Fred nem a mim. "Vejam só que menino esperto", disse ele, e desceu mais um degrau, como se quisesse enxergar melhor. "Como é que você se chama?" O relógio acima dele, na parede alta e caiada de branco, onde a hera se espalhava em fios finos, já indicava oito e meia. Logo ia chegar atrasado. O padre curvou-se sobre o parapeito. Agora estava falando mais alto, mas eu o ouvia muito bem. "Você está aí me mostrando a língua?" O guarda-chuva começou a chacoalhar na mão dele, estava no ponto de virar e tornar-se uma vasilha preta em que pudesse juntar a água da chuva. Ele já não sorria mais. Os dentes estavam ocultos atrás dos lábios cerrados. "Então você está mesmo aí me mostrando a língua!" Ele fechou o guarda-chuva e já estava molhado quando apontou para mim com ele. Agora gritava no meio da chuva. "Quer fazer o favor de retirar essa língua!" Mas eu não conseguia fazê-la voltar para a boca. Ao contrário, ela pôs-se ainda mais para fora. Eu não sabia que a minha língua era tão comprida. Dava até para ver a minha própria língua, e foi uma cena estranha, que preferia não ter visto. "Eu me chamo Barnum", disse eu, tão nitidamente quanto possível com a língua arrastando. "Barnum! Você se lembra?" O padre teve que se segurar no corrimão. "Sim, conheço você muito bem. Você e aquele coitado do seu irmão!" Sorri tudo o que pude e dei um passo para frente. "Vá pro inferno", disse eu, e corri tudo que pude na direção da praça Valkyrie, e só consegui voltar a língua para o lugar quando estava junto do largo de Vestkant. Lá tive que tomar fôlego num banco. Eu mostrei a língua para o padre! Eu havia mostrado a língua toda para o padre da igreja de Majorstuen! Eu tinha xingado ele. Vá pro inferno, padre! Agora o Fred tinha que ter me visto. Ele não teria acreditado em seus próprios olhos. Mas era verdade cada palavra, e eu ia contar tudo para ele. E nem tinha muita graça chegar atrasado na escola depois disso. Logo não seria possível ficar mais convertido do que eu já estava. Até Deus ia ter que prestar atenção em mim agora. Por isso corri também o último trecho e cheguei bem na hora da formação da fila, quando já tinha dado o sinal, e, no mesmo momento, relampejou, não deu para contar nem até quatro antes de o trovão se espalhar pelo pátio da escola e fazer as torres das igrejas tremerem. Comecei a ficar inquieto. Talvez eu tivesse pisado no calo de Deus. Talvez Deus se ofendesse fácil? As meninas gritaram e os meninos riram e, de repente, os chatos estavam logo atrás de mim, não quero dizer o nome deles, mas eram os mesmos da última vez, ouvi um deles dizer quando deu novo estampido. "Tá ficando meio perigoso isso aí. Acho que precisamos de um pára-raio." Foi então que um dos outros disse uma coisa, era como se tivessem ensaiado as falas, ou as tivessem escrito para a ocasião, e eu sabia o que iam dizer, eu mesmo poderia ter dito no lugar deles, mas dentro de mim fiquei só contando os segundos até o trovão, desta vez só cheguei até três. "Quem sabe dá para usar o Barnum? Como pára-raio, quero dizer." E, embora eu estivesse de costas, dava para sentir o que faziam, que concordavam e riam, como se tivessem tido a melhor idéia desde aquela vez que me usaram como trenó na colina de Bonde. Deixei que gesticulassem e rissem, e então me ergueram, com mochila e tudo, e assim fomos até a entrada B, enquanto relampejava e crepitava ao meu redor. Deus estava fulo de raiva, e eu estava elétrico. Meus cachos se esticavam como saca-rolhas rígidos e foi nessa hora que o Bode veio e tentou silenciar Deus com seu apito, mas não deu muito certo, e, em vez disso, ele nos atropelou, o trovão já tinha se deslocado mais para diante, deu para contar até nove, o cabelo começou a voltar para o lugar, devia ser assim que era ter permanente, e de repente fiquei com vontade de dizer uma coisa. *Deus é um mau cabeleireiro*, quis dizer, em voz alta, mas disse outra coisa. "Foi minha sugestão." Bode aproximou-se, suas sobrancelhas se juntaram em cima do nariz, como uma cerca negra no rosto, enquanto prendia Aslak, Preben e Hamster com o que tinha de mãos, e toda a escola fez um círculo ao redor de nós, sentindo já o cheiro de sangue. "O que foi que você disse, Barnum?" "Que foi minha sugestão. Que eles deviam me carregar." Depois de um curto mas intenso momento de reflexão, Bode soltou-os, sacudiu a chuva das sobrancelhas e fitou-me mais de perto. "Não se brinca com raios, Barnum! Temos que respeitar as forças da natureza! Vá para a sua sala *agora*!" "Muito obrigado", disse. Fiz uma profunda mesura e corri escada acima, e durante o resto do dia fiquei tão quieto na carteira quanto possível, a primeira carteira da fileira do meio, exceto na aula de educação física, quando eu podia fazer meus próprios exercícios. Bode era legal, ele tinha mais ou menos desistido de mim, eu não precisava nem trocar de roupa, talvez eu me exercitasse com o bambolê, bem devagar, para não precisar tomar uma chuveirada depois, porque no chuveiro eu não entraria nunca mais, podem contar com isso, não depois daquela vez que me seguraram pelas pernas, afastaram-nas como se eu fosse um frango e fizeram um monte de coisas com o sabonete. Mas, para falar a verdade, ninguém me amolava muito agora. Era como se não tivesse sobrado muita coisa para amolar. E eu poderia muito bem ser um pára-raio e ser carregado num trono de ouro no meio da chuva, se fosse o caso. Mas acontecia de alguém tentar alguma coisa, quando eu ia beber água no bebedouro, por exemplo, e tinha que ficar na ponta dos pés, ou me erguer apoiando na beirada para chegar até o jato d'água, caipiras visitando a cidade que queriam mostrar quem era macho às minhas custas, jogar água nas minhas calças, me segurar debaixo do jato d'água para me encharcar ou me chamar com nomes que tinham acabado de aprender, pulgão, luva, macaquinho, maçaneta. Batia e voltava. Eu já não me importava.

Eu estava acima disso tudo, sim, acima de tudo. Que sufocassem lenta e dolorosamente em sua própria risada ridícula, e depois afundassem em seu choro sem fundo com paralelepípedos amarrados em volta do pescoço e os pés em sandálias de concreto. Mas o pior era quando algumas das meninas resolviam me defender, dizendo que isso era muito feio e será que não podiam ser um pouco mais maduros e pararem de ser tão crianções e amolarem o Barnum só porque ele era um pouco baixinho, porque deviam é sentir pena do Barnum que recebeu tão poucos centímetros de presente quando a estatura passou pelo mundo distribuindo suas medidas entre as pessoas, não é mesmo? Nessas ocasiões, meu ódio durava por semanas a fio, por meses a fio eu ficava com o ódio ligado, e esse ódio era como um motor no corpo, um imenso dínamo girando sobre o convés dos sonhos e que acendia em mim uma luz negra, um sol ao avesso que espalhava escuridão, e imagino que era assim que a tristeza da Velha devia ter sido, uma roda em sua saudade. Nessas horas eu crescia, no ódio eu ficava maior do que eu mesmo, e quase entendia o que Fred queria dizer quando falou que ele era mau, mau lá no fundo dele. Também nunca mais bebi água do bebedouro. E Deus acalmou-se no decorrer do dia em que eu ia começar na escola de dança e estava convertido, o trovão foi trovejar em outra cidade, as nuvens passaram, deslizando, e o céu mostrou o melhor que tinha, um esplêndido azul. Mas não durou muito a calma de Deus. Deus estava impaciente. No último horário, a aula era de Nutrição com a Profª Ossatura, ela ganhou o apelido muito antes do nosso tempo, uma vez ela tinha trazido um osso de coxa de verdade que ela mostrou para os alunos, e os boatos diziam que era o osso da coxa do pai dela que ela havia guardado, como uma última lembrança dele, e era de dar medo quando se pensava a respeito, e alguns diziam que ela tinha matado o pai com veneno só para conseguir ficar com aquele osso de coxa. Não eram muitos os que gostavam de se aproximar da Profª Ossatura, e ela exalava um cheiro de remédio. De tempos em tempos, ela se ausentava da escola, parece que, quando pequena, tomou pouco sol e teve pouco que comer, e sofria da doença inglesa, talvez fosse por isso que tinha matado o pai e roubado o osso da sua coxa. E quando a Profª Ossatura se ausentava por mais de dois dias vinha uma professora substituta. Hoje era o terceiro dia que ela estava de licença-saúde. Eu já estava ansioso. A substituta entrou na sala a todo o vapor, como se fosse um momento de alegria para ela. Parecia muito saudável, disse sentem-se, e, enquanto nos sentamos, sorriu com o rosto inteiro, e foi daí que fiquei nervoso de verdade, porque sei que raramente vem algo de bom de um sorriso desses. Dos malvados, pelo menos, já se sabe o que esperar. Os bonzinhos podem inventar qualquer negócio. Ela disse como se chamava e escreveu o seu nome na lousa, mas já esqueci e, na verdade, nem sei se em algum momento cheguei a lembrar. Acho que vou chamá-la de Piolho. Piolho era a substituta de Ossatura. Assim era o mundo. Ela andava ao longo das fileiras, e falou sobre a higiene no século passado, como se tivesse algo a ver com a gente, e que fazia bem para a vista comer mirtilos, e não bastou, falou sobre água quente e fria, cáries, o café da manhã escolar, cálcio, pé chato, corcundas e más posturas, e embora não tivesse coragem de me virar, pude ver que Hansen e Rato já haviam carregado as réguas com bolas de papel e doce de leite de cabra, mas, nesse mesmo instante, Piolho voltou até o estrado, abriu o livro de Nutrição, pôs a mão sobre a vista e passou a classe em revista. Apontou para Rato. "Como é que você se chama?" Ela era do tipo que tinha sempre que perguntar o nome da pessoa antes que pudesse dizer mais alguma coisa. Sentia um peso na barriga, como de um saco de areia molhada. "Halvor", disse Rato. "Pode me dizer o que é o baço, Halvor?" Rato demorou-se pensando. "Um patinador americano", disse. Piolho fez uma cara de desapontada, ensaiou um riso, e apontou para Hansen. Ocorreu-me uma coisa. Se todos respondessem errado, eu poderia responder certo. Não havia esquecido da lição do Fred. "E como você se chama?" "Hans", disse Hansen. "Mas pode me chamar de Hansen." "Muito bem. Pode me dizer o que é o baço?" Hansen fingiu que pensava um pouco, e com isso gastou alguns minutos, mas não estava pensando em nada. Estava dormindo. Hansen nunca pensava, mas levava tempo, ninguém era tão bom em esticar o tempo quanto Hansen, uma vez demorou uma aula inteira, e Piolho começou a ficar impaciente, o sorriso estava preso, tremendo nos lábios como uma onda. "E o que você me diz, Hans?" Hansen retomou a consciência, e Piolho curvou-se para frente, como se fosse testemunhar o lampejo de um gênio. "O baço é", disse Hansen, devagar, "o baço é uma melodia que Finn Eriksen toca no trombone no concerto da rádio." Piolho, a professora substituta, afundou-se na cadeira em cima do estrado, e, naturalmente, seu olhar caiu sobre mim, em quem mais? Eu sabia o que vinha. "E você, como se chama?" A voz ficou diferente ao dirigir-se a mim, ficava de canto na boca. O silêncio na sala era total. Estavam se divertindo. Era o melhor momento na nossa vida escolar, afora a última aula antes das férias de verão. "Barnum", respondi. "O que disse?" "Barnum", disse. Piolho começou a bombear sangue até o rosto. "Enquanto eu for a professora substituta de vocês, vamos usar nossos nomes verdadeiros. Agora me diga qual é o seu nome antes que eu fique irritada." "Meu nome é Barnum", disse eu. Piolho abriu uma gaveta, tirou o diário de classe, atirou-o com força sobre a mesa e enfiou a cara no meio das páginas. De repente, suavizou-se da testa para baixo, aproximou o olhar de mim e falou ainda mais macio. É o que digo, os bons são assustadores, os bons nunca desistem. "Barnum? Pode me dizer, Barnum, o que vem a ser o baço no nosso corpo, Barnum?" Foi quase um recorde. Uma substituta que tivemos em trabalhos manuais no ano passado conseguiu dizer Barnum cinco vezes na mesma frase, quando me passou uma plaina. Fingi que não percebi. "O baço", disse eu, "ajuda a limpar o sangue. Além disso, é no baço que de vez em quando dá uma pontada." Piolho bateu palmas. Podia muito bem ter deixado de fazê-lo. "Está completamente certo, Barnum. Quer vir até aqui, Barnum?" Fiquei sentado. "Por quê?", sussurrei. "Porque você é tão sabido, Barnum." "Não posso", disse eu. "Estou com uma pontada." Mas Piolho só riu e escreveu baço, com letras bem grandes, no meio do quadro. "Barnum! Agora venha até aqui, Barnum." Escorreguei para fora da carteira e subi até o estrado. Piolho me fitou e percebi que ela estava com vontade de colocar a mão nos meus cachos. Mas ela não o fez. Em vez disso, ela pôs a mão nas minhas costas. Fiquei com a sensação de que tudo ia dar errado. Eu não estava mais convertido. Eu estava do avesso. Agora era o momento de quebrar um ponteiro, de jogar um giz, de derramar um tinteiro. Disso o Fred poderia ter assinado embaixo. Mas só fiquei lá. A classe toda se debruçou sobre as carteiras, fitando, alguns de boca aberta, como se o pior já tivesse acontecido havia muito tempo. Fiquei tonto. Deus tinha bolado um plano, e eu fazia parte dele. "Onde fica o baço?", perguntou Piolho. "À esquerda", sussurrei. "Bem junto do diafragma." A mão de Piolho reapareceu e ela a colocou sobre a minha cabeça. Ela tinha caído em tentação. Não conseguira se segurar, afinal. "Sim, mas isso está perfeitamente correto, Barnum! O baço fica logo abaixo do diafragma. Pode nos mostrar, Barnum?" Virei o pescoço. "Mostrar o quê?" "Mostrar onde fica o baço, Barnum." "Abaixo do diafragma", repeti. "Sim, Barnum, nós ouvimos bem. Mostre agora onde." Eu apontei para o lado esquerdo. "Aqui", sussurrei. Mas Piolho não era de desistir fácil. Ela pegou na minha malha e começou a puxá-la. "Agora mostre direito, Barnum." E eu desisti. Levantei a malha e a camisa. E, no mesmo instante, ouviu-se um gemido pela sala toda, um suspiro de espanto, e até Piolho sentiu-se tonta e teve que se segurar na mesa. Olhei para o meu baço. Era a calcinha da mamãe. Era a calcinha fina e cor-de-rosa da mamãe. Cobria as coxas, com as rendas formando como que um cinto. Soltei a camisa e a malha. Mas era tarde demais. Tinham visto. Todos tinham visto que eu estava usando a calcinha larga da mamãe debaixo das calças e ninguém jamais esqueceria onde fica o baço. Foi então que bateu o sinal. Desci, devagar, até a minha carteira, enquanto o resto da sala debandava. Demorei-me. Se eu deixasse o tempo demorar bastante, passaria. Devagar e sempre, tudo passaria, seria esquecido, posto de lado, transformado em pó. Era meu único consolo. Era um fraco consolo. Eu fui o penúltimo a sair. Piolho ainda estava limpando a lousa. A esponja estava seca e dura. Ela se virou para mim, triste e espantada, foi a vez dela de ficar diferente, convertida. As letras caíam como uma poeira branca sobre os seus dedos. Ela não disse nada. "Adeus", disse eu.

Quando saí da escola, a turma inteira estava esperando junto da linha do bonde. Dei um giro rápido e corri na direção do outro portão. E lá estava a mamãe. Como se tudo isso não fosse suficiente, lá estava a mamãe acenando. Já podia ouvir o riso correndo por cada esquina da cidade, ao longo de cada rua, sobre as cercas e atravessando portões. Eu ouvia o riso nas calhas, nas lixeiras, no esgoto. Passei direto por ela. Ela veio atrás. "Oi, Barnum. Sou eu!" Como se eu não soubesse! Como se o resto da escola não fosse logo saber que a mãe de Barnum estava esperando o Barnum e que o Barnum andava com a calcinha dela. Mamãe riu. "Vamos comprar sapatos novos para você", disse ela, e colocou a mão sobre o meu ombro enquanto arrastávamos os pés pelas folhas caídas, atrás da igreja. Eu me abati. "Precisa mesmo?", sussurrei. "É claro que precisa. Você não vai querer pisar nos dedos das meninas, vai?" Mamãe riu de novo e estava evidentemente de bom humor. E era certamente porque o papai estava na praça Valkyrien nos esperando. Ele usava um sobretudo comprido, marrom-claro, que mal conseguia abotoar na altura da cintura. "Sinta", disse ele. Coloquei a mão no braço dele. "Mais alto", sussurrou. Ergui a mão até o cotovelo. "Para dentro", sussurrou. Passei os dedos na direção do botão de cima, mas não consegui alcançar mais em cima. "Um pouco para baixo", sussurrou. Fiz como ele queria e foi então que senti uma bolota, o bolso interno estava estufado, e papai sorriu. "Pêlo de camelo", disse, e tirou a carteira recheada. "E agora vamos comprar sapatos de dança!" E seguimos adiante, eu andando no meio, como uma família completa, até a Sapataria Valkyrien. E vou encurtar essa parte o tanto quanto possível. Comprar sapatos para mim, ainda por cima sapatos que serviriam para dançar, não era uma coisa simples. Acontece que nasci com os pés primeiro. Tiveram que entrar na mamãe com um imenso fórceps e dobrar meus braços ao longo do corpo para que minha cabeça coubesse e não se enforcasse no cordão umbilical. Daí o meu *pes valgus.* É bem verdade que eu poderia ter acabado ficando com *pes varus*, e, por isso, deveria estar agradecido, mas *pes valgus* também não é motivo de satisfação. As solas do pé são afundadas e recobrem a cada instante a terra que pisamos. É por isso que escutam quando nos aproximamos. Nunca escapamos de nossos pés. Papai entrou primeiro na Sapataria Valkyrien. "Sapatos para esse senhor!", bradou, e fez-se ouvir na loja toda. O vendedor apresentou-se de imediato, e não tirou os olhos da carteira recheada do papai, enquanto eu tive que me sentar numa cadeira baixa e tirar os sapatos velhos. Mamãe colocou a mão debaixo do nariz e balançou a cabeça longamente. As meias formavam dobras úmidas em volta dos dedos e o suor exalava como uma névoa espessa. Mas papai apenas riu e deu cinco coroas ao vendedor como adiantamento. Experimentei 19 pares. Tive que passar 19 vezes em frente de um espelho, que ficava junto ao chão, inclinado. Tive que dar 19 passos de dança. Mas não adiantou. Alguns dos sapatos eram muito apertados, outros muito grandes, ou muito estreitos, ou muito largos. Pensei no André, que levou consigo 45 quilos de graxa de sapato no balão que ainda assim acabou caindo. Logo estavam todos na Sapataria Valkyrien, clientes e funcionários, ocupados com os meus pés, havia até mesmo pessoas do lado de fora espiando pela vitrine, espiando o Barnum de pé chato, seus pés eram o centro da atenção da praça Valkyrien. O vendedor suava e respirava fundo. Papai deu-lhe outras cinco coroas. Foi então que se apresentou com seu nome completo e disse: "Não é o pé que tem que caber no sapato. É o sapato que tem que caber no pé! Viva o pé difícil!" E então tivemos que ir até o depósito que ficava atrás da loja. Lá havia sapatos empilhados até o teto. Nunca tinha visto tantos sapatos. Por mais que a gente andasse, seria impossível gastar todos esses sapatos durante uma vida. Era ao mesmo tempo triste e reconfortante pensar um pensamento desses. O vendedor subiu numa escada e desceu com um par de sapatos pretos que solenemente calçou nos meus pés, e não foi necessário nem usar a calçadeira, deslizaram por sobre o pé como uma luva macia e espaçosa. "Este calçado pertenceu a Oscar Mathisen", sussurrou. "Ele os usou no banquete depois que se tornou campeão mundial em 1916. Mas não são baratos." Mamãe olhou para o papai. Papai olhou para mim. "Como ficou?" "Como uma luva", respondi. Papai sorriu e levou o vendedor até um canto, onde combinaram o preço e, quando finalmente estávamos do lado de fora da Sapataria Valkyrien, na chuva que havia cessado e escorria pelos trilhos dos bondes, com os sapatos do próprio Oscar Mathisen numa caixa e eu achava que o pior tinha passado, fora a escola de dança, que seria a coroa da minha obra, papai levantou o braço e exclamou: "E agora vamos até o Plesner!" Tomamos um táxi. Fiquei sentado no banco da frente e, enquanto estava sentado lá e ouvia papai cochichando com a mamãe e o riso que rolava através dele em golpes rápidos, quando estava nesse humor, acabei por pensar em Tale e fiquei oco no corpo inteiro, e esse vazio, meu interior oco, foi lenta mas sistematicamente preenchido com preocupação em cima de preocupação. E, como eu temia, a mesma balconista estava atendendo, e quando nos viu deu-me a mão em cumprimento. "Como vai o seu irmão?", perguntou. "Está ótimo", respondi, rapidamente. "Que bom!" Levantou-se e cumprimentou a mamãe. "É um menino muito bom", disse. E entendi que as mentiras acabam por alcançar você, mais cedo ou mais tarde, as mentiras e os sonhos, eles retornam, o encontram na porta travestidos de atenção, consolo e verdade, porque o mundo não é grande o suficiente para nele ocultar uma mentira. A mentira anda de perna de pau. O sonho passa furioso no sono. Mamãe fitou-me com um olhar estranho. Eu fitei papai com um olhar estranho e ele felizmente já tinha achado as palmilhas mais caras, feitas a mão, polidas e laqueadas, como uma jóia para o pé, e podíamos voltar para casa. Tomamos um táxi para voltar, e eu continuei sentando no banco da frente. "Está com fome?", perguntou o papai. "Não", respondi. "Mas está satisfeito?" "Também não." Papai desabotoou o paletó. "Ótimo", disse. "Você tem que estar no ponto de equilíbrio quando vai dançar. Já te falei do Halvorsen de Halden?" "Sim", disse eu. "O Diabo Vermelho." "Exatamente. Ele estava sem equilíbrio e despencou e morreu." "Assim você assusta o Barnum", disse mamãe. Mas o papai riu. "Estou assustando você, Barnum?" "Não", disse eu. Papai curvou-se sobre o encosto do banco da frente, quase atrapalhando o motorista. "Dançar é como estar no trapézio, Barnum. Você se atira de um braço a outro. E a questão é não cair entre as belas damas e quebrar o pescoço." Mamãe suspirou, e papai voltou o corpo e abraçou-a. "Hoje você vai ingressar na segunda escola mais importante da sua vida", disse ele. "Qual a mais importante?", perguntei. "É a escola da vida, Barnum. E a escola mesmo vem em terceiro lugar. Esforço, dança e matemática. Essa é a ordem de prioridade do ser humano!"

Tomei banho até acabar toda a água quente, deixei a calcinha no armário, esfreguei desodorante por metade do corpo e quando me postei diante do espelho na entrada, nas calças velhas do Fred, *blazer* e os sapatos de Oscar Mathisen, e era estranho que um campeão mundial de patinação no gelo usasse sapatos tão pequenos, a mamãe veio e colocou-se atrás de mim e começou a pentear o meu cabelo com passadas lentas, quase preguiçosas. Fitamo-nos pelo espelho. Ouvi papai dormindo no sofá da sala de jantar, roncando feito uma roda. Boletta já havia saído para ir ao Pólo Norte, onde brindaria a mim com cerveja escura, e Fred estava vagueando entre os postes de luz. Mamãe sorriu com seu jeito ansioso. "Você está lindo, Barnum?" "Estou?" "Tão lindo quanto possível." "Sim, tão lindo quanto possível", repeti, e ocorreu-me que essa era uma frase solitária, *tão lindo quanto possível*, melhor não poderia ficar, tinha atingido o meu ápice, que ficava abaixo do da maioria. Mamãe enfiou o pente no meu bolso e aproximou-se do meu ouvido. "O que você falou sobre o Fred na loja do Plesner, Barnum?" "Nada." "Falou sim. Ela perguntou como seu irmão estava." Refleti. Lembrei-me das instruções de Fred, que eu era invertido, que eu tinha que ser uma pessoa contrária. Eu menti, mas poderia ter sido verdade. "Eu só disse que ele nasceu numa droga de um táxi. Mas que não é para ter pena dele." Mamãe me soltou. O Fred teria gostado disso. Eu logo estaria em forma de novo. "O que é que você está dizendo?", sussurrou mamãe. "Que ele foi batizado por um droga de um motorista de táxi. Acha que eu não sei? Que é por isso que ele é doido do jeito que é!" Mamãe me deu um tapa, com a mão espalmada, no rosto e imediatamente passou os dedos com cuidado pelo colarinho, como se os dois movimentos fossem o mesmo, o tapa e o carinho, o carinho como um prolongamento do tapa, e vi que o relógio atrás dela havia parado, porque fazia tempo que ninguém punha dinheiro na gaveta, e os ponteiros pendiam para as cinco e meia como duas asas finas, mortas. Papai se levantou lentamente do sofá da sala de jantar, a gordura saltava por entre os botões da camisa, e ele mal conseguia se sentar, a barriga atrapalhava sempre, qualquer que fosse a sua posição. Ele ergueu o braço e acenou, como se eu fosse embarcar no *Bergensfjord* e descascar batatas enquanto navegava até a América e sumisse por lá de vez. Se ainda fosse assim! "Boa sorte, Barnum", disse o papai. "E dê minhas lembranças às meninas!" Nem sonhar, porra, seu gordo besta, gritei, sem emitir um som. Então mamãe beijou a bochecha em que ela acabara de bater, e me mandou para fora. E, enquanto descia a Kirkeveien, fiquei pensando o quanto é possível andar lentamente antes de parar por completo. Considerando que a luz das estrelas que se apagaram havia cerca de oito milhões de anos ainda não tinha chegado até nós, devia ser possível levar algumas semanas até chegar à escola de dança. Pensei entrever o Fred sentado à sombra da escadaria da igreja, com uma brasa entre os lábios e a escuridão reluzente nos olhos. Parei e ergui a mão, não sei se ele podia me ver, mas talvez estivesse lá sorrindo, porque não é impossível que ele já tivesse ouvido os boatos sobre todas as coisas ao contrário que eu havia feito ao longo deste dia. Até Deus eu havia irritado. Fiquei tão animado com esses pensamentos que acabei correndo adiante, para não chegar tarde demais para ser expulso da escola de dança, mas, quando fui atravessar a praça Riddevold, fui agarrado pelas calças logo atrás da estátua de Welhaven, jogado em cima da folhagem, e lá estavam Preben, Aslak e Hamster, me cercando. "Só vamos ver o que você tem debaixo das calças, seu toco!" Esmurrei, mas atingi apenas o vazio do ar. Riram ainda mais. "Que pena que seu irmão não está aqui agora, não é mesmo?" "Não vai gritar e chamar seu irmão, hein? Ou ele já foi preso?" Arrancaram as calças de Fred. Ficaram desapontados. Não acharam uma calcinha com rendas nas bordas, apenas uma sunga branca, com uma abertura para a pica e tudo o mais. "Passou em casa e trocou a calcinha de pum?", perguntou Hamster. "Não sei do que vocês estão falando", disse. Começaram a me chutar, de leve, mas sem muita animação, se contentaram com algumas pontadas na barriga, e foi o melhor que poderia ter acontecido. Agora dava para dizer que todos que acreditavam que eu andava de calcinha tinham tido uma ilusão de ótica, hipnotizados pela substituta Piolho. Quem sabe me bateriam tanto que eu teria de ir até o pronto-socorro, sem condições de dançar no futuro previsível. "Obrigado, seus bostas", disse eu, e vesti a calça. Preben, Aslak e Hamster se entreolharam, balançaram a cabeça, enterraram-me dentro da folhagem e desapareceram na direção do parque Urra. Fiquei um tempinho deitado, pensando. O mundo era um lugar estranho. Uma coisa sempre leva à outra, mas nada se liga com nada. *Explique a diferença entre um músculo voluntário e um músculo involuntário. Músculos voluntários: os que estão presos ao esqueleto. Músculos involuntários: trabalham independentemente de nossa vontade.* Então o coração deve ser um músculo involuntário, enquanto as mãos e os pés são voluntários, embora façam coisas que não tinham sido planejadas. Levantei-me de minha tumba molhada, esvaziei os bolsos das folhas e das minhocas, e segui pelo caminho até a escola de dança de Svae. O ar do elevador estava tão carregado de perfume e creme de cabelo que mal conseguia passar de um andar para outro. Fiquei de costas para o espelho e prendi a respiração. No vestiário, os sobretudos e as jaquetas estavam pendurados enfileirados. Alguns tinham vindo de galochas. Ouvi uma voz seca vindo de outro ambiente, mas não consegui pegar as palavras. Troquei-me e entrei de fininho. Mas ninguém entra despercebido na sala da primeira noite do curso de dança. Svae estava junto de uma mesa com uma vitrola e interrompeu sua fala assim que me viu, o que foi de imediato. Ela não parecia um violino, se assemelhava mais a um mastro embrulhado em um lençol preto. Os meninos estavam sentados em cadeiras duras dispostas ao longo de uma das paredes, como prisioneiros condenados à morte, e as meninas estavam sentadas ao longo da parede oposta, rostos solitários e maquiados, como retratos a óleo no espelho atrás delas, e ninguém se entreolhava, porque todos olhavam na minha direção. "Muito bem", disse Svae, em voz alta. "Eis aqui o último. E como você se chama?" Não havia um único rosto conhecido. Cumprimentei. "Nilsen", disse eu. E passou uma onda de riso de cadeira em cadeira, que cessou bruscamente quando Svae ergueu o braço. "Sente-se", disse ela. "E que seja essa a última vez que você chega atrasado, Nilsen." Já estava quase gostando dela. Ela não perguntou por meu prenome. Ela me chamava de Nilsen. "Tudo bem, Svae", disse eu, e sentei-me na cadeira vazia, junto da saída. Svae inspirou fundo e postou-se no meio do assoalho, entre nós. Era evidente que ela sabia fazer discurso, e que era capaz de falar por quanto tempo quisesse. "Na sociedade refinada", disse ela, "a dança é a expressão de um estado de espírito festivo, alegre, uma forma de socialização, na qual principalmente a juventude se encontra. A dança anima a alma, fortalece o corpo e confere ao dançarino um bom equilíbrio, um belo porte e um excelente domínio sobre os membros." Svae passou lentamente pelas meninas, enquanto os meninos permaneciam sentados com a cabeça baixa, e ninguém tinha coragem de erguer os olhos, pois quem começasse a rir agora estaria acabado na escola de dança de Svae, isso era certo. Fiquei pensando se deveria rir alto e acabar logo com tudo, de uma vez, mas antes de chegar a me decidir, Svae virou-se bruscamente na nossa direção, com o indicador em riste como um gancho torto em que poderia pendurar as nossas carcaças, como se já tivesse ouvido o riso antes que saísse pela boca. Ela falava muito alto. "Mas na natureza atraente da dança residem também os perigos da dança! E penso aqui no exagero! Por isso, lembrem-se do seguinte: um baile deve começar e terminar com danças suaves. Devem sempre esperar uma hora depois de comerem antes de começar a dançar. Depois de uma dança mais forte, deve-se andar um pouco até o coração voltar a bater normalmente e a atividade epidérmica cessar. E, se você ficou com o corpo quente da dança, não fique junto a uma janela nem se exponha a uma corrente de ar; coloque um agasalho leve sobre os ombros, especialmente se a roupa for decotada." Nesse instante, ela voltou a dirigir o olhar para as meninas e inspecionou os vestidos. Algumas tentaram esconder os ombros desnudos, que de repente ficaram magros e transparentes, como asinhas pontiagudas. Nunca havia imaginado que dançar pudesse ser tão perigoso. Boletta nunca havia dito nada disso. Mas Svae não parou por aí. "É melhor usar vestidos de tecido leve que não apertem muito em volta do pescoço, mas não é isento de riscos, repito, não é isento de riscos usar vestidos com decotes tão grandes quanto infelizmente tornou-se comum usar hoje em dia." Svae fez alguns segundos de silêncio, deixando as palavras penetrarem. Penetraram, as meninas tremeram, e Svae postou-se no meio da sala. "Deixem-me dizer logo, com toda a ênfase possível, que quanto mais se dança noite adentro, mais se reduzem os ganhos, e chega-se a um limite, um limite fatídico, em que a dança se torna seu contrário e passa a ser danosa." A maioria dos alunos estava à beira de um ataque de nervos. Svae bateu as mãos. Parecia com duas lajes de pedra sendo fechadas. "Mas tudo isso vocês já sabem! E agora os meninos devem se levantar e, com calma e dignidade, encontrar uma parceira. A seguir, vamos começar com as posições mais simples. Por favor!" Era agora que ia ter início a batalha. Essa era a hora da verdade, e, nesse momento tenebroso fez-se um profundo silêncio, as meninas fitando o assoalho, os meninos em posição de disparada, congelados em ansiedade e suor, e o frio súbito do sonho. O mundo fez-se esperar. Juntei todos os meus pensamentos, todas as minhas forças, para o gesto contrário final e decisivo. Então os meninos se levantaram e saíram em disparada. Alguns haviam se fixado na mesma menina, e essas meninas, as mais bonitas, as mais elegantes, aproveitaram cada segundo da luta, sorriam quando havia ameaça de empurrões diante de suas cadeiras, mas Svae interveio sem dó antes que descambasse. Logo a maioria havia encontrado seu parceiro. Havia mais meninas do que meninos, e as que ficaram sentadas, solitárias e abandonadas, as menos bonitas, as feias, as gordas e bobas, abaixaram ainda mais a cabeça, de vergonha e de desespero, e apertavam os vestidos rente ao corpo, como se isso pudesse ajudar, não, nada poderia ajudá-las agora, elas eram feridas abertas, elas eram enfeites de parede inanimados, as primeiras que tombaram na batalha sangrenta da escola de dança. E eu me reconheci na situação.

Foi então que percebi um rapaz que se deslocava lentamente entre os casais, a caminho de uma das meninas que haviam sobrado. Ele parecia bastante decidido no andar, mas algo preguiçoso, talvez porque fosse gordo e meio que se arrastava pelo assoalho, sem se dar ao trabalho de erguer os pés. O *blazer* estava amarrotado e ele tinha o cabelo partido ao meio. E a menina para a qual se dirigia aprumou-se, e vi que ela era bonitinha, de uma beleza delicada, quase quebradiça, ou talvez seja assim que eu a vejo agora, com as lembranças já envelhecidas, o enfeite de parede incompreendido que ergue o olhar e nos vê a ambos, o menino parado diante dela e eu que me aproximo. Mas não era a ela que eu pretendia tirar. Em vez disso, tirei aquele que estava a ponto de cumprimentar a menina, e o rapaz lento e rechonchudo virou-se espantado para mim e cerrou o olhar. "O quê?", sussurrou. "Vamos dançar?", repeti, segurei-o pela cintura e conduzi-o para o meio do salão. "Me solte", gritou. Mas eu não o soltei. Segurei firme e dei alguns passos. "Me solte, seu anão asqueroso!" Ele gritou. A menina junto da parede havia se levantado. E, de repente, fez-se novamente um silêncio completo, e todos olharam na nossa direção. Foi então que coroei minha obra invertida, minha obra-prima avessa. Levantei-me na ponta dos pés e beijei-o no rosto. Ele me socou o olho. E, no mesmo momento, senti o gancho de Svae na nuca e sua voz que era como um prego perfurando o ouvido. "Desapareça! Desapareça de meu salão de dança e nunca mais volte!"

Foi assim que conheci Peder. Foi assim que conheci Vivian. Foi assim que nos conhecemos.

A Árvore

Recordo-me de outra noite. Fred estava sentado na beirada da cama. Mal dava para divisar o seu rosto, como uma sombra acima dos joelhos. "Fui visitar a Velha", disse ele. Permaneci imóvel e em silêncio. Fred ficou me fitando, no escuro. Sua voz estava diferente. Ele poderia ter sido outra pessoa, alguém que tivesse arrombado a porta, um estranho que havia vindo para me assustar. "Fui visitar a Velha", repetiu. Fred inclinou-se e balançou o corpo, para frente e para trás. "A Velha?", sussurrei. "Você foi até o cemitério?" Fred balançou a cabeça. O topete caía-lhe pela testa e quase riu, num lampejo percebi a boca dele, uma fenda escura, talvez tivesse passado um carro naquele instante e encharcado as paredes com a luz do farol. "Consegui falar com ela", disse. Sentei-me lentamente na cama. "Você também falou com ela?" Fred vez que sim e colocou o topete no lugar. "Contei para ela que estou vivo. Que não morri junto com ela." Não consegui dizer nada. Fred pôs a mão no meu pé. "Ela ficou muito feliz, Barnum. Ela achava que eu também tinha sido atropelado. Ela disse que me perdoou." Como já havia me acostumado à escuridão, vi que o rosto dele estava todo pálido, e que estava mais magro do que nunca, mas ainda assim sorriu e nunca tinha visto um sorriso igual no rosto dele antes, era o mesmo sorriso que os palhaços pintam sobre a boca antes de entrarem no picadeiro. Ri. "Não inventa, Fred." O sorriso escorreu dos lábios de Fred. Ele aproximou-se ainda mais. Achei que iria me morder. "Ela pediu para te mandar um abraço, Barnum." "Quem, Fred?" "Você não está prestando atenção? A Velha, é claro. Ela falou para você não ficar chateado por ser tão baixinho." Deitei-me lentamente de volta no travesseiro. Fred ficou sentado, como uma sombra recurvada sobre mim. "Onde você encontrou ela?", sussurrei. "Você é tonto, Barnum?" "Eu só queria saber onde você encontrou ela, Fred." Ele voltou a sorrir, seu rosto se amaciou. "No céu. Onde mais?" Fred finalmente foi até a cama dele e se deitou. Ficou um bom tempo sem dizer nada. Mas nem por isso consegui conciliar o sono. "Já pensou se ela nunca tivesse sabido o que aconteceu?", sussurrou. "Já pensou?" Eu não sabia o que responder. Lembrei a Velha, deitada em cima da mesa no porão do hospital, com as mãos dobradas sobre a barriga, parecia muito tranqüila, exceto que as pálpebras dela estavam grandes como conchas. Será que nossos pensamentos continuam depois que a gente morre? Os mistérios continuam vivendo depois de nós? "Por que foi que ela disse que perdoava você?", sussurrei. Fred sentou-se na cama. "Você consegue guardar um segredo, Barnum?" "Sim", respondi. "Sim, Fred." Ele voltou a se deitar. "Esse é o nosso segredo."

Sempre mantive o segredo.

Mas enquanto caminhava pela Drammensveien nessa noite avessa e ouvia uma valsa lenta do andar mais alto do prédio do Comércio, eu poderia ter revelado o segredo, a quem quer que fosse, ao cobrador do bonde que fumava seu cigarro sentado no estribo, ao motorista de praça que se curvava pela janela com os olhos fechados, ao professor de piano que dobrou a esquina com a pasta cheia de partituras, poderia ter dito a todos eles, e em voz bem alta, que Fred, meu meio-irmão, tinha ido ao céu para cumprimentar a Velha, se tudo pudesse ser desfeito, se o tempo pudesse ser retornado de um só golpe, para consertar o que havia saído torto, porque eu de repente fiquei em dúvida, e essa dúvida era profunda, como um rasgo nos pensamentos. Não conseguia nem me lembrar de como eu havia descido até a rua, se havia tomado o elevador ou descido pelas escadas. Meu triunfo havia trincado. Eu havia conseguido ser expulso da escola de dança. Mas qual o preço a pagar? Quais seriam as conseqüências? Porque a gente não pode fazer nada sem que isso não traga alguma outra coisa, tudo vem na seqüência de alguma coisa como em um sonho mutilado. Eu sabia. Ardia nos olhos, nos dois ouvidos, era como enxergar através de um vidro recurvado debaixo de chuva pesada. Tive que me encostar em um poste. Se alguém me visse agora, poderia achar que eu era um cachorro, uma raça rara, mas ainda assim um cachorro, que mostrava os dentes para o nada e por fim mordia a própria cauda. Talvez eu fosse expulso da classe também, banido, exilado e repudiado, por ser essa pessoa impossível que eu sou, e fosse mandado a Bastøy e trancado em um armário no porão, onde me aplicariam uma surra quatro vezes ao dia. Ou talvez o riso me acompanhasse para o resto da vida, como uma sombra, e eu nunca mais poderia aparecer em lugar algum sem que o riso tivesse chegado primeiro para me receber com desdém e gargalhadas. Louco, louco, gritariam todos, por onde quer que eu passasse. Eu estava condenado. Era culpa do Fred, porque foi ele quem sugeriu que eu fizesse tudo ao contrário. Era culpa da Boletta, porque foi ela que me matriculou na escola de dança. Era culpa da mamãe, que ficou me esperando na saída da escola. Era culpa do papai, que me comprou os sapatos de Oscar Mathisen, era culpa do balconista que vendeu os sapatos para ele. Era culpa da Piolho, que levantou a minha camisa e fez a calcinha da mamãe aparecer. Era culpa do padre, que não tinha me excomungado logo de cara. Era culpa do Preben, do Aslak e do Hamster, que não tinham me matado de tanto bater atrás do busto de Welhaven. Eles eram todos maus. Eu odiava todos eles.

As palavras escorriam dentro de mim. Devia haver uma privada para palavras. Eu deveria poder mijá-las no poste. Eu deveria poder cagá-las no meio-fio.

Foi então que ouvi alguém vindo pela calçada, correndo. Comecei a correr também. Talvez fosse alguém que queria me pegar. Mas aquele que corria atrás de mim não corria muito depressa, porque eu corri ainda mais depressa, e ele não conseguiu me alcançar, e, se não conseguia me alcançar era porque corria muito devagar. "Pare!", gritou. Arrisquei e parei, até porque eu estava correndo na direção errada, se continuasse na mesma direção eu acabaria chegando a território inimigo, atrás da Mundedamsveien, e comparados com aqueles que exerciam o poder por lá, o Preben, o Hamster e o Aslak eram anjinhos com luva de seda. Fiquei bem debaixo da imensa faia no parque da Hydro, numa chuva de folhas vermelhas. Virei-me. Uma sombra rechonchuda vinha no meio das folhas, com a respiração pesada. Era o menino que eu havia tirado para dançar e beijado no rosto. Ele parou na minha frente. Fiquei imaginando que ele talvez quisesse me socar no outro olho também, mas, no momento, estava muito ocupado recuperando o fôlego. Então ele ergueu os olhos. Acho que ele sorriu, mas estava tudo muito escuro lá onde estávamos, e posso ter me enganado. "Eu também fui expulso", disse ele. "Foi mesmo? E por quê?" "Porque eu te chamei de anão asqueroso." Eu já estava ficando de novo com medo. Mas ele começou de repente a rir. "Estou brincando. Eu disse que se eu não podia dançar com você não dançaria com mais ninguém." Ele chegou mais perto. "Aliás, desculpe pelo soco no olho. Doeu muito?" "Não, nem tanto", disse eu. "Na hora, eu não tinha entendido o quanto você foi genial." "Genial?", sussurrei. "O jeito mais esperto de ser expulso da escola de dança de que já ouvi falar." Ele ficou inquieto e enrugou a testa como se fosse papel. "Porque era essa a intenção, não era?" "Lógico", disse eu. "Que mais?" Ele desenrugou a testa de novo e estendeu a mão. "Como você se chama? Fora Nilsen?" "Barnum", disse eu, baixinho. "Barnum? Que nome legal! Eu me chamo Peder." E nos demos as mãos, debaixo da faia, enquanto o vento passava pela folhagem vermelha que pisávamos. Não sei por quanto tempo ficamos assim, mas posso jurar que vi a lua erguendo-se na diagonal sobre a cidade e acomodando-se no céu como uma laranja numa travessa funda e negra. Por fim, Peder soltou a mão. Enfiei a minha rapidamente no bolso. "Onde você mora?", perguntou. "No topo da Kirkeveien", respondi. "Ótimo", disse Peder. "Então podemos seguir uma parte do caminho juntos."

Seguimos pela alameda Bigdøy. Peguei do chão uma castanha, mas só para atirá-la longe. Eu não estava interessado em juntar castanhas. Eu estava tão alegre e tão confuso, confuso e alegre, com medo e feliz. Talvez eu estivesse a ponto de ganhar um amigo. Andamos por um tempo sem falar nada. Peder assobiava uma melodia do programa *Você Escolhe a Música*. Eu sabia qual era. Também comecei a assobiá-la. Mas quando cruzamos a rua Nils Juel não conseguimos mais, e quase morremos de tanto rir e ninguém jamais conseguiu assobiar enquanto ria. Tive que dar oito tapas nas costas do Peder com a mão espalmada até ele conseguir se controlar. "O que vamos fazer agora?", sussurrou. Engoli o riso. "Como assim?" "O que é que você vai dizer a seus pais? Que você foi expulso da escola de dança porque me beijou?" Ele começou a rir de novo, alto, e estava a ponto de ajoelhar-se na calçada. Eu fiquei com a boca toda seca. Eu não havia pensado nisso. "Você acha que a Svae vai telefonar para nossos pais?" Peder aprumou-se e deu de ombros. "Talvez. Talvez não." Ele se virou e ficou olhando para a outra calçada. "Veja", disse, e apontou. Era uma menina. Era a menina da escola de dança, a mais bonita dos enfeites de parede. "Oi!", chamou Peder. Ela parou entre duas árvores e olhou na nossa direção. Peder olhou o seu relógio, pegou-me pelo braço e arrastou-me até o outro lado da rua. Ela ainda estava lá, inclinada contra a luz do luar. Vestia uma capa de chuva vermelha que quase brilhava. Acho que estava com frio. Ela soprava nas mãos como se estivesse segurando um filhote de passarinho diante do rosto. "Você também foi expulsa da escola de dança?", perguntou Peder. Ela abaixou os braços. "Ninguém queria dançar comigo", disse ela. "Então não quis ficar." Foram exatamente essas as suas palavras. *Ninguém queria dançar comigo.* Peder olhou rapidamente para mim, como se tivéssemos combinado alguma coisa, e sorriu ao se virar novamente para ela. "Não mesmo? Ninguém? E o que você acha que eu estava fazendo quando esse palhaço aí veio me dar um amasso, hein?" Ele me arrastou para mais perto. Cumprimentei-a. Ela levantou de novo as mãos e sorriu ligeiramente atrás delas. "E vocês acham que eu ia querer dançar com vocês?", perguntou. Peder ficou em silêncio por um instante. Então deu de ombros. "Talvez. Talvez não. O que você acha, Barnum?" Eu dei de ombros. "Talvez. Talvez não", disse eu, fácil assim. Agora ela deu um passo na minha direção. "Como é mesmo que você se chama?", perguntou. Estendi a mão e ela pegou nela. "Barnum", disse eu, em voz alta. Ela segurou minha mão por mais um instante, ou eu a dela. "E eu me chamo Peder", disse Peder, também em voz alta, e trocamos mãos todos juntos. Agora era a vez dela. "Eu me chamo Vivian", disse. "Talvez eu dançasse mesmo com vocês."

E continuamos a subir a alameda Bigdøy, Peder, Vivian e eu, e Vivian caminhava no meio, entre nós. Não sei bem por quê, mas era como se tivéssemos sempre andado por lá, nós três, debaixo das castanheiras, na escuridão úmida, e não sabíamos nada um do outro, nada a não ser que a primeira noite na escola de dança de Svae também foi a última. "Já sei", disse Peder, de repente. "Vamos arriscar que Svae não vá ligar e a gente finge que continua freqüentando as aulas. Que tal?" Paramos, e Peder catou do chão uma castanha e a pôs no bolso. "Não é verdade? Assim podemos nos encontrar toda quinta-feira e fazer alguma coisa diferente!"

E assim foi. Naquele outono, nos encontramos toda quinta-feira, debaixo da faia no parque da Hydro, vestidos para dançar. Ficávamos escondidos atrás do tronco vendo os outros entrando no prédio do Comércio. Rimos deles. Estavam todos bem ridículos. Os meninos pareciam uns pingüins. As meninas eram pavões. E depois inventávamos o que fazer, íamos ao cinema quando o dinheiro dava, e geralmente era o Peder que tinha dinheiro, ficávamos no túnel em Skøyen e nos abraçávamos quando o trem passava, comprávamos um *milk-shake* para dividir na Sorveteria Studenten, ou ficávamos no quarto do Peder ouvindo rádio. Mas nessa primeira noite só nos acompanhamos até em casa. Quando chegamos ao topo da alameda Bigdøy, a Vivian entrou pelo portão do lado da igreja de Frogner, ela se afastou sem dizer uma palavra mas, uma vez lá dentro, no escuro, levantou a mão e colocou um dedo sobre a boca, e sumiu. Peder me fitou. "Puta merda. Morar grudado numa igreja. Coisa triste, não é?" "Quem sabe o pai dela é padre", disse eu. Seguimos em frente, na direção do parque de Frogner. "Acordar todo domingo com os sinos badalando bem em cima da cama", disse Peder. "Muito chique." "Pouco chique", disse eu. "Acordar com a cabeça dentro dos sinos." Peder riu. "O pai dela deve mesmo ser padre. Acho que temos que salvá-la." Não entendi bem o que o Peder quis dizer, mas pus-me de acordo. "É isso aí", disse eu. "E o seu pai, o que é que é?", perguntou Peder. Tive que pensar. "Um pouco de cada coisa", sussurrei. "Um pouco de cada coisa? O meu pai é um pouco de tudo."

Peder parou diante de uma casa com cerca e luz amarela em todas as janelas. Era lá que ele morava, em uma casa inteira, com jardim e mastro. No portão, havia um placa *Cachorro Bravo*. "Vocês têm cachorro?", perguntei, e me senti um tolo. "Ele morreu faz uns dois anos", disse Peder. "Mas deixamos a placa." Nesse instante, um carro entrou na rua, as calotas vibrando, o pára-choque a ponto de cair, escorria um riacho de faíscas rua abaixo, acho que era um Vauxhall, o carro entrou direto na garagem do lado da casa de Peder e estacionou com um estrondo. Um homem com um chapéu imenso e uma pasta fina debaixo do braço saiu do carro e veio na nossa direção, enquanto enxugava o gás de escapamento do rosto. "Essa foi por pouco", suspirou. "Acho que vamos ter que ir para a oficina." "Oi, papai", disse Peder. Era o pai de Peder. Ele parou e sorriu para nós. "E aí? Como é que foi na escola de dança?" Peder deu de ombros. "Acho que nos aborrecemos bastante." O pai riu e se virou para mim. "Não me surpreende. Afinal, o que você vai fazer com o foxtrote? Em vez disso, você poderia começar a praticar esgrima. E quem é você?" "Este é o Barnum", disse Peder. "Boa-noite, Barnum. Você nos acompanha na ceia? Se não tiver medo do cachorro?" Cumprimentei-o e agradeci. Já era demais para mim. Eu tinha que ir para casa e descansar. Eu tinha que guardar essa noite, economizá-la e não gastar tudo de uma só vez. Mas, antes de ir embora, peguei o Peder pelo braço, como se quisesse segurá-lo, embora ele estivesse imóvel. "Você pode vir jantar em casa amanhã", disse eu, rapidamente. O pai deu-me uma palmada nas costas. "Excelente idéia, Barnum. Não é mesmo, Peder? Até porque a mamãe e eu temos compromisso." Peder olhou para mim e sorriu. "E quando devo chegar?", perguntou. "Às cinco", sussurrei, e saí correndo, tinha sido a primeira vez que alguém havia me convidado para cear, e a primeira vez que tinha convidado um amigo para jantar, era o triunfo, a coroação da amizade, ter um amigo jantando na sua casa. Andei em estado de êxtase por toda a Kirkeveien, eu era um campeão do mundo calçando os sapatos de um campeão do mundo, eu tinha um amigo, eu era o amigo de alguém, e eu mal conseguia esperar para contar, não podia carregar tudo isso sozinho, meus ombros eram estreitos demais, o coração pequeno demais. Mas, quando cheguei em casa, não havia ninguém, mamãe tinha ido até o Pólo Norte para buscar Boletta, e papai tinha viajado novamente, era o que costumava fazer, sempre tinha algo a arrumar, não podia ficar sossegado, ele dava uma passada, exibia-se um pouco, era rei ou malandro, deixava uma camisa suja e algumas cédulas e ia de novo embora. Pensei que talvez fosse melhor assim, que eu estivesse sozinho agora, porque eu também carregava comigo uma mentira, e essa mentira era do mesmo tamanho da verdade. Minha língua ainda não era suficientemente lisa. Não tinha coragem de dizer para a mamãe e para a Boletta que eu tinha saído, que eu tinha sido expulso, elas já deviam ter pago Svae, e talvez nunca recebessem o dinheiro de volta. Coloquei os sapatos na prateleira do corredor. Pendurei o *blazer* no gancho e tirei a gravata. Fui até a cozinha e tomei um copo de leite, fui até o banheiro e me vi no espelho. O olho esquerdo estava um pouco descorado nas bordas. Não fazia mal. Eu poderia chorar de tanta felicidade. Sim, esse era o momento da solidão, dava para chupar essa alegria como se fosse uma bala. Mas, quando entrei no quarto, não estava sozinho, afinal. Fred estava deitado na minha cama, com os braços na nuca, fitando o teto. "Oi, baixinho", disse. Sentei-me na cama dele. Eu não estava com medo. Eu tinha algo a contar para ele. "Consegui", sussurrei.

"Já estou sabendo", disse Fred. "Já sabe?", perguntei, ainda mais baixo. Fred virou-se ligeiramente na minha direção. "Como é que se chama aquela megera da escola de dança?" "Svae", respondi. "Pois é. Ela telefonou." Eu afundei. "Ela telefonou para cá?" Fred suspirou e voltou a fitar o teto. "Onde mais?" A língua cresceu dentro da minha boca, seca como uma borracha. "Ela falou com a mamãe?" "Não. Ela falou comigo. Que sorte, hein? Que só eu estava em casa." Fred ficou em silêncio por um instante. Eu não agüentei. "O que foi que a Svae disse, Fred?" Fred cerrou os olhos. "Essa cama é muito grande para você. Se cortamos no meio, a gente ganha um bom espaço aqui no quarto, não é?" "Por mim, tudo bem", sussurrei. "O que foi que você disse para a Svae?" Fred sorriu. "Ela disse que você fez coisas indecorosas, Barnum." "Coisas indecorosas?" "Você precisa explicar melhor, Barnum." Desviei o olhar. O livro de Nutrição estava na escrivaninha. Talvez Fred tivesse dado uma espiada. Talvez tivesse visto a equação de Barnum. "Beijei uma menina", disse eu. "Você beijou uma menina?" "Sim, Fred." "E você conseguiu alcançá-la?" "Ela estava sentada", disse eu. Agora foi a minha vez de cerrar os olhos. Ouvi Fred levantando-se da cama. "Eu disse que era o seu pai", sussurrou Fred. "E que eu ia castigar você." Ele começou a rir. Não tive coragem de abrir os olhos ainda. Ele sentou-se do meu lado. "Eu é quem devia ser o seu pai", disse ele. "E não aquele bosta que diz que é." Fred pôs o braço sobre os meus ombros. "Pelo menos consegui ser expulso", sussurrei. Fred deu-me uma palmada nas costas e demorou a dizer alguma coisa. Queria que ele não falasse nada e só me desse palmadas nas costas. Eu poderia ter passado a noite assim. "Qual o castigo que eu vou te dar, Barnum?" "Castigo? Não fale bobagem, Fred." Ele tirou a mão e passou as unhas sobre a minha pele. "Bobagem? Eu prometi para a Svae te castigar." Ele foi até a janela e postou-se lá. Ainda sentia a mão dele na nuca. "Mamãe disse que compraram os sapatos de Oscar Mathisen para você." "É verdade", sussurrei. "Serviram?" "Serviram muito bem." Fred riu. Suas costas tremulavam. "Sabe o que aconteceu com o Oscar Mathisen?" "Ele foi campeão mundial de patinação." "Quero dizer depois que ele virou campeão mundial." "Não sei. Aconteceu alguma coisa?" "Primeiro ele matou a mulher, a tiros. Depois, ele se matou também. O campeão mundial." Fred virou-se bruscamente para mim. "Já sei qual vai ser o seu castigo." "E o que é?" "Você nunca mais vai mentir para mim, Barnum." "Eu não menti para você, Fred." Ele sorriu e balançou a cabeça. "Está vendo? Agora você mentiu de novo."

O Embrulho

Quando acordei, estava deitado em minha própria cama, Fred já havia saído e a mamãe estava curvada sobre o meu rosto, impaciente. "Como é que foi?", perguntou. "Na escola de dança?" Sentei-me e me lembrei de tudo no mesmo instante. "O Peder vem jantar", disse eu. "Quem?" "O Peder!" Mamãe sentou-se na beirada. "Quem é Peder?" E eu nunca tinha imaginado que iria dizer o que pude dizer agora. "É meu novo amigo", sussurrei. Mamãe sorriu de um jeito engraçado e estava a ponto de passar os dedos nos meus cabelos, mas se segurou. "Você o conheceu ontem?" "Sim. Fizemos companhia na volta para casa." Mamãe ficou em silêncio por um instante, com o mesmo sorriso desenhado na boca. "E então você o convidou para jantar?" "Sim. Amigos fazem assim." Mamãe hesitou por um momento, então levantou-se e bateu as mãos. "Então vamos começar a pôr a mesa!" Ela saiu rapidamente e voltei a me deitar. Ouvi-a chamando Boletta. "Venha me ajudar, seu velho saco de ossos! Temos convidados para o jantar!" E fiquei deitado lá ouvindo o barulho suave de panelas, frigideiras, portas de armário batendo, tampas caindo no chão, o aspirador de pó e o ferro elétrico, e comecei a ficar ansioso, tudo que me alegrava também me dava ansiedade, e pensei, ou talvez só esteja pensando agora, óbvio como a chuva, o que na época era apenas uma sensação, uma dúvida, que nada é inteiro, que tudo tem uma falha, a alegria, a felicidade, a beleza, em tudo há um rasgo, alguma coisa que falta, afora esse pensamento inteiro e inútil sobre a imperfeição.

Mamãe abriu a porta. Ela parecia espantada. "Meu Deus do céu! Você não vai para a escola hoje?", sussurrei debaixo do edredom. "Acho que prefiro ficar em casa hoje." Mamãe afastou o cabelo da testa. Estava com luvas de borracha e um imenso avental branco. "Está doente?" "Não. Mas você poderia escrever que sim." Boletta apareceu detrás da mamãe, espiando com os olhos avermelhados e a boca enrugada. "Deixe o Barnum ficar em casa. Escreva um bilhete, dizendo que está com febre." "Não gosto de mentir", disse a mamãe. Boletta sentou-se e pôs a mão sobre a minha testa. "Mas não é uma mentira, Verinha. Barnum foi à escola de dança e isso faz subir a temperatura! Além disso, está com o olho inchado. Acho que ficou espiando demais as meninas!" Eu já tinha levantado. "Posso fazer as compras!", quase gritei. Mamãe apontou o dedo para mim. "Você vai é ficar dentro de casa. Pode arrumar o seu quarto e não atrapalhar!" Ela desapareceu na direção da cozinha. Boletta hesitou por um instante. "Mamãe só está muito feliz", sussurrou "Que você vai ter visita. Mas não é fácil para ela mostrar alegria." Ela passou a mão pela minha nuca, onde eu ainda tinha as marcas das unhas de Fred. "Como é que foi na escola de dança?", perguntou, sempre em voz baixa. "Tudo bem." Boletta riu, como que para si. "Você não precisa dizer nada. Eu sou só uma velha boba que quer saber o que perdeu." Fiquei olhando para ela. "Você não é tão boba assim, Boletta", disse. "Obrigada, Barnum. Agora estou tranqüila."

Ela correu para ajudar a mamãe e eu comecei a arrumação. Estendi as camas. Coloquei todos os livros escolares na mochila, os lápis no estojo, escondi as palmilhas velhas na gaveta de baixo, tirei a poeira do *Guia Médico da Família Norueguesa* de M. S. Greve e abri a janela e espirrei. Fazia sol, projetando sombras finas. O tempo passava. Ficava parado e passava, simultaneamente. Nem o tempo era inteiro. Boletta já vinha subindo Kirkeveien, com o carrinho de compras cheio, ela mal conseguia arrastá-lo. Fechei a janela e comecei a ficar nervoso. Também arrumei as coisas do Fred. Escondi a faca, os cigarros e todas as suas chaves debaixo do travesseiro. Coloquei os sapatos marrons e pontiagudos no armário, tirei e joguei fora os chicletes velhos da beirada da cama. Eu sabia que não devia fazer isso. Eu sabia que não devia ter mexido nas coisas do Fred. Ele tinha traçado um risco sobre o chão, e eu precisava da permissão dele para atravessá-lo. Já o Fred não precisava de permissão alguma. Ele ia para onde quisesse. Fiquei torcendo para que ele não voltasse para casa na hora do jantar. E, ao mesmo tempo, queria que viesse, que pudesse sentar-se à mesa conosco, um irmão mais velho, podia só ficar sentado, sem dizer nada, sim, de preferência sem falar nada, quieto e misterioso, um verdadeiro irmão mais velho. Mas se o papai conseguisse chegar em casa, seria melhor que o Fred ficasse longe, um deles bastava. Ouvi a mamãe arrumando a mesa na sala, a toalha branca, os copos altos, os guardanapos, a louça chinesa, os talheres de prata, agora todo o grande passado ia ser posto sobre a mesa, aquele que nunca se tornaria futuro. Corri até a mamãe. "A gente podia comer na cozinha." "Na cozinha! Agora sim você está com febre." "Por favor, vai, mãe! Não dá pra gente ter um jantar comum?" Ela voltou-se para mim, estava segurando um prato em uma das mãos e, por um instante, fiquei em dúvida se ela iria colocá-lo sobre a mesa ou atirá-lo ao chão. "O que você está querendo dizer, Barnum?" "Que é assim que tem que ser! Que tudo tem que ser como sempre." Mamãe fitou-me, longamente. "Não creio que você pense assim", disse ela. Colocou o prato cuidadosamente sobre a toalha.

Papai chegou às quinze para as cinco, como se tivesse expediente comercial normal e como se a gente fosse uma família comum. Ele parou na entrada, pesado e curvado, talvez tivesse vindo andando desde Majorstuen, ou até mais.

Ele mal conseguia alcançar os sapatos. Mas então se aprumou, percorreu o apartamento com o olhar e cheirou. Olhou espantado para mim, que estava junto do relógio, esperando, não por ele, mas pelo Peder. E lentamente levantou o olhar dos botões brilhantes do meu *blazer* para a mesa posta na sala de jantar, onde as velas já estavam acesas e balançavam na corrente de ar vinda dos cantos das janelas. Seu rosto cresceu, um sorriso invisível se espalhou pelo seu rosto e fez os olhos sumirem dentro da pele. "Minha nossa", sussurrou. "Onde já se viu. Minha nossa!" Mamãe passou por nós com uma travessa de batatas e voltou-se rapidamente para ele. "Barnum vai receber visita", disse. "Arrume-se." O rosto do papai abateu-se um pouco, como uma fogueira, os olhos reapareceram, talvez tivesse pensado que tudo havia sido preparado para ele, uma surpresa, uma bonificação, uma súbita medalha. Odores vinham da cozinha que nenhum de nós reconhecia, especiarias, baunilha, carne cozida, eram receitas em língua estrangeira e a Boletta cantarolava paradas de sucesso em cima das panelas. Papai reencontrou o seu sorriso e voltou-se para mim. "Visita? Você já conheceu uma moça, Barnum?" "Ele se chama Peder", disse eu. Papai foi até o aparador e preparou um uísque no copo mais pesado. Bebeu devagar e engoliu três vezes. "Pronto, já me arrumei", disse ele.

Deu cinco horas. Peder não havia chegado. Mamãe cobriu as batatas com um guardanapo. Boletta deixou as panelas no calor. Papai preparou mais um uísque e meneava a cabeça. Olhou para os meus pés. "Não está usando os sapatos novos?", perguntou. "Não, obrigado." "Não serviram, afinal?" "Não gosto de andar nos sapatos dos mortos", disse eu. Disse apenas, sem pensar, como se as palavras surgissem de algum outro lugar. *Não gosto de andar nos sapatos dos mortos.* Papai deixou a vista errando por um instante, esvaziou o copo e bateu com o pé no chão. "À mesa!", exclamou. Sentamo-nos. Papai enfiou o guardanapo entre os botões mais altos da camisa e estava para se servir. Mamãe colocou a mão sobre o braço dele. "Vamos esperar", disse, calma. Papai deixou as mãos caírem no colo, impaciente, olhou em volta e parou em mim. "Como se chama o garoto?", perguntou. "Peder", respondi. "Peder do quê?" Pensei: Mas ele não vem. Ele só disse para ser simpático, que vinha para o jantar, porque o pai dele estava lá ouvindo, talvez ele também sentisse pena de mim, que eu era um bobo, ele não vinha, ele tinha me enganado, fui expulso da escola de dança nos sapatos de um morto e eu estava sozinho. "Peder", repeti. "Peder." Boletta inclinou-se sobre a mesa. "Ele vem sim, pode deixar." E, no mesmo instante, veio o Fred. Ficou parado junto da porta, olhando para nós. Afastou o topete e aproximou-se. Sorriu, mas com os lábios estreitos. "Quem foi que morreu?", perguntou, e sentou-se na última cadeira. "Está ocupado", disse papai. "E ninguém morreu."

"Agora está ocupado", disse Fred. "E você está morto." Fred encheu o prato e começou a comer. "Não precisam esperar por mim", disse, e passou a travessa para Boletta, que se limitou a balançar a cabeça. "Barnum vai receber a visita de um amigo", disse a mamãe, depressa. "Um amigo? Barnum?" Fred fitou-me. Mamãe pôs a mão sobre a dele. "Calculei que você não vinha, Fred." Papai riu. "Pois é, e quem é que pode calcular?", disse. "Que o Fred vem." Boletta já havia posto mais um prato entre a mamãe e mim e colocou outra cadeira. Fred ficou fitando o papai. "E quem pode calcular quando você vem para casa, sua besta?" A mão do papai tremeu. "Eu estou aqui. Além do mais, não fale com a boca cheia de comida." Fred mastigou longamente e virou-se para mim. Eu já estava torcendo para o Peder não vir, para que ele só tivesse dito que vinha para ser simpático, que ele nunca viria. "E cadê ele?", perguntou Fred. "Seu amigo, quero dizer." "Talvez o bonde esteja atrasado", sussurrei. "Vai ver é isso", disse a mamãe. "Ele chega logo, você vai ver." Fred deu uma risadinha. Papai brindou. "No exterior, calcula-se sempre 15 minutos de espera antes de iniciar o espetáculo. E agora está dando exatamente 5h15!" Ele encheu o prato até a borda e, quando estava para dar a primeira mordida, tocou a campainha. Fez-se um silêncio completo na sala, até o Fred parecia congelado sobre a toalha de mesa. Tocou novamente. Quase derrubei a cadeira e corri até a entrada para abrir a porta. Era o Peder. Ele entrou. Parecia quase sem fôlego. "O topo da Kirkeveien", arfou. "Puta merda." "Bem íngreme", disse eu. "E você não disse o número." Peder riu. Eu também ri. "E como foi que você encontrou?" "Foi só perguntar onde morava Barnum Nilsen", disse Peder. Voltamos o olhar para a sala. Lá estava a minha família. Sorriram. Papai havia voltado a comida para a travessa e até o Fred sorriu. Todos pareciam felizes, entre os castiçais e os copos, como se fossem só isso, felizes. Tentei enxergá-los com os olhos de Peder, com os olhos de alguém vindo pela primeira vez. E assim os vi, pela primeira vez: papai se levantando da cadeira com o encosto mais alto que o das outras e passando a mão rapidamente sobre o cabelo liso antes de dar espaço para Peder, nosso convidado. Boletta afastando a garrafa de vinho para enxergar melhor, uma avó grisalha e sorridente na parte interna do círculo familiar. Mamãe também se levanta, de repente parece mais nova do que a maioria das mães, ela enrubesce e estende as mãos, como se quisesse abraçar o Peder, e o traz para si, enquanto Fred apenas continua a comer, um irmão mais velho seguro de si, que não se deixa perturbar. Poderia mesmo dar certo. "Minha nossa", sussurrou Peder.

Ele cumprimentou o papai primeiro, e o papai não o deixou escapar muito facilmente. "Peder Miil", disse Peder. "Miil? É com um ou com dois 'is', Peder?"

"Dois", respondeu Peder. A seguir, passou em volta da mesa e deu a mão a cada um, até o Fred cumprimentou, e, finalmente, estávamos todos sentados. "Muito obrigado pelo convite", disse Peder. Mamãe e Boletta se entreolharam. Um garoto assim nunca tinham visto. "Mas você chegou atrasado", disse Fred. "Isso não é nada", disse mamãe, e Boletta passou a travessa para o Peder, e o papai encheu o copo dele com suco até a borda. "Os bem-vindos sempre chegam na hora", disse o pai. "É o que costumamos dizer na América. E então, por que não dizermos a mesma coisa aqui?" Peder assentiu e serviu-se. "Aposto que o Barnum esqueceu-se de dar o endereço certo", disse Fred. Peder empurrou a travessa para Fred. "O bonde atrasou, infelizmente", disse. Fred observou-o atentamente. "Barnum nunca recebeu visitas antes", disse. "Você é o primeiro." Peder virou-se na minha direção. "Então estou chegando tarde, mas chegando bem." Todos riram, exceto Fred, e talvez eu. Seguiu-se um instante de silêncio. Comemos. Era assim que devia ser. Era só ficarmos sentados comendo a carne de porco cozida, sorrirmos uns para os outros, tomarmos pequenos goles dos copos, lançarmos alguns olhares amistosos e talvez comentarmos o tempo, caso fosse imperioso dizer alguma coisa. Poderia dar certo. "Com que o seu pai trabalha?", perguntou o papai. "Selos", disse Peder. Fez-se novo intervalo. Papai pegou um palito de dente e escavou um pouco na boca. "Selos?", disse, por fim. "Sim. Ele vende selos. Depois de comprá-los." "E dá pra viver disso?", perguntou Fred. "No ano passado, ele vendeu um selo de Mauritius por 21.734 coroas", disse Peder. Papai balançou com o palito diante de Fred como se fosse um ponteiro encolhido. "Chama-se filatelista. Se você não sabe. Filatelista!" Papai colocou o palito no bolso da camisa e serviu-se mais uma vez. "Vejo que você reparou na minha mão faltante, Peder", disse o papai, de repente. E só agora reparei que ele estava sem a luva, nós estávamos acostumados àquela cor cinzenta, o toco de carne. "Não foi por querer", sussurrou Peder. Papai ergueu a mão. "Não tem importância. Mas é uma longa história, Peder. Esses meus preciosos dedos descolaram-se quando estava limpando minas terrestres em Finmark, logo depois da guerra." Fred bocejou. "O alemão, entende", continuou papai, "é um guerreiro meticuloso. Mas também é esperto. Essa mina estava ali, meio deslocada, e acabei encostando nela. Agora você sabe quase tudo sobre a minha mão direita, Peder." "Já esteve também nos Estados Unidos?", perguntou Peder. Papai estava agora no seu elemento. Por pouco não se levanta da mesa para discursar. Contentou-se em pousar a faca e o garfo sobre a mesa. "Se já estive nos Estados Unidos? É minha segunda pátria, Peder. E ouso dizer que sou mais conhecido lá do que aqui." Eu queria sair logo da mesa. Passei a travessa para Boletta. "Mas me contem como foi no curso de Svae ontem de noite, meninos", disse Boletta.

Peder mandou-me um olhar rápido. "Tudo bem", disse eu. "Ela ficou falando quase o tempo todo", disse Peder. Boletta apoiou a faca e o garfo no prato. "Ficou falando? Numa escola de dança não se fala. Se dança!" "Ela disse pra gente trocar a roupa de baixo se a dança desse suadouro", disse Peder. Como rimos! Até o Peder riu. Papai teve que ficar de pé e dar uma volta à mesa, de tanto que ele riu. Poderia dar certo. Por fim, papai voltou a sentar-se. "Lá nos Estados Unidos a gente dançava por várias noites seguidas", disse. "Posso lhe assegurar que muitos de nós ficávamos com suadouro!" "Tudo bem, Arnold", disse a mamãe, rapidamente, mas o papai não desistiu. "E quem agüentasse por mais tempo vencia. Não havia tempo para pensar em roupa de baixo suada!" Fred não desgrudava o olhar de mim. "Como é que chama a velha lá da escola de dança?", perguntou. "Dobre a língua", disse o papai. "Dobre a sua", replicou Fred. "Svae", sussurrei. Fred voltou-se para a mamãe. "Ela telefonou ontem." Peder desviou o olhar. Eu não olhei para lugar algum. Cerrei os olhos. Era escuro lá dentro. "Aqui?", perguntou a mamãe. "E por quê?" Fred amassou uma batata com o garfo e deu-se bastante tempo. "Foi só pra avisar que a aula da quinta-feira que vem começa às cinco e meia, e não às seis."

Abri os olhos. Fred sorriu e, no mesmo instante, tocou a campainha. Uma inquietação passou sobre o seu rosto, que só eu podia perceber. Ele olhou para mim. "Fez mais alguns amigos, Barnum?" Balancei a cabeça. Tocou de novo, longamente. Mamãe apressou-se e abriu. Era o zelador Bang. Ele passou direto por ela e trazia um embrulho nas mãos, que segurava o mais longe que podia do rosto. "Agora basta!", gritou e atirou o embrulho sobre a mesa entre nós. "Recebi no correio hoje!" Mamãe veio correndo atrás dele. Papai levantou-se subitamente e a cadeira caiu atrás dele. "O que significa isso?" "Abra você mesmo e veja!", disse Bang, quase gritando e parecendo transtornado. Eu reconheci o embrulho. Papai abriu, afastou o papel e recuou. Lá estava o meu pijama. O cheiro era medonho. Mamãe escondeu o rosto entre as mãos. "Meu Deus do céu", arfou. Boletta levou o copo consigo até a cozinha. Peder permaneceu sentado, imóvel. Olhei para o Fred. O que foi que ele havia feito? "Não admito esse tipo de porcaria!" Bang bateu com o pé manco no chão. "De quem é esse pijama?", perguntou o papai, estranhamente suave na voz. "Meu", sussurrei. Ele me deu um tapa. Mamãe gritou. Eu estava a ponto de cair da cadeira. Então papai correu em volta da mesa, parou atrás do Fred e colocou a mão destroçada sobre o ombro dele. "E você, o que tem a dizer, Fred?" "Nada." "Nada? Você não tem nada a ver com essa bela porcaria?" "Nada", repetiu Fred. "Barnum se cagou todo e eu joguei o pijama no lixo." Papai enfiou o toco do polegar na nuca dele. "E o pijama foi sozinho até o apartamento do 'seu' Bang?" "Sei lá", disse Fred.

"Falando nisso, alguém pode tirar essa merda daí, eu estou jantando." Então Bang virou o embrulho e o nome e o endereço dele estavam escritos no papel, em letras bem grandes e desengonçadas. "Você não escapa, sua gentalha! Você não conseguiu nem escrever o meu nome direito!" Bang bateu o dedo no embrulho, com tanta força que a unha quase perfurou o papel. Estava escrito Bnag. Fred havia escrito Bnag, zelador Bnag. Era mais ou menos como assinar o embrulho todo com o nome por extenso, endereço e impressão digital. E vi que ele abaixou a cabeça, enrubescendo, furioso, enquanto papai o estapeava com a mão inteira, uma vez, duas vezes, três vezes, até que mamãe se atirou no papai e o fez parar. Mas papai apenas a afastou. "Peça desculpas!", sussurrou. "Peça desculpas imediatamente, seu cretino!" Fred ficou sentado. Alguma coisa escorria do rosto dele. Não sei o que era, lágrimas, sangue, cuspe. Então ele se levantou, lentamente, e sorriu. Foi o pior sorriso que já vi. Postou-se bem em frente do zelador Bang. "Sinto muito. Achei que era você quem lavava os pijamas aqui do prédio, Bnag." Papai ia bater de novo, mas o Fred segurou a mão dele, apertou-a por alguns segundos e olhou em volta, com o mesmo sorriso, e com os olhos que pareciam boiar numa camada de óleo. Começava a ficar perigoso. Então soltou a mão do papai e foi para o nosso quarto. Ninguém disse nada e ninguém tinha mais apetite. O meu pijama estava no meio da mesa, como uma sobremesa fétida. Mamãe tremia tanto que teve que se sentar. Papai abraçou o zelador Bang e levou-o até um canto da sala onde lhe ofereceu charutos, era só o Bang escolher. Comecei a me perguntar o que o Fred diria quando visse que eu havia mexido nas coisas dele para arrumá-las. Mas não ouvi um único som saindo do nosso quarto.

Então mamãe levantou-se bruscamente, juntou o embrulho todo, enfiou na lareira e ateou fogo. Eu acompanhei Peder uma parte do caminho. Ele desceu em silêncio a Kirkeveien inteira. Agora estava tudo estragado. Agora tudo estava pior do que antes. Eu ficava vermelho de vergonha só de pensar, meu próprio pijama, objeto de escárnio sobre a mesa da sala de jantar. Amanhã, eu iria matar todos que soubessem do acontecido. Eu ia ter que matar o Peder também. Andava três passos atrás dele. Esse era o fim. Estava a ponto de chorar. Quando chegamos a Majorstuen, ele parou, voltou-se para mim e sorriu. "Quem sabe da próxima vez você janta na minha casa", disse Peder.

Nu Artístico

No meio da sala da casa do Peder, estava um homem nu. Ele permanecia em pé, imóvel, com os braços cruzados, e era como se estivesse pensando firmemente em alguma coisa, ou talvez em nada. Sua pele era dourada e lisa, os músculos tesos e com contornos nítidos ao longo daquele corpo alto e esguio, e mais não ousei ver. Estava, como disse, nu e bem no meio da sala da casa de Peder. De início, pensei que podia ser o irmão dele, mas o Peder não tem irmão, e, além disso, o homem devia ter pelo menos trinta anos de idade, então não poderia ser o irmão dele. "Psiu", cochichou Peder e me pegou pelo braço antes que eu tivesse dito uma só palavra. Estávamos na entrada, atrás de um cabide cheio de cachecóis, sobretudos e chapéus. "Mamãe está trabalhando", disse, ainda mais baixo. E agora vi a mãe dele também. Ela estava sentada em uma poltrona junto da janela, onde a cortina estava fechada, e desenhava numa folha de papel. De vez em quando, olhava para cima, espremia a vista e segurava o lápis à sua frente, como se estivesse medindo o pé-direito. Então voltava a se curvar sobre a folha de papel. E não era uma poltrona comum aquela em que estava sentada. Tinha rodas. Era uma cadeira de rodas. O homem nu ainda não havia se mexido. Prendi a respiração. Do jeito que estava lá, parecia morto, morto, belo e de pé. Peder curvou-se até encostar no meu ouvido. "Acho que a mamãe está apaixonada por ele", sussurrou. "Ela ficou três meses só para desenhar a cara dele." Peder riu baixinho, e agora foi a vez dela se aperceber da nossa presença. "Oi, meninos!", chamou, enfiou o lápis na boca e veio rodando sobre o assoalho. Estendeu a mão e tomei-a. Estava envolta em uma imensa manta e quase sumia dentro dela. Mas recordo-me do cabelo abundante e bonito dela, vermelho como o cobre, brilhante e incandescente, como se estivesse sempre usando uma coroa macia. "Você deve ser o Barnum", disse ela. Fiz que sim. "E você esqueceu que o Barnum vai jantar com a gente hoje", disse Peder e tirou o lápis da boca da mãe. "E não é que esqueci mesmo", riu ela. "Mas vamos ter comida à mesa mesmo assim. Veja, Barnum." Ela mostrou-me o desenho. "Não está pronto, ainda, mas o que você acha?" Eu gostei dos traços finos e rápidos. Se a gente fechasse um dos olhos, e só olhasse com o outro, ficava diferente, como se os traços seguissem outra direção e representassem alguma outra coisa. Mas eu via o que ela havia desenhado. O rosto não era muito parecido, mas o restante não havia como não reconhecer. Peder suspirou. "Não amole o Barnum", disse ele. A mãe também suspirou. "Não estou amolando o Barnum. Eu só perguntei o que ele acha, Peder." "Eu acho que está pronto", disse eu. Ela me espiou, surpresa, levantando o olhar, porque a cadeira de rodas era bem baixinha. "Pronto? Eu mal comecei!" "Eu ainda acho que está pronto", sussurrei. A mãe de Peder contemplou seu próprio desenho e balançou longamente a cabeça, e fiquei com medo de ter dito alguma bobagem ou de ter ofendido alguém. "Desculpe", disse eu. A mãe voltou a me fitar. "Sabe que você pode muito bem ter razão, Barnum? Talvez esteja mesmo pronto." Ela voltou-se para o homem nu, que continuava imóvel. "Estamos prontos por hoje, Alain. Mas cumprimente o Barnum antes de ir." Aquele que se chamava Alain como que se soltou do chão, como se tivesse estado congelado no lugar e agora tivesse sido despertado para a vida com a fala da mãe de Peder. Ele se aproximou lentamente de mim, apertou minha mão de leve, quase que só um toque. Fiz uma profunda mesura, mas logo pus a cabeça no lugar. Era a primeira vez na vida que eu cumprimentava um homem nu. Peder desviou o olhar, assobiou, arrastou-me pela sala, e subimos a escada até o andar de cima. Levou tempo, porque tivemos que abrir caminho entre quadros ainda inacabados, pilhas de livros, malas, jornais e cordas de varais. Mas no quarto de Peder era tudo diferente. Fiquei parado junto à porta. Pensei comigo que ninguém poderia se considerar um amigo de verdade antes de ter estado no quarto do amigo, mas o Peder não havia visto o meu quarto, além disso não era só meu, era também o quarto do Fred, nosso quarto estava dividido ao meio com um traço que não dava para remover. Peder atirou-se na cama e suspirou. "Puta merda. Que bom que você disse que o desenho estava pronto! Senão ele nunca ia ficar pronto." Na parede junto da escrivaninha dele havia um mapa imenso pendurado, e do lado do mapa havia quatro relógios mostrando horários diferentes. O primeiro marcava quinze para as cinco. Mas o do lado já indicava quinze para as oito. "Qual que está quebrado?", perguntei. Peder riu. "Nenhum deles, boboca. Sente-se, vai." Deitei-me do lado dele na cama. Era bastante larga. Peder apontou para os relógios. "O primeiro mostra o horário em Frogner. O outro no Rio de Janeiro. O terceiro em Nova York, e o quarto em Tóquio." "Muito legal", disse eu. "Pois é", disse Peder. "Porque se alguém telefonar de Nova York sei exatamente o horário." "Alguém telefona de Nova York?", perguntei. "Nunca", disse Peder, e riu novamente. "Mesmo assim, é sempre bom saber", disse eu. Ficamos deitados um tempo sem dizer nada. Era engraçado pensar nisso. Era engraçado pensar que o tempo é diferente, que alguém já está voltando da escola, por exemplo, no Rio de Janeiro, enquanto outros estão só começando a primeira aula, talvez em Tóquio. Alguns estão atrasados, outros adiantados. Na verdade, era injusto. Mas o que acontecia se a gente viajasse de Frogner para Nova York? Será que a gente ficava de repente oito horas mais velho, ou mais novo? Não dava para entender. E se a gente desse uma volta ao mundo e retornasse para casa, seria possível começar de novo, o tempo teria voltado para trás tanto que a maior parte da vida ainda estivesse por ser feita, de modo que a gente pudesse fazê-la de novo, mas de um jeito melhor, ou só deixar para lá e não fazer nada, se a gente se arrependesse do que tinha feito? "Dormiu?", perguntou Peder. "Só estava pensando", sussurrei. "Pensando no quê?" "No tempo." "O tempo é uma coisa que a gente inventou", disse Peder. "Exatamente como o dinheiro." Ouvimos alguns passos no jardim e corremos até a janela. Era o homem nu, Alain, que estava indo embora. Felizmente, não estava mais nu. Vestia um longo sobretudo e um cachecol preto que ele havia enrolado pelo menos oito vezes em torno do pescoço. Já na rua, voltou-se, acenou, apenas levantando o braço levemente e recolhendo os dedos. Não era para nós que estava acenando. "O que é que tem a sua mãe?", perguntei. Peder não disse nada até que o homem chamado Alain sumisse, e arrependi-me de ter perguntado, porque não queria dizer nada de errado, não queria estragar nada, era a última coisa que queria ter feito, porque havia sido admitido no quarto de Peder. "O que ela tem?" Engoli em seco. "Ela estava sentada numa cadeira de rodas", sussurrei. Peder deu de ombros. "Talvez ela goste." "Sim, claro", disse eu. Peder abaixou os ombros. Eu estava para perguntar outra coisa, mas resolvi ficar em silêncio. Ficamos quietos junto à janela. O tempo passava em Tóquio, no Rio de Janeiro e em Nova York. Em Frogner, havia parado. Era exatamente como se nós também houvéssemos nos tornado modelos, esperando, imóveis, em nossos corpos enquanto alguém nos desenhava, mas não sabíamos quem era que nos desenhava nem quando o desenho ficaria pronto. Por fim, Peder disse alguma coisa. "Sabe quantos pintos o Gustav Vigeland esculpiu?", perguntou. "Pintos?" "É, pintos." "Não", disse eu. "Cento e vinte e um", disse Peder. "E como é que você sabe?" "Porque contei todos, um por um. E são 122 se você incluir o Monólito." "E 123 se você incluir aquele da sala", disse eu. "Pois é, puta merda. Só tem uma coisa pior do que morar junto do parque de Frogner." "E o que é?" "Morar junto de uma igreja. Assim como a Vivian. Pense só na barulheira do domingo!" "Ou na véspera de Natal", disse eu. "Deve ser do cacete." Peder ficou me olhando. "Tem gente que diz que a mãe dela tem uma porta secreta que vai direto do quarto até a igreja." "Quem diz?" Peder deu de ombros novamente. "Gente. Mas deve ser só invenção." Foi então que o pai de Peder voltou para casa. Nós o ouvimos chegando muito antes de vê-lo. O Vauxhall enferrujado fazia mais barulho do que uma locomotiva bombardeada, e fez os últimos pássaros que estavam empoleirados na cerca viva lá no fundo do quintal levantarem vôo enquanto ele ainda estava fazendo o contorno da praça Solli. Uma meia hora mais tarde, ele entrou de ré na garagem, mas entrar de ré é um exagero, o carro na verdade pulou pelo portão, como se o pai não soubesse exatamente o que fazer com os pedais e os usasse como se fossem pedais de bicicleta, ou talvez houvesse algo de errado com o motor, mas provavelmente era as duas coisas. "Papai levou três anos e cinco meses para tirar a carteira", disse Peder. "Foram 208 horas de aula ao volante. Custou só um pouquinho mais do que o carro." Ouviu-se uma batida feia na garagem. Logo depois o pai saiu, com a pasta debaixo do braço, o chapéu na mão, ergueu o olhar para nós e sorriu como se nada tivesse acontecido. Peder abriu a janela. "Oi!", gritou o pai. "São os dançarinos que estão aí?" "E quantas vezes a polícia parou você hoje, pai?", gritou Peder de volta. O pai deu uma risada e apontou para mim. "Barnum! Você gosta de pudim de sangue com cebola crua?" Não deu tempo de responder, mas ele bem que viu a minha expressão de desânimo. "Nem eu, Barnum!" E então sumiu, e descemos correndo a escada e na sala a mesa já estava posta, e pelo menos não havia cheiro de pudim de sangue e cebola, mas de outra coisa que eu certamente nunca havia experimentado mas que cheirava bem, e a mãe entrou rodando com uma imensa travessa, e logo o pai entrou também, curvou-se e beijou a mãe de Peder num beijo bem demorado, e então pudemos nos sentar à mesa. E fiquei pensando que há pouco tempo havia um homem nu aqui, e que agora estávamos jantando na mesma sala. Tive que me servir primeiro, e o pai de Peder me acompanhou atentamente. "Comer não faz mal a ninguém", disse. "Não amole o Barnum", suspirou Peder. "Não estou amolando o Barnum. Eu só disse que tem mais de onde veio." Coloquei uma fatia de carne, quase transparente, no prato e passei a travessa ao Peder, e logo entendi que deveria ter passado para a mãe dele, do mesmo jeito que a gente se levanta para os idosos e doentes no bonde, e que já estava a ponto de estragar tudo de novo e ser expulso e convidado a nunca mais voltar, que era o que eu mais temia, mas já era tarde demais e Peder pegou logo duas fatias de uma vez e derramou molho até não sobrar mais espaço no prato. Ele voltou-se para mim, armado de garfo e faca e guardanapo. Não fui expulso. "Pato", disse ele. "Direto do parque de Frogner." "Fique quieto!", riu a mãe e atirou a argola do guardanapo dela, enquanto o pai salvava o resto da travessa. Mas Peder ainda não desistiu. "É sim. Mamãe sai para caçar patos na cadeira de rodas. Primeiro ela alimenta os patos. Então, ela torce o pescoço deles. Está bom, Barnum?" "Não lhe dê ouvidos", exclamou a mãe, e encheu o meu copo com suco de maçã. "É sim", disse o pai. "A mãe traz toda a comida do parque de Frogner. Peixes do tanque e cisnes da fonte!" "Não faço nada disso!" "E coelhos no inverno. Você sabia que tem coelhos no parque de Frogner, Barnum?" "Não lhes dê ouvidos!", riu a mãe. "Antigamente ela caçava com um cão perdigueiro, que puxava a cadeira de rodas. Exatamente como um trenó." E assim prosseguiram, até não agüentarem mais. E antes da sobremesa sobreveio um longo silêncio, satisfeito e sonolento. Nos entreolhamos e sorrimos. Eu nem sabia direito o quanto eu estava feliz. Aqui estava eu na sala da casa de Peder, jantando. Eu tinha estado no quarto dele. Eu havia me deitado do lado dele na cama. Aqui o Fred nunca poderia vir. Era meu, só meu.

O pai acariciou o cabelo da mãe. "Conseguiu desenhar alguma coisa hoje?", perguntou. Ela fez que sim e colocou a mão dele no colo. "Barnum diz que está pronto", disse ela. O pai voltou-se para mim, surpreso. "Você entende dessas coisas, Barnum?" Peder se levantou e tomou a palavra antes de eu responder, o que certamente foi a melhor solução. "Quando o Barnum diz que algo está pronto é porque está pronto. Pronto?" Meneamos todos e Peder tirou os pratos e levou-os até a cozinha, e demorou bastante. Quis segui-lo, mas permaneci sentado, porque ninguém havia dito que eu podia ir, e eu não queria ser ousado e fazê-los achar que eu era malcriado e ingrato. Queria que gostassem de mim, por inteiro. O pai acendeu um cachimbo e soltou uma nuvem de fumaça sobre a mesa. "Barnum", disse ele. "Sim", disse eu. "Barnum", repetiu. "Sim", disse eu, e pensei que agora era ele quem ia estragar tudo, se ele começasse a falar sobre o meu nome e ridicularizá-lo, como era o costume da maioria das pessoas. "Barnum", disse ele, pela terceira vez. "Eu tinha um selo com Barnum. Um selo americano muito raro." Foi quando Peder voltou com a sobremesa. "E essa a mamãe capturou no terreno dos cachorros", disse ele, e colocou a vasilha na mesa. "Orelhas de *poodle* com creme de leite!" Eram pêssegos ao creme, mas mal consegui comer, fiquei pensando no selo, um selo com Barnum, eu tinha, por assim dizer, meu próprio selo, o selo de Barnum, se algum dia eu ficasse rico eu iria localizar todos os selos que existissem com a efígie de Barnum e comprá-los e mandar um postal para todos os que haviam feito troça do meu nome, especialmente o padre, para ele eu mandaria uma pilha inteira, com meu próprio selo, *saudações Barnum*, ele não teria tempo de fazer outra coisa senão buscar cartões-postais meus, era bem isso que eu iria fazer. "Agora coma, Barnum", disse a mãe. "Antes que o Peder coma tudo sozinho." Peguei mais uma orelha de *poodle* e o pai voltou a acender o cachimbo, fazendo mais uma nuvem de fumaça. "Hoje veio uma senhora de idade na loja", disse. "Ela queria vender um selo. E perguntei para ela quanto ela estava querendo. Cinqüenta coroas, mais ou menos, respondeu ela. O selo dela valia pelo menos oitocentas." O pai teve que usar mais um fósforo, e ele mal conseguia nos ver no meio da névoa. Peder ficou impaciente. "Isso quer dizer que você ganhou 750 coroas", disse. Mas o pai balançou a cabeça. "Eu não podia fazer isso. Enganar aquela senhora, quero dizer." Peder estava a ponto de levantar-se da mesa, mas devia ter comido demais, porque não conseguiu completar o movimento. "Enganá-la!", gritou. "Mas foi ela quem deu o preço." "Sim, mas ela não entendia nada de filatelia, Peder." "E quanto você deu para ela?", sussurrou. "Eu dei o que achava que valia. Oitocentas coroas." Peder escondeu o rosto entre as mãos e suspirou fundo. "Acho que consigo vender o selo a um colecionador sueco por quase novecentas", disse o pai, e voltou-se para a mãe. "Isso dá cem de lucro." Ela pôs a mão sobre a do marido. "Você é muito bondoso", disse ela. "Ele é muito bobo!", urrou Peder. O pai tirou o cachimbo da boca e me fitou com um sorriso engraçado. "Não sou nem bondoso nem bobo. Sou apenas honesto."

Peder me acompanhou uma parte do caminho de casa. Ele precisava tomar ar. E a mãe quis nos acompanhar. Empurramos a cadeira dela ao longo da Kirkeveien e tomamos o atalho atrás das piscinas vazias e da torre dos saltos ornamentais, que parecia uma sombra branca contra o céu negro com a lua cheia plantada no meio de um anel inquieto de frio. Logo começaria a nevar. Peder colocou o cachecol dele em volta da mãe. De repente, eu disse uma coisa estranha. "Você veste bem a neve", disse eu. A mãe curvou-se para trás e olhou para mim. Achei que ela ia rir, mas ela limitou-se a sorrir, surpresa. "Obrigada", disse ela. "Foi uma bela frase, Barnum." Fiquei feliz por não ter que explicar o que eu queria dizer. Pois eu mesmo não sabia ao certo. Foi só uma coisa que vi, assim sem mais, que ela vestiria bem a neve. Seu cabelo ruivo. Cobre e neve. "Obrigada", disse, mais uma vez. E Peder pôs a mão sobre o meu ombro.

Então segui sozinho ao longo da Kirkeveien. Fui andando devagar, para que essa noite durasse o máximo possível. Junto ao quiosque da Esther, achei ver o Fred entrando pelo portão. Parei e retive a respiração. Mas devia ter sido só a lua me pregando uma peça. Ainda assim, fiquei lá, escondido atrás da árvore na esquina, até o perigo passar. A casca da árvore era fria e áspera contra o rosto. Eu não estava com medo.

Quando cheguei em casa, mamãe já havia ido deitar. Papai tinha viajado, porque a mala e o sobretudo não estavam lá. O Fred não estava no nosso quarto, estava vagando, e Boletta devia ter ido ao Pólo Norte de novo. Abri a porta da sacada e fiquei olhando a lua. Nunca a tinha visto tão grande, no meio de sua capa de frio e vento. Era a mesma lua que se podia ver em Røst e na Groenlândia, talvez até mesmo no Rio de Janeiro, desde que olhassem direito. Boletta falou uma vez sobre a doença da lua, que os sonhos ficam fortes como o aço quando a lua está cheia, porque o luar é uma chama que solda a realidade com todas as nossas fantasias. Durante a guerra, ninguém pegava a doença da lua, porque todos tinham que usar cortinas pretas de blecaute e não era permitido sair de noite, foi por isso que vencemos. Talvez fosse isso que dava na Boletta, quando tinha que ir ao Pólo Norte, a doença da lua, que não passava até que o sol empurrasse a lua para o lado e derretesse a costura do metal da escuridão. Fechei a porta, cerrei as cortinas e fui pé ante pé até o quarto da mamãe. Deitei-me na cama do lado dela, embora soubesse que não deveria mais fazê-lo. "O que foi, Barnum?" "Estou tão feliz", sussurrei. Mamãe virou-se para o meu lado. "Está feliz?" "Sim", disse eu. "Estive na casa de Peder." "Então também estou feliz, Barnum. Muito feliz." Fechei os olhos. "Você acha que o Fred também vai ficar feliz?", perguntei. Mamãe também fechou os olhos. "Tem raiva demais dentro do Fred, Barnum. Raiva demais. Agora, vamos tentar dormir, está bem?"

Mas não consegui conciliar o sono. Fiquei deitado, acordado. Deixei o dia ficar em mim. Inspirei fundo e daí senti o gosto que ainda pairava no quarto, o gosto do vinho escuro, que se formou em uma onda no meu sangue e em um redemoinho na minha cabeça, eu ri, mamãe fez psiu, e fui rindo para dentro do sono, e assim fecho esta recordação, este quadro noturno luminoso, banhado em luar e em vinho Málaga.

O Labirinto

Certa vez, Peder perguntou-me qual era de verdade a minha primeira lembrança de Fred. Por onde deveria começar? Qual o quadro que deveria escolher, na pilha das recordações que eu guardava num recesso escuro que raramente tinha a coragem de abrir? E esses quadros não se misturavam uns aos outros, os intervalos, os anos que os separavam não eram apagados quando eu olhava para trás, de tal modo que os quadros não permaneciam mais cada um em seu lugar, porque as recordações são sempre impuras, mas coladas em uma seqüência diferente, armazenadas em exposições duplas, impossíveis de serem separadas, em uma outra lógica, em uma cronologia distorcida, que são as marcas do relembrar, como as marcas pisadas pelo menino no labirinto de *O Iluminado* a que aguardávamos o momento de assistir no Cine Saga. De início, não quiseram me deixar entrar e tive que mostrar meu comprovante de idade, e Peder, que ainda era assustadiço, mas só quando assistia a um filme, me segurava na mão cada vez que os dois gêmeos assassinados apareciam no mar de sangue. Ele poderia ter perguntado qual a primeira lembrança que o Fred tinha de mim. O que Fred pensou quando se inclinou sobre o carrinho de bebê e viu aquele menininho deitado quietinho lá dentro estendendo as mãozinhas na direção dele? Seria essa a nossa primeira lembrança, nossa imagem comum, quando ele sacudiu o carrinho, para me fazer dormir ou para me assustar? Foi aqui que começamos? Peder ergueu a taça e brindou. "Você não se recorda", disse ele. Bebi. "Eu odeio a expressão 'de verdade'. Você sabe que odeio a expressão 'de verdade'." "Tudo bem", disse Peder. "Então não digo mais. Qual é a sua primeira lembrança do Fred?" E pensei: não naquilo que os outros me contaram, que foi enfiado na minha memória e que passo adiante, como se eu estivesse lá quando aconteceu, antes do meu tempo, fora do meu tempo, no banco de trás do táxi em que ele nasceu, ou no meio-fio da esquina da rua Wergeland, quando a Velha morreu, não, não é disso que me lembro, a primeira lembrança que tenho de Fred é assim: seis meias de náilon, o cheiro de Málaga e Boletta que, com a voz pausada, lê a carta do nosso bisavô, *A bordo do SS Antarctic, 17-8-1900*, e quantas vezes não leram a carta, quão fino não ficou o papel dos dedos que cuidadosamente a folhearam, quão gastos não estão os cantos do envelope de onde tiram cuidadosamente essas folhas, e cada vez é igualmente solene, cada vez é como se fosse a primeira vez, e, de vez em quando, a Boletta quebra a voz e então ouvimos os copos sendo enchidos de novo, e as migalhas caírem dos bolos secos, enquanto as três mulheres fazem uma pausa. Porque Fred e eu nos sentamos debaixo da mesa da sala de jantar. Consigo contar seis joelhos, dois estão com furos, são os joelhos da mamãe, e a Velha tirou os chinelos, o dedão do pé atravessando a meia fina em um dos pés, e Boletta bate o ritmo quando lê. Mal há lugar para o Fred, mas eu fico bem acomodado, apoiado nas costas de Fred, sinto o calor dele, e ficamos no maior silêncio possível, retemos a respiração, não queremos perder nem uma palavra, e, por fim, Boletta prossegue: *"Tivemos uma excelente viagem até aqui, ancoramos ao largo da ilha desabitada Jan Mayen, onde permanecemos durante dois dias enquanto os cientistas iam a terra. Antes de nossa chegada, o sol já se punha alto no horizonte à meia-noite. Pouco depois de deixarmos essa ilha, atingimos o gelo, adentramos, cuidadosamente, em sua massa, mas o gelo tornou-se a cada momento mais compacto, e, decorridos dois dias, tivemos de retornar e sair do gelo, e seguimos para o norte, passando por áreas de gelo mais ou menos compacto, por vezes, quando fazia bom tempo ou não havia como avançar, atracávamos junto a um iceberg para tirar uma série de temperaturas, isto é, para investigarmos a temperatura do oceano em diversas profundidades, além de medirmos a profundidade, temos aparelhos a bordo que nos permitem fazer medições de até 4 mil braças. Tanto quanto me recordo, a maior profundidade que chegamos a medir foi de 1.600 braças."* "Minha nossa!", sussurra a Velha. "Que coragem, 1.600 braças!" "Psiu!", diz o Fred, bem alto. Então faz-se um silêncio completo por um instante. E, de repente, Boletta retoma a leitura, em voz alta e clara: "*Não necessito temer que vocês venham a estar com os mexeriqueiros, porque não gostaria que nada disso viesse a dar nos jornais!"* Então a toalha de mesa é levantada e o rosto da mamãe aparece, ela nos contempla, espantada, mas eu acho que ela apenas finge espanto, ela certamente já sabia que estávamos lá. "Adivinhem quem se esconde debaixo da mesa?", sussurra a mamãe. E agora a Velha e a Boletta também têm que espiar, é quase como se suas cabeças estivessem penduradas ao avesso, eu fico alegre, mas Fred continua sério. "Mais", diz ele. "Mais." Mamãe suspira. "Não, agora chega. Isso não faz bem para o menino." É de mim que ela está falando, ou do Fred? Não nos faz bem ouvir o resto, ou ela não quer que fiquemos debaixo da mesa? Fosse o que fosse, a leitura foi interrompida aquela noite. Boletta voltou a carta para o envelope e amarrou uma linha azul em volta, para que nenhuma folha caísse para fora, e o todo foi colocado na gaveta inferior do aparador. Rastejamos para fora de nosso esconderijo debaixo da mesa, atrás da toalha. Mas não havia terminado ainda, porque a Velha havia ganho impulso, como se as lembranças fizessem fila dentro dela e empurrassem. Ela me pôs no colo, e vi o olhar de Fred, quando a Velha me abraçou e deitei a cabeça no peito dela, vi a inveja nos olhos dele e também outra coisa, desprezo, não encontro outra palavra, inveja e desprezo, mas ele não foi embora, sentou-se no chão, no canto, porque sabíamos o que ia acontecer agora. Boletta apagou todas as luzes, cerrou as cortinas e acendeu uma vela. Mamãe fritou fatias de maçã na cozinha e logo o cheiro da maçã misturou-se ao escuro e a Velha suspirou, satisfeita. "Agora é a hora do blecaute de novo", sussurrou. "O que querem ouvir?" "Sobre a carta", sussurrei. "Sobre a carta!" "Não amole", disse Fred, lá do canto. E quando a Velha ia contar, começava sempre de outro ponto, como se quisesse entrar na história lateralmente, fazia longos desvios, esticava nossa paciência, aguçava nossa expectativa, falava da cidadezinha de Køge onde ela nasceu, e sobre a qual Hans Christian Andersen já escreveu, ela falava sobre a espinha do bacalhau com a qual faziam xícaras, açucareiros e jarras de creme, e sobre partes da cabeça do bacalhau, que colavam formando figuras em caixinhas em que podiam esconder suas coisas secretas. Comi fatias de maçã e cochilei; a escuridão e a fala lenta da Velha me davam sono. Mas, de repente, lá estava ela, no trampolim da história, pronta para dar o grande salto. "E então aconteceu que um jovem marujo ficou caído por mim", disse ela. Acordei. "Ele ficou caído por você?", perguntei. Fred resmungou. A Velha cantarolou. "E eu caí por ele, Barnum. Caímos tão forte um pelo outro que ouviram o eco até em Copenhague, no país inteiro." "Também não precisa enfeitar tanto", disse Boletta. A Velha tomou um golinho de Málaga. "A Dinamarca não é tão grande assim, daria bem para ouvir em todos os cantos do país." "Continue", sussurrei. E a Velha continuou. "Foi no tempo em que eu era a Moça, quando o mundo ainda estava no século passado. Mas a nossa felicidade conjunta ia durar pouco. Em junho de 1900, ele embarcou no navio *Antarctic*, que ia fazer uma viagem até a Groenlândia. E ele, que se chamava Wilhelm e é o bisavô de vocês, nunca mais retornou para mim e ficou por lá, no grande gelo." A Velha silenciou. Eu ouvi o coração dela batendo junto do vestido, batia devagar e duro, fazendo as mãos dela vibrarem. Eu estava a ponto de chorar. "Não pare agora", sussurrei. A Velha passou os dedos entre os meus cachos. "Talvez seja só agora que a história começa, Barnum. Porque um ano mais tarde, quando Boletta havia nascido, recebi a visita de um senhor da empresa de navegação, e ele trouxe consigo uma carta que haviam encontrado na jaqueta de Wilhelm, no dia em que ele desapareceu. E é a mesma carta que está ali na gaveta." A Velha teve que repousar. Comeu da maçã frita. Esperamos. Lá longe, a senhora Arnesen tocava o piano, sempre a mesma melodia. "Continue", sussurrei. "Continue!" "Não enche", disse o Fred. E a Velha prosseguiu. "Quando li a carta, era como se o meu Wilhelm falasse direto comigo. Ele havia desaparecido, mas falava comigo. Era tão estranho. Dava para ouvir a voz dele nas palavras, na tinta seca, na escrita que ele havia feito tão cuidadosamente lá no meio do frio. Mas não posso deixar de pensar que se ele tivesse vestido a jaqueta, talvez estivesse vivo." Boletta suspirou. "Daí a carta poderia também ter sumido", disse ela. Ficamos pensando sobre isso. Fred levantou-se, mas logo sentou de novo. Era o cheiro forte da maçã frita no escuro. Nos retia no lugar. Era a casca que estalava na boca, doce e acre. A Velha assoou o nariz. "E depois entrei no cinema", sussurrou. "Porque diziam que eu era a moça mais guapa da Dinamarca." Olhei para ela. Ela pendia como uma ruga sobre mim, o rosto lembrava uma imensa uva-passa. "O que quer dizer guapa?", perguntei. "Bela", sussurrou a Velha. Olhei ainda mais intensamente para ela. "Então mentiram para você", disse. A Velha riu e me colocou na cama. Fred ficou muito zangado, porque tinha que se deitar na mesma hora, mas, por algum motivo, não se negou a fazê-lo. Ficamos deitados, acordados, no escuro. "Você não deveria ter dito isso", disse. Fiquei com medo. Eu tinha feito alguma coisa de que Fred não gostou. "O que foi?" "Que eles mentiram." "Não foi por querer, Fred." "Você disse. Não diga nunca mais." Enfiei o rosto no travesseiro e chorei. "Quer que eu leia para você?", sussurrei. Fred atirou uma fatia de maçã no chão. "Ler o quê, baixinho?" Fiquei pensando. "Se a gente for pegar a carta, posso ler o resto para você." Fred ficou também em silêncio por um bom tempo. "Ninguém pode mexer naquela carta", disse, por fim. "Só a Boletta e a Velha. E a mamãe." Fred ficou de novo em silêncio. "Depois, você não sabe ler." Sentei-me na cama. "Sei, sim." "Não", disse Fred. "Sei ler, sim." "Não", disse Fred. "Você é muito novo." Eu me deitei de novo. Estava a ponto de chorar. "A, b, c", sussurrei. "O que você disse?" "A, b, c, d, e, f, g", disse eu. Agora foi o Fred que se levantou. "Que diabos você está fazendo!", gritou. "H, i, j, k, l, m, n, o, p", disse eu, tão depressa quanto pude. "Eu sei ler! Q r i s t!" Fred saltou da cama e veio na minha direção, e eu não sabia o que ele tinha em mente, o que ele estava a ponto de fazer, só vi que uma das mãos estavam cerradas e afundei-me debaixo do edredom e torci para que ele não me encontrasse no escuro. Mas, de repente, ele parou, junto à janela. Ficou lá, parado. Depois de um tempo, tive coragem de espiar. E vi então que Fred estava segurando um lápis com ambas as mãos, abaixou-se e traçou um risco imenso ao longo de todo o chão, dividindo o quarto bem ao meio. E cada vez que a mamãe removia o risco, o Fred traçava um novo, e, por fim, ela desistiu e deixou ficar o risco que dividia o quarto em dois. E é essa noite, ou outra noite, em que o papai, Arnold Nilsen, volta para casa com uma lavadora? Dá no mesmo. Ele volta hoje de noite. É por isso que Fred não vai se deitar de novo. Ele fica parado, ouvindo. Fazem uma barulheira danada na escadaria. O papai está carregando uma lavadora nas costas e acorda o prédio inteiro. Não faz mal. Ele pode fazer todo o barulho que quiser, porque ele está voltando para casa com uma lavadora. Mamãe nem acredita no que vê e tem que segurar a mão da Boletta, e a Boletta já está segurando a mão da Velha. Papai bufa como um alce e está com o rosto todo vermelho, mas ainda tem forças suficientes para sorrir. "Aqui estou eu", sussurra. "Abram alas!" E ele leva a lavadora direto para o banheiro e a põe no chão e senta-se na beirada da banheira e seca o suor e acalma o seu coração disparado, enquanto a mamãe vai buscar uma cerveja para ele, é meia-noite e ainda não dá para acreditar. Ele toma a garrafa inteira de um só gole e ficamos fitando-o. "Acabou-se o tempo em que vocês tinham que se matar de cansaço com baldes e tábuas de esfregar!", diz, por fim, e olha para a mamãe, Boletta e a Velha, nessa ordem. "Porque agora eu trouxe o progresso para esta casa!" Ele se levanta da banheira como um rei sol. "E como foi que você arrumou isso?", sussurra a mamãe. O olhar do papai fica impaciente, um puxão no canto do olho, uma sombra sobre o sorriso. Mas essa noite está boa demais para se deixar irritar. Em vez disso, abraça a mamãe e a beija tão intensamente que ela tem que afastá-lo à força. "Isso é o de menos", diz o papai e ri. E então começa a aparafusar e acoplar e solta tudo quanto é palavrão, porque tem que fazer tudo com uma única mão, mamãe põe as mãos sobre os meus ouvidos e Boletta afasta o Fred, enquanto a Velha só suspira e balança a cabeça, inconformada com todo esse progresso que cabe no banheiro apertado. Mas o papai mais uma vez se ergue em triunfo. Finalmente, um botão na tampa se acende e ele aponta para a sua obra com a mão sã. "Quando se aperta o interruptor elétrico, obtêm-se lavagem, enxágüe e centrifugação, nessa ordem, nem mais, nem menos. Afora isso, devo dizer que a máquina tem um elemento regulável, bomba automática, pulsador lateral e recipiente em aço inoxidável." Faz-se um longo silêncio. Estamos mudos. Estamos mudos de admiração, e o papai aproveita cada segundo. Ele nos tem na palma da mão. Ele faz surgir uma caixa de sabão em pó. "O que é que vocês estão fazendo aí, de boca aberta? Tragam logo a roupa mais suja que vocês tiverem!" Mas o que deveríamos trazer? Deveríamos começar lavando as cortinas, a roupa de cama, as meias, os panos de chão, as calças ou talvez todos os lenços? Continuamos lá, parados, um grupo unido no meio do banheiro, nem o Fred se mexe, e papai ri de toda essa incompreensão e paralisia, é o riso superior, o riso paciente e inocente de uma noite generosa. "Então tenho que pedir que alguém vá buscar a roupa mais chique que tiver", sussurra. E a mamãe some por um breve instante e retorna com as meias de náilon. Boletta está para protestar, mas papai anula a oposição com mais um sorriso. "Lã, seda e roupas mais finas lavamos em água morna em um minuto, diz", baixinho. Então, solta as meias, uma por uma, na máquina, fecha a tampa, despeja o sabão em pó em uma pequena gaveta, gira a torneira e põe o dedo sobre o interruptor. Temos que nos aproximar um pouco mais. Ele gira o interruptor. Logo ouvimos um barulho, um zumbido suave, que pouco a pouco vai aumentando, a máquina começa a tremer, a trepidar, um motor furioso em ponto morto. Mamãe está pálida, Boletta não tem coragem de olhar, e a Velha continua a suspirar, isso não é progresso, é a insanidade que se mudou para nossa casa. Papai fica ligeiramente nervoso por um instante, seu sorriso está por um fio, e ele se espalha sobre a máquina para que não saia do lugar, não pode tombar, aqui há forças maiores do que nós, uma máquina dessas pode conduzir um navio expresso de Svolvaer até Bergen e de volta antes do enxágüe. Estou logo atrás do Fred, que ri a ponto de verter lágrimas, e o papai está a ponto de lhe dar um tapa, mas, repentinamente, a máquina silencia, sai vapor da tampa, o motor morre, papai olha satisfeito para o seu relógio de pulso e conta os últimos segundos antes de o minuto se completar. Então, abre a tampa, retira as três meias e deixa-as dependuradas na mão arrebentada. Brilham e, não só isso, até os rasgos nos joelhos estão consertados, eu juro, estão inteiras e limpas e têm um cheiro adocicado, estão praticamente novas, aliás, estão ainda melhores do que quando novas, e mamãe, Boletta e a Velha vestem suas meias ressuscitadas e têm que dar uma volta no apartamento com suas pernas limpas. Papai puxa a mim e o Fred de lado. "Agora vocês viram como se faz", sussurra. E essa é uma noite que nenhum de nós irá esquecer. Então ele tira a camisa e a enfia na máquina e quer também os nossos pijamas, mas mamãe vem e nos manda de volta para cama, mas não dormimos, ficamos deitados ouvindo a canção da lavadora, e, quando tudo volta a silenciar já é quase de manhã, voltamos ao banheiro, onde a camisa do papai está pendurada, secando, e nos sentamos de cócoras. Fred passa os dedos sobre a pequena etiqueta logo debaixo do interruptor e eu fico sentado do lado dele, tão perto quanto minha coragem permite. Ele tem o rosto sério, morde os dentes e passa o dedo lentamente, de uma letra para outra. "LAVADORA", soletra, igualmente devagar, diz cada letra em voz alta. Não é lavadora o que está escrito na etiqueta. É Evalet. Fred volta-se para mim e sorri. Eu sorrio também. Mas não digo nada, é tão difícil ele me olhar desse jeito, sorrindo, está orgulhoso e desdenhoso ao mesmo tempo. Eu não digo que o que está escrito é o nome da lavadora, Evalet, e não lavadora. E ficamos sentados no chão frio do banheiro, debaixo da camisa do papai, e Fred passa e repassa os dedos sobre as letras. "Lavadora", sussurra.

E me recordo das pequenas etiquetas que mamãe costurou em nossas roupas, com os nossos nomes, para que ninguém trocasse as roupas na aula de educação física, na piscina de Frogner, na escola de dança ou no dentista. Tornou-se quase uma mania da mamãe, depois que ganhamos a lavadora. Todas as nossas roupas tinham nome, as camisas, as malhas, as meias, a jaqueta de pelica, as ceroulas, os gorros, as luvas, até as cuecas foram equipadas com etiquetas: Fred Nilsen, Barnum Nilsen. As roupas nunca mais iriam se perder.

Mas é agora, quando tudo já aconteceu há muito tempo e foi superado, que me recordo do labirinto, do menino em *O Iluminado* que foge entre as cercas vivas cobertas de neve, e de Peder que me segura a mão no Cine Saga, mesmo quando já temos trinta anos de idade, mas continuamos assustadiços, cada um a seu modo. E, no fundo do ouvido, onde o nervo auditivo começa, também há um labirinto. Está cheio de um líquido transparente, levemente pastoso, a água acústica, e se parece com um desses caramujos que a gente encontra à beira da água no verão e usa como isca. Devia haver um labirinto no olho também, bem no fundo, mas o olho é só músculo e lágrimas, e vejo Fred que passa o dedo, lentamente, pela poeira debaixo da mesa na sala, ao longo da carta, passando pelas meias de náilon, sobre o risco que divide o nosso quarto e até a lavadora, e ele sussurra enquanto tenta soletrar a escrita dos nossos dias. "Você não devia ter dito isso, Barnum." Fico com muito medo. "O quê? O que é que eu não deveria ter dito?" "Que mentiram para a Velha", diz o Fred.

O Caixão

Fred voltou para casa com um caixão. Era de noite. Eu havia acabado de cair no sono. Acordei com o barulho dele no pátio interno, arrastando alguma coisa pesada sobre a neve, e logo depois ele chamou o meu nome, com a voz baixa. Levantei-me, tão silencioso quanto possível, com medo do que o Fred poderia ter inventado de fazer. Abri a janela e espiei para fora. E lá estava o Fred passando pelos varais, que pendiam pesados com a neve úmida, quase tocando o chão. Ele puxava um trenó, e em cima do trenó havia um caixão, um caixão branco. Ele parou junto à entrada de serviço e olhou para cima, na direção da janela onde eu estava, me enregelando. Sua respiração flutuava como uma nuvem cinzenta ao redor do seu rosto. "Como é, você vem ou não vem me ajudar?"

Vesti-me rapidamente e atravessei o apartamento, na ponta dos pés. Os outros estavam dormindo. Espiei pela fechadura do quarto dos meus pais, vinha uma forte corrente de ar do buraco da fechadura. Não dava para ver a mamãe, deitada atrás do papai, que estava de bruços e parecia uma baleia morta. Se ele se deitasse sobre a mamãe, ela morreria na hora. Ouvi o silvo de sua respiração, vindo do seu nariz torto. Não podia ser verdade, que o Fred tivesse trazido para casa um caixão. Eu devia ter me enganado. Mas quase tudo com o Fred era de verdade. Eu queria voltar para a cama e fingir que ainda era um sonho. Em vez disso, fui até a sala de jantar e ajeitei o edredom em cima da Boletta, para ela não se resfriar. Enquanto o papai ficava cada vez maior, a Boletta estava encolhendo. Se continuasse assim e ela ainda vivesse bastante, no fim não sobraria nada dela. Seria um jeito bem estranho de morrer. Seu rosto lembrava uma múmia que eu tinha visto numa foto na *National Geographic* e que tinha permanecido debaixo de uma pirâmide por mais ou menos dois mil anos. Coloquei a mão com cuidado na testa dela, mas havia parado de beijá-la, tinha gosto de óleo de fígado de bacalhau. A testa era vincada como uma carteira, e ela sorria no sono. É óbvio que eu devia ter me enganado. Fred não ia conseguir pôr a mão num caixão. Então desci correndo a escadaria de serviço. Fred estava bem impaciente quando cheguei. Ele havia acendido um cigarro. Seus dedos estavam amarelados. "Teve que tomar um banho primeiro, ou o quê?" Eu não desgrudei o olhar do trenó. Eu não havia me enganado. Era mesmo um caixão que estava lá. "O que é isso?", perguntei, baixinho. Fred apertou um dedo na minha têmpora, com força. "O que você acha?" "É um caixão?" "Não, Barnum. É um trenó de corrida. Um trenó individual. Vou fazer treinamento para a Olimpíada. Ficou bobo, Barnum?" "Mas onde foi que você arrumou isso, Fred?" "Isso não importa."

Ele tirou o dedo da minha têmpora e me deu o cigarro para tragar. Era um daqueles cigarros fortes, sem filtro, que a Velha havia deixado, eram secos como a palha e certamente haviam sido fabricados na época em que o rei Haakon pôs os pés em solo norueguês. Tossi loucamente. Fred arrancou a bituca da minha boca e atirou-a na neve. Nem assim ela apagou. Deu-me uma palmada nas costas. "O que você acha, Barnum? Vamos acordar o prédio todo ou não?"

Engoli tabaco e levantei o olhar. Sobre nós, todas as janelas estavam escuras. Lá dentro, a maioria ainda estava dormindo e não fazia idéia do que estava acontecendo a seu redor. E pensei comigo que mais ou menos metade da vida, e talvez mais, porque muitos dormem quase o domingo inteiro, não sabemos de nada, metade da vida estamos mortos nas nossas camas, e o restante da vida gastamos estendendo as camas. Eu havia esquecido de fechar a nossa janela. Essa noite eu iria me resfriar. Essa noite eu iria sumir. Fred me empurrou na direção do trenó. "Vamos logo. Ficou besta?"

Vi o cigarro que terminava de queimar, como um olho na neve, onde afundava. Pegamos cada uma das extremidades do caixão e o carregamos pela escadaria de serviço. Ao final de cada lance, tínhamos que descansar um pouco, e permanecemos em silêncio para não acordar ninguém. Eu ia à frente, o Fred atrás, e, no sótão, o frio era seco e áspero, e raspava o rosto, porque os aquecedores estavam desligados ou quebrados, quase ninguém mais usava o sótão para secar a roupa. O vento fazia as paredes rangerem. Balancei. Era como se tudo estivesse em movimento, assim como no mar, e eu acompanhava o movimento. Balancei. A lâmpada no teto estava quebrada, mas o Fred havia pensado nisso também. Ele trazia consigo uma lanterna, enfiou-a na boca, para que pudesse iluminar o caminho e carregar o caixão ao mesmo tempo. Eu nunca teria pensado nisso. Mas também não teria voltado para casa no meio da noite com um caixão. Num varal frouxo, alguém havia esquecido uma ceroula, toda amarelada, que se estendia até o chão, como se quisesse pular fora e sair correndo, para nunca mais voltar. Então o facho de luz deslocou-se, uma teia de aranha, uma chave enferrujada, uma garrafa vazia de aguardente, um jornal velho jogado no chão, que folheava a si mesmo. Levamos o caixão até a despensa mais interna e o colocamos lentamente no chão. A lua estava pendurada na clarabóia. Um pó preto erguia-se das caixas vazias de carvão, dispostas ao longo da parede. Eu já havia estado aqui antes, mas, de repente, parecia fazer muito tempo, e agora tudo estava diferente. Eu não ia quebrar o braço. Só estávamos trazendo um caixão. Mamãe não queria que viéssemos aqui. Fred soltou a lanterna da boca e jogou o facho de luz diretamente no meu rosto. Tapei a vista. "Até que não estava muito pesado", sussurrei. Fred riu. "Você achou que tinha alguém dentro dele?"

Não respondi. De repente, o Fred atirou a lanterna para mim, um arco amarelo no meio da escuridão, e mal consegui apanhá-la. Dirigi a lanterna na direção da porta, talvez houvesse alguém lá que não tivéssemos percebido. Eu queria esvaziar a escuridão e enchê-la de luz. Eu queria enxergar. "Era aqui que a mamãe secava as roupas", disse Fred. Foi então que o vi, o pássaro morto, deitado logo abaixo da lua na clarabóia, não havia sobrado quase nada, só o esqueleto de uma asa que havia grudado no pó preto e parecia quase uma pegada. Aproximei-me. Dava para ver um olho também, uma esfera enrugada, parecendo uma uva-passa. Fred puxou o meu braço e me afastou. "Ilumine para mim", sussurrou.

Tive que segurar a lanterna com as duas mãos, iluminando o caixão. Fred tirou a tampa. Era vermelho por dentro, forrado com algo que parecia seda e que se estendia com dobras nas laterais. Tinha um travesseiro também, parecia até confortável deitar-se lá. De repente, senti um frio pela espinha, uma avalanche gelada soltando-se da nuca. Fred voltou-se para mim e sorriu. "Muito chique", disse.

Então ele tirou a jaqueta e deitou-se no caixão. Dobrou as mãos sobre o peito e ficou deitado lá, imóvel, com os olhos bem abertos. Achei que ele ficou mais pálido e mais magro, como se suas faces tivessem sido furadas e a cabeça tivesse murchado. Agarrei-me na lanterna e segurei-a tão firme quanto possível, e talvez fosse só essa luz pálida, e a lua opaca, que fazia com que ele parecesse morto, as cores escorreram dos seus olhos e ele ainda não havia se mexido. "Deixe disso, Fred", sussurrei.

Vinha uma lufada fria da clarabóia. Havia gelo nas esquadrias. Dava para ouvir a neve, blocos de neve que se desprendiam e escorregavam telhado abaixo. Queria saber que horas eram, quanto tempo havia se passado, mas não tive coragem de olhar. A lua desapareceu. Minha sombra iria logo se confundir com o restante da escuridão.

"Fred? Por favor, Fred." Mas ele continuou deitado lá, com as mãos cruzadas e o olhar fixo, esvaziado, como se tudo que ele tivesse visto não mais existisse, como se eu não existisse nem a lanterna na minha mão ou a luz que passava por ele, e, de repente, não reconheci mais o Fred, era como se fosse um estranho deitado no caixão, morto.

Foi então que ele falou, baixinho e sem olhar para mim. "Agora coloque a tampa no lugar, Barnum." Tropecei. "Não", disse eu. "Faça isso. Ponha a tampa."

"Por que, Fred? Será que é preciso?" "Só faça como estou mandando, Barnum. Ponha a tampa. Depois, vá para a cama e fique de bico calado." Aproximei-me novamente. "Você vai ficar aqui?", sussurrei. "Acho que sim." "Mas o que vou dizer se a mamãe perguntar por você?" "Já disse. Fique de bico calado. Venha logo com essa tampa, porra." "Não quero, Fred." "Você prefere ficar deitado aqui, Barnum? Hein?" "Não, Fred." "Posso te arrumar um caixão de criança. Você não precisa de um grande."

Depositei a lanterna no chão e levantei a tampa. Acho que chorei um pouco, mas fechei os olhos para ele não perceber. Eu odiava ele. Ele bem que podia ficar aí no caixão. Eu devia atarraxar a tampa, para que ele nunca mais saísse. Eu não ia dizer para ninguém onde ele havia se escondido. Ele iria morrer de fome, ou de sede, mas antes disso ficaria sufocado, tanto fazia, desde que ele morresse e ninguém o encontrasse antes de ser tarde demais. E quem teria a idéia de procurar por ele aqui? Consegui colocar a tampa no lugar, abaixei-me para pegar a lanterna e, no mesmo instante, ouvi dois sons, um era o riso do Fred, ele estava rindo dentro do caixão, e o outro barulho que ouvi era um crepitar fraco e, antes que eu conseguisse me levantar, a lanterna apagou na minha mão e a escuridão me cercou, enquanto o Fred continuava a rir, e é disso que me recordo, o riso e a escuridão, nessa ordem, mas, com o passar do tempo, e quando me recordo dessa noite no sótão, a lembrança do riso e da escuridão se misturaram, não eram dois eventos que se seguiram um ao outro, o riso de Fred no caixão e a lanterna que se apagou, eram simultâneos, inseparáveis, e por isso não posso mais ouvir alguém rindo sem sentir o peso de uma escuridão que cresce nas minhas mãos trêmulas.

Deixei cair a lanterna. Bateu no chão com um baque. Agora fez-se um silêncio no caixão. "O que foi, Barnum?" "Acabou a luz", sussurrei. "Por mim, tudo bem", disse Fred lá dentro. "Saia daí", pedi. "Não consigo enxergar nada." Fred suspirou, e acho que esmurrou a tampa. "Agora vá embora, Barnum! Não preciso mais de você!"

Encontrei a porta. Arrastei-me ao longo da parede. Acreditei ouvir o barulho de asas, um pássaro, batidas de asas no escuro, talvez fosse um morcego, talvez fosse apenas o riso de Fred. Então, vi-me junto da escada, vinha luz de baixo e corri na direção dela.

Todos dormiam. Deitei-me com a roupa toda. Não dormi. Fiquei deitado, acordado no sono dos outros. Tudo estava em alguma outra coisa. Queria que amanhecesse logo, que a manhã chegasse com sua borracha reluzente e apagasse o escrito da noite. Fred que não conseguia nem soletrar caixão. Fui até a sala, abri a gaveta do aparador e tirei a carta de Wilhelm. Tentei ler um pouco, mas a leitura também não me tranqüilizou. *A tripulação compõe-se do primeiro-tenente da Marinha G. Amdrup, o subcanhoeiro Jacobsen, o ferreiro Nielsen, o imediato Løth, o bacharel Hartz, botânico e geólogo, o Dr. Deichman, médico e naturalista, o geólogo Bacharel Jensen, o zoólogo e pintor Ditlevsen, bem como o assistente Madsen, do Jardim Zoológico, cuja tarefa era capturar um bezerro almiscareiro e trazê-lo a Copenhague.* Se pudesse escolher, seria subcanhoeiro, ou talvez Madsen, que iria buscar um bezerro almiscareiro. Mas talvez nenhum deles tivesse regressado, talvez eles também tenham ficado por lá, *no gelo e na neve*, no grande silêncio branco que os prendeu na morte eterna.

Boletta estava me observando. Eu percebia os seus olhinhos coçando-me na nuca. Coloquei a carta de volta no envelope, fechei a gaveta e virei-me para ela. Estava deitada, sorrindo. Ela disse uma coisa estranha. "Quantos anos você tem mesmo, Barnum?" Eu disse a minha idade, embora ela certamente soubesse. Boletta sorriu com todas as suas rugas. "Dentro de sete anos você vai ter a idade do meu pai." Tive que me aproximar. "O que foi que você disse, vovó?" "Eu nunca cheguei a conhecê-lo. E se o encontrasse hoje, eu seria três vezes mais velha do que ele. Uma velha bruxa encontrando o seu belo e jovem pai. Pense nisso." "Você ficou calculando isso por muito tempo?", sussurrei. Boletta segurou na minha mão. "Calculo todo santo dia, Barnum. É o que segura a minha saúde." Ela soltou os meus dedos, e dirigi-me até a porta. Ouvi-a sentando. Talvez já fosse acrescentar mais um dia na sua matemática. "Como vai o seu novo amigo?", perguntou Boletta. Virei-me. "Peder? Tudo bem. Vou encontrá-lo hoje de noite. Quero dizer amanhã. Ou hoje." Boletta voltou a sorrir, mas desta vez de um jeito triste, a boca era apenas uma dobra no rosto enrugado. "Você tem que cuidar do Fred", sussurrou. "Eu? Eu não posso cuidar do Fred", disse eu. "Pode sim, tem que cuidar do Fred também, Barnum. Logo agora que você está tendo outros amigos." "Ele não precisa de mim", gritei. "Pois é agora que ele precisa de você. Não é tão fácil para o Fred conseguir amigos."

Corri até o meu quarto. Estava quase com raiva. Mas não tive coragem de voltar para o sótão. Fiquei sentado junto à janela até a primeira claridade aparecer como um risco no horizonte, entre a lua pálida e a cidade. O Fred não desceu. Saí antes dos outros se levantarem, antes do café da manhã, nem a Esther havia tido tempo de abrir o quiosque e ela ia ter que remover no mínimo uma tonelada de neve antes de conseguir abri-lo. Removi quase toda a neve para ela com uma pá que encontrei junto do portão, assim pelo menos uma pessoa ficaria feliz no dia de hoje. Porque eu tanto queria quanto receava. Era assim que era. Queria a neve mas tinha medo das bolas de neve. Queria encontrar Peder mas receava o que poderia acontecer. O que antes havia apenas intuído, como uma suspeita, uma sensação, de repente ficou muito claro, escrito em todas as letras no meu pensamento, que toda alegria tem que ser paga com angústia, e que o riso é a voz da escuridão. Fred morava no fundo de mim, mas como é que eu, o pequeno Barnum, iria cuidar dele? Era o Fred quem tinha que cuidar de mim.

A primeira coisa que recebi quando entrei no pátio da escola foi uma bola de neve bem no meio da cara. Não era muito dura, mas bem molhada, derreteu assim que me atingiu, escorrendo para dentro da camisa. Bati os dentes e ri. E mais não vale a pena relatar, fora que no último intervalo foi a minha vez de jogar uma bola de neve. Mirei a janela aberta da cozinha. Foi um lançamento muito bom. Ouvi panelas que despencavam e frigideiras que tombavam. Na aula seguinte, o orientador passou de classe em classe para encontrar o culpado. Levantei o braço voluntariamente e fiquei retido por 45 minutos depois da última aula. Eu não tinha nada contra. Depois, tive que escrever trinta vezes, em caligrafia: *É proibido atirar com bolas de neve.* Quando terminei, comecei uma nova folha. Nesta, escrevi: *É proibido deitar-se num caixão antes de morrer,* 19 vezes. Então terminou o castigo e pude voltar para casa. Não havia ninguém no parque esperando para me enfiar no monte de neve atrás da igreja. Era essa a vantagem de ficar retido. Mas não fui direto para casa. Desci até a esquina da alameda Bigdøy com Drammensveien, pus-me debaixo da árvore e fiquei esperando o Peder. Dos galhos pendiam ainda algumas poucas folhas. O inverno havia chegado muito subitamente. O outono não tivera tempo de se concluir. Quando olhava para cima, para contemplar a imensa copa, as folhas pareciam nenúfares vermelhos boiando num lago branco que caía na minha direção. Fiquei assim pelo menos durante uma hora. Foi então que alguém me puxou pela jaqueta. Era o Peder. "Você parece o filho do abominável homem das neves!", exclamou. Ele continuou a me sacudir. "Está aqui faz tempo?" "Um pouco", disse. "Confundi o horário." Peder encostou-se no tronco. "Neve é a coisa mais besta que conheço", disse. "Por quê?' "Por quê? Me dê um único bom motivo para nevar." Fiquei pensando. "Dá para esquiar", sugeri. Peder fitou-me quase com repulsa. "Esquiar? Você esquia muito, Barnum?" "Não muito", disse eu. "Pois é, não parece mesmo. Vou te dizer uma coisa. Oslo tem uma precipitação média de mil milímetros ao ano, e eu tenho que usar a pá para tirar pelo menos cinqüenta. Senão a mamãe não consegue sair de casa." Peder tirou um guarda-chuva que trazia escondido debaixo do casaco, e abriu-o sobre nós. Ficamos ali um tempo sem dizer nada, protegidos da neve. "O que você quis dizer com isso?", perguntei. "E você acha que a mamãe consegue tirar neve? E o papai não está nem aí. Mas pelo menos recebo um salário semanal para isso. Cobro dez coroas por milímetro." "Você disse que eu não pareço. O que quis dizer com isso?" Peder riu. "Você acha que pareço com um corredor de fundo?" Balancei a cabeça. "Nem um pouco", disse eu. "Nem você!" Rimos. Nenhum de nós faria sucesso nas pistas. Não tínhamos a constituição física para tanto. Isso era claro. Iríamos deixar nossas marcas em outras colinas. Foi então que me ocorreu uma coisa. "Talvez eu saiba de um bom motivo", disse. "E qual é?" "Sua mãe pode pintá-la. A neve, quero dizer." Peder suspirou. "Foi o que a mamãe também disse. Acho que ela gosta de você. Só tem uma coisa que eu queria saber." Peder ficou em um silêncio profundo debaixo do guarda-chuva. "E o que é?", perguntei. "Se é possível pintar a neve sem que eu tenha que removê-la depois."

Depois dessa fala do Peder, não dissemos muita coisa. Havia muito sobre o que pensar. Ficamos lá, atrás da árvore vermelha, para que ninguém nos visse. Era a primeira vez que eu esperava por alguém na companhia de alguém. A aula de dança ia começar daí a 15 minutos, e os primeiros já tinham entrado no prédio do Comércio, como se acreditassem que arrumariam um par só porque estavam adiantados. "Ela não vem", disse eu, por fim. "É lógico que ela vem", disse Peder, tranqüilo. "Quer apostar?" "Quanto?" "Quanto é que você tem?" Enfiei a mão no bolso. "Duas coroas e vinte." "Ótimo. Então apostamos duas coroas e vinte centavos." "Feito", disse eu. Peder deu-me um tapa nas costas. "E você acaba de perder duas coroas e vinte centavos!" Porque descendo a alameda Bigdøy vinha a Vivian, correndo no meio da neve, com um imenso gorro vermelho na cabeça, ela pulou a neve acumulada e caminhou até nós. Estava molhada no rosto, passou a mão rapidamente pela testa e colocou-se debaixo do guarda-chuva. Começava a ficar bem apertado ali. Ficamos soprando um no outro. "Barnum achava que você não vinha", disse Peder. Vivian fitou-me. "Eu vim", disse ela. "Talvez o Barnum esteja acostumado a ficar desapontado", continuou Peder. "Pode ser", disse Vivian, e tirou o gorro. "Você disse alguma coisa em casa?", perguntei, só para mudar de assunto. Ela balançou a cabeça e gotas desprenderam-se do seu cabelo e foram lançadas em um círculo branco ao redor dela. "O que não se sabe não dói", disse Peder. "Em outras palavras, os burros são felizes." E agora veio o resto, o resto da turma da escola de dança, em suas roupas escuras e sacolas com sapatos muito apertados dentro delas, parecia que estavam indo para um enterro, ou que estavam a caminho do matadouro onde logo receberiam uma martelada bem no meio da testa para serem depois pendurados em ganchos no teto para amaciarem, enquanto Svae tocasse *Oh Heiderrøslein*, sem parar, até ter esfolado a todos com uma lixa de unha. Não era apenas uma assembléia triste, eram bastante idiotas também. Rimos. Apontamos e rimos. Agora era a nossa vez.

Rimos deles. Éramos muito superiores. Estávamos juntos. Éramos nós contra eles, nós contra a turba, e nós é que estávamos por cima. E talvez fosse a primeira vez, logo ali, debaixo do guarda-chuva preto atrás da árvore vermelha, que tive essa sensação de pertencer, que é algo externo à família, algo fora da gente mesmo, esse pertencer que apaga a inquietação lá no fundo de nós mesmos e que nos dá um lugar para ficar, eu senti isso, forte e claro, com Peder e Vivian aquela noite. Depois, ficaram apenas a neve e todas as pegadas entre os postes de luz ao longo de Drammensveien, e ouvimos a música que saía pelas janelas do andar de cima, o ritmo e os passos que se espalhavam pelo assoalho que havíamos abandonado, de uma vez por todas.

Ficamos um tempo sem dizer nada. Nos contentamos em nos entreolhar e sorrir. Não havia nada a temer. Poderíamos subir até o topo da árvore e ficar por lá o resto da noite, se quiséssemos. Peder recolheu o guarda-chuva. Havia parado de nevar. "Vamos até a loja do papai", disse ele, e começou a andar. Seguimos atrás dele. Ele foi descendo na direção de Vika. Não era muito esperto andar muito mais. As ruas não haviam ainda sido limpas, e a neve tinha uma cor marrom. Mas eu não sentia medo. Estávamos sozinhos. Logo a Vivian pegou na minha mão, e ninguém havia pegado na minha mão antes, exceto os familiares mais próximos. Por fim, Peder parou diante de uma loja na rua Huitfedt. Acima da vitrine, protegida por uma grade, estava escrito em letras bem grandes: *Filatélica Miil — Compra e Venda.* Peder tirou do bolso um imenso chaveiro e abriu. Entramos, e ele trancou a porta atrás de nós. Não havia ninguém na loja. Peder acendeu uma luminária de teto, que brilhava com uma luz branca e forte. Eu nunca havia visto tantos selos. Um balcão de vidro estava cheio de cartas antigas. Pairava um cheiro de cola, de tabaco e de alguma outra coisa, que eu não sabia o que era, talvez um vapor especial que se usa para soltar os selos dos envelopes sem estragá-los. "Tem cheiro de borracha", disse Peder. "A gente se acostuma." Vivian ficou espiando em volta, curiosa. "Dá para ganhar a vida vendendo selos?", perguntou. "É claro que dá", disse eu. "Um selo de Mauritius custa 21.734 coroas." Peder sorriu e nos empurrou mais para dentro, até a sala dos fundos. Lá havia um sofá, uma geladeira e uma escrivaninha em cima da qual havia instrumentos estranhos e polidos, lupas e microscópios, parecia uma sala de cirurgia. Peder tirou uma garrafa de cerveja e uma Coca-cola da geladeira, e abriu-as com uma pinça. Então misturou cerveja e coca num copo, tomou um gole e passou o copo para frente. O gosto era agridoce. Começou a zumbir em um dos meus ouvidos. Sentamo-nos no sofá, a Vivian no meio. "Seus pais deixam você vir até aqui?", perguntou ela. Peder pôs mais cerveja na Coca-cola. "Papai diz que um dia vou ter que assumir essa merda toda mesmo. Sou eu quem cuida das contas!" Peder riu alto e mostrou um selo que estava no fundo de uma gaveta que ele teve que abrir com duas chaves. Sentou-se de novo conosco. "O que gosto mais nos selos é que aqueles que têm um defeito valem mais do que os outros." Ele mostrou o selo que havia retirado. Era sueco, amarelo e parecia ter sido usado há muito tempo. "Três xelins de 1855", sussurrou Peder. "Era para ter sido verde. O rei da Romênia comprou um desses por cinco mil libras, em 1938. Só porque era amarelo, e não verde." Peder retornou o selo para a gaveta e voltou-se na nossa direção. Mas era a Vivian que ele fitava. "Sou gordo", disse ele. "E Barnum é baixinho. Qual é o seu defeito, hein, Vivian?" Eu mal ousava respirar. O silêncio foi tão prolongado que achei que o Peder houvesse estragado tudo. Mas então ela falou, levantou os olhos e sorriu. "Eu nasci num acidente", disse Vivian.

No caminho de volta para casa, fiquei o tempo todo pensando no que ela havia dito, que ela tinha nascido num acidente, pensei tanto que acabei esquecendo o que eu mesmo iria dizer. Será que valíamos mais porque tínhamos um defeito? A mamãe já estava postada na entrada, e o papai estava sentado na sala, dormitando numa cadeira. Não vi a Boletta em lugar algum, ela certamente havia ficado tomada e tinha ido ao Pólo Norte. "Ficou retido de novo?", perguntou a mamãe, e sua boca tremia. "Sim", disse eu. "Ainda bem que você não mente! Porque o orientador já ligou e contou tudo! Como é que você pôde fazer uma coisa dessas!" Papai levantou-se da cadeira, o que levou algum tempo. "Tudo bem", disse. "Então você atirou uma bola de neve pela janela, Barnum?" "Sim", sussurrei. "Isso promete. Quando chegar a primavera, vamos começar a praticar lançamento de disco. E o bom do disco é que você assim aprende a segurar melhor as meninas!" "Pare com isso!", gritou mamãe. Papai riu e começou a sentar-se de novo. Mamãe puxou-me pela jaqueta. "E você foi até a escola de dança nessas roupas!" Desviei o olhar. "Só dançamos o chachachá", disse eu. Mamãe deu um suspiro profundo e suas mãos balançavam para todo lado. "E onde está o Fred? Você o viu?" "Ele está deitado num caixão no sótão", disse eu. Os braços da mamãe tombaram. Papai continuou de pé, de repente desperto e pálido. "O que foi que você disse?", perguntou. "Nada." Eu estava com a garganta completamente seca. A língua grudava no céu da boca. Papai veio se aproximando, devagar. "Nada? Você não disse nada!" "Não me lembro o que disse", sussurrei. Papai parou bem na minha frente, todo o seu corpo tremia. "Você disse que o Fred estava deitado num caixão no sótão!" Olhei para baixo. "Acho que foi isso mesmo que eu disse."

Nenhum de nós teria imaginado que o papai pudesse correr tão depressa escada acima. Mamãe apressou-se atrás dele e mal conseguiu acompanhá-lo, e eu vim atrás. Eu precisava ver o que ia acontecer. Eis o que eu vi: papai está parado dentro do sótão, bem debaixo da clarabóia. O caixão está no chão. Mamãe esconde o rosto nas mãos e grita sem emitir um só som. Mas o mais estranho é que o papai não olha para o caixão, mas primeiro os varais, os pregadores, os restos do pássaro morto, as caixas de carvão vazias, e ele respira tão fundo que a poeira se levanta no cômodo, ele fica parado fitando tudo, como se tivesse esquecido o motivo de estar lá, perdido. Então o próprio Fred levanta a tampa do caixão e senta-se. É tudo muito estranho. Ele está sentado, bocejando, pálido e magro nas dobras do forro de seda. Ele me olha intensamente. Coloco-me à sombra da mamãe, que ainda está com o rosto entre as mãos. "Não façam nada com ele", sussurra ela. E papai volta-se para ela, quase triste, como que pedindo desculpas. Então acontece o mais estranho de tudo. Papai abaixa-se e abraça o Fred, bem apertado, dá-lhe uma palmada nas costas, até a mamãe é obrigada a olhar agora, porque o papai não dá uma surra no Fred, ele o abraça, e percebo o olhar de Fred sobre o ombro do papai, confuso e assustado, e um deles chora, não é o Fred, é o papai, Arnold Nilsen, quem chora.

Desci correndo e me deitei. Os outros vieram um pouco mais tarde, as vozes baixas e lentas. Tapei os ouvidos mesmo assim. Não queria ouvir o que diziam. Mas não ouvi o Fred. Talvez ele fosse me dar uma surra, porque eu havia dito onde ele estava, e provavelmente seria uma surra dupla, já que o papai não havia dado uma surra nele. Teria sido melhor se o Fred tivesse apanhado logo, para acabar de uma vez com tudo isso. Eu estava com medo e não conseguia conciliar o sono. Eu estava tão confuso e assustado quanto o Fred. Ele veio quando os outros já tinham ido se deitar. Ele se sentou na beirada da minha cama. Eu não disse uma palavra. Fiquei esperando. Ele continuou sentado, sem dizer nada. Então não agüentei mais esperar. "Desculpe", sussurrei. Fred continuou em silêncio. Um grande silêncio mantinha sua sombra de pé. Ele tinha alguma coisa nas mãos. Não dava para ver o que era. Por fim, resolveu dizer uma coisa. Soltou a respiração. "Acho que sou mau", disse Fred. Teria preferido que ele não tivesse dito nada. "Você não é mau", sussurrei. Fred curvou-se sobre a cama. "Como é que você pode saber?" Tive que pensar. Teria sido melhor levar uma surra. "Você nunca fez uma maldade", disse, por fim. "Será que não?" Fred tinha feito muitas coisas, tinha mandado meu pijama pelo correio para o zelador Bang, tinha deixado de falar durante quase dois anos, tinha se deitado num caixão no sótão, e essas eram apenas algumas das coisas que tinha feito, mas, se houvesse um Deus, ele não iria fazer vistas grossas, será que tinha lugar no seu fichário para esse tipo de molecagem? "Você nunca vez nada que fosse mau de verdade", disse eu. Fred desviou o olhar. "Ainda não", sussurrou. Agora eu também comecei a sussurrar. "Ainda não? O que você está pensando em fazer, Fred?"

Um carro passou descendo Kirkeveien, e a luz dos faróis iluminou rapidamente o nosso quarto. Foi então que vi o que ele estava segurando nas mãos. Era o disco. Ele não respondeu. Só ficou ali, sentado, com o disco no colo, acariciando o com os dedos. Fred sorriu. "Disco júnior", sussurrou. "Um quilo e meio." E mais não disse. Deitou-se para dormir. Deixou o disco no peitoril da janela. Levei-o de volta para a sala. Era bastante pesado. Ainda bem que não era um disco sênior. Em que o Fred estaria pensando? Fiquei inquieto. Peguei a carta e levei para o quarto, acendi a lâmpada que ficava logo acima da cama e li em voz alta. Não sei se o Fred estava ouvindo ou se já havia caído no sono. Mas li mesmo assim, a carta inteira, do começo ao fim, a última frase, a mais bela que eu conhecia, e consegui fazer a leitura sem chorar nem uma vez. Foi a última vez que lemos a carta.

Por sinal, ninguém comunicou a falta de um caixão em Oslo nessa época. Papai desatarraxou as maçanetas douradas, retirou toda a seda, e cortou o caixão para fazer lenha, que colocou na lareira em dezembro, quando começou a fazer frio e vinha um vento forte da porta da sacada. Queimava muito bem. Mas não gostava de ficar junto daquele calor, fazia-me suar e congelar ao mesmo tempo, então costumava sair quando o papai acendia a lenha do caixão de Fred. E, bem tarde numa noite dessas, quando todos estão um pouco alterados pelo calor forte, febril, que vinha da lareira, e até o papai saiu para esfriar o corpo, a Boletta abriu bruscamente a porta do nosso quarto, com o dedo em riste, e mal conseguia falar. Não sabia que ela podia ficar tão brava assim, nunca a tinha visto desse jeito, a Boletta, tão boazinha, ela parecia uma mola rija que havia se desprendido. "Onde está a carta?", sibilou. "Onde está a carta!" É Fred quem ela fita, porque ele também está em casa, deitado na cama e dando de ombros. "Sei lá." "Você por acaso sabe, Barnum?" Boletta volta-se para mim. "Não está na gaveta?", pergunto. "Não, não está na gaveta!" "Quem sabe você levou a carta até o Pólo Norte?", digo. Boletta levanta a mão magra, bem alto. "Está fazendo troça de mim você também, Barnum!" "Não, vovó. Eu coloquei de volta no aparador da última vez que a li." Boletta volta-se novamente para Fred. "Se você pegou a carta, você profanou os mortos e os vivos! Está ouvindo?" Fred levanta-se da cama. "Eu não toquei na carta!", grita. "Eu não toquei na porra daquela carta! Por que é que eu sempre tenho que levar a culpa?"

Agora a mamãe também aparece. Ela tem que deter a Boletta. Depois, reviram o apartamento inteiro, mas a carta nunca foi encontrada. "Você mesma deve ter perdido a carta", diz mamãe. Boletta já não sabe mais no que acreditar, e por isso acredita em quase tudo. Confusa e infeliz, ela se deita no sofá. Então me sento do lado dela e tento consolá-la. "Não faz mal", digo. "Eu sei dizer a carta de cor." Boletta abre os olhos. "De cor?", sussurra. Faço que sim e enxugo gotículas da testa dela. E começo a ler a carta para ela, sem folha de papel e sem escrita, leio a carta inteirinha. Mas, quando termino, quando acabo de pronunciar as últimas palavras, sem tirar nem pôr nada, nem mesmo uma vírgula, Boletta me segura na mão, levanta-se e sussurra. "Não fica igual, Barnum." É, acho que não fica mesmo.

Não digo mais nada. E ficamos lá sentados, no sofá da sala de jantar, no mês de dezembro, enquanto o calor da lareira bate contra nós em ondas quentes, e desde então nunca mais pude pensar nessa carta, escrita na terra do sol da meia-noite, entre a neve e o gelo, sem ao mesmo tempo me lembrar do caixão, que agora queima e nos faz sonolentos e sem sonhos.

O Acidente

Vivian nasceu num acidente. Aconteceu em 8 de maio de 1949. Aleksander e Annie, que virão a ser os seus pais, seguem em um Chevrolet Fleetline Deluxe, um presente que ganharam do pai dele quando se casaram no outono anterior. Dirigem-se para Frogneseteren. São jovens, estão no início de sua vida em comum, ela vai dar à luz daqui a dois meses, ele está para começar o seu último ano do curso de direito na Universidade de Oslo e é considerado o mais brilhante da sua turma. Ela foi a princesa dos secundaristas no ano anterior. Formam um desses casais que os demais admiram e invejam, são a verdadeira jóia na corrente das gerações. A alegria é uma obviedade, não conhecem outra coisa, naquele dia, se não a alegria do existir, estão a caminho do futuro e o futuro está do lado deles. É o sol que conta. É o céu azul. São as árvores verdejantes. Estacionam junto do salto de Holmenkollen. Aleksander Wie abaixa o vidro e aponta o trampolim de esqui e o terreno embaixo, e ele que é o homem dos artigos, ele que normalmente fala com as letras da lei, torna-se poético e detalhista. É a paixão. É ela. É o momento e o futuro. "Somos nós que estamos na torre agora, Annie", diz ele. Ela põe a mão sobre a dele. "Estamos na torre", repete. "Nos lançamos, e não temos medo do salto." "Não", ri Annie. "Vamos flutuar mais do que qualquer um que nos tenha precedido." "Sim, Aleksander!" E ele encosta o rosto no colo dela, ela se inclina para trás no assento, é como uma cama, e Aleksander escuta, escuta a criança dentro dela e pensa ouvir dois corações batendo, o coração de Annie e o coração da criança. Ele fica assim um bom tempo, ouvindo. Ela passa a mão no cabelo dele. "Você é linda", sussurra Aleksander. "Já te falei?" Annie ri. "Você disse hoje de manhã." "Então agora repito. Vocês são lindas." Ele a beija. Levanta o encosto e volta a ser o jurista objetivo, o que quer protegê-la. "Você precisa se sentar bem apoiada. A criança pode se machucar. Tome muito cuidado."

Seguem adiante. Aleksander fecha o vidro. Não quer que ela pegue vento. Ele aumenta a velocidade por um instante, pouco acima do limite permitido, na última colina, e sente a força do motor, suave e obediente, mas logo freia quando fazem a curva na direção dos bosques. E lá vem outro carro, na direção deles. Ele mal acredita no que vê. "Minha nossa!", exclama. "É um Buick!" E os carros estacionam, cada qual no seu acostamento. Aleksander abre a porta. Annie toma a mão dele, rapidamente. "O que é que você vai fazer?", pergunta. "O que vou fazer? Tenho que dar uma espiada naquele carro." "Volte logo." Ele volta a acomodar-se no banco. "Você está passando mal?" Ela balança a cabeça. "Só sinto um pouco de frio." "Frio?" "Não sei, senti um frio, de repente." "Vamos voltar para casa", diz ele. Ela ri. "Vá logo. Já passa." "Tem certeza?" "Certeza absoluta. Já me sinto melhor." Aleksander lhe dá um beijo no rosto e atravessa a rua, rapidamente. O outro motorista, um homem baixinho e de cabelos pretos, com luvas claras, já está postado junto da capota aberta e acende um cigarro. Aleksander pensa logo: parece um *parvenu* que pegou a estrada para se exibir, talvez um mero baleeiro que ganhou dinheiro demais. Tem um menino sentado no banco da frente, parece mudo, zangado, e uma mulher magra, pálida atrás dele, ela sorri timidamente, como se soubesse que era um carro fora de propósito para eles, não estão à altura do seu veículo, um grupo estranho, mas Aleksander cumprimenta amigavelmente o janota que fala outro dialeto, do norte, que tenta disfarçar falando lentamente e em letra de forma. Dão uma volta nos carros e trocam elogios. "É a sua senhora?", pergunta o estranho. Aleksander confirma. "Sim." "Pois ela é muito bonita." Aleksander fica incomodado com essa intimidade. Passa uma sombra por eles e retira a luminosidade. Está nublando. Ele se despede e volta rapidamente para o Chevrolet, acomoda-se no banco. "Vamos para casa", diz. Mas Annie quer prosseguir com o passeio. "Não, ainda não. Quero subir até a torre." Aleksander ri e sente aquela alegria, a alegria completa, sem falha, sem trinco. Ela está com ele. Ela quer acompanhá-lo. Ela quer segui-lo até o topo. "Que bom! Assim, não precisamos seguir atrás daquele charlatão!" Ele trava o cinto e, no mesmo instante, começa a chover. Ele aciona o limpador do pára-brisa e segue em direção da próxima curva, fechada. Annie se vira e vê que a mulher no outro carro também se virou, dura um breve instante, e desaparecem um da vista do outro. E é do outro lado dessa curva que acontece o acidente. Talvez Aleksander Wie estivesse correndo muito, talvez a pista estivesse escorregadia devido à chuva morna, talvez um animal tivesse saído de repente do bosque e o tivesse tomado de surpresa. Seja como for, ele perde o controle sobre o Chevrolet, de quase duas toneladas, acontece antes de ele ter tempo de agir, o carro patina para o lado, cai por um barranco íngreme e bate contra uma árvore. Annie é lançada contra o pára-brisa, que se estilhaça sobre o seu rosto. Faz-se um silêncio total. Só a chuva continua a cair. Só um pássaro levanta vôo de um galho. Aleksander está preso entre o assento e o volante, praticamente sem ferimentos, um corte na testa apenas, consegue se soltar e virar para Annie. Ele só vê sangue, o rosto dela é sangue, um caco de vidro lhe atravessa a face, rasgando o rosto em dois, o pescoço, o peito, tudo é sangue, tudo estilhaçado. "Annie", sussurra. "Annie." E ele não ouve a sua própria voz, e sim outra coisa, não um som, ele ouve um movimento, ele olha para baixo, no chão, junto dos pés dela, uma trouxa, uma trouxa de sangue e de carne, uma pessoa, ainda grudada em Annie, que de repente urra, pressiona as mãos contra o rosto danificado e o caco de vidro se quebra entre os dedos, ela berra, berra e Aleksander tenta curvar-se na direção da criança, uma menina, já haviam decidido que, se fosse menina, ela se chamaria Vivian, é mesmo uma menina, e Vivian volta-se para nós. "Venham", diz. Peder olha na minha direção, acena com a cabeça, está todo pálido e parece quase magro. E acompanhamos Vivian pelo apartamento escuro, silencioso, parede contra parede com a igreja de Frogner, é a primeira vez que estamos ali, na casa de Vivian, tinha passado muito tempo até ela ter coragem de nos convidar. "Taciturno", sussurra Peder. "O que disse?", pergunto, também com a voz baixa. "Taciturno", repete. Entramos no quarto dela e ela fecha a porta sem fazer barulho. Dá a impressão de que ninguém mora lá. Tudo está arrumado. Tudo parece intocado, a mochila, os livros, uma malha, um par de chinelos, lado a lado, e fico com a sensação de que o quarto está quase vazio, não tem nada ali, nada, não tem toca-discos, não tem rádio, não tem revistas, talvez seja assim um quarto de menina, penso, arrumadinho, mas vejo que Peder percebe a mesma coisa, e nos acomodamos no sofá-cama cinza, enquanto Vivian senta-se em um banco, porque não tem outra coisa para se sentar ali, um banco. Ficamos um momento em silêncio, como se o silêncio do apartamento fosse contagioso. É Peder quem quebra o silêncio. "Chique", diz, por fim. Vivian levanta o olhar. "Chique? Como assim?" "Lá em casa está cheio de merda. Aqui não tem nada." Vivian esboça um sorriso. "Cheio de merda?", pergunta. "Mas na casa de Barnum é ainda pior." Ele olha na minha direção, sorri, e entendo que Peder está falando por falar e não sabe muito bem o que dizer e que é por isso que está falando assim. Sinto um frio. Peder também sente. Está todo arrepiado na nuca. "Cheio de merda", digo depressa. Vivian balança a cabeça, porque entende que só estamos falando merda e entendemos que ela entendeu, e ninguém diz nada por um bom tempo e dessa vez sou eu que quebro o silêncio, e o que digo é bem idiota. "Você contou pros seus pais que largou a escola de dança?", pergunto. Vivian dá de ombros, exatamente do jeito de Peder, e fico um pouco nervoso com isso. "Por eles, tudo bem", diz apenas. "Já esqueceram que me matriculei mesmo." E é então que percebo um quadro na parede logo atrás dela, e fico sentado observando, porque não consigo desgrudar o olhar, enquanto Peder continua a falar merda, é uma foto de uma senhora, em preto-e-branco, deve ser bastante antiga, e ela segura um cigarro entre os dedos, a fumaça sobe em uma espiral fosca diante do rosto, a boca é estreita e estendida, tem algo de duro, frio, quase inamistoso nesse rosto, e, ao mesmo tempo, algo convidativo, atraente, como se ela quisesse que você fizesse algo que nunca havia feito antes e que você provavelmente nunca mais terá a oportunidade de fazer. Mármore e marsipã, pensei comigo. As palavras simplesmente tombaram dentro do meu crânio. Mármore e marsipã. "Se eu pudesse ter escolhido", diz Peder, "teria preferido nada a um monte de merda." "Mas aqui tem demais das duas coisas", sorri Vivian. "Muito nada e muita merda." Peder está suando e, infelizmente, volta-se para mim. "E você, o que acha disso, Barnum?" "Mármore e marsipã", digo. E ambos começam a rir, Peder e Vivian riem, e é como se o som do riso estivesse fora do lugar aqui, mas rio também, ficamos os três curvados de riso e rimos juntos, mármore e marsipã, somos nós três, dizemos coisas que ninguém mais entende, só nós, e então alguém bate na parede, e um silêncio mais rápido do que esse eu nunca ouvi. Aprumamo-nos, como se tivéssemos sido pilhados numa molecagem, flagrados num crime hediondo, rindo. Não rimos mais. "É Lauren Bacall", sussurra Vivian. "Quem bateu na parede?" "Não, seu bobo. Essa que você está olhando com olho de peixe morto." Vivian volta-se para a fotografia, a única da parede. Peder também olha. "O que ela é?", pergunto. "Atriz", responde Vivian. "Minha bisavó também era atriz", digo, de passagem. Vivian volta a me olhar, e imagino que ela esteja me vendo com outros olhos, que de repente me vê de outro jeito. "Era mesmo?" Faço que sim. "Era." "No cinema ou no teatro?" "No cinema." "Então devia ser no cinema mudo", diz Peder, e ri de novo, e alguém abre a porta de repente, sem fazer barulho. É o pai. Seu cabelo está completamente grisalho, é a primeira coisa em que reparo, e no nariz fino. Ele espia dentro do quarto. Peder levanta-se imediatamente. Eu também me levanto. Vivian permanece sentada. Suas costas estão recurvadas, como de um gato. O pai cumprimenta com a cabeça. Dá um curto sorriso, seus lábios tremem. "Está na hora de vocês irem", diz, baixinho.

Fomos embora. Vivian ficou na janela, ergueu a mão, nós também, erguemos as mãos e as mantivemos erguidas até desaparecermos um da vista do outro. "Puta merda", disse Peder. "Muito frio lá." "E taciturno." "Puta merda, é isso mesmo. Taciturno e frio." O bonde passou por nós, os rostos atrás das vidraças eram pálidos, quase amarelos, e de repente achei todos parecidos com Vivian. "Como é que se chamava aquela da foto na parede?", perguntei. "Lauren Bacall", disse Peder. "Alguns dizem que ela se parece com a mãe de Vivian. Ou o contrário." "Parece mesmo?" "Agora não mais." Peder parou e segurou-me no braço. "Ela fica sentada no escuro do quarto e não tem rosto." "Não tem? Não tem rosto?" "Desapareceu no acidente. Tentaram costurá-lo. Não ajudou muito." Peder soltou o meu braço e continuou a andar. Corri atrás. Mais um bonde passou, com os mesmos rostos numa sombra amarela. "Ela nunca mais saiu de casa desde o acidente", disse Peder. Agora fui eu a segurá-lo pelo braço. "Como é que você sabe?", perguntei. "A Vivian me contou." Engoli em seco. De repente, a garganta ficou apertada, porque um pensamento assustador me assaltou. Desviei o olhar. Era como se o meio-fio fosse uma corda bamba na qual eu me balançava. "Você e a Vivian estão juntos? Quero dizer, a Vivian e você estão juntos?" "Talvez. Talvez não", disse ele. Fiquei ainda mais sombrio na cabeça e não consegui dizer mais nada, porque ocorreu-me que se Peder e Vivian estivessem juntos eu estava sobrando, então o baixinho do Barnum estava sobrando de novo, e só me restava voltar para casa e ir para cama. "Tá certo", sussurrei. Peder voltou-se e riu. "Não estou junto com a Vivian. *Nós* é que estamos juntos com a Vivian, Barnum. Você não entende?"

Disco e Morte

Papai nos acordou cedo aquele domingo. "E vocês aí dormitando com o sol brilhando lá fora!", exclamou. Abri os olhos lentamente, embora estivesse acordado há muito tempo. Papai estava na soleira da porta, vestia um conjunto amarelo que só apertava um pouquinho. Havia cheiro de café. Mamãe assobiava na cozinha. Boletta passou rapidamente, com as mãos nas costas. As cortinas não conseguiam segurar a luz do lado de fora. Era algo de especial. Papai respirou pesado e bateu as mãos, o som era estranho, um aplauso amputado. E ouvi aquele silêncio largo que é o de domingo, porque os campanários ainda não haviam soado. "Vamos logo, rapazes! Aluguei o estádio de Bislet até as 13 horas!" "Estou indo", disse Fred. Não acreditei no que ouvi. Fiquei feliz e nervoso. Ele atirou os pés ao chão e olhou na minha direção. "Vai ficar deitado aí?" Papai bateu as mãos de novo. "É assim que se diz, Fred! Ponha o Barnum de pé!" "Estamos indo", disse Fred, e sorriu. "Estamos indo."

Vestimos *shorts* e camisetas, porque já fazia calor, e quando estava no banheiro junto com Fred, e ele nem sequer ficou zangado pelo fato de eu entrar quando ele já estava lá, como costumava, ele ficou passando o pente lentamente pelo cabelo, para trás, mas, tão logo soltava o pente, o topete voltava para a sua testa, e eu gostava de ver aquele topete negro que o desafiava, Fred queria penteá-lo para trás, o topete queria descer, e eu comecei a rir. Fred voltou-se bruscamente na minha direção e parei de rir. Mas não aconteceu nada. Ele só me espiou, sem me fitar, então podia acontecer quase qualquer coisa, ele espiou. Acalmei-me novamente, fiquei quase feliz. Então ele abriu o armário, enfiou a mão no meio de todos os tubos e perfumes e desodorantes e por fim pegou a loção de cabelo, a loção do papai. Ele tirou a tampa, curvou-se sobre a pia e despejou metade do frasco na cabeça. Chovia loção. Ele esfregou a loção no cabelo, prendeu o pente na ponta do topete e levantou tudo de novo. O topete ficou no lugar, como se emparedado atrás da testa dele, um muro de cabelo. Fred olhou-se no espelho. Fred sorriu e enxugou o rosto. Senti um enjôo, porque o papai costumava feder a suor também, quando voltava para casa com loção em excesso que lhe escorria pelas faces em faixas pesadas e se derramava pelo colarinho. Fred colocou o frasco no lugar e voltou-se para mim novamente. Havia alguma coisa nos olhos dele, aquela escuridão que sempre esteve lá, ou talvez fosse só o topete fazendo sombra. "O que foi?", perguntei. Fred não se moveu. "O que foi?", repeti. Fred pôs as duas mãos na minha cabeça e esfregou o resto da loção nos meus cachos. "Está pronto?", sussurrou. Não entendi. "Pronto? Acho que sim." "Ótimo, Barnum."

Fomos até a cozinha e fizemos certa impressão na mamãe e na Boletta, de camiseta e *shorts* e cheios de loção capilar e tudo, devíamos ser um espetáculo e tanto, nesse domingo, no final de maio, ainda tão cedo que o mundo em volta estava em silêncio, silencioso e verde através das trepadeiras que pendiam ao longo das janelas como cortinas costuradas com folhagem. Papai deixou a xícara de café cair e riu tanto que o conjunto amarelo deslizou barriga acima e revelou o umbigo que parecia uma cratera num planeta de carne até então desconhecido. Boletta levantou-se, fechou os olhos quando este planeta entrou no seu campo de visão. "Nós nos enfeitamos para o banquete, rapazes!", exclamou o papai. "Não para a competição!" "Banquete?", perguntei. Papai balançou longamente a cabeça. "E alguém já ouviu falar de uma competição desportiva que preste que não tenha um banquete?" Papai fez o umbigo voltar para o seu lugar e olhou em volta. "Eu não", disse ele. "Por isso reservei uma mesa para cinco no Hotel Grand essa noite. Se a Boletta não for para o Pólo Norte." "Devem ter cerveja no Hotel Grand também", disse a mamãe, e nos deu um sorriso maroto, e isso era muito bom, porque quando conseguia sorrir da cerveja da Boletta é porque estava de bom humor, suave e soberana, talvez feliz, como se pudesse relaxar da vida, descansar no momento, no peso específico do instante, mal me recordava da última vez que a havia visto assim, deve ter sido aquela vez que o Peder veio nos visitar. Boletta voltou a abrir os olhos, mas permaneceu de pé. "Mas não é tão gelada", sentenciou. Papai olhou para ela, e seu rosto estava tranqüilo e em paz. "Em compensação, é servida em garrafas por garçons formados. Sente-se agora entre nós, querida Boletta." "Só se você segurar a sua barriga no lugar debaixo desse conjunto horrível!" "Está prometido", riu o papai. Boletta sentou-se, contra a vontade, tão longe do papai quanto possível, o que não era muito porque nossa cozinha não era grande e o papai ocupava a maior parte do espaço disponível. E papai não havia deixado nada ao acaso hoje. "O café da manhã é o início do lançamento!", disse. Ele havia colhido informações junto ao zelador Bang, antigo campeão de salto triplo, e ele pôde informar que o próprio Audun Boysen comia duas fatias de pão com patê de fígado, três tabletes de algas e uma colher de chá de farinha de algas antes das competições mais importantes, pois era fundamental dar ao corpo exatamente os nutrientes necessários, sem ficar empanturrado. O gosto não era lá aquelas coisas. O sabor era de sacola de ginástica. Mas Fred simplesmente engoliu tudo que era de alga sem fazer uma só careta. E percebi que mamãe ficou espantada, espantada com a calma do Fred, e esse espanto se converteu em desconfiança, a sombra projetou-se novamente sobre mamãe. "O Audun Boysen não é corredor?", perguntei. Papai olhou na minha direção. "Exatamente. É um dos melhores corredores do mundo, Barnum." "Mas ele não lança disco", disse. Papai balançou a cabeça novamente, diante de tanta ignorância, e empurrou os últimos comprimidos de alga na minha direção. "Se lançamos disco, corremos, fazemos salto triplo, somos palhaços no picadeiro ou acrobatas no trapézio, não importa, a força vem do mesmo lugar, Barnum!" Papai silenciou e a respiração fez-se pesada no seu nariz torto. Olhou para o chão, e seus olhos marejaram, tomados por lembranças, pelo momento, pelo peso específico daquele instante. Eu engoli o comprimido de alga. "De onde?", sussurrei. "Do coração", disse o papai, ainda em voz baixa. E olhou para nós, enquanto enxugava as lágrimas. "O pêlo do elefante", sussurrou. "O mais raro de todos. Eu achei aqui." Ele abraçou mamãe e apertou-a contra o corpo. Fred ficou inquieto. "Não vamos logo?", perguntou. Papai levantou-se no mesmo instante. "Já fomos! Porque agora a minha cabeça está olímpica!" Ele foi atrás de Fred, na entrada. Olhei para a mamãe. "Vocês não vêm com a gente?" Ela sorriu novamente, mas era um sorriso diferente, o sorriso nervoso, rápido, como um vento passando pelo rosto. "Hoje os homens da casa vão ter sossego", disse ela, e encheu uma garrafa térmica com suco. "Além disso, temos que ficar em casa e nos arrumarmos para o banquete", sussurrou a Boletta. "E essas coisas levam tempo para uma senhora de idade."

Fred e papai chamaram. Fred e papai gritavam por mim. "Vá logo", disse a mamãe, em voz baixa, mal consegui ouvi-la. Vá logo. Boletta acendeu um cigarro. Corri até eles. Papai apontou para os meus pés. "Você está querendo lançar disco de chinelos, Barnum?" Fred estava junto da porta. Calçava tênis branco. Brilhavam. O cadarço formava como que uma flor em cada pé. Foi então que percebi que o papai escondia uma coisa atrás das costas, que não dava para ver. "Ou você pensou em competir com seus sapatos de dança?" Balancei a cabeça. Papai riu e mostrou o que estava escondendo. Outro par de tênis, igualmente novo e branco. Sentei-me no chão e calcei-o, e ainda me recordo da sola estriada, os ilhoses polidos protegendo os furos para passar o cadarço, e a borracha macia protegendo o tornozelo, e quando me levantei era como pisar no vento. Papai pôs a mão no meu ombro e fez o mesmo com Fred, e assim nos aproximou, dois meios-irmãos de calçado branco. "Eu tinha um amigo", disse o papai. "Isso foi há muito tempo. Quando eu trabalhava no circo. Nós o chamávamos de Der Rote Teufel. Ele caiu do trapézio e morreu. E por que isso foi acontecer? Ele tinha posto o calçado errado, rapazes." Papai suspirou. "Um dia, vocês vão entender o que quero dizer. Mas ainda há muito tempo." Papai estava calçando seus sapatos pretos, sapatos pretos e conjunto amarelo. "Vamos então", disse.

Fui eu quem teve que carregar o disco. Ficava numa caixa com alça. Fred carregou a mochila. E assim fomos até Bislet, naquela manhã, o último domingo do mês de maio. Mamãe e Boletta acenaram da janela. Acenamos de volta, fora eu, que tinha de carregar o disco. Papai voltou-se e sorriu. "Está pesado, Barnum?" "Que nada", respondi. "Só um quilo e meio." Fred riu baixinho atrás de mim. "Exatamente", disse o papai. "Disco júnior! Para ficar grande, é preciso começar pequeno! Vamos embora!" Havia o verde nas árvores. Havia a luz nas ruas. Havia o silêncio na cidade. E, de repente, os pombos levantaram vôo dos telhados, todos ao mesmo tempo, no segundo antes de os campanários soarem. Papai voltou-se de novo para nós. "Vamos à missa ou vamos até Bislet?" Foi o Fred quem respondeu, logo atrás de mim. "Bislet." Rimos, um após o outro. Rimos todos juntos e fomos andando até Bislet, papai à frente, Fred por último e eu no meio, com o disco numa caixa com alça, e as pessoas de roupa escura que encontramos pelo caminho carregavam hinários e guarda-chuvas, e o papai, no conjunto desportivo amarelo e apertado, e suas luvas claras, cumprimentava-os e deixava-os passar na subida íngreme junto do urinol público. E então chegamos. O som dos campanários se desfez. Os pássaros voltaram a pousar nos telhados, de forma coordenada. Papai estava com a chave do portão da curva norte. Ele abriu. Entrou. Segui-o, e logo atrás veio o Fred, e ouvi o pesado portão de ferro fechando. Tínhamos que passar por um corredor. Papai ia bem devagar. Havia um jornal esquecido junto à parede. O vento o folheava. Um palito de picolé. Uma tampa de garrafa de cerveja. De repente, senti muito frio. Era como se estivéssemos entrando cada vez mais numa escuridão fria. Senti vontade de voltar. Mas continuei em frente. E, quando chegamos ao outro lado, paramos todos os três, quase cegados. Lá estava a pista. As arquibancadas vazias, o gramado fino, o céu por cima. Tínhamos um estádio inteiro só para nós e era como se toda a luz tivesse se juntado aqui, num amontoado de concreto. Nossas vozes faziam eco, mas ninguém havia dito nada ainda, antes que o papai nos abraçou e senti uma forte contração em Fred, como um choque curto e profundo que fez a mão destroçada do papai tremer ao longo das minhas costas, e papai disse: "Paraíso!" A palavra saiu em disparada na pista externa, 400 metros, e retornou no mesmo instante em que foi dita, mas mais devagar, como se houvesse alguém atrás das arquibancadas, repetindo: "Paraíso! Paraíso!" Logo tudo voltou a silenciar. Acompanhamos papai pelo cascalho. Ele parou junto a um círculo de terra seca. Apontou. "Aqui", disse. "É aqui que vai acontecer." Eu entreguei-lhe a caixa com o disco. Ele a colocou sobre o gramado, ao lado do círculo em que deveríamos permanecer. Então ele tirou uma fita métrica da mochila, uma fita métrica de prata. Ele já estava suado. Secou o rosto com a mão sã e sorriu. "Estão vendo essa fita?" Deixou-a soltar toda a sua extensão à nossa frente. Meneamos as cabeças. "Pode ler o último valor para mim, Fred?" Fred curvou-se, aproximou-se e disse: "Três metros." Papai girou a fita métrica. "E você pode ler o último valor para mim, Barnum?" Fiz sombra para os olhos. "Dois metros", disse. Papai sorriu e enrolou a fita métrica, devagar, enquanto nos fitava. "*Mundus vult decipi*", sussurrou. "Vocês sabem talvez o que significa?" Ele mesmo respondeu. "O mundo quer ser enganado." "*Ergo decipatur*", disse Fred. Papai deixou a fita métrica cair e voltou-se, surpreso, na direção dele. "O que disse, Fred?" "*Ergo decipatur*", repetiu. Papai não conseguiu tirar o espanto do rosto, o espanto e a alegria. Teve que se aproximar do Fred para acreditar no que estava ouvindo. "Ótimo, Fred. *Ergo decipatur.* Mas hoje não vamos enganar o mundo, não é mesmo?" Agora foi a vez de Fred sorrir. "Não", disse ele. Papai voltou a ficar de cara séria. "E não se faça de pior do que Barnum! Está claro!" Fred fez que sim. "Nem me passaria pela cabeça", disse. Papai hesitou por um instante, confuso, e voltou o olhar para mim. "Porque hoje vamos medir a distância correta, rapazes! E que vença o melhor!" Papai abriu a caixa e tirou o disco. Mostrou-o na palma da mão, como uma moeda de uma coroa, ele havia polido o disco, o disco brilhava. Pudemos segurá-lo, um de cada vez, o disco júnior, 1,5kg, diâmetro de 2,13cm, trabalhado em madeira, circundado por um aro metálico e com faixas de latão encaixadas nas laterais. Papai tirou a luva da mão sã e estalou os dedos. "Infelizmente, terei que demonstrar as sutilezas do lançamento com a mão esquerda, já que minha mão direita tombou diante de uma granada alemã. Mas, primeiro, vamos ao aquecimento! Dêem uma volta na pista, correndo!" Papai pegou um chocolate na mochila e uma garrafa térmica com café. Sentou-se, pesadamente, na grama, enquanto eu e Fred fomos até a pista para começar o aquecimento. Corri. Fred vinha logo atrás de mim. Mas o Fred não correu. E ocorre-me agora que nunca vi o Fred correr, como se fosse abaixo de sua dignidade, ou talvez achasse que era se revelar muito, pois nem mesmo quando foi malhado pela gangue de Vika ele correu, ainda que tivesse tido a oportunidade de cair fora, mas isso teria revelado medo, correr era revelar sua saudade, sua pressa, sua impaciência, sua humildade. Fred disse-me uma vez: "Só os escravos correm, Barnum." Eu corri. Fred caminhou. Acho que ria baixinho, ria e murmurava, enquanto passava por mim, na pista externa, na sombra, com passos largos e silenciosos. Aumentei a velocidade e consegui mal e mal acompanhá-lo e, quando voltamos, papai exigiu que continuássemos o aquecimento com 12 giros no corpo, nos dois sentidos. Deitamo-nos de costas no gramado e giramos. Papai contou cada giro e riu. "Os palhaços também tinham que fazer aquecimento!", gritou para nós. "Até mesmo os palhaços e os domadores e as moças do chocolate!" Papai ficou em silêncio e introspectivo, e acendeu um cigarro. Fiquei deitado no gramado, ao lado de Fred, recuperando o fôlego. "Lembra-se do que eu te prometi?", sussurrou. "O quê?" Fred não respondeu. Por fim, tivemos que balançar os braços, 24 vezes. Papai levantou-se e atirou o cigarro atrás das travas do gol. "Muito bem, rapazes! Vocês parecem dois moinhos de vento!" Já estávamos bem aquecidos. Papai fez sinal para que nos aproximássemos. Ele segurou o disco na mão esquerda, a sã. "Vocês agora me acompanhem direitinho, está bem?" Fizemos que sim. Papai falava baixinho, como se estivesse compartilhando um segredo conosco e como se as arquibancadas estivessem cheias de pessoas que queriam ouvir o segredo. Não havia mais ninguém. Éramos o Fred, o papai e eu. "A superfície do disco deve ser colocada contra a palma da mão e o pulso. Assim. Está vendo, Barnum?" "Sim, papai." "Muito bem. Porque lançar disco não é brincadeira." Então tirou a luva da mão direita. O toco de carne pendia da extremidade do braço, só o meio polegar costurado e sem unha lembrava os dedos que uma vez haviam estado lá. Não agüentei olhar. Papai pôs o disco na mão estraçalhada e logo deixou cair na grama. Fred levantou o disco para ele. Papai falava ainda mais baixo. "Acabo de mostrar para vocês, com o auxílio do meu acidente, como é importante prender o disco do jeito certo. Quer fazer o favor de abrir os olhos, Barnum? Para não termos mais um acidente." Abri os olhos. Fred estava sorrindo. Papai estava no meio do círculo. Tinha vestido a luva e segurava o disco novamente na mão esquerda. "Finjam que sou um espelho diante do qual vocês estão treinando", disse ele. Ele girou o corpo duas vezes e parou bruscamente. E me espantei que aquele homem gordo e pesado conseguisse ser tão gracioso, quase como um dançarino. E vi que o Fred também ficou impressionado. Papai estava confuso. "O que foi, rapazes?" Não dissemos nada. Pois o que poderíamos dizer, que ele parecia um dançarino, num conjunto amarelo, no centro do círculo estreito? É, talvez pudéssemos ter dito, mas não dissemos, ficamos apenas em silêncio, impressionados, observando-o. A boca de Fred se fechou e a escuridão em seus olhos estava de volta. O que foi que ele havia me prometido? Papai impacientou-se. Falou alto. "Com os dedos bem estendidos agarrem o canto, com a última articulação. E usem o polegar como apoio. Assim. Deixem o braço pender solto, e cuidem para que o disco fique no lugar, bem firme na mão." Papai fez mais uma pirueta rápida e estendeu o braço adiante, sem soltar o disco. "O importante nesse momento é soltar o disco na trajetória perfeita. O disco deve rasgar o ar e girar em torno do seu próprio eixo. E não balançar! Estão ouvindo? E não balançar!" Ouvimos. O disco não devia balançar. Papai diminuiu a voz. "E como é que se consegue isso? Impulsionamos o disco com uma virada brusca do antebraço para a esquerda e o empurramos com o indicador." Ele nos mostrou o jeito, mas, novamente, sem soltar o disco. "Ainda assim, o mais importante de tudo é a mão ficar firme e o lançador ficar firme", sussurrou. "Se você errar o ritmo, não adianta nada ter muita força. Posso chamar a atenção de vocês para os meus pés?" Dirigimos o olhar para os pés do papai. "Este anel, rapazes, este humilde círculo no chão é o picadeiro do lançador. É daqui que ele lança o disco, para a alegria do público. Prestem muita atenção!" Ele fez alguns movimentos rápidos, curvou-se, girou o corpo e o disco sumiu da sua mão e foi aterrissar no meio do gramado. "Entenderam? A força das pernas, do tronco e do braço deve atuar junto num movimento em parafuso para frente e para o alto, a fim de garantir a força máxima no lançamento! Sim, sim, vá buscar o disco, Fred." E Fred foi buscar o disco. O Fred obedeceu. O Fred foi buscar o disco e o trouxe de volta. "Não vamos medir?", perguntei. "Primeiro, vamos treinar. Depois, medimos." Fred entregou o disco ao papai. Papai passou-o para mim. "Como está o seu braço lançador hoje, Barnum?" "Um pouco frouxo", disse eu. Papai sentiu o braço e sorriu. "Nada de desculpas. Está bem sólido. Pode começar, Barnum."

As nuvens passaram sobre Bislet, arrastando consigo as sombras em longas estrias. Logo o sol voltou a brilhar. Fazia mais calor do que em outros lugares aqui no fundo do estádio, como numa imensa banheira cheia até a borda de luz seca. O ar estava parado. O calor pendia sobre a pista de corrida.

Pensei ver alguém junto dos vestiários, um movimento no calor, talvez fosse apenas um papel de embrulho, um pássaro. Tomei lugar no círculo. Tentei fazer como o papai. Os pés afastados. O braço direito estendido para trás, o máximo que pude. O pé junto à borda do círculo. Papai acompanhava atento. Fred afastou-se. Girei e soltei o disco. Foi um lançamento fraco. O disco balançou no ar e aterrissou bem à frente do papai. Ele balançou a cabeça. "O impulso", disse. "Você se esqueceu do impulso, Barnum. E por isso o disco balançou como um pássaro com uma asa só. Sua vez, Fred." E Fred postou-se no meio do círculo, colocou o disco contra a palma da mão direita, inclinou-se, suave e rápido, e antes que eu pudesse ver o que estava fazendo, lançou o disco e se virou na direção do papai antes que aterrissasse. "Acompanhe o lançamento com a vista, Fred! Você pode ver no próprio disco quais os erros que cometeu." Fred esboçou um sorriso. "Fiz algo de errado?" Papai hesitou. "Você ainda não é campeão mundial, Fred. O pré-lançamento foi descontrolado. Mas, fora isso, você se saiu bem."

Corri para buscar o disco. Papai tirou a fita métrica e um bloco para anotar os resultados. "Agora é para valer", disse ele. "E para que o lançamento seja válido, o disco tem que cair dentro do setor marcado a noventa graus. Entenderam isso?" Não sei se entendi direito, mas fiz que sim. O calor era intenso. O suor escorria de nós todos. Tive que enxugar as mãos na grama seca. Papai respirava com dificuldade pelo nariz torto e olhou novamente para o Fred. "E acompanhe o disco com os olhos. O lançamento não está completo até que o disco tenha aterrissado." Fred meneou a cabeça. Papai mostrou uma moeda de uma coroa, novinha. "Coroa", disse eu. Fred sorriu. "Cara", disse ele. Papai atirou a moeda para o alto, apanhou-a na queda, juntou os dedos e abriu lentamente. "O Barnum começa", disse ele. "E lembre-se que neste esporte a estatura não quer dizer nada. No círculo do disco, somos todos iguais." Ele olhou para mim. "Está bem", sussurrei. Papai sorriu e nos deu uma palmada nas costas, um após o outro. "Boa sorte, rapazes. Que vença o melhor!"

Então o papai pegou a fita métrica, o lápis e o bloco, e foi até o setor de arremesso. Lá ficou plantado, esperando. Colocou a mão sobre os olhos. Dava para ouvir a respiração forte de onde eu estava, ele era como uma locomotiva. Fred permaneceu em silêncio atrás de mim. Meu braço era pálido, magro e liso. Lancei. Lancei tudo que pude. O disco voou baixo sobre a grama e caiu no chão. Papai correu até o disco, enfiou um pino no solo e mediu a distância até o círculo. Depois, fez uma anotação no bloco, lentamente. "Onze e meio!", disse. "Ainda tem muito a melhorar. Sua vez, Fred!"

E Fred está no meio do círculo. Papai volta para o meio do gramado. Ele se coloca à nossa esquerda, quase junto da pista de corrida, o sol direto no rosto. Nós estamos de costas para o sol. "Está pronto, Barnum?", sussurra Fred. Não sei o que ele quer dizer e ele não espera a minha resposta. Fred olha na direção do papai. Papai acena. Fred se contrai todo, rápido e flexível, seu braço se estica como um arame, o impulso do dedo e o disco que prossegue em sua trajetória, que atravessa a luz, na direção do papai, que está de pé, no meio do sol, no conjunto amarelo e a fita métrica na mão. O silêncio é ainda maior. Fred acompanha o disco com os olhos. O lançamento ainda não foi concluído. Mal começou. O lançamento já é uma força autônoma, liberta, solta e mesmo assim determinada, sua trajetória há muito já fora desenhada no ar, conduzida pelo impulso do dedo de Fred, talvez o lançamento já tenha começado com aquele que fez o disco, ou com aquele que concebeu o disco, concebeu sua forma e seu peso, pela primeira vez. Acompanho o disco com o olhar. Ainda está subindo. Atinge sua altura máxima e repousa por um instante na luz. Então, começa a cair. Vai rápido. Não vejo o disco antes de tudo acontecer. Papai tem que fazer sombra para a vista. Talvez pense, nesse segundo brusco, que o sol não é mais verde, é negro agora. E, no mesmo instante, o disco o atinge. O disco atinge o papai no meio da cabeça, no topo da testa, e ele solta a fita métrica, afunda no gramado e fica deitado. Os pombos levantam vôo do telhado em cima do vestiário. Fred se volta. Sua boca treme. Quero passar correndo por ele. Ele me retém. "Fique aqui", sussurra. Sou eu que fico no círculo agora. E Fred vai até o papai. Vejo que ele se ajoelha ao lado dele e levanta a sua cabeça. Encosta o ouvido na boca dele. O papai está dizendo alguma coisa? O papai está conversando com Fred? Não agüento mais. Solto-me do círculo. Corro até eles. Paro atrás de Fred, atrás das costas recurvadas de Fred. "O que ele está dizendo?", sussurro. Fred solta a cabeça do papai. "Dizendo?", pergunta Fred. "Você acha que ele está dizendo alguma coisa?" Fred vai para o lado e senta-se no gramado, os braços em volta dos joelhos, balançando, talvez tivesse ficado assim, balançando, quando a Velha morreu. Olho para o papai. O crânio está esmagado. A testa empurrada para dentro do rosto. Não se parece com ninguém. O ser humano sumiu dele. Não choro. "O que foi que você fez, Fred?" Ele não responde. Pergunto novamente. "O que foi que você fez, Fred? O que foi que você fez?" E Fred olha para mim. São os seus olhos que vejo, e a escuridão nesses olhos que não pára de aumentar. Mas não é disso que me recordo. Me recordo que ele de repente sorriu. "Será que não é apenas uma catalepsia?", diz Fred.

A mesa reservada no Grand ficou vazia aquela noite. Não houve banquete. Papai havia reservado uma mesa junto à janela, para que todos pudessem nos ver lá, com nosso cardápio de três pratos, mais facas e garfos do que dava para usar, e uma toalha branca quase chegando ao chão, quando o resto da cidade passava por Karl Johan, e talvez alguns de nossos conhecidos passassem e parassem repentinamente, espantados, impressionados e invejosos, e poderíamos erguer as incontáveis taças colocadas ao redor dos pratos com moldura dourada e brindar com o coitado faminto do lado de fora, a cara apertada em vão contra a vidraça. Mas nossa mesa permaneceu vazia. O banquete foi cancelado. O papai foi cancelado. E, quando voltamos para casa do Hospital de Ullevål, onde papai ficou deitado em uma maca no porão, e não foi preciso colocar um copo com aguardente no peito dele nem enfiar uma agulha no seu coração, o telefone tocou. Mamãe arrancou o telefone do gancho, como se acreditasse que alguém lhe diria que fora tudo um engano, um sonho infeliz, um 1º de abril atrasado. Vi que ela de repente enrubesceu. "Lamento muito", sussurrou. "Tivemos um impedimento." Ficou ouvindo por um instante, enquanto segurava o telefone com as duas mãos. Boletta e Fred e eu ficamos fitando a mamãe, mal ousávamos respirar. Por fim, ela disse: "Sim, eu entendo. Mas o meu marido faleceu hoje." E foi só quando ela disse isso, que o papai havia falecido, dito assim ao *maître* do Grand, que ela começou a chorar. Ela largou o telefone, e deu para ouvir o *maître* dando pêsames lá no restaurante em Karl Johan, e foi então que tocaram a campainha também. Boletta voltou o telefone para o gancho enquanto o *maître*, todo cortês, continuava a dar os pêsames. Fez-se um silêncio repentino. Mamãe pôs os braços ao redor de Fred e de mim e nos trouxe para perto de si. Tocaram de novo. Boletta foi até a entrada. Era a Boletta quem estava assumindo o comando. Ela havia preservado a calma. Suas mãos não tremiam. Abriu. Era o zelador Bang. Ele inclinou-se e cumprimentou. "Terrível", sussurrou. "Um terrível acidente. Mas deve ser pior para o Fred." O zelador Bang voltou-se lentamente para nós. Fred deu um passo para trás, na sombra da mamãe. "E o que o senhor quer dizer com isso", Boletta quis saber. Bang desviou o olhar. "Não foi o Fred quem lançou o disco?" "Vou dizer-lhe uma coisa", disse Boletta, em voz alta. "É terrível para todos nós. Mas o pior mesmo foi para Arnold Nilsen! O que é que você quer?" Bang curvou a cabeça novamente. "Inicialmente, quero dar os meus pêsames. Em nome do prédio." Boletta meneou a cabeça. "Obrigada. Foi muito gentil de sua parte. Mas agora precisamos ficar a sós." O zelador Bang continuou parado, na soleira da porta. "Um terrível acidente", repetiu. "Sim, sabemos disso, Bang. Nosso consolo é que ele teve morte instantânea." Boletta ia fechar a porta, mas Bang foi mais rápido. De repente, ele estava na entrada e segurava nossa mochila na mão. "Achei que vocês talvez quisessem ficar com isso", sussurrou. "E o que é?", perguntou Boletta, impaciente. "As coisas dele. Parece que foram esquecidas lá em Bislet." E o zelador Bang tirou a fita métrica, o lápis, o bloco de anotações, onde meu mísero recorde estava registrado, 11 metros e meio, e agora a paciência da Boletta chegou ao fim, ela arrancou a mochila dele, mas estava pesada demais, a mochila foi ao chão com um barulho surdo, que estremeceu debaixo de nossos pés. Bang curvou-se e levantou o disco. Boletta deu um passo para trás e não quis tocar nele. Mamãe suspirou e me abraçou mais forte, e entendi que Bang, aquele que a Velha sempre chamava de mascate, havia estado o tempo todo escondido junto dos vestiários, tinha visto tudo, mas o que teria conseguido ver? Ele só viu um acidente, um caso fortuito, ele tinha visto um homem vestido com um conjunto amarelo que estava na linha errada na trigonometria do acaso. E Bang não havia saído de seu esconderijo. Ele havia se escondido, se escondido e visto, mas agora ele não conseguia esperar mais, o *voyeur* metido a besta, que não agüentava ficar à sombra. E fiquei tanto assustado quanto impressionado com o fato de que esse foi o sentimento mais forte, mais selvagem e mais puro que eu já havia sentido até aquele dia: eu odiava o zelador Bang. "Onde devo colocar?", perguntou. Boletta levantou ambos os braços, e Bang abaixou-se, como se pensasse que ela fosse bater nele. "Fique com essa coisa horrível!", gritou ela. Bang sacudiu a cabeça. "Eu não sou lançador de disco", sussurrou. "Eu faço salto triplo." Comecei a chorar. Fred chutou a parede. Boletta empurrou Bang na direção da porta. "Veja o que você provocou com suas boas ações! Desapareça!" Então Fred foi até o zelador Bang, parou bem na frente dele, e Bang ficou ainda mais desequilibrado. Ele fez cara de poucos amigos. "Obrigado", disse Fred. "O quê?" Bang ficou com a vista embaçada. "Obrigado", repetiu Fred, e pegou o disco dele. O zelador Bang cumprimentou e foi mancando de costas escada abaixo. A porta bateu. Fred ficou na entrada, com o disco nas mãos. Mamãe soltou-me e disse algo estranho. Estava com os olhos inchados e apontou para Fred e disse: "Tire esse pássaro de mau agouro desta casa!" E, no mesmo instante, ela percebeu que as palavras tinham um sentido amplo demais, foram atiradas sem o impulso certo, balançaram pelo ar e atingiram Fred, como um golpe, pude perceber a contração no seu pescoço e uma dor que eu jamais tinha visto, e essa dor abriu-se em um sorriso. Ele só ficou olhando para a mamãe que, assustada, escondeu o rosto entre as mãos. Boletta foi logo abraçá-lo. "Não foi isso que ela quis dizer, você sabe muito bem." E ela pegou o disco de Fred, levou até a cozinha enquanto a seguíamos, e de lá atirou o disco pela janela, direto para o pátio interno, onde aterrissou num estrondo sobre o cascalho entre as flores de Bang. Então, voltou-se para nós. "Finalmente nos livramos dele! Do pássaro de mau agouro!" Acenderam luzes nos outros apartamentos. Rostos apareceram. Já era de noite. Papai estava morto. Onde estavam as luvas dele? E o conjunto amarelo? Mamãe tentou sorrir, mas não conseguiu. Ela segurou a mão de Fred. Fred tremia, como se estivesse congelando ou estivesse a ponto de chorar. "Estou chateado", sussurrou. Fred disse que estava chateado. Boletta abraçou-o de novo, delicadamente. Fred era de vidro. Podia quebrar a qualquer momento. Poderia cair no chão e estilhaçar-se. Mamãe hesitou por um momento. Então passou a mão no cabelo dele. Eu nunca tinha visto isso antes. "Meu filho querido. Não foi culpa sua." Boletta ficou furiosa antes de a mamãe conseguir concluir. "Culpa!", gritou. "Ninguém tem culpa! E se alguém tem culpa, é Deus e mais ninguém!" "Psiu", sussurrou a mamãe. Mas Boletta falou ainda mais alto. "Deus pode muito bem ouvir o que tenho a dizer! Porque hoje ele deveria se envergonhar!" Mamãe inspirou fundo e continuou a afagar os cabelos de Fred, ainda pesados de loção capilar. "Papai sempre cruzava o caminho, sabe. Ele não conseguia ficar parado. Era uma roda." Boletta bateu com o pé no chão e disse a mesma coisa. "Sim, Arnold Nilsen era uma roda." Fred olhou para mim e sorriu. "Ele cruzava o caminho", sussurrei. "Ele cruzava o caminho de Fred o tempo todo." Mamãe suspirou e teve que se sentar junto à mesa da cozinha. "Querem dormir comigo hoje?", perguntou. Balancei a cabeça e pus a mão no ombro de Fred. "Eu vou cuidar do Fred", disse.

Tudo que recordo, apago, esqueço e deixo ficar: Fred que se levanta. As aves que formam uma revoada cinzenta sobre os vestiários. Papai deitado na grama rala de Bislet. Fred que caminha lentamente na direção do portão, sem se voltar, e eu que fico sozinho, porque papai não está lá, papai foi embora. O seu crânio esmagado. O disco que ainda vibra. O sangue pelo aro de metal. Eu grito. Ninguém me escuta. Depois as sirenes, a ambulância, a maca. Fred sentado na arquibancada. Um policial que conversa conosco e escreve com caneta esferográfica num livro preto e nos pede para falarmos mais devagar. Dizemos que papai atravessou o caminho. Papai atravessou o caminho e o disco o atingiu.

Eu não dormi. Fiquei pensando no dia de amanhã, que quando eu chegasse à escola amanhã todos já saberiam do ocorrido, do acidente, talvez tivesse saído nos jornais, com foto do estádio de Bislet, talvez alguém tivesse tirado uma foto do papai também, do Fred e de mim, e a manchete ia cobrir quase toda a primeira página: "O Disco da Morte". E todos sentiriam pena de mim, não me fariam chamada oral, ninguém iria me aborrecer, ao contrário, amanhã todos seriam bonzinhos, iriam querer me ajudar e conversariam em voz baixa quando eu estivesse por perto, porque eu havia perdido meu pai num acidente trágico e horrendo, e eu mesmo o havia visto morrer, bem pertinho. "Deus do inferno", disse eu, em voz alta. Eu precisava. As palavras saíam sem que eu pudesse fazê-las parar, meu alfabeto furioso. "Disco do cu", gritei. "Cacete do balanço!" Mordi os dentes. Sangrei na boca. Fred estava deitado, em completo silêncio. Mas ele não dormia. E eu ouvia a mamãe e a Boletta lá fora. Já haviam começado a arrumação. Também não conseguiam conciliar o sono. Arrumavam as coisas do papai, seria por amor ou por arrependimento que estavam arrumando a bagunça do papai, na mesma noite em que ele estava deitado, morto, na sala fria no porão do Hospital de Ullevål? "Está ouvindo?", sussurrou Fred. "Sim. Mamãe e Boletta estão arrumando." "Não, não é isso. Preste bem atenção, Barnum." Prestei toda a atenção que conseguia, mas não ouvia mais nada. Estava com a boca quente e pastosa. "Papai não está respirando", sussurrou Fred. "Ele não respira mais pelo nariz." Agora também ouvi. A respiração pesada do papai havia sumido. Fred sentou-se na cama. Então atravessou o assoalho, deitou-se na minha cama e me abraçou. Assim ficamos, sem dizer nada. Logo mamãe e Boletta também sossegaram. Talvez tenham dormido por um instante. Não sei. Fred ainda estava me abraçando. "Qual o castigo que você acha que vão nos dar?", sussurrou. Não respondi. Fred não disse mais nada. Eu quis chorar de novo. Os meus olhos estavam tão quentes quanto a minha boca. Qual o castigo que vão nos dar? Depois de um tempo, levantei-me. Fred deixou-me ir. Fui até a entrada. Lá estavam as coisas do papai. A fita métrica estava em cima do aparador, ao lado do relógio oval, vazio de moedas e de tempo. Lembro-me que Peder disse uma vez, muito depois da morte do pai dele, na garagem, no banco da frente do Vauxhall, que Oscar Miil deveria ter usado bastante tempo na preparação, as contas estavam pagas, as assinaturas canceladas, a roupa de baixo lavada. "Nunca vou perdoá-lo." Foi Peder quem disse. O Arnold Nilsen, a Roda, estivera preparado? Não, é impossível que estivesse, porque quem é que espera pela morte num domingo de manhã em Bislet, numa competição amistosa? Ninguém. Sua vida ainda estava por fazer. Espiei no quarto. Mamãe e Boletta haviam dormido vestidas. Mal tinham conseguido tirar os sapatos. Os ternos do papai estavam pendurados sobre a cadeira, uma pilha de ternos em todas as cores, pretos, cinza, azuis, até mesmo um terno verde, e, em cima de tudo, o terno de linho branco, enganchado num cabide envernizado da Rouparia Ferner Jacobsen, talvez fosse esse que tinha pensado vestir esta noite, durante o banquete no Hotel Grand, embora certamente tivesse ficado muito apertado nele. Talvez eu pudesse usá-lo, no enterro. Tirei devagarinho o terno branco, amarrotado, do cabide. Tive que experimentar o paletó, e foi então que achei a lista que ele havia escrito, a lista do riso, numa folha de papel que tinha arrancado de uma Bíblia. Estava no bolso do paletó. De início, vi apenas o trecho da escritura, do Apocalipse de São João. *Porque eu testifico a todo aquele que ouvir as palavras da profecia deste livro que, se alguém lhes acrescentar alguma coisa, Deus fará vir sobre ele as pragas que estão escritas neste livro. E, se alguém tirar quaisquer palavras do livro desta profecia, Deus tirará a sua parte do livro da vida, e da cidade santa, e das coisas que estão escritas neste livro.* E no verso o papai havia escrito sua estranha lista, onde, por fim, constava, com letras tortas e infantis: *Será que existe um riso caridoso?* E eu poderia, esta noite, ter acrescentado: o riso do papai.

Enterro

Não foram muitos os que compareceram ao enterro do papai. Era um sábado, e chovia. Éramos nós na primeira fileira. Era a Esther do quiosque. Era o zelador Bang, que havia encontrado um assento na ponta, junto dos pilares, junto com o Arnesen e a Sra. Arnesen, a pianista maníaca, que vestia um imenso casaco de peles embora fosse o mês de junho. Mais não havia, quando os sinos dobraram, afora algumas senhoras de muita idade, que não conhecíamos, mas que costumavam aparecer aqui para treinarem para quando fosse a vez delas. Não veio ninguém do norte. A maioria dos de lá também já era falecida. O caixão do papai era preto. Sentei-me entre Fred e Boletta. Mamãe segurava a mão do Fred. Chovia. Olhei para os meus pés. Uma poça negra formava-se ao redor dos meus sapatos, os sapatos lustrosos de dança. Uma minhoca arrastava-se pela sola do pé direito, passando ao chão, na direção das flores que estavam lá, dirigia-se para lá, sobre a fita de sela amarrada ao redor das hastes, dos amigos do prédio, não consegui desgrudar o olhar da minhoca no crematório do Oeste, talvez tenha dado uma risada, porque levei uma cotovelada forte da Boletta. O padre veio nos cumprimentar. Era um padre novo, parecia tão nervoso quanto nós, porque em seu magro testamento o papai havia deixado muito claro, por escrito, que o padre da igreja de Majorstuen, que havia se negado a batizar o Fred e a mim, sob hipótese alguma poderia ter mais nada a ver com a família Nilsen, fosse casamento, comunhão, batismo, confirmação ou enterro. Talvez o papai estivesse preparado, afinal, preparado para a morte, pois já havia escrito seu testamento, sua última lista de desejos, seu testemunho: testamento e risos. O padre soltou minha mão e fez um agrado no meu rosto. Seus dedos estavam secos. Então subiu até o púlpito. Não vi mais a minhoca. O padre falou do papai. Procurei a minhoca. Mas havia sumido. E, quando me voltei, porque talvez ela tivesse se perdido na coxia, vi que o Peder e a Vivian estavam sentados, quietos, na última fileira. Peder levantou a mão, discretamente, e balançou devagar a cabeça. Vivian também acenou e acho que ela enrubesceu. Fiquei tão feliz. Meus amigos estavam lá. Papai havia falecido e meus amigos vieram para o enterro, e não fazia mal que tivessem chegado atrasados. Fiquei com vontade de correr até eles. Boletta me deteve. O padre disse que o papai era uma pessoa generosa. Ele havia trazido consigo um horizonte mais amplo das ilhas lá do norte. Mamãe chorou. Fechei os olhos. Fred inclinou-se sobre os joelhos. Boletta tirou um lenço. O padre disse algo estranho. Ele falou sobre os cormorões, as aves negras do litoral longínquo, que defecam nos morros e nos rochedos para que possam encontrar o caminho de volta, placas de trânsito brancas de cocô. Abri os olhos. O padre sorriu, mas segurou-se, e dirigiu o olhar para o caixão onde papai estava estendido. Ele havia descido ao fundo do mar. Ele havia estado em catalepsia. Ele havia ficado soterrado sob a lona do circo. Agora não havia mais retorno. Temia pela hora em que fôssemos cantar. O padre havia dado o seu recado. A organista começou a tocar. Espiei o folheto com o nome do papai em letras rebuscadas, seus anos de nascimento e morte e o salmo que iríamos cantar. "Deus é Deus." Tossimos. Esperamos. Os sapatos arrastando-se entre as fileiras. As gotas de chuva que havíamos trazido para dentro. Os guarda-chuvas que escorregavam pelos bancos. A tristeza incômoda. As vozes finas. *Deus é deus ainda que todo homem.* O padre tentou despertar nosso entusiasmo, mas sua própria voz também não ia muito longe — era seca e chapada como papel. *Deus é Deus ainda que todo homem pereça.* Éramos um coral franzino. Achei ouvir o Peder dando o tom, e ele não era propriamente candidato ao menino de coro do ano. Senti de novo a vontade de rir. Mas foi então que sobreveio outra voz que nos fez calar, uma voz grave, poderosa e desconhecida que encheu todo o crematório, num repente, que sustentava o hino forte e orgulhoso. *Deus é Deus ainda que todo homem pereça.* Voltei-me, mamãe e Boletta voltaram-se, até o Fred teve que espiar e o padre também olhou fixamente na direção da porta. E lá, entre a sombra e a luz, entre os vitrais e a chuva, estava uma figura velha e magra, vestida de um sobretudo comprido e preto, segurava um chapéu nas mãos, os cabelos eram brancos e branco era o seu bigode, que se espraiava sobre a boca, ocultando-a, de modo que parecia que o hino saía dele todo, que ele o erguia em suas mãos e o cantava com todo o seu corpo. *Deus é Deus ainda que toda Terra feneça.* Deixamo-lo cantar sozinho, até o fim, cada estrofe, e ele era, por si só, todo um coro masculino. Nunca ouvi um silêncio tão grande quanto o que se seguiu. Só a chuva no telhado. Só o estalar fraco das flores e da poeira caindo das coroas. Só os últimos suspiros dos tubos do órgão. E a próxima coisa de que me recordo, quando o caixão preto do papai havia afundado no chão para sempre, foi que estávamos na escadaria do lado de fora do crematório, e formou-se uma pequena fila de pêsames, essa palavra pesada e esdrúxula que é ótima ter à mão quando não sabemos o que dizer, meus pêsames, que podemos resmungar, sussurrar, soluçar, meus pêsames, como sendo o dialeto formal e cortês da dor, onde não temos outra linguagem à disposição, afora ruído e silêncio, porque a vergonha é sempre mais forte do que a dor, "meus pêsames", disse Arnesen, "meus pêsames", reiterou o zelador Bang, "meus pêsames", sussurrou a Esther do quiosque, "meus pêsames", disseram as velhas senhoras que não conhecíamos e que choravam mais do que todos. Fred foi até a cerca junto da linha do bonde e acendeu um cigarro. Não chovia mais. Fred deixou o fósforo cair ao chão e não tirava os olhos de nós. Era a vez de Peder e Vivian na fila, e cumprimentaram a mamãe, acanhados como na escola de dança de Svae, em roupas escuras, inabituais, e se voltaram para mim e me seguraram a mão também. "Meus pêsames", disse Peder. "Obrigado", disse eu. "Meus pêsames", disse Vivian. "Não há de quê", disse eu. Mas aquele que todos aguardávamos era o homem magro e alto com o bigode, o cantor, que ninguém conhecia. Ele se aproximou, fez uma profunda mesura, aprumou-se e olhou direto nos olhos da mamãe. "A morte ninguém engana, dona Nilsen. A morte é o grande diretor." Era estranho, pois a voz dele agora era diferente, não se parecia com a voz que tinha usado para cantar, era frágil, quebrava a cada segunda palavra, uma voz com muletas. Mas o olhar era igualmente firme quando finalmente se aprumou, seus olhos estavam afundados no rosto magro e o bigode formava uma cerca viva abaixo do nariz. Segurou também a mão de Boletta. "Tenho muitos nomes, mas Arnold Nilsen conhecia-me melhor como Mundus." Primeiro o padre velho havia cantado o hino quando ele ia acordar o papai dos mortos, depois o papai cantou o hino ao atravessar o redemoinho de Moskeness, e agora Mundus, o diretor do circo, também o havia cantado, no enterro do papai, quando estava morto pra valer. *Deus é Deus.* E foi quando ouvimos um estrondo no estacionamento, e antes que eu pudesse ver o que era, Peder já havia escondido o rosto entre as mãos, arfando como um cachorro. Era obviamente o pai de Peder. Ele desvencilhou-se do Vauxhall fumegante e correu em nossa direção, com um buquê debaixo do braço, mas foi reduzindo a velocidade, até parar por completo na frente da mamãe para tomar fôlego. "Lamento profundamente", disse. "O infeliz do meu carro teve parada de motor na praça Solli e nem consegui dar carona para o Peder e a Vivian." Peder fechou os olhos e levantou o olhar para o céu. Vivian estava a ponto de morrer de tanto rir. Fred aproximou-se. O pai de Peder entregou as flores à mamãe e de repente ficou todo formal. "Sou o pai de Peder Miil. Seu marido causou-me uma forte impressão." Mamãe olhou espantado para ele. E sorriu. Ela sorria para todos, e ocorreu-me que nunca a tinha visto assim, vou ter que usar a palavra, feliz, nesse momento, feliz na escadaria do lado de fora do crematório do Oeste, tive que procurar no rosto dela para ter certeza que estava vendo certo, se o sorriso não era apenas uma careta, uma máscara, mas eu não tinha tido uma ilusão de ótica, era o rosto autêntico dela, e não sei bem por quê, mas fiquei envergonhado por ela. De repente, Fred dirigiu-se até a Vivian. "Tem fogo?", perguntou. Vivian sacudiu a cabeça e se afastou. Era nisso que eu deveria ter reparado, era lá que eu deveria ter posto o meu olhar, toda a minha atenção, nesse gesto, Vivian que balança a cabeça e se afasta e Fred que a segue de perto, e ele segura uma minhoca entre os dedos, antes de parar e tomar outra direção, passando pelo ponto do bonde, atravessando os trilhos. Em vez disso, fiquei olhando para a mamãe. Ela estava entre o pai de Peder e aquele que se chamava Mundus. Ela levantou a mão e tomou a palavra. "Seria uma grande alegria para mim se vocês nos acompanhassem até o Hotel Grand, para recordarmos meu falecido marido."

Seguimos em dois táxis até a avenida Karl Johan, porque o pai de Peder deixou o Vauxhall no estacionamento, não queria correr o risco de vê-lo parar de novo, e ele deve ser a única pessoa que conseguiu ter o carro guinchado, com multa e tudo, do estacionamento do crematório do Oeste, como se o falecido tivesse vindo dirigindo até seu próprio funeral e deixado o carro lá pela eternidade. E então finalmente entramos no Grand, tomamos lugar na mesa mais comprida junto à janela; as nuvens tinham se afastado e o solo brilhava sobre o asfalto molhado e escuro, e aqueles que passavam do lado de fora, naquela tarde, o primeiro sábado de junho, poderiam imaginar que estivéssemos comemorando alguma coisa, talvez um aniversário de número redondo, uma boda de prata, que havia festa no Grand, e fui tomado por uma tal solidão e um tal desespero, lá onde eu estava sentado, entre o Peder e a Vivian, porque não sabemos sobre os outros nada além do que vemos, estamos de lupa em punho no meio da Via Láctea, e nem o que vemos é verdadeiro, sabemos pouca coisa e nada, somos separados e cada um por si, estamos do lado de fora, somos apenas observadores impacientes, e sobre nós mesmos sabemos ainda menos. Os garçons vinham um após o outro com mil-folhas, café e licores, e o *maître*, todo solícito, orbitava em torno de nós, serviram Boletta com cerveja engarrafada fria, o zelador Bang comia usando dois garfos, Arnesen fumava um charuto, Mundus limpou o bigode com o guardanapo inteiro e despejou o licor no café, o pai de Peder limpava os óculos, Esther tomava mais um licor, Fred não estava lá e a mamãe, a mamãe estava tão fora de si, tão no limite de um ataque de nervos depois da alegria profunda, e, de repente, entendi a mamãe, fiquei mais calmo, porque não estávamos afinal completamente sós, essa era a única oportunidade de festejar Arnold Nilsen, a última festa e, quem sabe, a melhor de todas, mamãe era o centro das atenções, incontestada, a celebração do adeus havia se tornado um banquete, na mesa da janela do restaurante do Hotel Grand. Peder inclinou-se para mim. "Cadê o Fred?" O pai fez psiu para ele, porque aquele que se chamava Mundus havia se levantado e ia dizer alguma coisa, ia discursar, e era como se todo o restaurante tivesse emudecido, para ouvir as palavras desse homem magro e estranho. Ele discursou: "Agradeço a linda hospitalidade que me foi demonstrada aqui hoje. Espero que Arnold Nilsen tenha se sentido do mesmo jeito, quando ele veio ter em meu circo tantos anos atrás. Ele veio como um anjinho para mim." Mamãe voltou a chorar e Mundus colocou a mão, delicadamente, sobre o ombro dela. "Trago uma saudação de todos do circo, a saudação do homem mais alto do mundo, da Moça dos Chocolates, das costureiras, dos palhaços e dos músicos, de todos trago sua saudação a Arnold Nilsen, embora a maioria já tenha falecido, meu circo esteja fechado e seja hoje apenas uma lembrança, um risco na serragem que sopra com o vento em todas as direções." Riu repentinamente de suas próprias palavras. Negro era como papai havia qualificado aquele riso. Prestei atenção. Papai estava certo, *era* negro, como o canto, seu riso brilhava como mármore preto. E Mundus voltou-se repentinamente na minha direção. "Você se parece com seu pai", disse. Baixei a cabeça. Não queria parecer com ninguém, muito menos com o papai. "Como você se chama?" Voltei a levantar a vista. "Barnum", murmurei. Mundus abriu um longo sorriso. "Barnum. Como não. Seu nome não poderia ter sido outro." Ele teve que enxugar uma lágrima em cada olho, e, depois, transferiu o seu olhar brilhante para Peder. "E você é o irmão de Barnum?" Peder estava a ponto de rir alto, mas conseguiu parar a tempo. "Não. Sou apenas o Peder. Peder Miil. Amigo de Barnum." Mundus voltou a olhar para a mamãe. "O Arnold Nilsen não tinha dois filhos?", perguntou. Fez-se um silêncio completo em torno da mesa. Não se ouvia um pio no restaurante inteiro. O *maître* permaneceu congelado, no meio do salão, com uma conta na mão, os garçons haviam parado, com suas bandejas e seus cardápios. E era como se só agora a mamãe desse falta do Fred, seu rosto veio abaixo, como seda e folhas de outono, e fitou-me. "Onde está o Fred?" "Está vagando", sussurrei. Mundus permaneceu em pé. Estávamos todos tomados por uma aflição, impossível de esconder. Ele quebrou o silêncio que havia se instalado. "Arnold Nilsen costumava carregar a minha bagagem, minha mala mais preciosa. Acabei perdendo-o de vista. Mas nunca me esqueci dele." Mundus fez uma reverência e deixou a mesa. De início, achamos que ele tinha ido ao banheiro, ou que talvez fosse buscar alguma coisa na portaria. Mas, logo depois, vimo-lo passando do lado de fora, na avenida Karl Johan, aquele que se chamava Mundus, e ele não se virou, atravessou a avenida e por lá sumiu diante dos nossos olhos. Nunca mais ouvimos falar dele, e acontecia que por vezes pensamos que era algo com que havíamos sonhado, que ele não existia, era apenas um personagem sobre o qual falávamos. "Minha nossa!", sussurrou Peder. E o *maître* veio à nossa mesa com a conta. A magia foi desfeita. É um funeral, não um banquete. Estamos no lugar errado. Estamos sentados numa vitrine, com nossa dor irremediável. Alguém do lado de fora, na calçada, ri de nós, aponta e ri de nós. Mamãe levanta-se, tonta e pálida, e nós a seguimos. Afastamo-nos da mesa. E, na portaria, a mamãe volta-se para o pai de Peder e pergunta: "O senhor conhecia o meu marido?" O pai de Peder pigarreia. "Só o encontrei em uma ocasião. Ele me deu uma impressão muito forte." Mamãe se surpreende. "E onde o senhor o encontrou?" "Ele veio à minha loja. Ele queria vender uma carta rara, da Groenlândia." Boletta suspira fundo, parece mais um gemido, e ela tem que se apoiar no balcão, o porteiro pressente que ela vai desmaiar e a segura, mas Boletta o afasta com o guarda-chuva. "O senhor por acaso ainda tem essa carta?", pergunta, suavemente. O pai de Peder balança a cabeça. "Não, foi quase que imediatamente revendida, para o exterior. É uma mercadoria muito procurada." Mamãe sorri. Mamãe tenta sorrir. "Puxa, que interessante", diz. "Muito obrigada. Muito obrigada a todos."

Saímos. Fomos para casa. Mamãe dormiu direto, dois dias e duas noites. Boletta acomodou-se no Pólo Norte e esfriou sua fúria em cerveja gelada. Eu fiquei deitado no nosso quarto, esperando o Fred. E fiquei pensando nessa seqüência estranha de eventos que me levaram até esse ponto em que eu estava, pensando sobre tudo isso. Primeiro eu tinha ingressado na escola de dança e lá conheci a Vivian e o Peder e fui expulso bem no meio da primeira aula, mas não tive coragem de contar para a mamãe. Então o pai secretamente vendeu a carta com o selo da Groenlândia ao pai do Peder e morreu com um disco na cabeça. E hoje ele foi enterrado e desmascarado, era ele quem tinha passado a mão na carta, na nossa carta, e a tinha vendido. Uma coisa traz consigo a outra e é impossível dizer onde tudo começa, o primeiro que puxa o próximo, uma sombra que se espalha, lenta mas seguramente, uma poça ao redor dos sapatos que cresce até formar um mar no crematório, um espelho sobre o qual podemos nos curvar quando amarramos o cadarço e vemos uma minhoca se arrastando. A culpa era do papai. Foi assim que pensei e, ao pensá-lo, a porta se abriu. Boletta entrou silenciosamente. Ela havia ficado sentada no Pólo Norte pensando em nós, nossos pensamentos haviam seguido as mesmas trilhas, e agora ela sentou-se na beirada da cama. Recendia cerveja dela. Ela ficou ouvindo minha respiração. "Quero que vocês me desculpem", sussurrou. "Por ter achado que vocês tinham pegado a carta." "Não faz mal", sussurrei. Ela pôs a mão na minha testa, como se achasse que eu estivesse com febre. "E como você está?", perguntou, repentinamente. Comecei a rir. Parecia tão cômico. Boletta riu também. "Meus pêsames", disse eu. Boletta riu ainda mais, mas, de repente, silenciou, como se alguém tivesse cortado o seu riso com uma tesoura. "Estou perguntando para valer, Barnum. Como é que você está?" Tive que pensar. Precisei procurar dentro de mim, porque eu não sabia como estava, tentei tudo o que pude para encontrar algo em mim que fosse autêntico. "Estou bravo", disse eu. "Estou tão brava quanto você, Barnum." "E estou com medo, Boletta." "Estamos todos com medo, Barnum." "Mas estou aliviado também", disse eu, tão baixinho quanto possível. "É permitido se sentir aliviado", disse Boletta. Eu estava a ponto de chorar. Escondi o rosto no travesseiro. "Estou tudo isso ao mesmo tempo", solucei. Boletta voltou a sentar-se. "Então você é um sortudo, Barnum. Por ter tantas emoções a escolher!" Ela ficou sentada e me coçou as costas. Ela sabia que era o que eu mais gostava, embora eu já fosse muito velho para isso. "Quer dormir comigo esta noite?", perguntou Boletta. "Não, muito obrigado", disse eu. Boletta foi na ponta dos pés até a porta. E Boletta saiu do quarto, em silêncio. Depois veio o Fred. Ele fechou a porta atrás de si, sem fazer barulho, e deitou-se, vestido como estava, sem dizer nada. Já havia começado a clarear. Fiquei em dúvida se não havia mesmo dormido e apenas sonhado tudo o que havia pensado e ouvido, mas alguém havia me coçado as costas. "Não foi você quem pegou a carta", sussurrei. Fred respirou fundo e virou-se ligeiramente. "Que bom que você me contou, Barnum. Estava quase achando que tinha sido eu." Ele ficou em silêncio por mais um instante. Seus punhos estavam inquietos. "Ficou besta só porque seu pai morreu?" "Foi ele", disse eu. "Foi o papai. Quem vendeu a carta para o pai de Peder." Fred sorriu. "Pegue a Bíblia", disse. "Bíblia?" "Não seja lerdo, Barnum. Você sabe o que quero dizer." Levantei-me e tirei o *Guia Médico da Família Norueguesa* da nossa estante. Ficava entre o atlas e o almanaque do *Aftenposten.* "Abra em enterro", disse Fred. "Por favor", sussurrei. "Faça o que estou dizendo", disse Fred. Fiz como ele disse. Sentei-me na cama e abri na letra E. *Enterro* vinha junto de *Fertilização.* Fiquei lendo o verbete *Fertilização* só para fazer o tempo passar. Fred levantou a mão. "Já estou ficando irritado, Barnum." Desloquei a vista para a página ao lado. *Enterro. A colocação do cadáver em uma cova no solo, para que se decomponha e volte a ser terra. A decomposição se dá por meio de uma atividade bacteriana específica no solo que envolve o cadáver. Se o solo for arenoso e poroso, o cadáver se decompõe em alguns poucos anos; se for argiloso, pode levar vinte anos ou mais. Se a capacidade bacteriana do solo tiver sido excessivamente utilizada, o cadáver não se decompõe, mas se transforma em uma massa gordurosa, a que se denomina cera de cadáver.* Parei de ler. O verbete seguinte era *Fungo.* Voltei a deitar-me. Fred tirou os sapatos. O sol estava para se levantar. "Quem era a garota?", perguntou Fred. "Qual garota?" "Qual? Havia muitas garotas no enterro do Arnold Nilsen, Barnum?" Fechei os olhos. "Vivian", sussurrei.

Dois meses depois chegou um envelope para a mamãe, que a abateu mais um tanto. Vinha do Albergue Coch. Era uma conta. Era a maior conta que jamais tínhamos visto. Tinha 14 anos de extensão. Mamãe leu devagar. Passou o dedo pela folha e foi ficando pálida na testa. Então entregou a carta a Boletta.

"Catorze anos!", exclamou. "Arnold Nilsen alugou um quarto no Albergue Coch durante 14 anos!" "Ele manteve o quarto depois que nos casamos", sussurrou a mamãe, como se tivesse acabado de entender a situação. "Meu Deus do Céu!" "Ele manteve o quarto mesmo depois de morto, aquele sem-vergonha!", disse Boletta. Ela levantou-se, irritada e histriônica. "Pois vamos lá já! Talvez ele tenha escondido o dinheiro da carta lá!" Boletta tirou a mamãe da cadeira e voltaram-se bruscamente para mim. Eu estava junto da porta e vi e ouvi tudo. "Posso ir junto?", perguntei. "Não!", rosnou a mamãe. Mas a Boletta sorriu. "Claro que pode", disse. "Não vai te fazer mal algum ver que tipo de homem seu pai era."

E talvez fosse isso que imaginassem, que ficaríamos sabendo quem Arnold Nilsen era de verdade, ele que um dia chegou subindo de carro a Kirkeveien em um Buick Roadmaster, com luvas claras e o cabelo penteado como uma tampa preta sobre a cabeça larga. É aqui que procuramos uns aos outros, nos quartos que abandonamos, nas contas a pagar? É assim que queremos lançar luz em nossos atos escusos, para, por fim, conseguir ver um rosto verdadeiro lá dentro?

Seja como for, depois que Boletta passou no banco em Majorstuen e sacou o saldo de sua aposentadoria pública da Central Telefônica, fomos até o Albergue Coch, na parte de baixo da rua Bogstad. Quando chegamos, mamãe perdeu a coragem e quis retornar para casa e para o Fred. Mas Boletta estava decidida. Ela foi logo abrindo a porta e empurrou a mamãe para dentro e tivemos que subir uma escada íngreme até algo que se chamava recepção. Lá havia uma mulher com pálpebras imensas, atrás de um balcão. Ela abriu uma das pálpebras quando nos viu. "Em que posso ajudá-las?", perguntou. Boletta pôs as mãos sobre o balcão. "Isso já vou lhe dizer, dona madame de albergue. Estamos procurando o quarto do senhor Arnold Nilsen." "Ele se mudou", disse a mulher. Boletta sorriu. "É, pode-se dizer que sim. Mas não levou o quarto com ele, levou?" "Ele se mudou", repetiu a mulher. "Ele morreu", disse Boletta. Mamãe também inclinou-se sobre o balcão. Seu rosto tremia. "Ele vinha muito aqui?", sussurrou. A mulher ficou com a boca cansada e limitou-se a dar de ombros. Mamãe prosseguiu, com a voz ainda mais baixa. "Ele morava com alguém aqui?" Alguns hóspedes vieram descendo a escada, um casal, nenhum deles completamente sóbrio. Mamãe pôs as mãos sobre os meus olhos. Ouvi o riso deles sumir na cidade. "Queremos ver o quarto!", disse Boletta. A mulher recuperou a fala. "Por quê?" Então Boletta atirou o envelope pesado em cima do balcão, com tanta força que a mulher sobressaltou-se. "Aqui está o pagamento de 4.982 diárias. Somos uma família que faz questão de saldar suas dívidas! Passe a chave!" E a mulher tirou do gancho a chave de número 502 e entregou-a. Subimos três andares. No fundo do corredor ficava o quarto 502. "Espere aqui", disse a mamãe. Ela foi em frente, acompanhada da Boletta, passando por todos os outros quartos. Mas esgueirei-me atrás delas. Queria ver e ouvir tudo. Boletta passou a chave para a mamãe, mas ela não quis segurá-la e jogou-a de volta para Boletta que a enfiou na fechadura, respirou fundo, deu uma volta e abriu lentamente a porta.

O que esperavam ver? Uma sala mortuária cheia de tesouros? Arnold Nilsen flagrado *post mortem*? O quarto estava arrumado e vazio. A cama estava feita. As cortinas, fechadas. A escuridão era imóvel. Havia cheiro de mofo e de longas férias. Boletta foi a primeira a entrar. Mamãe entrou logo atrás. Fiquei parado na soleira, do lado de fora do quarto do papai. Mamãe não sabia ao certo o que fazer. Boletta sabia. Ela tirou a gaveta do criado-mudo. A única coisa que achou foi uma Bíblia gasta. Folheou-a rapidamente, como se acreditasse que alguma coisa pudesse estar escondida lá, entre as capas. "Até da Bíblia ele arranca folhas", suspirou. Mamãe olhou na minha direção, mas não disse nada. Em vez disso, abriu bruscamente um armário, vazio, apenas uma fileira de cabides que balançavam sobre uma barra de metal, e poeira que se levantava e caía. Eu continuei na soleira e fiquei pensando nos bosques, quando entramos num bosque temos que afastar galhos e teias de aranha e urtigas para ver alguma coisa. Fechei os olhos. "Achou alguma coisa?", perguntou Boletta. Abri os olhos. Mamãe balançou a cabeça. Boletta pôs-se de quatro e arrastou-se pelo chão, espiando. Então, levantou o colchão. Ela pegou uma tesoura de unha e abriu o colchão inteiro e enfiou a mão lá dentro, procurando. Mamãe começou a rir. Riu alto e descontroladamente, e Boletta voltou-se irritada para ela. "Não tem nada de que rir!" "Você acha mesmo que Arnold escondia dinheiro no colchão?", perguntou a mamãe. "Não se pode ter certeza de nada", disse Boletta, os lábios duros. "E pare com essa risada indecente!" Mas a mamãe não parou de rir. Não sei o que deu nela. Ela teve que se sentar na cama, e Boletta mal teve tempo de tirar o braço de dentro do colchão, e ela sentou-se do lado da mamãe e logo estavam as duas rindo. Sim, as duas. Não conseguia entender. Que risada era aquela? Estavam lá sentadas, rindo, abatidas, na cama verde, tinham que se apoiar mutuamente para não caírem no chão de tanto rir, talvez não tivessem outra opção senão rir, se não fossem começar a chorar. "Colchão de foda", disse eu. Mordi minha língua. Fazia tanto tempo que minha boca não desandava. Mamãe e Boletta olharam para mim. Mas limitaram-se a rir. Talvez estivesse tudo dentro da minha casa, lá no fundo de mim, talvez eu falasse apenas para mim mesmo, para baixo, numa língua de ré, a cabala da língua. "Colchão de foda!", gritei e dei um passo pesado na direção delas e apontei para um armário estreito logo atrás da porta. "Vocês não olharam aí", disse. Fez-se silêncio, o riso recolheu-se em breves sorrisos, traços de pensamento nos rostos. Apontei mais uma vez. E, por fim, foi a mamãe quem se levantou da cama, foi até o armário atrás da porta e abriu. Um sopro de escuridão quente veio a nosso encontro. Havia uma mala no armário, uma mala preta, amarrada com um barbante forte. Não devia ser muito pesada, porque a mamãe levantou a mala sem dificuldade e colocou-a sobre a cama. O barbante soltou-se assim que Boletta tocou o nó, desmanchou-se como uma flor seca. A mala não estava trancada. Mamãe abriu a tampa. A mala estava vazia. Era tudo: uma Bíblia estragada, o pó pesado e uma mala vazia. "Ora, ora", disse Boletta. "Então era só isso?" Mamãe deixou a tampa cair. "Vamos deixar aí", suspirou. Então dei mais um passo à frente. "Quero ficar com ela!" Mamãe virou-se para mim, ficou assim um bom tempo, com a mão na tampa e os dedos cheios de barbante e poeira. Então assentiu, com mais um suspiro. "Se você faz questão."

Saímos. Fui eu quem carregou a mala. Boletta trancou a porta. "Agora trancamos esta porta para sempre", disse ela. E mamãe nunca mais falou do quarto de número 502 no Albergue Coch. Não quis dizer nada, nem mesmo quando perguntei para ela, muitos anos depois, em outro tempo, o que ela achava que o papai fazia naquele quarto, apenas a alguns quarteirões de casa. Ela apenas pôs o dedo sobre os lábios, primeiro os dela, depois os meus, e sorriu. "Está tudo esquecido", sussurrou. "Não se esqueça disso, Barnum." Mas eu não conseguia esquecer. Não tiro nada. Sou aquele que fica sempre somando. É da minha natureza. Eu mesmo viria a morar lá um dia. Muitos anos depois. Eu exijo o quarto 502. Deito, quase inconsciente, na cama desconjuntada, e tento pensar o que o papai teria sonhado, quando estava deitado lá fitando o mesmo teto, no quarto 502 do Albergue Coch. Mas eu não tenho sonhos. Chamo por Fred. Meu único pensamento é: aqui todos são mentirosos.

E Esther inclinou-se para fora do seu quiosque, cumprimentou a mamãe e a Boletta e observou a mala que eu carregava. "Você não está pensando em viajar e nos deixar para trás, Barnum?" "Vou para casa", disse. E lá o Fred me fez a mesmíssima pergunta, quando enfiei a mala debaixo da cama. "Você certamente vai caber nela", disse ele. "É só deitar na diagonal." Fred começou a rir. "E aí eu vou poder carregar você." Virei-me para ele. Eu disse: "Agora o papai está morto."

Papai teve seu apelido gravado também na lápide. Arnold "Roda" Nilsen estava escrito lá. Levou muito tempo até eu ir lá, e faz muito tempo que não voltei lá.

Castigo

Fred levou uma surra. Apanhou tanto que mal conseguimos reconhecê-lo depois da surra. Ele havia afinal ido até a Filatélica Miil, para perguntar acerca da carta da Groenlândia. Algum tempo depois, o pai de Peder contaria que, no início, o Fred não queria acreditar que a carta havia sido revendida, para um cliente estrangeiro, e que este, um alemão, a havia passado adiante a outro colecionador, também no exterior, mas cujo nome o pai de Peder não conhecia. Fred recusou-se a acreditar nisso. Há tempos o Fred vinha poupando para poder comprar a carta de volta, não sei de onde ele arrumava o dinheiro, mas tenho as minhas suspeitas. Mas agora era tarde demais, e ele saiu do sério. Empurrou o pai de Peder para o lado, ameaçou trancafiá-lo no quarto dos fundos, tirou todas as gavetas e abriu cada um dos armários e folheou todos os arquivos da loja. "Não fiquei realmente com medo", disse o pai de Peder. "Eu o conhecia do enterro, e Peder já contou muitas coisas sobre ele. Só fiquei preocupado que ele viesse a danificar alguma coisa." Mas o Fred não estava lá para provocar danos. Se estivesse, só restaria ao pai de Peder fechar a Filatélica Miil para sempre e, em seu lugar, abrir um brechó. Mas o Fred sequer dobrou um único selo ou envelope. Tudo que ele queria era encontrar a carta da Groenlândia. Ele não a achou. Não estava lá. Acabou entendendo isso. Fred sentou-se em uma cadeira e escondeu o rosto entre as mãos, envergonhado e possesso, imagino. O pai de Peder ofereceu-lhe um pacote grátis de selos. Fred não estava interessado. Ficou simplesmente sentado assim, por vários minutos. Depois, levantou-se bruscamente. "Quanto ele ganhou pela carta?" "Isso eu infelizmente não posso dizer", disse o pai de Peder. "Sei", disse Fred, e ficou encarando-o. "Mas era menos do que se costuma ganhar por um selo sueco de um xelim e mais do que se ganha por uma tiragem original dinamarquesa." Fred continuou encarando o pai de Peder. "Um selo sueco de um xelim pode render umas dez mil coroas. E uma tiragem original dinamarquesa pode valer uns oito mil." Fred ficou em silêncio por mais um instante. "Quero que o dinheiro se foda", disse, por fim. "Também acho", disse o pai de Peder. "O dinheiro não é o que mais conta." "Quero que o dinheiro se foda", reiterou Fred. "Só queria saber por quanto ele nos vendeu." O pai de Peder espantou-se. "Quer uma Coca?", perguntou. Fred levantou o braço. "E quanto você lucrou com a carta?" O pai de Peder balançou a cabeça. "Para dizer a verdade, foi um negócio fraco para mim. Levando tudo em conta, me sobraram cinqüenta coroas. E tive que pagar sessenta de imposto. Ou seja, perdi dez coroas."

"Então por que você comprou a carta?" "Porque quero que o dinheiro se foda." Fred sorriu. O pai de Peder abriu a porta e, quando Fred já estava saindo, perguntou: "Posso lhe perguntar uma coisa?" Fred parou, de costas. "Por que você está tão interessado nessa carta?" Fred deu de ombros. "Porque eu gostava dela", respondeu. O pai de Peder estava começando a gostar do Fred. "Pois é assim que eu penso também. Eu preferia não vender um único selo. Mas daí não ganharia a vida." Fred já estava na calçada. "Dê lembranças à sua mãe. E ao Barnum." "Duvide-o-dó", disse Fred. "Tchau."

Mas Fred não subiu até a praça Solli para tomar o bonde até Majorstuen, que era o caminho mais rápido de volta para casa. Em vez disso desceu, na direção da via férrea e das pontes. Ele foi entrando no centro. Passou pela parte sombria da cidade, que ao sul é delimitada pela rua Mundedam, e a leste pela rua Arbiens. Não sei por que ele fez isso. Talvez procurasse um atalho até o porto. Talvez estivesse simplesmente confuso e não soubesse o que estava fazendo. Ele nunca deveria ter feito isso. Porque junto da primeira ponte, onde a rede estendida sobre o parapeito enferrujado lança sombras que pareciam água agitada e onde se ergue um fedor pesado do lixo atirado ao longo dos trilhos, havia uma gangue de quatro que não tinha o que fazer exceto puxar bituca de cigarro, porque não estavam a fim de voltar para casa para jantar e comer sobras e ouvir bronca, e ainda era muito cedo para que acontecesse alguma coisa. E, então, para a surpresa deles, algo acontece. O Fred vem vindo, com sua silhueta magra e calças apertadas, dobra a esquina e caminha na direção deles, como uma dádiva, um estranho, um invasor, bem nos braços deles. Fred os percebe também mas não dá meia-volta, ele poderia ter voltado, corrido, caído fora, mas ele continua seu trajeto, são quatro, vestem roupas escuras, pretas, os rostos são pálidos, um deles, o menor, tem um olho roxo, um inchaço, é ele que está mais à frente e sorri, outros dois penteiam o cabelo, lentamente, como se estivessem se preparando para uma festa, e é exatamente isso que fazem, e não desgrudam o olhar de Fred enquanto capricham no penteado, Fred vê tudo isso, o luzir rápido de metal, que brilha asperamente no sol, talvez uma chave de boca, um soco inglês, um nervo repuxa num pescoço, um tremor num canto de boca, e atrás de tudo o mais velho do grupo aguarda, mas quando o Fred vai passar por ele é o mais velho que estende o braço, deixa o cigarro cair na calçada e diz: "Muito lixo na rua hoje." Fred tem que parar. Ele pára. Cercam-no. O menor dos quatro pisca com o olho roxo, e um risco negro escorre pela face inchada. "Ai", diz. Os outros dois riem. Não parecem realmente ameaçadores. E, se alguém os tivesse visto, de uma janela próxima, talvez tivesse imaginado tratar-se apenas de cinco bons amigos conversando sobre as férias de verão, sobre as garotas, uma vaga no estaleiro Aker, o treinamento, as lutas, cinco garotos gabolas nas sombras amarelas e trêmulas do fim de tarde. Mas Fred sabe que não é nada disso. Ele está no meio do grupo e sente a respiração quente e rápida. Ele sabe o que vão fazer. Ele veio para o lugar errado. Desceu a rua errada. Não importa o que ele fizer. Não importa o que ele disser. Ele olha para o outro lado. Um trem passa debaixo deles. A ponte estremece. Faz cócegas no sapato. Fred já os avaliou. É uma equação simples. E não adianta nada avaliá-los. Aquele que falou é o líder. Mas é o mais baixinho, aquele com o olho roxo, que é o mais perigoso. Os outros dois apenas participam. Ajeitam o cabelo. "Muito lixo nas ruas", repete o menor, o mais perigoso. "Dá pra notar", diz Fred. Eles se aproximam. "Falou com a gente?" Fred sorri, faz um giro lento, e conta. "Um, dois, três, quatro. Quatro lixos." Faz-se um silêncio. Dura apenas um piscar de olhos. É um silêncio falso. Fred sente uma pontada nas costas, mas não se volta. O líder põe a mão no ombro de Fred. "Vamos fazer uma faxina?", perguntou. Fred não responde, até porque não é uma pergunta para valer. E talvez seja exatamente isso que ele queira, que lhe tirem o dinheiro que ele economizou, talvez ache que assim será mais fácil suportar o fato de ter chegado tarde demais na loja do Sr. Miil e não ter podido comprar nossa carta de volta. Mas ninguém imagina que o Fred tenha consigo valores maiores do que um pente e um isqueiro. Levam-no para baixo do barranco, junto da linha do trem, onde uma cerca alta de tábuas os protege da vista dos prédios mais próximos e onde os bêbados ficam sentados com as suas garrafas. Levantam-se e se afastam quando vêem quem está chegado. O Fred espera. Mas, por enquanto, ninguém faz nada. Todos esperam. Fred está de pé, no meio deles. Alguém chama os filhos. Uma janela se fecha. Começam a se mover lentamente ao redor de Fred. Eles também contam. Contam os segundos. Contam e esperam, esperam o próximo trem, está no horário, um estrondo que se aproxima pelo túnel, os vagões de carga que passam, e, então, começam a bater, o menor primeiro, ele bate furiosamente e sem direção, e apenas alguns dos seus golpes atingem o alvo. "Merda!", grita, mas ninguém ouve o que ele diz, ele toma impulso e enfia o punho bem no meio do rosto de Fred, na boca, como se fosse bater um prego, e, no mesmo instante, passa o último vagão, o silêncio retorna como uma sombra fresca, e Fred está lá, com as mãos pendentes, sangue e brita, sua boca ficou frouxa e, no meio da sujeira, ele sorri, Fred sorri e continua de pé. O menor, o selvagem, enxuga as mãos no capim e arfa. É ele quem arfa. O líder contempla Fred, por um instante surpreso, mais surpreso do que furioso, então ele também sorri e o sol por um instante cega a todos. Passa um trem pela linha oposta, uma locomotiva no coração, uma locomotiva através do sangue que abafa a dor, e são os dois soldados rasos que agora batem, Fred vê as janelas, como um filme que passa, e alguns olham para eles, passageiros, que acreditam estar sonhando, ele ouve o apito do trem, um risco fino e brilhante de som no meio do ar. Fred continua de pé. As mãos abaixadas, ao longo do corpo. Não sente mais o próprio rosto, como se alguém tivesse amarrado uma máscara sobre ele. Logo não poderá mais enxergar. Sorri com a boca amassada. É esse sorriso que deixa o menor ainda mais fora de si. Ele solta uma tábua da cerca, avança contra Fred e desfere um golpe na parte de trás de sua cabeça. Fred balança, dá um passo à frente, mas continua de pé. "Ai", sussurra, e ri. Forma-se como que uma onda atrás da testa, uma onda negra que cresce dentro dele. Tudo está parado, exceto essa onda. O menor quer dar outro golpe. Ele já não agüenta mais. Mas o líder o retém. Afastam-se. São eles que caem fora. São eles que estão com mais medo. Vêem Fred que balança, mas continua de pé, eles não entendem, está tudo errado, é inumano, ele deveria estar estendido agora, ele deveria ter pedido misericórdia, e talvez eles o tivessem ajudado a se levantar, assegurado que ele vivesse, mas Fred continua de pé, rindo. O menor percebe que tem sangue na tábua e a atira longe. Sobe atrás dos outros, e pulam a cerca. Fred levanta as mãos, lentamente.

E ouço Montgomery que cacareja. E quando Montgomery cacareja, ele acorda a cidade toda, quer estejamos dormindo ou não. Montgomery cacareja como um galo possuído, que já não sabe a diferença entre lua e sol. Ele se arrasta ao longo dos trilhos, em seu longo sobretudo militar, ele chora e cacareja, o velho soldado abatido, ele ainda está em guerra porque a guerra está dentro dele, ele deixou o juízo para trás na Normandia, junho de 1944, e agora, até onde a vista alcança, há apenas uma trincheira na alma e uma praia sangrenta no coração. E Montgomery cacareja toda noite para despertar os mortos. Ele se deita ao lado de Fred, que agora está estirado sobre o capim fino e seco. E Montgomery levanta a cabeça de Fred com cuidado, e despeja algumas gotas de aguardente na boca machucada. Montgomery chora, cacareja e chora e sussurra. "Não tenha medo, garoto", sussurra. "Os aliados já vão chegar."

E eu danço com a mamãe. Ela afastou os móveis da sala, temos todo o assoalho à disposição. Dançamos, e Boletta fica sentada no sofá e acompanha cuidadosamente. Seguro a mamãe na cintura e a conduzo tanto quanto posso, de um canto a outro, atravessando a sala e retornando. Boletta está muito insatisfeita. "Você não aprendeu nada no curso da Svae?", perguntou. Mamãe ri e me empurra contra a parede. "Ele deve dançar melhor com a Vivian", diz, e me lasca um beijo rápido na face. Boletta vem e assume. Danço com a Boletta. Mamãe senta-se no sofá e toma fôlego. Danço com a Boletta. Ela me conduz. Ela balança a cabeça. "Você se esqueceu de tudo o que eu te disse sobre quem deve conduzir quem?", pergunta. "Sim", digo eu, e carrego com a Boletta, duro e decidido, e ela acaba esboçando um sorriso. "Agora está bem melhor, Barnum! Um pouco bruto você pode ser!" E assim dançamos o resto daquela noite. Sentamo-nos no sofá, para descansar, um após o outro e, por fim, mamãe e Boletta dançam juntas e parecem dois velhos e alegres enfeites de parede que ninguém quer e, quando o rádio pára de tocar música, desistimos e vamos para cama.

Fred chega em casa na alta madrugada, já é quase manhã, a luminosidade já penetra, fina e hesitante, e tremula pelo quarto. Eu havia dormido e tido um sonho estranho. Eu sonhei que estava deitado no caixão que o Fred havia trazido para casa. E não estou sozinho no caixão. Vivian está me abraçando. É apertado, mas não faz mal. Ela passa a mão sobre a minha barriga. Então ainda não estamos mortos. E ela pega na minha mão e a conduz até onde ela quer que a mão fique e esfrego. Alguém bate na tampa. Fazemos que não ouvimos. Lembro-me de me indagar quem seria que estava batendo no caixão, podia ser o Peder ou outra pessoa qualquer. É desse sonho que desperto bruscamente e o Fred já havia chegado. Vejo-o na sua cama. Ele está deitado de costas. Estou molhado na barriga. Ele não diz nada. Seco-me no edredom. "Onde você esteve?", pergunto. Fred não responde. Sua respiração é pesada, como se ele estivesse resfriado, parece um silvo, uma corrente de ar. Faz-me lembrar do papai. Fico com medo. Sento-me na cama. Tem alguma coisa no chão, algo escuro. Tem algo que pinga da cama do Fred, pinga no chão. "O que foi que o papai disse antes de morrer?", sussurro. "Cala a boca", diz Fred. Mas tem algo de errado com a voz dele. Ele quase não consegue falar, como um rádio mal sintonizado. Sai um chiado do Fred. Fico ainda mais assustado. Esgueiro-me até ele. Não consigo ver o rosto dele. Acendo a luz sobre a cama. Fecho os olhos, porque não pode ser verdade aquilo que eu vi. Abro os olhos. É verdade. Fred vira-se e olha para mim. Não o reconheço. O rosto está arrebentado. Só tem sangue, o cabelo está cheio de sangue, o nariz amassado sobre as bochechas inchadas, a boca é apenas um buraco de onde escorre um pouco de sangue de vez em quando. Tudo está torto e arrebentado no rosto de Fred. Mal se percebem os olhos no meio da carne azulada. Não sei se ele consegue me enxergar. Fico com vontade de chorar. "Quem fez isso?", sussurrei. Fred continua sem responder. Continua deitado, apenas. "Você tem que ir ao médico, Fred." "Cala a boca", diz de novo, quase impossível de se ouvir, parece mais um gemido, e ele me segura a mão, com muita força, e não quer soltar. Tenho que me sentar na beirada da cama. Fico sentado por um bom tempo. Não sei ao certo quem está consolando quem. Por fim, ele solta minha mão. Vou buscar um pano no banheiro e lavo o rosto de Fred, com todo o cuidado possível. "Enxugue os meus olhos", sussurra. "O quê?", pergunto, porque sua fala é quase incompreensível. "Não consigo enxergar, Barnum." E lavo os olhos dele. Lentamente, o rosto de Fred aparece, quebrado, arrebentado, e ele me percebe também, como se estivesse me vendo pela primeira vez. "Obrigado", diz Fred. "Obrigado." "Quem fez isso?", pergunto de novo. "Cala a boca", diz. Depois, Fred cai no sono. Pelo menos, não ouço mais nada dele, apenas a respiração pesada, presa no nariz achatado, e não há nada que eu possa fazer, lembro-me do papai, e parece tudo tão sem propósito, que o Fred esteja ali me fazendo lembrar o papai. Enxugo o sangue do chão. Fico sentado do lado de Fred o resto da noite, e quando tenho certeza absoluta que ele está dormindo, a mamãe e a Boletta já se levantaram e vou até elas, na cozinha. Boletta aponta na minha direção com a colher de chá e solta um riso maroto. "Você parece cansado, Barnum. Estas velhas senhoras cansaram você ontem?" Balanço a cabeça e sinto que não estou com fome. Esqueci até que dia é hoje, mas deve ser um dia comum, em algum lugar do meio da semana, tão longe das festas quanto é possível ficar. "O Fred não te deixou dormir?", pergunta a mamãe, de repente. Balanço a cabeça. E a mamãe levanta-se rapidamente e toma a direção do nosso quarto. "Não faça isso", digo. Mamãe pára e olha espantada para mim. "Fazer o quê, Barnum?" "Não vá ao quarto dele", sussurro. Mamãe fica parada por alguns segundos, então dá de ombros, irritada, e abre a porta rapidamente. Fico olhando para a Boletta. Ela tem uma ruga profunda na testa e está recurvada sobre a mesa. "Aconteceu alguma coisa, Barnum?", pergunta. E, no mesmo instante, a mamãe solta um grito. Ela grita e logo depois vem correndo para a cozinha, fitando-me com o olhar desvairado. "O que foi que aconteceu com o Fred?" "Ele tropeçou", digo. Boletta já se levantou e vai até o quarto. Ela não grita ao vê-lo. Quando volta, seu silêncio é ainda maior. "Ele tropeçou, Barnum?" "Sim. Quando voltou para casa essa noite. Caiu com a cara no chão." "Você não está mentindo? Não é uma coisa que você está inventando?" "Juro!", grito. "Eu tive que limpar o sangue também. Olhe só o pano!" Mamãe volta até o quarto e busca o trapo empapado de sangue, já quase duro, parece uma rosa de marsipã, do tipo que se coloca para enfeitar bolos caros, só que o pano é muito maior e não é muito bom de se comer, mas parece mesmo que a mamãe está segurando uma rosa artificial e quebrada, e ela se limita a balançar a cabeça. "Ele não quer dizer nada. Acho que ele andou bebendo. Ele está cheirando a aguardente!"

Boletta telefonou para o pronto-socorro. Tomei um táxi para a escola, era assim que a mamãe fazia, muito depois da morte do papai, ela me pagava táxi para que eu não chegasse tarde na escola. Mas eu chegava tarde do mesmo jeito. Eu pedi para o motorista dar três voltas no cemitério do Oeste, e pude perceber que alguém estava cavando a terra no canto de baixo do cemitério verde-escuro. De todo modo, não fazia mal se eu chegasse tarde e não participasse da chamada, porque meu pai havia morrido. Desde a morte do papai, eu havia entrado em um período de carência, de tombamento provisório, mas não do jeito que eu havia sonhado, quando sonhava com acidentes e sofrimentos e que todos sentiam tanta pena de mim que eu me tornava o rei absoluto da compaixão do mundo. Agora eu pressentia a presença do riso atrás de cada rosto, o riso retido nos lábios de todos, porque uma morte mais risível do que aquela que abateu Arnold Nilsen era difícil de conceber, um disco no meio da testa em Bislet, em pleno domingo de manhã. Riam atrás de seus rostos e das minhas costas, e eu tive que pensar na lista que encontrei no bolso do papai, essa risada também deveria ser incluída, e eu a chamaria de riso da vergonha, o riso da vergonha que se vira na boca e fica preso na garganta e lentamente sufoca aquele que ousou rir. Era mais ou menos assim que eu pensava, sentado junto à janela, na sala de aula, tombado no silêncio, abandonado, como um leproso, coberto com as feridas do luto risível. Nesse instante, desejei que Peder e Vivian fossem da minha turma, eu poderia por exemplo passar um bilhete para eles, no qual constaria apenas "*o riso da vergonha*", e eles imediatamente entenderiam o que eu queria dizer. Mas Peder freqüentava outra escola, fora da cidade, e tinha que tomar ônibus toda manhã, ou ir com o pai quando o Vauxhall conseguia pegar, e Vivian estudava em casa, pelo menos era o que dizia, talvez a mãe a ensinasse, nós nunca estivemos juntos na mesma escola, e talvez fosse melhor assim, talvez fosse por isso que éramos tão unidos, porque tínhamos saudades, sim, tínhamos saudades uns dos outros no tempo em que estávamos afastados, talvez a tirania dos intervalos tivesse causado conflitos, talvez as aulas de canto, de trabalhos manuais, de educação física e de redação em norueguês nos tivessem tornado inimigos. Em vez disso, podíamos nos encontrar fora do prédio da escola, fora da grade de horário, no nosso próprio espaço livre, debaixo da árvore vermelha no parque, nos recintos frescos dos cinemas, éramos só nós três, Peder, Vivian e Barnum, estávamos por fora, não, estávamos por dentro, tínhamos nossos próprios lugares, e eram os outros que estavam por fora. "Está passando mal de novo, Barnum?" É Ossatura quem pergunta, e há uma rachadura na sua voz, uma ruga nas palavras. Ela está ficando impaciente comigo e com todo o meu ser. Volto-me lentamente, e tudo está em silêncio. Mas lá longe ouço Montgomery cacarejando. A guerra continua. Todo dia é o Dia D. Ossatura está plantada, com as mãos dobradas, e atrás dela o quadro é completamente negro. Estamos na aula de religião. "Só um pouco leproso", digo. E me levanto e saio. Ossatura faz que quer me parar, um quê de impaciência, ofendida, ela sente provavelmente que o meu prazo de carência deve estar para vencer, as viúvas guardam o luto por apenas um ano, mas não largo do meu tombamento, esta é minha liberdade solitária, embora também saiba que não pode durar para sempre. Saio sem me voltar. E os outros na classe têm inveja de mim, o Barnum inconsolável, eles bem que queriam ter um pai morto também.

Quando cheguei em casa, o médico já havia vindo. Mamãe estava sentada na sala e tive que ir lá. Ela estava completamente desanimada. Seus olhos vagavam, indiferentes. Ela até mesmo assobiava. Não era um bom sinal. Ela queria falar comigo, mas não disse nada. Por fim, fui eu quem disse alguma coisa. "O que foi, mãe?" Ela continuou a assobiar. "Mãe, o que foi? O que tem de errado com o Fred?" Mamãe sorriu repentinamente e parou de assobiar. "Médico divertido esse que esteve aqui", disse. "Era mesmo?" "Sim, muito divertido. Ele disse que se o Fred tivesse tropeçado e caído no chão, o chão deve ter batido nele pelo menos vinte vezes e depois o agredido pelas costas." Desviei o olhar. Mamãe suspirou. "Por que você mente, Barnum?" "Não sei", respondi. Mamãe se aproximou. "Você não sabe por que mente?" Balancei a cabeça, intensamente. "Eu não sei o que aconteceu." Mamãe suspirou fundo. "Alguém agrediu o Fred, mas ele, é claro, não diz nada." Ela curvou-se para trás no sofá e, por um instante, parecia a Boletta. Os suspiros passaram a vir rápidos, em intervalos curtos. "Pois é, ninguém me diz nada. O médico disse que deveríamos fazer um boletim de ocorrência, mas que ocorrência vamos registrar se o Fred não diz uma palavra!" Mamãe escondeu o rosto entre as mãos. Tudo isso era demais para ela. E foi então que ela disse aquilo que sempre me assustava e que eu queria que ela nunca dissesse. Havia algo nessas palavras, que costumava empregar quando estava em certo estado de espírito, que me fazia tão sem ação, havia algo no tom delas, o natural no meio do horrendo, que me tirava o sono por semanas a fio, era como a rejeição absoluta, a ameaça derradeira. Enquanto suspirava, disse: "O que é que eu vou fazer com vocês, Barnum?" "Não diga isso", sussurrei. "Por favor." Mamãe tomou a minha mão. "Vá até o quarto e fale com seu irmão. Veja se você consegue fazê-lo confessar." "Confessar? Mas foi ele quem havia sido agredido." Ela soltou-me e eu já estava a caminho do quarto, porque preferia ficar lá sentado com o Fred a ficar escutando a mamãe. Mas, de repente, ela se levantou e gesticulou com ambos os braços. Tinha de novo passado da conta para ela. Tudo passava da conta. "Não!", exclamou. "Não quero saber! Não quero saber quem machucou o meu filho! Não quero saber de nada!" Ela continuou falando assim, consigo mesma, para si, que entre todos neste mundo era ela quem menos sabia, ela de nada sabia, o mundo inteiro a enganava, éramos estranhos um para o outro e ela mesma mal sabia quem era ela, uma viúva solitária, ainda moça demais para vestir o negro para o resto da vida, e já velha demais para recomeçar. "Coitado do Fred!", exclamou, de repente. "Coitado do Fred!" Afastei-me sem que ela reparasse, e sentei-me do lado de Fred. Ele estava deitado de costas, e parecia uma múmia. Lembrou-me uma fotografia que havia visto no almanaque do *Aftenposten*, de Lenin, Fred lembrava o Lenin deitado assim, um fotógrafo havia tirado uma foto do corpo embalsamado de Lenin, no mausoléu da praça Vermelha. Toquei de leve a imensa bandagem que envolvia a cabeça de Fred. "Agora a mamãe também ficou tomada", sussurrei. Do lado de Lenin, por sinal, estava o Stalin, ele também fazia parte da foto, como dois grandes amigos, Stalin vestido de uniforme, dava para entrever os botões brilhantes, e assim vão ficar deitados, pela eternidade, eu não gostava daquela foto, mas não dava para não olhar para ela, pois era como se o fotógrafo tivesse conseguido tirar uma foto da própria morte, houvesse revelado a morte, a morte é fosca, luz branca nos rostos, talvez porque os cérebros foram removidos, os médicos soviéticos retiraram os cérebros com um gancho pontiagudo inserido pelos narizes tanto de Lenin quanto de Stalin, exatamente como os antigos egípcios, quando um faraó ia ser posto para dormir por três mil anos. Escrevi uma redação sobre isso. "Traumatismo craniano", diz o Fred. Aproximo-me. "Quem? Mamãe está com traumatismo craniano?" Fred suspira. "Não. Sou eu. Ficou bobo de novo?" "Dói?" Fred não responde. "Traga um espelho, Barnum." "Por quê?" "Traga logo, merda!" Saio do quarto e vou buscar um espelho no banheiro. Boletta já voltou para casa. Ela está sentada na sala, com a mamãe. É assim que é. Sentamos com os outros, cada um por si. Volto depressa para o nosso quarto. "Segure o espelho diante de mim", resmunga Fred. "Onde?" "Sobre o meu rosto, Barnum. Quero ver como fiquei." E seguro o espelho assim, bem junto do rosto dele, e sua respiração pesada acaba embaçando o espelho. "Você está vivo", digo. "Ou quer que enfie uma agulha no seu coração? A Boletta deve ter uma agulha." Fred ri, uma risada curta. "Melhor colocar um copo de aguardente sobre o meu peito", sussurra. Mas quando afasto o espelho, vejo que Fred virou o rosto e chora.

Na manhã seguinte, o Fred nem se mexe na cama, e o médico divertido tem que voltar. Ele não é mais tão divertido. Ele examina os olhos do Fred e troca a bandagem. Depois, conversa em voz baixa com a mamãe e escreve alguma coisa no receituário. O táxi está lá embaixo, esperando junto da esquina, porque a mamãe encomendou um táxi hoje também, táxi e médico, e Boletta me apressa. Desço e entro no táxi, enquanto o médico volta a examinar os olhos de Fred e apalpa-lhe o nariz. Digo para o motorista só dar duas voltas no cemitério, chego atrasado do mesmo jeito. Fico retido nos intervalos e não me dou ao trabalho de trocar de roupa na aula de educação física, mas já percebo a impaciência ao meu redor, a irritação, o riso começa a ficar perceptível, o escárnio no olhar de alguns. Quanto tempo pode durar a morte do papai, por quanto tempo serei órfão de pai, de quarentena, para que minha tristeza não contagie os outros? Talvez dê para segurar até as férias de verão e, depois das férias, talvez tudo esteja diferente e transformado, a escola pode ter sido incendiada, Preben, Hamster e Aslak podem ter se afogado, posso ter crescido os centímetros que são do meu direito. O sol esquenta tanto na janela que quase começo a suar. Não agüento mais. Levanto-me da carteira para sair. Ossatura acaba de escrever alguma coisa no quadro-negro, e volta-se bruscamente. Acho que era a aula de geografia. Ela aponta com o giz, e uma poeira branca se desprende que nunca chega até o chão. "Sabe o que isso significa, Barnum?" Não entendo os traços que ela fez, parecem letras desmanchadas. Balanço a cabeça. Ossatura se aproxima e esconde o giz. "Este é um idioma que se chama urdu, Barnum. O urdu é uma língua que se fala em um país muito distante, chamado Paquistão. Lembre-se disso. Porque pode cair na prova." Ossatura sorri. "Como vai vossa digna saúde?", pergunta. "Está melhorando", sussurro. Ossatura bate as mãos e fica no meio de uma nuvem branca e seca. "Não foi isso que eu quis dizer, Barnum. É o que escrevi na lousa. Em urdu. Como vai vossa digna saúde?" Caio fora da sala antes de ouvir a risada. Mas junto ao portão está um sujeito que nunca vi antes. Veste preto e penteia o cabelo lentamente, como se estivesse se mirando na luz que o circunda. Dirijo-me para a outra saída, talvez consiga tomar um bonde lá. Mas, quando chego ao portão, ele está lá também, e agora são dois deles. São idênticos e começam a me seguir na direção da igreja. Apresso o passo. Não adianta. Corro. Alcançam-me do mesmo jeito e a primeira coisa que percebo é que estão com os punhos feridos e têm exatamente o mesmo topete. "Você é o irmão de Fred?", pergunta um deles, que se parece tanto com o outro que poderia ser o outro perguntando. Faço que sim. Tento correr de novo, em volta da igreja, mas eles me detêm. "Como é que ele está?" "Está vivo", respondo. Entreolham-se, rapidamente. "Diga para ele vir ao parque Sten hoje de noite", diz o primeiro. "Às dez horas." Eles me soltam e saem correndo. Fico parado até eles sumirem de vista. Então, bate o sinal de saída da escola. Demora até as dez da noite. Como vai vossa digna saúde? Não quero voltar para casa. Montgomery cacareja. Esgueiro-me pelas ruas. E Peder já está na nossa árvore. Corro o último trecho, como sempre faço, porque fico alegre ao vê-lo. "Adivinha!", grita Peder. "Eu primeiro!", grito, com a mesma intensidade, e quase não consigo falar. "Fui atacado!" Peder pára. "Atacado? Por quem?" Sentamo-nos no gramado, debaixo da árvore vermelha, e temos que esperar o bonde passar antes de conseguirmos nos escutar. "Não sei", digo. "Os mesmos que atacaram o meu irmão." "Alguém atacou o seu irmão?" "E como! E hoje de noite vão encontrá-lo de novo." "E por quê?" "Talvez queiram pedir desculpas", digo. "Ou dar-lhe outra surra", sugere Peder. Tenho que reter a respiração. "Estavam me esperando na saída da escola", digo. Peder reflete. "Mas bateram em você também?", pergunta, por fim. "Não exatamente. Quase. Seguraram-me, com força. Veja!" Arregaço a manga e mostro o braço. "Puta merda", diz Peder. Volto a manga para o lugar. Peder senta-se mais perto. "Mas por que bateram no seu irmão?" "Deve ter muita gente querendo fazer isso", sussurrei. "Ele parecia um bolo de carne quando voltou para casa. Bolo de carne ao molho." "Puta merda", diz Peder. "O nariz estava quebrado." "Sério?" "Sim. E os dentes ficaram presos na língua. Tive que soltá-los." "Tudo isso?", diz Peder, e ficamos um tempo em silêncio. Então digo: "Tem uma coisa que eu não entendo." Peder sorri. "E o que é?" "Como conseguiram dar uma surra no Fred." Ficamos deitados no gramado, pensando nisso, que houvesse alguém capaz de dar uma surra no Fred. Devem ter sido muitos. A grama coça na nuca. O céu passa sobre nós, quase invisível debaixo da copa cheia da faia vermelha. "E você?", pergunto. Peder senta-se. "Sabe aquele cara que a mamãe estava desenhando a primeira vez que você foi lá em casa?" "Acho que sim", respondo. "Aquele que estava na sala?" "Isso mesmo. Aquele que estava pelado na sala." "Sua mãe ainda não terminou de desenhar ele?" Peder sorri de um jeito triste, na diagonal. "Mamãe nunca termina mesmo", diz ele, e volta a se deitar, de repente mudo, como se tivesse esquecido o que ia dizer. Espero, porque não quero apressá-lo. Mas, por fim, não agüento mais esperar. "E o que tem ele?", pergunto. Peder dá uma volta no corpo e senta-se em cima de mim. Ele é bastante pesado. Deixo que fique. Agora é a vez de ele quase não conseguir falar. "Ele conhece alguém que dirige um cineclube onde mostram filmes que não passam nos cinemas!" Peder balança em cima de mim. Quase perco o fôlego. "E daí?", sussurro. "E daí que ele disse que podemos assistir à sessão de hoje." "Não!" "Sim!" "E qual vai ser o filme?" Peder começa a martelar o meu peito, como se eu fosse um tambor da fanfarra escolar. "Você lembra aquela mulher pendurada na parede do quarto da Vivian?" "Pare com isso!", grito. Mas ele não pára. Ele continua martelando. Estou quase todo amaciado debaixo de Peder. "Você se lembra ou não se lembra?" "É claro que me lembro! Mas não o nome dela." Peder aproxima-se do meu rosto, sua boca cheira a alcaçuz, a língua dele está completamente preta. "Lauren Bacall", diz ele, devagar, para que nenhuma letra escape. Então ouvimos uma risada, bem próxima. Viramo-nos, na mesma direção. É a Vivian. Ela está lá, rindo. Peder é o primeiro a se levantar e me arrasta consigo, e mal consigo manter o equilíbrio. Peder estala a língua. Vivian continua a rir. Caminhamos na direção dela. Peder pigarreia e cruza os braços. "Quer ir com a gente ao cinema?", pergunta. "Cineclube", acrescento. "Você vem com a gente?"

Ainda faltam três horas e nenhum de nós está a fim de passar em casa primeiro. Vamos até a cabine telefônica da praça Solli, juntamos as nossas moedas, e Peder telefona para o pai dizendo que vai jantar na minha casa, e eu telefono para a mamãe e aviso que vou jantar na casa de Peder, e percebo que a voz da mamãe está bastante esgarçada nas bordas. "Dê lembranças, então", diz. E desligo antes de ela começar a perguntar de onde estou telefonando e cedo o meu lugar à Vivian, mas ela não quer telefonar para ninguém. Depois, sentamo-nos numa mesa da Confeitaria Samson, na rua Frogner, e pedimos um chá e temos o dinheiro certo para um pão doce com passas, para dividir. A garçonete enxuga as mãos no avental e fita-nos, longamente. "Quantos pães doces?" "Um", repete Peder. A garçonete tira um bloco e anota, lentamente. "E com passas?" Peder faz que sim. "Correto." Passas com pão doce não nos interessam. A garçonete afasta-se, e temos que prender a respiração para não morrermos de tanto rir. "Qual é o filme que vamos ver?", pergunta Vivian. Peder curva-se sobre a mesa depois de o corpo sossegar. "Não me lembro do título exato. Mas a Lauren Bacall está no filme." "Aquela de quem você tem uma foto na parede", acrescento. Vivian olha para mim, com o olhar meigo. "E você acha que não sei quem eu tenho na parede?" "Claro que sim", digo. Peder chama a garçonete. Talvez ela tenha voltado para casa. Somos os únicos clientes. Talvez estejamos trancafiados na Confeitaria Samson e tenhamos que passar a noite nesse odor pegajoso de roscas e do glacê que derrete no balcão. "Barnum foi quase agredido hoje", diz Peder. Vivian sorri por algum motivo. "Foi mesmo?" "Só me empurraram um pouco", sussurro. Peder inclina-se sobre a mesa. "Mas o irmão de Barnum quase foi morto." Vivian me fita com uma atenção ainda maior e ocorre-me, então, que não quero falar sobre isso, que não quero falar sobre o Fred. "Só levou um soco na cara", resmungo. E finalmente chega a garçonete. Ela colocou o pão doce no meio de uma travessa imensa, e a coloca, solenemente, sobre a mesa. "Aqui está", diz. "O seu pão doce." Ela deve ter sido divertida em outra encarnação. "Quantas passas tem no pão?", pergunta Peder. "Quantas passas?" "Sim. Quantas passas tem no pão doce? Não posso pagar antes de saber quantas passas tem." Sou eu que começo a retirar as passas do pão doce, e chego a contar sete passas antes de sermos postos para fora, e provavelmente somos os únicos que conseguiram ser postos para fora da Confeitaria Samson na rua Frogner, e seguimos pelos trilhos do bonde, sacudindo de tanto rir, e, num pensamento brusco, chego a pensar: Onde classifico esse riso, na lista do papai? É o riso malicioso, o riso do público?

De quem estamos rindo? Estamos rindo da garçonete. Não, rimos de nós mesmos, porque este é o riso libertador, o riso solto e soberano, rimos de tudo que vai nos acontecer, de tudo que está por vir, e sentamo-nos num banco atrás da árvore e repartimos as passas, são duas para cada um e a última podemos dar a Montgomery, que passa por lá com uma garrafa formando como que uma flor vermelha na mão. "Você não se parece muito com ele", diz Vivian, de repente. Ela está sentada entre nós, entre mim e o Peder. Não entendo o que ela quer dizer. "Com quem? Com o Montgomery?" Peder cacareja um pouco e Vivian ri. "Seu irmão, óbvio." Fico com a cabeça seca. "E como é que você sabe?", sussurro. Vivian enfia uma passa na minha boca. "Porque eu vi o Fred no enterro do seu pai, seu lerdo." E ocorre-me que ela ainda se lembra, enquanto que eu já me esqueci. Peder levanta-se, subitamente. "E você deveria estar feliz por isso", diz ele. Observo-o. "Feliz por quê?" Peder ajuda Vivian a se levantar da grama. "Será que o Barnum está mais lerdo hoje na cabeça, ou nós somos espertos demais?" "É o Barnum que está lerdo", diz a Vivian. Ela toma as minhas mãos e puxa-me para ela, e Peder põe a mão no meu ombro e fala devagar. "Você deveria estar muito feliz por não ser parecido com o seu irmão", diz ele.

O título do filme é *À Beira do Abismo.* É para maiores de idade, e nos deixam entrar. O filme ainda não começou. Sentamo-nos na fileira 14, poltronas 18, 19 e 20, no Cine Rosenborg, e Vivian senta-se no meio. Quando, no escurecer das luzes, eu ponho cuidadosamente o meu braço ao redor dela, esbarro na mão de Peder, porque ele fez exatamente o mesmo, pôs o braço ao redor de Vivian. Ela se inclina para trás, em nossos braços, e ficamos sentados assim. A gola olímpica dá coceira na pele, mas não ouso me coçar. A sala está com meia lotação, e todos são mais velhos do que nós. Um homem de paletó preto e óculos de sol posta-se diante da tela e diz algo como que o filme a que vamos assistir agora não é apenas um clássico, tem uma porrada de maior peso do que a empoeirada obra completa de Ibsen, e quem não entender quem é o assassino terá de pagar a anuidade em dobro em setembro. Bem-vindos à escuridão profunda! Risos contidos na sala. Rimos contidamente também, já que é a hora do risco contido. Rimos contidamente mais alto do que todos. "Porreta", sussurra Peder. "Porreta", sussurro. Alguém se volta na nossa direção e faz psiu. Afundamo-nos nas poltronas e não dizemos mais nada nos próximos 110 minutos.

E nem sei quantas vezes voltei a assistir *À Beira do Abismo,* já perdi a conta, mas essa é a primeira vez, e o que pode se comparar à primeira vez? Nada. Tudo o que vem depois são repetições, variações, plágios. O depois é apenas uma continuação. A próxima vez é apenas uma sombra. Mas a primeira vez é autêntica. Você está presente, você de repente se faz presente na sua própria vida, pode tocar com o dedo esse momento e sentir o tempo bater e, no mesmo instante, sabe também que o momento passou, escorreu pela água servida do pulso. Mas ainda não, ainda não, pois essa é a primeira coisa que vemos: os cigarros colocados no cinzeiro, duas bitucas que ficam lá, e as letras brancas sobre a tela quase cinzenta: *Humphrey Bogart* e *Lauren Bacall*. Então vemos uma placa de porta, o nome é Sternwood, e um dedo bem curto, o dedo enrugado de Bogart, que toca a campainha. A porta é aberta por um serviçal bastante rijo, Bogart entra e quando o serviçal vai dizer ao general que Marlowe chegou, aparece uma senhora usando uma saia branca, curta, parece que está a ponto de iniciar uma partida de tênis, e de início penso que seja Lauren Bacall, mas não é, é a irmã dela, a irmãzinha, Carmen Sternwood, o papel de Martha Vickers, e é ela quem diz a fala que jamais esquecerei, Martha Vickers fita Bogart, que não se sente propriamente à vontade ali, no frio da casa do ricaço, ela mede esse homem estranho com os olhos e diz: *Você não é muito alto, é?* E Bogart enrola os lábios, como um papel fino, sobre os dentes, e responde: *Eu tento ser*. Este é um filme para maiores de idade. Ouço o público rir, não, sorrir, aqui ninguém ri, sorriem, são os ombros que sobem e descem. É assim que se ri numa sessão de cinema para maiores de idade, em branco e preto. E a senhora da saia curta atira-se repentinamente nos braços de Bogart, e penso, bruscamente, porque os pensamentos agora vêm de todos os lugares, e vão embora também, em todas as direções, é assim que a Moça dos Chocolates deveria ter parecido, a Moça dos Chocolates do Circo Mundus que papai nos contava, e lá está de novo o serviçal e Bogart tem que se afastar dela, e, na cena seguinte, ele está em uma estufa e o general sentado em uma cadeira de rodas. *Como gosta do seu conhaque, senhor?*, pergunta. *Num copo*, responde Bogart. Novos sorrisos e ombros meneantes, e é agora que ele recebe a sua missão, enquanto minha camisa gruda na pele, meus pensamentos se perdem e não entendo mais nada, e isso não faz mal, pressinto o frio dentro do calor da estufa. Bogart está transpirando água gelada, ele poderia ter misturado nas bebidas, e tento medir sua altura, não parece muito alto, Martha Vickers estava certa, mas talvez parecesse ainda mais baixo porque havia levantado tanto as calças, quase até o peito. Mais não dou conta de pensar, porque quando está para sair o serviçal conduz Bogart até outro cômodo, deve ser um dormitório, porque tem uma cama lá, uma cama de dossel, e junto à janela há uma mesa cheia de garrafas e junto da mesa está uma mulher que enche um copo e quando ela termina de encher, volta-se para Bogart. É Lauren Bacall. Vemos Lauren Bacall pela primeira vez. Os dedos de Peder deslizam sobre a minha mão. Volto-me para Vivian. Ela não se mexe. É como se estivesse inalando lentamente, inspirando a sala inteira. E Lauren Bacall olha para Bogart, ela está em brasa, ela está incandescente em branco e preto, suas narinas se expandem, ela é um animal, uma leoa, e ela ri, o riso negro de Bacall. *Você está um lixo, não é?* E Bogart limita-se a responder: *E também não sou muito alto. Da próxima vez vou vir de pernas de pau.* E talvez seja impossível descrever a primeira vez, porque a gente sempre o faz depois, em outra luz, em outro tempo. Talvez o instante seja apenas um selo que perde as suas bordas dentadas e lenta mas seguramente aumenta de valor na coleção privada, que você segurou a um prêmio maior do que seus próprios filhos. Não dá para colecionar tudo, o mundo todo, você tem que escolher, alguns você elimina ou troca. Talvez esse momento, no Cine Rosenborg, fileira 14, poltronas 18, 19 e 20, com a luz cinzenta inquieta projetada sobre os nossos rostos, lá onde estamos sentados e não entendemos nada, por fora e por dentro ao mesmo tempo, seja apenas uma cena para a qual faço nova legenda, ou para a qual faço outro *voice over*, minha voz, que fala dentro da minha vida, através dos meus dias, meus anos, para que a cena se enquadre no resto da história? Mas uma coisa sei que é verdadeira: eu vi. Eu ouvi. E não posso me esquecer. Quando olho para Vivian novamente, ela está chorando.

Depois saímos para as ruas quentes, onde os pais lavam seus carros e as mães estão na janela, apoiadas no peitoril, e riem de alguma coisa, talvez dos seus homens perseverantes e vaidosos, que se espelham na lataria polida e nas calotas brilhantes. Parece um intervalo de aula, e as cores voltaram. As criancinhas com esparadrapo no joelho e guidons excessivamente altos retornam com suas bicicletas quando as mães assobiam. Estamos em outro lugar. Andamos à margem de tudo. "Que filmaço", diz Peder. "É, que filmaço", digo. "Puta merda." "É, puta merda", diz Peder. "Que filmaço." Vivian não diz nada, está muda, sem som, ela se esgueira. Peder e eu a acompanhamos até em casa. Ela continua muda, simplesmente desaparece na entrada junto da igreja e penso perceber um movimento nas cortinas do terceiro andar, uma sombra que as fecha ainda mais. Esperamos mais um pouco. As luzes se apagam. Não acontece mais nada. Então seguimos adiante pela rua Gimle e uma mulher ri alto no restaurante do Hotel Norum, e de um quarto ouvimos uma música estranha que desaparece atrás de nós na noite que vem caindo devagar. "A Vivian chorou", disse eu, com a voz baixa. Peder meneia a cabeça. "Eu ouvi. Ela chorou." Andamos mais um trecho sem dizer nada. Uma inquietação toma conta de mim. "Por que será que ela chorou?", pergunto. Peder dá de ombros. "Talvez tenha achado o filme triste." "Talvez. Você achou o filme triste?" "Não entendi porra nenhuma", disse Peder. "Você entendeu?" Paramos em frente da casa de Peder. Dou de ombros. "Lauren Bacall estava ótima", sussurro. Peder sorri. "Lauren Bacall é ótima", sussurra.

"Sim, puta merda", digo. "Você viu aquelas narinas!" Peder olha para mim e começa a rir. "Você também não entendeu porra nenhuma. Você nem sabe o nome dela no filme." Rimos mais um pouco. Então, paramos com isso. "Mas como ela se chamava no filme?", pergunto. "Ela se chamava Vivian", diz Peder.

Então corro para casa, nessa noite estranha, com o nome de todos nos meus lábios. E, enquanto corro, porque talvez alguém esteja vindo atrás de mim para me bater, penso naquilo que o papai costumava dizer, *que não é o que você vê que importa, e sim o que você acredita que vê.* No que o papai acreditou, quando o disco veio chispando na direção dele e Fred estava imóvel no círculo, acompanhando o mesmo disco com os olhos? O que era mais importante naquele momento, o que viu ou o que acreditava ver? Mamãe já havia ido dormir. Não encontro a Boletta. Fred está deitado na cama. Ele não se mexeu o dia todo. Sento-me do lado dele. "Tem alguém que quer conversar com você", digo. Fred mexe a cabeça inchada, coberta de hematomas, no travesseiro. "Quem?", sussurra. "Dois caras. Estavam esperando por mim na saída da escola." Fred permanece em silêncio por um instante. "Como eram?", pergunta, devagar. "Eram idênticos", digo. Fred ri e tem que se segurar na boca. Escorre sangue entre os dedos. Então ele coloca a mão sobre o meu ombro. "Não fizeram nada com você, Barnum?" E fico tão tocado, desse cuidado, do Fred que está estendido lá, todo machucado e ainda assim se preocupa comigo, que quase não consigo dizer mais uma palavra. Apenas balanço a cabeça. Fred tira a mão do meu ombro. "O que disseram, Barnum?" "Perguntaram se você estava vivo", digo. Fred tem que cobrir a boca de novo enquanto ri, e lágrimas vertem de seus olhos. "Foi isso que perguntaram?", sussurra. "Sim." "E o que foi que você respondeu?" "Que você estava vivo, Fred. E então perguntaram se você poderia encontrar com eles no parque Sten. Às dez horas." Fred permaneceu imóvel por um instante. Queria que tivesse dormido. "Quantas horas são agora?", pergunta. "Nove e meia, Fred. Você não está pensando em ir, está?" "Mexa-se, Barnum."

Fred levanta-se da cama. Tenho que apoiá-lo. Ele mal consegue ficar de pé. Tenho que vesti-lo. Está roxo e inchado em todo o corpo. Fred ri. Visto Fred. A culpa é minha. Eu não devia ter dito que haviam perguntando por ele. "Não vá", sussurro. "A camisa branca, Barnum." "Por favor, Fred." "Quero a camisa branca, Barnum." Acho a camisa branca dele no armário, visto-a nele e abotôo todos os botões, fora os três de cima. "Eu te acompanho, Fred." "Tudo bem." Fred não diz mais nada. Tudo bem. É tudo bem mesmo. Mas nada está bem. Esgueiramo-nos para fora. Mamãe dorme. Boletta não voltou para casa. Vamos até o parque Sten. A cidade está quieta. A escuridão é suave. Os lilases brilham. Subimos até o Blåsen. Tenho que empurrar o Fred no último trecho de subida. Sentamo-nos no banco lá. Daqui podemos ver quase tudo, mas quase ninguém pode nos enxergar. Não há ninguém. "Já ouviu falar do Homem da Noite?", pergunto. Fred não responde. Ele só olha em volta. Perscruta. "O Homem da Noite enterrou os cavalos aqui, Fred. Os cavalos mortos. Mas de dia ninguém conseguia vê-lo." "Mentira", sussurra Fred. "Verdade", respondo. "E você acredita nessas merdas?" E é então que eles chegam. São em quatro, vêm subindo lentamente atrás da igreja. Olham em volta, olhares rápidos, inquietos. Andam juntos, em grupo, quase indistinguíveis um do outro, mas reconheço dois deles, os gêmeos. Aponto. Fred afasta o meu braço. Fred permanece sentado. Tenho vontade de correr. "Espere", sussurra. Ele sorri. "Agora somos nós os homens da noite, Barnum." Fred afasta o sorriso e levanta-se, como um aleijado. Descemos as escadas, até a fonte no canto. Podemos vê-los. Eles não nos vêem. Estão junto do carrossel. "As horas?", sussurra Fred. Mostro para ele. São dez horas. Fred meneia a cabeça. Começa a andar. Ele claudica. Sigo atrás dele. Ele se volta. "Espere aqui, Barnum." Mas a gangue lá em cima já o viu. Um deles o chama pelo nome. Fred pára. Estou bem atrás dele. Sua camisa branca brilha. Acho que entendo por que queria vestir justamente essa camisa. Ele está imóvel. Medem-se com o olhar, Fred e a gangue junto do carrossel. São em quatro. Fred e eu somos em dois. Não, somos um e meio. Ninguém se mexe. Somos estátuas no parque Sten. Quem agüenta por mais tempo? Quem vai devorar essa noite? Quem é mais forte na espera? É o Fred. Os outros começam a descer, devagar, na nossa direção. Fred segura as mãos nas costas. Sua camisa branca brilha. Ele não se mexe. Não param antes de estar a cerca de dois metros de distância. Fitam Fred. Imagino que Fred esteja sorrindo, com a boca arrebentada, mas não consigo ver, porque estou atrás dele. "Puta que pariu", diz um deles, tem um olho inchado que talvez seja obra do Fred, e, por um instante, pressinto que ele vai se atirar sobre o Fred, mas, em vez disso, dá um passo para trás e coloca-se no meio dos gêmeos. E o quarto aproxima-se ainda mais. Ele enfia a mão no bolso da jaqueta. Um tremor perpassa o corpo de Fred, do cotovelo até o ombro, um choque. Então, tudo fica calmo de novo. O outro rapaz tira um maço de Teddy, tira dois cigarros e entrega um para o Fred. "Meu nome é Erling", diz. "Mas todos me chamam de Deizão." Fred meneia a cabeça, ligeiramente, e aceita o cigarro. Erling, aquele que todos chamam de Deizão, olha para mim, na sombra atrás de Fred. "Quer um também?", pergunta. "Ele não fuma", diz Fred. Digo para mim mesmo: *Como gosta do seu conhaque, senhor? Num copo.* Erling acende os cigarros com um isqueiro polido. Ficam assim por um tempo, fumando, em silêncio, nunca levou tanto tempo para fumar um cigarro, a lua desaparece e, por fim, atiram as bitucas no chão, pisam nelas enquanto a brasa se espalha para todos os lados, como se seus sapatos fossem pegar fogo. Então Fred volta as mãos para as suas costas. Fred o encara. "Também sabe bater?", pergunta ele. Ele pergunta se Fred sabe bater. Vejo as mãos dele se soltando nas costas. "Talvez." O rapaz encara o Fred por um instante. Então se volta para os outros. "Tommy, vem aqui." E aquele do olho roxo vai até Fred e posta-se bem diante dele. Fred hesita. Então bate. Mas aquele que se chama Tommy faz uma finta rápida com o tronco, parece uma braçada de natação, e o golpe apenas resvala na têmpora. "Ai", diz Tommy, e volta para os gêmeos. Erling fita longamente o Fred e tira de novo o maço de cigarros. É agora que não faço mais idéia do que vai acontecer. Fred bateu, mas errou. Ele se volta para mim, e percebo a incerteza súbita na cara torta, porque ele também não sabe o que vai acontecer, qual o próximo movimento, e sua incerteza me deixa com medo em dobro. Erling, o Deizão, tira mais dois cigarros. "Você é melhor de apanhar do que de bater", diz. Então Fred bate de novo. É como se eu sentisse o golpe, sinto o golpe atingindo, eu tremo, estou abalado de alegria e angústia. Erling desmonta e fica deitado enquanto os cigarros rolam ladeira abaixo. E me ocorre de repente a idéia: agora enterramos os cavalos mortos. Fred fica parado, sua mão está sangrando. Tommy e os gêmeos dão um passo à frente e Fred levanta ambas as mãos, estão pesadas, não consegue erguê-las por inteiro. Mas eles não vêm pegar o Fred. Começam a contar. Contam devagar, até nove, e antes de dizerem dez o Erling se levanta e sorri. "Nada mau", diz. "Mas você ainda tem muito a aprender. Vamos nos sentar?" Erling e Fred vão até o banco junto do jardim-de-infância e se acomodam. Conversam. Não consigo ouvir o que estão conversando. Tommy pega os cigarros caídos. Os gêmeos penteiam o cabelo. Não me movo. Não sei quanto tempo isso vai levar. Fred e Erling conversam. Mais o Erling. Então permanecem sentados e em silêncio por mais um tempo e, quando se levantam, dão-se as mãos, como se tivessem combinado alguma coisa. Erling, Tommy e os gêmeos descem, passando pelo mictório. Fred continua a caminhar em volta do Blåsen. Corro atrás dele. "Vocês ficaram amigos?", pergunto. Fred não responde. "Mas como é que sabiam quem eu era?" Fred pára e olha para mim. Uma das feridas do rosto estava aberta. "Como é que é?" "Como é que sabiam que eu era o seu irmão, Fred?" "Todos sabem quem você é, Barnum", disse, devagar. "Por quê? Por que todos sabem quem eu sou?" Fred limpa o sangue e pensa. "Esqueça", sussurra, e vai adiante. Não consigo esquecer. Será que todos sabem quem eu sou, não só na escola mas na cidade toda, do outro lado do rio, nas vielas mais escuras de Vika e até no cais do porto? Mas Fred não agüenta mais conversar. E quando voltamos para casa a mamãe está na entrada, está furiosa e fora de si.

"Por onde é que vocês andaram?", grita. Fred passa por ela direto, e é a mim que ela detém. "Fomos dar uma volta", digo. Mamãe se curva sobre mim. "Dar uma volta? No meio da noite!" "Fred precisava tomar ar, mamãe. Ele quase não conseguia respirar. Por causa do nariz." Mamãe me solta e se segura na camisola. "Vocês ainda acabam comigo um dia desses", sussurra. Tento abraçá-la. "Não, mamãe", digo. Mamãe bate o pé. "Acabam sim! Mas não seja por isso. Podem ir em frente! Sumir no meio da noite de camisa branca e com traumatismo craniano!" Ela me olha, bruscamente. "Isso não tem nada a ver com o fato de ele ter sido surrado? Hein?" Eu balanço a cabeça e encaro o olhar da mamãe. "Você tem saudades do papai?", pergunto. E vejo como o rosto dela desaba, no mesmo momento, e tenho tempo de pensar, antes de ela se inclinar sobre o meu ombro, que temos tantos rostos, trocamos de rosto o tempo todo, carregamos conosco tantos rostos quanto cabem, rostos e nomes. E a mamãe sorri e sua respiração é úmida. "Sim, meu filho. Tenho saudades do seu pai."

Três dias depois chegou uma carta para mim. Era a primeira vez que eu recebia uma carta. Meu nome estava escrito no envelope, meu nome e meu endereço. Era como ser descoberto, passar a existir. Alguém tinha me encontrado. Essa carta havia sido carregada através da cidade e colocada na caixa de correio certa. Pensei, antes de me indagar de quem seria: Este selo um dia vai valer alguma coisa? Estávamos sentados na cozinha, jantando. Devia estar uns trinta graus à sombra. Suávamos só de erguer o garfo. Fred também estava lá. Ele tomava água e comia batatas. Seu rosto havia começado a cicatrizar, mas na seqüência errada. Tinha que olhar duas vezes para ele para reconhecê-lo. "O que está olhando?", perguntou. "Nada", disse eu, depressa. Fred colocou o dedo no nariz e empurrou-o de um lado para outro. Boletta tapou os ouvidos. Estalava. E foi então que a mamãe pegou o envelope e me passou sobre a mesa. Estava tão feliz por mim, recebi uma carta em Oslo e talvez ela já a tivesse lido. "É uma carta para você", disse. Fiquei muito lento e silencioso. Estava escrito Barnum Nilsen, com letras grandes e finas. Barnum Nilsen, meu nome, e o endereço embaixo, sim, eu havia sido descoberto, encontrado, eu tinha me tornado gente, não havia dúvidas, eu era alguém a levar em conta. Então abri o envelope com a faca e li. Era do pai de Peder. Minha vista ficou pesada. Mamãe sorriu. "Leia para nós, Barnum!" E li, com a voz mais baixa possível, o que Oscar Miil, o homem alegre e cuidadoso, havia escrito. "*Caro Barnum. Agora que você e Peder se tornaram bons amigos, algo que nos alegra muito, queremos convidá-lo a nos acompanhar até nossa casa de veraneiro em Ildjernet nesse verão, se sua mãe permitir.*" Olhei para a mamãe. "Tudo bem, mãe?", perguntei. Ela meneou a cabeça, repetidamente. "É claro que sim! Mas você não vai ler tudo?" "Já li tudo", sussurrei. "Não leu não, Barnum." "Li sim", disse eu. Mas mamãe tirou a carta de mim e continuou a leitura. "*Seu irmão também é muito bem-vindo! Lembranças, Oscar Miil.*" Desviei o olhar. Fred inspirou rapidamente pelo nariz torto, lembrava o som que o papai fazia quando estava dormindo, senti um tremor. "Não seria muito bom, Fred?", perguntou a mamãe. Ouvi o Fred sorrindo. "Não posso", disse, apenas. "Não pode? E com que você vai estar tão ocupado agora nas férias?" "Vou treinar." Olhei para o Fred. Mamãe dobrou a carta de Oscar Miil devagar e até mesmo Boletta largou o garfo e a faca. "Treinar? Treinar o quê, se me permite perguntar?" "Me matriculei no Clube Central de Boxe, se precisa mesmo saber." Fred serviu-se de mais batatas e amassou-as com o garfo. Fez-se um silêncio ao redor da mesa. E fiquei aliviado. Fred ia treinar. Primeiro bateram nele. Depois fizeram-no se matricular no Clube de Boxe e agora não poderia nos acompanhar nas férias com a família de Peder. Era assim que era. Uma coisa sempre leva a outra. Fiquei feliz e envergonhado. "Você não vai boxear em clube de boxe algum", disse a mamãe, mostrando irritação. Fred não se deu ao trabalho de responder. Ele comia batatas. "Não apanhou o suficiente? Olhe só para você, Fred!" Fred deu de ombros. "Boxe não é surra", disse. Mamãe curvou-se sobre a mesa. "E por acaso foi o Clube Central de Boxe que te deu uma surra?" Fred riu baixinho. "Não esquenta a cabeça com isso, mãe." Mamãe estava a ponto de explodir. Boletta pôs a mão no ombro dela. "E onde é que fica Ildjernet?", perguntou. Mamãe suspirou fundo e abriu a carta de novo. Era assim que era. As boas novas nunca vinham desacompanhadas. E as más novas podiam ser boas para outros. Fred ia boxear e eu ia passar as férias com meu melhor amigo e não teria que levar o Fred comigo. E o pai de Peder havia desenhado um mapa no verso da folha. Ildjernet era uma ilha no fiorde de Oslo, e para chegar lá eu tinha que tomar o barco de Nesodd, acompanhando toda a península de Nesodd. Fui imediatamente para o quarto e comecei a arrumar minhas coisas. Logo o Fred também entrou. Deitou-se na cama. Não tinha coragem de olhar para ele. Continuei arrumando. "Não coma muita cavala", disse, por fim. "E por que não?", perguntei. "Você não sabe?" "Não, o quê?" "A cavala come cadáveres alemães. Que estão no fundo do fiorde." "Tá me gozando?" "Quando você come cavala, na verdade está comendo um cadáver alemão." Virei-me para o Fred. "Você pode vir junto, se quiser", sussurrei. Ele só fechou os olhos. Era como se um estranho houvesse vindo visitar o rosto dele e não quisesse mais ir embora. "Psiu", disse. "Não minta."

E no sábado seguinte, dia de São João, eu estava no convés do *Prinsen* e dava tchau para a mamãe e para a Boletta, embora eu tivesse dito que não era para elas me acompanharem. Felizmente, logo sumiriam de vista, e o relógio da Prefeitura ficou pequeno como um relógio de pulso e a cidade afundou no vento azulado. Vi tudo o que eu ia abandonar sumir de vista. Não fiquei enjoado. Sentia-me forte. Só tinha viajado sozinho uma vez antes, de trem, quando mamãe, Boletta e o médico do serviço da saúde escolar acharam que eu estava muito magro e me mandaram para um sítio no interior para engordar, mas prefiro não falar disso, não, não quero falar disso de jeito nenhum, esqueci-me de tudo, para sempre. E isso aqui era outra coisa. Eu ia visitar o meu amigo. Logo depois de Flaskebekk, o navio começou a balançar. Levei a velha mala do papai até o salão e comprei uma Coca no quiosque. Os passageiros sorriam para mim. Estávamos todos saindo de férias. Sorri de volta. Uma velha senhora de cabelos ralos e com a boca cheia de rugas inclinou-se sobre um cesto cheio de filhotes de cachorro e sorriu. "Até onde você vai?", perguntou, e passou uma mão ressecada entre os meus cachos. Decidi ser cortês. "Até o ponto final", respondi. E em Ildjernet, o último atracadouro antes de o fiorde abrir-se para o mar, por onde a Velha, a Boletta e o rei Haakon vieram navegando e viram Oslo pela primeira vez, estavam Peder e seu pai, esperando por mim. Desci a rampa com a mala. Peder veio correndo na minha direção. Ele já estava bem bronzeado e mais magro. Quase não o reconheci e, por um instante, fiquei com inveja, mas não sabia do quê. Peder parou bem à minha frente e estendeu-me a mão. "Você está um lixo", disse. "Da próxima vez vou vir de pernas de pau", respondi. Peder suspirou. "Errado, Bogart. Primeiro você diz: 'Também não sou muito alto'". "Também não sou muito alto", disse eu. "Vamos começar do começo", disse Peder e tomou fôlego. "Pronto?" "Prontíssimo!" "Você está um lixo, senhor Barnum Nilsen." "E você está todo bronzeado", disse eu. Peder soltou um gemido e estava a ponto de me empurrar para dentro da água. Foi então que o pai dele se aproximou, um cachimbo na boca, e óculos de sol em cima dos óculos normais. Ele pegou a mala. "Vamos para casa antes que as férias terminem, rapazes?" Seguimos atrás dele até ele parar junto a uma pequena ponte pênsil, estendida entre o continente e a ilha onde ficava a casa de veraneio deles. O pai de Peder olhou para mim. "Você tem medo de altura, Barnum?" "Ainda não", sussurrei. Peder riu. "Barnum é tão baixinho que ele não sabe o que é medo de altura", disse. O pai teve que tirar os dois óculos por um instante. "O que foi que você disse, Peder?" "Nada não", disse Peder e saiu em disparada pela ponte, eu vinha no meio e o pai veio atrás. "Não olhe para baixo!", gritou. Olhei para baixo. Toda a ponte balançava e as ondas passavam embaixo, no fundo. Fechei os olhos, mas então o vento ficou ainda mais forte, o vento na cabeça, as ondas na boca, tentei segurar-me na estrutura da armação, mas era apenas uma corda que se dobrava nas minhas mãos, ouvi o Peder que ainda estava rindo e de repente lembrei-me de Der Rote Teufel, lá estava eu, suspenso entre o continente e Ildjernet, e não pude deixar de pensar em Der Rote Teufel, que morreu do riso. "Não olhe para baixo!", grita o pai de novo. Peder continua a rir, ele deve ter nascido nessa ponte pênsil. Ele se volta e estende os braços, como que querendo me abraçar. "Não é perigoso", diz. E foi uma semana estranha, uma semana estranha no que foi o melhor de todos os meus verões, o primeiro verão com Peder em Ildjernet, pois já não me recordo da seqüência de tudo o que aconteceu, é como um filme montado de forma aleatória e o fim talvez esteja em algum lugar no meio da ação, como um mistério que só se entende depois, ou talvez nunca. Quando voltei para casa, todo bronzeado, e Fred estava no cais esperando, e o relógio da Prefeitura voltou a tornar-se visível, com seus ponteiros pisados e números dourados, era como se os dias em Ildjernet se expandissem, formando um ramalhete que se abre em todas as direções, e se a gente tirar uma única flor dessa ampulheta, o vaso azul, o restante logo murcha. Mas alguma coisa aconteceu lá, naquele verão, não sei bem o quê, só sei que aconteceu, de outro jeito, devagar e sem alarido. E assim começa o meu verão: solto a corda, abro os olhos e tropeço bem nos braços da mãe de Peder, que está sentada em sua cadeira de rodas do outro lado. "Opa, Barnum. Fez boa viagem?" Solto a respiração. "Fiz. Mas o mar estava agitado na altura de Flaskebekk." Peder gira a cadeira de rodas e ri. "Agora o Barnum ficou com medo de altura", diz. "Ele vai ter que pegar carona com você na volta!" O pai me dá uma palmada nas costas, e me pergunto como a mãe conseguiu passar, porque uma cadeira de rodas numa ponte pênsil eu nunca vi. Peder conduz a cadeira de rodas até a sombra atrás da casa baixa, branca, no meio da ilha, e depois me mostra o quarto onde vamos ficar. Tem uma cama junto da janela, uma cama de casal, e Peder atira-se nela e fica deitado, me observando enquanto desfaço a mala. E não é pouco o que trago comigo, é melhor ter a mais quando a gente vai passar uma semana inteira com um amigo numa ilha. Trouxe pijama, sandália, dois calções de banho, para que eu possa imediatamente vestir um calção seco depois do banho e assim evitar um resfriado, também trouxe roupa de baixo, uma lata com creme protetor, um lápis e uma folha de papel onde mamãe escreveu nosso número de telefone e endereço, por via das dúvidas, eu também não esqueci o repelente, o pente e o desodorante, para não falar da velha câmera fotográfica. "Está pensando em ficar por aqui o resto da vida?", pergunta Peder. E me volto para a cama e tiro uma foto dele: Peder deitado com as mãos atrás da cabeça, seu sorriso, um dos olhos fechado, como se estivesse gozando da minha cara, ou como se acabasse de contar uma piada chocha, o tronco nu, a barriga que pende ligeiramente sobre o cinto do *short*, embora esteja deitado, os dedos do pé espalmados, e uma sombra que divide a foto ao meio, na diagonal, de um canto a outro. É assim que me recordo dele, Peder na cama, no primeiro dia de verão que passamos juntos. Então ele me fita com ambos os olhos. "De que lado você quer dormir?", pergunta. "Fico onde estou." "Sabe o que tinha nesta mala, Peder?" "Sei lá." "Aplauso." Peder volta a fechar um dos olhos, como se agora sou eu que estou gozando a cara dele. "Aplauso?" "Sim. Herdei do meu pai." Peder fica deitado, pensando. "Mas agora não tem mais aplauso aí dentro?", pergunta, por fim. Balanço a cabeça e me deito cuidadosamente do lado dele. O colchão é macio, e há como que uma fenda bem no meio, dentro da qual tombamos. A pele de Peder é quente, ardente, quando encosto nele. "Uma mala de aplausos", sussurra Peder. "Legal." Encontro a lata com o creme protetor, tiro a tampa, ponho a ponta do dedo no creme branco e pastoso, e começo a passar o creme nele. Ele se vira. Seus ombros estão vermelhos e a pele das costas está se soltando. Eu removo a pele solta. E, bem entre as espáduas, tem uma picada de mosquito, que coço. Depois tiro a roupa de viagem e troco por um calção de banho e Peder passa o creme em todo o meu corpo, e é sistemático no que faz, não esquece um único ponto em que o sol pode me queimar. Depois, ficamos completamente imóveis. "Você quer saber como a mamãe chegou até aqui?", pergunta Peder, de repente. "Com um barco, talvez?" "Neca. Ela navegou na cadeira de rodas." "Não é verdade!" "É sim. Ela pega o embalo no atracadouro e passa direto. Mais ou menos como um barco movido a roda de pás." "Não é possível!" "É sim. Todos vêm até o atracadouro só para ver quando a mamãe vai atravessar até a ilha. O pessoal fica contando os dias o ano todo." E vejo diante de mim a mãe de Peder, na cadeira de rodas, no meio do fiorde, fecho os olhos e surge a imagem da cadeira de rodas sobre as ondas, e então alguém nos chama, de longe, do sol e do vento. Ficamos deitados mais um pouco. "Que bom que você veio", sussurra o Peder. "Que bom que eu pude vir, Peder." Então corremos até o terraço onde tem uma mesa posta debaixo de um guarda-sol, e nos sentamos em cadeiras macias e enchemos os copos com suco amarelo e bebemos o suco doce enquanto uma vespa zumbe sobre a toalha e deixamos que ela continue zumbindo. O pai aparece na porta larga que dá para a sala, no meio das cortinas finas que quase o recobrem. Ele segura uma panela nas mãos e sorri. "Estão com fome, rapazes?" "Com uma puta fome", diz Peder. O pai sai do meio das cortinas e coloca a panela na mesa. "Não fale palavrão na minha ilha", diz. Peder ri. Eu espio na panela. É peixe. O pai enrola um jornal e golpeia a vespa, mas não acerta nem uma vez. Então levanta os óculos de sol e olha na direção da praia e do trampolim. "Maria!", chama. "Comida!" E logo ouço as rodas da cadeira rangendo, talvez necessitassem de um pouco de graxa, ela vem das sombras, e Peder e seu pai levantam-na e a colocam numa cadeira comum, de relance percebo o corpo magro dela, as coxas são apenas pele e osso, pele cinzenta que pende de seu esqueleto, e ela percebe que eu notei e que senti desgosto, susto, embora eu esteja olhando em outra direção agora, observando os veleiros, os barcos, o coração lento do fiorde, a vespa que retorna e pousa na borda do meu copo, o sol que brilha nos garfos, e penso em tudo que eu não deveria ter visto, que teria sido melhor não ter visto, uma vez vi o Fred parado diante do espelho no quarto da mamãe, ele se curvou e beijou, não, lambeu sua própria imagem no espelho, não queria ver, porque a gente carrega tudo dentro de nós, cada imagem misturada em um imenso quadro, pesado demais para o nosso olhar, e ainda assim tenho que olhar de novo, não consigo segurar-me, as pernas finas dela; onde a manta caiu um pouco para o lado, ela é quase roxa, retorcida, e ela sorri enquanto coloca a manta sobre os joelhos. "Comece você, Barnum", diz ela. Peder coloca a panela mais perto de mim. Cheira a vinagre. É peixe frio. O pai abre duas cervejas e dá uma para a mãe. Bebem no gargalo. "Cavala!", diz o pai, e se volta para mim. "Cavala?", sussurro. "Cavala fresca e bem gorda, Barnum. A cavala chegou cedo este ano. Mas ela não me enganou!" Peder boceja e gira o guarda-sol. A sombra passa sobre a toalha, como se alguém tivesse derrubado um copo. Pego o pedaço menor que consigo encontrar. A mãe ri. "Não precisa fazer cerimônia, Barnum!" Felizmente, o Peder tira a panela de mim, e não faz a menor cerimônia. "Se você não comer pelo menos três cavalas, o papai vai ficar ofendido", diz Peder. Tento rir. O pai põe a garrafa de cerveja na mesa. "Cavala não é apenas um peixe gostoso de comer, rapazes. É muito saudável também. Veja como a pelagem da cavala é gorda!" "A cavala não tem pelagem, pai", diz Peder. Rio alto. Mas o pai apenas passa o dedo sobre a pele que brilha. Abaixo a cabeça. A cavala no prato. Os soldados alemães. No fundo do fiorde. Um cadáver alemão sobre o prato. É a guerra que continua. É agora que sinto enjôo. Não posso ficar enjoado. Não posso vomitar. Porque a mãe pode achar que estou vomitando por causa dela, que não agüentei ver o seu corpo de paralítica debaixo da manta, a pele e o osso. Não pode acontecer. Engulo a carne lisa, a carne lisa vinda do fundo do mar, e me levanto, dou uma volta na casa sem me virar, ajoelho e ponho tudo para fora na grama. "O que foi que te deu, Barnum?" Seco a boca com o dorso da mão, e tem gosto de creme protetor e vinagre. Peder está atrás de mim. "Não suporto cavala", sussurro. Peder põe-se de cócoras. "E precisa vomitar antes de ter coragem de dizê-lo?"

Agora o Fred está treinando. Ele sobe correndo todos os degraus da escada de serviços, 12 vezes, porque não é para ninguém ver Fred correndo. Agora ele faz trinta flexões no nosso quarto e, da próxima vez, faz cinqüenta. No meio da noite, Fred acorda, inquieto e desassossegado, deita-se no chão e faz outras quarenta flexões, e depois corre de novo até o porão. Agora entra pela porta da frente do Clube Central de Boxe, na rua Stor, e todos se voltam para ele. Fred ouve os golpes que foram suspensos, ele vê os sacos de areia que ainda tremulam, vê os sorrisos nos rostos suados. Chegou aquele que é o melhor da cidade em apanhar. Estão todos felizes.

Peder me acompanhou de volta à mesa no terraço. "Barnum acha que a cavala é um soldado alemão disfarçado", diz. A mãe esboçou um sorriso e passou um dedo rapidamente sobre o meu braço. "Está melhor agora?" Fiz que sim. Mas o pai arregalou os olhos e por pouco não derruba a garrafa de cerveja. "O que disse, Peder?" "O irmão de Barnum contou que a cavala come soldados alemães." O pai virou lentamente na minha direção, como que dando tempo aos pensamentos o acompanharem na curva. "Seu irmão lhe contou isso?" "Sim", sussurrei. "Mas deve ter sido bobagem dele." Agora o pai enfiou o braço todo dentro da panela e tirou a maior cavala que encontrou e mostrou-a. "Me diga! Esse é um peixe nazista? Hein? Por acaso tem bigodinho?" "Tem pêlo", disse o Peder. "Então talvez seja uma cavala russa", disse o pai. "Vamos ver." E aí ele comeu o peixe, enfiou o peixe inteiro na boca, mastigou longamente enquanto olhava em volta. Ficou um pouco pálido no rosto e teve que tirar os óculos de sol. "*Wer ist Blücher, mein Schiff? Ich muss nach Oslo fahren!*" "Você está bêbado!", exclamou a mãe. E rimos tanto que tivemos que sentar no chão para não cairmos das cadeiras. O pai tomou mais um gole de cerveja e deixou a cavala afundar. "Hoje de noite vamos preparar salsichas, rapazes." E durante o resto do dia juntamos lenha para a fogueira de São João e quando a escuridão mal começou a deslizar fiorde adentro, suave e morno, o pai acendeu as pranchas e as toras que havíamos juntado, formando uma torre pontiaguda na praia, e logo pudemos ver as outras fogueiras, pontos brilhantes e inquietos em toda parte, ouvimos música dos atracadouros mais próximos, as chamas e as vozes ficavam mais nítidas a cada segundo que passava, era como se o tempo realçasse tudo, não a escuridão. Comemos as últimas salsichas, vestimos as malhas e sentamo-nos mais próximos um do outro. Peder contou as fogueiras e chegou a 28, e eram três a mais do que no ano passado. Não me lembro de ter sentido uma calma tão grande, talvez eu nunca a tivesse sentido antes, e só agora sabia que existia, minha calma profunda e ainda não vivenciada.

Quando a mãe caiu no sono, Peder empurrou-a na cadeira de rodas de volta até a casa. Fiquei sentado na praia com o pai. A fogueira extinguia-se lentamente, tal como as outras fogueiras, como lâmpadas no meio da noite.

"Seu irmão não pôde vir?", perguntou o pai. "Ele está treinando", disse eu. "Treinando para quê?" "Boxe." O pai riu um pouquinho e acendeu o cachimbo. "Boxe, sei. *A nobre arte da defesa pessoal.*" "Talvez a cavala tivesse comido um soldado inglês", disse eu. O pai riu e colocou o braço sobre os meus ombros. "Ele é bom de boxe, o seu irmão?" "Que ele é bom de apanhar eu garanto", disse eu. O pai bateu o cachimbo para tirar as cinzas, que ficaram boiando sobre a água. "Sim, sim. Saber apanhar também é uma arte, Barnum. E alguns são melhores nisso do que outros."

Peder não voltou. Fomos para a casa em silêncio. O pai segurou-me a mão, de repente, e ficou segurando-a por muito tempo. Quando por fim a soltou, retornou à fogueira já enegrecida e ficou parado lá. Eu podia ouvir o ranger das rodas da cadeira da mãe, em algum lugar, ou talvez fosse apenas a ponte pênsil que gemia ao vento. Corri até o quarto. Peder já estava dormindo. Tirei a roupa e deitei do meu lado da cama, devagar, para não acordá-lo. Peder virou no sono, roncou um pouco, mas logo a respiração voltou a ser regular. Não me lembro se sonhei alguma coisa. Acho que estava muito ocupado dormindo. Eu não podia perder a minha calma.

Bem cedo na manhã seguinte fomos despertados pela mãe. "Quero pintar vocês!", exclamou. Ela tinha vindo de cadeira de rodas até nós. Sentei-me rapidamente na cama, com os olhos abertos. Peder limitou-se a colocar o edredom sobre a cabeça e gemer. "Barnum trouxe uma câmera fotográfica. Tire um retrato. Poupa muito tempo." A mãe curvou-se para a frente na cadeira de rodas e tirou o edredom dele. Peder estava nu. Eu nunca tinha visto o Peder enrubescer antes, e nunca mais voltei a vê-lo assim. Eu também senti-me enrubescer, mas estava longe de ser a última vez, um calor extravasou nas minhas faces, eu me consumia lentamente em fogo. E a mãe também ficou por um instante sem jeito, ao menos teve que se segurar nas rodas. Peder puxou o edredom de volta. Então a boca pequena da mãe formou um sorriso. "Não me ofenda, Peder. Esteja no trampolim daqui a 15 minutos. Não é mesmo, Barnum?" "Claro que sim", sussurrei. E então a mãe saiu de novo e depois de um tempo o Peder pôs a cabeça de fora e espiou na minha direção. "Não consigo dormir de pijamas", disse.

E passamos o dia todo no rochedo junto do trampolim, enquanto a mãe estacionou a cadeira na sombra esvoaçante debaixo da macieira, de onde ela nos pinta. Não há uma única nuvem no céu, ficamos bronzeados e é como se o cabelo de Peder fosse clareando, ele fica bem assim, embora esteja com uma cara azeda. Fico me perguntando se a mãe vai conseguir isso, nossa transformação, antes de o quadro ficar pronto, já não somos os mesmos de hoje de manhã. Mas não podemos ver o que ela pinta. O pai vem com uma laranjada gelada quando ficamos com sede e entramos na água uma vez a cada hora. Pulamos juntos do trampolim e afundamos até os nossos pés tocarem as pedras lisas, e daí tomamos impulso e subimos até o sol pendurado em um fio de gotas brilhantes. "Já estou terminando de esboçar vocês!", exclama a mãe. E voltamos para o nosso lugar e ficamos imediatamente secos. A mãe cantarola uma melodia conhecida, debaixo da macieira, debaixo do chapéu branco de abas largas, atrás do cavalete, e quando em outros tempos ouço de novo essa melodia sinto o calor do rochedo daquele dia, eu tinha que fechar os olhos para não ser cegado pela luminosidade, e o cheiro de creme protetor quente e de tabaco me enche de uma tristeza estranha, trêmula, que eu não consigo entender, porque nunca estive tão bem quanto então, no rochedo quente, em Ildjernet, naquele verão com Peder, e talvez seja exatamente esse o cubo da roda da tristeza, que gira em nossas vidas, o fato de que o tempo passou, que o instante foi deixado para trás. "Já estou terminando de esboçar vocês!", exclama a mãe mais uma vez. E até mesmo Peder sorri, encolhe a barriga e tenta mostrar os músculos. O pai solta gelo nos nossos copos, um tilintar frio no fundo do sol.

E agora Fred está no vestiário do Clube Central de Boxe. O Deizão aponta um armário e diz: "Esse é o seu. A chave você recebe depois." Fred vai até o armário e troca de roupa. Tommy e os gêmeos fitam-no, em silêncio. Fred volta-se para eles. Desviam o olhar. Um homem entra. Ele pára atrás de Deizão que logo se afasta. Fica longamente fitando Fred. "Meu nome é Willy", diz, por fim. "Sou o treinador." Fred não diz nada, apenas lança um olhar rápido para o homem. Ele veste um conjunto esportivo azul, gasto, e nos pés alguma coisa que parece um chinelo. Ele é gordo, como se os músculos tivessem se soltado. Willy tem 52 anos de idade, mora sozinho em um quarto alugado junto do ponto de ônibus no largo de Anker, trabalha no estaleiro Aker, e só entende de solda e de boxe, e isso lhe basta. "Me contaram que você agüenta qualquer coisa", diz. "Tem vontade de aprender a bater também?" Fred dá de ombros. Willy volta-se para Deizão. "Ele sabe falar?" "Ele sabe falar", responde Deizão. Tommy ri, mas interrompe o riso tão depressa quanto começou. Willy volta a fitar Fred. "Você já praticou algum outro esporte?" Fred amarra os cadarços. "Lançamento de disco", diz.

Dormi ao sol, com a cabeça sobre o ombro quente e liso de Peder, e ouço a voz da mãe ao longe. "Não preciso mais de vocês, rapazes!" E quando abro os olhos vejo que ela está rodando para fora da sombra da macieira, ou talvez seja o ranger das rodas que me acordou. "Deixa ver!", grita Peder, e se levanta. Mas a mãe balança a cabeça e ri. "Só quando ficar pronto." Ela tira a tela do cavalete e dirige-se para a casa. Acabou a sessão conosco, mas não o quadro. E não termina o quadro naquele verão. Sempre falta mais alguma coisa, um traço, uma linha, um ponto. Foi só depois do enterro do pai, quando Peder não conseguiu voltar a tempo dos Estados Unidos, que consegui ver o nosso retrato, e parece que ela ainda não estava totalmente satisfeita. Mas já havia dado um belo título ao quadro, *Amigos no Rochedo*, simplesmente, e o indefinido do título, amigos sobre rochedo, tornou o tema independente de nós, tal como o tempo também havia criado uma distância, como se eu nunca conseguisse esticar o braço para tocar no quadro. "Você nunca vai terminar mesmo!", grita Peder. A mãe pára e rodopia a cadeira. "Quer apostar?" Peder ri. "Você só perde, mãe." "Quer apostar?", repete a mãe. "Não", diz Peder. "Mas em vez disso vou te fotoengrafar!" E ele tira a minha câmera, que ele havia escondido debaixo das toalhas, a mãe dá um grito e esconde o rosto entre as mãos, mas Peder clica pelo menos quatro vezes antes de ela conseguir girar a cadeira de rodas para o outro lado e dar a volta na casa numa boa velocidade. O pai surge de repente atrás de nós. "O que está acontecendo aqui?", pergunta. "Só estamos fotoengrafando um pouco", diz Peder, e me entrega a câmera. Estou a ponto de rir alto, pois essa é uma palavra nova para mim, e quase coça na boca. Mas algo no olhar do pai me faz desistir, não rio, em vez disso tento esconder a câmera nas costas. "Você sabe que a mamãe não gosta de ser fotografada", diz. "Então não faça mais isso. Nem você, Barnum."

Guardei a câmera na mala e decidi que não a usaria mais nesse verão. Peder veio atrás e sentou-se na cama. "A mamãe é um pouco supersticiosa", disse. Eu estava de costas para ele. "Como assim?" "Ela acha que alguém pega a alma dela quando ela é fotografada." "Pega a alma dela?" "Isso. É cisma dela." Virei-me para Peder. "Não vou revelar as fotos", disse. Peder deu um suspiro. "Você também acredita nisso? Hein?" Eu não sabia ao certo o que dizer. "Se ela acredita", disse eu. "Sim?" Peder começou a ficar impaciente. "Então não importa muito o que nós acreditamos." Peder ficou em silêncio por um instante. "Você vai pelo menos revelar a minha foto", disse ele.

E agora o Fred está diante do espelho bem no fundo da sala de treinamento do Clube Central de Boxe. O olhar de todos volta-se para ele, e o olhar de Fred volta-se para ele mesmo. "O pé esquerdo à frente!", grita Willy. "Ou você é um porra de um almofadinha da zona oeste!" Fred põe o pé direito para trás, desfere um golpe contra o espelho, os músculos magros, o rosto fora de prumo. "Fique na ponta dos pés!", grita Willy. "Ou você é um porra de um pé chato da zona oeste!" Fred estica-se, na ponta dos pés, procura o equilíbrio, e agora o Willy vem por trás, o empurra de leve nas costas e o Fred tropeça contra o espelho. "Um boxeador que estiver cansado nos pés está acabado, Fred. Porque um boxeador que estiver cansado nos pés também está cansado na alma." Tommy passa uma garrafa para Deizão, e Deizão passa a garrafa para o Willy que, por sua vez, passa-a para Fred. Ele bebe. É doce e pesado. Ele devolve a garrafa para o Willy que a joga para Tommy. "Fiz corrida na escadaria", disse Fred. Willy olha para ele. "Bata em mim, Fred." "O quê?" "Bata em mim, Fred." Fred reflete por um instante. Desfere um golpe. Mas então o Willy está em outro lugar. "Bata em mim, Fred!" Fred desfere novo golpe. Willy está de repente no outro canto. O homem velho e gordo dança na frente de Fred. "Não corra nas escadarias", diz o Willy. Fred senta-se no banco junto da parede. Faz-se silêncio na sala. Willy senta do lado dele. "Os pés, as mãos, a cabeça", diz Willy. "A cabeça, as mãos, os pés. Repita comigo, Fred." Fred apenas olha para ele. "Os pés, as mãos, a cabeça", repete Willy. "A cabeça, as mãos, os pés. Não consegue fazer nem isso?" Fred olha para o chão. "Os pés, as mãos, a cabeça", sussurra. "A cabeça, as mãos, os pés." Willy inclina-se na direção de Fred. "Você tem muito a aprender, Fred. Você quer aprender?" Fred faz que sim. Willy volta-se para os outros rapazes. Já estão em fila, Kalle, Jøergen, Salva, Junior, o Talento, Arve, todos os rapazes que sonham em se levantar, em se expandir, em se superar pelo muro de som e pelo limite da dor e portar um cinto com uma fivela de ouro e com asas, Tommy pula corda, Deizão, os Gêmeos fazem fila daqui até Bjøelsen. "Talento", diz Willy. "Prepare-se." Talento, um sujeito tapado e taciturno de Torshov, meneia a cabeça e vai tranqüilo até o vestiário. Willy vai buscar um par de luvas e amarra-as em Fred. "Você já ouviu falar sobre the *noble art of self-defence*?", pergunta. "Inglês", diz Fred. "Conversa fiada de inglês", diz Willy. "É esse tipo de frescura que escritores com bigode escrevem nos livros deles. O boxe não é autodefesa. O boxe é ataque. Bata quando achar que deve. Dance quando necessário." Talento sai do vestiário e sobe até o ringue. "Olhe no fundo dos meus olhos", diz Willy. Fred olha no fundo dos olhos dele. Ficam assim um bom tempo. "Como se sente?", pergunta Willy. Fred ergue as luvas. "Bem", diz ele. "Muito bem", diz Willy. "Quero ver você." "Você me vê", diz Fred. "Quero ver você no ringue", diz Willy. Alguém coloca um protetor de cabeça úmido sobre a testa dele. Agora Fred passa pelas cordas. Talento espera por ele no centro do ringue. Está lá com as luvas abaixadas junto do corpo, sério, mudo. *Não tenha medo, Fred. Estou pensando em você agora. Estou com você. Estou sentado no seu canto.* E Fred vai direto para Talento e começa a golpear. Golpeia de forma selvagem, mas os golpes atingem apenas o ar, em volta de Talento. Talento dança. Talento está em todos os lugares e em lugar algum, e Fred desfere golpes atrás dele, mas em vez disso sente golpes fortes contra o seu próprio corpo, no peito, no ombro, como se seus próprios golpes retornassem com força reduplicada, e Fred bate com ainda mais força, com mais velocidade, mas erra sempre, e ele fica fora de si, louco de raiva, ele bate e não atinge nada. O Talento é como uma sombra ao redor dele, sim, Talento é sua sombra, é assim que é, e Fred recebe mais um golpe no peito, a respiração explode, um gemido, e esse gemido, o silêncio na sala e os passos rápidos e impossíveis do ringue fazem com que Fred perca o senso, ele golpeia em todas as direções, vai para cima do Talento, abre caminho no meio de um enxame de golpes, luta como uma criança furiosa, porque isso aqui é pior do que apanhar, isso aqui é uma humilhação, ele se torna objeto de riso, e ele é capaz de suportar qualquer coisa, só não suporta o riso, Fred empurra o Talento contra as cordas e então sente que alguém prende os braços dele por trás, é o Willy, e Willy o arrasta consigo para fora do ringue até o vestiário, senta-o num banco, solta as luvas e retira o protetor de cabeça. "Tome uma ducha", diz Willy. "Fria."

E Peder aponta acima de nós. "Nuvens de cavala", diz. Passam lentamente, como fiapos de papel, coloridos de vermelho por uma luz que vem de baixo, do sol que vai descendo, na direção das colinas do outro lado do fiorde, onde um veleiro está parado na calmaria da noite. Peder ri. "Pois não pode ser verdade que as cavalas comem os alemães mortos. Porque os soldados alemães não vão para o céu." Estamos deitados no gramado entre o terraço e a praia. Então as nuvens se desfazem, desaparecem, ou talvez são só as cores que mudaram, pois logo está tudo azul, toda a paisagem é como uma escada com degraus altos, pintados de azul. "Você está aí?", pergunta Peder. "Estou", respondo. Estou deitado bem do lado dele. Deitamo-nos mais perto um do outro. Estamos descalços, os dedos espalmados, a pele branca entre eles, nunca me havia ocorrido antes que os dedos do pé podem ser tão diferentes. Peder conta alto até vinte, vinte dedos. Posso ouvir o ranger da cadeira de rodas da mãe, junto do mastro, talvez esteja procurando sua alma. Quero dar o filme para ela. Mas, quando ela nos pinta, o que acontece com as nossas almas? Ficamos com elas, porque um quadro leva tanto tempo para ficar pronto? "No que você é o melhor, Barnum?" "Como?" "No que você é o melhor?", repete Peder. Tenho que refletir por um instante. "Melhor?" "Sim. Melhor. Deve ter alguma coisa em que você seja melhor do que os outros." "Não sei." "Não sabe? Claro que sabe!" Tenho que pensar de novo. "Sonhar", sussurro. Peder afasta uma vespa. "Sonhar? Todo mundo sonha." "Eu só sonho de dia", digo. "Sou bom nisso." "Mas o que é que você sonha, Barnum? Que vai ficar mais alto?" É quase como se fosse só estender o braço para tocar o céu, dobrar para o lado um pedaço daquele azul. Até a grama sobre a qual estamos deitados ficou azul. "Sonho que acontecem coisas comigo." "Coisas acontecem? Que coisas?" "Acidentes. Catástrofes. Essas coisas." Cerro os olhos. Peder fica esperando a continuação. "Sonho que sou atropelado por um carro e mal consigo sobreviver, mas fico cego e mudo para o resto da vida. Eu sonho que desapareço durante um vôo em que o avião cai sobre a África e tenho que ficar morando com uma tribo selvagem e ninguém me encontra antes que tenham passado 13 anos." Abro os olhos. Peder está quieto. É esquisito ter falado isso. Eu nunca havia dito isso antes para ninguém. Estou quase cansado. "Muito bem", diz Peder, simplesmente, e parece esperar por mais. "Também sonho que vou até o cemitério e deposito flores sobre um túmulo e quando alguém me pergunta quem está lá digo que é a minha mãe, que morreu de câncer." Peder veste a camiseta. Não sinto frio. "Por que você faz isso?", pergunta. "Sonhar assim?" "Para que as pessoas sintam pena de mim." "Você é tão maluco como aquele maluco do seu irmão", diz Peder. Eu giro o corpo, sento-me em cima dele e bato nele. Bato tudo que consigo. Bato em todo lugar. Peder grita. Seus braços estão presos na camiseta. Ele tenta se desvencilhar, mas prendo-o com as pernas e bato, enfio os punhos no peito dele, no rosto, Peder grita e arrebenta a camiseta, eu bato sem parar, e ele me acerta também, mas nem percebo. "Nunca diga isso!", grito. "Nunca diga isso!" Escorre sangue do nariz de Peder e alguém me levanta e me atira longe, é o pai, ele se põe no meio de nós. "Que porra é essa que vocês estão fazendo!", grita. Peder levanta-se e balança, procurando equilibrar-se. "Não fale palavrão na minha ilha", diz. O pai agarra-o e o arrasta para junto de si. "Dobre a língua antes de falar sem pensar, meu jovem! Estão querendo se matar?" Peder limpa o sangue com a camiseta arrebentada. "Não. Barnum pensou em me matar primeiro." O pai volta-se para mim. "Talvez você possa me dar uma explicação para tudo isso, Barnum!" Olho para o chão. Não consigo respirar. Não consigo dizer uma palavra. Peder coloca-se do meu lado. "Nós só discutimos", diz ele. "Eu disse que o Barnum é baixinho. E Barnum disse que eu era gordo." O pai fica nos olhando, longamente. Esboça um sorriso. "Amigos não dizem essas coisas um para o outro, rapazes. Deixamos isso para nossos inimigos fazerem." Cada um de nós olha para um canto. O pai passa um lenço para Peder. "Muito bem. Vamos nos dar as mãos?" Hesitamos. Estendo a mão. Peder estende a mão. Nos damos as mãos. É um instante estranho. "Pronto", diz o pai, e nos dá um tapinha nas costas.

E agora o Fred sai do chuveiro. Vai até o seu armário. Treme de frio. Veste a roupa rapidamente. Só o Willy está lá. Ouvem os golpes que vêm da sala de treinamento, a respiração, os passos, os trovões, são como vagões de carga passando. "Você fica muito bravo, meu rapaz", diz Willy. Fred não o encara. "Um boxeador não deve ficar bravo. Gente brava acaba fazendo besteira. Um boxeador deve ser frio, lógico e matreiro." Fred fecha a porta do armário. Mas a porta se abre de novo. "Por que está tão furioso consigo mesmo?", pergunta Willy. Então o Fred volta-se para ele, e Willy dá um passo para trás. Fred esqueceu-se de desligar o chuveiro. A água escorre. Willy vai até lá, fecha a torneira, e Fred não saiu do lugar. Willy procura alguma coisa no bolso do seu conjunto, encontra algo, uma chave bem pequena, e entrega a chave para Fred. "Não vai fechar o seu armário?" Fred dá um breve sorriso, tranca o armário, número nove. Willy põe uma mão sobre as costas dele. "E agora vá para casa e deite-se. Dê um descanso para a sua fúria, Fred."

Aquela noite, fui o primeiro a deitar. Fiquei deitado, esperando o Peder. Fiquei pensando que era a primeira vez que eu havia batido em alguém e que havia batido justamente no meu único e melhor amigo, Peder Miil. Enfiei-me debaixo da coberta. Agora todos estavam bravos comigo. Talvez me enxotassem pela ponte pênsil na manhã seguinte. Eu bem que fiz por merecer. Não merecia mesmo nada de melhor. Eu estava muito envergonhado. Peder tinha até mentido por minha causa. Nunca havia sentido tão intensamente esse sentimento de vergonha, que é pesado, seco e compacto, porque eu os havia desapontado, eu havia desapontado a todos, a mamãe e a Boletta também, eu havia desapontado o mundo, e era a última coisa que eu queria fazer, desapontar alguém. Eu estava cheio até a borda de vergonha. A vergonha tomou conta de mim. Peder devia me odiar agora, mesmo tendo dado as mãos depois da briga. Finalmente ele chegou. Sentou-se na cama, de costas. Estava tão recurvado. Fingi que estava dormindo. "Desculpe", disse Peder. Permaneci imóvel. "Sou eu que deve desculpas", sussurrei. "Não, sou eu", disse Peder. "Fui eu que bati", disse eu. "Mas fui eu que provoquei, Barnum. Eu nunca deveria ter falado assim sobre o seu irmão." "E eu nunca devia ter te batido. Nunca. Está doendo?" "Não, só um pouquinho. E você?" "Tudo bem", disse eu. A tranqüilidade estava em mim de novo, mais tranqüila do que nunca. Peder continuou sentado. Passei a mão sobre as costas recurvadas dele. Estava de pijamas. "Psiu", disse Peder. Fiquei imóvel. Podíamos ouvir a mãe e o pai indo deitar, o ranger das rodas que parou e ele que a carregava até a cama, um riso, um cochicho, depois o silêncio. A lua passou atrás de uma nuvem. "Adivinha o que tenho aqui?", disse Peder. "Não sei, o que é?" Ele se aprumou, girou o corpo e mostrou uma garrafa vermelha. "Uma garrafa", disse eu. "Campari", sussurrou Peder. "*Como gosta de seu conhaque, senhor?*" "*Num copo*", respondi. Peder foi buscar nossos copos de escovar os dentes e encheu-os com a bebida. Sentou-se do meu lado. "Saúde", disse Peder. "Saúde", repliquei. Era como se dar as mãos mais uma vez. Era mais do que isso. Bebemos juntos. O rosto de Peder amarrotou-se, como se sua cabeça tivesse sido mergulhada em água fria e esfregada com sabão e casca de laranja.

"Coliputaquepariunos!", arfou Peder. Eu ri e quis tomar mais. Eu só bebia. Essa era uma coisa para mim. Peder recuperou-se depois do segundo copo. Fiquei ótimo depois do terceiro. Agora eu entendia por que a Boletta ia ao Pólo Norte comprar cerveja. Tinha a ver com o esquecimento, a dar um passo para o lado, estar em outro lugar, onde ninguém pode te atingir. Os desapontamentos foram embora. Tudo que eu queria que fosse embora foi embora. Eu não estava apenas mais leve na mente, meu corpo também flutuava, esqueci-me de minha própria carne, do meu próprio sangue, e quando eu fechava os olhos podia muito bem ter 1,78m, quem sabe 1,90m de altura uma vez. Eu agora sabia. A embriaguez era ausência. A embriaguez era a ausência que você podia preencher com o que quisesse. Talvez tenha sido esse o verdadeiro acontecimento desse verão, que eu bebi Campari no copo de escovar os dentes com o Peder, no meio da noite naquela cama de casal. O fiorde passava pelos rochedos. Daqui a alguns milhões de anos estariam gastos, transformados em pó e carregados pelo vento, se não acontecesse alguma outra coisa antes. Os pássaros estavam completamente em silêncio. Queria tanto que esse momento, esse instante, pudesse ser o resto das nossas vidas, assim, nada além disso, nós dois, a grande e macia ausência e os pássaros silenciosos. "Adivinhe no que eu sou melhor?", disse Peder. Bebi. Pensei. Mas meus pensamentos estavam em outro lugar. Os pensamentos estavam com eles mesmos, e pensavam em suas próprias vias. "Dançar", disse eu. Peder engasgou com Campari no esôfago e eu tive que massagear as costas dele por cerca de 15 minutos. "Mais uma chance", sussurrou. "Contar", disse eu. Peder sentou-se e meneou a cabeça. "Correto. Contar. Como é que você sabia, Barnum?" "Vinte chances", disse eu. Peder sorriu e fechou os olhos. "Posso contar tudo. Posso contar até não sobrar número algum. Uma vez contei todos os narizes na alameda Bigdøy." "Os narizes? Você contou mesmo?" "Sim, puta merda. Nunca vou fazer isso de novo." Ele voltou a fitar-me. Ri e ele começou a contar os meus dentes, como se eu fosse um cavalo, e chegou a 31. "Você tem um dente a menos", disse ele. "Saúde." "Deve estar no copo", disse eu. "Saúde, Peder." Bebemos. Pensei ter ouvido uma vespa no quarto, mas logo deixei de ouvi-la, devia ter encontrado a saída pela janela que estava entreaberta, ou talvez fosse apenas um fusível na cabeça que estava para queimar. "Mas por que você conta tudo?", perguntei. Peder deslizou para dentro da cama. Eu o acompanhei. Ele sussurrou, arrebatado: "Isso me dá muita paz. Quando conto, tudo se encaixa. Contas são a coisa mais bonita que conheço, Barnum. Contas que dão certo." "Você é tão maluco quanto eu", disse. Peder derrubou o copo e sentou-se em cima de mim, prendendo os meus braços. "Matemática e sonhos! Isso é o que somos, Barnum!" Quase não conseguia respirar. "Sim", sussurrei. "Pense em tudo o que podemos conseguir!" Peder aproximou-se e continuou me prendendo. "O quê? O que, Peder?" "Pense um pouco!", exclamou Peder. "Não consigo respirar!", gritei. Mas Peder não me soltou. "Você sonha", disse ele. "E eu posso calcular quanto custa! Só tem uma coisa." "Que coisa?" "Você está bêbado, Barnum?" Peder cheirou a minha boca. "Pode bem ser", sussurrei. Peder começou a balançar. Toda a cama balançava. O colchão estalava. "Você tem que mudar o sinal dos seus sonhos, Barnum." "Mudar o sinal?" "De menos, Barnum. Você sonha em subtração. Você tem que subir até a adição. Senão, não dá certo!" Peder afundou-se na cama do meu lado e ficamos deitados bastante tempo sem dizer nada. Uma luz fina passava pelas cortinas e inchava dentro dos olhos e se expandia dentro da cabeça como um leque em chamas. "Matemática e sonhos", disse Peder, lentamente, e foi a última coisa que disse essa noite. "Somos nós dois, Barnum."

Agora o Fred dorme. Ele dorme por dez horas seguidas. Antes do café da manhã, ele sai para uma caminhada. Não corre. Anda rápido, balança os braços com força, em largos movimentos, para a frente e para trás. As pessoas o observam e sorriem. Fred não se importa. Fred quer que se danem. Ele faz como Willy lhe disse. Pela primeira vez, faz algo que alguém lhe disse para fazer. Chove. A chuva lhe cai bem. Ele dá a volta junto do cemitério do Oeste, contorna uma árvore e, na mesma velocidade, retorna para casa. Está com o corpo quente, mas não suado. Ele toma um banho de chuveiro, come mingau de aveia e bebe água fervida. Mamãe e Boletta observam, em silêncio. Fred também não desperdiça suas forças conversando. Ele junta forças. Ele as armazena. Ele as guarda para os longos combates. Ele toma o bonde até o Clube Central do Boxe. Willy já está esperando. Fred troca de roupa. Estão sozinhos. Willy lhe entrega uma corda. "Pule", diz Willy. E Fred pula. "Na ponta dos pés!", exclama Willy. Fred pula corda. Ah!, como queria ter visto isso, Fred pulando corda, diante do espelho no Clube Central do Boxe, cada vez mais depressa, até que ele afunda no chão, dolorido e inchado nas pernas, e Willy o observa e sorri. "Pés, mãos, cabeça", diz ele. "Cabeça, mãos, pés", diz Fred, e se levanta. Willy coloca nele um par de luvas leves. "O saco", diz, simplesmente. Fred vai até o saco de areia pendurado numa corda do teto e começa a bater. Willy fica atrás dele e dirige os seus braços, levanta os cotovelos, gira os punhos. Willy solta o Fred. Fred bate. Os estrondos na sala vazia. Um odor no ar, cânfora, pode ser cânfora, um sopro frio, suor pesado, roupa velha. "Onde você está batendo?", pergunta Willy. "Estou batendo na porra de um saco!", diz Fred. Ele inclina o pescoço,. ergue os ombros, continua a bater. "Não é uma porra de um saco!", grita Willy. "Você está batendo no corpo. Você está cansando o adversário!" E Fred bate, os pesados golpes com o corpo, que começam dentro de você, no calcanhar, não, nos pensamentos, nos sonhos, um movimento que vibra em toda a sua vida, um músculo de tempo. "Em quem você está batendo?", pergunta Willy. Fred sorri, desdenhoso, e bate. "Estou batendo na porra de um saco!", grita. Willy o segura. Fred abaixa os braços. "Fantasia, Fred, você tem alguma?" Fred senta-se no banco, exausto de seus próprios golpes. "Não é o que você vê que importa, e sim o que você acredita que vê", diz ele. "Besteira", exclama Willy. "Quem disse isso?" "Todos que disseram já morreram", responde Fred. Willy enxuga-lhe o suor e lhe dá algo a beber, água com açúcar. "Boxe de sombra", diz Willy. E Fred boxeia, sozinho no ringue, ele dança, ele bate, ele percebe que é mais pesado não atingir nada do que alguma coisa, um golpe no ar atinge a quem golpeia. "Contra quem você está boxeando?", grita Willy. "Minha sombra", diz Fred. "Errado, Fred. Você tem que imaginar que está boxeando contra alguém." "Tommy", diz Fred, e bate. "Esqueça ele." "Deizão", diz Fred, e bate. "Esqueça o Deizão." "O Talento", diz Fred, e desfere uma série de golpes rápidos. "Esqueça o Talento também." Fred pára e volta-se para o canto onde está o Willy. "Com quem estou boxeando?", pergunta Fred. "Ninguém", diz Willy. "Ninguém?" "O adversário, Fred. Ele é ninguém. Ele não tem nome. Não tem endereço. Não tem família. A única coisa que você sabe a seu respeito é que você tem que bater nele com toda a força que puder e tem que derrotá-lo. E é só isso que você precisa saber. Entendeu?" Fred meneia a cabeça. Fred sorri. "Sim", diz. "Sempre entendi assim." E Fred bate, ele bate na sombra, seu único desejo é atingir a sombra e ver a sombra tombar definitivamente a seus pés.

Acordo com o ruído da chuva no telhado. Fico deitado, escutando a chuva, é verão, é cedo, é maravilhoso. Então Peder se vira para o meu lado. Ele fede. "Sonhou alguma coisa?", sussurrou. "Nada", disse eu. "E você. Contou alguma coisa?" "Nada." Seu olhar fica enevoado. "Mas agora vou contar quantas vezes eu vou ter que vomitar", disse ele. Ele se vira, e vêm alguns ruídos borbulhantes dele, e o cheiro piora. "Uma vez", diz Peder. Nesse momento, me afasto. Visto-me, saio do quarto e deixo-o sozinho. Um dos pés fica preso em uma poça de Campari. Ouço mais um regurgitar da cama. "Duas", diz Peder. Já fui. Ninguém mais já levantou. Só eu. Só eu na chuva fina. Dou uma volta na ilha. Não é grande. Ilhas não devem ser grandes. Ilhas devem ser do tamanho certo para podermos dar uma volta nelas de manhã, debaixo de chuva. O fiorde está cinzento e arrepiado. Sento-me na escada junto do trampolim e enfio a cabeça na água. Ajuda. Dou tempo ao tempo. Os degraus são esverdeados, escorregadios. Tudo é estranho e, ao mesmo tempo, normal. Vejo a balsa que retorna em direção à cidade. Logo vou voltar para junto de Peder. Vamos conversar sobre matemática e sonhos. Somos nós. É então que a percebo. Ou talvez ela tenha me percebido primeiro. É Vivian. Está no meio da ponte pênsil, com mochila e guarda-chuva, nunca vou me esquecer, Vivian debaixo de um guarda-chuva amarelo, na ponte pênsil que balança sobre Ildjernet. Não sei em que acreditar. Aceno. Não sei o que sinto. Não seio o que quero. Aceno de novo. E Vivian caminha o último trecho da ponte, pára ao colocar os pés na nossa ilha. "Oi, baixinho!", grita. Corro até ela. "Você aqui?", digo. "Sim. Por que não?" E ela me olha de soslaio. "Que cara é essa", diz ela. "Como assim?" "Está com a cara de quem dormiu na água." Dou um sorriso. "Peder e eu fizemos uma festa essa noite", digo. Vivian recolhe o guarda-chuva amarelo. Ainda chove. "Festa?", pergunta. "Sim. Adivinha!" Ela sacode o guarda-chuva, com força. "E quem estava nessa festa de vocês?" "Peder e eu." Vivian volta a me fitar. "Está chovendo", diz ela. Dirigimo-nos para a casa. Tudo está em silêncio. A água pinga do guarda-sol azul no terraço. Carrego o guarda-chuva dela. A grama é fria nos pés. "Ninguém levantou?", pergunta Vivian. "O Peder pelo menos não." Entramos, na ponta dos pés, no quarto. Peder está deitado com a cabeça do lado errado. Ele não está morto. Fez uma trincheira de vômito em volta da cama. Aqui não vai adiantar só abrir a janela. Vivian prende o nariz. Abro o guarda-chuva, por via das dúvidas. "Acabei sonhando com alguma coisa mesmo assim", digo, em voz alta. Peder tem um lento sobressalto. Balança os olhos de lado. "Que sonho?", geme. "Que a Vivian veio visitar a gente." Peder despenca da cama e fica de joelhos, como se estivesse rezando. Não está. Parece mais como se tivesse recebido um choque elétrico na boca e emite ruídos estranhos. "Quatro e meio", sussurra Peder. Volta para a cama e percebe a Vivian. "Oi, gordo", diz ela. "Como você ficou bronzeado." Peder sorri para ela, mas olha para mim. "Muito bem, Barnum. Agora você entrou na adição." Fecho o guarda-chuva. Vivian pula sobre o vômito e senta-se na cama. "Tem lugar para mim no meio de vocês?" Então ouvimos a cadeira de rodas atrás de nós. "Você vai ter o seu próprio quarto, Vivian!" Voltamo-nos para a mãe de Peder. Peder já desistiu. Ele consegue esconder a garrafa, mas não remover oito quilos de vômito. "Oi, mãe. Acho que peguei uma infecção intestinal. Contagiosa." Vivian acompanha a mãe. A chuva pára. O sol entra pela janela, na diagonal, um bloco de luz no peitoril azul. Peder levanta-se da cama. "Obrigado pelo sonho", diz. "Você sabia que ela vinha?", pergunto. Peder dá de ombros. "Talvez sim. Talvez não. Vamos arrumar essa bagunça?" E a próxima vez que vemos a Vivian ela está só de biquíni. Não me recordo da cor do biquíni. Quase não ouso olhar. Mas também não consigo desgrudar os olhos dela. Ela é magra, a pele é lisa e rija em todos os lugares, especialmente sobre a barriga, e mesmo assim forma um arco suave até a borda do biquíni, e não tem qualquer marca, o corpo inteiro é igualmente pálido, mas não acinzentado, uma cor branca profunda que lembra louça antiga. Ela usa óculos de sol. Não percebo para onde ela está olhando. A boca parece maior do que antes. Ela prendeu o cabelo na nuca e soltou a alça nas costas. Ficamos deitados no rochedo. Peder passa protetor nas costas dela. Peder conta as costelas dela. Ela tem mais costelas do que nós. Ela ri. Fixo o olhar no rochedo. Ainda assim a vejo. É o dia mais quente do verão. De repente, Peder atira protetor sobre mim. Ele luta contra uma vespa. A vespa está a ponto de zumbir. Vivian senta-se bruscamente. Vejo os peitos dela, num relance, antes de ela colocar o biquíni e as mãos no lugar. Peder tenta acertar a vespa com a toalha. Mas eu vi os peitos dela. Não são grandes. São suficientes. Se eu puser a minha mão em um dos seios dela, o encaixe será perfeito. Não o faço. Gostaria de ter feito. Vejo como se fosse de verdade. Que eu ponho a mão, com cuidado, no seu seio e ela suspira. Seus olhos por trás dos óculos escuros. Não vejo para onde ela está olhando. O creme protetor derrete nos meus dedos e pinga na rocha e desaparece dentro de uma profunda reentrância. Peder atira uma pedra contra a vespa. "Quero nadar", diz Vivian. Ela vai até o trampolim e salta. Quase não se ouve nada quando ela atinge a água, com os braços em forma de lança, não, de espada, um sabre que abre as ondas e silenciosamente dobra a água. Peder olha para mim. "Não vai nadar?", pergunta. "Acho que vou esperar mais um pouco", digo. "Eu também. Podemos nadar depois." "Claro", digo eu. A mãe está sentada junto ao mastro e acena. Vivian está quase invisível em toda aquela luz que tremula ao redor dela como espelhos irrequietos. "Acho que vamos ter que comprar óculos de sol, Barnum", diz Peder. Então Vivian sai da água. Deitamo-nos, cuidadosamente, de barriga para baixo. Ela se senta entre nós. Vejo a pele dela secando, gota por gota. Ao longo da coluna, uma penugem loira. Fico com vontade de passar a mão na penugem. Do rochedo sai um cheiro cru, quente, as pedras aquecidas, o morro, que me estonteia um pouco. Passo a ponta dos dedos na lata de creme protetor. "Não vá se queimar", sussurro. Ela se deita, de costas. Ela fecha os olhos. Peder pegou emprestado uns óculos de sol. Ele fica com um aspecto bastante destemido. Ele suga as bochechas para dentro e sorri. Coloco-me de cócoras ao lado de Vivian. Eu ponho uma poça quente e branca de Nívea na barriga dela. "Encontrei o seu irmão", diz ela, de repente. Minha mão pára. "O quê?" "Seu irmão, Fred. Eu o encontrei." Peder empurra os óculos de sol acima da testa e solta as bochechas. "Onde?", pergunto. "Na alameda Bigdøy. Ele estava correndo." "Ele estava correndo? Fred nunca correu." "Pelo menos estava andando bem depressa. E balançava os braços. Estava meio esquisito."

"A diferença entre correr e andar é que quando você corre nunca tem mais do que um pé no chão a cada momento", diz Peder. "Não tem nada a ver com a velocidade. Por isso, é possível correr mais devagar do que andar." "Ele está treinando", digo. Peder ri. "Treinando na alameda Bigdøy? Para que ele está treinando?" "Boxe", sussurro, com a voz mais baixa que consigo fazer, e tenho que fazer sombra para os olhos. Vivian senta-se e passa o protetor sozinha. "Ele vai ter uma luta em setembro", diz ela. De repente, sinto uma dor de cabeça, a cabeça vibra, a boca seca, um enjôo imenso cresce dentro de mim. Peder olha para mim. Ele parece estar com pneus na testa. "Tudo bem com você, Barnum?" Eu meneio a cabeça e respiro fundo. Nem tudo está bem. Não sei o que está me acontecendo. Mas pensar que o Fred conversou com a Vivian e ela com ele não dá para agüentar. Fico tonto e enjoado. Peder senta-se. Vivian volta a deitar-se.

"Você conversou com ele?", sussurro, quase sem voz. "Um pouquinho." "Um pouquinho? Ele chegou a parar?" "Ele teve que fazer um alongamento." "Alongamento? Precisava mesmo?" "Sim. Contra uma árvore." "Então ele deve ter derrubado a árvore", diz Peder. Ainda estou ofegante. "O que foi que ele disse? Enquanto fazia alongamento, quero dizer?" Vivian suspira. "Agora você está dando uma de lerdo, Barnum. Ele disse que vai ter uma luta em setembro. A primeira luta dele. Você não sabia?" Eu dou uma risada. "Claro que sabia", digo, alto. "Fred é o melhor da cidade. Ninguém agüenta apanhar tanto em toda a cidade. Puta merda!" Olho para o Peder. Tenho orgulho do meu irmão. É o que quero ter. Peder desvia o olhar. Então o pai de Peder surge no terraço, com as mãos levantadas. "Comes e bebes!", grita. Peder já está a caminho. Vivian segue atrás. Ela se volta e hesita por um instante. "Você não vem, Barnum?" "Já, já." Em vez disso vou até a mãe e a ajudo a descer a colina. "Por que você não manda engraxar as rodas?", pergunto. "Para que as pessoas saibam quando eu estou chegando", responde a mãe. "Exatamente como sapatos que rangem", digo. Ela curva a cabeça para trás e sorri, mas a boca dela pende para o lado errado. "Você não está passando mal, Barnum?" "Nem um pouquinho." "Porque não seria nada de mais passar mal hoje. Depois de uma noite dessas." "Eu sei", respondo. Ela põe a sua mão na minha. "Estou feliz por você ter vindo", diz, com a voz suave. "Você é um bom menino." "Não", digo. "Não sou muito bom."

E agora o Fred toma o caminho de volta para casa, atravessando a cidade, debaixo de chuva, amaciado de tanto apanhar, de apanhar de ninguém, da sombra, de si mesmo. Ele anda devagar, os músculos doloridos, a sacola sobre o ombro, o olhar para todo lado, nas ruas desertas. Ao lado dele caminha Willy. Willy não pára de falar. "Há duas vozes na cabeça de um boxeador, Fred. Uma delas diz: ataque! A outra voz diz: retire-se. Tem uma voz sobrando aí." Fred meneia a cabeça. Willy pega no braço dele. "Se você ficar no meio dessas vozes, você está acabado. Seus pensamentos têm que ser límpidos e claros. Um boxeador que hesita já está caído." Willy ri. "Na verdade, boxear é tão fácil quanto apanhar." Eles param. "O punho primeiro, Fred. É só isso que você tem que lembrar. O punho primeiro!" Willy solta o braço dele. "Você está me devendo cinqüenta coroas, Fred." "Verdade?" "Paguei a sua inscrição. Se não, você não vai poder lutar em setembro." "Muito obrigado", diz Fred. Willy enfia a mão no bolso, por um instante incomodado. "Não foi uma porra de um presente!" Estão na praça da prefeitura. "Tchau", diz Fred. Willy o detém. "Já ouviu falar de Bob Fitzsimmons?" Fred balança a cabeça. Willy sorri. "É claro que não. Mas Bob Fitzsimmons é o maior dos boxeadores, Fred. Quando ele foi trucidado por Jack Johnson em 1907, deu em todos os jornais do dia seguinte que o reinado de Fitzsimmons havia chegado ao fim. Dois meses depois ele derrotou Corbert. Nocaute no terceiro *round*." "Puta que pariu!", diz Fred. "Sim, puta que pariu. Não acredite em tudo o que sai nos jornais. Alguns dizem que os boxeadores não retornam. Não é verdade." "Não", diz Fred. E o relógio na torre bate as três horas. Willy fica com pressa. "Nos vemos amanhã", diz ele depressa, dá uma palmada nas costas de Fred e corre na direção do portão do estaleiro Aker, aquele homem pesado corre lépido sobre os paralelepípedos. "Você trabalha aí?", grita Fred atrás dele. Willy volta-se na pressa. "Todos trabalham aqui!" Ele chega bem em cima da hora do turno dele, e Fred fica parado olhando as costas que desaparecem dentro do portão do estaleiro, o portão que se fecha. A chuva desliza pela cidade. E, num dado momento, às três e oito, a praça da Prefeitura está dividida ao meio, em luz e sombra, em chuva e sol, e Fred está bem no centro, com um dos braços na chuva e a outra mão no sol. Ele fica assim, um pouco espantado, por um instante, cegado e molhado, na fímbria do sol, antes que a luz o cubra por inteiro. E se pudesse ter enxergado mais longe, fiorde afora, passando pela península escarpada e verde de Nesodd, até Ildjernet e a casa branca de veraneio lá, e fico feliz pelo Fred não ter uma vista tão boa assim, ele teria primeiro visto a Vivian tomando Coca de canudinho, sua boca é uma ponta macia, úmida, e ela segura o canudo amarelo com dois dedos, e espia na direção do pai de Peder, que tenta se levantar da espreguiçadeira, mas está satisfeito demais e a espreguiçadeira é muito funda, ele cai de volta no assento, e rimos dele, do homem adulto, do vendedor de selos Miil. "Deus do céu, que vida boa essa", diz ele. "Mamãe, eu, Peder, Barnum e Vivian!" Ele passa os olhos de um para outro, como se não tivesse certeza de que era verdade, que sua ilha é povoada, que afinal deu sol hoje, que rimos, que somos agradecidos, que temos boa companhia. Deixou a vista pousar em Vivian. "Já era hora de você ter vindo", disse. Vivian sorri e tira os olhos do copo. Os cubos de gelo tilintam enquanto derretem. "Obrigada", sussurra. "Precisamos de alguém que possa tomar conta dos rapazes, não é mesmo?" Rimos, novamente, a mãe espanta uma vespa com um jornal do ano passado, e o pai volta-se para mim. "Não é mesmo, Barnum?" "Sim, é claro que sim", respondo. "Você não está passando mal de novo, está, Barnum? Não havia uma única cavala na salada!" Balanço a cabeça, com cuidado. "Especialmente o Peder", digo. "Alguém tem que cuidar dele." "Veja só quem fala!", exclama Peder. "É Barnum que precisa ter quem cuide dele. Ele tem medo de altura!" Rimos ainda mais e o pai finalmente consegue colocar-se de pé, ele descortina o fiorde, meneia a cabeça como se acabasse de dizer alguma coisa com que concorda em gênero e número, e olha para a mãe de Peder. "Maré baixa", diz. "Está na hora de um Campari, Maria! Quer que lhe traga um?" A mãe hesita. "Não seria melhor tomarmos Martini?" "Martini na maré baixa? Me faça o favor!" O pai entra na casa, balançando a cabeça. Olho para o Peder. Peder olha para o céu e assobia. "Peder", diz a mãe. "Sim, mãe", diz Peder, e continua a investigar o firmamento. É azul. "É você quem vai ter que dar satisfação, Peder." Vivian olha para mim. Dou de ombros. Não consigo outra coisa. O pai sai da casa. "Você viu o Campari, Maria?" "Não está na geladeira?" "Não, não está." A mãe olha de novo para o Peder. "Está vendo alguma coisa?" "Vendo?" "Sim. No céu. Tem algo escrito lá, Peder?" O pai começa a ficar impaciente. "O Campari, Maria. Logo vai vir a maré cheia!" Então Peder se levanta. "Tenho um comunicado a fazer", diz. "O pai vira-se para Peder. "Como é que é?" "Eu tenho um comunicado a fazer, pai." "Sim, foi o que ouvi. O que está acontecendo aqui?" Peder abaixa a cabeça. "O Campari acabou, pai. Não sobrou nada, nem na geladeira nem no resto da ilha." O pai volta-se para a mãe. "O que é que o nosso filho está querendo dizer?" A mãe suspira. "Acho que ele quer dizer que beberam todo o seu Campari." O pai volta-se de novo, dessa vez na minha direção. "Agora entendo por que você está de farol baixo hoje, Barnum." E volto a me sentir mal, enjoado, porque vejo o Fred fazendo alongamento junto a uma árvore, uma castanheira na alameda Bigdøy, e Vivian que pára, conversa com ele, Fred e Vivian que conversam e ele conta que vai ter uma luta em setembro, conta para ela. Tenho que vomitar. Não posso vomitar duas vezes na mesma ilha. O pai coça a testa. Ele tem caspa, e coça bastante. "Tudo bem. Pelo menos vocês estão vivos. Melhor eu comprar outra garrafa na próxima vez que eu for para a cidade." Ele fica parado um instante, e acho que está mudando de idéia. "Nunca ouvi coisa pior", diz. Então volta para dentro da casa. Olho para Peder.

Ele acompanha a saída do pai. Dessa escapamos fácil. Decido dar um bom presente para o pai um dia desses. Vivian levanta-se e vai até o Peder. "Seu pai é legal", diz ela. E, de repente, o Peder fica furioso. Não entendo. Fica completamente fora de si. "Pai!', exclama. "Pai!" O pai olha pela porta da varanda. "Sim? Não vá me pedir Martini, Peder. Porque vou ter que recusar." Peder balança a cabeça. Está completamente vermelho. "Sabe por que bebemos todo o seu Campari?", pergunta. O pai sorri. "Tenho minhas suspeitas." "Como vingança por você ter revendido a carta do Fred!" O sorriso do pai se desmancha. Ele sangra na testa, um filete fino de sangue que escorre na direção do nariz. Ele enxuga com o dorso da mão e vai dizer alguma coisa, desiste e olha para mim, não entendo, não entendo o que o Peder disse, fico plantado ali, mudo, desconsolado e confuso, com medo de dizer algo de errado, algo completamente fora de propósito. Então o pai desaparece atrás das cortinas e ouço o ranger da cadeira de rodas e a voz da mãe ao mesmo tempo zangada e triste. "Não precisava nada disso, Peder. Foi maldade sua." Volto-me na direção deles. Peder abaixa os olhos. Perdeu a cor no rosto. Vivian vai até o trampolim. Posiciona-se bem na ponta, dobra ligeiramente os joelhos, um S longo e fino ao sol, toma impulso. Não ouço quando ela cai na água. "Sinto muito", diz Peder. "Não diga isso para mim! Diga para o seu pai!" Peder dá de ombros e entra na sala. Fica lá algum tempo. Levanto-me, lentamente. "Talvez o Peder tenha perdido a alma dele", sussurro. A mãe olha para mim. "O que foi que você acabou de dizer, Barnum?" "Tirei uma foto dele", digo. A mãe abre a boca, como se fosse rir, mas muda de idéia. "Todos perdem a alma de vez em quando", diz ela. "O importante é fazer com que volte para o seu lugar o mais depressa possível." "E como é que se faz isso?" "Fazendo o que é certo", diz a mãe. Peder retorna. Traz consigo um copo, que entrega para a mãe. "Toma, mamãe", diz, e faz uma mesura. "Martini, maré baixa e limão." "Onde está o papai?" "O papai está descansando, mamãe. No sofá da sala." A mãe segura o copo com as duas mãos. "Sabe o que eu acho que você deveria fazer agora, Peder?" "Não exatamente." "Você deveria cortar a grama." Peder pensa um pouco. "Tudo bem." "E quando você terminar com o gramado, pode recolher as algas ao longo da praia." "Ah, não!" "Ah, sim! E depois seria bom você lavar o trampolim e a escada. Tenho certeza que o Barnum vai querer te ajudar." E, durante o resto do dia, trabalhamos para fazermos as almas voltarem para o seu lugar. Cortamos a grama atrás da casa e a recolhemos com ancinhos. Retiramos o musgo da escada que dá para o trampolim. Lavamos o trampolim para tirar o cocô das gaivotas. Funciona. A alma se aproxima. Logo estará no seu lugar. É como uma fechadura de código, quando você finalmente acha que lembrou os números e sente que a fechadura está cedendo, tem um tremor na mão, e então você faz confusão, um dos números está errado. A carta do Fred? Por que o Peder disse que a carta era do Fred? Só faltava a praia, agora. Vivian está sentada na areia e nos acompanha com os olhos. Juntamos algas. Ela tem uma toalha vermelha sobre os ombros. Ela parece estar com frio. A alga tem um cheiro azedo, lixo velho, mijo, algo que apodrece no calor, devagar, cadáveres. "É o castigo?", grita Vivian. Peder levanta a vista. "Castigo? Você é religiosa ou o quê?" Vivian desenha um círculo na areia, em volta dela. "Creio que creio em Deus", diz. Peder sorri. "Só porque você mora encostada na igreja de Frogner. Aposto que todos os que moram na alameda Bidgøy pensam que acreditam em Deus." "Bobo", grita Vivian, e esconde o rosto na toalha. Colocamos a alga num balde imenso. O Peder está suando. "Por que você disse aquilo sobre a carta?", pergunto. Peder dá de ombros. "Deu vontade." "Você não deveria ter falado isso." "Talvez sim. Talvez não." Peder encontra uma rolha que ele enfia no bolso estreito, dentro do calção de banho. "Mas por que você disse que era a carta do Fred, Peder?" Ele se volta rapidamente para mim, e, por um instante, mostra-se inseguro, hesita. "Acho que chega", diz, e se levanta. "Tem mais algas aí." Peder ri. "E tem muito mais alga lá de onde elas vêm, Barnum. Você poderia ficar recolhendo algas o resto da vida e nunca terminaria." "Não dá para contar algas", disse eu. "Exatamente! É essa a parte chata da alga. Não dá para contar." "Acho que vou continuar mais um pouco", digo. Peder atira a rolha de volta à água. "Como quiser. Eu não quero mais." Ele vai até Vivian, tira a toalha dela e ela se levanta com um grito, e Peder corre até a casa, girando a toalha sobre a cabeça como se fosse um laço, e ela corre atrás dele e o alcança logo, e não faço idéia de onde eles estão. Fico de cócoras na maré baixa. As bolhas que estouram na alga molhada. E a alga seca na areia, que se desmancha como pó verde assim que a toco. Uma água-viva atirada na praia. Se uma estrela despencasse, talvez ficasse assim. Quando enfio o dedo nela, não consigo mais tirá-la. Tenho que raspá-la. Uma vez li sobre um homem que se afogou em águas-vivas, prenderam-no lá embaixo, um telhado de águas vivas, ele não conseguia atravessá-las, ele ficou lá embaixo, na sombra abaixo das águas-vivas, deve ser melhor levar um disco na cabeça. Vomito no balde. Enfio o dedo na garganta e vomito mais um tanto. Alguém põe a mão nas minhas costas. Volto-me e vejo o pai de Peder. "Tudo bem", diz ele. "Se não é cavala é Campari." Afundo-me na areia. Ele senta-se do meu lado e me empresta um lenço. "Isso passa, Barnum. Isso passa. Mas, enquanto não passa, o corpo aplica seu próprio castigo." "Castigo?" "Pode chamar de sobretaxa. Vocês puseram selos a menos na alegria de ontem, e hoje o corpo tem que pagar o restante da tarifa." O pai ri e tira areia dos sapatos. "Acho que estou falando muita bobagem", diz ele. "Achei legal", sussurro. O pai permanece em silêncio enquanto calça os sapatos. Demora bastante tempo. Os cadarços são finos, estão gastos a ponto de romper. "Foi chato acontecer essa história com a carta", disse ele, por fim. "Foi o papai quem vendeu." "Sim, foi ele. Naquela época, eu não sabia quem era. Que era o seu pai." "É engraçado como coisas velhas podem valer tanto", disse eu. O pai ri. "Nem todas as coisas velhas, Barnum. Meus sapatos, por exemplo. Duvido que consiga alguma coisa por eles." "E eles rangem também." "Sim, rangem e estão furados. E também não quero vendê-los. Esses sapatos impossíveis são valiosos para mim. Só para mim." "Mas se eu escrever uma carta para a minha mãe agora e ela guardar a carta durante trinta anos, talvez venha a valer alguma coisa?" "Depende", diz o pai. "Do quê?" "Se você ficar famoso um dia, Barnum." Tenho que pensar. Não dá para imaginar direito. Famoso? Barnum famoso? Eu seria famoso pelo quê? Minha estatura? Meu nome? Meus sonhos? Meus pensamentos não têm esse fôlego todo. "Seja como for, não é certo ler as cartas dos outros", digo. O pai de Fred assente. "Foi exatamente o que o seu irmão também disse." "Meu irmão?" "Ele passou na loja. Ele queria a carta de volta. Deve ter significado muito para você essa carta, Barnum." Fico mudo. Fred está em todo lugar. Fred já conversou com todo mundo. O pai me abraça. "Ele queria a carta de volta por sua causa, Barnum. Foi exatamente isso que ele falou." "Queria mesmo?" "Sim. Foi o que disse." E então pensei que o Fred deve ser um excelente irmão mais velho. Não sei mais no que acreditar. Mas em um lugar dentro de mim fico muito feliz. Quero acreditar nisso, quero acreditar no que penso que estou ouvindo, como diz o pai de Peder, que o Fred fez alguma coisa por minha causa. "Acho que o Peder tem um pouco de inveja de você", sussurra o pai. Levanto-me e subo na direção da casa. Mas pego um desvio, para poder ficar um pouco sozinho com os meus pensamentos. É como ficar de cabeça cheia. Tenho dor de barriga na cabeça. A casinha está vaga e me sento lá. Quando olho dentro do buraco, não vejo o fundo. Não consigo nem ouvir a merda aterrissando. Se eu caísse lá dentro, só seria encontrado no outono. Nas paredes, fotos da família real, o rosto de Van Gogh e o retrato de um menino, que deve ser o Peder, mas a foto foi certamente batida há muito tempo. Ele está na beirada do trampolim, com uma bóia imensa, e parece bem zangado, porque talvez esteja nesse momento perdendo a sua alma. Isso foi antes de nos conhecermos, antes de ele saber quem eu era e que eu existia, na mesma cidade, antes que qualquer um de nós soubesse que Vivian também caminhava pelas mesmas ruas, talvez já tivéssemos tomado o mesmo bonde, descido no mesmo ponto, e consigo pensar tudo isso, na casinha, em Ildjernet, nesse verão estranho, que depois vim a chamar de meu primeiro verão, que não sabemos de quase nada, que é tão pouco o que sabemos que mal dá para perceber em comparação com tudo o que não sabemos, como uma formiga no monte Everest, uma gota no mar Morto, e o pouco que sabemos não podemos esquecer e aquilo em que acreditamos também tem quer ser incluído na conta. E pelo menos escuto quando esses pensamentos atingem o alvo, porque depois de um longo desvario transformam-se em palavras na minha boca. "Sei menos do que não sei", sussurro. E mais uma vez sinto uma imensa simpatia pelo Fred, vejo-o diante de mim, seguindo os seus caminhos em silêncio, fazendo as suas boas ações, em segredo. Fico sentado mais um pouco. Não sei bem por quê, mas tenho vontade de chorar. Estou bem. O papel é meio áspero, mas esfrego o papel entre as mãos e fica logo bem macio. Então saio. O pai está empurrando a cadeira de rodas pela praia. Peder e Vivian estão sentados no terraço, cada qual em sua espreguiçadeira, lendo revistas. Peder nota minha chegada. "Sabe a vantagem de guardar revistas antigas, Barnum?" "Não", respondo. "É que dá para ver que o horóscopo estava enganado." "Verdade?" Peder folheia até encontrar o que estava procurando. "Veja o que escreveram sobre você no ano passado. *Uma das melhores e mais interessantes semanas de todo o ano. Contato inicial com amigos estrangeiros ou contatos comerciais. Você terá muitas oportunidades para iniciar um flerte e talvez algo mais sério.*" Peder atira longe a revista e olha para mim. "Aconteceu algo assim com você, Barnum?" "Não que eu me lembre", digo. "Nem um flertezinho com amigas estrangeiras?" "Creio que não." "Está vendo? Tudo invenção." "Não é certo que o horóscopo funcione para todo mundo", diz Vivian. Peder volta-se para ela. "Você acredita em horóscopo também?" "Às vezes." "E seria Deus quem escreve o horóscopo da revista *Aktuell*? Em norueguês?" Peder faz uma cara de espanto e balança longamente a cabeça. "No outono passado estava escrito que eu ia encontrar dois homens interessantes", diz Vivian. "E encontrei vocês." Ela ri, alto. "Pura coincidência", diz Peder. "Se você inventa histórias o tempo todo, acaba tropeçando na verdade de vez em quando. Simples cálculo de probabilidade." Vivian fecha os olhos. "Em que você acredita?", pergunta. "Peder acredita em números", digo. Peder sorri. Ele se inclina na direção de Vivian e fala baixo. "Se você vier até o nosso quarto esta noite, à meia-noite e 13, o Barnum vai te mostrar uma coisa." Vivian abre os olhos de novo. "O quê?" "É o que veremos", diz Peder. E não diz mais nada aquela noite. Ele fica só sentado na espreguiçadeira e conta os barcos entrando no fiorde e registra o número em um caderno que já contém muitas outras contas feitas. Depois que nos recolhemos, não nos deitamos, ficamos sentados na beirada da cama, esperando a Vivian. O silêncio na casa é total. Não agüento mais. "O que é que vamos mostrar para ela?", pergunto. "Psiu", diz Peder. "Você está com cheiro de alga." Lavo as mãos e o rosto na água morna e empoeirada de uma jarra azul. "Foi só uma coisa que você disse, não é? Não é mesmo, Peder?" "O quê? Que você cheira a alga?" "Que eu vou mostrar uma coisa para a Vivian." Peder inclina o corpo para trás. Vejo-o contra a janela escura, uma figura irrequieta, imprecisa no brilho da luz fraca com cúpula vermelha do lado da cama, e tudo se mistura com a luz que vem da lua, que parece pender de um fio lá no fundo do fiorde. "Você acha que ela vem, Barnum?" Viro-me para ele. "Não." "Mas eu acho que vem." Peder se levanta. "Não, não acho nada. Eu sei." "E como é que você sabe?" Peder sorri. "Porque ela é curiosa, é óbvio. Você não teria vindo se ela fosse te mostrar uma coisa?" "Teria." "Está vendo? Ela vem. É só esperar." Sento-me na cama, do lado dele. Peder cheira as minhas mãos. "Está melhor", sussurra. "As moças não gostam de alga." Passamos um pouco de desodorante debaixo do braço e ficamos um tempo em silêncio. "Que horas são?", pergunta Peder. "Faltam oito minutos para a meia-noite." "Não vamos cair no sono, Barnum." "Não. Vamos nos manter acordados." Peder lava o rosto na mesma água. "Eu bem que queria ter um irmão mais velho", diz, de repente. "Verdade?" Ele volta a se sentar e pega a minha toalha. "Mamãe não podia ter mais filhos depois que eu nasci." Fico pensativo. "Mas então teria sido um irmão mais novo", digo. "Se você tivesse tido um irmão depois que você nasceu." Peder também fica pensativo. "Puta merda, você está certo, Barnum. Estamos acordados." "Você acha que ela vem?" "Espere e verá", diz Peder. "Vivian vem, com certeza."

Ela veio. À meia-noite e 13, bateu de leve na porta. Peder abriu. Vivian entrou. Peder fechou a porta e ficou escutando. Todos ficamos escutando. A casa estava em silêncio. Ninguém tinha nos ouvido. O fiorde passava ao largo. "O que você quer me mostrar, Barnum?", sussurrou Vivian. Olhei para o Peder. Peder ficou sorrindo. Vivian foi na direção da porta. "Se for alguma porcaria, eu vou embora!" Peder riu baixinho. "Psiu!", disse. Mas não havia psiu que impedisse a Vivian. "Se vocês tentarem alguma coisa, eu grito!" Ela deu um passo na minha direção. "Eu te dou uma surra, Barnum. Só pra você saber!" Ela estava a ponto de avançar sobre mim. Peder teve que interceder. "Prezada Vivian. Não estava escrito no seu horóscopo que nós somos dois homens interessantes?" Vivian acalmou-se. Agora só estava impaciente. "Diga logo o que é, então!" Peder empurrou-me em volta da cama. Vivian nos acompanhou com os olhos. "Barnum quer mostrar a mala dele", disse Peder. Vivian ficou desconfiada de novo. "Não quero ver a mala de Barnum!" Pareceu ficar enjoada só de pensar nisso e ela escondeu o rosto entre as mãos. O que é que ela estava achando, que eu ia abaixar as calças e mostrar tudo o que eu tinha? A mala de Barnum? Peder riu. "Relaxa, Vivian. Barnum não é uma mala." Ele olhou depressa para mim, piscou duas vezes e então tirou a minha velha mala e a colocou sobre a cama. "Essa é a mala mágica de Barnum", sussurrou. Vivian abaixou as mãos e ficou olhando para a mala. "O que é que tem aí dentro?" Peder abriu a mala. Vivian deu um passo para trás, ainda mais desconfiada. Então voltou a se aproximar. "Mas está vazia", disse. Peder voltou-se para mim. "Conte para ela, Barnum!" "Tinha aplausos aqui dentro", disse eu. Vivian sentou-se do lado da mala e passou um dedo levemente sobre o forro, do lado de dentro. "Aplausos?" "Eu herdei esta mala do meu pai. E ele ganhou a mala do diretor de circo Mundus." "Aquele que foi ao enterro?" "Ele mesmo. Papai devia tomar conta da mala. Era nela que tinham acomodado todos os aplausos. E meu pai é quem carregava esta mala." Vivian ficou olhando para mim. "E para onde foi todo o aplauso?" "Talvez já tenha sido todo usado. Não sei. Pode ter sido perdido." Peder ficou parado junto da janela, olhando para nós. Não dizia nada. De vez em quando, balançava a cabeça. "Era isso que você queria me mostrar, Barnum?", perguntou Vivian. "Sim", disse eu. Vivian tocou a minha mão, de leve. "Foi muito bom", disse. Ficamos em silêncio por um instante. De repente, uma luz branca, rápida, atingiu-nos, como se estivesse relampejando lá fora. Viramo-nos da direção de Peder, os olhos piscando. Ele colocou a minha câmera no peitoril da janela. Pensei nas nossas almas, que perder a alma é a mesma coisa que morrer, ser fotografado é como uma execução, se o que a mãe de Peder dizia era verdade, mas quantas vezes é possível perder a alma? "A câmera de Barnum", sussurrou Peder. Vivian olhou para mim. Tinha sombras escuras abaixo dos olhos. "Tem certeza que não sobrou nenhum aplauso na mala?", perguntou. "Não, parece." "Nem uma batida de palmas? Talvez o seu pai tivesse guardado um pouco de aplauso para si mesmo?" Peder ficou animado. "Bem lembrado, Vivian. É lógico que ele deve ter guardado alguma coisa. Vamos procurar!" Peder encontrou uma faca e sentou-se na cama. Olhou para nós. "Vamos?", sussurrou. Assenti. E Peder soltou o forro, cortou o papelão debaixo da tampa, para ver se tinha algum compartimento secreto lá, onde o papai poderia ter escondido uma sobra de aplauso. Não havia nada. Só cheirava a mofo e naftalina, um cheiro pesado. Peder enfiou a faca na bainha. "Vocês pensavam mesmo que iríamos encontrar alguma coisa?" Deitou-se na cama e riu baixinho. "O que é que seu pai costumava dizer, Barnum?", perguntou. Olhei para Vivian. Ela fitava a mala vazia, rasgada. "Não é o que você vê que é importante, é o que você acredita que vê", sussurrei. Peder voltou a sentar-se. "Mas eu acho que é o contrário", disse. "É o que você vê que é o importante. E você, Vivian, o que acha?" Vivian não respondeu. Ela limitou-se a apontar o canto da tampa. "Vejam", disse. Havia alguma coisa enfiada lá, a dobra de uma folha, de um livro, alguma coisa. Consegui tirá-la. Era um postal, que o papai deve ter escondido lá, ou esquecido, um velho postal, e ainda me lembro da alegria e do pavor, simultâneos, o choque, por encontrar o postal, fiquei cheio de mim por ter alguma coisa a mostrar para eles, minha mala não estava vazia, mas fiquei um pouco receoso também, pois o que poderia ser que estava escondido na tampa de uma mala que eu havia herdado? Era uma foto do homem mais alto do mundo, Paturson de Akureyri. Respirei aliviado. Seu nome estava escrito embaixo, em letras impressas e no autógrafo, e lá também dizia a estatura dele, 274 centímetros, medidos durante o congresso de medicina em Copenhague. Vivian e Peder penduraram-se nos meus ombros. Minhas mãos tremiam, de felicidade, de espanto, sei lá, mas sei que minhas mãos tremiam. O retrato de Paturson, colorido à mão, estava esmaecido, as cores haviam se tornado sombras pálidas. E a visão de tudo isso me excitou, fiquei triste e excitado ao mesmo tempo, tive que segurar as minhas mãos. O rosto de Paturson era comprido e a boca pequena, um breve arco sobre um queixo largo, o cabelo penteado com uma divisória nítida no meio da cabeça, e os olhos, que tinham sido azuis, pareciam dois orifícios numa máscara. Ele vestia um terno preto. Os sapatos eram brancos, sem cadarço. "Dois metros e 74", sussurrou Peder. "Não é possível." "Mas está escrito", disse eu. Peder aproximou-se. "Então a cara dele deve ter pelo menos um metro. Não é possível. É lorota." "E você acha que o congresso de medicina de Copenhague certifica lorotas?" Peder suspirou. "Quase três metros de estatura? Porra nenhuma." Fiquei irritado. "Você acha que meu pai mentia?" Peder olhou para mim, estava para dizer alguma coisa, mas não teve tempo. Foi a Vivian quem tomou a palavra. "Tem alguma coisa escrita no verso", disse ela. Virei o postal. Havia um selo. Era islandês. Estava carimbado. Akureyri, 10.5.1945. Mal dava para ver a data, carimbada em diagonal sobre o selo verde, islandês. Dez de maio. Mil novecentos e quarenta e cinco. O postal estava endereçado ao papai. Arnold Nilsen. Não fora muito fácil encontrá-lo. Primeiro foi remetido ao Circo Mundus, Estocolmo, Suécia. Esse endereço estava riscado, e um novo escrito embaixo: Albergue Coch, Oslo, Noruega. E imaginei os carteiros, carregando o postal endereçado ao papai, da Islândia para a Suécia, e da Suécia para a Noruega, até o quarto abandonado no Albergue Coch, na rua Bogstad. Mas lá também não haviam encontrado Arnold Nilsen. Ele havia se mudado. E, mais uma vez, o cartão foi mandado adiante, para o norte, de volta às ilhotas de onde ele havia fugido, até Røst, mas ninguém sabia o paradeiro de Arnold Nilsen, e o cartão deve ter ficado lá, por muitos anos, como uma lembrança zangada do filho fugido, que uma noite saiu de fininho e caiu tão baixo quanto é possível cair, no picadeiro do circo. Então, ele próprio deve ter encontrado o postal, quando viajou até lá com a mamãe para me batizar. "Leia", sussurrou Vivian. A letra era bastante difícil, as palavras tinham muitos erros de ortografia, e as linhas estavam grudadas uma na outra para poder caber tudo. Li em voz alta. "*Querido Arnold, meu bom amigo.*" Olhei para Peder e Vivian. "É o meu pai", disse eu. "Arnold." Recomecei. Não reconhecia a minha própria voz. "*Querido Arnold, meu bom amigo. Escrevo para você para parabenizar pela paz e pela derrota da porcaria da Alemanha. Agora podem enfiar o rabo entre as pernas de uma vez por todas! Você ainda trabalha no circo? Vou arriscar. Eu mesmo voltei para a Islândia. E você se lembra daquela que chamávamos de Moça dos Chocolates? Ela morreu, infelizmente. Pegou uma doença brava e não resistiu. Ela era uma boa pessoa. Sempre falou muito bem de você. Espero que nossos caminhos voltem a se cruzar um belo dia. Desejo a você tudo de bom na vida, Arnold. Lembranças do homem mais alto do mundo. Paturson.*" Ficamos um bom tempo em silêncio. Eu tinha vontade de chorar. Já havia me decidido. Este postal eu nunca ia mostrar a quem quer que fosse. Coloquei-o no bolso da minha sacola. Peder olhou para mim e meneou a cabeça, como se tivesse entendido a minha decisão e estivesse dizendo que concordava. "Agora você tem a sua própria carta", disse.

Não dormi aquela noite. Fiquei deitado acordado, inquieto, ouvindo a respiração regular de Peder e o vento nas macieiras, os sons no gramado, a lua sobre o fiorde e, se prestasse bastante atenção, dava para ouvir a Vivian se mexendo lentamente na cama no seu quarto. Não havia mais lugar para tudo dentro de mim. Eu estava vazando. Eu tinha que me levantar. Tinha que botar para fora. Sentei-me na cadeira junto da janela e pensei que *é* possível ser feliz, que não era tão difícil, afinal, era apenas incomum, e a felicidade é um ramalhete confuso para se segurar. Levantamo-nos e voltamos a nos deitar sobre o rochedo, e dormimos lá, enquanto o pai ficou sentado na sombra, lendo um catálogo de filatelia, e a mãe trabalhava no quadro. O sol fazia-se pesado e quente nas nossas costas. E foi então que tive uma vivência estranha. Acordei de repente, tonto e com medo, com um único pensamento na cabeça: está acontecendo um acidente. Era como se eu pudesse sentir a dor de outro. E, no mesmo instante, fui picado por uma vespa. Ela me picou na garganta. Começou a inchar imediatamente. Gritei. Peder e Vivian se levantaram. "Estou morrendo!", gritei. "Estou sendo sufocado!" Minha voz sumiu. Girei o corpo. A cabeça explodiu. Agora morri. E a última coisa que eu vi: Peder, achando que eu estava fazendo fita. Tentei dizer alguma coisa, mas era tarde. Logo eu estaria do outro lado. Entreguei os pontos. Fui tomado por uma grande tranqüilidade, no limite da perda da consciência. A alma se desprendeu. Adeus, meus amigos. Foi então que Vivian curvou-se sobre mim, colocou os lábios contra a minha garganta, como se quisesse me beijar, pela primeira e última vez. Ela foi bastante bruta. Ela mordeu. Ela sugou. Ela cuspiu. Sugou mais um tanto, sugou o veneno para fora de mim e salvou a minha vida, pela primeira mas não pela última vez.

E, então, as férias terminaram de repente, com uma picada de vespa e um beijo. Viajei de volta para a cidade junto com a Vivian. Peder ficou no meio da ponte pênsil, acenando, até nos perder de vista. A mala estava mais pesada do que quando vim. Ficamos sentados no banco de trás da balsa. Foi então que vi uma coisa, no estreito entre a ilha e o continente. "Veja!", gritei. Vivian voltou-se. "O que é?", perguntou. "Não está vendo?" "O quê?" "A mãe de Peder." E vi a cadeira de rodas passando sobre a água a toda a velocidade, as rodas girando no meio das ondas e as gaivotas formando uma revoada branca e ruidosa em volta dela. Vivian encostou-se no meu ombro, fechou os olhos e não disse nada.

Era Fred quem me esperava no cais B quando a balsa *Prinsen* atracou. Fiquei com medo, quase enjoado. Onde estava a mamãe? Por que o Fred estava lá? Torci para que a Vivian não o visse. Ele estava magro, cansado. Vestia uma malha cinza, grande demais para ele. Vivian já o havia percebido. Mas Fred não se deu ao trabalho de reparar nela. Foi em mim que fixou o olhar e quem veio encontrar. "Tchau", disse Vivian. Ela soltou minha mão e foi lentamente na direção do pai que a esperava em um táxi junto do quiosque. Fiquei acompanhando-a com o olhar. Esperava que ela não se virasse. Ela se virou e acenou. Levantei a mão. Ela hesitou por um instante, depois acomodou-se no banco de trás e a porta foi fechada. "Arrumou namorada, foi?", perguntou o Fred. Balancei a cabeça. "Cadê a mamãe?" "Mamãe ficou com a Boletta, Barnum." "Por quê?" "Boletta tropeçou na escada hoje de manhã. Quando voltou do Pólo Norte." "Ficou bem?" "Não." "Não? Como assim?" "Ela achava que estava na Itália, Barnum." Fred pegou a minha mala e fomos até o Hospital de Ullevål. Lá estava a mamãe. Ela havia chorado muito. Havia riscos no rosto dela, verdadeiras valas. E, quando me viu, chorou ainda mais. "Você está todo bronzeado", sussurrou. "Você se divertiu bastante?" "Fui picado por uma vespa", disse. Fred ficou impaciente. "Ela já acordou?", perguntou. Mamãe balançou a cabeça e me soltou. Um médico saiu do quarto onde estava a Boletta. Entramos. Ela ficava tão pequena naquela cama. Tinha gaze em volta da cabeça e estava ligada num aparelho que piscava com luzinhas e traços, como um grande aparelho de rádio. Tínhamos que falar sussurrando. Boletta estava toda roxa e os olhos eram muito grandes, mas ausentes. Podia muito bem estar morta. Ela havia voltado do Pólo Norte e não tinha dado conta dos últimos lances da escada. Havia caído para trás e fraturado o crânio, antes de despencar de volta ao térreo. Foi lá que mamãe a encontrou, numa poça de sangue. Foi o que eu havia sentido, antes da picada da vespa, a queda de Boletta. "Boletta", sussurrei. Mamãe tomou-me a mão. "Ela não pode ouvir você, Barnum." O médico retornou. Ele disse alguma coisa à mamãe. Mamãe ficou infeliz e nervosa. Podemos sentir a dor do outro? Sim. Podemos. Eu havia sentido a queda de Boletta. Fred permanecia em silêncio junto à parede, fitando o chão. O que senti quando ele apanhou? A dor é contagiosa? Quanto podemos agüentar da dor do outro? "Não temos certeza que ela vá acordar", disse o médico, em voz baixa. Voltei-me e apontei para ele. "Vou fotoengrafar você!", gritei. Mamãe escondeu o rosto entre as mãos. Fred levantou o olhar. O médico saiu. Mamãe soltou as mãos. "O que é que você está dizendo, Barnum?" "Boletta vai despertar", disse eu.

Ela despertou. Mas levou sete dias. Mamãe ficou sentada do lado dela o tempo inteiro. Fred treinava mais intensamente do que nunca. O zelador Bang teve que lavar o sangue junto das caixas de correio. "Terrível", sussurrou ele. "Como é que ela está?" "Inconsciente", respondi, e passei por ele. "Talvez ela tenha tido sorte", sussurrou Bang. "Porque a gente cai mais suavemente quando está embriagado." Pensei no crânio, uma cúpula de osso, pele e cabelo, que protege o cérebro, e quando um recém-nascido dorme a cabeça é puxada para trás, enquanto o crânio de um idoso cai para frente, para baixo; a criança sonha na direção do céu, os pensamentos do idoso são atraídos para a terra, para baixo. Escondi o postal de Paturson para o papai em uma fenda do papel de parede atrás da cômoda. E uma noite o Fred disse uma coisa, deitado na cama e exausto depois do treinamento. "Talvez seja um castigo", sussurrou. "Castigo?", perguntei, também em voz baixa. "Sim. Depois de tudo o que aconteceu." "A Boletta não fez nada de errado, fez?", perguntei. Fred estava diferente. Quase não o reconhecia. Ele falava de outro modo. Castigo? Talvez fosse o boxe que o tivesse transformado. "Ficou religioso, agora?", disse eu, e ri. Fred levantou-se e veio na minha direção. Curvou-se sobre a cama, seus músculos vibravam logo abaixo da pele, como cabos, fios elétricos, seus olhos mais escuros do que nunca. Respirava pesado pelo nariz. "Você trepou com a Vivian, Barnum?" "Não", sussurrei. "Ela gostou?" "Mas não trepei, Fred." "Tem certeza?" "Sim, nunca trepei com ninguém." "Achei que era por isso que você tinha ficado tão machão, Barnum." Fred voltou a deitar-se na cama. Ficou deitado, mudo e empedernido. "Você vai ter uma luta em setembro?", perguntei. Fred não respondeu. Fiquei esperando, mas ele não respondeu. Só a respiração pesada dele enchia o quarto. "Você acha que a Boletta vai acordar?", perguntou. "Sim", sussurrei. "Sim." E eu sentia os cílios finos e quebradiços dela deslizando sobre minha face.

Boletta acordou na mesma noite. Mamãe estava sentada do lado dela. Ela contou que primeiro passou um espasmo pelo corpo da Boletta, um tremor, como se estivesse com frio, as pálpebras caíram, e mamãe achou que era o jeito de Boletta morrer, fechando os olhos bem no fundo de outro sono. Mas não deu tempo de mamãe chamar o médico, não deu tempo dela chorar, porque a Boletta mudou de idéia, não era ainda o seu tempo, ainda havia coisas que ela não queria perder, e em vez de morrer de vez abriu os olhos e virou-se para a mamãe. "O Fred já fez a luta dele?", perguntou Boletta. Mamãe ficou quase zangada. "Ainda estamos em julho", disse. "Se quiser, pode ficar inconsciente por mais um tempo!" "Excelente. Então vamos poder assistir à luta, nós duas."

E agora é o Fred que assume. É ele que empurra os dias para frente, é ele que conduz esse estranho verão para o seu término. Boletta tem que fazer repouso por pelo menos um mês, não agüenta mais tomar cerveja e começa a usar bengala, que ela usa mais para bater do que para se apoiar. Peder continua em Ildjernet. Ele manda um cartão de Drøbak, onde está a passeio com o pai. Escreve que quer inventar um número que ninguém tenha imaginado ainda. E como é que vão os sonhos? Lembranças do homem mais gordo do mundo. Vivian viaja para um hospital na Suíça onde ainda existem alguns médicos que acham que podem recosturar o rosto da mãe dela. E fico junto à janela e vejo o Fred sair, bem cedo, toda manhã, na chuva, no sol, no nevoeiro fino que de vez em quando adentra a cidade nessa época do ano, antes de levantar e se confundir com a luz. Vejo Fred retornando para casa, com passos duros subindo a Kirkeveien, e o fim de tarde de verão tem cheiro de escapamento e sol. Ele não dá atenção a Esther, que acena para ele. Ele não dá atenção a mais ninguém. Ele não fala. Ele guarda as suas forças. Ele tira do caminho tudo que é supérfluo. Ele se parece cada vez mais com um bicho. Mamãe lava a roupa de treino dele, e sou em quem as levo ao pátio para secar, os *shorts*, as meias grossas, a camiseta. O zelador Bang está junto da lixeira e ajeita o cascalho. "Espero que ele não mate ninguém na luta", diz ele. "Ou que morra de tanto apanhar." Mas eu não posso acompanhar o Fred até o Clube Central do Boxe. Fred quer ficar sozinho. Não quer ser perturbado. Uma manhã dessas a mamãe está do meu lado. Chove. Ela sorri. Fred caminha em passos rápidos no meio da chuva. Ele mal se molha. Ele dribla a chuva. "Está orgulhoso do seu irmão?", pergunta a mamãe. E sei por que ela está perguntando, é porque ela mesma está orgulhosa, talvez pela primeira vez tenha orgulho do Fred, teme por ele, é verdade, mas o que predomina é o orgulho. "Sim, mamãe", sussurro. E ele se volta lá fora, na chuva, não nos vê. "Estou tão feliz", diz a mamãe, de repente, mas se segura, suspira, como se ficasse com dor de consciência, só por dizê-lo, como se não lhe fosse permitido ser feliz, e ela me abraça. Não vemos mais o Fred. A chuva escorre pela vidraça. "Que bom que o Peder escreve para você", diz ela. "É sim. Ele mandou lembranças." Mamãe espera um pouco. Ouvimos a bengala de Boletta. Ela bate na parede. "Com o que você sonha, Barnum?", pergunta mamãe, depressa. Eu estou para dizer que ela não deveria ler a minha correspondência. Mas, em vez disso, respondo: "Que o Fred vence a luta."

Começa o ano letivo. Quase tudo é como antes, mas havia uma diferença: os rumores sobre Fred. Não sei quem levou a informação por aí, os rumores, para as casas de campo, as colônias de férias, as praias, os parques e as piscinas, talvez tivessem viajado por si só, levantados como poeira na cidade seca, abandonada, e caindo com a chuva no ouvido de todo mundo. Eu não era mais apenas o baixinho do Barnum, eu passei a ser o irmão de Fred, e Fred não era apenas aquele errante mudo, ele havia se tornado o boxeador, que agüentava tudo e que ninguém conseguia derrotar. Fred não era mais uma ameaça, ele havia se tornado a esperança branca e desengonçada do bairro de Fagerborg, um milagre havia acontecido no verão, nasceu um boxeador, e era disso que a cidade toda precisava, um boxeador de verdade. E não havia o que segurasse os rumores, que se transformaram na história de Fred: ele corria trinta quilômetros toda manhã. Fazia noventa flexões com um braço só. Ele boxeava sem luvas. Ninguém tinha coragem de ser o *sparring* dele. Dois já estavam em coma. Alguns contavam que ele era tão mau que havia socado a própria avó, que teve que dar entrada no Hospital de Ullevål. Ele havia ficado maior do que Otto von Porat, maior do que Ingo, maior do que todos. E eu não desmentia nada quando me perguntavam, eu só dava de ombros. "Ele já é campeão", dizia eu.

Três dias antes da luta, Fred estava em nosso quarto me esperando, quando voltei da escola. Ele sentou-se na cama com as mãos no colo e ficou me fitando. Fiquei inquieto. "Não está treinando?", perguntei. Fred inspirou fundo, os ombros tremiam debaixo da malha. "Estou sim. Estou descansando." Ele descansou por mais um instante. Não quis incomodá-lo mais. Fred descansava. O descanso era o cola-tudo do treinamento. Sem o descanso ele se desmancharia. Tentei fazer a lição de casa. Era uma redação. Mas não conseguia me concentrar. Fred não desviava o olhar. Eu o sentia. Virei-me para ele. Fred passou a mão sobre a testa. "Vou ser entrevistado amanhã", disse. Larguei o lápis. "Você vai mesmo?" "Pelo *Aftenposten.*" "Minha nossa! *Aftenposten*?" Fred olhou para o chão. "Sim. Mas não estou com vontade." Não disse mais nada. Suas mãos estavam inquietas. Os nós dos dedos estavam roxos. "Você não tem vontade?", perguntei. "Não. Não queria falar com ninguém sobre isso." "Mas por que vai fazer a entrevista, então?" "Porque o Willy diz que é para fazer a entrevista." "E então você precisa?" "Então eu preciso. O Willy é o treinador." Fred retomou o seu silêncio. "Talvez saia uma foto sua", sussurrei. "Na página de esportes." "Não quero ser fotoengrafado", disse Fred, devagar, e levantou o olhar. Esboçou um sorriso. "Você não quer vir junto, Barnum?", perguntou. Tive que me aproximar. "O que foi que você disse, Fred?" Ele ficou irritado e com o olhar sombrio. "Você ouviu o que eu disse, seu toco de gente!" Retive a respiração e mal tive coragem de olhar para ele. "Tudo bem. Mas por quê?" Fred levantou-se e encostou-se contra o batente. "Para você não deixar que eu diga algo de errado." Fred tirou uma folha do bolso de trás, abriu-a e me entregou. Era uma lista que Willy, o treinador, havia escrito. Lá dizia tudo o que o Fred não deveria dizer para o jornalista. Era uma lista bem grande. "Por que o Willy não pode participar?", perguntei. "Não lê jornais", disse Fred.

O jornalista queria fazer a entrevista na nossa casa, mas o Fred recusou. Então ficou acertado que nos encontraríamos na Confeitaria Samson, Majorstuen, às três da tarde, no dia seguinte. Mamãe estava toda cheia de si. Sugeriu que ela e Boletta poderiam sentar numa mesa bem no fundo, só por medida de segurança. Então Fred ameaçou desistir da luta e mamãe teve que jogar a toalha. E às três da tarde, no dia seguinte, fomos, o Fred e eu, o boxeador e seu irmão, à confeitaria marrom em Majorstuen, onde havia cheiro de café velho, cigarros e casacos de pele molhados, e todas as velhas senhoras que ficavam sentadas lá até morrerem. Fred vestia uma capa de chuva comprida em cima da roupa de treinamento. Eu tinha por fim escolhido uma malha de gola, jaqueta, calça aflanelada e guarda-chuva. O jornalista já estava lá. Percebemos quem ele era muito antes de ele nos ver. Não era costume ter homens de mais de trinta na Confeitaria Samson. Ele fumava lentamente um charuto enquanto comia bolo com uma colher. Fomos até ele. Ele pousou o charuto no pires. Enxugou as mãos no guardanapo. Era Fred quem ele fitava. "E você é Fred Nilsen? O boxeador?" Fred meneou a cabeça e permaneceu de pé. O jornalista estendeu a mão. Fred ficou só olhando para a mão. "E eu me chamo Ditlev. Do *Aftenposten*. Que bom que você pôde vir, Fred." Nos acomodamos. Ditlev pediu uma água com gás e mais bolo. Tinha uma cara razoavelmente gorda, suava na testa e bocejava. Duas canetas esferográficas estavam do lado de um bloco, entre o cinzeiro e o pires, que estava cheio de migalhas e de cinzas. A terceira caneta esferográfica estava enfiada no bolso da frente de um paletó azul amarrotado, com botões brilhantes. "Muito bom que você pôde vir, Fred", repetiu. "Quem você trouxe consigo?" "Barnum. Meu irmão." Ditlev pegou uma das canetas. "Como é mesmo o nome?" "Barnum." Ditlev escreveu rapidamente no bloco e virou-se para mim. "Que bom que você também pôde vir, Barnum. De onde vem esse seu nome?" "Do meu pai", respondi. "Ele também se chamava Barnum?" "Não. Ele se chamava Arnold." Fred deu-me um chute debaixo da mesa. Calei-me. A garçonete veio com bolos e água com gás. Fred não queria água com gás. Queria água sem gás. O jornalista voltou a olhar para o Fred. "Pois é, pensamos em fazer um retrato seu, Fred. Antes da luta. Estamos prontos?" Fred não respondeu. Parecia que estava aborrecido, mas não era por isso, ele só se sentia incomodado. "Manda bala", disse eu. Ditlev tragou o charuto, que voltou a fumegar. "Está receoso?", perguntou. "Fred nunca tem receio de nada", disse eu. Ditlev pigarreou. "Agora estou conversando com o Fred. Tudo bem? Então talvez eu possa falar com você depois." "Eu nunca tenho receio", disse Fred. Ditlev anotou. "Então você está animado, é isso?" Fred balançou a cabeça. "Eu nunca fico animado." Ditlev pousou o charuto de novo. "Há quanto tempo você pratica o boxe?" Fred hesitou. Sussurrei alguma coisa no ouvido dele. "A vida toda", disse Fred, por fim. "A vida toda", repetiu Ditlev. "Muito bem. E você tem todo o jeito de um verdadeiro boxeador. Mesmo antes do seu primeiro combate." Ditlev apontou para o nariz torto do Fred com o charuto. Fred desviou o olhar. "É verdade que você corre trinta quilômetros toda manhã?", perguntou Ditlev. "Eu nunca corro", disse Fred. Ditlev levantou os olhos do bloco de anotações. "Não? Por quê?" "Só os escravos correm." Ditlev deu uma risadinha e escreveu. "Isso está ficando muito bom, Fred." Ditlev comeu mais um pouco do bolo e trocou de caneta. Esperamos. Fred estava querendo ir embora. As velhas senhoras nos fitavam e de repente percebi que fazia um silêncio profundo na confeitaria. "Você pode muito bem tirar a capa de chuva, Fred", disse Ditlev. "Não", disse Fred. Ditlev sorriu e fez mais uma anotação. Escreveu bastante. Tentei ver o que estava escrevendo, mas seu braço me impedia. Não precisaria de tanto tempo para escrever três letras, n-ã-o. Peguei mais uma fatia de bolo e acabei tocando na mão dele. Ditlev ergueu os olhos. "Quem é o seu modelo?", perguntou. Fred voltou-se rapidamente para mim. Cochichei novamente no ouvido dele. "O zelador Bang", disse Fred. A mão de Ditlev parou. "Zelador Bang? E quando foi que ele boxeou?" Fred sorriu. "Ele praticava salto triplo." Ditlev deu mostras de impaciência, mas segurou-se. "Salto triplo é ótimo", disse. "Mas eu estava pensando em boxeadores. Otto von Porat, por exemplo." Fred ficou em silêncio por um bom tempo. "Bob Fitzsimmons", disse, por fim. "Bob Fitzsimmons? Muito bem. E por quê?" "Porque ele não desistia", disse Fred. "Ele voltava sempre." "Você gosta daqueles que não desistem, então, Fred?" "Não", disse Fred. Ditlev coçou a cabeça com a esferográfica. "Mas você acabou de dizer." "Gosto do Bob Fitzsimmons. Não ouviu?" Ditlev trocou mais uma vez de caneta, olhou para mim e tentou dar uma risada. "Ele é sempre assim, Barnum?" "Quase", disse eu. Fred aplicou-me mais um chute na canela. Ditlev riu e tomou um gole de café. Pingou no bloco de anotações dele. O charuto se apagou. "Pelo visto, você é osso duro, Fred", disse. Fred não disse nada. Ditlev suava e folheava o seu bloco. "Qual o seu ponto mais forte?" "Não vou dizer", disse Fred. Ditlev anotou. "Então certamente não vai querer dizer qual o seu ponto mais fraco?" "Não." Agora foi a vez de Ditlev ficar em silêncio. Ficou longamente pensando em algo a perguntar. Fred ficou inquieto. "Você só ingressou no Clube Central do Boxe em junho", disse Ditlev, por fim. Fred meneou a cabeça. Ditlev curvou-se sobre a mesa. "E por quem você luta? Pelo clube, pelo treinador ou por você mesmo?" "Por meu irmão", disse Fred. "Barnum." Ditlev olhou para mim. Acho que corei. Pelo menos, senti um calor na cabeça. "E como é ter um irmão mais velho como o Fred?", perguntou Ditlev. "É muito bacana", sussurrei. Foi o que Ditlev escreveu no bloco de anotações, muito bacana, e voltou-se rapidamente para o Fred. "E como você pretende bater o Asle Bråten?" Fred inspirou fundo. "Quem?" "Asle Bråten. O seu oponente, na luta daqui a dois dias." Fred contorceu-se na cadeira. "Forte", disse ele. "Forte?" "Sim. Vou bater forte nele." Ditlev riu baixinho, enquanto escrevia. "Você sabe dizer as coisas, Fred. Talvez você possa falar alguma sobre você mesmo?" "Preciso mijar", disse o Fred. Ele se levantou da cadeira, buscou a chave no balcão e foi até o toalete, no fundo da confeitaria. Todas as velhas senhoras sentadas lá em seus casacos de pele molhados acompanharam-no com o olhar. Ditlev suspirou. Fred demorou para voltar. "Podemos conversar um pouco nós dois, enquanto isso", disse Ditlev. Ele abriu uma folha nova no bloco de anotações. "Você pratica algum esporte, Barnum?" "Para dizer a verdade, não." Ditlev meneou a cabeça. "Você poderia muito bem ser timoneiro?" "Timoneiro?" "O mestre do leme no remo. Precisam de gente baixinha como você." Deixei de gostar do Ditlev. "Vou dar um toque pro pessoal do clube de remo", disse ele. "Não há muitos do seu tamanho nesta cidade, não mesmo." Fred não voltava. Ditlev aproximou-se e abaixou a voz. "Seja sincero, Barnum. Você acha que o Fred vai vencer?" "Ele decide no terceiro *round*", disse eu. Ditlev escreveu e balançou a cabeça. "Tudo bem. Como quiser. A propósito, é verdade que vocês são só meios-irmãos?" Doeu quando ele falou desse jeito, só meios-irmãos, como se estivéssemos partidos ao meio. Gostava cada vez menos do Ditlev. "Sim", sussurrei. "Tem mais alguma coisa que você pode contar sobre o Fred?" Pensei um pouco. "Ele nasceu num táxi", disse. E, no mesmo instante, o Fred estava lá. Estava atrás de nós, e era possível que estivesse lá há bastante tempo, pois o Fred não tinha som, um índio de capa de chuva na Confeitaria Samson, e foi só quando soltou a respiração pelo nariz, o breve chiado, uma corrente de ar passando por sua cabeça, que percebemos a presença dele. Ditlev deixou cair a esferográfica no chão e voltou-se rapidamente. "Oi, Fred", disse ele. "Acho que já tenho praticamente tudo o que preciso. Se você não quiser acrescentar alguma coisa." "Não vá escrever merda", disse Fred. Ditlev riu, um pouco alto demais. "Não escrevemos merda no *Aftenposten*, Fred. Se quiser, pode ler primeiro." "Barnum pode ler", disse. Ditlev passou-me o bloco de anotações. "Pronto, Barnum." Dei uma espiada no que ele havia escrito. Mas não havia coerência. Eram palavras soltas, abreviaturas, maiúsculas e pontos de exclamação. Táxi, estava escrito. A vida toda. Caras estranhos. Barnum. Meio. Fitzsimmons. Coloquei o bloco sobre a mesa e olhei para o Fred. "Parece tudo certo", disse eu. Ditlev levantou-se. "Então vamos até o fotógrafo!" O fotógrafo nos aguardava no parque de Frogner, junto da escultura do Menino Zangado. Tinha uma imensa câmera pendurada no pescoço. Ditlev deu-lhe uma palmada nas costas. "Eu queria uma foto com os dois meninos, Tormod." O fotógrafo, que se chamava Tormod, fitou-nos com o olhar cansado. "Os dois?" "Sim, os dois. Conforme eu disse." "Pensei que a esperança branca poderia fazer um *sparring* com o Zangado." "Bem pensado, Tormod. Mas a esperança branca pode fazer *sparring* com o Barnum?" "Barnum?" Ditlev apontou para mim. "Finja que ele é o Zangado", disse. E assim ficou a foto do Fred e de mim: estamos na ponte, chove, o fotógrafo usa *flash*, é como um relâmpago, um estalo de luz que ilumina os rostos de um jeito estranho, diferente. Fred segura o braço em volta de mim, não chego nem no ombro dele, sou menor do que nunca, ou talvez o Fred tenha ficado mais alto, mais magro, mais escuro, o outro braço dele está levantado, um punho cerrado, e enquanto Fred olha fixamente para frente, sem hesitar, sem piscar, com os olhos bem abertos, eu fechei os meus, como se no mesmo segundo em que a foto foi batida eu tivesse visto algo que não agüentava ver. Apareceu na edição vespertina do *Aftenposten* no dia seguinte, na página de esportes. Fred estava treinando. Mamãe leu a manchete em voz alta: *O boxeador selvagem: Nasci em um táxi e boxeei a vida toda, diz Fred Nilsen, a nova esperança de Oslo no ringue.* E debaixo da nossa foto estava escrito: *Barnum acredita em nocaute no terceiro* round. Mamãe suspirou, passou o jornal para Boletta e voltou-se para mim. "Foi você quem disse que o Fred nasceu em um táxi, Barnum?" Abaixei o olhar. Boletta retomou a leitura em voz alta. *Quando encontramos Fred na Confeitaria Samson ele veio acompanhado do seu meio-irmão, que tem um nome muito original: Barnum. Fred diz que ele luta por seu pequeno meio-irmão. Barnum, por seu turno, sonha em se tornar timoneiro.* Arranquei a edição vespertina do *Aftenposten* da mão de Boletta. "Não é verdade!", gritei. "O que não é verdade, Barnum?", perguntou Boletta. "Que meu sonho é me tornar timoneiro!" Mamãe estava a ponto de chorar. "Agora a Noruega inteira vai saber que o Fred nasceu em um táxi", sussurrou. "Ora, não são tantos assim que lêem a edição vespertina do *Aftenposten*", disse a Boletta. "Mas por que você fechou os olhos na foto, Barnum?" "Para minha alma não sumir", disse eu.

Fiquei na minha cama, acordado, esperando o Fred voltar para casa, na última noite antes do combate. Ele se deitou com a roupa do treinamento. Percebi que ele também não estava dormindo. "Você está com raiva?", perguntei. "Com raiva? Por quê?" "Com o que o Ditlev escreveu." "Não li", disse Fred. "Nem vou ler. E você cale a boca." Esperei um pouco. O nariz do Fred chiava. "Mas a foto ficou legal", disse eu.

Fez sol no dia em que o Fred ia lutar. Ele saiu antes do café da manhã. Sem dizer nada. Mamãe tinha hora marcada na cabeleireira. Ela queria ficar arrumada para a luta. Não fui para a escola, e fiz companhia para Boletta, ou ela fez companhia para mim. Eu estava inquieto. Estávamos todos inquietos e nervosos. Minhas mãos tremiam. Encostei-me junto da janela e percebi que, de repente, o outono havia chegado. A cidade estava com uma coloração diferente. As folhas começavam a se soltar das árvores ao longo da Kirkeveien. Tudo se consumia em chamas. Era bonito, mas eu não gostava. Ouvi a bengala de Boletta atrás de mim. Ela segurou a minha mão. "Não precisa ter medo, Barnum." "Não estou com medo." "Melhor assim. Porque não vai ajudar o Fred se ficarmos com medo." Voltei-me para ela. Ela logo ficaria tão baixinha quanto eu. "Você acha que ele está com medo?", perguntei. Boletta sorriu e soltou a minha mão. "E quem pode saber o que aquele menino sente? Não, acho que ele está é zangado." "Zangado com quem?" Boletta teve que se sentar no sofá. "Fred está zangado com todo mundo", disse ela. "Com a gente. Com ele mesmo. Ele herdou a raiva da Velha." "Talvez seja um castigo", sussurrei. Boletta bateu a bengala com força no chão. "Castigo! E quem iria nos castigar, Barnum?" "Não sei", disse eu. Boletta suspirou. "Talvez, no final das contas, o castigo esteja em ser humano." Ela passou os dedos ressecados nos meus cachos, embora soubesse que eu não gostava. "Que bom que você não tem a raiva do seu irmão, Barnum." E, nesse instante, mamãe voltou para casa. Estava com um penteado diferente. O cabelo formava como que uma cúpula sobre a cabeça dela. Ela sorriu, quase envergonhada. Boletta levantou-se do sofá. "É isso mesmo, hoje cada um de nós tem que fazer o seu melhor para o Fred. Mas ainda acho o boxe uma coisa ridícula, aversiva e demorada." Ela foi até o banheiro. Fiquei olhando para a mamãe. Ela se segurava na bolsa como se fosse um anteparo à beira de um precipício. "Você está bonita", disse eu. "Obrigada, Barnum." "O Fred também vai gostar. Seu penteado, quero dizer." "Você teve notícias dele?" Balancei a cabeça. "Tudo bem, ele deve ter muito com que se preocupar", suspirou a mamãe. Depois, ficamos um em torno do outro o resto do dia, sem saber como fazer passar o tempo. Nem agüentamos jantar. Só conseguíamos esperar. Recortei a entrevista da edição vespertina do *Aftenposten*, e escondi no papel de parede, junto com o cartão de Paturson. E entendi que, de todos os tempos, o tempo de espera é o mais difícil de passar. E isso me espantou. Espantou-me que eu estivesse querendo que o tempo passasse mais depressa, tão depressa quanto possível, embora não estivesse gostando nem um pouco daquilo por que esperava. Só queria que tivesse tudo terminado. E eu não sabia mais o que me deixava mais agoniado, a luta ou o fato de que a Vivian viria assistir.

Tomamos um táxi às seis da tarde. Quando o taxista ouviu que iríamos ao Clube Central do Boxe, olhou rapidamente para mim e sorriu. Eu estava sentado no banco da frente. "É você que é o irmão daquele que vai dar uma surra no rapaz de Trondheim hoje?" "Sim", sussurrei. Ele bateu as mãos sobre o volante de puro entusiasmo. "Vi no jornal. Um boxeador que até nasceu num táxi pode bater em quem quiser!" Até a mamãe teve que sorrir. E o motorista desligou o taxímetro. Ele se recusou a receber a corrida. Era uma honra nos levar. E deveríamos dizer ao Fred, o boxeador, a esperança de Fagerborg, que havia nascido em um táxi, que ele também poderia pegar corrida de graça, sempre que quisesse. Agradecemos ao motorista e descemos na rua Stor. Já havia se formado uma fila. Passamos na frente. Alguém me deu uma palmada nas costas. Então entramos, no Clube Central do Boxe. Um rapaz estava no meio do ringue, de quatro, enxugando a lona. Um senhor de idade, vestindo um terno preto e de cabelos quase brancos, verificava as cordas. Ele parecia um padre. Havia cadeiras colocadas em volta do ringue. Fazia um profundo silêncio. Era estranho. O ginásio estava mudo, só movimentos lentos e odores pesados. Mamãe voltou a ficar inquieta. "Quero ver o Fred", disse. Todos ouviram. O velho vestido de preto voltou-se bruscamente, saiu do ringue e desceu até nós. Cumprimentou a mamãe. "Eu sou o juiz da luta", disse. "Acompanhem-me." Fomos atrás dele até o vestiário. Lá tivemos que esperar enquanto o juiz entrava. Demorou. Ele saiu de novo, acompanhado de Willy, o treinador. Willy sussurrou. Aproximamo-nos. E lembrei-me do enterro do papai, na capela, lá também todos falavam sussurrando, como se tivessem medo de despertar os mortos, ou como se fosse cair uma maldição sobre quem ousasse falar alto. "O Fred não pode ser incomodado", sussurrou Willy. "Ele está bem?", sussurrou a mamãe. Willy sorriu. "Ele está bem. Mandou lembranças." Mas antes de Willy fechar de novo a porta, vi de relance o Fred no vestiário. Ele estava deitado sobre um banco, no meio dos armários, debaixo de uma luz branca, fria. Ele estava fitando a luz e rindo. Não ouvi o riso. Então, ele sumiu de vista. O juiz nos conduziu de volta ao ringue e nos sentamos na primeira fileira, junto do canto de Fred. "Não vai guardar lugar para Peder e Vivian?", perguntou a mamãe. Coloquei as luvas da mamãe nos assentos do nosso lado. Esperamos. Vimos que o ringue não era redondo, como eu imaginava, mas formava um quadrado, como se os boxeadores não tolerassem ficar presos dentro de um círculo, e precisassem dos cantos para descansar, porque quem é que pode descansar dentro de um círculo? As pessoas começavam a chegar. Veio o Ditlev e o fotógrafo, veio a Esther do quiosque, vieram Aslak, Preben e Hamster, todos queriam ver o Fred boxear, vê-lo vencer ou perder, veio até mesmo o zelador Bang, seu nome havia saído no jornal, na edição vespertina do *Aftenposten*, o atleta manco do salto triplo, que nunca havia subido ao pódio, o modelo, eu e Fitzsimmons, disse ele para os seguranças e entrou sem pagar, o ginásio fervia, havia uma febre que contaminava a todos, e o Fred é quem iria arrancar a nossa febre, esfriar-nos com seus golpes impiedosos. Então entrou a claque de Asle Bråten e se acomodaram junto do canto dele. Haviam vindo de longe, de um lugar chamado Melhus. Alguém atrás de mim gritou. "Caipiras na cidade!" Era o Deizão e a turma dele. Tommy era quem gritava mais alto. "Caipiras na cidade!" Os torcedores de Asle Bråten se levantaram. Talvez fossem os irmãos dele. Pesavam pelo menos noventa quilos cada um e tinham cabelos ruivos. Então fez-se silêncio atrás de mim. E, por fim, chegaram o Peder e a Vivian. Eram sete e 25 da noite. Passaram entre as cadeiras e se sentaram. Vivian deu-me um rápido aperto de mão. Mamãe reparou e sorriu. Peder só balançava a cabeça. "Bem-vindos ao Coliseu", sussurrou. "Os gladiadores estão no ponto." Então começou. Eu já estava exaurido. O juiz subiu no ringue. Havia tirado o paletó. A camisa que tinha embaixo certamente havia sido branca quando nova. Agora estava quase amarela, manchada, como se o suor de todas as lutas que ele havia arbitrado tivesse impregnado o tecido branco. O público batia palmas e pisoteava. As cadeiras balançavam. Peder inclinou-se na minha direção. "Os leões estão famintos, Barnum." O juiz ergüeu os braços e fez-se silêncio no ginásio. Primeiro o Talento ia lutar contra um canhoto pálido de Lørenskog. Corriam junto das cordas e se cutucavam. Alguns começaram a vaiar. O Talento, que havia perdido a coragem durante o verão, venceu apertado, por pontos. Era uma vitória já esquecida. "Até que foi uma luta tranqüila", comentou a mamãe, e parecia aliviada. "Não tiveram coragem de boxear", disse Boletta em voz alta, batendo com a bengala no chão. Então Asle Bråten entrou, acompanhado do seu treinador, Asle Bråten, o campeão de Trøndelag, vindo de nove vitórias seguidas. Todos no canto dele levantaram-se para aplaudir. Asle Bråten era largo e pesado. Parecia quase envergonhado. Abaixou o olhar quando o fotógrafo do *Aftenposten* bateu uma foto e sentou-se no banco no seu canto, descansando os braços sobre as cordas. Asle Bråten não sorria. O treinador massageou os seus ombros. Fred faria três *rounds* contra Asle Bråten, os dois primeiros de três minutos, o último de quatro minutos, com sessenta segundos de intervalo entre cada *round*. Eram as regras de Queensberry que valiam hoje. O juiz era todo-poderoso. Ele poderia acrescentar um *round* de mais dois minutos se a luta não estivesse decidida no tempo regulamentar. Agora o juiz olhou para o seu relógio. Mas o Fred não vinha. Esperamos. O juiz conversou com o treinador de Asle Bråten. Asle Bråten levantou-se e iniciou o aquecimento. Olhamos na direção do vestiário. Estava demorando. Pensei, não sem um certo alívio, sim, alívio e triunfo, que o Fred talvez tivesse ido embora, era bem o jeito dele, tinha saído pela porta dos fundos, nos deixado na mão, entregando a vitória de mão beijada para Asle Bråten de Melhus, Trøndelag, fazendo troça da edição vespertina do *Aftenposten*, do Clube Central do Boxe, do Willy, do Deizão, do Tommy, dos gêmeos e de mim. Então abriu-se a porta. Fred saiu do vestiário. Ele brilhava. Era como se a luz fria que eu havia percebido no vestiário tivesse se impregnado no corpo dele. Willy vinha logo atrás, com uma toalha, um estojo e uma esponja. Aplaudimos. Gritamos. Vivian batia palmas e não conseguia ficar sentada. Fred dirigiu-se calmamente até o ringue, passou no meio das cordas e ficou encarando Asle Bråten. O juiz examinou as luvas de cada um. O juiz falou ao microfone. Ouviam-se estalidos em um alto-falante atrás de nós. Ele disse o nome dos contendores. Fred levantou os braços e ficou encarando Asle Bråten. Asle Bråten levantou os braços e ficou encarando o Fred. Eram como dois espelhos, espelhavam-se no medo, na força, no suor que escorria da pele e se misturava com os músculos formando uma superfície vibrante. Quem encara por mais tempo vence. Quem cede no olhar perde. A primeira fraqueza encontra-se nos olhos. A cascavel imobiliza a presa com o olhar. Fred procurava paralisar Asle Bråten antes do início da luta. Asle Bråten não cedeu. Ele só fez uma reverência. Então a luta começou. "Bata nele!", gritou Boletta. Foi Asle Bråten quem deu o primeiro golpe. Veio devagar, desdobrando-se a partir do ombro. Fred pulou de lado. Asle Bråten errou o golpe, mas o gancho deslocou o ar entre as cordas. Um suspiro passou por todo o ginásio. Ninguém, afora os irmãos de Asle Bråten, queria ter visto alguém no caminho da luva da mão direita dele. Dizia-se que Asle Bråten desferia um único golpe por luta. Costumava ser suficiente. Agora não foi suficiente. Fred foi muito rápido. Asle Bråten deu seu segundo golpe. Fred já não estava lá. Fred acertou-o na orelha. Asle Bråten apenas sacudiu a cabeça, como se uma mosca o tivesse incomodado por um instante. Então os dois se acalmaram. Haviam se reconhecido. Trocaram alguns golpes menores. Circulavam no ringue, com a guarda levantada e o queixo rebaixado. Então encerrou-se o primeiro *round* e cada um foi para o seu canto. Willy conversou muito com o Fred, mas não ouvimos nada. O segundo *round* continuou no mesmo estilo. Esperavam. Se entreolhavam. Se batiam. A fumaça dos cigarros flutuava debaixo do teto. Fazia tempo nublado no Clube Central de Boxe. Boletta ficou impaciente. "Se não acontecer mais nada, eu vou embora!", disse, em voz alta. Mamãe tentou fazê-la se calar, mas Boletta não cedeu. "Já vi boxe melhor do que esse no Pólo Norte!" Fred golpeou. O golpe simplesmente veio, de repente, o braço, encontrou uma abertura no escudo de Asle Bråten, a luva contra a testa, a cabeça que pendeu para trás, Asle Bråten havia balançado, Fred desferiu novo golpe, um gancho de esquerda, que começou em algum lugar bem embaixo, no tendão-de-aquiles, e atingiu o largo maxilar de Asle Bråten que parecia uma gaveta cheia de dentes, mas Asle Bråten atirou-se com o corpo sobre o Fred e o empurrou contra as cordas, e viraram um amontoado de carne, um grudado no outro, em um abraço selvagem e involuntário, até que o juiz teve que separá-los, o segundo *round* havia terminado, e esse *round* fora do Fred. Urramos. Estávamos tomados. Estávamos arrebatados. Peder ficou de pé na cadeira. Vivian havia se levantado. Até a mamãe bateu palmas e Boletta gritava enquanto esgrimia com a bengala: "Muito bem, Fred! Pegue ele, Fred!" E Willy enxugou o rosto de Fred com a esponja úmida, como se estivesse cuidadosamente apagando uma lousa. Começou o último *round.* Asle Bråten foi direto para o ataque. Bateu forte contra o Fred, contra o peito, a barriga, os ombros, queria cansar o Fred, bater até deixá-lo macio, vazio, mas os golpes não chegavam, Fred era uma sombra, só ouvíamos o zumbido da luva, como se passasse a toda junto do ouvido, Asle Bråten se exauria, e nesse nevoeiro, o nevoeiro de Asle Bråten, Fred conseguiu acertar um golpe, uma combinação rápida, ninguém viu, pelo menos o Asle Bråten não viu, só vimos o resultado, seus joelhos cedendo, o corpo na lona, um estrondo, e o juiz se curvou e começou a contar, com os dedos espalmados, um após um. O silêncio entre cada número, um, dois, três, quatro, Fred foi até o seu canto, Willy fechou os olhos, cinco, seis, sete, o juiz contava, os únicos números que existiam em todo o mundo, e em oito Asle Bråten levantou-se, ele, o campeão de Melhus, levantou-se devagar, cambaleou, mas permaneceu de pé. O juiz examinou os seus olhos, conversou com o treinador e reiniciou a luta. Fez-se silêncio. Faltavam trinta segundos. Bastaria o Fred manter-se de pé, manter-se afastado de Asle Bråten, agüentar um pouquinho só, porque ele já havia vencido, faltava apenas meio minuto. E é então que vemos Fred baixar os braços, como se estivesse muito cansado, ou como se não tivesse mais motivação, ele abaixa a guarda, ele se desnuda, está nu, por um único instante, mas é o suficiente. Asle Bråten também percebe, mas hesita, como se também estivesse surpreso, como se mal pudesse acreditar que o Fred esteja baixando as luvas e dando-lhe passagem livre, os pensamentos são mais lentos do que o corpo, e Fred dá um passo em sua direção, nu, exposto, e passa um profundo suspiro por todo o ginásio. Então Asle Bråten golpeia. É um golpe brutal, selvagem, contra o rosto de Fred, desprende uma nuvem de suor em volta da cabeça de Fred, um pó úmido e brilhante, como uma auréola estilhaçada. Fred fica abalado, mas permanece de pé. Asle Bråten bate de novo. Atinge com a mesma força o queixo, ouve-se o ruído de alguma coisa que se quebra. Mamãe esconde o rosto nas mãos e solta um gemido. Boletta grita, mas está sem voz. Vivian segura minha mão. Peder volta-se para mim, triste. E eu não consigo sentir a dor, eu tento, mas estou fora da dor de Fred, não é minha dor, ele está sozinho, no fundo dessa dor, e a única coisa que sinto é vergonha, e me envergonho profundamente dessa vergonha. Fred cai de joelhos. O sangue pinga da sua boca e escorre dos seus olhos. Willy inclina-se contra as cordas. O juiz interrompe a luta. Asle Bråten venceu. O juiz ergue o braço dele no ar. Mas não é um triunfo. A derrota é maior do que a vitória. A derrota deixa a vitória na sombra. E acabei tendo razão. Fred decidira a luta no terceiro e último *round*.

Mamãe e Boletta acompanharam Fred até o hospital, onde colocaram o seu nariz e o seu queixo no lugar. Ele ficou tão mal que até foi dispensado do serviço militar, ou não sei se foi só por causa disso, mas, seja como for, o exército norueguês não precisava de um recruta disléxico, dado a ter tonturas e zumbidos no ouvido, com a vista esquerda prejudicada, cefaléia e comportamento imprevisível. Acompanhei Peder e Vivian. Andamos lentamente pelas ruas desconhecidas, mas, por algum motivo, não estávamos com medo, havíamos estado no Clube Central do Boxe, e nada poderia ser pior, éramos inatingíveis. "Agora sei onde fica o número impossível", disse Peder. "Onde?" "Entre o nove e o dez." Alcançamos um bonde no largo Stor e sentamos bem atrás. A luz amarela tornava os nossos rostos pálidos. O escuro lá fora era como uma correnteza negra que escorria na outra direção, de volta para o fosso da cidade. Descemos na praça Frogner. Ficamos um tempo lá, sem sabermos muito bem o que fazer. "Sinto pena dele", sussurrou Vivian. Peder desviou o olhar. "De quem?", perguntei. "Do Fred, ora."

Ele só retornou para casa no dia seguinte. Veio em silêncio. Nem o havia ouvido chegar. E foi quando o vi, desprevenido, diante do espelho no quarto da mamãe. Eu estava de saída e parei, prendi a respiração, não queria vê-lo assim, mas já tinha visto. Ele se inclinava na direção do espelho, contra seu próprio reflexo estrábico, fazia caretas, se arrumava, e pensei que estivesse procurando seu rosto verdadeiro, ou talvez só pensando nisso agora, talvez esperasse poder ver todas as máscaras sobrepostas, dentro do vidro fosco, uma galeria comprida que terminasse no seu rosto verdadeiro. Fred riu de repente, pressionou os lábios contra o espelho e deu uma lambida. Não queria ver isso. Mas já tinha visto. Era tarde demais. "Por que você perdeu?", perguntei. Fred voltou-se bruscamente para mim, por um instante sem jeito e furioso. "Está ouvindo, Barnum?", perguntou. "O quê?" Ele inspirou fundo duas vezes e sorriu. "O nariz. Está consertado." Ele se deitou na cama da mamãe, inclinando-se para trás. No quarto ainda cheirava a Málaga. O lar era doce e pesado. Fiquei com vontade de me embriagar. "Por que você perdeu, Fred?" Ele se levantou novamente, surpreso, quase triste. "Perdi? Eu ganhei, Barnum. Você não entende nada?"

Iriam passar-se muitos anos até que eu revelasse as fotos daquele verão, que eu chamava de meu primeiro verão. Adiei o que pude. Não podia esquecer a mãe de Peder, que escondeu o rosto e virou a cadeira de rodas, furiosa, com medo de perder sua pobre alma. Eu havia prometido não revelar essas fotos. Mas veio um tempo em que os sonhos começaram a se perder, cada vez que eu tentava colocá-los no papel, soltavam-se como pó e sumiam. Eu precisava de algo tangível, algo a que me referir, algo a ver, algo a partir do que eu pudesse compor. Por isso levei o velho filme, que havia permanecido intocado na gaveta desde aquela vez, até a loja de fotografias na rua Bogstad, pensei que eu poderia talvez juntar minhas lembranças para formar uma história, e, a partir dela, escrever um roteiro. Uma semana mais tarde, fui buscar o envelope com as fotos. Fui até o bar do Velho Major e o abri lá. Folheei lentamente a pilha. Folheei-me de volta para casa. Folheei-me de volta à luz. As primeiras fotos haviam sido tiradas pela mamãe, nos dias de maio de 1945, a Velha e Boletta estão na sacada na Kirkeveien, olhando espantadas, quase assustadas, para aquela que as fotografa de dentro da sala, Boletta está para dizer alguma coisa, a Velha espalma os dedos, talvez ela também esteja nesse instante com medo de perder a sua alma. E as demais fotos pertencem a outro tempo, como se uma vida inteira tivesse sido pulada: Peder deitado na cama de casal na casa de veraneio em Ildjernet, de torso nu, um olho fechado, a mão na virilha, e uma sombra divide o quarto e a foto, na diagonal. É a minha sombra. Vivian e eu sentados na cama, a mala entre nós, e Vivian se curva na minha direção, para beijar meu ombro magro. Não me lembro de Peder ter tirado essa foto. Não me lembro do beijo, do toque. A mãe de Peder gira a cadeira de rodas, mas não é da câmera que ela tem medo, está apenas cegada pelo sol, tal como vejo, ela tapa a vista com as mãos para não ser cegada pelo sol, que pende, largo e forte, sobre o fiorde desse meu primeiro verão, e, no fundo, junto do canto do terraço, está o pai, meio escondido, como se estivesse a ponto de dar um passo adiante ou de se retirar, é ele que a amaldiçoa. Tomo mais uma cerveja. Começou a chover. As pessoas entram e penduram suas roupas feias com todas as marcas e etiquetas sobre os encostos das cadeiras e pedem vinho tinto em meias garrafas. A última foto é do Fred. Não fui eu quem tirou. Ele deve ter tirado sozinho, lá no sótão, porque dá para perceber a clarabóia e as cordas com os pregadores de madeira, ele deve ter segurado a câmera com as mãos estendidas e batido. O rosto está quase irreconhecível, retorcido, a boca aberta, ele diz alguma coisa, ele tenta falar, ele fala comigo, ele grita do sótão, descendo pelo tempo, e não ouço nada, eu não o escuto.

Fome

Uma noite o Peder telefonou e estava bastante alterado. Fui eu que atendi ao telefone, antes dos outros, aliás, eu estava sozinho em casa, e dizer que o Peder estava alterado não é nenhum exagero. Ele parecia estar em outro planeta falando por meio de um megafone. "Encontre-me debaixo da árvore!", gritou. Segurei o telefone com o braço estendido para não sofrer danos auditivos permanentes. Peder gritava ainda mais alto lá do fundo da galáxia. "Você está aí, Barnum?" Aproximei o telefone de novo. "Estou sim. O que está acontecendo?" "Espere e verá!" "Não enche, vai! O que está acontecendo?" Peder ficou impaciente. "Você vem ou você não vem, seu cogumelo truncado!" "Eu vou!", urrei. E fui. Enfiei o telefone no gancho, puxei a jaqueta do cabide, corri descendo a escadaria de serviço, quase derrubei a mamãe que estava voltando com a lata de lixo vazia, e estava para bater o meu recorde pessoal, porque quando o Peder me chamava de cogumelo truncado a coisa era séria, não havia alternativa. Se ele tivesse me chamado de sapo, poderia ter me demorado, ou sandália, talvez tivesse ficado em casa, e se só tivesse me chamado de luva de lã nem teria me dado ao trabalho de responder. Mas cogumelo truncado era mais do que sério, no mínimo tinha um incêndio florestal no parque de Frogner. "Não tenho tempo!", gritei para Boletta, que vinha subindo, 18 degraus atrás da mamãe, antes que qualquer uma delas tivesse tempo de dizer uma só palavra, e atravessei o pátio em disparada, debaixo dos varais, pisoteei as flores murchas do canteiro de Bang e segui pela rua Jacob Aal, mas não consegui ir além do largo Vestkant, porque alguém me chamou pelo nome, e era o Fred que estava chamando e fazia cinco dias que eu não o via. Queria que não fosse ele, que ele tivesse tomado outro caminho. Aproximei-me lentamente do Fred. Ele estava sentado no único banco que havia sobrado. Já era o mês de outubro, e quase não havia mais bancos para se sentar na cidade, esse era o único. Não parecia nada bem. Mal começava a ficar parecido consigo de novo, depois da luta contra Asle Bråten, só que ainda mais magro, como se os músculos tivessem se afinado, como se ele tivesse ficado muito tempo na água e depois tivesse sido pendurado para secar ao sol. Fumava um cigarro, e o deixou cair no cascalho, entre os sapatos retorcidos. "Sente-se, Barnum", disse Fred. Sentei-me. Peder devia estar já esperando. Talvez desistisse de esperar. "Onde você esteve?", perguntei. "E por que você está perguntando?" "Perguntei por perguntar." "Mamãe está chateada?" "Acho que não." "Tem certeza?" "Pelo menos, ela não falou nada." Fred acendeu um cigarro e deu uma tragada. "Talvez eu tenha estado com o Willy", disse. "O treinador? Você vai voltar a boxear?" Fred balançou a cabeça. "Willy parou de ser treinador." "Parou mesmo?" Fred olhou para mim. "Está com pressa, Barnum?" "Tenho um encontro com o Peder", sussurrei. Fred deu de ombros. "Então vá." Fiquei sentado. "E o que você andou fazendo na casa do Willy, Fred?" "Você não tem um encontro com o Peder?" "Tenho sim. Logo." "A Vivian vai também?" Não gostava que ele dissesse o nome dela. Fiquei com vontade de dar-lhe outro nome. Podia chamá-la de Lauren. Decidi que esse era o nome dela. Lauren. Lauren e Barnum. Soava bem, como um casal famoso, então o Fred poderia dizer Vivian o quanto quisesse, porque ele não saberia que eu a chamava de Lauren. "Não sei", sussurrei. Levantei-me, mas continuei parado. "E o que é que você e seu melhor amigo vão fazer, hein, Barnum?" "Não sei", repeti. "Não sabe nem isso? Alguma coisa que você não quer me contar, Barnum?" "Não sei, Fred. Palavra de honra." "Palavra de honra. Muito bom." "Acho que vou ter que ir andando, Fred." "Vire-se", disse. Fechei os olhos e me virei. "O que foi?", perguntei. "Só queria ver se você tinha feito figa. Porque daí não vale." "O que não vale, Fred?" "A palavra de honra, Barnum. Dê lembranças ao Peder." "Tudo bem", disse eu. Fred sorriu. "E dê lembranças a Vivian. Se ela for também." Comecei a atravessar o largo, na direção dos postes de luz, queria mesmo é correr, mas não tive coragem. Fred levantou-se de repente. "Não vá fazer nada do que se arrepender", gritou. Parei. "O que você quer dizer, Fred?" Fred sorriu. "O que quero dizer? Você sabe muito bem o que quero dizer." "Não, Fred. Não sei mesmo." Fred voltou a se sentar, como se de repente estivesse profundamente aborrecido e não tivesse mais vontade de falar comigo. "Então você vai descobrir, Barnum." Não corri até passar pela fonte, que já havia sido desligada, era o outono e a geada poderia vir a qualquer momento. Corri até a praça Solli e lá estava o Peder debaixo da nossa árvore, no parque da Hydro, e estava visivelmente inquieto. Parei, quase sem fôlego, e foi ele que correu o último trecho, passando direto no meio de todas as folhas caídas. "Que puta demora, seu!" "Vim tão rápido quanto pude, pô!" "Tão rápido quanto pôde! Podia ter sido mais rápido!" Abraçamo-nos por um instante. Estávamos até os joelhos mergulhados na folhagem, lascas vermelhas cor de sangue, úmidas, que nunca ficavam paradas, um mar de folhas. "Mas o que está acontecendo?", perguntei. "Tem alguém filmando na rua Solli", sussurrou Peder. "Filmando?" "Sim! Filmando na rua Solli, porra!" "Agora?" "Sim! Estão filmando agora! Acha que estou gozando da sua cara?" Não, eu não achava isso, que Peder Miil estivesse gozando da minha cara, ele podia fazer gozação de muita coisa, de quase tudo, na verdade, mas isso não era gozação, alguém estava filmando na rua Solli num fim de tarde qualquer do mês de outubro. "Mas onde está a Vivian?", perguntei. Peder deu uma olhada no relógio, enquanto o suor lhe escorria da testa. "Ela está mais ou menos tão atrasada quanto você", suspirou. Esperamos mais um pouco. Mas a Vivian não veio. Talvez não tivessem deixado ela sair. Devia ter algum impedimento para não vir, e bateu-me um pensamento louco, como um golpe, mas evadiu-se quase no mesmo instante, não consegui terminar de pensá-lo. Não dava mais para esperar. Descemos até a rua Solli. Era lá que estavam filmando. Peder não estava brincando. Alguém estava filmando. Era outro mundo. E entramos lentamente nele. O asfalto estava coberto de terra. A caixa de correio vermelha tinha sido retirada. Os carros que costumavam ficar estacionados lá haviam sumido. Junto do portão de número 2 havia um policial em uniforme antigo, com boné achatado e imensos botões de latão. Ele levantou a mão e acenou para um tílburi que passava. Até as cortinas das janelas no térreo tinham sido trocadas e, não sei bem por quê, foi isso que me impressionou mais, talvez tivessem reformado todos os apartamentos atrás das cortinas, colocado papel de parede nas paredes, trazido outras poltronas e outros sofás, trocado os livros nas estantes, pendurado quadros nas paredes, arrancado o chuveiro, escondido a lavadora e a geladeira, e mandado os seus verdadeiros moradores para o campo. Porque fiquei pensando esse pensamento estranho, que eu mesmo não entendia direito, e será que alguma vez saberei explicar para alguém o quanto era necessário fazer para enganar o público que um dia assistiria ao filme, o quanto era necessário disfarçar, o quanto era preciso avançar, por trás das fachadas, para dentro dos prédios, nas pessoas e nos corações, para nos fazer acreditar que é tudo verdade? E ouvi o riso e a voz do papai, dizendo *Não é o que você vê que é importante, e sim o que você acredita que vê.* Segurei a mão de Peder. "Veja", sussurrei. "Trocaram as cortinas!" Mas então aconteceu alguma coisa no começo da rua. Fomos cegados por uma luz forte e um homem com um megafone levantou-se na sombra. Era certamente o diretor. "Tire esses idiotas daí!", gritou. O policial veio correndo e nos enxotou quase até de volta à praça Solli, e lá ficamos, agachados atrás de uma lata de lixo. "Puta merda", sussurrou Peder. "Puta merda", confirmei. "Foi por pouco." O policial voltou rapidamente para o portão e se posicionou lá. Saímos do nosso esconderijo, e agora as coisas começaram a acontecer. Uma senhora de casaco de pele e chapéu apareceu e começou a descer pela calçada. Uma câmera a seguia, logo atrás. Gelamos na espinha. Isso não era filme. Era realidade. Estávamos do lado de dentro, numa realidade dupla. Ela veio na nossa direção, ela e o câmera, parecia que ela também sentia frio, tinha as mãos escondidas dentro de um regalo grosso na sua cintura, e ela espiava a toda hora sobre o ombro, como se alguém a estivesse seguindo, alguém que ela temia, talvez estivesse indo para casa sozinha e alguém poderia agredi-la, mas só havia o câmera lá, e ele não era de dar medo em ninguém. Então ela parou diante do portão. O policial cumprimentou-a levando a mão até o boné, ela teve um momento de hesitação, seu rosto era todo branco e ela teve que se voltar mais uma vez, antes de desaparecer na escuridão. O diretor levantou-se de sua cadeira e bateu palmas. A senhora de casaco de pele saiu pelo portão, agora sorridente, e ganhou um beijo do diretor na face, enquanto as luzes se extinguiam numa vibração. "Lauren Bacall é melhor", sussurrou Peder. Senti falta de Vivian quando ele disse isso e estou certo que Peder também sentiu falta dela. Ela devia estar ali. Poderíamos ter visto tudo isso juntos. "Que filme você acha que é?", sussurrei. "Idade mínima quarenta", disse Peder. E continuamos agachados atrás da lixeira fedida. Era um cheiro de verão velho. Levou um tempo. Um cachorro passou correndo com alguma coisa na boca. Talvez tivessem terminado de filmar. O policial acendeu um cigarro. Esperamos. Todos esperavam. Era assim. Havia o tempo de espera. O diretor sentou-se na sua cadeira e folheou, lentamente, um maço de folhas. E, de repente, veio um golpe de vento, como às vezes vem, subindo a rua Munkedam, vindo lá do fundo da cidade, como um ventilador de tempestades nas ruas, e uma folha desprendeu-se do colo do diretor, passou voando sobre uma cerca, levantei-me, Peder tentou me segurar, mas corri atrás, consegui pegar a folha e, enquanto continuei minha corrida, agora na direção do diretor, que havia se levantado e parecia fora de si, consegui ler, no topo da folha, e lembro-me bem, lembro-me como se fosse ontem, como se fosse hoje, ou como se fosse agora mesmo, pois era o primeiro roteiro que eu segurava nas mãos: P. 48. *EXT. FIM DE TARDE. RUA IV. Alguns transeuntes e um táxi. PONTUS vê um cachorrinho, que corre para casa na sarjeta com um osso na boca.* Eram essas as palavras que iriam se tornar filme, Pontus, um cachorro, a sarjeta, que iriam se erguer da folha, soltar-se do papel e se transformar em movimento, imagem, som, e foi quando li essas palavras comuns nessa frase comum, tão simples e ao mesmo tempo tão fortes, que tomei a decisão, nesse momento tomei uma decisão, sem pensar, só tomei e sabia que era a decisão correta: Eu iria colocar os meus sonhos no papel. E pude sentir uma alegria profunda e duradoura por ter tomado essa decisão. Entreguei a página 48 ao diretor e fiz uma profunda mesura. Ele arrancou a folha de mim. "Não há de quê", disse eu. Ele nem se deu ao trabalho de agradecer. Só me afastou com um gesto da mão. Corri de volta até o Peder, atrás da lixeira. E agora coisas começaram a acontecer de novo. Um homem alto e magro, com roupas puídas, óculos redondos e um rosto esmaecido e com a barba por fazer desceu a mesma rua, mas agora a câmera vinha à frente, ele caminhava na direção da câmera, e, de repente, parou e limpou os óculos e era como se estivesse falando consigo mesmo e discordando do que dizia. "Deve ser o Pontus", sussurrei. "Quem?" "O Pontus. Estava no roteiro." E aquele que devia ser o Pontus retomou a caminhada, cada vez mais próximo da câmera, era como se quisesse atropelar a câmera. Então o diretor bateu as mãos, gritou alguma coisa e o homem magro, Pontus, teve que fazer tudo de novo, andar na direção da câmera, parar, limpar os óculos, falar consigo mesmo, e não consegui ver diferença alguma, mas ele teve que fazer mais duas vezes antes de o diretor ficar satisfeito, e então apagaram as luzes de vez, juntaram os equipamentos e foram embora numa van. Peder e eu nos levantamos. As pessoas voltaram a aparecer nas janelas. Um zelador começou a retirar a terra de cima dos paralelepípedos. A caixa de correio foi recolocada. Os cavalos seguiram na direção do palácio real. Tudo voltou ao lugar e, aos poucos, a rua foi se reencontrando. Tinha sido como que um sonho. Seguimos pela alameda Bigdøy e estava ansioso para contar ao Peder que minha vida havia tomado uma direção brusca e inesperada, quando estava com a folha na mão, p. 48, e li as frases tranqüilas sobre Pontus e o cachorro, escritas em dinamarquês. Mas não disse nada para o Peder, ainda não, porque eu queria primeiro voltar para casa e escrever alguma coisa que eu pudesse mostrar para ele. "Onde será que a Vivian se meteu?", perguntei. Paramos no portão do prédio dela e olhamos para cima, na direção da janela dela. Estava escuro lá. Peder atirou uma castanha e acertou. Mas não foi a Vivian quem abriu uma fresta nas cortinas, era a mãe, ela deu uma rápida espiada na nossa direção e depois cerrou de novo as cortinas. Peder olhou para mim e tremeu. "Ainda bem que a mamãe só tem que ficar sentada na cadeira de rodas", disse. E, então, a Vivian veio, ela veio pelo outro lado da igreja, e corremos na direção dela. "Que fim você levou?", exclamou o Peder. "Só fui dar um passeio", disse. "E primeiro tive que ajudar a mamãe." "Primeiro ajudar a sua mãe?" Vivian deu de ombros. "Tenho o costume de ler para ela. Quando ela não consegue dormir." Peder não disse mais nada. Eu quase não conseguia ficar parado. "Puta merda, adivinhe só o que você perdeu!" Vivian olhou na minha direção, mas não por muito tempo, desviou o olhar para a calçada, e de repente parecia infeliz e assustada, mas quem não ficaria assim, com uma mãe sem rosto para quem ela tinha que ler. "Não sei, o que foi?", perguntou. "Estavam fazendo um filme na rua Solli! Com câmera, holofotes e tudo!" "Eu sei", disse Vivian. "Você sabe? Você sabe?" "Sim, estava no jornal. Chama-se *Fome*." "*Fome*? Um bom título." "Na verdade, é um livro do Knut Hamsun. É esse que estou lendo para a mamãe." Vivian foi na direção do portão. Voltou-se para nós. "Devem voltar a filmar amanhã. A gente bem que podia procurá-los." Assentimos. Lógico que os encontraríamos. Não havia de ser tão difícil, encontrar uma filmagem numa cidade como essa. Vivian riu e começou a parecer consigo mesma de novo, como se ela também tivesse participado de um filme e houvesse finalmente tirado o figurino. "A gente se vê ao meio-dia", disse ela. "Se vocês tiverem coragem de matar aula."

Peder continuou taciturno no caminho para casa, e eu também, eu tinha muito em que pensar, eu ia começar a escrever, e esse pensamento ocupava tanto espaço que mal cabia outra coisa. Mas, quando nos despedimos, o Peder disse: "Acho que vamos ter que cuidar bem da Vivian." "Sempre cuidamos muito bem da Vivian", disse eu. Peder abraçou-me. "Boa-noite, Barnum. Amanhã vamos matar aula até dizer chega!" E segui o último trecho sozinho, subindo a Kirkeveien. Foi uma noite estranha. Parei junto de Marienlyst e olhei em volta. Isso tudo era meu. Esse era o meu mundo. As ruas por que eu passava, o bosque atrás da cidade, o céu sobre os telhados. Era sobre isso que eu iria escrever. Aqui viveriam minhas personagens, a Esther do quiosque, a Velha, Fred, a mamãe, Peder e Vivian, Boletta, o papai, mesmo estando morto, todos teriam o seu lugar aqui, os vivos e os mortos. Foi então que o Fred apareceu. Veio vindo sobre o gramado, atravessou a cidade em miniatura, onde certa vez aprendemos as normas do trânsito, nas ruazinhas, sobre as pequenas passagens de pedestres, que não eram maiores do que riscos no asfalto, sobre as pequenas calçadas e entre as casinhas que imitavam casas de verdade, e, quando o vi assim, tive uma idéia, minha primeira idéia. Fred parou na minha frente. "Você parece triste, Barnum." "Só estou pensando", disse eu. "Pensando? Em quê? Alguma coisa triste?" Tive que contar para o Fred. "Estava pensando em tudo o que vou escrever", disse eu. Fred aproximou-se um pouco mais. "Escrever?" "Já me decidi, Fred. Vou escrever." "Escrever o quê?" "Roteiros de cinema", disse eu. Fred olhou para o lado, como se temesse que alguém o estaria seguindo. Mas éramos só nós em Marienlyst essa noite. "Estou cansado", disse, pôs a mão no meu ombro e foi assim que voltamos para casa. Mamãe veio correndo da sala quando viu que o Fred finalmente havia chegado, mas ele seguiu direto para o quarto e não deu nem boa-noite. "Onde você esteve?", perguntou a mamãe. "Só fui dar uma volta", disse Fred, e bateu a porta. "E o passeio durou cinco dias!", gritou mamãe, na direção da porta, e voltou-se para mim. "Só foi dar um passeio", repeti. E mamãe acabou sorrindo, estava feliz pelo Fred ter voltado para casa, embora tivesse demorado cinco dias, e era isso que iríamos dizer tantas outras vezes, que o Fred só havia dado um passeio, quando começou a sumir de nós, e por fim ficou tanto tempo sumido que foi declarado morto, e lembrei-me de que a Vivian foi quem primeiro havia dito isso essa noite, só fui dar um passeio. "Quer que prepare um prato para você?", perguntou a mamãe, e entendi que ela estava de bom humor. "Não, obrigado", respondi. "Temos em casa um livro chamado *Fome*?" O sorriso da mamãe ganhou um sobretom de espanto, e ela voltou-se para Boletta, que já havia se levantado do sofá e vinha vindo na nossa direção, em baixa velocidade. "Infelizmente, queimamos esse romance", disse ela. "Queimamos?" "O autor foi um cafajeste durante a guerra, Barnum. Seus livros não ficavam bem na estante. Por isso queimamos a sua obra completa na lareira." Boletta teve que se apoiar no meu ombro. Logo ela ficaria tão baixinha quanto eu. Ela soltou um suspiro profundo. "Mas agora me arrependo", disse. "Mesmo cafajestes podem escrever bem."

Fiquei pensando nisso quando fui me deitar, e senti-me ainda mais seguro na minha decisão. Mesmo cafajestes podem escrever bem. Então eu também deveria poder, eu, Barnum, no nível da minha pena. Levantei-me, sentei-me junto da escrivaninha, acendi o abajur, peguei o lápis e um caderno de rascunho e escrevi: *Um menino vem descendo uma rua. Ele é maior do que as casas. Ele é mais alto do que os sinais de trânsito. Ele pára junto a uma esquina. Ele está sozinho.* Mais não escrevi, porque havia esquecido que o Fred estava lá, deitado na sua cama. "Como é que se chama o que você está escrevendo?", perguntou. "*A Cidadezinha*", respondo. "É um bom título, Barnum." Fiquei muito feliz. Apaguei o abajur. "Não vai escrever mais?" "Eu espero até amanhã." "E por quê?" "Não sei como continua." "É só você quem pode saber", disse Fred. Deitei-me debaixo do edredom. Fazia muito tempo que a gente não conversava assim. Eu ia guardar essa conversa. Fechei os olhos. Queria entrar no sono devagar, sorrindo. Então percebi que o Fred veio se sentar na beirada da minha cama. Ele podia estragar tudo. Mas não. O que ele disse tornou a conversa alguma coisa de ainda maior, e eu sabia que nunca iria me esquecer dessas palavras. Mesmo assim, fiquei com medo. "Eu também estive pensando", disse ele, baixinho. "Pensando em quê?" Ele demorou a responder. "Que eu vou encontrar a carta que o finado Arnold Nilsen vendeu." Ele falou desse jeito, o finado Arnold Nilsen. Abri os olhos. Fred curvou-se sobre mim, bem junto do meu rosto. "Não conte para ninguém, Barnum." "Juro", disse eu. "Para ninguém." Levantei as mãos, para que ele pudesse ver os meus dedos. Deu uma risada curta, levantou-se, e ficou olhando o caderno de rascunho que mal era visível na luz amarela da luminária da rua, passando como um raio fino e trêmulo por entre as cortinas. E começou a ler em voz alta, devagar e límpido. *Um menino vem descendo uma rua. Ele é maior do que as casas. Ele é mais alto do que os sinais de trânsito. Ele pára junto a uma esquina. Ele está sozinho.* Fred leu a primeira coisa que eu havia escrito, sem errar uma só vez, não trocou nem uma sílaba. Não tive coragem de comentar. Eu estava a ponto de chorar. Isso não podia acontecer. De jeito nenhum. Fred fechou o caderno de rascunho e deitou-se. Ficamos lá no escuro, com o risco de giz que separava o chão entre as nossas camas. "Ele está sozinho", sussurrou.

Fred estava dormindo quando me levantei de manhã, ou, pelo menos, fingia dormir. Mamãe andava pelo apartamento na ponta dos pés, falava baixinho e fazia psiu por qualquer coisa, com medo de acordá-lo. Não fui para a escola. Em vez disso, fui até o parque Sten e sentei-me no topo do Blåsen. Tirei o caderno de rascunho, o lápis e o lanche, e escondi a mochila num arbusto. O dia estava lindo. O ar estava claro e fresco, mas não frio. Era como se tudo tivesse se aproximado, a colina de Ekeberg do outro lado da cidade, os prédios cinzentos, as torres das igrejas. A cidade foi ficando cada vez menor. Escrevi: *Ele está sozinho. O sinal abre. Mas não há carros lá. Ele passa sobre a faixa de pedestres. Os traços amarelos são menores do que os sapatos dele. Ele entra numa loja e precisa se encolher todo para entrar. É uma floricultura. Lá ele também está sozinho. Ele chama: "Tem alguém aí?" Mas ninguém responde. Ele começa a colher flores dos vasos, e as flores mal aparecem entre os seus dedos. Ele deixa algumas moedas no balcão e sai. E, quando sai, todo encolhido, da loja, é cegado por uma luz forte e tem que tapar a vista. Uma voz grita: "Você está preso!"* Fiquei com fome disso tudo e comi uma fatia de pão com queijo e salame e, enquanto estava sentado ali, no Blåsen, sobre uma montanha de cavalos mortos, no meio da minha história, percebi que alguma coisa estava acontecendo no morro de Sankthans, o outro ponto alto aqui da região, e logo percebi do que se tratava. Era a filmagem. Estavam rodando. Eu estava escrevendo aqui e eles filmando, cada um no seu morro. Juntei tudo, desci pelo caminho íngreme e corri para lá. Já estavam fazendo um intervalo. Reconheci o Pontus. Ele estava sentado em um banco, dobrado sobre os joelhos, com a calça puída, fumando um cigarro irritado. Parecia tão cansado quanto ontem. O diretor estava sentado em sua própria cadeira, comendo um sanduíche enquanto folheava o roteiro. O mesmo policial estava lá também. Não podia ser proibido ficar aqui agora? Segui a trilha entre as árvores e reduzi a velocidade ao me aproximar de Pontus. Ele olhou para cima, e esfregou o olho com um dedo fino atrás dos óculos. Não parecia nada bem. De repente, jogou longe o cigarro, e disse uma coisa. "O senhor poderia por obséquio dizer-me que horas são?" Parei, muito surpreso, e mal consegui erguer a manga. "São dez horas", disse eu. Pontus balançou a cabeça. "Não, não são não. São duas horas!" Tive que olhar de novo. Meu relógio indicava dez horas. "São dez horas", repeti. Pontus levantou-se, e estava impaciente. "O senhor está totalmente enganado. São duas horas da tarde. Siga esta indicação, meu senhor!" Ouvi alguém rindo lá em cima, junto da câmera. "Quer um sanduíche de salame, Pontus?", perguntei. Pontus teve um momento de espanto, enquanto esboçava um sorriso. Voltou a sentar-se. "E como é que você se chama?", perguntou. "Barnum", respondi. Ele meneou a cabeça, sem tirar os olhos de mim. "Pontus e Barnum", disse. "Parece mais como uma dupla de filme mudo. Você se chama mesmo Barnum?" "Sim, fui batizado Barnum pelo pároco de Røst." "Mas infelizmente eu não me chamo Pontus. Meu nome é Per Oscarsson." Ele estendeu a mão. Cumprimentei. Era como sacudir ossos. "Obrigado, Barnum. Eu bem que gostaria de comer um sanduíche de salame. Mas, infelizmente, é impossível. Faço o papel de um idiota faminto nesse filme, e então tenho que estar faminto." "Estou vendo", disse eu. Ele soltou a minha mão e apontou para os seus sapatos. Também eram muito magros. "Eu caminhei descalço de Estocolmo até Oslo", disse. "Sabe quantos quilômetros isso dá?" Balancei a cabeça. "Nem eu. Mas sei que são muitos." Pontus inclinou o corpo para trás. "Estou cansado", suspirou. "Mal sei onde estou." "Você está no morro de Sankthans, em Oslo", disse eu. Pontus acenou com a cabeça, lentamente. "Obrigado, Barnum. Então vamos ao parque Real hoje de tarde." Deu outro suspiro, bem fundo. "Da próxima vez, quero fazer o papel de um rei gordo." Uma mulher de calças largas veio descendo na nossa direção. Tinha uma maleta com tubos e uma coisa que parecia pincel de barbear. "O maestro está esperando", sussurrou. E ela começou a maquiar o Pontus, escureceu-lhe a barba, afinou o cabelo e deixou os olhos ainda mais desvairados. E enquanto fazia o seu trabalho, o maestro levantou-se e gritou: "Saiam todos os penetras da área, já!" O maestro era o regente. O penetra era eu. "Que horas são?", perguntei, rapidamente. Pontus tirou o relógio de bolso, sorriu e abriu a tampa, solenemente. Estava vazio, como uma ostra de prata raspada. Pontus sorriu. "São exatamente cinco para o meio-dia", disse.

Corri até a praça Solli, mas junto da última esquina freei, e percorri bem lentamente o último trecho. Peder e Vivian já estavam esperando debaixo da árvore. Eu não estava com pressa. Peguei duas folhas caídas e fiquei estudando o belo desenho, as artérias de uma folha verde. Peder e Vivian se aproximaram. "Barnum está com tempo de sobra hoje", exclamou Peder. Soltei as folhas, com cuidado. "Estão no parque Real", disse eu. "E como é que você sabe?" Dei de ombros. "Conversei com o Pontus." Vivian pôs a cabeça de lado. Era o que costumava fazer quando não entendia alguma coisa, como se ajudasse colocar a cabeça de lado. Seus olhos estavam avermelhados nos cantos, como se os tivesse esfregado. Talvez não tivesse dormido essa noite? Talvez tivesse passado a noite em claro e lido o resto do romance para a mãe dela? "Pontus?", perguntou, baixinho.

"O protagonista do filme. Encontrei-o no morro de Sankthans." Peder aproximou-se mais um pouco. "É verdade?" "Claro que é verdade!" Peder começou a balançar os braços. "Mas como é que ele era?" Fiquei pensando, longamente. Peder estava a ponto de levantar vôo. "Pontus estava com fome", disse eu. E descemos juntos até o parque Real. Lá não estava acontecendo nada. Só o rei Olav estava em casa. Talvez tivessem dito para ele ficar longe das janelas. Não conseguia tirar esses pensamentos da cabeça. Quanto é preciso para que acreditemos no que vemos? Será que Pontus falava sueco porque ainda estávamos na união com a Suécia? Quanto podemos realmente ver? E se passasse um avião sobre a cidade, iam ter que filmar tudo de novo? Era isso que eu pensava: quanto é preciso mentir até alguém acreditar que é verdade? "Eu também estou com fome", disse Peder. Ele desceu lentamente até o quiosque junto do Teatro Nacional. Havia voltado a engordar depois das férias de verão. Dava para ouvir daqui o fôlego pesado dele. Vivian esboçou um sorriso, e ia dizer uma coisa, mas acabou desistindo. Ficamos sentados na folhagem atrás da árvore maior, para que a guarda real não nos visse. Vivian ficou em silêncio. Quando eu ficava olhando muito para ela, era como se ela fosse ficando transparente, como se a sua pele fosse uma água na qual eu pudesse me encostar. Lembrei-me de repente o que ela havia contado, que ela nasceu num acidente. "O que foi?", perguntou. "Nada", sussurrei. Quis sentar-me mais perto, mas ela se afastou, e tirou um livro da bolsa. Entregou-me o livro. Era o romance *Fome*, de Knut Hamsun, o cafajeste. "Pode ficar com ele", disse Vivian. "Já terminou de ler?" Ela fez que sim. "Muito obrigado", disse eu. Folheei o livro. Não achei Pontus em lugar algum. "Como é que termina?", perguntei. "O personagem principal sai da cidade", disse Vivian. "E ele volta?" Vivian olhou para baixo. "Isso eu não sei. O livro não diz." "Parece um fim muito triste", disse eu. Vivian voltou o olhar para mim. "Você acha?" Mas não consegui responder, porque o Peder finalmente estava voltando, e havia comprado comida até dizer chega, estava trazendo meia fábrica de doces, não havia nem esquecido de trazer uma barra de marzipã com chocolate e pastilhas de hortelã, que eram os favoritos de Vivian, embora fosse tão magra. "A probabilidade de um entre dois eventos acontecer é igual à soma da probabilidade de cada evento", disse Peder, e esvaziou três pacotes de bombons sortidos Freia na grama. "Em outras palavras, vamos escolher chocolates ou a fome?" Começamos com o chocolate. E alguém deve ter nos fotografado lá, sem que a gente percebesse, porque, muitos anos depois, encontrei uma foto no almanaque do *Aftenposten*, e lentamente fui reconhecendo três figuras, pouco nítidas, curvadas e cavoucando as folhas, éramos nós, Peder, Vivian e eu, e parecíamos bem lerdos, como se estivéssemos fazendo algo de proibido e não apenas catando bombons entre as folhas do outono. E a legenda da foto dizia: *Os primeiros jovens que foram criar o ambiente alternativo do parque Real, em protesto contra o que chamavam a dança da morte diante do deus de plástico e o bezerro de ouro.* E foi então que entendi, de uma vez por todas, sem jeito e com certo humor, mas também com certa tristeza, que é o olho que vê que decide o que quer ver, o olho retorce o mundo, e tudo o que você vê agora e tudo o que vai ver no futuro têm uma força revisionista.

Chegaram logo antes do escurecer. Pontus, o maestro e toda a sua equipe, no lusco-fusco que vibra e como que não quer soltar o dia, nesse mês que precede o tempo da neblina do fiorde invadir as ruas, apagando as distâncias e as esquinas. O sol era uma sombra vermelha entre as árvores. Sua luz brilhava das folhas, que tremulavam ligeiramente ao longo do solo. Armaram-se atrás da barraca da guarda real. Aproximamo-nos. Tudo parecia muito caótico. Todos corriam de um lado para outro. Talvez estivessem com o tempo apertado. A senhora pálida no casaco de pele foi maquiada e ficou ainda mais pálida. Pontus sentou-se em um banco que foi levado até ele. Parecia o banco do parque Sankthans. Acenderam-se holofotes. Uma máquina soprava as folhas na direção de Pontus. Torci para que todo o roteiro fosse carregado pelo vento, assim eu poderia pegar uma folha após a outra e levá-las de volta ao diretor na ordem certa. Tentei acenar para o Pontus, mas ele não me viu. Estava escrevendo alguma coisa em um pedacinho de papel, isolado do resto deste mundo. Eu soube de imediato que eu queria ser como ele. Peder pegou-me no braço. "Diga para ele que sua avó foi uma atriz famosa", sussurrou. "Para o Pontus?" "Para o diretor, é claro! É ele quem manda." "Manda em quê?" "Em tudo, Barnum." O diretor balançou os braços e parecia um maestro que não conseguia fazer a orquestra entrar no tom. Por fim, sentou-se na cadeira e cruzou os braços. Pensei na Velha, que nunca apareceu nos filmes. "Minha bisavó", sussurrei. "Ela é quem era atriz." "Tanto faz. Só diga isso." Peder empurrou-me pelas costas. Acho que a Vivian também me empurrou, com cuidado. Inspirei fundo e fui lentamente na direção do diretor. Ele parecia bastante irritado quando me postei diante dele. "Será que nunca vamos nos livrar desses moleques?!", exclamou. Fiz uma profunda mesura. "Minha bisavó era uma atriz famosa na Dinamarca", disse eu. O diretor fitou-me com um olho só. "Não diga! Sua bisavó era atriz na Dinamarca? E como ela se chamava?" Eu disse o nome da Velha. Ele balançou a cabeça. "Infelizmente, não conheço. Deve ser de antes do meu tempo." O diretor voltou a examinar o roteiro. Fiquei onde estava, principalmente porque não sabia o que fazer e porque era muito difícil andar no meio de toda a folhagem caída. Continuei parado na frente do diretor um certo tempo. Ele levantou o olhar do texto e tirou os óculos. "Em quantos vocês são?" "Somos em três", disse eu. O diretor sacudiu os braços. "Muito bem. Já que não consigo me livrar de vocês, é melhor pôr vocês para trabalharem." Ele se levantou e foi até duas mulheres, uma delas era a que passava maquiagem, e conversou com elas. E o que aconteceu agora vou ter que contar com a voz mais baixa que eu conseguir, porque no ano seguinte, quando estávamos no Cine Saga, na estréia, a nossa decepção foi tão grande, nos sentimos tão profundamente enganados, e essa decepção profunda estava misturada com algo que é ainda pior, a vergonha, e é por isso que conto tudo bem baixinho, sussurrando: íamos ser figurantes. Nos vestiram em roupas antigas, calças largas que coçavam na coxa, sapatos grandes demais e jaquetas com mais botões do que tínhamos dedos. "Você tem cachos lindos", sussurrou a maquiadora, e me arrumou um pouco demais. A Vivian ganhou um vestido longo, botinas de salto alto e uma capa pesada. Éramos uma turma e tanto. Era o ano de 1890. A cidade chamava-se Kristiania. Estávamos a caminho de casa, atravessando o parque Real, depois de termos visitado os tios na rua Wergeland. "Vocês são irmãos", disse o diretor. "Não é um pouco estranho?", objetou Peder. "Estranho? Como assim?" Peder postou-se do meu lado e arrastou a Vivian para junto de nós. "E por acaso parecemos irmãos?" O diretor bufou. "No século XIX, os irmãos eram assim", disse. "Vocês devem descer na direção do laguinho, sem prestar atenção em nada. E não virem o rosto! Entenderam?" Assentimos. "Devemos pensar em alguma coisa especial?", perguntei. O diretor fitou-me longamente. "Pensar?" "Sim, no que vamos pensar?" Agora o Pontus havia se aproximado. "Quer dizer que nos tornamos colegas, Barnum?" "Parece que sim", disse eu. Pontus riu com seus dentes amarelos e bochechas emaciadas. "Vou lhes dizer em que pensar. Pensem em todos os sanduíches que vocês vão comer quando chegarem em casa. Peru. Presunto. Carne. Salame. Maionese. Chocolate com chantilly." O diretor interveio. "Já chega, Oscarsson. Eles já têm bastante no que pensar." E logo depois entramos em ação. Fomos caminhando na direção do laguinho escuro, onde alguns patos nadavam enquanto a filmagem se iniciava atrás de nós. Não nos voltamos. Não dissemos uma palavra. Não sei em que o Peder e a Vivian estavam pensando, mas eu fiquei pensando em como eu teria escrito essa cena. Para início de conversa, não seríamos irmãos. Seríamos três amigos voltando de uma festa, ou de um baile, sim, de um baile, e tanto eu quanto o Peder estamos apaixonados pela Vivian e está tudo preparado para um confronto entre nós, é ele ou eu. Mas então a Vivian cai no laguinho, no lugar onde é mais fundo, ela não sabe nadar, a água é fria nessa época do ano e ela está para se afogar. E Peder e eu temos que salvá-la, nos atiramos na água e conseguimos trazê-la até a margem. Mas é tarde demais. Ela não agüentou, e morre ali, entre nossas mãos incapazes. "Acho que já andamos o suficiente", sussurrou Peder. Já estávamos quase atravessando a rua Park. E quando finalmente nos viramos, vimos o diretor como uma sombra à frente do holofote, acenando. Corremos de volta. "Excelente", disse. "Vamos fazer de novo?", perguntei. "Não vai ser necessário. Foi perfeito." Trocamos de roupa e ganhamos uma nota de cinco cada um. Recebemos pagamento. Seguimos o mesmo caminho na direção do laguinho e tínhamos recebido pagamento para participar do filme, cinco para cada um, 15 coroas. "Precisamos comemorar!", exclamou Peder. "Vamos encher a cara!" Os patos levantaram vôo do lago, com as asas úmidas, pingando. "Sim!", exclamei. E enchemos realmente a cara, principalmente o Peder, e certamente eu também. "O Barnum fica bêbado mais depressa porque ele é baixinho", Peder costumava dizer. E eu sempre respondia que ele demorava mais porque era tão gordo. E então bebíamos ainda mais. Fomos até a Filatélica Miil, Compra e Venda, e esvaziamos a geladeira na sala dos fundos, tinha até champanhe lá, para a eventualidade de um negócio importante, e talvez o papai e Oscar Miil tivessem tomado champanhe naquele dia em que a carta do bisavô trocou de mãos. Nós, pelo menos, tomamos o champanhe. Abrimos a garrafa com um estalo, e bebemos o líquido espumante, que fazia cócegas, na boca da garrafa, pois não era essa também uma ocasião especial, havíamos participado de um filme, havíamos feito um papel em *Fome*. E ficamos mais algumas horas lá, na sala apertada dos fundos, no meio do cheiro pesado de cartas antigas, brindando com champanhe, Campari e Coca-cola. Peder costumava dizer que a Vivian não ficava bêbada porque era tão bonita. Mas eu senti de novo, a embriaguez que havia sentido em Ildjernet, e que havia percebido pela primeira vez no quarto da mamãe, quando eu inspirei fundo e senti na língua aquela sensação doce e escura de vinho Málaga. Assim ficamos. Decolei, de início lentamente, depois foi como se um interruptor tivesse sido acionado, e o estranho é que a maior parte de mim permaneceu no escuro, enquanto a luz foi acesa em outro cômodo, um cômodo que eu não sabia que existia, nesse cômodo eu era o rei, enquanto durasse, lá eu podia estender a régua de Barnum, as sombras que eu projetava eram longas e flexíveis, as idéias vinham fáceis, ficavam em fila e eu era o rei. Tirei o caderno de rascunho e escrevi numa página em branco: Engorda. Essa foi a palavra que escrevi. *Engorda*. Era a minha nova idéia, embora fossem passar muitos anos até eu concluir a escrita da história e até eu ganhar o prêmio de melhor roteiro. Eu estava engrenado. "O que você tem aí?", perguntou Peder. Eu folheei o caderno de volta, até *A Cidadezinha*. "É só uma coisa que eu escrevi", disse eu. "Escreveu? Você escreveu uma coisa?" Levantei-me. Não estava muito firme das pernas, flutuei sobre o chão, tal como os pensamentos flutuavam dentro de mim. "Sim", disse eu, em voz alta. "Eu comecei a escrever!" Peder bateu palmas. "Leia a sua obra para nós, Barnum!" E eu li, o começo da primeira coisa que eu havia escrito, fora as redações na escola, mas essas não contavam. Quando terminei, a Vivian sorriu, enquanto o Peder voltou a ficar taciturno e abriu mais uma garrafa de cerveja. "Está muito bom", disse Vivian, e me deu um abraço rápido. Tentei retê-la, mas não consegui. Não é verdade que ela não ficava embriagada porque era tão bonita. Ela não ficava embriagada porque não bebia. Talvez fosse por isso que era tão bonita. "Você é tão bonita", disse eu, e afundei no sofá. "Não fale bobagem", disse Vivian. Olhei para ela e, de repente, percebi que ela continuava com a peruca e seu rosto estava branco de maquiagem. "É sim! Vou escrever sobre você um dia!" Peder ficou impaciente. "Mas o que acontece depois? Não pode terminar assim, pode?" Fiquei pensando. Eu estava engrenado. As coisas vinham naturalmente, agora. Eu era uma roda. "Ele vai preso!", exclamei. "E na cadeia tudo fica muito maior, o contrário do que na Cidadezinha. Ele, que era o homem mais alto do mundo, se torna o menor. A única coisa que ainda lhe lembra a Cidadezinha são as flores que ele guardou." Calei-me, e fez-se um instante de silêncio. "Gostei da parte com as flores", sussurrou a Vivian. Peder levantou-se. "Mas o que é que tudo isso quer dizer?" Vivian riu. "Você pode contar quantas palavras isso dá", disse ela. Ri também. "Sim! Conte quantas palavras eu escrevi. E vê se entende, então!" Peder aproximou-se. "Mas você entende, Barnum?" Balancei a cabeça, e era algo que eu não deveria ter feito. "Não faço a menor idéia", disse eu. Foi o Peder que me levou em casa. Quando voltei a mim, eu estava sentado diante do relógio, na entrada. Estava parado. Não havia mais moedas na gaveta. O tempo estava falido. Mamãe também estava diante de mim. Mas ela não estava parada. Ela estava inquieta em todo o seu ser, como se tentasse manter o equilíbrio apenas com os dedos. Atrás dela, junto do relógio morto, estava Boletta, apoiada na bengala, e pensei ouvir o Fred rindo, de dentro de nosso quarto. Alguém estava rindo. Era eu. Mamãe chorava. "O diretor telefonou", disse ela. "Telefonou, é? E o que foi que ele disse?" Mamãe parou de chorar e segurou minha mochila. "Você tem uma única chance, Barnum! De dizer a verdade!" "A verdade?" "Sim, o que é que você foi fazer hoje! Porque na escola eu sei que você não foi!" Tive que pensar. Nada mais flutuava. Tudo vinha em safanões. Eu não era uma roda. Era uma roda quebrada, imprestável, rolando uma ladeira abaixo coberta de porcos-espinhos. "Eu fiquei escrevendo", sussurrei. "Escrevendo?" "Sim. E depois participei de uma filmagem. Não acreditam?" Agora a mamãe ficou zangada. Abriu a mochila e fuçou lá dentro com as mãos descontroladas. "O diretor está cansado de tanto você matar aula!", gritou, enquanto procurava. "Você não vai poder fazer os exames finais se continuar assim!" Dei de ombros. Estavam pesados para levantar. "Por mim, tudo bem", disse eu. Mamãe abaixou-se sobre mim, com a boca trêmula. "Nem tente imitar o Fred, Barnum! Porque isso você não vai conseguir mesmo!" Mas a minha boca tremia tanto quanto a dela. "É verdade!", disse eu. Mamãe deu um passo para trás. Ela tinha o volume de *Fome* em uma das mãos, e o caderno de rascunho na outra. Por um instante, derreteu-se. Mas, com a mesma rapidez, gelou e aproximou-se novamente de mim. "Andou bebendo, também, Barnum?" Balancei a cabeça. Não devia ter feito isso. Escorreguei da cadeira, na sombra do relógio. Eu não tinha muito a dizer. E continuo não tendo muito a dizer. Só escorreguei da cadeira, e o que agora relato foi contado pelos outros, a meu respeito. Eu sou a história, sou aquele que foi contado, deitado lá, como morto, aos pés da mamãe. Mas sei que me aplicaram a cura da Boletta, que ela havia aprendido da Velha e havia repassado para a mamãe. Era vinho chinês sem Málaga, e, da vez seguinte em que acordei estava felizmente na minha própria cama, e havia escutado direito, afinal, o Fred ria, Fred estava na sua cama rindo fundo e baixinho. "Do que é que você está rindo?", sussurrei. "Adivinhe", disse Fred. "De mim?" "Errado. Não rio do meu irmãozinho." "Obrigado, Fred. Obrigado." "Escreveu alguma coisa hoje?" "Sim. Meia página no caderno de rascunho." "Muito bem, Barnum." Fred segurou o riso dentro de si por um instante. Meu coração zunia, como se tivesse aumentado a velocidade, de tal forma que o tempo passava mais depressa dentro de mim, talvez tivesse envelhecido vários anos essa noite, talvez viesse a morrer, ou acordasse mais sábio e idoso. "Encheu a cara?", perguntou Fred. "Acho que sim", sussurrei. "Gostou?" Tentei me lembrar. "Enquanto durou", sussurrei. E no mesmo instante senti medo, porque não conseguia me recordar de como havia chegado em casa, desde o momento que fechamos a porta da Filatélica Miil até eu estar sentado na frente do relógio, era como se uma junta na minha vida houvesse sido retirada, foi meu primeiro buraco negro, e não seria o último. Fred soltou de novo o riso. "Agora é o Barnum que é um menino feio", disse ele. "Então é mesmo de mim que você está rindo." Fred parou de rir. "Estou rindo do Arnesen." "Do Arnesen? E por quê?" "Espere um pouco", disse Fred. "Não percebe o silêncio?" Prestei atenção. Sim, estava tudo em silêncio. Fazia muito tempo que não fazia tanto silêncio no prédio. A Sra. Arnesen não estava tocando o piano. "Boa-noite, Barnum." Não sonhei nada, e, na manhã seguinte, o Fred já havia levantado e saído. Mamãe estava sentada na beirada da cama, passava a mão nos meus cabelos e sorria. "Então vocês participaram da filmagem de *Fome*", disse ela, quando teve certeza que eu estava acordado. Sentia-me velho, mas não muito sábio. "Sim. Fomos figurantes. O Peder, a Vivian e eu." "A Velha bem que teria gostado de saber", suspirou a mamãe. "Quem diria." "Pois é. Quem diria. Passamos pelo parque Real e fomos filmados." Mamãe deixou a mão parada, no meio dos cachos. "Mas me prometa nunca mais se embebedar de novo. Você é muito novo." "Sim, mamãe." "Seu coração fica todo estragado da bebida, Barnum." "O coração da Boletta está estragado?", perguntei. Mamãe deu-me um puxão bem forte. "Eu devia estar furiosa com você, Barnum. Eu devia proibir você de sair por um mês!" "Tudo bem", sussurrei. "Mas primeiro me conte onde vocês arrumaram a bebida." "Pegamos uma garrafa de champanhe do pai do Peder." "Pegaram?" O rosto da mamãe aproximou-se. "Está com dor de cabeça?" Eu queria ser sincero. "Sim", disse eu. Mamãe sorriu. "E é para ter mesmo", disse a mamãe. "Dor de cabeça." "Sim, é o que chamam de multa", disse eu. Mamãe ficou me fitando longamente, e seu olhar não era muito condescendente. E então não é que ela pegou o *Guia Médico da Família Norueguesa* e voltou a acomodar-se na beirada da cama. "Preste bem atenção, Barnum." E ela leu para mim, devagar e com o timbre bem claro, para que eu não perdesse uma só palavra. *Alcoolismo. Na embriaguez leve, a auto-estima é reforçada, o controle sobre a fala e sobre os pensamentos retrocede. Quando a embriaguez é mais forte, o entendimento e os sentimentos se embotam, ou simplesmente se apagam, o controle sobre a musculatura é reduzido e, por fim, resta apenas uma massa de ossos, carne e sangue, inerte diante das circunstâncias ou da ação dos outros. A embriaguez mais profunda resulta em uma intoxicação, na perda total da consciência e em uma paralisia geral. As conseqüências da embriaguez incluem um mal-estar geral, língua pastosa, mau hálito, mau humor e uma depressão que em muitos provoca um desejo de voltar a se embriagar. Esse processo dá freqüentemente início ao alcoolismo crônico. O corpo se enfraquece e as mãos apresentam tremores. O rosto assume uma coloração vermelho-arroxeada, e o nariz fica inchado. Gradativamente, toda a capacidade mental se perde, deixando lugar tão-somente a um desejo ininterrupto por mais álcool, e, por fim, o próprio álcool torna-se aversivo, até que as ruínas remanescentes afundam na morte.* Mamãe fechou o *Guia Médico* de Greve com um estrondo e voltou-se na direção de Boletta, que estava parada junto à porta. "Não assuste o menino assim", disse Boletta. Mamãe levantou-se e levou o livro para a estante. "Barnum precisa saber o que está fazendo quando se embebeda." "Tudo bem, o doutor Greve deve achar que eu também já deveria ter me afundado na morte há muito tempo!" "Não fale assim, mamãe!" "Falo do jeito que eu quiser, e digo que esse Dr. Greve é um desmancha-prazeres, e os desmancha-prazeres carregam mais vidas na consciência do que o champanhe!" "Barnum ainda não é maior de idade", sussurrou a mamãe. "Não quero que ele estrague a sua vida!" Boletta riu. "Ora, ora, é preciso mais do que isso para estragar a vida dele. Você não teria também tomado um pouco de champanhe se tivesse virado ator de cinema?" E assim ficaram conversando, como se achassem que eu já estivesse morto e não pudesse ouvi-las, mas eu estava deitado lá, eu via as minhas mãos, não dava para notar que estivessem trêmulas, senti o gosto do meu hálito, apalpei o meu nariz, para ver se havia inchado, tentei sentir se estava com fome, eu não estava com fome, eu estava com sede, eu sentia no fundo de mim, o que me assustava e me atraía, bem que eu poderia ter tomado um pouco mais de champanhe, um golinho só, que pudesse me levar até outro lugar. Eu já era o remanescente de uma ruína. "Per Oscarsson andou descalço de Estocolmo até Oslo", disse eu, em voz alta. Mamãe e Boletta voltaram-se para a cama, de forma sincronizada. "Tive que dizer para o diretor que você estava com gripe", sussurrou a mamãe. "Você vai ter que ficar em casa por mais dois dias. E essa é a última vez que conto uma mentira por sua causa! Entendeu?" "Sim, mamãe." Ela se aproximou e seus olhos de repente ficaram marejados com uma suavidade repentina e inesperada. "Fred prometeu criar juízo, Barnum. E se ele pode, você também pode." "Criar juízo? Como assim?" "Ele vai arrumar emprego. E você não está percebendo nenhuma diferença aqui dentro?" Não consegui ver diferença alguma, fora que o Fred havia arrumado a sua cama. Mamãe apontou para o chão e sorriu. "O risco finalmente foi tirado", disse ela. Agora percebi. O risco de Fred estava apagado. O quarto não estava mais dividido ao meio, e isso, que deveria me fazer feliz, na realidade me fez ficar inquieto, quase assustado, porque eu não sabia o que queria dizer, e Boletta deve ter sentido a mesma coisa, porque ela desviou o olhar e fechou os olhos. Mas para a mamãe era um bom sinal, o fato de Fred ter removido o risco branco que nos separava. Quanto é possível se enganar? Nós interpretamos os sinais do jeito que queremos que signifiquem, mentimos para que fiquem do nosso lado e, com isso, os sinais se voltam, lenta mas seguramente, contra nós. Mamãe sorriu. "Foi muito bom o que você escreveu, Barnum. Sobre a cidadezinha." Sentei-me na cama. "Você leu?" "Não deu para parar depois que começamos", sussurrou a mamãe, quase envergonhada. "Mas você precisa terminar a história." Boletta bateu com a bengala no batente, como se fosse o jeito dela de bater palmas. "E faça essa história terminar de uma maneira feliz e contente, Barnum. Já tem muitas histórias tristes neste mundo. E quando contamos histórias tristes, ficamos parecidos com elas." Eu ainda não sabia como ia terminar a minha história. "Vou tentar", prometi. Mamãe colocou o caderno de rascunho no edredom e abriu na última página escrita. "Mas o que está escrito aqui?", perguntou. Mal consegui ler minha própria letra. Estava torta, irregular, uma letra quase sobreposta à outra. Talvez fosse assim que o Fred sentia as palavras, como se elas se arrastassem como bichinhos pretos sobre o papel, sempre se evadindo. "Engorda", disse eu, por fim. Mamãe mostrou surpresa. "Você não vai escrever sobre isso, vai?" Tive que olhar para ela e decidi que ninguém mais leria o que eu havia escrito até eu mesmo decidir que era hora. "O que foi que aconteceu com o Arnesen?", perguntei. Mamãe foi até a porta. "Arnesen? Aconteceu alguma coisa com o Arnesen?"

Havia acontecido alguma coisa com ele. Pela segunda vez, dois estranhos vieram trazer um recado catastrófico para a Sra. Arnesen. Mas, dessa vez, não estavam enganados. Dessa vez, não haviam encontrado por acaso um cartão de visitas no bolso da jaqueta de um esqueleto em Nordmarka. Agora tinham provas. Estacionaram na rua Jacob Aal e já na chegada criaram um certo tumulto. Os rostos atrás das cortinas. As portas entreabertas. Eu na janela. A chuva fina. Um longo psiu cobrindo o bairro de Fagerborg, e todos ficam sabendo a mesma coisa. Tocam a campainha no terceiro andar. A Sra. Arnesen abre a porta. Ela vê os dois e sorri. Talvez ache que sejam vendedores? Talvez ache que sejam testemunhas-de-jeová e que querem convertê-la, dois missionários já haviam passado pelo bairro no começo do ano, sempre vêm em dupla e se parecem como se fossem gêmeos. Esses dois também se parecem, mas não sorriem. Será que ela ainda não sabe, ou será que ela sabe o que vai acontecer e simplesmente tenta segurar a máscara, com a dignidade possível para uma pessoa que está diante de uma queda livre? Os homens não se apresentam. Apenas perguntam se o marido dela está em casa. Ele está em casa. Ele está no quarto dos fundos, esperando. Ele sabia que tinha que acontecer. Ela o chama e ele se levanta, ajeita a gravata e pensa que este é o seu último instante de normalidade nesta vida. Quando sai, já está vestido com a roupa de sair. Está pronto. Beija a mulher rápido no rosto. Os dois homens desviam o olhar, incomodados. Ela procura retê-lo. "O que foi?", pergunta. Então ela não sabe. Isso testemunha a favor dela. Mas não ajuda. "Acabou", diz ele, apenas. "Acabou? O que você quer dizer?" Ela fica logo sabendo. Talvez ela já entenda quando os vê entrando no carro, no carro preto, que sai rapidamente. Ele havia sido um infiel depositário. Ele havia enfiado a mão fundo demais nas gavetas debaixo dos relógios, ele havia se tornado guloso, ele havia feito um adiantamento sobre o tempo, havia se alimentado dos seguros de vida dos seus clientes, e, por fim, não teve mais como parar. Teria sido melhor se tivesse sido um marido infiel. Daria para conviver com isso. Era algo que se podia silenciar. Mas o melhor de tudo teria sido se ele tivesse morrido, se tivesse sido ele quem estava deitado na neve que derretia, entre Mylla e Kikut, um monte de ossos e bastões e esquis, morto muito antes da tentação de colocar as moedas em seu próprio bolso, o bolso interno, oculto, tivesse ficado forte demais. Então ela, a Sra. Arnesen, poderia ter olhado nos olhos de todos, porque a tragédia enobrece, o luto enleva, mas a vergonha corrói e rebaixa, alimenta-se do seu olhar, bebe do seu sangue e curva a sua espinha. "O que é que está acontecendo?", pergunta a mamãe. Ela estava atrás de mim, colocou as mãos sobre o meu ombro, e era a única que não sabia. "O Arnesen foi pego por desfalque", sussurrei. "O que você está dizendo?" "Foram prendê-lo agora há pouco." Mamãe correu para a Boletta. "O Arnesen foi preso!", gritou. Boletta sacudiu a bengala. "Eu sempre disse que aquele homem era feito de material de segunda", resmungou a Boletta. "E quando é que sentiram pena de alguém? Além deles mesmos!" "Psiu", disse a mamãe. "Não venha com esse 'psiu' para cima de mim! Você sabe tão bem quanto eu que eles se mudaram para aquele apartamento muito antes de alguém saber que a Rakel havia morrido." Mamãe encostou-se no relógio. "Isso faz tanto tempo", disse, baixinho. "E o que isso tem a ver com o caso?", perguntou Boletta. Nesse instante, tocaram a campainha. Eram Peder e Vivian. Mamãe enxugou as lágrimas e tentou sorrir. "Aqui estão os outros atores", disse. Peder e Vivian a cumprimentaram e se faziam de extremamente corteses, mas seus olhares iam de um lado para o outro, ininterruptamente, como se estivessem com catarata nos dois olhos, e fiz com que entrassem rapidinho no quarto e Vivian sentou-se na cama de Fred e fiquei torcendo para que fossem embora antes de o Fred voltar. Peder também não estava em boa forma. Parecia uma mochila amarrotada ou como o rei Sol em um dia ruim. Mas as suas mãos não tremiam. "Foi uma noitada boa", comentou Peder. "Nem fale", repliquei. "Você ficou bem chumbado", disse Peder. "Você também", disse eu. Peder sorriu. "Mas você fica bêbado mais depressa porque é tão baixinho", disse ele. Atirei uma borracha na orelha dele. "E você tem que beber em dobro porque é tão gordo", disse eu. Voltamo-nos para Vivian. Ela não precisava beber, mesmo tendo nascido num acidente. Eu queria muito que ela tivesse se sentado em outro lugar, e não na cama de Fred. "Você está precisando de maquiagem, Barnum", disse ela. E talvez tenha sido nesse momento, no instante em que ela disse isso, que ela se decidiu que era nisso que ela iria trabalhar, maquiagem, quando viu minha cara manchada e acinzentada no dia seguinte, ou talvez tivesse sabido desde sempre, desde que viu o rosto amassado da mãe. Peder riu e deu-me uma palmada nas costas com tanta força que quase caio com a testa no chão. "Foi muito bom aquilo que você leu para nós", disse ele. "Bom mesmo." "Obrigado", tossi. "Muito obrigado." "De nada." "Quero dizer, obrigado por vocês me acompanharem até em casa." Peder caiu no silêncio e olhou rapidamente para Vivian. "Você tomou o bonde", disse ela, baixinho. "Você não se lembra?" Agora fui eu quem desandou a rir. "É claro que me lembro! Acha que sou burro?" Mas ainda não me lembrava de nada, que eu tivesse tomado o bonde na praça Solli, pago a passagem, descido do bonde em Majorstuen, caminhado o resto da Kirkeveien, aberto a porta e me acomodado na cadeira na frente do relógio parado. Estava perdido, para sempre. "Sua mãe está muito zangada?", perguntou Peder. Voltamo-nos na direção da porta, porque lá estava ela, com o lanche da noite e três copos grandes de leite. "Infelizmente, estou sem champanhe", disse a mamãe. Fitei o chão e fiquei com a cara do jeito que o Dr. Greve descreve, vermelho-arroxeada e inchada. Mas Peder levantou-se e fez uma mesura. "Obrigado, mas acho que tomamos o suficiente ontem." Mamãe deu uma risada e colocou a travessa na escrivaninha, para depois sair. Peder estava de bom apetite, como sempre, ele comeu todos os sanduíches e tomou o leite, era praticamente insaciável. Vivian passou para a minha cama, recostou-se no meu travesseiro, e pensei que nunca mais poderia dormir nele sem pensar nela. "Sua mãe é uma pessoa tranqüila", disse ela. "É. Quando está tranqüila", repliquei. Vivian olhou-me. "É verdade que ela também sofreu um acidente?" Eu ouvi o que ela disse. Mas não entendi. "O que você quer dizer?", perguntei, e minha voz saiu toda porosa, quebradiça. Peder tossiu com tanta força que formou um cinturão branco de farelo de pão em volta da sua boca. "Estava quase me esquecendo", disse ele, quase gritando. "Vamos ter que arrumar umas garrafas para colocar na geladeira do papai. Se não, ele vai ficar chateado." Juntamos o nosso salário de atores, 15 coroas, dava certinho para a água com gás e mais um selo, mas o Peder ficou satisfeito. "O que faltar eu pego emprestado do papai", disse ele. Foram embora antes de o Fred retornar. Vivian teve que ir ao banheiro antes de sair. Peder e eu ficamos esperando na entrada. Mamãe e Boletta estavam sentadas na sala, sorrindo. Sorrimos para elas. "Vivian está apaixonada por você", sussurrou Peder. Fingi que não estava nem aí. "É mesmo?" "Sim. Pode ter certeza. Por que esse relógio não anda?" "Porque aquele que dava corda nele foi preso por desfalque." "Legal." "Como é que você sabe?" "Como sei o que, Barnum?" "Que ela está apaixonada por mim?" Eu estava falando ainda mais baixo. Eram palavras impossíveis de se carregar na boca. "Eu contei todas as vezes que ela olhou para você." "É mesmo?" "Foram 68 vezes, Barnum." Fiquei pensativo. "Ela está demorando no banheiro", disse eu. E eu devo ter dito isso em voz mais alta, porque a mamãe olhou de repente para mim, e o Peder sorriu mais ainda. "Muito obrigado pelo lanche!", disse ele. "Estava uma delícia!" Ouvi a Vivian dando descarga. "As meninas demoram muito no banheiro", disse Peder. "Principalmente a Vivian." Agora ela estava lavando as mãos. As mãos dela haviam estado em certos lugares. Suspirei. "E ela não olhou para você?", sussurrei. "Só 42 vezes. Você está na frente, Barnum." Então ela terminou. Saíram. A maioria sai antes de o Fred chegar. Depois, fiquei deitado na cama, com o rosto colado onde a Vivian havia deitado, seu cabelo, a pele clara, os cílios compridos e recurvados e que eu gostaria de ter tocado, mas não estava sonhando. Fiquei deitado, completamente imóvel, confuso e com medo. Como é que alguém poderia se apaixonar por mim, o toco de gente de Fagerborg, o mais baixinho de todo o distrito, o novelo, o anão? Ou será que ela tinha olhado para mim 68 vezes porque nunca havia visto alguém tão bobo? Devia ser isso. Ninguém se apaixona por mim. Eu só despertava sentimentos de piedade, espanto e riso, como os *poodles* de pêlo cortado e lacinho no canto dos cachorros do parque de Frogner, com os traseiros parecendo argolas cor-de-rosa debaixo das caudas rijas, esses bibelôs que recebiam o agrado e a conversa infantil das senhoras de idade. Eu era um *poodle*. Não despertava nem medo. E por que a Vivian perguntou se a mamãe havia sofrido um acidente? Não dava para agüentar. Será que não existia um único sentimento que fosse puro e inatacável? Tentei ler o romance que ganhei de Vivian, *Fome*, mas não consegui passar da folha de rosto, em que ela havia escrito *Para Barnum de Vivian*, analisei essas letras, será que significavam mais alguma coisa, "Para Barnum de Vivian", poderia haver um recado oculto aqui, o "b" do meu nome era bem grande, bem que isso podia significar alguma coisa, e o "v" dela parecia um imenso vaso, será que também era um sinal? Abri na letra F do livro de Greve, para ver o que ele dizia sobre a fome. *A sensação da fome localiza-se na boca do estômago*, dizia. *Pessoas adultas, desde que tenham acesso a água, podem ficar sem se alimentar por meses a fio, e são chamadas de jejuadores*. Era isso que eu iria ser, um jejuador, com a boca de estômago mais faminta de todo o mundo. Fred voltou quando eu já havia caído no sono. Sonhei que a Vivian media minha estatura com a parte de trás da fita métrica do papai, e descobriu que eu tinha mais de 1,90m, e depois lambeu cada um de meus centímetros dourados. "Quem sentou na minha cama?", perguntou Fred. Acordei. "Peder", disse eu. Fred virou-se. "Peder? Aquele gorducho?" Assenti. "Não acredito", disse Fred. "Se tivesse sido ele, meu colchão estaria todo arrebentado." "Talvez tenha sido a Vivian", sussurrei. "Ela também esteve aqui." Fred deitou-se e ficou um tempo fitando o teto. Então apagou a luz. "Não faz mal, Barnum. É bom saber quem esteve na cama da gente, só isso, não é mesmo?" "Claro que sim", respondi. Pensei em perguntar-lhe sobre o risco no assoalho, o risco que havia sumido. Mas faltou-me coragem. "Você conseguiu emprego?", perguntei. Fred voltou a acender o abajur, arrancou a cúpula e aproximou o rosto da lâmpada acesa. "Olhe para mim", disse. Não tinha vontade. Mas obedeci. Olhei para ele. Fechei os olhos. "Você acha que alguém quer me contratar? Hein? Você acha?" Estava quase gritando. "Não sei", respondi. Estava escuro. "Você escreveu alguma coisa hoje?", perguntou. "Nada de mais." "Nada de mais? Quanto é isso?" "Nada, Fred." "Porra, Barnum! Meias histórias são uma merda!" Foi então que ouvimos o último acorde do piano de Arnesen, Mozart, e ninguém abriu a janela para fazer psiu, porque a Sra. Arnesen devia poder terminar seu concerto de vinte anos, e uma ressonância escura permaneceu suspensa no escuro, antes de se extinguir, entre a lixeira e os varais. "Você estava sabendo?", perguntei. "Sabendo o quê, Barnum?" "Que o Arnesen foi preso?" Fred não respondeu. Permaneceu deitado, sorrindo. "O que você não sabe lhe faz bem", disse, apenas. "Você acha mesmo isso?" "Acho não", disse Fred. "Eu sei." De repente, sentou-se na cama. "E quando vai ser a estréia do filme?" "Qual filme?" Fred riu. "E você esteve participando de muitos filmes ultimamente? *Ben-Hur*, talvez?" "Não sei", sussurrei. "Não sei quando vai ser a estréia." "Está animado?" "Sim, Fred." E assim começou o que costumo chamar do meu intervalo, o primeiro de meus muitos intervalos que estavam por vir, e que alguns querem rasurar, recortar, os dramaturgos ficam fora de si quando chegam a essas longas cenas paradas, os produtores atiram o roteiro no cesto de lixo mais próximo, os diretores pedem que você inclua um estrangeiro com uma metralhadora ou uma infância infeliz e vão ao banheiro enquanto aguardam uma nova versão, querem um homicídio e música no último volume, *fade-out* em preto, preferem uma peça publicitária, qualquer coisa fora isso, porque o que mais receiam é aborrecer-se. Mas eles ainda não entenderam que é nesses cantos da narrativa que se localizam os pontos de virada, a expectativa inquieta, que lentamente se ergue do fundo e espalha-se em anéis que vêm de baixo para cima. E minha imagem desse intervalo, minha lembrança escura, é o apartamento vazio de Arnesen. Eles já não têm como sustentá-lo, e ficamos na calçada oposta vendo os homens da mudança trazendo os móveis, os tapetes, os vasos, os abajures, os quadros, meneamos nossas cabeças, silenciosos e participantes, pensamos a mesma coisa, o passo maior que a perna, isso dá castigo, sabíamos bem que algo não batia, vemos alguém retirando as cortinas, as janelas nuas, as floreiras sem flores, e, por fim, trazem o piano, há vinte anos dois homens o carregaram até o apartamento, mas agora são necessários quatro homens para tirá-lo, preto, lustroso e trancado, e um suspiro passa por todos nós, alguns estão a ponto de bater palmas, ficamos esperando a Sra. Arnesen, tentamos nos manter aquecidos debaixo das árvores molhadas, desfolhadas, sou como uma das mulheres na rua agora, até a mamãe vir e me arrastar de lá, como um moleque, ela me empurra, acho que nunca a vi tão furiosa, tão amarga, e quando chegamos em casa ela me segura, seu punho quase encostando no meu pomo-de-adão, e ela diz, com a boca colada no meu rosto: "A Sra. Arnesen não fez nada de errado! E você ali, zombando dela como uma comadre!" "Eu não estava zombando!", sussurrei. "Estava sim! Você zombava dela só por estar lá, olhando tudo! Para o quarto! Já!" Ela me empurra, estou a ponto de cair, e fecho a porta, estou tremendo no corpo inteiro, porque hoje alguma coisa havia se rompido na mamãe, ouço-a chorando lá fora, então faz-se silêncio, e, mais tarde, na mesma noite, ela entra no meu quarto, está toda arrumada e com um casaco que só costuma usar nos domingos, está quase inteira e segura-me a mão. "Desculpe, Barnum", diz ela. Olho para o chão. "Eu não devia ter ficado lá na calçada", sussurro. Ela pega um pente e me penteia. "Vá pegar a sua jaqueta." Levantei o olhar. "Aonde vamos?" "Vamos nos despedir da Sra. Arnesen, Barnum."

Atravessamos o pátio interno e subimos pela escada de serviço. No terceiro andar, a porta estava entreaberta. A placa com o nome deles foi desaparafusada, e podia-se perceber que outra placa havia existido antes da dos Arnesen, os furos dos parafusos, menores do que os dos Arnesen. Mamãe toca a campainha. Eu queria descer de novo as escadas, mas ela me detém. Ela procura sorrir. A sua respiração passa pelo corpo todo, em ondas. Ninguém aparece. Mamãe toca de novo e percebemos que a campainha não está funcionando. O silêncio é ainda maior. Mamãe abre a porta. Acompanho-a. Ela pára e olha em volta, os olhos espantados, opacos. As paredes estão nuas e manchadas. O fogão foi retirado. Uma faixa de fuligem e gordura está pendurada dos azulejos. E atrás de tudo vemos outras marcas; marcas que não se deixam esconder, das pessoas que moraram aqui antes dos Andersen. E é então que percebemos a Sra. Andersen, parada no meio da sala vazia, debaixo do lustre que é a única luz que se projeta sobre ela, em um círculo amarelo e inquieto. Ela se volta para nós. Mamãe solta o meu braço e se aproxima. Sou eu quem as vê, essas duas mulheres, machucadas e orgulhosas, estiveram na mesma sala de parto, moraram no mesmo prédio e, ao longo desses anos todos, mal trocaram algumas palavras, cada qual viveu a sua vida, cada qual em seu bloco, mas, nesse instante, aqui, no apartamento abandonado, minha lembrança sem móveis, não há barreiras entre elas. "Você conhecia aqueles que moraram aqui antes de nós, não é mesmo?", pergunta a Sra. Arnesen. Mamãe assente, em um meneio breve, e volta a sorrir. "Era minha melhor amiga. Chamava-se Rakel." "E onde ela está agora?" "Ela e toda a família foram mandadas para Ravensbrück." Mamãe estende a mão. "Ela me deu esse anel", disse. "Para eu cuidar dele." A Sra. Arnesen também estende a mão. Cumprimentam-se. "Só viemos para dar adeus", disse a mamãe. "Obrigada. Foi muita gentileza sua." "E para onde vocês vão mudar?" "Para a casa dos meus pais. Fora da cidade. Fica longe daqui." A Sra. Arnesen solta a mão dela. "Vou sentir falta de ouvir seu piano", diz mamãe. A Sra. Arnesen balança a cabeça. "A maioria deve estar feliz por não ter mais que me ouvir tocar." Ela volta-se rapidamente para mim e sorri, como se só agora tivesse percebido a minha presença. "Você também veio?", diz. Cumprimento-a e ouço um ruído saindo de outro cômodo, água que escorre e torneira sendo fechada. "Pena que não conversamos mais uma com a outra", diz a mamãe. A Sra. Arnesen volta a fitá-la. "Sim, e agora é tarde demais." Mamãe parece incomodada e fico com vontade de ir embora. "Será?" A Sra. Arnesen solta uma risada. "Você se lembra como o Fred não deixava ninguém dormir na maternidade? Como aquele menino gritava!" Mamãe também ri. "Felizmente parou com isso quando voltamos para casa." Ficam em silêncio. Dou um passo para trás. Há mais pessoas no apartamento. Alguém fora nós. "E como vai o seu filho?", pergunta a mamãe, por fim. "Felizmente, conseguiu uma licença no quartel. Para vir me ajudar. Com a mudança." E Aslak sai do banheiro, Aslak, meu algoz, nosso algoz, está vestido em um uniforme verde-escuro, pinga água dos dedos dele. Ele não olha para nós e quer passar reto. Mas a mãe o retém. "Não se lembra do Barnum?", diz. Aslak volta-se, com má vontade, para mim. "Lembro sim. Ele não mudou nada." Aslak estende a mão molhada e tenho que segurá-la. "Meus pêsames", sussurro. Mamãe enrubesce, assustada; e passa um tranco pelo braço de Aslak. "É verdade", diz ele. "Meu pai também está morto." E quando estamos de volta no pátio, mamãe solta a respiração. "Eu sei que foi sem querer, Barnum. Mas você tem que tomar cuidado com o que diz." O tempo havia clareado. A escuridão é densa e nítida. O céu forma um quadrado negro, brilhante, sobre nós. "Vou ficar um pouco aqui embaixo", sussurro. Mamãe hesita. Acaba indo. E sento-me na escada junto da lixeira. As janelas se apagam à minha volta e logo apenas as estrelas se fazem visíveis. Presto atenção. Ouço. Porque é verdade o que o Fred havia dito certa vez, no cemitério, que é possível escutar o prédio, que o prédio tinha histórias por todo lado, que jamais se silenciavam, que jamais ficavam paradas. Mas nenhuma dessas histórias conseguia dizer quem era o pai de Fred, quem foi que havia estragado a mamãe, nem mesmo os varais do sótão sabem contar, nem mesmo a luz empoeirada da clarabóia sabe. As histórias também têm os seus segredos que não querem revelar, e, quando chegam perto, começam a contar outra história, por exemplo, que o apartamento de Arnesen permanece vazio por muito tempo depois de a mulher dele ter voltado para a casa dos pais, onde ninguém toca o piano. Mas, na virada do ano, uma terceira placa é aparafusada na porta, ainda maior desta vez, e em cobre polido: Ole Arvid Bang. É o zelador que foi promovido, do quarto sombrio junto do portão para um apartamento de quatro cômodos, sacada e sol matinal, no terceiro andar, seu prêmio por uma longa vida de serviços prestados, é seu último salto triplo, seu salto maior, um recorde pessoal, por fim ele está no topo do pódio, mas dizem que ele se sente tão solitário lá em cima que quando, de manhã, está sentado na cozinha e conversa consigo mesmo, só ouve a resposta quando vai se deitar. E muitos anos depois, quando o Arnesen já havia cumprido a sua sentença há muito tempo, ele voltou a seu velho apartamento, viu a placa nova e tocou a campainha. Mas o zelador Bang não abriu, só espiou pelo olho mágico que havia instalado na porta, viu o rosto do Arnesen, pálido como uma lua, e voltou à sua cozinha, pé ante pé, e fechou as cortinas. Bang havia sido promovido à solidão e Arnesen havia saído da cadeia, mas não o deixaram entrar em lugar algum, porque ele trazia consigo um contágio, uma sombra de vergonha. E há quem diga que ele passou a dormir numa caixa no cais do Kran, a se barbear com a água do esguicho no cais do Bispo, e que ganhava oito coroas por dia, fora o depósito, comprando aguardente para os mendigos que não conseguiam manter-se sóbrios, quando o nevoeiro gelado vindo do fiorde murchava as línguas em suas bocas secas.

Subo e vou me deitar. Esse é o meu intervalo. Sonho e crio. Uma manhã acordo e é meu aniversário. A mamãe está junto da minha cama, cantando, enquanto a Boletta bate o ritmo com a bengala, e Fred encosta-se na soleira da porta, lá onde minha estatura parou há muito tempo. O primeiro pacote que abro é da mamãe. Ganho uma gravata de pano. O outro pacote é da Boletta. É um prendedor de gravata. O terceiro pacote é da mamãe e da Boletta, juntas. É pesado. São as obras completas de Knut Hamsun. As cinzas da lareira foram lavadas, juntadas, página por página, e encadernadas, volume por volume, 18 lombadas retiradas da fogueira. "Obrigado", sussurro. E agora é a vez de Fred. Ele se curva e tira uma coisa que havia escondido debaixo da sua cama. É a primeira vez que ganho um presente do Fred. Mamãe fica boquiaberta de espanto. Boletta apruma as suas costas recurvadas. Fred coloca um pacote imenso, retangular, sobre o edredom. "Parabéns", diz. Quase não ouso abri-lo. Preferia esperar. Quero guardar esse instante, enquanto ainda não sei o que é, e pode ser qualquer coisa ou o que eu quero que seja. Fred comprou um presente para mim. *Para Barnum de Fred.* Finjo não perceber. Não vejo. Branum é o meu nome. O risco no assoalho não existe mais. Apalpo o pacote. É duro. Quando chacoalho, solta um som metálico. Mamãe começa a ficar impaciente. Fred ri. "Não são granadas de mão", diz ele. E arranco o papel de embrulho. É uma máquina de escrever. Tenho que fechar os olhos e abri-los novamente. Continua sendo uma máquina de escrever, marca Diplomat, com caixa para transporte e três espaçamentos de linha. Boletta bate com a bengala na parede. Mamãe faz uma cara sombria, de suspeita, mas a alegria dentro dela é maior e ela bate palmas, porque este é um instante que não deve ser estragado. "Agora só falta alguma coisa em que você escrever", sussurra, quase comovida. Fred aponta para a mesa. Lá está uma pilha de folhas em branco. "Agora só lhe falta um assunto para escrever", diz ele. Saio da cama. Tomo a mão de Fred. "Da próxima vez, vou te dar a melhor coisa que eu tiver", digo. Fred olha para mim, espantado. "E o que é?", pergunta. Mas ainda não sei. "Muito obrigado", digo, apenas. Fred sorri. "Tudo bem, Barnum." E ele solta a minha mão e sai.

Coloco a gravata e o prendedor na gaveta, instalo as obras completas de Hamsun na estante, entre o *Guia Médico da Família Norueguesa* e o *Mundo Ilustrado*, e começo a escrever na mesma noite. Passo a limpo o roteiro de *A Cidadezinha*. Não é fácil. Preciso recomeçar várias vezes. Agora não é mais o piano da Sra. Arnesen que se ouve no prédio, e sim a minha máquina de escrever. Tem uma falha em duas letras. O "k" é quase invisível, e o "e" também está gasto. Não faz mal. Quem sabe o Fred conseguiu comprar barato. Mas fica estranho quando, por exemplo, vou escrever "elegante" e sai "lgant". Não é uma palavra. Não faz mal. Não é uma palavra que eu use muito. E depois conserto os erros com caneta esferográfica. Quando termino, deu uma página e meia. É como se fossem duas páginas. *A Cidadezinha*. De Barnum Nilsen. Escrevi duas páginas. São minhas. São de mais ninguém. Só eu poderia ter escrito isso. Nunca havia pensado nisso antes. O que eu escrevi nessas duas folhas não existe em nenhum outro lugar do mundo, em nenhum outro lugar do universo, só aqui, e saiu da minha cabeça, da minha própria cabeça, minha mão escreveu isso tudo e agora está aqui, *A Cidadezinha*, de Barnum Nilsen, 48 linhas que o mundo jamais havia visto. Preciso me deitar um pouco. Estou bêbado. Balanço na cama. Então chega o Peder. E o Peder não é do tipo que bate na porta e espera uma resposta. Ele vai entrando, e a mamãe está na porta com um bolo, com todas as minhas velas enfiadas na cobertura. "Parabéns!", exclama Peder. Então ele se volta para a máquina de escrever e a contempla, longamente. "Ganhei do meu irmão", digo, cheio de mim. "Puta merda!", sussurra Peder. Volta-se imediatamente na direção da mamãe. "Desculpe a linguagem. Quis apenas exprimir a minha admiração pelo melhor presente que já vi." Mamãe sorri. "Quer um pedacinho de bolo?" "Um pedacinho? Peder Miil nunca recusou muito bolo." E é o meu aniversário. Apago as velas. Consigo na terceira tentativa. Mamãe nos deixa em paz. Comemos bolo recheado, mas não estou com muita fome, e o Peder me ultrapassa em cinco fatias. "Já experimentou a máquina?", pergunta. E lhe mostro as folhas que escrevi. Peder as contempla longamente, sorri, meneia a cabeça. Então se recorda de que trouxe um presente. Tira um pacote quadrado do bolso. Abro. É uma caixa metálica, vermelha. "O que é?", pergunto. Peder aponta. "Aperte o botão, seu lerdo." Aperto o botão. Começa a rir. Primeiro, uma risadinha abafada. Logo, aumenta de intensidade. A risadinha se transforma em soluço e o soluço em gargalhada, e o Peder e eu começamos a rir também, é contagioso, o riso mecânico contagia, temos que nos segurar um no outro, rimos do riso, e dura dois minutos, depois a caixa fica em silêncio e respiramos fundo, enxugamos as lágrimas e mal conseguimos articular as palavras. "Nunca cheguei tão perto", sussurrou o Peder. "Tão perto do quê?" Peder tem que massagear a barriga. "Desde que não achamos aplauso na sua mala." Por um breve instante, tudo escureceu na minha cabeça. "A Vivian não pôde vir?", perguntei, desviando o olhar. Peder liga de novo a máquina. A máquina ri. E, quando o riso acaba, a mamãe está na porta, tapando os ouvidos. "Minha nossa! Do que é que vocês estão rindo?" Peder levanta-se. "Barnum riu de mim e eu ri dele. Mas foi o Barnum que riu mais alto!" Mamãe balança a cabeça, ri também, e sai com a travessa de bolo vazia e as velas apagadas. Peder permanece de pé. "Já sei", disse ele. "Você escreve minhas redações e eu faço as suas lições de matemática." "A Vivian não pôde vir?", pergunto novamente. "Ela teve que ficar cuidando da mãe dela", sussurra Peder. "Puta merda." "Sim, puta merda", digo eu. E quando vou colocar a máquina de escrever de volta na maleta encontro mais uma coisa, mais um presente, que o Fred deve ter deixado lá. É uma dúzia de camisinhas. Peder olha para mim. "Pode me emprestar uma dessas?", pergunta. "E para quê?" Peder suspira. "Você não vai precisar de uma dúzia!" Dou-lhe uma camisinha e escondo o restante no sapato esquerdo de Oscar Mathisen, no fundo do armário, e dobro *A Cidadezinha* e coloco no sapato direito, mas experimento uma das camisinhas na mesma noite, arde, penso coisas, e depois não sei bem onde vou esconder. Jogo pela janela. Tem luz acesa na casa do zelador Bang, junto do portão. Agora o prédio vai ter mais uma história para contar, mas minha boca está selada. Escrevo as redações de Peder e ele faz as minhas lições de matemática. Ambos levamos nove. Leio *Fome*. Fred volta para casa. Ele tira a roupa. Vejo seu corpo magro, comprido, no escuro, junto à cama. Está de costas. Se eu tivesse estendido a mão sobre o ombro dele, passando a nuca, ao longo do rosto ainda arroxeado, quase negro, inchado, o que ele teria dito? Não sei. Não consigo dormir. O que fazemos é uma mera sombra de tudo o que poderíamos ter feito. "Por que você não me contou que a Vivian também nasceu num carro?", pergunta Fred.

Um dia, quando volto da escola, tem mais uma carta me esperando. Mamãe está tão impaciente que mal pode esperar, e fico com a certeza de que ela segurou o envelope contra a luz para tentar descobrir o que dizia, mas não deu certo, o envelope é grosso e opaco. Boletta também está animada. Ela deve ter tentado abrir o envelope com vapor e Málaga. "Mas você não vai abrir a carta?!", pergunta a mamãe. Dou as costas e abro o envelope, lentamente. Leio. Boletta bate com a bengala no chão. Mamãe se inclina sobre o meu ombro. "O que diz aí, Barnum?", pergunta. "Eu ganhei", digo, espantado e confuso. Mamãe me abraça. "Eu sabia!" Parece que a mamãe havia mandado *A Cidadezinha* para o concurso de redações das escolas de Oslo, e não sei se estou com raiva ou se estou feliz, provavelmente ambas as coisas, com raiva e feliz, orgulhoso e envergonhado, porque a mamãe encontrou o meu roteiro no sapato direito de Oscar Mathisen e agiu sem eu saber, e então deve ter achado as dez camisinhas no sapato esquerdo também. Mamãe arranca a carta da minha mão e lê em voz alta: "*Prezado Barnum Nilsen. Temos a satisfação de comunicar-lhe que você ganhou o concurso de redação das escolas de Oslo na sua série com o conto* A Cidadezinha. *O prêmio será conferido na Câmara Municipal na sexta-feira, dia 12, e contamos com a sua presença.*" Mamãe beija o meu rosto e fica apressada. "Meu Deus, faltam só quatro dias, Barnum!" Boletta já serviu dois cálices com Málaga. Vou para o quarto para respirar. Logo vou ficar famoso. Não sei bem por quê, mas começo a chorar, sento-me junto à janela e choro, de alegria, e fico aliviado pelo fato de Fred não estar me vendo agora. Mas, quando me volto, lá está ele, junto à porta. Escondo os olhos. Fred atira-se na cama. "Agora não falta muito", diz ele. "Não falta muito para o que, Fred?" Ele fica apenas me fitando, sorri, o sorriso torto, os lábios que flutuam sobre os dentes. "Você se lembra do que me prometeu, Barnum?" "Claro que sim." "Que não vai contar?" "Não conto nada, Fred." "Um irmão não pode dedar o outro, não é mesmo?" "Claro que não." Ele se levanta, de repente. "Esqueci de dar parabéns! Parabéns, Barnum! Estou orgulhoso de você!" Olho para o chão. "Não teria acontecido se não fosse a máquina de escrever", sussurro. "Não se faça menor do que você é, Barnum."

Naquela noite vou visitar Vivian. Faz frio na escadaria. Eu toco a campainha. Leva tempo. Ouço passos lá dentro. Espio pelo buraco da fechadura. A mãe é chamada de Véu. Depois do acidente, sempre andou com o rosto coberto por um véu. Ela é a viúva eterna. Ela perdeu a beleza na curva acima de Holmenkollen. É feia e abandonada. Tem gente que assusta seus filhos com ela. *Se você não for bonzinho, a Mulher do Véu vem te pegar*, dizem. *Se você não terminar a comida. Se você não fizer a lição de casa, se você não for dormir, se você não tomar banho.* E não é justamente isso que nos assusta mais, aquilo que não vemos, apenas intuímos, aquilo que imaginamos que está lá, debaixo da cama, dobrando a esquina, no escuro, atrás do véu, as suspeitas que deixamos fermentando dentro de nós. Não há limites para o que as pessoas imaginam sobre a aparência dela. Eles criam o que nunca viram, um rosto sem traços, um rosto que é um buraco aberto, inumano e irreconhecível. Mas, quando encaramos o que tememos, no fundo dos olhos, não há mais o que temer. É Vivian quem abre a porta. "Adivinhe!", exclamo. Ela fica pensando, enquanto me olha com o olhar enviesado, hesitante. "Você cresceu oito centímetros", diz ela. Balanço a cabeça. "E é o que parece?" "O Peder perdeu três quilos", diz ela. Balanço a cabeça mais uma vez. "Me tornei um escritor!", exclamo. Finalmente ela me deixa entrar e nos acomodamos no quarto dela, debaixo da fotografia na parede, e só muitos anos depois Vivian contaria que não era a Lauren Bacall que estava pendurada lá, era a sua mãe, quando moça, a mãe antes do acidente, bela e sem mácula. Conto para ela o que aconteceu. Mal consigo ordenar as palavras. Que a mamãe secretamente mandou o meu texto para o concurso de redação das escolas de Oslo, e que eu era o melhor da minha série e que era como se fosse o Nobel de Literatura e que eu tenho que comparecer pessoalmente na Câmara Municipal e receber o prêmio, quem sabe é um cruzeiro para dois em volta ao mundo, um quadro de Munch, ou passagem livre nos bondes por um ano, entregue pelo prefeito, e se a Vivian quer vir na noite da premiação, posso reservar um lugar para ela. Enfio o rosto no colo dela. "Você esteve conversando com o Fred?", sussurro. Vivian passa a mão sobre a minha nuca. "Por que você pergunta?" Não respondo. Fico deitado com a cabeça no colo dela, enquanto ela continua a me acariciar a nuca, e abro o botão de cima da calça dela e mais um, vejo a borda da calcinha dela, tem um cheiro forte, quase inebriante, ela se retorce um pouco e sua mão já não se move, eu prendo a respiração e passo a língua na pele dela, e consigo abrir mais um botão e então ela se levanta bruscamente e caio no chão e não tenho coragem de olhar para ela e não entendo como vou conseguir me levantar, talvez tenha que ficar deitado ali o resto da vida. "Quer cumprimentar a mamãe?", pergunta Vivian. Ela me toma pelo braço e me ajuda a levantar. "Desculpe", sussurro. Vivian fecha os olhos e beija a minha boca. Seus lábios são macios e inquietos, como se estivesse rindo no meio do beijo. E eu a acompanho pelo apartamento, cada cômodo mais escuro do que outro, não tenho vontade, mas vou mesmo assim, não tenho escolha, e por fim chegamos até o quarto da mãe, Vivian bate na porta, abre e me faz entrar primeiro. No primeiro relance, não consigo ver a mãe. Então a percebo, sentada em uma cadeira, na sombra, junto à janela, vedada por cortinas compridas e pesadas. Paro. Ela ainda não se mexeu. O ar é pesado. Vivian está do meu lado. Ouço a porta se fechando atrás de nós. E fico com uma sensação estranha de que isso tudo significa mais do que consigo entender, que a Vivian está me testando, para ver se eu agüento isso tudo. "Aqui está o Barnum", diz Vivian. Dou um passo à frente e a cumprimento. A mãe volta-se lentamente para mim. "Ora, veja. É você o Barnum?" A voz dela é infantil, luminosa, como se fosse uma menininha falando. "Sim", sussurro. "Sou eu." A mãe ergue de repente o véu, mas não consigo ver o seu rosto, é como se não estivesse lá, e fico aliviado, mas, mesmo assim, gostaria de ter visto o que não está mais lá. "Barnum ganhou o primeiro prêmio no concurso de redação das escolas de Oslo", diz Vivian. A mãe curva-se na cadeira. "Parabéns, Barnum", diz. Faço uma profunda reverência. Assim não preciso olhar para ela. "Muito obrigado", sussurro. Ela põe a mão no meu braço. Meu corpo estremece. Ela percebe, porque segura com mais força ainda. "Pelo visto, você é um rapaz muito inteligente, Barnum." Ouço aquela voz cristalina, jovem, como se fosse a única coisa nela que continuasse intacta, que não mudou desde o acidente, a voz é tudo o que restou daquela bela jovem no Chevrolet, e que continua a falar no corpo destruído. Ela não me solta. Fico parado. "Você tem lindos cachos", diz ela. Ela pode me ver, mas eu não consigo vê-la. Só vejo o véu que volta a cair sobre as sobras do seu rosto, ela puxa o braço de volta, a visita acabou, fui iniciado, eu fico me perguntando quantos já estiveram aqui antes, se sou o primeiro, se fui aprovado, e Vivian me conduz para fora do quarto, agora o pai dela já voltou para casa, está sentado na sala, tirando uma soneca, mas acho que ele está só fingindo, ele que vai ser o meu sogro, porque um dos olhos dele está quase aberto, espiando-me de soslaio, e parece que o olho não está gostando do que vê. Percebo que está na hora de ir embora. "Eu queria lhe fazer uma pergunta", sussurro. Vivian franze o cenho. "O que é?" "Meus cachos. Eu estava pensando em me livrar deles antes da premiação." Vivian passa a mão no meu cabelo e volta os cachos para o lugar. "Você poderia por exemplo cortar tudo", diz. "Ou então?", pergunto, ainda mais baixo. Vivian sorri longamente. E levo emprestado a redinha dela e alguns grampos, e durmo assim durante três noites. Ainda bem que o Fred não está me vendo. Quando me levanto no quarto dia sinto minha cabeça achatada, diferente, como se alguém tivesse passado um formão. Retiro a redinha, solto os grampos e corro até o banheiro. Sou outro no espelho. Estou no sétimo céu. É hoje que vou receber o prêmio na Câmara Municipal e me transformei em outra pessoa. Não me pareço mais comigo mesmo. É provável que eu tenha que pagar inteira no bonde, e nenhuma senhora de idade vai voltar a passar a mão na minha cabeça. O cabelo está liso, rente ao crânio, nem um fio fora do lugar. Mas logo começo a me sentir insatisfeito. Tem algo que não bate. Leva algum tempo até eu perceber o que não está batendo, sinto que vou desmaiar, e a mamãe aparece e me olha, preocupada. "Você está sentido alguma coisa, Barnum?" "Não", sussurro, e procuro pela escova de dente. Mamãe gira o meu corpo. "Tem alguma coisa de errado." "Só estou um pouco tenso, mãe." Ela dá um passo para trás. "Mas, Barnum, você encolheu?" "Sim", soluço. E agora a Boletta também vem até o banheiro. "Ele perdeu os seus lindos cachos", sussurra. E mamãe quase grita. "Ele perdeu os cachos!" Pareço ter encolhido pelo menos uns oito centímetros, e estou parecendo um sapo. "Quero meus cachos de volta!", grito. E o resto da manhã a mamãe se esforça para restaurá-los, ela puxa um cacho por vez, é um trabalho que exige muita paciência, mas, tão logo solta, os cachos voltam para o lugar, como se o cabelo fosse uma borracha retirada diretamente da casca do crânio e vulcanizado a cerca de 170°C, e ela tem que recomeçar, e quando finalmente me encontro no plenário da Câmara Municipal, de *blazer* e gravata azul e prendedor, e os sapatos apertados, sem camisinhas e sem manuscritos, apenas meus pés chatos e úmidos, meus cabelos estão espetados, para todos os lados, e, na famosa foto que tiraram de mim, foi o fotógrafo da edição vespertina do *Aftenposten* que tirou a foto, quando recebo o diploma dourado com o brasão da cidade, e o cheque de cinqüenta coroas, entregues pelo próprio prefeito, pareço uma velha edição de bolso de Einstein, e debaixo dessa foto, que a mamãe fez emoldurar e pendurar sobre a lareira na sala, estava escrito: *Barnum Nilsen, o pequeno gênio.* E depois que o prefeito tinha passado pela fila dos premiados nervosos, que as mães haviam chorado, e o Peder e a Vivian haviam se levantado e gritado o meu nome, enquanto batiam os pés, o mesmo Ditlev aproximou-se de mim com o bloco preparado e saímos até o pátio para conversar em paz. "Muito bem", diz Ditlev. "Você não trouxe o seu irmão? Ou ele ainda está estendido no ringue?" Mas antes que eu pudesse responder, Peder está lá e cumprimenta Ditlev. "Peder Miil", diz Peder. "Barnum Nilsen só fala com a imprensa quando estou presente." Ditlev suspira fundo e acende um cigarro. "Muito bem", repete. "O que você quis dizer com essa sua história estranha?", pergunta. Penso um pouco. Vivian está junto da mamãe e da Boletta, no portal, e acena. Também aceno. Jorra água para todo lado, pinga, escorre, a última neve derrete e o sol brilha nas poças que refletem a luz, como se a cidade estivesse salpicada de vidro quebrado. A Páscoa já passou. "Que todas as pessoas têm o tamanho certo", diz Peder. Ditlev fica irritado e volta-se para Peder. "Foi o Barnum Nilsen ou você que foi premiado hoje?" Peder aponta para mim. "Que todas as pessoas têm o tamanho certo", digo. "É só olhar direito." Ditlev faz uma anotação no seu bloco e vira a folha. "Você tem algum modelo literário, Barnum?" "O Hamsun", respondo. "O que é que mais te atrai em Hamsun, Barnum?" Penso um pouco. "Ele era um cafajeste que escrevia muito bem", digo. Ditlev anota furiosamente. "Ótimo, Barnum. Isso está ficando bom. Hamsun é um cafajeste." Peder fica virando os olhos. "Barnum também se inspira no seu bisavô", diz. Ditlev leva a esferográfica até a boca. "Seu bisavô? Ele também era escritor?" "Ele escrevia cartas", digo. "Mas não posso contar mais nada a respeito." "Não pode? E por quê, Barnum?" "Porque ele escreveu que não se deve conversar com jornalistas." Peder intervém. "Quero também mencionar que o Barnum tem um papel secundário no filme *Fome*, que está para estrear." Ditlev enfia a esferográfica no bolso e fecha o bloco. "O jornalista agradece as informações", diz. Pelo visto, a entrevista está encerrada. E depois vamos ao restaurante do Hotel Grand, a mamãe decidiu, porque o Ibsen também freqüentava o lugar, e sentamos na mesma mesa da outra vez, quando do enterro do papai, a mamãe e a Boletta, o Peder e a Vivian, e eu. Comemos sanduíches de camarão com bastante maionese e com uma folha de alface embaixo, e do lado de fora passam as pessoas mostrando seus rostos pardos, acima das camisas azuis e blusas brancas. Esperamos o Fred. "Ele disse que ia à Câmara Municipal", diz mamãe, e sua voz por um instante escurece. Olho para o lado. "Não faz mal", sussurro. Procuro parecer desapontado, heróico e desapontado, um irmão diplomado. Na verdade, estou aliviado. Mamãe coloca a mão sobre a minha e tento afastá-la. "Ele vai acabar vindo, você vai ver." Boletta levanta o copo com cerveja, embora tivesse parado de beber cerveja, porque não tolera mais a bebida, mas hoje é uma exceção, hoje é um dia sem igual e sem lei, e ela me saúda. A Coca-cola da Vivian tilinta. Peder e eu temos que ir ao banheiro. Corremos até lá, mas ninguém quer mijar. Peder tem uma coisa em ambos os bolsos do paletó de *tweed* que ele mal consegue abotoar. Ele tem duas garrafas em miniatura com rum. Cada um de nós abre a sua. Bebemos. Tossimos. A cabeça parece pegar fogo. "Tenho orgulho de você, Barnum!" "Não fale assim", digo. Peder me abraça. "É verdade! Tenho um puta orgulho de você, Barnum!" Ele pega mais uma garrafa em miniatura, e é lá dentro, no banheiro masculino do Grand, que lanço os fundamentos do meu uso continuado das garrafas em miniatura, os brinquedos de frigobar, combinando com minha própria estatura, e que podiam ser escondidas nos menores bolsos, nas dobras, nas luvas, já tive até uma dessas garrafinhas guardada no sapato. "Eu a vi", sussurro. "Viu quem, Barnum?" "A mãe da Vivian." "Você a viu?" "Quer dizer, mais ou menos. O quarto estava muito escuro. Mas pelo menos a vi." Peder balançou a cabeça. "O que foi que eu disse? A Vivian está apaixonada por você." "Você acha mesmo?" "Se eu acho? Eu sei, Barnum. É matemática elementar." Então saímos e lavamos a boca com sabonete, e os respeitáveis senhores que certamente moravam ali no banheiro masculino torceram seus narizes porosos, cor de vinho, que flutuavam à frente das suas caras e pareciam a ponto de se desmancharem, e, quando finalmente voltamos à mesa junto da janela, o Fred ainda não havia chegado. Tive que firmar a vista em Vivian, e ela sorriu para mim do jeito dela, um sorriso sem grandes retóricas, porque tudo na Vivian era plácido, mas isso era só na superfície, e a mamãe, por sua vez, firmou a vista com especial atenção em mim e no Peder, pelo menos duas vezes, e ganhamos café e suspiros e depois voltamos para casa na noite morna, e Fred também não estava lá. Mamãe ficou mais inquieta. A sensação boa havia passado. Boletta ficou com dor de cabeça, e se lamentou. "Você não deveria ter tomado cerveja!", disse a mamãe. "Bobagem!", exclamou Boletta. "Você se esqueceu que eu trabalhei na Central Telefônica! Fico com dor de cabeça só de ver um cabo telefônico entre dois postes!" Mamãe se recusou a prosseguir com a discussão, sentou-se na sala e começou a sua espera. Mamãe começou a sua espera e o Fred começou a sumir de nós. No dia seguinte tive que ler *A Cidadezinha*, em voz alta, para todos os alunos reunidos no auditório da escola, e acho que não foram muitos que entenderam, porque na hora do recreio ninguém comentou nada, ficaram afastados e me deixaram sozinho, junto do bebedouro, e assim a minha solidão no pátio da escola ficou ainda mais evidente, nítida e curta como uma sombra. Lixei-me. Fazia um bem danado, lixar-se. Eu tinha o Peder. Eu tinha a Vivian. Eu tinha a máquina de escrever! E isso me bastava. No mesmo dia, a edição vespertina do *Aftenposten* trouxe a entrevista comigo, e a foto selvagem minha que a mamãe encomendou do jornal e colocou em uma moldura, e que está até hoje pendurada sobre a lareira verde. *O pequeno gênio. O premiado Barnum Nilsen solta o verbo.* Mas o Fred ainda não havia aparecido. E quando essa ausência havia durado mais de uma semana, e era a primeira vez que ele se ausentava por tanto tempo, mamãe entrou no meu quarto, enquanto eu escrevia o que viria a ser a abertura da história *Engorda*, sem bater, abriu todas as gavetas do Fred, o armário, espiou debaixo da cama e viu que nada faltava, que tudo estava no lugar e que ele não havia levado nada consigo, e então sentou-se do meu lado. Tirei a folha da máquina e coloquei na gaveta. "Barnum", disse mamãe. "Não precisamos ter segredos um para o outro, precisamos?" Não respondi. Calculei que fosse uma armadilha, e nesse caso o silêncio era o meu melhor trunfo. Mamãe estava pálida, maldormida. "Você não consegue guardar segredos", disse ela, quando percebeu que minha resposta ia tardar. "Você acha que não encontrei as camisinhas no sapato?" Sobre isso eu não tinha o que comentar, e permanecemos um instante em silêncio. Então a mamãe deu uma risadinha. "Barnum, Barnum", disse ela. "Foi certamente o Fred quem comprou, não foi?" Minha boca estava fechada. Percebi que eu me sairia bem em um interrogatório. Mamãe inspirou e passou a mão nos meus cachos, que haviam voltado a crescer, maiores do que nunca. "O Fred disse alguma coisa para você?", sussurrou. "Sobre onde ele está." E lembrei-me do que havia prometido para ele, e que um irmão nunca dedura o outro. "Não sei", disse eu, tão baixo quanto podia, como se estivéssemos sendo objeto de escuta. "Olhe nos meus olhos, Barnum! Você não vai mentir para a sua mãe, vai?" Fitei-a nos olhos. Não era bonito de se ver. Era como se os olhos dela estivessem dependurados em dois fios finos, sobre sombras de pele. Não podia dizer que o Fred talvez tivesse viajado para procurar a carta da Groenlândia. "Talvez ele esteja na casa do Willy", disse eu. Mamãe estreitou a vista. "Willy? Aquele cretino de treinador de boxe?" Assenti. "Ele já esteve lá antes." Mamãe encontrou o endereço na lista telefônica e tomou um táxi até lá, do outro lado da cidade, na mesma noite, porque não queria telefonar e dar ao Fred uma chance de sumir de lá também, se é que ele estava lá. Boletta e eu ficamos em casa, na sala, esperando. Ela já não tinha mais dor de cabeça, mas era como se ela também estivesse indo embora, sumindo, grama por grama, talvez a morte fosse assim, a gente vai ficando ressecado, como uma fruta sumarenta que fica no sol e vai se encolhendo até ficar uma casca enrugada com algumas sementes dentro. Fiquei pensando se poderia usar algo assim na história sobre a engorda. Boletta voltou-se para mim e sorriu. "Você está tão pensativo", disse. "Ou será que está triste?" "O que você acredita que aconteceu?", perguntei. "Estou velha demais para acreditar em alguma coisa, Barnum. Por isso não acredito em nada até eu saber." "Mas então você já não acredita, daí você já sabe", disse eu. Boletta suspirou. "Só sei que o Fred não tem paz dentro dele. É um errante." Sentei-me mais perto dela. Gostava do aroma de chá doce. Gostava de ter a Boletta só para mim. "Errante? Aqui nas ruas da cidade? Então eu já o teria visto." "Não. Ele agora deve estar errando mais longe. Bem mais longe. E ninguém consegue detê-lo." "Não podemos?" Boletta balançou a cabeça. "Fred é um homem da noite, Barnum." Ela tomou o resto do chá e, no fundo da xícara, havia bastante açúcar mascavo que ela comeu com a colher. "E eu não sou?", perguntei, baixinho. "Não, Barnum. Você não é nenhum homem da noite." Entrei no meu quarto. Eu não era um homem da noite. Eu era aquele que ficou. Eu iria viajar de outro modo. Eu tinha uma máquina de rir, uma máquina de escrever e uma fita métrica com dois lados diferentes. Eu me virava. E me recordo, foi alguém que me contou, e agora passo adiante, não chega a ser uma história, é uma imagem, uma imagem que sobressai de uma história, como uma fotografia: Uma mãe, na Sibéria, está na praia deserta e fita o mar, todos os dias, enquanto come semente de girassol que tem na mão. Um estranho pergunta o que ela procura. "Meu filho", responde. "Ele ainda não retornou." "E faz tempo que ele partiu?", pergunta o estranho, em sua ignorância. "Dezoito anos", diz a mãe, enquanto mastiga sementes de girassol, o olhar fixo sobre o mar.

Mamãe voltou tarde aquela noite. Corri até a sala. Ela já havia se sentado no sofá. Havia alguma coisa com ela. Eu nunca a tinha visto assim. Ela não havia tirado o casaco e segurava a sua bolsa no colo com as duas mãos, como se fosse a bolsa que a impedisse de cair. E, ainda assim, esboçava um sorriso, um sorriso que não combinava com o resto. Boletta ficou impaciente, mas permaneceu calada e não balançou a bengala, ela também havia percebido que havia algo com a mamãe, e percebi que os olhos secos da Boletta estavam grandes de espanto e de uma boa dose de angústia. Por fim, a mamãe falou. "Fred embarcou como grumete", disse. Boletta sentou-se no sofá. "Embarcou? Tem certeza?" Mamãe sussurrou. "O Willy me contou. O Willy Halvorsen, quero dizer." Boletta soltou a respiração. "E dá para confiar nele?", perguntou. "Um mero treinador de boxe?" Mamãe fez que sim. "Foi ele quem ajudou o Fred no recrutamento." Mamãe olhou para mim, mas não disse nada. Boletta ajudou-a a tirar o casaco.

"E como pode ter tanta certeza? Esse Willy Halvorsen não conseguiu nem ensinar o Fred a boxear direito!" Mamãe levantou-se. "Telefonei para a empresa de navegação. O Fred embarcou." Entreolhamo-nos. Boletta deu de ombros, seus ombros magros. "Tudo bem. Não é o pior que poderia acontecer. Mas ele bem que poderia ter vindo se despedir antes de ir embora." Foi só então que a mamãe começou a chorar. Teve que se sentar de novo. Seu corpo sacudia. Boletta tentou segurá-la, mas não adiantou. E entendi que havia ocorrido para a mamãe que ela talvez nunca viesse a ver o Fred novamente. Mas ele voltou, e cada vez que ia de novo embora era como uma pequena morte, uma pequena morte que a cada vez crescia mais, e se transformou em uma missa na igreja de Majorstuen, um enterro sem corpo, apenas uma grande perda, e fui eu, como já contei, que fiz o discurso do adeus. Boletta deixou a mamãe terminar de chorar, mas não foram as lágrimas que acabaram, foram as suas forças. E também pensei o mesmo pensamento, que agora o Fred nos havia deixado para sempre, porque no instante seguinte a Boletta perguntou: "E em que navio ele foi se meter?" "No *Urso Polar*", sussurrou mamãe. "Bem, mas para onde vai esse navio?" Mamãe não olhou nem para mim nem para a Boletta, só para baixo, bem para baixo. "Para a Groenlândia", disse. E, no mesmo instante, ergueu o olhar, um olhar de preocupação, e então disse aquelas palavras que viríamos a repetir tantas vezes depois, quando procurávamos nos consolar: "E ele nem ao menos levou consigo uma malha."

Voltei para o nosso quarto, que talvez houvesse se tornado meu quarto agora, talvez eu tenha ganhado meu próprio quarto essa noite, enquanto o Fred estava a caminho da Groenlândia, a bordo do *Urso Polar*, e, se estivessem passando por Røst agora, antes de tomarem o rumo do oeste, na direção do horizonte azul e do sol poente, verde, torcia para que o farol de Skomvær estivesse brilhando para eles, o último farol, que poderia queimar sua imagem no vento. *Um abraço afetuoso lhes envio a todos aí em casa, daqui da terra do sol da meia-noite, entre o gelo e a neve.* Talvez o Fred quisesse encontrar um boi almiscareiro. Talvez tivesse que comer carne de foca. Será que o Fred havia pensado que tinha que trilhar os mesmos caminhos, navegar as mesmas águas, que se fechavam lá ao norte no oceano, seguindo o *SS Antarctic*, 66 anos depois, para encontrar a carta, será que ele tinha que ver o mesmo sol que o nosso bisavô havia visto, sentir o frio, ouvir o gelo tombando no mar, antes de poder iniciar a sua procura? Talvez encontrasse o nosso bisavô, congelado em uma geleira, uma jaqueta em torno de um esqueleto, e no bolso da jaqueta um toco de lápis, com o qual havia escrito a carta? Eu estava feliz, feliz por Fred ter viajado. Mas não sentia qualquer alegria. Guardei a máquina de escrever no estojo, era tarde demais para compor mais alguma coisa, já havia escrito o suficiente, e deitei-me na cama com a máquina de rir. Liguei-a. Ficou rindo debaixo do edredom. Fiquei ouvindo o seu riso mecânico. Era impiedoso e mau. Se as cobras pudessem rir, era assim que teriam rido. Esse riso, que achava tão piedoso, quando o havia escutado com o Peder, piedoso e contagiante, agora me encheu de uma escuridão imensa e movediça. E entendi que o riso não funciona quando a gente está sozinho. Eu precisava anotar isso, para não me esquecer. Era uma descoberta que poderia servir para alguma coisa. Que o riso exige companhia. Mas caí no sono antes de conseguir anotar, enquanto as pilhas na máquina iam se esvaziando e o riso foi ficando mais lento, mais grave, até silenciar-se num pequeno estalo, deixando apenas um zumbido baixo, longínquo, como o vento em uma casa há muito abandonada, era como eu me imaginava, antes do próprio zumbindo desaparecer, deixando apenas um fio fino tecido do nada e no qual os meus sonhos poderiam se dependurar para secarem.

Mamãe acordou-me. "Vamos até a Central Telefônica", disse. "E você não tem nada que ficar deitando na cama do Fred!" Levantei-me, envergonhado e com sono, mal havia dormido. "Posso ir junto?" Fui junto. Boletta havia vestido a sua melhor roupa, mas, quando estávamos diante do pesado portão na rua Tollbu, ela perdeu a coragem, exigiu que voltássemos, estava com dor de cabeça, com o *morse*, mas mamãe empurrou-a com firmeza para dentro, e lá estávamos nós, no imenso saguão, onde Boletta não havia mais posto os pés desde que pediu demissão no dia que o rei Haakon e a Velha morreram, já fazia nove anos. Não havia mais aquele ambiente de silêncio, como numa igreja. Agora o saguão mais se parecia com um armazém, um armazém de conversas e de telegramas. Zumbia de todos os lados, como se um imenso enxame de abelhas se movesse incessantemente de um canto para outro, em alta velocidade. Os sapatos que corriam sobre o piso de pedra. O relógio na parede que avançava fazendo estalidos. Mamãe deu uma chacoalhada na Boletta. "Não fique aí parada de boca aberta!" Mas Boletta ficou ali parada de boca aberta. "Tudo mudado", sussurrou. "O que disse?", perguntou mamãe. "Nomes de navios podem ser escritos em uma única palavra", disse Boletta. "Desde que a soma não ultrapasse 15 letras." "*Urso Polar*", disse mamãe, e contou rapidamente nos dedos. "São só nove letras. Vamos terminar logo com isso." E subimos a larga escadaria até o primeiro andar. Boletta cumprimentou algumas senhoras, mas não sabiam mais quem ela era, passaram por nós apressadas, e cada vez que alguém não a reconhecia, Boletta ficava mais recurvada, parecia diminuir de tamanho a cada lance, nem mesmo o gerente Egede parou, aquele homem decadente, ele apenas hesitou no degrau logo abaixo, e olhou para nós, como se o perfil de Boletta lhe trouxesse uma sensação de conhecido, e ela fitou-o nos olhos, em desafio e expectativa, mas era comigo que esse coitado estava falando. "O pequeno gênio", disse e riu. E continuou sua descida até o saguão. Boletta voltou a se encolher. E a Srta. Stang, a coordenadora, a virgem dos relés, já havia se aposentado fazia muito tempo, e ficava em casa em seu apartamento escuro, de dois cômodos, em Uranienborg, com um pano úmido sobre a testa para amenizar a cefaléia crescente, e viu os telefones pretos de baquelita serem trocados por aparelhos cinza e brancos, baixos e discretos, que, por um curto período nos anos 70, viriam a ser substituídos por instalações ridículas e pouco práticas, em cores berrantes, vermelho, amarelo, laranja, cores que não têm nada a ver com a telefonia. Esses telefones ficavam em pé sobre o próprio disco e, por isso, os moleques que se achavam espertos os chamavam de bichafones, porque você disca no traseiro. E depois a própria Central Telefônica foi fechada, o grande diálogo se espatifou, nos anos 90, foi privatizado, espalhado para todos os cantos, ficou impossível evitar as palavras sem fio, as mais íntimas confissões proclamadas em alto e bom som nas mesas dos restaurantes, as confidências reveladas nas filas e nos pontos de ônibus, passamos a ser obrigados a escutar as brigas, as admoestações, os suspiros dos outros, a sociedade inteira se transformou numa grande alcova onde todos falavam com todos, mas em que ninguém tinha nada a dizer.

Então chegamos à sala do telex. Havia fila. Era daqui que os comunicados mais importantes eram remetidos, os casos de vida ou morte, e que não poderiam ser falados, porque a voz é um instrumento impreciso, a voz é cheia de mal-entendidos, a entonação, os lapsos, os exageros, mas com um telegrama não há erro, o telegrama é silencioso e claro, o telegrama foi feito para as catástrofes e para o amor. Havia oito senhoras, cada qual em seu guichê. Aqui também não havia ninguém que tenha reconhecido Boletta. Não dissemos nada. O telefone desgasta os nervos e a audição, e aqueles que o operam não devem nunca trabalhar mais de quatro horas sem interrupção. A telegrafia exige mais da mão e dos dedos, e pode provocar câimbras e artrite. Mamãe havia anotado o texto num pedaço de papel, que ela entregou para a operadora quando chegou a nossa vez, e a operadora encontrou os códigos corretos e digitou as palavras breves mas significativas, e diante de mim apareceu a imagem do radiotelegrafista a bordo do *Urso Polar* que no mesmo instante recebia a mensagem, traduzia os pontos em letras, e subia até o refeitório para entregá-la ao novo grumete, Fred Nilsen. Na minha fantasia, esse radiotelegrafista era um gozador, que queria fazer troça do rapaz novo, taciturno, que nem mesmo ficou enjoado na sua primeira viagem, e que tinha sido um boxeador promissor que acabou apanhando feio de um campeão qualquer de Trøndelag. "Oi, Nilsen. Mamãe está com saudade!" E o restante da tripulação, aqueles que estavam no refeitório, iriam rir, e o Fred iria amassar o papel, enfiando-o rapidamente no bolso, mudo e aborrecido, e, mais tarde, na vigília dele, tiraria do bolso, leria as poucas palavras da mamãe, e depois atiraria o papel ao mar, onde os blocos de gelo já passavam como crostas sujas, batiam contra o casco e o mantinham acordado quando queria dormir.

Ele não mandou resposta à mamãe. A cada novo dia ela ficava esperando o telegrama do *Urso Polar*, uma palavrinha só, um sinal de vida, uma faísca. Não veio. Cada vez que alguém tocava a campainha, ela corria para atender, apenas para descobrir que era um vendedor que lhe queria empurrar um conjunto de *tupperware*, um tapete artesanal ou a salvação de Jeová. Ela os tocava de lá, escada abaixo. Foi nesse tempo que ela começou a grisalhar. Boletta e eu pisávamos em ovos, o menor detalhe podia levá-la a sair do sério, por um tempo ficamos temendo por sua sanidade, e Boletta me dizia, sussurrando, que esperar é uma arte, leva muito tempo para aprender, poucos conseguem, e que o professor é o próprio tempo. E, depois que um bom tempo se passou, sem um som, sem uma letra, sem um sinal em Morse do Fred, mamãe acabou por se acalmar, como se tivesse aceitado o seu destino e encontrado o seu lugar nele, uma raiva apática, e, uma noite, logo antes das férias de verão, tocaram a campainha, mamãe não correu até a porta, e entendemos que ela havia ingressado na calmaria do tempo de espera, onde não se faz outra coisa senão esperar, tal como a Velha havia feito antes dela, tornando a espera uma arte, uma matéria-prima da alma, e fui eu quem foi abrir. Era o Peder. E logo atrás dele estava a Vivian, espiando sobre o ombro dele e sorrindo. Fazia algum tempo que eu não os via. Fiquei feliz. Eu tinha amigos que haviam vindo me visitar. "É aqui que mora o grande escritor baixinho?", perguntou Peder. Fiz uma profunda reverência e deixei-os entrar, e nos acomodamos no nosso quarto que eu ainda não chamava de meu, e a Vivian quis ouvir a máquina de dar risada, mas eu havia esquecido de trocar as pilhas e, em vez disso, perguntou: "O Fred viajou?" "Está prestando o serviço militar", disse eu. E não sei por que respondi assim, mas agora já estava dito, Fred estava prestando o serviço militar. Peder soltou um longo assobio. "Muito bem, então o nosso país está em mãos seguras. Agora podemos dormir tranqüilos." Vivian olhou para mim. "E onde ele está servindo?", perguntou. Tive que pensar. A mentira já estava se formando. Como um verme, dividia-se simplesmente ao meio e formava dois vermes, e assim podia continuar, pura biologia. "É segredo", respondi. Vivian abaixou o olhar. "Segredo?", Peder voltou a assobiar e o mentiroso teve que encontrar outro assunto. Dei um tapinha nas costas de Peder. "Será que aquele modelo não pode nos fazer entrar de novo no clube de cinema?", perguntei, mais alto do que o necessário. Peder cessou abruptamente o assobio. "Mamãe acabou com ele." "Acabou? Terminou de vez o quadro?" Peder ficou de repente irritadiço e se levantou. "Não ouviu o que eu disse?" Eu havia ouvido, mas não entendido. Vivian desviou o olhar e de lá não viria qualquer ajuda. Se eu ao menos tivesse me lembrado de comprar as pilhas para a máquina do riso, tudo teria sido diferente. Apressei-me a encontrar a redação que estava devendo para ele. Peder ainda estava de costas. Ele agarrou a folha de papel. Eu havia escolhido o tema *Conte sobre um trabalho de que você participou.* Peder olhou o título. "Eu disse para você escolher *Vantagens e desvantagens da tecnologia moderna*! Merda!" "Na verdade, consegui tratar dos dois temas na mesma redação", disse eu. Peder começou a ler. "Você escreveu que fomos figurantes no filme *Fome*, seu bobo!" "Sim, e daí escrevi sobre a evolução da câmera de filmar." "Que coisa!", disse Peder. Vivian também quis ver e leu em voz alta. "*Não restam dúvidas de que quanto mais leve e menor a câmera, mais fácil é filmar com ela, porque o fotógrafo mais facilmente pode acompanhar os atores ou o que mais esteja filmando. Mas o tamanho da câmera não pode afetar a sua capacidade de filmar na largura tanto quanto na profundidade. Tive a oportunidade de vivenciar essa situação quando, junto com meus dois melhores amigos, participei como figurante no novo filme* Fome, *que infelizmente ainda não estreou no circuito.*" Peder voltou-se, lentamente, e sorriu. "Muito bem, Barnum. Isso está muito bom. Estou cheirando um dez a uma longa distância." Mas Vivian sentou-se de novo e ficou de costas para nós. Peder e eu nos entreolhamos e agora seguiu-se um diálogo sobre o qual já refleti muito, e bem que queria ter tido um aparelho telegráfico, para anotar tudo em código Morse, para que uma tira com esses sinais pudesse sair na noite em que eu viesse a entender melhor, uma noite em que eu tivesse a grande inspiração e fosse capaz de enxergar por trás dos sinais e por baixo das palavras. "O que foi?", perguntou Peder. Vivian não respondeu. "O que foi?", perguntei. Vivian espiou sobre os ombros. "Eu sou só sua melhor amiga, Barnum?" Fiquei confuso. Só? E, por um instante, senti que a mentira deve ser mais agradável do que a confusão, a confusão nunca vem com anestésico, a mentira é anestesia geral, enquanto dura. Talvez o papai tivesse razão, quando disse que só é possível entender dois por cento de uma mulher, e que leva a vida toda para chegar ao entendimento desses dois por cento. "Sim, você e o Peder", sussurrei. "Não somos?" E então o Peder disse algo ainda mais estranho, eu queria muito ter recebido da boca dele por escrito, o que disse para a Vivian. "A redação é minha, não é mesmo? Não é a redação de Barnum. Ele só a escreveu para mim." Ficamos um tempo em silêncio, até que o Peder bateu palmas e ficou em pé em cima de uma cadeira. "Além disso, já sei quando vai ser a estréia!" Vivian também se levantou e a minha mão deslizou rapidamente por sua malha azul-clara, dobrada sobre as suas costas. "E quando vai ser, seu lerdo!", gritei. Peder fitou-me lá de cima. "Faltam exatamente 84 dias. E amanhã serão 83."

Foram embora antes de a mamãe terminar de preparar a ceia. Corri até a cozinha. Ela ainda estava cortando o queijo de cabra, em fatias finas. A espera a havia tornado sistemática e arrastada. "A estréia vai ser no dia 19 de agosto!", disse eu. Mamãe virou-se, com a mesma lentidão. "Já foram embora?" "Sim! E *Fome* estréia no dia 19 de agosto!" Mamãe suspirou. "Quem sabe até lá o Fred já voltou para casa." Foi quando tocaram de novo a campainha, e vi que mamãe sentiu um tranco, e ela deixou cair o cortador de queijo. Corri e abri a porta da frente. Era o Peder de novo. "Esqueci uma coisa", sussurrou. Ele tirou um envelope do bolso e me entregou. "Não acho que o seu irmão esteja prestando o serviço militar", disse ele, ainda mais baixo. Olhei o envelope. *Barnum Nilsen. Filatélica Miil. Oslo. Noruega.* Estava repleto de selos dinamarqueses. Fred havia mandado a carta aos cuidados do pai de Peder. Agora o Peder vinha trazer a carta para mim. Eu não disse nada. Só fiquei olhando para o envelope. "Tudo bem", sussurrou Peder. "Tudo tem um sentido." Ele deu meia-volta e voltou a descer as escadas. Entrei no meu quarto, com a carta debaixo da camisa. Uma vez lá, escondi a carta debaixo do colchão. De repente, a mamãe estava lá. "Foi o Peder de novo?", perguntou. Fiz que sim. "E o que ele queria?" Engoli e sentei-me na beirada da cama. "Só quis me passar uns exercícios de matemática que ele havia esquecido." "Ele não queria comer?" Balancei a cabeça. "Estava com pressa." Mamãe sorriu. "Se o Peder está sem tempo para fazer um lanche, a pressa deve ser muito grande mesmo." "Nem fale!" "Já vai se deitar?" Soltei um longo bocejo. "Estou bastante cansado", disse eu. Mamãe sentou-se do meu lado. Ela parecia procurar as palavras. Debaixo do colchão estava a carta de Fred. "Vai ser legal ver o filme", disse ela. "E pensar que agora temos um ator na família." Mamãe riu. "Um figurante", disse eu. "É quase a mesma coisa." Mamãe ficou em silêncio por um instante. Queria que ela saísse. Bocejei de novo e estiquei os braços no ar, e ocorreu-me, enquanto abria a boca, bocejava alto e esticava os braços, que tudo o que eu fazia era exagerado, que cada movimento vinha aumentando, como se isso me fizesse mais convincente, como se o exagero fosse duplamente verdadeiro. "Não consigo dormir", disse ela. "Não consigo dormir enquanto ele não volta." "Fred deve estar bem", sussurrei. "Ele é um homem da noite." Outro tranco perpassou o corpo da mamãe, como se as minhas palavras lhe tivessem aplicado um choque. Ela pegou a minha mão e apertou-a, de raiva ou de tristeza, não sei, talvez também fosse de amor. Acho que ela não dormiu essa noite também. Mas, quando o silêncio da casa já havia durado algum tempo, peguei o envelope e o abri com cuidado. Dentro havia um cartão-postal. Era uma fotografia de um boi almiscareiro. Estava sobre uma colina, a cabeça abaixada, desgrenhado e abatido. Atrás do cartão, o Fred havia escrito, com sua letra de forma desajeitada. *Não diga nada. Fred.* Era só isso. *Não diga nada. Fred.* Eu não sei por quanto tempo fiquei olhando para essas palavras. E me decidi. Eu não ia dizer nada. Não podia ser de outro jeito. Sim, eu poderia, eu tinha uma escolha, não é disso que tudo se trata, a escolha, a escolha que tem que ser feita, e para a qual não existem desculpas? Eu poderia fazer outra coisa. Eu poderia quebrar a minha promessa, entrar no quarto da mamãe e mostrar o cartão para ela. Mas não o fiz. Mantive a minha palavra e a deixei ficar deitada lá, insone. Chorei um pouco. "Putamerdaqueopariu!", exclamei, e me dei um tapa na boca. Fiquei ouvindo. Tudo continuava em silêncio. Então voltei o cartão para o envelope e escondi o envelope em um lugar onde eu sabia que a mamãe nunca iria encontrá-lo. E assim começou minha longa mentira.

E cada dia que passava era uma continuação dessa mentira. Eu não dizia nada e, portanto, estava mentindo. Ficava calado e mentia ao mesmo tempo. Tenho duas línguas e uma cara, ou o contrário, tenho muitas caras e uma única língua. Mamãe passa cada noite deitada, insone. De vez em quando, passa na casa de Willy, para saber se há notícias do *Urso Polar*. Quando volta para casa, está ainda mais silenciosa, e Boletta fica sentada na sala, balançando a cabeça. Redijo o primeiro esboço de *Engorda*, mas não fico satisfeito, e jogo fora assim que termino. Tenho que trocar a fita da máquina. Esperamos. O tempo é lento e recalcitrante. Fred não volta. Passa-se um verão. Peder entra na Escola Diocesana, onde é eleito tesoureiro da associação dos secundaristas no mesmo outono, Vivian fica em casa, estudando, e presta um exame final por vez, e entro pelo portão da Escola de Fagerborg, para mais um primeiro dia letivo, com o sol nas costas, vejo todos se voltando, em sincronia, para me medir com os olhos, e decido estabelecer novo recorde em matar aula. Consigo fácil.

Três dias depois é a estréia de *Fome*. Fazemos o aquecimento na Cafeteria de Stortorget, mas não nos dão cerveja quando pedimos, somente chá. Não faz mal. Peder conseguiu uma garrafa de champanhe, que esconde debaixo da mesa, e Peder é o único que conseguiu tirar a rolha de uma garrafa de champanhe na Cafeteria de Stortorget sem ser pego em flagrante. Ele só fica um pouco molhado no colo. Tomamos o chá tão depressa quanto possível e colocamos champanhe nas xícaras. Estamos sentados na mesa dos fundos. Vivian está com um cheiro diferente. Depois de duas xícaras, fico um pouco doido na cabeça e enfio a cara no decote dela. Vivian me empurra, mas eu volto. "Barnum!", grita ela, de repente. "Você está me mordendo!" Vivian vai ao banheiro e Peder se esparrama sobre a toalha da mesa, morrendo de rir. Os outros fregueses se voltam para nós, rostos sombrios na luminosidade dourada dos canecos de cerveja que erguem com as duas mãos. O garçom fica desconfiado, e vem esvaziar o cinzeiro. As xícaras assobiam. "Vocês não estão bebendo bebida de casa, estão?", pergunta. "Almíscar", responde Peder. O garçom balança a cabeça, dá uma volta à mesa e retorna lentamente até o balcão. Inclino-me na direção de Peder. "Almíscar?", sussurro. Peder despeja mais um pouco de champanhe nas xícaras. "O perfume da Vivian, Barnum. Tiram dos testículos do boi almiscareiro." "Testículos do boi almiscareiro?" "Qualquer um fica doidão com isso." "Doidão? Quem?" "Você." Nesse instante, a Vivian volta do banheiro. Já não está com aquele cheiro. Deve ter lavado o pescoço. Eu não digo nada. Não consigo pensar muito bem. É muita coisa para se pensar, e os pensamentos não se encadeiam direito. Peder espia o relógio e ergue a xícara. "Está na hora de tomarmos o nosso lugar no Cine Saga", diz. Bebemos e saímos de braços dados, com a Vivian no meio, até o cinema, até a nossa primeira estréia. É a sessão das sete. Tem fila do lado de fora. E sou eu quem tem que mostrar o comprovante de idade. Peder põe a mão no braço azul do bilheteiro. "Permita-me informar-lhe que integramos o filme desta noite", explica Peder. "E o senhor certamente não vai proibir os atores de entrar." "Figurantes", corrijo. "Cala a boca", diz Peder. "Se ele não tiver a idade mínima, não tem a idade mínima e pronto", diz o bilheteiro. Peder suspira alto. "Se ele tem idade para participar do filme, como é que não vai ter idade para assistir!" Vivian ri, e nós entramos. E lá estão todos. Vejo-os no mesmo instante em que nos acomodamos, na primeira fileira, mamãe e Boletta, a Esther do quiosque, os pais de Peder, a mãe sentada na cadeira de rodas junto da escada, sim, o pai de Vivian está lá, atrás dele está o Ditlev, da edição vespertina do *Aftenposten*, ele quase não vê nada, está irrequieto em sua poltrona e as pessoas reclamam; todos estão lá, porque ninguém ficou sem saber que participamos do filme, Peder, Vivian e eu, até escrevemos redação sobre isso e fizemos declarações em entrevistas, vejo o zelador Bang, a Ossatura, o Cabra, Aslak, Hamster e Preben, rostos distantes na sala em plano inclinado, vejo o Deizão, os Gêmeos, o Talento e o Tommy, o pessoal do clube de boxe, com os narizes cada vez mais tortos e o cabelo um pouco mais comprido, vejo os pais de T, pálidos e magros, próximos da saída de emergência, e penso, enquanto a cortina se abre e a iluminação é reduzida, aqui estão quase todos que tiveram um papel na minha vida, alguns só passaram a distância, no fundo, outros chegaram perto, penso nisso enquanto a escuridão e o silêncio por um breve instante se confundem, que aqui talvez haja mais do que os que irão ao meu enterro, caso eu fosse resolver morrer agora, e logo antes da Vivian segurar a minha mão e o Pontus surgir na tela, de costas, encostado contra a mureta de uma ponte sobre o rio Aker, enquanto escreve febrilmente sobre um pedaço de papel que depois enfia na boca e come, come o papel em que escreveu, percebo na sombra alguém que se senta do lado da mamãe, e é o Willy.

Nós não estamos no filme. Não aparecemos no parque Real. Estamos invisíveis. A tesoura nos recortou. Estamos em um rolo jogado dentro de um cesto de lixo em algum lugar da Dinamarca, supérfluos, rejeitados. Então acaba sendo um tipo de enterro mesmo. É a régua de Barnum mais uma vez. A régua de Barnum é curta demais. Sempre falta um centímetro. Saímos antes dos créditos finais. "Pelo menos vocês ficaram com as almas de vocês", sussurra a mãe de Peder, quando passamos depressa por ela. Já estamos do lado de fora. As ruas estão molhadas. O outono chegou. Peder e eu temos que mijar atrás de uma lixeira. Jogamos os ingressos no chão e mijamos sobre eles. "Porcaria de filme!", exclama Peder. E não dizemos mais nada até chegarmos à praça Solli. Nossa árvore está vermelha e brilha na chuva. Então o Peder diz: "Se ele estava com tanta fome, por que não foi até o bosque de Nordmarka para colher amoras?" "Hein?" "Talvez ele estivesse sentindo outro tipo de fome", sussurro. "Ah, é? Ele não parou de falar de salsichas o filme inteiro, porra! Era só fazer um anzol com um pedaço de arame e usar os cadarços como linha, que ele teria pescado um ou dois bacalhaus, não é mesmo? Ó cabeça fraca!" "Ele podia pelo menos ter comido os bombons Freia", diz Vivian. Voltamos os nossos olhares para ela. "Bombons Freia?", pergunta Peder. "Vocês não repararam? Havia dois bombons de licor e um de alcaçuz sobre as folhas do parque Real." Peder olha para mim. Eu olho para o Peder. "Tinha mesmo?" Vivian meneia a cabeça. "É a pura verdade." Peder está a ponto de arrancar a árvore pela raiz, de tanto rir. "Conseguimos estragar o filme! Bombons Freia em 1890!" Eu rio também, mas tem algo que me deixa triste, como se já conseguisse antever as trilhas do que virá, tudo que não se torna nada, que é suprimido, apagado, recordado, como se a tesoura fosse o meu emblema. "Tchau!", diz o Peder de repente, e começa a seguir pela alameda Bigdøy, entre as castanheiras. "Espere um pouco!", chama Vivian. Mas Peder não espera. Ele continua andando. Solto a mão de Vivian e corro atrás dele. "O que foi que te deu?" Peder encosta na cerca e sorri. "Está tudo bem com você?" Ponho a mão no ombro dele. "Você não precisa voltar para casa já, precisa?" "Talvez eu esteja com fome." E seu sorriso, seu riso, adquire um tom suave, quebradiço, como se a boca a qualquer momento pudesse começar a chorar. "São vocês dois agora", diz Peder. "Somos nós três", digo. Peder balança a cabeça. "Não. Eu estou sobrando. A gente se vê." E ele atravessa no cruzamento. Ele não se volta. Fico parado. Não sei o que fazer. Quero correr atrás do Peder. E quero voltar para a Vivian. É ela quem vem até mim.

Naquela noite acontece mais uma coisa. Seguimos juntos até o parque de Frogner. Começa a escurecer. Ainda chove. Junto ao pavilhão branco, Vivian senta-se no gramado. Sento-me do lado dela. Não é muito agradável. É molhado.

Estendi a minha jaqueta para ela. E é agora que acontece. Vivian senta-se em cima de mim. Não consigo me desvencilhar. Ela me prende com as pernas. Viro a cabeça de um lado para outro, e sinto a grama encharcada no cabelo e na nuca. Ela começa a fazer uma coisa. Ela abaixa a calcinha e a solta pelo pé. A seguir, abre a minha braguilha. Não ouso me mexer. Ela põe a camisinha e me coloca dentro dela. Ela afunda sobre mim, pesada, rija. Está completamente imóvel. Eu também. E sinto de novo aquele cheiro de almíscar, um cheiro de desvario, como é o meu portal para esta noite, almíscar e tesoura. Estou quase lá. Já aconteceu. Vivian levanta-se, fica de costas, coloca a calcinha no lugar e alisa a saia. Fico deitado. Sinto frio. Fecho os olhos. Não ouso olhar. Arde. Sinto vergonha. Ouço-a descendo a rampa. Quando me ponho de pé, ela não está mais lá. Arranco a camisinha, dou um grito, atiro-a atrás dela. Pego a jaqueta, vou cambaleante até a cerca, passo sobre a cerca, faço um rasgo na calça, despenco sobre os arbustos do outro lado e me arrasto até a calçada. Um bonde está passando. Silva ao fazer a curva fechada. Tapo os ouvidos. Posso dar uma passada na casa de Peder. Não o faço. Não tenho nada a dizer. E como é que vou dizê-lo? Subo a Kirkeveien correndo. Ainda bem que está chovendo. Corro até não agüentar mais. Agora sou, digo para mim mesmo. Digo de novo. Agora sou. Agora fiz. Estou aliviado. Não estou feliz, estou aliviado. Não é tão mau assim. A bem da verdade, fui eu quem provocou. Eu mesmo, claro. Fui eu. A culpa é minha. Fui eu quem a levou até o parque de Frogner, até o pavilhão, do lado escuro do pavilhão. Como se ninguém soubesse o que isso quer dizer. Até estendi a minha jaqueta sobre o gramado para que ela pudesse se deitar nela, na grama molhada, se ela quisesse. Nada mau. Eu transei. Transei com a Vivian. Fui eu. A culpa é minha. Eu paro. Não consigo me lembrar. Se terminei. Se terminei mesmo. Se consegui. Se funcionou. Se eu vim. Não consigo sentir nada. Só arde. Volto. Fico procurando na grama entre os arbustos, logo abaixo do pavilhão. Um cachorro preto se aproxima. Eu o espanto. Ele não quer ir embora. Vem para bem perto. Eu chuto. Não adianta. Então encontro o que estava procurando. Levanto a camisinha, amarrotada, pingando. Não consigo ver nada na ponta. É só água, chuva, barro. Atiro longe. O cachorro vai atrás e pega na boca. Alguém assobia, de longe, talvez sobre a ponte, e o cachorro some de vista.

Vou para casa. Boletta está sentada na sala. "Finalmente você chegou!", diz ela. Fico parado, na sombra atrás da lareira, junto ao quadro do pequeno gênio. Não digo nada. Boletta inclina-se para frente. "Você não está decepcionado, está, Barnum?" Eu balanço a cabeça. "Porque não deve ficar, não. Vocês não são os primeiros a serem cortados. A Velha é quase mundialmente famosa por todos os filmes de que foi recortada!" Boletta ri. "E vou lhe dizer uma coisa; embora faça muito tempo que eu não ia ao cinema, desde que usaram o Palácio do Cinema como depósito de batatas durante a guerra, eu achei, Barnum, que foi um filme muito esquisito. Por que uma moça tão bonita ia querer pôr a mão naquele magricela puído?" "Foi só um sonho", digo. Boletta fica um instante em silêncio e estende os braços. Vou lentamente para dentro do abraço. Só então ela percebe o meu estado. O meu mau estado. Estou fedido. "Você andou brigando?", pergunta. Olho para o chão. Boletta segura a minha jaqueta encharcada, respira fundo e olha espantada para mim. "Não, acho que você não andou brigando, Barnum." Ela sorri. "Onde está a mamãe?", pergunto. Boletta me solta. "Está na casa de Willy. Willy Halvorsen." "E o que ela está fazendo lá?" Boletta suspira. "Mamãe também precisa de amigos, Barnum." E, no mesmo momento, mamãe chega em casa. Percebemos, mesmo antes de ela abrir a porta, que tem alguma coisa errada, alguma coisa muito errada. De repente, ela está na sala. "O navio naufragou", sussurra. Boletta se levanta da poltrona. "O que é que você está dizendo?" "O *Urso Polar*. No gelo. Meu Deus." Mamãe senta-se. Ela tira alguma coisa da bolsa. Suas mãos estão tremendo. É um recorte de um jornal dinamarquês, que ela ganhou do Willy, Willy Halvorsen. Boletta acende um abajur. É uma fotografia aérea de um navio, preso no gelo. É o *Urso Polar*. A tripulação, dez homens, abandonou o navio, e estão amontoados sobre um bloco de gelo, no meio de dois canais abertos. Mamãe lê em voz alta o que está escrito, e sua voz treme, tanto quanto as mãos. *"Ao retornar da baía de Mygg no final de julho, o baleeiro* Urso Polar *viu-se preso entre o gelo no litoral da Groenlândia. O navio teve o casco perfurado, as pranchas do convés se quebraram como fósforos, e os tripulantes evacuaram a embarcação. Isolados no gelo, aguardam um helicóptero americano para transportá-los até um ponto seguro."* "Mas então está quase tudo certo", diz Boletta. "Se todos foram salvos!" Mamãe balança a cabeça e quase rasga o lenço ao meio. "Ele não está lá! O Fred não está lá!" Boletta segura as mãos dela. "Tem certeza?" Aproximo o abajur e tiro a cúpula enquanto a Boletta vai buscar uma lupa. E mesmo os homens aparecendo na foto distante como pequenos traços negros sobre o gelo, é impossível não perceber que o Fred não se encontra entre eles. Fred não está lá. Mamãe fixa o olhar em mim, na luz forte, por um momento voltando a este mundo. "O que foi que você aprontou dessa vez?", pergunta. "Vá se lavar!" Saio da sala e da luz, antes que a mamãe se desmanche de novo em choro. Vou até o meu quarto. Agora vou chamar de meu quarto. Mas, quando vou fechar a porta, alguém sussurra. "Psiu, baixinho." Volto-me bruscamente para a outra cama. É o Fred. O Fred está deitado lá, o dedo sobre os lábios. Ele está mudado. Tem alguma coisa no rosto dele que não reconheço, um traço que não havia antes. Talvez seja só porque está bronzeado, completamente escuro no rosto, e o cabelo cortado curto. Eu poderia deitar-me do lado dele. Não o faço. A única coisa que penso é: minha mentira acabou. Fred voltou. Ele tira o dedo da boca. Tem um dente a menos. "Quando foi que você chegou?", sussurrei. "Enquanto vocês estavam no cinema. Foi bom?" Sua voz rasteja, bem baixinho. "Mais ou menos", digo eu. "Mais ou menos? Foi bom ou não foi?" "Mais ou menos. Mas gostei do final." "Como terminou?" "O personagem principal saiu da cidade." Fred olha para mim. Eu sei que não devo começar a chorar. Não choro. Ele estende a mão e sorri. "Você andou brigando, Barnum?" "Não. Trepando." Mamãe volta a chorar na sala. Boletta a consola. Chove. "Muito bem", sussurra Fred. "Com quem você trepou?" Volto-me para a porta. "Por que você não estava lá quando o *Urso Polar* afundou no gelo?" Fred senta-se na cama. Ele sorri. "Eu dei baixa em Godthåp. Já tinha visto tudo o que queria." Faz-se novo silêncio. "Vá ver a mamãe", sussurro. Fred passa a mão pelo cabelo curto. Seu sorriso desaparece, como se os lábios tivessem sido sugados para dentro da fenda escura entre os dentes. "O que vou dizer, Barnum?" "Diga que você só passou para pegar uma malha." Abro a porta. Fred hesita um instante e, então, entra na sala. Sou eu que fico aqui e vejo tudo. Vejo a mamãe que se levanta e a Boletta que tapa a vista com as mãos. Vejo a mamãe que se contorce, quase feia, de alegria, raiva e desalento. Ela não se atira ao pescoço dele. Ela não o beija. Ela bate. Digo assim: a mamãe bate de alegria raivosa e de susto grandioso. E Fred não se defende. Ele deixa a mamãe bater. Por fim, é a Boletta que a faz parar e só então a mamãe cai em si. Ela segura a mão de Fred, e não o ouço dizer, mas tenho certeza que ele diz: "Só passei para pegar uma malha, mãe."

Ficaram sentados na cozinha até de madrugada. Por fim, o Fred volta para o quarto e vai se deitar. Mamãe vem junto, e fica em pé entre as duas camas. Ela quer guardar esse instante. É uma mamãe esquilo. Vai guardar a alegria desse instante para depois espalhá-la por toda a sua floresta, como se ela também soubesse, lá no fundo, que o Fred logo irá viajar de novo. Sua voz é quase como antes. "Boa-noite, meninos." Somos crianças, o relógio com o dinheiro dentro voltou a andar, mas para trás, as moedas tilintam, e cada moeda é uma lembrança que a mamãe vai lustrar e com a qual vai comprar tempo. Ela beija o Fred na testa. "Amanhã você vai ao dentista!", diz. Ela se curva sobre mim e sussurra: "O filme teria sido bem melhor se vocês tivessem participado." E depois ouvimos a lavadora, o zumbido rápido, ficamos ali deitados, acordados, no escuro, ouvindo a mamãe que lava as roupas de Fred, de vez em quando cantarola, é de madrugada, e a mamãe lava roupa e cantarola. "Evalet", diz Fred, devagar, letra por letra. "Lavadora", digo, também devagar. Rimos, no escuro. "Aposto que o seu pai roubou essa máquina", sussurra Fred. Faz-se silêncio. Mamãe pendura as roupas para secar, sobre uma corda de varal estendida acima da banheira. "O que você tanto queria ver?", perguntei. "O mesmo que o bisavô viu. Gelo e neve." "Não tinha mais nada?" "Vi uma geleira se desprendendo." "Como assim?" "De repente, metade da geleira despencou no mar. Bem à nossa frente. Você devia ter ouvido o barulhão que fez." "Como assim?" "E você acha que o gelo é silencioso? O gelo é barulhento, Barnum. O tempo todo. Quando você navega no meio do gelo, ninguém consegue dormir." "Você não viu o boi almiscareiro?" Fred procura uma coisa. Só ouço uns estalidos. Ele xinga. "Você recebeu o cartão?", pergunta. "Sim. O Peder que trouxe." Fred dá uma risadinha, baixa, entrecortada. "Por que você mandou a mamãe direto até o Willy, Barnum?" "Eu não mandei a mamãe direto até o Willy." "Mandou sim. Você disse que eu tinha estado no Willy. E a mamãe foi até o Willy. Você acha que a mamãe vai começar a boxear, Barnum?" "Mamãe estava com medo. Ela também não conseguia dormir." "Mas da próxima vez eu não vou primeiro até o Willy." Por fim o Fred consegue uma chama, que ilumina sua pele escura, rugosa, ele acende o cigarro e torna a prender a chama na tampa do isqueiro. "Não acho que você esteja procurando a carta", sussurro. "E o que você acha que eu estou procurando, meu esperto Barnum?" "Seu pai", digo, depressa, quase como se não o tivesse dito. Fred traga o cigarro até o fundo. Só vejo a brasa. "Com quem foi que você trepou?", pergunta. Fecho os olhos. "Você se lembra do que você disse quando comecei na escola de dança? Que era só descobrir o que os outros faziam e então fazer o contrário?" Fred não responde. Abro os olhos. A brasa está parada, no meio do quarto. Espero. "E daí?", diz ele, por fim. "E se a gente faz o contrário do que a gente mesmo quer?" "Daí vira uma merda, Barnum." Fred se levanta, abre a janela e atira a bituca fora. Então se volta e chega perto de mim. "Você não tem coragem de dizer com quem você trepou?", pergunta. Olho para ele. "Lauren Bacall", sussurro.

Um dia a encontro à minha espera do lado de fora da escola. Estava diferente, mais velha, parece, ou talvez fosse só o casacão que ela estava vestindo, o cachecol azul que ela tinha enrolado pelo menos umas oito vezes em torno do pescoço, e o gorro puxado até os olhos. "Oi", disse ela. "Nossa", disse eu. Ficamos ali, nos abraçando. Fazia algum tempo desde a última vez, e a última vez foi junto do pavilhão, no parque de Frogner. "Escola boa?" Dei de ombros. "Especialmente quando eles me põem para fora da classe." Ela deu uma risadinha e escondeu a boca atrás da mão. A respiração dela formava uma névoa de gelo na luva de lã grossa, verde. "Tem visto o Peder?", perguntou, de repente. "E você?" "A mãe dele piorou." "Piorou? Como assim?" "Ela já não consegue quase mexer os braços também." Assim ficamos conversando. Depois, veio novo silêncio. Senti uma espécie de melancolia, veio como um susto, havia algo que estávamos deixando para trás, sem entender direito, algo que passava, e me veio à mente uma imagem, sem entendê-la: era como se espelhar na calota de um carro que passa. Não dava para ficar mais lá. Estava frio demais. Eu estava me enregelando. Não agüentava mais. "Vamos ao cinema?", propus. "Cinema? Nesse horário nenhum deles tem sessão." "Tem sim", respondi. Descemos até o Cine Rosenborg. Chegando lá, bati na porta de vidro, demorou, bati de novo, e, por fim, ele veio, o velho projetista, ele abriu com duas chaves e nos deixou entrar. "Vejam só, é ele de novo", disse. Não tive como negar. "O senhor não poderia passar um filme para nós?", perguntei. Ele balançou longamente a cabeça. "Querem ver um filme no meio da tarde?" Eu ri. "Exatamente! No meio da tarde!" Ele ficou pensativo, abotoou o paletó cor de vinho do seu uniforme e trancou a porta com as duas chaves. "Tudo bem, vamos ver o que temos." Subimos com ele até a cabine de projeção, a sala estreita onde os projetores estavam alinhados como canhões diante dos alvos, prontos para bombardearem a tela com luz assim que estivesse escuro o suficiente. Havia um lanche em cima da cadeira, o papel aberto para o lado, uma fatia de pão com queijo prato, já mordiscado. O projetista procurou numa pilha de rolos empilhados num canto atrás do banco dele, deu um suspiro repentino e tirou um dos rolos, uma lata polida, achatada, uma roda. "Meu Deus", suspirou. "Esquecemos de mandar esse para frente." "Então podemos vê-lo", disse eu. O projetista aprumou-se. "Não pode não." "E por que não?" "É proibido para menores." Vivian riu. "O Barnum é maior", disse ela. "Além disso, não tem ninguém vendo a gente", acrescentei. O projetista abriu a tampa e tirou os rolos. "Tudo bem, apressem-se, então, para a gente terminar antes da sessão das sete!" E descemos a escada até a sala, que parecia muito maior, sem pessoas tossindo, sussurrando, pisoteando, tirando o celofane dos bombons, assoando o nariz e rangendo os dentes, só a Vivian e eu, corremos entre as fileiras, extasiados, procurando um lugar, pelo menos agora eu não ficaria atrás de alguém com dois metros de altura, cabeleira afro e orelhas de abano. "Onde você quer sentar?", perguntei. Mas Vivian não conseguia decidir-se nem eu. O projetista gritou alguma coisa lá de cima, e, por fim, sentamo-nos na fileira 14, poltronas 18 e 19, é claro. Coloquei a mão no colo dela. Ela tirou a luva e colocou a mão cuidadosamente na minha. A luz apagou-se, não suavemente, como um pôr do sol, do jeito que a gente estava acostumado, um crepúsculo azulado, lento, para nos prepararmos para a escuridão e para a publicidade animada, mas de forma súbita, só ouvimos a cortina pesada se abrindo, e assim começou o filme. E foi como se o tempo tivesse me laçado e apertado. O filme era *Vício Maldito.* Eu lembrava do título, dos cartazes na chuva, do projetista levando-os para dentro, os passos que contei, alguém que me seguia e o Fred que saiu do banheiro público perto da igreja. Era essa também uma medida na régua de Barnum, um tempo que o alcança novamente? E quanto dura um momento desses, que não deixa sua marca com canivete no batente da porta, mas corta e solta um ponto de tempo na sua lembrança? Só sei que *Vício Maldito* dura uma hora e 57 minutos, e nunca me esqueço daquela cena em que o Jack Lemmon está no bar da Union Square, pára de repente quando vê seu próprio reflexo na janela, e acredita, por um breve segundo que logo se desfaz, que é um estranho que está lá dentro, um mendigo, um bebum acabado, patético, machucado, antes de ele perceber que o mendigo é ele mesmo.

Depois fomos ao Krølle. Sentamo-nos no fundo. "Puta filmaço", disse eu. Vivian tirou o cachecol. "Filme de merda", disse ela. Encontrei um cigarro no fundo do bolso: "Filme de merda? Por quê?" O rosto de Vivian estava arroxeado de tanto frio, sua boca estreita e lenta. "Não gosto de filmes que que têm um fim triste." O garçom parou junto à nossa mesa. "Um chope", disse eu, depressa. Ele curvou-se para mim. "Muito engraçado", disse ele. Era agora que eu deveria ter dito, citando outro filme, nosso filme: "*O que há com você?*" "Um chá", disse Vivian. "O mesmo", sussurrei. O garçom aprumou-se. "E o que vai ser para comer?" "Nada", disse eu. "Aqui é obrigado pedir uma comida, baixinho." Ele estava realmente começando a me irritar. "Aceito um limão no chá", disse eu. O garçom abaixou-se de novo. "Você é mesmo um engraçadinho. Quem sabe não quer comer o seu lanche lá fora?" "Torta de maçã", disse Vivian. "O mesmo", sussurrei. "Com chantilly." O garçom foi até o guichê da cozinha e se virou duas vezes no curto trajeto. "Garçom babaca." Tapei a boca com a mão. Vivan estava se esquentando, saía um calor da garganta dela, e seus lábios estavam macios. Não vimos mais o garçom até ele voltar com o pedido. Tivemos que pagar primeiro. Fiz as honras da casa. Dei-lhe um punhado de moedas que havia achado na gaveta debaixo do relógio morto. Levou quase um quarto de hora para contar tudo. Quando ele finalmente foi embora inclinei-me sobre a mesa. "E por que você não gosta de filmes com fim triste?", perguntei. "Porque me lembra dos meus pais", disse ela. Comi o chantilly com os dedos e pensei cuidadosamente no que eu iria responder. "Tem diferenças entre um filme e a realidade", expliquei. Vivian começou a rir. "Agora você foi muito esperto, Barnum." Corei e fui ao banheiro. Alguém havia esquecido uma garrafa de bolso atrás da saboneteira. Não estava vazia. Tranquei a porta e bebi o restante. Minha cabeça pegou fogo, rápida e silenciosamente. Observei o meu rosto no espelho sobre a pia, puxei os cachos sobre a testa e voltei para a Vivian. "O final feliz é uma merda", disse eu. "E por que você acha isso, Barnum?" "Porque não existe final feliz porra nenhuma! Vamos morrer de qualquer jeito, não é mesmo?" Vivian sorriu. "Talvez fosse melhor se eles tivessem morrido no acidente", disse ela.

"Quem?" "Meus pais." Esvaziei a xícara. As chamas na minha cabeça estavam diminuindo. Logo sobrariam apenas cinzas sobre a língua. "Você não falou sério", sussurrei. Agora foi a vez da Vivian inclinar-se sobre a mesa. "Eles só pensam no acidente, Barnum." "Talvez não seja de se espantar." Vivian ficou me fitando, longamente. "São uns bostas de uns egoístas, egocêntricos", sussurrou. "E o acidente permite que sejam. Eles cultivam o acidente. Amam o acidente." Eu não sabia mais o que dizer. Eu nunca tinha visto tanta raiva nela, e, embora estivesse sussurrando, sua voz vibrava como se pudesse se transformar em um grito a qualquer momento. "Quer mais chá?", perguntei. Vivian balançou a cabeça. "Vou te contar uma coisa, Barnum. Mamãe tirou todos os espelhos do apartamento. Os espelhos no banheiro, na sala, na entrada, jogou fora os espelhos de bolso, não quer nem usar a travessa de prata, porque nela também pode ver o próprio rosto. Papai foi até o pátio e jogou tudo lá, e nem ele agüenta olhar para ela. E um dia tocaram a campainha. Mamãe foi atender e do lado de fora estavam umas crianças, segurando um espelho, um espelho bonito, oval, com moldura, que costumava ficar na entrada. Acharam que tinha sido jogado fora por engano e queriam fazer um favor para ela. Mas a mamãe viu o rosto dela no espelho que estavam segurando, quebrou o espelho com o punho, enxotou os meninos e deixou-os mortos de medo." Vivian empurrou a xícara vazia até a borda da mesa. O garçom estava de olho na gente. "Ela deve ter achado que fizeram de maldade", disse eu. Vivian olhou para mim. "E o que se faz com um rosto? Afinal, é só uma máscara, não é mesmo? Que diferença faz se é bonito ou se é feio?" Segurei a mão dela antes de a xícara cair ao chão. "Se tivessem morrido, não estaríamos aqui", sussurrei. A Vivian sorriu. "É verdade, só você. Vamos visitar o Peder?"

Descemos até a casa de Peder. Ele não estava em casa. Mas a mãe dele não nos deixou ir embora. Ela mal conseguia fazer a cadeira de rodas andar. Ajudei-a até a sala. Por todo o lado, havia pincéis, tubos, molduras e telas. Percebi que as rodas não zuniam mais, haviam sido lubrificadas. E, no meio dessa bagunça toda, estava o modelo dela, ele havia estado lá todos esses anos, igualmente nu, mas não era mais tão grego assim, começava a ficar gordo e flácido, como se ele estivesse escorrendo e fazendo sombra para si mesmo. Vivian ficou olhando fixamente para ele. Eu fiquei olhando fixamente para a Vivian. A mãe do Peder deu um assobio. O modelo levantou uma toalha branca e sumiu. "Vocês andaram sumidos", disse a mãe. Ficamos um pouco sem jeito. Ocorreu-me que quase tudo anda sumido, e que cada um no seu canto nesta cidade simplesmente deixa o tempo passar. "E como é que vai a senhora?", perguntei. "Se eu conseguir terminar os meus quadros antes de meus braços murcharem de vez, ficarei feliz." A mãe de Peder riu. "Mas não vamos falar de mim! Como é que vocês estão?" "Estou tentando escrever alguma coisa", disse eu. "E sobre o que você escreve, Barnum?" "Coisas que vejo." A mãe aproximou a cadeira de rodas, sem fazer barulho. "Você já viu alguma coisa que ninguém mais viu?" "Sim", respondi. Ela olhou direto para mim. "Não diga o que é, senão você não consegue escrever sobre a coisa." Ela voltou-se para a Vivian. "E você?" "Consegui vaga numa escola na Suíça para o ano que vem", respondeu. Senti um grande elevador despencando dentro de mim. Não eram muitos andares, mas ele não parou em nenhum deles. "Que tipo de escola?", perguntou a mãe de Peder. Vivian desviou o olhar. "Uma escola para maquiadoras", disse. No mesmo instante, soou a campainha. Corri para a entrada e abri, feliz por poder escapar. Era por isso que ela havia esperado por mim do lado de fora da escola, para me contar que ia estudar na Suíça e formar-se em maquiadora? A campainha soou de novo. Era o Peder. Peder sempre esquecia de levar a chave. Peder lembrava de quase tudo, mas nunca da chave. Ele estava na escada, iluminado pela lâmpada externa, com a pasta debaixo do braço e protetor de orelha, protegeu a vista com as mãos e franziu o cenho. "O Peder está em casa?", perguntou Peder. "O Peder ainda não voltou", respondi. "E quando é que o Peder vai voltar, hein?" "Talvez ele nunca volte para casa", disse eu. "Diga que o Barnum passou por aqui", disse o Peder. "Então tchau, Barnum", disse eu, e estava para fechar a porta. "Tchau, Barnum", disse Peder e atirou-se sobre mim e caímos na entrada e ficamos rolando de um lado para o outro, presos um no braço do outro, numa avalanche de sapatos, galochas e chinelos, rimos, o mesmo riso de antes, mas de repente ele me empurrou longe e se levantou. Era a Vivian. Ela estava encostada na parede, com os braços cruzados, olhando para nós, com um sorriso, e também me levantei. "Casa cheia", disse o Peder. E, quando nos acomodamos no quarto dele, vi que nós, que sempre deveríamos estar juntos, estávamos fora do equilíbrio. Peder falou por quase três quartos de hora sobre o déficit do grêmio secundarista, e explicou em detalhes como ele pretendia arrumar capital novo, simplesmente exigindo pagamento por publicidade da padaria da avenida Ullevål, caso contrário ele faria com que todos os alunos procurassem outro lugar para comprar pão doce. Ficamos um tempo em silêncio. Ouvimos o pai de Peder estacionando na garagem. Uma pilha de lenha despencou, ou talvez fosse apenas um trovão, um trovão em novembro. Vivian voltou-se para mim. "O que foi que você viu?", perguntou. "Nada", respondi, baixinho. Peder ficou olhando para nós, sorriu, mas logo perdeu o sorriso. Novo silêncio. A soma e o sonho não fechavam a equação. Também estávamos em déficit. E foi Peder quem trouxe o assunto para a conversa, como se precisássemos de alguém que não fosse nós mesmos para termos do que falar. "Aquele maluco do seu irmão sossegou o facho agora?", perguntou.

Fiquei pensando nisso, a caminho de casa aquela noite, se o Fred havia sossegado o facho. Queria que ele ficasse. E queria que ele fosse embora. Meus pensamentos também estavam pela metade. Ele estava deitado na cama, de roupa, e com as costas viradas para mim. Tirei a roupa, rapidamente, e, quando estava nu, na luz estreita que vinha da janela, ele se virou e vi que ele chorava.

Ele havia ficado mudo durante 22 meses, e o Cliff Richard havia lhe devolvido a fala. Ele havia navegado até a Groenlândia com o baleeiro *Urso Polar*, dado baixa em Godthåp, descascado batatas no retorno no vapor *Bremen* e perdido um dente na tempestade ao largo do cabo Farvel. Mas ele não havia sossegado o facho. Logo ele partiria para sua terceira viagem, a última e a mais longa, que iria durar 28 anos. Foi numa segunda-feira, no começo de dezembro. Eu estava junto da janela da cozinha, vendo a neve caindo em flocos pesados, e o zelador Bang tentando removê-la da passagem, mas nunca conseguia, e, por fim, desistiu, sentou-se na escada, e deixou nevar, até ele mesmo ficar todo salpicado de neve. Se ficasse mais um tempo lá, acabaria sumindo de vista. Eu não ia para a escola hoje. Havia sido suspenso de novo. Era um arranjo bastante conveniente. Primeiro eu cabulava. Então era suspenso. Era quase como um prêmio. Mas não pude assistir a outros filmes com o projetista do Cine Rosenborg, ele tinha morrido ou se aposentado. Fiquei com a Vivian naquele inverno. Ouvi o Fred entrar e colocar-se logo atrás de mim. "Estou indo", disse. "Para onde?" "É o que vou descobrir", respondeu. E talvez eu pensasse que ele voltaria daí a dois dias, ou, pelo menos, antes do Natal, como se apenas precisasse vagar um pouco. Houve noites de insônia, muitos anos depois, quando já tínhamos rezado a missa para ele, que eu imaginava que ele simplesmente havia se instalado no Albergue Coch, quarto 502, o antigo quarto do papai, e que agora estava lá, junto da janela, rindo de nós. "Você conta para a mamãe?", sussurrou. "Conto, claro. O que quer que eu diga?" "Que fui embora." Virei-me para ele. "Embora? Para onde?" Fred balançou a cabeça. Estava usando a jaqueta de pelica, e a mala preta estava junto da porta, a velha mala do papai, esvaziada de aplauso. "Posso levar emprestado?", perguntou o Fred. "Tudo bem", respondi. Ele levantou a mão e tocou-me no rosto, com cuidado. Eu devia ter entendido que ele não pensava em retornar.

E quando já fazia mais de um mês que o Fred havia partido e o Natal já havia passado, a mamãe tomou um táxi até o outro lado da cidade, até a casa de Willy, o soldador, que tinha tentado ensinar o Fred a boxear, mas ele não sabia do paradeiro de Fred nem havia tido notícias dele. Depois disso, mamãe não quis conversa com ninguém por semanas a fio. E quando já havia passado mais de meio ano e ainda esperávamos pelo Fred, mamãe e Boletta foram até a polícia e comunicaram o seu desaparecimento. Eu ia ao cinema, com a Vivian, com o Peder ou, de preferência, sozinho. Por fim, quando a mamãe já não agüentava mais, ela acionou o escritório de busca do Exército da Salvação.

E essa foi a última coisa que o Fred me disse antes de partir: "Espero que você consiga escrever alguma coisa enquanto eu estiver fora, Barnum."

Viro-me lentamente e faz 28 anos. Estou sentado junto à escrivaninha, entre a janela e a parede. O quarto está escuro. As cortinas estão fechadas. Só a tela brilha, um zumbido azul contra o rosto. No canto superior, o nome do filme: *O Homem da Noite*. Aperto a tecla *Home*. O texto dá um tranco, como se não houvesse nada lá, atrás da tela, como se a escrita fosse apenas uma ilusão, uma superfície, e sinto-me novamente dominado, no segundo em que as palavras escorregam para dentro do azul, vazias, pela angústia de perder, de apagar. De vez em quando ainda ponho a velha Diplomat sobre a mesa, mas não consigo mais escrever nela. Então o começo aparece, e a cada vez sinto o mesmo alívio, e imprimo as duas primeiras cenas. Ouço o tranco da impressora, a tinta tem que preencher os sulcos eletrônicos, a impressora é uma boca que fala devagar. Não dormi. Parei de dormir. Alimento-me de comprimidos. A folha cai no chão. Não agüento levantá-la. Sento-me no banquinho para lê-la.

CENA 1. EXT. CIDADE. MANHÃ CEDO. (SONHO)

Um MENINO magro e pálido, oito anos de idade, corre pelas ruas. Nenhuma outra pessoa. Só ele. Ele corre tudo que pode. Tem a expressão decidida, de expectativa. A névoa passa pelo menino, por um instante quase o oculta. Ele continua a correr. A névoa fica mais espessa. Ele dobra uma esquina e chega ao

CENA 2. EXT. PORTO. MANHÃ CEDO. (SONHO)

porto. O menino pára. Sem fôlego. Sorridente. O PV do Menino. O cais está vazio. Nenhuma embarcação. As amarras pendem dos pontos de amarração para dentro da água escura, imóvel. A névoa vem vindo do fiorde. Próximo ao rosto do menino. Seus olhos. O desapontamento. Está a ponto de chorar. Dá alguns passos. Pára de novo. Olha em volta. Primeiro enxuga uma lágrima com o dorso da mão. Então ouve um SINO DE NAVIO tocando, bem ao longe. Ele presta atenção. Ouve ondas quebrando, em algum lugar dentro da névoa. Ele corre até a beirada do cais. Percebe-se a sombra de velame no meio da névoa. O menino grita alguma coisa, sem que a gente consiga ouvir. E, de dentro da névoa, aparece um veleiro, coberto de gelo. O nome do navio: ANTARCTIC. À frente, um HOMEM, em uniforme branco, observando. O menino chama de novo. Agora ele ouve.

O MENINO: PAI!

O homem no tombadilho volta-se por um instante na direção do cais. Ele ergue a mão, sorri, mas balança lentamente a cabeça. O menino fica parado, com os braços erguidos. Abaixa os braços. Chama pela última vez. Mudo. E ele vê o navio que volta a sumir dentro da névoa. Zoom *no rosto do menino. Ele fecha os olhos.* PV DO MENINO: *As pálpebras vistas de dentro, pele fina, quase transparente, artérias, e uma luz forte que se aproxima.*

Tiro a folha do chão, risco a palavra *sonho* em ambas as descrições de cena, e faço a mesma coisa na tela. O filme já não é por si só um único e longo sonho? Pode-se separar um sonho de um sonho, como água de uma onda, como vento de uma tempestade? Apago também esse pensamento. É raro o produtor que se dê ao trabalho de ler um roteiro que começa com um sonho, e um produtor que o leia provavelmente não tem verba para filmar e, se tiver algum dinheiro, provavelmente nem dá para comprar a opção, e ele vai preferir não comprar a opção, mas tem dinheiro suficiente para lhe pagar uma bebida no bar e, depois de cinco doses, que você mesmo pagou, ele termina sugerindo que você escreva alguma outra coisa, e bem depressa, antes que alguém roube a idéia, qual idéia, pergunta você, cansado, cansado mas feliz, e ele encosta a boca no seu ouvido e despeja uma história mal contada, pior do que as histórias que no mesmo instante circulam no toalete feminino, e você meneia a cabeça, enquanto ele dá um beijo de língua na sua orelha e enche o seu cérebro com saliva e hálito. O telefone toca. Não atendo. Deixo o computador ligado, é como na infância, não ouso desligar a tela e saio. É inverno, começo de fevereiro. Eu também estou branco. Estou branco há muito tempo e passo um risco no calendário, um risco para cada dia branco, como um prisioneiro que faz a contagem regressiva para o dia da sua soltura, ou para a execução da pena de morte. Sou uma mentira branca. Não vou de um café a outro, faço a ronda dos antiquários, começo nos melhores, no centro, onde as primeiras edições e as obras completas encadernadas em couro ficam em vitrines trancadas, onde você deve deixar a pasta no balcão e não é permitido fumar, *libri rare*, e termina nos sebos marrons, nas edições de bolso, onde não aceitam cartão de crédito, e é em um desses sebos, o último, o Antiquário de Volvat, nas barracas ao longo da avenida Sørkedal, que acontece, quando o proprietário, casado, impaciente, depois que percorri as estantes por pelo menos uma hora: "Tem algo de especial que o senhor procura antes de fecharmos?" "Boas idéias que ninguém vai descobrir que estou roubando." "Roubar? Ninguém rouba aqui. Receio ter que pedir que saia agora." "Pago bem por tudo que roubo", digo. É então que o vejo, no mostruário de raridades, um roteiro, duzentas folhas amareladas datilografadas, em uma pasta, com uma etiqueta que lembra aquelas que se colavam antigamente nos frascos de compota. Com letras miúdas, em vermelho, está escrito: *roteiro, aug.* E é nesse instante, 28 anos depois, é nesse momento que as imagens se embaralham, se sobrepõem, em uma fórmula nítida e incompreensível para mim: tesoura mais almíscar é igual a fome. De tudo que foi cortado de minha vida emana um odor forte, exaltado. A régua de Barnum está pegando fogo. É o roteiro que eu uma vez salvei de ser carregado pelo vento nas ruas de Oslo. Entrego ao proprietário todo o meu dinheiro vivo e retorno depressa para casa, para o que chamo de casa, o único cômodo com sacada em Bolteløkka, onde a Vivian e eu moramos durante os primeiros anos. Subo correndo a escadaria e destranco a porta. Primeiro, tenho que trocar de roupa. Vou até a sacada e vejo o sol vermelho se apagando sobre o fiorde e a névoa gelada que penetra na cidade como uma cordilheira móvel. Então acomodo-me diante da escrivaninha. Abro o roteiro. FOME, *de Knut Hamsun. Roteiro de Henning Carlsen, com base em manuscrito de Peter Seeburg.* Na página seguinte aparecem primeiro todos os personagens, de Pontus até o Bombeiro, e, debaixo do Bombeiro, vêm os figurantes, em duas colunas, um ciclista, um limpador de chaminés, um homem gordo, uma doméstica, seis fantasmas, tem mais de cinqüenta figurantes. E me ocorre que mal consigo lembrar-me deles, são rostos que se dissolvem. Vivian poderia ser *menininha* (*com fala*). Peder e eu poderíamos ser *garotos em Vaterland.* Não, dois de nós poderíamos ser *casal apaixonado.* Acendo um cigarro. Tem duas vezes mais exteriores do que interiores. *A RUA DE YLAJALI.* Era onde estávamos. Era esse o truque, encontrar o lugar certo. Da sacada, vem uma corrente de ar. Sinto-lhe o cheiro. Percebo, de relance, um carro funerário que passa atrás das árvores magricelas, e penso: deve estar vazio, o expediente já terminou, os cemitérios estão fechados. Fico parado por um momento, tonto, e tenho que me apoiar na escrivaninha. Este é o credo do redator de roteiros: os nervos que ligam o globo ocular ao cérebro são 23 vezes maiores do que aqueles que ligam o ouvido ao cérebro. Começo a ler e agora entendo. É o câmera que é o personagem principal. Leio simplesmente a história de um triângulo, entre Pontus, a cidade e a câmera. Mas o câmera é o personagem principal, sempre presente, ameaçador. O câmera deveria abrir a lista de personagens. Grito, de repente: "O olho de Deus! O olho de Deus, porra!" Tapo a boca. Sou um ermitão com um pensamento grande demais. Quando o olho de Deus se fecha, deixamos de existir. Tirei o telefone da tomada. Brinco. Corrijo e acrescento. Introduzo cada um de nós no roteiro. Corremos pelo parque Real, com o câmera nas costas. Volto a nos tornar visíveis.

Encontro a folha que levei de volta para o diretor, essa cena simples que me fez decidir tornar-me redator de roteiros cinematográficos. Só foi preciso uma lufada de vento numa rua. *PONTUS vê — um cachorrinho, correndo para casa pela sarjeta com um osso na boca.* Então ouço o carteiro na escadaria. Já é de manhã. Passei mais uma noite sem dormir. A neve cobre a sacada como um imenso edredom. Risco mais um dia branco na folhinha e desço para pegar o correio. São duas cartas. Levo-as comigo para cima. O envelope mais volumoso é do Peder. São as passagens aéreas para Berlim, Oslo Fornebu — Tempelhof. Vou viajar hoje de noite. Peder foi na frente para ir fechando os contratos. O envelope contém, ainda, a reserva no Hotel Kempinski. Três pernoites no Kempinski. Custa uma fortuna. Aproximadamente o equivalente a quatro opções mais a bolsa para roteirista. Peder diz que vale a pena. Kempinski já é meio contrato andado. Com um apartamento no Kempinski e cartão de consumo no bar, resta apenas a conversa fiada. Peder ainda tem a cabeça de otimista. Ele acredita que vai conseguir emagrecer e confia em mim. Abro o outro envelope. Dentro dele, um botão. É só. Reconheço o botão. É aquele que estava escondido no porta-jóias da Velha. Sinto um frio súbito. Seguro o botão na mão. Quase imponderável. Traz também uma etiqueta. Em letras inclinadas, apenas quatro palavras: *o botão do papai.* Olho de novo para o envelope. Está em branco, não tem meu nome nem meu endereço. Ele deve ter posto pessoalmente na caixa do correio. Não. Não é possível. Não é verdade. Vou até a janela. A neve cobre a sacada como um imenso edredom. Um pássaro vermelho pousado no peitoril levanta vôo. Fecho rapidamente as cortinas. A régua de Barnum está em chamas. Sei disso. Não adianta. Noventa por cento da nossa percepção passa pelo olho, a audição representa cinco por cento, e o resto é olfato e dor. Amasso a folha e coloco na boca, mastigo, mastigo e engulo. Jogo o botão na privada e puxo. Com o dedo, mais leve do que uma borboleta, posso apagar tudo, remover-me, esvaziar a tela no silêncio brilhante e liso. Em vez disso, vou até a cozinha, subo num banquinho, abro o respiradouro, enfio a mão lá dentro, e encontro o que procuro, o que eu mesmo escondi lá dentro, bem escondido, mas não o suficiente para enganar o mentiroso: uma garrafa de vodca. O suco está na geladeira.

ENGORDA

Um roteiro de Barnum Nilsen

1. INT. NOITE. CINEMA.

Um menino, BARNUM, sentado em uma sala de cinema. Tem 12 anos de idade e é muito pequeno. Ele não enxerga nada. Uma senhora com um cabelo armado tapa-lhe a visão. Ele se muda para outro assento, e fica atrás de um senhor de chapéu. Muda novamente de lugar, mas não adianta. Todos são mais altos do que ele. Ele estica o pescoço, inclina-se de um lado para o outro. Mal consegue enxergar a tela.

Passam os filmes publicitários. Coca-cola. Ajax. Chocolate ao leite. Por fim, Barnum se levanta e fica em pé sobre o assento para poder enxergar. O público ri dele. Um LANTERNINHA irritado passa por entre as fileiras e o arrasta consigo para fora. O público ri e bate palmas.

A sala escurece.

Silêncio, quebrado apenas pelo farfalhar do papel-alumínio dos chocolates.

Vemos o título na tela: ENGORDA.

Começa o filme.

Aparece um menino, PHILIP, *12 anos de idade, também muito baixinho. Ele está de pé, junto à soleira da porta do seu quarto, e mede a sua estatura. Está apenas de cuecas, e calça sapatos de salto alto. Estica o corpo para ficar ainda mais alto. Vê-se uma série de marcas no batente, cada uma com a indicação de data.*

Alguém grita na sala de cinema:

HOMEM: Tira o sapato, seu anão!

Alguns riem, outros pedem silêncio.

Philip volta-se rapidamente, apressa-se em tirar os sapatos, mas não consegue antes de PAI *chegar. Ele é um homem baixinho mas muito gordo, quase quadrado. Ele se abaixa e pega o sapato de salto alto. Então dá um tapa no filho.*

2. INT. DIA. CONSULTÓRIO DO SERVIÇO MÉDICO ESCOLAR.

Philip está de cuecas, e está sendo medido. O MÉDICO, *um homem alto, magro, com guarda-pó branco, observa atentamente a barra de medição. Então olha para os pés de Philip. O menino está de meias.*

MÉDICO: Tire já essas meias.

Philip tira as meias, contrariado, e as entrega a uma ENFERMEIRA.

O médico abaixa a barra de medição até encostar na cabeça dele, e observa novamente a estatura.

MÉDICO: Você fez alguma coisa de errado, Philip?

Philip balança a cabeça.

MÉDICO: Fez sim. Sem dúvida. Senão não seria tão baixinho.

3. INT. NOITE. EM CASA.

Philip está jantando com os pais. A MÃE *está nervosa e taciturna. O pai come sem parar. Philip fica olhando para o pai e não toca na comida. A gordura reluz no rosto inchado do pai e escorre sobre o queixo duplo. Ele fita o filho e dirige-lhe a palavra, com a boca cheia.*

PAI: Você está ficando cada vez mais parecido comigo, Philip.

Philip não responde. Ele fica fitando o pai, que não pára de comer.

MÃE: Você também precisa se alimentar, Philip.

A mãe coloca comida no prato do filho. Philip nem toca na comida. Continua fitando o pai, assustado.

VOZ DE PHILIP: Não quero ficar parecido com o papai.

O pai volta-se bruscamente para ele.

PAI: O que foi que você disse?

PHILIP: Nada.
PAI: Nada? Ouvi claramente você dizer alguma coisa.
PHILIP: Com licença.
MÃE: Primeiro, termine a sua comida.

O pai se levanta. Parece ainda menor e proporcionalmente mais gordo. Senta-se sempre sobre uma grande almofada, que traz consigo do canto do sofá. De repente, pára e solta um peido forte. A mãe fica envergonhada.

MÃE: Pai, que modos são esses?

VOZ DE PHILIP: Foi então que decidi parar de comer. Porque se parasse de comer, quem sabe eu cresceria na vertical, e não na horizontal.

O pai deita-se no sofá na sala, com um jornal sobre o rosto, a página dos anúncios fúnebres.

VOZ DE PHILIP: Pelo menos, eu não tinha nada a perder.

4. INT. MANHÃ. HORA DA MERENDA NA ESCOLA.

Philip está sentado à mesa do refeitório, junto com os demais alunos. Caneca com leite, cenoura, pão sueco com ovas de bacalhau. Philip finge comer, mas não engole a comida.

5. INT. MANHÃ. ESCOLA. BANHEIRO DOS MENINOS.

Philip está curvado sobre o vaso sanitário e vomita. Alguém BATE *forte na porta, repetidamente. Philip se levanta, abre a porta. Do lado de fora, os garotos mais altos da escola, esperando por ele. Arrastam Philip até o mictório, que está com o ralo tapado com papel higiênico e transborda.*

MENINO: Será que ele sabe nadar?

Todos riem. Seguram Philip pela nuca e o empurram cada vez mais perto do mictório. Por fim, ele é sugado para dentro do ralo, atravessando o papel higiênico.

6. INT. ESGOTO.

Philip está boiando em um canal escuro e subterrâneo. Ele tenta manter-se à tona no meio de excremento, papel, lixo e ratos.

7. EXT. TARDE. RUA.

Em uma rua deserta, uma tampa de bueiro se desloca. Philip sai, molhado, sujo e exausto. Ele mal consegue pôr-se de pé e caminhar em ziguezague, ao longo dos muros.

8. INT. NOITE. BANHEIRO.

Philip está deitado na banheira, nu, coberto pela água. Batem na porta. Ele não percebe.

MÃE: Philip? Você não vai terminar logo? O que é que você está aprontando, Philip? Não está fazendo nada de errado, está?

Philip levanta-se da água, vai de mansinho até a porta e abaixa-se até a altura do buraco da fechadura. Encosta a boca e sopra com toda a força. Ouve-se um grito súbito do outro lado.

9. INT. NOITE. SALA.

A família está sentada em torno da mesa da sala de jantar. A mãe tem um olho todo vermelho, inflamado, como se estivesse chorando em um olho só. O pai está sentado sobre sua almofada, comendo por dois. Philip esconde a comida nos bolsos.

O PAI *sempre fala de boca cheia.*

PAI: Como é que está indo na escola, Philip?

VOZ DE PHILIP: É culpa do papai que sou tão baixinho. Queria que ele morresse.

O pai fita o filho e limpa a boca com o guardanapo.

PAI: O que foi que você disse?

PHILIP: Nada.

O pai enfia um pedaço grande de carne na boca. De repente, fica com o rosto arroxeado. Tenta respirar. Levanta-se. A mãe e Philip ficam só olhando. Então o pai tomba no chão.

Ao longe, ouve-se o som de um campanário.

10. INT. MANHÃ. CAPELA.

O campanário continua a tocar. Philip e a mãe estão sentados na primeira fileira. São os únicos na capela.

O caixão, muito curto e largo, afunda no chão.

O PADRE *desce e segura a mão da mãe.*

Philip vai até o buraco no chão. Ele esvazia os bolsos sem que ninguém perceba: pedaços de carne, salsichas, bolinhos, batatas. Atira tudo atrás do caixão. Curva-se sobre a abertura e contempla as chamas do crematório. E ele é arrastado para dentro do fogo, tal como no ralo do mictório.

11. INT. CREMATÓRIO.

Philip abre caminho no meio das chamas. Uma figura sombria está à frente dele, intocada pelo fogo. Philip pára. É o pai dele.

PAI: Agora conseguiu o que queria, filho?

As chamas engolem Philip.

12. INT. NOITE. QUARTO DE PHILIP.

Philip está junto do batente, medindo sua estatura. A mãe chora no quarto ao lado. Philip verifica a marca. Ele cresceu um centímetro. Está radiante.

A mãe vem até o quarto dele, a voz embargada pelo choro, com seu vestido de luto.

MÃE: Como tem coragem! Ficar alegre num dia como esse!

13. INT. MANHÃ. SALA DE AULA.

A professora OSSATURA *está junto da lousa e observa a classe. Fixa o olhar em Philip, sentado na carteira da frente. Ele está muito magro e pálido, um esqueleto ambulante e baixinho.*

OSSATURA: E qual é o quarto mandamento? Philip? Pode responder?

Philip levanta-se, mas tomba ao chão, desmaiado.

14. INT. MANHÃ. CONSULTÓRIO DO SERVIÇO MÉDICO ESCOLAR.

Philip está deitado sobre um colchão. O médico o ausculta. Ossatura e a enfermeira observam.

OSSATURA: O pai dele faleceu há poucos dias. Deve ter sido demais para o pequeno Philip.

MÉDICO: O menino está subnutrido. Esse é o problema dele.

O médico chacoalha Philip, até acordá-lo.

MÉDICO: Não te dão comida suficiente em casa, Philip?

Philip olha para o médico.

PHILIP: Dão sim.

MÉDICO: Não minta, Philip.

O médico faz um sinal para a enfermeira, que se dirige até o telefone.

15. EXT. DIA. RUAS.

A mãe desce a rua, apressada. É obrigada a parar. Diante dela, na calçada, homens com capas brancas, cobertas de sangue, descarregam carcaças de porco, fazendo uma entrega no açougue. No fim, ela tem que abrir caminho no meio deles.

16. INT. TARDE. CORREDOR.

Philip está sozinho no corredor, do lado de fora do consultório. Ele se curva para espiar pela fechadura. Philip vê a mãe lá dentro, ouvindo o que o médico lhe diz. Ela segura firmemente a bolsa, apoiada sobre o colo.

De repente, ele percebe que o consultório se enche de água. Parece um aquário. A mãe e o médico flutuam sobre as cadeiras, no meio da água verde, soltando bolhas pela boca.

Então, tudo fica completamente escuro.

Logo depois, ele vê o rosto da enfermeira. Ela encosta os lábios no buraco da fechadura, como se quisesse beijar-lhe o olho.

A porta se abre e Philip tropeça sobre a soleira.

MÉDICO: O menino deve ser imediatamente submetido à terapia Weir Mitchel.

17. EXT. MANHÃ. ESTAÇÃO DO LESTE.

Philip na plataforma. Segura uma mala pesada. A mãe fecha o zíper da jaqueta dele até o pescoço.

VOZ DO MÉDICO: Ou *engorda*, uma terapia aplicada a pessoas abatidas, nervosas, anêmicas e reconvalescentes, para pô-las de pé novamente.

A mãe abraça Philip. Ela soluça. Ouve-se o apito da locomotiva, áspero e próximo. Ela solta o filho. Philip embarca no trem.

A mãe permanece na plataforma. O trem sai da estação. Ela ergue a mão e acena.

VOZ DO MÉDICO: A terapia consiste em uma dieta de 12 dias, baseada nas recomendações do professor Burkart.

18. EXT. DIA. ESTAÇÃO FERROVIÁRIA.

Philip desce do trem, atabalhoado, com a mala na mão. Imediatamente, é levantado por um homem, o SITIANTE, *vestido de roupa típica.*

SITIANTE: Vejam só, aqui temos um menino da cidade que está precisando de comida!

O sitiante toma a mala de Philip e o acompanha até um caminhão, coloca a mala na caçamba e o Philip na boléia.

19. INT. DIA. CAMINHÃO.

Philip está sentado do lado do sitiante, que dirige o caminhão, enquanto assobia satisfeito e vez por outra espia, sorrindo, o Philip. O caminhão sacoleja pela estrada irregular. Philip segura-se com força na porta e mal consegue enxergar por cima do painel.

O sitiante freia bruscamente. Uma manada de diversos animais cruza a estrada bem à frente deles: ovelhas, vacas, touros, porcos, galinhas. O sitiante dá uma palmada no ombro de Philip e aponta.

SITIANTE: São esses que você vai comer, Philip. Todos eles.

O sitiante pisa no acelerador e passa bem no meio da manada.

20. EXT. DIA. CAMINHÃO.

Vista aérea do caminhão, que passa por uma estrada estreita entre dois campos cultivados, onde o trigo se ergue, dourado, balançando ao vento e ao sol. As bandeiras norueguesas tremulavam nos mastros nos terreiros. Pessoas bonitas e saudáveis acenam.

Na caçamba, vê-se a mala.

Um coro de meninos entoa o cântico DESPERTA A VIDA NOS BOSQUES.

Logo estamos tão altos que mal percebemos o caminhão na paisagem. Sumimos dentro das nuvens e tudo se torna uma névoa ondulante. Silêncio. Uma mão rasga a névoa ao meio. Ficamos cegados por uma luz forte.

VOZ DO MÉDICO: Amarás tua comida como a ti mesmo.

21. EXT. DIA. SÍTIO.

O caminhão adentra o terreiro, onde a MULHER, *uma senhora imensa, também vestindo roupa típica, aguarda. Philip desce da boléia. O sitiante retira a mala da caçamba e a leva para dentro. Philip aproxima-se da mulher e a cumprimenta. Ela sacode o braço dele.*

MULHER: Bem-vindo ao sítio, Philip. Agora você vai ficar gordo e forte.

Ela acompanha Philip para dentro da casa. De uma janela no primeiro andar, dois MENINOS GORDOS *observam a chegada.*

VOZ DO MÉDICO: Primeiro dia. Às seis e meia da manhã, meio litro de leite, que deve ser tomado lentamente, durante 45 minutos.

22. INT. MANHÃ. SÍTIO.

Na mesa do refeitório, uma fileira de MENINOS *bebendo o leite, morno e coalhado. Alguns são tão magros quanto o Philip, outros já engordaram. Estão dispostos em ordem, os mais magros sentam na ponta inferior, os mais gordos na ponta superior. Philip está sentado na ponta inferior. Todas as atenções estão voltadas para ele, o menino novo.*

A mulher passa lentamente em torno da mesa, inspecionando.

Ninguém conversa. Só se ouve o barulho dos talheres. Philip observa o prato muito cheio e mal composto à frente dele. Ele ergue a colher, mas não consegue engolir a comida, que incha na sua boca.

VOZ DO MÉDICO: Ao meio-dia, sopa com ovo, cinqüenta gramas de carne com batatas amassadas. Duas bolachas de trigo integral e compota de ameixas.

Os dois meninos que vimos na janela, PREBEN *e* ASLAK, *que estão sentados na ponta superior e realmente ficaram gordos, começam a batucar na mesa, no começo sem alarido, depois, gradativamente, com mais força. Por fim, todos estão batucando na mesa. Philip sua. As lágrimas escorrem de seus olhos. Ele está a ponto de explodir. A batucada aumenta até um nível infernal. Philip dobra-se sobre o prato e põe tudo para fora.*

Faz-se um silêncio completo.

A mulher está atrás de Philip. Ela põe as mãos sobre os ombros dele.

MULHER: Agora termine o seu prato, Philip. Senão, Deus vai ficar zangado com você.

Philip enfia a colher no vômito, enquanto a mulher lhe afaga a cabeça.

23. INT. NOITE. SÍTIO. DORMITÓRIO.

Em um dormitório estreito, todos os meninos estão deitados. O sitiante passa pelas camas, verificando se tudo está como deveria. Todos fingem que estão dormindo. O sitiante apaga a luz e tranca a porta.

A luz brilha pela janela e se mira no lago lá fora.

Philip está de olhos arregalados, assustados. Ele ouve alguém se aproximando da cama dele. Ele fecha os olhos.

Preben e Aslak ficam cada qual de um dos lados da cama de Philip. Estão de cuecas. São pálidos e gordos.

PREBEN (sussurrando): Philip?

ASLAK (sussurrando): Philip? Venha. Venha cá.

Philip volta a abrir os olhos, ainda mais assustado. Arrancam-no da cama e o levam até a parede. Obrigam-no a abaixar-se. Philip está de joelhos, tremendo.

PREBEN: Veja.

Philip não entende. Não tem coragem de abrir a boca. Aslak aponta para uma fresta no assoalho.

ASLAK (sussurrando): Espie!

Philip coloca um dos olhos junto da fresta. Ele vê: no térreo, na cozinha, a mulher está curvada sobre o fogão e o sitiante a toma por trás, com força.

24. EXT. DIA. CAMPO.

Todos os meninos estão curvados sobre a terra, colhendo batatas. Philip está entre Preben e Aslak.

VOZ DO MÉDICO: Segundo dia. Massagem, pão de trigo com manteiga e purê de batatas.

Philip cavouca a terra com as mãos. Preben e Aslak atiram batatas nele. O sitiante chega correndo. Ele desfere um tapa em Preben e em Aslak que, obedientes, voltam para o trabalho.

O sitiante abraça Philip.

SITIANTE: Acho que você já engordou um pouco, Philip.

Aslak e Preben olham na direção de Philip, com raiva.

25. INT. NOITE. SÍTIO. REFEITÓRIO.

Philip está sozinho à mesa comprida, comendo. Ele não agüenta mais. Ele solta a faca e o garfo sobre o prato. A mulher aparece subitamente e lhe aplica um tapa na nuca. Philip continua a enfiar a comida goela abaixo.

A mulher sorri, põe as mãos sobre o ombro dele e lhe aplica uma massagem enquanto ele come.

26. O SONHO DE PHILIP.

Philip está boiando no lago, nu. O luar brilha sobre o rosto dele. Está dormindo. Tudo está no mais absoluto silêncio. De repente, a água em volta dele começa a se colorir de vermelho e ele é lentamente sugado para dentro do lago. Philip entra em pânico. Abre a boca para gritar, mas não consegue emitir qualquer som, e ele continua a afundar, na água vermelha e barrenta.

27. INT. DORMITÓRIO.

Philip levanta-se bruscamente da cama, arfando. Aslak e Preben estão diante dele. Curvam-se sobre ele. Cochicham.

PREBEN: Sabe o que o sitiante e a mulher dele são?

Philip balança a cabeça.

PREBEN: São fazedores de anjos.

PHILIP: Fazedores de anjos?

PREBEN: Colocam crianças indesejadas na floresta para morrerem.

ASLAK: É por isso que você está aqui.

PREBEN: Vai dedar?

Philip balança a cabeça.

ASLAK: Vai dedar, seu merdinha?

Philip fita os dois, apavorado. Arrastam-no novamente até a fresta no assoalho. Apertam o rosto dele para baixo. Philip espia: o sitiante está recurvado sobre o fogão, nu. Atrás dele, a mulher o toma.

28. INT. MANHÃ. REFEITÓRIO.

Os meninos estão em seus lugares e cantam em coro. O sitiante dirige. Cantam DESPERTA A VIDA NOS BOSQUES. *Philip permanece em silêncio, ladeado por Aslak e Preben, que cantam a plena voz.*

O sitiante interrompe o canto e fita Philip.

SITIANTE: Você não está cantando.

Philip não responde. O sitiante se aproxima dele.

SITIANTE: Você não quer cantar conosco? Você se acha melhor do que nós? Hein?

29. EXT. DIA. CAMPO.

Philip está sozinho no campo, cavando. Vemo-lo por cima, uma pessoinha no meio da paisagem nua, cinzenta.

VOZ DO MÉDICO: Reforça-se o jantar. Oitenta gramas de carne, manteiga, batatas assadas, rins e testículos cozidos.

Philip olha para o céu. Começa a chover. Ele atira longe a pá e corre até a floresta.

30. EXT. TARDE. FLORESTA.

Philip pára, sem fôlego, no meio das árvores, apóia-se em um tronco. Tudo está em absoluto silêncio. Ele se volta. Ninguém o segue. Ele continua.

E então percebe que o bosque está cheio de meninos. Estão sentados no chão, seminus, azulados de tanto frio. Alguns já estão mortos. Os outros só estão esperando a morte.

Philip volta-se de novo. Na beira da floresta, estão o sitiante e a mulher dele, de mãos dadas, vestindo suas melhores roupas, e sorriem para ele.

31. INT. NOITE. SÍTIO.

Philip está no chuveiro coletivo, nu, tirando toda a lama e a terra. Está sozinho. Fica olhando para a água suja que traça redemoinhos junto do ralo. Sente os pneus de gordura em volta da barriga.

Então ouve alguém perto cantarolando DESPERTA A VIDA NOS BOSQUES. *Philip desliga o chuveiro e ouve mais nitidamente a cantoria. Está se aproximando. Philip estende a mão para pegar a toalha pendurada em um gancho. Mas não alcança. Preben e Aslak estão na frente dele. Cantam e olham para ele. Então, faz-se silêncio.*

Preben tira a toalha do gancho.

ASLAK: Você é melhor do que nós? Hein?

PHILIP (sussurrando): Não.

PREBEN: Está precisando da toalha?

PHILIP: Sim, por favor.

Preben estende a toalha para ele, mas a puxa de volta para si. Philip fica lá parado, nu. Tenta cobrir as partes com as mãos.

ASLAK: Tem certeza de que não é melhor do que nós?

PHILIP: Não quero engordar. Só quero ficar mais alto.

Preben e Aslak se entreolham e riem. Então arrastam Philip até o dormitório, até a fresta no assoalho. Obrigam-no a se ajoelhar e pressionam o rosto dele contra o chão.

Philip espia: a cozinha está vazia. Um bule com água, a ponto de ferver, está sobre o fogão.

Philip grita. Seu grito é abafado. Preben amarra a toalha bem apertada sobre a boca do menino. Aslak ajoelha-se atrás dele.

VOZ DO MÉDICO: Aquele que não seguir rigorosamente a terapia de Weir Mitchel estará condenado ao inferno da magreza.

O rosto de Philip se contorce de dor e de medo.

32. INT. EXT. MANHÃ. DORMITÓRIO.

Philip está junto da janela e descortina o terreiro. Aslak e Preben saem, cada qual com a sua mala, bem vestidos, gordos e corteses, junto com a mulher. Ficam parados lá, junto do mastro, onde tremula a bandeira.

O caminhão entra no terreiro e pára. A mulher despede-se, lacrimosa, de Aslak e de Preben. Sobem na caçamba e acomodam-se lá, junto das malas.

Da boléia sai um menino bem baixinho e magro, com uma mala de papelão na mão. É Barnum, que conhecemos da sala do cinema, aquele que foi posto para fora. Ele está com medo e confuso. A mulher o cumprimenta efusivamente.

O sitiante sai com Aslak e Preben.

33. EXT. MANHÃ. TERREIRO.

Barnum finalmente se liberta dos braços da mulher. Ela se abaixa até o rosto dele.

MULHER: Agora você vai ficar bem gordinho, Barnum.

Ela toma a mão de Barnum e o conduz até a casa. Ele levanta o olhar, na direção das janelas. Percebe Philip. Vê aquele rosto gordo no andar de cima, fitando-o.

O coral dos meninos canta: DEUS É DEUS AINDA QUE TODO HOMEM PEREÇA.

Barnum resiste e tenta se soltar. A mulher o arrasta atrás de si.

34. INT. NOITE. CINEMA.

O lanterninha arrasta Barnum para fora da sala do cinema, até o saguão. Ouve-se a trilha sonora do filme, meninos cantando DEUS É DEUS AINDA QUE TODO HOMEM PEREÇA. Barnum solta-se e sobe uma escada, correndo. O lanterninha corre atrás dele, mas tropeça em um dos degraus. Barnum abre uma porta e entra em um corredor longo, apertado.

Barnum pára e olha em torno. Percebe uma coluna de luz, que corta a escuridão em diagonal. Ele caminha na direção da luz, tateando.

35. INT. MANHÃ. SÍTIO. REFEITÓRIO.

Philip senta-se à cabeceira da mesa. Agora é ele o mais gordo de todos. Seu rosto está uma bola. Ele come com voracidade. A gordura escorre sobre os seus lábios.

O sitiante está atrás de Philip e lhe dá uma palmada nas costas.

Barnum entra e senta-se na ponta inferior da mesa, magérrimo e assustado.

VOZ DO MÉDICO: Primeiro dia. Às seis e meia da manhã, meio litro de leite, que deve ser tomado lentamente, durante 45 minutos.

Barnum fita a caneca com o leite acinzentado, sujo, coalhado de nata.

36. INT. NOITE. CINEMA.

Barnum está no meio do raio de luz. Tem pressa. Sente pânico. Procura afastar a luz. Debate-se com os braços.

Da sala do cinema ouvem-se apupos e palavrões.

Vemos a sombra inquieta de Barnum que quase cobre a tela inteira.

37. INT. NOITE. SÍTIO. DORMITÓRIO.

Philip está do lado da cama de Barnum. Philip está nu e gordo. Barnum está acordado e com medo.

Philip o arrasta até a parede e pressiona o rosto dele contra o assoalho.

38. INT. CINEMA. NOITE.

Barnum abre uma porta baixa. O PROJETISTA*, um senhor de certa idade, gentil, está lá dentro, uma sala apertada e de pé-direito baixo, quase um armário, e acompanha a projeção do rolo de filme.*

Barnum entra e se aproxima dele.

BARNUM: Não quero ver mais.

PROJETISTA: Como disse?

BARNUM: Não quero ver mais.

PROJETISTA: Achei que quisesse ver o filme.

BARNUM: Agora não quero mais.

O projetista olha para ele, com pesar.

PROJETISTA: Não posso parar até o filme acabar. Entende?

39. INT. NOITE. COZINHA. SÍTIO.

O olho de Barnum torna-se visível na fresta do forro. O olho entra pela fresta, um olho bem aberto. Então, o olho cai lá de cima, cai na água fervente na panela sobre o fogão.

40. INT. NOITE. CINEMA.

Barnum está sentado. O projetista está junto dos rolos que vai trocar.

BARNUM: Eu achava que era você quem decidia.

PROJETISTA: Você tem que ver o resto, Barnum.

BARNUM: Mas não quero.

PROJETISTA: Você não tem escolha.

BARNUM: Eu achei que você fosse Deus.

PROJETISTA: Sim, sou Deus, infelizmente. Mas nem eu tenho escolha.

O projetista volta-se para Barnum.

PROJETISTA: Você me parece familiar. Já nos vimos antes?

BARNUM: Você já não viu todo mundo?

PROJETISTA: Tenho a memória fraca, entende. Começo a ficar velho.

O projetista volta a espiar pelo postigo.

PROJETISTA: Venha aqui. Depressa!

Barnum se aproxima e espia pelo postigo.

Barnum vê a tela lá embaixo. O campo, muito bonito, os meninos que trabalham lá, felizes e aplicados no dia ensolarado. Canto de pássaros. E Barnum, com um tapa-olho, se aproxima, acompanhado do sitiante, e começa a trabalhar, ao lado de Philip.

Ao fundo, percebe-se a floresta, como uma sombra alta e espessa.

PROJETISTA: Agora sei quem você é.

O projetista volta-se para Barnum e sorri.

PROJETISTA: Não é o que você vê que é importante. O mais importante é o que você acredita que vê.

Barnum pega uma das caixas que continha as latas com os filmes e bate com toda a força na cabeça do projetista. O projetista desfalece.

Barnum arranca o filme do projetor.

Da sala, ouvem-se gritos e assobios.

41. INT. NOITE. SALA DO CINEMA.

A tela está preta e a sala continua escura. As pessoas foram embora. Só as coisas delas ficaram: casacos, papel-alumínio, guarda-chuvas, luvas, sapatos, cachecóis. Silêncio total.

Então aparece uma faixa crepitante de luz na tela.

Finalmente, aparece uma imagem gasta, em preto e branco: o batente da porta do quarto do menino. Diversas marcas com datas. A última: 4/9/1962.

— THE END —

O TEATRO ELÉTRICO

A Placa

Casamo-nos no fabricante de placas de Pilestredet. Havíamos escolhido uma placa, com letras pretas: VIVIAN e BARNUM. Eu teria preferido Wie e Nilsen. Soava melhor. Mas fiz a vontade de Vivian. O balconista embrulhou a placa em papel pardo e incluiu quatro parafusos. Paguei, voltamos a pé para casa e aparafusamos a nova placa na nossa porta. VIVIAN E BARNUM. Na caixa do correio, junto da entrada do prédio, eu havia me limitado a colocar uma etiqueta, em que havia escrito a mão os nossos sobrenomes: Nilsen e Wie. Tinha sido nosso anel de noivado. Agora era para valer. Vivian e Barnum estavam inscritos em cobre na porta do segundo andar em Bolteløkka, um pequeno prédio residencial, construído em tijolos vermelhos, com entrada pela rua Johannes Brun. Foi o pai de Vivian quem havia arrumado o apartamento para nós, uma sala, alcova e varanda. Sentamo-nos lá. Era o começo do outono, um sábado, o ar claro e nítido, o sol ainda aquecia. Logo atrás das casas, para o oeste, podia-se divisar as torres do parque Sten, o Blåsen, eu estava na paisagem, eu estava onde a nossa história havia acontecido. Ao sul víamos o fiorde, com a água lisa, calma, incolor, como se já tivesse congelado. Abri a primeira garrafa de champanhe e enchi nossos cálices. Um vizinho estava embaixo, no pedacinho de gramado, e acenou para nós com as mãos cheias de terra. Bebi. Vivian fechou os olhos e recostou-se. A luz tomava uma coloração dourada na sua face. Senti uma alegria que não havia conhecido antes, a leveza do álcool e a tranqüilidade do momento, a embriaguez e o tempo se fundindo em uma unidade maior. "Por quanto tempo uma pessoa tem que ficar desaparecida para ser considerada como morta?", perguntei. "Talvez a vida toda." Vivian não abriu os olhos. Enchi de novo o cálice. Bebi. Ri. "A vida toda? Isso quer dizer que um desaparecido vive para sempre. Não morre nunca. Só continua a viver." Vivian voltou-se para mim. Seus olhos pareciam ter ficado subitamente cansados. Segurava o cálice fino com as duas mãos. "Você tem saudades do Fred?", sussurrou. Eu poderia ter-lhe perguntado a mesma coisa. Não respondi. Em vez disso, fui buscar uma segunda garrafa. Tomei um cálice sozinho. Quando saí de novo, a Vivian havia colocado óculos de sol. Sentei-me do lado dela. Uma sombra cobria metade da varanda. Logo iria esfriar. "Quero ter filhos", disse Vivian. Esvaziei o cálice. "Pois não", disse eu. Levei a garrafa para dentro, Vivian abriu o sofá-cama, estendeu e nos deitamos. Foi rápido. Fomos, como direi, objetivos e pragmáticos na cama. Depois da loucura no parque de Frogner aquela noite, há muitos anos, junto do pavilhão, sobre a qual nunca conversamos depois, e à qual nunca nos referíamos com uma palavra sequer, havíamos ficado envergonhados e tímidos, mesmo quando eu bebia. Era como se abríssemos uma zona escura cada vez que fazíamos amor e por isso não tínhamos coragem de nos fitar um no fundo do olho do outro. Só queríamos terminar logo. Mas eu ainda sentia um leve odor de almíscar. Enchi os cálices. "Acertei?", perguntei. "Não fale bobagem", disse Vivian. Ri. "Atingi o meu público?" Vivian também riu. Conseguia fazê-la rir também, enquanto durasse. Curvei-me sobre a barriga dela e fiquei ouvindo. Seu corpo era magro e quente. "Acha que fizemos um filho agora?", sussurrei. "Talvez, talvez não", disse Vivian. Sentei-me. Senti uma friagem. Ainda havia um pouco de champanhe no fundo da garrafa. Vivian segurou-me a mão. "Você não está bebendo um pouquinho demais?", perguntou. "Um pouquinho demais?" "Sim. Um pouquinho demais. Você já deu conta de quase duas garrafas sozinho." "Você está contando?" "Não é tão difícil, Barnum. Um mais um igual a dois." "Você é tão boa nisso quanto o Peder", disse eu. Vivian soltou a minha mão. Voltei a deitar-me. "Bebo porque estou feliz", sussurrei. Ela se levantou e foi até o banheiro, onde só havia lugar para uma pessoa de cada vez, no máximo para uma e meia. Ouvi-a abrindo a torneira do chuveiro. Bebi o que havia sobrado. Vivian costumava demorar no banheiro. Quando ela voltou, levantei-me. "A gente não poderia ir deitar mais cedo hoje?", suspirou. "Tenho que escrever", disse eu. Ela deu-me as costas. Tinha apenas a toalha vermelha cobrindo o corpo. O cabelo molhado desenhava um arco sobre o travesseiro branco, projetando uma sombra escura que ia ficando cada vez maior. "Não vá pegar friagem, Vivian." "Estou com calor. Você está com frio?" "Não. Estou ótimo. Vamos apagar as luzes?" "Tudo bem, Barnum." Apaguei os abajures acima da cama e sentei-me junto à pequena mesa de trabalho que mal havíamos conseguido encaixar debaixo da janela, entre a porta da varanda e as estantes. Mas, quando acendi a lâmpada, ela iluminou o resto da sala também, por mais que eu curvasse a haste sobre o papel. Vivian puxou o edredom sobre a cabeça. O espaço era realmente muito pequeno. Tínhamos dois quadros na parede: a fotografia de Lauren Bacall e o cartaz de *Fome*. De repente, lembrei-me da Cidadezinha. Agora eu havia me tornado adulto e morava nesse apartamentinho. Se não velho, havia pelo menos ultrapassado a primeira fronteira, aquela que acompanha o meridiano da inocência, onde o riso muda de cor. Ainda havia muitos que achavam que eu tinha menos de vinte anos, e que era um adolescente meio perdido na vida, acontecia de eu ser barrado nos filmes com limite de 18 anos e ter que mostrar a identidade. Desisti de assistir a esses filmes. A última vez que eu fui barrado foi numa sessão de *O Iluminado* e Peder não se continha de tanto rir. Depois disso, tive que passar a mostrar a identidade nos bares. Isso também acabou. Mas aqueles que chegavam mais perto de mim e observavam com atenção, e não se deixavam enganar por meus cachos e minha estatura, que, nos momentos mais inspirados, eu chamava de minha altura silenciosa, poderiam perceber as marcas no meu rosto, e essas não eram ambíguas. Vivian já havia caído no sono. Cheguei muitas vezes a sentir inveja do sono dela. Preparei-me. Aqui estava o meu equipamento: quatrocentas folhas de papel, a régua, um lápis, três esferográficas, o *Guia Médico da Família Norueguesa* do Dr. Greve, borrachas, tinta corretiva e a máquina de escrever que havia ganho de presente do Fred. Fui até a nossa minúscula cozinha e tomei no gargalo da garrafinha. Ocorreu-me um breve pensamento: *A Cidadezinha*, parte dois, ou um e meio; um anão que mora no menor quarto de pensão do mundo tem como namorada a mulher mais alta do mundo. Tomei mais uma garrafinha, passei um café e voltei para a mesa de trabalho. Tirei o bloco de notas. Essas eram as minhas idéias: 1. *O riso e o choro: documentário de Barnum sobre a condição humana.* 2. *A piscina.* 3. *Vivências com os quase famosos. Beatles, Per Oscarsson, Sean Connery, entre outros.* 4. *Engorda.* 5. *Salto triplo.* 6. *O Homem da Noite.* Esses eram alguns dos meus títulos, títulos de trabalho, rigorosamente registrados, com comentários explicativos, indicações, diálogos, listas de personagens. Era o meu grande instante, quando eu colocava a folha de papel no rolo, ou erguia o lápis, para não acordar a Vivian. Nesse momento, eu era soberano, senhor de mim e do tempo. A escuridão da noite encostava na janela. As luzes da cidade estavam inquietas. Chovia. Alguém tocava um disco do Sex Pistols no volume máximo. Os gatos de Bolteløkka miavam. De repente, fez-se silêncio. Eu ouvia apenas a respiração regular de Vivian. Ela era o nosso motor. Esse era o meu momento. Eu queria fazer as minhas histórias elevadas, não baixas e lentas, não, eu as ergueria para além do topo do batente, para além de mim mesmo. Seria exigir demais? E é nesse instante, quando a mão que segura o lápis se aproxima do papel, quando o dedo tomba na direção de uma letra no teclado gasto, que estou no meu verdadeiro elemento. A partir daqui, tudo pode acontecer. Sou o pequeno deus. Agora sou mais pesado do que o meu peso e maior do que o meu pensamento, sou mais amplo do que os meus plenos poderes, neste intervalo, nesse segundo hesitante, que se parece com uma gota debaixo de uma torneira enferrujada ou sobre uma rosa, e essa gota pode se transformar em um mar. Vivian virou-se, suspirando. Talvez tivesse sonhado alguma coisa. Talvez tivesse uma pessoa crescendo dentro dela agora, pensei, minha célula, o óvulo dela, nada menos, os traços característicos já latentes lá dentro do calor, o franzir de um menino entre os olhos, a covinha de uma menina, pensei, o coração de uma criança. O livro médico de M. S. Greve, informa: *Fertilização. O ato pelo qual o óvulo maduro se torna capaz de desenvolver um novo indivíduo,* logo depois de *Enterro. A colocação de um cadáver em uma cova para que se decomponha e se transforme em terra.* E o lápis caiu sobre *O Homem da Noite.* Escrevi a primeira cena. *Um MENINO, de oito anos de idade, magro e pálido, corre pelas ruas.* Quando fechava os olhos, conseguia vê-lo, correndo, pelas ruas desertas, em uma cidade abandonada, de manhã cedo, suas roupas são antiquadas, ouço-o respirar, sua respiração é pesada, ouço música também, porque essa cena tem que ter fundo musical, algo azul, lento e sinfônico. Aonde é que o menino vai? O que é que ele tem que alcançar, já que corre tão depressa? Larguei o lápis. Ficou grande demais para mim. Eu ainda não estava preparado para essa história, minha pedra angular, minha obra-prima, que trataria da ausência. Escrevi na margem, sublinhando: *Ausência.* Eu sabia o que eu tinha que escrever, mas não em que seqüência. É isso que faz a narrativa: a seqüência, o desenrolar dos acontecimentos, o que vem agora, a lógica oblíqua que não trata de causa e conseqüência, e sim de outra humanidade, a cronologia poética. Eu ainda não tenho estatura para tal tarefa. Preciso crescer com ela, estender-me, para além do meu mandato, tornar-me meu próprio conquistador. Eu tinha que preencher a ausência e, desse modo, suspendê-la: Fred, ausente há dez anos, Wilhelm, nosso bisavô, que sumiu no gelo, o homem desconhecido de Boletta, a terra firme escura do papai, seu tempo perdido, desde que saiu com a mala cheia de aplauso e seguiu pela curva da estrada, até que veio dirigindo pela Kirkeveien em um Buick amarelo, encerado. E eu também não podia esquecer o Peder, Peder que estudava economia na Universidade de Los Angeles. Talvez fossem essas pessoas que o menino estava correndo para encontrar? Vivian dormia. Fui buscar uma cerveja e saí de fininho na varanda. Dava para ver a sombra do Blåsen. Era lá que a Velha costumava sentar-se e a mamãe vinha procurá-la. Tive mais uma idéia e voltei depressa para dentro para não esquecê-la, esse já era o meu grande pavor, o esquecimento, e foi por isso que registrei. Escrevi: *Locais. A história do vínculo das pessoas com determinados lugares. Por exemplo: a Velha e o Blåsen. Boletta e o Pólo Norte. O quiosque da Esther. O pátio interno. Um lugar não é um lugar até que uma pessoa tenha estado lá. Uma pessoa não é uma pessoa até que tenha um lugar.* E será nesses lugares que a nossa memória permanece? Onde é o meu lugar? Eu não sabia. Mas será que o tempo também não é um lugar, um canto nas horas, protegido dos segundos? Eu queria ter o meu lugar no tempo. Anotei embaixo, em letras bem grandes: *Túmulos.* De quem são esses lugares? Então voltei a uma idéia boa e antiga: *Salto triplo.* Eu queria fazer do salto triplo a minha poética. A seqüência no salto triplo é inevitável e necessária, a corrida inicial, o impulso elástico, os toques ágeis no solo, o pulo em um pé só, o passo, e toda a força a ser concentrada no último salto, violento, na direção da areia, enquanto as pernas se estendem para frente na queda, um movimento quase impossível e por isso mesmo tão belo. Imagino um esboço da história do salto triplo, como a técnica foi se aprimorando ao longo dos anos, sem que se tenham alterado os princípios fundamentais do salto triplo, o pulo, o passo, o salto, a trindade do salto. Estou especialmente interessado na corrida inicial, é aqui que se forma a base, um salto fracassado já é detectável na corrida inicial. Quero crer que haja uma série de fotos seqüenciais de diversas competições e copas, nacionais e internacionais, que podem ilustrar a composição e o significado do salto triplo. Depois de muita hesitação, resolvi tornar o zelador Bang o protagonista, o herói manco do salto triplo. É assim que antevejo: o velho zelador que trouxe areia até o pátio interno e cavou um buraco para dispor a areia. Todos se reúnem para vê-lo saltar. É primavera, um sábado de tarde, estamos nas janelas e nas escadarias, ladeando a pista, ao longo do caminho coberto de cascalho, damos vivas, e agora vem o zelador Bang, sob grandes aplausos, vestindo seus *shorts* gastos e a camiseta amarela, tenaz e manco, ele atinge a prancha e empurra, com um gemido, e congelo-o nesse momento, deixo o zelador Bang suspenso assim, no meio do ar, e, a partir desse ponto, vou retroceder no tempo, até o alvorecer do salto triplo. Quem foi o primeiro que inventou de dar um salto triplo?

Fui me deitar quando a Vivian acordou. Ela vestiu a roupa de ginástica e saiu. Ouvi os passos rápidos dela descendo a escada. Ela ficou fora uma meia hora, e eu ainda não havia caído no sono. O telefone tocou, ou era o campanário? Era o pai de Vivian. "Posso falar com a Vivian?", perguntou. "Ela saiu para dar uma corrida", disse eu. Fez-se um momento de silêncio. "Eu só queria lembrá-la do jantar de hoje." Sua voz parecia longínqua, como se tivesse largado o telefone sobre a mesa e ido a outro cômodo. "Alô?", sussurrei. "Às sete horas", disse o pai de Vivian, agora mais próximo. "Às 19 horas", repeti. "Muito bem. Fica combinado assim." "Certo", disse eu. Sua voz alterou-se, ficou quase íntima. "E você não pratica corrida?" "Vivian gosta de correr sozinha", disse eu. Ele ainda estava lá. Ouvi os passos de Vivian subindo a escada, sua respiração. "E vocês estão bem?", perguntou ele, de repente, com a mesma voz suave que parecia tão estranha, como de um homem procurando fazer uma amizade. "Compramos uma placa de porta ontem", disse eu. Ele desligou. Vivian voltou-se para mim, molhada, o corpo escorrendo todo. "Está chovendo?", perguntei. "Estou suando", respondeu. "Vamos fazer mais uma criança?" "Tenho que fazer alongamento." Ela segurou-se no topo da porta e ficou pendurada. Seus dedos magros mantinham-na na posição. Havia algo antinatural nessa imagem, como o zelador Bang que deixei suspenso no pulo, um tipo de limbo, pensei, tal como Fred nos havia abandonado no purgatório do tempo de espera. Dormi, e o sono foi pesado, curto e sem sentido. Quando acordei, a Vivian estava na cozinha, tomando o café da manhã. Senti o cheiro do café, o pão torrado, a geléia de laranja. Fiquei deitado, observando-a. Isso não era um purgatório. Era o cotidiano, que tomamos como certo e por isso esquecemos. Esse era o momento mais freqüente, os momentos calmos, sem acontecimentos, o cotidiano de um domingo, e eu quis que fosse assim. Então me ocorreu que esse momento não era tão cotidiano assim. Era a nossa primeira manhã. Tirei o pequeno embrulho que havia escondido debaixo do travesseiro e dei para ela. "Tem lugar aí para mim também?", perguntei. Vivian ergueu o olhar. "Sim, já terminei." Sentei-me mesmo assim. Ela serviu café para nós dois. "Conseguiu escrever alguma coisa?", perguntou. "Não consegui me decidir", disse eu. "Decidir-se? Como assim?" "Tenho idéias demais, Vivian." "E isso é um problema?" "Sim. Não consigo ir adiante. Estou sempre começando uma coisa nova. Não sei o que quero." Vivian empurrou o cesto de pão na minha direção. "Acho que você sempre acaba escrevendo sobre o Fred", disse ela, em voz baixa. Não gostei de ouvir isso. Ela tinha razão. Coloquei o pequeno embrulho diante dela. Ela olhou surpresa para mim. "O que é?" "Um presente matinal", disse eu. Vivian balançou a cabeça. "Não sabia que você era tão atencioso." Ela sorriu. Meneei a cabeça. "Você quer dizer burguês?" "Não, eu quero dizer atencioso, Barnum." "Abra logo!", exclamei. Vivian abriu a caixinha. Era um anel, simples, de ouro. Ela tirou o anel, com cuidado. "A mamãe queria que o anel fosse seu", disse eu. E quando vi a Vivian colocar o anel fino no dedo, tive outra idéia, divisei, em um repente, um pulo, um salto triplo: o anel que a Rakel deu para a mamãe e que eu agora tinha repassado para a Vivian, e, dentro desse círculo estreito, no perímetro do anel, intuí uma história que era maior do que o anel, que rompia os seus limites, e vi diante de mim uma imagem, a pilha de jóias que os nazistas roubaram dos judeus antes de mandá-los para a câmara de gás, este anel era para estar nessa pilha, mas Rakel teve tempo de tirá-lo antes, e outra imagem, uma sala cheia de sapatos, de homem e de mulher, acrescenta-se às palavras da mamãe *esses são passos que ainda ouço saindo da minha vida.* Eu tinha que anotar isso. Estava para me levantar da mesa. "Obrigada", sussurrou Vivian. Fiquei sentado. Pus a minha mão sobre a dela. Tudo que eu tocava transformava-se em idéias.

Mais tarde naquele domingo fomos passear. De braços dados. As árvores soltavam as suas folhas. Não havia quase ninguém nas ruas, só um homem acompanhado de um *chihuahua* feio, e praticantes de corrida resfolegantes. Até eles desviavam o olhar para nos observar. Formávamos um casal estranho. Eu tinha guardado os sapatos plataforma. Agora só usava salto alto. Durante a noite, o outono tinha chegado. As pessoas estavam em casa, guardando a roupa de verão. Eu havia entrado em um estado de espírito estranho. Era por culpa do anel. Eu não devia tê-lo dado a ela. Já estava arrependido. Eu poderia ter comprado outro anel, ou um brinco. Teria bastado a placa na porta: VIVIAN E BARNUM. Era mais do que o suficiente. Agora eu tinha ido longe demais. O anel era pesado demais na mão dela. Ela encostou a cabeça no meu ombro. "Obrigada", repetiu. "Ficou muito bem em você", sussurrei.

Subimos até o Blåsen e nos sentamos. Uma revoada de pombos decolou do telhado, espalhando-se para todos os cantos. "Onde é o seu lugar?", perguntei. "O que quer dizer?" "Todos têm um lugar. Esse é o lugar da Velha." "Eu não tenho um lugar", disse a Vivian. Ri. "É claro que tem." Ela ficou furiosa. "Talvez eu não queira ter um lugar!", exclamou. "Tudo bem", disse eu. Acendi um fósforo. Vivian soprou e apagou a chama. "Quer que diga onde é o meu lugar, Barnum? É a curva onde o papai saiu da estrada e eu nasci." Voltei o maço de cigarros para o bolso. Não gostei do lugar. Eu queria achar outro lugar para ela, que não fosse um local de uma ocorrência. "Você se esqueceu que vamos jantar na casa dos seus pais, às sete horas?", perguntei. Vivian escondeu o rosto entre as mãos. Ficou assim durante pelo menos dez minutos. Começou a escurecer. "Não vou", disse ela. Mas fomos, àquilo que a Vivian desde então passou a chamar de sessão das sete no Drácula. A caminho, demos uma parada no Krølle, e até a Vivian tomou uma cerveja. Pedi mais duas. Aqui me serviam sem pedir comprovante de idade. "Onde é o seu lugar?", perguntou ela. "Adivinhe", disse eu. Ela respondeu rapidamente: "A árvore da praça Solli." "Aquele não é meu", disse eu. "É nosso." Passou uma sombra sobre o rosto da Vivian, talvez vindo de mim, talvez eu tivesse lançado essa sombra sobre ela. A sombra chamava-se Peder. "O Cine Rosenborg", sussurrou. "Está esquentando", disse eu. Ela encostou-se em mim. "Já sei, Barnum. A Cidadezinha!" Levantei o copo e brindei. "A resposta está absolutamente certa." Vivian ergueu o copo. "E o que fazemos com os lugares? Você sabe me dizer?" Coloquei o copo sobre o descanso. "Eles nos fazem inteiros", disse eu, baixinho. Vivian permaneceu um tempo em silêncio. As vozes ao nosso redor eram altas e irritadas. Alguém bateu em uma mesa. Acendi um cigarro. "É sobre isso que estou escrevendo", sussurrei. "Os lugares que nos fazem inteiros." Tomei a mão dela e senti a borda do anel contra a pele.

Vivian lançou-me um olhar súbito. "E onde é o lugar de Fred?" Dei de ombros. "Talvez seja isso que ele esteja procurando." Soltei-a e tomei mais cerveja. "Sente falta do Peder?", perguntei. Ela poderia ter me feito a mesma pergunta. Ela foi ao banheiro. Parei o garçom e peguei mais uma caneca de cerveja da bandeja dele. A Cidadezinha. Esse era o meu lugar. Foi lá que eu havia sido apontado, por um policial de luvas grandes, e parei de crescer. Foi lá que tive a minha primeira idéia e a anotei. A Cidadezinha era tempo e lugar, impossível escapar. Um folheto de repente aterrissou na mesa. *Diga não à venda da Noruega. Passeata sai do mercado Young, 20.* Levantei o olhar. Um sujeito de cara amarrada fitava-me. "A Noruega também é um lugar", disse eu. "Você é estudante?", perguntou o sujeito. "Não. Sou um comerciante." O sujeito ficou desconfiado. "Comerciante?" "Isso mesmo." "E o que é que você vende?" "Eu não vendo", repliquei. "Eu comercio." "E o que você comercia?" "Comercio chocolates, sacos de suco, salsichas, revistas e balas." O sujeito bateu na mesa, impaciente e com desprezo. "Filho-da-puta de comerciante capitalista!", exclamou. "Mas mesmo assim oprimido", afirmei. O sujeito recolheu a mão, confuso. "Um comerciante oprimido? Não me faça rir!" Levantei-me. Eu mal chegava ao tórax dele, mesmo com o salto alto. Ele não riu. E ocorreu-me uma coisa. "Já faz quatro anos desde o plebiscito", disse eu. O sujeito voltou a irritar-se. "E daí? O que isso tem a ver?" Ele enfiou o folheto no bolso e saiu por entre os garçons. E quando voltei a sentar-me, a Vivian finalmente havia retornado. "Você precisa submetê-los", disse ela. "Submetê-los?", perguntei. Não estava entendendo nada. Ela se inclinou sobre a toalha de mesa. "Submeter os seus roteiros! Você precisa mostrá-los para alguém." "Não estou preparado ainda", disse eu. Vivian colocou sobre a mesa um anúncio que havia recortado de um jornal. O Instituto Norueguês de Cinema estava anunciando um concurso de roteiros. Tanto roteiros prontos quanto sinopses poderiam concorrer. Mas era disso que eu tinha medo. Receava que alguém pudesse me desmascarar, desmascarar tudo o que eu já escrevi e rejeitá-lo. Por enquanto, ainda podia sonhar e ser senhor de mim ao longo da régua de Barnum. Fechei os olhos. O prazo para submeter os textos era 1º de março. "Que dia é hoje?", perguntei. "Vinte de setembro", disse Vivian. E pensei comigo que, se nos apressássemos bastante, poderíamos chegar a tempo da passeata saindo do largo Young, quatro anos atrás. Abri os olhos. "Vou primeiro mostrá-los para você", disse eu. "Agora você viajou longe", sussurrou a Vivian. Ri. "Só saí para fazer xixi." Ela também riu. "Está falando sério? Você quer mesmo mostrá-los para mim?" "E para quem mais?" Vivian tomou da minha cerveja e eu gostava dela quando ela bebia assim, diretamente, quando se soltava, então ela podia rir, assim sem mais, nesses momentos estávamos sintonizados, e não dois relógios indicando horários diferentes, como os mostradores na recepção do hotel em que a Vivian era Tóquio e eu era Buenos Aires. Agora bebíamos e ríamos juntos, mas o silêncio fez-se ainda maior quando o pai abriu a porta e o acompanhamos para baixo, sim, digo para baixo, dentro do apartamento escuro, e Vivian nos deixou já na entrada para ver a mãe no quarto e eu me sentei na poltrona da biblioteca enquanto o pai preparava dois uísques, deixou o gelo cair com um estrondo e aproximou a cadeira. "Está na hora de nos conhecermos melhor", disse ele. "Sim", sussurrei. Embora a claridade fosse muito fraca, percebi que ele me fitava, e seus olhos eram duros e pontiagudos. "Depois do acidente, a mãe de Vivian jogou fora todos os nossos espelhos. Mas um dia tocaram a campainha. Ela abriu e lá estavam uns moleques. Seguravam um espelho na frente dela. Depois disso, ela nunca mais saiu. Como é que crianças podem ser tão maldosas?" Limitei-me a balançar a cabeça. O pai aproximou o copo dos lábios. "Você que fica escrevendo coisas, o que pensa de uma história dessas?" Olhei para o chão. "É uma boa história", disse eu. Os cubos de gelo tilintavam. "Boa? Você é sentimental, Barnum?" "Não creio." "Então deveria saber que não existem boas histórias. Só existem histórias verdadeiras e falsas." O pai tomou mais uísque e soltou um longo suspiro. "O que a Vivian lhe falou do acidente?" "O que ela disse?" O pai voltou a encher o seu copo, impaciente, mas não o meu, embora também estivesse vazio. "Ela contou como aconteceu?" Olhei na direção da porta, que estava entreaberta. A Vivian não vinha. Ela não viria até essa conversa terminar. "Ela nem era nascida", disse eu, me arrependendo antes de pronunciar as últimas palavras. O pai inclinou-se na minha direção e percebi um breve sorriso. "Todos têm a sua versão, Barnum. Coisas que cada um ouviu. Coisas que cada um sonhou. Você sabe disso, não sabe?" Afundei-me na poltrona. "Ela disse que você perdeu o controle do carro numa curva e caiu numa ribanceira." O pai suspirou. "Ninguém perde o controle de um Chevrolet Deluxe, Barnum." Ele levantou as mãos, como se estivesse segurando um volante. "Veio outro carro na nossa direção, na curva", sussurrou. "Um Buick conversível. Estava vindo muito depressa. Ele invadiu a minha pista e tive que jogar o Chevrolet para o lado." O pai girou as mãos e pisou fundo no chão. Então suas mãos caíram no colo. "Foi assim que aconteceu", disse ele. "Evitei uma colisão frontal e estraguei a minha família." Ele ergueu o copo, lentamente. Estaríamos nos conhecendo melhor? Queria tomar mais uma dose, mas não tive coragem de pegar a garrafa. "O outro carro não parou?", perguntei. O pai balançou a cabeça, e, de repente, sua voz ficou irreconhecível, a linguagem contorceu-se, algo rompeu dentro dele. "O cretino seguiu adiante!" E, no mesmo instante, tocou a campainha. Senti um soco interior, um rasgo no coração, que dói tanto que é gostoso. Talvez fosse Peder. Fiquei na escuta. Ouvi alguém abrir, deveria ser a Vivian, talvez a Vivian e o Peder nesse instante estivessem se abraçando, e eu queria estar com eles, no abraço, nesse instante. O pai permaneceu sentado. Ele pôs a mão sobre o meu joelho. Queria que ele a retirasse. "Agora você sabe", disse ele, e sua voz havia voltado ao normal, atonal, um risco fundo na boca. "O quê?", sussurrei. "Agora você sabe a verdade, Barnum." E era como se estivesse ouvindo o Peder, em algum lugar bem longe, em algum tempo muito longínquo, e, ainda assim, incrivelmente próximo: *Talvez. Talvez não.* O pai levantou-se. "Nunca falamos sobre isso", disse ele. "Nunca." Alguém deu uma batida leve na porta e a abriu. Uma mulher de idade, grisalha, com avental branco e saia preta, espiou para dentro, cumprimentou. "A visita chegou, seu Wie." Ela sumiu rapidamente no escuro. Acompanhei o pai até a sala. Lá estava a visita. Era a mamãe. Ela havia se arrumado. Parecia perdida. O pai de Vivian tomou a mão dela entre as suas. "Ninguém está lhe fazendo sala? Lamento a indelicadeza. Mas o Barnum e eu estávamos conversando sobre a vida e ficamos fora do tempo e do espaço." "Não faz mal", sussurrou mamãe. "Obrigado pela senhora aceitar o convite tão em cima da hora." Mamãe sorriu. "Sou eu quem deve agradecer. E não seria melhor nos tratarmos de você?" O pai assentiu e soltou a mão dela. "Vou buscar as minhas meninas", disse ele. Saiu rapidamente até a entrada. Voltei-me para mamãe. "Por que você não telefonou? Assim poderíamos ter vindo juntos." "Porque fui convidada há dez minutos. E vocês já tinham saído." "Não convidaram Boletta?", perguntei. "Boletta está cansada. Você andou bebendo, Barnum?" A senhora de idade, a empregada, chegou inesperadamente com uma bandeja e tive tempo de tomar um martíni seco antes de ela desaparecer de novo. "Não", disse eu. Mamãe deu um suspiro e olhou em volta. "Dá para entender que eles consigam viver nessa escuridão toda?" "Entendo sim", disse eu. "Eles não agüentam a luz do dia." "Psiu, Barnum." E fiquei pensando no que o pai da Vivian havia contado sobre o acidente, aquilo que ele chamava de verdade. Era para isso que nos havia convidado, para desmascarar o culpado? Mamãe não deveria falar nada sobre o Buick. Eu havia bebido demais e senti, pela primeira vez, que não chegava nem perto de ser suficiente. "O que será que eles querem?", sussurrei. "Querem ser simpáticos, Barnum. Somos quase família, agora." Ri. "Quase família?" Mamãe beliscou-me o braço. "Controle-se, Barnum." O pai retornou. Trazia a Vivian consigo. Ela ficou ao mesmo tempo alegre e nervosa ao ver a mamãe. Ela beijou-lhe o rosto. "Obrigada, Vera." Mamãe levantou a mão dela e sentiu o anel. "Ele lhe cai muito bem." O pai olhou para mim, a mesma boca muda, o dedo que passou depressa sobre os lábios. Desconfiei dele. Finalmente, voltou o olhar para Vivian. "Acabou com a Annie?", perguntou. Vivian meneou a cabeça. O pai sorriu. "Muito bem. Vamos à mesa." Ele afastou a porta branca de correr que dava para a sala de jantar. Ela estava sentada na ponta da mesa, na sombra atrás dos candelabros, e nos fitava. Vivian havia feito um bom trabalho. O rosto era liso, os traços limpos e nítidos, um instantâneo dourado, parecia uma fotografia emoldurada pela escuridão, mas, ao me sentar do lado dela, pude perceber que debaixo da maquiagem, debaixo do belo retoque, estava o rosto anterior, aquele em que o tempo havia parado a partir do momento em que foi esmagado contra o pára-brisas de um Chevrolet Deluxe. O resto era máscara, que ela portava com uma espécie de dignidade, talvez por teimosia. A velha empregada serviu. Não me recordo do que comemos. Era alguma carne de caça. Eu não estava com fome. Bebi. Vivian segurava o garfo e a faca de um jeito estranho, com os punhos cerrados, como uma criança malcomportada. Eu nunca havia reparado nesse jeito dela antes. O anel parecia apertado no dedo. Só vi as nossas mãos, dez mãos, cinqüenta dedos, nenhum igual aos outros, minha própria mão, que levava o copo até os lábios, o vinho tinto, cada gole um sopro quente na cabeça. E me ocorreu que essas mãos deveriam se tornar um tema no documentário de Barnum sobre a humanidade, sou tomado por esse pensamento, sobre as mãos autônomas, mas não tenho nada em que fazer uma anotação e não ouso sair da mesa, porque talvez ocorra algo de terrível enquanto estou longe. O pai coloca os talheres sobre o prato e faz um brinde para a mamãe. "Fico sempre com a sensação de que já nos vimos antes", diz ele. Mamãe sorri. "Mas já nos vimos mesmo. Na estréia de *Fome*." "Não, quero dizer muito antes disso." O pai volta o copo para a mesa. É como se houvesse uma membrana sobre nós, que pode se romper a qualquer momento. "E onde poderia ser?", digo, em voz alta, rindo. Mas ninguém ouve o que digo. Meu copo está vazio. O pai espia sobre a mesa. "Annie, onde é que vimos a mãe de Barnum antes?" Ela se volta lentamente para Vivian e fala, devagar. "Vocês não pensam em se casar de verdade?" Vivian inspira fundo. "De verdade? Como assim?" "Você sabe muito bem, Vivian. Na igreja, naturalmente." Vivian olha para mim. "Barnum e eu chegamos à conclusão de que Deus não existe. Por isso deixamos o fabricante de placas nos casar." A mãe sorri. Ela olha também para mim. A maquiagem está rachando. "Sempre achei que seriam Peder e Vivian", diz. Vivian empurra a cadeira para trás. "E por que achou isso, mãe?" "Porque vocês combinavam tão bem." O pai inclina-se repentinamente para mamãe, é como se acabasse de encontrar uma pista que não quer largar, fragmentos de um sonho depois de uma noite pesada. "O que o seu marido fazia?", pergunta. Mamãe hesita por um instante. "Ele era palhaço e caixeiro-viajante", diz ela. Faz-se um instante de silêncio, ouve-se apenas o ruído de nossas mãos, dos talheres, da comida sendo mastigada. Então o pai volta a perguntar: "Vocês não tinham outro filho? Que desapareceu?" Vivian olha para baixo e sussurra algo que não consigo ouvir. Mamãe se apruma. "Ele não desapareceu", diz ela, com tranqüilidade. "Está apenas fora, perambulando." E me ocorre que esse diálogo só aponta para trás, nada do que é dito leva a história adiante, essa conversa é como uma água parada. Aqui, neste cômodo, nesta sala de jantar, só existe o passado, e mesmo ele não conseguimos exprimir direito. Então a mãe coloca a sua mão no braço de Vivian, um movimento ébrio, enquanto a maquiagem escorre da boca, e a cicatriz, um traço em diagonal, irregular, atravessando o rosto, se torna visível, como se o seu rosto fosse composto de vários pedaços que não se encaixam. "Estão pensando em ter filhos?", pergunta. Vivian puxa o braço para si. A mão da mãe fica apoiada sobre a mesa, entre os pratos, os copos e os talheres, inquieta, é como se a mão tomasse fôlego antes de desaparecer, subitamente, deixando apenas a impressão sobre a toalha, uma sombra sobre a brancura. "Não", diz Vivian. "Não quero expor ninguém a isso." "Expor ninguém a quê?", sussurra a mãe dela. "A ser criança, mãe." Então a Vivian se levanta e sai da sala de jantar. Deixa atrás de si um silêncio pesado. Mamãe me dá um chute na canela. Vou atrás da Vivian. Ela está sentada na cama, no seu antigo quarto, onde tudo está como antes, fora o quadro de Lauren Bacall, que já não está mais pendurado, ficou apenas um quadrado escuro sobre o papel de parede, como um negativo. Deito a cabeça no colo da Vivian. "Você não poderia ter simplesmente respondido que sim?", perguntei. "E por quê?" "Sim é mais fácil de se pronunciar do que não, Vivian." "Engano seu, Barnum. Não é sempre mais fácil do que sim. Você deveria saber disso." Beijo-a. "Vamos voltar à mesa ou prefere ir para casa?" "O que você acha?" "Não gosto que fiquem sozinhos", digo. Vivian levanta-se. "Vamos fingir que somos felizes?", pergunta. "E você não é? Feliz, quero dizer." Vivian sorri. "Aqui não", diz.

E essa foi a última vez que jantamos na casa dos pais da Vivian. Mamãe tomou um táxi para casa. Vivian quis voltar a pé. Paramos na frente da casa do Peder. Havia luz acesa no andar de cima, mas não conseguimos ver ninguém lá dentro. "Você também achou que seria você e o Peder?", perguntei. Vivian demorou a responder. "Não. Achei que seria você e o Peder", disse, por fim. Continuamos subindo pela rua Tiedemann e nos vejo passando pelos anos, em um único desenho, é outono quando dobramos a esquina e as luzes se apagam na casa de Peder, no largo Vestkant entramos no inverno, a primavera se aproxima quando chegamos a Bislet e em Bolteløkka já é verão, mais um verão, abro as janelas para ventilar, vou buscar um pano, enquanto o vizinho joga fora o lixo, e saio para o corredor para lustrar a nossa placa, até brilhar: VIVIAN E BARNUM. Ouço-a logo atrás de mim. Veio pela escadaria sem fazer barulho. Agora ela cobre os meus olhos com as mãos. Rio. "Estive no médico", sussurra. "Médico? Você está doente?" "Estou ótima, Barnum. Você também deveria fazer um exame." Ela tira as mãos. Continuo de costas. "Tem certeza de que quer ter um filho meu, Vivian?"

A Semi-escuridão

"Muito obrigado!" O menininho educado diz muito obrigado quando eu lhe dou os cinqüenta centavos de troco. Ele dobra os dedos sobre a moeda brilhante e na outra mão segura uma caixinha vermelha de suco de frutas. "Não precisa dizer muito obrigado", digo. Faço-lhe um afago na cabeça. Ele se afasta. "Como?", sussurra. "De quem é esse dinheiro?", pergunto. "De quem é o dinheiro?" "Sim, de quem é essa moeda de cinqüenta centavos?" Ele cerra o punho ainda mais forte em volta da moeda. "É minha!" "Exatamente", digo. "E por isso você não precisa agradecer." O menino atravessa a avenida correndo, pára entre as faias e se volta. "Seu besta!", grita. Estou em pé em cima de um engradado de refrigerantes vazio, e me inclino na direção do guichê. Tem-se uma ótima vista do mundo daqui, do lado de dentro do quiosque da Esther. Eu e a mamãe assumimos o ponto. Logo antes do verão, a Esther teve um derrame, que a fez esquecer o preço da bala, de quantos centavos tem em uma coroa, e de desligar o aquecedor. Em compensação, lembra-se de tudo que aconteceu entre 1945 e 1972, o tempo, os jogos dos campeonatos nacionais, as eleições parlamentares, as competições de esqui, a chegada à Lua e quais as melodias mais tocadas no *Você Escolhe a Música*. Ela divide um quarto no asilo da Fundação Príncipe Augusto, na rua Stor, e não sabe mais o seu próprio nome, mas traz um almanaque inteiro dentro da cabeça. É outono. Pendurei as novas revistas com prendedores em um fio na vitrine. As caixinhas de suco estão no congelador, as garrafas de Coca-cola na geladeira. Só não gosto das salsichas. As salsichas são uma amolação. Ficam lá estendidas na água morna até ficarem acinzentadas e enrugadas e só servem de comida para cachorro. Vou parar de servir cachorro-quente. Quero um quiosque só com secos, sem molhados: imprensa marrom, cigarros e balas. Mas a mamãe não quer mudar nada, quer continuar do ponto em que Esther parou. Lá no *trailer* da avenida Sørkedal, começaram a servir salada de camarões e cebola frita, mas essa não é uma concorrência que pretendo assumir, eles que chafurdem na porcaria. Aliás, tenho uma excelente vista da Cidadezinha. Tem um grupo de escolares lá para aprender as leis do trânsito com um policial. Estão enfileirados, ouvindo a sua preleção, certamente sobre lanternas e olhos-de-gato nas bicicletas, porque logo virão as noites escuras, e é importante ser visível no trânsito. E quando os vejo assim, essas crianças, com seus rostos sérios, tudo inacabado em seus traços, é como se eu pudesse pôr o dedo no tempo e senti-lo se mover. Anoto no meu caderno. *Tempo. Como mostrar a passagem do tempo de um jeito novo? Se fosse possível, poderíamos por exemplo colocar uma pessoa diante de uma câmera durante cinqüenta anos e filmar as mudanças no seu rosto. Título possível: Eco.* Então a aula termina e as crianças atravessam a avenida correndo, enquanto o policial permanece na pequena passagem de pedestres e constata, com tristeza, que não aprenderam nada, ou que já se esqueceram do que ouviram, ninguém olha para os lados antes de atravessar, correm no meio da pista e querem ser os primeiros a chegar ao quiosque do Barnum. Logo tem uma fila inteira diante do guichê. Curvo-me para fora, olho para eles, e eles para mim. Não podem saber que estou em cima de um engradado. "O que vai ser hoje?", pergunto. E o primeiro da fila, um garoto gordo com o topete cobrindo os olhos, coloca uma moeda de cinco coroas no balcão. "Um cachorro-quente", diz. Suspiro. "Tem certeza?" O garoto me olha, espantado. "Cachorro-quente", repete. Fisgo uma salsicha vienense, pálida, insiro no pão, passo *ketchup* e mostarda, e coloco o cadáver nas mãos dele. Ele recebe quatro coroas de troco, mais não vale essa carne morta, e o menino gordo acha que dei o troco errado, que dei a mais, não diz muito obrigado, mas desce correndo pela calçada, enquanto enfia a salsicha na boca. "De nada!", grito atrás dele. Mas ele não escuta, e a próxima da fila é uma menina magra, com uma mochila grande demais nas costas, parece a ponto de tombar para trás. "O que posso comprar com 25 centavos?", pergunta. Penso um pouco. "Por 25 centavos, posso lhe vender bala", respondo. "O que é bala?" "É gostoso", digo. Embrulho um pedaço bem grande e devolvo a moedinha para ela. "Estava quase me esquecendo de que a bala é de graça se você repartir com os outros." Ela me olha espantada, e caminha sozinha na direção de Majorstuen. E, no fim da fila, estão dois meninos com uma incumbência que os faz hesitar. Olham para todos os lados, e não ousam dizer uma palavra até não haver uma única pessoa em um raio de pelo menos dez quilômetros. Percebo logo o que querem. Deixo que suem um pouco. Um deles aproxima-se do guichê. "*Cocktail*", diz ele, rápido e brusco, quase engolindo as palavras antes de pronunciá-las. "O que disse?", pergunto. O outro chuta a canela do colega, e o coitado tem que pedir de novo. "*Cocktail*", repete, mais nítido dessa vez, o suor escorrendo de sua testa lisa, ainda sem preocupações. "Você quer dizer a revista masculina *Cocktail*?" Ambos meneiam vigorosamente a cabeça, impacientes, e com o olhar alerta, como se uma mãe qualquer pudesse aparecer a qualquer momento e dar o flagrante. E quem diria que esse tipo de leitura estava incluído no estoque que a velha Esther deixou? Pois é, uma pilha inteira de *Cocktail* dos anos 60 ainda estava em uma caixa debaixo do balcão de chocolates. Por muito tempo, fiquei me perguntando quem comprava *Cocktail* no quiosque da Esther, não era eu, e havia concluído que muito provavelmente era o zelador Bang. Dou-me bastante tempo e abro a caixa, enquanto os corações dos meninos lá fora trepidam como dínamos. Escolho o número 13, de 1967, com a mulher de cabelo armado de cócoras sobre uma toalha junto a uma árvore. Pode ser um bom começo para os jovens. Já colocaram uma nota de dez no guichê. Devolvo a nota, faço um afago na cabeça de cada um. "Não precisam pagar por velhas senhoras", digo. Então enrolo a revista, passo um elástico, e entrego o pacote como um bastão de revezamento aos meninos excitados, que quebram o recorde do último trecho da Kirkeveien naquele outono. Chega por hoje. Fecho a portinhola, abaixo a persiana e finalmente me acomodo na cadeira de praia que herdei da Esther. Posso ficar sentado nela, escrever um pouco e tomar uma cerveja sossegado. O próprio quiosque não seria um bom ponto de partida para um roteiro? Também assim eu poderia mostrar o tempo, visto a partir do guichê do quiosque da Esther, no vão da Kirkeveien, os clientes que se transformam, os penteados, as mercadorias, os carros que passam, o dinheiro, as luminárias, tempo e lugar, o tempo visto do lugar e, evidentemente, o lugar visto ao longo do tempo. Título possível: *O quiosque de Barnum.* Sinto esse calor nos ombros, como uma febre boa, a alegria de estar próximo de algo. Mas hoje não vou ter sossego para concluir o pensamento. No meu bolso tem uma carta que ainda não abri. Não posso mais esperar. Vivian vai logo me perguntar, e tenho que ter uma resposta. A carta foi enviada pelo Dr. Lund. *Barnum Nilsen. Favor comparecer no Hospital Central, laboratório III, quinta-feira, 12 de setembro, às 13 horas. Traga consigo uma amostra de sêmen, tirada no máximo três horas antes, e após uma abstinência sexual de cinco dias desde a última relação ou ejaculação.* No envelope, grande, há também um pote de plástico transparente, com tampa. Quinta-feira é amanhã, e a última relação aconteceu no dia de São João. Chovia aquela noite, e as fogueiras mal queriam queimar. Esvazio a garrafa de cerveja, mastigo algumas pastilhas de sal, e vou visitar a mamãe. Já faz um tempo que não a vejo. Ela fica feliz em me ver e me abraça. Boletta está dormindo no sofá, na sala. "Como é que ela está?", pergunto. "Está sonhando", sussurra a mamãe. Vamos até a cozinha. Paro por um instante diante do nosso quarto. A cama de Fred ainda está lá, arrumada. Mamãe troca a roupa da cama duas vezes por mês. "Quer café?", pergunta. "Você não teria uma cerveja?" Mamãe solta um suspiro, de costas. "São só três horas da tarde, Barnum." Acomodo-me junto à mesa da cozinha. "Quer ouvir uma boa notícia, mamãe?" Ela se volta para mim, bruscamente. Sua voz mal passa sobre os lábios. "Fred? Você teve notícias do Fred?" Minha cabeça emudece. Sorrio. "Não. Mas a Vivian e eu vamos ter um filho." Mamãe me fita, demoradamente. É como se tivesse que ajustar o rosto para outra velocidade. "Barnum, querido", diz, por fim, passa os dedos por meus cachos e beija a minha testa. Recuo. Mamãe ri. "Cerveja eu não tenho. Mas posso arranjar champanhe." E no fundo da geladeira ela encontra uma garrafa verde, e tiro a rolha com cuidado, para não acordar Boletta. As taças altas borbulham. Brindamos. Estamos sentados à mesa da cozinha, em uma quarta-feira de setembro, tomando champanhe. Mamãe segura a minha mão. "Quando?", pergunta. "Quando?" "Sim, quando vão ter o filho?" "Assim que possível." "Assim que possível?" "Nós só nos decidimos a ter filhos, mamãe." Ela retira o braço e tira a garrafa da mesa. "Por que você fala assim?", sussurra. "Fala como?" "Que vão ter filhos. Você disse só para arrumar o que beber?" Não sei o que dá em mim, uma fúria repentina me domina. "Nosso filho pelo menos vai ter um pai", digo, quase gritando. Mamãe não desvia o olhar. Sou eu quem olha para baixo, assim que digo essas palavras, e tomo mais champanhe. "Não precisava ter dito isso", sussurra. Balanço a cabeça e tento fazer parecer uma zanga justa. Não consigo. "Desculpe", digo. Ergo a vista. Os olhos da mamãe estão negros. E percebo, talvez pela primeira vez, porque ficou tão nítido, como uma marca no rosto, a expressão, como o Fred se parece com ela. Ela toma de novo a minha mão. "Não há do que falar, Barnum." "Mas eu quero falar." "Sobre o que quer falar?" "Você se lembra daquela vez que o Fred e eu fomos buscar a Boletta no Pólo Norte?" Mamãe sorri. Encho as taças. "E quem poderia esquecer? Achamos que vocês tinham morrido." "Era com o seu pai que ela bebia lá?", pergunto. Mamãe silencia, inquieta. "Eu disse que não queria falar sobre essas coisas", diz, por fim. Levanto-me e levo a garrafa até a janela. Os canteiros de flores junto da lixeira estão cobertos de mato. O mato também se espalhou em volta das escadarias. A trepadeira começa a rajar-se de vermelho, como artérias sobre os tijolos. Dou de ombros. "Tudo bem. Então não vamos falar." Mamãe também se levanta. "Boletta quis assim", diz, baixinho. "Por quê?" "Porque ela queria me ter, Barnum." Eu entendo o que a mamãe diz, mas não compreendo. "O que você quer dizer?" "Ela não queria ter um marido que sumisse." "Assim como a Velha? A Boletta também conheceu um marinheiro?" "Eu não sei, Barnum. Nem quero saber." "Eu imaginava que o vovô fosse um motoneiro", disse eu. "Que ele cuidava de mim sempre que eu tomava o bonde em Majorstuen." "Pare, Barnum." "Eu gostava de pensar assim, mamãe. Que ele conduzia o bonde e ficava de olho em nós." Então me ocorre alguma coisa, lenta mas segura, e começo a rir, em voz alta. "O que foi?", pergunta a mamãe, irritada. "Fleming Brant", sussurro. "O que tem ele?" "Quem sabe ele foi o homem da Boletta?" "Não fale bobagem, Barnum." "Estou falando sério! O montador é o seu pai! É evidente!" Mamãe me desfere um tapa. Então põe a mão sobre o meu ombro. "Estive na delegacia de novo ontem. E perguntei sobre o Fred." Fecho os olhos. "Deram alguma notícia?" "Disseram que não é crime estar desaparecido", responde a mamãe. Então percebo três homens de terno saindo pelo portão. Estão acompanhados do zelador Bang, também de terno, o mesmo que costumava vestir nos enterros. Param junto da escadaria. Bang aponta com uma bengala, e todos olham para o telhado. "O que está acontecendo aqui no prédio?", pergunto. Mamãe espia sobre o meu ombro. "Estão falando de reformar o sótão e instalar novos apartamentos." "E quem é que vai querer morar lá em cima?" Mamãe tira a garrafa de mim e a coloca na geladeira. "Quem sabe você e a Vivian. E a criança", acrescenta. "Ou o Fred", sussurro.

Retornei ao quiosque antes de a Boletta acordar. Ela havia se tornado um bicho noturno. Agora só dormia de dia. Acomodei-me novamente na cadeira de praia, abri uma cerveja e deixei a persiana abaixada. Fiz um acréscimo no caderno, debaixo de *lugares*: o sótão. O que acontece com um lugar quando ele deixa de existir, quando é eliminado, posto ao chão? O lugar se torna apenas um ponto em um mapa antigo e inútil? Mas não consegui levar o pensamento adiante, fiquei parado no salto, não me faltava apenas altura, me faltava também comprimento. Comi um tablete de chocolate e peguei algumas das edições esmaecidas de *Cocktail*, da idade média da Esther. Passei rapidamente pelas ilustrações das mulheres robustas, que ao longo do tempo haviam ficado pálidas, tímidas, pareciam a ponto de cair no sono ou de chorar, no meio das banheiras com espuma entre os seios. E eu que tinha caminhado até a rua Frogner só para comprar *Cocktail*. Mas daí ocorreu-me outro pensamento enquanto folheava os arquivos proibidos: talvez eu pudesse escrever uma história para a revista e ganhar algumas coroas. E tirasse e acrescentasse alguns detalhes, talvez pudesse usar o que aconteceu no parque de Frogner, quando a Vivian me tomou, poderia por exemplo ser uma noite morna de verão, em vez de um outono chuvoso, com uma luz suave entre as árvores. Poderia transformar Vivian em uma mulher solitária, rica, perto de seus trinta anos, fazendo um passeio a cavalo, e eu em um jardineiro pobre mas genial, que tirava o mato do gramado junto ao pavilhão, e ela se lançaria sobre mim com o mesmo frenesi, atirando-me ao chão e tomando-me pela boca, gulosa e decidida. Ou talvez eu pudesse escrever uma comédia pornográfica? Nunca havia ouvido falar disso antes. Mas, pensando melhor, logo percebi que não era de se espantar. Afinal, o riso e a pornografia não são inconciliáveis? O romantismo é dado a riso, mas a pornografia é apenas silêncio e instinto, e quem sente tesão diante de um homem divertido? Também anotei essa observação. Então alguém bateu na porta estreita que conduzia até o vão atrás do quiosque. Não deu tempo de me levantar. Entraram três sujeitos, e se postaram ao redor da cadeira de praia, e um tirou uma garrafa de Coca da geladeira e deu-me um golpe na testa com ela. "Está bolinando o meu irmão?", perguntou. Eu nunca os havia visto antes. Só sabia que integravam a família dos espíritos de porco. Há sempre um espírito de porco que leva a herança adiante. Estavam aqui de novo. Senti um braço apertando o meu pescoço. Fui forçado para trás e aquele que falava me chutou na virilha. "Está bolinando o meu irmão?", gritou. Ouvi um estalido, algo que se quebrava, o som veio primeiro, a dor depois, e, no intervalo branco entre o som de algo que se quebra e a dor pesada, enjoativa, pude afundar o quanto eu queria. Será que ele queria dizer o menino para quem dei a revista *Cocktail* e fiz um afago na cabeça? Tentei dizer alguma coisa, mas minha voz havia sumido. Lembro que me vi de repente estatelado no chão, alguém pisava na minha nuca, e a mesma voz gritava: "Sua bicha filha-da-puta! Sentado aqui punhetando!" Não conseguia respirar. Esperei. Fiquei esperando. Tinha que passar. Era assim que falavam de mim, a bicha baixinha do quiosque que dava doces de graça e bolinava os clientes, era essa a minha fama? Eu queria poder chamar o policial da Cidadezinha. Eu queria poder chamar o Fred. Mas o policial havia voltado para casa, e ninguém sabia do paradeiro de Fred. Cheguei a pensar que nunca havia estado tão solitário. Vi o brilho de uma faca. Cortaram o meu cinto, soltaram-no e me chicotearam o rosto. A fivela se prendeu na pálpebra, como um gancho, e o sangue escorreu até a boca. Talvez tenha sido todo esse sangue que os assustou. Seja como for, fugiram, mas primeiro quebraram o engradado que eu usava como estrado e me banharam com a água das salsichas. Depois, tudo ficou escuro e silencioso. Quando acordei, só conseguia enxergar de um olho. Consegui levantar-me. Eu tinha uma camisa extra pendurada junto da porta, para o caso de me sujar com mostarda ou *ketchup*. Troquei-me. Arrumei um pouco a bagunça. Joguei as revistas *Cocktail* e as salsichas na lixeira junto do portão. Então desci até o salão de beleza em que a Vivian trabalhava, na rua Jacob Aal. Eu costumava dar uma passada no cair da tarde. Gostava de vê-la assim, cuidando das senhoras cansadas de Majorstuen e de Fagerborg, disfarçando as rugas e levantando os rostos em um triunfo temporário, essa vaidade silenciosa somente interrompida por uma ou outra conversa, talvez sobre o novo penteado de uma das recepcionistas ou o último creme noturno de Paris, que poderia levantar os mortos. Os clientes sempre voltavam para a Vivian. Ficavam dependentes dela. Ela era mágica. Agora estava trabalhando o pescoço de uma senhora de certa idade, pondo sombra sobre a pele flácida, e pensei, com alguma melancolia, que toda beleza é, no final das contas, uma ilusão de ótica. Então a Vivian percebeu a minha presença pelo reflexo no espelho. Ela largou o que tinha nas mãos e veio até a cadeira onde eu estava sentado. "Meu Deus do céu, o que foi que aconteceu?", sussurrou. "Fui assaltado." Vivian abaixou-se.

"Você precisa ver um médico, Barnum." "Você pode me consertar", disse eu. "Espere na sala dos fundos", sussurrou. "Estou assustando a cliente?" "Sim", disse Vivian. Fui até a sala dos fundos. O cheiro de maquiagem e de cremes era estonteante. Caí no sono. Vivian me acordou. Era a minha vez. O salão estava fechado, e pude finalmente sentar-me na cadeira macia em frente ao espelho. Não reconheci o meu rosto. Eu era um estranho. Vivian removeu o sangue com um chumaço de algodão. "Você foi mesmo assaltado?" "Não levaram muita coisa." "Mas você vai ter que dar queixa, não vai?" "Eram só uns garotos, Vivian. Não quero estragar a vida deles." Vivian suspirou. "Você é bom demais", disse. Ri. "Sou um péssimo comerciante." Eu gostei de senti-la cuidando da minha aparência. Gostava das suas mãos macias e decididas. "Adivinhe", disse. "O quê?" "O sótão no prédio da mamãe vai ser reformado. Podemos arrumar um apartamento lá." "E você quer?" "Você não está pensando em morar em um apartamento de um cômodo quando tivermos filhos?" Vivian olhou-me pelo espelho. "Você acha que vamos conseguir fazer filhos?", perguntou. "Vou ao Hospital Central amanhã." "Que bom, Barnum." Vivian continuou a consertar o meu rosto. Ela lavou as feridas e passou uma pomada na pálpebra. "Um pouco de ruge também", pedi, gentilmente. E foi assim que fiquei com esse olho, que confunde e irrita as pessoas, os nervos da pálpebra esquerda haviam sido rompidos, eu não sentia a pálpebra, e por isso acontecia de a pálpebra se fechar sozinha, e daí era impossível fazê-la abrir de novo, podia parecer que eu estava dando uma piscadela de esperteza, as pessoas por vezes pensavam que eu já estava embriagado, a ponto de dormir, ou que simplesmente era descarado e arrogante, meu rosto ficou descentrado, um pouco fingido, um olho aberto e outro fechado, o músculo que circunda o olho não funcionava mais, e já foi dito que eu tenho um rosto pela metade.

A Divina Comédia de Barnum

Chovia. Nunca havia visto uma chuva dessas antes. Uma parede d'água, revestida de folhagem, descia, obliquamente, de um céu baixo, pesado. Fechei as cortinas e voltei para a cama. O pequeno pote transparente que haviam mandado do Hospital Central era uma invenção mal concebida. Tive que ficar deitado de lado, mirando, de uma forma muito desconfortável, enquanto me esforçava para obter uma ereção, eram dois movimentos contraditórios que geravam um curto-circuito no pensamento, me davam branco na hipófise e me deixavam mole entre as pernas. Doía nos testículos. Quando os segurava, mais se pareciam com um saco cheio de vidro quebrado. Vivian saiu do banheiro. "Está difícil?", perguntou. "Estou tentando", disse eu. "Quer que ajude?" "Obrigado." Que mais eu poderia dizer? Eu estava sem ação. Ela deitou-se atrás de mim, passou a mão sobre a minha barriga e segurou minha pica. Mas ela foi muito violenta. Será que achava que era uma torneira a ser aberta? A pálpebra morta despencou e trancou lá dentro uma metade de mim, e me veio um pensamento assustador, uma imagem súbita, que fez com que qualquer início de excitação abandonasse meu cérebro novamente: a pálpebra é o prepúcio do olho. "Cuidado", sussurrei. "Dói?" "Um pouco." Vivian soltou, deitou do outro lado, e colocou o meu membro na boca. Então eu entendi o quanto isso era importante para ela, o quanto era necessário que eu enchesse o pote com o líquido cinzento, pastoso e alcalino. Ela nunca havia feito sexo oral comigo, e eu também nunca havia pedido. Fiquei tão surpreso que a pica ficou rija de imediato, dura e ereta entre os lábios finos de Vivian, agora era só uma questão de tempo. Não parava de chover. O barulho da chuva nos circundava, como se morássemos em uma ilha no meio de um rio transbordante. "Sim", sussurrei. Ela se afastou. Dobrei-me sobre o pote e o enchi o tanto que pude. Vivian já estava com o lenço de papel pronto. Ela limpou o que havia escorrido para fora e colocou a tampa. Então ela voltou ao banheiro e a ouvi vomitando. Dentro de três horas o pote tinha que ser entregue ao laboratório do Hospital Central, para que os meus cristais de sêmen pudessem ser liberados para fazerem a longa viagem para dentro dos óvulos de Vivian, ou serem jogados fora na pia mais próxima. Olhei o relógio. Eram dez horas. Vivian voltou e sentou-se do meu lado. "Quer que eu vá junto?", perguntou. Segurei a mão dela. "Não é necessário. Obrigado mesmo assim." "Cuide bem da sua mercadoria, então." Era assim a nossa conversa. A mercadoria. Uma friagem havia se estabelecido na nossa linguagem. Medíamos a relação em graus centígrados. Contávamos os dias entre cada menstruação e marcávamos na folhinha. E eu entregava a mercadoria. Mas fazia muito tempo que eu não entregava a mercadoria na loja dela. Era assim a nossa conversa. "Vou tomar um táxi até o laboratório", disse eu. Ela me beijou a testa, pegou um guarda-chuva e saiu para o trabalho no salão de beleza. Ouvi os passos dela descendo a escada. Ouvi a chuva e o vento. O pote estava do meu lado, com um rascunho cinzento no fundo, minha mercadoria, que poderia ser a metade de uma pessoa, uma matriz incompleta. Tomei um banho de chuveiro, vesti roupa limpa, fumei um cigarro e telefonei para a central de táxis. Ninguém respondeu. Por fim, até o ruído de discar sumiu também. Telefonei para o ponto de táxi em Sankthanshaugen. Deu ocupado. Tentei Majorstuen. Também ocupado. Voltei a ligar para a central. Depois de aproximadamente 12 minutos, fui acoplado a uma secretária eletrônica, com mensagem gravada: no momento, todos os nossos atendentes estão ocupados. Tente um de nossos sessenta pontos de táxi. Já havia tentado dois. Tentei mais um, Bislet. Bislet também deu ocupado. Já eram dez e meia. Comecei a ficar ansioso. Arranquei do cabide a capa de chuva, coloquei o pote no bolso interno e corri até Sankthanshaugen. Não havia um único veículo lá. O telefone não parava de tocar dentro da caixa verde. A chuva vinha de todos os ângulos. Eu estava para descer a avenida Ullevål, passando pelo quiosque. Foi então que alguém gritou o meu nome. Parei e olhei ao redor. Ele estava sentado no banco junto do espelho d'água. "Barnum!", gritou de novo, e acenou. Fui na direção dele. Eu não estava com vontade, mas fui mesmo assim. Era o chato do Hamster. Eu havia ouvido alguns boatos a respeito dele, e pude constatar que eram verdadeiros. Agora era ele quem se sentia chateado, e não senti qualquer compaixão. Ele parecia o Dustin Hoffmann em *Perdidos na Noite*, depois de morto. Estava com o olhar seco. E por um instante ocorreu-me que poderia ser eu quem estava sentado lá, que eu talvez viesse a sentar lá um dia, sozinho, debaixo de chuva em um parque, a diferença é que eu havia escolhido a bebedeira lenta, sistemática, enquanto ele havia optado pelo conjunto de química e pelo sangue, as bombas pontiagudas. Tinha varizes no rosto. Ele colocou óculos de sol. "É você, Barnum?" Meneei a cabeça. "Você se lembra de mim, não é, Barnum?" "Não", respondi. Hamster riu, pesadamente. "Não enche, vai. Eu era colega do seu mano." "Era?" "Sim, porra, aquele irmão maluco seu e eu éramos amigos." Pensei comigo: o tempo e o entorpecente facilitam a mentira, não, não facilitam, a tornam necessária. "Agora estou me lembrando", disse eu. Hamster levantou a mão e espalmou os dedos amarelados. "É o que digo. Somos amigos, não é mesmo?" "Somos amigos?" "Porra, Barnum, eu sempre fui com a sua cara, não é mesmo?" "Era por isso que você costumava me dar porrada?", perguntei. Hamster acendeu um cigarro. A chama apagou-se antes que ele pegasse fogo. "Não era eu. Era o Aslak e o Preben que batiam em você, não se lembra?" Fiquei em silêncio. Essa foi a minha resposta. "Mas não vai me dar uma de ofendido, Barnum! Eu bem que tentava fazê-los parar." Não agüentei ouvir mais. "Foi bom revê-lo, Hamster", disse eu. Mas ele não me deixou ir. Segurou o meu braço. Ainda havia forças nele, forças magras, de tendões rijos, ou talvez fossem apenas os músculos do pânico. Ouvi o pote chacoalhando no bolso interior. "Me solte, porra!", gritei. Hamster soltou-me. "Você não teria um trocado aí, Barnum?", sussurrou. Dei-lhe uma nota de cinco. Fitou a cédula, sem dizer nada, e a enfiou no bolso. E era como se não tivesse mais nada a perder, não precisava enfeitar, de mim só ia tirar aquela nota de cinco, e finalmente ele podia voltar a ser mau e verdadeiro. "E você ainda se acha, não é, baixinho!", gritou. Fui embora. Ouvi atrás de mim a risada de Hamster, e, de repente, não agüentei mais aquele riso, o riso de Hamster, simplesmente não agüentei mais. Voltei. Queria um acerto de contas com ele, de uma vez por todas. Agora era Hamster o menor de todos, ele não ia mais poder me perseguir. É o que ele ia aprender agora. Ele ia ser torturado. O dia da vingança havia chegado, depois de todos esses anos que se passaram, desde que ele esvaziou a minha mochila na rua Holte e arrancou as minhas calças na praça Riddervold. Agora eu ia acertar as noites insones. Ele estava abaixo dos meus sapatos. Parei bem na frente de Hamster. Ele não tinha forças para erguer a vista. Eu podia ter quebrado os óculos de sol dele. Se eu tivesse tido um espelho, poderia ter-lhe mostrado em que ele havia se transformado. Fiquei assim parado um tempo. Então soltei uma nota de cinqüenta no colo sujo dele e o abandonei, sem dizer uma palavra. Ele que se danasse. Aquela nota de cinqüenta era para arder. Um táxi encostou no ponto. Corri até lá. Mas, ao chegar, lembrei que estava sem dinheiro. Hamster havia ficado com a última nota. Voltei o olhar para o banco. Só havia um pacote azul de fumo, e óculos de sol desconjuntados, debaixo da chuva. Ele não estava lá. Hamster já tinha ido embora e nunca mais o vi. Uma senhora de idade com as mãos cheias de sacolas de compras do Monopólio enfiou-se no banco de trás e o carro saiu. Ela voltou-se e acenou, sorridente, atrás do vidro molhado, parecia o morto em um carro funerário que se levanta para se despedir, e reconheci o rosto pálido, era Ossatura, a professora Ossatura, ela acenava para o seu ex-aluno que estava parado lá na chuva, então ela também desapareceu, atrás do sinal e das gotas de chuva. Desci correndo até o banco na rua Waldemar Thrane para fazer uma retirada. O relógio sobre a porta indicava dez e meia. Preenchi um boleto e entreguei no balcão junto com a identidade. A moça do caixa, talvez da minha idade, levou um tempo imenso para executar a sua tarefa. De vez em quando, lançava um olhar para mim, a boca era pequena e vermelha. Minha pálpebra desprendeu-se e abaixou. Ela desviou rapidamente o olhar. Já eram quase 11 horas. E senti o incômodo profundo, ansioso, de estar parado, de estar preso, como em um sonho intenso. "Estou com um pouco de pressa", sussurrei. A moça do caixa balançou a cabeça enquanto devolvia a minha identidade. "Infelizmente, a conta está sem fundos", disse ela, e disse bem alto, como se achasse que eu era duro de ouvido, ou lerdo, a boca rosada dela virava um megafone quando a usava. "Então é melhor eu ir correndo ganhar algum dinheiro", disse eu, também em voz alta. Mas atrás de mim, na fila, estava o pai de Vivian, impedindo a passagem, ninguém menos do que Aleksander Wie, que eu não havia visto desde aquele jantar na casa deles. Ele devia estar lá havia algum tempo, porque não parecia muito surpreso. Apenas me fitou e disse: "Vamos tomar um café." O relógio, num tranco, já indicava 11h15. Coloquei a mão no bolso interior e ergui a vista para ele. "Na verdade, estou com uma pressa danada", sussurrei. Aleksander Wie esboçou um sorriso. "Por isso vamos já tomar esse café!" Ele deixou os outros passarem na frente, e acompanhei-o para fora. Continuava a chover. Tive que andar debaixo do guarda-chuva preto dele. Preferia ter evitado isso tudo. Fomos até Den Grimme Ælling, e nos acomodamos junto à janela. Ele pediu café e rosca dinamarquesa, e limpou os óculos enquanto esperávamos. Fazia um calor infernal lá dentro. O suor escorria pela minha nuca. Fiquei me perguntando se a mercadoria poderia se deteriorar por conta da diferença de temperatura. Aleksander Wie fitou-me bruscamente. "Está com dor no coração?" "Não. Por quê?" "Você não tira a mão do peito." Coloquei a mão sobre a mesa. O garçom finalmente retornou com o pedido. No meio da rosca que me foi servida, havia uma lagoa de glacê quente e acinzentado. Fechei os dois olhos. Não conseguia comer. Tomei café. Os testículos doíam. Isso tinha que terminar logo. "Lamento o que aconteceu aquela noite que vocês jantaram em casa", disse Aleksander Wie. "Tudo bem", disse eu. "Estávamos realmente muito felizes com a vinda de vocês, entende?" "Sim, claro." Eu estava suando aos cântaros. Quão cortês uma pessoa consegue ser? Seria possível morrer de cortesia, ou se trata de timidez, humildade, fraqueza, um déficit de vontade que torna você escravo e súdito do acaso? Aleksander Wie debruçou-se sobre a toalha da mesa e vi que ele estava mudado. Uma espécie de calma escura havia tomado conta dele, uma resignação profunda, ele era um homem que aceitava as coisas como dadas, e ele as havia dado como perdidas. No final das contas, tudo era como era. "Precisa-se de tão pouco para que algo dê errado", sussurrou. "Sei bem disso", repliquei. Ele voltou a sorrir, não o sorriso aberto, desnudante, e sim o sorriso do homem resignado, que é ao mesmo tempo um suspiro, um dar de ombros do rosto, sobre a somatória da loucura deste mundo. É um sorriso belo e inquietante. Fiquei ainda mais nervoso. "Sabe mesmo?", perguntou. "Eu realmente preciso ir agora", disse eu. "Mas você não comeu a sua rosca." Comi. O glacê liso e pastoso escorreu sobre os meus lábios. Tentei engolir o mais depressa que podia, mas a gosma ficou grudada na língua. Despejei o restante do café. Aleksander Wie passou-me um guardanapo. "Obrigado", sussurrei. Ele se aproximou ainda mais. "Uma palavra puxa a outra", disse ele. "E logo você chega ao ponto em que não dá para retirar o que disse." Limpei a boca com o papel áspero. "Sei", disse eu. Mas não era a minha opinião que ele queria ouvir, ele queria escutar suas próprias palavras. "É como numa audiência, em que a testemunha fala tanto que termina a sessão como réu." "Não sei se entendo bem o que quer dizer", disse eu. Aleksander Wie levantou a xícara, mas voltou a abaixá-la, lentamente. O café ficou frio antes de chegar à mesa. "Quando minha mulher se arrebentou no acidente, eu quis abandoná-la", disse ele. Eu não estava agüentando ouvir essa conversa. Eu não queria saber mais nada. "Mas você não fez isso!", repliquei, quase gritando. Aleksander Wie balançou a cabeça. "Não, fiquei com a Annie, por pura compaixão." "Não é o pior de tudo", disse eu. Aleksander Wie deu uma risadinha, entre os dentes. "A compaixão é simplesmente uma forma mais elegante de desprezo, Barnum." Inspirei fundo. "E vocês tinham uma filha", disse eu. Aleksander Wie baixou o olhar, por um instante envergonhado. Sua resignação não era completa, então. Havia um ponto fraco em sua tranqüilidade sombria, por onde a luz mal conseguia passar. Ele quis mudar de assunto. "Você acredita em coincidências?", perguntou. "Eu encontrei você no banco hoje", disse eu. "Isso não é tão surpreendente. Eu estava lá para pagar o aluguel de vocês." "O quê?" "Estava é pensando naquilo que sua mãe me contou. Que seu pai teve um Buick." "Papai era bom motorista", disse eu. Aleksander Wie sorriu. "Com certeza que sim. Você acha possível consertar o que saiu errado?" "Não acredito em coincidências", disse eu. Aleksander Wie ficou um tempo em silêncio. "Não é estranho não poder consertar as pessoas?", sussurrou. Então tirou a carteira e colocou duas notas de cem coroas sobre a mesa. "Compre alguma coisa bonita para a Vivian hoje, Barnum." Eu não quis o dinheiro. "Não é necessário", disse eu. "Eu quero muito que você compre alguma coisa bonita para a Vivian." "Não é necessário", repeti. Mas Aleksander Wie não desistiu. Era como se ninguém ouvisse o que eu dizia. Ele enfiou as notas no bolso da minha capa de chuva. Tive que segurar firme o pote. "Muito obrigado", disse eu. "Diga que sentimos muita saudade dela", sussurrou. "Tudo bem", disse eu. Levantei-me e saí. Não parava de chover. Não havia um único táxi no ponto. O telefone não parava de tocar. Logo a própria chuva iria tirar o telefone do gancho e atender. Desci correndo a avenida Ullevål. O relógio marcava 15 para o meio-dia. Mas quando passei pela cerca preta que ladeia o cemitério do Salvador, vi uma figura desamparada que reconheci. Parei. Eu estava confuso. Eu devia ir até ela ou deveria fingir que não a havia visto e cumprir a minha tarefa do dia, entregar a mercadoria no Hospital Central antes das 13 horas? Era a Esther que estava lá, entre as lápides. Ela brandia a bengala, como se estivesse tentando dar uma surra na chuva ou abrir um guarda-chuva emperrado. Eu não tinha escolha. Encontrei o portão de entrada e fui até ela. Seria compaixão a forma elegante de desprezo de Aleksander Wie? Não, era o contrário, ir em frente seria puro cinismo, a indiferença com tudo que diz respeito à saúde e à higiene pessoal, e que também resulta em castigo. Eu tenho um coração fácil de arrumar. Parei a alguns passos de distância dela, para não ser atingido pela bengala. "Oi, Esther", disse eu. Lentamente, ela encerrou seu combate com a chuva. Seus olhos estavam vazios. "Sou eu", disse. Ela ficou completamente imóvel. Aproximei-me e estendi a mão. Ela recuou. "Você não me reconhece, Esther?" Ela balançou rapidamente a cabeça. Talvez nem entendesse o que eu dizia, talvez a linguagem também tivesse escorrido dela. Vi que debaixo da capa de chuva ela estava vestindo somente uma camisola amarela. E nos pés trazia chinelos velhos, marrons. "É o Barnum", sussurrei. "Aquele que está cuidando do seu quiosque." Mas as palavras já não faziam efeito nela. "Balas", tentei. Não adiantou. A expressão da Esther ficou ainda mais vazia. Qual o sinal que eu deveria usar? Tirei o pote do bolso interno e mostrei para ela, balançando um pouco para que o líquido escorresse de um lado para outro, me lembrou daquelas bolas de vidro dentro das quais neva sempre que se vira a bola de cabeça para baixo. E, no mesmo instante, foi como se a consciência despertasse nela, um derrame às avessas, uma força que reerguia a mente e clareava o entendimento. Ficou tímida, envergonhada, examinou-se, a camisola, os chinelos, até corou, como se tivesse sido flagrada sendo gente. "Ainda não é hora de você vir aqui para o cemitério", disse eu. Ela se aproximou e estava a ponto de chorar. "Eu não fiz nada de errado", soluçou. "Não, Esther, ninguém fez nada de errado." Tomei a mão dela e a acompanhei de volta ao asilo da Fundação Príncipe Augusto, na rua Stor. Lá, estava tudo de pernas para o ar. A Esther havia sumido desde a noite anterior. A polícia havia sido avisada há muito, e várias das enfermeiras estavam fora, procurando pela Esther no largo de Anker e ao longo das margens do rio Aker. Ela foi imediatamente atendida e tive que explicar onde eu a havia encontrado, e em que estado. Eu disse que ela havia ido até o seu antigo quiosque, que eu administrava agora, e que estava tudo bem. Fiquei esperando no quarto, enquanto a lavavam e arrumavam. Outra mulher estava deitada na cama, tão pequena e tão magra que mal fazia sombra. Ela virou-se debaixo da coberta. "A Esther voltou?", sussurrou. "A Esther está no seu lugar", disse eu. E um desapontamento surgiu nos olhos claros dela, era como se eu tivesse dito que o índio em *Um Estranho no Ninho* tivesse mudado de idéia, voltado pela vidraça quebrada e exigido chiclete e eletrochoque. "Tudo bem, o que se há de fazer", disse ela, e virou-se para a parede verde-clara. Duas enfermeiras vieram com a Esther e a colocaram na outra cama. Já era meio-dia e dez. Devem ter-lhe feito tomar alguns comprimidos, porque suas mãos eram pesadas como duas panelas. Fiquei sentado junto dela por um instante. Imaginei que ela já havia se perdido novamente dentro da cabeça, mas, quando de repente começou a falar, a voz saiu cansada mas clara, tal como um instante de lucidez que se manifesta logo antes de o sono se impor. "Seu pai não era um bom homem", disse ela. Soltei a mão dela. "O que quer dizer?" Mas a chama apagou-se e espalhou uma imensa sombra nela. "Mesmo trazendo meias de náilon", sussurrou. Então a Esther caiu no sono, e foi a última vez que ouvi uma palavra sensata dela. E quando já estava debaixo da chuva outra vez, na rua Stor, procurando divisar um táxi, porque agora eu precisava chegar ao Hospital Central com o pote, o relógio indicava dez para a uma da tarde, alguém buzinou forte e repetidamente, e um calhambeque freou bruscamente bem à minha frente, levantando uma onda de água suja sobre os meus calçados. Era um Vauxhall. E foi Oscar Miil quem abaixou o vidro. "Quer carona, Barnum?" Sentei-me. Ele me deu uma palmada nas costas. "Para onde quer ir?", perguntou. "Para o Hospital Central", disse eu. "Depressa!" Seu sorriso apagou-se. "Você está doente?" "Só tenho que entregar uma mercadoria lá", disse eu. Oscar Miil engatou a marcha, chutou os pedais, derrubou um vaso de rua e saltamos para dentro da rua Stor, enquanto eu segurava o pote firme, com as duas mãos. Só um dos limpadores estava funcionando. Felizmente, era o do lado dele. Ele dispunha de uma pequena fresta no meio da chuva, e subiu na direção do Cine Central. "Você está trabalhando de *office boy*?" Oscar Miil olhou na minha direção, em vez de se concentrar no trânsito. "*Office boy*?" "Você não disse que ia entregar uma mercadoria?" Ri. "Amostra de esperma", disse eu. "Está aqui, no bolso interior." Ele curvou-se sobre o volante. "Que bom que a Vivian e você ficaram juntos", disse ele. "Obrigado. Tinha que ser." "Vocês vão certamente ter um belo filho." Ele tentou fechar o vidro, mas estava emperrado. Fomos embora em um Vauxhall cheio de chuva. "Tem tido notícias do Peder?", perguntou Oscar Miil. "Não", respondi. "E vocês?" "Ele telefonou algumas vezes. Mas telefona sempre de madrugada." Oscar Miil não disse mais nada antes de estacionar com um estrondo à frente do Hospital Central. Faltavam cinco minutos para a uma. "Vai dar certo", disse ele. "O Peder?" Oscar Miil voltou-se novamente para mim. A chuva escorria pelo carro. "Para todos nós", disse ele. E apontou para o meu rosto. "Você deveria aproveitar e dar um jeito nesse olho", disse. Senti uma coceira na pálpebra pesada. "E você deveria dar um jeito no vidro", disse eu. Ele me abraçou. "Vai dar tudo certo para todos nós", repetiu. "Sim", disse eu. "Claro que sim. Vai dar certo." E já não sabia quem estava consolando quem. Por fim, ele acabou me soltando, saí do carro, e Oscar Miil seguiu em frente no Vauxhall apertado, buzinou três vezes e desapareceu de vista ao dobrar a esquina. Acenei mesmo depois que não o via mais, só a chuva que se derramava sobre o meu olho são. Repentinamente, lembrei-me o que tinha ido fazer ali. Eu havia chegado. Eu entrei nessa cidade desgastada, doente, onde ninguém se livra do cheiro de lixo e de sabão. Sirenes sumiam e se aproximavam o tempo todo. Os médicos que iam de um setor para outro corriam debaixo de guarda-chuvas pretos. Parecia um musical triste. Tive que pedir para um porteiro ensinar-me o caminho. Ele apontou para um portão, e encontrei o laboratório no pátio logo atrás. Tomei o elevador até o porão, era o elevador de carga. A seta no mostrador de vidro junto da porta parou junto a uma letra, H, não ia mais adiante, H era a última letra no alfabeto do elevador, mas o elevador continuou descendo mesmo assim, perdi a conta, e quando finalmente aterrissou, estava com os ouvidos entupidos. Afastei a porta de correr e saí para um corredor verde. Vi um homem magro, de guarda-pó, sumir dentro de uma sala. Corri para alcançá-lo. Na porta estava escrito Dr. Lund. Eu havia chegado. Eu havia conseguido. Bati. O Dr. Lund, aquela pessoa magra, abriu. "Barnum Nilsen", disse eu, e entreguei-lhe o pote. Ele ergueu-o contra a luz. "Espere aí fora", disse ele. Encontrei uma cadeira vazia mais adiante no corredor. Sentei-me. Havia dois outros homens lá. Eram mais velhos do que eu, perto dos quarenta anos. Mas éramos todos da mesma idade. Porque aqui ninguém tinha idade. Aqui éramos iguais. Trocamos um olhar rápido, retraídos, talvez um pouco envergonhados, antes de desviarmos o olhar, fixando-o em outro lugar, numa mancha do assoalho, um gancho vazio na parede, uma luminária que tremulava e por fim se apagou por completo. Nenhum de nós disse nada. Tínhamos entregado o nosso esperma. Em algum outro lugar, as nossas mulheres esperavam. Esperavam pela resposta. Algumas dessas células teriam capacidade de penetrar o óvulo, de fundir-se com o núcleo e iniciar a construção detalhada de uma nova vida? Em suma, éramos homens que prestassem? Dormi. Sonho que estou em um barco. O barco se dirige para uma costa íngreme, verde. Um pássaro negro ergue-se diante da proa, abre as asas e tapa o sol. Levanto-me, seguro o remo e desfiro um golpe na direção desse pássaro negro, liso.

Caio. Estou deitado no fundo do barco, coberto pela vela. Procuro uma faca com a qual possa abrir caminho. Sou acordado por uma enfermeira. "Pode vir agora", sussurrou. Sigo-a até o laboratório. Os outros dois homens já foram embora. O médico estava de costas, curvado sobre um microscópio. A sala era toda branca. As prateleiras ao longo das paredes estavam cheias de provetas e vidros finos. Então ele se volta rapidamente na minha direção. "Você é motorista de caminhão, Barnum Nilsen?", pergunta. "Motorista? Eu nem tenho carteira de habilitação." "Você costuma usar calças apertadas?" "Não, prefiro as bem largas", disse eu. "Tem algum irmão ou irmã?" "Sim, tenho um irmão. Meio-irmão." O médico colocou os óculos finos sobre o nariz rijo e folheou alguns papéis. "Tem havido doença psíquica na sua família?" "Não que eu saiba." "Não sabe?" "Ninguém é doente da cabeça na minha família." "Você já teve gonorréia?" "O quê?" "Sífilis?" "Sífilis? Nunca." "Você é hipocondríaco?" "Não." "É histérico?" "Não!", exclamei. "Mas você bebe muito?" Tive que me apoiar na parede. "Só quando bebo", sussurrei. "Com que freqüência?" "Nas ocasiões festivas." "Não vá adquirir maus hábitos, Barnum Nilsen." "Não, doutor." Ele se aproximou. "Porque no alcoolismo toda a capacidade mental se perde, deixando lugar tão-somente a um desejo ininterrupto por mais álcool, até que as ruínas remanescentes afundam da morte. Entende isso, Barnum Nilsen?" "Sim", sussurrei. "Com que você trabalha?" "Eu escrevo." "E, naturalmente, você trabalha sentado, certo?" "Sentado?" "Você fica sentado quando escreve?" "Sim, sempre me sento quando escrevo." O médico retirou os óculos. "Pois aí é que está." "Está o quê?", sussurrei. "Veja aqui", disse o Dr. Lund. Ele apontou para o microscópio. Fui até o aparelho e coloquei o olho são contra a lente. Não sei se gritei. Era o meu próprio sêmen que eu via, aumentado por mil. E meu primeiro pensamento foi: parece um nó dentro de um iogurte. Sim, era como um mosquito dentro de um iogurte. E o mosquito estava imóvel. Ouvi o médico falando, muito longe. "Os testículos são uma algibeira preciosa, Barnum Nilsen. E a sua está vazia." Endireitei-me. "Sem chance?", perguntei. Ele balançou a cabeça. "Vocês podem ter uma vida boa mesmo sem filhos. Só não deixe o cinismo tomar conta." E então vi que ele não se chamava Dr. Lund. No crachá liso preso com um alfinete de segurança enferrujado no guarda-pó estava escrito: *M. S. Greve. Diretor do Hospital Central.* Ele me cumprimentou, e a enfermeira jogou fora o pote em um balde para lixo hospitalar. Encontrei o elevador. O elevador conduziu-me pelos andares. Abri a porta sanfonada e corri até a calçada. As nuvens passavam sobre os telhados e sobre as torres das igrejas, levando a chuva embora, e o céu estava alto e límpido como uma cúpula azulada sobre a cidade.

A luz fazia as ruas brilharem como se fossem rios. As pessoas ficavam paradas junto da margem, olhando para o sol com espanto e gratidão. Tive que tapar os olhos, cegado e nu. Lembrei-me do sonho no porão. Agora sabia o que queria dizer: o cormorão que defeca nos rochedos para encontrar o caminho de volta. Subi até Sankthanshaugen. Parei no meio do cruzamento. Estava com duzentas coroas no bolso. Pensei comigo: flores ou cerveja? Tomei meio litro no Schrøder e comprei rosas com o restante, 12 rosas de cabo longo. Então volto para casa, para a Vivian. Ela está me esperando. Vejo que está impaciente. Há uma febre nos olhos dela. Ela se levanta assim que entro. Escondo o buquê atrás da capa de chuva. E, antes que eu consiga dizer alguma coisa, ela diz: "Tem uma carta para você, Barnum." Ela me mostra o envelope. Pode ser uma carta do Peder. Não, se fosse, seria para nós, não para mim. Deve ser do Fred. "De quem é?", pergunto. "Do Instituto Norueguês de Cinema", diz Vivian. "Instituto Norueguês de Cinema? E por que eles me mandariam cartas?" Vivian dá de ombros e fica ainda mais impaciente. "Não vai abrir?" Pego o envelope. No canto, o timbre do Instituto Norueguês de Cinema, com o logotipo oval, que representa um olho circundado por rolos de filme. Abro a folha e leio. Não entendo nada. As palavras não se recompõem em mim. Será que é assim que a dislexia do Fred funciona, quando as letras de repente deixam de funcionar? Entrego a carta a Vivian. "Leia você", sussurro. E Vivian lê em voz alta. "Prezado Barnum Nilsen! Temos a satisfação de informar que você ganhou o primeiro prêmio no concurso de roteiros do Instituto Norueguês de Cinema com o texto *Engorda*. Em seu parecer, o júri destaca a originalidade, a desenvoltura narrativa e uma impressão pessoal que abre espaço para as fantasias bizarras do autor, que também podem ser lidas como uma imagem de uma sociedade opressora, devoradora e sem rumo. O prêmio será entregue nas instalações do Instituto Norueguês de Cinema em Jar, no dia 1º de outubro, às 13 horas." Vivian deixa a carta cair no chão e olha para mim, com a cabeça deitada de lado e com um sorriso na boca. Mal consigo falar. "Você inscreveu o meu roteiro?" Ela meneia a cabeça. "Não está zangado?" Dou uma risada. "É claro que não estou zangado. Estou feliz!" Ela se aproxima. "Você está chorando, Barnum?" Balanço a cabeça. Comecei a chorar. Não consigo evitar. Vivian me abraça e eu choro. "Tenho tanto orgulho de você", diz ela. "Eu também", sussurro. E Vivian encosta os lábios no meu ouvido. "E como foi o seu dia hoje, meu menino?" Eu não quero estragar esse momento. Não quero rebaixar a boa nova com outra ruim. Estamos na corda bamba. Nunca estivemos tão vulneráveis. Não podemos tombar agora. "Tudo bem", digo. "Tudo bem?" "Tudo em ordem. A mercadoria foi aprovada." Os lábios de Vivian estão úmidos junto do meu rosto. "Eu sabia quando você veio com as flores!" Armamos a cama, arrancamos a roupa um do outro e nos amamos com uma impetuosidade como nunca antes havíamos sentido, nem mesmo no parque de Frogner aquela noite. Não sentimos qualquer vergonha. Apostamos tudo em uma única ficha. Fico com medo de machucá-la, mas ela quer mais de mim. São o pânico e a alegria, fundidos em um sentimento mais elevado. Depois, a calmaria. Acendo um cigarro e leio a carta do Instituto Norueguês de Cinema, para ver se é verdade mesmo. É verdade, mesmo lendo com um olho só. Eu ganhei. Deito-me novamente ao lado de Vivian. "O que disse o Dr. Lund?", pergunta ela. "Que meus espermatozóides estão em fila para visitar o seu óvulo." Vivian finge que está com raiva. "Fale direito o que ele disse!" "Ele disse que os testículos são uma algibeira preciosa!" Beijo-a rapidamente, e a boca dela é macia como uma água-viva. Vivian ri e segura os meus ovos. Suspiro. "Você tem mais na sua algibeira preciosa?", sussurra. "Per Oscarsson pode fazer o sitiante", digo. "Ou o médico do serviço escolar." "Essa criança vai ter uma vida boa", diz Vivian. "E Ingrid Vardum pode ser a mãe", digo. Vivian passa a mão sobre a barriga. "Essa criança vai ter uma vida boa", repete. "É claro que sim." "Não como nós tivemos", diz ela. Me levanto. "O que quer dizer?" Vivian ergue os olhos. "Melhor do que nós, Barnum", sussurra. "Melhor do que nós." Permaneço deitado, em silêncio. "Tive uma ótima infância", digo. Vivian sorri. "Quem vai fazer o papel de você?", pergunta. Vou buscar as flores e as coloco em um vaso com água. Saio e jogo o papel úmido na lixeira. Levo junto o *Guia Médico da Família Norueguesa*, de M. S. Greve, e também jogo fora. O último verbete do livro é *Ostras. Ostras podem se tornar tóxicas quando permanecem em águas paradas e impuras.* Quando volto para dentro, vejo as últimas réstias de sol, no instante que precede o momento em que ele se põe atrás das nuvens azuladas, ovais, além das árvores, que enche o nosso cômodo com uma tonalidade quente, vermelha, como se as flores estivessem iluminando o chão e o teto. Vivian está deitada com as pernas encostadas na parede, para que os meus sumos possam escorrer mais rápido dentro dela. Sento-me na beirada da cama. Coloco o buquê no travesseiro. Ela me segura a mão. E logo antes de o cômodo mergulhar na escuridão, ocorre-me que o odor dessas rosas é tão forte que uma única gota de suas pétalas poderia perfumar o mar, torná-lo tão etéreo quanto a essência das rosas.

Mais uma Mesa Vazia

Tomamos um táxi até o Instituto Norueguês de Cinema, em Jar. Era hoje que eu iria receber o prêmio. Mamãe, Boletta e Vivian também vieram. Estavam sentadas no banco de trás, todas orgulhosas de mim. Eu também me sentia orgulhoso. O motorista entrou pelo largo portão, na rua Wedel Jarlberg. Mamãe pagou. Saí do carro. Aqui era o Instituto Norueguês de Cinema. Aqui ficavam os ateliês. Aqui ficavam os estúdios. Esse era o meu lugar. Daqui para frente, esse seria o meu lugar. Aqui eu poderia andar, acompanhar o que estava acontecendo no *set*, escrever mais algumas cenas, melhorar um diálogo, assinar contratos, almoçar com os atores. Não se via uma única pessoa. As folhas despencavam das árvores altas. Estava nublando de novo. Vivian tomou a minha mão. "Está nervoso?" Balancei a cabeça e dei-lhe um beijo. "Só queria que o Peder estivesse aqui", disse eu. Encontramos a recepção perto dali. Uma moça atrás do balcão mantinha uma longa conversa ao telefone, enquanto fumava cigarros. Deixei que terminasse a conversa. Ela colocou o telefone no gancho e olhou para mim. Estendi a mão. "Sou Barnum Nilsen", disse. "Quem?" "Barnum Nilsen", repeti. Ela teve que folhear alguns papéis, mas não adiantou. "Como é mesmo o seu nome?", perguntou. "Sou aquele que venceu o concurso", sussurrei. Por fim, ela entendeu quem eu era. "O presidente quer falar com você primeiro", disse. "Espere aqui." Acomodamo-nos em um sofá apertado. Demorou. Boletta tirou um cochilo. Mamãe ficou olhando para a Vivian. "Está tudo bem com você?", perguntou. Vivian sorriu e olhou na minha direção. "É claro que está tudo bem", respondeu. Havia um jornal de ontem na mesa. Li. A previsão era de tempo bom. Começou a chover. "Não é a previsão de outro dia?", perguntou mamãe. "É o jornal que é velho", disse. "Tem certeza?" "Psiu", disse eu. E esperamos. Esse foi o começo do meu tempo de espera, o grande tempo de espera do roteirista. Já era quase uma da tarde. Vi algumas pessoas entrando no edifício do outro lado. Um deles se parecia com Arne Skouen. A gravata me apertava o pescoço. Encostei-me na Vivian. "Arne Skouen está aqui", sussurrei. Por fim a recepcionista se levantou. "O presidente está aguardando", disse. Fiquei com vontade de dizer que quem estava aguardando era eu, mas deixei para lá. "Obrigado", disse. O escritório dele ficava no andar de cima. Subi uma escada. As paredes estavam forradas de cartazes. *Convidado Bårdsen. Encontrado. Todos Morrem Sós.* Eu estava no coração do cinema norueguês. Agora eu também era parte integrante do cinema norueguês. Um dia o meu cartaz também estaria pendurado aqui, na parede da escadaria que leva até o escritório do presidente: *Engorda.* Encontrei a porta certa, arrumei o cabelo, inspirei fundo e bati. Ouvi alguém suspirar. Esperei mais um instante. A seguir, entrei. O presidente estava sentado a uma mesa cheia de roteiros, em grandes pilhas, até no chão, em todos os lugares desse gabinete estreito havia roteiros, mal cabia outra coisa. O presidente continuou sentado, lendo um dos roteiros. Fechei a porta com cuidado atrás de mim. Não queria atrapalhar. Permaneci parado, de pé. O presidente soltou outro suspiro. Vestia um paletó surrado de *tweed*, com cotoveleiras de couro. Fumava um cachimbo e usava óculos grandes, quadrados. Encostei-me em uma estante. Não deveria ter feito isso. Devia ser um produto da Ikea. A estante cedeu e fui soterrado por uma avalanche de roteiros. O presidente levantou-se e tirou o cachimbo da boca. "Sinto muito", sussurrei. "Vão todos para o lixo mesmo", disse o presidente. Arrumou uma cadeira para mim. Voltamos a sentar. Ficou me fitando longamente, enquanto voltava a acender o cachimbo. "Então esse é o Barnum Nilsen em pessoa", disse ele. Meneei a cabeça. Já havia passado da uma hora. Era agora que eu deveria receber o prêmio. "Me enganei de horário?", perguntei. O presidente balançou a cabeça. "Esperar vai lhes fazer bem", disse. Gostei da idéia, gostei muito da idéia, que eram os outros que estavam esperando por mim. Tudo conspirava a meu favor. O tempo estava do meu lado. Acendi um cigarro. "Fale um pouco de você, Barnum." "Não há muito a dizer", disse eu. O presidente ficou um pouco impaciente, seus dentes rangeram na boca. "Sinopse, Barnum. Não um roteiro inteiro." Fiquei pensativo. E lembrei-me de uma coisa que o papai havia dito, que é necessário semear dúvidas, porque a verdade completa e integral é maçante, faz as pessoas ficarem preguiçosas e esquecidas, enquanto que a dúvida nunca larga a sua presa. "Nascido e criado em Oslo", disse eu. "Filho único. Papai faleceu antes do meu nascimento." O presidente deu de ombros. "Barnum é seu nome verdadeiro?" "Uso como pseudônimo", disse eu. O presidente sorriu. "Está com dor no olho, Barnum?" Tentei piscar. "Não. Nasci assim. Sou cego de um olho." O presidente curvou-se sobre a mesa. "O que eu queria mesmo saber é se você já escreveu mais alguma coisa?". "Tenho um caderno cheio de idéias", respondi. O presidente afundou-se na poltrona. "Estamos felizes por ter você aqui, Barnum. Muito felizes." "E tem mais uma coisa", disse eu. "Vamos lá, Barnum. Hoje é o seu dia." "A minha mulher é maquiadora. Gostaria muito que ela cuidasse da maquiagem do filme." O presidente fitou-me longamente. "O filme?", perguntou. Por um instante, fiquei perplexo. "Sim. O filme. *Engorda.* Vocês já decidiram quem vai ser o diretor?" O presidente se levantou, postou-se atrás de mim e colocou as duas mãos sobre os meus ombros. "Barnum, Barnum", disse. "Seu texto nunca se tornará um filme." Era como se eu não tivesse ouvido o que ele dizia, ou tivesse ouvido uma outra coisa. A legendagem do escritório estava errada. "Não vai se tornar um filme?" "Nunca", reiterou o presidente. "Então por que eu ganhei o concurso?", perguntei. O presidente soltou os meus ombros e suspirou. "Vamos descer e nos tornarmos famosos, Barnum."

Primeiro, fui ao banheiro. Fiquei diante do espelho. É você quem ganhou, disse para mim mesmo. A pálpebra despencou de novo, uma dobra de pele que cobria metade do rosto. Tirei a gravata, enfiei-a no bolso e tirei a garrafinha de conhaque que havia pensado em guardar para mais tarde. Tomei um gole. Depois de bebido o primeiro gole, tomei outro. Com o primeiro, brindei o melhor roteiro. Com o último, brindei o filme que nunca seria filmado. Então nos apressamos pela chuva até o prédio de madeira do outro lado, o refeitório do Instituto Norueguês de Cinema. Era lá que eu ia me tornar famoso. Era lá que o prêmio seria conferido.

Não havia muitas pessoas lá. Vivian, mamãe e Boletta já estavam acomodadas a uma mesa, comendo sanduíches. Dois jornalistas, cada um com uma câmera em volta do pescoço, estavam junto das garrafas de vinho. Cada um bateu uma foto. Consegui reconhecer um deles. Era o Ditlev, da edição vespertina do *Aftenposten.* Ele não havia trocado de terno. Ele era o tempo que havia passado. Não divisei Arne Skouen. O presidente conduziu-me até uma senhora angular, em roupas largas e de cor marrom. Ela me fazia lembrar da professora Ossatura, por um breve instante achei que era ela e senti o cheiro seco de giz. "Essa é a nossa dramaturga", disse o presidente. Cumprimentei a dramaturga. "Você vai ter que mudar o começo", exclamou ela. "Obrigado", sussurrei. A dramaturga soltou a minha mão, como se uma vespa a tivesse picado debaixo das unhas. Fiquei com vontade de beber mais. Alguns passavam por mim e me davam tapinhas nas costas. "Bom", diziam. "Muito bom." Fiquei feliz por ter tirado a gravata. O presidente acomodou-se numa cadeira. "Prezados amigos! Muitas boas-vindas a todos. Estamos diante de uma estação muito agitada. Os projetos estão enfileirados, uma nova geração de cineastas está se destacando, e posso dizer que aqui no Instituto Norueguês de Cinema ninguém está deixando a poeira se acumular." Todos riram, exceto Boletta. O presidente bateu palmas. "E por isso chegou a hora de finalmente revelarmos quem venceu o grande concurso de roteiros do Instituto Norueguês de Cinema!" O presidente passou a palavra à dramaturga. Ela se postou do lado da cadeira e tirou uma folha de papel que deve ter sido dobrada pelo menos nove vezes. "Recebemos 63 contribuições, e a escolha recaiu sobre o roteiro *Engorda.* Trata-se da estranha história de um menino que pára de comer porque quer ficar mais alto, e que por fim é mandado para um sítio, para, justamente, engordar. No sítio, ele é vitimizado. Os outros meninos abusam sexualmente dele. A história pode ser lida como um ataque detalhado e fantasioso contra uma sociedade perversa." A dramaturga virou a folha. A mamãe estava a ponto de se levantar, mas, felizmente, permaneceu sentada. "E o vencedor é Barnum Nilsen." Todos aplaudiram, exceto a mamãe. Os dois jornalistas bateram fotos. O presidente do Instituto Norueguês de Cinema entregou-me uma taça de champanhe e um cheque. "Você quer dizer algumas palavras?", perguntou. Fez-se um profundo silêncio. Mamãe não desgrudava o olhar de mim enquanto balançava a cabeça. Tomei o champanhe. E, de repente, a minha boca se descontrolou de novo. Não conseguia me lembrar da última vez que ela havia feito isso. Achava que esse tempo nunca voltaria. "O diabo os carregue!", disse eu. O silêncio tornou-se ainda mais profundo. A Vivian corou e abaixou o olhar. Mamãe não podia ficar mais chocada do que já estava. A dramaturga teve que se sentar. Foi a Boletta quem me salvou. "Bravo!", exclamou. "Bravo!" E todos voltaram a bater palmas, como se tomados de pânico, enquanto o presidente distribuía champanhe a rodo. "Barnum Nilsen está agora à disposição da imprensa", disse, em voz bem alta. "Se a imprensa tiver coragem!" O presidente soltou uma gargalhada ruidosa. Ditlev foi o primeiro a se aproximar. "Ora, ora", disse. "Já faz algum tempo desde nosso último encontro, não é mesmo?" "Pois é, o tempo passa", disse eu, e notei os sapatos gastos dele. Ele tirou o bloco de anotações, mudou de idéia e voltou a colocá-lo no bolso. "Estava agora mesmo falando um pouco com a sua mãe", disse ele. "Ah, sim? E o que ela disse?" Ditlev sorriu. "Ela está muito orgulhosa de você." "Obrigado." "A propósito, você poderia aprofundar um pouco o seu discurso de agradecimento um pouco peculiar, Barnum?" Foi quando a outra jornalista começou a ficar impaciente. Ela deu um puxão no paletó de Ditlev e ligou o seu charme. "Você não está pretendendo monopolizar o Barnum Nilsen pelo resto desta tarde, está?" Ditlev ficou sem jeito e se afastou, retrocedeu até os fundos, pegou o seu guarda-chuva e saiu na chuva. Ele havia ficado mole. Ele ia descer até a despensa do jornal e escrever o seu último artigo. "Vamos nos sentar?" A outra jornalista achou uma mesa. Eu achei uma garrafa. Ela chamava-se Bente Synt. Era ela que iríamos mais tarde apelidar de Alce. Tinha 1,80m de altura e nunca tomava notas. "Você venceu com uma história autobiográfica?" Acrescentei as palavras de Peder ao raciocínio do papai sobre espalhar boatos e semear dúvidas. "Talvez. Talvez não", respondi. Ela ficou sentada me fitando. Bebi champanhe. Então ela roubou a pergunta do Ditlev. "Você não gostaria de aprofundar o seu discurso de agradecimento um pouco peculiar?" "Sem comentários", respondi. Bente Synt deu uma risada curta. "Não é um pouco cedo na sua carreira para se fazer de tão difícil?" O presidente passou pela mesa. "Está tudo bem?", perguntou. Bente Synt ergueu a vista. "Só estou tentando fazer com que Barnum Nilsen comente o seu discurso de agradecimento. O diabo os carregue." O presidente colocou a mão sobre o ombro dela e se fez de esfinge. "É obrigação dos jovens nos xingarem sempre que têm a oportunidade de fazê-lo, não é mesmo, Bente?" O presidente continuou o seu percurso. "Exatamente", disse eu. Bente Synt tirou um cigarro do maço sem acendê-lo. "Qual o seu filme preferido?" "*Fome*", disse eu. Ela sorriu, satisfeita. "Então o seu roteiro é uma espécie de resposta a Hamsun?" "Pode muito bem ser", disse eu. "E sua descrição desse sítio, que mais se parece com um campo de concentração, é uma espécie de revolta contra o fascismo de Hamsun?" Quedei-me um instante pensativo. "Talvez. Talvez não", disse eu. Bente Synt não ficou feliz com a resposta. "Tem algum projeto em andamento?", perguntou. "Estou trabalhando numa versão moderna da *Divina Comédia* de Dante." "Sério?" "Estou imaginando a cidade grande como o inferno, e a Beatriz como guia turística." "Interessante." Bente Synt voltou a colocar o cigarro no maço e se levantou. "Acho que já tenho material suficiente", disse ela. Fiquei sentado na sombra dela muito depois de ela ter ido embora. De repente, senti o bafo de alguém junto da minha nuca. Voltei-me. Por um instante, achei que fosse Fleming Brant, o montador, era como se eu o visse passando lentamente pela sala, com um rastelo enferrujado na mão, uma visão que ainda retornaria muitas vezes. Era Arne Skouen. Ele inclinou-se um pouco mais. "Nunca fale sobre o que você ainda não escreveu", sussurrou. "Porque se falar não dá em nada." E lembrei-me que havia ouvido algo parecido antes, foi a mãe de Peder que disse algo assim, há muito tempo. *Não fale, porque se falar não vai conseguir escrever.* Fui até o banheiro e tomei um gole de conhaque. Quando saí, a dramaturga estava me aguardando. "O intertexto tem que ser eliminado", disse ela. "Todo ele?" "É novidade gasta, Barnum. Põe para fora." Ela bebia champanhe em largos goles. Não ficava bêbada. Nela, o álcool parecia ter um efeito contrário. Ela ficava cada vez mais sóbria; ou talvez fosse eu quem estava ficando cada vez mais embriagado. "Mas é o intertexto que é o ponto central", disse eu. "O ponto central?" "Estou tentando mostrar que a vida é como um filme. E que Deus é o projetista." "Por que Deus não é o diretor?" "Acho mais convincente colocar Deus como o projetista." A dramaturga me fitou com o olhar que se usa ao contemplar crianças impossíveis e burras. "Você deveria se concentrar em quem é o inimigo na história", disse ela. "O inimigo?" "É o médico, o sítio ou os outros meninos? Você tem que ser claro, Barnum." Não consegui responder. "Posso muito bem cortar o intertexto", sussurrei. Enchi a minha taça. A dramaturga sorriu. "Além disso, é um pouco de soberba demais usar seu próprio nome, não é mesmo?" "E isso faz alguma diferença, já que não vai virar filme?", perguntei. Agora era eu quem torcia para que ela ficasse sem resposta. Mas não ficou. "Ainda assim queremos que o roteiro fique o melhor possível", disse ela.

Sentei-me no banco de trás quando voltamos para casa de táxi, e elas já não estavam tão orgulhosas de mim. Vivian ficou em silêncio, e a mamãe ainda estava inquieta. "Como é que você foi escrever uma coisa dessas?", sussurrou. "O que quer dizer?" Mamãe mal conseguia dizer em voz alta o que achava. "Que aconteciam coisas assim no sítio, Barnum." Boletta, sentada no banco da frente, acordou. "Deixe o menino escrever o que ele quiser", disse ela. Mas a mamãe não desistiu. "Ele não pode escrever o que não é verdade!" Ela se virou para mim. "Você teve uma boa temporada no sítio, não teve, Barnum?" De repente, senti um grande cansaço. Pela segunda vez naquele dia, vi Fleming Brant, ele estava parado numa esquina, apoiado no rastelo, seguindo-nos com o olhar. "Não faz diferença", disse eu. "Não vai haver filme algum." Vivian segurou a minha mão. "Não vão fazer o filme?" "Nunca. O presidente disse que o roteiro nunca se tornará um filme." Mamãe segurou a minha outra mão. "Graças a Deus!"

Descontei o cheque no banco em Majorstuen e do lado da agência ficava a filial do Monopólio. Depois, caminhamos lentamente até em casa. Havia parado de chover. O ar estava fino e frio. "Está chateado?", perguntou a Vivian. Parei na cabine telefônica da praça Valkyrie. Tinha algumas moedas de uma coroa. Verifiquei o número do Café do Teatro na lista e telefonei. Reservei uma mesa para as oito horas. Deixei duas moedas. Talvez alguma criança encontrasse as moedas e pudesse com elas comprar um suco de caixinha e balas no quiosque do Barnum. Abracei a Vivian. "Não", respondi. "Que bom, Barnum. É só escrever mais, não é mesmo?" E ela ficou me beijando até quase deixarmos caírem as sacolas com as garrafas.

Mas eu não conseguia escrever. Eu queria dar início à minha divina comédia, mas as palavras morriam assim que atingiam o papel. Talvez fosse mesmo verdade, que o que se diz fica impossível escrever, porque se perde a força da narrativa quando ela se dilui na audição de todos. Quando isso acontece, a gente já se traiu. Escrevi, bem no topo da folha em branco: *sigilo profissional.* Então, resolvi folhear meu caderno de anotações. Fiquei com vontade de jogá-lo fora. De repente, as idéias me pareciam patéticas. O caderno havia se tornado imponderável. Se eu o jogasse na lixeira, nunca iria descer até o térreo. Vi as idéias diante de mim, boiando, e a escrita como que apagada por sobras apodrecidas do jantar, gordura, fraldas, borra de café, bitucas de cigarro, vômito, sangue e outros fluidos corpóreos. Por fim, voltei ao texto de *Engorda.* Passei um risco sobre a primeira cena e mudei o meu nome para Pontus. Mas do que adiantava? Essa noite bebi mais depressa do que conseguia pensar.

A primeira vez que o telefone tocou eram seis e meia. Vivian saiu do banho e hesitou por um instante antes de tirá-lo do gancho. Ouvi a voz vindo até aqui.

Era o presidente do Instituto Norueguês de Cinema. Vivian passou-me o telefone. "Talvez ele tenha mudado de idéia", sussurrou. O presidente começou a falar, sempre com a voz alta. "Você é um espertalhão, Barnum." "Sou?" "Barnum não é um pseudônimo nem você é filho único." Fiquei mudo. "Alô? Ainda está aí?", perguntou o presidente. "Onde mais estaria?" O presidente riu. Mas logo ficou com a voz séria. "Escute, Barnum. E preste bem atenção. Eu quero essa história. E só você pode escrevê-la." Comecei a ficar muito confuso. E, debaixo dessa confusão, um grande mal-estar, um enjôo pesado. "Qual história?" "A história do seu irmão desaparecido", disse o presidente. Vivian sentou na cama e começou a secar o cabelo. Ela levantou rapidamente a vista. "E como é que você sabe disso?", perguntei. O presidente deu uma nova risada. "Você não leu a edição vespertina do *Aftenposten*?" Desliguei. Corri até a escadaria e roubei o jornal do vizinho que sempre se esquecia de fechar a portinhola da lixeira. O último artigo do Ditlev estava na última página. Agora entendi sobre o que ele conversou com a mamãe. Havia uma foto do Fred lá, da luta de boxe no Clube Central do Boxe, tirada no momento em que ele recebe o golpe decisivo e seu rosto se deforma, como se a pele estivesse solta e fosse arrastada em volta da cabeça. Embaixo, bem menor, haviam reproduzido uma foto minha, quando recebi o cheque do presidente. A garrafa de conhaque no bolso interno está bem visível, uma rolha que se sobressai. O título dizia: *O Vencedor e o Perdedor*. Voltei para dentro e sentei-me na cama, ao lado da Vivian. Entreguei-lhe o jornal. "Leia", sussurrei. E ela leu: "*Barnum Nilsen recebeu hoje o primeiro prêmio do concurso de roteiros do Instituto Norueguês de Cinema. Para os leitores do* Aftenposten, *que têm boa memória, o nome de Barnum Nilsen não é desconhecido. Já em 1966 ele recebeu um prêmio na Câmara Municipal de Oslo, quando venceu um concurso escolar com a história* A Cidadezinha. *Quanto a seu novo texto,* Engorda, *o autor é bastante reticente, e é de se perguntar se a história do irmão não é ainda mais dramática. Fred Nilsen, a antiga esperança do boxe, desapareceu há 12 anos. Vera Nilsen, mãe dos meninos, conta que ela já procurou ajuda da polícia e do Exército da Salvação, sem sucesso.*" Arranquei o jornal das mãos da Vivian, amassei-o e atirei-o na varanda. Fiquei lá, no frio. Mesmo agora não conseguia me livrar da sombra do Fred. "Venha cá", sussurrou Vivian. Entrei e deitei-me do lado dela. "Quem é o vencedor e quem é o perdedor?", perguntei. "Agora você está sendo bobo", disse Vivian. Virei de costas. "Tudo bem." "Não se zangue com a sua mãe", disse Vivian. Tentei rir. "E é você quem diz isso?" "Ela só quer ter o Fred de volta, não é mesmo? Talvez alguém que leia o jornal o tenha visto em algum lugar." "Não estou zangado", disse eu. Vivian soltou o meu cinto e levantou a camisa. "Você contou para ela que vamos ter filhos?" Fiquei deitado imóvel e, por um instante, congelei. Tive que aquecer a minha voz. "Você está grávida, Vivian?" Ela riu. "Ainda não, Barnum." Mas ela ficou olhando para a minha barriga o tempo todo. Percebi que a Vivian estava nua. Ela sentou-se em cima de mim. E, enquanto estávamos nessa, o telefone tocou outra vez. Não atendemos. Seu cabelo soltou-se sobre o meu rosto e ainda estava molhado. Deitou-se do meu lado e ergueu as pernas, apoiando-as na parede. "O que foi que o presidente queria com você?", perguntou. "Que eu escrevesse um roteiro sobre o Fred." Vivian esfregou a barriga com as mãos. "E você quer?" Demorei um pouco para responder. "Talvez já tenha até começado." "Sério?" "Sim", respondi. A Vivian abaixou as pernas e voltou-se para mim. "E como se chama?" "Acho que vai se chamar *O Homem da Noite*." "Posso ler?" "Ainda não, Vivian." Já eram sete horas. Tomei um banho, bebi um drinque e me vesti. A Vivian havia colocado um vestido que eu nunca a tinha visto usar antes, azul com listas pretas. Caía-lhe bem. Ficamos diante do espelho. Não fazíamos má figura. Íamos ao Café do Teatro. Foi então que o telefone tocou pela terceira vez. Atendi. Era a mãe de Peder. "Parabéns", disse ela. "Vejo que ganhou um prêmio." "Pois é", disse eu. "Muito obrigado!" "Estou orgulhosa de você, Barnum." Mas a voz dela estava muito estranha, lenta e sem alegria. "Tem uma coisa que preciso lhe dizer", sussurrou. Sentei-me na cama. Fiquei sóbrio e gelado de novo. "O que foi?" "O pai de Peder faleceu essa noite." "Faleceu? Como foi isso?" Vivian voltou-se para mim e deixou cair um brinco no chão. A mãe de Peder fez um longo silêncio. Só ouvia a respiração dela. "Ele se matou, Barnum." "Não!", sussurrei. Vivian deu um passo à frente, pálida, trêmula. "Queria muito que vocês viessem ao enterro", disse a mãe de Peder. Ela desligou. Ergui o olhar. "O que foi?", sussurrou a Vivian. "O que foi?" Puxei-a para baixo até mim e contei o que aconteceu. E sinto um tremor passando pelo corpo dela, um suspiro de alívio, como eu também sinto, não foi o Peder que morreu, e esse alívio se transforma imediatamente em vergonha e tristeza. Estamos vestidos com as nossas melhores roupas. Ficamos em casa. E vejo diante de mim a mesa vazia no Café do Teatro, com o meu nome, *Barnum Nilsen, 20 horas*, a única mesa desocupada; e isso também é um eco, um eco do tempo, a sombra de um disco que gira cortando o sol ofuscante. Abraço a Vivian. "Pelo menos agora o Peder volta para casa", sussurro, e começo a chorar.

O Último Quadro

Mas Peder não veio. Vivian e eu esperamos em Fornebu. Era de manhã cedo, no dia em que o pai dele ia ser enterrado. Ficamos junto à grande vidraça, de onde podíamos ver o avião pousando, lentamente, como se as rodas não quisessem tocar o solo. As pistas brilhavam depois de uma noite inteira de chuva. Descemos correndo até o desembarque, no térreo. Não éramos os únicos. Mal conseguimos passar. Postei-me em cima de uma cadeira. Talvez eu não o reconhecesse. Talvez fosse ele quem teria de nos reconhecer. Mas o Peder não veio no avião de Londres. Peder não veio. Por fim, estávamos só a Vivian e eu no saguão, e uma faxineira mulata empurrando uma imensa vassoura sobre o chão, coberto por flores, cigarros, bandeiras e um sapato de criança.

Tomamos um táxi até a casa da mãe. Ela estava pronta, sentada na sua cadeira de rodas, magra e vestida de preto. "O vôo foi cancelado", disse eu. Vivian confirmou com um meneio e desviou o olhar. A mãe colocou suas mãos esmaecidas sobre as rodas. Ela queria ir de cadeira de rodas até o crematório. Havia tempo suficiente. Talvez fosse esse o jeito dela de se preparar, juntar coragem, tomar um desvio, pois quem quer se apressar para onde não se quer ir? Seguimos lentamente pelo parque de Frogner, atrás do monolito, e entramos no cemitério do Oeste, onde estavam enterrados a Velha e o papai. Alguém havia depositado flores novas lá. Vi também o túmulo de T. A grama estava alta e amarelada em volta da lápide simples. Tive que dar uma parada e recuperar o fôlego. Nós nos esquecemos. O pai de Peder havia fechado a porta da garagem, se acomodado no carro e deixado o motor funcionando. De manhã, estava morto. Quem o achou foi o entregador de jornais. Ele ainda estava segurando o volante, e tiveram que lhe quebrar os dedos para soltá-lo.

Os sinos tocaram lá no crematório. Seguimos em frente, cobrindo o último trecho, carregamos a cadeira de rodas para ultrapassar a escadaria, e a empurramos para dentro da capela escura, até junto do caixão branco. Já estava cheio. Só faltava o Peder. Havia coroas de flores dos parentes, filatelistas e amigos cobrindo toda a ala central. Vivian e eu nos acomodamos junto de mamãe e Boletta. A organista começou a tocar. E pensei que, se nós os tivéssemos visitado aquela vez que passamos pela casa deles, depois do jantar na casa dos pais da Vivian, em vez de ficarmos parados na esquina observando as luzes no térreo, talvez tudo tivesse sido diferente. Se eu não tivesse reclamado do vidro emperrado do carro e pedido que ele mandasse consertar, talvez estivesse vivo hoje. Será que é preciso tão pouco? Pensei comigo: Quão pouco se faz necessário para salvar uma pessoa? Fez-se um silêncio total, nem um pigarro, nem um soluço, como se essa morte tivesse paralisado os sons em nós. Esperamos. A mãe de Peder pôs uma rosa sobre o caixão. Então, girou a cadeira de rodas e sorriu para todos que tinham vindo. Ela estava transparente e bela. Sua voz, nítida e lenta. "Oscar não queria um padre", disse ela. "Ele não acreditava em uma vida após esta. Conversamos muito sobre a morte. Mas nunca que ela poderia acontecer desse modo." Ela fechou os olhos e fez-se um silêncio ainda maior. Os segundos batiam pesados. E assim continuou a sua fala em homenagem a seu marido falecido: "Eu amava o Oscar muito, muito mesmo. Ele era paciente comigo. Amo-o, ainda, com a mesma intensidade, e sempre o amarei. Quero sempre relembrar sua risada, sua distração e todas as alegrias que vivemos juntos. E esse é meu único consolo hoje. Que a tristeza não tem efeito retroativo. Que a tristeza de hoje não pode apagar o colorido de ontem." Novamente, teve que fazer uma pausa. E disse uma coisa no momento em que abaixou a cabeça, a voz saiu fraca, talvez apenas eu tenha ouvido, e essas palavras fixaram-se em letras de fogo dentro de mim, ela sussurrou, ela gemeu: "Meu Deus, meu Deus, eu não o conhecia!" Então ela se levantou. "O Peder deveria estar aqui comigo agora, mas foi impedido. Agradeço a presença de todos." Ela girou novamente a cadeira na direção do caixão.

A cerimônia foi concluída junto do túmulo. E lá entendi que o suicídio de Oscar Miil não havia paralisado os sons em nós, e sim nos tornado envergonhados, e, por isso, mudos. A antiga expressão, pêsames, não funcionava. Essa tristeza era vergonhosa. Alguns saíram de fininho, rapidamente, até o estacionamento ou até o ponto do bonde, preferindo deixar um cartão de visitas no cesto junto à saída. A mãe de Peder ficou sentada lá, com um cobertor verde sobre as pernas, recebendo aquela compaixão silenciosa. Percebi que ela não agüentava levantar a mão. Quando chegou a minha vez, curvei-me e dei-lhe um beijo na face, não para ser melhor do que os outros, mas para esconder o fato de que eu estava chorando. "Vocês me levam até em casa também?", perguntou a mãe de Peder. E empurramos a cadeira de rodas pelo mesmo caminho na volta. Era mais longo agora. Nós a ajudamos na entrada. "Peder!", chamou ela, de repente. Mas Peder não respondeu. Peder ainda não havia chegado. Ela não queria que fôssemos embora. Ela queria que ficássemos. Já havia uma garrafa de vinho sobre a mesa. Sentamos na sala, bebendo em silêncio. Brindamos, cada um por si. Ela mal conseguia segurar o cálice. Ela havia removido as telas e as molduras. Através da janela, conseguia ver a garagem. A porta estava apenas semi-aberta. Talvez fosse necessário ventilar. E a única coisa que eu queria perguntar era: por quê? Mas era uma pergunta impossível. Em vez disso, perguntei: "Você conseguiu terminar os seus quadros?" Ela olhou bruscamente para mim, e entendi, no mesmo instante, que foi uma frase mal escolhida, nesse momento delicado, frágil, que eu estava a ponto de desmanchar. "Talvez, talvez não", sussurrou. "Como diria o Peder", disse eu. Seus braços caíram novamente no colo. Vivian serviu mais vinho. Subi até o banheiro. Parei no corredor e apoiei-me na parede. A porta do quarto do casal estava aberta. O pijama do pai ainda estava lá. No criado-mudo, dois relógios. Um deles marcava 5h15. O outro dava o horário americano, para que sempre pudessem se lembrar qual o horário de Peder. A porta do quarto de Peder estava trancada. Depois de usar o banheiro, desci e voltei para a sala. Vivian estava de pé. Era hora de irmos embora. "Você precisa de alguma ajuda?", perguntei. A mãe de Peder conduziu sozinha a cadeira de rodas até a entrada. "O Oscar costumava carregar-me até a cama." "Eu posso fazê-lo", disse eu. Ela sorriu. "É melhor eu dormir aqui embaixo hoje." E, de repente, segurou-me com força, e senti como sua mão, com os dedos magros, enrugados, logo se soltaram. "Você acha que alguma vez vamos poder ter tudo como era antes, Barnum?", sussurrou. Eu não sabia o que dizer, e não podia mentir para ela. "Não", disse eu, também sussurrando.

Depois que saímos vimos a mãe de Peder apagando as luzes na janela e, lentamente, a casa foi escurecendo. Não sei por quê, mas eu queria espiar a garagem. Vivian me deteve. "Não faça isso", disse ela. Fiz mesmo assim. Ela me seguiu. Estava furiosa e assustada. "O que acha que vai fazer lá?" Não respondi. Eu mesmo não sabia. Ela me soltou e foi em outra direção. Esgueirei-me debaixo da porta. Encontrei um interruptor e uma lâmpada forte acendeu-se no fundo. O carro não estava mais lá. Talvez tivesse sido removido pela polícia. Não era mais um lugar, era uma ocorrência. Achei sentir um cheiro seco, áspero. A mãe havia colocado os seus quadros lá. Estavam empilhados ao longo das paredes. Espiei alguns, a maioria estava por terminar. Então encontrei outro quadro, devia ser aquele que ela havia começado a pintar, aquele verão que passamos em Ildjernet e a Vivian tentou sugar o veneno de mim. Não consegui mais ficar em pé. Ajoelhei-me. Ela havia escrito o título na moldura. *Amigos no Rochedo.* É o cair da tarde, junto ao fiorde, quase tudo está azul, mas os dois meninos à frente estão em sua própria luz, que brilha ao redor dos corpos jovens, bronzeados. Eu nos reconheço. São o gordo e o baixinho. Estamos nus, abraçados. Os lábios se encontram em um beijo, e nossos olhos estão fechados.

Guarda-sol na Neve

Mamãe tricotou duas luvas para mim, cobrindo até a metade dos dedos, parecidas com aquelas que o Louis Armstrong usou quando tocou trompete no estádio de Bislet, para que eu pudesse me manter aquecido e, ao mesmo tempo, entregar as mercadorias e contar o troco. Ela diz que estou desperdiçando o meu tempo. Ela diz que eu deveria encontrar uma ocupação melhor. Mas me sinto bem aqui, na cadeira de praia cambaleante, e as luvas são muito boas para escrever também, agora que ficou mais frio, principalmente de manhã, logo vai começar a nevar, e o pequeno aquecedor elétrico que coloquei junto da porta não ajuda muito contra a força da corrente de ar. Fechei a portinhola e abaixei a persiana. Na vizinhança, não há clientes nem pragas. Nem mesmo depois que ganhei o concurso do Instituto Norueguês de Cinema houve alguma melhora nas vendas. Eu imaginava que iriam fazer fila diante do quiosque do Barnum, quando soubessem que eu havia vencido, mas estivera enganado. Isso não me incomodava muito. Livrei-me das salsichas há muito tempo, e as revistas semanais chegam toda terça-feira. Mas alguns dos chocolates, principalmente aqueles que são para alegrar o espírito, começam a ficar esbranquiçados e duros, acho que estão aqui desde meados dos anos 60.

Pego o caderno e tento avançar com *O Homem da Noite*. Tenho essa imagem do menino, do menino magro, que corre pelas ruas desertas, na direção de um porto. A imagem cristalizou-se, não me larga, e vejo um navio navegando no meio da cerração, tão próximo que é só o menino estender o braço para tocar o casco todo revestido de gelo: *Antarctic*. Mas só tenho esses fragmentos, o menino, a cidade e o navio, pontos em uma história que é maior do que eu, o que não e difícil. Estou travado na seqüência. É o Fred que vejo. É ele que estende o braço e quer reter o navio. Desde que Ditlev escreveu sobre ele no jornal, a mamãe vem recebendo mais ou menos uma carta por dia, de pessoas que acham que viram o Fred em tal ou qual lugar, acho que são todos doidos de pedra, doidos que querem a ribalta ou conduzir os outros para longe dela. Mas afirmam, de todo modo, que o viram em Times Square, em Nova York, num mercado em Montevidéu, no Strøget em Copenhague e na avenida Karl Johan, e na balsa entre Moskenes e Røst. E esses boatos, tão pouco confiáveis quanto assertivos, deram à mamãe uma nova esperança, a mais desesperançada de todas, é a tarefa da mamãe, 24 horas por dia, esperar e entreter esperanças, esperar e entreter esperanças, porque essa é a maldição que o ausente lança sobre aqueles que ele abandona. "Mas alguns devem estar enganados", costumo dizer. "O que você quer dizer?", pergunta a mamãe. "Ele não pode estar em todos esses lugares ao mesmo tempo, pode?" Então a mamãe me chama de desmancha-prazeres e abre uma nova carta, em que alguém escreve ter certeza de ter visto Fred Nilsen em Majorca, ou em Arvika, reconheceu o nariz torto e os traços magros. Mamãe entrega todas as cartas ao serviço de localização do Exército da Salvação, para que possam sistematizar as pistas. Escrevo à margem: *Seguir uma carta.* Quanto é possível retroceder? Vejo diante de mim uma floresta, onde escolho uma árvore, esta árvore é derrubada, mas quem a derruba, quem retira os galhos e a casca? Tenho que procurá-los também? Prefiro dirigir-me rapidamente até o rio, os troncos que flutuam lá, o cardume de troncos, como um imenso jogo de pinos, e os homens que soltam o emaranhado. Levo a árvore até a fábrica, junto da cachoeira, ou talvez eu prefira fazer esse papel manualmente, em uma empresa familiar, por exemplo, na Itália, em Bellagio, quem sabe. Então vou acompanhar a folha pronta, branca, até a papelaria, onde um jovem compra o papel. Aqui dou um salto, o primeiro salto, até uma paisagem deserta, coberta de gelo, mas, antes disso, tenho que ter a prancha, tenho que encontrar a prancha, e é o rapaz que abraça sua namorada, uma moça bonita e altiva, e embarca no navio que vai conduzi-lo até a terra que fica entre a neve e o gelo. Vejo-o diante de mim, está sentado na cabine e escreve para a sua amada, a árvore se transformou em pensamento, o pensamento se transformou em escrita, e essa escrita vai se tornar um quadro. Quero ter a mão que escreve. Quero ter o bolso em que a carta será posta, e a jaqueta que ele não veste, que permanece pendurada em um gancho na cabine estreita, quando ele sai para o seu último passeio e desaparece em uma fenda, ou congela no gelo, que vai arrastando-o para baixo, em um enterro eterno. Está ficando bom. Esse é o começo de um pulo, um salto triplo. Tomo um gole. Merecido. A aguardente escura me ilumina. Nesse momento, sou interrompido, no meio da minha nova corrida de aceleração. Alguém bate na portinhola. Decido não abrir. Hoje o quiosque de Barnum está fechado. Batem de novo, mais forte. Não me deixo perturbar. Estou na pista. Mas quando alguém bate na portinhola pela terceira vez, e está a ponto de desmontar o quiosque inteiro, sou obrigado a levantar a persiana e encarar o intrometido. Uma cara oval, excessivamente bronzeada e com a metade escondida atrás de óculos de sol, cobre quase toda a portinhola. "Um cachorro-quente, por favor." "Não vendemos cachorro-quente", respondo. "Então vou preferir uma caixinha de suco, sem gelo." "Só temos congelados." "Mas dez Teddy sem filtro você pode me arrumar, hein, baixinho?" "Você é um freguês mal-agradecido", digo. "E você é um péssimo comerciante, Barnum Nilsen!" É o Peder. Ninguém menos do que Peder Miil. Ele me segura pela jaqueta e me arrasta pela portinhola, e caímos os dois na calçada. Nós nos abraçamos quase como nos velhos tempos, e uma alegria louca bate o ritmo do coração. Peder finalmente voltou. Levantamos e limpamos a poeira da roupa. "Você engordou", digo. Peder ri o seu riso agudo. "E você encolheu ainda mais!" Ficamos por um momento em silêncio, na Kirkeveien, um domingo no final de novembro, e tentamos achar o tom, procuramos e sabemos que nada é exatamente como antes. Vemos que estamos mudados. Peder está vestindo uma camisa azul, de tecido fino, e um *blazer.* Ponho a mão no braço dele. "Lamento muito o que aconteceu com o seu pai", sussurro. Ele tira os óculos escuros e fica me olhando. "O que você fez com o seu olho?", pergunta. Não volto a me referir ao pai, deixo que ele escolha o momento certo. "Vamos para casa ver a Vivian", digo. Deixo as luvas na caixa registradora e fecho o quiosque definitivamente aquele dia. Permanecemos taciturnos até estarmos diante da porta em Bolteløkka. Peder repara na placa, a placa de bronze polido que contém os nossos nomes, VIVIAN E BARNUM. "O que foi que eu disse?", diz ele. "O quê?" "Que seriam vocês dois, não se lembra?" Abro a porta. Vivian está junto da janela, de costas. Entramos em silêncio, e paramos. "Já voltou?", pergunta. Nossa conversa é de um casamento de muitos anos. O diálogo foi plagiado de um filme estrelado por Jean Gabin. "Pouca gente", respondo. "E você está sóbrio?" Peder olha para mim. Mudo de repertório. "Adivinhe quem vem para o jantar?", digo, rapidamente. Vivian também está mudada. Tem algo na postura dela. Está curvada, o pescoço dobrado, como se tivesse perdido alguma coisa a caminho e precisa se curvar para encontrá-la. Muitas vezes penso que ela ficou assim por viver comigo, ela procura se rebaixar até o meu nível, o que também é uma forma de amor, e fico com a sensação de que deveria ter sido o contrário, eu é que deveria ter me esticado até a altura dela. "Fred", diz, de repente. Fico imóvel. "O quê?" "É o Fred que vem para o jantar?" Rio alto. Peder tira os óculos de sol. "Oi, minha tragédia", diz ele. Vivian volta-se, suas costas se endireitam, ela abaixa os ombros e estica o pescoço, e, nesse momento, quando descobre que é Peder, ela volta a ser quem era, os anos que se passaram se apagam e o tempo foi remendado. Vejo tudo isso, e fico feliz e desesperado. "Oi, gorducho", diz. Peder ri, tira o lenço do bolso da frente e limpa os óculos. "Bela placa que vocês têm, Vivian." Ela o observa, atentamente, como que querendo se assegurar de que é mesmo ele, Peder Miil, o gorducho. "Quando você chegou?", pergunta ela. "Faz uma semana." "Você está na cidade há uma semana?", exclamo. Peder não desgruda o olhar de Vivian. "Tinha que resolver umas coisas primeiro", diz ele. Então a Vivian finalmente corre para ele, e se abraçam longamente, e um deles chora. É a Vivian. Peder havia dito uma vez que estávamos com ela, nós dois. Agora já estamos de novo. Vou até a cozinha buscar cerveja.

Quando acordamos, a Vivian tinha saído. Havia uma garrafa no criado-mudo. Bebi e passei para o Peder. "Lauren Bacall continua nos observando lá de cima", diz ele. Apontou para o quadro na parede. Estava fora do prumo. "Eu achava que era a mãe da Vivian", disse eu. "Eu também", riu o Peder. Ele colocou a garrafa no chão. "Você está tratando bem a Vivian?", perguntou, de repente. "O que você quer dizer?" "Você sabe muito bem o que quero dizer, Barnum." "Não sei não." E senti a angústia começando a se manifestar dentro de mim, o motor pesado que impulsiona você até o fundo, o submarino na sua alma. Peder ficou em silêncio. Vi que havia começado a nevar. Eu havia esquecido de tirar o guarda-sol da varanda. E a visão desse guarda-sol azul, na neve que caía pesada e formava um traço branco sobre o peitoril, projetava mais uma sombra de tristeza e, curiosamente, também de alegria, quando os segundos brilham com muita intensidade e me cegam a vista. "Eu fiz alguma coisa essa noite?", sussurrei. "Nada afora beber e rir." Respirei aliviado. "Por que pergunta?" "Porque eu vi a escuridão nos olhos dela", respondeu Peder. Talvez fosse necessário outro para percebê-lo, alguém que tivesse ficado fora bastante tempo. "Não posso fazer filhos", disse eu. Peder ficou deitado, em silêncio. Não voltou ao assunto. Em vez disso, deitou-se em cima de mim. "Você ainda sonha, Barnum?" "Eu sonho o tempo todo, seu tonto!" Peder não desistiu. "Mas você sonha em adição?" Ele riu e esticou os meus braços para trás. Tentei me soltar. "Você ficou comercial lá nos Estados Unidos?", gritei. Peder soltou-me de repente. "Quero lhe mostrar uma coisa", disse.

Terminamos a garrafa, peguei os meus roteiros e saímos. Já havia neve empilhada nas calçadas, e não parava de nevar. Eu tinha que lembrar de tirar o guarda-sol. Não podia mais ficar na varanda. Peder parecia um imigrante, com sua camisa fina, azul, aberta na gola, como alguém que não faz a menor idéia do que seja o frio e que precisa de um inverno inteiro para aprender a congelar. Na rua Therese, encontramos um táxi e descemos até a praça Solli. Nossa árvore estava com os galhos brancos, como se tivesse ficado albina desde a última vez. Mas não era a árvore que o Peder queria me mostrar. Era a loja do pai. "Eu também arrumei uma placa", disse. Sobre a porta já não dizia FILATÉLICA MIIL COMPRA E VENDA. Agora estava escrito, em letras novas e nítidas, de plástico: MIIL & BARNUM. Eu quis perguntar o que isso queria dizer, mas o Peder destrancou e me empurrou para dentro. Não havia um único selo no local. As gavetas e os armários estavam vazios. Tudo havia sumido, até mesmo o cheiro inconfundível de papel e cola havia desaparecido. Em seu lugar, havia móveis novos, uma escrivaninha, um arquivo, sofá e cadeiras. "O que acha?", perguntou Peder. Virei-me para ele. "Que fim levou tudo o que havia aqui?" "Vendido, é claro." "Você simplesmente voltou para casa e vendeu tudo o que seu pai tinha?" Peder levantou a mão, passou o dedo sobre os lábios, por um instante incomodado. Sua voz tremia. "Ficou sentimental, Barnum?" "Sim", respondi. Vi que ele começou a sorrir. Nada durava muito tempo com o Peder. "Você achou que eu ia passar o resto da vida contando selos?" Sentei-me na cadeira. Tinha apoio para o pescoço, mola, rodas, e podia girar. Lembrava-me de Tati, *Tempo de Diversão*, portas silenciosas que alguém bate com fúria, ao passar por elas. "O que o meu nome está fazendo na placa lá fora?", perguntei. Peder suspirou. "Você já se esqueceu de tudo que conversamos?" Levantei-me e segurei-o pela camisa, acho que devo ter arrancado um dos botões. "Não me esqueci que você não deu o menor sinal de vida", sussurrei. Peder atirou-me de volta à cadeira. "Esta é a sua cadeira, Barnum", disse ele. Encarei-o. "O quê?" E Peder girou-me, a toda a velocidade, tive que me segurar nos braços, fiquei completamente tonto, gritei e o Peder riu, e, finalmente, a cadeira parou de girar, era um pouco como rodopiar uma garrafa, e eu era a garrafa. Peder inclinou-se para mim. "Sonhos e matemática, Barnum. Você é o sonhador, e eu vou calcular quanto custa." Fechei os olhos e balancei a cabeça. Peder colocou as mãos sobre os meus ombros. "Vamos fazer filmes, Barnum. Você escreve. Eu vendo." "E a Vivian maquia!", exclamei. Peder tirou um recorte de jornal do arquivo. Era o artigo de Bente Synt. "*Novo cardápio para o cinema norueguês*", leu, em voz alta. Olhou para mim, e o sorriso, aquele sorriso que só o Peder tem, finalmente apareceu no seu rosto. "Tenho tanto orgulho de você, Barnum", disse. "Obrigado", sussurrei, e tive que dar mais um giro na cadeira. "Sabe o que estava a ponto de fazer quando li essa matéria no vôo para cá?" "Diga, Peder. Diga." "Eu estava a ponto de ir até a cabine de comando e gritar que o Barnum Nilsen era o meu melhor amigo!" Ri. "Você ia seqüestrar o avião inteiro!", exclamei. Peder continuou a leitura. "*E o discurso de agradecimento de Barnum Nilsen ficará na história como o mais curto e o mais especial que já ouvimos.*" Peder levantou de novo o olhar. "Escapuliu", disse eu. Mas Peder balançou a cabeça. "O diabo os carregue. Foi perfeito, Barnum. Pode ter certeza, nunca vão te esquecer." Ele dobrou o recorte e escondeu dentro do arquivo. Não sei bem se gostei do que ele havia dito. Preferia que me esquecessem. Mas não tinha coragem de me opor. Eu estava sedento e me levantei. "Você vendeu a geladeira também?", perguntei. Peder pegou um maço de notas e contou. "Você trouxe o texto do roteiro?" Coloquei *Engorda* em cima da mesa. Peder deu-me três notas. "Vá até o Monopólio enquanto leio", disse. Fiquei parado, por um instante espantado, quase com raiva, com o dinheiro de

Peder na mão. O que é que ele estava pensando? Ele acomodou-se no sofá e começou a folhear o roteiro. Caminhei pela neve, até o Monopólio que fica na avenida Drammen. Quis comprar vinho tinto e tive que mostrar a identidade. Sempre ando com a identidade no bolso. Tem limite de idade em todo lugar. O balconista analisou o documento longamente, segurou-o contra a luz, chamou colegas para ouvir a opinião deles sobre esse documento gasto, com uma foto minha tirada na máquina automática da estação do Oeste, porque lá a cadeira é mais alta. Era como se eu não estivesse igual a mim mesmo, como se tivesse ocorrido um deslocamento, gero dúvidas, mas não é aquela dúvida da qual o papai falava, aquela dúvida verdadeira e que faz com que as pessoas acreditem em tudo. Minha dúvida é impura, um trambolho. Começaram a rir atrás do balcão. Eu devia ter saído, me virado e saído, batendo a porta atrás de mim. Esperei. Estava sedento. Por fim, devolveram o documento junto com a sacola com as garrafas. O balconista ainda hesitou mais um pouco, quando viu minha pálpebra despencar sobre o rosto. Apressei-me a sair. Estava a ponto de chutar a porta, mas desisti e preferi segurá-la para que uma das senhoras do bairro entrasse com todas as suas garrafas vazias embrulhadas em jornal, e fechei a porta silenciosamente atrás dela, porque aqui eu certamente ainda voltaria muitas vezes.

Tomei uma cerveja no Le Coq d'Or. Peder lia devagar. Deixei a identidade em cima do balcão. O *barman* falou. "Vejo que você tem medo de esquecer quem você é", disse. "Tenho medo que não me sirvam cerveja", repliquei. Tomei mais uma e desci até a loja. Fique parado do lado de fora, vendo a nova placa. MIIL & BARNUM. Tinha algo de errado, gerava ruído, me lembrava de um anúncio de mel ou um poema de pé quebrado. Quando entrei, o Peder estava sentado com os pés apoiados sobre a mesa. "Você ainda sonha na tabuada de menos", disse ele. Abri uma garrafa de vinho tinto. "Não gostou?", perguntei. Peder levantou-se e iniciou um longo discurso enquanto gesticulava sem parar com suas mãos gordas, como se estivesse bombeando as palavras. Deu tempo de tomar quase uma garrafa inteira. E foi isso mais ou menos o que ele disse: "Se gostei? É claro que gostei. Gostei não. Amei. Mas é isso que importa? A resposta é não. O que importa é que ninguém vai se abalar a ir ao cinema para assistir a esse filme. Engorda, sei! Aqui só tem subtração. Cada uma das pessoas dessa história anda com déficit. Tudo que fazem, cada ato que praticam, aumenta a dívida deles. Você decreta a falência de todos eles: da mãe, do médico da escola, dos meninos, do sitiante, da mulher dele, até do projetista. Você tem que entrar no superávit, Barnum. O público quer um superávit. Quando saem do cinema, querem sair com lucro! Querem ficar gordos, não magros! Não é mesmo?" Peder parou, tomou fôlego e olhou para mim. "Agora sei o que está errado", disse eu. "Ótimo!", exclamou. "Meu nome tem que vir primeiro." Por um breve instante, o Peder ficou confuso. "Como disse?" "Barnum & Miil", disse eu. "Soa muito melhor." Peder abaixou as mãos e sorriu. "Isso se resolve." Pegou um telefone, falou rapidamente com alguém, desligou e se virou para mim. "Considere feito", disse Peder. Ele sentou-se. Não sei para quem havia ligado, mas fiquei impressionado. "Tem mais?", perguntou. Enchi a caneca dele. Peder riu. "Quero dizer *material*, Barnum." Fechei os olhos. Eu iria estragar as minhas idéias agora, gastá-las todas? Quão pouco eu deveria dizer, e quanto eu deveria reter para mim? E ocorreu-me que eu era pela metade em quase tudo, o rosto era pela metade, a estatura, meus pensamentos, eu era uma meia pessoa. A única coisa por inteiro é que tudo era pela metade. "A piscina", disse. Peder aproximou-se. "A piscina?" "Esse é o título. A piscina." Peder levantou a caneca e voltou-a para a mesa. "Miil quer mais", disse ele. Dei-lhe mais. Contei logo a história toda, assim: "Estou imaginando dois trabalhadores que fazem piscinas nas casas dos ricaços. Cavam, assentam os tijolos, os azulejos, enfim, trabalham o dia todo para terminar as belas piscinas dos capitalistas. E enquanto trabalham tem uma festa rolando no jardim, homens de *smoking* e mulheres de longo caminham pela beirada com drinques e canapés. Mas as piscinas nunca se enchem com água. Quando chega o outono, continuam vazias, cheias apenas com folhas caídas e chuva. Como túmulos imensos." Tomei um gole e fiquei olhando para o Peder. Sua expressão estava distante. Uma ruga estendia-se em diagonal a partir da testa. "É só isso que acontece?", perguntou. "Você acha que tem que acontecer mais alguma coisa?" "Acho sim, Barnum. Afinal, não acontece nada. Fora que fazem piscinas." "A piscina é uma metáfora", disse eu. "Nunca enchem com água." Peder suspirou. "É justamente isso que eu quero dizer. Nunca enchem com água." "Mas é esse o sentido da coisa", disse eu. "Sentido?" "A metáfora. Fazem piscinas sem água." "Mas os trabalhadores fazem isso de propósito, é uma sabotagem?" "Não pensei nisso", disse eu. Peder ficou impaciente. "Então tem que me explicar isso tudo melhor. Tome o tempo que for preciso." "Não tem nada a explicar." "Tem muito a explicar, Barnum." "A vida é uma piscina vazia", disse eu. Peder soltou um suspiro ainda mais profundo. "De quem é a culpa por eu estar me sentindo muito burro agora, minha ou sua?" "Como assim?" "Você quer que o público se sinta burro, Barnum?" "De jeito nenhum." "Podemos mandar para o teatro televisado", disse ele. Uma caminhonete parou do lado de fora. Dois homens de macacão e com faixas refletoras em volta das pernas encostaram uma escada junto da janela. Peder levantou-se, abriu a porta e deu algumas instruções. Então voltou. Abri outra garrafa e enchi as canecas. Peder brindou. "Você se lembra de como o papai costumava chamar a ressaca?", perguntou, de repente. "A multa", respondi. Peder riu um pouco. "Postagem insuficiente na alegria", disse ele. E vi o tremor nos olhos dele. Teve que olhar para o chão. "Obrigado pela ajuda que vocês deram para a mamãe", sussurrou. "Era o que faltava, Peder." "Tenho tanta vergonha de mim, Barnum." "Por quê?" "Não consegui voltar para o enterro. Sou um covarde." Ele levantou o olhar. "Fiquei puto da vida quando ela me contou o que ele tinha feito." "Puto da vida?" "Eu não entendo. O suicídio dele. E odeio tudo o que não entendo." Peder se curvou de novo. "O diabo o carregue", sussurrou. "O diabo o carregue." Fiquei com vontade de contar para o Peder sobre *O Homem da Noite*, sobre as primeiras cenas de *O Homem da Noite* e sobre os meus grandes planos. Mas ele se adiantou a mim. "Tem outra coisa que preciso lhe contar", disse ele. Fiquei esperando. Ele tomou mais um gole e ficou olhando para mim. "Não prestei um único exame." "O que ficou fazendo lá então?" "Fiquei na praia." "Pelo menos, você está bem bronzeado", disse eu. Peder levantou-se, bruscamente. "Você não está ouvindo o que digo? Eu não sou nada. Absolutamente nada." "Não se gabe", disse eu. Peder ficou parado, mudo e confuso, a camisa fora da calça, a testa coberta de suor, as mãos inquietas. "Agora você sabe com quem está lidando", sussurrou. "Quantas letras têm nos nossos nomes?", perguntei. "Dez", respondeu Peder, cansado. Levantei-me também e segurei a mão dele. "Isso basta", disse eu. E ele apoiou a cabeça no meu ombro.

Então um dos homens bateu na vidraça. Eles tinham terminado, e foram embora com a escada na caminhonete. Saímos. Tinham trocado a placa. "Vou tornar as suas idéias visíveis", disse Peder. Ele voltou correndo para dentro. Ainda nevava. Então aconteceu uma coisa. As letras piscaram com força, como se estivessem a ponto de se soltarem da parede. Peder voltou calmamente, sorridente, e postou-se do meu lado, na neve. Logo as letras ficaram mais calmas, e nossos nomes brilharam forte, em vermelho, sobre a porta: BARNUM & MIIL. Abracei Peder. E assim teve início o que chamo, com um empréstimo da linguagem do cinema mudo, o nosso teatro elétrico, que iria me conduzir até o quarto 502 do Albergue Coch e, mais tarde, até Røst, onde sequei no vento salgado.

Fileira 14, Assentos 18, 19 e 20

O cinema mudo extraía a sua expressão da fotografia e da arte da mímica, dos bordéis e dos teatros de variedades, dos portos, das tabernas, dos circos e dos cemitérios. O rosto não mente. A narrativa do rosto é primitiva e clara, tal como os traços da Velha foram marcados pela saudade, mas também pela alegria de carregar a filha do saudoso, Boletta. Somos duplos. Somos metades. O relato do rosto é tragédia e comédia. Ainda não existiam os roteiros. A ação era um movimento, uma sobrancelha erguida, uma lágrima, um sorriso. A linguagem apenas participava como um texto explicativo entre as cenas, letras brancas, trêmulas, sobre fundo preto, e a única tarefa dessa linguagem era informar a passagem do tempo. *Mais tarde. Na manhã seguinte. Naquela noite.* Mas, aos poucos, essas mensagens simples, esses sinais temporais tornaram-se excessivamente resumidos. Era como se uma grande soberba se introduzisse na linguagem, e logo se passou a ler na tela: *Longos dias de dificuldades atrozes se passam, cheios de desespero e de desesperança. Imperceptivelmente, aquela manhã brutal se insinua.* A linguagem começava a dar errado. Por fim, o tempo ficou imóvel nas palavras. Nem mesmo a música pôde compensar essa evolução. O pianista desistiu. Os atores começaram a sussurrar um para o outro, tomados do mesmo pânico que o público também sentia. A ação precisava ir adiante. A fala impôs-se e, com a fala, o roteiro. Por vezes, também me sinto assim: O tempo está imóvel. As folhas estão lá. Não termino. Permaneço na sala dos fundos. Bebo tão lentamente quanto consigo. A embriaguez também é tempo e, no âmago da embriaguez, o tempo se descontrola, um relógio que explode em sono. Observo os convidados. Não os ouço. Peder convidou meia cidade. Está cheio. Reconheço alguns rostos do Instituto Norueguês de Cinema, o presidente, as cotoveleiras de couro se soltaram, a dramaturga deixa cair um cigarro e o apaga no tapete quando pensa que ninguém está vendo, eu vejo, há alguns jornalistas, Bente Synt toma notas, ela é a barda desta noite, e no bolso traz uma câmera, tem os músicos em calças *jeans* desbotadas, diretores irritadiços, especialmente o casal famoso, uma vestindo um casaco de pele, quase insolente, e outros figurantes pálidos, que não foram convidados mas pressentem uma boca-livre com a mesma precisão de cães farejadores treinados. Estou impressionado. Peder e Vivian circulam e cumprimentam a todos. São os anfitriões. Estão elegantes. Eu os observo. São os peixes mais bem-postos de todo o aquário. Fico do outro lado, na zona do silêncio. Gosto de lá. Vivian volta-se de repente e seu olhar cruza o meu, é avassalador e não dura mais do que um segundo, não, menos do que um segundo, apenas um olhar que passa, rápido, um movimento que não faz uma parada. Sorrio e ergo o copo, tarde demais, e sei que ela não é mais minha e que talvez nunca tenha sido. Não sou um homem que preste. E, no mesmo instante que me dou conta disso, sinto-me mais próximo dela do que jamais estive. Peder sobe em uma cadeira e faz um discurso. Vejo as bocas se contorcendo em risos e as mãos que batem palmas. De repente, as vozes me alcançam, uma onda sonora que se levanta na minha direção, e ouço Peder me chamando. Ele quer que eu diga algumas palavras. Vou até eles. Subo na mesma cadeira. Há certa expectativa. Olho para a Vivian. Ela aguarda, tranqüila. "Vamos lá, Barnum!", exclama Bente Synt. Peder sua um pouco. Um dos primeiros filmes que foram feitos na Inglaterra chamava-se *Os Ácaros do Queijo ou o Povo de Lilliput no Restaurante.* O diretor Robert W. Paul, famoso por seus truques, e em especial por suas tomadas, primeiro filmava uma cena do jeito normal, então cobria os bastidores de panos pretos, voltava o filme cerca de nove metros, colocava outra lente e fazia uma nova tomada sobre o mesmo rolo. Assim conseguia obter pessoas em tamanho normal e fantasminhas na mesma imagem. A cena mais famosa: o espanto e a incredulidade de um marujo ao ver um grupo de anões saindo de dentro de um queijo que ele está para comer. Quero dizer algo sobre isso. Quero dizer que eu também sou um ácaro, capaz de aparecer em todo lugar, que vocês vão me achar quando abrirem a gaveta, folhearem um livro, enfiarem a mão no bolso, forem ao banheiro, abrirem o porta-luvas e o estojo dos óculos e a geladeira, que estarei lá quando vocês dormirem e, principalmente, quando acordarem. Sou um ácaro. Agora tenho que dizer alguma coisa. Mas não consigo. "A noite é uma criança", digo e desço da cadeira. Alguns batem palmas. Outros apenas se entreolham. Bente Synt passa à frente e diz: "Aprendeu boas maneiras desde a última vez?" Meneio a cabeça. "Que pena", sussurra. Bente Synt inclina a cabeça para o lado. "E o que você pretende com o Peder Miil?", pergunta. Arranco a câmera dela e encosto no rosto comprido, na boca vermelha. "Vou te fotoengrafar!", exclamo. E o faço. Tomo a alma dela. Bente Synt ri. É uma ótima noite. O presidente do Instituto Norueguês de Cinema pára logo atrás de mim. "Já pensou na minha proposta?", pergunta. "Não", digo eu. Ele me dá uma tapa nas costas. Ainda é uma ótima noite.

Logo todos se vão. Fica apenas o lixo: os tocos de cigarro, os copos e, especialmente, os guardanapos de papel usados e enrolados; ocorre-me que se assemelham a pássaros de asa quebrada. Pego um deles e aliso as asas, manchadas de batom e de cinzas. Não espanta que não consigam voar. Nós nos sentamos ao redor da mesa e compartilhamos a última garrafa: Vivian, Peder e eu. "Estamos na pista", diz Peder. "Estamos na pista", repito. Vivian está cansada e alegre. Ela ergue o copo. "Saúde para Miil & Barnum", diz. "Barnum & Miil", corrijo. Peder ri. "Saúde para a Vivian!" Brindamos. A noite não é mais uma criança. É madrugada, e a placa que ainda está acesa sobre a porta colore a neve de vermelho. Um pinheirinho de Natal, desfolhado, com meia estrela no topo, está largado no meio da rua. Talvez alguém o tenha atirado de uma janela ou de uma varanda. Permanecemos pensativos e mudos enquanto bebemos o restante da garrafa. "Comédia", diz Vivian, de repente. "Que tipo de comédia?", pergunta Peder. Vivian parou de fumar e acende um cigarro. "Sobre mães. Inspirada em *As Galinhas do Paulo.*" Peder e eu não acompanhamos a idéia. De todo modo, cantamos a cantiga de roda *As Galinhas do Paulo* e entendemos aonde ela quer chegar quando cantamos o último verso do refrão: *Não sei se volto pra casa, mamãe.* Beijo a Vivian no rosto. Essa noite estou apaixonado. Peder esmurra a mesa. "Lauren Bacall!", exclama. Volto-me para ele. "O que tem ela?" "O que tem ela? Se conseguirmos a Lauren Bacall para um projeto, estamos feitos, não é verdade?" "Lauren Bacall? Você encheu a cara mesmo, hein, Peder?" "Droga, será que temos de nos contentar com a lagosta dourada de Drøbak? Nada é impossível!" E assim conversamos e nos animamos mutuamente. É quase como antes. Mas tem algo de diferente nas nossas vozes. Falamos alto demais. Falamos depressa demais. "A garagem pegou fogo", diz Peder, com a voz calma. "A garagem pegou fogo?" Seguro a mão dele. Ele meneia a cabeça, repetidamente. "A merda toda queimou até o chão. Melhor assim, não é mesmo?" Vivian e eu voltamos para casa. Peder fica, para arrumar a bagunça. O refrão não me sai da cabeça. *Não sei se volto pra casa, mamãe.* O frio me mantém desperto. Não consigo dormir. As costas de Vivian estão desnudas. Coloco a mão com cuidado sobre a coxa dela. Ela afasta a minha mão, dormindo. Levanto-me. Sento-me à mesa de trabalho. *O Homem da Noite* está na gaveta. As gavetas estão cheias. Coloco uma folha em branco na máquina e escrevo: *O inverno desfaz-se finalmente de sua capa branca e mostra seu vestido verde-claro.* Olho para fora. Vivian está sentada debaixo do guarda-sol no terraço. Na mesinha redonda, uma bebida vermelha. Ela deita a cabeça para trás e sorri, mas não para mim. Em 1911, Will Barker filmou *Hamlet* em um único dia, e o filme tinha 15 minutos de duração. É um recorde. Vivian saiu, foi até o salão de beleza. O telefone toca. É Peder. Peder grita no aparelho, como se estivesse em uma cabine telefônica lá no fundo da infância, tem muito a dizer e uma única moeda. "Temos assunto a tratar, Barnum!" "Estou sem tempo", digo. "Então almoçamos no Valka."

Coloco os óculos de sol e saio, e antes de chegar a Marienlyst o verão já estava quase terminando. As árvores estalavam, aquele som especial, seco, de folhas que se queimam e caem, a grande roda gira. Mas eram os guindastes que eu estava ouvindo, como predadores mecânicos na rua junto ao nosso prédio, e todo o telhado estava coberto por uma lona verde, que o vento puxava e levantava, parecia mais como um imenso balão, debaixo do qual o prédio ficava dependurado, por um fio fino. Já haviam começado a reforma, adaptando o sótão para receber os novos apartamentos. E pensei comigo: Agora estão demolindo a história da mamãe. Desci até o Valka. Peder estava sentado junto à janela. Pedi uma cerveja. O Peder estava tomando uma Coca-cola e havia comido um bolo. Olhei em volta, os clientes lentos. "É assim que vou acabar?", sussurrei. Um garçom mudo colocou o pedido sobre a mesa. Tomei a cerveja primeiro. "Pelo menos, você está bem encaminhado", disse Peder. "Era sobre isso que você queria conversar?" Peder balançou a cabeça. Esse era o canto marrom dos homens mudos. Aqui, o tempo ficava suspenso e, nas poucas vezes em que se mexia, quando alguém ia ao banheiro, movia-se para trás. Lá no fundo, o presidente do Instituto Norueguês de Cinema se levantou. Ele não era mais o presidente. Os helicópteros haviam assumido. Era só espiar pela janela cinzenta. As novas pessoas, homens e mulheres, passam rapidamente pela calçada, em suas capas imponderáveis, armadas de cartões de crédito e saltos finos. Em todas as esquinas, lanchonetes americanas serviam hambúrgueres. Não era só o nosso prédio, era a cidade inteira que estava para alçar vôo, mais uma epopéia aérea de André, e quem, ao final das contas, iria sair à nossa procura? A única referência sólida era o quarteto do Exército da Salvação. Eles formavam o único tirante que segurava um pedaço desta realidade. Estavam postados junto ao ponto de bonde com seus violões e cantavam as mesmas velhas canções. E pensei comigo que são eles que procuram pelo Fred. Em todas as cidades, em todos os países, estão cantando e olhando, cantam, olham e salvam. "Já ouviu falar de Arthur Burns?", perguntei. Peder não tinha. Ninguém ouviu falar dele. Contei a história de Arthur Burns. Ele faleceu no ano passado. Chegou a completar 94 anos de idade. Foi um dos pioneiros do cinema. Era um dramaturgo jovem e talentoso que se mudou de Nova York para Hollywood e começou a escrever roteiros já quando Mary Pickford estava no auge da carreira. Ele continuou fazendo isso. Escrevia roteiros quando Douglas Fairbanks era o grande herói; escreveu para o James Cagney, para Edward G. Robinson e para John Wayne; escreveu quando James Dean e Marlon Brando surgiram nas telas com sua melancolia, escreveu quando Clint Eastwood puxou a magnum, e não parou nem mesmo quando Sylvester Stallone entrou pela direita com o torso nu. Arthur Burns era um dos roteiristas mais respeitados de Hollywood. Ninguém havia estado na atividade por tanto tempo. Era uma lenda. Sobreviveu a todos os heróis, e a Warner Brothers pagou as despesas com o seu funeral. Só tinha um probleminha com a grandiosa carreira de Arthur Burns. Nunca deu em nada. Nem um único roteiro sequer de todos que ele escreveu chegou a ser filmado, nem uma cena, nem uma réplica, nem mesmo um *voice over*. Arthur Burns escrevia em água. Pedi mais uma cerveja. Peder bocejou. "E aonde é que você está querendo chegar?" "Eu também tenho a gaveta cheia de roteiros que ninguém quer", disse eu. Peder inclinou-se sobre a mesa. "Adaptações", disse ele. Puxei o braço, rapidamente. "Adaptações?" "Você ouviu direito. Vamos falar de adaptações." "Não me ofenda, Peder." "Vá até a biblioteca e encontre alguns livros com uma boa história. É tudo o que lhe peço." "Prefiro usar as minhas próprias idéias", disse eu. Peder cruzou as mãos. "Mas se suas próprias idéias estão demorando a pegar você bem que poderia se inspirar nas invenções dos outros, não é mesmo?" "Sabe o que o Scott Fitzgerald diz sobre adaptações?" "Não, Barnum. Mas você sabe, com certeza." Fiz que sim. "Deixe que um bom amigo leia o livro, peça que lhe conte o que se lembra do livro, anote e pronto, você terá um filme." "Genial", disse Peder. Foi então que o ex-presidente saiu do banheiro. Parou junto da nossa mesa e olhou para mim. Peder pagou a conta. "Está escrevendo?", perguntou. "Estou sim", respondi. "Mas está escrevendo sobre o seu irmão, Barnum?" Não sei por quê, fiquei puto da vida. Levantei-me e dei-lhe um empurrão. Tenho certeza que não empurrei com muita força. Mas empurrei. Ele devia ter algum problema de labirintite. Ele caiu para trás e ficou deitado entre as cadeiras. E eu fui definitivamente expulso do Valka, antes das duas da tarde, enquanto Bente Synt estava entrando, tive tempo de vê-la sorrir, ela era meu mau agouro, porque cada vez que ela aparecia alguma coisa de terrível ia acontecer. Peder pegou-me pelo braço e me arrastou até o outro lado da rua antes que eu fizesse mais estragos. O Exército da Salvação continuava a cantar. "Está escrevendo sobre o Fred?", perguntou. Dei um empurrão no Peder, mas ele não caiu. Peder era pesado demais. "Não!", gritei. Então fomos até a Biblioteca Deichman na rua Bøgstad e pegamos vinte romances, entre outros o menor de todos de Hamsun, *Sonhadores*, *O Pequeno Lorde*, *Drácula*, as sagas e o mais recente de um escritor jovem e cabeludo chamado Ingvar Ambjørnsen. Tomamos um táxi até o escritório. Uma das letras da placa estava apagada. Barum & Miil. Parecíamos um hotel com banheiro no corredor. Peder abriu e lá estava Vivian. Ela se levantou. "Vocês não estão sabendo?", perguntou. Gelei. Não sei o que esperava, mas era certamente o pior. "O que é que não estamos sabendo?" "Estão demolindo o Cine Rosenborg", disse ela. Peder deixou cair todos os livros no chão e tomamos imediatamente um táxi. Era verdade. Estavam demolindo o Cine Rosenborg. Ia ser convertido em uma academia de ginástica. Estavam tirando os móveis e jogando tudo em imensas caçambas, que bloqueavam a rua toda. Era mais um lugar que sumia. Mas as imagens eles não poderiam jogar fora. A luz não poderia ser enfiada em sacos pretos e jogada no lixão. Havia algo de que nunca nos livraríamos. Era um consolo. Peder negociou durante quase uma hora com o mestre-de-obras. Então emitiu um cheque polpudo e pudemos subir nas caçambas. Por fim, encontramos as poltronas, fileira 14, assentos 18, 19 e 20. Carregamos esses assentos, os melhores de todo o cinema, até Bolteløkka e os colocamos no terraço. "Eu quero sentar na ponta", disse Vivian. Protestei. "Você tem que sentar no meio", disse eu. Mas ela se senta na ponta mesmo assim, não adiantam os nossos protestos, acomoda-se no número 18 da 14ª fileira, e sou eu quem tem que sentar no meio. Peder, é claro, trouxe uma barra de chocolate ao leite, que ele quebra em três partes iguais. As árvores do parque Sten ainda portam uma bela e trêmula folhagem. Mas a grande roda geme. O sol está baixando. O Homem da Noite passa por Blåsen e tudo se aproxima. "Estão enxergando bem?", pergunto. "Psiu", dizem Peder e Vivian.

Pelica

Onde ficava a clarabóia foi instalada uma ampla janela, com vista para a escuridão e para o céu. Pergunto-me se o vidro vai agüentar, se nevar muito e por muito tempo. O muro junto à chaminé e à tubulação de carvão foi caiado de branco. O chão foi raspado, é como se as tábuas balançassem sobre molas quando ando sobre elas, e foram envernizadas em um tom claro, bonito, que faz com que o cômodo pareça maior do que me lembro que era, ou talvez seja simplesmente porque o cômodo está vazio, ninguém ainda se mudou para cá, isso aqui ainda não é um lugar. Foi instalada uma cozinha aberta, e os depósitos ao lado transformaram-se em quarto e banheiro. Já sei: aqui nunca vou poder morar.

Então ouço alguém subindo a escada. Volto-me. Mamãe pára, logo debaixo do varal. É assim que a vejo. Sobreponho essas imagens, que o tempo convoca por igual: mamãe está parada debaixo do varal, cujos fios pendem em arcos frouxos na luz, presos na parede por ganchos enferrujados, e, se ela se esticar um pouco, pode alcançar os pregadores de madeira e tirar uma roupa que ela esqueceu, um vestido florido, enquanto uma pomba está empoleirada na viga, arrolhando. Estou a ponto de dizer uma coisa, mas deixo para lá. Tem algo nela, algo diferente, uma tranqüilidade que me inspira medo. "Acabou", diz a mamãe. "Acabou? O que quer dizer?" "Fred", sussurra. A chuva cai sobre a vidraça inclinada. Nunca conseguiria dormir nesses quartos. Aproximo-me da mamãe. Espanto-me com o fato de eu não sentir alegria nem tristeza, não estou sequer com medo. É como se a calma sombria dela também tivesse se tornado minha. Mas, quando falo, minha voz se quebra. "Encontraram-no?", pergunto. Mamãe balança a cabeça. "Encontraram algumas de suas roupas." "Roupas?" "Você se lembra da velha jaqueta de pelica?" Meneio a cabeça. Usei uma vez essa jaqueta, quando ele quis de qualquer maneira que eu o acompanhasse até o cemitério, e era grande demais para mim. "Foi encontrada em Copenhague. No distrito de Nyhavn. Estava pendurada no peitoril de uma das pontes." Mamãe sorri. "Não foi bom eu ter costurado as etiquetas com os nomes de vocês nas roupas?", diz. "Sim, mamãe." E entendo, no momento em que ela diz isso, que ela desistiu. É assim que é. Ela não agüenta mais esperar. Ela não tem forças suficientes para manter a esperança. Ela quer reencontrar a tranqüilidade. Não vamos mais chamá-lo de desaparecido, vamos dar-lhe um novo nome: morto. É como se estivesse aliviada. "Procuraram nos canais, mas não conseguiram encontrá-lo", sussurra.

"A correnteza deve tê-lo levado para bem longe." Ela dá mais um passo na minha direção. O chão estremece. Procuro encarar o olhar dela, mas não agüento. "Pode bem ser que uma pessoa estivesse usando a jaqueta dele", digo. Mamãe volta a sorrir e me entrega uma folha que contém algo escrito. É o último parágrafo da carta da Groenlândia e, por um instante, é como uma espécie de triunfo, ele encontrou finalmente a carta, sua viagem não foi em vão, mas então reconheço a letra de Fred e as palavras quebradas. Ele deve simplesmente ter decorado o trecho, exatamente como eu, de seu modo especial. Mas falta a última frase. "Estava no bolso dele", diz mamãe. Ficamos em silêncio por um instante, como se tivéssemos chegado a uma espécie de acordo. Aqui em cima, onde ficava o sótão, onde tudo começou, a mamãe diz também que acabou. Ela toma de volta a folha de papel. "Quero que você faça o discurso, Barnum." Agora tenho que fitá-la nos olhos. Estão límpidos e escuros. Não gosto do que vejo. "Discurso? Onde?" "Na missa de despedida do Fred", diz ela.

Mais tarde vou até Bolteløkka. As estantes, as gavetas e os armários foram esvaziados. Caixas de papelão estão dispostas ao longo das paredes. A fotografia daquela que pensávamos fosse a Lauren Bacall deixou uma marca retangular, pálida, sobre o papel de parede cinza. Tento continuar a escrita de *O Homem da Noite*, mas as imagens permanecem paradas. Onde estará a jaqueta de Fred agora? Esqueci-me de perguntar à mamãe. Bebo até a Vivian voltar para casa. Não sei onde ela esteve. Não pergunto. Ela se deita do meu lado, no escuro. Percebo que ela não está dormindo. Então ela diz: "Vou ter um filho", sussurra. E sinto que cada um de nós está em sua própria mentira, uma maior que a outra, mentiras que se interpenetram, como um mecanismo silencioso de um relógio, é excitante, vergonhoso, e não sei o que fazer com essa solidão. Viro-me lentamente para Vivian e coloco a mão, cuidadosamente, sobre a barriga dela, com medo de estragar alguma coisa. Sinto um tremor passando por sua pele fina, quase luminosa, como se já houvesse alguma coisa viva lá dentro. Ela senta-se sobre mim. Não vejo o rosto dela. Choro. Ela se curva sobre mim, aproxima-se da minha boca, passa a mão no meu cabelo, repetidamente, enquanto balança lentamente. "Não chore", sussurra. "Não chore agora, Barnum." E esse consolo, a única coisa honesta dessa noite, está a ponto de arrebentar com o delicado mecanismo das mentiras e nos expor. "O Fred morreu", digo. Vivian sai de cima de mim, me dá um empurrão e me puxa para si, tudo em um mesmo movimento brusco. Sua voz mal se deixa ouvir. "Morto? O Fred está morto?" "Encontraram a jaqueta dele em Copenhague. Acreditam que ele morreu afogado nos canais." "Mas não encontraram o corpo?" "Não", sussurro. Vivian me solta. Acendo a luz. Ela esconde o rosto nas mãos. O quarto está branco, é um quarto a ponto de ser abandonado. Parece-se conosco. Fecho os olhos. Não agüento ver isso. "Quero ter ele", diz Vivian, de repente, de forma decidida, com a voz quase zangada, como se eu a tivesse contestado. De início, não entendo o que ela quer dizer. Minha pálpebra está pendente, como uma bandagem fina e grudenta. Então, percebo o sentido. "Ele? Você sabe que vai ser um menino?" Vivian se afasta. "Estou grávida de três meses", sussurra. Visto uma camisa e sento-me lá fora, no terraço, na poltrona 18, na ponta. Não vejo nada. Tudo se mistura. Fico espantado que a cidade esteja tão calma, como se só houvesse nós aqui essa noite, paralisados. A dúvida também é um tipo de mentira? Bebo o que sobrou na garrafa. Faço isso sempre. O que o Fred estava fazendo em Copenhague, se é que era ele quem estava lá? Estava a caminho de casa? Pretendia ir até Køge, ou queria apenas ver um boi almiscareiro no zoológico? E tento visualizá-lo tal como deve ser hoje, tantos anos mais velho, logo um homem de meia-idade, mas não consigo, só consigo vê-lo tal como me lembro dele, aquela última manhã na cozinha, na Kirkeveien, quando saiu para sua viagem final, mal completados os vinte anos de idade. Na minha imagem dele, o tempo parou. Só consigo vê-lo assim, o Fred magro, jovem, que um dia conheci, que atirou a jaqueta de pelica sobre uma ponte em Nyhavn e salta para a escuridão do outro lado. "Você acha que ele está morto?" Vivian está na porta, e a lâmpada da sala desenha para ela uma moldura prateada. Imagino perceber um ligeiro arco sobre a barriga dela, mas talvez seja apenas uma fantasia, agora que eu sei que ela vai ter o filho que não pude lhe dar. Nós nos protegemos um ao outro com mentiras. Ela sente frio e põe as mãos sobre os ombros, os braços em cruz. Ela repete a pergunta, e os lábios tremem em volta das palavras. "Você acha que ele está morto, Barnum?" "Mamãe quer mandar rezar uma missa de despedida para ele", digo. Vivian olha para mim, é como se ela estivesse diante de um buraco luminoso na escuridão, no fundo de um poço de luz. "Faz ela desistir disso", sussurra.

Mas a mamãe não se deixou convencer. Tentei o quanto pude, mas em vão. Ela estava decidida, de uma vez por todas. Estava cansada de esperar, e finalmente tinha outra coisa com que se ocupar. E o fez com uma dedicação e com uma força, quase com um entusiasmo, que mal consigo me lembrar de já ter visto nela antes, me deixando especialmente assustado. Ela informou ao serviço de buscas do Exército da Salvação que já não era mais necessário procurar o Fred. A busca havia sido encerrada. Encomendou flores e coroas. Colocou um anúncio no *Aftenposten*. Fez imprimir os hinos que iríamos cantar. E ela guardou as coisas dele que ainda estavam no nosso quarto. Fiquei encostado no batente, e era uma visão estranha. A minha metade já havia sido esvaziada há muito tempo, só a armação da cama havia ficado lá. Agora a metade do Fred também estava sumindo, e, assim, de certa forma, o quarto voltou a ficar inteiro, despido e vazio por igual. Mamãe guardou tudo no armário e voltou-se para mim, sorriu, a expressão do rosto lisa, quase jovem, bonita, ela havia jogado fora a máscara áspera de quem espera e estava livre. Parecia uma embriaguez, uma embriaguez crescente, e só fiquei contando o tempo até ela desmontar por completo. Isso não podia durar. Fui até a Boletta e a acordei. "Não podemos fazer a mamãe desistir disso tudo?", sussurrei. Boletta balançou ligeiramente a cabeça. "Talvez ela ache que esteja devendo isso para ele", diz. "Deve isso para ele? O que quer dizer?" Boletta levantou-se do sofá. "Fred não nasceu por vontade dela, Barnum." Mamãe chamou lá da entrada, impaciente e decidida. "Você vai vir logo?" Tomei a mão de Boletta, depressa. "Você acha que ele está morto?" Boletta levantou o olhar. "Fred já vagueou o suficiente", disse. Mamãe voltou a chamar e fui atrás dela. "Aonde é que vamos?", perguntei. Mas mamãe estava sem tempo para responder, e, quando chegamos à calçada, encontramos a Vivian e o Peder. Mamãe abraçou a Vivian, beijou-a nas duas faces. Vivian sussurrou-lhe uma coisa que eu não ouvi. Fiquei olhando para o Peder. Não via diferença alguma. "A Vivian vai me mostrar o apartamento do sótão", disse ele. Ele voltou-se rapidamente para a mamãe. "O que posso dizer?", sussurrou. "Meus pêsames." Mamãe deu-lhe um beijo também. "Obrigada, Peder. Você sabe o que é perder alguém." Só agora ele ficou incomodado e ficou mexendo com o guarda-chuva, que mais usava como uma bengala. "Sim", disse ele, baixinho. "Eu sei." Mamãe suspirou. "O bom é que acabou." E ficamos um instante em silêncio, na esquina da Kirkeveien com a rua Gørbitz, na chuva fina e fria que costuma cair em Oslo no final de setembro. Algumas gotas finas, transparentes, escorriam pela testa de Vivian, ela deixou que escorressem, até caírem sobre as sobrancelhas e pararem na altura da sua boca, de onde ela as retirou com a ponta da língua, e, quando meu olhar cruzou com o dela, era como se ela estivesse do outro lado da chuva, atrás de uma grade de água. Não conseguia alcançá-la. Peder finalmente conseguiu abrir seu guarda-chuva preto, e era grande o suficiente para cobrir a nós todos. "Vocês nos acompanham?", perguntou. Nem para isso a mamãe tinha tempo. Peder e Vivian entraram no prédio e nós continuamos descendo até Majorstuen. Eu mal conseguia acompanhar a mamãe. Ela se virou. "A Vivian está doente, Barnum?" "Doente? Não. Como assim?" Mas mamãe não respondeu. Ela já devia ter esquecido a pergunta que fez. Passamos pelo quiosque, que estava fechado, várias pranchas haviam sido arrancadas, e alguém havia pintado palavras de ordem sobre a portinhola, em letras vermelhas: Ocupação! Mamãe nem percebe. Apenas acelera. Estamos indo para a delegacia de polícia de Majorstuen.

Tivemos que esperar durante quarenta e cinco minutos. Parece que a mamãe havia entregado a um policial a folha de papel encontrada no bolso da jaqueta de Fred, para saber a opinião dele, e talvez fosse possível identificar impressões digitais também, seja lá para que fossem servir. Comecei a ficar cansado. Mamãe estava ainda mais desperta. Por fim, fizeram-nos entrar em um gabinete. Um senhor de certa idade, de uniforme, com cabelo ralo e grisalho, achatado pelo quepe que também havia desenhado um traço, quase uma reentrância, em volta da cabeça dele, estava sentado atrás de uma escrivaninha. Diante dele, um bolo recheado com uma vela em cima. A mamãe o cumprimentou e sentamo-nos. O policial parecia distante. Distraído, lambeu o *chantilly* do dedo e corou quando percebeu o que havia feito. "O senhor teve tempo de examinar?", perguntou a mamãe. O policial esfregou o dedo rapidamente ao longo do bigode fino, abriu uma gaveta e tirou uma pasta de plástico dentro da qual estava a folha. "São palavras dele ou algo que ele leu em algum lugar?", perguntou. "É o final de uma carta que o meu avô mandou para a minha avó da Groenlândia", disse a mamãe. Mas ela não disse que faltava a última frase. Talvez tivesse se esquecido. Talvez o Fred também tivesse esquecido. Eu me recordava bem dela. "Parece que é uma citação de um velho inuit", disse eu. "O Xamã Odark." O policial empurrou o bolo na nossa direção. "Não querem um pedaço?" Cada um de nós pegou uma fatia. Ele sorriu e levantou a folha. "Estou me aposentando hoje", disse ele. "E esse é o meu último caso." Foi até a parede, tirou um diploma emoldurado e colocou-o numa caixa que já estava cheia. Comemos o bolo, em silêncio. Mamãe terminou muito antes de mim. "Mas o que o senhor deduz dessa folha?", perguntou. O policial retornou e voltou a colocar a folha na pasta. "Não está nada claro", disse ele. Mamãe ficou impaciente. O que é que ela queria saber? O que ela achava que essas palavras, escritas em letras tortas a partir da memória em uma pequena folha de papel, pudessem revelar? Ela se aproximou. "O senhor sabe ler, não sabe?", disse ela. O policial fitou-a. "Sim, eu sei ler. Mas não é garantido que eu leia a mesma coisa que a senhora." Mamãe pareceu insatisfeita com a resposta dele. "O que o senhor quer dizer?" "Em vez disso, diga-me como a senhora está lendo esse texto", disse o policial. Mamãe começou a chorar. "São as palavras de despedida do meu filho", sussurra. "É isso que é!" E entendi que a mamãe não queria realmente saber. Ela não queria ir até o fundo. Ela só queria acreditar naquilo que ela havia decidido. O tempo de espera havia terminado. Peguei a folha, e tive que apoiar a mamãe quando nos dirigimos para a porta. O policial se levantou. "O seu avô retornou da Groenlândia?", perguntou. Mamãe parou. "Não", disse ela. "Ele também desapareceu." E foi nesse instante que o velho policial reconheceu alguma coisa, um elo na sua vida, uma relação que talvez estivesse procurando, um sentido nesse último dia de trabalho. "Vera Jebsen?", perguntou, repentinamente. Mamãe olhou espantada para ele. "É o meu nome de solteira." O policial teve que se sentar. "Então foi a avó da senhora que veio aqui logo depois da guerra para dar queixa de um crime", disse ele. Mamãe ficou em silêncio, e o policial voltou a se levantar. "Nunca foi esclarecido, tanto quanto me recordo. Naquele tempo, eu era jovem e inexperiente." Mamãe balançou, como se estivesse tonta à beira de um precipício, durou apenas um segundo, ainda não foi dessa vez que iria cair, soprou o cabelo que lhe cobria a testa, sorrindo. "E agora o senhor está mais sabido?", perguntou. O policial ajeitou o uniforme e olhou para baixo, fitando as migalhas de bolo, a escrivaninha vazia, o relógio, dentro de poucos minutos teria concluído o seu trabalho e voltaria para casa para sempre. "Não", sussurrou.

Quando saímos, a chuva havia cessado. Mamãe me segurou pela mão e olhou para o céu. Ficou bastante tempo assim, os olhos fechados, cegados pelo sol que aparecia entre as nuvens, em feixes diagonais. "Tomara que faça bom tempo amanhã", sussurrou. E ela se voltou para mim. "Não vá me dizer nada de negativo sobre o Fred no seu discurso, Barnum." "E o que seria?", perguntei. Mamãe suspirou. "Você sabe muito bem, Barnum." E, mais uma vez, tentei demovê-la. "Tem certeza que é isso que você quer, mamãe?" Ela sorriu. "A Vivian me fez a mesma pergunta." "E o que foi que você respondeu para ela?" "Que tenho toda a certeza", disse a mamãe.

Mamãe tinha certeza. Nunca tinha tido tanta certeza na vida. Ela ia mandar rezar essa missa de despedida, um enterro sem caixão, morto *in absentia*, e a missa ia ser justamente na igreja de Majorstuen, onde o padre, há tantos anos, havia se recusado a batizar tanto o Fred quanto a mim. Havia algo de desafiador nela que eu não podia deixar de admirar, uma teimosia amorosa. Voltamos a subir a Kirkeveien. Mamãe não havia soltado a minha mão. "Não beba amanhã", disse ela. De repente, arrependi-me de não ter dado queixa do vandalismo no quiosque, já que tínhamos estado na delegacia. "Não, mamãe." "Quero que você esteja sóbrio, Barnum." "Sim, mamãe." "Você promete, Barnunzinho? Pelo seu irmão?"

O Fundo do Poço

Acordo sozinho na manhã seguinte. Ainda estou mantendo a promessa que fiz para a mamãe, por conta do meu irmão. No criado-mudo, encontro um recado. A Vivian escreve dizendo que foi ao controle pré-natal, e que podemos nos encontrar do lado de fora da igreja. São 10h15 da manhã. A cerimônia vai começar à uma da tarde. Vejo que faz sol, a luz baixa do outono entre as árvores magras. Teria sido melhor com chuva. Levanto-me e tomo banho. Vivian já arrumou o armário do banheiro. Só sobraram algumas coisas básicas: um xampu, alguns perfumes, uma lixa de unha, creme de pele, maquiagem, almíscar, escova de cabelo, meia garrafa de vodca e pasta de dentes, basicamente as minhas coisas. Fecho o armário. Faz muito tempo que não me observo no espelho. Faço-o agora. O vapor escorre, como se alguém estivesse afastando um véu que cobre o meu rosto. Será que estou imóvel aos olhos de Fred, tal como ele ficou aos meus? Será que o meu tempo também pára naquela manhã na cozinha na Kirkeveien, quando ele me tocou e foi embora? É assim que ele desde então vem se recordando de mim, como Barnum, o irmãozinho, 16 anos e suspenso da escola? E, no mesmo instante em que formulo esse pensamento, sinto uma saudade tão profunda e tão pesada que tenho que encostar a testa no espelho e tentar recuperar o fôlego. Eu queria poder dizer para ele: "Eu me virei, Fred. E você?" Abro de novo o armário e vejo a garrafa. Ainda não foi aberta. Essa é uma promessa que ainda não quebrei. Hoje quero alegrar a mamãe. Mas não encontro o meu velho terno, o terno do papai. Abro as caixas de papelão da empresa de mudanças. Também não está lá. Vou até o porão. Nosso depósito fica no fundo, atrás da lavanderia. A porta nem está trancada. Acontece de moradores de rua virem do parque para dormirem no calor junto da secadora. Aqui também não tem nada que valha a pena roubar, só as coisas que a Vivian quer jogar fora ou dar para um bazar, um par de esquis gastos, roupas que há muito tempo saíram de moda, os sapatos plataforma, um abajur com cúpula xadrez, garrafas vazias. O terno está pendurado dentro de um plástico transparente. Não uso esse terno há muito tempo. Tiro-o do gancho, e é então que noto outra coisa: a mala. É a velha mala que o papai carregou consigo, na curva da estrada, para o diretor Mundus, e que herdei do papai e depois emprestei para o Fred quando ele sumiu. Agora, a mala está de volta. Ergo-a. Continua leve como sempre. Está apenas ainda mais gasta. A tira em volta do fecho está rasgada. Seguro a mala assim, como se fosse a minha vez de partir. Abro-a. Não tem nenhum aplauso. Está vazia. O forro soltou e pende em lâminas enroladas. Foi uma longa viagem. Não entendo. Atiro a mala de volta para o depósito e subo correndo a escada. Tranquei-me do lado de fora. Fico parado, olhando fixamente para a porta. A placa está coberta por uma película fosca, como se nossos nomes tivessem sido gravados na névoa, quase invisíveis. Eu sei. Ele esteve aqui. Talvez tenha dormido lá embaixo. Ele viu o meu rosto. Ele viu o tempo que passou. Ele nos viu. Por que ele não se mostrou? Não teve coragem? E outra suspeita me invade de repente, e não ouso pensá-la até o fim, mas ela não se deixa parar, é uma locomotiva na cabeça. Quando ele esteve aqui, em sua visita secreta? Ouço alguém. É a vizinha. "É você quem rouba o meu jornal", diz ela. Eu tiro a roupa. A vizinha volta correndo para dentro. Visto o terno e jogo o resto da roupa na lixeira. Vou até a igreja de Majorstuen. Tomo um desvio, passando por Blåsen. Paro lá em cima. A luz fria faz com que tudo se aproxime. Penso: Será esta a última cena em *O Homem da Noite*? Acendo um cigarro, e vomito. Quando chego à igreja, a mamãe e o Peder estão sentados no banco logo abaixo do campanário e da trepadeira. Levantam-se assim que me vêem. Mamãe está impaciente e nervosa. Ela me beija na face, mas suponho que seja apenas para ver se bebi. Peder põe o braço sobre o meu ombro. "Aquele apartamento do sótão é bom demais", diz ele. Podemos entrar. Um casal do Exército da Salvação está sentado no fundo. Vejo o zelador Bang e reconheço algumas pessoas da escola, o orientador está sentado na ponta, Bente Synt também está lá, meu mau agouro, mas esse dia não pode ficar pior. "Está tudo indo muito bem", sussurra a mamãe. Sento-me entre Vivian e Boletta, na primeira fileira. Fecham as portas. Boletta coloca a mão magra e coberta de pintas no meu colo. "Graças a Deus não tem padre aqui", diz ela. Mamãe pede para ela se calar. A organista toca. Não conheço o texto do hino. Vivian olha direto para o altar. Sua boca está fechada. As faces estão magras. No lugar onde deveria estar o caixão puseram uma cadeira, cercada de coroas e de flores. Uma das fitas de seda traz a inscrição: "Obrigado, Vivian e Barnum". Mãe se levanta e diz algumas palavras. Não consigo acompanhar direito. A locomotiva na minha cabeça não quer parar. Encosto o corpo na Vivian. "Essa foi a segunda melhor solução", sussurro. Ela fica inquieta. "A segunda melhor? O que quer dizer?" "A melhor teria sido se tivéssemos achado ele morto, não é mesmo?" Mamãe olha para mim. Ela sorri. Ela está bonita hoje, no vestido preto que não usa desde a morte do papai. É minha vez. Vou fazer o discurso em homenagem ao Fred. Coloco-me diante das flores e da cadeira vazia, de costas para as fileiras, não sei por quanto tempo permaneço assim, mas, quando me volto, percebo que a igreja está lotada, não há um único assento vago. E isso me faz lembrar a estréia de *Fome*. Agora foi a vez de o Fred ser cortado. Mamãe está sentada do lado da Vivian. Peder está sentado atrás dela. Ouço música, a locomotiva na minha cabeça puxou consigo essa canção, é Morricone, de *Era uma Vez na América*. Começo a falar: "Sempre sonhei que o Fred voltaria, exatamente como Robert de Niro na estação ferroviária em Nova York. Mas, quando perguntarmos o que ele esteve fazendo todos esses anos em que esteve sumido, ele não responderá: Dormi cedo. Em vez disso, ele dirá: Eu estive observando vocês." Faço uma pequena pausa. Peder sorri, ele entende, e se inclina na direção de Vivian, funga na nuca dela. Mamãe ainda está na expectativa, curva-se para frente, como se pronta para me fazer parar a qualquer momento. Boletta a segura no braço. E, enquanto estou lá, junto da cadeira vazia, diante de todos esses rostos pálidos, mudos, torno-me novamente o sonhador, o sonhador Barnum. Imagino que sou eu o desaparecido, o morto, afoguei-me nos canais e meu cadáver está boiando na água, tecendo lentos círculos enquanto é arrastado para o fundo. Por fim consigo sonhar o meu próprio enterro, sou eu quem vieram recordar, na igreja de Majorstuen, e posso lançar um último olhar sobre tudo o que vou abandonar, e sei que terão se esquecido de mim assim que cruzarem a porta, para o *indian summer* de Fagerborg. Essa imagem é tão forte que meus olhos ficam marejados e tenho que enxugar uma lágrima. Meu choro é contagioso. O choro é a minha mensagem. Quando me vêem assim, movido às lágrimas, também começam a chorar, todos menos a Vivian e o Peder. Acho que Boletta cochilou, no que fez muito bem, mas a mamãe está com o lenço na mão e acena repetidamente com a cabeça para mim, contente, reconhecida, mantive a minha promessa, por conta do meu irmão. "Uma noite o Fred voltou para casa com um caixão", digo, em voz alta. Mamãe já está novamente em alerta, e Boletta desperta do seu cochilo. É minha vez de fechar os olhos. Sou um sonhador que sonha em marcha a ré. "Talvez soubesse o que viria a acontecer. Talvez tenha sido um *flashforward*, como dizemos no meu ramo. Porque aqui, hoje, não temos um caixão, só temos uma lembrança, e a lembrança nada mais é do que uma imagem multiplicada pelo tempo." Peder ergue o polegar. Mamãe está nervosa. Fico com vontade de me sentar na cadeira do Fred, mas deixo de fazê-lo. E, mais uma vez, tenho a impressão de ver Fleming Brant, de pé, junto à pia batismal, de suas mãos escorre água, ele balança a cabeça e sai pela coxia, com o rastelo sobre o ombro, tão lentamente que nunca desaparece. "Mas a primeira recordação que tenho do Fred é que nos escondíamos debaixo da mesa da sala, para ouvir a nossa bisavó ler em voz alta trechos da carta do nosso bisavô. Ainda a sei de cor. *Enquanto estávamos ancorados no gelo, saíamos por diversas vezes à caça das focas e, com nossos rifles, matamos várias, que eram mais vulneráveis quando ficavam deitadas sobre o gelo, tomando sol; mas, depois que mergulham na água, são muito difíceis de serem capturadas."* Tenho que silenciar de novo. Olho para baixo. Estou no meio de flores e de coroas. Posso terminar agora. Não o faço. Prossigo, dizendo: "Quando o caçador encontra um rastro, ele não segue a caça adiante. Ele a segue para trás, para o lugar de onde ela veio." Mamãe está para levantar-se. Boletta a retém. Vivian olha para outro lado. Peder não desgruda os olhos de mim. Faz-se um silêncio completo na igreja de Majorstuen. Sou eu, agora, que passo o rastelo sobre a areia que mostra o nosso rastro. Aumento o volume da minha voz. "E as últimas palavras de Fred também foram retiradas dessa carta, que é a história da nossa família, a história de onde viemos e para a qual sempre retornamos, entre o gelo e a neve." Passo novamente o dorso da mão sobre o rosto e espero. E tenho tempo de pensar que a vida é, no geral, uma espera, é disso que se fazem os nossos dias, a espera, a espera por alguém, a espera por outra coisa. Estamos aqui para encerrar esse tempo de espera. Leio em voz alta as palavras que estavam no bolso de Fred. "*Você pergunta, mas eu nada sei sobre a morte, pois conheço apenas a vida; só posso dizer aquilo em que acredito; a morte ou é o fim da vida, ou apenas a transição para outra maneira de viver. Em qualquer dos casos, não há nada a temer.*" Volto-me para a mamãe. Ela está com as mãos cruzadas. E, em voz bem baixa, reproduzo a última frase, aquela que o Fred talvez tenha esquecido, talvez ninguém esteja ouvindo, e sinto que é o trecho mais bonito da carta, as palavras do xamã Odark, afirmativas, cheias de amor e de coragem, palavras que o jovem Wilhelm fez suas, quando as transcreveu na carta a seu amor, e não sabia que seria o fim da sua história, e faço agora essas as palavras de todos. *"Ainda assim, não queria morrer agora, porque acho tão lindo viver!"* Mamãe se levanta. Ela coloca a velha jaqueta do Fred sobre a cadeira, a jaqueta de pelica, é como se ele tivesse se sentado aí, durante uma aula em que foi posto para fora da sala, ou apenas saiu para ir ao banheiro. E percebo, subitamente, que a espera desgastou o juízo da mamãe, e como é que ela agora vai carregar essa saudade vazia, uma jaqueta que não serve em mais ninguém? Ela quer que eu volte para o banco. "Já foi suficiente, Barnum", sussurra. "Você fez direitinho." Mas permaneço lá, junto à cadeira do Fred, ainda não acabei, e esse silêncio, que existe somente fora de mim, fica ainda maior e mais profundo. Nunca o Fred esteve tão vivo para mim como nesse preciso momento. "O tempo nos prega uma peça", digo em voz alta, talvez o tenha gritado. E abaixo a voz. Mamãe parou. "O tempo tem muitos cômodos", sussurro. "E tudo acontece ao mesmo tempo, em todos os cômodos, nesse momento." Sento-me na cadeira de Fred. "Fred ensinou-me a nunca dizer muito obrigado. Mas hoje vou abrir uma exceção. Hoje vou dizer muito obrigado. Porque a Vivian finalmente vai ter um filho." Peder endireita o corpo e abre a boca, mas, em vez de dizer alguma coisa, ele ri, ouço o riso de surpresa de Peder enchendo a igreja de Majorstuen. E desço até a Vivian e lhe dou um beijo, e ela não tem como impedir. Depois, ficamos postados na entrada. Os últimos nos cumprimentam em silêncio na saída. Vivian olha para mim, furiosa, mas também aliviada, porque logo não vai poder esconder que está grávida. "Precisamos comemorar isso", diz a mamãe, a ponto de chorar. Sim, agora podemos comemorar e prantear, um dos cômodos está revestido de preto, o outro está cheio de sol, mas ainda assim não sabemos em qual reside a alegria. "Vou só buscar uma coisa", sussurro. E atravesso a Kirkeveien em passos largos até o quiosque. Na geladeira dos refrigerantes, tenho duas garrafas escondidas, a aguardente escura é para esquecer, a branca é para lembrar por que se bebe. Não retorno aos outros. Podem esperar sentados. Enfio as garrafas no bolso, pulo o muro e saio pelos fundos. Desço até o Albergue Coch. Eles têm um quarto vago, o 502, no andar superior, o velho quarto do papai. Recebo a chave e subo as escadas. As cortinas estão fechadas. Quando aciono o interruptor, a lâmpada pendurada do teto estala. "Fred!", grito. "Fred! Eu sei que você está aqui!" O silêncio é completo, só os estalos continuam, como se a lâmpada estivesse para queimar. Grito novamente o nome dele: "Fred! Apareça, seu covarde! Eu sei que você está aqui!" Derrubo uma cadeira. Abro um armário e ouço os cabides que despencam sobre mim. "Seu diabo cego! Você não vai conseguir ficar escondido!" Alguém no corredor pede que eu fale mais baixo. Tranco a porta e começo a beber.

O *Viking*

É o grande amor. Se você tem um pouco, quer mais. Quando tiver mais, vai querer muito mais. E, depois, vai de qualquer maneira precisar do resto. Não existe um meio-termo. É tudo ou nada. Você tem amantes espalhadas por toda a cidade, nas caixas de consignação na estação do Leste, numa mala no depósito do porão, na gaveta no escritório, atrás das obras completas de Hamsun, na caixa do correio e no bolso interno: elas estão com você. E o grande amor começa delicado, com um beijo; não, nem mesmo um beijo, apenas um carinho, que não precisa ser mais do que um cheiro ou uma visão, e você se recorda da sua primeira paixão de infância, o cheiro doce do vinho Málaga, que você inalou profundamente e com que você carregou os seus sonhos, pois é só isso que é necessário, esse é o começo e, no começo, Deus disse: *faça-se a escuridão.* Você encontra um copo, porque você vai naturalmente usar um copo, é preciso manter o estilo, você tem boas intenções, vai tomar um drinque; não, não é um drinque, só um golinho, uma bicada, como alguém já disse, ou simplesmente um copo, o nome neutro, um copo, tão simples e direto, você vai se aconchegar com um copo e é por isso que você arrumou um copo. É evidente. E quando tira a tampa da garrafa e sente o cheiro acre de vodca, gim, uísque, qualquer um que funcione, desdobrar-se em um buquê luminoso, você fica quase feliz; está à beira da felicidade, com esse buquê na mão, e esse talvez seja o melhor momento, você ainda pode embrulhar essas flores, mas você vai querer apenas essa única bicada, ou, se preferir chamar assim, uma rosa oferecida por sua amante, um convite silencioso; e você enche o copo, com cuidado, tampa rapidamente a garrafa e a coloca de volta no armário, ou na estante mais alta, o mais longe possível, porque você não vai querer mais, só precisa desse único copo, e você mesmo acredita nisso, ao levar o copo para outro cômodo, ou para a varanda, e se acomoda lá. Você segura o buquê entre as mãos. Você ainda não bebeu. Mas você não vai beber, só degustar. É preciso aproveitar. Você vai fazer durar. Vai só sentir o odor. E você leva a flor lentamente para a sua boca, sua boca seca, e é a flor que vai te irrigar.

Dois dias depois, você acorda em outro lugar. Acha que foi um sonho, mas não foi: é tudo verdade. As flores murcharam. Você está mais sedento do que nunca. Você quer ser amado, mas foi abandonado. Você é o vaso vazio. Você levanta o braço. A mão está cheia de sangue. Você não sabe em que cama está. O quarto em que se encontra é preto. Você tenta pensar. Não consegue. Tanto faz.

A escuridão se aproxima. Se você não se mexer, é possível adiar a angústia. Ela logo virá, porque a angústia é a única que é fiel, mas é possível obter mais alguns segundos de liberdade. Então você ouve alguma coisa. É o som de um moinho de vento, que gira, uma roda próxima ao seu rosto, cada vez mais forte, você ouve um acidente na proximidade, um grito, freios e um grande silêncio, e você sabe: sou eu quem estou deitado aqui, no quarto 502, no Albergue Coch. Alguém fala do lado de fora da porta. A porta está trancada. Alguém a abre. "Fred?", pergunto. "É você?" Alguém fecha a porta e afasta as cortinas. Peder olha para mim. "Meu Deus!", exclama. Ele volta a fechar as cortinas, e atira as garrafas vazias e os cacos de vidro em uma pá de lixo. Ele tira a minha roupa e me lava. Tenho um corte no polegar direito. Ele limpa o corte e coloca uma bandagem. Também trouxe roupas limpas. O gordão cuida do baixinho. Ele abre a janela, para ventilar. Tem neve no peitoril. Estou congelado. Ele coloca Coca-cola e xarope em uma taça, esfarela um comprimido e mexe com o dedo. Bebo. "Sou um dos homens da noite", sussurro. Peder está de costas. "Homens da noite?" "A família está cheia deles, Peder. Homens que desaparecem." "Você ainda não sumiu de vez, Barnum. Tanto quanto posso perceber." "Estou a caminho", digo. "A caminho de onde?" Peder quer saber. "Para baixo. Embora. Para fora. Dá no mesmo." Peder se volta. "E se eu disser que tem alguém que quer que você fique?" Olho para baixo. "Como foi que você me encontrou?", pergunto, baixinho. Peder senta-se na cama. "Eu sempre te encontro, Barnum. Ainda não entendeu isso?" Encosto a testa no ombro dele. "Talvez eu não queira ser encontrado", sussurro. "Eu te encontro mesmo assim", diz Peder. "Eu sou seu amigo. É tão simples assim." Ficamos sentados por algum tempo, em silêncio. Sinto vontade de chorar, mas não consigo. Em vez disso, tento rir. "Então eu não tenho escolha?" Peder balança a cabeça, sério. "A Vivian está preocupada", diz ele. Olho para ele. "É você que é o pai?", pergunto. Acontece tão depressa. Peder me desfere um tapa no meio da cara. Tombo sobre a cama. Ele senta-se em cima de mim e bate. "Você não ouviu o que eu disse!", grita. "Eu sou seu amigo, seu bêbado metido a besta!" Tenho que segurá-lo. Não sinto os golpes. Ele esgrima com os braços como um menino furioso. Finalmente, consigo rir. Peder desmonta. "Pode me bater de novo", digo, arfante. "Cala a boca", diz Peder. Seguro a mão dele. Treme. Ficamos deitados de costas, naquela cama de casal gasta, inclinada, fitando o teto. Tinha um imenso gancho, bem no meio do teto, e a pintura em volta está solta. "O papai costumava ficar neste quarto", digo. "Ele também era um homem da noite?" "Papai era o pior de todos nós", sussurro. Peder permanece em silêncio por mais um instante. É ele quem segura a minha mão agora. "Talvez o médico que examinou você tenha se enganado, Barnum."

"O doutor Greve nunca erra", digo. "E você ainda não contou para a Vivian?" Fecho os olhos. São as mentiras que giram, rodas negras, e ninguém consegue freá-las. "Você trouxe alguma coisa para beber?", pergunto. "Você está cortando um pedaço da sua vida, e o álcool é a tesoura", diz Peder. "Quer parar de falar como eu?" Peder finalmente sorri, solta a minha mão e se levanta. "Vamos", diz. "Para onde vamos?" "Para fora, Barnum."

Descemos até a recepção. Peder paga por dois pernoites, pela faxina e pelas reclamações, mas é a mim que a senhora com as chaves fica encarando o tempo todo, sua boca formando um arco fechado. "Não quero você nunca mais aqui", diz ela. Peder coloca mais cinqüenta coroas sobre o balcão, curva-se e diz: "Ele não voltará nunca mais." E atravessamos correndo o cruzamento onde a Velha foi atropelada e morta, no dia 21 de setembro de 1957, corremos no meio da neve que começa a cair sobre os nossos rostos, e ainda é o mesmo momento, porque foi aqui que a foto foi batida e quando me volto vejo Fred sentado, imóvel, no meio-fio, o pente na mão, como se quisesse pentear o tempo para trás, a Velha está deitada sobre os paralelepípedos, numa poça de sangue, o motorista desce da boléia, e as pessoas se juntam com gritos mudos até a neve voltar a cobrir tudo. Já nos acomodamos na mesa dos fundos do Lorry, e o garçom vem nos atender. Peder pede dois bolinhos de carne com ovo frito, café, leite e torrada seca. Peço um chope e um Fernet. Depois que o garçom se afasta, Peder fica me observando, longamente. "Os reparos foram iniciados", diz, por fim. "Tem alguma coisa quebrada?", pergunto. "Você", responde Peder. O garçom retorna com os copos. Levanto o caneco de chope com as duas mãos. Esta não é uma amante, é só uma puta velha que ri de você, enquanto tira as pétalas da única flor do buquê, bem-me-quer, mal-me-quer. O copo menor é só um remédio. "Você se lembra do que eu prometi à Srta. Coch?", diz Peder. Acendo um cigarro. "Srta. Coch?" "Que você nunca mais vai aparecer lá, Barnum." "Espero que você consiga manter suas promessas", digo. O garçom traz a comida. Não estou com fome. Como. Tenho que ir ao banheiro, onde vomito tudo. Peder espera. Ele colocou alguns papéis e uma pilha de livros do lado do seu prato vazio. Sento-me. "Está pronto?", pergunta. Meneio a cabeça. "Pronto para o quê?" Peder sorri e inclina-se na minha direção. "Os americanos inventaram o *western*, filmes do oeste, os japoneses fizeram os filmes de samurais, filmes do leste, não é mesmo, e os italianos o *western* espaguete. O que sobra para nós, então?" Peder responde antes que eu consiga dizer alguma coisa. "O filme do norte, Barnum." "O filme do norte?" O garçom chega e retira os pratos. Ele traz mais um caneco de chope, sem que eu tenha pedido. Peder empurra os livros na minha direção. "Eu fiz o que você me pediu", disse. "O que foi que eu te pedi?

Um chope?" "Eu li, Barnum. Eu li as sagas. Tudo que precisamos podemos tirar de lá. Está tudo nas sagas, esperando a gente pegar. Ação, drama, personagens fortes, amor, morte, *you name it.* Precisa de algo mais?" "Eu não faço adaptações", respondo. Peder olha para mim, enquanto bebo. "Você pode usar as palavras de Odark como *voice over*", diz ele. Permaneço calado. Peder fica impaciente. Ele põe a mão no meu ombro. "Essa é a nossa grande oportunidade", sussurra. "Se você não melar tudo, Barnum." Afastei a mão dele. "Como é que você está pensando em chamar esse troço?" "Eu vendo o troço sob o título *O Viking, um Filme do Norte.*" Agora é a minha vez de fitá-lo longamente. "Vende?" "Posso dizer que há muito interesse no projeto, na administração pública e na iniciativa privada. As empresas de parceria estão fazendo fila." Sinto uma espécie de raiva e dou uma pancada leve na mesa. "Você poderia pelo menos ter falado comigo antes", digo em voz alta. "Antes de ir até a caixa-forte!" Algumas pessoas às outras mesas se voltam para mim. Peder suspira. "Você não tem estado muito acessível nesses últimos tempos, Barnum." Ele tira um envelope do bolso e coloca no centro da mesa. "O que é isso?", pergunto. "Aquele que abrir saberá", diz Peder. Bebo a cerveja lentamente. Então abro o envelope. Há um cheque dentro dele. Vários zeros depois do algarismo. Ouço Peder sorrir. "Você me acompanha, Barnum?" "Talvez, talvez não", respondo. Levanto o braço e peço um vinho tinto. Peder fica com uma expressão cansada no rosto. Seus olhos se enchem de inquietude. "Tomando o caminho de fuga outra vez?", pergunta. "Chame de pesquisa", digo. Peder se levanta. "Você tem 12 horas para se decidir, Barnum. E desta vez não vou atrás de você." O garçom coloca a garrafa na minha frente. "Enquanto isso, cuide da Vivian", digo. Peder abaixa-se para mim. "Você é patético", sussurra. "Não quero mais brincar com você." E ele sai sem se virar. Eu me escondo dentro do buquê vermelho. Então vejo que o Peder esqueceu alguns dos livros: *A Saga de Njal, A Saga de Egil, A Saga de Ramnkjell Frøysgode e O Espelho dos Reis.* Folheio o último. E chego ao capítulo em que o filho pergunta ao pai sobre a Groenlândia: *A Groenlândia fica no extremo norte do mundo, e pelo que sei não há outra terra para além da Groenlândia, só o mar oceano que banha o mundo. Quando sopra a tempestade lá, ela é mais forte do que em qualquer outro lugar — o vento é mais áspero, o gelo e a neve mais fortes. Porque as geleiras são de tal natureza que emitem um frio intenso. E pode haver grandes fendas nas geleiras que se encontram naquela terra. Todos os que já estiveram na Groenlândia confirmam que o frio tem um poder descomunal. E tanto a terra quanto o mar testemunham que o gelo e o frio são onipotentes, porque o gelo permanece, no verão tanto quanto no inverno, cobrindo a terra e o mar.* O garçom está atrás da minha mesa. Ele está arrumando as mesas. Mostro-lhe o cheque e digo que pago amanhã. Ele meneia a cabeça e me deixa sair. A neve brilha. Quase não há rastros nela. Desço até o escritório. Mais uma letra se apagou. Agora somos *Brum & Miil.* Peder está sentado no quarto dos fundos. Acho que está dormindo. Seu rosto está enrugado como uma sanfona. Na mão, segura um papel de salsicha e sua camisa branca tem uma mancha de mostarda. Pego a garrafa que guardo na última gaveta e sirvo dois copos. "Quero brincar com você", digo. Peder acorda, do seu jeito lento e meticuloso, um olho por vez, enquanto o queixo duplo e as rugas se ajeitam no seu fole. "Achei que você estava morto", sussurra ele. "Só cataléptico, porra." Deito-me no sofá e equilibro o copo no peito. Meu coração está batendo. Peder esboça um sorriso. "Do quê quer brincar?", pergunta. "De *viking*. Estou com você." Esvazio o copo. Estou vivo. Peder atira o papel de salsicha no cesto e troca de camisa. Fica sem fôlego só de abotoá-la. Ele também arrumou uma nova máquina, um fax. Agora está espirrando um papel. Peder arranca a folha. É como se ele tivesse em mãos os manuscritos do Mar Morto. Ele bate na mesa. "Black Ridge em Hollywood já está interessada." "Excelente", digo eu. Peder franze o cenho em uma ruga profunda. "E temos que ter um tratamento, antes do Natal, Barnum. Você consegue?" "À merda o tratamento", digo. "Vou direto para o roteiro." Peder abre um sorriso com a boca toda. "O que foi que te induziu a tomar a decisão?" "Tanto faz", digo. Peder dá de ombros. "É só por curiosidade, Barnum." "Eu gostei do pai que conta para o filho como é o mundo", digo, em voz baixa. Peder vem até mim. Ele passa a mão pelo meu rosto. Faz muito tempo que ele não faz algo assim. "Agora vá para casa ver a Vivian", sussurra. "Tudo bem", digo. "Faça ela rir de novo, Barnum." Fico olhando para o Peder. "Como assim?" "Talvez contando a verdade para ela", diz. "Qual verdade?", pergunto. Peder vira o corpo. "Que você não pode ter filhos."

Quando chego em casa, a Vivian já levantou. Ouço-a no chuveiro. Ela está cantarolando alguma coisa, um hino de que não me recordo. Bato na porta. "Tem uma coisa que eu preciso lhe dizer", grito. Faz-se silêncio no banheiro. Sento-me na cama e espero. O vestido preto dela está estendido sobre o último assento, o 18, meu assento. A claridade lá fora é úmida e pesada. Vivian está diante de mim. Ainda pinga água dela. Está nua. "Por que você disse aquilo na igreja?", pergunta. "Que estou grávida." Olho para o chão. "Eu queria alegrar a mamãe", sussurrei. Vivian passa as mãos rapidamente por meus cachos, e me dá um leve puxão. "Tive receio por você, Barnum." E essas palavras, esse movimento, sua mão no meu cabelo me deixam amolecido e confuso, como se tudo se juntasse nesse instante, uma gota, pesada como um rochedo, que logo vai se desprender e cair. Mas ela não pergunta onde estive. É como um pacto entre nós, não queremos saber mais da vida um do outro. Talvez o Peder já tenha telefonado e contado que me achou, no quarto 502 do Albergue Coch. Beijo as coxas dela. A pele é rija e macia contra os lábios, tem outro cheiro, diferente e excitante. Ela se solta, vai até a janela e segura o vestido preto nas mãos. "A empresa de mudanças vem buscar o restante hoje", diz ela. Meu olhar se fixa para além dela. "Você já arrumou o depósito no porão?" "Tudo aquilo é para jogar fora", diz Vivian. "Tudo? Tem certeza?" "Tem alguma coisa que você queira que esteja lá embaixo?", pergunta. Dou de ombros. "Talvez eu devesse voltar a usar sapato plataforma", digo. Vivian ri. Consegui, afinal. Consegui fazer a Vivian rir. "Acho melhor você dá-los para os figurinistas do Instituto Norueguês de Cinema", sugere. "Peder e eu estamos começando uma coisa grande", digo eu. "Bem grande." Vivian esboça um sorriso. "E o que é?", pergunta. "Um filme *viking*, Vivian. Vamos ficar todos loucos." Mostro o cheque e aponto para todos os zeros. "Era isso que você queria me contar?", pergunta. E quando ela fica assim, parada, na luz pesada que vem da janela, vejo que o corpo dela muda, vejo, de um segundo a outro, ela é a cada momento outra e nunca a mesma. Levanto-me. "Só queria dizer que não vou me mudar." Vivian dá um passo na minha direção e pára, a meio caminho entre a janela e a cama. Ela não protesta, não cai de joelhos para implorar. Antes, percebo um alívio triste nos seus olhos, e talvez ela esteja vendo algo parecido nos meus olhos, uma tristeza cansada. "Você está pensando em ficar morando aqui?", sussurra. "Se para você estiver bem assim." Vivian meneia a cabeça. "É claro que sim, Barnum." Ela se veste. É uma manhã como outra qualquer. Vou até a varanda e acendo um cigarro. Estou desperto e cansado ao mesmo tempo. Se eu me deitar agora, posso ficar dormindo por sete anos. Se eu conseguir me manter acordado, numa mais terei que me deitar. Tomo um gole da garrafa de bolso, que ficou bem gelada na neve da floreira, e volto para dentro. "O que vamos fazer com a placa?", pergunto. De início, ela não entende o que digo. Isso me machuca. Dou um passo na direção dela, devo ter pisado mais forte no chão, e ela recua. "Por favor, Barnum", com a voz baixa, assustada. Paro, espantado. Começo a rir. "A nossa placa, Vivian. A placa na porta. O que vamos fazer com ela?" Ela desvia o olhar. "E não pode ficar pendurada lá?", sussurra. "Ficar pendurada? Vivian e Barnum? É uma mentira. Ou você está pensando em voltar?" Ela olha para mim, sem medo agora, apenas impaciente, porque ninguém tem medo de mim por muito tempo. "Faça o que quiser com ela", diz. "Tudo bem, posso cortá-la ao meio!", grito. Então batem à porta. É o pessoal da mudança, um jovem que começa a levantar a primeira coisa que vê, e um sujeito mais velho, que passa lentamente pelo cômodo tomando medidas em metros cúbicos. Tem um olhar frio e triste, como se já tivesse visto a mesma coisa muitas vezes antes. Vivian mostra as coisas que podem levar. A cama, a escrivaninha e a cadeira ficam. A geladeira e o fogão pertencem à cozinha. As flores na varanda congelaram e morreram. E penso, enquanto carregam as últimas caixas até a caminhonete, que o fabricante de placas de Pilestredet nos casou, e que a empresa de mudanças de Adamstuen nos separou. Vivian me toma a mão. "Vou deixar o anel", diz. Tenho que reter a respiração. "Foi um presente." "Eu sei." "Então não me ofenda mais." Vivian solta a minha mão. "O resto a gente ajeita depois", sussurra. Concordo. "Claro. A gente ajeita depois." E, por fim, ela diz uma coisa estranha, logo antes de correr atrás dos homens da mudança para acompanhá-los até a Kirkeveien. "A culpa não é só sua, Barnum", diz ela. Fico parado, ouvindo os passos dela na escada. Logo não os ouço mais. O acidente e o baixinho se separaram, e não é culpa minha. Mas ainda acontece de eu acordar e achar que ela está voltando. Vou buscar uma faca na gaveta da cozinha, saio até o corredor e arranco a placa de cobre e letras pretas, VIVIAN E BARNUM, está bem aparafusada e a porta fica com alguns riscos feios. A vizinha está bem atrás de mim. Sinto o cheiro do lixo dela. "Ela te largou, foi?", diz ela. Eu me volto para ela. Ela começa a ficar parecida com o lixo que sempre carrega num saco plástico, um dia ela vai acabar se enganando e entrando ela mesma na lixeira, para cair na escuridão fétida. "Ela só saiu de férias", digo. A mulher sorri, e um hálito pesado emana do rosto dela, como se estivesse com a boca cheia de vísceras de peixe e asas de frango passadas. Ela sussurra, como se temesse trair um segredo. "Ela riscou o nome dela na caixa do correio também." Tenho que dar um passo para trás. Ela é mais horrenda do que a Srta. Cabeça de Mula, coroada a mulher mais feia do mundo em Connecticut, em 1911. Ela poderia ter se inscrito em um novo concurso e vencido de lavada. Mundus perdeu uma vencedora. Ela ri da minha cara. E, de repente, faço uma coisa que ela não esperava. Começo a chorar. Ela coloca a mão sobre o meu ombro, confusa, e se torna humana e, apesar de sua feiúra, quase bonita, e ela diz a mesma coisa que a Vivian disse, misteriosa e em voz baixa, é talvez um consolo, mas soa como uma ameaça. "A culpa não é só sua", diz ela. Dou-lhe um empurrão, jogo a placa na lixeira e bato a porta vazia atrás de mim. Agora ninguém mora aqui e o cômodo é grande o suficiente. Vou buscar todas as garrafas que estive escondendo e as coloco sobre a mesa, fecho as cortinas, enfio uma folha de papel na máquina de escrever, e a primeira palavra que me ocorre é: *vingança.* Traço uma ação, meu salto triplo sangrento, idílio, morte e desagravo. Um filho volta para vingar a sua família. Uma manhã, toca o telefone. É a mamãe. Primeiro, ela quer saber como estou. "Muito trabalho", digo. "Mas não tanto que não dê para um jantar de domingo aqui em casa?", pergunta. Hoje é domingo. Sei pelos campanários. Ponho o telefone no gancho e o arranco da tomada. Cheguei ao primeiro ponto decisivo. O ritmo está bom. O vingador encontrou o seu inimigo. O vingador aguarda o momento certo. Escrevo: *O olho direito não vê o esquerdo.* Ainda tenho sessenta páginas a escrever. Levo uma vodca até o chuveiro. Depois, encontro uma camisa branca no cesto de roupas. Ela me cega, tal como a neve, enquanto caminho até a Kirkeveien. Vou precisar de óculos de sol. Mamãe está ainda mais grisalha. Sentamo-nos à mesa. Boletta parece retraída e tensa, como se seu coração estivesse ardendo com alguma coisa. Ela mal quer me servir vinho no cálice, e coloca a garrafa o mais longe possível. Há quatro pratos sobre a mesa. "Vem mais alguém?", pergunto. "Vivian sentiu-se mal", diz mamãe. Ela me passa a travessa. Não tenho fome. Fico pensando sobre a cena que vou escrever, a mãe furiosa que humilha o seu filho covarde servindo-lhe carne crua no mesmo dia em que o irmão foi morto. Bebo vinho. "Deve ser pesado para ela morar no topo do prédio", sussurro. Boletta tira a garrafa de mim. "Especialmente quando não tem marido", diz ela. Mas a Vivian acaba vindo mesmo assim. Está vestindo um moletom desbotado, largo. O cabelo cai-lhe sobre a testa, ralo e gorduroso. Ela também está sem apetite. Só come cenoura cozida, bebe água e não diz nada. E é como se eu pudesse ouvir um eco profundo, é o relógio oval da entrada que voltou a funcionar, as moedas tilintando na gaveta, quando as vejo assim, mamãe, Boletta e a Vivian grávida, em volta da mesa da sala de jantar, agora sou eu a visita na casa que só tem mulheres. O silêncio anda em círculos e amarra um laço negro de tempo. Procuro alguma coisa para dizer. "O que vai acontecer com o quiosque?", pergunto. Mamãe põe mais carne no meu prato. "Não adianta mais tocar um quiosque desses", diz ela. "E por que não?" Mamãe tenta sorrir. "É só um vão de porta, Barnum." Afasto a comida e estendo o braço para alcançar a garrafa. Mas é Boletta que põe o restante do vinho no meu cálice. Acendo um cigarro. "Achava que fosse mais do que só um vão de porta." Mamãe balança a cabeça. "Até o salão de beleza fechou. Não é mesmo, Vivian?" Vivian meneia a cabeça. A pele de seu rosto está lisa e gordurosa. "Virou um *pet shop*", diz ela. "Para quatro patas." Fico com vontade de rir, mas não tenho coragem, seria como sujar a toalha de mesa despejar um riso sobre a toalha branca de propósito. "Café", digo, em voz alta. Mamãe suspira. "Café? Você não comeu nada, Barnum." Agora posso rir. Agora cabe o riso. "Quero dizer café no quiosque, mãe. Venda café lá, em copos com tampa e canudinho." Boletta se levanta e sai da mesa, sem dizer uma palavra. "O que foi que deu nela?", pergunto, baixinho. "Talvez ela não goste que você esteja fumando à mesa", diz mamãe. Vivian fica me fitando. "Ou que você esteja bebendo." Eu nunca deveria ter rompido esse silêncio. Arrasto a cadeira para trás e atiro o cigarro na lareira. A fotografia ainda está na parede, o Barnum elétrico, o pequeno gênio, na Câmara Municipal, aquela vez que ganhei o prêmio com *A Cidadezinha*. Volto-me para a mamãe. "Tem uma coisa que acho estranha", digo. "O que, Barnum?" "Que o Fred tenha ficado por aí com aquela velha jaqueta todos esses anos." Mamãe fica retraída, a voz tensa e curta, mal cabem todas as palavras nela. "Você sabe muito bem o quanto ele gostava da jaqueta de pelica", sussurra. Vivian já saiu da mesa. "Quer ir lá em cima para ver como ficou?", pergunta. Peço licença e a acompanho. Ela tem que descansar depois de cada lance. Ela está pesada. E me vem a imagem da mamãe, quando carregava a roupa lavada do porão até o sótão, o cesto de vime cheio de roupa molhada, os dedos duros, a dor nas coxas se espalhando até as costas, a rede com os pregadores, talvez ela também tivesse que fazer pausas, enquanto contava mentalmente quantos degraus faltavam e sonhava com uma vida diferente. Vivian se volta para mim, respira pela boca, os lábios inchados e secos. "Parece que vão instalar um elevador externo. Subindo do pátio." Então, finalmente chegamos. Na porta, uma placa simples, cor cinza, com a inscrição VIVIAN WIE, em letras pretas, e ela me faz entrar. Paro debaixo da vidraça inclinada, do telhado. A neve derrete assim que cai no vidro. A luz escorre e carrega a escuridão consigo. E a próxima coisa que vejo, no canto junto da chaminé caiada, é o velho carrinho de criança, o chiqueirinho, uma pilha de roupas de bebê, que o Fred e eu usamos, o velho berço também foi recuperado, está pronto, são as coisas usadas esperando uma nova pessoa. Volto a vista para a cozinha, ela esqueceu-se de guardar o leite na geladeira. "O que acha?", pergunta a Vivian. Afasto-me da janela. "Você percebe que balança?" "O que foi que disse?" "Balança", repito. Ela fica parada, imóvel, o olhar inquieto, as mãos segurando a barriga. "Não balança não, Barnum." "Você logo vai perceber", digo. Ela tem um acesso de raiva. "Não balança!", grita. Aproximo-me dela. "Era por isso que a roupa secava tão bem aqui em cima, Vivian." Ela está a ponto de chorar. "Como assim?" "Porque balança", digo. Vivian vai ao banheiro. Coloco o leite na geladeira e tiro uma cerveja. As velhas roupas de criança são macias, um pijama, um macacão, uma camiseta, era do tempo que eu podia usar tamanho normal, quando até mesmo herdei as roupas do Fred. Não sabia que a mamãe havia guardado. E, quando me curvo sobre o carrinho de criança, onde está o saco de couro com o forro branco, espesso, sinto um golpe gelado sobre a boca, como quando a mamãe passava creme de cânfora nos meus lábios. Mas isso já não me diz respeito, estou fora disso, e é talvez o que mais me assusta, o fato de não sentir nada, como um morto. O filho da Vivian também vai nascer no inverno, no mês mais frio do ano, com a bela névoa gelada que vem do fiorde. Ouço a respiração dela. Devia estar lá me olhando faz algum tempo, na porta que dá para o que será o quarto da criança. Desvio o olhar, por um instante tonto e sem jeito. "Como é que está indo o *viking*?", pergunta. "Acho que já acertei o tom", digo. Vivian sorri. "O Peder diz que vai dar muito certo." Volto-me lentamente para ela. "E você? Não conseguiu emprego no *pet shop*?" Ela afasta o sorriso com o dorso da mão. "Consegui emprego no departamento de maquiagem da Radiodifusão Norueguesa. Começo logo depois do Ano-Novo." "E quem vai cuidar da criança?" "A Vera e a Boletta", diz Vivian. E, no mesmo instante, um lampejo intenso nos cega, primeiro imagino um relâmpago, mas a luz vem de outro lugar, não da janela do telhado. É a mamãe. Ela está na entrada, com a velha câmera fotográfica nas mãos, e ela volta a nos cegar, enquanto cada um olha para um lado. Não consigo fazê-la parar. "Você se lembra desta câmera, Barnum?" Balanço a cabeça. Mamãe ri. "Uma vez sonhei em ser fotógrafa", diz. "E por que não foi?", pergunto, e na mesma hora me arrependo de ter perguntado. Mamãe fita a janela. "Tantas coisas atrapalharam." "Nunca é tarde", digo. Mamãe levanta a câmera mais uma vez. Tenho que segurá-la e mal consigo. Ela treme e começa de repente a chorar. E eu não deveria ter entendido então, que havia algo que a mamãe não agüentava mais, alguma outra coisa, um peso maior do que eu conseguia perceber e que ela já não conseguia carregar sozinha? Mas eu estava fora de tudo isso. Será que isso é o que eu chamo os lentos fechos da memória? Mamãe segura as minhas duas mãos. "Eu me arrependo tanto de não termos tirado fotos na igreja, Barnum." "Nós nos lembramos mesmo assim", digo. Observo Vivian. "Quer descer o carrinho de criança para mim?", pergunta ela. Faço com prazer. Mamãe fica com a Vivian. A Vivian fica com mamãe. E, quando passo pelo apartamento, Boletta está saindo, com casaco de pele e bengala. "Preciso tomar ar", diz. Coloco o carrinho debaixo da escada, junto das caixas de correio, e Boletta, que vai à frente, não diz mais nada até chegarmos a Blåsen. Então diz: "Não agüento mais acompanhar você, seu palhaço." Limpo o banco e nos acomodamos. Ficamos lá sentados um bom tempo, e não sei o que dizer. O crepúsculo faz com que tudo se misture, uma escuridão enferrujada emoldurada com neve. "Por que você não mora junto com a Vivian?", pergunta Boletta. Enxugo as mãos na calça. "É melhor assim", digo. Boletta procura uma coisa na capa. Encontra. Ela me entrega uma garrafa de bolso, e quando solto a tampa comprida sinto o perfume profundo do meu primeiro amor, que eu só podia cheirar e lamber, o Málaga, e uma infância me envolve, como esta neve, não estou mais distante e estou emocionado. Tomo um gole e passo a garrafa para a Boletta, que mal experimenta a bebida. "Este é o último Málaga na cidade", sussurra. "Obrigado, Boletta." "E não se desperdiça uma coisa dessas." "Não com o Málaga", digo. Boletta volta a garrafa para o bolso da capa e inclina-se sobre a bengala. "O que é que tem de errado conosco?", suspira. Lembro-me subitamente de Fleming Brant quando vejo as janelas que se apagam, a cidade que mergulha em outra escuridão, debaixo da neve e do céu. Quero dizer algo sobre ele, o montador na areia, mas não encontro a frase, as palavras resistem, logo vou estar quebrado para sempre. "Não posso ter filhos", digo. Boletta não se volta para mim. "E daí?", pergunta. "Não posso ter filhos", repito. "E ainda assim você a trai?" "Foi ela quem me traiu", sussurro. Boletta se levanta e bate com a bengala na neve. "Você é mesquinho", diz ela. Olho para ela e não entendo. Seu rosto está do jeito que costumava ficar quando ficava tomada e tinha que ir até o Pólo Norte para esfriar a cabeça. "O que foi que você disse, Boletta?" Ela aponta para mim com a bengala. "Eu nunca tive raiva de você, Barnum. Mas agora estou com tanta raiva que chega a me fazer mal." Tentei sorrir. "Você ficou brava comigo quando faltei à escola de dança", digo. Boletta volta a se sentar, cansada e resignada. "Braveza não é a mesma coisa que raiva, Barnum. A braveza é apenas uma vírgula da raiva." "Então eu também estou com raiva", sussurro. Boletta põe a sua mão frágil sobre a minha. "Não deveria", diz. "Era melhor você amar a Vivian e a criança." Olho para baixo. "Não consigo." Boletta me solta. "Então você é só meio homem, Barnum, um homem pela metade." Sinto a raiva, e é autêntica, como se toda a raiva que venho acumulando desde que o policial me destacou na Cidadezinha tivesse se juntado em um único músculo trepidante. "Você tem coragem de repetir isso, Boletta?", pergunto. "Você não vai ficar mais inteiro por isso!", diz ela. Arranco a bengala dela, quebro-a ao meio e desço no meio da neve. "Não quero ver você nunca mais!", grito. "Está me ouvindo, sua coruja velha?" E, quando me volto pela última vez, junto da fonte fechada, ela continua sentada no banco, no topo do Blåsen, uma sombra magra e recurvada na neve cada vez mais espessa, e assim ela desaparece da minha vista.

Essa noite não consigo escrever nada. Religo o telefone. Tem outra inquietação dentro de mim que não consigo acalmar, um nervo de infelicidade. Bebo o que sobrou e arrumo os meus papéis. Releio o que já escrevi.

SEQÜÊNCIA 1. MAR. NOITE.

Uma embarcação com a figura de proa formando a silhueta de uma cabeça de dragão. Calmaria. A tripulação tem que remar. O único som que se ouve é a exclamação rítmica a cada puxada de remo. O navio parece uma sombra que passa sobre as águas.

SEQÜÊNCIA 2. A QUINTA DE GRAN. MANHÃ.

Primavera, uma linda menina de nove anos de idade, brinca de fazer trilhas na neve. Ela está sozinha. Ela se desloca cada vez mais para longe do casario, na direção da floresta.

Ela perde alguma coisa na neve, pára para pegá-la. É um colar, uma metade de um amuleto em forma de estrela. No momento em que se curva para o chão, percebe outra coisa: rastros na neve recente. São bem maiores do que os dela. Desaparecem dentro da floresta próxima.

Primavera fica sentada de cócoras, olha para o casario, olha para a floresta. Coloca o amuleto cuidadosamente em volta do pescoço.

A mãe sai da casa grande, acena para a filha.

Primavera não tem coragem de acenar de volta. A mãe fica parada, olhando para ela. Acena mais uma vez. Primavera ouve um som vindo da beira da floresta. Um graveto quebrado. Uma espada saindo da bainha.

O silêncio é quebrado com uma força brutal: 12 homens, equipados para a guerra, saem do bosque, montados.

SEQÜÊNCIA 3. EXT. NAVIO. MANHÃ.

O navio aproxima-se da terra firme. As velas já estão içadas. Todos a bordo estão atarefados para deixar a carga pronta, todos à exceção de um homem. Está deitado junto à popa no navio, dormindo. Seu rosto está coberto por um capuz. Mas ao redor do pescoço dele podemos perceber uma jóia, a metade de um amuleto em forma de estrela, tal como Primavera também usava.

Três homens depositam uma gaiola com pássaros perto do viajante. Observam o homem dormindo, entreolham-se, meneiam as cabeças. Um deles se aproxima, pé ante pé, curva-se e, com cuidado, procura soltar a jóia. Então um punho, rápido como um raio, agarra o seu braço, e o aperta como um torno. O ladrão cede e cai de joelhos. Vemos o rosto do homem. É um rosto de 25 anos de idade, macerado. Seu nome é Ulf.

Ulf solta o ladrão, levanta-se e observa a terra firme que se aproxima.

VOICE OVER: *Ele partiu há sete invernos, dos bosques para o mar, da terra para o vento. No primeiro inverno, deram falta dele. No segundo inverno, ninguém sabia dele. No quarto inverno, foi visto em três países ao mesmo tempo. No sexto inverno, já havia sido esquecido. Ele voltou para casa como um refugiado e chegou tarde demais.*

O telefone toca. Não ouso atender. Primeiro, tenho que terminar. É só isso que importa: terminar. Não pára de tocar. Tiro novamente da tomada. O jornaleiro desce correndo as escadas. Ouço a vizinha que rapidamente tira o *Aftenposten* do capacho. E sou tomado por uma intranqüilidade maior e mais profunda. E se a Boletta não agüentou o frio? Vou até o Blåsen. Meus rastros estão irregulares na neve. O banco está vazio. Ninguém está sentado lá. Este lugar acabou para mim. Tenho que me livrar dos lugares se quero ir adiante, tenho que encontrar um novo lugar, meu próprio lugar, que ainda não sei onde fica. Vou até o Monopólio. O balconista me fita longamente, mas não pede a identidade. Tomo um táxi de volta para casa com as garrafas e continuo a escrever *O Viking*. A corrida inicial já passou. Estou no primeiro salto. E não consigo desviar o pensamento da jaqueta de pelica do Fred. A jaqueta me perturba. Tenho que me livrar dela também. Sou um alfaiate com uma máquina de escrever que reforma a jaqueta, para transformá-la em um casaco de couro azul-claro, e dou o casaco ao meu herói, coloco-o na bagagem dele, e no meio da história visto-o nesse casaco de couro azul que, a distância, brilha como uma chama escura, e depois deixo que ele doe o casaco a um escravo traidor, que, por engano, paga com a vida e, desse modo, faz com que o inimigo acredite que o herói, o filho que retornou, esteja morto. Uma manhã, ou talvez seja fim de tarde, de qualquer forma dormi e lá fora continua igualmente escuro, vejo uma árvore de Natal sendo acessa lá no parque Sten, junto do jardim-de-infância. Mal ouço as crianças cantando. As boas e velhas canções de todo Natal. Sento-me junto à escrivaninha e releio as últimas coisas que escrevi. E só então percebo que está pronto. Um *voice over* tranqüilo arremata tudo, enquanto um navio zarpa e o vento do oitavo inverno infla as suas velas. Sinto uma espécie de alegria e me espanta o fato de que algumas palavras, tiradas dos outros e rejuntadas em um salto triplo, possam me dar tanta alegria. Ou talvez sejam as crianças, cantando ao sopé do Blåsen, que me deixam assim. Dói e estou feliz.

Mais tarde, desço pelas ruas enfeitadas para o Natal até o Peder. Ele já mandou consertar a placa. Estamos brilhando em todas as nossas letras. Ele está sentado de costas, entre dois telefones, e só se volta na minha direção uns 15 minutos depois que entrei. Ele tapa a vista. "Você está horrível", diz ele. "Você é uma pessoa superficial, Peder." Ele só balança a cabeça. "Quer saber de uma coisa, Barnum?" "Diga logo." "Estou me lixando se você vai se matar de tanto beber, desde que você termine *O Viking* antes de abotoar o paletó." "Obrigado pela consideração, Peder. Você é bom demais." "Não há de que, Barnum. Mas pode me dizer uma coisinha só?" "O que, Peder?" "Você tem certeza de que não está morto? E não quero dizer cataléptico. Quero dizer morto mesmo, de verdade, como no crematório." "Não estou morto, Peder." Ele tira um lenço e assoa o nariz. "Sabe quanto tempo pode durar o instante da morte? Semanas a fio, Barnum. Anos a fio." "Estou vivo", sussurro. "E como é que você pode ter certeza disso?", pergunta Peder. "Porque estou com sede", digo. Um dos telefones toca e uma voz americana começa a falar, fala depressa, alto e curto. Só consigo pegar algumas das palavras, Véspera de Natal, Ano-Novo, *vikings* e dólares. Peder olha para mim, com o rosto cansado, que se afunda lentamente no queixo duplo. "Era o nosso homem em Los Angeles, Barnum. Ele quer saber como está indo. Mas como vou saber como vai indo se você não me conta como vai indo?" Peder levanta-se, pesado, abre o armário e troca de camisa. "O que você quer ganhar de presente de Natal?", pergunto. Peder hesita por um instante. Então, volta a se sentar. "Eu quero ganhar um roteiro e um bom amigo", diz, com a voz baixa. Tiro o embrulho de dentro da capa e coloco sobre a mesa diante dele. Peder fica longamente fitando o envelope grosso, que amarrei com uma fita vermelha. *De Peder para Barnum.* "Que porra é essa? Uma carta-bomba? Um testamento?" "Aquele que abrir saberá", digo. Ele fica desconfiado. "Você não está fazendo troça de mim, Barnum, está?" "O Barnum nunca faz troça", digo. E Peder abre por fim o envelope e tira 102 páginas, *O Viking, um Filme do Norte*, roteiro original de Barnum Nilsen. "Agora ganhei tudo o que queria de uma só vez", sussurra. "Sim, um bom roteiro e um mau amigo." Peder levanta-se e me abraça. "Eu te amo, Barnum." "Não vá ficar americano de novo", digo. "Lá no fundo somos todos americanos", ele ri e me beija a testa. E ficamos assim, sentindo um ao outro e sentindo o momento, até que a camisa limpa dele fica molhada de novo. "O que vai acontecer agora?", pergunto. Peder me solta. "Agora você vai para casa descansar um pouco, Barnum. Para que eu possa trabalhar." "Ou seja?" "Ou seja, vou ler, traduzir e passar por fax o roteiro para Black Ridge em Los Angeles", diz Peder. Ele volta a se sentar junto dos telefones. Fico parado, observando-o. Peder já está a caminho. É bom vê-lo assim. Estamos a caminho. Depois de um instante, ele fica inquieto. Ele me olha. "Você disse que estava com sede?", pergunta Peder. "Eu quis dizer feliz", digo.

Então o deixo em paz e vou para casa. Mas tomo vários desvios. Só quero me livrar dos outros lugares também. Tenho que pôr ordem em tudo. Pela última vez, dou uma palmada na árvore da praça Solli, e a casca dura coça na palma da mão, e ouço a música lenta do gramofone da escola de dança se silenciar no pó dos últimos sulcos da infância, e os passos sobre o assoalho desaparecerem em todas as direções. Sento-me na esquina do parque Real com a rua Wergeland, e faço um minuto de silêncio pela Velha, e, quando fecho os olhos, consigo perceber a sombra de Fred que finalmente se levanta do meio-fio, enfia o pente lustroso no bolso de trás e continua a acompanhá-la até o palácio real. Deixo o lugar para trás. Sigo adiante, até o pavilhão no parque de Frogner. Não está mais branco. As paredes malcuidadas estão cobertas de grafites. Alguém escreveu: *Estive aqui.* Essa frase é sempre verdadeira. E esse lugar também está esquecido, tal como há muito já havia abandonado a lembrança de Esther, que se tornou um sonho feito de bala e de troco. Então corro até a Cidadezinha, que não é mais do que um conjunto de pequenas ruínas, cobertas por uma neve molhada, pesada, cinzenta; a Cidadezinha já se mudou, e fecho-a para sempre. Risco-a do globo. Então vou até a Vivian. Toco a campainha. É a mamãe quem abre a porta. Ela solta uma sacola no chão e me olha, espantada, como eu provavelmente a observo com o mesmo espanto. "A Vivian está no hospital", diz. Procuro parecer calmo. Estou completamente calmo, não há nada que me abale. "Já?" "Só queriam prevenir." "Prevenir? Tem algo de errado?" Mamãe me deixa entrar. Ela está colocando artigos de toalete e algumas das roupas de Vivian na sacola. Acompanho-a. "Tem algo de errado?", repito. "Vivian é muito estreita", sussurra a mamãe. É só o que ela diz. Vivian é muito estreita. E essas palavras me atingem com uma força a um só tempo grande e macia, que me fazem lembrar uma joaninha que sobe por uma folha de capim que lentamente se curva. Ponho a mão no ombro da mamãe. "Mas vai dar tudo certo, não vai?" Mamãe fecha o zíper e se levanta. "Você pode vir junto ao hospital, Barnum." Viro-me para o lado e não respondo. Mamãe permanece imóvel. "Você brigou com a Boletta?", pergunta, de repente. "Não, por quê? Ela disse alguma coisa?" "Ela não disse uma só palavra, Barnum. Ela só fica deitada no sofá, de cara amarrada." Mamãe pega a sacola e dirige-se até a porta. Sua voz está quebradiça. "Não sei o que aconteceu entre você e a Vivian, nem quero saber, Barnum." Dou um passo na direção dela e levanto a mão. "Não, você não quer mesmo saber de nada, não é?", grito. A mamãe me fita bruscamente, e a escuridão passa sobre os seus olhos. "O que você quer dizer com isso?" Minha mão tomba e fica dependurada, na ponta do braço. "Diga a Vivian que estou aqui", sussurro.

Empurro uma cadeira para baixo da janela do teto e sento-me. A porta se fecha. Conto os passos da mamãe descendo a escada íngreme, até não ouvi-los mais. Eu estava certo. Ainda balança. A aguardente passa de um canto a outro, como uma onda presa. Quando olho para cima, a janela escura é um espelho em que meu rosto treme e dança. A neve cai e escorre, sem fazer barulho. Somos apenas nós dois, a onda e eu, e me seguro firme nessa mesma onda.

Bebo devagar. Leva tempo para me livrar deste lugar, e uso o tempo de que preciso. É a minha missa de despedida. Treino-me em esquecer, e sou o único que veio. Três andares abaixo, a Boletta está no sofá, de cara amarrada. Em outro lugar, bem perto, a mamãe está cuidando da Vivian. Esqueço o caixão que o Fred trouxe aqui. Esqueço a guerra, os varais e o pombo morto. De vez em quando, ouço os sinos das igrejas. E é então que me recordo mesmo assim, tão simples e tão claro, que só há uma coisa aqui que é minha: o anel, o anel que comprei e que nunca consegui dar, mas deixei escondido no duto do carvão, T de Tale, T de taciturna, T de tempo. Pego uma faca na cozinha e ataco a parede caiada. Golpeio, cavo, bato, tenho que encontrar esse anel, merda, mas é impossível abrir a portinhola, bato e soco, é impossível, apenas a tinta e a poeira se desprendem, e não são os campanários que ouço agora, é o telefone. Não sei onde fica. Está no dormitório e, quando finalmente o encontro, já haviam desligado. Só tem uma cama de solteiro lá, e o berço está no canto. Balança. Tenho que me sentar e, no mesmo instante, o telefone toca de novo. Tiro o telefone lentamente do gancho e, enquanto faço isso, imagino que a Boletta está lá na Central Telefônica acoplando as conversas, e que sou eu quem ela encontrou na escuridão das linhas elétricas. É a mamãe. "Vivian teve um menino", diz ela.

Ele vai se chamar Thomas.

O anel continuará emparedado, invisível para todos menos para mim. Então vou para casa. Na mesa, há uma garrafa de champanhe e um buquê de rosas, uma dúzia. Em um cartão, o Peder escreveu: *Ao grande pequeno gênio. Parabéns.* Ele está sentado na varanda, folheia um roteiro e fuma um charuto. Quando ele me vê, se levanta, tira a neve caída sobre a camisa e entra. "Você arrombou a porta?", pergunto. Peder sorri. "A Vivian me emprestou as chaves." Olho para baixo. "Você passou no hospital?" "Belo garoto", diz Peder. "Gritou como um possesso." Ficamos em silêncio por um instante. Peder põe a mão sobre o meu ombro. "Os americanos estão radiantes, Barnum. Eles te amam." Tiro o roteiro dele. É a tradução americana. Peder parece de repente incomodado; abre a garrafa de champanhe e enche as taças. É a última taça que vou beber por pelo menos sete anos. "Quem diabos é Bruce Grant?", pergunto. Peder dá de ombros. "Quem?" Aponto, com o dedo rijo, a primeira página. "Está escrito *revisão de Bruce Grant*", digo. "Ah, sim, Bruce Grant", diz Peder. "Ele é o clínico geral para roteiros na Black Ridge. Ele só enfeitou um pouquinho aqui e acolá." "Enfeitou?" "Não se prenda a detalhes, Barnum." Começo a ler. Mas Bruce Grant, o clínico geral de roteiros, não fez apenas alguns enfeites. Ele promoveu uma intervenção cirúrgica completa, e retirou a minha voz e as minhas palavras. Amputou minhas imagens. Peder anda de um lado para outro, nervoso. "O Pacino está quase garantido. Não é impossível que a Lauren Bacall também participe. E a Bente Synt já está querendo marcar uma entrevista conosco." "Isso é violência doméstica!", grito. Peder põe a mão sobre o meu ombro. "Não vá agora ficar todo sensível, Barnum." "Sensível? Bruce Grant estragou tudo. É um filho-da-puta de um charlatão! O paciente está morto!" Afasto o Peder de mim. "Você sabe como é", diz. "Um autor cinematográfico não pode ser um escritor muito bom." "E como devo entender isso? Como elogio ou como ofensa?" "Eu só estou querendo dizer que você é bom demais. Os americanos querem uma coisa mais direta. Entende?" "Direta? *Vikings* que trepam sobre cobertores de pele a céu aberto e choram a cada duas cenas!" "Sentimentos, Barnum." "O olho direito não vê o esquerdo!", grito. "Ele também cortou essa réplica!" "Você é bom demais", repete Peder. Atiro o roteiro todo nele e me afundo na cama. "Você está do lado de quem, Peder Miil?" Ele suspira fundo. "Estou do nosso lado, porra!" Olho para ele. "Agora finalmente sei com quem estou lidando", digo. Peder coloca as chaves sobre a mesa, entre as flores e o champanhe. "Talvez você também devesse visitar a Vivian", diz ele. Mal consigo falar. "Nada mais é meu", sussurro. "Nada é meu."

Depois, desço até o porão. É o último lugar de que vou me livrar. Trago comigo uma lanterna e observo o risco fraco de luz que passa pelas paredes. Tem uma pilha de roupas molhadas, malcheirosas, junto da secadora, e uma garrafa vazia rola pelo chão. Chuto-a com toda a força, e ouço o vidro se quebrando no escuro. O depósito está aberto, ninguém mexeu em nada. A mala silenciosa está lá no fundo. Então percebo que alguém está entrando, sombras rápidas, e antes que consiga me virar seguram-me e me pressionam contra a porta, enquanto a lanterna cai da minha mão e um enjôo quente me enche a cabeça e o sangue escorre até a boca. Então me forçam a virar e uma luz ainda mais forte me cega. Um dos policiais remexe nos meus bolsos. "Está procurando um lugar para dormir esta noite?", pergunta. "Eu moro aqui", sussurro. "O baixinho está para lá de bêbado", diz o outro policial. Fico me debatendo, quero arrebentar com alguma coisa, e sinto apenas uma indiferença profunda quando me arrastam até a viatura e saem. A vizinha está na escada, as mãos cheias de lixo. E as estrelas brilham em todas as janelas, exceto na minha. Afinal, é véspera de Natal. Começo a rir. Caio. Fazem-me levantar e me arrastam por um corredor. Atrás de uma grade, vejo o Fleming Brant, pensei que estivesse morto, mas parece ele, ele estende uma mão magra e segura entre os dedos uma tesoura brilhante, e é a última vez que o vejo, o montador.

"Parabéns, meu amigo", diz ele. Tento me soltar. Depois da indiferença, vem o medo. Tiram a minha cinta, os cadarços, o relógio e o pente. No mesmo instante, a porta se fecha com um estrondo pesado, que lança a minha cabeça para trás. Fico sentado no canto da cela, junto do buraco no chão, e assim desapareço da minha vista.

O Cormorão

Avista-se uma ilha, como um ponto na extremidade do mar. Estou sentado no convés, embrulhado em um cobertor. Já estive aqui antes. Foi aqui que recebi o meu nome. Mas quando desço em Røst ninguém sabe quem eu sou. Trago comigo a máquina de escrever e uma agenda. Por um momento fico parado, inspiro, mas não sinto nada de especial, só o vento cru. Dirijo-me ao Lar dos Pescadores. Eles têm um quarto vago. Uma moça morena na recepção pergunta quanto tempo pretendo ficar. "O suficiente", respondo. Ela sorri, e precisa também saber o meu nome. "Bruce Grant", respondo. "Bruce Grant", repete a moça lentamente, e me lança um rápido olhar antes de anotar o nome e a data em um livro. Finalmente, entrega-me a chave. O quarto fica no andar de cima. A cama fica junto da janela, o caixilho emoldurado de sal. Não durmo. Risco mais um dia em branco. Na noite seguinte, faço a mesma coisa. Na terceira manhã, batem à porta. É a morena da recepção. Ela traz uma bandeja com o café da manhã, ovos, pão, geléia. Peço que me arrume um rolo de fita adesiva. Ela volta na mesma noite com o rolo de fita. Ela retira a bandeja e constata que não comi nada. Escrevo *O Homem da Noite, seqüência I*, e colo a folha na parede.

Tento dormir.

Ouço as aves no escuro.

Um dia, está chovendo quando saio. As gotas caem diretamente sobre mim, como se o céu tivesse tombado. Curvo a cabeça e sigo o caminho que cruza a ilha plana de Røst, passando pelas armações que mais se assemelham a grandes jardins de peixe, mas não sinto o cheiro, está morto, meus sentidos estão gastos, lixados, tal como o vento lixa esses rochedos com sua imensa lixa, até caírem, feito pó, até o fundo, e sumirem. Abro o portão do cemitério e não consigo fechá-lo. Um mastro ergue-se como um arco no meio das nuvens de chuva. Tenho que me arrastar, protegido pelo muro de pedra, e, por fim, encontro o nome deles, em uma lápide alta, preta, emoldurada da areia branca do mar, Evert e Aurora. As letras estão quase cobertas de fezes das aves. Faço que vou limpar a lápide, mas desisto. Lembro-me de repente o que o padre disse no enterro do papai, que o cormorão defeca nos rochedos para encontrar o seu caminho de volta.

Quando retorno, o vento continua vindo com a mesma força daquela direção, uma tempestade salgada bem no meio da cara. Não é a timidez ou o pudor que faz com que todos olhem para baixo, é só o vento. Passo por um galpão, um barraco inclinado, e, de repente, reconheço uma coisa, um veículo debaixo de uma lona, e vê-se um pedaço do pára-brisas. Olho em volta. Não há ninguém por perto. Entro e afasto um pouco mais da lona. É o Buick, o velho carro do papai, gasto, enferrujado, cheio de chuva. Fecho os olhos. E tem alguém lá. Um homem recurvado, com uma testa alta, branca, sobre um rosto escuro, encostado em uma geladeira quebrada, que permanece em silêncio enquanto remove terra do seu macacão. Volto a lona para o lugar. "Difícil ver um carro desses por essas bandas", digo. "Roadmaster Cabriolet." O homem permanece em silêncio, mas não parece inamistoso. Apenas me fita, como um alfaiate meticuloso fazendo medições. "Onde você arrumou esse carro?", pergunto. "Tinha um sujeito que nos devia dinheiro por conta de aguardente e uma lápide", diz o homem. Meneio a cabeça. "Mas por que vocês não usam o carro?" Ele sorri. "Usamos sempre que os italianos vêm."

Risco vários dias na agenda.

É só isso que consigo escrever.

Certa noite, desço até o café, bebo suco de laranja e assisto à televisão, junto com alguns outros hóspedes permanentes, que vieram para comer bolo, ou talvez por causa da moça morena. São homens que abandonaram o mar e me observam com uma curiosidade tolerante, amistosos e mudos, enquanto assisto às imagens trêmulas, impuras, sem som, como se a antena estivesse situada no meio de uma ressaca, conectada ao vento, e ocorre-me que a Vivian acabou de maquiar esses rostos conhecidos, que deslizam sobre a tela salgada aqui no Lar dos Pescadores, o último hotel antes do mar aberto. Levanto-me rapidamente. "O que faz aqui, Bruce Grant?", pergunta a moça quando lhe entrego o copo e estou para subir até o meu quarto. "Estou secando", respondo. "Ainda acho que você deveria comer alguma coisa", diz ela. Logo vou ter que comprar uma nova agenda.

Os dias vão ficando mais claros.

Certa manhã, tomo um caminho diferente daquele que costumo tomar, não mais na direção do cemitério e dando a volta ao muro de pedras, mas atravessando o descampado e ao longo da arrebentação, até a pequena enseada logo atrás do cais. Lá vejo a casa. Não é bem uma casa, uma moradia para seres humanos, são apenas ruínas que lentamente vão tombando e sumindo, como restos de um naufrágio. A porta do caixão bate ao vento. No meio da grama rala, amarelada, o crânio de uma ovelha, liso. É nesse momento que acontece. De repente, o vento se apodera da minha jaqueta, enche-a como uma vela negra, e me faz decolar, resisto, tento me fazer pesado e resistente, mas é impossível, sou apenas uma ave magra nessas lufadas que me carregam pelo ar, grito e estendo os braços, e, por fim, o vento gentilmente me deposita junto do caminho estreito.

Retorno imediatamente ao Lar dos Pescadores, abalado e confuso. A morena está atrás do balcão, a risada pronta na boca, e os mesmos homens se entreolham, sorrisos se delineiam nos seus rostos marcados, e um deles diz, em voz alta, antes de irromper a risada: "Vejam só, é o próprio cormorão que chegou!"

Espalho a poeira da narrativa e deixo que floresça na boca de todos, como buquês da mais bela mentira.

Uma manhã, batem de novo na porta. É ela, a morena. Ela olha rapidamente em volta, as paredes já quase totalmente cobertas de folhas. "Não estou com fome", digo. Ela sorri. "Mas chegou uma carta para você." Não entendo. Ela me entrega um envelope. Reconheço a letra de Peder. E muitos são os endereços que foram riscados até a carta chegar aqui. "Obrigado", sussurro. A moça permanece de pé. "Devo colocar Barnum Nilsen no livro?", pergunta. Aproximo-me. Seus olhos são castanhos. "Como sabia que era para mim?" "Não foi tão difícil." "Tenho a cara do meu nome?" Agora ela dá uma risada. "Meu pai disse que não são muitos os que conseguem reconhecer um Buick daqueles debaixo de uma lona", diz ela.

Coloco a carta sobre o criado-mudo e ainda não tenho coragem de lê-la.

Pela primeira vez em muito tempo, tenho um sonho. Sonho com a mala. Alguém a carrega consigo, mas não consigo ver direito quem é. No sonho, vejo apenas os sapatos, as pernas e a mão que segura a mala; é pesada.

Acordo bruscamente com o sol, que invadiu o quarto todo. Levanto-me. A carta continua sobre o criado-mudo. Abro. Peder escreve: *Meu amigo, não sei por onde você anda, mas talvez esta carta o encontre. Você se lembra do postal, postado pelo homem mais alto do mundo, que encontramos naquele verão em Ildjernet? Preciso lhe dizer que o* Viking *não deu em nada. A companhia cinematográfica está de chefe novo. Encontrei-o em Los Angeles. Ele mora em Venice Beach desde 1969, e a única coisa que conseguiu dizer foi*: "E *vikings* extraterrestres?" *Será que não é algo para você, Barnum?* Tive que me sentar na cama e rir até o fim. Também não me lembro da última vez que ri. Então ouço um barulho lá fora, vozes, gritos, música. Vou até a janela e só agora percebo que ela foi lavada, tudo está claro e próximo. O mundo me cega. É a balsa atracando. A maioria dos habitantes dessas ilhas deve ter se reunido aqui hoje. E é exatamente como se já tivesse visto isso antes, embora hoje seja a primeira vez. São os italianos, os compradores, que vêm colher os pomares secos da terra de Røst, as videiras do litoral. São acompanhados pelo escaler, e do outro lado chega o Buick amarelo, todo arrumado e polido, com a capota aberta, passa silenciosamente sobre o cais. O motorista está de uniforme e com um boné liso que esconde a testa alta, branca. Ele estaciona junto ao escaler, os convidados se acomodam, e saem lentamente entre o vento e as pessoas.

No final da carta, Peder escreveu: *P.S.: Vivian manda lembranças. Thomas já pronunciou a sua primeira palavra. Adivinhe qual é!*

Mais tarde, vou até o galpão. O Buick está estacionado do lado de fora. O motorista está ajoelhado, polindo as calotas, até que voltem a brilhar como quatro espelhos. "Você sabe onde o papai montou o moinho de vento?" Ele enxugou o suor da testa, por um instante incomodado. "Fizemos muitos gastos com a sua festa de batismo, e tivemos que mandar vir a lápide lá de Bodø", sussurrou. Coloco a mão sobre o capô, ainda quente. "Então vocês fizeram por merecer esse calhambeque." Ele olha para mim e sorri. "Venha", diz.

Atravessamos o estreito a remo, até a ilhota íngreme. Sentamo-nos no banco do barco, um ao lado do outro. O remo escorrega na minha mão. O motorista ri. "Você rema como o Arnold", exclama. Conseguimos colocar o barco na direção certa. "O que você sabe sobre o meu pai?", pergunto. Ele rema e permanece por um tempo em silêncio. Tenho que me concentrar para não perder o ritmo, e logo estou sem forças. "Arnold decepou um dos dedos quando era moleque", diz ele. Aproximamo-nos, uma enseada estreita em uma praia de difícil acesso. "Era um bom homem?", sussurro. O motorista, o balseiro, o único filho de Elendius, apóia-se, tristonho, sobre o remo. "Quando o Arnold veio aqui para batizar você, Barnum, faltava-lhe a mão inteira", diz, em voz baixa. Finalmente chegamos. Ele me ajuda a descer. "Quer que o acompanhe até em cima?" Balanço a cabeça. "É melhor eu dar conta do resto sozinho." Mas ele ainda não quer me largar, e coloca duas pedras pesadas nos bolsos da minha jaqueta. "Não vá se deixar levar pelo vento de novo", diz. Então subo pelo mesmo caminho por onde o papai caiu e se transformou em roda. Não sei quanto tempo levo. A luz permanece imóvel, numa revoada de pássaros brancos. Quando chego ao último topo e o capim úmido se abre em um arco frouxo, vejo o moinho de vento do papai, parece um avião que caiu, ou uma cruz arrebentada. Sento-me. O sol está pendurado no horizonte, e percebo que o sol é verde. Atiro as pedras ladeira abaixo e sinto o cheiro forte do guano. O vento sacode as ruínas do moinho, que emitem um som de lamento, belo, uma canção enferrujada. E eu sei: este é o meu lugar.

Na manhã seguinte, retorno para o sul. Tomo a balsa até Bodø, o avião até Oslo, o táxi até Bolteløkka. Preciso arejar o apartamento durante três dias. É como depois de longas férias de verão. Tem gente nova no apartamento vizinho, um casal jovem. Não me encontro com Vivian. Ainda não vi o Thomas. Mas

Peder e eu continuamos com o nosso teatro elétrico. Sento-me nos bastidores escuros e conto os dias em branco, escrevo o texto de *O Homem da Noite* enquanto encaminho sinopses e tratamentos, até eu receber um botão pelo correio e quatro palavras, *o botão do papai*, no mesmo dia em que vamos viajar para o festival de cinema em Berlim.

Tempelhof

É o Peder que me funga na nuca. Ele me acompanha a Tempelhof, na arquitetura do nazista bem-educado, é de manhã cedo, e estou tomado por uma calma pesada. Vou para casa. Vou para casa ver o Fred, porque o Fred voltou para casa. Não o vejo há 28 anos e sessenta dias. Mas ele talvez tenha me visto. Talvez ele nos tenha visto o tempo todo. Peder segura a minha mão. Ele mudou as passagens, cancelou reuniões, pagou contas, atendeu a telefonemas e pediu desculpas à maioria daqueles de quem me aproximei. "Tem certeza que não quer que eu o acompanhe?", pergunta. "Você é mais necessário aqui", digo. Ele dá uma volta ao meu redor, e tenho que parar. "Você sabia que ele acabaria voltando, não é mesmo?" "O que quer dizer?" Peder desviou o olhar. "Você sabia que ele não tinha morrido, Barnum." Estamos sozinhos no saguão vazio. Tem cheiro de sabão. As paredes parecem se mover, como se estivessem a ponto de cair. Tenho que me segurar em alguma coisa. Sento-me sobre a mala. "Talvez. Talvez não", sussurro. Um policial armado sai correndo do banheiro, a arma no coldre preto, o cassetete no cinto apertado, ajeita o quepe quando, por um instante, olha em volta, e seu olhar se fixa em mim. Escorre água das suas mãos. Então se dirige até a esteira de bagagens, onde alguém esqueceu um guarda-chuva azul com a etiqueta do festival. Aqui tem um forte cheiro de sabão. "Você acha que é possível ser perdoado por algo que a gente ainda não fez?", pergunto. Peder aproxima-se, ainda mais preocupado. "Você não está pensando em fazer alguma bobagem?" Começo a rir. "Não tem nada de engraçado", diz ele. "Não estou rindo." "Precisa de algum comprimido?", sussurra. Balanço a cabeça. "Só estou pensando que nada deu em nada, Peder." Ele não entende o que quero dizer. "O que não deu em nada?" "Tudo que estivemos fazendo. Nem um filme. Nem um quadro. Nem um único fotograma." Peder dá de ombros. "Não penso assim", diz, simplesmente. Levanto-me da mala. "Você acha que tudo teria sido diferente se tivéssemos conseguido fazer os nossos filmes?" Peder sorri. "Pelo menos teriam vindo nos buscar de limusine." "Falo sério, Peder. Alguma coisa teria sido diferente?" Peder volta-se para o quadro de avisos. O avião para Oslo está no horário. "Parece que o mundo está se virando muito bem sem nós", diz ele. "E nós não somos o mundo também?" "Sim, nós também somos o mundo, Barnum. E não é incrível que ninguém saiba o quanto somos bons?" "Não tenho tanta certeza", sussurro. Peder fica em silêncio por um instante. O guarda-chuva continua a passar pela esteira. "Seria muito incômodo perguntar sobre o roteiro que você mencionou essa noite?", diz, por fim. Tenho o roteiro na mala. Abro, risco *O Homem da Noite*, e substituo por *Os Homens Noturnos*. Peder me dá uma palmada nas costas e mal pode esperar. "Excelente título, Barnum." E Peder espia primeiro a última página. Peder é melhor na leitura de números. Está a ponto de ficar taciturno. "Quatro horas e meia?", sussurra. Fecho a mala. "E o que tem?" Peder suspira. "É muito longo, Barnum." "E não se mexe em nem uma vírgula", digo. Vamos até o balcão de atendimento e faço o *check-in*. A mala desliza para dentro de um buraco e some lá dentro. Recebo o cartão de embarque. Chamam o meu vôo. E Peder, o otimista cansado, volta a sorrir. "Você se vira?" "Eu me viro." "Vou comprar alguma coisa muito bacana para o Thomas", diz ele. Fecho os olhos. "Faça isso, Peder." Nos abraçamos, no saguão de Tempelhof, como já fizemos tantas outras vezes, nos abraçamos, Peder e Barnum, o gordo e o baixinho. E como é que eu poderia saber que seria essa a última vez que nos abraçaríamos assim? Eu não poderia saber. "Volto amanhã", diz Peder. Ele me dá um beijo rápido no rosto. "E dê lembranças ao porra do seu irmão!" Peder ri o mesmo riso engraçado dele, pega o guarda-chuva da esteira e corre até o ponto de táxi, com o roteiro debaixo do braço. Mas ele não retorna no dia seguinte. Aconteceu um acidente, no caminho para o Hotel Kempinski. Sou barrado na zona de segurança. O guarda armado me leva para um canto, atrás de uma cortina. Tenho que esvaziar todos os bolsos. Coloco a caneta esferográfica, o isqueiro, o pente, as chaves e o espelho em um cesto. Ainda apita quando ele passa o bastão elétrico no meu corpo. Retiro o cinto. Não adianta. Por fim, pedem que eu tire os sapatos. Tenho que fazer como diz. Dou-lhe os meus sapatos. Agora ele está usando luvas de borracha. Ele enfia a mão dentro dos sapatos. Vira-os para cima, e começa a golpear a sola. Então ele quebra os saltos altos, de ambos os sapatos. Viro para o lado. Vem outro guarda, que também analisa os meus sapatos arrebentados, detalhadamente. São necessários dois homens armados, de uniforme, para liberar os meus sapatos. Deixam que eu os calce de novo. Sorriem, em silêncio. Estou quatro centímetros mais baixo. Agora não importa mais. Finalmente, me deixam passar e ouço-os rindo nas minhas costas. Entro no ônibus que vai até o pequeno avião. Chove. Subo correndo a escada íngreme. Daqui, o terminal parece um templo oval, com suas colunas e seus arcos, um templo sujo para os viajantes. Estão esperando por mim. Alguns meneiam a cabeça, finjo que não os reconheço. A minha é a última poltrona, no fundo. Afixo o cinto e peço um copo d'água. O aparelho dirige-se à pista. E, no momento da decolagem, do aeroporto no centro de Berlim, enquanto nos erguemos entre os prédios residenciais, vejo as pessoas lá dentro, em seus apartamentos e quartos, estão começando um novo dia, abrindo as cortinas, acendendo as luzes, aguando uma planta, acomodando-se às mesas, tomando café, lendo um jornal, dando comida a uma criança, é como um filme, penso, as histórias das pessoas de uma janela a outra, os movimentos das pessoas, suas rotinas comuns e belas, é o meu filme, e, na última janela, vejo um casal idoso sentado na beira da cama se beijando, antes de o avião ingressar no céu e me servirem o copo d'água.

Epílogo

É Boletta quem me aguarda no saguão do aeroporto de Fornebu. Não nos vemos desde que a deixei em Blåsen. Ela está mais velha do que a Velha, é como se a vida estivesse andando para trás nela, ela cresce para baixo e é menor do que eu, uma ruga recurvada, e tem o cheiro de uma fruta seca. Mas a sua mão é forte e tranqüila quando me toma pelo braço e me leva até o ponto de táxi, onde fura a fila e provoca ira. Cai uma neve fina que derrete ainda no ar. Acomodamo-nos no banco de trás. Boletta encosta o rosto no meu ombro. "Agora você está inteiro, Barnum", diz ela. "O que você quer dizer com isso?" Mas ela não me responde, e penso, enquanto subimos as colinas baixas junto de Gaustad, que não quero ser inteiro, não quero, aperto a mão de Boletta com tanta força que ela geme. O prédio de tijolos vermelhos surge entre as árvores nuas, negras, parece um castelo, um castelo de conto de fadas com suas torres e janelas, e não um asilo. "Por que ele está aqui?", pergunto. Boletta paga o taxista. "É a sua mãe quem está aqui", diz, em voz baixa. Ela se vira bruscamente, como se tivesse acabado de se lembrar, tarde demais. "Você não trouxe bagagem, Barnum?" Limito-me a balançar a cabeça. "Sumiu", disse eu. "Sumiu?" "Não faz mal", sussurro. "Era só uma mala velha." Então entramos. A primeira pessoa que vejo, numa espécie de sala de estar, é um menininho, de calça cinza e malha azul. E é a primeira vez que ele me vê. Está sentado em uma cadeira, grande demais para ele. Ele não se mexe. É Thomas. Paro diante dele. Seus olhos revelam receio e curiosidade ao mesmo tempo, como se estivesse em alerta contra tudo e contra todos. Não o conheço, mas me reconheço nele. Só sei que sou capaz de atravessar a água e o fogo por esses olhos escuros e sensíveis. Desamparado e desajeitado, ponho a mão sobre a cabeça dele, mas o menino receoso se afasta, como eu também teria feito no lugar dele. Vivian nos observa, e quando meu olhar cruza com o dela, ela cora. Ainda traz a aliança no dedo. É como se ambos tivéssemos que tomar fôlego, nos segurarmos para não afundarmos sob o peso desse silêncio. Boletta levanta Thomas da cadeira e segura-o nos braços. "O Fred está com a Vera", sussurra Vivian. Sigo por um corredor. Um enfermeiro espera do lado de fora do quarto. Ele abre a porta. Mamãe está deitada na cama. Ela parece estar dormindo, mas assim que entro ela abre um sorriso. Um homem magro está de pé, junto da janela, de costas. Mamãe tenta dizer alguma coisa, mas sua boca está sem som e ela começa a chorar. O homem magro e velho se vira para nós. É meu irmão. Seus olhos estão parados. “Por que você voltou?”, pergunto. E não sei se é para mim ou para a mamãe que o Fred olha quando responde: “Para lhes contar todas essas coisas.”

Impressão e Acabamento
Prol Editora Gráfica Ltda - Unidade Tamboré
Al. Araguaia, 1.901 - Barueri - SP
Tel.: 4195 - 1805 Fax: 4195 - 1384